新日本古典文学大系 80

繁野話　曲亭伝奇花釵児

催馬楽奇談　鳥辺山調綫

徳田武
横山邦治　校注

岩波書店刊行

目次

解説

凡　例

一　底本

『古今奇談繁野話』は早稲田大学図書館蔵本を、『曲亭伝奇花釵児』は東京大学文学部国文学研究室蔵本を、『絵本催馬楽奇談』は八戸市立図書館蔵本を、『鳥辺山調綫』は京都大学付属図書館蔵本を底本に用いた。

二　本文は底本の形を復元できるよう努めたが、通読の便を考慮して、翻刻は次のような方針で行った。

1　改行・句読点、等

（イ）場面の転換に応じて適宜改行し、段落を設けた。

（ロ）底本は白丸「。」点を句読点に用いているが、これを通常の句読点に改めた。校訂者において補った箇所もある。

（ハ）会話や心中思惟に相当する部分を「　」でくくった。

2　振り仮名・宛て漢字、等

（イ）底本の振り仮名が本行の送り仮名や捨て仮名などと重複している場合は、その該当する振り仮名文字を削った。

（例）奈何《いかに》に → 奈何《いか》に　　云《いはゝ》ば → 云《いは》ば

（ロ）校訂者が施した振り仮名は（　）でくくった。

（ハ）底本の仮名に漢字を当て、或いは反復記号に仮名を当てた場合には、底本の仮名や記号を〔　〕でくくって振り仮名の位置に示した。

3　字体

（イ）漢字は原則として現在通行の字体に改め、常用漢字表にある文字は新字体を用いた。古字・本字・同字・俗字・略字その他で通行の字体と一致しないいわゆる異体字は、原則として正字に改めたが、当時の慣用的な字体はそのまま残したものもある。

（例）皃（貌）　泪（涙）　躰（体）

（ロ）特殊な合字・連字体などは通行の文字に改めた。

（例）ヿ→こと　ゟ→より　𪜈→トモ

（ハ）反復記号（々・ゝ・ヽ・ゞ・〱など）は原則として底本のままとし、適宜濁点等を補った。

4　漢字の字遣い

当時の慣用的な漢字の字遣いや当て字は、現在と異なる場合にもそのまま残し、適宜注を付した。

（例）倍臣（陪臣）　欠出（駆出）　玉ふ（給ふ）

5　仮名遣い・清濁

（イ）仮名遣いは底本の通りとした。但し、校訂者による振り仮名は歴史的仮名遣いに従った。

（ロ）仮名の清濁は校訂者において補正した。「ぶつじん（仏神）」「ていしやう（庭上）」「だんかう（談合）」その他、現代語と清濁が異なる語については、適宜注を施した。
6　明らかな誤刻・脱字等は適宜訂正し、必要な場合にはその旨を注記した。
三　脚注において『康熙字典』を引く際は、出典名を「字典」と略称した。その他、『書言字考節用集』を「書言字考」とするなど、適宜略称を用いた。
四　校注の分担は左記の通りである。
『古今奇談繁野話』『曲亭伝奇花釵児』　徳田　武
『絵本催馬楽奇談』『鳥辺山調綫』　横山邦治

繁《しげしげ》野《や》話《わ》

徳田武 校注

明和三年(一七六六)正月、大坂 柏原清右衛門・菊屋惣兵衛刊。半紙本、五巻五冊。挿絵は、画風から推して桂眉仙か。

　近路行者著・千里浪子正とあるが、近路行者は『享保以後大坂出版書籍目録』「繁野話」の項に「作者 都巣庵 天満砂原」とあって、都賀庭鐘なることが明らかである。序文・本文ともに版下の筆蹟は庭鐘自身のものであろう。版面には変更が認められないが、奥付には幾つかあって、少なくとも三刷されたようである。

　初刷の奥付は次の如きものであったろう。「古今奇談 英草紙前編／全部五冊先達而出来／明和三丙戌年正月／江戸通本町三丁目 西村源六／大坂 心斉橋筋順慶町 柏原清右衛門 南新町壱丁目 菊屋惣兵衛」。

　柏原清右衛門は、見返しの称觥堂、菊屋は揚芳堂である。西村は、『割印帳』(『享保以後江戸出版書目』)に拠れば、最初からの江戸における売出し所であったことは、『英草紙』の場合と等しい。本書の底本としたのはこの本で、早稲田大学図書館蔵。

　二刷は、菊屋の住所と姓名の所だけを削って、「同通り北久太郎町／山口屋又一郎」と入木したもの。これに「賭春堂蔵板目板」が付いているものがあり、賭春堂は山口屋又一郎の堂号であるから、実質的な版権が山口屋に移って以後のものであろう。三刷は、この二刷の奥付の後に「三都発行書肆」の奥付が付されたもの。江戸の須原屋茂兵衛以下三肆と、京の勝村治右ヱ門、大坂の秋田屋太右ヱ門の連名であり、幕末のものと認められる。

　初刷本の表紙の見返しと奥付も筆道者として名のあった庭鐘の筆蹟と鑑定される。

[一]近路行者《きんろぎやうじや》[二]三十年前、[三]国字《こくじ》小説《せうせつ》数《す》十種《じつしゆ》を[四]戯《ぎ》作《さく》して茶話《ちやわ》に代《か》ゆ。[五]千里浪子《せんりらうし》其中に就《つひ》て、[六]英草紙《はなぶささうし》九《く》種《しゆ》を摘《つみ》て[七]書林《しよりん》に授《さづけ》たるは、[八]廿年に早なりぬ。其《(それより)》このかた行者の[九]行蔵《かうざう》常《つね》ならず。市《いち》に隠《かく》れ、山に棲《す》み、[一〇]卜《ぼく》を売《う》り、字を鬻《ひさ》ぎ、[一一]旧游《きういう》に違《たが》ふ事多《おお》し。去年《こぞ》春復《はるまた》浪華に過《よぎ》る。書林予《よ》に縁《よつ》て其余稿《よかう》を求む。行者《ぎやうじや》黙《もく》して、「誠に其事あり。今其有無《うむ》をしらず」と、往《さき》に[一二]通家《つうか》に寄《よせ》たる筐《はこ》の中より、冊子《さくし》をとり挙《あげ》、[一三]紙魚《しぎよ》を払《はら》ひ与《あた》へんとして、[一四]其榛蕪《しんぶ》を恐《おそ》れ、[一五]間談《かんだん》を恥《はぢ》て、沈思《ちんし》する所あり。それを奪《うば》へるが如《ごとく》して、求め取り一観《いつくわん》するに、其首《はじめ》なる雲のたちゐる[一六]談《ものがたり》は、是をこそ一方《いつぱう》の[一七]雲の賦《ふ》と号《なづく》べきか。[一八]守屋《(もりや)》の連不言《むらじいわざる》の裏《うち》に意《こころ》ふかく、厩戸《うまやど》の理《り》もよく展《のび》たり。[一九]手束弓《たつかゆみ》の故事《ふること》に任氏《にんし》の伝奇《でんき》を繫《つな》ぎ、[二〇]邪色《じやしき》の人を[二一]蕩《とらか》すことを覚《さと》す。[二二]白菊の巻は白猿梅嶺《はくゑんばいれい》の旧趣《きうしゆ》を仮《か》り、[二三]占卜《せんぼく》の前数《ぜんすう》に因《よ》る事を説《と》き、女教《じよきやう》の名実《めいじつ》全《まつた》からんことをはげましむ。[二四]唐船《とうせん》の[二五]弥言《いやこと》は聚散《じゆさん》の悲喜《ひき》を尽《つく》し、[二六]望月《もちづき》の偶言《ぐうげん》に竜雷《りうらい》の表裏《ひやうり》たるを断《ことは》る。[二七]江口の始終《しじう》は杜《と》十娘《じふらう》を飜《ほん》して、[二八]俠妓《けうぎ》の偏性《へんせい》をかたり、子弟《してい》の戒《いましめ》となすなる。[二九]宇佐美《(うさみ)》宇津宮の戦略《せんりやく》は軍機《ぐんき》の得失《とくしつ》顕《あき》らかに、[三〇]南朝《なんちよう》の絶《たへ》ざる昔物語見ゆ。彼是《かれこれ》九種《くしゆ》、併《とも》に長談《ちやうだん》なりといへども、[三一]卑説臆談《ひせつをくだん》、[三二]名区《めいく》山川《さんせん》、古老《こらう》の伝聞《いいつたへ》、[三三]土人《どじん》の口碑《くちぶみ》、此に述《のべ》ずんば世に聞ゆまじきを、是が[三四]演義《ゑんぎ》して、長き日の興《けう》にも備《そな》ふべし。実《げに》や[三五]鶯の谷《たに》より出る声なくばと此草紙《さうし》

一 作者都賀庭鐘の戯号。「千里浪子」と対にして言う。近い路を行きめぐる者、の意。「可一居士」（醒世恒言）などいう戯号に倣った言い方。 二 この序執筆の明和二年（一七六五）より三十年前は、享保二十年（一七三五）。庭鐘は時に十七歳頃。 三 日本語で著わされた、いわゆる読本（よみほん）風の小説。中国白話小説に対峙させた言い方。庭鐘の読本三部作には合計二十七話が収まる。 四 正統な儒学に関する著作ではなく、俗文芸である小説を遊び半分に作る。 五 庭鐘の戯号。千里の遠くにさすらう者。 六 解説参照。 七 版元。称觥堂柏原屋清右衛門のこと。 八 明和二年より二十年前は延享二年（一七四五）。「古今奇談三十種は、近路の翁、延享の初に稿成したる」（莠句冊序）。 九 動静。 一〇 占いを業とし、漢籍を講釈する。 一一 旧知の人々とかけ違って会わない。 一二 親しく交ってきた人、または親戚。 一三 シミ。古書に巣くって紙をたべる虫。 一四 内容が冗漫で整理されていないとの謙辞。 一五 暇つぶしの話。経世済民に務めるべき儒者が、俗文芸たる小説を著わしたことを羞じる。 一六 第一篇「雲魂雲情を告て太平を誓ふ話」。 一七 日本の、雲のことを叙述した美文。楚の荀況の「雲賦」等に対していう。 一八 第二篇「守屋臣残生を草莽に引話」は、物部守屋が厩戸皇子と討論

を愛《めづ》れど、彼《かの》一しるべなき暗《やみ》に月をおもふ愚《おろか》の心もて、二華房《はなぶさ》の枝葉《えだは》しげしげなる三野話《やわ》なればとて、作者の自《みづから》厭《いと》はるるも大方《たいはう》の誹《そしり》に先だつ四自鳴《じめい》ならんかし。僕《ぼく》千里浪子に五形影《けいえい》の好《よしみ》あれば、其ひとたび校《かう》せられしを可《よみ》して、一語《いちご》を贅《ぜい》する事、已《やむ》べからざるの業《わざ》なるかな。

六明和乙酉の冬十千閣主人《じうせんかくしゆじん》撰《あらぶ》七

し、勝を譲って争わない。

一九 第三篇「紀の関守が霊弓一旦白鳥に化する話」は、今昔物語集・巻三十「人の妻化して弓と成り後に鳥と成りて飛び失せし語」と唐の沈既済撰「任氏伝」の撮合。 二〇 妖狐の蠱惑的な色香。 二一 底本は「湯」に作る。意改。 二二 第五篇「白菊の方猿掛の岸に怪骨を射る話」は、唐代小説「補江総白猿伝」と「陳従善梅嶺失渾家」(喩世明言・二十)の構成を借りる。

二三 占いの卦は、先天的な運命に即応する。 二四 第六篇「素卿官人二児を唐船に携る話」。 二五 あらたまった話の意か。 二六 第七篇「望月三郎兼舎竜窟に竜と談る話」は、竜と雷とが一脈通ずるものであることを説く。「偶言」は寓言。

二七 第八篇「江口の遊女薄情を恨て珠玉を沈る話」は、「杜十娘怒沈百宝箱」(警世通言・三十二)を翻案する。

二八 男気ある遊女の一途な性格。

二九 第九篇「宇佐美宇津宮遊船を飾て敵を平る話」。 三〇 後南朝。明徳三年(一三九二)の南北朝の合一以後も、南朝の抵抗運動が継続される。

三一 一人よがりの低い見識の話。

三二 名勝・歌枕にまつわる話。第三・四・五篇は地名説話の形式を採る。

三三 土地の人の言い伝え。

三四 虚構を通して勧善懲悪する。

三五 「鶯の谷より出づる声なくは春くる事を誰か知らまし」(古今集・春上・大江千里)。世に聞えてない事を先

古今奇談《ここんきだん》繁野話《しげ〱やわ》総目録《そうもくろく》

近路行者《きんろぎやうじや》　著《あらはす》
千里浪子《せんりらうし》　正《ただす》

がけて告げるという自負をこめる。

一「しるべなき我をば闇にまどはせていづくに月のすみわたるらん」（続後撰集・釈教・高弁上人）。
二 英草紙に掛ける。
三 粗末な話。書名のいわれを語った処。
四 みずから非を鳴らす。
五 密接な親交。「大人之教、若二形之於一レ影、声之於一レ響一」（荘子・在宥）。英草紙の序に「近路千里の二人の主は、余が物覚えてより…形影の離れざるがごとく」。
六 明和二年（一七六五）。
七 印字「太平逸民」。「英草紙」「莠句冊」にも用いる。一生仕官せず、儒医として民間に終った庭鐘の姿勢を表わす。

古《こ》今《こん》奇《き》談《だん》繁《しげ〳〵》野話《やわ》第一巻《だいいちのまき》

(一) 雲魂雲情《うんこんうんじやう》を語《かた》て久しきを誓《ちか》ふ話《こと》

[一]雲を体《たい》とし水を心とし、[二]平生《へいぜい》消《しやう》しつくす種〻《しゆぐ》の心《しん》、[三]世塵《せじん》に着《ちやく》せぬ桑門《さうもん》の身にも、只《(ただ)》忍《(しの)》ばしく見まほしきは、祖師《そし》の[四]法蹟飛鉢《はうせきひはつ》の遺地《いち》、拝《はい》しめぐりて精進《しやうじん》の助《たすけ》ともなさんと思ひたつ沙門《しやもん》は、[五]年比《(としごろ)》程《ほど》ちかき[六]和気《わけ》の[七]法花堂《ほつけだう》に籠《こも》りたりしが、[八]大永《だいゑい》の初の春[九]たつや[一〇]霞《かすみ》と共に出《(いで)》て、秋風を帰る期《ご》とし、[一一]順路《じゆんろ》《みちのついで》に[一二]あらふる高峰《たかね》〳〵を眺望《てうばう》して、富士《ふじ》の麓《ふもと》に過《よぎ》りながら、若かりし日は登臨《とうりん》の志やまざりしが、年経《としへ》ぬる身は何事も思ひやりて心ゆくもおかし。往《ゆき》かへる路の暁昏《あけくれ》は空《そら》の色雲《いろくも》の容《かたち》のみ目に親《した》しく心に染《そみ》て、[一三]朝《あさ》たつ雲に花洛《みやこ》を出て、[一四]夕《ゆふ》ゐる雲のあしたゆくも、[一五]なにはしるけき此寺《(この)てら》の僧侶《そうりよ》に知音《ちいん》ありて数日《すじつ》の労《つかれ》を休め、一夜此寺の[一六]浮屠《ふと》の五層《ごさう》に登り、仏像の上に坐《ざ》するは恐れなきにしもあらねども、人の臨《のぞ》むべき為の楼窓《ろうそう》ならめ、[一七]隠《よる》べき為の欄《らん》にこそと、秋涼《しうりやう》の通夜《よもすがら》読誦《どくじゆ》しけるに、かばかり高ければ世とへだゝりたる心地し、[一八]雲路《うんろ》近きかとうたがふ。人の心ほど[一九]けやけきはなし。

一 浮雲の自在さを身の処しようとし、止水の清澄を心の持ちようとし。「置㆑心為㆓止水㆒、視㆑身如㆓浮雲㆒」(白氏長慶集・十・自覚・明暦三年刊)。
二 様々の感情を消し去る。「自㆔従苦学㆓空門法㆒、銷尽平生種々心」(白氏長慶集・十六・間吟)。
三 俗世の冗紛にかかずらわぬ僧侶。
四 浄蔵貴所は山で鉢を飛ばして食料を得た(発心集・四・寛文十年刊)。
五 住まう寺に近い。
六 現、岡山県和気郡和気町。
七 法華三昧を修する堂。
八 一五二一―二八年。
九 春と霞との上下に係る。
一〇 「都をば霞とともに立ちしかど秋風ぞ吹く白河の関」(後拾遺集・九・能因)。
一一 「順路 ミチスヂ」(小説精言・一)。
一二 あらゆるに同じ。「アラユル、または、アラウル」(日葡辞書)。
一三 朝に雲が起る時に。「雲…あさたつ、ゆふゐる」(八雲御抄・二上・慶安四年刊)。
一四 夕暮には留まる雲が翌朝にはまた動くと同様に。
一五 大阪で著名な寺。即ち四天王寺。
一六 五重塔。「層毎に雲水の彫物あり、ゆゑに世に雲水塔といふ」(摂津名所図会・二・四天王寺・五層宝塔)。
一七 「隠　倚也」(字典)。
一八 次に雲が登場する伏線。
一九 不思議なもの。

上絃《じやうげん》の月中《なか》ぞらに高けれど雨気《うき》くもりて咫尺《しせき》も朧《をぼろ》なり。夜目《(よめ)》にそこはかとなく見わたすに、[一]月のすむらん[二]高津《たかつ》の宮《みや》さへさだかならず。大に[三]興《けう》を掃《はら》ひ眠《ねむり》を催《もよほ》す。塔《たふ》の頂《いたゞき》に物おとして、「珍しや你達《なんだち》、[四]陰陽《いんやう》の命《めい》を分《わか》ちてより、四方に位《くらい》してたがひに遠く望《のぞ》むばかりにて、南よりは直北《まきた》に行《(ゆく)》の雲路《うんろ》稀《まれ》に、北よりの雲路は半《(なかば)》にして絶《たへ》がちなり。わきて[五]九郎は[六]海辺《うみべ》に住《(すみ)》て、南に出《(いづ)》れば海気《かいき》に消《け》され行逢《ゆきあふ》時まれなり。けふしも右旋左旋《うせんさせん》の風に吹《(ふき)》めぐらされ、[七]此雲水《(このうんすい)》の因《ちなみ》あるによつて、衆雲《しううん》と共に一片《いつぺん》づゝにてもこゝに停《とゞまる》ことを得たり。世の中に[八]雲心《くもこゝろ》なく呼名《よぶな》ありとも覚へざりしに、[九]薄《うす》雲村雲《(むらくも)》と品[一〇]おゝくわかつ、人たるものゝこざかしさよ。我を[一一]丹波《たんば》太郎と呼ぶは、北に[一二]立《たつ》奇峰《きはう》中にもかさみて見ゆるがゆへか。看ゝ《みる〳〵》[一三]数坐《すざ》の楼台《ろうだい》を組《くみ》たて、変化《へんくは》定まり無《(なき)》ゆへ[一四]乾達馬城《けんだつばじやう》にもたとへて[一五]蜃楼《しんろう》《きつねのもり》に混《こん》ぜらるゝも、[一六]底《そこ》の心は其趣あらんかし。たゞ高き風によこおられ東西になびくをいかんせん。又春夏《しゆんか》のそらに雨気《うき》を帯《(おび)》たる村雲《(むらくも)》、秋冬《しうとう》にむれ飛《とぶ》うき雲、たゞいま吹はなたれたる山烟《もや》[一七]などの、近き風に吹まわされて、北より西に、南より東へめぐるは我《(わが)》同《どう》姓にあらず。我《(わが)》たつそらは遥《はるか》に遠く、吹風《(ふく)》さへ同じからず」。「それがしを[一八]奈良次郎《(ならじらう)》といふは、東に立《たて》る形《かたち》恐らく奇峰《きはう》の体《てい》を得たりと思へども、腰ほそきゆへ太郎に及ばざるか。但《たゞ》ならび立《(たち)》て夫婦の如きこと我雲《わがくも》のすがたなり」。「やつがれを[一九]泉の小次郎とよぶは、南の楼台《ろうだい》遠くして人望《じんばう》両所よりおとりたるゆへなり。常に海風に障《さへ》られて立《(たつ)》こと稀に、奇峰のたゝずまひ独立《ひとりだち》

一「いにしへの浪華の事を思ひいでて高津の宮に月のすむらん」(金葉集・秋・参議師頼)。「すむ」は「澄む」と「住む」の掛詞。

二 仁徳天皇の皇居。大阪市東区法円坂町の難波宮跡に在ったという。

三「掃興 キヤウヲサマス」(唐話纂要・一・享保元年刊)。

四「陰陽聚為レ雲」(春秋元命苞、淵鑑類函五)。 五 雲の名。後出の摩耶九郎。 六 大阪の西南は海岸で、摩耶九良は西方に起る雲という(民用晴雨便覧・中西敬房著・明和四年叙)。

七 雲水塔に雲水が宿泊している縁によって。→七頁注一六。

八「雲無レ心以出レ岫」(陶潜・帰去来兮辞)。 九「雲…むら、うす」(八雲御抄・三上)。 一〇 八雲御抄では雲が二十五種に分たれている。

一一「折節の空は水無月の末、山々に丹波太郎といふ村雲おそろしく」(好色一代男四・七)。 一二「夏雲多二奇峰一」(陶潜・四時)。 一三 雲が上方に聳え立つ様の比喩。「若二層台高観、重楼畳閣一」(陸機・雲賦)。

一四 乾達馬は梵語。帝釈に侍する飛行神。城は蜃気楼。「乾闥婆城 モリ…日初出時、見二城門楼櫓宮殿行人出入一、日転高転滅、但可二眼見一、而無レ有レ実。是乾闥婆城」(名物六帖・地理箋)。 一五「蜃城 モリ」(名物六帖・地理箋)。 一六 本心には蜃気楼と思われたい気持があろう。

一七「蕉中師曰、烟霞、烟靄、風烟ノ

なるゆへ、世の人泉の小次郎が妻を奈良次郎に奪《うばは》れたりと、[二〇]有情《うじやう》の身に引《(ひき)》たくらべてかたるもゆへあるかな」。「三方《(さんかた)》は同じ[二一]白峰姓《しらみねうじ》なれども遂《つい》に馴《なれ》てかたる時あることなし。扨《(さて)》それがしを[二二]魔耶《まや》九郎と名付《(なづけ)》しは、[二三]太郎次郎の次第にあらず。元より素姓各別《すじやうかくべつ》にて、後《うしろ》は[二四]六甲《かう》の左右にまたがり、首《かしら》は常に魔耶多ゝ部《まやたゝべ》の山頭《さんとう》にむらがり、東西ながく幾重《いくゑ》にも積《つむ》ゆへ、浪花《なには》の人目には黒みがちに見ゆるゆへ、[二五]黒きといふの名なるべし。返照《へんせう》《いりひ》に薫《くん》ぜられて雲の辺《へり》に金色《こんじき》を生じ、彩色《さいしき》の[二六]手《て》づまも及ばぬ色《いろ》を設《もふけ》し時にこそ、浪花人《なにはびと》はいかゞ見るらんと我《(わが)》心に[二七]いかめしく思ふなり。時として北雲《ほくうん》我《(わが)》しりへを襲《おそふ》ことあれば、我《(われ)》六甲の高きを恃《たのみ》とし、[二八]卑《ひき》くおりしきて彼を南海に出《(いで)》しめ、我は山に拠《よつ》てうごかず」。

「[二九]在間《ありま》三郎出《(いづ)》ることまれにかたち直《ちよく》なれども[三〇]雨師《うし》《あめのかみ》の小将《せうしやう》なり。思ふに進退《しんたい》は国処《くにところ》によつて異《こと》なれども、我輩《わがともがら》の情《こゝろ》はいづくも同じくて、恐らくは人世《じんせい》の知《(しら)》ざる所ならん。かゝる折から、且は雲水《うんすい》の主《ぬし》をもなぐさめのため、おのれ〳〵が思ふことを一言《ひとこと》づゝにてもかたりて、せめて心遣《こゝろやり》とせん。実《げに》も思へば、[三一]無《なく》てもよからんものは我輩《(わが)ともがら》なるを、[三二]徳尭《げう》禹《う》より厚《あつ》しと古人の誉《ほめ》られしを、思ひ出《(いだ)》す時ゝ《ときぐ》は差《はづ》かしき汗の[三三]しぐれをなす。[三四]天《あま》の戸あきて朝《あした》に[三五]霞《あかねさす》は、是をこそ我日《わがひ》の出の時を得たるなり。いづこをさしてか[三六]春雲鶴《しゆんうんつる》に似て飛び、何《なに》を宿《やど》として[三七]岫《くき》を出《(いづ)》るの句あるや。暁《あかつき》のすがたを[三八]山かづらとながめらるゝはいと

類、皆火気ヨリ転ジテ、空中気色ノ義トナル」(葛原詩話・一)。
一八「東方ニ如レ此ノ雲相並ビ起ル者ヲ奈良次良ト云」(民用晴雨便覧・上)。
一九「正南方遥ニ此ノ如キ白雲発出スルヲ泉ノ小次良ト云」(民用晴雨便覧・上)。
二〇 恋情を有する人間になぞらえて。
二一 白い奇峰であることを姓に見立てて言った。
二二「西方ニ黒雲重々トシテ東西ニ靉靆タルヲ摩耶九良トイフ。此雲夕陽ニハ五彩ヲ相成ス」(民用晴雨便覧・上)。
二三 太郎、次郎と兄弟の順番で命名したのではない。九男だからではない。
二四 兵庫県神戸市・芦屋市の市街地の背後にある山地。摩耶山・多々部山などがある。東西五里に跨る(摂津名所図会・七)。
二五 九郎は黒いという名であろう。
二六 手品。
二七 立派なものだと。
二八「低 ヒキシ」(易林本節用集)。
二九「西北方希ニ直立ナル雲起ルコトアリ。此ヲ有馬ノ三良ト云。大凡天気相続ノ後、如レ此ノ雲気顕ルル者ハ必ズ雨ノ徴ナリ」(民用晴雨便覧・上)。ここは丹波太郎が在間三郎を紹介している言葉と見る。
三〇「雨師 アメノカミ」(易林本節用集)。
三一 雲を月の障りと見る歌は、古来多い。→一〇頁注一一。
三二「大参二天地一、徳厚二尭禹一」(荀子・賦篇・雲賦)。
三三 時雨は雲の縁語。
三四「ひさかたの天の戸あけて出る日

覚束《おぼつか》なし。されどこれらは人の目にも好景《よきながめ》あらん。[一]西北《いぬゐ》の嶺《みね》に衣《きぬ》きせては[二]単《うすし》といへども[三]行人《ゆくひと》の足を催《もやふ》し、[四]東北《うしとら》の隈《くま》に深く聚《あつま》れば雨かと疑《うたが》はれ、高く[五]六甲を越《こゆ》れば日和《ひより》かわらんとし、海上《かいじやう》に[六]陰《しけ》ては漁利《ぎより》を害《がい》す。或時は北へ東へ右にめぐつて遠方の雨に応《をう》じ、摂《せつ》の空《そら》に陰暗《しけくも》る。夏の日[七]北方《ほつぱう》の雲展《のび》ざれば[八]東南《たつみ》の山に拠《よつ》て急雨《きうう》を行《や》る。凝《こり》のみまさる秋のあつさ、すこしむらがりても衆生《しゆじやう》の心[九]いさめども、黒雲頭上《こくうんとうじやう》に暗《くら》くしては遊船《ゆうせん》の楫《かぢ》を回《かへ》さしむ。況《いはん》や[一〇]雨のうへに三日覆《をゝ》へば[一一]厭《いと》はるゝも口惜《(くちをし)》からずや。[一二]秋の最中《もなか》の清き夜に一《ひと》ひら二《ふた》ひら、風のまに〳〵月にかゝれば、月をもてなすかと見へ、雨にともなひて陰《くも》りふたがる時は極悪人《ごくあくにん》の部類《ぶるい》に入り、詩客《しかく》の[一三]宿題《しゆくだい》歌人《かじん》の擬《ぎ》作《さく》《うたのはらみく》空《むな》しく腹《ふく》中に朽《くた》しめ、[一四]晦日《つごもり》ならずして月に[一五]無《む》の字を添《そへ》しむることそ罪ふかく覚ゆれ。風に駆《から》れて[一六]往来《わうらい》に惛憊《つかれる》はまかせたる身の我に由《よら》ざれば、暮ちかき早風《はやて》には何を惆憧《あはて》いそぐらんと、人も見とめ、[一七]行雲《ゆくくも》よりも月の行《(ゆく)》やうなるもうるさき。雲の集る処を[一八]靄《かすみ》といふ。日の辺《ほとり》に赤き雲を[一九]霞《か》といふ。俗には混《こん》じて分別《ふんべつ》なし。

又我《(わが)》素姓《すじやう》は[二〇]地黄氏《ちくはうし》の類族《るいぞく》にて、目にこそ見へね地上三尺より我《(わが)》占《しむ》る所なるを、世の諸人《もろびと》は大空《をゝぞら》の一属《いちぞく》のやうに思はるれど、其系図《けいづ》大に違《(たが)》ひて、大空氏《たいくうし》は[二一]其徳《そのとく》を常にして久かたに、[二二]蒼天昊天旻天上天《さうてんかうてんびんてんじやうてん》と四季《しき》の名かはれどもみ[二三]どりの色かわらず。[二四]其形深《ふか》くして限《かぎ》りを見せず。我らは[二五]平地《へいち》より八丁と量《つも》られても、所定めず、無《なく》なればかくるゝ所さへし

や神代の春の始めなりけん」（続古今集・春上・光明峰寺入道前摂政左大臣）。 三五「霞トイフハ、日旁ノ彤雲、…アサヤケ、ユフヤケノコト也」（操觚字訣・九）。
三六 唐の失名氏「華山慶雲見」に「似ニ稀来鶴態一」（佩文斎詠物詩選・二）。
三七 山のほら穴。→八頁注八。
三八「山かづらとは、古歌枕云、あけぼのにたつ雲をいふ」（綺語抄・中）。

一 有馬三郎のこと。→九頁注二九。
二「単ハ複ノ反対ニテ、衣ノ単ナリ。故ニ薄キ意アリ」（訳文筌蹄・三）。
三 降雨を警戒して、足をいそがせ。
四「東北方ニ白雲奇峰ノ如ク起出スルモノヲ近江ノ小太良トイフ。此モ亦不日ノ雨ナリ」（民用晴雨便覧・上）。
五 摩耶九郎のこと。→九頁注二四。
六「天陰(ひし)けて」（日本書紀・三・神武天皇即位前紀）。
七 丹波太郎。→九頁第八行。
八「東南方ニ此ノ如キノ白雲出ルヲ奈良次良トイヒ」（民用晴雨便覧・上）。
九 雨が降って涼しくなるのではないかと元気づくが。 一〇「雨自二三日一已上曰レ霖」（爾雅・六）。
一一「明がたにとやまの雲のいとはれて帰りしほどはわびしかりきや」（夫木抄・十九・読人不知）。
一二 旧暦の八月十五夜。「月のすむ秋のもなかの岩清水こよひぞ神のひかりなりける」（秋篠月清集・藤原良経）。
一三「宿構句 ハラミク。魏志。王粲

善属レ文。挙レ筆便成。無レ所ニ改定一、時人常以為ニ宿構句一」(書言字考・八)。

一四 陰暦で月末には月の光が全く見えなくなる。

一五「此夜(中秋)若無レ月、一年虚度レ秋」(書言故事大全・十・八月中秋)。

一六「往来惛憒、而不レ可レ為ニ固塞一者与」(荀子・賦篇・雲賦)。注に「惛憒、猶ニ晦瞑一也」。

一七「天の原横ぎりわたる白さ雲月にもまがふ早く消ねかし」(夫木抄・十九・読人不知)。

一八「春ガスミハ、靄ノ字ヨロシ。字彙ニハ、雲集貌ト斗リ註ス」(操觚字訣・九)。

一九 →九頁注三五。

二〇「天玄而地黄」(易・坤)に基いて、地を擬人化した言い方。「地気上為レ雲」(和漢三才図会・三)の如く、雲を地に属する物と見る記事は多い。

二一「天難レ諶、命靡レ常。常ニ厥徳一、保ニ厥位一」(書経・商書・咸有一徳)。

二二「四天。見ニ爾雅一。春為ニ蒼天一、夏為ニ昊天一、秋為ニ旻天一、冬為ニ上天一」(群書拾唾・一・承応元年刊)。

二三 空の深い藍色。「誰か又かはらぬ色を久かたの空のみどりに染めはじめけん」(夫木抄・十九・正三位知家)。

二四「天之蒼々、其正色邪。其遠而無レ所ニ至極一邪」(荘子・逍遥遊)。

二五 平地より八丁上に在る。一丁は約一〇九メートル。

らず。風は形なけれども吹行て吹かへるに、我は一日の間に消息定《しやうそくさだ》まらず。[一]一向日《いつかう》のたてぬきに照《てり》て日本晴《につぽんばれ》とやらんいふ時は、一党《いつたう》みな[二]消《せう》の化《くは》を得て無苦界《むくかい》に遊ぶ。古人の雲を賦《ふ》したる辞《ことば》に、[三]冬の日は寒《かん》をなし、夏の日は暑《しよ》をなすとは、露ばかりも我にはあづからぬ物を。我《(わが)》造《なす》物の世の助ともなるは雨而已《のみ》なり。是も其土地雨気《とちうき》に応《おう》ずる時いたらざれば行《やる》ことあたはず。或は他方《たはう》の雨の為に行雲《ゆくくも》を見て此方《こなた》の天気を卜《うらな》ふ人は、雲情《うんじやう》を取違《(とりたがふ)》ること多し。時ありて水を取《(とる)》に[四]塩海湖《をしてるにほてる》水の分ちなけれども、塩気《ゑんき》を去《(さる)》ことは我雲《わがうん》中《ちう》の秘事《ひじ》なり。[五]竜《りやう》に従《したがつ》て起《おこ》るは真竜《しんりやう》即ち風雲《ふううん》の類属《るいぞく》なればなり。[六]雲なきにふる雨を奇水《きすい》と名づく。多く是遠方の[七]竜雨《りやうう》なり。

又春の[八]靄気《あいき》の空《そら》に満《みち》たるが夏に向ふて溶《とろ》け降《くだ》る。是に誘《さそ》はれて[九]さみだれ雲となりては、[一〇]心の雲鬱鬱《うつうつ》しきをいかんせん。ゆるやかなる時は絮《わた》のごとく[一一]綦《ふさ》のごとく、鳥の[一二]距《けづめ》の如くさがりたるあり。只直下《ちよくか》の人は足なし雲と見れども、遠き空《そら》を横《よこ》ぎりて行《(ゆき)》かふには、一《ひと》[一三]陳《むれ》〳〵[一四]其脚《あし》をあらはす。形は風に順へども、現《あらは》れ消へ聚《あつま》り散《ち》ることは[一五]陰陽の布《しく》にまかす。風の有無《あるなし》の界《さかい》にある時は吹のこされて長く一疋の[一六]練《きぬ》を引《(ひく)》。又[一七]織姫《おりひめ》の[一八]はたて広く[一九]水まさの文《もん》をなすは、風の中ぞらにたゆとふなり。霰《みぞれ》をあつめ雪をちらしては、[二〇]山のすがたを簾《れん》中《ちう》に見せしむ。左に旋《めぐつ》て賤《しつ》の臼《うす》ひくかたちなるは天気の常なり。あなたの雲北へ行《(ゆき)》こなたの雲南を指《さす》は、風かわらんとして其あいだにめぐるなり。上なる雲東に行《(ゆき)》下なる雲西

一 十分に。 二 消滅して。「巻則消液入二無形一」(淵鑑類函・五・晋の成公綏雲賦)。 三「冬日作レ寒、夏日作レ暑」(荀子・賦篇・雲賦)。 四「潮光 ヲシテル。忍照。押光。並同。出二万葉一。本朝従来海之序語」。「湖光 ニホテル。本朝従来水海之序語」(共に書言字考・一)。 五「雲従レ竜。正義曰、竜是水畜、雲是水気、故竜吟則景雲出、是雲従レ竜也」(周易正義・乾)。 六「雨無レ雲而降、非レ竜而作、唐人号為二奇水一」(清異録・天文)。 七 竜の降らせる雨。「潜竜蟠二於沮沢一、応二鳴鼓一而興レ雨」(文選・四・左思・蜀都賦)など、その例は多い。 八 いわゆる卯の花くたしの事。 九「いとどしくしづのいほりのいぶせきに卯の花くたし五月雨ぞする」(千載集・夏・藤原基俊)。 一〇「五月雨も晴れざらめやは物思ふ心の雲はまつそらぞなき」(夫木抄・十九・慈鎮和尚)。 一一 綦に同じ。「綦 綺綵也」(字典)。 一二「雞距也」(字典)。 一三「同レ陣。軍伍行列也」(字典)。 一四 移動することの喩え。 一五 →八頁注四。 一六「江雲飄二素練一」(杜甫・不レ離二西閣一・二)。 一七「はた」を呼び出す序詞。 一八「機 はた」と「はたて」の掛詞。「涯 はたて。雲ノ涯」(書言字考・一)。 一九「ところどころに虎ふの如く、細かに横に筋ある雲たつは、是を水まさと云。此雲見るる、かならず一両

にむかふは、風上下にめぐり聊《いさゝか》雨《う》気《き》の動《うご》くなり。空《そら》より吹おとす風は其地勢《ちせい》によつて吹もどることあり。浪花《なには》の朝《あした》はかならず[二一]谷風《こち》吹て出船を送り、晩《くれ》に[二二]泰風《にしかぜ》千帆《せんばん》を入《い》らしむ。天然《てんねん》の大津実《たいしんじつ》に輻湊《ふくそう》の摂地《せつち》なるかな。

風の勢は四方の山形《さんけい》に因《よる》がゆへ土地《とち》に随《したがつ》て異《こと》なり、[二三]唐土《もろこし》の書《ふみ》に名称《めいしやう》多しといへども、[二四]方角《はうがく》を四時《しいじ》に合せたれば此邦《くに》に用《もちひ》がたし。[二五]東南《たつみ》の風を黄雀風《くはうじやくふう》といふも[二六]時六月にあらざればいふべからざるが如し。本朝処〻《しよく》の俗称《ぞくしやう》多かれども正《たゞ》しからず。昔より[二七]乾《いぬい》の風をあなじといふは此風吹《ふけ》ば雨なし、水気までも吹はらふ、しなどの風ともいふよし。[二八]北国来風《ほくこくごち》とかや[二九]吹《ふき》あての横ぎりたる、遠く来《きた》りてもつよし。[三〇]真風《まぢ》は西南の山なき間より、海にも吹おとさず真《ま》一字《いちじ》に吹送る。其《その》すがた清らに涼《すゞ》し。風雲《ふううん》の行《みち》は四方ともに真正《しんせい》ならず。斜《なゝめ》がちに隈《すみ》かけて吹ゆへ正風《まかぜ》は稀《まれ》なり。四方より吹《ふく》風を[三一]颶風《ばいふう》と名づけ、吹ときは雲の心さへおだやかならず。

実《げに》や雲雨《うんう》風煙《ふうゑん》は画《ゑ》にもゑがゝれず。[三二]風はやみむらちる雲の形勢《いきほひ》をゑがゝんとて、[三三]絹《きぬ》に白粉《はくふん》を落《おと》して、口にて吹ちるまゝに形《かたち》をなすを吹雲《すいうん》と名づけ、細《こまか》にゑがゝんと欲《ほつ》せば[三四]羅《ら》章《しやう》の伝を心に含《ふく》みて、真画《しんぐは》の雲の[三五]筌蹄《せんてい》《そなへ》とすること[三六]八雲翁《やくもをう》より人世《ひとのよ》に伝へたるよし。我ながらかくとは[三七]しら雲に人こそかしこかりけり。今こそ年来の雲気を吐《はき》て[三八]心にかゝる雲なし。[三九]百《もゝ》とせの後つかた太平長《とこしなへ》に時を得て、[四〇]祥雲瑞気《しやううんずいき》常《つね》にたな引立《ひきたち》て、福利《ふくり》[四一]海《うみ》に満ち人《じん》

日に雨ふる」(万宝鄙事記・六)。
二〇 「香炉峰雪撥レ簾看」(白楽天「香炉峰下、新卜二山居一、草堂初成、偶題二東壁一」、枕草子・二九九)。
二一 「谷風 コチ。ヒカタ」(書言字考・一)。 二二 「泰風 ニシカゼ。又云二西風一」(書言字考・一)。
二三 たとえば易緯(淵鑑類函・六)には、八風として八つの風の名をあげる。
二四 八風は、春分の明庶風を東方、夏至の景風を南方よりの風などと説くが、それは位置の異なる日本では通用させられない。
二五 「六月中有二東南風一、謂二之黄雀風一」(名物六帖・天文箋)。
二六 大阪では六月には東南風は吹かないから、黄雀風とは称せない。
二七 「乾(イヌ)ノ方ヨリ吹風ヲアナジ風ト云。又シナドノ風トモ云。必ズ天気清明ナリ」(民用晴雨便覧・上)。
二八 「北方ヨリ来ル強風ヲ北国来風(ホッコクチ)ト云」(民用晴雨便覧・上)。
二九 横なぐりに吹きつけて来る風は。
三〇 「西南ヨリ来ルノ強風ヲ真風(マヂカゼ)ト云」(民用晴雨便覧・上)。
三一 「颶風、ヲキノカゼ、ハヤテ。品字箋、海中大風。颶、倶也。謂二之颶一者、四面同風、不二止一方一也。…発則海沸天揺、波濤陡如二山立一。今航レ海者、不レ曰二颶風一、而皆曰二颶風一者何。楊升庵曰、仏経有レ云、颶者、貝也。未レ発時、日下有レ暈、如二貝錦紋一。謂二之貝母一。貝母現、貝風必来。就二四面倶起一、謂二之颶一。暈

文林《ぶん》をなし、限《かぎり》なき[一]東風恵《とうふうめぐ》みふかく、我らごとき浮雲《ふうん》も[二]端袖《はそで》をひるがへし、常に四方に立そひてたへず奇峰《きほう》を出し、静《しづか》なる世の観《みもの》にそなへ、厥時《その》を忘《わす》るゝことなかれ」と寿《ことぶき》のゝめき漸々《ぜんぜん》として四方に分れ去れり。

沙門《しやもん》夢さめて思ふに雲水《うんすい》の主《ぬし》とは我を指《さす》にはあらで、此《こゝ》に妙なる[三]彫刻《てうこく》の荘厳《しやうごん》なるべし。珍《めづら》しくも雲魂《うんこん》の談《だん》を聞て、人にもかたり問《たづね》て、此津《つ》の四方に[四]韃《たて》る雲の、昔より各《おのおの》其名あることを初て知られぬ。さもあれ夢に白雲《はくうん》と遊《あそ》びし、心空《こゝろそら》なる[五]妄言《そらごと》、聴人《きくひと》も妄聴《そらぎゝ》し玉はんか。兎《と》にも角《かく》にも書すてける。

㊁ 守屋《もりや》の臣残生《しんざんせい》を草莽《さうもう》に引話《ひくこと》

[六]敏達《びだつ》天皇の御代《みよ》[七]疫疾《ゑきしつ》大《おほい》に流行《りうかう》し、蒼生《さうせい》を害《がい》すること少なからず。此時[八]物部《ものゝべ》の守屋の臣、[九]大連《おほむらじ》の職《しよく》に在《あつ》て諫行《いさめおこなは》れ言聴《ことときか》れ、大に威名《いめい》あり。因《よつ》て言《こと》を進《す》めて曰《いはく》、「凡善教《およそぜんきやう》の世《せ》界《かい》に行《おこなは》るゝや、[一〇]此国の善政《ぜんせい》は其国に往《ゆ》き、彼国《かの》の善教《ぜんきやう》此国に来るは、貨《たから》を交易《かうゑき》《かへもの》するがごとく、互《たがひ》に取用ひて恥なしといへども、[一一]地を易《かへ》ては行《おこな》はるべき事あり、行れざる風《ふう》あり。[一二]我国上古《じやうこ》より宜《よろしき》に就《つく》の礼楽《れいがく》あるうへ、新羅百済《しんらはくさい》王化《わうくは》に帰順《きじゆん》してより、[一三]漢土《かんど》の礼楽《れいがく》書に伝へ人に伝はりて、尭《ぎやう》・舜行《しゆんおこな》ひ[一四]孔子《こうし》述《のぶ》るの道其緒《いとぐち》を開《ひら》けり。然《しか》れども礼楽は世代《せだい》により

如二貝錦一、又謂二之飈一」(名物六帖・天文箋)。三二「風吹けば空にむらちる雲よりもうきて恋する人はまされり」(夫木抄・十九・忠峰)。

三三「古人画レ雲、未レ為二臻妙一。若能沾二湿綃素一、点二綴軽粉一、縦レ口吹レ之、謂二之吹雲一」(歴代名画記・二)。

三四 羅章は烏有先生。雲を画く方法を記したものは芥子園画伝・三「水雲法」で、吹雲法と勾粉法を挙げる。

三五 荘子・外物篇の語で魚を取る竹器と兎を取るわな。転じて、手引。

三六 これも烏有先生。

三七「知らず」と「白」の掛詞。

三八「今ははや心にかかる雲もなし月をみやこの空と思へば」(新千載集・十六・等持院贈左大臣)。三九 大永初年より百年後は江戸時代初期の元和年間(一六一五—二四)となり、以下は徳川氏の盛代を予言するかたちで、その治世を寿ぐ。四〇「祥雲…応二太平一」(円機活法・一)。四一 海内。

一 関東の徳川氏の恩沢の喩え。
二 袖のはし。「雲の羽袖を返しつつ」(謡曲「志賀」)。三 →七頁注一六。
四「雲覆レ日為二㲪䨴一」(字典)。
五「予嘗為レ女妄二言之一、女以妄二聴之一」(荘子・斉物論)。
六 第三十代天皇。在位五七二—五八五年。七 日本書紀(寛文九年刊)・敏達紀・十四年二月「是時、国行二疫疾一、民死者衆」。
八 五八七年没。敏達・用明朝の大連。

変《へん》ぜざることを得ず。[一五]文武《ぶんぶ》周公《しうこう》復生《またしやう》ずとも時宜《じぎ》に随《したが》ふべし。況《いはん》や本国風土《ふうど》習染《しうぜん》の異《こと》なる、悉《こと〲く》従《したが》ひ用《(もちひ)》がたし。近年仏国の教《をしへ》伝来《でんらい》して敬信《けふしん》[一六]するもの多し。其国遥《はるか》に隔《へだゝ》りて西夷《せいい》[一七]にあり。いまだ其土風の善悪をしらず。[一八]先朝にあつて中臣《なかとみ》[一九]の鎌子《かまこ》、愚父《ぐぶ》なる尾《を》輿《こし》等《ら》、疫疾《ゑきしつ》の事によつて奏《そう》して申《(まうし)》たり、「本朝元より百《もゝ》八十《やそ》の社稷《まもり》の神ありて祭事《さいじ》おこたらず天下平なり。何の欠《かく》ことありて夷神《いじん》を用《(もちひ)》玉はん。彼仏《かのぶつ》[二〇]は夷狄《いてき》の法、施《ほどこし》を好みて世法《せほふ》[二一]に験《しるし》なし。[二二]其事皆実《じつ》あらず。[二三]寂滅《じやくめつ》をつとめて生成《しやうじやう》を悦ばず。[二四]漢土《かんど》の上古は君臣《くんしん》皆長寿《ちやうじゆ》にして百[二五]歳に下らず。[二六]仏法其地に入て年代《ねんだい》尤《(もつと)》も促《ちゞま》る。漢土に仏《ぶつ》入《(いら)》ざるの前《さき》は詩《し》[二七]書雅頌《しよがしやう》の音《いん》あつて万民[二八]自《おのづか》ら多《た》福《ふく》なり。我日東《(わがにつとう)》[二九]に儒教《じゆきやう》来《(きた)》らざる以前は人の量《りやう》泛《ひろ》く寿もまた長かりし。今[三〇]夷国《いこく》の神《しん》を信じ本国の神を軽《かろ》んじ玉ふゆへ、国神《くにつかみ》怒りて疫疾《ゑきしつ》を致すならん」と、朝廷《てうてい》につらねし数言《すげん》、時の弊《ついへ》を救《すく》ふの激論《げきろん》なりといへども、今日《こんにち》其言《こと》を用ひ仏をしりぞけ国津《くにつ》神《かみ》に謝《しや》し玉はゞ、万民安《やす》きにむかひ宸襟《しんきん》楽《たの》しかるべし」とぞ申《(まうし)》ける。

時に馬子《むまこ》[三一]大臣《だいじん》、并に豊日《とよひ》[三二]王《わう》の長子《ちやうし》厩戸《むまやど》[三三]王子、幼年《ようねん》なれども聡明《そうめい》人に秀《ひいで》たるが、すゝんで守屋《もりや》に対《むかひ》て云、「大連《をゝむらじ》の言所《いふところ》心を用ずといふべからず。しかれども仏は夷狄《いてき》の法、用ゆべからずといふことといまだ深《ふか》く考へざるに似たり。我邦《わがくに》[三四]上古《じやうこ》西より遷《うつり》て東《ひんがし》し、神武皇《じんむくわう》[三五]西鄙《せいひ》より起《おこつ》て宇《う》内《だい》を御《ぎよ》す。漢土舜王《しゆんわう》[三六]なるもの諸馮《しよひやう》[三七]に生れ東夷《とうい》の人、文王は岐《ぎ》[三八]周西夷《しうせいい》の人なれども、皆法《ほふ》を彼土《かのど》の後世《かうせい》に垂《たれ》たり。仏は浄飯国王《じやうぼんこくわう》[三九]の子、其国漢土《かんど》に隣《とな》り、漢土と我《わが》

九 五、六世紀の朝廷の最高の官位。
一〇 国家相互の間に善政善教が交流する、という思想は、中国から一方的に文物思想が日本に渡来する、という当時の常識に比すると特異。
一一 ここの考え方は、賀茂真淵の「その制も国により地により、ことなるべき事は、草・木・鳥・けものもことなるが如し」(国意考)などに近い。
一二 「ここ(日本)もおのづから神代の道のひろごりて、おのづから国につきたる道のさかえは」(国意考)。
一三 応神天皇十五年、百済より阿直岐が、十六年に王仁が来朝して、太子菟道稚郎子に漢籍を講じた(応神紀)。
一四 「仲尼祖㆓述堯舜㆒」(中庸)。
一五 周の文王と子の武王、その弟の周公旦。儒教の聖人。
一六 唐の韓愈の「論㆓仏骨㆒表」に「猶一心敬信」。
一七 守屋の、日本を世界の中心にすえる考え方を示す語である。
一八 第二十九代欽明天皇の治世。
一九 「物部大連尾輿・中臣連鎌子同奏曰、我国家之王㆓天下㆒者、恒以㆓天地社稷百八十神㆒、春夏秋冬祭拝為㆑事、方今改㆓拝蕃神㆒、恐致㆓国神之怒㆒」(欽明紀・十三年十月)。
二〇 「仏者、夷狄之一法耳」(論仏骨表)。
二一 経世済民の法。
二二 因果応報・霊験譚などの超現実的教説。
二三 林羅山の「釈老」に「捨㆓人倫㆒而求㆓虚無寂滅㆒」(羅山文集・五十六)。
二四 「論仏骨表」に、上古の帝王たちの長寿の例が列挙される。

二五 「蓋亦倶不レ滅二百歳一」(論仏骨表)。 二六 「事レ仏漸謹、年代尤促」(論仏骨表)。 二七 普通は詩経と書経のことだが、ここは詩経のこと。雅頌は六義の二つ。 二八 「此時天下太平、百姓安楽寿考」(論仏骨表)。
二九 日本。ここの論は、「から国の道来りて人の心わろくなり下れば」(国意考)と「論仏骨表」の寿命論を合わせた趣がある。 三〇 聖徳太子伝(寛文六年刊)・三「かの異形の物をあがめ給ふゆへに、日本神明の霊あれて、疾病の災をおこしたまへり」。
三一 蘇我馬子。六二六年没。 三二 第三十一代用明天皇。名は橘豊日。
三三 聖徳太子の幼名。 三四 晋書・四夷列伝・倭人に、倭人自ら呉の太伯の後と謂うと記されてより、太伯を日本の始祖とする説が行われた(異称日本伝・上之一・元禄六年刊)。
三五 神武天皇は九州から東征して大和を統一した(古事記、日本書紀)。
三六 「舜生二於諸馮一、遷二於負夏一、卒二於鳴条一。東夷之人也。文王生二於岐周一、卒二於畢郢一。西夷之人也。…得レ志行二乎中国一」(孟子・離婁)。
三七 孟子集註に「在二東方夷服之地一」。山東省荷沢県の南など数説がある。
三八 「岐山下、周之旧邑也」(孟子集註)。今、陝西省岐山県。
三九 中インドの迦毗羅衛(かびらえ)国の王。「迦毗羅衛国の浄飯王を父とし」(今昔物語集・一)。

邦《くに》とは北ならず南ならず世界の中国《ちうごく》[一]にあり。大に観《み》る時は分別《ふんべつ》すべからず。已《すで》に漢制《かんせい》[二]におゐて取用ひらるゝことあり。仏教《ぶつきやう》もならべ用て万民《ばんみん》を利《り》し玉ふべき事なり。又仏法実《じつ》なき事ならんや。凡《(およそ)》[三]理を以て説《とく》もの其理に達《たつ》せざる時は其実《じつ》を見ることあたはず。仏は其富貴《ふうき》[四]を捨《すつ》。道の為に身をわすれ、患難飢寒《くはんなんきかん》を免《まぬが》れんが為にもあらず。何の因《よる》所ありて空妄不実《くうもうふじつ》の事を説《とか》ん。世《よ》の凡夫不実《ぼんぷふじつ》の事をなせば、年月を経《へ》ずして衆人悪《しうじんにくみ》て是を棄《すつ》。有識《いうしき》の賢者《けんじや》其妄《もう》を知《(しら)》ざらんや。其道妄ならば其教《をしへ》何ぞ漢土《かんど》我国の今日につたはり、天《てん》[五]神鬼神《じんきじん》心を傾《かたむ》くるにいたらん。又妄[六]なれども、仏の妄《もう》は証《しやう》すべきなしといふものは不通《ふつう》の論《ろん》にして愚者《ぐしや》の見る所、其人如何《いかん》ぞ虚実《きよじつ》の体《てい》をしらん。世の人我に異《こと》なるを憎《にくむ》の意《こゝろ》あるは大智《たいち》にあらず、公道《こうだう》にあらず。其憎愛《ぞうあい》《きらひすき》を以て取捨《しゆしや》せば、後世《こうせい》必ず互《たがひ》に相排斥《はいせき》《しりぞけ》して勢《いきほひ》二つながら立《たゝ》ずと思ひ、仏家《ぶつけ》は儒生《じゆせい》を愚人《ぐにん》とし、儒生は僧家《そうか》を姦人《かんじん》とし、若《もし》[七]僧家人《ひと》を品《ひん》せば儒生を挙《あげ》ず、[八]儒生史《し》を記《しる》さば僧人《そうじん》を列《つらね》ず、互《たがひ》に温柔《をんじう》の和を失《うしな》はん。又仏教《ぶつきやう》入《(いり)》て命数《めいすう》を促《うながす》といふこと忌滞《きたい》《いみとゞこふり》の説《せつ》にて、已《すで》に書《しよ》[九]の無逸《ぶいつ》に言《いは》ずや、「時《これ》[一〇]より厥後《そののち》亦克寿《よくいのちなが》きこと有ことなし。或《あるひ》は十年或は七八年或《(あるいは)》五六年」といふ文《ぶん》あり。彼《かの》時は漢土《かんど》[一一]いまだ仏《ぶつ》の名をも聞ざるの時にして然り。仏徒《ぶつと》[一二]の中にも寿《じゆ》なるものあるをや。漢土《かんど》に仏語《ぶつご》[一三]入りて後は言語集雑《げんぎよしうざつ》にして頌誦《しやう〳〵》《うたひよみ》変《へん》ずることもあるべし。其国に通《つう》ずる時は音移《いんうつ》[一四]り語《ご》雑《まじは》ること自然《じぜん》[一五]にして免《まぬが》れざる所なり。仏語入りて万民《ばんみん》福なしといふは福たるの利をしらざるに似

一 地理的に中心の国。日本を中華としたことも特異な考え。
二 周礼・地官大司徒に「土圭(玉製の計器)ノ法ヲ以テ土ノ深ヲ測リ、日景ヲ正シ、以テ地ノ中ヲ求ム」制度を記し、浅見絅斎「中国弁」にはこれを日本にも援用すれば、日本も地の中心になり得ることを説く。
三 「論之刻薄、而与二彼之本意一不レ合、則使下学レ彼者上不レ能二心服一。須下随二彼之本意一而排中斥之上」(貝原益軒・格物余話)と同様な考え方。
四 王子の身分を捨てて出家した。
五 神は仏が姿を変えてこの世に現われたものとする本地垂迹説に基く言。
六 仏教は空妄ではあるが、それを実証することはできない。
七 たとえば、元政の扶桑隠逸伝(寛文四年頃刊)には、いわゆる儒者は取りあげられていない。
八 安積澹泊ら編纂の大日本史には高僧伝や浮図伝に類する伝は無い。
九 書経。無逸はその内の周書の篇名。
一〇 殷の中宗・高宗・祖甲より後の王は逸楽に耽るゆえに短命で、在位年数が短いことを述べた言。
一一 中国に仏教が伝来したのは後漢の明帝の時という(論仏骨表)。
一二 たとえば明尊は九十三歳の長命を保った(元亨釈書・四・寛永元年刊)。
一三 仏教の経典。
一四 外国の語音が移入し混合されること。 一五 「自然 シゼン、ジネン」(書言字考・九)。

たり。早《はや》[一]く開《ひらく》る花は早く謝《しや》し、栄《さかへ》を常と思へるがゆへ衰《おとろへ》をかなしみ、財禄《ざいろく》[二]多くして血《けつ》脈《みやく》続《つづか》[三]ぬあれば、眷属《けんぞく》に富《とみ》て養《やしな》[四]ふに足《た》らぬあり。煙《けふり》[五]を分《わか》つ家多きは身[六]につくすことあたはざるの福なり。世《せ》人《じん》足《たる》[七]ことを知らざれば貧《ひん》におとれり。手[八]を以て物を与《あたふ》るにあらずんば利《り》益《やく》にあらずと思へるか。王者《わうじや》[九]の民は喜《よろこび》の色《いろ》見へずして恵《めぐみ》のうちに生活《せいくはつ》す。仏の利する所其域《さかい》に近からん。大連《だいれん》熟《つら〳〵》再思《さいし》を加へ玉へ。今《いま》漢土の聖教既《せうけふすで》に来《きた》るといへども、三《さん》[一〇]韓《かん》の伝へにして親切《しんせつ》[一一]ならざるを惜《おし》む。丸《まろ》は直《じき》に漢土《かんど》[一二]に使臣《ししん》を遣《つかは》し、面授口伝《めんじゆくでん》して我国を利《り》せんと思ふこと常《つね》にやまず。大連《をゝむらじ》の高明《かうめい》しらず如何《いかん》とか思はる」。大連少しも慍色《いかるいろ》なく従容《ゆるやか》に答《こたへ》て、「聡明《そうめい》の論《ろん》じ玉ふ所世《よ》の惑《まどひ》を開《ひらく》に似たり。小臣御陛《せうしんみはし》に当《あた》つて詳《つまびらか》に論ずるに及《およば》ず。臣《しん》が愚見《ぐけん》は只知広《ちひろ》[一三]まり文華《ぶんくは》しげりて質朴《しつぼく》の国風《こくふう》を失はんことを恐るゝのみ。王《わう》子大臣《じだいじん》よく〳〵高見《かうけん》に明断《めいだん》し玉へ、余《よ》は多言《たげん》に及《およば》ず」といふ。帝元《みかどもと》[一四]より仏《ぶつ》を好まず、守屋が一言《いちごん》を取べきとして、仏[一五]教を停《とゞ》め仏像《ぶつざう》を流《なが》し、僧徒《そうと》を禁《きん》ぜらる。しかれども疫病《やくびやう》[一六]いよ〳〵さかんなれば、仏を流すの祟《たゝり》にやと恐るゝ人多かりけり。

豊日王嗣《とよひわうつぎ》て立《たつ》。是用明帝《ようめいてい》なり。厩戸《むまやど》皇子時《とき》を得て威名《いめい》あり。守屋の臣が権勢稍移《けんせいやゝうつ》らふ。用明崩《はう》じて守[一七]屋の臣、御弟穴[一八]穂部《ぎよていあなほべのわうじ》皇子を位に立《たて》んと計《はか》る。穴穂部皇子威勢《いせい》を頼《たの》んで慎《つゝし》まず。炊[一九]屋姫《かしきやひめ》《すいこ》を殯宮《ひんきう》に見んとして七《なゝ》たび門《もん》に呼《よば》ふ。此ゆへに衆心属《しうしんぞく》せず。馬[二〇]子遂《つい》に内命《ないめい》を含《ふくん》で穴穂《あなほ》を害《がい》し、諸[二一]皇子と群臣《ぐんしん》に謀《はかつ》て守屋が河内《かわち》[二二]の家を囲《かこ》む。守[二三]屋眷属家人《けんぞくけにん》を率《ひきひ》て稲城《いなき》[二四]

一「花太早者、不レ須レ霜而自落」(意林・文子)。　二「富貴之家、此(無子)患不レ絶」(五雑組・五)。
三 底本「か」欠。意によって補う。
四 扶養する財産が不足する。
五 かまどを分ける。
六 その人自身では享受できない。
七「知レ足者富」(老子・三十三)。
八 現世における実利の喩え。
九「帝力何有二于我一哉」(十八史略・五帝の鼓腹撃壌の歌)。「無為而民自化」(老子・五十七)。
一〇 高麗・百済・新羅。「遠自二天竺一、爰泊二三韓一」(欽明紀・十三年十月)。
一一 漢土からの直接の伝来。
一二「太子奏曰、臣之先身、修二行漢土一、所レ持之経、今在二衡山一。望遣レ使将来、比二校所レ誤之本一」(聖徳太子伝暦・推古天皇十五年五月)。
一三「此の御国はもとより人の直き国にて、少しの教をもよく守り侍るに、はた天地のまに〳〵行ふこと故に、教へずしてよろしき也。さるをから国の道来りて人の心わろくなり下れば」(国意考)。　一四「詔曰、灼然(いやちこなり)、宜レ断二仏法一」(敏達紀・十四年三月)。　一五「丙戌、物部弓削守屋大連、自詣二於寺一、踞二坐胡床一、斫二倒其塔一。縦レ火燔レ之、并焼二仏像与二仏殿一、既而取二所レ焼余仏像一、令レ棄二難波堀江一」(敏達紀・十四年三月)。
一六「発レ瘡死者、充二盈於国一…老少窃相謂曰、是焼二仏像一之罪乎」(敏達紀・十四年三月)。

を築《きづき》て戦《たゝか》ひ、三《み》廻《たび》敵軍《てきぐん》を却還《しりぞか》しむ。[二五]厩戸《むまやど》王子後軍《こうぐん》にあつて戦《たゝかひ》を力《つと》む。守屋が軍《いくさ》此《こゝ》に利《り》あらず。[二六]一族従者《いちぞくじうしや》悉く《こと〴〵》恩《をん》の為に死し、其身も矢にやぶられ動作《はたらき》自在《じざい》ならず。[二七]合軍《がふぐん》《みかたのめい〴〵》に告て、「速《すみやか》に逃《のが》れて身を脱《まぬが》るべし。我はこゝに命《めい》をとゞめん」といふ。家の子[二八]漆部《ぬりべ》の巨坂《おさか》、強《しい》て守屋が服《ふく》を賜《たまは》りて死に代《かは》らんと乞《こ》ひ、弟《おと〴〵》小坂《こさか》主人を諌《いさめ》て脱《のが》れしむ。守屋惣軍《さうぐん》と同じく[二九]皁衣《くろきゑ》に服《ふく》を換《か》へ、馳猟《かりにいで》たるものゝ体《てい》にして城を離《はな》れ[三〇]広瀬《ひろせ》の勾《まがり》にいたつて、[三一]是よりおのがさま〴〵のがれ散《ち》る。守屋主従《しゆじう》只弐人、昼《ひる》は葦原《あしはら》にかくれ伏《ふ》し、夜は道を行て伊勢《いせ》路《ぢ》をめぐりて淡海《あふみ》に入り、[三二]我《(わが)》采地《さいち》《ちぎやうしよ》に年ごろなれて召たる邑《さと》の長《おさ》にたよりて、彼《かれ》が宅《たく》の後なる山の岩窟《いはあな》にひそみかくれ、創《きづ》を養《やしな》ひ全《まつた》きことを得《ゑ》て、代《よ》の移《うつ》り行《(ゆく)》さまをも見んと命を存《なが》らふ。此処山の懐《ふところ》にして人の通ひ来る路《みち》もなく、荻《をぎ》のみ生《おひ》ふたがりたる中に庵《いほり》引むすびて高名《かうめい》を草原《くさはら》に埋《うづ》む。世人《せじん》是を知《(しる)》ものなし。是ぞ隠《いん》中の隠者《いんじや》、自ら[三三]荻生翁《おぎおふおきな》と称《しやう》し、此所に[三四]老矣《おいらく》を期《ご》す。

　いつしかよのなか推古帝《すいこてい》にうつりて、[三五]厩戸皇子嗣《よつぎ》の太子として政を摂《とり》玉ひ、[三六]仏法時を得て興《おこ》り、[三七]大刹《たいせつ》を建立《こんりふ》し[三八]僧尼《そうに》を成就《じやうじゆ》す。[三九]使《つかひ》を唐《もろこし》に遣し、隋唐《ずいとう》の式《しき》に従《つき》て冠服《くはんぷく》を制《せい》し位階《いかい》を定め、礼《れい》を肇《はじ》め楽《がく》を正《たゞ》し、国《くに》に疾疫《しつゑき》なく[四〇]五穀豊熟《ごこくはうじゆく》し、海内《よのなか》の治安前代《ちあんぜんだい》に超たり。小坂《こさか》時ゝ《とき〴〵》里《さと》に出て世の動作《ありさま》を聞て帰り告《つぐ》る。守屋聞て一たびは憤《いきどほ》り一たびは喜で云、「厩戸政《まつりごと》を用て君安《きみやす》く民和楽《くはらく》せば我におゐて他議《たぎ》なし。你《なんぢ》出て遠く都《みやこ》にいたり民間《みんかん》に立交《たちまじはり》、

一七 「大連、元欲㆘去㆓余皇子等㆒、而立㆓穴穂部皇子㆒、為㆗天皇㆖」(崇峻紀・即位前紀用明二年五月)。
一八 欽明天皇の皇子。五八七年没。
一九 「穴穂部皇子、欲㆑奸㆓炊屋姫皇后㆒、而自強入㆓於殯宮㆒。…七呼(ヨバフ)開㆑門」(用明紀・元年五月)。「すいこ」は推古天皇。
二〇 「蘇我馬子宿禰等、奉㆓炊屋姫尊㆒…速往誅㆓殺穴穂部皇子与㆓宅部皇子㆒」(崇峻紀・即位前紀用明二年六月)。
二一 「蘇我馬子宿禰大臣、勧㆓諸皇子与㆓群臣㆒、謀㆑滅㆓物部守屋大連㆒」(崇峻紀・即位前紀用明二年七月)。
二二 「渋河家」(崇峻紀・即位前紀用明二年七月)。伝暦の傍注に「河内也」。また頭注に「詮要抄云、神妙椋木ヨリ辰巳七八町ニ昔ノ稲城ノ跡有リ」。
二三 「大連親率㆓子弟与㆓奴軍㆒、築㆓稲城㆒而戦。…皇子等軍与㆓群臣衆㆒、怯弱恐怖、三廻却還(シリゾク)」(崇峻紀・即位前紀用明二年七月)。
二四 「忽積㆑稲作㆑城、其堅不㆑可㆑破。此謂㆓稲城㆒」(垂仁紀・五年十月)。
二五 厩戸皇子は四天王像を作って勝利のための誓言をたてた(崇峻紀・即位前紀用明二年七月)。
二六 「爰有㆓迹見首赤檮㆒、射㆓墜大連於枝下㆒、誅㆓大連幷其子等㆒。由㆑是大連之軍忽然自敗」(崇峻紀・即位前紀用明二年七月)。　二七 注二九参照。
二八 下の小坂とともに、用明紀・二年四月に守屋の従者として見える「大市造小坂・漆部造兄」に拠って設けた

実《じつ》に民人《みんじん》の沢《たく》を被《かうぶ》るや、仏行《おこなは》れて国安《くにやす》きか、窺《うかゞひ》見て我に聞せよ」といふ。小坂憔悴《しようすい》せる形《かたち》に弊垢《やぶれあか》づきたる衣《い》をつけ、乞食《こつじき》して大和《やまと》の都に経過《けいくは》す。里遠《さととを》くしては常に飢《うへ》がちなるに、寒気に犯《おか》され[一]片岡なる所に[二]なやみ臥《ふし》たり。太子此時[三]法興寺《ほうこうじ》に去《ゆき》て経営《けいゑい》を見るが為、常に微行《びかう》《ひそかにゆく》して[四]前《さき》をおはず。此所を過て哀《あはれ》と見給ひ、左右《さいう》に顧《かへりみ》て、「[五]彼に衣食を賜《たま》ふべし」と命《めい》ず。従《したが》へる官人《くはん》飢《うへ》人の傍《そば》に来《きたり》て呼て云、「飢《うへ》人上の恵《めぐみ》を思へ。摂政王《せつしやうわうい》衣食を賜《たま》ふ。既に村の長《おさ》に命ぜり。今至《いた》るべし」といふ。飢人強《しゐ》て起坐《きざ》して云、「賤者《せんじや》飢て目《もく》[六]力貿ゝ然《りよくみるべからざる》にいたれども、[七]いまだ投《なげ》あたふるの食をくらはずして此つかれにおよぶ。今得がたき御恵《めぐみ》なれども、大公目前《おゝきみもくぜん》一人の飢寒《きかん》を見て衣食を賜ふ。天下の飢人いくばくありとも、こと〴〵くそれに衣食を賜ふことを得べきや。是[八]近きに親《した》しく遠きに疎《うと》く、公《こう》道《どう》を欠玉《かき》ふにあらずや」。官人不興《ふけう》して答へず。すなはち帰り参りて其様《やう》を申す。太子奇特《きどく》のことに思召《おぼしめし》て、御詞《おことば》を下し玉はりて、「飢人《きにん》聞け。其見る所を先にするは人情《にんじやう》の常なり。況《いわん》や[九]執政《しつせい》一人の心は億《をく》万人の心なるをや。我に近き飢人を恵む心あれば、遠き国の司《つかさ》又其心なからんや」。飢人地《ち》に拝《はい》して畏《おそ》れ伏《ふく》す。

太子宮《きう》に帰らせ玉ひて、「実《げに》や此飢人凡常《ぼんじやう》のものにあらず。只其飢《うへ》に斃《たを》れんこと傷《いたむ》べし」と為《ため》に詠《えい》ず。

[一〇]死《し》なでゐるや片岡山に飯《いゝ》に飢《うへ》てふせる其人哀《あはれ》をや成《なし》

名。身替り死の設定は虚構。二九「合レ軍悉被二皂衣(クロギヌ)一、馳二猟(カリスルマネシテ)広瀬勾(マガリ)原一而散」(崇峻紀・即位前紀用明二年七月)。三〇 和名抄・六「大和国、広瀬郡、下句」。今の奈良県磯城郡百済村という。三一 史実と反して、守屋が脱出延命する設定は、女仙外史(清、呂熊作)・第十八回、燕王に進攻された建文帝が僧侶に扮して宮中を脱出延命する話などに学んだろう。三二 和名抄・七「近江国栗本郡、物部(ものべ)」を宛てていよう。三三 荻生徂徠が本姓は物部なので物氏と称し、家祖とする守屋が聖徳太子と馬子を討つ際の檄文「擬二家大連檄一」(徂徠集・十八)を擬作したりしたことに通じさせた、遊戯的な命名。三四「老矣(ヲキナドモ)」(欽明紀・十五年十二月)。三五「厩戸皇子…於二豊御食炊屋姫天皇世一、位二居東宮一、総二摂万機一」(用明紀・元年正月)。三六「詔二皇太子及大臣一、令レ興二隆三宝一」(推古紀・二年二月)。三七 推古天皇の元年に四天王寺、四年に法興寺を建立している(推古紀)。三八 僧尼の制を設け、寺に住まわせて、仏教を布教させること。三九 いわゆる遣隋使と冠位十二階の制度(推古紀)。四〇「是歳五穀登之」(推古紀・二十五年)。

一「葛下郡也」(伝暦頭注)。今の奈良県北葛城郡王寺町。以下の話は、推

古紀二十一年十二月の記事に拠る。

二「飢者臥ニ道垂一」(推古紀)。

三 元興寺の別称。推古天皇四年十一月に成る。奈良県高市郡明日香村にある。

四 さきばらいの従者を立てない。

五「皇太子視レ之、与ニ飲食一、即脱ニ衣裳一覆ニ飢者一」(推古紀)。

六「礼檀弓、有ニ餓者一、蒙レ袂輯レ屨、貿々然来。註、貿々、目不レ明之貌」(字典)。

七「(餓者)揚ニ其目一而視レ之曰、予唯不レ食ニ嗟来之食一、以至ニ於斯一也」(礼記・檀弓下)。

八「一視而同仁、篤レ近而挙レ遠」(韓愈・原人)の理想に違う点で公正を欠く。

九 執政の意志が億万人を支配する。「率土兆民、以レ王為レ主」(十七条憲法の十二)。

一〇 推古紀の本文よりも本朝神社考・下・片岡の「しなてるや片岡山の飯に飢ゑて臥る旅人あはれをやなし」に近く、冒頭と末尾の意味を変えた。

一人をして見せしめ玉ふに、邑長《むらおさ》すでに衣食をあたへて飢人生《(いき)》かへりたるがごとく、官人《くはんにん》太子の御咏《ぎよゑい》をかたりて仁徳《じんとく》を称す。飢人世に有がたき躰《(てい)》にて官人に対してかくとなん。

二生《いか》るがや民《たみ》の小川《おがわ》はたへばこそ我大君《わがおゝきみ》のみそなはすれば

三使帰《つかひかへり》て此よし啓《けい》す。さればこそ四異人《いじん》なりと、重《かさ》ねて五人をして飢人を召玉ふに、使至る時賜《たま》へる衣を其地にとゞめて其人は影《かげ》もなし。はやくも小坂は出所《しゆつしよ》の顕《あらは》れんことを恐れ其所をのがれ去り、境《さかい》をへだてゝ逍遥《ゆきゆく》ほどに歩みつかれければ、乞児《こつじ》の群《むれ》たる中に交《まざ》りて道《みち》の傍《かたへ》に悩《なや》み臥《ふし》たり。程《ほど》なく所の雑仕《ざうし》する人来《(きた)》り、群《むれ》たる六悲人《ひにん》の数《かず》をかぞへて食をあたへ、此臥《ふし》たる悲人《ひにん》を見て衣《い》をあたへ、「你遂《つい》に起《おき》ずんば、七すたべの具《ぐ》を得させん。心安かれ」と云て去《さ》る。八衆乞丐《しうこつがいら》等面《めん》〻《〳〵》相対《あひたい》し語《かたつ》て云、「前《さき》の日《ひ》摂政王片岡《せつしやうわうかたおか》にして飢人《きにん》を恵《めぐ》み玉ふのこと、諸有司《つかさ〳〵》はやくも聞つたへて、九大饗《たいきやう》の料《りやう》を減《げん》じて、今日よりかゝる恵《めぐみ》を沙汰《さた》せらるゝ有難《ありがた》さよ」とかたる。

小坂是より遂《つい》に淡海《あふみ》に帰り去り、翁《おきな》に対して太子の仁恵《じんけい》をかたる。翁歓喜《くはんぎ》して云、「摂政王《せつしやうわう》仁は国を化《くは》し一〇恵み死骨《しこつ》に及ぶ。民永く其賜《たまもの》をうけん。我《わが》悦びこれに加《くはふ》ること なし。我今日国《くに》の念《ねん》を忘《わす》る」と其後は敢《あへ》て世上の事を問はず。後《のち》一一厩戸王薨《こう》ぜらると聞て傷《いた》み惜《おしみ》て止《やま》ず。一二年を経《へ》ては里民《りみん》と往来《をうらい》し、彼《かれ》に教《おし》へて水を放《はな》ち土《ど》を開き利益《りやく》すること少からず。皆人里《みなひとさと》に出《(いで)》玉はんことをすゝむれども、一三山中老境《らうけう》に応《をう》ぜりと、性《せい》を養《やしな》ひ百歳《ひやくさい》の長《ちやう》

一「辛未、皇太子遣㆑使令㆑視㆓飢者㆒」(推古紀)。 二「斑鳩(いかるが)の富(とみ)の小河の絶へばこそ我が王(おほきみ)の御名は忘れめ」(伝暦)を一部変えたもの。 三「使者還来之曰」(推古紀)。 四「先日臥㆓于道㆒飢者、其非㆓凡人㆒、為㆓必真人(ひじり)㆒」(推古紀)。 五「遣㆑使令㆑視。於㆑是使者還来之曰、到㆓於墓所㆒而視㆑之、封埋勿㆑動、乃開以見、屍骨既空。唯衣服畳置㆓棺上㆒」(推古紀)。推古紀では、飢人は一旦死んで埋葬されたことになっている。 六 非人のこと。 七 死者を葬り入れる棺。「棄戸、此云㆓須多杯(すたへ)㆒」(神代紀・上)。 八「乞丐 コジキ」(名物六帖・人品箋)。 九 盛大な饗宴の飲食物。 一〇 周の文王が掘り出された「死人之骨」をあらためて葬らさせたところ、天下の人が「文王賢矣、沢及㆓枯骨㆒」といった(新序(漢、劉向撰)・五)。 一一 推古天皇二十九年(六二一)二月五日薨去(推古紀)。 一二 守屋が聖徳太子の死後もなお長く生存して政治に関わらぬ筋は、建文帝が永楽帝の変死の後も生を保ち、政治を忘れて八十九歳に至る筋(女仙外史・第百回)に学ぼう。 一三「山中可㆑楽老方知」(陸游・初春書㆑懐)。 一四 第三十五代天皇。在位六四二―六四五年。 一五「太子ノ嫡男ナリ」(伝暦)。 一六「山背大兄王…終与㆓子弟妃妾㆒、一時自経倶死」(皇極紀・二年十一月)。 一七「斯人也、而有㆓斯

寿《じゆ》を保《たも》ち、[一四]皇極《くはうぎよく》の朝《ちやう》に至《いたつ》て厩戸の御子[一五]山背王《やましろ》、入鹿《いるか》が為に亡《ほろぼ》され其[一六]嗣《つぎ》を絶《たて》りと聞て歎《たん》じて云、「[一七]此人《(このひと)》の子にしていかんぞ此事ある。[一八]彩雲早《さいうんはや》く散《さん》じ美器《びき》もろきにあらずや」。小坂云、「此比《(このごろ)》世の人是《これ》が為《ため》に説《せつ》あり。[一九]太子預《あらか》じめ墓地《ぼち》をゑらみ、其両旁《りやうばう》の地脈《ちみやく》を断《たち》て収《おさめ》ざらしめ、子孫《しそん》あらせじと兼て期《ご》せられし志願《しぐはん》なるよしいふ」。翁聴《きゝ》て笑て云、「[二〇]葬地《さうち》の吉《きつ》兇《きやう》によつて子孫の盛衰《せいすい》を論《ろん》ずるは、[二一]堪輿《たんよ》《てんもんちり》の流弊《りうへい》《すへのついへ》風水家《ふうすいか》《ちのみたて》の説にして、人を惑《まどは》すこと其害《がい》大なり。我国其事の行れざるを以て一つの幸とす。いかなれば墓《はか》を築《きづき》たる身として、其墓《はか》を守るべき子孫の禍《わざはひ》を願はんや。是《(これ)》太子仏《ぶつ》を信《しん》じ世《よ》に功ありて其子孫《しそん》続《つゞか》ざるを、[二二]仏法福なしと愚人《ぐにん》の疑《うたが》はんことを恐れ、[二三]僧家《そうか》此説《せつ》を妄作流言《もうさくりうげん》して、其事を掩《をゝは》んとするものならん。家運《かうん》は大数《たいすう》の定《(さだむ)》る所、夏殷周《かいんしう》の三代も時あつて尽《つき》ぬ。[二四]入鹿《いるか》今勢《いきほひ》を得《(う)》るとも豈《あに》久《(ひさし)》からんや」といふ。

果《はた》して程なく[二五]馬子《むまこ》三代《さんだい》の繁華《はんくは》、[二六]入鹿に至《いた》つて孑遺《げつゐ》《のこり》あることなし。[二七]翁世《よ》の変易《へんゑき》を見つくし、時代遥《はるか》に後《おく》れて、今は憚《はゞか》る所なしとはじめて里人《りじん》に告《つげ》て云、「我は先朝《せんてう》の大連《をゝむらじ》物部《もの丶べの》守屋《もりや》の臣《しん》、世《よ》をのがれ此地《ち》に生《せい》を引て今日にいたる。我を此地に祭《まつ》らば、国に水旱《すいかん》の憂《うれひ》なく、安寧《あんねい》永久なること[二八]湖水《こすい》の尽《つき》ざるがごとくなるべし」と、遺托《いたく》によつて[二九]逝去《かんさりて》後小祠《ほこら》を建《たて》[三〇]荻野《をぎの》明神と祝《いはひ》奉り、祭祀《さいし》おこたらず。大連《だいれん》の匿《かくれ》たる巌窟《がんくつ》も、今に依然《いぜん》として遺《のこ》れりと、かたり伝《つた》へたると承《うけたまは》る。[三一]方正道人《はうせいだうにん》厩戸王守屋の臣を諷咏《ふうゑい》する詩《し》あり。

疾㆒也」(論語・雍也)。

一八 「大都好物不㆓堅牢㆒、綵雲易㆑散琉璃脆」(白氏長慶集・十二・簡々吟)。

一九 「冬十二月、太子命㆑駕、科長墓処覧㆓造㆑墓者㆒、直入㆓墓内㆒、四望謂㆓左右㆒曰、此処必断、彼処必切、欲㆑令㆑応㆑絶㆓子孫之後㆒。墓工随㆑命、可㆑絶者絶、可㆑切者切」(伝暦)。

二〇 風水家の弊を説いた宋の司馬君実の「葬論」(事文類聚・前集・五十八)に「今之葬書、乃相㆓山川岡壠之形勢㆒、考㆓歳月日時之干支㆒、以㆘為子孫貴賤貧富寿夭賢愚皆繫焉、非㆓此地㆒非㆓此時㆒不㆑可㆑葬也」。

二一 「堪輿。堪、天道、輿、地道。故称㆓地師㆒曰㆓堪輿㆒」(古今類書纂要・七)。

二二 「孔子遺教、無㆓後嗣㆒者為㆓不孝㆒矣」(伝暦)という儒家の立場からすると、仏教には福が無いことになる。

二三 聖徳太子伝暦は、「難波百済寺老僧」が原型を伝えたという。

二四 蘇我蝦夷が「我族滅㆑門、其期非㆓遠者㆒、後年合㆑門被㆑誅」(伝暦)といったことを踏まえる。

二五 馬子・蝦夷・入鹿を指す。

二六 大化元年(六四五)、入鹿は中大兄皇子らに暗殺される。

二七 英宗の正統五年、建文帝が四世を経て、生きのびて六十四歳となり、朝廷に「我建文皇帝也」と名のり出た話(女仙外史・第百回)に拠ろう。

二八 琵琶湖。

二九 「為㆑子所㆑焦、而神退矣(カムサリマシヌ)」(神代紀・上)。

三〇 荻生を神名とするを憚った。

一 雪裡柳条順克柔《ゆきのうちのりうでうじゆんにしてよくやはらかに》　二 石梁度レ人断時休《せきりやうひとをわたせどもたへてときにきうす》
三 臨レ史何取口碑実《しにのぞんでなんぞとらんこうひのみ》　四 紅白就分荻与レ萩《こうはくすなはちわかるをぎとはぎと》

古《こ》今《こん》奇談《きだん》繁野話《しげ〱やわ》第一巻《だいひとつのまき》終

三一 作者庭鐘の戯号。

一 守屋の厩戸王子に逆らわずに生きのびた態度をいう。振り仮名は、底本の順序を改めて、訓み下し文とした。

二 厩戸王子が仏法を興して人民を済度したが、子孫がとだえたことをいう。

三 聖徳太子伝暦、聖徳太子伝などが守屋を仏教弾圧者として一方的に非としているのに対し、守屋の側に立って歴史を再検討しようとする作者の態度の表明。

四 本篇によって守屋の冤罪がそそがれ、厩戸王子よりも福分があることが明白になった。荻には荻生翁を利かせる。

古《こ》今奇談繁野話《こんきだんしげゝやわ》第二巻《だいにのまき》

㈢ 紀《き》の関守《せきもり》が霊弓《たつかゆみ》一旦《ひとたび》白鳥《しらとり》に化《け》する話《こと》

往古《わうご》いづれの世にや、紀泉《きせん》[五]のさかひ雄《を》[六]の山の関《せき》を、山口[七]庄司《(しやうじ)》次郎有与《ありとも》といふもの家[八]につたへて是を守《まも》る。多《をゝく》の家僕《かぼく》[九]日次《ひなみ》を挨《つめ》て関[一〇]をつとむ。庄司次郎生得《しやうとく》[一一]心武《たけ》く、平日《へいじつ》猟《かり》を好《この》みて外の楽《たの》しみを要《もと》めず。又祖上《そじやう》[一二]より家に蔵《かく》せる一張《ちやう》の宝弓《はうきう》あり。鹿鳥《しかとり》の類矢《や》[一三]ごろにだにあれば、射《い》あてずといふ事なし。中《あた》る時は皆羽《みなは》[一四]を飲《のん》で一箭《せん》に斃《たふ》る。近村四野《きんそんしや》の禽獣《きんじう》、此弓に獲《ゑ》らるゝこと幾世《いくよ》幾年《いくとし》をしらず。家《いへ》に尊《たつと》きを以て、たとき弓ともたつか弓[一五]とも呼《よび》なせり。庄司次郎家門《かもん》古《ふる》く、一族《ぞく》処ゝ《しよく》に多かるなか、今は音問《いんもん》たへ〴〵なる大和[一六]の国人《くにふど》橘《たちばな》の村雄《むらを》といふ人の末子《ばつし》雪名《ゆきな》[一七]、親《をや》の気色《きしよく》[一八]かふむりて家を逐《おは》れ、妻《さい》を具《ぐ》して紀の国に来《(きた)》り、山口にたよりて扶助《ふじよ》を乞《こ》ふ。庄司次郎頼《たの》もしき男にて、抱《かゝ》へ恵《めぐ》み咄《はな》[一九]し敵《がたき》とするに、雪名生得《しやうとく》すなをにして温柔郷《をんじうけう》[二〇]の人なれば、庄司悦《よろこ》び思ひて宜人求《よきひともとめ》たりと、居るときは膝《ひざ》[二一]をくみ、出《(いづ)》る時は馬をならべて猟《かり》す。或時《あるとき》は関所の横目《よこめ》[二二]に我が代勤《だいきん》となして便《たより》[二三]なる事多し。

五 紀伊国(和歌山県)と和泉国(大阪府)の略称。 六 現、和歌山市所在。湯屋谷から和泉山脈を滝畑に越える峠。標高一八一メートル。古代から重要な交通路でその関所は白鳥の関ともいった。 七 雄の山の南麓の地名山口荘から取る。
八 関守の役を世襲して。
九 日と日の間が近い、即ち毎日毎日。「挨」は「凡物相近謂之挨」(字典)。
一〇 関所の雑役を務める。
一一 「生得 ムマレツキ」(小説精言・二)。
一二 「祖上 センゾ」(小説精言・四)。
一三 適当な射程距離。
一四 矢羽まで獲物に没入して。
一五 手束弓の語源には「弓のとつかを大きにするなり。それは紀伊国の雄山のせきもりがもつ弓なりとぞいへる」(袖中抄・五)説と、「手に握る故に言ふ」(万葉集略解・十九)説とあるが、庭鐘はあえて別の説を採る。
一六 現在の奈良県。
一七 後述される如く狐を妻に持つので、葛葉伝説の安倍保名(やすな)から連想した名か。 一八 怒り。勘気。
一九 話し相手。
二〇 元来は飛燕外伝に見えて美人をいうが、ここでは温厚で柔順な性格のこと。
二一 膝を交えて歓談し。
二二 横目付。通行人を監視し、非違を取締る役。
二三 便宜を得る。

雪名が女房小蝶《こてう》、年わかく生れ清《きよ》らかなり。紡績《ばうせき》の業《わざ》におこたらず夫《おつと》の衣服《いふく》にそなへ、[一]しかぐ\賜《たまは》るべき禄《ろく》とてもなく、只糊口《たゞくちもろふ》ばかりなるに、其居所《きよしよ》の取《とり》かこみたるいと[二]いさぎよく、洒掃《さいそう》に心を用ひ万《(よろづ)》わびしからず。賤《しづ》めきたるさまの見へぬは、雪名が国を出る[三]時嚢中《のうちう》に物ありてこそと人皆思へり。庄司次郎初て雪名が居所へ訪行《とひゆき》たれば、雪名悦《よろこ》び心のかぎり饗応《もてなし》すれども、奴僕《ぬぼく》とてもなければ何をもふけせん。妻《め》も心苦《くる》しく竈《かまど》[四]にあたりて[五]須臾《しばらく》に十余《とをあまり》枚の[六]蒸餅《じやうべい》を造《つく》り、清き漆器《しつき》に[七]槲葉《かしはばしき》敷て盛出《もりいだ》し、雪名諸《もろ》とも殷懃《いんぎん》に是をすゝむ。庄司是を食ふに其制《せい》うつくしく味田舎《あぢはひでんしや》の品《ひん》にあらず。是に茶《ちや》を下[八]して物語す。妻《め》も時ゝ客位《きやくい》のかたに向ひて、「かゝることなんでうあるべき」。「是は得《あ》がたきことにこそ」などゝ、物語を引立興《ひきたてけう》ずる気《け》はい、[九]静間《ものしづか》なるが中に媚《こび》ありてなみの[一〇]素姓《すじやう》にはあらじ。雪名も此女《このをんな》の為《ため》にこそ親にもうとまれ故郷《こけう》に[一一]得たまらでと思はるゝ。

是より常《つね》に来りて四方《よも》の雑談《ざふだん》をかたりきこゆ。夫婦が心へだてなくしたしみけるほどに、いつしか庄司次郎不良心《よからぬ》おこりて、これかれ戯《たはぶ》れによせ情《じやう》を含《ふくみ》たる詞《ことば》の端《はし》きらめけど、女何《なに》とも思はぬさまなり。雪名元より耳にとゞめず。ある時雪名が関《せき》に行たるを窺《うかゞ》ひ知《(しり)》て此所に来る《(きた)》。女房独《ひと》りありて便《びん》[一二]なしとや思ひけん、[一三]扉《とびら》のひきよせたるあいだに身をかくし音《おと》せである。昔より[一四]美女のかくるゝは見《み》へんが為といふなる、又は[一五]心得ずや有けん、[一六]白く小《さゝ》やかなる足尖《あしさき》の扉《とびら》の下より見へきたるに、こゝにこそとさぐりより、やを

一 確かには。「なく」に係る。
二 清潔で。
三 財布。賀知章の「題ニ袁氏別業一」(唐詩選・六)に「嚢中自有レ銭」。
四 底本「竃」に作る。
五 たちまち。
六 「蒸餅、即饅頭無レ餡者也」(和漢三才図会・一〇五「饅頭」)。
七 上代には飲食物を盛るのに用いた。
八 入れて。
九 「無声曰レ静、室寛曰レ間」(宋玉・招魂賦の文選注)と、元来は部屋の静かさを意味していたが、それを女性の態に転じた。
一〇 素性。本性は狐なることを暗示。
一一 居たたまれなくなった。
一二 具合が悪い。 一三 原話の任氏伝に「任氏ノ身ヲ戢(おさ)メテ扇間ニ匿ルルヲ見ル」。「扇」は扉。
一四 「隠レタルヨリ現ハルルハ莫シ」(礼記・中庸)を美女に付会したものか。美女は魅力を一層増さんがために隠れる。
一五 足先が見えているのに。
一六 任氏伝「紅裳ノ戸下ヨリ出ヅルヲ見ル」。紅裳を素足に変えて、より官能的な表現にした。
一七 凌辱しようとする。任氏伝「乃チ擁シテ之ヲ凌ガントス」。
一八 「服サズ」(任氏伝)。
一九 任氏伝「任氏力竭キ、汗雨ニ濡ルル若シ」。
二〇 任氏伝「則チ曰ク、「服サン矣。請フ少シク廻旋セヨ」」。

ら抱《いだき》とゞめて是を凌《しの》[一七]ぐ。女服《ふく》[一八]せず力を極《きは》めてこれを拒《ふせ》ぎ、声《こゑ》たかく奮《ふる》ひて「かゝるふるまひあるまじ」といふ〳〵、女のちからにたへ[一九]ず。汗《あせ》ながれて雨のごとく、「君[二〇]がいざなひに従《したが》ふべし」と、いつわりて庄司を推開《おしひらき》、歎息一声《たんそくいつせい》[二一]して、「哀《あはれ》むべきことにこそ」といふ。其顔色惨然《がんしよくさんぜん》[二二]として人の心を傷《いた》ましむ。庄司あやしみて「誰をか哀《あは》れむべき」と問ふ。女云《いふ》、「外《(ほか)》ならず、是雪名の哀《あはれ》むべきなり。われ一婦人《いつぷじん》[二三]の為に父に逐《おは》れ親属《しんぞく》にうとまれ、朝夕《てうせき》[二四]に相頼《あいたのみ》とし憂《うき》に楽《たの》しきにかたらひ誘《さそ》ふものとては、われならで誰かあるや。かく[二五]人に口もらふ身となりては、それをだに保《たも》つことあたはざるはあわれむべきにあらずや。君は此所の勢家《せいか》[二六]として、我に勝《まさる》[二七]加婢妾《ひしやう》多《(おほく)》あれども眼中《がんちう》にあらで、朝暮《てうぼ》猟《かり》くらして楽《(たのしみ)》とす。豪華《がうくわ》の至りなり。今雪名は色に隠《かく》[二八]れたる貧士《ひんし》にして、我身《わがみ》君《きみ》の為に犯《おか》されば、是富貴《ふうき》[二九]を以て貧人《ひんにん》を奪《うば》ふなり。豈大丈夫《あにますらを》[三〇]と言《(いふ)》べけんや」。庄司此語を聞て野心《やしん》頓《とん》に収《をさま》り、女を引立《(ひきたて)》手を拱《こまぬき》て云、「我一時《いちじ》の暴悪前後《ばうあくぜんご》を忘《わす》れし初事《ういごと》ぞや。尊嫂《そんさう》[三一]これを流《りう》[三二]水《すい》に附《ふ》して胸中《けうちう》に淀《よど》ましむる事なかれ。我若《もし》此事に二念[三三]を引《(ひか)》ば、日比好《ひごろこの》める猟《かり》を、病[三四]にかゝり為《なす》ことあたはざる物なり」と、苦《ねんごろ》に断《ことは》り聞へて出ぬ。

其後雪名が気色《けしき》を窺《うかゞ》ふに少しも聞しらぬさまなり。女も前《さき》にかわらでかたり笑ふ。扨は女が我が為に面目《めんぼく》をつゝみけるこそうれしけれと過《(すぎ)》つる誓《ちか》ひも壊《やぶ》れやすきは此道[三五]、実《まこと》なるかな猛《たけ》[三六]き人の腰《こし》おれともなるならひ、庄司次郎いつしか心よわりして、日比《(ひごろ)》の殺生

二一 任氏伝「任氏長嘆息シテ曰ク、「鄭六ノ哀レムベシ」ト」。鄭六は雪名に相当する者。
二二 任氏伝「神色惨トシテ変ズ」。
二三 任氏伝「鄭生六尺ノ軀有リ、而レドモ一婦人ヲ庇(ばか)フ能ハズ」。
二四 任氏伝「鄭生ハ窮賤ナルノミ。称惬スル所ノ者ハ、唯ダ某ノミ」。
二五 任氏伝「其ノ窮餒シテ、自ラ立ツ能ハズ、公ノ衣ヲ衣(き)、公ノ食ヲ食ム、故ニ公ノ繫グ所ト為ルノミヲ哀レム」。 二六 任氏伝「公少キヨリ豪侈、多ク佳麗ヲ獲、某ノ比(たぐひ)ニ遇フ者多シ矣」。
二七 「勝　加也。優ニ過レ之也」(字典)。
二八 妻のために親から勘当され、世に隠れて暮している。
二九 任氏伝「有余ノ心ヲ以テ、人ノ足ラザルヲ奪フニ忍ビンヤ」。
三〇 任氏伝では、妻を庇護しきれなくなろうとする鄭六のことを「豈丈夫ナランヤ」と任氏が哀れむのであるが、それを他人の妻を奪おうとする庄司への非難の言葉に変えた。
三一 元来は兄嫁の敬称だが、ここは小蝶を敬っていう言葉として用いた。
三二 「世情付ニ与東流水一」(高適・封丘県作)。
三三 再び同じ気持を起すならば。
三四 天罰で病気にかかり、狩猟ができなくなる。
三五 女色の道。
三六 「猛き武人の心をも慰むるは、歌なり」(古今集・仮名序)。

もおこたりて猟狗《かりいぬ》は里の犬《いぬ》と群《むれ》あそび、心しりの猟奴《せこら》等も休息《きうそく》に退屈《たいくつ》す。それのみならず雪名にかたらひて[一]風月の道に心をよせ、花を賞《しやう》し景《けい》を翫《もてあそ》ぶ。人なきひまに女云《いふ》、「むかしは[二]婦節《ふせつ》重《おも》からぬやうなるに、後世義気《こうせいぎき》にはげまされて、おの〳〵[三]天とし戴《いたゞ》ける[四]丈夫《おつと》ありて、[五]あはでの浦の[六]みるをだに心にまかせず。[七]是を外にして君の求《もと》め玉へる縁《えん》しあらば、我に[八]赤縄《せきじやう》の術《じゆつ》あり、君が為に成就《じやうじゆ》すべし」。庄司云、「我年来射猟《ねんらいしやりやう》を好《この》み日《にち》〻〳〵奔走《ほんさう》していまだ婚《こん》を議《ぎ》するの念《ねん》なし。[九]錦部《にしごり》の[一〇]高向《たかむか》大夫、女子《むすめ》あり。[一一]容儀《ようぎ》の聞へ高《たか》し。殊《こと》に彼《かれ》は其所の旧家《きうか》なれば、結《むすび》て婚家《こんか》とならんにたがひに恥《はつ》かしからず」。小蝶云、「わらは心得あり、必ず事成《なる》べし」。庄司次郎悦びてねんごろにあつらへてかへりぬ。雪名かくと聞て、たやすくうけがひたるゆへを問ふ。妻《つま》笑て、「[一二]其道遠《とを》からず、近きに有《あり》。我前日眼《さいつころめの》痛《いたみ》ありし時、行て治《ち》を求めたる医女《をんなくすしと》刀祢子《ねこ》、かの高向《たかむか》の女子《むすめ》の眼疾《めのうれい》を療《りやう》じてより、常《つね》に親《した》しくもふで行《ゆく》よしなれば、是を[一三]緒《いとぐち》となして、[一四]あわをによりて合せんこと仕《し》そんずまじき物」と、刀祢子《とねこ》許《もと》に行て托《たの》み調《とゝのへ》ければ、刀祢子《とねこ》錦部《にしごり》に行て能折《よきおり》からに臨《のぞ》み、「姫《ひめ》を山口殿へ取結び玉はんや。是相当《さうとう》の縁《えん》ならん」といふ。太夫聞て、「山口は古家《こか》なり。我《われ》心我懇望《こんばう》する所なれども、今の庄司は無益《むやく》の殺生《せつしやう》に猟《かり》くらす[一五]徒者《いたづらもの》のやうに人いへば、我心に欲《ほつ》せず」。刀祢子《とねこ》云《いふ》「実《まこと》に此事ありといへども、今は全《まつた》く猟《かり》をとゞまり、常《つね》に過《すぎ》にし事を悔《くひ》て、優《ゆう》に[一六]やさしき手《て》ずさみに心をとゞめらるゝよし、げにも久《ひさ》しく猟《かり》のよそおひ

一　風流文雅。
二　婦人の貞節。「古者婦節似レ不ニ甚重一」（五雑組・八）。
三　「所天（ヲット）　類書纂要、婦以レ夫為レ天」（名物六帖・人品箋四）。
四　「丈夫　ヲット」（名物六帖・人品箋四）。
五　阿波手。尾張国海東郡（愛知県海部郡甚目寺町）下津（おりつ）の南に在った歌枕。「会わないで」の意を掛ける。「みる」の縁語。「なのりそをあまのみるめにかりなしてあはでのうらにこよひ忘れぬ」（夫木抄・二十五・基行）。
六　「海松（みる）」（海藻の名）と「見る」の懸詞。
七　人妻を除いて。
八　続幽怪録に、赤縄で男女の足を繋いで夫婦を定める老人の話があるところから、縁結びを言う。
九　河内国錦部郡。今の大阪府南河内郡に在った。「錦部」（和名抄・五・河内国）。
一〇　「高向（タケムコ）朝臣」（新撰姓氏録）。錦部郡の内に在った地名でもある。現、大阪府河内長野市。
一一　高向大夫の娘に相当する任氏伝の寵奴は「嬌姿艶絶」。
一二　「道在ニ於近一、而不レ在レ遠」（童子問・上・二十七章）。ここの道は、結婚させる方法の意。
一三　取っ掛り。当時、医者が結婚の仲介をすることが多かったことは、上田秋成の胆大小心録・六九などに

窺える。
一四 沫緒。沫のように緩くより合わせて伸び縮みする緒。一説に切れないように強くよった緒とも、ほどけ易いように緩く結んだ緒ともいう。「結ぶ」の連想で、男女の契りを言う場合に多用される。「玉の緒をあはおによりて結べれば絶えての後もあはむとぞ思ふ」(伊勢物語・三十五)。
一五「家業を嫌ふ大浪子(いたづらもの)」(英草紙・第四話)。
一六 優雅な詩歌風流の遊び。

を見はべらず」といふ。「左《さ》あらば我《(われ)》婿《むこ》に取て恥《はじ》なきおのこなり」と内意《ないい》解《とけ》て、山口庄司老党《らうだう》をやりて音問《いんもん》を通《つう》じ程《ほど》なく婚姻《こんいん》を調《とゝの》へける。是によりて庄司一入《ひとしほ》あつく万事の沙《さ》[一]汰《た》しけるほどに、雪名夫婦《ふうふ》衣食欠《いしよくかく》ことなし。庄司好絹《よききぬ》[二]をゑらみて小蝶の衣服《いふく》の料《りやう》に贈《おく》れども、生得新衣《しやうとくしんい》[三]を製《せい》する事を好《この》まず。その絹布《けんぷ》皆刀祢子《みなとねこ》におくり、他《かれ》が旧衣《きうい》と換物《かへもの》にして服用《ふくやう》す。是なん常《つね》[四]の人には異《こと》なりとぞ人もいふなり。

爰《こゝ》に和泉国の旧族登美《きうぞくとみ》[五]の夏人《なつひと》といふ富民《ふみん》あり。親《おや》なるものゝ代《よ》より堅《かた》く殺生《せつしやう》をいましめて、夏人に至《いたり》ても只生《たゞいけ》るを助《たすく》るを以て心とし、他人の殺生をも説《とき》さとして休《やめ》しむ。女房は後《のち》[六]の母の前《さき》に嫁《か》したる所にて出生《しゆつしやう》せし女《(むすめ)》を具《ぐ》して此家に嫁《か》し来り夏人に配《あはせ》たるにて、誠《まこと》に髪《かみ》[七]を結《むす》びたるよりの夫婦、別《わき》て女の心かしこく、夫《おつと》をたすけて家《いへ》を治《おさ》め水と魚との和合《わがふ》、住《すみ》こしことをかぞふれば十《とを》[八]といゝつゝ七《なゝ》とせの秋、ならび[九]寝《いね》たる夫《おつと》の夢《ゆめ》に妻《つま》かなしみかたるやう、「年《とし》ごろかく相なれて中途《なかごろ》に捨《すて》奉るは、物の情《なさけ》しらぬに似《に》たれども、我は母なる人の志《こころざし》をつぎ一類《いちるい》[一〇]の為《ため》に遥《はるか》なる所に行むかへば、今より長《なが》く別《わか》れ参らせん。此一品《ひとしな》を記念《かたみ》にとゞめ置《おく》。我《わが》思ひをなして手なれ玉へ」と、涙を枕にそゝぎて立あがり、右《と》見左《かう》見回顧《かへりみ》て放出《はうで》[一一]のかたに出《(いづ)》ると見て、夢さめみれば女はなく、枕上《まくらがみ》[一二]に見馴《なれ》ぬ一張《いつちやう》の弓《ゆみ》をたてたり。浅《あさ》ましと足《あし》ずりして落《おつ》る涙《なみだ》の水《み》かさとなり、空魂《なきたま》ならばか[一三]へりくるがに、是《これ》はたゞ火[一四]をうち消《けし》たるがごとくにて何をしるべに尋《たづ》ぬべき。其日をぼだい

一　世話。任氏伝「凡ソ任氏ノ薪粒牲餼、皆崟(韋崟、山口に相当スル者)給ス」。
二　任氏伝「崟将ニ金綵ヲ買ヒテ之ニ与ヘントス」。
三　任氏伝「唯ダ衣ノミ自ラ製セズ」。
四　任氏伝の、注三に続く文「人ト頗ル異ナル焉」。小蝶の本性が狐であることを示唆する。衣服を作ることは狐裘を裁つ事に通じるので、狐は好まない。
五　「登美(とみ)(の)真人」(新撰姓氏録)。
六　継母が前の婚家で生んだ娘。
七　元服した年からの夫婦。蘇武の詩第二首「結髪為二夫妻一」(文選・二十九)。李善注「結髪、始成レ人也。謂二男年二十、女年十五時一」。
八　十七年のこと。「手を折りてあひ見しことを数ふれば十といひつつ四つは経にけり」(伊勢物語・十六)。
九　以下、白鳥の飛び下るくだりまで、今昔物語集・三十「人の妻化して弓となり、後に鳥となりて飛び失せし語第十四」の叙述に添っている。
一〇　一族。本姓が狐なることを暗示する言葉。
一一　はなちいで。母屋とも母屋から張り出した屋ともいう(貞丈雑記・十四)。また、家屋の外部の明るみへ向った所ともいう(筆の霊・前篇二)。
一二　枕もと。　一三　「がに」は副助詞で、将来の事柄に関してそうなる事を望む意を表わす。「いもうとの身まかりにける時よみける　なく涙雨と降

の日となし供養《くやう》おこたらず。此弓を傍《かたはら》に立おきて朝《あした》に執《とつ》ては暮《くれ》に携《たづさ》へ[一五]心かれせず手馴《てなれ》ける。

かくて二年《ふたとせ》の月日《つきひ》かへり来《き》て、けふなんかたみの主《ぬし》の去《さり》し日なりと朝《あさ》とく起《おき》て席《せき》をはらひ、此弓を[一六]客位《きやくい》に立よせて[一七]早膳《さうぜん》《あさがれい》を供《くう》じ、われも同じく対《むか》ひ食する所に、此弓　忽《たちまち》[一八]羽《は》うつおとして白き鳥に変《へん》じ飛出《とび(いづ)》る。食膳《しよくぜん》[一九]かいやり追《おひ》出て見れば南《みなみ》をさして飛行《とびゆく》。其方《そのかた》を目につけつゝ[二〇]したひ行《ゆく》ほどに、日も暮《(くるる)》にちかく紀泉《きせん》の堺《さかい》にいたる。傍《かたはら》なる大木の高枝《こずへ》に住《とま》りたる白き鳥有《(あり)》。是ならんと見あげたるに、[二一]やがて飛下り、夏人が手に留《とま》るにいたりて、[二二]原《もと》の良弓《りやうきう》と形《かたち》をかへす。あやしくも夢《ゆめ》かと疑《うたが》はれ、しばらく其処《そのところ》に佇立《たゝずみ》やすらふ所に、雄《を》の関《せき》の侍《さむらい》ども両三人来《き》かゝりて、持《もち》たる弓を見とめ取囲《とりかこ》みて大にとがめ、「其弓何として汝《なんぢ》が手に入りたる」となぢり問ふ。夏人《なつひと》有《(あり)》のまゝをかたる。侍《さむらい》どもさらにうけがわず。「かゝるあやしき[二三]分説《いゝわけ》こそ心得がたけれ。先《まづ》庄司殿へ申て其上のはからひこそ」と、夏人を中に取込《とりこめ》て行《ゆく》ほどに、いかにするやと安《やす》き心なし。

かくて庄司次郎は[二四]彼濁《かのにご》れる心の底《そこ》すみがたく月日《つきひ》往《ゆく》ほどに、ひたすら我《(わが)》富貴《ふうき》を見せなば、女の心に羨《うらや》むこともあらんと、折節《をりふし》によせて雪名夫婦をまねき重宝重器《ちやうほうちやうき》をつらね、山海《さんかい》の珍味《ちんみ》をあつめて、饗宴《けうえん》す。[二五]一日《あるひ》殊更《ことさら》心を尽《つく》して設《もふけ》をなし夫婦をむかへけるに、女も粧《よそを》ひを凝《こら》して入来り、既《すで》に客殿《きやくでん》にいたりて席《せき》に進《すゝ》み、上段《じやうだん》の壁《かべ》にかけたる猛虎《もうこ》の竹を

らなむ渡り河水まさりなば帰りくるがに」(古今集・哀傷)。
一四 皆目わけのわからない様。
一五 心を離すことなく。忘れることなく。
一六 客の坐る席。
一七 「早膳(アサメシ)」(名物六帖・飲膳箋)。最後の夏人の「朝もよひ」の歌と照応させるための伏線。
一八 羽ばたきする。
一九 脇に投げ遣り。
二〇 「男尋ね行きて見れば」(今昔物語集・三十・十四)。
二一 すぐに。
二二 今昔物語集では「その鳥、また人となりにけり」としている。
二三 「分説　云ワケ」(唐話纂要・一)。
二四 小蝶を我が物としようとする野心。
二五 任氏伝では、任氏が鄭六と共に馬嵬に行くと、「是ノ時西門ノ圉人、猟狗ヲ洛川ニ教へ、已ニ旬日ナリ矣。適ニ道ニ値ヒ、蒼犬、草間ヨリ騰リ出ヅ。鄭子、任氏ノ欻然トシテ地ニ墜チ、本形ニ復シテ南ニ馳スルヲ見ル。蒼犬之ヲ逐フ。鄭子随ヒ走リテ叫呼スルモ、止ムル能ハズ。里余、犬ノ獲ル所ト為ル」という話になっている。本話の、狐が画中の虎を恐れて正体を現わす趣向は、二十巻本捜神記・十八「張華」や唐の王度の「古鏡記」(太平広記・二三〇)の、老狐が華表や古鏡に照らされて正体が現われる、という話などを参照したものか。

倒《たを》し風に[一]咆吼《はうかう》する勢《いきほ》ひ、眼光人《がんくはうひと》を射《い》るがごときに、小蝶一目《ひとめ》見てあとさけびて庭《には》に飛しが、忽《たちま》ち狐《きつね》と化《け》し築垣《ついがき》をこへ行《(ゆき)》がたしらずなりぬ。雪名[二]周章《あわて》驚《おどろく》といへども、此すがたを見て人目を恥《はぢ》て追《を》ひとらへんともせず。[三]身に着《つけ》たる小袖は帯むすびながら脱《もぬけ》の[四]殻《から》、[五]単《た》皮《び》は[六]ふみそろへて[七]椽《すのこ》に遺《のこ》り、[八]髪《かみ》のかざりも落《おち》りて、むざんかぎりはなかりぬ。人ゝ只《ただ》あきれにあきれて面見《おもてみ》合《あひ》たるのみなり。庄司次郎今は何をかつゝまんと、我が野心《やしん》のすぎこし次第《しだい》こと〴〵く雪名にかたり、女が出身《しゆつしん》を尋《たづぬ》るに、雪名いふ、「此女房は其はじめ遠国《ゑんごく》より売《うり》来るを親《おや》なるもの買《かい》とりて婢《ひ》となす。我これに[九]ちなみて、親《をや》のさづけんといふ妻《め》をうけがわざるゆへ、[一〇]かくうとまれて遠《とを》くさまよひ来るにおよぶ」。庄司次郎云《(いふ)》、「さもありなんかし。此虎《とら》の絵《ゑ》は新筆《しんぴつ》なれども[一一]百済川虫《くだらのかはむし》の秀逸《しういつ》、高向《たかむか》太夫秘蔵《ひざう》なりしを[一二]婿引《むこひき》入れに得《ゑ》させし物なり。恐れて本形《ほんけい》を露《あら》はすこと、[一三]画真《ぐはしん》のまつたき所あるや」と、語《かた》るなかばへ関《せき》の者《もの》ども夏人《なつひと》を取かこみ来て右の弓を持参《ぢさん》す。庄司見て大に驚き雪名にむかひ、「其弓こそ我家に祖上《そじやう》より伝へし良弓《りやうきう》、尊敬《そんけい》してたとき弓と云。[一四]靶唐《とつかから》やうなればとつか弓ともいふを、家の子等《ら》いつしかよこ[一五]なまりてたつか弓と称《せう》せり。此弓を以て猟《かり》するに得《ゑ》ものなしといふことなし。近比《ちかごろ》は惜《をし》みて深《ふか》くおさめおき[一六]苟且《かりそめ》に用ることなし。況《いはん》や久しく殺生《せつしやう》におこたりて箱《はこ》をもひらかず。此比《(このごろ)》都《みやこ》より[一七]白狐《びやくこ》の[一八]裘《きう》の用として近国《きんごく》に命《めい》じて、殊《こと》に予家射猟《わがいゑしやれう》をよくするを以て、[一九]年経《よふ》る狐を求めしめ玉ふにより、昨日箱《はこ》を開《ひら》

一 咆哮。吼は字典に後漢書・循吏伝・童恢伝の「(虎)視レ恢鳴吼」を引く。 二「周章 アハテル」(唐話纂要・一)。 三 任氏伝「其ノ馬ヲ廻覩スルニ、草ヲ路隅ニ齧ミ、衣服ハ悉ク鞍上ニ委ネラル」。 四 底本は「売」。「鸚鵡螺常脱レ殻而游」(異苑)。 五 任氏伝「履襪ハ猶ホ鐙間ニ懸ル」。「単皮履…野人以二鹿皮一為二半靴一、名曰二多鼻一、宜レ用二此単皮二字一乎」(和名抄・十二)。 六 あわてながらも最後まで行儀をくずさない様を示す。 七 建物の外周部の濡縁。椽は、たるき。簀子の意とするは誤用。 八 任氏伝「唯ダ首飾ノミ地ニ墜チ、余ハ見ル所無シ」。 九 ちぎって。 一〇 二一五頁、「親の気色かふむりて」以下を参照。 一一 文徳実録・五や今昔物語集・二十四「百済川成と飛騨の工と挑みし語第五」に見える画の名人百済川成をもじった名。 一二 婚礼で婿が舅の家に行った時に舅が婿に贈る引出物。 一三 画像が完璧なまでにできあがっているからであろうか。「写真 エザウ」(名物六帖・器財箋三)。 一四 弓の握りの部分。「靶、刀柄也」(古今類書纂要・十一・話靶)とあり、柄の意を弓に転用した。 一五 発音がくずれる。「訛 ヨコナマル」(書言字考・八)。 一六「苟 カリソメニナスコトナリ」(訓訳示蒙・四)。 一七 和漢三才図会・三十八に「元正天皇(霊亀元年)遠江献二白狐一。(養老五年)甲斐献二白虎一。皆以為二祥瑞一」という如く、上

くに弓を見ず。家人の内に盗《ぬす》みとりし者あるやと捜《さぐ》り求むること急《きふ》なり。其方《そのはう》を見るに盗賊《とうぞく》とも見へず。怪《あや》しき分説《いゝわけ》とるにたらずといへども、今目前に見たることもあれば、世の中[二〇]怪事断《くはいじだん》じ捨《すつ》べきにあらず。其男はとゞめをき、[二一]本国《ほんごく》に人を遣《やり》て其身許《そのみもと》をも聞べし」と、其日は皆ゝ[二二]興《けう》を掃《はらい》て散《さん》じける。

其《その》夜庄司が夢に小蝶来りて云やう、「我《(わが)》母といふも同じ狐《きつね》にして、登美《とみ》の長者《ちやうじや》が為に眷属《けんぞく》の命を免《まぬが》るゝ事幾度《いくたび》ならず。其報《かへし》として彼が家に[二三]掃櫛《そうせつ》をとり、猶《なを》も雄《を》の山の関守《せきもり》が殺生《せつしやう》に耽《ふけ》るを制止《せいし》せんとの念《ねん》ありて達《たつ》せず。我其念《そのねん》を続《つぎ》て、先汝《まづなんぢ》が宝弓《ほうきう》を取隠《とりかく》し、我身《わがみ》のかわりとして[二四]重《おも》く夏人に預《あづ》け、大和なる雪名をさそひ出《(いだ)》し此所に来り、你《なんぢ》が魂《たましい》を迷《まよ》はしめて漸《やうや》く殺生をとゞめ、[二五]望《のぞみ》たんぬと思ふ事かなへば、又白狐を[二六]狩《かり》せらるゝことのうたてさよ。しかしながら[二七]是《(これ)》人の言伝《いゝつたへ》にて、狐裘《こきう》何の宝《たから》となすべき。[二八]腋下《えきか》の皮を縫《ぬい》あわせて毛《け》色白きやうなれども、[二九]躰《たい》に重《おも》くして服御《ふくぎよ》《おめし》に堪《たへ》ず、[三〇]肌不平《はだへふへい》なり。年経《へ》て白狐《びやつこ》となりしは落《おち》皮枯《かれ》て裘《かわごろも》となすに美観《びくはん》なし。此よし[三一]公《をゝやけ》に告《つげ》て狐白裘《こはくきう》の用なき事を[三二]啓《けい》し玉へ。去《(さる)》にても[三三]霊《れい》なるかな彼良弓《かのりやうきう》遂《つい》に他家《たけ》にとゞまらず、自《みづか》ら飛て山口の家《いゑ》に帰《かへ》る。[三四]神《しん》なるかな掛《けい》画《ぐは》、虎威《こい》真《しん》に逼《せま》りて我が多年《たねん》の[三五]通変《つうへん》を破《やぶ》る。是皆物の[三六]定数《ぢやうすう》にして我が力に及ばざる所なり」と、其夜同じ[三七]夢の物がたり、庄司次郎雪名夏人もたがはぬ一詞《いつし》なれば、元来《もとより》[三八]一狐《いつこ》の所為《しよゐ》によりて三人種ゝ《しゆぐ》の[三九]心機《しんき》を労《ろう》しぬる。其[四〇]根本《こんぽん》は庄司次郎おのれが殺生《せつしやう》より事おこり

古には白狐は祥瑞として諸国から献上された。 一八 「裘 かはごろも…皮衣也」(和名抄・十二)。 一九 「狐ハ年久シクナルト変ジテ白狐ニナルト云」(本草綱目訳義・五十二)。 二〇 第五話にも「深山、大沢何の怪かなしとせん」という。 二一 和泉国。 二二 「掃興 キヤウヲサマス」(唐話纂要・二)。 二三 妻となって仕えることを謙遜していう。「箕箒を奉ず」と「巾櫛を執る」の語を合わせた。 二四 大切に。 二五 「足りぬ」の撥音便形。 二六 朝廷が山口庄司次郎に白狐を捕えさせなされる。 二七 白狐の裘は珍重すべき物だ、という説。史記・孟嘗君列伝「孟嘗君有㆓一狐白裘㆒、直千金」など、諸書に見える。 二八 脇の下。史記評林の前条の部分の注に「以㆓狐之白毛㆒為㆑裘、謂㆑集㆓狐腋之毛㆒、言㆓美而難㆑得者㆒」と。 二九 この説は、狐白裘が「軽柔難㆑得、故貴也」(前漢書・匡衡伝の師古注)という通説の逆を行くもの。 三〇 肌にしっくりしない。 三一 朝廷。 三二 申し上げる。 三三 不思議な威力がある。 三四 神秘な力を持つ。 三五 人間の女に変じて人々を操っていた神通力。 三六 天によって定められた命数。 三七 三人が同一の夢を見るという趣向は、聊斎志異・二「鳳陽士人」などに見られる。中国小説のそうした趣向に学んだものか。

たればとて、此弓を長《なが》く[一]庫蔵《こざう》におさめ、[二]其位にあらずして無益の猟《かり》をなすは公《をゝやけ》を[三]潜《せん》するなりと、みづからくやみしりて再《ふたゝ》び殺生に遊ばず。雪名夏人も[四]迷惑《めいわく》はれながら、[五]女房を慕《した》ふ心のやまざりければ、[六]同じ思ひに庄司有与《ありとも》かくなん咏《ゑい》じける。

[七]引かねしたつかの弓のつかのまも思へば苦《くる》し遣《や》ればすべなし

雪名もかくおもひつゞけて、

[八]なげきつゝいるやいづさやたつか弓[九]紀の川上の白鳥の関

夏人、

[一〇]朝もよひ跡《あと》ふみ認《とめ》て紀の川のたゆるひまなき我涙かも

二人は[一一]本意《ほい》をうしなひて[一二]大和いづみにかへりぬ。彼雄《(かの)を》の山の関を[一三]白鳥《しらとり》の関とも呼《よび》なせるは[一四]此謂《(この)いはれ》によるとかや。

㊃ 中津川入道山伏塚《やまぶしづか》を築《つか》しむる話《こと》

足利《あしかゞ》の世漸《やうやく》一統《いつとう》ならんとす。[一五]貞治応安《ちやうぢおうあん》の比《ころ》、[一六]勢州《せいしう》多度《たど》の郷《がう》に[一七]桜崎《さくらざき》左兵衛《(さひやうゑ)》といふ人、文武《ぶんぶ》双全《さうぜん》の聞《きこ》へありて遠近従遊《ゑんきんじうゆう》の人多し。其中に三年ばかり入来る浪人宇多《うだ》次郎《(じらう)》といふ者、其人心軽《かろ》く、人の顔色を見ずして多言なるが、一日《あるひ》人なきに乗じて問て云ふ、「世

三八 序文の「邪色の人を蕩す」と同意。 三九 心の働き。 四〇 根本原因。

一 「庫蔵 クラ」(名物六帖・三宮室箋)。 二 「子曰、不レ在二其位一、不レ謀二其政一也」(論語・泰伯)。犬養部の如き朝廷の狩猟官ではないのに、の意。 三 僭上沙汰を働く。「潜」は底本のまま。 四 迷妄。 五 それぞれの妻、即ち小蝶。 六 小蝶は山口庄司にとっては妻ではないが、妻を慕うに等しい気持で。 七 「たつかの弓」までは「つか」の序詞。「つか」は柄と束の掛詞。序詞の部分は山口庄司が殺生を止めて弓を引かなくなった事を含意する。歌意は、瞬時でも小蝶のことを思うと苦しいし、その思いを放ちやろうとしても手段が無い。 八 「いる」は「入る」と「射る」の掛詞。「射る」と「たつか弓」は縁語。原話「人の妻」の歌「朝もよひ紀の川ゆすりゆく水のいづさやむさやいるさやむさや」の一部を踏まえる。「さや」は調子を整える言葉。小蝶は夫の親に追われたことを嘆きつつ紀の川の上流の白鳥の関に入り、また本性が現われたことを嘆きつつそこを出たのだろうか。「思ふには契もなにか朝もよひ紀の川上の白鳥の関／鴨長明」(夫木抄・二十一)。 九 奈良県南部の大台ケ原山に発し、和歌山県北部を西流して、和歌山市で紀伊水道に注ぐ川。 一〇 原話「人の妻」に「あさもよひとは、つとめて物食ふ時を

の人のいふなるは実《まこと》や。南朝の功臣《こうしん》、武名《ぶめい》四海に達《たつ》し、[一八]摂《せつ》、河《か》、泉《せん》の受領《じゆりやう》し、従三位《じゆさんみ》中将を贈《をく》られし判官楠公《はんぐわんなんこう》、湊川《みなとがは》に仮腹《そらばら》切りて、跡《あと》をかくし任《にん》をのがれて、今変名《へんめう》する所則《すなは》ち先生《せんせい》なりといふ。小生《せうせい》も年比心を著《つ》けて見奉るに、常倫《じやうりん》《つねなみ》の器《き》にあらず。[一九]御大事の時《じ》節《せつ》に参り合《（あは）》ずといへども、おのれは最初《さいしよ》の官軍、[二〇]矢田《やた》十郎義登《よしとよ》といつしものなるが、[二一]宮《みや》流刑《るけい》の節身をのがれ、生国なれば此地に来り、近きあたりに幽《かすか》にすめり。爾来《しかりしより》、土も木も足利の[二二]風に偃《のべふし》て、南朝日《ひゞ》に衰へ、其旧臣《きうしん》たる者、朝夕歯《は》をくひしばるにたへざるべし。先生にも遺恨《いこん》に思召さば、其徒《と》なきにあらず。[二三]帥《そつ》の[二四]律師《りつし》[二五]則祐《そくゆう》今[二六]摂《せつ》の中津川《なかつがは》に館《やかた》をかまへ、赤松附属《ふぞく》の地を看《まも》る。僕《やつがれ》と無二《むに》の旧遊《きうゆう》、心に南朝を忘《わす》れざるべし。奥《おく》に[二七]備後の三郎高徳《たかのり》存生《ぞんじやう》して、時ゝ《ときぐ》文通おとづれて、只南方の衰敗《すいはい》をなげく。九州《きうしう》の[二八]菊池 勢《いきほひ》 微なれども義《ぎ》心屈《しんくつ》せず。[二九]新田《につた》義治《よしはる》の方《かた》、其処をしらねども、蟄居存命《ちつきよぞんめい》なり。今にても[三〇]負弩《さきにたつ》の人あらば、其後《あと》に従《つき》て馳集《はせあつま》る者時を同じうせん。賢慮《けんりよ》いかゞ」と問ふ。

桜崎実《まこと》に迷惑《めいわく》の体にて、「世上の人我を楠《くすのき》と沙汰する事、疾《とく》より我耳《わがみゝ》にも入りたれども、出所明白《しゆつしよめいはく》なる某《それがし》、恐るべきにもあらず。跡かたもなき雑説《ざふせつ》にて、貴方を始め、世の人軍情《ぐんじやう》を知らぬ故なり。[三一]蜀《しよく》の諸葛《しよかつ》、幾度《いくたび》も[三二]祁山《きざん》に出《（いで）》しは、必ず勝《（かつ）》の術あるにあらず。[三三]魏《ぎ》の勢《いきほひ》日日《ひび》に洪大《かうだい》なれば、此方無為《ぶゐ》にして、[三四]取静《とりしづ》めたるのみにては、気を呑《のま》れて危《あやふ》きに近きゆへ、勢《いきほひ》を張《はつ》て国家《こくか》の気を養《やしな》ふ計策《はかりごと》、かゝる[三五]相国《しやうこく》の身となりて、いかばかり心苦《ぐる》し

云ふなり」とあり、俊頼髄脳なども同説。「紀」の枕詞と解する説もあるが、三一頁の「早膳」と照応する言葉で、原話の如く解すべきである。「認て」は、尋ね求めて。「たゆる」は「川」と「我涙」の上下に係る。自分は早膳を掻い遣って弓の跡を追い求めて紀の川上まで来たが、その川の流れが断える時が無いように断え間なく流れる我が涙だなあ。

一一 妻を取り戻そうという望み。

一二 大和は雪名の、和泉は夏人の故国。 一三 「紀の関趾。又白鳥の関ともいへり」(紀伊国名所図会・三)。

一四 以上の話に基いているということか。風土記の地名起源説話の形式に倣い、序文にいわゆる「名区山川」の伝聞を演義した、という意図と照応する。

一五 共に北朝の年号。一三六二―七五年。 一六 現、三重県桑名郡多度町。

一七 兵家茶話(日夏繁高編、享保六年序、写本)・八「頼政墳墓」に、「楠正成戦死のまねし潜に逃れ隠るなど云。正成は桜崎左兵衛と改て、武蔵国に来り給ふといふ」。

一八 楠正成墓碑(元禄五年徳川光圀建立。神戸市生田区の湊川神社に現存)の「右、故河摂泉三州守、贈正三位近衛中将楠公賛」に拠る。太平記・十二「安鎮国家法事」は「摂津国河内ヲゾ行ハレケル」に作る。

一九 楠正成が敗死する湊川の合戦。

二〇 大塔宮護良親王の熊野落ちの時

の従者、矢田彦七(太平記・五)から取った姓か。二一 大塔宮が鎌倉に流された時。建武元年(一三三四)十一月(太平記・十二・兵部卿親王流刑事)。二二「君子之徳、風也。小人之徳、草也。草、上二之風一必偃」(論語・顔淵)。「草ニ風ヲ加フル時ハ偃(のえふさ)ズト云事ナシ」(太平記・八・主上自令レ修二金輪法一給事)。二三 武将。「帥律師則佑」(太平記・八・摩耶合戦事)。二四 僧官の一。僧都に次ぎ五位に準ぜられる。二五 赤松則村の子。播磨・美作・備前の守護。元弘の乱(一三三一)で護良親王に従ったが、文和元年(一三五二)、背いて足利尊氏につく。二六 淀川下流の分流の名。長柄川。太平記の古写本(毛利家本・天正本)には「中津河律師」と作るものがある(巻八・三月十二日合戦事)。二七「児嶋備後三郎高徳」(太平記・四・備後三郎高徳事)。正平六年(一三五一)、新田義治と協力して足利尊氏を討とうとして失敗。二八 菊池武朝(たけとも)。一三六三―一四〇七。武光の孫。九州探題今川貞世と戦い、南朝の勢力回復に努めた。二九 新田義貞の弟脇屋義助の子。応安三年(一三七〇)に上杉朝房(ともふさ)に敗れ、信濃に走った。三〇「県令負二弩矢一先駆」(史記・司馬相如伝)に基く訓であろう。三一 諸葛孔明は六度祁山に出兵した(通俗三国志・四十一―四十三)。三二 甘粛省西和県の西にある山。三三 以下の論は、「議者以為、但宜

からん。いかなる英雄《あいゆう》にもせよ、是程の知恵《ちゑ》あれば、敵を計《はかる》に足れり。我軍略《ぐんりやく》是ほどあれば、是にて此軍に勝べき手当《てあて》十分なりといふやうはなし。其上時変《じへん》あり兵変《へいへん》ありて、千慮《せんりよ》の外に出《(いづ)》るをや。愚老《ぐらう》聞伝《(ききつたふ)》るに、昔土師《はじ》[一]の何某《なにがし》に始《(はじめ)》て橘の姓《せい》を賜りたるは、葛城《かづらき》王《わう》の外戚《はゝかた》なるを、故《ゆへ》ありて其姓を継《つぎ》玉ひて、八代好古《よしふる》の大納言より枝を分ち、樟殿《くすのきどの》[二]にいたりては、小身微力《せうしんびりよく》なれども、官軍の大指《をゝゆび》[三]に屈《をら》れ、根《ね》ざし久しき土地《とち》の理を得て大敵をふせぎ、軍機《ぐんき》を我物として、変化《へんくわ》、鬼神《きしん》のごとく見ゆれども、是皆《これみな》其時に従《したがつ》て、疢疾《くるしみ》[四]の中より智計《ちけい》を練《ねり》出し、一族士《ぞくし》卒《そつ》の精忠《せいちう》[五]により拒《ふせ》ぎおゝせ、智《ち》に及ばざる所は、理《り》をせめて命《めい》にまかせ、一人に敵するも、日本国を引受けても、死するは一身一命《いつしんいちめい》、頼まれ奉りしより此生《しやう》を君に捧《さゝ》げ、節操《せつそう》たゆまず、心力《しんりよく》を王師《わうし》に労《らう》し、恢復《くわいふく》の時を得て、足利殿《あしかゞどの》謀反《むほん》の初《はじめ》に、一たびは西海[六]に走《はし》らしめ、叡山《えいざん》[七]より還都《くわんと》なし奉るまで、盛名《せいめい》を落さゞること、一つは時運《じうん》のすゝむによるものなり。以来政《まつりごと》そむけ、賞罰均等《しやうばつきんとう》ならず。新田殿[八]英《あい》雄《ゆう》なりといへども、家勢《かせい》初より微《び》にして、高氏《(たかうぢ)》に対せず。既に家運《かうん》傾《かたむ》くの北条《ほうでう》すら手ごはかりしに、大事勃興《ぼつこう》するの足利《あしかゞ》、天命の帰《き》する所、明眼《めいがん》より見れば、勝《かつ》べきの敵にあらず。元より軍利《ぐんり》手に握《にぎ》りたるものにあらざれば、此《こゝ》にいたつて精気《せいき》をつかし、時を見かぎりたる戦死《せんし》なり。已《すで》に嫡子《ちやくし》正行《まさつら》[九]、生得《しやうとく》多病にて、病に死せんよりは王事《わうじ》に従《したが》はんと、二十六才にして飯盛《いゝもり》[一〇]山の下に戦死したるは残念《ざんねん》なれども、今にて見れば、死戦《しせん》の図《づ》をは

レ安レ蜀、不レ宜レ伐レ魏。武侯則以為、若不レ伐レ魏、不レ能レ安レ蜀、我不レ滅レ賊、賊必滅レ我」(三国志演義・第九十七回の毛宗崗評)を参考にしていよう。 三四 静かにしている。偏安。
三五 宰相。孔明は蜀の丞相。

一 楠正成は「橘諸兄公ノ後胤」(太平記・三・主上御夢事)。諸兄の初名は葛城王。橘氏第八代好古の八代の後胤が正成(公卿補任・橘氏系図)。
二 字典では「楠、本作レ枏」とし、枏は「梅也」であるので、くすのきを正確に表わすこの字を用いた。
三 屈指の強者。
四 「人之有二徳慧術智一者、恒存二乎疢疾一」(孟子・尽心上)。集註に「疢疾、猶二災患一也」。
五 「精忠貫レ日」(朱舜水の楠公賛)。
六 建武三年、足利尊氏は打出宿で楠・新田軍に敗れ九州に逃る(太平記・十五・大樹摂津国豊嶋河原合戦事)。
七 延元元年、後醍醐帝は比叡山より還幸(同・主上自二山門一還幸事)。
八 太平記・二十・義貞首懸二獄門一事では、義貞が勾当内侍の色香に迷って、西国へ奔った尊氏を即刻に追討しなかったことが滅亡の基因とする。
九 楠正成の長男。後村上天皇に「病ニ犯サレ早世仕ル事候ナバ、只君ノ御為ニハ不忠ノ身ト成、父ノ為ニハ不孝ノ子ト可レ成」(太平記・二十六・正行参二吉野一事)と誓った。一三四八年没。
一〇 大阪府大東市にある生駒山地の一支峰。

づさぬを知るべし。士《し》[一]たるものは、初に其主人をえらぶべきこと一生の大事なれば、黄《くはう》[二]石公《せきこう》が直《わざ》と履《くつ》を堕《おとし》て張良に取《とら》しめたるは、其踏《ふむ》所に心を用ひよとの教《おしへ》を隠《かく》したる所為《しわざ》なり。樟殿《くすのきどの》、初は天命の帰《き》する所を知て頼まれ奉り、終《をわり》は命《めい》の革《あらたまる》を見て、死《し》を以て君に報《はう》ず。公の霊《れい》あらば、談者《だんしや》[三]の愚《ぐ》を笑ふべし。但し濫《みだり》に楠公《なんこう》とは呼《よび》がたし。古代樟《しやう》[四]の字、俗《ぞく》に梼《やつし》と省たるを楠《なん》の字に混《こん》じたるとも聞《きけ》り。扨《(さて)》また南朝旧恩《きうおん》の余《よ》類ありて、時節を窺《うかゞ》ふものあるべし。是は人情《にんじやう》なれば、悪《にく》むべきにあらず。しかれども、此時を以て見るに、南朝の根基《こんき》とせる大和紀《き》の路《ぢ》一統して、基本巣穴《きほんさうけつ》《もとたてよりどころ》[五]なし。今蜂起《ほうき》の徒《と》の事を成《(なす)》べきにあらず。扨足下《そこ》にも年比《としごろ》詣《もふで》来るちなみなれば、思ひ立《(たち)》たる事の成《なる》か成《なら》ざるか、占《うらな》ふて参らせん」と、枕《まくら》にすべき角《かく》なる木を二つ取出し、「是こそそれがし常《つね》に子弟《してい》に示《しめ》す隠《いん》器《き》なり」と、掛《かけ》たる長刀《(なぎなた)》を下《おろ》して宇田《うだ》次郎に授《さづ》け、「足下《そこもと》心中に誠《まこと》[六]を降《くだ》して、石突《いしづき》[七]を以て直下《ちよくか》に突通《つきとを》し試《こゝろ》み玉へ」。次郎鐏《いしづき》[八]を下になし、心中に念ずる所あつて、力《ちから》にまかせ突下す。此角木《かくぼく》貫《つらぬき》得て徹《とを》れり。又一個《いつこ》を取て突き下すに、此度は鐏《いしづき》ゆるぎて角木《かくぼく》依然《いぜん》《もとのごとし》たり。

次郎問て云《(いふ)》、「此占《うらなひ》如何《いかん》[九]が主《つかさ》どる」。左兵衛云、「其貫《つらぬ》き通りたるは、内虚《うちきよ》にして箱の如し。志力《しりよく》強《つよ》き時は通るべし。後の貫《つらぬき》得ざるは、中外《うちそと》なく純木《まつたきき》なり。孫武子《そんぶし》[一〇]が実《じつ》[一一]するもの伐《うた》ずといふもの是なり。打《うた》ば必ず其兵《へい》を損《そん》す。是もたゞ陣《ぢん》に臨んで一時[一二]の実《じつ》をい

一「臣雖レ賤、亦得ニ択レ君而事一レ之」（晏子春秋・三）と同じ発想。
二 史記・留侯世家に見える故事。
三 宇多次郎を指す。
四 出拠未詳。庭鐘以前に楠と樟の別字なることに注意した言説には、「楠の字、クスノキと訓ずる事誤り也。クスノキは樟の字なり」（新井白蛾・牛馬問・二・宝暦五年序）がある。
五 立脚すべき根拠地。
六 誠を念じて。
七 長刀の柄の端の、地面に突き立てる部分。
八 音「タイ」。「鐏、鐏也。疏、矛之下端」（字典）。
九 どのような事を意味しているか。
一〇 春秋、斉の人。孫子の撰者。
一一 「兵之形、避レ実而撃レ虚」（孫子・虚実）。敵の主力を避ける意。
一二 ある状況における真実。

ふなり。今の世の如きは、実常《じつつね》となり、打《(うつ)》べきの時にあらず。或は此占《うらなひ》、虚《きよ》[一三]なるかた堅《かた》くして通《とを》らず、実《じつ》[一四]なる方貫《かたつらぬ》けるが如き変卦《へんくわ》[一五]あるを待《また》ずんば、事成就《じやうじゆ》すべからず。人情《にんじやう》常なく、初《はじめ》勇気あるも、一たび利を失ひては、勢《いきほひ》折《くじ》け、始終を保《たもち》がたし。兵書《へいしよ》に、始[一六]は処女《しよぢよ》の如く後は脱兎《だつと》の如しと云へり。脱兎《だつと》は、処女の既に破身《はしん》[一七]したるを口悪《くちさが》に言《(いひ)》たる其比《(そのころ)》の穢談《ゑだん》なるを、孫子《そんし》取つて譬《たとへ》とせりと、新田殿[一八]雑談《ざうだん》に語り玉ひし由。強弩《きやうど》[一九]の勢《いきほひ》も、放《はな》したる末にては、魯縞《ろかう》の薄《うすき》を通さぬと同意《どうい》なり。足下《そこ》の如く思ひはやりにはやるもの、勢を用ひすごして、必用《ひつよう》[二〇]の時には気勢《きせい》なきものなり。此上かやうの事思ひとゞまり、愚老《ぐらう》が諫《いさめ》に従《したが》ひ玉へ」と、理[二一]をせめて蒙《もう》を開《ひら》くの詞《ことば》に、次郎赤面しても心《こゝろ》服《ふく》せず。彼がうけがはざるは是非もなし。我密事《みつじ》をかたりて此まゝに帰りがたしと、彼《(かの)》長刀の鞘《さや》をはづし、なぎつけん[二二]とする時、左兵衛早く後《うしろ》の一間に入りて、戸を引立てたり。一重《ひとへ》の障《へだて》は物[二三]かは、突通《つきとを》さんと突《つく》長刀の鍔《つば》本より屈《まがる》を見れば鉛刀《ゑんたう》《なまり》[二四]なり。かゝる所へ、門生数人《もんせいすにん》入来りたれば、何気《げ》なく貌《かたち》を正《たゞ》しくし、思ふに真剣《しんけん》を我には授《さづ》くまじきことなりしと、立出《(たちいで)》なんとする時、左兵衛出来《(いでき)》て再びいふ、「次郎、你見よ。清平《せいへい》[二五]の世、これ[二六]を用れば、大人は徳を害《そこな》ひ、小人は必ず凶《けう》なり。用[二七]ずして安き時は鉛刀《ゑんとう》に論《ろん》なし。動《うごく》[二八]は止《とゞま》るにしかざるべし。是愚老《ぐらう》が足下《そこ》を送るの辞《ことば》、今より永く絶《ぜつ》[二九]すべし」といふ。

一三 空虚な木材、即ち劣勢の南朝。
一四 充実している木材、即ち優勢な北朝。
一五 占卜で、第一回目の本卦が、第二回目に算木を配置した時に陰陽を変えるもの。
一六 「始如二処女一。敵人開レ戸、後如二脱兎一。敵不レ及レ拒」(孫子・九地)。
一七 破瓜して快楽を知る。
一八 新田義貞。勿論、仮託の説。
一九 「彊弩之末勢、不レ能レ穿二魯縞一者也」(蜀志・諸葛亮伝)。英雄も衰えては為す術のない喩え。
二〇 必ず勢いを用いるべき時節。
二一 理づめで。
二二 薙ぎはらう。
二三 物の数ではない。
二四 「鉛刀 エンタウ ナマリノカタナ」(伊呂波字類抄)。
二五 太平。
二六 「兵者、不祥之器、非二君子之器一、不レ得レ已而用レ之」(老子・三十一)に基くか。兵は武器の意。
二七 武器を用いる必要がなくて太平の世には鉛刀を持っていてもかまわない。
二八 「動善レ時」(老子・八)や「静者寿、而動者夭」(唐子西の古硯の銘)等に基く考えか。
二九 絶交する。

次郎甚《(はなはだ)》恥《はぢ》入り、面《おもて》を低《たれ》て、鼠の逃《にぐ》るが如く其処を去りながら、左兵衛が動作《ふるまひ》愈《いよ〳〵》尋常《よのつね》の人柄《ひとがら》ならず、世の人口《じんこう》[一]疑《うたがひ》なしと、我心迷《まよ》ひてかく思へること、是情人眼中《じやうにんがんちう》[二]に西《せい》施《し》を出すといへる類《たぐひ》なるべし。宇田次郎、すでに口外《こうぐわい》せしうへは、早く思ひ立たんと、夫《(それ)》より其身山伏の姿に打扮《いでたち》[三]て、渡辺《わたのべ》[四]の住吉防《すみよしばう》[五]は古き知音《ちいん》なればとて、彼《かしこ》に行て、其辺動静《どうじやう》[六]をさぐり聞き、何とぞ則祐《そくゆう》入道に一面《いちめん》せんと、中津川に立《(たち)》こへけるに、塁《るい》[七]高くかゝげ、高門大鋪《たいほ》《かなもの》[八]厳《げん》に設《もふ》け、処ゝに水を盛《も》れる舟を置《(おき)》、鳶口《とびぐち》[九]の鉤数多《かぎあまた》挿《さしはさみ》て火災《くはさい》に備《そな》へ、門内の白砂《しらす》見入れるに奥《おく》ふかく、対面のことも迂活《うくわつ》[一〇]に申入れがたく、看門《かんもん》[一一]の者に向ひ、「某《それがし》は円能《ゑんのう》と申《(まうす)》修験道《しゆげんだう》[一二]也。先年密教《みつけう》[一三]に参ぜし時、御主人に朝夕伏侍《ふくじ》せし以来、本山[一四]にありしが、上京の路次《ろじ》、懐旧《くわいきう》捨《(すて)》がたく、推参仕る。此趣取次《とりつぎ》て玉はるべし」といふ。看門心得て、やがて[一五]入て達《たつ》する程に、入道「誰《たれ》なるや」と、庁《ひろま》[一六]に請《こひ》入れて、立出見やりたるに、年隔《へだゝ》りぬれども見覚へある矢田義登《よしとよ》なり。「能《(よく)》ぞや恙《つゝが》なかりし」と、詞を親《したし》くし、茶《ちや》を吃《きつ》せしめ、酒食を饗《けふ》し、往事《わうじ》かたるにつきず。「住吉防《すみよしばう》に宿すれば、又こそ参らん」と、其日は何事なく辞《じ》してまかりぬ。日を隔《へだて》て再《ふたゝ》び行しに、少《(すこし)》も疎意《そい》なく相待《たい》して、酒食席《せき》を同じく吃《きつ》し、昔にかはらぬ気色《(けしき)》を見て、義登膝《ひざ》をすり寄《(よせ)》て申《(まうす)》は、「南朝の股肱《こかう》[一七]幷に宮の昵近《ちつきん》[一八]、跡《あと》をくらまし、頭《かしら》を出す人なし。時うつり、代かはり感傷《かんしやう》にたへず」といふ。入道も嘆息《たんそく》して、「宮[一九]の御謀反《むほん》、実《じつ》は叡慮《ゑいりよ》[二〇]より出て、却て咎《とが》[二一]を宮にゆづら

一 人の噂。 二「情人眼内出西施 イグチモエクボニミエル」(怯里馬赤)。 三「打扮 イデタチテ」(小説精言・三)。 四 大阪の難波江の渡口の地名。今の天満橋と天神橋の中間という。 五「防、或作坊」(字典)。僧の名に添える語。また僧の居所。 六「動静 ドウジャウ」(文明本節用集)。 七 城壁。「塁、軍壁也」(字彙)。 八 門扉の、環を銜ませる金具。鋪首。「鋪 クギカクシ。三才図会、義訓曰閉塞金、謂之鋪。鋪、謂之鏂。今俗謂浮漚丁是也」(名物六帖・宮室箋下)。 九 棒の先端に、鳶のくちばしに似た鉄製の鉤を付けたもの。火災の時に木材を引き寄せたりする。 一〇 迂闊。 一一「看門的 モンバン」(名物六帖・人品箋五)。 一二 修験道の僧。密教に基き、護摩を焚き祈禱を行い、山中に入って苦行を積み、霊験を修得するを旨とする。 一三 密教の加持祈禱。 一四 本山派修験は熊野三山を修行の場とする。 一五 すぐに。 一六「正庁 ヲモテザシキ」(名物六帖・宮室箋下)。 一七「股肱臣 良臣之義。[文選註]股肱、猶左右。又云、股、膝。肱、臂也」(書言字考・四)。 一八「昵近衆 ヂツキンシユ」(書言字考・四)。 一九 大塔宮。 二〇 後醍醐天皇の御配慮。 二一 後醍醐帝は足利尊氏の讒言を信じて、大塔宮を流罪に処した(太平

せ玉ふ、[二二]例《れい》の手のうらかへす君命なりしぞよ。是しかしながら[二三]造化《ざうくは》の自然《しぜん》かたるに所なし」。義登云《(いふ)》、「むかし日夕《ひるよる》に[二四]鬱憤《うつぷん》をおさへしこと、おのれは今に忘れず。貴君《きくん》には如何《いかん》」といふ。「我も人情の免《まぬが》れざる所なれども、隠居《いんきよ》して世に当らざる身は、日に月に其情《じやう》うすく、[二五]夢にだも周公《しうこう》を見玉はざりしおもむきにひとし」。義登云、「僕《ぼく》は片時も回復《くわいふく》の念やまず。あわれ昔日《せきじつ》のよしみを忘れず加袒《かたん》あらば、日ならずことを挙《あげ》ん。貴君《きくん》には見認《みしり》玉はん、今勢州に桜崎左兵衛と変名《へんめう》するは、正《まさ》しく楠判官と見へたり。彼《かれ》が[二六]三男正勝《まさかつ》、衰《をとろへ》たれども猶[二七]千剣破《ちはや》を守る。奥路《おくじ》に児島高徳《こじまたかのり》あり、四国に[二八]義宗《よしむね》ひそみたり、[二九]熊野、[三〇]十津川《とつがは》内心変《へん》ぜず。誰にても、一たび義《ぎ》を[三一]詢《となふ》る程ならば、[三二]期《ご》せずして集るもの多からん」と、いふことばの中より入道面色《めんしよく》かわり、「義登しばらく待《(また)》れよ。此事我館《(わが)やかた》にて談《だん》ずべきことにあらず。必ず無用たるべし」。義登[三三]面慍《おもていかつ》て云《(いふ)》、「貴殿《きでん》、[三四]身の逸楽《いつらく》に安《やす》んじて旧《ふるき》を捨《すつ》ること、[三五]人の禽獣《きんじう》に異《こと》なる所を知るや」と、早悪言《はやあくごん》に及ぶ。入道聞《(きく)》に忍びず、既《すで》に太刀取《(とり)》なをさんとせしが、自《みづか》ら気《き》を降《くだ》し、胸《むね》をさすりて云、「拙老《せつらう》此処にあるは、退隠《たいいん》に似て、実《じつ》は足利殿の為に[三六]耳目《じぼく》《めみ》をなすなり。異様《ことやう》なる山伏来りて我に逢《(あは)》んといふさへ家人《けにん》等疑《うたがひ》を起《おこ》すなるに、かゝる論談《ろんだん》に時を移《うつ》しては、両人慎《りやうにんつゝしみ》なきに似たり。只今你《なんぢ》を送る体《てい》にて、住吉防の方へ行きて談《だん》を交《まじ》へん」と、義登を促《うなが》して座を立《たゝ》しめ、其身は一個《いつこ》の僕奴《ぼくど》をも具《ぐ》せず、脇《わき》の門より出、南に向つて、打連《うちつれ》ける。

記・十二・兵部卿親王流刑事)。
二二 建武の新政における後醍醐帝の施策は「綸言ノ掌ヲ翻ス憚アリ」(太平記・十三・竜馬進奏事)と評された。
二三 天命のなりゆき。 二四 大塔宮が処刑されたことへの憤り。
二五 「子曰、甚矣、吾衰也。久矣、吾不㆔復夢見㆓周公㆒也」(論語・述而)。
二六 楠正成の三男は正儀(まさのり)。正勝は正儀の嫡子。正儀は応安二年(一三六九)に足利義満に降るが、正勝は後の元中九年(一三九二)に畠山基国と千剣破に戦っているので、ここは正勝のことと解すべきであろう。
二七 河内国(大阪府)金剛山麓にあった、楠木氏の拠城。元弘二年(一三三二)に正成が築城、元中七年に落城した。
二八 新田義貞の三男。彼が四国に潜んだのは、後年の文中二年(一三七三)のこととされている(底倉之記)。
二九 和歌山県東・西牟婁郡、三重県南・北牟婁郡の総称。大塔宮は奈良から熊野に落ちた(太平記・五)。
三〇 奈良県吉野郡。熊野川の上流に当り、大塔宮は熊野から更に十津川に落ちた(同)。両処ともに南朝方の者が多い。
三一 徇とあるべきところ。周く告げ知らせる。詢は謀るの意。「請㆘早誅㆓伐逆臣尊氏直義等㆒徇㆗天下㆖状」(太平記・十四・新田足利確執奏状事)。
三二 「期 ゴスル」(易林本節用集)。
三三 底本「温」に作る。意改。
三四 「懐与㆑安、実敗㆑名」(左伝・僖公

二十三年)。懐は恋着を覚えること。安は安逸を貪る。
三五「人之所ミ以異ニ於禽獣ー者幾希」(孟子・離婁)。
三六 左注「み」の下に「み」を脱す。耳、目となって人を補佐する人。

道すがら云《(いふ)》やう、「義登、你と我と旧識《きうしき》なりといへども、志の懸隔《けんかく》すること君子《くんし》匹夫《ひつぷ》の違《ちがひ》あり。[一]匹夫は君子の心を知らずといへども、君子は匹夫を見る事易《やす》し」。義登《よしとよ》心怒《いか》りて、「我いかなる所か是匹夫《ひつぷ》なる」。入道云《(いふ)》、「[二]天下の善をなせば天下を利《り》す。是君子なり。一分《いちぶん》の善をなせば天下に害あり。是匹夫なり。近年《きんねん》、[三]天意《てんい》騒乱《さうらん》に倦《うみ》て治世に入り、蒼生《さうせい》よみがへりたる思ひをなし、四方に弓兵《きうへい》を動すものなきに、你一人存念《ぞんねん》を立て、自《みづか》ら憤《いきどふり》を快《こゝろよ》くせんと欲《ほつ》して乱《らん》を[四]唱《いざな》ふ事、[五]遂《とぐ》べきにあらねども、[六]火起《おこ》れば風加《くはゝ》つて、微《すこ》しの勢《いきほひ》を得ば、上下《じやうか》を震驚《しんきやう》し、人民業《にんみんげふ》に就《つく》ことを得ず。[七]天兵一たび臨《のぞ》んで、[八]片甲《へんかふ》も留《とゞめ》ざるにいたり、你は一旦《いつたん》の義勢《ぎせい》を振《ふるひ》て、[九]後末《こうまつ》の名欲《めうよく》に死するとも笑を含《ふく》まん。你が為にいざなわれたらん幾《いく》百の人命《じんめい》を落し、処《ところ》を失《うしな》はしめ、其罪皆你に帰す。老夫《らうふ》日日《にち〳〵》世の安寧《あんねい》を庶幾《こひねがふ》心より見れば、匹夫たることを免《まぬが》れず。[一〇]挙頭《きよとう》三尺神明あり、隔壁《かくへき》一層人耳《そうじんに》多し。再《ふたゝ》び此志をいふことなかれ。今拙老《いませつらう》を無二の力と思ひてかたらへども応《をう》ぜざるがごとく、世の人も又[一一]しからん物を」とかたりつれて、已《すで》に[一二]融寺《とをるでら》の南門《なんもん》を行抜《ゆきぬけ》て、住吉防《ぼう》も程ちかくなれど、かく頼もしげなき入道と同道して行なば、彼防も我を無道人のやうに思ふべしと、元来短慮《ぐわんらいたんりよ》の義登、よし〳〵入道を打捨にすべしと、[一三]兎餓《とが》の尾《を》と[一四]古渡《こわた》辺の間《あいだ》、人遠き所にて、詞をも掛ずせわしく切つけたり。

入道心得、飛のきて抜《ぬき》あわせ、よせつ開《(ひらき)》つ二三度せしが、入道[一五]烏足《からすあし》を速《はや》くはこびてし[一六]

一 「燕雀安知二鴻鵠志一哉」(史記・陳渉世家)と同想の句。
二 「一郷之善士、斯友二一郷之善士一。一国之善士、斯友二一国之善士一。天下之善士、斯友二天下之善士一」(孟子・万章)を踏まえた考え方か。
三 「治極則入レ乱、乱極則入レ治、その理陰陽の消長、寒暑の往来せるが如し」(通俗三国志・一・祭二天地一桃園結レ義)と同様の考え方。
四 「唱、導也」(字典)。
五 完遂できることではないが。
六 「胥動以二浮言一、恐二沈于衆一、若三火之燎二于原一、不レ可二嚮邇一」(書経・盤庚上)。 七 官軍。南朝の軍。「天兵四臨」(漢の揚雄の長楊賦)。
八 一人の兵士。
九 後世に名を残したいという欲望。
一〇 壁に耳ありの意。徐鉉の語という(野客叢書・十二・俗語)。但し、宋の馬令の南唐書徐鉉伝にはこの語は見えぬ。下句は「隔レ墻須レ有レ耳」(水滸伝・十六回)を参考にして、庭鐘が対したか。
一一 相手にしないだろうに。 一二 桂木山大融寺。源融の草創。大阪市大淀区天満にある(摂津名所図会・四)。
一三 「兎餓野。天満北野辺の旧名なり」(摂津名所図会・四)。大阪市大淀区天満橋筋六丁目と北区梅田との間にあった野。
一四 渡辺に同じか。四〇頁注四参照。
一五 烏の如く刻み足に進む意か。
一六 強く。

たゝかに切りつけ切倒《たを》し、「傷ましながら、世の為に害《がい》をのぞく。自《みづか》ら你が愚《ぐ》を恨めよ」と、刀の血押拭《おしぬぐ》ふ所に、向ふなる神祠《やしろ》の籔《やぶ》かげに、一人の農夫《のうふ》、鍬《くは》を杖《つへ》につきて[一]咏《ながめ》ゐたるが、走り来りて笠取《かさとる》を見れば、中津川に新参《(しんざん)》の下部《しもべ》なり。「殿《との》の[二]単身《ひとりみ》にして出玉ふを見て、[三]心ゆりせず、見へがくれに御供せり」といふ。其体如何《いかん》にも心得がたく、入道怒《いかつ》て、「[四]いわれざる[五]おのれが猿知恵《さるぢゑ》、[六]生《いけ》ておかば、始終《しじう》を世上にもらさん。刀次手《ついで》に[七]懸《かく》るぞ」と取て引よする。事急《きう》なるに及んで、此男[八]制止《せいし》かね、「我は[九]陪臣《ばいしん》にあらず。麁忽《そこつ》し玉ふな」といふ。入道つきはなして間《あいだ》をおき、すこしも油断《ゆだん》せず。其時此男、懐《くわい》中の嚢《ふくろ》より[一〇]安堵《あんど》の御書《ごしよ》を出して、手にありて見する。[一一]御墨付紛《まぎ》れなく、何ゝの郡《こをり》を[一二]充行《あておこなは》るゝ。「某は[一三]彦野部《ひとのべ》新左衛門尉為充《ためみつ》、上意承り、南方衰《おとろ》へたれども旧臣《きうしん》多し。中津川入道今京都の[一四]干城《かんじやう》《まもり》をなすも、其本心いまだ知るべからず。よつて某来つて貴侯《きこう》の家に[一五]窃候《しのび》をなす。今事急《こときう》成《(なる)》がゆへに姓名を披露《ひろう》す」と云ふ。赤松刀《かたな》を収《おさ》め、[一六]会酌《ゑしやく》して、矢田十郎に説《とき》たる利害《りがい》の趣を語れば、彦野部も甚これを公論《こうろん》と称《しやう》し、「足下《そこ》の本心如此《ほんしんかくのごとく》なれば、貴《き》宅《たく》に足をとゞむべからず。[一七]取《(とり)》したゝめて御いとま申さん。[一八]此事穏便《をんびん》」と、同伴《どうはん》して中津川にかへりぬ。入道矢田が志を憐《あはれ》み、住吉防井に所の者に命じて、其地の[一九]堺田《さかいだ》に埋《うづ》め、土を築《きつ》き、石を[二〇]鎮《しるし》となす。時の人是を[二一]山伏塚《やまぶしづか》とよびけるとなん。其後霊蛇《れいじや》あつて、此塚に出没《いでいり》するを見る人多し。又霊火《れいくは》あつて此辺に出遊《しゆつゆう》す。怪《あや》しといへども害《がい》をなさず。

一「詠」に通ず。声を長く引く意の「詠む」を、「眺める」の意に転用した。
二「単人　ヒトリミ」(名物六帖・人品箋五)。
三 気が気でなく。
四 無用の。
五 汝。
六 カ行下二段活用他動詞「生く」の連用形。生存させる。
七 刃にかける。
八 動詞「す」の連用形「し」が脱している。
九 諸侯の家臣。ここは足利氏の直臣なるをいう。
一〇 天子が領地を与える意を示した文書。安堵の御教書《みぎようしよ》。
一一 天子の花押。
一二 所領を分与する。安堵状の常套用語。
一三 太平記・四十・中殿御会事に、北朝の後光厳天皇の警固の侍の内に「彦部新左衛門尉秀光」が見える。それを変えたもの。
一四 詩経・周南・兎罝に「赳赳武夫、公侯干城」。中村惕斎の「詩経示蒙句解」に「干と城とは、みな外をふせぎて、内をまもるものなり」。なお、赤松則佑は貞治応安の交には北朝方に転じているので、この設定は史実と背かない。
一五「斥候　モノミ」(名物六帖・人品箋一)。窃は斥と同音。
一六 会釈の誤り。
一七 あとかたづけして。

偶《たま〳〵》これを見たる人は、必《かならず》　其《(その)》志願《しぐわん》を成就《じやうじゆ》すと云伝《いゝつた》へたり。

古《こ》今《こん》奇談《きだん》繁野話《しげ〳〵やは》第二巻《だいにのまき》　終

一八 自分がスパイしていたことは伏せておいて下さい。
一九 土地の境界に位置する田。
二〇 安んじる指標。「鎮、安也」(字典)。
二一 「鷲塚　長柄村田圃の中にあり。…この塚について説々多し。後人付会の論をなす」(摂津名所図会・三)と呼ばれる塚について、その異名の縁起を説いた形にしたか。付近の本庄の森には「山伏松」もあったという(同)。

古《こ》今《こん》奇《き》談《だん》繁《しげ》野《〳〵》話《やわ》第三巻《だいさんのまき》

⑤ 白菊《しらぎく》の方[一]猿掛《かたさるかけ》の岸《きし》に怪骨《くわいこつ》を射《い》る話《こと》

[二]古人云、鬼神《きしん》と[三]山魅《さんみ》の類と幽現《ゆうげん》の別《わかち》あり。山魅[四]木客《ぼくかく》[五]罔両《もうりやう》猿狐《ゑんこ》の類は皆形体《けいたい》あるの物、時あつて形《かたち》を隠《かく》し時あつて形《かたち》を現《あらは》す。是にさへ霊明《れいめい》を使《つか》ふに巧拙《こうせつ》の分《ぶん》あり。巧《たくみ》なるは物を役使《ゑきし》し人の敬《けい》を発《おこ》さしむ。拙《つたな》きは霊《れい》を仮《か》して人に役《ゑき》せらる。[六]鬼《き》は人没《ぼつ》して土中《どちう》に帰《ある》の名なり。[七]骨肉《こつにく》は土《つち》に属《ぞく》し、其気の発揚《はつよう》して空《くう》にあるを鬼《き》の神《しん》といふ。[八]体《かたち》なく声なし。是も[九]尚異常《なをいじやう》あり。常《つね》なるは、[一〇]祭《まつ》れば降《くだつ》て饗《うけ》、祭る人の心に交《まじは》り、近くして其跡《そのあと》なし。異《こと》なるは、人に托《たく》して語り人に附《つき》て霊《れい》ならしむ。形体《けいたい》なきゆへ恐《をそる》る所なく身の慾《よく》なく、霊を示《しめ》せば専《もつぱ》ら人のためにす。中にも愚《ぐ》なるは、[一一]倀鬼《ちやうき》の虎《とら》に使《つか》はれ、[一二]狗神《いぬがみ》の人の為に貪《むさぼ》る類《たぐひ》あり。凡《およ》そ[一三]生《いけ》る人並《ならび》に種〻《しゆ〴〵》の有情《うじやう》の物、皆神《しん》ありて物に附《つ》き人に托《たく》し、はるかに死鬼《しき》の神《しん》よりも霊《れい》なり。惟《たゞ》身を先《さき》にして人の為を後《のち》にす。是《(これ)》生者《せいしや》の天情《てんじやう》にして世の人多く免《まぬが》れず。故《かるがゆへ》に自身《じしん》は其《(その)》神の通づるを思ひしれども、他人は知《しる》に及ばざるなり。上古《じやうこ》山川草木いまだ開闢《ひらけ》ず、人居《じんきよ》も密《みつ》ならず。山魅《さんみ》の類人に近く、形を現《げん》じて人間《じんかん》に来り交《まじは》る。

一 備中(岡山県)小田郡・吉備郡にわたる山の名。
二 以下の論は、明の呉廷翰の「甕記」(宝暦十二年和刻)の「視レ之不レ見、聴レ之不レ聞、鬼神也。故有レ所ニ聞見一、必付レ物而著、即非ニ鬼神一矣。王子衡曰、山都木客魑魅魍魎、及猿狐之精、皆有ニ形体一、与レ人差異。世皆以レ此為レ鬼。不レ知下上古山川草木、未ニ尽開闢一、此類与レ人相近、亦能来ニ遊人間一、今去ニ鴻荒一日遠、深山大沢、開闢無レ余、人尽居レ之、犀象竜蛇、日益遠去、況此類、尤霊ニ於物一者而不レ避耶、人不ニ多見一、遂以為ニ鬼神一誤上矣」を多く踏まえる。
三 別名は山臊(酉陽雑俎・十五「諾皐記下」)。狒々の類。和漢三才図会・四十「山𤢖(やまわろ)」に「神異経云、西方深山有レ人、長丈余、袒身捕ニ蝦蟹一、就レ人火炙食レ之、名曰ニ山𤢖一。其名自呼。人犯レ之、則発ニ寒熱一。蓋鬼魅耳」。
四 「幽明録ニ見ヘシ木客ナド云物、其形モ物云モ全ク人ノ如クニシテ、手足ノ爪、鳥ノ如ク、常ニ山深ク巌ケハシキ所ニ住テ、ヨク変化シテ、其形ヲ見ル事希ナリ」(鬼神論(新井白石)・利集)。
五 和漢三才図会・四十「魍魎」に「淮南子云、罔両、状如ニ三歳小児一、赤黒色、赤目長耳美髪」。
六 「鬼ノコトタルハ帰也。人死テハ、其魂ハ必ズ天ニ帰リ、其魄ハ必ズ地ニ帰ル」(鬼神論・元集)。
七 「骨肉ハ下ニタヲレテ、陰レテ野土ト成リ、其気ハ上ニ発揚リテ昭明人皆《ひとみな》山魅の為所《なすところ》を知る。後世《こうせい》人民繁息《はんそく》し、山を開き海を築《つき》て其食《しよく》を足《た》し、険《けはしき》を通《とを》し水を引て其運轃《うんさう》にたよりす。人行《ひとゆく》の処[一四]自《おのづか》ら蹊《みち》を成し、地平《たいら》かなれば人あつまりて居《きよ》とす。竜蛇犀狼《りやうじやさいらう》恐れて人に遠ざかる。山魅罔両《まうりやう》尤《もつと》も霊なれば、なを／＼深《ふか》く避《さけ》て人間《（じんかん）》に近づかず。後《のち》の人多《おゝ》く目に見ざるが故に鬼《き》と魅《み》との分《ぶん》をしらず、混《こん》じて一とし、又古への怪《くはい》事《じ》を聞て、今見ざるを以て疑《うたがひ》をおこすもあり。古《いにし》へに有しを以て今もありとして[一五]理《り》を誣《しひ》るもあり。又古《いにしへ》あるの事は今もあり、今なきの事は古へもなしといへるは、時変《じへん》をしらざる[一六]夏虫《かちう》の見《けん》なり。毛類《もうるい》は文《ぶん》なきがゆへ天然《てんねん》に近く[一七]間長生《まゝちやうせい》もあり。求めずしてよく前《ぜん》知《ち》し、[一八]巣居《さうきよ》風をしり穴居《けつきよ》雨《あめ》をしる。[一九]深山《しんざん》、大沢《だいたく》何の怪《くはい》かなしとせん。

　昔《むかし》東国に往来する商客《しやうかく》、木曾《きそ》の[二〇]妻籠《つまごめ》といふ所《ところ》に[二一]脚《あし》を傷《いた》はり数日滞留《たいりう》し、寒暑《かんしよ》の異同《いどう》も長夜《ちやうや》の談《だん》に尽《つき》、地名産物《ちめいさんぶつ》も計《かぞへ》つくしたる折柄《をりから》、其里に[二二]祖上《そじやう》より久しく住《すめ》る老人座《ざ》にありて云、「此所を妻籠と名づくること、さま／＼いはれある中に、老《おひ》が先人《せんじん》どもかたり伝へたる長物語《ながものがたり》の侍《はべ》る」とて、田舎人《いなかふど》の口[二三]鈍《にぶ》く語り出せるは事怪《あや》しくくだ／＼しけれども、誠に千年の妖霧《ようむ》こゝに至て尽《つき》、万歳《ばんぜい》の深山《みやま》是《これ》に自《よつ》て開《（ひらく）》の談《だん》にあらずや。

　[二四]清和天皇の時、美濃守《みののかみ》源[二五]朝臣《あそん》頴《さとし》を信濃守に転任《てんにん》せらるゝことあり。其時備中の国[二六]窪屋《くぼのや》大領《たいりやう》が弟《をとうと》、[二七]三須守廉《みすのもりかど》、権門《けんもん》の吹挙《すいきよ》によつて[二八]信濃掾《しなのゝぜう》になりて、国なる妻女を催《もやふ》し登《のぼ》せ、さるべき家人《けにん》等《ら》を召具《めしぐ》して東国の路に赴《おもむ》き、日《ひ》数歴《かずへ》て飛弾《ひだ》と信濃《しなの》の界《（さかひ）》なる[二九]岐蘇《きそ》の深坂《みさか》に

君嵩悽愴ヲナス。是神ノ著クル也」(鬼神論・元集)。
八 韓愈の「原鬼」に「鬼無ニ声与一レ形」。
九 鬼の常なる者は形と声が無いが、常ならざる者は「形ニ託スル有リ、声ニ憑ル有リテ」殃禍を下す(原鬼)。
一〇 「其子孫ノ祭ヲ奉ルニ及ビテ、彼祖考ノ鬼神来リ格ル」(鬼神論・元集)。
一一 「倀鬼、虎齧レ人、人死、魂不ニ敢他適一、輒隷ニ事虎一、名曰レ倀。…倀、可レ謂ニ鬼之愚者一也」(字典)。
一二 「犬神ト云物ハ、…犬ヲ殺シテ祭リテ、妖術ヲ行フ」(鬼神論・利集)。
一三 「天地ノ間ニアラユル沈魂滞魄各其類ニ感ジテ、其人ニカハリテ妖ヲナシ怪ヲナス」(鬼神論・亨集)。
一四 「桃李不レ言、下自成レ蹊」(史記・李将軍列伝)。 一五 屁理窟をつける。
一六 時勢の変にうとい者の見識。「夏虫不レ可ニ以語ニ於冰一者、篤ニ於時一也」(荘子・秋水)。 一七 「物老ヌレバ群ノ精是ニヨル。夫レ六畜ノ物ヨリ亀蛇魚鼈草木ノ類ニ至ルマデ、久シキ物ハ神皆ヨリヨッテ妖怪ヲナス」(鬼神論・利集)。 一八 「巣居知レ風、穴居知レ雨」(二十巻本「捜神記」十八)。
一九 「深山大沢ハ彼(怪族)ガ居ベキ所ナルヲ」(鬼神論・利集)。
二〇 つまご。長野県の南西部、南木曾町吾妻の通称。 二一 庭鐘の読書抄記「過目抄」の「瑯邪代酔編抄記」に「寛延元年七月廿七日、…是日脚患発レ痛、不レ堪ニ行歩一、遂投ニ芹文叔一、請レ治貼レ膏養レ創、任冉延至ニ五六

かゝりぬ。[一]小笹原分行袖《をざゝはらわけゆくそで》に露《つゆ》けくて険《けはし》き路《みち》五《ご》歩《ほ》登《のぼ》れば五歩《ほ》下る。人馬《じんば》共に疲労《ひらう》す。断《ことはり》かな、むかしは[二]美濃と信濃と通路《つうろ》不便《ふべん》なりしを、[三]文武《もんむ》の時岐蘇《きそ》山道《やまみち》を開かれ、岩を砕《くだ》き[四]桟《かけはし》を通し、当時《そのとき》何年に及べども路《みち》定りがたく、元《もと》より此山中[五]烟瘴《えんしやう》深く、妖怪出没《ようくわいしゆつぼつ》し、往来多からず、人気《じんき》猶《なを》開けず甚《(はなはだ)》悪所なり。道の南北山中に人跡《じんせき》いたらざる所多《をゝ》し。いづこの程にや狒ゝ《ひゝ》谷《たに》といふ所あり。後世《こうせい》其処《そのところ》さだかならず。其懐《ふところ》に一つの洞《ほら》あり。隠《かく》れ神の岩窟《いはや》といふ。[六]常は霧《きり》立こめて見へず、[七]方格《はうがく》定めがたし。数十年の内たま／＼あらはれ、洞の中に宮殿《くうでん》有《(ある)》を見ることあり。山下の人つたへいましめて、これを見る時は早く其所を走り去る。若《もし》ためらひて見とめんとすれば、忽《たちま》ち空《そら》より大石落かゝり粉砕《ふんさい》《こにくだく》となる。[八]此洞に一つの怪物《くわいもつ》あり。出る時は[九]一片《いつぺん》の雲《くも》となりて飛行《ひぎやう》す。故《かるがゆへ》に人より名をつけて飛雲《ひうん》といふ。其本身《そのほんしん》は[一〇]猢猻《こそん》《さるのたぐひ》の精《せい》《こうへたる》なり。神代《じんだい》よりこゝにすみて[一一]神通広大変化《じんづうくはうだいへんげ》きわまりなし。朝夕[一二]霧《きり》をふらして山深き所を人に見せず。[一三]欲《ほ》しき物を摂《と》り偸《ぬすむ》事心に任《まか》せざるなく、時ゝ《ときぐ》人をたぶらかし害《がい》をなせども、仏神もこれを制《せい》することあたはず。[一四]美酒《びしゆ》に非《あら》ざれば飲《のま》ず、美服《びふく》に非ざれば着《つけ》ず。[一五]陰陽採補《さいほ》の術《じゆつ》を得て長生の道を煉《ね》り、[一六]近国諸山《きんごくしよざん》の妖怪[一七]山精《さんせい》、皆これが部下《ぶか》にしたがへ、猛獣《もうじう》を役《ゑき》し[一八]耳報《にはう》の術を得《ゑ》て、洞《ほら》の中に居ながら百里四方の動静《どうじやう》を聞知ること、掌上咫尺《てのうへめのまへ》の如し。

こゝに一日《あるひ》西南《せいなん》の方より、此路《みち》を通る一行《ひとつれ》の旅人《りよじん》あり。其中に一つの張輿《はりごし》あり。飛雲《ひうん》

日」と、同様の体験が記される。二二 →二五頁注一二。二三 口下手にも。雨月物語「浅茅が宿」の「田舎人の口鈍くもよみける」の拠所。二四 第五十六代。在位期間は天安二年(八五八)—貞観十八年(八七六)。二五 「従五位上行民部少輔源朝臣穎(ひで)為㆓美濃守㆒」(三代実録・十二・貞観八年正月十三日)。但し信濃守に転任した記事は無い。二六 備中の郡名。今の岡山県都窪郡。大領は郡司。二七 備中の地名。「窪屋郡…三須」。現、岡山県総社市内(和名抄・八)。二八 律令官制の四等官の第三番目。二九 美濃国恵那郡と信濃国伊那郡との境の馬籠峠。

一 「しなのぢやきそのみさかのこざさはらわけゆく袖もかくやつゆけき」(続後撰集・二)。
二 「和銅六年七月戊辰、美濃信濃二国之堺、径道険隘、往還艱難、仍通㆓吉蘇路㆒」(続日本紀・六)。
三 第四十二代天皇。在位文武元年(六九七)—慶雲四年(七〇七)。「大宝二年(七〇二)十二月壬寅、始開㆓美濃国岐蘇山道㆒」(続日本紀・二)。四 信濃国上松宿(あげまつのしゅく)と福島宿との間に在った懸橋。歌枕。「養老七年十月己酉、造㆓危村(そき)橋㆒」(続日本紀・九)。
五 もやと山川の毒気。原話「陳従善梅嶺失渾家」(喩世明言・二十)に「路途行キ難ク、盗賊煙瘴極メテ多シ」。
六 以下の岩窟の模様は、四十回本

[一九]これを察《さつ》するに、輿《こし》の内嬌《わか》き婦人《ふじん》あり。容貌閑雅《かたちきよらか》に、[二〇]あてなる顔花《かほ》のごとく玉に似たり。其支干《しかん》[二一]を推察《すいさつ》するに、既《すで》に十六歳にして丈夫《おつと》[二二]にかしづき、今年二十三歳におよぶ。いざや摂来《とり》り酒宴の興《けふ》を添《そへ》んと、即時《そくじ》に山神《さんじん》[二三]に命じて往還《わうくはん》の路上《ろじやう》に一つの旅館《りよくはん》を化現《けげん》せしめ、「外に宿駅《しゆくゑき》なければかならずこゝに宿るべし。深夜《しんや》[二四]にいたりて女を摂《とり》て洞《ほら》に入るべし」。[二五]山神承《うけたまはり》て結構《けつかう》《そなへ》をなし、俄《(にはか)》に白日《はくじつ》を暗夜《あんや》となす。守廉山路《もりかどやまぢ》に倦《うみ》つかれて日もくれぬと[二六]此所に来り宿る。従者奴婢《ずさぬひ》居ながれて休息《きうそく》す。飛雲宿《やど》の老翁《らうをう》と化《け》して心よくもてなし、客の間《ま》に出て物語《がたり》し、「此翁《おきな》今年八十余歳、耳《みゝ》は頭《かしら》のうへに雷《らい》落かゝりても聞へねば、物その用に立ねども、殿《との》の為に中《(まうす)》べき事こそあれ。これより向《さき》は山なを深《ふか》く盗賊狼《とうぞくをゝかみ》の害《がいをゝ》多し。具《ぐ》せられたる女房の御方は此翁が許《もと》に預り奉りて、殿向《さき》へ御着《つき》ありて多人数《たにんじゆ》を以て迎《むか》へとらせ玉へ。此間美目《あいだみめ》よき女を奪《うば》ふなる山賊《やまだち》のあるをしらせ玉はぬにや」といふ。守廉冷笑《もりかどあざわらひ》て、「われ不肖《ふしやう》なれども弓[二七]の本末《もとすへ》を知り、本国にては武《(たけ)》きものゝ指数《ゆびかず》に折《おら》れたる身にて、[二八]いかに左程《さほど》まで山賊《さんぞく》に用心すべき。殊《こと》に天庁《てんちやう》[二九]の命を蒙《かうぶ》り此国《くに》の鎮《ちん》として我帯来《をびきた》る所の老党若党《らうどうわかとう》は一人当千《たうせん》の家の子なり」と、勢つよき詞《ことば》に、亭主《ていしゆ》も其席《せき》を退《しりぞき》ぬ。若党雑人《わかとうざうにん》は端《はし》に臥《ふし》、使女《しぢよ》の輩《(やから)》は脇《わき》の間に臥ぬ。守廉《もりかど》は妻《つま》の白菊《しらぎく》と正面《しやうめん》の間《ま》に宿《やど》り、山中の静《しづか》なる夜のさまめずらしく、寝《ね》物がたりして笑《わら》ひ興《けう》ずる所に、さそふがごとくに眠《ねむり》きざし、[三〇]しばしと思へど寝《ね》にけり。

「平妖伝」第二回の猿神袁公が住む白雲洞のそれを参照したものだろう（拙著『日本近世小説と中国小説』）。一七「格」は、「角」に通じさせる。「朝廷重㆓其方格㆒」（後漢書・傅燮伝）。注に「方、正也。格、猶㆓標準㆒也」。一八 原話「洞中ニ一怪有リ」。一九「補江総白猿伝」に「有㆑物如㆓匹練㆒、自㆓他山下㆒、透至若㆑飛」。「飛雲」の名は、木曾を舞台とした謡曲「飛雲」の「先立ち飛ぶ雲の光の中に、現れ出づる鬼神」を踏まえた。二〇 原話「乃チ獼猻ノ精ナリ」。二一 原話「這ノ斉天大聖ハ神通広大、変化多端」。二二 原話「又タ霧嵲ヲ将ツテ展開スルコト尺余、洞口ニ懸ケ…洞外ノ一些些子ヲ看レドモ見ヘズ」。二三 原話「意ニ可(かな)フ佳人ヲ摂偸ス」。二四 原話「非凡ノ美酒ヲ酔飲ス」。二五「黄帝曰、一陰一陽之謂㆑道、偏陰偏陽之謂㆑疾。…故聖人不㆑絶㆓男女和合之道㆒」（益軒先生・養生論・二）。二六 原話「能ク各洞ノ山魈ヲ降シ、諸山ノ猛獣ヲ管領ス」。二七「山精 かたあしの山おに」（和漢三才図会・四十）。二八 居ながらにして遠方の消息を聞き知る術。「耳報神」（紅楼夢・四十七回）。二九 原話「嶺下ノ轎中ニ一個ノ佳人ヲ抬着スルヲ観見ス」。三〇 原話「嬌嫩ナルコト花ノ如ク玉ニ似タリ」。三一 白菊の支干は丁酉。六六頁参照。原話も十六歳で如春が陳従善に嫁ぐ。三二「丈夫 ヲット」（名物六帖・人品箋

四)。　二三 原話「乃チ山神ヲ喚ビテ分付ス、「吾ガ号令ヲ聴キテ、便(すなわ)チ客店ト化セ」」。二四 原話「更深ケ夜静マラバ、此ノ婦人ヲ摂リテ洞中ニ入レン」。二五 以下、ほぼ原話に沿った叙述が続く。二六「山庄にまかりて日くれにければ／日も暮れぬ人も帰りぬ山ざとは峰の嵐の音ばかりして」(後拾遺集・雑五)。二七 原話「武芸ニ通暁ス」。二八 原話「豈(あに)虎狼盗賊ヲ怕(おそ)レンヤ」。二九 朝廷。三〇 ほんの暫くの間ではあったと思うが。

[一]しきりの風の音に目を覚《さま》し、傍《かたへ》を見れば早く女房を見ず。清厠《かわや》[二]にや出けんと戸ざしのあたり見めぐらせば、いつしか家《いへ》[三]と覚《おぼ》しき物はなく、戸ざしと見へしは立木の隈《くま》、使女《しじよ》家人《けにん》等も皆《みな》草の上にまろび伏たり。こはあさましと急によびおこせば、家の子らもはじめて心づき、[四]前後を見れども一つの民家《みんか》もなく、月光《げつくわう》明らかにてらし、遠寺《ゑんじ》の鐘声《しやうせい》を聞ばいまだ初更《しよかう》なり。守《もり》かど夢の心地して、「[五]いかなる妖怪《ようくはい》のたぶらかして、旅宿を仮《かり》に現《げん》じて女房を奪《うば》ひ行しや。[六]山精《こだま》などいふもの丶所為《しわざ》にや」と、忙《あき》れ迷《まど》へども今いかんせん。樹下《このもと》に露《つゆ》をしのぎて其夜をあかし、民家《みんか》ある所に立もどりて人馬《にんば》をとゞめ、家人《けにん》を東西へ分《わか》ちやりさぐり求《(もとむ)》れども、何を見出したることもなく、「此山中にてはかゝる事なん間《まゝ》に多《おゝ》かるとこそ聞け。恩愛《おんあひ》の道は勿論《もちろん》、女房を妖怪《ようくわい》にとられ、[七]本国の一門に何の面目《めんぼく》ありて再会《さいくわい》すべき」と、物狂《ぐるは》しき迄に憤《いきどふ》れども、[八]公事《こうじ》身にあり、怠慢《たいまん》しがたしと、其所を発《はつ》して[九]国の府《ふ》にいたり、国司《こくし》に謁《ゑつ》を取り前《さき》の掾《ぜう》に代《かは》りて、幸《さいはい》に[一〇]目《さくわん》の旧《ふる》きまゝ残れるに密ゝ《みつく》身のうへをかたり、所務《しよむ》を目《さくわん》にあつらへをき、[一一]もりかどは人に対面なしがたき病ありと披露し、引籠《こも》りたる体にて、心服《しんぷく》の家の子三人を従《したが》へ、女房の生死を見届ずんばやむべからずと、猟《かり》するものゝさましして、岐曾《きそ》の難所《なんじよ》をこゝかしこ道なき所まで探《さぐ》り迷《まよ》ふ。

[一二]白菊の方は変化《へんげ》に摂《とら》れ洞《ほら》のうちにいたりても、しばしは現《うつゝ》[一三]とも思はざりしに人ごゝち

一 原話「那ノ陣ノ風ノ過グル処」。
二 「厠、清也」(字典)。
三 原話「店房ヲ和(つら)ネテ都(すべ)テ見ヘズ」。以下も、ほぼ原文に沿って叙述する。
四 原話「陳巡検ト王吉ハ樵楼ノ更鼓、正ニ四更ヲ打ツヲ聴ク。当夜月明ラカニシテ、星光ノ下、主僕二人、前ニ客店無ク、後ニ人家無シ」。
五 原話「知ラズ是レ何ノ妖法モテ化シテ客店ト作シ、我ガ妻ヲ摂了シ去ルカヲ」。
六 「彭侯 こだま…木之精也。千歳之木有精、状如黒狗、無尾人面、可烹食」(和漢三才図会・四十)。
七 守廉の武士魂を表わす言葉で、原話には無い。
八 「公事畢、然後敢治私事。所以別野人也」(孟子・滕文公上)。「慢」、底本「漫」に作る。意改。
九 信濃国の行政府。
一〇 主典(掾の下位の官)で交代しないままに務めている者。
一一 「紂大イニ憤痛シ、徒(いたづ)ラニ還ラザルコトヲ誓ヒ、因リテ疾ト辞シテ、其ノ軍ヲ駐メ、日ニ四遐ニ往キ、深ニ就キ険ヲ夌ギテ以テ之(妻)ヲ索ム」(補江総白猿伝)。
一二 原話「申陽公ハ張如春ヲ摂了シ、洞中ニ帰ル」。
一三 原話「驚キ得テ魂飛ビ魄散ル」。

つきて、扨は鬼《おに》の洞にとりよせられけるよと思へば胸《むね》つぶれて、涙湧《わき》て流《なが》る。偸目《しのびめ》[一]に見めぐらし帳台《ちやうだい》を見やれば、媚《なまめ》ける女房幾人《いくたり》も伏侍《つきそひ》[二]て、大将《たいしやう》よと思しくて顔赤く鼻尖《とが》り、身のたけ一丈ばかり、門の仁王のごときが、綾《あや》の衣服《いふく》にまとはれ帳台《ちやうだい》をゆるぎ出て、白菊の傍《かたはら》にむつれ近づき、「[三]縁あればこそ此所にもむかへつれ。此洞のうち別《べつ》に一つの世界にして、こゝに来る婦女《ふじよ》は年を積《つみ》ても顔色かはらず。御身もなげきをすて我によく奉[四]公し長生を楽《たの》しめ」と、手をとりて細《こま》やかにかたらへば、白菊は彼《かれ》が異様《ことやう》に恐ろしきに気も魂《たま》も雲間《くもま》に飛《とぶ》ばかりなれど、目に見へぬ鬼《き》の[五]とりじめなくそゞろにわなゝかれるには事かはり、心をつよくなし変化に向ひ、「[六]自《みづから》はさら〳〵此所の楽みを願はず、速《すみやか》に死せんことを念《ねん》ず。[七]非道《ひどう》の振廻《ふるまひ》あらば舌《した》を喰《くひ》ても死すべき」と、はげしき詞は悪《にく》[八]まじからん、白き耳根《みゝね》に黒き髪のこぼれかゝり、泣低《なきたれ》し顔の化粧《けそう》の泪《なみだ》に洗はれたるさま、悩《なや》める[九]西施《せいし》、泣《なけ》る[一〇]虞氏《ぐし》、[一一]昭君出塞《しやうくんしゆつさい》の憂容《いうよう》、[一二]楊妃馬塊《やうひばくわい》の愁眉《しうび》もかくやと思はれ、「まことに天然《てんねん》の国色《こくしよく》、[一三]急にせまらば身をや失《あやま》ちなん」と、女房等《ら》におゝせて誘《すゝめ》なつけしめんとす。[一四]多《おほく》の女房いで来り、「いざ」とて帳台に引《ひか》んとす。白菊是を拒《こば》みて、「我《わらは》官人《くわんにん》の妻《め》として由《よし》なき所の帳内《ちやうだい》に入《い》るべからず」と、[一五]勢気《せいき》をつかひ坐《ざ》に拠《よつ》て動《うごか》ず。飛雲笑て、「[一六]生人《なれぬひと》に熟言《なれていふ》べからず。我は[一七]北窓《ほくそう》に一睡《いつすい》して前夜の労《つかれ》を息《やすめ》ん」とゆるぎ行ぬ。

女房の中に[一八]此花《このはな》・阿野《くまの》ちかくよりて、白菊のかたをいたわりなだめ、さま〴〵にすか

一「偸眼　シノビメ」(書言字考・九)。
二「伏侍　ヲトモシテ」(小説精言・一)。
三 原話「小聖ハ娘子ト前生ニ縁有レバ、今日洞中ニ到ルヲ得タリ」。
四 原話「你、我ガ仙桃仙酒胡麻飯ヲ喫了セバ、便(すなは)チ是レ長生不死ノ人ナラン。…且(しば)ラク你ト蘭房同床ニ雲雨セン」。
五 捕え所が無くて、漠然と震い出されるのとは異なっているので。
六 原話「奴々ハ洞中ノ快楽、長生不死ヲ願ハズ」。
七 原話の「若シ雲雨ヲ説カバ、実然ニ願ハズ」を強めた言葉。
八 憎もうとしても憎めないであろう。原話は「我、他ガ為ニ春心蕩漾ス」。
九 春秋時代、越の国の美女。胸を病んで顔をひそめた(荘子・天運等)。
一〇 楚の項羽の寵姫。「灯暗数行虞氏涙」(和漢朗詠集・下)。
一一 漢の元帝の時の宮女。匈奴を懐柔するために単于と結婚すべく塞外に出た。
一二 唐の玄宗の寵妃楊太真。陝西省興平県の馬塊で縊殺された。白楽天の「長恨歌」に「宛転蛾眉馬前死」。
一三 原話「若シ他ニ逼令セバ、必定ニ死ヲ尋ネン」。
一四 女房が白菊を帳台に引き、白菊が拒む、という設定は、原話に無いもの。
一五 威勢を張って。
一六「生人　ハジメテノヒト」(名物六帖・人品箋五)。
一七「夏月虚閑、高ニ臥北窓之下一、清

しこしらへ、「斯《かく》[一九]なるうへは長くかなしみて詮《せん》なきことなり。昔[二〇]より卑《ひく》き軒端《のきば》にてはかしらをさげずして過がたし。われ[二一]〳〵も皆厭《あか》[二二]ぬ中をさかれこゝにとられ来て、逃《のが》れ出《いで》んとすること幾度《いくたび》なれど山中の方格《はうがく》しれず。行《ゆき》〳〵ては旧《もと》の路へもどり、遂《つい》に出《いづ》ることあたはず。既《すで》に五年の春を見たり。御身の今変化《へんげ》を初[二三]て見たる思ひのごとく、かゝるむくつけき貌《かたち》にあらずとも、元《もと》より女は男の美醜《びしう》を論ずべきものにあらず。此変化《へんげ》里に出て遊ぶ時は、其[二四]さま優《いう》に貴《たつと》く国司《こくし》の形粧《ぎやうさう》[二五]をなし、其人柄《がら》[二六]すぐれてうるはし。左《さ》あればとていかに心くだりて従はんや。朝夕に馴《なる》ればこそあれ。彼が心に従《したが》へば彼もまた心を用てめぐみあはれむ。さればこそわれ〳〵が如《ごと》きも死すべき命をぬすみ、かいなき生《しやう》をむさぼり、い[二七]かなる風のするゑに吹き、一水《いつすい》の海《うみ》に帰《き》するを待身《まつみ》とはなりぬ。又従はざれば苦《くるしみ》をあたへつらく懲《こら》しめ、遂《つい》に妖術《ようじゆつ》[二八]に惑《まどは》し誘《いざな》[二九]ふ。見きたるに早[三〇]く従ふを好《よき》心得といふべし」と、和《やは》らかにすゝむれど、白菊答《こた》へだにせねば、女房ども詞つきて、「並《なみ》の人心《ひとごころ》にはあらず」と申《まうし》きこゆ。飛雲今は大にいかりて、白菊を下家《しもや》に下《おろ》し、洞[三一]の中の用水を遠《とを》きに汲《くみ》とらせ、衣服を洗《あら》ふ賤《しづ》の役《やく》をなさしむ。白菊却《かへつ》てこれをうれしき事に思ひ、日《ひ》ゝ《び》に谷に下つて水を汲み衣《い》をあらひ、此[三二]いやしき業《わざ》をなすとも身を汚《けが》すにはまさりぬと心に足《た》りて、故郷の土神《うぶすな》を祈り、「再び家に帰《かへ》らしめ玉へ」と拝《はい》せぬ日はなかりき。洞の中日数《ひかず》は覚へねども、月[三三]の円《まろ》きを月の半《なかば》としり、三月《みつき》斗《ばかり》の後、飛雲其容色《ようしよく》の苦《くるし》

風颯至、自謂二羲皇上人一（晋書・陶潜伝）。
一八 原話の牡丹と金蓮に当る。
一九 原話「你既ニ他ニ此ノ間ニ到セラルレバ、只ダ奈何（いかん）トモスル無キヲ得タリ」。
二〇 原話「古ヨリ道フ「他ノ矮簷ノ下ニ在リテハ、怎（な）ンゾ敢テ頭ヲ低レザラン」ト」。
二一 原話「（我）モ也（ま）タ中公ニ洞中ニ摂リ来タラルルコト五年」。
二二 夫との親密な仲。
二三 初めて見て、醜いと思ったであろうが。原話「你、他ノ貌ノ悪シキヲ見ル。当初我モ亦タ此ノ如シ。後来慣熟スレバ、方纔（じは）メテ好過セン」。
二四 補江総白猿伝の、白猿の変じた姿「美髯ノ丈夫ノ長（たけ）六尺余ナル有リ」を採り入れた。
二五 扮装。
二六 人品骨柄。
二七 後日の僥倖の比喩。「武蔵野や行けども秋のはてぞなきいかなる風かするゑに吹くらむ」（新古今集・哀傷）。
二八 後日、白菊が妖術で嘲弄される話の伏線。
二九 雲雨に誘う。
三〇 原話「他ニ随順シ了レ」。
三一 原話「罰トシテ山頭ニ去キ水ヲ挑（にな）ハシム」。
三二 原話「寧ロ困苦全貞ノ婦ト為ルトモ、貪淫下賤ノ人ト作（な）ラジ」。
三三 陰暦では満月は月の十五日。

みに衰《おとろへ》んことを慮《おも》ひ、しば〳〵賤《しづ》の役をゆるして貎《かたち》を養《やしな》はしむ。一日《あるひ》[一]南廂《みなみおもて》に宴《えん》を設《もふ》けて節を寿《ことぶ》き、白菊を酌《しやく》に当《あた》らしむ。寵愛《てうあい》の[二]緑樹《みどりき》・此花《（このはな）》・梁瀬《やなせ》・呉《くれ》の竹など宴に侍《はべ》り、其余《よ》の女糸《いと》に舞《ま》ひ竹に歌《うた》ひ興《けふ》ある席《せき》に、白菊しきりに眠《ねぶり》を催《もやふ》すうへ、変化が女ばらに相狎《あいなれ》て戯《たはぶ》るゝを、目の不祥《けがれ》見まじ〳〵と俯《うつぶす》につれ、[三]酌をくはへながらふら〳〵ねむりて酒をこぼすもしらず。飛雲[四]はらあしく罵《のゝし》り拳《こぶし》をあげ撲《うた》んとせしが、「此罪科《ざいくは》に此座より直《すぐ》に谷二つあなたの滝《たき》を汲《（くみ）》て来れ」としかりやりぬ。白菊は実《げに》もあやまちせりと身の罪《つみ》をしり、桶《おけ》を肩《かた》にして渓《たに》をめぐり流《なが》れに沿《そ》ひ、[五]よしや淵《ふかき》に躍《おどり》てと思へど、「[六]此世ならでもあふせあるや。[七]命こそ物を成就《じやうじゆ》する種《たね》なり。変化が今角《かく》無道にして勝《かつ》人なきも、年経《へ》たるしるしならん。[八]うらみ死《（しな）》ん命をつぎて、道なき人の果《はて》を見てまし」と、はこぶ足[九]なみのみなぎるもとの淀《よど》めるを、二つの桶にくみのぼせ、[一〇]たゆき手を休むる所に、珍らしや、[一一]其《（それより）》このかた、世の中の人とては[一二]ふつうに見へ来《こ》ざりしに、向ふの峭《そば》[一三]をつたひ、道なきに[一四]葛《かづら》を引て登り来《く》る人あり。弓矢《ゆみや》かき負《お》ひ太刀《たち》刀《がたな》おびたり。猟人《かりふど》ならんと近づくを見れば夫守廉《おつともりかど》なり。「いかにこはうつゝかうつゝならぬか」と、早くも取[一五]すがふて女まづ泣て詞《（ことば）》出ず。守かど且《かつ》喜び且かなしげに、「我は別《わかれ》てより家をすて禄《ろく》を擲《なげうち》て、此山つゞきの麓《ふもと》の里にさまよひ、行衛《（ゆくゑ）》を尋《（たづぬ）》ること既に[一六]三月《（みつき）》にあまれり。今日こゝに来り逢《あふ》こと夫婦の縁尽《つき》ざるか」とたがひに染《しみ》〳〵泣かたる。「扨《（さて）》しも何《なに》物の所為《しよい》なるぞ」と問はれて、

一 「廂」は「字典」には「正寝之東西室、皆号曰レ廂」とあり、ここでは用法を変えて用いている。以下、白菊が夢中に嘲弄される話は原話に無い。
二 飛雲が誘拐して来た女たちの名。
三 酒をつぎながら。
四 怒りっぽく。
五 えい、ままよ。原話「如春自ラ思フニ、巌澗ノ中ニ投ジテ死ナン」。
六 「恋ひわたる涙の川に身を投げんこの世ならでもあふせありやと」(千載集・恋)。原話「万一天ノ憐見スベク、苦尽キ甘来ラバ、還(ま)タ丈夫ニ再見スルノ日有ラン」。
七 諺に、命あっての物種。
八 恨みながら死ぬだろうところを生き長らえて、非道の人の最後を見届けたいものだ。「恋ひ死なん命を誰にゆづりおきてつれなき人のはてを見せまし」(千載集・恋)。
九 足「並」と「浪」の掛詞。
一〇 「支体に云るダルキ也」(雅言集覧)。
一一 自分が飛雲の洞に誘拐されてより以来。　一二 ふっつりと。
一三 「嶮也」(字典)。
一四 蔓(つる)草(字典)。怪談全書(元禄十一年刊)・一「欧陽紇」に「苔ヲナデ葛引キテ上レバ」と。補江総白猿伝では「捫蘿引絙」と作る。
一五 原話「夫妻二人、頭ヲ抱キテ哭ス」。　一六 五三頁の「三月斗の後」と照応する。
一七 「忘らるる身のうきことやいくら

[一七]身の憂《うき》ことは[一八]飯倉《いゝくら》の山にもまさるつらさをかたり、「かゝる変化《へんげ》にてこそあれ。洞《ほら》は是より西に見ゆる高峰《ね》の懐《ふところ》になん侍る」と、語るを聞て守廉、「此まゝおことを具《ぐ》して逃《にげ》帰《かへ》るとも、[一九]神通の妖怪《ようくわい》十里とはのびさせまじ。[二〇]退治《たいぢ》せんことも仏神《ぶつじん》の力をからではいかに本望達《ほんまうたつ》せんや。人多く催《もよふ》し、後の[二一]十五日にこゝに来り、おことに出合《(であひ)》、案内《(あない)》させて洞に斬《きり》入るべし。其あいだは気色《けしき》を察《さと》られず、心をとめてつゝしみ、身を汚《けが》さぬ[二二]方便《てだて》こそあらまほし。[二三]今此所に時うつらば変化《(へんげ)》いかにうたがはん。我は早く立別れん」と、行《(ゆく)》を放《はな》ちかねて暫時《しばし》と惜むに、男も心よはり草《くさ》の上にかへり座《ざ》し、つく〲と女房のさまを見て、「容色《ようしよく》は衰《をとろ》へねども絶《たへ》て[二四]櫛《くし》せぬを挙《あげ》てやらん」と、[二五]胡禄《やなぐひ》より鬢櫛《びんぐし》とり出し、谷水《たにみつ》に髪のすさみをうるほし、帰り遅《おそ》しととがむるとも[二六]よしやよしのゝ[二七]中たへし、妹背《いもせ》の山の[二八]茂《しげ》り添《そ》ふ、[二九]木の葉敷寝《しきね》に寄《よら》んとする時、笑ふ声の高きに夢うちさまされ、見れば有りし宴会《あんくわい》も闌《たけなは》にして、浅《あさ》ましや変化の膝《ひざ》によりかゝりてあり。

夢に夫《おつと》と思ひしはこれなりしかと、おそろしく払《はら》ひのけば、女房等《ら》どよみをあげて笑ひ、是を酒宴の興《けふ》とせり。飛雲も十分酔深《ゑひふか》く扶《たす》けられて伏所《ふしど》に入りぬ。跡にのこりし女房等《ら》に夢の次第を語らるれば、[三〇]皆云《(いふ)》、「我輩《わらはども》の計《はかりごと》に落されしも多《おゝ》くかゝる類《たぐひ》なり。さき程[三一]酌《しやく》に立《(たち)》て眠り、主《ぬし》の怒《いか》りに逢て[三二]次へ出され、[三三]随便桶《やがてをけ》を荷《にな》ひ酒宴の席へ出《(いで)》玉ふより我〲も怪敷《(あやしく)》思へども、言葉禁制《きんぜい》せられしゆへ傍《かたはら》より見たるばかりなりしが、御身[三四]主《ぬし》を見

山いくらばかりのなげきなるらむ」(夫木抄・二十)。一八 信濃国伊賀良(現、長野県飯田市)に在った山。一九 原話「走リ得ズ。中公、妖法広大、神通測リ莫(な)シ」。二〇 原話「除非(だた)他(紫陽真君)ノ来ルコトヲ求メ得バ、方(まさ)ニ其ノ難ヲ解カン」。終部の、法力で飛雲を退治する話の伏線。二一 補江総白猿伝の「十日ヲ以テ期ト為サン」に基こう。二二「方便 テダテ」(唐話纂要・一)。二三 原話「官人、急ギテ寺ニ回リ去ルベシ。中公ノ之ヲ知ルヲ待ツ莫カレ。其ノ禍小ナラズ」。二四 櫛を入れていない髪。二五 底本「胡録」に作る。「箙…和名、夜奈久比。盛レ矢器也。唐令用ニ胡禄二字ニ」(和名抄・十三)。二六「良し」と「よしや」の掛詞。「流れては妹背の山の中に落つる吉野の川のよしや世の中」(古今集・恋五)。二七 仲が劈かれた妻と夫の意と、妹山と背山が吉野川に劈かれたとの意を掛ける。二八 草木が繁茂する意と、男女が同寝するとの意を掛ける。二九 上の「茂り」の縁語。三〇 尊敬の助動詞。三一 白菊のこと。三二 次の間。三三「便ハ即也。…随便ノ義」(詩家推敲・下・寛政十一年刊)。三四 飛雲をいう。

一 守廉と別れる。
二 時期や季節を推察して。補江総白猿伝にも、諸婦人たちが「来ルコト久シキ者ハ十年」という。怪談全書「欧陽紇」では「其久シキモノハ十年ニ及ブモアリ」と。
三 可愛い。

てなつかしげに桶をすてゝよりそひ、髪《かみ》を挙《あげ》させ別る[一]ゝに臨《のぞ》みて一同に笑をゆるされ始て声をあげしなり。これ皆彼人《かのひと》のあざむきまどはす戯《たはぶ》れなり」。此花云《いふ》、「斯云《かくいふ》われもこゝに来て、花鳥《はなとり》の音《ね》色《いろ》霜雪《しもゆき》に其時[二]を思ひわきて十年《とゝせ》にも及ぶべし。故郷《こけう》にいつくしみせる父母、[三]かなしと思へる児《ちご》をのこしたれば、離《はな》[四]れて存《ある》べき命かはと、心に誓《ちか》ひしも思[五]ふには負《まけ》たるに、彼人のあはれみてわれを故郷に送りかへし、夫《つま》や子両親《ふたおや》にも、逢《あ》[六]ふと見つるに慰《なぐさ》みしが、或夜《あるよ》諸寝《もろね》の夢破《やぶ》れ、見ればかわらぬ此洞の内、悔しさいふばかりなけれど、凡人《ぼんにん》の力にはかりがたく、又是なる映葉《てりは》は、父の家より婿《むこ》がねの迎《むか》へらるゝ輿《こし》を[七]路より横《よこ》ぎられ、はじめはむこ君の家にあるとの[八]み思ひくらされし類《たぐひ》もあり。遅《おそき》と速《はやき》と遂《つい》に其計術《けいじゆつ》に落ざるものなし」と語《かたる》を聞て、白菊も舌を吐《はひ》て言葉なし。飛雲も女を[九]馴《な》つけんと思慮《しりよ》をくるしめ、言《こと》を巧《たくみ》にして説《とき》いざなへども、女の心にゆるさぬは方円《はうゑん》[一〇]の器《うつは》にしたがふ水の、形はよわくして取定めがたく、こゝ[一一]にまろびやすきものはかしこにもとゞまらず。又は千鈞《せんぎん》[一二]の弩《ど》の一重《ひとゑ》の縞《きぬ》を穿《うがち》かぬる理《ことはり》なるべし。

白菊の下

[一三]却説《さて》守廉《もりかど》は妻女を失ひてより、岐蘇《きそ》の谷峰《たにみね》につゞきたる険所《けんしよ》をさぐり、飛弾《ひだ》信濃《しなの》の山

四「百夜まであはで生くべき命かはかきもはじめじしぢのはしがき」(続古今集・恋二)。
五 飛雲を慕う心が生じて決意がくじけ。「恨みても又たちかへり慕ふかな思ふに負くる心よわさは」(新続古今集・恋五)。
六「よしさらば逢ふと見つるに慰さまんさむるうつつも夢ならぬかは」(千載集・恋二)。
七 途中で強奪され。
八「いへばえにこがるる胸の逢はでのみ思ひくらせるけふのほそ布」(新千載集・恋三)。
九 白菊をなびかせようと。
一〇 諺「水は方円の器に従う」。容器の形によってどんな形にでもなる水のように。
一一 白菊の飛雲になびくようでなびかない態度の比喩。
一二「彊弩之末力、不レ能レ入ニ魯縞ニ」(漢書・韓安国伝)。鈞は三十斤。強力な飛雲が弱い白菊を服させることができない比喩。
一三 語録訳義(延享五年序)「却纔」に「却説トハ、浅見子曰、サテト云コト」。以下の狒々退治の話は、原話の盗賊楊広征伐の話を変えたもの。

一「逢ふ事のいつを限とたのまねば我が涙さへはてぞ知られぬ」(続拾遺集・恋二)。 二 続いて出てくるの意

中をこゝかしこに三日六日《さんにちむゆか》足をとゞめ、いつをかぎりとか[一]猟《かり》くらす。春は生《をひ》[二]すがふ木《こ》ずへをわたす桟《かけはし》[三]に散らぬ花を踏分《ふみわけ》、谷水《たにみづ》の清《きよ》きに夏をば[四]外《(よそ)》に聞わたり、幾《いく》[五]らの峰を凌《しの》ぎては空《そら》[六]も一つにうつ[七]蟬の声する程ぞ。[八]今朝《けさ》[九]見れば、木曾の伏屋《ふせや》の竹ばしら撓《たは》める雪に路を塞《ふさ》がれ、又立[一〇]かへる山〻[一一]の花燃《もへ》んとするに心せかれ、思ひめぐらすに、此近国の山深きに住《すむ》妖怪《ようくはい》変化《へんげ》の所為《しよい》なるべければ、いまだ女が命だにめでたくは尋得《(たづね)》であるべきか。先近《まづちか》きより遠《とをき》に及ばんと、信濃一国の幽谷《いうこく》を捜《さぐ》り、元より屈強《くつきやう》の家の子両三人心を壱致《いつち》にして、餉《かて》をつゝみ苔《こけ》に臥《ふ》し、松を打て把火《たいまつ》[一二]とし、巌《いはほ》の下《もと》、重《かさな》る根《ね》、茂林《しげみ》、藪原《やぶはら》を極《きは》め、谷神《こだま》[一三]の棲《すむ》処山祇《やまずみ》[一四]の戸[一五]ぼそまで驚《おどろ》かして細見《さいけん》すれども、熊《くま》[一六]の館猪《やどりい》の窩《ふしど》の外は妖怪《ようくわい》の住べき所も見へず。峰よりおるゝ賤《しづ》の男《を》に物語《ものがたり》を仕かけて捜《さぐ》り問へども、「深き山中なればおそろしき物もあやしき所もありなん。通ふべき路の外は、われどももいまだ見とゞけぬ所のみなり」といふが中にも事知たる顔に麻《あさ》[一七]ぎぬの袖[一八]まくり手《(で)》にして、「木客《やまおとこ》[一九]といふ魂《たま》消《げ》る物こそあんなれ。朽木《くちき》積《つめ》る葉《は》に精《たましひ》入り、目一つにしてうごめきゆく。力つよく知《ち》恵《ゑ》なし。道に障《さは》らざれば物を害《そこな》はず。時気《じき》[二〇]によつて現《あらは》れ時気によつて滅《めつ》す。是をこそ真《まこと》の化物《ばけもの》とやいふべき」。又木きる叔父《おぢ》がかたりしは、「昔より此《(この)》山にかすみの洞といふものありて、[二一]春の比《(ころ)》晴天《せいてん》に常にはあらぬ高峰《たかね》を現《げん》じ、其懐《ふところ》に棟《むね》高き殿構《とのづくり》せる洞穴《ほらあな》俄《(にはか)》にあらはれ見ゆることあれども、またゝくひまにかすみ立こめていづちとも其所《そのところ》見定めが

だが、ここでは生い茂るの意に用いたか。 三 桟が咲いている桜の花の上に在るので、そこを渡ることは咲いている花を踏み分けることになる。「橋下花／信濃ぢや谷のこずゑをくもでにて散らぬ花踏むきそのかけはし」(夫木抄・二十一)。

四 夏の暑さを我が身には無縁の事として聞き続けてゆき。「おりたちてしみづの里に住みぬれば夏をばよそに聞きわたるかな」(夫木抄・三十一)。

五 どれほどか多くの峰を登ると。

六 満天に。 七 蟬のこと。秋の景物。「かざごしの峰こえくればきそぢ川波もひとつにうつせみの声」(夫木抄・二十四)。 八 底本に句点なし。意によって補う。 九 「けさ見ればきそのふせ屋の竹ばしらたわむばかりに雪ふりにけり」(夫木抄・三十)。

一〇 路が塞がれたので引き戻るの意と、年が改まっての意を掛ける。

一一 杜甫の「絶句」に「山青花欲レ然」(唐詩選・六)。 一二 「火把 タイマツ」(名物六帖・器財箋四)。

一三 山の谷に住む神。「木魅ハ即チ樹神ナリ。内典ニ云フ樹神。和名古太万」(和名抄・二)。「谷神」は、元来は老子の谷神不死章第六に出る語。

一四 山に住む神。「内典ニ云フ山神。和名夜万乃加美。日本紀ニ云フ山祇」(和名抄・二)。 一五 住み家。

一六 「其行二山中一、雖二数千里一、必有二跧伏之所一、在二石巌枯木一、山中人謂二之熊館一」(本草綱目・五十一・集解)。

たし。これを見れば恐しきことあるよし。山かせぐものは、一生の内それにあわぬやうにと念《ねん》ずることとなり。されども百年に一度は現《あら》はるゝといひ伝《つたふ》とかや。四五十年このかたおのれが物おぼへてよりは其洞《そのほら》を見たるものなし。仙人の住所《すみどころ》と申《(まうし)》伝へ侍る。いかにもあれ是《これ》より奥は常《つね》に霧《きり》ふかくして道なく、東西南北を別《わき》がたく、樵夫山叟《きこりやまがつ》も入《(いる)》ことを得ず」と語る。守廉《もりかど》聞《(きく)》につけても心おとりすれど、よしや道なくとも行《(ゆか)》れぬことのあらんやと、把火先《たいまつさき》を照《てら》させ、霧《きり》ふかきまで勉強《つとめ/\》[二二]て分入りて見れ共方格《はうがく》しれず。からじて里あるかたにめぐり出るのみなれば、事ゆくべき共思はれず。

一日《あるひ》絶壁《ぜつぺき》《そばだついわほ》に行《(ゆき)》なやみたる辺りにて、一つの怪《あや》しき物こそ見へたれ。大巌《たいがん》の上に坐《ざ》せるが長《たけ》[二三]は七八尺もあるべし。色あかく猿《さる》に似て、又人面《にんめん》のごとく、人を見て笑ふ其声《こへ》鳥のごとく、音《こへ》の章《あや》人に似たり。笑ふ時は上唇《うはくちびる》額《ひたい》につく。人を見て恐れずさらず。従者《じうしや》どもこれを組とめんとす。守廉制《せい》して、「これこそ聞伝《(ききつたふ)》る狒ゝ《ひひ》といふ獣《けだもの》なり。猻《さる》[二四]千年にしてなるともいへり。此物の所為《しよい》なるもはかりがたし。此物を捕獲《とりゑ》まほしけれども、其《その》力万鈞《ちからまんぎん》を挙《あぐ》ると聞《(きけ)》ば力を以て勝《かつ》べからず。我むかし弓法《きうはう》に其伝《(そのでん)》[二五]を得たり」とて、ひそかに矢《や》をつがひ、這斷《きやつ》[二六]が笑ふ時を窺《うかゞひ》てへうど射る。巧《たくみ》にも上唇を額《ひたい》へ托《つけ》[二七]て射通《いとお》したり。一声さけびて巌《いはほ》のうへよりころびおち矢を負《お》ひながらにげゆくを、「のがすな」と跡をとめつゝゆけば、峰ひとつこしたる谷陰《たにかげ》に岩窟《がんくつ》ありて血《ち》伝《つた》ひたり。外より把火投《たいまつなげ》こみ見

「窩　穴居也」(字典)。一七 麻布の粗末な衣服。木曾は古く麻を産したので「木曾の麻衣」という。謡曲「寝覚」に「立ち上る、木曾の麻衣袖しをり」。一八「しづの女がつま木とりにと朝おきていろいろ衣袖まくりしつ」(夫木抄・三十三)。一九 →四六頁注四。但し、以下に述べられる木客の性状は、鬼神論が基いた和漢三才図会・四十にも楓軒偶記・六が挙げる漢籍にも見えぬ。二〇 季節。二一 →四八頁注六。二二「勉強 シイル」(唐話便用・一・享保二十年刊)。二三 以下の狒々の性状の叙述は、和漢三才図会・四十「狒々」の「状如レ人、被レ髪迅走食レ人。黒身有レ毛、人面長唇反踵。見レ人則笑。其笑則上唇掩レ目。其大者長丈余。宋撩人進二雌雄二頭一。其面似レ人、紅赤色、毛似二獼猴一有レ尾。能二人言一如二鳥声一。善知二生死一、力負二千鈞一。反レ踵無レ膝。睡則倚レ物。獲レ人則先笑而後食レ之。猟人因以二竹筒一貫レ臂誘レ之、候二其笑時一、抽レ手以レ錐、釘二其唇一着レ額、候レ死而取レ之。髪極長」に拠る。また、この狒々退治の話は馬琴の椿説弓張月・第十一回、近世説美少年録・第二十一回、朝夷巡島記・第四十九回に使われる。二四 原話に「此ノ怪ハ是レ白猿ノ精、千年ニシテ器ヲ成ス」。二五 狒々の射かた。二六「這廝コイツナリ」(忠義水滸伝解・第二回)。二七 託に通ず。「託、付」(戦国策・八「託二於東海之上一」の高誘注)。

いるゝに、彼獣《かのけもの》倒《たふ》れて動《うご》かず、たゞ頻《しきり》に[一]号《さけび》て衰《おとろ》へたり。主従《しうぐ》つと入りて、やがて大石を[二]舁《かき》て頭《かしら》を打ひしげば、一声さけびて、其《(その)》石を手まりのごとくはるかの所迄なげやりて死《(しに)》たり。窟《いはや》の内を見めぐらすに、岩のさし出たる上に[三]太刀《たち》一腰あり。銹汚《さびくち》てぬけず希《け》有《う》のものなり。尚《なを》もさぐり見れど、鹿兎《しかうさぎ》の引さきくらひ散《ちら》したるこゝかしこに有《(ある)》のみなり。たゞいま難所《なんじよ》を走《はしり》たれば主従共に大につかれて、「日も傾《かたぶ》きぬ、此窟《このいはや》に宿《しゆく》せん」と皆いふ。守《もり》かど頭《かしら》を揺《ふつ》ていふ、「察《さつ》するに[四]狒ゝ《ひひ》は必ず雌雄《しゆう》ある獣なり。今殺せしを見れば雌《め》なり。今にも雄《を》が帰り来らば、此つかれたる我ゝふせぎ難《がた》かるべし」。是を聞て皆ゝ[五]怕《おそ》れはしりまどふて出ぬ。我妻《(わが)つま》の事此物の所為《しよい》とも思はれず。益《やく》なき殺生《せつしやう》して雌《め》を失《うしな》はせたりと、我身に思ひたぐへて、猶も行《(ゆか)》るべき程は分《(わけ)》入りて、[六]餉尽《かてつく》れば里に出て人家に休息《きうそく》す。兎《と》に角《かく》に霧《きり》立のぼる奥《おく》へは、人力にて至るべき道なければ、さすがの大丈《だいじやう》夫《ふ》も心屈《くつ》して心地《こゝち》例《れい》ならず。[七]思ひつかれしも理《ことは》りなり。

こゝに[八]浦島《うらしま》が寝覚《ねざめ》の床《とこ》に、はじめは草庵《さうあん》を結《むすば》れしが、後は其[九]徒《と》集り[一〇]葺《ふき》つゞけて殿門《でんもん》備《そな》はり、[一一]三依道人《さんいどうじん》と呼《よ》ぶ翁《おきな》すめり。[一二]持行《ぢぎやう》する[一三]孔雀明王《くじやくめうわう》の法《はう》は、[一四]白馬《はくば》仏教《ぶつきやう》を漢土《かんど》に駕《のせ》ざる以前に、[一五]子玄仙人《しげんせんにん》[一六]西域《せいいき》に遊びて是を伝へてより今爰《こゝ》に伝流《でんりう》し、病を祈《いの》り禍《わざはひ》を払《はら》ひ、抜苦与《ばつくよ》楽《らく》の験《しるし》をあやまたず。[一七]面相玄文《めんさうげんもん》《にんさう》の占卜《せんぼく》《うらなひ》は往《わう》を説来《ときらい》を示《しめ》して違《たが》はず。[一八]信心《しんじん》を擲《なげうち》て[一九]禳醮《じやうせう》《いのりまつる》を求《(もとむ)》るもの日日《ひび》に絶《たへ》ず。此[二〇]一七日《いつしち》は[二一]三種《さんじゆ》の密法《みつぱう》を脩《しゆ》せらるゝとて参詣の人群集《くんじう》す。守廉

一「大呼也」(字典)。　二 底本「拍」。
三 補江総白猿伝に、白猿が殺された洞内に珍宝名香と「宝剣一双」が残ったと記す。　四 五九頁注二三参照。
五「怕ハ、畏惧也」(操觚字訣・五・宝暦十三年序)。　六「…訓ハ加礼比。俗ニ云フ加礼比。食ヲ以テ人ニ遺ル也」(和名抄・十六)。
七 思案が尽きた。
八 和漢三才図会・六十八「信濃」の「寝覚」に「木曾路ノ内ニ在リ。上松ト須原トノ間。寺有リ、臨川寺ト号ス。谷川ニ奇石多ク之有リ。俗ニ云フ、此処ハ浦島太郎釣ヲ垂レシ旧跡也ト」。　九 信徒。　一〇 建増し続けて。
前条の臨川寺の縁起の形式にしている。　一一 儒仏神の三教に依る、の意の命名か。謡曲「寝覚」の「三返りの翁」の面影もある。原話の紅蓮寺の長老旃大恵禅師に当る。
一二 持ち伝えて執行する。
一三 密教の修法の一。孔雀経や孔雀明王儀軌などにのっとって祈禱する。
一四 後漢の明帝の時、インドから摩騰と竺法蘭の二僧が白馬に仏典を載せて漢土に来、帝は洛陽に白馬寺を建てて、二人を住まわせた。
一五 架空の人物。有像列仙全伝(慶安三年刊)や本朝列仙伝(貞享三年刊)等にも見えない。後述の太玄経の玄の字を用いたか。　一六 インド。
一七 奥深い意義を説いた占文。太玄経の玄字を掛けているか。
一八 信仰心をこの道人に傾注して。

[二一]違例逍遥《いれいせうやう》の為此寺に来り、道人《どうじん》[二二]日中の壇《だん》を下《をり》らるゝを待うけて拝《はい》をなし、「某《(それがし)》ははるか西国のものなるが、此国にて妻女を妖怪《ようくわい》に取《とり》さられ、生死《しやうじ》の様《やう》を究《きは》めん為《ため》山に棲《すむ》事三年を経《へ》たり。再会《さいくわい》の期《ご》あるや否《いなや》考《かんがへ》を下《くだ》し玉はれ」と懇《ねんごろ》に頼み聞へたり。道人《だうじん》守廉を近づけ面相《めんさう》《にんさうみる》し沈吟《ちんぎん》して云《いふ》、「いまだ時至らず、[二四]命《めい》を全《まつた》くして待玉へ。且《かつ》[二五]尊閫《そんこん》《おくがた》の生土《せいど》年齢《ねんれい》いかん」。守廉云、「我と共に吉備《ぎび》の産《さん》、失《(うせ)》たる時二十三歳、今年廿五歳なるべし」。道人《だうじん》為《ため》に[二六]卦《くは》を敷《し》く。[二七]数《すう》の言《こと》に云、「[二八]其道《そのみち》を永くせば得《ゑ》ざれども咎《とが》なく、此人存命疑《ぞんめいうたがひ》なし」。

又問《とふ》、「其怪《そのくわい》いかなる物ぞ、占《うらなひ》知るべしや」。道人卦《くは》を設《もふ》け頭《かしら》を揺《ふつ》て云、「[二九]大幽《たいゆう》之門《もん》、窺《うかゞ》而無間《ふてひまなし》。其密《みつ》なること見るに方《みち》なし。我智識《わがちしき》に量《はかり》がたし」。守廉拝《はい》をなし[三〇]内玄関《ないげんくわん》に退《しりぞ》き、[三一]点心《てんしん》を食《しよく》し休息す。

其日も[三二]未《ひつじ》の刻《こく》さがり、暮《くれ》の壇《だん》に参詣多き中に、前供人《ぜんぐひと》を払《はら》ひ門外《もんぐわい》に留《とゞま》り、乗物のめぐり近習打囲《きんじうちかこみ》、玄関《げんくわん》に舁《かき》すへ、[三三]烏帽子《ゑぼし》引たて立出る威《い》風骨柄《ふうこつがら》[三四]小可《なみ〳〵》の人にあらず。後乗《あとのり》は召つかひと見へて美麗《びれい》の婦人《ふじん》かしづきて客殿《きやくでん》に通り、此大名道人《だうじん》を拝して、「[三五]何某《なにがし》は[三六]諏訪《すは》の一属小身《いちぞくしやうしん》なるものなり。忍《しの》び詣《もふで》なれば名のらず。先我《(まづ)われ》に卦《け》を給はるべし」。道人其[三七]支《し》《ゑ》干《と》方位《かんはうい》を問ふ。「我は此国の旧家《きうか》なるが、幼《よう》にして孤《みなしご》となり[三八]大君《たいくん》の家《いへ》に寄食《きしよく》し[三九]生辰《せいしん》を記《おぼ》へず。仮《かり》に甲子《かつし》を以て是に充《あつ》」。道人卦《くわ》を敷《しき》て心《こゝろ》驚て云、「[四〇]天賜之光《てんしのひかり》、於謙有慶《へりくだるによろこびあり》。貴人《きにん》徳ありて隠《かく》るゝゆへ福《ふく》つきず。寿命《じゆめう》は海山《うみやま》と共に久しく、よろづ心に叶《かなは》ざるなし。凡人《ぼんにん》

一九 「禳」は「卻㆓変異㆒曰㆑禳」、「醮」は「醮」に通じて「凡僧道設㆑壇祈禱曰㆑醮」（字典）。 二〇 朝廷では、後七日御修法（ごしちにちのみしほ）や大元帥法（たいげんのみしほ）は、正月八日から十四日までの七日間に行われたが、それに倣っている。 二一 下文に述べられる、四海安静五穀豊登・福徳延命抜苦与楽・如意満足の三願を加持祈禱すること。 二二 妻の捜索に忙殺されている普段とは事変って。 二三 正午の頃に壇上で行う加持祈禱。 二四 天命に従って。 二五 「尊閫 他人ノ妻ヲ称ス」（朱氏談綺・下・正徳三年刊）。 二六 筮竹を用いて占った結果を、陰陽を象徴する算木で形づくること。 二七 占いの判断の言葉。 二八 漢の揚雄の太玄経・四「永」の項に「永㆓其道㆒未㆑得無㆑咎」。但し、ここでの意味は、白菊が貞節を守ってさえいれば、彼女を取り戻せなくとも、あやまつ事はない、というもので、司馬光の注には沿わない。以下同様。 二九 太玄経・三「密」に「窺㆑之無㆑間、大幽之門」。但しここの意味は、大層奥深い門内に在るので、のぞいて見ようにも隙間が無い。 三〇 主に家の者などが出入りする裏玄関。玄関は、元来は武家屋敷には無く、仏寺にあったもの。 三一 「町人は昼食といひ、寺がたには点心と云」（籠耳・一）。 三二 午後二時過ぎ。 三三 折烏帽子を立烏帽子のように立てて、晴れの場

の卦《くわ》にあらず」。貴人《きにん》大に悦び、「道人のことばいかんぞわれ当《あた》らん。しかれども我年来《としごろ》万事意《こゝろ》の如《ごとく》なれば、道人の卦《け》にもるゝ事なし。いかんせん[一]人界愛着《にんがいあいじやく》ふかく色欲《しきよく》の迷《まよ》ひ多し。恐らくは徳を損《そん》ずる所あらん」。又召つかひの婦人《ふじん》を相《さう》せしむ。道人面相《めんさう》して、「[三]内に懐《おもふ》て替《たすくる》こと差《たが》ひ、永《なが》く貞祥《ていしやう》を失ふ。[四]火の木にあるや炎《もゆ》ることを改《あらた》めず。中年以来人の婢《ひ》となりて其家に終《おはら》ん」。

「命数《めいすう》めでたし」と再《ふたゝ》び其支干《しかん》を問ふ。「[二]酉《とり》にあたる」と答《こた》ふ。道人卦《くわ》を設《もふ》けて云、

大名近侍《きんじ》に命《めい》じて金銭巻絹《きんせんまききぬ》を引《ひか》せて云《いふ》、「道人を煩《わづら》はす一事《いちじ》あり。我給《われたま》へる卦《け》のごとく万《よろづ》心に足《た》れども、近比《ちかごろ》一つの任《まか》せざる心願《しんぐわん》あり。今日[五]敬愛《けいあい》の法《ほう》会《ゑ》に趣《おもむき》て此《この》願を祈らんと存《ぞんず》るなり」。道人云、「やがて[六]晡時《ほじ》の壇《だん》に登《のぼ》れば、倶《とも》に法会に参じて祈り玉へ」と茶菓《ちやくわ》を供《けふ》じて待《もてな》さる。既《すで》に壇に登り読経《どきやう》の[七]宣巻《せんくわん》おわり、香をひねりて、「南無[八]十方《じつぱう》の諸天《しよてん》、此一炷《ひとたき》の香、四海安静《あんせい》、五穀豊登《ごこくほうとう》、[九]三《みつ》の教《をしへ》昭明《あきらか》に[一〇]聖《ひじり》の君　歓《よろこびおゝ》多かれ」。又一炷撚《ひとたきひねり》て、「十方施主、福徳延命《ゑんめい》、抜苦与楽《ばつくよらく》」。又一炷《いつちう》を焼《たき》て、「今此甲子《かつし》の貴人如意満足《によゐまんぞく》ならしめ玉へ」と懇《ねんごろ》に祈り求《もとめ》らる。参詣の[一一]衆鬮《しうみくじ》を拈《とり》て其数《すう》の辞《ことば》を求む。貴人《きにん》の鬮《せん》六十三の歌に云《いわく》、

法《のり》の庭《には》よき日詣《もふで》てあすよりは[一二]紅《あけ》の衣を[一三]褻衣《なれぎぬ》にせん

女房の拈《とり》たる九十四鬮《せん》に云《いはく》、

あなたふとけふ[一四]のみのりにあふ人は[一五]千とせの命有《あり》とこそきけ

であらたまった気持を示す。三四「非レ同二小可一　ナミ〳〵大テイノコトデハアルマイト云コト」(忠義水滸伝解・第一回)。三五 自分を指す言葉。三六 信濃国南部の諏訪の豪族。諏訪明神の大祝(おおはふり)を務めた。三七 誕生日の干支と居住地。後に飛雲の干支の甲子が金に当ると述べられるが、それは貞享暦以降の仮名暦には必ず記載されていた納音(なっちん)(日にちを六十干支で表わし、それに五行を配当)の配当である。故にここの干支は生日のそれと解する。三八 諏訪本家の主人。三九「誕辰　タンゼウヒ。問中今古録、世人称二生辰一曰二誕辰一」(名物六帖・人事箋四)。四〇 太玄経・三「盛」に「天賜之光、大開二之疆一、于レ謙有レ慶」。ここの意は、天から福分を与えられていて、隠れ神である故に運がめでたい。

一 原話「小聖能ク愛慾ヲ断除スル無ク、只ダ色心ノ為ニ本性ヲ迷恋ス」。二 後文に丁酉であると説明される。納音では火に当る。三 太玄経・四「永」に「内懐替爽、永失二貞祥一」。ここでは夫を内助しようという計画が狂い、長いこと貞節を欠く、というほどの意。四 火は白菊の納音。木は、明記されていないが守廉の納音として、五行相生では木は火を生ずる。即ち、両者が夫婦として在るのでは縁が全うされない。五 密教の修法、五種壇

道人壇《だうじんだん》を下《おり》て一六巻数《くわんじゆ》を注《しる》して参らす。貴人頂戴《ちやうだい》して悦び斜《なゝめ》ならず下向ある。道人徒弟《とてい》に命《めい》じて玄関《げんくわん》に送らしむ。

守かどは歴ゝ《れきれき》の武家《ぶけ》参詣と見たれば、彼が帰るを待て道人に頼むべきことあれば、間《ま》を隔《へだて》て立かくれ今ひそかに窺《うかゞへ》ば、大名の後《あと》に従《したが》ひ出《(いづ)》る婦人こそ正《まさ》しく失《うせ》たる我女房なり。大に驚き、「変化にはあらで此大名の仕業《しわざ》なりけり。誰《たれ》にもあれ眼前《がんぜん》の一七怨敵《をんてき》脱《のが》さじ」と一八物陰《ものかげ》よりねらひを定め、兼《かね》て一九手練《しゆれん》の一手《ひとて》三箭連珠《さんせんれんじゆ》のごとく、「ゑい、や、はあ」のひやうしにつらねてはなつを、二〇大名手ばやく左の手にて握《にぎ》りとゞむ。続《つゞい》て来《(きた)》るを右の手につかむ。間《ま》もなく来る三の矢《や》を口にくはへて噛《かみ》とゞむ。すかさずしきりに射《ゐ》る矢を悉《ことごと》く払《はらひ》のけ一つも身にあたらず。守廉二一着忙抜設《いらつてぬきもふけ》て切てかゝるを、大名きつと見むく眼のひかり、一身《いつしん》に剣刺如《つるぎさすごと》く覚へず居ずくまつて動《うご》き得ず。白菊はもりかどなりとは見たれ共《(ども)》、是も又神通《じんづう》にやと言葉なくてためらひゐる。大名怒《いかり》の相《さう》を現《あらは》し、「你《なんぢ》女房に念《ねん》ふかく二二還《なを》も職《しよく》に就《つか》ざるか。女よく任《つか》へなば廿年《(にじふ)》の後《のち》は放《はな》ちかへすべし。奉公あしくは一生かへす時あるべからず。よく思ひ取て速《はや》く官府《くわんふ》に帰れ。二三大徳達《だいとこたち》又こそ参らめ」と、女を引つれ乗物にうつるとひとしく多《(おほく)》の家《け》人中《にんちう》を飛《(とば)》せて足はやし。「いかに其まゝかへさじ」と追てゆく守廉が面《おもて》を摺《する》ばかりに、二四小家《こいゑ》の如き大石空《そら》よりどうと落《(おつ)》る地ひゞきに肝《きも》つぶれして尻《しり》ゐにへたり、起《おき》たつ時早く影も見へず。余人《よじん》の目にも「滝《たき》の辺まで行《(ゆく)》かと見へし二五

法の内の一。男女の縁結び、夫婦の和合などを祈る。六 申の刻(午後四時頃)。転じて、日暮時。七「宣巻(セツパ/フスル)個師娘」(開巻一笑・上・閨怨歌)。八 あらゆる世界の無数の諸仏。九→六〇頁注一一。一〇 天皇。一一 近世に行われたものは観音籤で、一番より百番までの吉凶を記した札があり、それを百首の詩歌と対照して、運勢を判断する。一二 神事や仏事に従う時に着用する浄衣(じよう)(うえ)。「すべ神はよき日祭れば明日よりはあけのころもをけごろもにせん」(神楽歌・神上)。一三 着なれた着物。浄衣を普段着に変えるとは、伊勢物語の「唐衣着つつなれにし妻」の歌から類推して、白菊が我がものとなるの暗喩であろう。一四 御法。法会を尊んでいう。一五「六月のなごしの祓する人は千とせの命延ぶといふなり」(拾遺集・賀)。一六 読経した経の巻数を目録に記し、寺から施主に与えること。一七「ヲンデキ」(日葡)。一八 原話「陳巡検大イニ怒リ、佩ブ所ノ宝剣ヲ抜キ出ダシ、劈頭ニ便チ砍(き)ル。申陽公手ヲ用ヒテ一タビ指セバ、其ノ剣反ッテ自身ニ著ク」。一九 鍛錬した射術で、三本の矢を珠を連ねる如く。二〇 四十回本平妖伝・第一回に、通力を得た猿が「人若シ箭ヲ把リ去リテ他ヲ射ル時、右ニ来タレバ右ニ接(と)リ、左ニ来タレバ左ニ接リ、近

忽《たちま》ちに見へず」といふ。守廉《もりかど》其夜は寺内《じない》に一宿して気を養ひ、弥《いよく》怪物の業《わざ》と知り、目に見ながら女房を取かへさゞるを残念《ざんねん》に思へど、「是も真《まこと》の白菊ならぬもはかりがたし」と、道人《だうじん》にもかたりて心惑《まど》ひするも理《ことは》りなり。

[一]かくて白菊ははからず夫に逢ながら言葉なく別れ、道すがら思ふに、「此変化《へんげ》いかなる徳ありて名知《めいち》識《しき》の占《うらなひ》にも悪人の相《さう》はなく凡《ぼん》人ならぬとあれば、神《かみ》の化《け》現《げん》にこそあらめ。守かどが力量《りきりやう》弓矢も近よることあたはず。我《われ》女の身として計校《はかりごと》[二]の有べきやうなし。彼また能《よく》つかへなば帰《かへ》さんと言ふ。身さへ汚《けが》さずんば帳台《ちやうだい》の賤役《せんやく》[三]をもとりまかなひて結句《けつく》赦《ゆる》さるゝ時あるべし」と、帰路《かへりみち》に休《やす》らふ乗物にむかひて是迄《(これまで)》の不是《ふぜ》[四]を侘《わび》なげく。飛雲《ひうん》も詞《ことば》をだやかに、「身に近く斉眉《みやづかへ》[五]をなさば我《わが》ことばむなしからず。さあればとて你が貞心《ていしん》を強《しい》て奪《うば》ふべきにもあらず」とぞ申ける。白菊洞《ほら》に帰りてより女ばらに立まじりて一応《いちをう》[六]の事をもつとめければ、我《(わが)》通力《つうりき》に驚《おどろ》きて女が心和《やわら》ぎたり、遠からずして本意《ほい》とげなんと悦《よろこぶ》事かぎりなく、猶も女ばらに向ひて我出身《わがしゆつしん》を語て云《(いふ)》、「我は神世より此所に棲《すみ》て已《すで》に[七]二千年、昔し大山祇《をゝやまずみ》[八]の神に説《とき》さとされて天孫《てんそん》[九]に従ひ、[一〇]此邦《くに》守護《しゆご》の神の数にも入《(いれ)》らるべかりしを、身の不徳《ふとく》をかへりみて辞退《じたい》し、我《(わが)》山半《なかば》を分《わか》ちて奉り半を我隠れ家とし、常に霧《きり》をふらして人間《(じんかん)》[一一]に見せしめず。永《なが》く引こもりて世の事にあづからねば、我を隠れがみとも呼《よび》て勤役《きんやく》のことなし。皇孫《くわうそん》に対《たい》して反《そむく》心なければ其余《そのよ》の事は咎《とがめ》にあづからず。むか

ク来タレバ近ク接リ、遠ク来タレバ遠ク接リ」と行う。また、説教「おぐり判官」にも「間の障子のあなたから、よつ引き、ひやうど放す矢を、一の矢をば右で取り、二の矢をば左で取り、三の矢があまり間近く来るぞとて、向歯でかちとかみ止めて」と、小栗が矢を防ぐ場面がある。またこの場面は、馬琴の椿説弓張月・第一回に取られる。

二一「着忙 アハテル」(唐話便用・一)。

二二「俗語ニハ還ノ字ヲ、マダノ意ニ用ユ」(助字訳通・下・宝暦十二年序)。

二三 高僧。原話「申陽公、長老ニ別了シ、自ラノ洞中ニ回リ去(ゆ)キ了ル」。

二四 原話には飛雲の神通力を示す、かかる趣向は無い。

二五 逆接の接続助詞「に」などが入るべきところ。

一 以下の、白菊が飛雲に敬意を抱く設定は、原話に無いもの。

二「校」は「計量也」(字典)だが、ここは「較」に通じさせて、「計較 ハカリタクラブルコトナリ。…テダテノコトナリ」(語録訳義)の意。

三 飛雲の身のまわりの世話。

四 服従せず、逆らっていたこと。

五 夫に恭しく仕えること。後漢の梁鴻の妻の孟光は、食膳を目八分に捧げて(挙レ案斉レ眉)給仕した(書言故事大全・一「荆布」)。

六 肉体を与えることを除く、一通りの事。「一応 イッサイ」(小説奇言・四)の意ではない。

七 以下の記載は、日本書紀・神代下の「其の鼻の長さ七咫、背の長さ七尺余り…且口尻明り耀れり、眼は八咫鏡の如くにして、絶然赤酸漿に似れり」という猿田彦神の面影を踏まえる。

八 山の神。火神かぐつちから生まれた(日本書紀・神代上)とも、いざなぎ・いざなみから生まれた(古事記・上)ともいう。但し、この神が猿田彦命を説諭したという伝承は見えない。

九 天津彦彦火瓊瓊杵尊(あまつひこひこほのににぎのみこと)。高天原から猿田彦命に先導されて日向国に天降りした(古事記、日本書紀)。

一〇 天台宗や日蓮宗では三十番神といって、一か月三十日間を毎日交替して守護する神を定めたが、その内には吾国守護三十番神もあった(諸神記・下)。

一一 世の中。

しより数多《あまた》の女を摂《と》り来り召《めし》つかひたれど、[一]七人の閨婦《けいふ》[二]千石の粟《あわ》は[三]天蒼氏《てんそうし》の賜《たま》ふ常の産《さん》なり。婦女《ふじよ》の輩《ともがら》[四]元《(もと)》年ゞ《とし〲》にかゆべきを、愛着《あいじやく》の為に私して久しく洞《ほら》に留《とど》むるにいたる。年経《としへ》て送りかへすべきも多くは命数《めいすう》たもたず。昔より山内《ない》山下の里ゞに牲《いけにへ》と名づけて少《せう》女《じよ》を供《くう》ぜしは、皆我[五]請《(うけ)》たる所なれども多くは是村女《(これ)そんじよ》なれば、われも欲《ほつ》せざるより[六]自然《じねん》に其事たへたるなり。古は我も常に形を化現《けげん》してよき男となり、女ばらに思はれんとのみはかりしかども、[七]我徳《(わが)とく》をいだきて形づくりするのは無下《むげ》に卑《ひく》きわざなれば、里に出て遊ぶ時ならでは容儀《ようぎ》をかへず」と、是迄かたらぬ物がたり。実《げに》も[八]等閑《なをざり》の人ならずと、[九]白菊《しらぎく》をはじめ多くの女房敬《うやま》ふ心もおこりなんかし。

此《こゝ》に寺内《じない》に宿《しゆく》せし守かど、明《(あく)》れば道人にいとまごひす。道人対顔《たいがん》して大《(おほい)》にいぶかり、「今日[一〇]貴所《きしよ》の相《さう》を見るに、きのふと大に変《へん》じて眉《まゆ》ひらけ色《いろ》悦ぶべし」。守かど云《(いふ)》、「[一一]昨《さく》日今日いかんぞ相の変ずる事かくのごとくなるや」。道人云、「われも又其《その》ゆへをさとらず」と、再び[一二]蓍《めど》を抽《ぬ》き卦《くわ》を敷《しき》て云、「[一三]鵰鶚《みづとり》氷《こほり》を惨《いたみ》て彼南風《かのなんぷう》に翼《たすけ》らる。是《これ》春風氷《こほり》を解《とく》のこと。足下《そこ》夫婦完聚《くわんじう》《まつたくあつまる》の占文《せんもん》なり。怪《あや》しむべし〳〵」と、眼《め》を閉《とぢ》て[一四]神《しん》を出《いだ》し[一五]半刻《はんこく》ばかりにして眼を開《ひら》き、守かどにさとしていはく、「物皆前数《ぜんすう》あり。此怪物《(この)くわいぶつ》[一六]支干《しかん》《えと》甲子《かつし》なれば[一七]丁《てい》酉《いう》を得て滅《めつ》すべき機《き》あり。你《なんぢ》が妻《め》の丁酉は火《ひ》の運《うん》、甲子は金《かね》の運《うん》なり。[一八]微火《びくわ》を以て大金《たいきん》を消《け》す一生の厄《やく》とす。是[一九]大数《(これ)たいすう》の行《ゆき》あひて其[二〇]冤業《(その)ゑんごう》を消却《しやうきやく》せんとする時至れども、婦人貞《てい》

一 飛雲の抱える此花・阿野・緑樹・梁瀬・呉の竹・映葉の六人に白菊を加えた。　二 豊富な穀物。
三 天。蒼々は天の青々としたさまをいい、転じて天をもいう。「天之蒼々、豈是天之形」(字典)。
四 毎年交代して、天に戻すべきだが。
五 「受也」(字典)。神として牲を受ける。　六 おのずと。「ジネン」(日葡)。
七 非常な神通力を備えているのに。
八 書言字考・八「等閑 ナヲザリ」、(トウカンの項に)「尋常也」。
九 ここに到って白菊はすっかり飛雲に敬意を抱き、それが飛雲の滅亡を呼び起す。　一〇 貴君。
一一 昨日と今日とで。　一二 筮竹。
一三 太玄経・三「装」に「鵰鶚慘二于冰一、翼二彼南風一、内懐二其乗一」。王涯の注に「鵰鶚ハ雁ナリ。侶ヲ失ヒ時ニ後レ、寒冰ニ惨メラル。然ル後ニ風ニ翼ケラレテ南ニ之(ゆ)ク。内ニ其ノ侶ヲ懐ヒ、憂ヘテ快キコト無シ」と。この意は、夫婦が離別して互いに相手を思っていたが、運が好転して再会できる機が来た。
一四 無念無想になること。「金陵六院市語」の釈義「出神(キヌケ)。僧家ノ打坐(ザゼン)ノ如シ。道家ニ称スル所ナリ。…目ヲ閉黙坐シテ神ヲ出シ物ヲ見ルサマナリ」(開巻一笑・坤)。
一五 約一時間。　一六 →六一頁注二七。
一七 納音では甲子は金、丁酉は火に配当され、五行相剋説に従えば、火は金に剋つことになっている。

実《じつ》にしてたやすく従はず。[二一]おのれに害《がい》あるものを深《ふか》く好めるは冤業《ゑんがふ》のなす所、[二二]神通《じんづう》にも及ばず。敬愛《けいあい》の法に頼《よつ》て女を従《したが》へんため昨日法会《ほふゑ》に参《さん》じたり。変化の悪行貫盈《あくぎやうくわんゑい》《つもり》[二三]すといへども、此《この》[二四]縁をとげざればいつまでも亡《ほろぶ》る時至らず。今卦《くは》[二五]の変じたるを以て見れば今や前《ぜん》縁《えん》を遂《とぐ》ることあるか。是《これ》又敬愛《けいあい》の法の応験《をうげん》あるか、不可思議《ふかしぎ》の妙をしらず。夫婦再会《さいくわい》の後《のち》[二六]是を以て心に挟《はさ》み玉ふことなくんば、再び拙道足下《せつだうそこ》[二七]の為に法力を施《ほどこ》さん」。守《もり》かど云、「何条其念《なんでうそのねん》の候べき。我丈夫《ぢやうぶ》[二八]の身として彼《かれ》を降《くだ》すことあたはず。いかに言《いわ》んや女をや。此年月志を守りたるは尋常《よのつね》の女の及ぶべきにあらず」。道人尤と点頭《うなづき》[二九]て即《すなは》ち壇《だん》に登《のぼ》り、[三〇]髪を披下宝剣《さばきかけほうけん》を把《とつ》て口中咒詞《こうちうじゆし》[三一]を念じ、檄《げき》[三二]を香炉《かうろ》内《ない》に焼《やき》、大喝一声《たいかついつせい》す。忽然《こつぜん》として殿中昏黒《くらくなり》、一陣《ちん》[三三]の怪風《くはいふう》起る。守かど壇辺《だんぺん》に俯伏《ふふく》して見れども[三四]見る所なし。只聞《たゞきく》道人の声にて、「焼雷《しようらい》[三五]公今日此山精《さんせい》を撃《うつ》べし。雷公の難《かた》んずるは彼《かれ》に勝《かつ》ことあたはざるが故《ゆへ》ならん。今日大数到《たいすういた》[三六]る。撃《うた》ば必ず得ん」。言下《どんか》忽ち壇上《だんじやう》より閃電《いなびかり》起《おこつ》て一陣の霹靂《はたゝがみ》[三七]雲間《うんかん》に震《ふる》ふ。漸《やうや》く殿中晴《でんちうはれ》て日気《じつき》を見る。道人《だうじん》守かどに教《おしへ》て云、「雷の声せし方格《はうがく》を求めゆかば必らず験《しるし》あらん」。

守かど一躍《ひとおどり》し、急ぎ従者《じうしや》を具《ぐ》して峻敷《けはしき》を凌《しの》ぎ、雷の響《ひゞき》たるかたをさして登《のぼ》る事半日《はんにち》、昨日《きのふ》迄霧《きり》立こめし谷峰、いつしか晴わたりて思はざるに通ふべき道あり。平《たいら》なる所は沙《いさご》こまやかに、傍《かたへ》に名もしらぬ木草の花どもいろ〱に景色《けいしよく》[三八]かまゆるが如し。是《これ》飛雲《ひうん》が

一八 非力な女性の身で強大な飛雲を滅亡させるのは、一生涯中最大の災厄。 一九 一生を決定する重大な運命。
二〇 前世からの情縁。開巻一笑・坤「宮妓入道募縁疏」の「風流債」の釈義「仏氏宿世ノ情縁ヲ債(ヲヒメ)トス。西廂ニ風流業冤ト云同ジ」。
二一 「各ノ其ノ好ム所ヲ以テ、反ッテ自ラ禍ヲ為ス」(淮南子・原道訓)。
二二 飛雲の神通力でも白菊をなびかせることはできぬ。
二三 書経・泰誓の「商罪貫盈」の蔡伝に「貫、通、盈、満也」。 二四 飛雲と白菊が融和しなければ。 二五 白菊が飛雲に敬意を抱いたことをもって、前世からの情縁が結ばれたとし、ここに飛雲の滅亡の卦が生じた。 二六 白菊と飛雲の縁が遂げられたこと。
二七 「貧道、道士ノ自称ナリ。僧ナレバ貧僧小僧ナドト称スベシ」(忠義水滸伝解・第一回)。本編の三依道人には僧と道士の混合した面影がある。
二八 白話では夫の意だが、ここはますらおの意。「ヂヤウブ」(日葡)。
二九 「点頭 ウナヅクコト」(忠義水滸伝解・第三回)。 三〇 髪を振り乱し。通俗三国志・四三「孔明髪ヲサバキ、剣ヲ取リ」を踏まえる。
三一 原話「口中ニ幾句ノ言語ヲ説了スルカヲ知ラズ」。 三二 怪物を退治する雷神を呼び、はげます文。
三三 原話「只ダ見ル方丈裏ニ就キテ一陣ノ風起ルヲ」。
三四 原話の詩に風を描いて「形無ク影

常に諸女《しよじよ》と優遊《いうく》[一]する所なり。道の労《らう》なく登り下りて数多《あまた》の山頭を過る所に、白菊数人の女房と共に逃《のが》れ来るに行逢て、再会の悦びたとふべからず。扨、「いかゞせし」と問へば、白菊うれしさの涙をはらひ、「今朝《このあした》雨なき空《そら》に鳴神《なるかみ》の物おそろしく、洞の上に落かゝり変化《へんげ》を撃殺《うちころ》せり。因《よつ》てわれ〳〵里をさして出るに、ふしぎに霧《きり》はれて此(この)道に出たり」といふ。守かど大に悦び女[二]ばら白菊ともに、家人(けにん)を分ちて里に送りやり、其身は山深く入る程に、常は見へざりし山の半腹《はんぷく》に広き岩窟《がんくつ》あり。其(その)内に石をたゝみ木を横たへて館《やかた》の結構《けつこう》あり。正殿雷《せいでんらい》の為に破られ、是こそ変化よと覚しくて其長《たけ》一丈あまりの異形《いぎやう》の獣《けだもの》、雷火に焼れて褥《しとね》の上に死せり。即ち首[三]を切て取もたせ子細に見まわれば、正殿を引まわして廻廊《くわいろう》の如き家づくりし、画《ゑがけ》る障子もて間をわかつ。これ婦女の銘《めい》〳〵局《つぼね》[四]せし所なり。正殿の窓《まど》の下に銀《しろがね》にて飾《かざ》れる剣一振《けんひとふり》あり。鍔《つば》を見れば陽の形《かた》なり。鞘《さや》をぬきて見るに今時《きんじ》のものにあらず。剣《けん》のかざり寸尺[五]いつぞや狒ゝ《ひひ》が岩穴《いわあな》にて得たりし剣《つるぎ》によく似《に》たり。思ふに此怪物と雌雄《しゆう》にやありけん。其外絹布《けんぷ》[六]財器《ざいき》数多《あまた》あれどもこれをとらず。洞の内に火を放《はな》ちて焼《やき》つくして立帰り、国司《こくし》に参りて始終を語り虚病《きよびやう》せし分説《いゝわけ》[七]をなす。国《こく》司《し》も希代《きたい》の事に思ひて人にも語られけり。

白菊家に帰りてより病に臥し重《おも》く悩《なや》みけるが、三依道人の霊符《れいふ》を求《もと》めて平愈《へいゆ》せり。夫婦寝覚《ねざめ》の床《とこ》にいたりて道人に謝《しや》し布《ぬの》百疋[八]を進《まゐら》す。道人今《いま》[九]や世《せ》財《ざい》を受て用なしと、只一匹《いつぴき》

無ク人ノ懐(ふところ)ニ透ル」。三五「雷公、和名伊加豆知」(和名抄・二)。三六 飛雲の滅亡すべき運。三七「霹靂 はたたがみ 雷ノ急激ナル者」(書言字考・一)。三八 わざわざよい景色を設けたかに見える。

一「優游 ユタカニアソブ」(唐話便用・一)。
二 原話「衆多ノ婦女ヲ将(も)ツテ各々洞ヨリ救出シ来リ、各ノ発付シテ家ニ回リ去ラシメ訖(はお)ル」。
三 後文の、白菊が首を射る話の伏線。
四 私室として住んだ。
五 寸法。
六 補江総白猿伝では「紇即チ宝玉珍麗及ビ諸婦人ヲ取リテ以テ帰ル」と、逆の設定である。
七「分説 イヒワケ」(忠義水滸伝解・第十六回)。
八 布帛、特に絹織物の長さの単位。一疋は、律令制では小尺で五丈一尺または五丈二尺、江戸時代では寛文五年に鯨尺で五丈二尺と定められた。
九 俗世から退いた今の身では。

を留《とゞ》めて服用《ふくよう》とし、尚示《なをしめ》していはく、「世の人[一〇]陰陽の理《り》にうとく強《しい》て求《もとめ》強て恨《うら》む。[一一]冤家《あんか》相得《あいゑ》ざれば其鬱《うつ》開けず。思ふこと遂《とぐ》れば[一二]花咲《さき》て散《ちる》にちかし。是《(これ)》[一三]天地の消息《しやうそく》なり。其内《(その)》に少しの遅速強弱幸不幸《ちそくけうじやくかうふかう》有。[一四]尊内《そんだい》の貞堅《ていけん》なるも洞《ほら》に入て後《のち》、日日《ひび》に死《し》[一五]の一字をゆるがせに思ひしこと、是即妖術《ようじゆつ》に魅《み》せられたるなり」。夫婦聴《きゝ》て弥《(いよいよ)》敬服《けいふく》して退《しりぞ》く。是より木曾山中霧《きり》のふさがりなく、山深《ふか》きにも至るべく、樵夫《きこり》[一六]槎人《そまびと》[一七]賤《しづ》の男女《なんによ》迄悦《(よろこば)》ずといふことなし。[一八]女を失ひたる木曾の深坂《みさか》これより妻籠《つまごめ》の名あるよし。[一九]馬籠《まごめ》といふ所は其時従者《じうしや》を宿《やど》せしにや。兎角《(とかく)》のあいだに月日過て、早くも掾《ぜう》の任満《にんみち》て備中の本国に帰りぬ。菊のかた年月の磨難《まなん》《つらきこと》を熟《つらく》思ひ出るに、かゝる変化の寝所《しんじよ》ちかく役《あき》せられ、婢妾《ひせう》の隊《むれ》につらなりしこそ、初の念よわりて潔《いさぎよ》からず。大に貞操《ていさう》に恥《はつ》る所あり。終身《しうしん》の[二〇]瘕瑾《かきん》[二一]これなるのみか、又いきどをるべきのことにあらずやと、怪物の首《くび》を館《やかた》の後《うしろ》に懸《かけ》て、自ら弓をとりて日ゝ《にちく》これを射《い》て、三年おこたらず恨をもらされしとかや。其所を後世猿掛《こうせいさるかけ》[二二]の岸《きし》とぞ申《(まうす)》よし。こゝ去《(さり)》て西国のことなれば、[二三]それをこそ老《をひ》はしらずと語りつゞけたり[二五]となん。

古《こ》今奇談《こんきだん》繁野話《しげゞやわ》第三巻《だいさんのまき》　終

一〇 男女は会うべき時が来れば会え、別れるべき時が到れば別れる、という道理。
一一 前世から定められた恋人。「冤家。仏氏宿縁ヲ冤家トス。…前生ニキザシタルト云コトヨリ、アダトモカタキトモ云意ニ用ユ」(開巻一笑・乾「丫鬟賦」釈義)。
一二 終末が近い。
一三 天地間の雌雄男女の間の一般的な情況。
一四 「内子 ヲク。嫡妻ヲ内子ト曰フ。閨門ノ内ニ在リテ以テ家ヲ治ムルヲ言フ」(名物六帖・人品箋四)。
一五 早く死のうという覚悟がゆるんでいったことは。
一六 槎は字典に「衺砍也」。木を斜めに砍(き)ること。
一七 山がつの男女。
一八 地名起源説話の形式を採った作者の戯れ。
一九 長野県木曾郡山口村の地名。中山道の馬籠峠の南西にあり、江戸時代には妻籠と落合の間の宿駅としてにぎわった。これも戯れの地名起源説話。
二〇 瘕は瑕に通じ、瑕瑾は、きず、欠点の意。
二一 ただ恥じるばかりでなくて。
二二 →四六頁注一。これも戯れの地名起源説話。
二三 地名の起源に関する確実性。
二五 とかいうことだ。旧物語の伝承の形式を採って終る。

古今《ここん》奇談《きだん》繁野話《しげ〳〵やわ》第四巻《だいしのまき》

㊅ [一]素《そ》卿《けい》官人《くわんにん》二子を唐土《もろこし》に携《たづさふ》る話《こと》

才《さい》ある人は必ず行《かう》なし。大才《たいさい》の人[二]約束《やくそく》の[三]套《わな》へ入がたく、[四]瓶《つるべ》は井より小《せう》なるがゆへ井に陥《おちいる》のたとへありて放逸《はういつ》の門《もん》をひらく。古今《ここん》律令《りつれい》の設《もふく》る、[五]其垣《かき》を広《ひろ》くして、[六]知愚老幼《ちぐらうよう》も犯《おか》さぬ程の所に置《おき》たるものを、其度《ど》をこへて人を損《そん》じ身も保《たも》たざるは、守《まも》る才《さい》なしとやいふべき。

明《みん》の[七]弘治《こうち》正徳《しやうとく》の比《ころ》、[八]寧波《ねいは》の鄞《きん》とやらんいふ所に、朱縞《しゆかう》[九]字《あざな》は素《そ》卿《けい》といふ者あり。少年《せうねん》よ[一〇]り亡頼《ぶらい》無行《むかう》にして一属《いちぞく》にうとまれ、世路《せろ》の便りをうしなひ、[一一]妻子《さいし》を遺《のこ》し棄《すて》て壮心《こゝろつよき》にまかせ、商舶《あきなひぶね》に[一二]附搭《ふとう》《びんせんする》して大日本に来り、[一三]泉州《せんしう》堺に足をとゞめ、少年の時学びたる文筆《ぶんぴつ》を[一四]売弄《まいろう》《ひけらかし》して、[一五]摂州山州《せつしうさんしう》の間に往来し、しば〳〵京師《けいし》に徘徊《はいくわい》す。異国人《いこくじん》の為《なす》ところ悉《こと〳〵》く奇《き》にして珍《めずら》かなる事のみなれば、都人《とじん》多く迎《むか》へて奔走《ほんさう》す。[一六]右京兆何某《うけいてうなにがし》、其邸《そのたち》に召おき、命じて詩《し》を詠《えい》ぜしめ文を作《つくら》しむるに、いづれ我邦《わがはう》の人の習《ならは》ざる所、[一七]他《かれ》は是より雄《いう》なれば世《よ》に愛《めづ》る事多く、又漢土《かんど》歴代《れきだい》の故事《こじ》ども、記憶《おぼへ》たるまゝ語る程に、称《しやう》して博識多能《はくしきたのう》となし、

一 松下見林の異称日本伝(元禄六年刊)中では朱縞の後に改めた姓名とする。朱縞の履歴は本話に窺える。謡曲「唐船」の祖慶官人の称をも踏まえている。二 行いを検束すること。三 身を縛るわな、即ち規律。「方語、不㆑受㆔人籠絡㆒者、曰㆑不㆑落㆑套」(字典)。四「汔(ほと)ンド至ルモ、亦タ未ダ井ニ繘(つるべなは)セズ、其ノ瓶(つるべ)ヲ羸(やぶ)ル」(易経・井)に基き、庭鐘が造句したか。この場合は、瓶は有限の才智、井は広大無辺な天地を意味し、才智を働かせると却て災禍を招くことを喩える。五 法網をゆるくして。六 知は痴の誤り。七 一四八八—一五二一年。宋素卿一件を記した閩書・一四六、図書編・五十、武備志・二三四(すべて異称日本伝所収)いずれも正徳の年号を掲げる。八 明の府の名。現、浙江省寧波市。鄞県に政庁があった。武備志「素卿ハ鄞人朱縞ナリ」。九 前記三書は、素卿を字として明記することはしていない。一〇 図書編に、朱縞が渡日する前の行状に触れた「鄞人朱澄告言ス、素卿本ト臣ガ従子、叛キテ夷人ニ従フト」という文があり、それに基く性格設定。一一 謡曲「唐船」で、祖慶が唐土にそんし・そゆうの二子を遺す設定を取り入れた。一二「搭 ビンセンスルコトナリ。故ニビンセンスルコトヲ搭船ト云」(語録訳義)。「搭」は「搭」に同じ。一三 現、大阪府堺市。以下の京都に

遂《つい》[一八]に室町《むろまち》の御所に抬挙《たいきょ》[一九]し拝謁《はいゑつ》をゆるされ、歴《れき》々《く》の師《し》となり、大に意《い》を得て、富貴を思へば唐土《たうど》にありしには遥《はるか》にまさり、膏粱《かうりやう》[二〇]に飽《あき》、第宅《だいたく》[二一]に富《と》み、財帛《ざいはく》[二二]前に満《み》ち婢《ひ》妾《せう》後《しりへ》に群《ぐん》す。泉州以来男児《せんしうこのかただんじ》[二三]両人を出生して、其供育《はごくみ》我幼《をさな》き時にもまされりと思ふにつけても、故国《ここく》[二四]にのこせし両人の男子母と共に、今比《(ごろ)》はいかゞなりしやと記掛《こころがゝり》[二五]下《おり》ず。

其時義稙公洛《よしたねこうらく》[二六]に入て足利家《あしかゞけ》の職《しよく》を襲《おそ》ひ、永正八年[二七]信使《しんし》[二八]を唐土《もろこし》に遣はさる。幸《さいはい》案内者《あんないしや》なればとて朱縞を使《つかひ》に充《みて》らる。「過し比《(ころ)》西の京の辺に聖廟《せいびやう》を建《たて》られしかば、孔子《こうし》を祭《まつ》るの儀《ぎ》を請《こひ》得て帰るべし」と命ぜらる。朱縞《しゆかう》望む所と内心《ないしん》大に悦び、字《あざな》を用て素卿《そけい》と披露《ひろう》し、堺の浜《はま》に乗船《ぜうせん》の設《もふ》け美《び》をつくし、すでに纜《ともづな》を解《とか》んとするの時、送り来りし両子《りやうし》十一十二歳なるが別れを惜《おし》み、兼《かね》てはよく格悟《かくご》[二九]しけるが此際《きは》にいたりて俄《にはか》に云《(いふ)》やう、「唐土《たうど》は父《ちゝ》の本国なれば行玉はゞ必ず帰り玉ふことあるまじ。[三〇]われ〳〵兄弟も携《たづさへ》て行玉へ」とかなしみ乞《こ》ふ。素卿云、「我《(われ)》日本に来りて栄貴《ゑいき》を得ぬれば、一《ひと》たび故郷《こけう》に行て旧日《きうじつ》の面目を清めんと欲《ほつ》する迄の本意《ほんい》なり。いかんぞ此土《ど》に帰らざるの理あらん。公《をゝやけ》の使にまかるに我児《(わが)こ》をつるゝ事あるべからず。[三一]公道《こうだう》を知《(しら)》ざる未練《みれん》のことかな」と、詞をするどにおどせども聞入れず。「御ゆるしなくんばわれ二人が命を失ひて後に御心にまかせ玉へかし。死して別るゝはせんすべなし。同じ世に添《そひ》奉らず、[三二]青冥《せいめい》の長天《ちやうてん》、緑水《りよくすい》の波瀾《はらん》、[三三]夢魂《むこん》だも至らずといふなる所を隔《へだて》てあらんは、死別れにははるかにおとり侍らんものを」と

至るまでの行跡は、朱素卿の事を述べた翰林葫蘆集(景徐周麟著、異称日本伝所収)の「泉ヨリ摂ニ于(ゆ)キ城州ニ于キ、遂ニ平安城ニ徘徊ス」に拠る。一四「売弄　自慢スルコト」(忠義水滸伝解・第十六回)。一五 摂津国(大阪府北部)と山城国(京都府)。一六 右京職(しき)の長官。「左京職、唐名京兆。…右京職、同レ左」(職原抄)。翰林葫蘆集の「右京兆源公、衙門ニ召見シ、顧遇甚ダ厚シ」に拠る。一七 作詩文に関しては唐人の方が日本人より優れているので。「詞翰清峻、自然ニ日東ノ気習ヲ帯ビズ」(翰林葫蘆集)。一八「因リテ朝ニ請(め)シ」(翰林葫蘆集)。一九 推薦。二〇 肥えた肉と美味の穀物。美食に満ちたり。二一 邸宅。二二 財貨と絹布。二三 謡曲「唐船」で、祖慶官人が日本子二人を持つ設定を採り入れた。二四「又唐土にも二人の子あり。かれ等が事を思ふ時は、それも恋しく」(謡曲「唐船」)。二五「記掛　キヅカハシイ」(唐話纂要・一)。二六 室町幕府の第十二代将軍に再任した足利義稙。永正五年(一五〇八)—大永元年(一五二一)在職。二七 一五一一年。明の正徳六年。この年次は、図書編の「正徳六年、宋素卿・永寿来貢シ、孔子ヲ祀ル儀注ヲ求ムルモ、許サレズ」を採る。二八 外国への使者。「之ニ令シテ以テ我ガ国ノ信使ノ通事ト為サント欲ス」(翰林葫蘆集)。二九 底本のまま。覚悟。三〇「日本子

袂《たもと》を取て放《はな》たず。素卿此言を聞て涙をながし、「理《ことはり》なるかな人身《にんじん》[一]の世にある七十稀《まれ》なり。其間親子《おやこ》の聚《あつま》ること幾時《いくとき》かある。遠《とを》く隔《へだゝ》りて生《いき》たるは世にすむ名のみ斗《(ばかり)》なり。我職《われしよく》を守り身を忘《わす》るべき仕官《しくわん》の身にもあらず。人を治め世を利《り》する能《のう》あるにもあらず。いかばかりの栄《えい》を貪《むさぼつ》て幼《をさな》きものにかなしみを見せんや。罷ゝ《よし〳〵》。親子《おやこ》一所に行《(ゆか)》ずんば、此任《にん》を辞《じ》し田野《でんや》に就《つき》て民《たみ》[二]たらんものを」と、此趣急に京都に達し、二子を帯《おび》んことを哀《かなし》み請《こひ》奉る。是元《これもと》より官途《くわんと》を踏《ふむ》ものゝ言出《いゝ(いで)》らるべきことにあらず。両児《りやうに》をとゞむるは彼《かれ》が二心なき為の質《ち》[三]たれども、今日の其体詐《いつわり》にあらざるがゆへ、両児を具《ぐ》して行べきをゆるされたり。素卿御恵《めぐみ》を有がたく存じ、両児を書童《しよどう》[四]の様にとりなし船を出し海上《かいじやう》に月をかさねて、明《みん》の正徳六年彼土《かのど》寧波《ねいは》に着岸《ちやくがん》す。

是《(これ)》唐《とう》の代《よ》の明州《みやうじう》[五]の津《つ》なり。錦《にしき》[六]の袂《(たもと)》を故郷に翻《ひるがへ》し、京師《けいし》[七]に至て信《しん》[八]を通《つう》じ、幷に孔子を祀《まつる》の儀注《ぎちう》を請求《こひもと》むといへども、国書《こくしよ》の中に求むるの語《ご》なきを以て許《ゆる》されず。素卿[九]機智《きち》をつかひ賂《まいなひ》を厚《あつ》くおくり、閹人内官《あんじんないくわん》[一〇]に就て内奏《ないそう》をなし、飛魚服《ひぎよふく》[一一]を賜《たまはり》て是を栄《えい》として帰程《きてい》[一二]に趣く。寧波に至て数日滞留《たいりう》しける内、私《ひそか》に鄞県《きんけん》にゆき故《わざ》と日をくらし、庶人《たゞふど》[一三]の服《ふく》して有《(あり)》[一四]や無《(なし)》やとおぼつかなくも、我《(わが)》棲《すみ》し処に行て見れば、家は依旧《もとのまゝ》[一五]ながら荒《あれ》のみまさりて、門戸《もんと》破れ扉《とびら》だになく人住《すめ》るとも思はれず。懐旧《くわいきう》の感傷《かんしやう》にたへず徘徊《はいくわい》する所に、十二三なる小童《わつぱ》[一六]襤褸《らんろう》[一七]の裾《すそ》を拽《ひき》て外より来り内に入る。素卿あとにつきて入り、「行人路《かうじんみち》に疲《つか》る。

「あら悲しや、われ等をも連れて御出で候へ」」(謡曲「唐船」)。二一「公道人情両是非、人情公道最難㆑為、若依㆓公道㆒人情欠、順㆓了人情㆒公道虧」(漢国狂詩選、公私迷㆑岐、唐の世諺)。二二「上有㆓青冥之長天㆒、下有㆓淥水之波瀾㆒」(李白・長相思)。士贇注に「青冥、雲也」。二三「夢魂不㆑到関山難」(李白・長相思)。

一「人生七十古来稀」(杜甫・曲江)。二 官務を勤めない庶民。三 人質の意の場合は去声で、致に同音(経史荘嶽音・宝暦四年刊)。四 学僕。
五「寧波府。唐の代に明州と号す。古へ日本より渡唐の船、大方明州の津に入たる由」(華夷通商考・二)。津は港。六 諺「故郷へ錦を飾る」。
七 明の当時の首都は北京。
八 室町幕府の外交文書。
九 閩書の「素卿、其ノ故ノ族人ト耳目シテ奸利ヲ為シ、厚ク閹瑾ニ賂シテ、飛魚服ヲ賜ルコトヲ得テ以テ帰ル」に拠る。一〇 宮中の宦官と女官。
一一 飛魚の皮で作ったえびら(矢を入れる具)のことか。「魚服。詩云、服、盛㆑矢器。魚、獣名。其背皮斑文、可㆑為㆓矢服㆒」(三才図会・器用六)。
一二 帰途。以下、素卿が日本に帰るまでの話は史料に無い虚構である。
一三「庶人(モロモロノヒト)之愚」(享保九年刊・詩経集註・七・大雅「抑」)。「直也人タダフト」(書言字考・四)。
一四「名にしおはばいざこと問はむ都

片時《へんじ》の[一八]歇息《かつそく》をたまへ」と、[一九]石砧《せきばん》に[二〇]踞《しりかけ》て見めぐらすに、四壁《しへき》はありしまゝにて、床褥《しやうじよく》《とこしきもの》[二一]家伙《かくわ》《せたいだうぐ》一つもある事なし。[二二]沙鍋《こなべ》[二三]破甌《かけつぼ》草《わら》を敷《しき》て臥床《ふしど》とせり。「小童《せうどう》には父母ありや」と問へば、「父は胎内《たいない》にある時亡命《ばうめい》《ゆくへなく》し、母は五歳の秋に死す。一族《いちぞく》あれども貧《ひん》を悪《にく》みて疎《うと》んじ、[二四]嬭《うば》の[二五]解語《かいご》が憐《あわれみ》ふかく我兄弟を養ひたり。それさへ過し比《(ころ)》疫《えき》を病て世を去り、隣家《りんか》の趙三銭四《ちやうさんせんし》[二六]勾当《こうたう》《とりまかなひ》して[二七]化人場《くわじんじやう》の灰《はい》となしぬ。[二八]孤《われ》は日ごとに近き渓水《たにがは》に行て、水を上《のぼ》せる船を引て数銭《すせん》を得て飢《うへ》を助け、兄なる[二九]存糸《そんし》は人家《じんか》に[三〇]傭賃《ようちん》《やとわれ》して夜ふけて家にかへる」と、世に浅ましげなるさましていふ。素卿鉄石《てつせき》の心腸《しんちやう》も刺《さす》がごとく、目を開きて見るにたへず。扨《(さて)》、「其父《そのちゝ》なる人の生死はしれずや」と問ふ。小童涙をはら〳〵とこぼして、「今は日本に」と斗《(ばかり)》云《いゝ》て面《(おもて)》をたれたるさま、素卿惣身慄《さうしんふる》ふばかり、しばしは涙にむせかへりて、「世には哀《あはれ》なる事多き。聞《(きく)》さへ涙ながる」と、他家《たけ》の事に取なしても心にたへかね、[三一]言《いひ》明《あき》らめて幼《いとけな》きものゝかなしみを晴《(はらし)》てんとこそ[三二]思へ、隣家《りんか》をはゞかり仮《かり》に且《まづ》[三三]其時を忍《こら》へ、斯《かく》いふ内も存糸《そんし》かへり来らば見あらはさんと起《たち》あがり、「父の命だに全《まつた》くは[三四]やがて帰り[三五]来《き》ません」と、小童を言《いゝ》なぐさめて早《はや》くも出去り、旅館《りよくわん》にかへりて後、遂《つい》に一封の書《しよ》を故郷《こけう》の親族《しんぞく》[三六]朱澄《しゆちやう》に寄《よ》す。

朱澄書を得て朱縞《しゆかう》が今の身のうへを知り、鄞《きん》の有司《つかさ》に告《つげ》て云、「日本の使臣《ししん》宋素卿《そうそけい》と聞ゆるは[三七]族子《ぞくし》《いとこ》朱縞《しゆかう》がことなるを、此たび[三八]朱の字を宋と見誤《あやま》りたるよしなり。彼は出身し

鳥わが思ふ人はありやなしやと」(伊勢物語・九、古今集・羇旅)。一五「依旧 モトノゴトク」(小説精言・四)。一六「童郎 ワッハ」(書言字考・四)。一七 襤褸に同じ。ぼろ。一八「歇息 ヤスム」(唐話纂要・一)。一九「石砧 キヌタ」(名物六帖・器財箋五)。二〇「踞、反レ企也」(字典)。腰をかけて、垂れた足をつまだてずに地につけること。二一「家伙 タウク。品字箋。俗以二器物一謂二之家伙一」(名物六帖・器財箋五)。二二 忠義水滸伝解・第四回「沙鍋 ヒラナベ也。…沙ト云ハアサライコト也」。「あさらい」は浅いの意。二三 瓦製の壺。「瓦器」(字典)。二四「嬭母 ウハ」(名物六帖・人品箋五)。二五 玄宗が楊貴妃のことを「解語花」と称した(開元天宝遺事)故事から採った名か。二六「勾当ハ何ニテモ事ヲ勤ル也」(忠義水滸伝解・第十四回)。二七「化人場 ヒトヤキバ」(名物六帖・地理箋)。二八 孤児ゆえ、この字を自称に用いた。二九「唐船」の、素卿の唐子「そんし・そいう」に、かく漢字を当てた。三〇「傭僱 ヤトヒモノ」(名物六帖・人品箋五)。三一 自分の身の上をうちあけて。三二 思ったが。三三 今うちあけることはこらえ。三四 現代語の場合と同意。三五 丁寧の意を表わす。三六 図書編に見える、素卿の親族。七〇頁注一〇参照。

三七 七〇頁注一〇、朱澄が素卿を従子(母の姉妹の子)とする記載を踏まえる。

三八 外国使節関係の官人が朱字を宋字と見誤って宋素卿としてしまった。元来は朱一族の者なので、自分と素卿が対面してもおかしくないと弁明した。「宋素卿・朱縞、一人而二名、宋・朱字似、素・縞義同、故以詭二其姓名一也」(盍簪録・四・伊藤東涯説)。

かゞのものにて」と、始終を申て後議《こうぎ》を避《さく》るの遠慮《えんりよ》をなす。時の[一]礼臣外国《れいしんぐわいこく》の心を失はんことを恐れ寛恕《くわんじよ》を専らとし、鄞《きん》の令《れい》にゆるして窃《ひそか》に其対面を遂《とげ》しむ。朱澄やがて旅館《りよくわん》に来て素卿に見《まみ》へ旧《むかし》をかたり[二]人情《にんじやう》《あしらい》をなす。素卿是に金銀を[三]交与《わたし》て両子の事を托《たの》みあつらへ、[四]一面《いちめん》《かたてに》人をはせて両子をよびむかへ、今こそ親子の対面はゞかりなく、悲喜《ひき》交《こもぐ》かたるにつきず。既《すで》にして素卿和国の両子を携《たづさ》へ帰船《きせん》に趣かんとする時、存糸《そんし》・素有《そゆう》は希有《けう》に再会《さいくわい》して程もなく別るゝことをかなしみ、「共に連玉《つれ》へ」とひたすらなげき告《つぐ》。素卿これを[五]撫《ぶ》して云、「你《なんぢ》二人は唐土《とうど》に生《をひ》たちて、今しらぬ国までゆかんといふも、兎《と》に角《かく》に父と一所にすむべきの念のみならん。実《(げに)》や人の子の、わきて不便《びん》にかなしく思ふは小児の比《(ころ)》のことなるを、父は若年《じやくねん》の比《(ころ)》行跡《かうせき》よからず。一族《いちぞく》の諸君《しよくん》にうとまれ、你《(なんぢ)》らをすつるのみか、父母の国墳墓《ふんぼ》の地を去《(さり)》、[六]他国《たこく》にあつて異客《いかく》となる。日本に貴き恩遇《をんぐう》を得て帰ることをわすれ、[七]古《いにしへ》仲満《なかまろ》が跡を踏《ふみ》て両国の恵《めぐみ》を蒙《かふむ》らんとす。你ら我を慕《したふ》といへども、我六十を過ていくばくの年か此世にあらん。我日本に栄《さかへ》ありといへども[八]外国《ぐわいこく》の人親《した》しみなく、誰に[九]孤《みなしご》を托《たの》むべき。思へば和国《わこく》の両子も病と[一〇]外揚《ぐわいやう》《ひろう》して此地にとめ置べし。四人むつまじくともに唐土《とうど》の人となれ。父は[一一]両端《りやうたん》を踏《ふむ》ゆへに後程《ゆくさき》の吉凶《きつけう》はかりがたき身のうへなり。まして他国《たこく》に久しきは我《(わが)》初の志にあらず。幾程なく帰り来て一所に住べし。此度父と一所に行《(ゆか)》ば、重《(かさね)》ては連来《つれきたる》ことをゆるされまじ。其間朱澄《しゆちやう》の許《もと》にとゞまりて物学びお

一 「礼臣、外夷ノ心ヲ失ハンコトヲ恐レテ、置キテ問ハズ」(武備志)。
二 慶弔事の金品の贈り物をすること。「人情。アイソウノ心付ナリ」(忠義水滸伝解・第二回)。
三 「交与 ワタシテ」(小説精言・一)。
四 「一面。事ノ二ツ三ツ重ナリテアル時用ル字ナリ。片手デハカクノ如ク、又片手デハカクノ如クスルト云コト也」(忠義水滸伝解・第一回)。
五 なぐさめて。「安也。慰勉也」(字典)。
六 王維の「九月九日憶二山中兄弟一」に「独在二異郷一為二異客一」(唐詩選・七)。
七 阿倍仲麻呂。文武二年(六九八)―宝亀元年(七七〇)。遣唐使として渡唐し、玄宗に仕えて朝衡と名のる。海難で帰国を果たさず、在唐五十余年で客死した(異称日本伝・上之二)。
八 元来が外国人であるが故に日本に親しい人がいなく。
九 「可三以託二六尺之孤一」(論語・泰伯)。
一〇 「家醜不レ可二外揚一。家内ノアシキコトヲバ外ニモラスナ」(唐話纂要・三)。
一一 日本と中国の両方に意を向けて、どちらともつかないこと。

こたることなかれ」と、さとし勧《すゝむ》るも副使《ふくし》に聞せじとひそみかたる。男児等《こどもら》も父の久《ひさ》しからず来《こ》んといふを力に纔《やうやく》のこり留りける。

素卿は海昌《かいしやう》の津より船出する。四子も車にのりておくり来り、彼土《かのど》の官人有司《くわんにんいうし》、皆別《べつ》酒《しゆ》を酌《くみ》つくして、素卿船にのらんとす。四人の子父を中にかこみて、「大人《たいじん》千万《せんまん》保重《ほちやう》《ごそくさい》」と、いふより外は詞ふさがりて手をわかてり。こぎ出《(いで)》て行を車はなをとゞまりて、船を見んとて苐絹《たれぎぬ》よりのべ出《(いだ)》し見る顔《かほ》のいとゞ小《ちい》さくなるまで見をこせたるが、車さへみへずなれば、船もいまは見うしなひてんと、胸《むね》つぶるゝやうなるも理《ことは》りなるかな。程ちかき所も別れはつらきならひなるに、まして危《あやふ》き波濤《はたう》を凌《しの》ぎ千里のこなたに来《(きた)》る身の、なをざりならぬなげきならんかし。やがて一日《いちじつ》を来《きたり》てこそ、旅の心に立かわりぬ。かくて恙《つゝが》なく帰り参りたれば、信使《しんし》調《とゝのひ》たるを以て賞賜《しやうし》多く、恩遇旧日《おんぐうきうじつ》に勝《まさり》けり。

此《かく》て義晴《よしてる》公家《いゑ》の業《げふ》を嗣《つぎ》玉ひ、世の中騒《さう》〳〵しければ、慮《おもんばかり》《おあしらい》を遠《とを》くおよぼし、大永二年信使を明《みん》に遣《つか》はさる。時に細川高国《ほそかはたかくに》管領《くわんれい》に任《にん》たり。僧《そう》の瑞佐《ずいさ》に素卿を添《そへ》らる。其折節《(をりふし)》周《す》防《はう》の大内義興《をゝちよしをき》より僧《そう》の宗設《そうせつ》幷に謙道《けんどう》を使として信《しん》を通《つう》ず。是は大内家《をゝちけ》先年より別《べつ》に勘合《かんがう》の印《ゐん》ありて、毎度遣す旧例《きうれい》なり。其使両人すでに素卿より先に到《いたつ》て倶《とも》に寧波《ねいは》に留《とゞま》る。彼土《ど》の先例《せんれい》に、凡《(およそ)》番貢外国《ばんこうぐわいこく》の使《つかひ》至れば、先《まづ》其貨《くわ》《うりもの》を閲《けみ》して筵席《あんせき》に請《こ》ふ。商客《しやうかくら》等は主人家《しゆじんか》《といや》其貨《くわ》の多きを上席《じやうせき》に居《おら》しむ。貢使《こうし》は其着岸《ちやくがん》の前後によつて座をさだむ。素卿彼地《かのち》案内た

一　図書編では素卿に永寿というものが同行したことになっている(七一頁注二七)。　二「方纔ハヤウ〳〵ソコデナリ」(訳文筌蹄・初編四)。

三　浙江省海寧県の南に在る。

四「家大人　チチ」(名物六帖・人品箋四)に同じ。　五「千万　ズイブン」(小説奇言・五・宝暦三年刊)。　六「請自保重…自ラゴタイセツニナサルベシ」(唐話便用・四)。　七　音はフツ。「婦人乗レ車不レ露見一、車之前後、設レ障以自蔽隠、謂二之苐一」(字典)。

八　日本のこと。　九　ようやく一日の路程まで来たり離れると、惜別の情に変って旅の心構えになる。

一〇　使節の役割が全うできたので。

一一　第十二代室町幕府将軍。在職大永一年(一五二一)—天文十五年(一五四六)。

一二　以下の状況は、図書編の「嘉靖元年、王源義植無道ニシテ国人服サズ。諸道争ツテ貢ス。大内藝興ハ僧宗設ヲ遣シ、細川高ハ僧瑞佐及ビ素卿ヲ遣ス」に拠る。　一三「子曰、人而無二遠慮一、必有二近憂一」(論語・衛霊公)。

一四　明の嘉靖元年(一五二二)。注一二参照。　一五　専権によって足利義植を出奔させ、義晴を将軍に迎えて、自ら管領となった。　一六　今の山口県。

一七　周防・長門ら六国の守護。

一八　武備志に「大内藝興、宗設・謙道ヲ遣ス」と。　一九　制度通(享保九年序)・五に「すべて永楽より以後は、本朝より明へ使价の往来、いづれも勘合を以てしるしとす、大内氏これ

るを以て、[二八]市舶《しはく》の大監《たいかん》《やくにん》に賂《まひなふ》て数種《すしゆ》の珍物《ちんぶつ》を饋《をく》る。此ゆへに市監《しかん》先《さき》に瑞佐が貨物《うりもの》を閲《けみ》し、宴席《あんせき》に先《まづ》瑞佐を請《こふ》て首坐《かみざ》に着《つか》しめ、宗設《そうせつ》[二九]を次の座に居《おら》しむ。宗設大に怒《いかり》先例に違《たが》へりとし、瑞佐と忿争《いさかひ》になつて席間《せきかん》に相摳《うつ》[三〇]にいたる。しかれども此席互《たがひ》に兵器《へいき》《きれもの》[三一]を帯《たい》せず。何の仕出《(しいだ)》せることもなし。諭《さと》し救《すく》はゞ無事なるべきに、[三二]大監《たいかん》ひそかに刀剣を瑞佐に授《さづ》けて戦はしむ。宗設《そうせつ》が一隊《ひとむれ》逃《にげ》て旅館《りよくわん》にかへり、刀鎗《たうさう》を取て再び戦はんと騒動《さうどう》す。[三三]総督備倭都指《そうとくびわとし》《わこくがゝりのかしら》揮《き》劉錦《りうきん》、是を聞て出て両方を制す。宗設《そうせつ》が手下の者 憤《いきどほり》にたへず。劉錦《りうきん》を斬殺《きりころ》し大に猖《あれ》まはり、寧波《ねいは》近辺海郷《きんぺんかいけう》の鎮《ちん》[三四]を掠《かす》め船[三五]を奪《うばふ》て逃《のが》れ去る。近鎮《きんちん》より兵を出して乱《らん》を静《しづ》め、急に北京《ほつきん》に聞《ぶん》[三六]して、彼朝《かのてう》の所断《しよだん》を経《へ》て其罪を論《ろん》じ、市舶大監《しはくたいかん》を斬《ざん》に処《しよ》し、素卿が私通《しつう》[三七]の罪[三八]乱階《らんかい》《みだれのぼり》をなせし上、其亡命《ひかげもの》を憚《はゞか》らざるを以て、重《おも》き律《りつ》に論《ろん》じて遂に死刑《しけい》に行《おこな》はる。[三九]謙《けん》道《だう》・瑞佐《ずいさ》は外国《そとくに》の人にして殊に使臣《ししん》なれば、其罪を問《と》はず本国に還らしむ。[四〇]此禍《わざは》ひは元《もと》市舶《しはく》《いりふねのあきなひ》より起ればとて、これより後此所の市舶を禁制《きんぜい》せらる。其事は明人《みんひと》[四一]の記録《きろく》にも毎載《おゝくのせ》たり。素卿が[四二]鄞江《きんとう》の一属《いちぞく》は、初に訴《うつた》へ出たるを以て系累《けいるい》《かゝりあひ》に及ばず。四人の子は如何《いかゞ》なりけんかし。機智《きち》ありて慎《つゝしみ》なき者は素卿を以て誡《いましめ》となすべし。

去《(さる)》にても其親子別《わかれ》を取し別離《べつり》の情《じやう》、世の人をして酸鼻《さんび》《かなしくなる》せしめ、[四三]和楽唐船《わがくたうせん》の[四四]曲本《きよくほん》《うたひ》見る人今に至《いたつ》て憂《うれ》ふ。

をあづかる」とあり、大内義興は永正十三年(一五一六)足利義稙から遣明船を一任されていた。二〇 明への正式な遣使船であることを証明し、同時に船数を制限するために明から発行された渡航許可証。「勘合といふは、符牒の類なり。…明の時、四夷へ遣はす勘合は、その国の名を一字づつしるしとす」(制度通・五)。二一 図書編には「時ニ瑞佐後レテ至ル」、武備志には「(宗設・謙道)素卿ニ先ンジテ至リ、倶ニ寧波ニ留ル」と、大内家の使者の先着を記す。二二 図書編の「故事凡ソ番貢至レバ、貨ヲ閲シ、筵席並ビニ先後ヲ以テ序ヲ為ス」に拠る。二三 外国の貿易船を明の側から言う語。二四 貨物を検査した上で。二五 この一文は閩書、図書編、武備志共に記載が無い。貨物が多ければ上席に居れるということだと素卿らにもその権利が生ずることになるので、素卿を弁護するために作者が加えたか。二六 日本の商人の主人即ち問屋で貨物の多い者を。二七 寧波の事情を熟知しているので。二八 以下の話は、図書編「素卿奸狡、市舶大監ニ饋ルニ重宝ヲ以テス。先ヅ瑞佐ガ貨ヲ閲シテ宴ス。又タ宗設ヲ坐セシム。席間ニ瑞佐ト忿争シテ、与ニ相讐殺ス」に拠る。市舶大監は貿易船の管理官で、武備志には頼恩と姓名が記される。二九 底本「せき」に作る。意改。三〇「与レ毆同。捶ニ撃物一也」(字典)。図書編の「讐殺」に

⑦ 望月《もちづき》三郎兼舎《かねいゑ》竜屈《りやうくつ》を脱《のがれ》て家《いゑ》を続《つぎ》し話《こと》

[一]醍醐帝《だいごてい》の御宇、[二]若狭《わかさ》国高懸《かうかけ》山に妖賊《ようぞく》拠棲《よりすみ》て、其張本 自《みづから》[三]眉鱗王《りんわう》と称号《しやうがう》し、賊徒《ぞくと》を集め[四]公《おゝやけ》の命《めい》を拒《こば》む。其近辺《きんぺん》の人民害《にんみんがい》を受《うく》る事甚し。国司《こくし》数《しば》〳〵是を攻《せむ》るといへども除《のぞ》くことあたはず。[五]朝廷《てうてい》より近国遠国《きんごくゑんごく》におゝせて助力《じよりき》せしめ玉へども、賊徒強力《がうりき》のもの多く、あるひは其合戦《かつせん》難義なるに及べば、賊主《ぞくしゆ》眉鱗王[六]斎戒《さいかい》して[七]妖《よう》法を修《しゆ》し、自《みづか》ら出て戦ふ時は一身忽《いつしんたちま》ち百千に変《へん》じて人を殺す。是によつて官軍勝《くわんぐんかち》を取《とる》事あたはず。十分勝《かつ》べきの場《ば》にいたりても必ず兵《へい》を折《くじ》く。

官軍の中[八]信濃武士《しなのぶし》に、望月太郎清春《きよはる》、同次郎貞頼《さだより》、同三郎兼舎《かねいへ》、兄弟三人一隊《いつたい》を結《むすび》たりしが、味方の引につれて[九]敵間遠《てきあいとを》くなり、退屈《たいくつ》してぞ見へける。三郎兼舎は清らかに柔《にう》和《わ》なる面体《めんてい》なるを、初より[一〇]面を黒赤《こくしやく》に染て、諸軍《しよぐん》皆生得《しやうとく》と思へり。今素面《すめん》を露《あらは》し、清春・貞頼に合図《あいづ》定め、家士丹二《いへのこたうじ》・平六《へいろく》ら五十斗《ばかり》の[一一]人数《にんじゆ》に、変《へん》によつて応《をう》ずべき心得を示《しめ》し合せ、故《わざ》と[一二]悄ゝ《ひそかに》敵の要害《ようがい》にいたり、「角《かく》申《まうす》は此国[一三]北郡《きたごり》の者どもなるが、案内に具《ぐ》せられて、心ならず寄手《よせて》の陣に候ひぬ。寄手此比《このごろ》の敗軍《はいぐん》に胆《きも》を消《け》し、陣を払《はら》ひ退《しりぞ》きて救《すくひ》を禁廷《きんてい》に乞《こ》ふよしなれば、引わかれ[一四]御味方に参りたり。御許容《きよよう》あらば次《つぎ》の軍に先手《さきて》を仕り粉骨《ふんこつ》すべし。御許《ゆるし》なくんば御勝利《しようり》の後の[一五]安堵《あんど》を賜《たまわつ》て、北郡《きたごり》に帰《かへ》り休息すべし」とぞ申

は従っていない。三一 刀剣。三二 以下、図書編の「太監マタ陰カニ佐ヲ助ケ、之ニ兵器ヲ授ケテ、総督備倭都指揮劉錦ヲ殺シ、大イニ寧波ノ旁海ノ郷鎮ヲ掠ム」に拠る。三三 明代に設けられた官職（明史藁、兵志）。三四 明代、総兵官の駐守した土地。三五 武備志の「大イニ寧波ヲ掠メ、舟ヲ奪フテ去ル」を採る。三六 上奏して。武備志の「巡按御史以聞ス。礼臣仍ホ素卿ヲ右（たつと）ビテ以テ給事ス。御史言（まを）ス。乃チ素卿ヲ獄ニ下シテ死ヲ論ジ、其ノ貲ヲ没ス」を採る。三七 市舶大監に略したこと。三八 慣例を破って瑞佐を上座に着かせたこと。三九 図書編「宗設・瑞佐ハ皆釈サレ還ル」。四〇 図書編「給事中夏言上言ス、禍ハ市舶ニ起ルト。礼部遂ニ請フテ市舶ヲ罷ム」。四一 図書編、武備志、閩書や明史・三二二・日本列伝など。四二 別名は甬（よう）江。北源の姚江と南源の奉化江とが鄞県の東北で合流して甬江となる。四三 謡曲「唐船」のこと。「雑楽有二唐船一関一、演二祖慶一、…恐述二素卿事一」（盍簪録・四・伊藤東涯説）に基く。四四 謡曲の本文。

一 第六十代天皇。在位寛平九年（八九七）―延長八年（九三〇）。「広益俗説弁」遺編（享保二年）二に引く「甲賀家伝」に「醍醐天皇御宇」と時代設定する。二 今の福井県南西部。高懸山は、その遠敷（おにゆう）郡に在る。「若狭国高懸

ける。門卒等《もんそつら》、「是我ゝが計《はか》る所にあらず。此《こゝ》にまつべし」と、厳敷《きびしく》此人数《にんじゆ》を執《とり》かこみ、[一六]此略《あらまし》を書《かき》て[一七]号箭《あいづのや》に結《むす》びつけ、後の嶽《だけ》にむかひ射《い》出したり。暫《しばら》くありて向ふの巌頭《がんとう》より[一八]掛梯《かけはし》を釣《つり》おろし、兵士《つはもの》二三十わたり来る。一個《ひとり》〳〵虎《とら》のごとく熊《くま》のごとし。兼舎が人数《にんじゆ》を睨《にらみ》めぐらし、「你《なんぢ》ら頭《かしら》たるもの一人懐中《くわいちう》を捜《さぐ》り見たるうへ、無刀《むたう》にして中陣《ちうぢん》に参りて軍師《ぐんし》に対面せよ。其余は爰《（こゝ）》にとゞまるべし」と云《（いふ）》。兼舎《かねいゑ》時に[一九]色青くなし身を慄《ふるは》して、「後日《ごにち》はかくべつ、只今一人はなれて御本陣《ごほんぢん》へ参ることは、いかにしても心ぼそく存《（ぞんず）》れば、頭たるもの八人の内はなれては参るまじ」「[二〇]つかわすまじ」と、皆々《みな〳〵》詞《ことば》をそろへ、「とかく帰て休息するに如《しか》ず」と、恐懼《おぢおそれ》たる有さまなれば、「是程の弱卒《じやくそつ》奥へ入れたりとも何かあらん。いざ来れ」と賊徒《ぞくと》が前後に引包《つゝみ》て梯《かけはし》をわたり、[二一]岸頭《がんとう》に鉄門《てつもん》のかためを過て、軍師の陣に参る。

軍師[二二]石丸虎《いしまるとらのかはの》　椅《いす》にかゝり対面す。望月が衆、詞はじめのごとし。石丸[二三]窃候《しのび》の徒《と》に見せしむるに、「寄手《よせ》の武士の内には見なれず。定て[二四]実情《じつじやう》ならん」といふ。石丸、「[二五]契約《けいやく》の盃賜らん」と、高さ尺ばかりなる鉄塊《てつくわい》のうへの[二六]くぼかなるに酒を酌《くみ》て、軽《かる》く一献《いつこん》を挙《あげ》て兼舎にあたへ、自《みづから》酌《しやく》を取てけるに、兼舎頂戴《てうだい》せんとせしが[二七]得とり挙《（あげ）》で、二三度取おとし掌《たなごゝろ》をさすり、見苦しくも口をよせて吹《すい》ほし、「此盃の重さはかりがたし」と顔を赤《（あか）》めて退くに、其余は猶挙《あぐ》るものなく、皆ゝ地に置《おき》て飲《のみ》ければ、軍師をはじめ手を打て笑ふ。

（かうかけ）山に賊ありて旅客をおびやかす」（甲賀家伝）。三 中世から近世にかけて伝わる、甲賀三郎伝説を記した「諏訪の本地」（兼家系近世初期写本）には「きりんわう」という。これと安康天皇を弑殺した眉輪王（まよわのおおきみ）（安康紀・雄略紀）とを融合させた名か。四 朝廷。五 「追伐すべき旨奉レ勅て」（甲賀家伝）。六 底本は「斉」。七 西遊記の孫悟空の分身の法に似る。八 今の長野県。「信濃国望月明府住人諏訪左衛門源重頼、朝廷に仕へて勇名あり。男子三人あり。嫡男望月太郎重家（しげいへ）、次男諏訪次郎貞頼（さだより）、三男望月三郎兼家（かねいへ）といへり」（甲賀家伝）。重家を清春、兼家を兼舎に変えたのは、徳川氏世襲の諱に用いる家の字を避けたためか。九 敵と自軍との間隔。一〇 敵軍を威嚇し、身分を隠すための法。これと似た例に、宋の武将狄青が「敵ニ臨ンデ被髪シ、銅ノ面具ヲ帯ビ」（宋史・狄青伝）たという話がある。一一 「人数　ニンジユ」（書言字考・四）。一二 「悄々　ヒソカニ」（忠義水滸伝解・第十六回）。一三 北部の意。若狭には北郡という郡は無い。一四 偽って敵軍に投降し、後日、攻め寄せて来た自軍と内外呼応して敵軍を滅す計は、通俗漢楚軍談・六「周勃陳武取二散関一」等に見られる。一五 戦勝の褒賞として土地の所有権を戴いて。一六 同様な趣向は通俗忠義水滸伝・二

「いざや此ものどもを上[一]の御所に申て、あすの軍の手合《てあはせ》[二]上意[三]を談《だん》じて帰るべし」と、小卒《せうそつ》を添て猶奥にやりぬ。其道二重の門あり。開閉《あけたて》厳《きび》しく夜を警《いましむ》るものおこたらず。「[四]火あやふし火あやふし」と、木木合《きをうちあはせ》[五]よばひめぐる。其次に自然《しぜん》の石門《せきもん》、一人ならで通《とを》るまじき陝《せば》[六]き所をすぐれば、夜直《づめ》[七]の賊徒《ぞくと》多く板屋《いたや》[八]の下に群《むれ》いたり。軍師の使を見て、「しばらくそれに待れよ」と奥に行しが立かへりて、「只今大王潜行《せんかう》《しのびありき》して坐《いま》さず。皆〻軍師の府[九]に行てためらふ[一〇]べし」といふ。兼舎思ふに、「扨は暗道《かくし》[一一]ありて他行するか。こゝにあらぬこそ幸なれ」と急度《きつと》[一二]案じて味方に暗号《あいことば》[一三]し、面〻[一四]一度にかゝりて、中にも頭《かしら》と思《おぼ》しきが帯たる太刀を奪取《うばひ》、早く両三人速《すみやか》に切倒し、直《すぐ》に其太刀を取用て切てまわる。其勇勢弱〻《いうせいよはよは》[一五]しかりしには大に相違して、賊徒うたるゝものおゝく見ごり[一六]してのがれちる。兼舎が人数《にんじゆ》一度に本陣に切入り、処〻に呼《よばは》つて、「明日は朝廷《ちやうてい》の加勢来りて你《なんぢ》ら一人もゆるさじ。只今官軍につくものは命をゆるし、爰《ここ》に積《つめ》る財宝名〻《ざいほうめいめい》に分ちやり、朝敵《てうてき》の罪をゆるし、去《さる》とも降《くだる》とも心まゝなるべし」といざなひければ、内郭《うちぐるわ》[一七]の者どもは過半《くわはん》眉鱗王が無状《わがまゝ》[一八]なるに安《やす》き心なき折からなれば、「御下知《ごげぢ》に従《したが》はん」といふ程こそあれ、石門をとぢてこゝにこもる。兼舎此時相図《あいづ》の哱囉《ほら》[一九]を吹《ふ》き、仮《かり》の方便《てだて》に「みりん王打取たり」と、奥《おく》[二〇]より軍師の郭《くるわ》を責《せむ》れば、石丸大《おほい》にあきれ、掛橋《かけはし》をおろし木戸の方へ逃《にげ》出《いづ》る。木戸[二一]にとゞまりし数十人のもの相図《あいづ》の螺《ほら》[二二]をつぎ[二三]ければ、麓《ふもと》に出張《でばり》[二四]せし太郎・次郎

十一「朱貴水亭施ニ号箭一」に見られる。　一七「号箭 アイヅニ射テヒビカスル箭ナリ」(忠義水滸伝解・第十一回)。　一八「雲梯 カケハシゴ。飛梯 カケハシゴ」(名物六帖・器財箋四)。　一九 偽って臆病の体に見せかけたもの。　二〇 兼舎以外の頭だつ者たちの言葉。　二一 崖上において鉄門の防備を通過して。　二二「堂上設ニ一把虎皮交椅《ヤシギウ》一」(小説奇言・二)。　二三「斥候 モノミ」(名物六帖・人品箋一)。　二四 本当の事情を述べた言葉。　二五 主従のちぎり。　二六 くぼんでいる部分。「汚、凹也、久保、又、久保加爾」(新撰字鏡)。　二七 取り上げることができずに。故意に非力の如く見せかけた。

一 眉鱗王の居所。　二 手はず。　三 眉鱗王の意図を話し聞かせて。　四 火の用心を勧める言葉。「木木合」は言語遊戯的な用法。　五 叫び呼びつつ。　六「隘也。不レ広也」(字典)。　七「直吏 トノヰノヤクニン」(名物六帖・人品箋二)。　八「板屋 イタヤ。西戎之俗、以レ板為レ屋」(名物六帖・宮室箋上)。　九 役宅。「府、官府。公卿・牧守・道徳之所レ聚也」(字典)。　一〇 様子を見ておれ。　一一 韓信が明らかに桟道を修すると見せて、ひそかに陳倉の小路より敵を攻めた話の章題を「韓信暗度ニ陳倉道一」という(通俗漢楚軍談・六)。ま

た「諏訪の本地」兼家系写本では、きりん王の休み所の板の下には「大きなるあな」がある。　一二 不意に思いついて。「某きつと案じ出だしたることの候」(謡曲「安宅」)。
一三「暗号　アイコトバ」(名物六帖・人事箋三)。　一四 一人一人。以下の場面は、姚竜・靳武が章平を押さえる場面によく似る。→七八頁注一四。
一五 以前の弱々しかった態度。
一六 見て懲りること。　一七 要塞の内部の、囲いにとりまかれた部分。
一八 礼儀なく、行いの悪いこと。
一九「哱囉　チンカイ、ホラ。武備要略、日本兵制、同一号召也。中国以ニ金鼓一、彼則以ニ哱囉一。丁人吹レ之、衆人響応」(名物六帖・器財箋一)。
二〇 内郭の方から、外部にある。
二一「家士丹二・平六ら五十斗の人数」の内から「頭たるもの八人」が中陣に入り、その余は木戸に留っていたのである。
二二「虫」偏を底本「貝」偏に作る。意改。ほらがい。「按、哱囉、即武備要略、叙ニ日本兵制一、所謂吹ニ海螺一為レ号者也」(名物六帖・器財箋一)。
二三 近方から遠方へ順次に螺による合図を送り伝えること。　二四 戦いのために本国からこの場へ出向いて来た。「五百余騎にて矢矧に出張して」(太平記・三十五「南方蜂起事」)。

「すはや」と責《せめ》のぼる。石丸先後に敵をうけて遂《つい》に太郎・次郎に降《くだ》りける。兼舎は暗道《かくしみち》の案内させてみりん王うたんとおもへど、「此騒動《さうどう》に恐らく其道より[一]逃《にげ》行て告るものあらば此道へは帰り来《きた》らじ。若《もし》帰り来らば手を[二]そろへて打取《うちとる》べし」と、[三]老党新藤六《らうどうしんとうろく》に中含《ふく》め、猶「内郭《うちぐるわ》よくかためよ」と、自身《じしん》は暗道《かくしみち》の[四]案内聞つくし表[五]の陣《ぢん》へいそぎ行ぬ。

賊主眉鱗王《ぞくしゆみりんわう》と申《(まうす)》は、出生の時眉に鱗《うろこ》有りしかば、[六]むつきのまゝ山中に捨られて後は親[七]しらず人となりて、力強く胆太《きもふと》く山賊《さんぞく》の頭領《かしら》となり、生れし時の奇怪《きくわい》を人の言まゝに眉鱗王と号《がう》し、衆《しう》にすゝめ挙《あげ》られて[八]そゞろに大事を起《おこし》たるものにて、深慮計策《しんりよけいさく》あるにもあらず。先年《せんねん》手下の老賊《らうぞく》に咒術《じゆじゆつ》を行ふものあり。それを伝へて[九]鬼《き》を役《ゑき》し霊《れい》を使《つか》ふことを習《なら》ひ、軍中に用て、山に拠《よ》り林に[一〇]托《たく》して[一一]眩術《げんじゆつ》をなし、頻《しきり》の勝軍《かちいくさ》に心怠《おこた》り[一二]清浄《しやう〳〵》をつとめず。後《うしろ》の山村《さんそん》に妻《つま》をなんかくし置て折節は暗道《あんだう》を通ひける。こよひしも妻の許《もと》に行《(ゆき)》酒のみゐる所に、身ぢかきもの二人三人周障《あはて》来り、「内郭《うちぐるわ》に敵入りて変《へん》あり。此処《(こゝ)》へも捜《さぐ》り来るべし、御用心」と告《(つぐ)》るに驚き、只五六人を従へて渓《たに》をつたひて落ゆく。[一三]間道《かんだう》の歩《あゆみ》はかどらず、里ちかくなりて夜は明たり。従者《じうしや》皆云《(いふ)》、「われ〳〵は寄手《(よせて)》の加勢のさまに[一四]もてなし行べきが、いかにしても[一五]御姿のきら〳〵とかくれなく見へ玉ふ難儀《なんぎ》さよ」といふ。眉鱗王、「実《げに》も隠《かくれ》かぬるは[一六]朕《ちん》が身なり。潜《ひそみ》たる行《みゆき》の折からなれば、早く[一七]竜衣《りやうい》を脱《だつ》せんとお[一八]ぼせども換《かへ》て参らすべき御衣《おんぞ》なし。[一九]宸襟《しんきん》これが為に悩《なやむ》」といふ所へ、水に添《そひ》たる路《みち》をき

一 暗道。 二 また同じように討手の頭数を揃えて。 三 郎等に同じ。
四 状況。様子。
五 暗道とは違う路程を進んで、眉鱗王を待ち受けようとする行動。
六 生まれたばかりの子どもに着せるうぶぎ。 七 「親しらず人」で一語。 八 軽率に。 九 死者の霊。 一〇 利用して。
一一 敵軍の眼をくらます術。
一二 心身を清らかにして、女色を断つこと。「清浄 シャウジャウ」(易林本節用集)。 一三 「間道 ワキミチ。…微道也」(名物六帖・地理箋上)。
一四 擬装して行くことができるが。以下の場面は、清の呂熊の「女仙外史」十八、燕王に宮室に迫られた建文帝と諸臣が僧に扮して脱出し、諸臣が帝に随行せんと願ったところ、帝が「諸大臣素有二名望一、亦且人多、難レ掩二耳目一、恐有二蹉跌一、断乎不可」と命ずる場面に似る。
一五 下文に言う如く、偽皇として帝衣を着ているのである。
一六 天皇に用いる言葉を僭上にも用いている。下文の「行(みゆき)」も同様。
一七 天子の衣裳。竜は天子の象徴。
一八 自分に対する尊敬表現。下の「参らす」も同じ。
一九 底本「震」に作る。意改。天子の御心。これも偽皇としての語。
二〇 「朝明け」の変化した語。
二一 僧が勤行の時などに打ちならす叩きがね。円形で青銅製。挿絵参照。

たなげなる僧《そう》の、[二〇]朝気《あさげ》の雨を簑《みの》にふせぎ、[二一]鉦子頸《しやうごくび》にかけて里に[二二]頭陀《づだ》すると見へけるを、やがて取とゞめ将《い》て参り、「忝《かたじけなく》も是こそ[二三]山中《さんちう》の君にてわたらせ玉ふ。你が衣服《いふく》を召《めさ》るゝ間錦《にしき》の御衣《ぎよい》に換《かへ》て参らせよ」。此僧大に驚きおそれて聞入れぬを、さま〴〵に云てぬがせたり。扨大王の[二四]上襲下襯着換《うはおそひしたがさねつけかへ》らる。[二五]下に御《ぎよ》したる白綾《しらあや》の[二六]袙《あこめ》を、[二七]榛染《はりそめ》のひとへなるに召かへ、上なる[二八]僭偽《せんぎ》《ゆるしなき》の[二九]日月袍《じつげつはう》は、白布給《しろぬのあはせ》のあかづきたるにかはり、[三〇]密金葉《しげかなもの》の[三一]きせながを、[三二]五倍染《ふしぞめ》の僧衣《そうゑ》の然《しか》も破《やぶ》れたるに召かへ、身はかはれども猶頭《かしら》に僭偽《せんぎ》の金冠《きんくわん》たかく戴《いたゞき》たるは、いかに似《つき》なき御姿《みすがた》かなと偽官人等《ぎくわんにんら》《にせくげ》思はず笑《わらひ》を吹出す。やがて[三三]雪帽子《ゆきぼうし》にいたゞきかへ、[三四]髪を帽子の内に束《つか》ね挙《あげ》て、[三五]鳥頭《とりくび》の御剣《ぎよけん》にかへて、小小《さゝ》やかなる鉦《かね》を取てかけたるに、大の男《をのこ》の乳《ち》のきわにさがりてぶらめき、[三六]村藤《むらどう》の[三七]弓《みたらし》を禿《ちび》たる[三八]鐘木《しゆもく》に取かへたる御有さま、水に映《うつ》して我ながらせわしきなかにもおかしく、随《したがふ》ものども腹痛《はらいた》き迄に笑ひ倒《こけ》たり。みりん王猶口を改めず、「群臣《ぐんしん》必ず笑ふことなかれ。[三九]創業《さうげう》の君は難《なん》多し。[四〇]蒙塵《かちさせたまふ》ときは賤《しづ》の服《ふく》を御《ぎよ》すること例《ためし》あり。いま僧となるは[四一]清見原《きよみはら》の吉例《きちれい》なれども、此あいだに[四二]醴　売家《ひとよざけうるいへ》さへもなし。よべより[四三]うるはしく物めさねば、いといたう飢《うへ》たり。此川をわたらば岸《きし》の鼻《はな》の嫗《うば》が店《みせ》にて、[四四]べた〳〵のかちんにても[四五]めして参らせよ。いかに[四六]下素《げす》の僧《さう》、其鳥頭《とりくび》の御剣は先祖《せんぞ》[四七]大山辺《おゝやまのべ》のみことより伝来《でんらい》の家宝《かはう》なり。治世《ちせい》の後《のち》持来らば此山半片《はんぺん》を賜り僧徒《そうと》の検校《けんぎやう》たらしむべし」と、空《そら》だのみなる潜上大言《せんじやうたいげん》して渡頭《ととう》をさして急《いそ》ぎける。

二二　仏道修行のために、家から家へ物乞いをして廻ること。
二三　高懸山に住まわれる王。
二四　衵(あこめ)や袿(うちぎ)の上にさらに着る表衣と束帯の下着。「下襲、襯　シタガサネ」(易林本節用集)。
二五　眉鱗王が僧衣に着替える趣向は、↓注一四。
二六　束帯の時、下襲の下、単衣(ひとえぎぬ)の上に着た裏付きの衣。
二七　「波牟乃木(はむのき)。今染家用二梅木煎汁一、中投二此木屑一、経レ宿以染二赤色一」(和漢三才図会・八十二)。
二八　帝ではない者が許可もなく帝の衣冠を身につけること。
二九　天皇の礼服。日月などの形が縫いとりしてあるから言う。「赤大袖、縫二日月山竜虎猿等形一」(西宮記・臨時四)。
三〇　鎧の飾りとして一面に密にとりつけた彫刻金物。金葉は、金を薄く引きのばしたものの意。
三一　大将用の大形の鎧。
三二　ヌルデの葉茎にできる虫こぶの粉を鉄漿に浸して作った黒色染料。
三三　綿帽子のこと。真綿を平たくして作った帽子。雪をかぶるように見えるところから言う。
三四　髪の無い僧に見せかけるための行動。
三五　「鷹飼所レ帯之剣に候。銀作りにて螺鈿剣の柄頭に、鷺鶿の頸を造りて付たるに候」(正本新野問答・二)。
三六　村重籐(むらしげどう)。弓の籐巻きの間隔をまばらにしたもの。
三七　貴人の弓をいう語。「御弓　みたらし。万葉」(易林本節用集)。

一招ゝ《せう〱》《ひとをまねく》たる三舟子《しうし》《わたしもり》も朝まだきに猶《なを》船のなかに鼾《いびき》の高きを、呼起《よびおこ》して「船仕《(つかまつ)》れ」といふ。二舟子《ふなびと》目を摺欠伸《すりあくびのび》しつゝ船をよせ、軍人《ぐんじん》なるを見て腰《こし》を屈《かゞ》め、きたなき僧の後《をくれ》てのらんとするを、「次《つぎ》の便船《びんせん》をやるべし。見ぐるし」と叱《しか》りとゞむ。乗たる軍人《ぐんじん》口ゝに、「僧なんくるしからず。いかに早くのりね」といふに力《ちから》を得てのりうつるを、「ともべにおれ」とゐすくませ、船を出し岸《きし》につく時、五人の兵は早く上《あが》る。舟子竿《ふなびとさほ》を取て再《ふたゝ》び川へ押出す。此僧いぶかり、「我をいかに上《あげ》ぬぞ」とすさまじき目をにらみ出す。舟子棹《さほ》をすてゝ、「扨恐《(さて)をそ》ろしき眼《まなこ》つきかな」とつとよりて双手《もろ》にしかと組《くむ》。僧も力を出し四からがひしが、船の上足《うへあし》の踏所定《ふみどころさだま》らず、力なくも組ふせられたり。舟子《しうし》縄《なわ》を出して綁《からめ》つくるを、岸にあがりし五人船を見てあせりさけぶ。辺《ほとり》の農人《のうにん》出来りて五人の兵を擒《とりこ》にす。是農人にあらず。兼舎の家人丹二《たうじ》・丹三《たうざ》等《ら》なり。舟子は即《(すなはち)》兼舎なり。生捕《いけどり》を牽《ひか》せて兄の陣所《ぢんしよ》にいたる。太郎・二郎是を見て、手柄を弟にこされ安からず思ひ、「かゝる僧衣《そうゑ》のものをいかんぞ眉鱗王といふべき。いぶかし」とうけがわざる所へ、最前《さいぜん》の衣《(ころも)》をはがれたる頭陀《づだ》の僧、錦袍弓剣《きんぱうきうけん》を持参して其様をかたる。此僧こそ薬師堂《だう》の五新発意《しんぼち》、兼舎遣して敵ちかく六細作《ものみ》をなさしめたるなり。遂に兼舎が手柄に極《きはま》る。山塞《さんさい》の金銭重器《きんせんてうき》七を衆《しう》に分ち賞《しやう》する中に、彼《(かの)》鉄の盃あり。兼舎生捕《いけどり》の中にて此盃に数盃を傾《かたむ》け軽ゝ《かる〲》と酒もりす。兄両人石丸《いしまる》が八説《せつ》を聞て、「賊営《ぞくゑい》の側《かたはら》に古き人穴《ひとあな》ありて、九賊首《ぞくしゆ》の眷属《けんぞく》かくれゐる。是をのこし置

三八　鉦子を打ち鳴らす丁字形の棒。挿絵で、眉鱗王が右手に持つ物。
三九　唐の太祖が侍臣に「創業ト守成ハ孰レカ難シ」と問うと、房玄齢は「創業難シ」と答えた（十八史略・唐。元来は貞観政要・論君道に出る）。
四〇　「蒙塵〔左伝註〕天子出奔、謂二之蒙塵一」（書言字考・九）。→八二頁注一四。
四一　第四十代天武天皇のこと。天智天皇即位の際に皇太弟となったが、その死後に「出家して法服をき」（天武即位前紀）、吉野宮に退去、のち壬申の乱により大友皇子をしりぞけ、即位した。
四二　あま酒。一夜の間に熟成する。「醴　ヒトヨザケ〔字苑〕一日一宿酒也」（書言字考・六）。
四三　ちゃんと。
四四　「べたべたかちん赤小豆にて煮申候もちひ（餅）のことなり」（貞丈雑記・六）。
四五　「取り寄せる」の尊敬語に「献上する」の意の動詞を付けた。
四六　下種。下衆。
四七　日本書紀・十、古事記・中巻の応神天皇の条に出る大山守命（おおやまもりのみこと）のことであろう。この命が「山川林野」を掌ったので（応神紀・四十年）、前に制定されていた山守部（応神紀・五年）と関係づける説がある（日本書紀通証、書紀集解）。それに従えば、大山辺は大山守部をつづめた言い方となる。大山守は弟の菟道稚郎子が皇太子に任じられたのを恨み、これを襲おうとしたが、却ってその奇計にあい、水没した。

べきにあらず」と、三人再び山に登《のぼ》り、彼《かの》窟《いわあな》に臨み見るに直《ちよく》にして井のごとく、[一〇]石を投《なぐ》るに其底《そこ》ふかし。「人をやおろし見ん」などいふて、[一一]立もとふるやうにて[一二]兼舎を不意《ふい》に突落《つきおと》してけり。土を以て穴の口を塞《ふさ》ぎ、[一三]始終《しじう》を両人が功とし、眉鱗王を引《ひか》せて凱陣《がいじん》し、兼舎戦死と披露し、二人恩賞《おんしやう》を受て領地《りやうち》を安堵《あんど》せり。

[一四]兼舎は穴に落て一たびは絶入《ぜつじゆ》すといへども漸《やう〳〵》正気づき、打損《そん》じたる腰膝《こしひざ》難儀ながら、岩中《がんちう》に明《あか》りのあるかたを抜《ぬけ》穴にやといざり〳〵て行けるに、幽《かすか》に天色《てんしよく》を見る処あれども出《いづ》べき道も無ければ、何の賊徒《ぞくと》かこゝにかくれん、[一五]是両人の悪心にて我を陥《おとしいれ》たるよとさとり、かくては終《つい》に餓《うへ》に及ぶべし、穴《あな》の内に食に当《あつ》べき物やあると胸つぶれたるに、来《きた》るていも見へずして[一六]ほのぐらき中に老人ありて、「兼舎、你憂《なんぢうれふ》ことなかれ。穴を出べき便《たよ》りこそあれ」と力をつくるに、少しは心だのみせられて、此老人を拝して、「穴を出る事を得ば実《まこと》に再世《さいせい》の恩なるべし」と、兄両人の姦智《かんち》《わるぢゑ》を訴《うつた》へ告ぐ。老人云《いふ》、「世の人《ひと》心《ごゝろ》頼がたきは古より珍しからず。我は久しく爰にあれども、百年二百年には此穴を出《いで》ず。近日《きんじつ》此穴を出《いづ》べきものあれば必ず你を送り出すべし」。兼舎弥《いよいよ》悦び敬《うやま》ふ。[一七]老人黒き餅《もち》を出して兼舎にあたへて、「餓《うへ》をしのぐべし」といふ。兼舎是を喰ふてよりまた餓を覚へず。「去るにてもいかなる神仙《しんせん》にて渡らせ玉ふ」と問へば、「我には古より其名をつくる事あたはず。[一八]鱗虫《りんちう》の長なる竜を以て呼《よ》ぶ。能幽《よくゆう》に能明《よくめい》なるは鱗属《りんぞく》の及ぶ所ならん

一「招々舟子、人渉卬否」(詩経・邶風「匏有㆓苦葉㆒」)。毛伝に「招々、号召之貌。舟子、舟人主㆓済渡㆒者」。庭鐘に「渡頭一舟子」の号あり(義経磐石伝)。 二 女仙外史・十八に、僧となって宮城を脱出した建文帝を王昇が舟に乗せる話がある。また、菟道稚郎子が渡し守に扮して大山守を渡し、川中で船をくつがえして大山守を沈める話(紀・記)に重ね合わせている。 三「欠伸 アクビシノビス」(易林本節用集)。 四 押したり返したり、どちらとも決しない状態で争う。 五 新たに出家した者。 六「梶原が物見のさいさく」(ひらかな盛衰記・五、元文五年初演)。 七 貴重な品物。「重器 チヨウキ」(書言字考・七)。 八 暗道があるとの話。 九 眉鱗王の隠し妻のこと。 一〇「ゆみを入て、御らんじけれども、ゆみのはず、とどかず」(諏訪の本地)。 一一 低徊する。 一二「舎兄重家・貞頼彼武功を猜み深谷につき落し」(甲賀家伝)。 一三「我高名なりと奏して過分の恩賞を賜り、太郎は信濃守と改め次郎は美濃守と改む」(甲賀家伝)。 一四「兼家穴に陥りて大に傷き、息すでに終るといへども、しばらくして蘓り」(甲賀家伝)。以下の話は、輟畊録・二十四「誤堕㆓竜窟㆒」の「徐彦章云。商人某、海舶失風、飄至㆓山島㆒、匍匐登㆑岸、深夜昏黒。偶墜㆓入一穴㆒。其穴険峻、不㆑可㆓攀縁㆒。比

や」。兼舎、拟は[一]千年山《せんねんやま》に住《(すむ)》なるといふ、是《(この)》竜穴《りやうけつ》の主《ぬし》なるべしと察《さつ》して、「[二]我世に出なば一郡《いちぐん》の主《ぬし》たるを失《うしな》はず。翁《をきな》の[三]嗜好《たしみこのむ》物あらば常に此穴に進《すゝ》めん」といふ。翁頭《おきなかしら》を揺《ふつ》て、「[四]我は清虚《せいきよ》にして[五]沆瀣《かうかい》《つゆのき》を飲食《いんしよく》とし、嗜好《しかう》なく畏悪《いお》《おそれきらひ》なし。彼《(かの)》燕血《ゑんけつ》《つばめのち》を嗜《たし》み[六]苦楝《くれん》《せんだん》を畏《おそ》るは、是蛟蜃《かうしん》《みづち》の類のみ」。兼舎問《とふ》、「真竜《しんりやう》の好《このむ》所はいかなる」。翁曰、「[七]只睡《ねぶり》を好みて長ければ千年短《みじか》ければ数百年、洞穴《どうけつ》に偃臥《ゑんぐは》して鱗甲《りんかう》の間沙土《しやど》聚《あつま》り積《つ》み、鳥木実《とりこのみ》を銜《ふくみ》来て其上に遺《のこ》せるが鱗上《りんじやう》に両葉《ふたば》を生じ、太《ふと》き事抱合《いだきあは》すに至り、盤根甲《はびこるねうろこ》を折て方《はじめ》て睡《ねぶり》を覚《さま》し、遂《つい》に倏《しゆ》行《ぎやう》をはげまし、其体を脱《だつ》して虚無《きよぶ》に入り、其神《しん》を澄《すま》して寂滅《じやくめつ》自然《ぜん》に帰《き》す。形と気と其化《くは》する随《まゝ》なるを得て、胚胎《かたち》なきがごとく凝結《こりむすば》ざるがごとく、恍忽《たちまち》に杳冥《ようめい》《みへず》たり。此時や百《ひやく》骸五《がいご》体芥子《たいけし》の内にも入べく、還元返本《くわんげんはんぽん》の術を得て造化《ざうくわ》と功を争ふなり。しかし此説《せつ》は竜を有形《うげう》の生活《せいくわつ》《いきもの》にして、工《たくみ》に勢《いきほひ》をいふ。画工《ぐわかう》の[八]三停九似《さんていきうじ》の法を設《もふく》るがごとし。聞《(きく)》人も面白く奇《き》にして左《さ》もありなんと思はるゝ。是を定形《ぢやうけい》なき物にして説《とく》ときは、真竜《しんりやう》の体《たい》は雷《らい》と表裡《ひやうり》せしものにて、[九]雷は中天頓鬱《ちうてんとんうつ》の陽気《やうき》水を引て雲雨《うんう》を醸《かも》し、其水気《すいき》に逼《せま》られて団《こり》て純火《じゆんくわ》《ひのかたまり》を生《しやう》じ、雨水《うすい》の気に触《ふれ》て迸《ほとばし》り射《い》て物を撃《う》つ。物をうちて消《せう》せざれば凝含《はづみ》て[一〇]子母炮《しぼはう》の勢ひの如《ごと》く、いよ〳〵触《ふれ》ていよ〳〵迸《ほとばし》り消滅《せうめつ》してやむ。是陽[一一]激《げき》して陰《いん》に戦勝《たゝかひかち》たるなり。[一二]陰陽相搏《うち》て[一三]芒毛《ばうもう》《のぎけ》を生《しやう》じ、又[一四]獣《けだもの》をも生ずべし。[一五]竜は地《ち》中積鬱《ちうせきうつ》の陽気、地下の陰気に和《くは》せず。地外の陽の時に動《うご》かされて発《はつ》し登《のぼ》る。[一六]水気を引て雲烟《うんゑん》を起し雷電《らいでん》をもいたす。

㆑明、穴中微有㆑光。見㆓大蛇無数、蟠結在㆑内。始甚懼、久稍与㆑之狎。蛇亦無㆓呑噬意㆒。所㆑苦飢渇不㆑可㆑当。但見㆔蛇時時舐㆓石壁間小石㆒、絶不㆓飲啗㆒。於㆑是商人亦漫爾取㆓小石㆒嚥㆑之、頓忘㆓飢渇㆒。一日聞㆓雷声隠々㆒、蛇始伸展、相継騰升。纔知㆔其為㆓神竜㆒。遂挽㆓蛇尾㆒得㆑出」にも拠る。

一五「これは、いかさま、あにのとのばらたちの、ひめぎみに、心ざしをなして、かやうにし給ふぞと、すいして」(諏訪の本地)。

一六「かかる、はたけの中に、いほやぐらかきて、八十ばかりのをきなの、…いたりける」(諏訪の本地)。

一七「諏訪の本地」では、老人が兼舎に「しし」(鹿)を与える。

一八 うろこのある動物。「竜、鱗虫之長、能幽能明」(説文解字)。

一「竜千年則於㆓山中㆒蛻㆑骨」(述異記・下)。　二「諏訪の本地」では、兼舎の父かねさだは、甲賀の豪族。

三 たしなむに同意。

四 以下、唐の薛瑩撰「竜女伝」の中の「洛神伝」の蕭曠と神女の問答を踏まえる。「竜之清虚、食㆓飲沆瀣㆒。若食㆓燕血㆒、豈能行蔵。蓋嗜者乃蛟蜃輩耳」。　五「沆瀣、…露気」(字典)。

六「楝、…俗謂㆓之苦楝㆒…蛟竜畏㆑楝」(字典)。「楝、和名をあふちと云」(大和本草・十二)。

七「曰、好㆑睡。大即千年、小不㆑下㆓数百歳㆒。偃㆓仰于洞穴㆒、鱗甲間聚㆓積

沙塵一、或有レ鳥銜二木実一、遺二棄其上一、乃甲拆生レ樹、至二于合抱一、竜方覚悟、遂振二迅修行一、脱二其体一而入二虚無一、澄二其神一而帰二寂滅一。自然形之与レ気、随二其化用一、散入二真空一、若レ未二胚腪一、若レ未二凝結一、如三物在二恍忽一、精奇杳冥。当二此之時一、雖二百骸五体一、尽可レ入二于芥子之内一、随二其挙止一、無レ所レ不レ之、自得二還元返本之術一、与二造化一争レ功矣」(洛神伝)。八「画レ竜有二三停九似之説一。謂、自レ首至レ膊、膊至レ腰、腰至レ尾、相停也。九似者、角似レ鹿、頭似レ馬、眼似レ鬼、項似レ蛇、腹似レ蜃、鱗似レ魚、爪似レ鷹、掌似レ虎、耳似レ牛」(淵鑑類函・四三八)。九 以下の説は、「英雄軍談」(享保二年・佚斎樗山作)・五「風雷雲雨之談」の「夕立雲は陽気急に蒸立るにより、雲大きにして厚し。水気盛んに動くゆへに、水中に火を生ず。その勢はなはだ急なり。…雲中に火の生ずる時、上に雲厚くおほひふたがりて、突上ることを得ざるときは、下に雲気の薄き所あるをやぶりて下へ突出す。…水火相撃して突出するゆへに、其いきほひはなはだきびしく、当ル所、物を破る」に近い。一〇 子母瓶と柄から成り、子母瓶には木刻で火薬線をまとわせた信管が収まり、それを柄から敵陣に飛ばす炮(三才図会・器用八)。一一 宋の胡明仲の「論二造化之迹一」(事文類聚前集・四)に「陰気凝聚、陽在レ内而不レ得レ出、則奮撃而為二雷

半ば雲に入て[一]旆《はた》の如く掛り、雲端《うんたん》に伸縮《のびちゞみ》の貌《かたち》あるは其気暢《(のび)》んと欲《ほつ》して振《ふる》ふなり。既《すで》に暢《のび》て消散《しやうさん》する時は[二]一気《いつき》に和す。一気に和する時は本来《ほんらい》に帰《き》して形なく、釈氏《しやくし》の寂滅《じやくめつ》の空《くう》にかなへども、[三]老子《らうし》は虚無《きよぶ》を以て有《う》を養《やしな》ふの教《をしへ》ゆへ、其[四]発揚《はつよう》して[五]退蔵《たいざう》の徳《とく》を失ふをおしみ、[六]彼《かの》竜の如しと譬《たとふ》るは時あつてきら〱現《あらは》るゝにあらず。上に升《のぼ》るべきもの地下に[七]潜蔵《せんざう》《ひそみかくれ》して陰陽にも動《うご》かされず、いつまでも[八]密蔵《みつざう》して発《はつ》せざる所を云《いふ》なり。儒教《じゆきやう》とやらんは空有《くうう》の二つに着《ちやく》せぬ[九]世法《せいほふ》なるべし。物に滞《とゞこ》る時は釈氏《しやくし》の空《くう》を以て消《け》し、動《うご》きやすき時は老子《らうし》の虚無《きよぶ》を以て息《とゞ》む。三教併《さんきやうあは》せ用て世道《せだう》安からん。俗説《ぞくせつ》に[一〇]豊城《はうじやう》の剣延津《けんゑんしん》に入て竜となるといふ。剣は鍛煉《たんれん》して作るゆへ自然《しぜん》の物にあらず。豈能《あによく》竜と変ずる事を得《ゑ》んや。[一一]仏説《ぶつせつ》に竜《りう》女天竜《によてんりう》を説《とき》たるは教化《けうげ》の及ぶ所広きをいふなり。又[一二]竜城《たつのみやこ》にいたり竜女《りうによ》に会《あ》ふの説《せつ》は、文人《ぶんじん》筆を弄《らう》するの虚談《きよだん》にして益《ます〱》これ文章なり。間現在《まゝげんざい》に其事あるも、皆水物《すいぶつ》の妖《よう》に魅《み》《ばかされる》せられたるにて真竜《しんりやう》の事に与《あつか》らず。[一三]易《えき》に乾《けん》の象《しやう》として似《に》げなき坤《こん》の馬《むま》に配《はい》せられしは、却《かへつ》て我真竜《わがしんりやう》を知られしやしらずや覚束《おぼつか》なし。今化生《くわせい》して形を現《げん》ずることは你を助るの造《ざう》[一四]化《くわ》なり。我形《かたち》常に有にあらず。你此《(この)》穴《あな》の泥《どろ》を身にぬりて晦冥《くわいめい》の時を待《(また)》ば、体《たい》を損《そん》ぜず上升《のぼりのぼる》の気に乗《ぜう》じて穴を出べし」と、細《(こまか)》に告て早くも其形なし。

　数日《すじつ》の後、穴の中黒暗《こくあん》にして雲烟沸《うんゑんわく》が如く其気《き》蒸《むす》が如し。山岳震動《さんがくしんどう》[一五]天折《くじけ》地崩《くづるゝ》がごとく、閃電《せんでん》《いなびかり》しきりにかゞやき岩中《がんちう》の大石動《うごひ》て揚《あが》らんとす。兼舎《かねいゑみ》身自《われ》にまかせず飛揚《ひやう》す。是

霆」。　一二「水火相搏つて声をなす」(英雄軍談・五)。　一三 いなびかり。　一四 雷獣。　一五「春秋元命苞曰、竜之言、萌也。陰中之陽。故曰、竜挙而雲興」(淵鑑類函・四三七)。
一六「竜わづかの地中より出て天に上る時、俄かに水気をあつめて雷雨をおこす」(英雄軍談・五)。

一「旆　縣二鈴于竿頭一、画二交竜於旒一」(字典)。　二 水気。「夫獣は一気にして偏なるものなり。…かれ(竜)陰陽の気をうばひ、偏に水気をあつむることあるか」(英雄軍談・五)。
三「執二古之道一、以御二今之有一」(老子・十四)。　四 竜が昇天すること。
五 自己の行動を無為自然の道に包み蔵めること。易経・繫辞伝上「退二蔵於密一」。　六 孔子が老子に会見し、その把捉し難い人柄を「吾れ今老子を見るに、其れ猶竜のごときか」と評した(史記・老子伝)。
七「潜竜勿レ用、陽気潜蔵」(易経・乾)。
八 深く隠れて。
九 現実世界についての教え。
一〇 晋の張華が雷煥をして豊城(江西省南昌県)から竜泉・太阿の二剣を掘り出させ、めいめいが一剣を所持したが、二人の死後、剣が水に入って双竜に化した(晋書・張華伝)。
一一 法華経・五「提婆達多品」に、娑竭羅《(しやか)》《(つら)》竜王の八歳の女が文殊の教化の広きを讃して「竜神咸恭敬」とい

出べき時至ると、傍《かたへ》の岩を攀《よぢ》一六てのぼれば穴の口を出るといへども、冥々《めいめい》の裡《うち》其勢《いきほひ》とゞむべからず、一七大虚《をゝぞら》にも上らんとす。手《て》に触《ふる》る木の枝をいだきて夢現《ゆめうつゝ》のさかひを知らず。俄《にはか》にして雲晴《くもはれ》見れば此身大木の梢《こずへ》にあり。急《いそ》ぎ地に下りて路に出れば民居《みんきよ》あり。是すなはち賊寨《ぞくさい》の後《うしろ》の山村なり。「我はみりん王を捕《とら》へたる望月三郎なり。軍中にて穴に落いり今こゝに出たり」と、一八民家《みんか》に労《らう》を息《やす》む。山民等《さんみんら》驚《おどろ》き敬《うやま》ひ、「眉りん王が取一九掠《かすめ》たるを免《まぬが》れし」と悦びかたり、「こゝなる隠《かく》し妻もいまは跡《あと》をくらまして行がたなし」と申。兼舎山を出て都に上《のぼ》り、無道《むどう》の兄なれども弟の身として其罪訴《うつた》ふべきにあらず。只二〇我一分《われいちぶん》の居所《きよしよ》を賜らんことなげき申ければ、異儀《いぎ》なく旧領《きうりやう》にかへさる。両人の兄は自ら二一辱《はぢ》て身を隠《かく》し蟄居《ちつきよ》しければ、其有《たもつ》所皆兼舎に属《ぞく》して家業《かげう》相続す。二二承平《じやうへい》の初、二三将門退治《まさかどたいぢ》の命に応《をう》じて軍功《ぐんかう》あり。江州半国を守護《しゆご》し、甲賀郡《かうがごほり》に館を構《かま》へ近江守と称す。後は二四伊賀近江に跨《またが》りて二五大領《たいりやう》を務《つとめ》けるとなり。竜穴《りやうけつ》に入りし奇談《きだん》は千歳人口《せんざいじんかう》に遺《のこ》りて、児童《にどう》に至るまで是を二六話柄《はなしつか》とす。二七荒唐《くわうとう》《とりじめなし》なるかな其言《そのこと》や。

古今奇談繁野話第四巻《ここんきだんしげしげやわだいよつのまき》　終

う。一二 柳毅が洞庭湖の竜女の苦難を救い、結ばれる話(柳毅伝。太平広記・四一九)。一三 易経・乾の爻辞では「潜竜。勿ㇾ用」と竜を用いて占断するが、次の坤の卦辞では「利二牝馬之貞一」と馬を用いて説明。一四 「造化　シアハセ」(唐話纂要・一)。一五 太古、共工と顓頊(せんぎよく)が帝を争って不周山に触れると、「天柱折、地維絶」ったという(淮南子・天文訓)。一六 底本「挙」。意改。一七 「大虚、天也」(卓氏藻林・一・文選)。一八 「相知れる者の方にて療養を加へ、本復せしかば」(甲賀家伝)。一九 財産を掠奪されずにすむようになった。二〇 自分一人のための。二一 「漸く私宅に立かへれり。舎兄等これを見て、ゆくりなく逐電す。兼家両人が領知をあはせて、武威ますます強大なり」(甲賀家伝)。二二 九三一—九三八年。「承平年中、相馬将門が謀反のとき、勅命によって東国下向し、軍功他に超し故、近江国の内甲賀郡をたまはりて居住し、甲賀近江守と改む」(甲賀家伝)。二三 平将門。二四 「後に伊賀半国を賜り、千歳、佐那具(さなぐ)に在城すといふ」(甲賀家伝)。二五 郡司の長官。二六 「話靶　カタリク。珠璣藪、話靶、靶、刀柄也。謂二話柄一也」(名物六帖・人事箋四)。二七 「荒唐。広大無二畔岸一之言也」(類書纂要・十)。

古《こ》今《こん》奇談《きだん》繁野話《しげ〱やわ》第五巻《だいごのまき》上

⑧ 江口の遊女薄情《はくじやう》を憤《いきどふ》りて珠玉《しゆぎよく》を沈《しづむ》る話《こと》

往昔《いにしへ》[一]江口の色里といへるは、岸《きし》[二]に沿《そ》ひながれに臨《のぞ》みて家《いへ》づくりし、後の世の所《ところ》せくにはあらで、かしこに三瓦《さんぐは》[三]こゝに両舎《りやうしや》、蒲柳《かはやなぎ》引結び藪《やぶ》をたゝみてめぐらしたる墻《かき》の門より桃《もゝ》[四]笑ひ柳媚《こび》て、春宵《しゆんせう》に景《けい》を翫《もてあそ》び長夏《ちやうか》に涼《りやう》を納《い》れ、いざなひいざなはれ来る人は宜《むべ》なり。霜凝《こを》る夜《よ》にも胸《むね》を焦《こが》し、月[五]にそむき星にさぐり雨に雪に身のいたはりをしらで通ひ来《く》るは、うかれ人の愚痴《ぐち》[六]を病《やめ》るなり。水干《すいかん》に袴《はかま》きて章台《しやうだい》[七]に馬をはやむるは、下司《したづかさ》[八]めきたる人の所[九]ひろく通へるなり。やんごとなき御方の九重《こゝのへ》の霞《かすみ》を分《わけ》て、君みんとて打ひそまりてわたらせ玉ふあれば、禄《ろく》[一〇]さだまらぬ人のおのが通ひ来《く》るをいかめきことに思ひて、符《わりふ》[一一]ことば街《ちまた》にひゞき、次[一二]郎、三郎、かしづきよばひもて来《きた》るも疎《うと》ましく、いづれ風[一三]月の為に役《えき》せられて、其趣《おもむき》忍ぶ忍ばざるの際《あいだ》にあるならまし。わきて此里《さと》の詮《せん》[一四]とするは、都[一五]に往《ゆき》かふ河船《かわぶね》を招《まね》きとゞめて縁《えん》ある纜《ともづな》[一六]を結《むす》ぶ手にしばしの情《なさけ》を頼む。つくし[一七]のはて吉備《きび》[一八]のこなた数《かず》かぎりなく都にゆきかへり、神崎《かんざき》[一九]橋本[二〇]に遊君の家多かれど此里《このさと》に泊《とま》る船多《おゝ》く、

一 大阪府東淀川区の地名。淀川から神崎川が分流する所に位置し、山陽・南海・西海と京を結ぶ要津として平安時代より栄え、遊女が多くいた。
二「家は南北の岸にさしはさみ」(撰集抄・九「江口遊女歌之事」)。三 忠義水滸伝解・第二回「三瓦両舎、傾城町ナリ」。四 桃も柳も遊女の比喩。
五 名月をも鑑賞しないで遊里に来る。
六 一途に思いこみ迷うこと。
七 開巻一笑・娼妓賦の「章台楊柳」の釈義「後世章台柳、多ク娼家ノコトニ用ユ。娼章音同キ故ナルベシ」。
八 下級の役人。三善為康の「遊女記」に「上自二卿相一、下及二黎庶一、莫レ不下接二牀第一施中慈愛上」(朝野群載)。
九 身分が低いと却て人から看視されず、行動が自由である。
一〇 まだ地位と俸給が決まっていない、貴人の子息。一一 割符のように、双方を合わせて初めて意味が通じる言葉。身元を秘するために暗号を用いるのである。一二 共に従者の名。
一三 情事。開巻一笑・坤に「風月機関」。
一四 眼目。肝要な点。一五「こころは旅人の往来の舟をおもふ遊女のありさま」(撰集抄・九「江口遊女歌之事」)。
一六 舟の纜を結んで上陸し、結び交わす手に。一七 筑紫。九州の古称。
一八 現在の岡山県と広島県東部にあたる国の古称。一九 現在の尼崎市にある。三国川と猪名川の合流点に位置し、交通の要衝として栄え、平安時代の遊里として名高い。

はじめは[二一]しるしらぬあやなき人の、後は思ひのしるべとなるも、これほどの事の[二二]宿世《すくせ》の冤《あん》ならぬはなし。漢土《かんど》のむかし[二三]東門《とうもん》[二四]闉都《いんと》の[二五]女雲《ぢよくも》の如《ごと》く[二六]茶《つばな》の如く、[二七]管仲《くはんちう》が[二八]女閭《ぢよりよ》《おんなまち》七百を開《ひら》きしより後《のち》つかた、漢《から》やまとの末の世まで是を免《ゆる》されて、親《おや》はらからの為に身を棄《すつ》る[二九]藪《す》沢《たく》《やぶいけ》は、即ち遠人旅客《ゑんじんりよかく》を慰《い》するの設《もふ》けとなりて、世に女の数少《すくな》かりせば人の争ひおこらん。[三〇]非礼《ひれい》の地を設けて非礼を安《やす》んずるの計《はかりごと》ならんか。[三一]川竹《かはたけ》の瀬《せ》はかはらずして[三二]流《なが》れの身はもとの人にあらず。地《ところ》に数《かず》ある遊女の家、[三三]文珠普賢《もんじゆふげん》白妙《しろたへ》など世に知られて、此里《さと》のかざしとなれる華名《くはめい》なれば、幾世《いくよ》重《かさ》ねて其名をば絶《たへ》ざらしむる習ひなり。

其比《(そのころ)》は鎌倉の時代《ときよ》、[三四]西国《(さいごく)》には[三五]尚国司《なをこくし》の[三六]知行《(ちぎやう)》有て、[三七]国司代《こくしだい》などいふものを置《おき》て[三八]取まつろへ、[三九]郡司《ぐんじ》を[四〇]知らせたる国人《くにふど》に、[四一]箱崎《はこざき》の[四二]太夫《たいふ》正方《まさかた》といふものあり。それが子《こ》に小太郎安方《やすかた》とて[四三]生れ清《きよ》げに心ざま優《ゆう》に鄙《ひな》には似《に》ざりけり。いまだ世を知らざる日《ひ》に王城《わうじやう》の尊きをも拝み、国司《こくし》の館《やかた》へも参り馴《な》れ、心ゆるく[四四]上国《じやうこく》の風景遊覧《いうらん》してこよと、親《おや》の慈心《じしん》より万《よろづ》に欠《かく》事なく取したゝめて登《のぼ》せけり。京に旅宿《りよしゆく》して折節《おりふし》には館《たち》に伺候《しこう》し、詣《もふづ》べき所詣《もふで》あるけるに珍《めづ》らかならぬ所なく、水清く人柔《やはら》かにして寄添《よりそひ》やすく、田舎《いなか》より京に入たるものゝ国を忘《わす》るゝこと少《すく》なからず。旅宿《りよしゆく》の友《とも》にちなみよりたる播磨《はりま》の住人、[四五]岸《きし》の惣官《さうくわん》成双《なりつら》といふ人常にかたり興《けふ》じて、[四六]花街《くはがい》《いろざと》の品定《しなさだめ》など聞へけるに、江口の遊君共の才色優長《さいしきいうちやう》なるを聞て、[四七]ゆくての遊興に帰路《きろ》を促《うなが》し、江口に趣《(おもむ)》き、「眼《め》に見るのみを甲斐《かひ》とするは[四八]眼嫖《がんぴやう》《からぞめき》

二〇 「江口はしもとなんどいふ遊女が住居みめぐれば」(撰集抄・九「江口遊女歌之事」)。
二一 面識の有る無しもはっきりしなかった人。通りすがりの人。
二二 開巻一笑・丫鬟賦「仏氏、宿縁ヲ冤家トス」。 二三 「出二其東門一、有レ女如レ雲」(詩経・鄭風・出其東門)。
二四 「闉」は城の外ぐるわの門。「都」は闍に通じて城の台のこと。「出二其闉闍一、有レ女如レ茶」(詩経・鄭風・出其東門)。 二五 朱子註に「美ニシテ且ツ衆《(おお)》キナリ」。 二六 茶は、ちがやの穂。朱子註に「軽白ニシテ愛スベキ者ナリ」と。 二七 春秋時代、斉の穎上の人。斉の桓公をして覇たらしめた。 二八 「斉桓公宮中七市、女閭七百、国人非レ之」(戦国策・周策)。注に「閭ハ里中ノ門ナリ。宮中ニ門ヲ為《(つく)》リ市ヲ為リ、女子ヲシテ之ニ居ラシム」と。
二九 字典に「藪 す・そう」と二音を施す。
三〇 遊里。↓一〇三頁注二二。
三一 遊里。方丈記「行く川の流れは絶へずして、しかももとの水にあらず」。 三二 遊女。
三三 婦人養草・二「江口の文珠御ぜん、みめかたち・心ざまいとえんなり」。また「遊女記」に「倶其時分遊女名、号二観音・如意・普賢一」。新古今集・十には江口の遊女妙の名も見える。
三四 中国・四国・九州地方。 三五 荷田在満の「羽倉考」に、源頼朝が文治に守護を諸国に置いたが、「然ドモ猶

とそしり、みもせぬ君を見きとないへば[一]口嫖《こうひやう》《せいいふ》と笑ふも口惜けれ。名ある君と青楼《せいろう》の酒を酌《く》みて古郷《こけう》の語り句《く》にせん」と、室木《むろのき》の[二]刀自《とじ》が許《もと》に日をかさねける。其時に白妙《しろたへ》といへるは、[三]十三歳より遊客《いうかく》をとゞめ、九年の[四]煙花《えんくは》に物馴《ものなれ》てよく人情《にんじやう》の向ふ所を知り、貴賤《きせん》の顧厚《かへりみあつ》く、是がため身を擲《なげう》ち罪《つみ》を得る若人《わかふど》あまたなれど、たゞ此君を見んとて日を争《あらそ》ふて来る。[五]里《さと》の諺《ことわざ》にも妙《たへ》が座《ざ》には下戸《げこ》も千飲《せんゐん》し、妙《たへ》を見れば粉面皆黒《ふんめんみなくろ》しとぞいゝはやしける。小太郎白妙を初て見るに、[六]瞼《かほ》は蓮蕊《はちす》の鮮《つやゝか》なるが如く、眼《め》は秋水《しうすい》の潤《うるおふ》がごとく、[七]常娥《じやうが》月殿《げつでん》を離《はな》れ[八]飛燕《ひえん》[九]新粧《しんさう》によれるすがたあり。かゝる艶色《えんしよく》の墻《かき》の花の中に盛出《さき(いづ)》るも生《をふ》したつるの巧《たくみ》なるやと、初《はじめ》は名ある君[一〇]かぞへて見んと思ひしも此《こゝ》に凝《こ》りとゞまりて、[一一]温柔《をんじう》の性《うまれ》は妓女《ぎじよ》の心も穏《おだやか》に、撒漫《さつまん》《まきちらす》の手《て》は[一二]鴇児《くゞつ》を喜《よろこ》ばしむ。白妙と[一三]情意相投《じやういたがいになげ》うちてはじめより別《わか》るゝ期《ご》の来らんことを恐る。元《もと》より白妙煙花《ながれ》を出んとするの心あり。[一四]小太郎が志のあだ〳〵しからぬを深《ふか》く心に占《しめ》思ひて、終身相従《しうしんあひしたがは》んことをいどみ求《もと》む。[一五]小太郎は只父《ちゝ》なる人の怒《いか》りを恐れて白妙がことばに同意せず。[一六]底解《そことけ》やらぬ[一七]氷室《ひむろ》の草《くさ》も繁《しげ》[一八]らばなどかしげらざらん。[一九]朝ゝ《ちやう〳〵》睦《む》月夜《つきや》ゝ《や》乞巧《きつかう》、終日妻《ひねもすめ》と呼《よべ》ば殿《との》と称《しやう》して来る。[二〇]恩愛《おんあひ》を海にくらべては恩の底《そこ》をしらず。[二一]情義《じやうぎ》を山に譬《たと》ふれば義尚《なを》高し。只両人が中に風流《ふうりう》を卓《わがもの》にして、其余《よ》の巨室《きよしつ》《ぶんげんしやをゝ》大賈《たいこ》《あきうど》白妙を見んとすれども得ず。[二二]小太郎銭財《せんざい》を用《(もちふ)》ること大差大使《たいさたいし》《おゝきにつかふ》、刀自《とじ》笑を献《けん》ずることたへまなく、此客《きやく》人こそ我家の[二三]揺銭樹《ようせんじゆ》《かねのなるき》なりと奔走《ほんさう》すれど、必《かならず》や情人《おもふひと》の篋中《きやうちう》《はこのうち》に

受領ノ国司ノアル国アリテ、一向無実ナルニハ非ザルヤラン」と。
三六 任地における国務の執行。
三七 在京の国司と郡司との中間的存在として、国務や郡務にたずさわる者。 三八 幕府に従属させる。
三九 国司の下で一郡を統治する者。現地の豪族が補任され、世襲。
四〇 執行する。
四一 今の福岡市東区に存し、古来、博多港と対する要津。
四二 五位の通称。門地のない地方の武士などにとっては、これに叙爵されることが栄誉だった。
四三 原話「杜十娘怒沈百宝箱」(警世通言・三十二)に「那ノ公子、俊俏ナル龐児(かお)、温存ナル性児」。
四四 王都に近い諸国の称。
四五 播磨国印南郡西神吉にある地名。「惣官」は荘園の管理をする職の称。
四六 「花街 イロサト」(開巻一笑・坤「風月機関」)。 四七 遊び心を持って出かけるが、一方では警戒心をも持って早く帰ろうと約束しておく。
四八 遊女を見ているばかりで、実際に買わないこと。開巻一笑・坤「風月機関」の「銀海」の釈義に「眼デ見タバカリノ眼嫖(カラツメキ)ヲ云」。

一「一目モ知ラヌ女郎ヲ知タヤウニ人前デ説チラシ花街ノ席ハアマリ踏ヌモノノコトヲ云、是ヲ口嫖ト云」(同)と。 二 ここは妓家の主母のこ

[二四]聚宝盤《じゆはうばん》《たからのわくはち》なく、嚢中日日《のうちうひび》に空乏《くうばう》して刀自《とじ》の笑顔漸〻《せうがんぜん〳〵》に変《へん》ず。
国なる小太郎が父親《ふしん》、男児《せがれ》が都にありて行跡《かうせき》つゝしまずと聞て書《しよ》をよせて呼回《かへ》せども、月の半《なかば》月の末《すへ》と[二五]延捱《のびのがれ》て帰心《きしん》なし。後は父の怒《いか》りはなはだしと聞程に、愈〻《いよ〳〵》恐れて愈かへらず。昔より[二六]利を以て交《まじはる》ものは利尽《つきて》疎《うと》く利足《たり》て変《へん》ず。[二七]男女の真情《しんじやう》は懐《ふところ》の冷《ひやゝか》《さみしく》なるにつけて心の裡《うち》いよ〳〵熱《ねつ》《したしく》する習ひ、刀自《とじ》白妙に知恵つけて他《かれ》を逐《お》ひ遠《とを》ざけんとすれども、只耳つぶしてあれば、今は直《(ただち)》に小太郎に対し種〻《しゆぐ》無興《ぶけう》をいひ、他が怒りて出去《いでさ》らん事を催《もやう》せども、[二八]性得温柔《しやうとくをんじう》の人いよ〳〵詞やはらかに激《げき》するさまなければ、只ひたすら白妙《しろたへ》をのゝしりて、「[二九]我輩《わがともがら》の衣食は客《きやく》に穿《うが》《きる》ち客に喫《くら》ひ、東窓《とうさう》に旧《ふるき》を送り西軒《せいけん》に新《あたらし》きを迎《むか》ふ。彼人《かの》こゝに来りて一とせに余り、新《にい》客はもとより知音《ゐん》も路断《たへ》て、[三〇]わが家に鍾馗《しやうき》あれば一《いつ》匹《ぴき》の小鬼《こをに》もより来らず。[三一]少女等《せうじよら》は年[三二]足《た》らず、一家《いつか》の人口《ひとかず》水もまた飽《あく》に足《た》らず」。白妙いふ、「此門戸《いへがら》の作業尼公《さげうにこう》の言をまたず、わらは知る所なり。[三三]彼人初より空手《くうしゆ》にあらず。大銭を費《ついや》して方[三四]纔《はじめて》かくのごとし。今忽《たちまち》に無情《むじやう》の言ばを出しがたし。さなきだに我輩《(わがともがら)》をかだましく人のいふなるものを」。戸自《とじ》云、「わ君心よわく彼《かれ》を追出すてだてをなさゞる時は我家の衣食何によりて得ん。今はたゞ此貧客《ひんきやく》に談《だん》じ計《はか》り、他器量《かれきりやう》あらば幾貫《いくくはん》幾匹《いくひき》を納《いれ》させ、和君《わぎみ》彼に跟《したがひ》て出行《(いでゆく)》べし。我外《われほか》に[三五]長となすべき女児《むすめ》を討《もとめ》て過活《すぎはひ》とせん。他其器《かれそのき》量《りやう》なくばわ君いかに思ふとも空《むだ》ごとなり」。「我老短見《わがらういきみじか》[三六]に言葉な出しそ。彼人《かのひと》今窮《わびし》けれど

と。三 原話「那ノ杜十娘ハ十三歳ニテ破瓜シテヨリ」。四「烟花(かはたけ)」(英草紙・六)。五 原話「坐中ニ若シ杜十娘有ラバ、斗筲ノ量モ千觴ヲ飲ミ、院中ニ若シ杜老嫰ヲ識ラバ、千家ノ粉面モ都(すべ)テ鬼ノ如シ」。六 原話「一対ノ眼ハ秋水ノ潤フヨリ明ラカナリ。臉ハ蓮萼ノ如ク」。七「恰似ニ嫦娥離ニ月殿ニ」(水滸伝・三十二)。八 趙飛燕。漢の成帝の寵愛を受けた美人(飛燕外伝)。九 李白の「清平調詞」二に「可レ憐飛燕倚ニ新粧ニ」。一〇 一人一人に会ってみる。一一 原話「温存ノ性児、又タ是レ撤漫ノ手児」。一二 遣手婆。開巻一笑・坤「風月機関」の「鴇子」の釈義に「嫖経ニ、妓家ノ主母ヲ云」。一三 原話「十娘ト一双両ラ好ク、情投ジ意合ス」。一四 原話「又タ李公子ノ忠厚志誠ナルヲ見テ、甚ダ心ノ他(かれ)ニ向カフ有リ」。一五 原話「奈(いか)ンセン李公子、老爺ヲ懼怕シテ、敢テ応承セズ」。一六「君が経ん御代ながさかの氷室にはうづむ氷のとけぬなりけり」(堀川院御時百首和歌・権中納言信国)。一七「氷室草　蘆を云」(譬喩尽)。一八 父の心もとける時があろうの意と男女の情交の意とを掛ける。一九 原話「朝ニ歓ビ暮ニ楽シミ、終日相守ルコト、夫婦ノ如ク一般ナリ」。一月から七月まで、朝晩、牽牛・織女の如く睦み頡頏する。二〇 原話「恩深キコト海ニ似テ恩底無シ」。二一 原話「義重キコト山ノ如ク義更ニ

高シ」。 二二 原話「初時、李公子撒漫シテ銭ヲ用フルコト大差大使」。
二三 原話「別人家ノ養ナフ女児ハ、便チ是レ揺銭樹」。 二四 明の初、沈万三は青蛙百余匹を救い、その報恩で得た一瓦盆に金銀を投ずると金銀が増え、富豪となった。これを聚宝盆という(堅瓠余集・二「聚宝盆」)。
二五 原話「他ハ十娘ノ顔色ニ迷恋シテ、終日延捱シ」。 二六 原話「古人云フ、利ヲ以テ相交ハル者ハ、利尽キテ疎シ」。 二七 原話「他ノ手頭愈ヨ短キヲ見テ、心頭愈ヨ熱ス」。
二八 「温柔 ニウハモノ」(唐話纂要・一)。 二九 原話「我ガ們(ともがら)行戸人家(妓院)ハ客ニ喫シ客ニ穿チ、前門ニ旧キヲ送リ、後門ニ新シキヲ迎フ」。
三〇 原話「分明ニ個ノ鍾馗老ヲ接了セバ、小鬼ヲ連ネテ也タ門ニ上ル没得(な)シ」。 三一 かぶろ。 三二 年はが行かないので、客をとって生計の資を得ることができない。 三三 原話「那ノ李公子是レ空手ニテ門ニ上ルモノナラズ、也タ曾テ大銭ヲ費シ過グシ来タル」。 三四 「方纔ハヤウヽソコデナリ」(訳文筌蹄・初編四)。
三五 原話「我別ニ個ノ丫頭ヲ討メテ過活セバ、却テ好カラズヤ」。 三六 「短見 キミヂカキ」(小説精言・四)。

も本国に家あり。幾貫《いくはん》を弁《べん》じ来らば其時悔《くゆ》とも甲斐《かひ》なからん」。刀自《とじ》[一]兼《かね》て小太郎が衣服《いふく》[二]太刀《たち》かたなまで売つくし質《ち》となしてすこしの物なく、本国は不通《ふつう》なるを従者《ずさ》どもに聞つれば、彼《かれ》がわきまへ得ざるをしりながら、「わ君《ぎみ》が身の価相当《あたひさうとう》の数《かず》あらば我に一念なし」といふ。妙《たへ》顔をそむけて、「彼が手に物なきをしりつゝもわらはゝ[三]説《とき》がたし。尼公直《にこうじき》に説《とき》て[四]端的《たんてき》をしり玉へかし」「我是を説《とく》に何のためらひあらん」と、後剋《ごこく》二人が向《むか》ひ居《い》たる席《せき》にて此事を説《いゝ》いだすより、小太郎赤面《せきめん》して答《(こたふ)》る所をしらず。白妙も傍《かたはら》にそらむね病《やみ》てありしが、「いかに尼公ただ其数《かず》を説玉へ」といふ。刀自心に[五]算計《つもりはかり》て云、「長《ちやう》の齢《よわひ》時過たれども尚勺薬《しやくやく》の色あり。[六]別人《べつじん》ならば[七]縑《かとり》弐百[八]疋を求むべし。此殿《との》今乏《とぼ》しき時節なれば百疋を求む。それも[九]三日を限《かぎり》て左手《ひだりて》に価《あたひ》を取《(とり)》、右手《みぎて》に人をわたさん。三日過なば我家に来り玉ふなよ」。小太郎黙念《もくねん》として言を出さず。白妙取言《とりごと》して云、「[一〇]かゝる限《かぎ》りの近くては争《いかでか》なし来らん。十日の限《かぎり》を延《のべ》て約《やく》をなし玉へ」。刀自思ふに此窮人《きうにん》百日を限《かぎ》るともなんの銭《ぜに》を得べき。日を延して銭を得《え》ずんば尚恥《なをはぢ》る所ふかく、[一一]鉄皮《てつぴ》に面《おもて》をつゝむともよく我家に来らんや。日数経《へ》ば女も新人《しんじん》有つてかれにうとくなるべしと限《かぎり》をゆるくして、「左あらば十日をかぎり弁《べん》じ得ずんばかたく我家に入ことをゆるさず」。白妙小太郎が方《かた》を見やりて、「此殿《との》[一二]其価《あたひ》を弁《べん》じ来るとも恐《おそ》らくは尼公違変《にこういへん》あらん」。刀自百匹ならばと心にゆるして、「老《おい》が身《み》六十に近く日夜《にちや》[一三]繍仏《しうぶつ》に長斎《ちやうさい》す。いかんぞ信《しん》を背《そむか》ん」。小太郎心に

一 原話「媽々、李甲ノ嚢ニ一銭無ク、衣衫都テ典尽シ了ルヲ暁リ得テ、他ノ法ヲ設クルニ処没キヲ料リ」。
二 「太刀かたな」は、武家にとっては家門の象徴。
三 原話では、媽々から聞いた条件を杜十娘が直接李甲に伝える、と設定する。
四 「端的。品字箋、端的、言ニ其事之端倪的然可ヒ見」（名物六帖・人事箋五）。
五 「算計　人ヲツモル」（唐話纂要・一）。
六 原話「若シ是レ別人ナラバ千把ノ銀子モ也タ討了セン」。
七 「縑　和名加止利…其糸ハ細緻、数絹ヲ兼ヌル也」（和名抄・十二）。
八 絹織物の長さの単位。一匹は鯨尺の五丈二尺。
九 原話「須ラク是レ三日内ニ交付シテ我ニ与フベシ。左手ニ銀ヲ交ハシ右手ニ人ヲ交ハサン」。
一〇 原話「只ダ是レ三日ハ忒（はなは）ダ近シ、他ニ十日ヲ限ラバ便チ好カラン」。
一一 原話「銀子有ル没クバ、便ヒ鉄皮モテ臉ヲ包ムトモ、料ルニ也タ顔ノ門ニ上ル無カラン」。
一二 原話「十娘道フ、…只ダ怕ル三百両ノ銀子有了ストモ、媽々又タ翻悔シ起コリ来ルコトヲ」。
一三 杜甫の「飲中八仙歌」に「蘇晋長斎繍仏前」。ここは仏画の前で長く精進供養すること。

たのみなけれど、成双《なりつら》に恥《はぢ》をすてゝ請借《こひから》ば弁《べん》ぜぬ事あらじ。若《もし》銀をかり来《(きたり)》て約《やく》に変《へん》あらば、成つらいよ〳〵我を笑はんと詰《なじり》て云、「恐らくは我をあざむき、銭を弁じ来るとも空《むだ》ごとならん」。刀自、「さあらば執照《しるし》[一]を参らせん」と、老気《らうき》を張《はつ》て十日限りの契約《けいやく》をうつしあたゆ。

小太郎是を取てしぶ〳〵立いづれど、いかんぞ極《きはめ》て弁ずべき。別《わか》るゝに臨《のぞみ》て白妙云、「五日過なば事のやうを必ず聞《(きか)》せ玉へ。[二]我に腹黒《はらぐろ》きことはなき物を」と、いふことばの耳にのこりて京に行《(ゆき)》、岸《きし》の惣官が寓居《ぐうきよ》にいたり、辞《ことば》をさげて身価《みのしろ》のことをはかる。成双《なりつら》誠あるおのこなれども、小太郎が浮華《ふくは》《うはき》多きを見て心得ず。「[三]江口の白妙は名出《ないで》し妓女なり。いかんぞ絹《きぬ》百疋にゆるさんや。これ[四]華費《むだづかひ》の財《かね》をからん偽《いつはり》なり」と思ひて、たゞ「[五]当《たう》時《じ》乏《とぼ》し」とこたへて、尚《なを》「人にも求《もと》めおゝせん」とて酒くみもてなしてかへしぬ。其より外に計《はか》るべき人もなければ江口にかへり、[六]あらぬ人の家にとゞまりて五六日にいたる。白妙《しろたへ》此よしをさぐり聞て、「[七]日数の内くるしからず、来り玉へ」と、恥《はぢ》て来《(きた)》らじとするを[八]人《ひと》してせちに迎《むか》へ、「弁ずべき物はいかゞ」と問ふ。小太郎[九]眼眶《まぶち》に涙《なみだ》をたゝへて、「世の人薄情《はくじやう》いまだ弁じ得ず」。妙《たへ》云、「さもあるべし、かなしきことかな。今夕共《こんせきとも》に其《(その)》事を計《はか》るべし」と、刀自には事半《なか》ば調《(ととのひ)》たりと披露して、[一〇]二人酒うちのみて小太郎を慰《なぐさ》め、「扨実《じつ》に少しの弁ずべきなきや。或《あるい》は是をよき別れの時至《いた》ると思《おぼ》して、人にもはか〴〵

一「執照 ナニニテモ、見ツケタル処ヲ執テ、証拠ニスルヲ云」(小説精言・一)。原話「信ゼザル時ハ你ニ拍掌ヲ与ヘテ定メト為サン」。

二 自分の蓄えた砂金を後日提供する意があることを示唆している。

三 原話「那ノ杜媺ハ曲中第一ノ名姫ナリ。…那ノ鴇児如何ゾ只ダ三百両ヲ要メン」。

四「花費 ムダツカイ」(語録釈義・二)。

五 忠義水滸伝解・第一回「当時…只今ソノ時ナリ」。

六 白妙とは別の遊女。原話では友人柳遇春(岸成双に相当)の寓居に宿る。

七 約束の期限内に自分の所に来ること。

八 原話では小者の四児に迎えさせる。

九 底本「眼眶」。「眶…目厓也」(字典)。

一〇 原話「十娘自ラ酒肴ヲ備ヘ、公子ト懽飲ス。睡リテ半夜ニ至リ、十娘、公子ニ対シテ道フ、「郎君果シテ一銭ヲ弁ズル能ハザルカ」」。

しく求《もと》め玉はざるか」。小太郎涙を落し、「山崎《やまざき》[一一]の築紫《つくし》の津に家《いへ》ふるき好《よし》みあれども、有にかひなき棹子《ふなこ》[一二]なり。それをよそにしては成《なり》つら一人をこそたのみつるにかくなんいゝし」とかたる。其夜はいとわびしげにて臥《ふし》ぬ。暁天《げうてん》にいたりて白妙《しろたへ》小太郎をゆりさまし、我頭《わがかしら》に鋪《しく》[一三]ところの枕を取て他《かれ》にあたへて、「此絮《このわた》[一四]の内に幾両《いくりやう》の砂金《しやきん》をつつみかくす。是わらはが年月集《あつむ》る所、殿持去《とのもちゆき》て絹《きぬ》に当《あて》なば半《なかば》の用にあたらん。其余《よ》は随分岸殿《きしどの》に求《もと》め数《かず》に充《みて》て、限りの日をあやまらず来り玉へ」。小太郎悦（よろこび）て枕をつゝみ都に行、成双に対して此やうをかたり枕を解《とき》たるに、絮《わた》のうちにかくせる砂金算《しやきんかぞ》へ計《はか》るに五六十疋の当《あて》[一五]あり。成双《なりつら》いふ、「花柳《くはりう》に遊ぶもの、趣《おもむき》[一六]を得て早く身を抜《ぬく》といふこと嫖経《ひやうきやう》[一七]の聖言《せいげん》なり。然れども好色[一八]の腸《はらはた》は別《べつ》にして俊傑《しゆんけつ》も改《あらたむ》ることあたはず。幸《さいはい》に此妓《ぎ》[一九]実情《じつじやう》あり、足下《そこ》をあざむくものならず。我一臂《われいつぴ》の力《ちから》を助けん」と、とかくして百足の価《あたひ》を弁《べん》じあたへ、砂金は雑《ざつ》事《じ》の費用《ひよう》あらんと其まゝに返《かへ》し、「吾足下《われそこ》の惰弱《だじやく》なるは厭《いと》はしく思へども、実《じつ》[二〇]に是白妙が情《こゝろ》の憐《あはれ》むべきが為なり」。小太郎成双に謝《しや》して江口にかへり、白妙に逢て「物調（ととのひ）ぬ」といふ。妙聞て、「先日[二一]一銭も調ざるに今日如何《いかん》ぞ全《まつ》き数とゝのひたる」。小太郎成双が言葉のしだひをかたる。白妙合掌《てをあわせ》喜《よろこび》て云、「我二人[二二]の願を遂《とげ》しむるは岸君《きしぎみ》の力なり」と深く其志を感《かん》ず。

其日なを日数の九日なれば心ゆるく妙が房《つぼね》に宿す。妙云、「此身価交易《みのしろとりわたし》[二三]するやいな即《そく》

一一「築紫」は日本書紀通証では摂津島上郡津江村とする。催馬楽「難波海」に「難波の海、漕ぎもてのぼる、をぶね大船、筑紫津までに、いますこしのぼれ、山崎までに」。

一二「棹手 カコ」(名物六帖・人品箋三)。

一三「布也」(字典)。

一四 原話「妾ノ臥ス所ノ絮褥ノ内ニ砕銀一百五十両ヲ蔵有ス。妾ノ私カニ蓄フモノナリ」。

一五 相当額。

一六 開巻一笑・坤「風月機関」に「得レ趣便抽レ身」。遊里の遊びの面白さを知ったならば、その時点で遊びをやめる。

一七 女郎買いの手引書。開巻一笑・坤「風月機関」の釈義に多く出る。「你雖レ読レ書、不三曾看二嫖経一」(明・霞箋記・八)。

一八「遊女記」に「賢人君子ト雖モ、此ノ行ヲ免レズ」。「腸」は気持。

一九 原話「此ノ婦真ニ心有ル人ナリ」。

二〇 原話「実ニ杜十娘ノ情ヲ憐レメバナリ」。

二一 原話「前日分毫モ借リ難キニ、今日如何ゾ就チ一百五十両有ルヤ」。

二二 原話「『吾二人ヲシテ其ノ願ヲ遂グルヲ得セシムル者ハ、柳君ノ力ナリ』ト」。

二三 原話「此ノ銀一タビ交ハセバ、便チ当ニ郎君ニ随ツテ去クベシ矣」。

時《じ》に殿に従《つき》てこゝを去《さる》べし。出舟《(でふね)》のそなへをなし、彼《かの》砂金を[一]南鋌《なんてい》に換《かへ》て行費《かうひ》《ろぎん》とし玉へ」など、此ほどの心もだへゆりて寝《いね》ける程に明朝いたう[二]失暁《をきわすれ》てけり。日《ひ》高《たかき》に起《おき》て朝もよひする所へ、刀自来りて、「[三]今日限の十日なり、約《やく》せし事いかん」。小太郎弁じ得たりと、「縑《かとり》百足の当《あて》に[四]花降銀《ふりぎん》《いたがね》二十枚即ちこゝにあり」と取出す。刀自小太郎が銀あるを見て今さら悔《くや》める気色《けしき》なり。時に白妙云、「我此家に来て十年、生活《よわたり》によつて致せし金銭幾《いく》千にのぼる。[五]今日我身の[六]従良《かたづき》するは悦び玉ふべきなるに、[七]親口数《くちづからかず》をきはめて今其数のごとし。尼公もし信を失《うしな》はゞ殿此銀《しろがね》持てまかで玉へ。[八]我も目前《もくぜん》に水に入りて、人と財《ざい》と二つながら失ひ玉はん」と、日比《(ひごろ)》に似ぬ怨言《えんげん》を聞て[九]刀自半晌《しばらく》詞なかりしが、「よし〳〵[一〇]事すでにこゝにいたる。わぎみ去《ゆく》ならばゆけ。平日《へいじつ》の衣服調度《いふくちやうど》此房《へや》にある物、一つも念《ねん》とすることなかれ」と、口に答《こた》ふべきなく[一一]憤《ふつく》みいかり、[一二]小太郎白妙を房《へや》のそとへ推《をし》出し、鎖《とざし》を下《おろ》す音《おと》高く詞をもかわさず厨後《ちうご》《かつてのかた》に行ぬ。

[一三]此時九月のはじめ、白妙起《おき》てよりいまだ[一四]梳洗《そせん》せず。垢衣《ふるぎ》のまゝにてあきれながら尼公《にこう》の背後《うしろかげ》を拝《おがみ》て、「年月《としつき》の撫養《ぶやう》のうへ此一身《いつしん》を賜《たまは》らば外に何の望《のぞみ》あらんや。我平生《へいぜい》心しりの姉妹《あねいもと》あり。かしこにて事をはからん」と、小太郎と共に其家を出、川下《かわしも》の小雪《(こゆき)》が家に行て、「名残惜《なごりをし》まん為に来《きたり》たり」といふ。白妙が寝衣《いぬるきぬ》のまゝ髪《かみ》も梳《くし》せぬを見て小雪大に驚《おどろ》き、「いかにやいかに」といふ。白妙我刀自《とじ》の怒《いかり》つよき動作《ふるまひ》をかたり、やをら梳洗《そせん》《ときみがき》お

一　銀を挺(かずとり)の如く延ばしたもの。旅行の便をはかって変える。
二　「失暁　ネワスレ」(小説精言・二)。
三　原話「嬎児、今日ハ是レ第十日ナリ」。
四　純度の高い銀。「手に水を付て盪したる銀の面に水の滴をふれば、其の滴の痕付て、落花の散かかりたるが如」(安斎随筆・後編三)き紋様ができたもの。
五　原話「今日従良ノ美事、又媽々ノ親口ニ訂スル所ナリ」。
六　妓女が落籍して結婚すること。開巻一笑・乾「娼妓述」に「従良　カタヅキテ」。
七　「親口　クチヅカラ」(小説精言・二)。
八　原話「児モ即刻ニ自尽セン。恐ラクハ那ノ時人財両ラ失ハン」。
九　原話「鴇児、詞ノ以テ対フルモノ無ク、腹内ニ籌画スルコト半晌」。忠義水滸伝解・第二回「半晌　半時バカリ」。
一〇　原話「事已ニ此ノ如シ。…只ダ是レ你去カント要スル時、即今就チ去ケ」。
一一　「恚　フツクム」(神代紀・上)。
一二　原話「公子ト十娘トヲ将ツテ房門ヨリ推シ出シ、鎖ヲ討メ来リテ就チ鎖ヲ落了ス」。
一三　原話「此ノ時九月ノ天気、十娘纔カニ床ヨリ下リ、尚ホ未ダ梳洗セズ。身ニ随フ旧衣ニテ、就チ媽々ヲ拝了スルコト両拝」。
一四　「梳洗　カミユヒカホアラヒ」(小

われば、小雪《こゆき》小袖を取出し白妙にあたへ、二人をかたり慰《なぐさ》め其夜は其所[一五]に宿せしむ。妙こそ田舎人《いなかふど》に具すると聞て、里にある程の諸妓《しよぎ》悉《ことごとく》来て、吉〻利〻《きゝりゝ》[一六]栄耀《ゐやう》など歌《うた》ひ舞《ま》ひ各《をの〳〵》藝《げい》を尽《つく》し酔《ゑひ》をすゝめ、「妙ごぜ風流《ふうりう》[一七]の領袖《つかさ》、従良《かたづき》に其人を得玉へり」と寿《ことぶき》きこゆ。[一八]小雪云、「二人此《こゝ》を去て進退《しんたい》の心得定《こゝろゑさだま》るやいなや」。小太郎云、「老父《らうふ》[一九]近日《ちかごろ》いかりつよく、今又妓《うたひめ》を娶《めと》り帰《かへ》ると聞《きか》ばなんらの様態《(やうだい)》をかなさん。是《(この)》ゆへに尚万全《なをばんぜん》の計《はかりごと》を得ず」。[二〇]小雪云、「父子《ふし》は天性《てんせい》[二一]、豈能終《あによくつい》に絶《たつ》べきや。今倉卒《さうそつ》に其顔《かんばせ》を犯《をか》しがたし。古郷《こけう》近き所に浮居《かりずみ》[二二]して、殿一人先《まづ》かへりてしたしき友に求め、父君《ちゝぎみ》のゆるしを得て後《のち》妙ごぜを迎《むか》へ玉はゞ事安《やす》からん」。白妙聞て、「我口《わがくち》[二三]よりはいゝ出がたきによくぞや」とうれしげなり。扨《(さて)》しもこゝに久しくあらば室《むろ》の木に聞《(きこえ)》て何とかはらあしくのゝしらん。とかくする程に夜も明ぬれば従者楫取《ずさかぢ》「早去《はやさり》なん」と騒《さはぐ》に、小太郎諸《(もろ)》とも船に移《うつ》る。明月《めいげつ》[二四]・雲井《くもい》其外の妓女《ぎじよ》も皆船ばたに手をかけ水に臨《のぞ》んで別《わかれ》をなす。小雪手づから一つの提厨《さげばこ》[二五]を贈《おく》り来り、「二人国に帰り玉へども安身《あんしん》の期《ご》定《(さだめ)》がたし。長途《ちやうど》[二六]のつれ〴〵を慰《(なぐさむ)》る、画軸《ゑまき》・競香《くらべかう》[二七]・翫弄種〻《もてあそびしな〴〵》、是此里衆姉妹《このさとをゝくのあねいもと》の餞《はなむけ》の物此中《このうち》に収《おさ》めおく所なり」。白妙《しろたへ》是を受て謝辞《しやじ》ねんごろに申聞へ、「此所の君達《きみたち》はわれも人も皆さそふ水[二八]にまかせるならひ、わが身はわきてかゝる田舎《いなか》にゆけば、又あふべきと思ふも期《ご》[二九]しがたく、これをかぎりの別れともならん。いづれの君も身のい[三〇]たわりなく、千《ち》とせのせんざいかわらでたのもしげある世をし

一五 原話「月朗、臥房ヲ譲リテ李甲・杜嫩ノ二人ニ与ヘ過宿セシム」。
一六 歌楽歌の題(体源鈔・十)。その冒頭に「ききりり千歳栄(ゐや)」とある。
一七 原話「十姉ハ風流ノ領袖タリ」。
一八 原話では十娘(白妙)が言う言葉。
一九 原話「老父盛怒ノ下、若シ妓ヲ娶リテ帰ルヲ知ラバ、必然加フルニ不堪ヲ以テセン。展転尋思シテ、尚ホ未ダ万全ノ策有ラズ」。
二〇 原話「十娘道フ、「父子ハ天性、豈能ク終ニ絶タンヤ」」。
二一 底本「姓」に作る。
二二 原話「権ニ浮居ヲ作シ」。
二三 原話では杜十娘自身が言う。
二四 原話「乃チ謝月朗、徐素々ト衆姉妹ヲ拉シテ行ヲ送ル」。
二五 「櫝也」(字典)。
二六 原話では「長途ノ空乏モ、亦少シク助クベシ」と金銭を贈る感じを明瞭に出す。
二七 香合せのための香。
二八 「わびぬれば身をうき草の根をたえて誘ふ水あらば去なむとぞ思ふ」(古今集・雑下)。
二九 原話「他日重ネテ逢フ予メ必トスル事難シ」。
三〇 病気。

め玉へ」と、此涙こそいつわりならず。わかれかねたる出船《いでふね》を、[一]もそろ〳〵とこぎ出す。去《ゆく》も留《とゞま》るも浮れめの定めなき身ぞかこたれけらし。

かくて二人は[二]大物《だいもつ》にいたり築紫《つくし》の便船《びんせん》を求め、所〻に風を候《まち》て船中の[三]九日菊《こゝぬか》もなければ、妙が戯《たはぶれ》に一枝《いつし》を画《ゑがき》て其上に賛《さん》の詞さへ[四]男と見ゆ。

[五]解レ印帰来欲レ臥レ家《ゐんをときかへりきたつていへにふさんとほつす》　[六]東籬無レ菊[七]首堪レ爬《とうりきくなくかうべかくにたへたり》
丁寧莫レ索[八]塵中種《ていねいにもとむることなかれぢんちうのしゆ》　恐是路[九]傍媚レ客花《をそらくはこれろばうかくにこびしはな》

安方《やすかた》見るに墨《すみ》がきの霜葉《さうえふ》奇にして白菊とやいはん。「你《なんぢ》自ら謙《けん》して其[一〇]語《ご》画菊《ゑのきく》に及ばず。我是を添《そへ》ん」とて、

[一一]船の上にともなふけふのかひに見る筆《ふで》の露おく妙《たへ》の白菊《しらぎく》

妙吟《たへぎん》じて、「[一二]筆の露いかに珍らしくや。[一三]すがたさへ御製《ぎよせい》めきたり」と笑ふ。日数経《ひかずへ》て周防《すはう》の[一四]室積《むろづみ》にいたり船を下《を》り、「此地こそ[一五]古里の便宜《びんぎ》なれ」と風景ある所に寓居《ぐうきよ》を[一六]点《てん》じて、箱崎《はこざき》の親《した》しき方にひそかにつげやりて、親の気色《けしき》をもうかゞひ聞《きか》せ、晴《はれ》たる日には程近きに遊行《いうかう》し、雨の日はこもりゐて酒のみかたるほどにすこしは我家のこゝちしけり。

こゝに人あり。江口の西なる[一七]柴《くにぎ》の島に[一八]柴江《（しばえ）》酒部輔原縄《さかべのすけもとつな》とて由緒《ゆいしよ》ある浪人《らうにん》、何の[一九]生業《せいぎやう》にか此室積《むろづみ》に数日客寓《たびやどり》しけるが、人家《じんか》の内より白妙が男につれ[二〇]徘回《はいくわい》するを見て、元より旧嫖《きうひやう》《むかしのきやく》の因《ちなみ》ありて、[二一]里にある時は路《みち》の[二二]柳いつも折べく思ひしに、今人《いまひと》に具《ぐ》せられ此田舎《いなか》

一　静々と。「河船の毛々曾々呂々（もそろもそろ）に」（出雲風土記・意宇）。
二　現、兵庫県尼崎市大物町。鎌倉時代は淀川の旧河口にあった港。
三　九月九日の重陽の節句には菊花酒を飲んで悪気をはらった（和漢三才図会・四など）。
四　漢詩は普通、男性の文学とされるが、それを作る処に白妙の雄々しい気性が表われている。
五　官印の環をつなぐ組ひもを解いて、役人をやめること。二人の帰郷に陶淵明のそれを重ね合わせる。
六　陶淵明の「飲酒」第五首「採レ菊東籬下」。船中に菊の無いことを言う。
七　心の落ちつかない様。陶淵明「停雲」第一首「搔レ首延佇」。
八　泥土の中の菊の種。遊女の喩え。
九　開花した菊花と遊女との意を掛ける。転結句は白妙が自己の身元を自嘲したもの。
一〇　賛は画中の菊のすばらしさに言及しない。
一一　「船」と「かひ」は縁語。「かひ」は「甲斐」と「櫂」の掛詞。「妙」も「白妙」と「妙なる」の掛詞。男である小太郎が歌を作るのは、漢詩の白妙とは対照的に、女性的な性格の持主であることを示す。
一二　筆の露とはまた過分のお言葉です。どれほどか珍しい画と御覧になったのですか。
一三　お蔭様で画中の菊の姿も、あなたのお歌同様に素晴しくなりました。

この船中の場面は、原話の、十娘が旅費五十両あるを李甲に示す話と比するに、風雅で銅臭の無い話に変えられた。
一四 現、山口県光市。性空上人が遊女を文殊と拝した伝説(撰集抄など)に由来する峨嵋山普賢寺がある。
一五 郷里に帰るのに近くて便利な土地。
一六 設けて。
一七 現、大阪府東淀川区柴島(くにじま)町。淀川と旧淀川の分流点あたり、淀川の右岸に位置し、中世には淀川の舟運の要地。
一八 「酒部、造レ酒人、賜レ氏云ニ酒部ニ(新撰姓氏録・上)。原話の孫富、字は善賚に当る。
一九 海賊であることを臭わす。
二〇 底本「非」に作る。意改。
二一 遊里。
二二 いつでも。

に下《くだ》りしを見て、俄《にはか》になつかしく[一]本意《(ほ)ゐ》なく、[二]跡《あと》を見とめさするに其所《(その)》まぎるべくもあらず。柴江《しばゑ》いかにもして白妙に[三]たより身の上をも聞《(きか)》まほしく、朝夕に心をつけて其所を立もとふるに、白妙が寓《やどり》より出来《(いできた)》る人こそあれ。柴江是を呼《よび》とゞめて、「申べきことあり」と我《(わが)》知りたる人家《じんか》にいざなひ、「あれなる夫婦の人は足下《そこ》の為にいかなる人ぞ」。「彼者《かのもの》は小人《せうじん》が従兄《いとこ》に侍《はべ》る」。「左あらば用心の為申なり。彼若《かのわか》き人あやまてる人とは見へねども、[四]此際《あいだ》海賊《かいぞく》のかくれすむ多きとて、我も[五]公《をゝやけ》の命《めい》を受ひそかに此所にあつて、海賊をさぐり捕《とら》ゑんが為なり。若き人其心して住《すみ》玉はずば、あやしめられ玉はん[六]笑止《せうし》さに申なり」と[七]つき〴〵しくいへば、此男[八]堅固《けんど》の田舎人《いなかふど》にて[九]頭《かしら》を叩《たゝき》て悦び、「懇志《こんし》を賜《たまは》り如何《いかん》が謝《しや》し奉らん。彼《かの》若きものは[一〇]豊前《ぶぜん》にて[一一]郡領《ぐんりやう》が一子《いつし》候が、召具《めしぐ》せる売女《ばいじよ》だに決絶《けつぜつ》なさば家督《かとく》をも[一二]連続《れんぞく》させなんを、国《くに》なる親は一生対面《たいめん》せなくと勃恚《ぼつけい》《おこる》せるに、小人も[一三]当津《たうつ》に参着《さんちやく》し問《もん》答《だふ》数日に及ぶ。[一四]胆《きも》の細《ほそ》き生得《しやうとく》ゆへ承納《しやうのふ》せるかと見へても決断《けつだん》なし。何とかかまへて女を棄却《あだけ》させ、独身《どくしん》にて帯携《たいけい》《ともなひ》いたし、父の不興《ふけう》を[一五]調《とゝの》へ得させたき」と涙《なみだ》を落し[一六]底《そこ》を傾《かたぶけ》て語る。柴江[一七]仮意《かり》に感《かん》じほめて、「親族《しんぞく》を思ふこと深切《しんせつ》なる主《(ぬし)》かな。女の寄所《(よりどころ)》はおのれ身に負《をひ》て計《はから》はゞ、我[一八]門葉《もんえふ》の内にも妻を授《とら》せるものあれば、いかにもよきよすがさだまらん。我にゆだねてさはりなくば露《つゆ》こゝろをき玉ふな。此事は[一九]内意《い》なれば二人に深《ふか》くつゝみ玉へ」と、柴江が旅店《りよてん》をもかたりて別れぬ。

一 他の男の物になっているのが残念で。
二 原話「乃チ僕者ヲ遣シテ踪跡ヲ潜窺セシム」。
三 縁をつけて。
四 このあたり。
五 官府。鎌倉時代には海賊の検断は諸国の守護が担当した。
六 気の毒さ。
七 捕縛の役人に似つかわしいようにして。
八 実直な性格をいう。
九 額ずいて。
一〇 今の福岡県東部。
一一 大領。→九一頁注三九。
一二 継承させるだろうに。
一三 この港。
一四 小太郎の性格を明示。
一五 おさめさせたいものだ。
一六 心底。
一七 「仮意 イツワリ」(小説精言・二)。
一八 親族一門。
一九 内密の計画。
二〇 原話にはこの人物に相当する者は居ず、以下の離別の勧告も柴江原縄に相当する孫富が言う。
二一 原話「尊大人、位方面ニ居リ、必ズ帷薄ノ嫌ヒヲ厳ニセン」。
二二 原話「平時既ニ兄ノ非礼ノ地ニ遊ブヲ怪シム」。
二三 →九六頁注五。
二四 原話「況ンヤ且ツ賢親貴友、誰カ

此人は和[二〇]多の為重《ためかず》とて安方が母かたの一族《いちぞく》なり。柴江が頼もしくかたり女の授《さづ》け所まではかり聞へけるに一つの力を得て、猶も柴江に問(とひ)はかり、一夜小太郎を我旅亭《りよてい》にいざなひ来り、「いかにもして此事を転《てん》じ玉はずんば、箱崎《はこざき》の家も血脈《けつみやく》たへ不孝《ふかう》御身一人に帰《き》すべし。[二一]尊大人《そんたいじん》平生厳重《げんぢう》なる人にて、[二二]貴方《きはう》の都にて遊興《いうけう》に耽《ふけ》ると聞(きく)さへも愛《あい》を絶《たつ》べき所存《しよぞん》なれば、今女を具(ぐ)して所〻漂流《たゞよふ》と聞なば打斬《うちきつ》ても捨《すつ》べく思(おぼ)さん。一属親友多《いちぞくしんゆうおゝし》といへども、[二三]当時《たうじ》、家勢盛《かせいさかん》なれば[二四]一人として尊大人《そんたいじん》の意《い》を迎《むか》へざるはなし。誰《たれ》か賢兄《けんけい》の為に[二五]袒《かたぬぎ》《みかた》をせらん。[二六]たとへ詞《ことば》を出す人ありとも、尊父《そんぷ》のいかりを見ては、却《かへつ》て其人も賢兄をそしりて退《しりぞ》く事なり。さあれば家業《かげう》を他門の子にゆづりて、賢兄一生故郷に[二七]帰去来《かへんなん》ことかたく、いつはてしなき旅宿《りよしゆく》のたゝずまひ、[二八]長久の計《はかりごと》にか。貯《たくはへ》を空《なく》なし糧《かて》つくるにいたつて進退《しんたい》いかにせらんな」[二九]。小太郎此時手中《てのうち》の物大半費《たいはんつひや》し、行すへいかゞと思ふ折からなれば、覚へず[三〇]点頭《うなづき》て悔《くや》めるさまなり。為かず又いふ、「そも〳〵[三一]婦人は水性丸《すいしやうまろ》くも角(かど)にもなり、[三二]況《いはん》や娼家《しやうか》の女ばら真情《まこと》も一時《いちじ》なり仮意《うそ》も一時なり。彼高名《かのかうめい》の妓女相識《ぎじよちなみ》の人天下に幾《いく》ばく、[三三]或は西国に[三四]ねくろ男ありて、賢兄《けんけい》を仮《かり》にちなみ契帯《つれられ》きたり、余人《よじん》に行(ゆく)の地歩《あしば》とせるも知るべくや。今また、かゝる[三五]尤《けやけ》き婦人を人に托《あつら》へ独居《ひとりずみ》にあらせ、賢兄ばかり家にかへりうしろめたく時を待とも、[三六]軽薄《けいはく》の子弟世上《わかものせじやう》に多し。[三七]俊俏《かしこだて》を[三八]売弄《ふけらか》して心の閉《とざし》をゆるがせ、[三九]言を諾《かしこま》り求めに便りし操《みさを》を撓《たはめ》て折《をら》んとし、[四〇]墻《かき》をこへ隙《ひま》を挨《くゞり》て必《かなら》ず事

尊大人ノ意ニ迎合セザル者ゾ」。
二五 「左袒　ヒダリニカタヌグ」(名物六帖・人事箋四)。
二六 原話「就チ個ノ時務ヲ識ラザル的(もの)有リテ尊大人ノ前ニ進言ストモ、尊大人ノ意思允(ゆる)サザルヲ見テハ、他就チ口ヲ転ジ了ラン」。
二七 陶淵明の「帰去来辞」の第一句「帰去来兮」を、伝統的に「帰んなんいざ」と訓読する(古文真宝・後集一など)。
二八 原話「即使(たと)ヒ山水ニ留連ストモ、亦タ長久ノ計ニ非ズ」。
二九 詠嘆を表わす間投助詞。
三〇 →六七頁注一九。
三一 原話「古ヨリ道フ、婦人ハ水性ニシテ常無シト」。
三二 原話「況ンヤ煙花ノ輩、真少ク仮多シ」。
三三 原話「或ヒハ南辺ニ原旧約有リテ、兄ノ力ヲ借リ、挈帯セラレテ来リ、以テ他ニ適クノ地ト為サン」。
三四 「ねんごろ」の誤記か。
三五 原話「兄、麗人ヲ留メテ独居セシムレバ」。
三六 原話「江南ノ子弟、最モ軽薄ニ工ミナリ」。
三七 「俊俏　ワケシリ」(開巻一笑・娼妓賦)。
三八 「売弄　自慢スルコト」(忠義水滸伝解・第十六回)。
三九 女の言葉を聞き便宜をはかる。
四〇 原話「墻ヲ踰ヘ穴ヲ鑽ルノ事無キヲ保シ難シ」。

を仕出《しで》かさん。[一]色にたわれて家をすて親を離《はな》る浮浪《ふらう》《いたづら》不義《ふぎ》の人は天地の間に立《(たち)》がたきぞ。熟〻《つらく》思ひたどりて善心に回《かへら》せられ」と詞を尽《つく》し説《とく》程に、元よりすなをなる小太郎、理の当然《とうぜん》に伏《ふく》し[二]自失《われをわすれ》てひざをよせ、「是我《これわが》不義なるのみか拙《つたな》きに出たり。今是を免《まぬが》れん計《はかりごと》はいかに」ととふ。「外に計なし。女を他《た》に適《ゆか》しめ独身にして帰られなば、[三]おのれ尊父の怒《いかり》をも申なだめ、無《なく》せし太刀鞍《たちくら》も[四]あがひもどし、女が身もよき計《はから》ひあらん」。小[五]太郎思ひ切たる顔色《がんしよく》にて、[六]「女と是まで昵《ちな》みしこと世の常の間《あいだ》ならねば頓《とみ》に離《はな》るゝ事かたかるべし。少しく[七]其端《はし》を開《ひら》きて彼が有さまを見るべし」と、[八]海山《うみやま》の思ひを胸《むね》にたゝへて、足なみも覚へず寓《やどり》にかへりぬ。

古今奇談《ここんきだん》繁野話《しげ〳〵やわ》第五巻《だいごのまき》上　終

一 原話「妓ニ因リテ家ヲ棄ツレバ、海内必ズ兄ヲ以テ浮浪不経ノ人ト為サン。…兄何ヲ以テ天地ノ間ニ立ツヤ」。
二 原話「茫然トシテ自失シ」。
三 原話では、孫富が李甲に千金を贈り、その金で浪費していなかったことを示し、父の怒りをなだめる、という策を孫富が提案する。
四 「眴、瞚也。阿加不」(新撰字鏡)。
五 原話は「李甲ハ原ト是レ主意没キノ人、本心ハ老子《(ちち)》ヲ懼怕ス」というが、庭鐘は、ここで小太郎がやや男らしい性格に転ずる、と作る。
六 原話「但ダ小妾ハ千里相従ヒヌレバ、義トシテ頓ニ絶チ難シ」。
七 別れ話を僅かににおわせて。
八 無量の思い。

古《こ》今《こん》奇《き》談《だん》繁《しげ〳〵》野《や》話《わ》第五巻下《だいごのまき》

江口の下

[九]婕妤《せふよ》が恨《うらみ》は更《さら》なり。人を待《まつ》を常《つね》とする女の身こそつらしな。[一〇]増《まし》て心細き旅の宿り、白《しろ》妙《たへ》は小太郎が帰り遅《おそ》きに心下《をり》せず。酒を[一一]盪《あたゝめ》て待《まつ》処へ、やをら帰り来りて、其[一二]顔色楽《がんしよくたのし》まず。酒をも飲ず枕につく。白妙寄添《よりそふ》て「何ゆへにや」と問《と》へども、長き息《いき》をつぎて語らず、只睡入《ねいり》にもだへ臥《ふ》す。[一三]白妙心ゆりせず、其動静《ありさま》に心をつけて寝《いね》ず。中夜《ちうや》にいたりて、「今夜和田殿《わだどの》と何をか争《あらそ》ひ玉ふ」と問へば、[一四]小太郎被《ふすま》を擁《いだき》てきと起《おき》、言《いは》んとして言ざること幾度《いくたび》、泪腮《なみだあぎと》につたひながれ声を内に飲《のみ》て胸をさする。白妙いよ〳〵驚《おどろ》き、[一五]小太郎をわが膝《ひざ》に抱《いだき》て言《こと》を軟《やはらか》にして云、「[一六]仮初《かりそめ》に馴《なれ》て二年《ふたとせ》の程は久しきにあらねども、千辛万苦《せんしんばんく》をなめてこゝにいたり、[一七]火にも水にもなりてしたがひ奉らんと心をつくす殿の身の上に悲傷《かなしみ》ありて、いかでしらずして過《(すぐ)》さんや」。小太郎声をふるはし、「逢ひ見しより我を心に卓《しめ》て今日《こんにち》に至《いた》るまでの情《なさけ》わするべきにあらず。我反覆《かへすがへす》これを思ふに、親なるもの厳威《げんい》にして物を容《いれ》ず。你《なんぢ》を具《ぐ》してあらば不《ふ》興《けう》ゆるす時なく、[一八]我と你《なんぢ》と流落《りうらく》して夫婦の偶《あいだ》も保《たも》

九 漢代の女官の称。楽府詩集の相和歌辞、楚調曲に「婕妤怨」があり、趙飛燕姉妹に漢の成帝の愛を奪われた班婕妤の怨情を詠ずる。
一〇 ↓一〇三頁注二九。
一一 「盪酒 サケヲカンセヨ」(唐話纂要・一)。
一二 原話「公子顔色匆々トシテ、楽シマザルノ意有ルニ似タリ」。
一三 原話「十娘委決シ下ラズ、床頭ニ坐シテ寐ヌル能ハズ」。
一四 原話「公子被ヲ擁シテ起キ、言ハント欲シテ語ラザルコト幾次」。
一五 原話「十娘、公子ヲ懐ノ間ニ抱持シ、言ヲ軟ニシテ撫慰シテ道フ」。
一六 原話「妾、郎君ト情交アリテ、已ニ二載ニ及ビ、千辛万苦、艱難ヲ歴尽クシテ、今日有ルヲ得タリ」。
一七 「わが背子は物なおもひそ事しあらば火にも水にも吾ならなくに」(万葉集・四・安倍女郎)。
一八 原話「你ト我ト流蕩シテ、将ニ何クニカ底止セン。夫婦ノ歓ハ保チ難ク、父子ノ倫モ又タ絶ユ」。

ちがたく父子の義《ぎ》も絶《たへ》はてぬべし。今夜《こんや》為かず我を責《せむ》ること理の答《こたふ》べきなく[一]寸心剖《すんしんさく》が如《ごと》し」。白妙聞て一桶《ひとおけ》の水を頭《かしら》よりそゝぐが如く、「左《(さ)》あらば殿の心いかん」。「我と你との間に髪《はつ》を入《(いる)》べきすきまなければ[二]局《きよく》にあたつて手の打べきをしらず。為かず我が為に一計《いつけい》をなす。[三]たゞ你従《なんぢしたが》ふまじきことを恐《をそ》る」。白妙云、「心得《(へ)》ぬことかな。[四]好《よき》はかり事ならば何の従はざることあらん」。小太郎云、「為かず兼て此計《このはかりごと》をなさん為《ため》你の身を安《やす》んずべき縁《ゑにし》を求るに、津国《つのくに》の人《ひと》你を引具《ぐ》して身のよせ所あらしめ、其謝礼《しやれい》として都のはれに[五]持参したる、家伝《かでん》の太刀《たち》刀《かたな》烈祖《れつそ》勇武《ゆうぶ》の宝鞍《ほうあん》、[六]銭《ぜに》にあてたる品々還《かへ》り来るべしと云。我それを持《もち》て国にかへり、老父《らうふ》其遺失《いしつ》なきを見ば不興《ふけう》もゆるすべくやと計《はから》ひ設《もふけ》たり。左あれば你も[七]終身《みのすへ》より所あり。我も父母に帰《き》すること両便《りやうべん》の計《はから》ひなれども、你を棄《すつ》ること忍びがたし」と、かたりもおはらで涙さめ〴〵下《くだ》す。

[八]白妙懐《いだき》し小太郎を[九]合撲《がば》と押《おし》のけて冷《あざ》み笑《わら》ふこと一声《いつせい》、「思はざりき殿《との》かゝる[一〇]英雄《ゑいゆう》の魂《たましい》あらんとは。伝聞《つたへきく》[一一]紅《あか》き払《ほつ》もちたる妓女《まひひめ》よく托《たのむ》べき主《ぬし》を知り、[一二]韓蘄《かんき》王《わう》を卒伍《なみ〳〵》の中《うち》にゑらみむつびし梁夫人《りやうふじん》は、たれも〳〵眼慧《まなこさとし》といふなれど、我輩《わがともがら》のゑらぶ所は多く其堺《さかひ》にあらず。たゞ[一三]温柔混沌《やはらかにきはだゝぬ》人を得て終身《しうしん》の偶《つれそひ》とし、[一四]慇懃《こゝろづかひ》を労《ろう》せず厳重《おごそか》なるを憚《はゞか》らず。[一五]婦女《ふじよ》の古訓《おしへ》ならねども、年来《ねんらい》[一六]川竹《かわたけ》の浪枕《なみまくら》を安《やす》め、下半世《しもはんせい》の[一七]放心《こゝろやり》せんと希《ねが》ふのみ。今や殿の父子《ふし》の義《ぎ》全《まつた》く、[一八]妾《せう》他《た》姓《せい》に帰《き》して身を托《たく》する所あらば、是こそ[一九]始《はじめ》は情《じやう》に発《おこ》り終《おわり》は礼に止《とゞま》る、実《まこと》

一 原話「寸心割クガ如シ」。訳文筌蹄・初編三に「剖」は「サキ開ク義」で「剖開ト連用」し、「割」は「キリ取ルコト」で「割去割取ト連用ス」という。
二 原話「僕、事内ノ人、局ニ当ッテ迷フ」。
三 原話「但ダ恩卿ノ従ハザルヲ恐ルルノミ」。
四 原話「計如(も)シ果シテ善ケレバ、何ゾ従フベカラザランヤ」。
五 晴れの場。
六 原話では「千金」をもって父に会う土産とする。それを刀剣鞍と置換したのは、武門を継承するという大義名分を小太郎に持たせるためである。
七 原話「恩卿モ亦タ所天ヲ得ン」。
八 原話「十娘、両手ヲ放開シ、冷笑スルコト一声」。
九 「撲地 ハタト」(小説精言・一)。
一〇 原話の「郎君ノ為ニ此ノ計ヲ画スル者、此ノ人ハ乃チ大英雄ナリ」を小太郎を形容する言葉に転じて、小太郎が決断力を持つようになったことを皮肉らせた。
一一 明の詹々外史評輯の情史・四「紅払妓」に、紅色の払子を持った一妓が李靖に結婚を申し出、共に出奔した、話が載る。
一二 京口の娼であった梁夫人は、一兵卒と結婚し、金帛を与えたが、夫は宋の中興の名将韓蘄王となった(情史・四・梁夫人)。
一三 →九二頁注一一。
一四 夫に対して過度に心使いせず、その厳格さをも恐れはばからない。
一五 女大学宝箱などの、夫への服従を説く教訓書には背くが。

に両便の策《はかりごと》なり。[二〇]染色《そめいろ》は濃《こき》より淡《うすき》にゆきがたく、人は深《ふかき》より浅《あさき》にゆきやすし。いざゝらば[二一]いさぎよく此はからひを応承《うけがひ》て此便《たより》を取はづし玉ふな。但し其太刀《たち》鞍《くら》する〳〵殿の手におさまりて後、此身《このみ》別人の許《もと》に行べし。[二二]かならず其人に欺《あざむか》るゝことなかれ。わらは今日より君と房《ばう》をわかち、行《ゆく》時に臨《のぞ》んで別《わかれ》を取《とり》参らせん」と[二三]すこしもうれはしげなく、其日より端《はし》の家《や》に閉《とじ》こもり人に面《めん》せず、白日《はくじつ》にも灯《とう》を点《てん》じて机《つくへ》により[二四]法華《ほつけ》を拝写《はいしや》して悶《もん》《もだへ》を遣《や》る。小太郎は為かずに女のうけがひたるよし告《つげ》て、「[二五]快《はや》く事をはかり玉へ」といふ。為かずやがて柴江が旅宿に行てなをも頼みきこへ、「官人《くはんにん》の虚言《きよごん》はあらじと存ずれど、彼《かの》太刀馬鞍《くら》衣服の類は急《きう》に落手《らくしゆ》すべきや」といふ。柴江心中に笑《ゑみ》て、「心やすかれ、人をだに遣《つか》はゞ早速尋得《たづねゑ》てん」と、即時《そくじ》に奴僕《ぬぼく》に好《よく》あつらへて津の国へやりぬ。廿日ばかりの後、「其物《そのもの》皆さぐり得たり」と返り聞《きこ》ゆ。為かず来りて小太郎に「重宝は到来《たうらい》せり」といふ。小太郎[二六]窓《まど》の外《そと》より「其物調《とゝのひ》たり」とおとづるゝ。白妙此時すでに写《うつ》して[二七]譬喩《ひゆ》品《ぼん》にいたり、[二八]不覚不知不驚不怖《ふかくふちふきやうふふ》の句《く》にあたりて筆《ふで》を閣《さしを》き、「迷《まよ》へば[二九]法華《ほつけ》を失《うしな》ひ悟《さと》れば法華を得《う》る。[三〇]五字の題名《だいめい》[三一]八万の字に準《なぞら》ふ。苦《ねんごろ》になんぞ全部《ぜんぶ》を期《ご》せん」と机上《きじやう》に留《とゞ》め置《をき》、外《そと》面《も》のありさまをうかゞひ見るに、為かずは万《(よろづ)》 胸《むね》いたげに打しめりて[三二]ふれまへども、[三三]けつく[三四]小太郎は面色《めんしよく》悦ばしく、白妙が出るを見て外《(ほか)》の言はなくて、「かゝれば我も此所に一日もひとりあられんや。同じ日に帰船《きせん》を促《うなが》さん」と、躍《おど》り走《はし》りて船の設《もふ》けす。柴江も

一六 遊女生活の間の気苦労を安め。川と浪は縁語。 一七「放心 安堵スルコト」(忠義水滸伝解・第一回)。
一八 原話「妾ハ他姓ニ帰ス」。
一九 原話の「発乎情、止乎礼」は詩経・周南、大序の言葉を用いる。
二〇「染者先レ青而後レ黒則可。先レ黒而後レ青則不可」(淮南子・説山訓)。既定事実をひるがえし難い喩え。
二一 原話「明早快快(はや)ク他ヲ応承シ了シ、機会ヲ挫過スベカラズ」。
二二 原話「賈豎子ノ欺ク所ト為ル勿カレ」。 二三 決断力のある白妙の性格を表わす。
二四 妙法蓮華経。
二五「快快 ハヤクト云コト」(忠義水滸伝解・第一回)。
二六 白妙の居室に入れないからである。
二七 法華経の第三品。三界を火宅に喩え、そこから脱れる手段を説く。
二八「衆生は其(諸の苦)のなかに没在して、歓喜し、遊戯して、覚えず、知らず、驚かず、怖れず」。
二九 迷いを覚ますことを説く法華経の主旨を見失う。
三〇 妙法蓮華経の五字。
三一 法華経の字数は六万九千三百八十四字(拾芥抄)。庭鐘は八万字と思っていたか。五字の題名に法華経八万字分の内容が要約されているの意。
三二「振舞ふ」の転。 三三 かえって。
三四 原話「十娘微シク窺フニ公子欣々トシテ喜色有ルニ似タリ」。

跡《あと》にて事の変《へん》ぜぬ為に、女を得ば即日《そくじつ》船を出すべき心にて、「明日はおのれも異所《ことどころ》に去《さ》るなれば女を船へ送《をく》られよ」といゝ遣《や》る。

白妙其夜をこめて[一]灯をてらし梳洗《そせん》して、「今日こそ此一生を托《まか》するはじめ世の常《つね》にあらず」と、[二]脂粉香沢《しふんかうたく》《べにをしろいあぶら》こゝろを用て化粧《けさう》の[三]芬芳《かほり》人を払《はら》ひ、光彩《くはうさい》あたりをてらし天仙《てんせん》のごとく、小太郎が乗船《ぜうせん》よせたりと聞て、小太郎に先《さき》だちて船にいたる。柴江が船も其所によせて数歩《すほ》を隔《へだ》てつなぎたり。為かず小太郎後《おく》れて浜《はま》に来り、為かずは柴江が船にいたり、小太郎は我船に来りて、白妙に顔を向《むけ》かねて背《そむき》ゐたる心の内はいかならん。思ひきや江《ゑ》口《ぐち》を出る時かゝる時の来らんとは。興移《けふうつ》り情哀《じやうおとろ》へ義《ぎ》折《くじ》け恩絶《をんたふ》るにいたりては、行末初《ゆくすへはじめ》に引かへたること世の中に多《を》かんめれ。為かず来りて、「婦人《ふじん》の[四]奩具《れんぐ》《よめりだうぐ》を送り玉へ、それを信《しるし》として謝物《しやもつ》をいたさん」といふ。[五]白妙身辺《そば》なる描金提厨《まきゑのさげばこ》を指《さし》て、「わらはが調度《てうど》此余《よ》なし」と、僕《ぼく》に命《めい》じて隣《となり》の船《ふね》に送《おく》らしむ。柴江すなはち彼太刀《かのたち》鞍《くら》幷《(ならび)》に小太郎が晴着《はれぎ》の小袖《こそで》まで、[六]櫃《ひつ》の蓋《ふた》によそほひ盛《もり》ておくり来る。小太郎見るに我《わが》重宝に紛《まぎ》れなし。やがて女が身のうへの[七]去書《さりぶみ》と取替《とりかへ》てげり。白妙も見覚ある調度《ちやうど》なれども、[八]違《たが》はずやあると小太郎を見やれば、彼《かれ》は只いたゞき〳〵て喜《うれ》しげに見ゆ。白妙船端《ふなばた》に出て柴江が船をまねき、「やがて其船へ参るべきが、今遣《つかは》したる箱の中に小太郎殿の護身《まもり》の香嚢《かうのう》あり。これを戻《もど》し度《(たく)》侍《さぶら》ふ間暫《しばら》くこなたへ」といふ。柴江すきまよりみるに、白妙が艶麗《えんれい》昔に減《げん》ぜず、

一 原話「灯ヲ挑ゲ梳洗シテ道フ、「今日ノ粧、乃チ新ヲ迎ヘ旧ヲ送ル、尋常ニ比スルニ非ズ」ト」。
二 原話「是ニ於テ脂粉香沢、意ヲ用ヒテ修飾ス」。
三 「芬芳、香氣貌」(字典)。原話「香風払々、光采人を照ラス」。
四 「奩具　ヨメイリダウグ」(名物六帖・器財箋五)。
五 原話「十娘即チ描金文具ヲ指シテ道フ」。「描金粉匣　マキエノテバコ」(名物六帖・器財箋四)。
六 「唐櫃の蓋に砂金一蓋入て取らせけり」(義経記・二)。 七 離縁状。
八 原話「十娘親シク自ラ検看ス」。ここは、白妙のいまだに小太郎を気づかうけなげさと、利己的な小太郎の態度を対照する。
九 原話「十娘鑰ヲ取リ鎖ヲ開ケバ、内ハ皆抽替ノ小箱ナリ」。雅遊漫録・
一一「几案」に「抽替　ヒキダシ」。
一〇 原話「十娘、公子ヲシテ第一層ヲ抽キ来リ看セシム」。
一一 先代の白妙。「幾世重ねて其名をば絶ざらしむ」(九一頁)という如く、源氏名を代々踏襲する習わし。
一二 共に架空の歌集の名。
一三 個人による写し。 一四 華夷通商考・五「ジュデヤ、西天竺の西、ハルシヤ国に近し。…唐土にて払林国又は大秦国と云はジュデヤ国の事也」。
一五 「牛頭香、大秦国に出づ。気、麝香に似る」(和名抄・十二)。
一六 「亜剌敢《あらかん》」、日本より海上二千

尚《なを》も愛敬《あいきやう》づきたるに心あがりして何かためらはん。従者に命じて箱をおくりやる。[九]白妙鑰《かぎ》を取出し開《ひら》けば内に抽替《ひきだし》あり。[一〇]先第一層《まづだいいつさう》を抽《ひき》出し、内に冊《つゞり》たる草紙《さうし》二品を小太郎に授《さつ》けて、「是は[一一]去《さり》にし歌よみの白妙が集《あつめ》たる、[一二]古今新集丼《こきんしんしう》に八重垣《やへがき》の[一三]私抄《しせう》、われに記念《かたみ》にとゞめしを今又殿に奉るなり」。「其外《(ほか)》なるは何ぞ」と問ふ。白妙かぞへて云、「[一四]太秦《たいしん》の[一五]牛頭香《ごづかう》、[一六]亜剌敢《あらかん》の[一七]雀脳香《じやくのうかう》、[一八]奇南沈水香《きなんぢんすいかう》、数種《すしゆ》。[一九]九華丹《きうくはたん》、絳雪丹《がうせつたん》、紫霊《しれい》、反魂《はんごん》の霊丹《れいたん》。共に是海上《これかいじやう》の仙薬《せんやく》世の珍《ちん》とする所、今留《とゞめ》て益《ゑき》なし」と海中にざぶと投《なげ》入《(いれ)》たり。為かずも小太郎もあやしみ驚き、柴江も見やりて目を放《はな》たず。白妙第《だい》二層《そう》を引出し紅《こう》と紫《し》の[二〇]包袱《つゝみ》を開けば、[二一]金条環《きんでうくはん》、[二二]八宝器《はつぽうき》、[二三]珊瑚《さんご》の枝を出せる、[二四]瑯玕《らうかん》の[二五]緒絞《をどめ》に琢《みがき》たる、球琳琨瑶《きうりんこんよう》、[二六]火珠《くはしゆ》、琬琰《ゑん〳〵》、[二七]回ゝ《ほい〳〵》の[二八]自鳴鈴《じめいれい》方寸の中に時をひゞかせ、地《ち》中海《ちうかい》の[二九]金銭亀《きんせんき》小合《せうがう》《こばこ》の中に游《をよぎ》て好舞《よくま》ふ。[三〇]燕窩《ゑんくは》の[三一]安達貝《こやすがい》、[三二]扶桑《ふさう》の[三三]瓔附子《あぶりこ》、[三四]鮓答《へいさらばさら》猴玉の類《たぐひ》其数多し。白妙収《おさめ》て袱紗《ふくさ》におしつゝむかと見れば是も海中に投《なげ》入たり。艶《ゑん》なる女の船端《ふなばた》に出てする事なれば、此時[三五]岸《きしの》高きに人多く集り見て、「惜《おし》むべし〳〵」と云も何のゆへかくするともしらず。白妙下《した》の層《かさね》を引出せば内にまた一重《ひとへ》の匣《はこ》あり。其中は上等《じやうとう》の[三六]夜明珠《やめいしゆ》、[三七]火斉珠《くはせいしゆ》、[三八]剣玉《けんぎよく》、[三九]鐙玉《とうぎよく》、[四〇]通天犀《つうてんさい》、[四一]人《にん》魚胆《ぎよたん》、[四二]鳳瑑《ほうてん》、[四三]竜珠《りやうしゆ》、其価定《そのあたひさだ》めがたき種ゝ《しな〴〵》なり。衆人《しうじん》見て皆其珍奇《ちんき》を称賛《しやうさん》す。是をも投《なげ》んかと為かず押《(おし)》へだて、小太郎も熟《つら〳〵》と見て終身《しうしん》の養《やしな》ひ其設《もふけ》あることを知り大[四四]に悔《くや》み、為かずも忙迷《あきれまよ》ふ。

九百四十里、南天竺の内也」(増補華夷通商考・四)。 一七 雀頭香のことか。「雀頭香。江表伝云、魏文帝遣二使於呉一求二雀頭香一」(和名抄・十二)。 一八 「奇南(キャラ)、深山にて枯木自然に朽て洪水に流れて谷水の辺に有を、山民拾ひ取る者を上好とす」(華夷通商考・三)。 一九 和名抄・十二に「五霊丹、…一名九華丹」。以下、反魂丹まですべて同書に載る。 二〇 「包袱フロシキ」(名物六帖・器財箋五)。 二一 金の筋の入った玉製の指輪。 二二 未詳。 二三 枝の多い珊瑚は珍重された(和漢三才図会・六十)。 二四 以下の球琳・琨瑤・琬琰とともに和名抄・十一に一括して挙げられ、「皆美玉名也」と注される。 二五 穴に口ひもを通し、袋・巾着・印籠などの口を締めるもの。 二六 「火精 兼名苑云、火珠。…和名比止流太万」(和名抄・十一)。 二七 「回回国 唐土の西の極より凡八百余里。唐土の西北、韃靼の西也」(華夷通商考・五)。 二八 自鳴鐘。時計。和漢三才図会・十五「自鳴鐘(とけい)」。西僧琍瑪竇有二自鳴鐘一、中設二機関一、毎レ遇二一時一輒鳴」。 二九 「南越志曰、亀甲、一名二神屋一、出二南海一、生二池沢中一、…大如レ拳、而色如レ金」(淵鑑類函・四四〇)。 三〇 アナツバメの巣。「燕窩(えんす)、南海の島石岩の間に白藻を含み来りて巣を造る也」(華夷通商考・二)。 三一 形が女陰に似ているので妊婦に

握らせ、安産の守りとした。竹取物語「燕の子安貝」。
三二 普通、日本のことを言うが、ここでは外国として扱っているようで、異称日本伝・上一の説「扶桑、東夷国名、在二東海中一、…扶桑非二日本一也」と共通する。 三三 きのこの名。腹痛等の薬。和漢三才図会・九十二「恵布里古 ゑぶりこ、生二韃靼地一、其処名二加良不止一、蝦夷島之北界也」。
三四 獣類の腸内に生じる結石。雨乞いに用いた。和漢三才図会・三十七「鮓荅(へいさら ばさら)、生二走獣及牛馬諸畜肝胆之間一、有二肉嚢一裹レ之。俗伝云、猨為二猟人一被レ傷、其疵痕成レ贅肉塊也」。 三五 原話「舟中崖上ノ人観ル者ノ如ク、声ヲ斉シクシテ「惜シムベシ〱」ト道フモ、正ニ什麼ナル縁故ナルカヲ知ラズ」。
三六 原話「夜明之珠」。
三七 「玫瑰、火斉珠也」(和名抄・十一)。
三八・三九 未詳。
四〇 通天犀の角。「角本ヨリ先マデ白、ホソ筋通リテネリ糸ヲ引ケルガ如ナルヲ通天角ト云フ。是水ヲ去ル事三尺ト云ル也」(塵袋・四)。
四一 人魚膏のことか。和漢三才図会・四十九「阿蘭陀以二人魚膏一為二解毒薬一、有二神効一」。
四二 玉に鳳の浮彫を施したものか。
四三 竜のあごの下にあるという玉。千金の値があるという(荘子・天下)。
四四 原話「李甲覚エズ大イニ悔ヒ」。

白妙柴江が船に向ひて声高く罵《のゝしつ》て云、「賤妾《せんしやう》小太郎殿と里を出るまで[一]容易《ようい》の事にあらず。人の[二]愛《あい》を貪《むさぼ》り恩《をん》を割《さく》なる仇人《あだびと》、[三]われ死して神《しん》あらば必ず其人を放《はな》つまじ。その面を見ずといへども今日《こんにち》其有さまを思ふに、[四]芦《あし》もまばらに葉がへすなる[五]茎《くき》の渡《わたり》の辺に、柴江《しばゑ》酒部《さかべ》の輔《すけ》といふ人あり。[六]主《ぬし》づく所領《しよれう》とてもなく何の所徳《しよとく》ありてか家栄《いへさか》へ富て、人の田宅《でんたく》重宝《てうほう》などを質《ち》として利を納《いる》ること年ゞ《とし〲》に夥《おびたゞ》し。時ゞ《より〱》我住《(わがすみ)》し里へも来り遊ぶことあり。人はしらずとや思ふ。此人今公《いまをゝやけ》より求めらるゝ海賊《かいぞく》の張本《ちやうぼん》なる事紛《まぎ》れなし。国ゞ《くに〲》に所定めず常《つね》に経歴《けいれき》すと聞《(きく)》なるが、定めて此比《(このごろ)》此所にや候らん。此太刀《たち》鞍《くら》の早く出来るを以て見れば若《もし》其人ならんか。左《(さ)》ある所に行て下半世《しもはんせい》のやすき事あらんや。[七]今小太郎殿志《こゝろざし》定らず。情《じやう》の[八]方《みさかり》にくじけやすく、行すゑとても頼もしげなきこそうらみてもなをうらめしけれ。[九]里《さと》の姉妹《しまい》の贈物《をくりもの》と仮《かり》に申ぬれども、是こそ年来《らい》顧《かへりみ》の諸君《しよくん》、都鄙《とひ》の客商《かくしやう》の恵《めぐ》み贈《おく》れる百宝《ほう》にて、情人《じやうにん》と終身《すへまで》の生活《やしなひ》とぼしからぬ設《もふけ》なれども、今とゞめて用ゆる所なし。[一〇]我《わが》箱の中に玉あれども情人《じやうにん》の眼中《がんちう》に珠《たま》なし。是皆妾が[一一]薄命《はくめい》の展《のび》ざる所。妾すでに烟花《ながれ》を出ては復《ふたゝ》び[一二]旧《きう》を送《おく》り新《しん》を迎《むかふ》るの念なし。[一三]逢ふことのたへば命もたへなんと思ひし初心《しよしん》にかはらで、[一四]妾は殿にそむかず殿こそ妾にそむけり」。衆人の見る所[一五]小太郎羞《はじ》入つて涙を流《なが》し、白妙にむかひ過《あやまち》を謝《しや》せんとす。白妙推開《をしひら》きて、「此時にいたりて一旦《いつたん》[一六]彼《かの》船《ふね》へ参らで免《のが》るべきやは」と、[一七]宝匣《たまのはこ》を抱《いだ》きて船ばたに出、「さらば其船へ参らん」と深

一 原話「我、李郎ト備サニ艱苦ヲ嘗メ、是レ容易ニ此ニ到ルニアラズ」。
二 原話「戸ノ姻縁ヲ破リ、人ノ恩愛ヲ断ツハ、乃チ我ノ仇人ナリ」。
三 原話「我死シテ知有ラバ、必ズ当ニ之ヲ神明ニ訴フベシ」。
四 「葉がへせしあしもまばらに成りはててくきのわたりはさびしかりけり」(夫木抄・二十六)。
五 摂津国東成郡久岐荘(今の大阪市城東区及び鶴見区)。 六 所有する。
七 原話「郎君相信ズルコト深カラズ、浮議ニ惑フ」。 八 「方 ミサカリ」(書言字考・九)。まっさかりの時に。
九 原話「前ニ都ヲ出ルノ際、衆姉妹ノ相贈ルト仮托ス」。
一〇 原話「妾ノ櫝中ニ玉有レドモ、恨ムラクハ郎ノ眼内ニ珠無シ」。
一一 原話にない表現。楽府題に「妾薄命」がある。 一二 漢国狂詩選・七言律部「笑ニ妓女一」(円機活宝・十一にも)の第七句「迎レ新棄レ旧知多少」。
一三 「あふことのたえば命もたえなんと思ひしかどもあられける身を」(続古今集・十五)。逢うことが絶えるならば命も絶とう。
一四 原話「妾ハ郎君ニ負カズ、郎君ハ自ラ妾ニ負クノミ」。
一五 原話「公子又羞ジ又苦シミ、且ツ悔ヒ且ツ泣キ、方ニ十娘ニ向カッテ謝罪セント欲ス」。
一六 柴江の船に参上しなくてすみましょうか。 一七 原話「十娘宝匣ヲ抱持シ、江心ニ向カッテ一タビ跳ル」。

きかたに向つて跳入《おどり》たり。[一]船中急に救《すく》はんとする時白波滾《しらなみわきかへり》ゝて影《かげ》もなし。正《まさ》に是こそ

[二]盛粧躍レ海目無レ涙《せいさううみにをどつてめになみだなし》　去処侠魂伍ニ緑[三]珠一《さるところけうこんりよくじゆにごす》

此《かく》やいふべき。

[四]傍人《みるひと》皆牙《きば》をかみて小太郎を笑ひのゝしる。柴江も海賊を言《い》ゝあらはされ心驚き、直《すぐ》に船を出し其所を去《さ》り、南海《なんかい》に行んとするに風定らず。[五]大洲《をゝす》の沖《をき》に船がゝりする所に、兼《かね》て海賊柴江を捜《さぐ》る鎌倉《かまくら》の密使《みつし》、国人《くにふど》を役《あき》して船と陸《くが》とに取かこみ、「[六]今の女が指《さし》おしへたる[七]艫頭《へさき》に紅衣《あかきゝぬ》かゝりたる船こそ、召捕《めしとつ》て正《たゞ》せや」と、柴江をはじめ一人も残らず綁《からめ》取りて去りぬ。彼[八]小太郎は船中にあつて大に恥入り、心地くるはしく見へしがきつと悟《さと》りて思ふに、女が深情《しんじやう》にそむきたるは残念なれども、彼《かれ》は浮花《ふくは》[九]の身のうへ、我も若年の浮気《ふき》放蕩《はうとう》、彼は彼が侠《けう》《いきちたて》[一〇]に死し、我はわが僁《さとき》[一一]にかへる。[一二]しりて惑《まど》ふは我ばかりかは。今さら遁《とん》世《せい》などせばいよ〳〵人に笑われん。父の不興《ふけう》を侘《わび》て家にかへるべしと、太刀《たち》刀《かたな》万《(よろづ)》の調度《てうど》、国を出し時のさまにかはらで古郷[一三]にかへれば、為かずも小太郎が為に詞《ことば》をつらね、父正方《まさかた》も何とやらん此冬ゝは年の衰《おとろへ》を覚へて、老《をひ》の坂《さか》には騏驥《きき》[一四]も瘏《なや》[一五]み、恋《こひ》[一六]の山には孔子《くじ》も倒《たをる》べく、男《せがれ》が若きしはざ、一旦《いつたん》のいかり解《とく》るのみか上国《かみがた》の人になれて俗情《ぞくじやう》に疏《うと》からぬを悦び、やがて家務《かむ》をゆづり司《つかさ》を知らしむ。

扨岸《きし》の惣官成双《さうくはんなりつら》は、小太郎が其後信《たよ》りなきをいかゞと思ふ内、我も国に帰るの期《とき》きた

一 原話「衆人急ニ呼ビテ撈救セントスルモ、但ダ見ル雲江心ニ暗ク、波濤滾々トシテ、杳トシテ踪影無シ」。 二 美しく粧った白妙は涙も見せずに海に入水した。その意気地を立てた魂は冥土で緑珠と肩を並べよう。 三 晋の富豪石崇の愛妾。彼女に横恋慕した孫秀が石崇を捕えようとした際、緑珠は楼より墜死し、貞節を守った(蒙求「緑珠墜楼」、情史・一「緑珠」)。 四 原話「当時旁観スル人、皆牙ヲ咬ミ歯ヲ切バル」。 五 現、愛媛県大洲市。 六 白妙の亡霊が指示した、と設定している。 七 「舟頭」(字典)。 八 原話「李甲舟中ニ在リテ、…終日愧悔ス」。 九 あだ花の如くはかない遊女。 一〇 情人を庇護し操を立てる白妙の性格を示す言葉。 一一 「慧利」(字典)。 一二 遊女との交情に溺れるべきではないことを知りつつも、なお溺れる。 一三 原話では李甲は狂疾となり終生癒えないが、小太郎は帰国して家を継ぐ。そこに遊女への背信にいつまでも懊悩するな、という作者の教訓が込められている。 一四 千里を行く良馬。「騏驥之衰也、駑馬先レ之」(戦国策・斉策)。 一五 詩経・周南・巻耳「我馬瘏矣」。伝に「瘏、病也」。 一六 聖人も恋には誤つ。「恋の山には孔子の倒れ」(源氏物語・胡蝶)。 一七 水にもぐって捜す。原話「漁人ニ覓メテ打撈セシム」。 一八 原話「乃チ是レ個ノ小匣児ナリ」。 一九 以下、

りて大物《だいもつ》の岸《きし》に船に移りたるに、さし添《ぞへ》の少刀《せうたう》を水に落したり。小物《せうぶつ》なれども家の伝来《でんらい》、取あげて得させよと漁人《ぎよじん》をやとひ[一七]撈《かづか》せけるに、さし添の外に[一八]一つの箱を取あげ、是倶《とも》に此殿の落せし物なりと思ひてさゝげたり。成双いかなるぞと開らき見れば、皆[一九]夜光珠《やくはうしゅ》の類にして、[二〇]一角魚胆鳳瑑竜珠《いつかくぎよたんほうてんりやうしゅ》名《な》をしるす所皆無価珍宝《あたひしれぬちんぽう》なり。彼漁人褒美《かのぎよじんほうび》の酒に酔《ゑひ》て、成つらが前に額《ぬか》づき、[二一]其様《さま》女の動作《ふるまひ》し、「我は江口の白妙也」とて、小太郎が[二二]始終《しじう》を遂《とげ》ざると柴江が悪心をかたり、「むかし我《(われ)》小太郎殿の心を見ん為に半金《なかばのかね》を求めしめたるに、君わらはが真情《しんじやう》をさとりて速《すみやか》に其数《かず》をそなへて事成就《じやうじゆ》せしめたり。此恩を謝《しや》せん為いま[二三]漁人に托《たく》して百宝《ひやくはう》を致《いた》す。聊《いさゝか》美《び》意《ゐ》に酬《むく》ゆ」とかたりて跡《あと》は詞《ことば》つゞかず、女の様体《やうだい》なく他事《たじ》をなん酔言《すいげん》しける。成双《なりつら》[二四]白妙が霊《れい》なることを知て宝貨《はうくは》をうけ収《をさ》め、[二五]水陸《すいりく》《せがき》を設け供養《くやう》して幽魂《いうこん》を慰《い》しける。[二六]痴《ち》ならざれば情《じやう》にあらず死《しせ》ざれば侠《けふ》にあらずとは[二七]情義《じやうぎ》を鼓吹《こすい》《はやす》するのことば、両人が身によく当れり。世の[二八]風月《ふうげつ》に遊ぶもの此一篇《いつぺん》を[二九]看破《みひらき》て、情《じやう》のある所興《けう》[三〇]のとゞまる所を知らば、人の笑ひを惹《ひか》ぬ戒《いましめ》とも成《(なり)》なんかし。

⑨ 宇《う》佐《さ》美《み》宇《う》津宮《つのみや》遊船《いうせん》を飾《かざつ》て敵《てき》を討《うつ》話

[三一]南朝[三二]中務親王《なかつかさしんわう》の御子《(みこ)》[三三]兵部卿《(ひやうぶきやう)》尹良《たゞよし》親王は、[三四]遠州《ゑんしう》にて御誕生《たんじやう》あり。後に[三五]吉野へ参り玉ひ

前出の白妙が海に投じた宝物と対応する。　二〇 前出の通天犀と人魚胆。
二一 漁人に女の亡霊が憑く構成は、夢幻能の趣がある。　二二 愛情を貫徹しない。原話「意ハザリキ事ニ終始無シ」。　二三 原話「早間曾テ小匣ヲ以テ漁人ニ托シテ奉致セシメ、聊カ寸心ヲ表ス」。　二四 原話「方ニ十娘ノ已ニ死スルヲ知リテ」。　二五 施餓鬼会。水陸の生きものに飲食を施す法会。
二六 情史・十四「杜十娘」に「女不レ死不レ侠、不レ痴不レ情」。「痴」は、一途なこと。　二七 愛情と貞節。
二八 →九〇頁注一三。
二九 趣意を洞察して。「看破 ミカギル」(唐話纂要・一)。　三〇 遊興をほどほどに止めるべき境地。
三一 延元元年(一三三六)から元中八年(一三九二)まで吉野に置かれた大覚寺統の朝廷。後醍醐天皇に始まり、後村上・長慶を経て、後亀山天皇の時、北朝と合体した。が、その後も残党が皇胤を立てて吉野の奥に後南朝を設け、抵抗運動を六十余年持続させた。　三二 尹良・良君の伝を「大橋家伝説」に基いて記した兵家茶話・三(写本・日夏繁高編)に、「後醍醐天皇第八宮妙法院尊証親王、御還俗有て一品中務卿宗良親王と申奉る」。
三三 「其御子兵部卿尹良親王は、遠江国井谷が館にて御誕生…後、大和の吉野へ移り給ふ」(兵家茶話)。以下、「兵家茶話」に基く記述が続く。
三四 今の静岡県。　三五 奈良県吉野郡。

て[一]元中《げんちう》三年大将軍を賜り、[二]応永《をうゑい》四年新田《につた》・原田《はらだ》・桃井《もゝのゐ》其外《(そのほか)》の宮方《みやかた》相議《ぎ》して[三]上野国《かうづけのくに》に迎《むか》へ奉り、[四]岡本《おかもと》・山川《やまかは》十一家の人ゝ供奉《ぐぶ》し、[五]駿河国《するがのくに》富士《ふじ》が谷田《たにた》貫《ぬき》次郎が館《たち》に入《いら》せられ、よつて宇津《うつ》の親王と呼《よび》奉る。此《(この)》田貫が女子《(むすめ)》は[六]新田義助《よしすけ》の妻室《さいしつ》なりしかば、其好《よし》みによるうへ、[七]富士十二郷《がう》の諸士《しよし》脇屋殿《わきやどの》の旧好《きうかう》を存じて味方に参り守護《しゆご》し奉る。同五年[八]甲州《かふしう》武田《たけだ》右《う》馬助館《まのすけたち》に入らせ玉ひ、それより[九]上州《じやうしう》寺尾《てらを》の城に移り玉ふ。其《(その)》間《あいだ》合戦度《ど》ゝ《ど》におよぶ。[一〇]同三十年寺尾《てらを》には御子[一一]良王《よしきみ》を残《のこ》し置、御身は信濃国《しなのゝくに》宇野《うの》六郎が城にうつり、其翌年《よくねん》[一二]参河国《みかはのくに》足助《あすけ》に移《うつ》らせ玉ふ。道中[一三]並合《なみあひ》の大河原《おゝかはら》にて、飯田《いゝだ》太郎・駒場《こまば》次郎、三百余騎《よき》にて待請《まちうけ》、不《ふ》意に出て支《さゝ》へ奉る。[一四]宮方命をすてゝ戦ひ、飯田・駒場を打取けれども、味方に[一五]原田・羽川《はねかわ》・熊谷《くまがへ》を始め廿五人討死《うちじに》して士卒も散《ちり》〴〵になり行ければ、[一六]宮のがれがたしと思《(おぼし》召《めし)》て[一七]在家《ざいけ》へ入らせ玉ひ火《ひ》を放《はなち》て御生害《しやうがい》あり。

　其後は良王《よしきみ》も寺尾に御座堅《かた》まらで[一八]桃井が[一九]落合《をちあい》の城に移り玉ふ。其折節《をりふし》[二〇]尾州《びしう》津《つ》島《しま》[二一]大橋何《なに》某《がし》は[二二]尹良王《いんりやうわう》の姻属《いんぞく》なれば、此方《(こなた)》へ入らせ玉へと申《(まうし)》こさる。各《おの〳〵》相議《ぎ》して道の便宜《びんぎ》をゑらみ甲斐《かひ》・[二三]信濃《しなの》を歴《へ》玉ふ所に、[二四]去《さんぬ》る比討《ころうた》れし飯田が一族《いちぞく》、兄を討れたる駒場三郎、供養《きやうやう》の軍《いくさ》せんと多勢《たぜい》をそろへて襲《をそひ》奉る。[二五]桃井貞綱《さだつな》ふみとゞまり討死しける。良王《よしきみ》其ひまに落のび玉ひ[二六]笛吹峠《うすいとうげ》を過させ玉ふ。此所にて[二七]敗卒《はいそつ》等追つき、又追ゝ御加勢として来《(きた)》る[二八]人数《にんじゆ》ありて二百斗《(ばかり)》になりぬ。かゝる所へ津島大橋氏より御迎として、[二九]常川信矩《つねかはのぶかた》二百の人数にて

一 南朝の年号。一三八六年。
二 一三九七年。「新田・小田・世良田・桃井、其外宮方与力の人々相議して…尹良を上野国に迎ひ奉る」(兵家茶話)。世良田を原田と改めたのは、世良田が徳川氏の出身地の名であるからだろう。 三 今の群馬県。
四 「大橋・岡本・恒川・山川・堀田・平野・服部・鈴木・真野・光賀・河村十一等の人々供奉す」(兵家茶話)。
五 今の静岡市宇津ノ谷(ﾔ)。
六 新田義貞の弟。脇屋を姓とした。
七 和名抄・六・駿河国富士郡に記される郷は、九郷。後に柏原を加えて十郷となる。ここで十二郷とするは兵家茶話に基く。 八 甲斐国。今の山梨県。 九 上野国。「十一等を始て上州の宮方守護し奉り、昼夜となく十五年が間合戦止事なし」(兵家茶話)。
寺尾は信濃宮伝(兵家茶話所収)では「新田庄寺尾郷」と記される。
一〇 「信濃高野六郎頼憲が城へ尹良移らせ給ふて」(兵家茶話)。庭鐘の拠った本には「高野」を「宇野」に作っていたろう。 一一 異本たる浪合記には、母は世良田右馬助政義の女、上野国寺尾城にて誕生とある。
一二 現、愛知県東加茂郡足助町。「其八月、宮は参河国足助へ移らせたまふべしとて」(信濃宮伝)。兵家茶話では翌年八月十五日、尹良は信濃大河原で生害した、とする。
一三 現、長野県下伊那郡波合村。「飯田太郎・駒場小二郎・伊奈の四郎右衛

来り合《(あは)》せければ、味方も生《いき》出たる心地す。[三〇]是を聞て駒場・飯田も[三一]上杉《うへすぎ》・今川に告《つげ》て加勢を乞《こ》ひ、其通信《おとづれ》をまち軍を団《まとめ》て[三二]ためらひける。上杉今にも寄《よ》すべきとの風聞《ふうぶん》に、宮方は早く間道《かんだう》より津島に立越《たちこへ》んといふ人のみ多かりしに、[三三]宇津宮藤綱《うつのみやふじつな》衆人《しうじん》にむかひていふやう、「扨《(さて)》もかく打《(うち)》つゞきて身かたの為によき事は出来《いでこ》で、[三四]先公《せんこう》の御難《ごなん》以来楯《たて》と頼《たの》みし原《はら》田《だ》・桃井忠死《もゝのゐちうし》あり。[三五]新田義則《よしのり》入道行《(ゆく)》ゑしれ玉はず。味方の大事此時に迫《せま》りたり。しかるに是迄の合戦《かつせん》のやうを見るに、道の間は只《たゞ》のがれん〳〵とのみ心得《(へ)》て、敵《てき》を打べき[三六]道理をなさず、残念《ざんねん》のことに存《(ぞんず)》るなり。今日此所を逃《にげ》まどふて津島にゆかば、官《くわん》軍を見あなどり、道のあいだにも敵おこり石の卵《たまご》を圧《をす》思ひをなし、たやすく責よせて、[三七]合力《かふりよく》し玉ふ大橋殿まで[三八]損《そん》付るのみか、其末は移《うつ》し奉るべき所も覚へず。さらば其時戦ずしてやむべきか。斯《かく》行先も〳〵受太刀のみになりて此方より打《(うつ)》手なくては、ついに[三九]受はづして口惜き負《まけ》をするものなり。今度は君を[四〇]御迎ひの人に[四一]供奉《くぶ》させ先へうつし参らせ、[四二]此面ゝ辺《(あた)》り近き所縁《ゆかり》を募《つのり》て勢をかり、飯田・駒場が居所へ攻《せめ》よせるこそ[四三]遥《はるか》なれ。[四四]慕《した》ひ来《(きた)》らば便りよき所に待うけて彼に当り、十分の勝を得ずとも[四五]互格《ごがく》の戦ひならば大《(おほい)》に敵の気を折《くじ》くべし。並《なみ》合の軍《(いくさ)》は味方に戦ふ志なく、敵は[四六]案内の地に不意《い》を打て我軍を苦めたり。あらかじめ其心して戦はゞ、此藤綱においては十に五つは勝《(かつ)》べし。十に十は互格《ごかく》の軍《(いくさ)》せんと思ふなり。諸君も賢慮有《けんりよあれ》かし」といふ。何《(いづ)》れも[四七]軍機《き》に馴《なれ》たる歴ゝ《れき〳〵》なれば皆尤《(もつとも)》と同《(どう)》じ、「去《(さる)》に

門等、二百余騎にて待請け参らせ」(信濃宮伝)。 一四「御方にも八拾余騎命をおしまずふせぎ戦ひ、飯田・伊奈を始め十二三人打取ける」(信濃宮伝)。 一五「世良田大炊助義秋を始め、羽川安芸守景庸・熊谷弥三郎直近等以下二拾五人討たれければ」(信濃宮伝)。注二一の世良田も本文では原田に変えられている。 一六 信濃宮伝による記述。 一七 民家。 一八「正長元年四月、良王、寺尾城を避て、下野国落合城に移り給ふ。是は桃井伊豆守貞綱が城也」(兵家茶話)。 一九 今の栃木県河内郡上三川(かみのかわ)町の内。 二〇 今の愛知県津島市。「良王をば尾州海辺郡津島へ遷し奉らん」(兵家茶話)。 二一「大橋参河守貞省」(信濃宮伝)。 二二 大橋貞省の二男信吉の母は尹良の御妹桜子であるという(兵家茶話)。 二三「既に信濃並合に至りしに」(兵家茶話)。 二四「去ル応永三十一年八月十五日、尹良御生害の砌、一宮伊与守助長に討れし飯田太郎が一族、桃井右京亮宗綱に討れし駒場小次郎が弟共、良王を襲奉る」(兵家茶話)。 二五「翌二日、政義・貞綱等主従廿一騎、震戦て皆悉く討死しける」(兵家茶話)。 二六 碓氷峠。上野(群馬県)と信濃(長野県)の堺にある。 二七 良王方の兵卒。 二八 →七八頁注一一。 二九 別の信濃宮伝に、応永三十一年、浪合から三河へ良王と同行した兵士の一人として恒川左京亮信矩の名が

見える。
三〇 以下、兵家茶話、浪合記、信濃宮伝から離れた虚構になる。三一 兵家茶話に尹良王を柏坂で襲う者として見える上杉三郎重方をあてていよう。今川の名は信濃宮伝に「古良。今川」とある。三二 様子をうかがう。三三 兵家茶話に「上州寺尾より供奉し来る士」として「宇都宮三郎兵衛藤綱忠」の名が見える。藤氏を諱の一部に転じたか。三四 尹良親王。
三五 浪合記に、応永十九年六月七日、新田相模守義則が底倉にて木加彦六左衛門尉入道秀澄に討たれることを記す。底倉記などでは普通新田義隆のこととする。三六 それにふさわしい工夫。三七 加勢する。「合力 カフリヨク」(易林本節用集)。
三八 被害を与える。三九 敵の攻撃を受けそこなって。四〇 常川信矩主従。四一 お供させ。「供奉 クブ」(易林本節用集)。四二 我々一同は。四三 はるかにまさっている。四四 追って来たら。四五 互角。四六 よく知っている。四七 戦いの微妙なかけひき。

ても今川の勢駒場を助くるといふなるをいかゞして防《ふせ》がん」と云《(いふ)》。[一]宇佐美《うさみ》左衛門定輸《さだもと》進《すゝん》で云、「是は味方を二手に分て、一手は今川をおさへこらへるあいだに一手は駒場を追かへさん。此小勢《こぜい》二つに分ちがたければ、皆〻旧識《きうしき》智音のかたに乞《こひ》て人数《じゆ》をかり玉はゞ百二百無《(なき)》ことはあらじ」と判《はん》[二]じければ、諸士《しよし》面〻親疎《しんそ》[三]をかんがへ[四]近き所に人はしらかし、「今こそ君の御大事なれ。年来の恩遇《ぐう》に合力《かふりよく》して玉はれ」と十七家の人〻より触《ふれ》たりければ、[五]由緒厚《ゆいしよあつ》きかたよりは即時《そくじ》に加勢来りぬ。其外家人《けにん》持たるものも物騒《ぶつそう》の時節家僕《かぼく》乏《とぼ》しくは[六]かゞ〱しからねども、かれは弓をこそ能《(よく)》引け、これは[七]場数《ばかず》見たりとてこす[八]が中にも、鎧《よろひ》なきは鎖《くさり》かたびらに[九]布袴《ぬのばかま》の[一〇]せきひもむすび、馬に乗たるは少《すくな》く人並《ひとなみ》に軍《(いくさ)》すべきもの数[一一]の半《なかば》なり。其外[一二]新田殿昔日《せきじつ》のちなみを思ひ、聞伝へに招《まね》かずしてはせ来るものかれこれ二百人に充《みて》り。残軍《ざんぐん》を合せて五百人にはやなりぬ。

[一三]軍配《ぐんばい》は宇佐美《うさみ》・宇津宮《つのみや》両人執《とり》玉へと衆儀《しうぎ》[一四]定り、扨今川は大勢《(おほぜい)》なれども是を押《(おさ)》ゆるはゆ[一五]るやかなり。駒場は小勢《(こぜい)》なれども大事の軍なり。両軍師《りやうぐんし》は只「其むづ[一六]かしきかたを我うけ玉はらん」とはげ[一七]まるゝによつて、両将鬮《くじ》をとりたるに、宇佐美北[一八]のかたに向ふべきに極《きはま》りて三百を授《さづか》る。[一九]桃井利貞《としさだ》両将に談《だん》じていふ、「此対陣《たいぢん》[二〇]敵の気[二一]を奪《うばふ》ばかりなれば、兎角《とかく》に人を損《そん》ぜぬ工夫ありたし」といふ。両将も「其旨に候」と、宇佐美定輸《さだもと》即日《そくじつ》出馬に臨《のぞ》み、宇津宮にむかひて、「戯《たはぶれ》に似《に》て事古《ふり》[二二]たれ共《(ども)》勝利《しやうり》のための必竟《ひつきやう》[二三]と

一「上州寺尾より供奉し来る士は宇佐美左衛門平定輸」(兵家茶話)。 二 対処法を明らかにする。 三 自分に親しい者とうとい者との区別。 四 近辺にいる親しい武士。 五 中務親王や尹良親王の知遇が厚かった武士。 六 あまり信頼に答えられないが。 七 戦闘経験が多い。 八 兵をやる。 九 布製のゆるやかで長大な、裾口(すそぐち)に紐を通して膝下や足首を結び、走りまわるのに便利にした袴。指貫(さしぬき)。奴袴(ぬばかま)。 一〇 膝下や足首をくくるひも。「せき」は「塞き」の意か。 一一 集まった人数。 一二 南朝の名将新田義貞とその一族。舞台の碓氷峠の近辺は新田氏のかつての勢力範囲。 一三 軍の指揮。 一四 衆議。 一五 比較的容易である。 一六 駒場の軍勢を指す。 一七 勇猛心を競争しあう。 一八 後文から考えると、今川方。 一九 この人名は浪合記にも信濃宮伝にも見えぬ。 二〇 対戦。 二一 戦意を喪失させることだけが目的であるから。 二二 事例は古いものではあるが勝利を導いた例であるから、その事例に倣ってみよう。諸葛亮と周瑜は曹操の水軍を破る計を互いに同時に手の中に書き、それから各自の手を見せたところ、いずれも火と書いてあった。その通りに、後に曹操軍は火攻されて大敗する(通俗三国志・十九「孔明計伏二周瑜一」、三国志演義・第四十六回)。 二三 勝利のための最も必要な要素を。

する所互《たがひ》に書《かき》て取かへ見んはいかゞ」。藤綱「尤《もつとも》」と畳紙《たゝふがみ》に書付れば、定翰《さだもと》も畳紙取出し、一字をうつして取かわし一時に開き見れば、藤綱は勢《せい》の字を書たり。定翰は天の字あり。藤綱云、「是軍機《ぐんき》の秘《ひ》なれば[一]六耳《ろくじ》《ふたりがほか》に伝ふべからず。[二]下に一字を添《そへ》て問奉るべし」。宇佐美、「実〻《げに〱》」といゝて、藤綱が勢字の下《した》に[三]張《ちやう》の字を書添《かきそへ》てもどしければ、藤綱は定翰が天の字の下へ[四]便《べん》の字を添てかへしぬ。両将顔を見合せ、「いかにも」と[五]点頭《うなづき》、馬上の礼義して出立けり。

かくて[六]今川兵五助《ひやうごのすけ》は駒場が後詰《(ご)づめ》せんと、すでに[七]塩尻《しほじり》を越《(こゆ)》る所に物見かへりて、「東の山ぎわに南軍《なんぐん》と見へて[八]其勢は林にそふて多少はかりがたし」といふ。今川聞て、「それこそは宮がたの宇佐美なり。百騎にも足《たる》まじきを、林によりて限り見せじとするこそ[九]可笑《おかし》けれ。他《かれ》らに押へられて此《こゝ》にためらふべき[一〇]弓矢にあらず。一時に打つぶして通れや」と、五百余騎を推《をし》出して敵近くにいたり、[一一]吶喊《をめきさけん》で戦をいどみけるに、宇佐美は戦《(たたかは)》んともせず、一騎《き》ものこらず後《うしろ》の山に取のぼり、元より案内見つくしたる陣所《ぢんしよ》なれば、備《そなへ》を[一二]鳥雲《てううん》にたて、こゝかしこ便りよき所に射手を出し[一三]素引《すひき》してあだやを放《はな》さず。大将山の小高き所にありて敵味《てきみ》かたを見くだし、小旗《こはた》を動《うご》かし指揮《かけひき》す。道は大木を倒《たを》して塞《ふさ》ぎとゞめ、[一四]山に向はゞ大石を転《まろ》ばさん結構《けつかう》なれば、今川方[一五]陣脚《ぢんきやく》をしりぞけて、[一六]弓の手を敵間《てきあい》ちかく[一七]はたらかせ射させけれども、巌石《がんぜき》に楯《たて》をかきつゞけて事ともせず。近よ

一「六耳不二同謀一。漏泄了也。六耳、三人也。三人則謀不二成就一也」（宗門方語）。
二 二人が違った語を書き、しかもその下にまた一語を添える点が通俗三国志と異なる所。
三 勢いを張れ、即ち気勢を強くもりあげて敵に位負けするな、の意。
四 天の便、即ち天命の便宜が得られれば勝てる、の意。
五 →六七頁注二九。
六 兵家茶話、浪合記、信濃宮伝に見えぬ、烏有道人。以下の、宇佐美の攪乱戦法は、水滸伝・三十四回、花栄が秦明を押える戦法に学んだか。
七 今の長野県塩尻市。
八 軍勢の配置。張飛は二十騎の軍勢を林に入れ、塵埃を蹴立てて往来させ、多人数に見せかけた（通俗三国志・十七「張飛拠ㇾ水断ㇾ橋」、三国志演義・第四十二回）。
九「可笑　ヲカシイ」（唐話纂要・一）。
一〇 我が兵力。
一一「一斉吶喊　一同ニトキノコエヲアゲル」（唐話纂要・二）。
一二 陣勢の名。「鳥雲ノ陣ト申スハ、マズ後ニ山ヲアテ、左右ニ水ヲ境フテ、敵ヲ平野ニ見下シ、我勢ノ程ヲ敵ニ見セズシテ、虎賁狼卒（強兵）替ル〲射手ヲ進メテ戦フ者也」（太平記・三一・笛吹峠軍事）。
一三 弓に矢をつがえないで試みに引き、敵を威嚇すること。
一四「上面ノ擂木礟石灰瓶金汁、嶮峻

る者を見ては楯のかげより矢比《やごろ》[一八]に射ておとすにぞ衆軍《しうぐん》ためらひてよりつかず。宇佐美は後《うしろ》より吹深山《ふくみやま》おろし味方のしのぎかねるを見て、「暮なば風に背《そむき》[一九]て陣がへすべし。石壁《せきへき》の下に風をよぎてこらへ玉へ[二〇]」と云なぐさめ、暮にいたる程いよ〳〵風はげしきを見て、元より味かた風かみ[二一]に陣せし事なれば、足軽《あしがる》を下知《(げぢ)》して敵ちかく走りまわり、根笹管原《ねざゝかやはら》に火をさしたり。たちまち火さかんにひろごり敵のかたに焼《やけ》かゝる時、宇佐美下知して楯《たて》をたゝき岩ほ[二二]をうちて喊《とき》をどつと上たりければ、今川方火に気をとられ色めけども、大将物馴《ものなれ》て少《(すこし)》も慌《さわ》がず。「敵は焼打《やきうち》にせんと議《ぎ》すらん。逃《にげ》んとせば此陣《ちん》忽ち破《やぶる》べし。出て敵をむかへ合戦せよ」と衆《しう》をはげまし先《さき》にすゝんで管《かや》をなぎすて火をふみこへて敵にむかひたるに、喊《とき》の声聞へしばかりにて敵壱人も見へず。遥《はるか》むかふに敵の引なる把火《たいまつ》[二三]のひかりあり。「扨こそ敵はこれを塩《しほ》にして引ぞ、追打《をひうち》にせよ」と、大木を引のけ踏《ふみ》こへはやる人数を今川とゞめて、「かゝる険地《けんち》《なんじよ》にて敵のかゝらぬは迂活《うくわつ》[二四]に此方《こなた》よりかゝるべからず。追はゞ用心して進《すゝ》むべし」と一町ばかり行《(ゆく)》所に、吹来る風[二五]諸勢《しよぜい》の眼《まなこ》に入りて痛《いたみ》さすが如く眼を開きがたし。面ゝ手を顔《かほ》にあて痛を喚《さけび》て進《(すすみ)》かぬる所に、宇佐美が勢両方より出て究竟《くつきやう》[二六]の歩《かち》武者《しや》切尖《きつさき》をそろへて切てかゝり、暗号《あいことば》[二七]を定《(さだめ)》て働《はたら》けば、今川勢心ならずひらきなびき、「敵は順風揚毒《じゆんぷうやうどく》の計《はかりごと》を用ひしぞ。一先引《ひとまづひけ》や」と大将先《さき》に立て引《(ひく)》程に、士卒《しそつ》踏《ふみ》とゞまるものなく、散《さん》〳〵に仕《し》[二八]つけられ頭《かしら》だつものも多《おゝく》うたれぬ。宇佐美兼て小[二九]

ノ処ヨリ打将テ下シ来ル」(水滸伝・三十四回)。
一五 軍勢の居る地点。
一六 弓を射る一隊。
一七 進め動かさせ。
一八 矢を射当てるのに程よい距離に入ると射落すので。
一九 風下にまわって陣を変えよう。
二〇 よけて。
二一 以下、今川が反攻するまでの話は、晋将苻彦卿が契丹から火攻めされた時、楽元福の勧告によって却て勇を出して反功し、契丹を破った話(智恵鑑・八・十三)に拠ろう。
二二 「巌 イハホ〔爾雅〕山厓之高曰レ巌」(書言字考・一)。
二三 →五八頁注一二。「山上ニ八九十ノ把光ノ光有リ、呼風唿哨《(くちぶえ)》シ下シ来ル」(水滸伝・三十四回)。
二四 迂闊の誤り。
二五 この戦法は、銭傅瓘が順風に灰をあげたり、楊璇が順風を利して石灰をまいた戦法(智恵鑑・八)を粉本とする。
二六 屈強に同じ。中世の軍記物語では究竟と書くことが多い。
二七 「暗号 アイコトバ」(名物六帖・人事箋三)。
二八 やっつけられ。
二九 ここの戦法は、孔明が、狭い道の両側の蘆茅を燃やして敵を襲った話(通俗三国志・十六「孔明博望坡焼レ屯」)などを参考にしていよう。

高き所こゝかしこに積《つみ》置たる柴《しば》を焼《やき》あげたれば、白昼《はくちう》のごとく険道《けんだう》をてらし、士卒《しそつ》を指《かけ》揮《ひき》して斬《きつ》て落したる敵どもをはしりまわりて験《しるし》[一]を取らせける。敵六十余人を打取て、「うれしや一石《いちこく》にあまる胡椒番椒《こせうばんしやう》《とうがらし》[二]、[三]よき価《あたひ》を求めて売たり」と、どつと大笑して凱陣《がいぢん》しける。

こゝに宇津宮藤綱は、良王《よしきみ》を[四]大門《だいもん》山の南の間道《かんだう》より津島にすゝめ奉り、今は心安しと、二百人を二手《ふたて》に分ち、一枝《ひとて》は[五]桃井《もゝのゐ》右馬亮《うまのすけ》七十騎《き》をしたがへ、宇佐美が陣《ぢん》を助《たすくる》よしにて西《にし》北《きた》に行《ゆき》、明神《めうじん》の森《もり》に伏《ふく》[六]し居《い》る。藤綱百三十騎をしたがへて手配《てくばり》言合《いゝあわせ》[七]よく〳〵[八]ならし、敵《てき》[九]間《あい》を見て間道を押《をし》[一〇]行ける。駒場が勢弐百人斗《ばかり》[一一]甲州《かうしう》道に来り、此所に士卒《しそつ》をやすめて敵の様をさぐり聞《きく》に、「宮方きのふは多《おゝ》かりしを、[一二]今川おさへの為にわかちて、老人《らうじん》、いたで負《おひ》たるは此手にのこり、勢をやしなひ、[一三]かしこの勝負《しやうぶ》を見て[一四]いかにも身の進退《しんたい》を定《さだめ》んとす。其人数《にんじゆ》いまは百斗《ばかり》に過じ」とぞ告《つげ》たりけり。「あなむざんや。今川の大勢に二百斗の人行たりとて[一五]一かけも合《あは》さるべきか。のこるやつばら一〻生《いけ》どりにすべし」と、すでに其所を発《はつ》せんとする時、よこ道よりどつとおめいて[一六]百余《よ》の兵押《をし》かゝる。駒場彼《かれ》より寄《よせ》んとは思ひもよらず、殊《こと》に急《きう》に[一七]取かけられ、此所は足場《あしば》よからず、二町斗退《しりぞ》き[一八]山の尾を後にあてゝ備《そなへ》を定めんとする時、東の森より桃井が伏《ふく》[一九]おこり、民家《みんか》[二〇]の人の声を雇《やと》ひておびたゞしく喊《とき》をあげたり。敵かばかり大勢なるべしとは思ひがけず。駒場が人数見[二一]くづれして引て行。藤綱・桃井備《そなへ》[二二]を合せて押行《をしゆく》程に、日は暮たり。駒場は大辻《おゝつぢ》の小堂《こどう》を

一　首級。
二　ともに刺激性の強い辛味があり、眼に入れば痛む。
三　順風に乗せて胡椒と蕃椒をまき散らし、敵をうろたえさせたことを、敵によい値で売ったと皮肉をきかせて言ったのである。
四　現、長野県小県《ちいさがた》郡にある峠。標高一四五〇《メートル》余。
五　兵家茶話に見える桃井右京亮宗綱を踏まえよう。一一五頁注二四参照。
六　潜んで待つこと。
七　打ちあわせ。
八　習熟させ。
九　敵との距離。
一〇　軍勢を進めること。
一一　信濃から甲斐(山梨県)へ通じる道。
一二　今川軍を防ぐために二手に。
一三　今川軍と宮方の別の軍との戦い。
一四　どのようにも。
一五　「かけ」は合戦をしかけること。たった一度の戦さでも相手になれようか。
一六　間道から進んだ、藤綱の百三十騎である。
一七　攻撃しかけられ。
一八　山の稜線。
一九　伏勢。
二〇　「近辺ノ百姓ヲ駆加ヘテ、鼓ヲ打チ、喚キ叫デ、大勢コモリタル体ヲ成サシメ」(通俗三国志・五・一。三国志演義・十二)。
二一　戦わないうちに敵の形勢を見て、

楯《たて》にとりて陣し、在家《ざいけ》をこぼち篝《かゞり》に焼《たき》てゆだんせず。藤綱・桃井も対陣《たいぢん》とりて守る。其夜いまだ明ざるに宇佐美が勝《かち》を得たる一軍《いちぐん》、二三本陣の戦ひ心もとなく、馬なき者は後陣《ごぢん》に一隊《いったい》をくませてゆる〳〵と押《を》させ、騎馬《きば》八十騎《き》を率《ひきい》て道を馳《はせ》つけ、二四聴子《きゝもの》につきて直《たゞち》に敵の後《うしろ》をふさがんとぞかゝりける。駒場が陣には今川敗軍《はいぐん》の告《つげ》を聞て力を落し、二五敵つのらぬ内にとて引て行。物見の士《さむらひ》かへりて、「向ふの切通ふしのあなた、岐路《わかれみち》の平地《ひらち》に伏勢《ふせぜい》あり」と申《（まうす）》に、「後《あと》なる敵の挟《はさま》ぬ内に力をつくして斬脱《きりぬけ》よ。此時生《（いき）》んと思はゞ却《かへつ》て一人も免《まぬが》れまじきぞ」と、士卒《しそつ》をはげまし用心して行所《（ゆく）》に、大木《たいぼく》の下に馬を立たるは宇佐美左衛門声を挙《あげ》て、「二六今胆《きも》を寒《ひや》して通るは駒場が一軍《いちぐん》か。二七兎群兎《うさぎぐんと》に異ならんとして市に出れば搏《うた》れ、魚群魚《うをぐんぎよ》に異《こと》ならんとして岸《きし》に上れば斃《たふ》る。身の程しらぬ者どもの逃足《にげ》こそ二八いたはしければ、二九官軍の勇士達《たち》の送つて三〇給《たぶ》ぞ」と五六十騎の三一健卒《けんそつ》さつと馳出《はせ》れば、駒場三二逃《にげ》耳《みゝ》に聞せて答へもせず、道の塞《ふさが》らぬを幸にとくづれ立て逃《にげ》て行。官軍《くわんぐん》は三三擬勢《ぎせい》ばかりにて敵を慕《した》はず。三四惣軍《さうぐん》と一所に合《あふ》て、行べき道すじなればすきまなく追ふて行程《（ゆくほど）》に、敵は三五居所《きよしよ》にも得こもらで山ふかくこもりぬ。人〻、「残念〳〵」と口〻にのゝしり、そなへたゞしく三六参州路《さんしうじ》へ打こへけり。藤綱、「今こそ勢《いきほひ》を張《はり》おゝせたり」といへば、宇佐美は、「我も天の便《たよ》り得て味方損ぜず大勝《おゝがち》を得たり」と、互《たがひ》に其手段《てだて》をかたり悦び、加勢の衆《しう》にむかひ、「三七つぼみ際《ぎは》の軍《いくさ》御合力《（かふりよく）》を以て仕おゝせたり」と、詞を厚くして是を謝《しや》し、加

軍が恐れくずれること。
二二　先に二手に分けた防備の軍勢。
二三　宇都宮藤綱の軍陣。
二四　「聴子　ネズバン」（名物六帖・人品箋二）。
二五　勢いが増さない。
二六　「寒心　ムネヲヒヤス」（名物六帖・人事箋四）。
二七　分を越えて突出した行動を取ると災にあう、の喩え。関尹子（元文五年刊和刻本）・三極「魚欲レ異ニ群魚一、捨レ水躍レ岸即死。虎欲レ異ニ群虎一、捨レ山入レ市即擒。聖人不レ異ニ衆人一」の虎を兎に変えたもの。
二八　気の毒であるから。皮肉をきかせた言い方。
二九　南朝を正統の朝廷と見る立場からすれば、宇佐美・宇都宮軍は官軍である。
三〇　下位者に対する自己の動作につけて、してやるという尊大な語気を表わす補助動詞。
三一　勇猛な兵卒。
三二　逃げながら聞いて。
三三　仮に追撃する様子を見せるだけで。
三四　宇佐美・宇都宮を除いた、良王軍の部将と兵卒。
三五　飯田・駒場の姓は信濃国伊那郡（現、長野県飯田市）の同一の地名から取ったと考えられるので、作者は二人の居所をこの辺に擬していよう。
三六　三河国（今の愛知県）へ通じる道。
三七　敗色の濃いことの喩え。

勢の武士五人三人づゝかへし遣《(つか)》はしぬ。

勝利《しやうり》の余《よ》勢近国《せいきんごく》にふるひて道の間手を出すものなく、気色《きしよく》[一]いさましく津島に参りければ、宮御悦喜《えつき》大かたならず。大橋の人〻《ひと〴〵》も其武器《ぶき》[二]を感《かん》じられけり。是より近国味方に参るもの多く、宇佐美・宇津宮士卒《しそつ》の調煉《てうれん》おこたらず。常に川をわたり遠がけして鷹《たか》がりなどゝ出働《いではたら》くこと毎度《まいど》なり。駒場が一類遠く聞て、「此ごろの出陣[三]は士卒《しそつ》には宵《よい》[四]よりしらさで、鷹狩《たかがり》など云て馬を出《(いだ)》し道[五]より城攻《しろぜめ》にかゝる表裡《ひやうり》[六]多ければ、早晩《やがて》[七]隣国《りんごく》に発行《はつかう》[八]し我《(わが)》かたにや寄《よせ》なん」と其備《そなへ》をなし、上杉・今川にも告《つげ》やりて用心しけるとなん。初はよせん〳〵とせし敵がた却《かへつ》て宮方を心づかひ[九]しける。万《よろづ》の勢《いきほひ》の形《かたち》は皆かゝることぞかし。十七[一〇]家の英雄《えいいう》心を一にして守護《しゆご》し此所以《(もつて)》の外に安静《あんせい》なれば、当所天皇[一一]の社内《しやない》に尹良王《いんりやうわう》[一二]の霊《れい》を若宮《わかみや》[一三]にいはひまつり、始て祭礼《さいれい》を執行《とりおこな》ふ。十[一四]一家の人〻より船十一艘《さう》を出し、家の紋の幕《まく》を走《はし》らせ、数《かず》の灯燈《ちやうちん》に性氏《せいし》官名《くわんめい》を書《かき》しるし、船中に笛《ふへ》つゞみどびやうし[一五]をならして戯楽《ぎがく》をなし、民家《みんか》漁人《ぎよじん》までも船をかざりうかみける程に、此島の繁昌《はんじやう》[一六]四方にかくれなし。

宇佐美・宇津宮はかゝる折とても城中を守り油断せず。朝夕城をめぐり島をまわり、人の気色《けしき》にも心をつけ、毎日心服《しんぷく》の家人をしたがへて、内郭外郭《うちぐるはとぐるは》、要害《ようがい》[一七]あらはに人のよぢ出《(いづ)》べきと思ふ所にはかすかに篝痕《はゝきあと》[一八]をつけ、或《あるひ》は砂をならしなどして人にはしらさでかく用意しけるに、或朝《あるあした》たつみの方高く険《けはし》きに添《そふ》て引せたる柵《さく》の際《きわ》、人のすりたるあと

一 態度。「同十九日、尾張津嶋の大橋参河守定省が館に移り給ひ」(兵家茶話)。 二 宇佐美・宇都宮の戦闘の伎倆。 三「陣 同〻陣」(字典)。 四 前夜には出陣することを知らさないで。信長公記に見える、織田信長が今川義元を急襲した戦法、などを踏まえていよう。 五 途中から急に。 六 見せかけと実際とを異にする作戦。 七「早晩ト云ニ二通リアリ。…又オツツケト今ヨリ後ヲ期スルコトニモ用ユ」(忠義水滸伝解・第一回)。 八 軍を出動させ。 九 恐れはばかって警戒する。 一〇 兵家茶話では、一一四頁注四に挙げられた十一家のほかに、宇佐美・宇都宮・開田越後守源政安・野々村兵庫頭を合わせて「津嶋十五家」とする。この十五家に、後出の大橋中務と、上州寺尾より供奉した丹波秀長を加えて十七家としたものか。 一一 牛頭天王を祠った津島神社。尾張国海部郡津島(現、愛知県津島市)に在り、江戸時代には千二百石の神領を伝えた大社。浪合記には、天暦二年、村上天皇の勅使が社を建立したこと、弘和元年、後亀山院の勅命を受けて大橋参河守定省が造営した、と記す。 一二「同(正長)八年六月十四日、津嶋牛頭天王の社内に尹良を若宮に祭り奉りて、始て祭礼を執行す」(兵家茶話)。 一三 本宮の祭神牛頭天王のほかに新本尊の霊を別に奉斎したもの。

あり。あやしみ思ひて心を付《(つけ)》けるに、五日十日の間必ず其辺篝目《はゝきめ》に足印《あしあと》あり。されば城中に敵の犬こそあれ、いづれよりのすつぱ[一九]にやと案ずるに、近きあたり敵となるべきは、早尾《はやを》[二〇]の堂《どう》[二一]が崎《さき》か扨は佐屋《さや》[二二]の台尻《だいじり》也《(なり)》。定めてそれらが窺《うかゞ》ふて入《(いれ)》たる窃候《しのび》[二三]ならんと心づき、一日《あるひ》諸家《しよけ》を集《あつめ》て評議《へうぎ》して云、「番豆崎何某《はづがさきなにがし》[二四]、「佐屋と早尾と同日《どうじつ》に責《せむ》[二五]べき手つがひなり。両所より加勢[二六]を乞《こ》ふとも必ず御ひかへ玉はるやうに」と申こしたり。「味[二七]方此節外への手[二八]つがひする所存なければ其条《そのでう》御心遣《づか》ひあるまじく」と申遣《(つかは)》したり。かく[二九]披露におよぶからは今日明日の間にあるべし。彼若角《かれもしかく》[三〇]我方に油断させて此方へ取かける事もはかりがたし。士卒《しそつ》の面ゝ其心得あるべし」と内ゝに触《ふれ》たり。扨《(さて)》明日物なれたるもの両人を分《わか》ちて早尾と佐屋とへ物調《とゝのへ》[三一]に遣しける。早尾に遣しぬるは調へてかへりぬ。佐屋へ遣したるは得ずしてかへり、「今日彼《かの》所に強《つよ》く人改《あらため》して他《た》所人《しよびと》を入れず。用心の体《(てい)》なり」といふ。さればこそ此城へ佐屋よりすつぱを入れけるとさとり、宇佐美・宇津宮内儀《ないぎ》して却《かへつ》て敵のうらをかく手段を計《はか》りけり。

元来《ぐわんらい》此佐屋に台尻大角《だいじりおゝすみ》[三二]、大竹千幹進《おゝたけちもとのしん》といふ両人あり。津[三三]島を手に入《(いれ)》んと思ふ事多年なり。近比《(ちかごろ)》宮移《みやうつ》らせ玉ひて勢《いきほひ》さかんなるゆへ手を出し兼てあるに、駒場・飯田の両家より力を添んとあるに思ひたち、日比《ひごろ》に忍びを入《(いれ)》置て其動静《どうじやう》を窺《うかゞ》ひけるが、次の年彼《(かの)》島の祭礼に諸士の船遊《(ふなあそび)》に出たる其不意に打べしと工《たく》みこしらへける。既《すで》に水[三四]無月の祭日

一四「法式は船十一艘かざり、十一等の者、各の家紋の幕を走らかし、名字官名を書記す」(兵家茶話)。
一五 銅拍子。小型の銅鈸(ちば)。「種々の山鉾、風流、いづれも船上にて渡す也」(滑稽雑談・十一・津島祭)。
一六 地帯。領域。 一七 防備が浅くて。
一八 人の足跡がつきやすいようにして、敵の侵入を知る策。
一九 透波。間者。 二〇 今の愛知県海部郡立田村。津島の西北近辺。
二一 鳥有道人か。 二二 今の愛知県海部郡佐屋町。津島の南近辺。「同国佐屋の台尻」(兵家茶話)。
二三 →七九頁注一二三。
二四 愛知県知多半島の突端の岬の名を取った。宗良親王がここから乗船した事がある(信濃宮伝)。 二五 番豆崎何某を攻撃しようという計画。
二六 津嶋に番豆崎討伐のための援軍を乞う。 二七 宇佐美・宇都宮の言葉。
二八 手助け。加勢。 二九 佐屋と早尾との動静をこちらに知らせるからには、両所が津嶋を攻撃することは。
三〇 佐屋と早尾は、番豆崎攻撃の報を津嶋に洩らして、津嶋を油断させておいてから攻撃する。
三一 品物を購入しに。
三二 兵家茶話、浪合記ともに「台尻大隅」。大竹は、大隅の一族で回り忠する大矢部主税助(兵家茶話)を変えた者か。 三三「良王ニ讐敵ナリ。此台尻ヲ可レ討計策ナリ」(浪合記)。
三四 津島神社の祭日は六月十四日(滑

稽雑談・十一・津島祭)。浪合記にも以下の事件を「十四日」の事とする。

一 兵家茶話で十一家をいう語。一二二頁注一四参照。
二 「大吹大擂、大ニ笛ヲ吹、鼓ヲ擂(つ)ナリ。凡フルマイノトキハ鼓楽ヲ起スナリ」(水滸伝訳解・第十九回・享保十二年・岡竜洲口授)。
三 十一家の武士たち。
四 「定省が二男大橋中務小輔信吉」(兵家茶話)。
五 牛頭天王の画像。
六 普段橋の無い所に橋替りとして渡す材木。
七 大竹千幹自身。
八 襲撃のための下見。
九 城内に仕える女。
一〇 物は接頭語。
一一 城の裏側。以下の戦法は、通俗三国志・二十一「孔明一気ニ死周瑜ニ」、曹仁・曹洪が周瑜を夷陵城に誘い入にいたりて、今年は去年にまさり花美《くわび》をつくし十一[一]等《たう》船をならべて酒もりし、大吹《ふへ》[二]大擂《たいこ》にてうかれ遊ぶ。漁人らも船にうかみて上[三]と楽みを同じくす。城は大[四]橋中務《なかつかさ》のみとゞまり、今年《ことし》は神影《しんゑい》[五]を城内にむかへ奉るべしと、前日より内堀《うちぼり》所ゝに材《き》[六]をわたし道ひろくかまへて掃《はら》ひ清め、すでに当日《そのひ》も晩《くれ》に向ひて川の面賑《おもにぎは》ひあへる時、大竹千幹《おゝたけちもと》が五六十騎、百姓の体《（てい）》にて五人三人道を迂《まわ》り島にいたり、処ゝに伏《（ふせ）》おきて我[七]は城をめぐり物見[八]しけるに、此日は内外《うちと》の郭《くるわ》両門とも大《（おほい）》に開き、女房[九]童《わらは》よき衣きてこゝかしこにむれて、流《なが》れに臨《のぞ》み大樹《おゝき》の下によりうたひあそぶ。千幹進物《ちもとのしん》[一〇]遠き堤《つゝみ》のかげに味方を待あわせ、一所になりてやす／＼綁手《からめて》[一一]の門に入り、先《（まづ）》其辺に火をさし喊《とき》をつくる。早くも彼《（かの）》すみ此くまより火消《ひけし》の者出きたり、水[一二]はじきそろへて火を打消し、門をひしと閉《とぢ》て、船にありと見へし宇津宮・宇佐美両方よりあらはれ出、大勢にて取かこみ半《なかば》は斬《きり》たをし多く綁《からめ》とる。大竹はうち死《（じに）》す。降《くだ》るものはゆるして敵の様《やう》を尋問ひ、手[一三]だてを奪《うばひ》て即時《そくじ》に敵を偽引計策《をびくけいさく》[一四]をなし、城[一五]中に柴を焼《やき》あげたり。

台尻《だいじり》は五六艘《さう》に人数《にんじゆ》を匿《かく》し所ゝに分ちおき、祭事《さいじ》見物の体《てい》にて日の暮《くる》ゝを待居たるが、合図《あいづ》の煙を見て、我船に号《あいづ》[一六]の灯籠《とうろう》を高く挙《あげ》て、味方の船に調《てう》[一七]じあわせ城の追手《（おふて）》[一八]を目あてに漕寄《こぎよす》る。只[一九]今降《（くだ）》りたるもの、「那《あの》灯籠高き船こそ大将よ」と告《つげ》しらすに、宇佐美・宇津宮手勢を卒《そつ》して、二艘の快船《くわいせん》[二〇]に合図《あいづ》[二一]の笛鞁早拍子《ふえたいこはやびやうし》をうたせて灯籠ある船を目あてに

れ、陥し穴に落し、伏勢を以てこれを打つ、という計と同趣。

一二 竜吐水。水の入った大きな箱の上に押し上げポンプをつけ、その横木を動かして、中の水を噴出させる。「火矢ヲ射レバ水弾キニテ打消候」(太平記・六・赤坂合戦事)。

一三 船遊びの隙をねらって不意に襲おうという敵の戦略を逆用して。

一四 「偽引 ヲビク」(書言字考・八)。

一五 大竹は津嶋城をのっ取ったら煙をあげ、台尻を引き入れる手はずだったのである。

一六 「灯炬為号 トモシビタイマツヲアイヅニス」(名物六帖・人事箋三)。

一七 しめしあわせ。

一八 城の前面。「追手へ向ふ」(太平記・三・笠置軍事)。

一九 「大矢部主税助ハ台尻ガ一味ノ者ナリシガ、良王ニ内通シ、台尻ガ船ノ幕ヲ取テ船中見ユルヤウノ仕度シケリ」(浪合記)を改変したか。

二〇 船足の早い船。「双櫓快船 二テウダチノハヤブネ」(名物六帖・器財箋二)。

二一 以下、「海に切沈め」まで、浪合記に拠る。

一 「後世ニ至ルマデダンジリ討ト囃子ベシト良王ノ命ニ依リテ、毎年ニ囃子カハル事ナシ」(浪合記)。また、近松門左衛門の雪女五枚羽子板（ゆきおんなごまいはごいた）(宝永五年初演)冒頭に「楽車（だん

向へば、十一家の船灯燈《ちやうちん》昼《ひる》とかゞやかせ、早拍子を合せて会《あひ》集り、元より肌具足堅固《はだぐそくけんご》にかためて台尻《だいじり》が船を真中《まんなか》に取こめて、大将士卒《しそつ》分ちなく悉《ことゞ》く海に切沈《しづ》め、其時十一艘同音《どうおん》に、「[一]台尻《だいじり》うつた、[二]みさいな」とはやしける。台尻が残りの兵船後《あと》よりすゝむ所に、本船《もとふね》の大変《たいへん》あるを見てたがひに招《まねき》[三]あひ、今は生《いき》てかへる面目《めんぼく》なしと、[四]家の子ら死を一決《けつ》して三百余人岸にあがり切《きつ》てかゝる。城かたよせ立じとふせげども、[五]夜軍《よいくさ》になりて敵つよく、思はずひらきなびくとき[六]真団《まんまる》になつて城に斬《きつ》て入る。城内色めきて二の郭《くるわ》へ士卒《しそつ》を引取《ひきとら》んとあわてさわぐを、[七]付《つけ》入りにせんと進む三百余人、[八]忽《たちま》ち作りたる道陥《おちい》りて深き泥《どろ》の内にたゞよふ所を、大橋中務兵卒《つかさへいそつ》を下知して熊手《くまで》に引あげ絏《からめ》とる。半ばは泥の内に自殺《じさつ》して失《うせ》けるぞはげしけれ。藤綱《ふじつな》・宇佐美《うさみ》此機《き》をすかさず[九]船を飛《とば》せて台尻が居城《きよじやう》に逼《せま》り、諸大将後詰《ごづめ》して一時に乗《のり》[一〇]おゝせ、早く土地《とち》の[一一]仕置《しをき》を出し捷《かちもの》を津島に献《けん》じけり。駒場が助勢《じよせい》もからき場《ば》を引とりて逃《のが》れかへり、是より再び手を出さず。[一二]宮の御座所《ござどころ》は年月に[一三]興旺《こうをう》《はんじやう》し、南朝の[一四]余音《よゐん》猶此処に響《ひゞき》て、台尻《だいじり》うつたといふことば[一五]拍子《はやし》物《もの》の[一六]名となりしも、久しき世の調《しらべ》ならん。

古《こ》今奇談《こんきだん》繁野話《しげ〱やわ》第五《だいご》之《の》下巻《げのまき》　大尾

じり)うった、見さいな」と記される、歌舞伎の三世嵐三右衛門の「だんじり六方」の文句に通わせ、その文句の語源説話の形にしている。

二 見なさい。「みさいなといふ語は見さしアれいなアの略語なり」(譬喩尽・六)。 三 招き集まって協議し。

四 以下の話は、浪合記「宇佐美・宇津宮・開田・野々村ハ陸ニ居テ、水ヲオヨギ上ル者共ヲ討捕ル」を改変した。

五 浪合記「台尻ヲ討チシハ十四日ノ夜ナリ」を踏まえた設定。

六 台尻方が一団となって。

七 敵を殺すために城に入りこむこと。

八 通俗三国志・二十一「孔明一気ニ死周瑜」に「手下ノ勢互ニ推合ヒ、コトゴトク陥坑ニ陥リテ、上ヲ下ヘト蠢(むぐ)キ」。 九 佐屋川が津島の西を経て佐屋へ南流している。

一〇 佐屋に到り。 一一 征服した土地に守備兵を置いて取り締まり。

一二 貴人の居所。「後、良王は天王の境内に御座し」(兵家茶話)。

一三 「興旺　サカユル」(唐話纂要・一)。

一四 余勢はなおここに伝わって。

一五 檀尻囃子。津島神社や大阪の天満の祭礼で、屋台の上で笛や太鼓などを用いて行う囃子。 一六 台尻うったという言葉が檀尻囃子の名として残ったのは、それが久しく世に囃し伝えられてきたからであろう。台尻大隅討伐が檀尻囃子の文句の起源であるという、戯れのこじつけである。

曲亭伝奇花釵児《きょくていでんきはなかんざし》

徳田武　校注

享和四年(一八〇四)正月、江戸 蔦屋重三郎・浜松屋幸助刊。浜松屋が版元。中本、二巻二冊。表紙見返しに「簔笠隠居馬琴子編」、自叙に「飯顆山農曲亭子題」、内題下に「東都 曲亭馬琴編次」とある。飯顆山は、江戸の飯田橋の雅称。挿絵画家は不明。見返しの「一名彼我合奏曲」の意は作品解説に述べる。「東都浜窠堂発行」は浜松屋のこと。なお、表紙写真は水野稔氏蔵本によった。

後刷本は無かったようである。本書は、馬琴の生存中から稀少になって、天保八年(一八三七)十月二十二日付小津桂窓宛の馬琴書簡では、「花かんざしの一書…江戸にて只今は地を払て無之書に候」という。

写真に見られる如く、役柄・台詞・しぐさ・歌曲を表わす言葉は枠組でかこわれているが、これは粉本『玉搔頭伝奇』の様式に倣ったのである。役柄を表わす生・旦・浄・丑などの用語も、粉本や『唐土奇談』『俗語解』等に見られる中国演劇用語による。『玉搔頭』の、地の文は白話体であっていても訓読の力で読めるが、曲詞の方は長短句が錯綜して、相当に難解である。が、粉本と馬琴の翻案とを読み比べてみると、馬琴が曲詞をも読みこなした形跡が見出される。

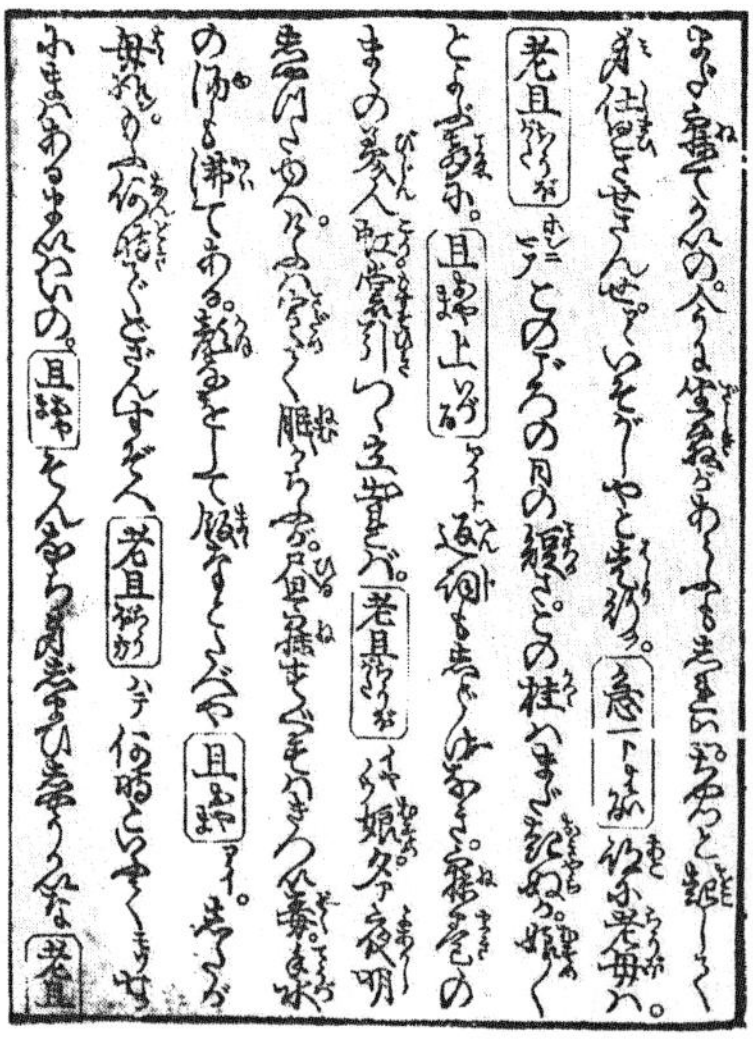

自《じ》 叙《じょ》[一]

湖上《こじやう》の[二]覚世翁《かくせいおう》《りつおう》。劇《げき》を作《つく》て[三]蒙昧《もうまい》の耳目《じもく》を醒《さま》し、我平安《わがへいあん》の[四]巣林子《さうりんし》《ちかまつ》、戯《け》を述《のべ》て勧懲《くわんちやう》の一助《いちじよ》と称《しやう》す。和漢《わかん》一百五十年来《ねんらい》、二子《し》は作者《さくしや》の[五]金字牌《きんかんばん》ならずや。夫《それ》[六]梨園《りゑん》の曲《きよく》。俳優《はいゆう》の技《ぎ》。彼我《ひが》《からやまと》その趣《おもむきこと》異なることなし。予《よ》頃《このごろ》[七]数齣《すせき》の[八]戯文《けぶん》を述《のべ》て、これを華人《からびと》の[九]伝奇《しばゐ》に合《がつ》し、遂《つひ》に[一〇]兎《と》園《ゑん》の冊子《さつし》なれり。されど[一一]陽春白雪糕《やうしゆんはくせつこう》は、[一二]粏果子《だくわし》の口《くち》へ呑《のみ》こめず。まして[一三]小説俗語《しようせつぞくご》なんどは、[一四]小便幕後《しやうべんまくご》の[一五]看官《けんぶつ》に通《つう》ぜねど、入《(い)》らぬ所《ところ》に骨《ほね》を折《をり》、[一六]戯方《がくや》で声《こゑ》を[一七]からす[一八]蛇《へび》に、足《あし》を添《そへ》たる[一九]章魚《たこ》ならで、にてもつかぬ[二〇]五侯鯖《ごたくりやうり》、実《じつ》に無用《むよう》の弁当売《べんたううり》、[二一]焼飯将《やきめしまさ》に[二二]胡元瑞《ごげんずい》、珍紛《ちんふん》[二三]嘗《かつて》いえることあり。[二四]凡伝奇《およそでんき》《しばゐ》は戯文《けぶん》をもて称《しよう》とす。その事謬悠《ことびよういう》にして根《ね》なく、その名顚倒《なてんどう》して実《まこと》なし。曲熟《きよくじゆく》するを生《せい》《なま》こゝにいふ和事師と名《な》づけ、婦《ふ》は夜《よる》よきを旦《たん》《あした》此にいふおやまと名づく。又開場《またかいじやう》《さんばそう》事《こと》を始《はじめ》るを、命《なづく》るに末《まつ》《すゑ》こゝにいふ立役すぢし也。序びらきに狂言のすぢをいふをもてし、塗汚《とお》潔《いさぎよから》ずして。命《なづくる》に浄《じやう》《きよし》こゝにいふ敵役也を以《もつて》す。その名顚倒此《なてんどうかく》の如《ごと》しと。我雑劇《わがざつげき》《しばゐ》の品目《なのみ》は洒落《しやれ》ず。但男女《たゞしなんによ》の色情《しきじやう》と、貧福尊卑《ひんぷくそんぴ》の差《けぢめ》とは、みな是事情《これじじやう》に[二五]錯誤《まちがひ》て、共《とも》に理外《りぐわい》の幻境《げんきやう》なり。今亦《いままた》これらの意《ゐ》は取《とれ》ども、古人《こじん》の文《ぶん》にくらぶれば、およば、[二六]猿智恵《さるぢゑ》毛《け》のたらぬ、三ッ本《ぼん》の毫《ふで》、一本《いつぽん》の巧拙《こうせつ》。[二七]虎《とら》を画《ゑがい》て狗《く》とならずは、[二八]布鼓《ふこ》を鳴《なら》して雷門《らいもん》を過《すぎ》ん。

一 遊戯三昧。「凡為二小説及雑劇戯文一、須二是虚実相半一。方為二游戯三昧之筆一」(五雑組・十五)。 二 李漁(一六一一—一六七九頃)。字は笠翁。号は覚世稗官。杭州の西湖畔に住み、戯曲「笠翁十種曲」(粉本「玉掻頭伝奇」はその一)等を作った。 三 「醒二蒙昧之耳目一」(玉掻頭伝奇・序)。 四 近松門左衛門の別号。「すべて近松が作は、勧善懲悪をむねとし」(羇旅漫録・九十)。 五 正しくは金字招牌。筆頭の意。 六 芝居の音曲。梨園は、唐代、玄宗が長安の梨園で子弟に俗楽を学ばせた事に基く語。 七 「一段二だんといふを一齣二齣といふ」(唐土奇談・一・寛政二年刊)。 八 「狂言といふ事を…戯文ともいふ」(唐土奇談・一)。 九 中国の南方で行われた長い戯曲。「玄宗皇帝の時、始て伝奇院本とて芝居狂言のはじめとす」(唐土奇談・一)。 一〇 「郷校。教二田夫牧子所一レ誦、兎園冊」(書言故事大全・十一)。俗耳に通ずる書。 一一 「陽春白雪」は、和する者の少い高尚な詩詞。「糕」は、「糕 米粉麪、粉ニテ造リタル菓子ノ通称」(舜水朱氏談綺・下・飲食)。両語を結合させて、品格の高い作品の喩えとした。 一二 低俗な作品を好む読者の喩え。 一三 中国白話小説に用いられる近世俗語。 一四 芝居の休憩時間。幕間に小便などをするから。 一五 「看官(コノハナシヲキクヒト)説ヲ聴ケ」(小説精言・一)。 一六 「楽屋を戯房といふ」(唐土奇談・一)。「方」は、「房」の誤

曲亭伝奇花釵児

一 享和癸亥肇秋中浣書ス二於著作堂ノ雨窓ニ一

二 飯顆山農曲亭子題

りか。一七「嗄らす」と「烏」の掛詞。一八 烏蛇と蛇足の意を兼ねる。一九 足の縁語。下の「五侯鯖」を引出す。二〇「漢、楼護、傅二会五侯一。各得二其歓心一、競致二奇膳一。護、合以為レ鯖甚美。世称二五侯鯖一」(書言故事大全・十二)。二一 弁当売の縁語。下の「こげ」を引き出す。二二 明の考証学者。名は応麟。一五二一―一六〇二。「焦げ」が掛る。二三「漢」との掛詞。二四「胡元瑞曰、凡伝奇以二戯文一為レ称也。無二往而非一レ戯也。故其事欲二謬悠而無一レ根也。其名欲二顚倒而亡一レ実也。故曲欲レ熟而命以レ生也。婦宜レ夜而命以レ旦也。開レ場始レ事而命以レ末也。塗二汚不一レ潔而名以レ浄也。凡以顚二倒其名一也」(五雑組・十五)。二五「玉搔頭伝奇」序に演劇は荒唐無稽でなければ面白くないという考え方を、「事不二誕妄一則不二幻境一、不二錯誤乖張一、則不レ眩二惑人一」という。二六 打消の助動詞「ざる」と掛ける。「猿は人間に毛三筋足らぬ分なり」(譬喩尽)。二七「学レ高反誤、曰二画レ虎不レ成反類一レ犬」(書言故事大全・十一)。二八 低価値のものをもって高い価値のものに誇る喩え。「漢王尊曰、毋下持二布鼓一過中雷門上。雷門、会稽城門有二大鼓一、越撃二此鼓一、声聞二洛陽一。…布鼓之声、豈及二雷門大鼓之声一。故布鼓不レ可二持而過一レ之。此孟子所レ謂遊二於聖人之門一難レ為レ言、大意相似」(書言故事大全・十二)。

花《はな》釵《かん》児《ざし》目《もく》次《ろく》

一 享和三年(一八〇三)七月中旬。
二 飯顆山は飯田橋。「飯顆山(イイダノダイ)蜕岩飯田晴嵐五絶」(東藻会彙・武州)。「戊戌仲春黄鶴山農題於緑梅深処」(玉掻頭・序)に倣った署名法。
三 「玉掻頭目次」に「拈要」と。
四 「切落。土間のまんなか。今は切落し減じて花道のかたわらにすこしあり」(戯場訓蒙図彙・一)。「婦人在㆓観場(ケンブツシヨ)㆒失屁」(訳準開口新語・第五十四話)。
五 一二九頁注二四参照。三番叟は、序幕の前に祝儀として舞うもの。
六 廻国して美女を求める。
七 室町御所の将軍足利義輝。
八 妓院。「闝院吏」(笑林広記)。闝は嫖と同意。
九 玉掻頭・第八齣の題は「締盟」。
一〇 兵庫県尼崎市、神崎川の河口に在り、遊里として名高かった。
一一 玉掻頭・第十二齣の題に同じ。
一二 玉掻頭・第十七齣の題に同じ。
一三 京都市伏見区にある東山三十六峰の南端の山。麓の西側に稲荷神社がある。一五三頁注二六参照。
一四 「賽 カヘリモウシ〔史記註〕謂㆓報㆑神福㆒也」(書言字考・八)。
一五 玉掻頭・第十四齣の題は「抗節」。
一六 瓢簞から駒。「認㆑妄為㆑真」(円覚経)。　一七 別名豊後橋。観月橋。京都の宇治川にかかる。「伏見院皇居の時は桂橋といふ。指月の縁に本づくなり」(拾遺都名所図会・四)。

曲亭伝奇花釵児（きょくていでんきはなかんざし）　戯伶扮名目次（やくしゃかへなのしだい）

この目次は、唐土奇談・一の「千字文西湖柳戯伶扮名目次（せんじもんせいこやなぎやくしゃかへなのしだい）」に倣っている。

生（わどこ）扮に（いで）たつ　足利義輝に	旦（おや）扮に　舞妓桂児（まひこかつらこ）
丑（ちょうやく）扮に　松永大膳に	小旦（むすめがた）扮に　小姐玉苗（ひめたまなへ）
浄（かたやく）扮に　三好長慶に	老旦（ちょうろうがた）扮に九　桂児母親（かつらこのはは）
副浄（ふくかたき）扮に二　鱧間左平五に	捷義（はんどう）扮に　乳娘道世（めのとみちよ）
末（たちやく）扮に　鱧間六二に	浄（かたき）扮に　名波武政（なはたけまさ）
正生（じつごとし）扮に　伊勢十郎に	末（たちやく）扮に　画者又平（ゑしまたへい）
小生（かつみかつら）扮に五　岩浪主税に	末（たちやく）扮に二　家吏群蔵（わかたうぐんざう）
	外（うぶど）扮に二　細川晴元に
	細川晴経に

一　この目次の様式と用語は、唐土奇談・一の「千字文西湖柳戯伶扮名目次（せんじもんせいこやなぎやくしゃかへなのしだい）」に倣っている。

二　「丑　擬悪、カタキヤク」（俗語解）。「曲亭蔵書目録」付録「雑劇名色」。

三　「副浄、元曲百種云、院本則五人、一曰副浄、古謂二之参軍」（俗語解）。

四　「今之南戯、則有正生、貼生（或小生）」（明の王驥徳の「曲律」論部色）。

五　「小生　粲花斎楽府。立役ノワキ」（俗語解）。

六　角前髪のかつら。若衆鬘の一。

七　「小旦、粲花、女方ノワキシ。小ヅメヤク」（俗語解）。

八　「小姐　ヲムスメゴ。ヲヒメサマ」（俗語解）。

九　「老旦、類、老女方ノワキシ」（俗語解）。

一〇　「捷譏、元曲云、捷譏、古謂二之滑稽、雑劇中、取其便捷譏諢、故云」（俗語解）。

一一　半道方。敵役で道化。

一二　「外、類云、外者、此人乃事外之人、而預其事也」（俗語解）。

一三　武術に達した忠義な武士の役。

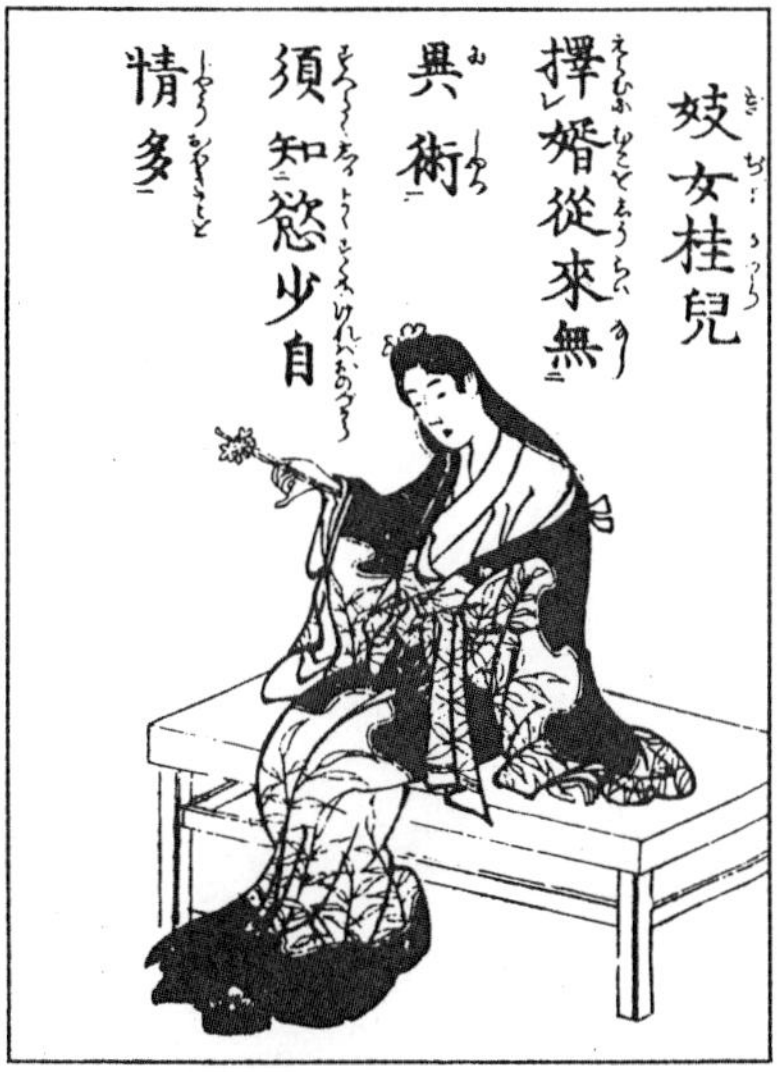
妓女桂兒
擇婿從來無異術
須知慾少自情多

處女玉苗
過客無情
似水流空
遺玉珮使
人愁

妓女桂児《ぎぢよかつら》

一四 婿《むこ》を択《えら》むに従来異術《じうらいゐじゆつ》なし
すべからく欲少《よくすく》なければ
自《おの》づから情多《じやうおほ》きことを知《し》るべし

処女玉苗《しよぢよたまなへ》

一五 過客情無《くわかくじやうな》きこと
水《みづ》の流《なが》るゝに似《に》たり
空《むな》しく玉珮《ぎよくはい》を遺《のこ》して
人《ひと》をして愁《うれ》へしむ

一四 玉掻頭・第四齣の末尾で劉倩倩が歌う曲の文句。婿選びには元来特別の手段はない。寡欲であれば愛される度合も大きい。

一五 玉掻頭・第十二齣の末尾で范淑芳が歌う曲の文句。旅人のつれなさは水流の如く、いたずらに玉掻頭を忘れてゆき、この私を愁えさせる。

曲亭伝奇花釵児《きよくていでんきはなかんざし》[一] 上巻

東都　曲亭馬琴編次

○拈要 きやうげんのたいゐは 観場《きりおとし》へおちぬ伝奇《からのしばい》の開場《さんばそう》始事

[二]西江月 うたひもの　末上 たちやくいづる

[三]自古姻縁天定 むかしよりいもせは天にさだまりて 不繇人力謀求 ひとのちからによらばこそ 有縁千里相投 えんにせんりもなれなじみ 対面無縁不偶 えにしなければあふてもあはず 仙境桃花出水 [四]はこやのもゝもながるめり 宮中紅葉伝溝[五] みやこのもみちえにつたふ [六]三生簿上注風流 うまれぬさきのしなさだめ 何用氷人開口 なにかなだちもありてかひなし

鳳凰台憶吹簫《ほうわうだいじやうすいしやうをおもふ》[七]　彼我《ひが》[八]合奏《がつそう》乃標目《かりげだい》[九]

ころは永禄《ゑいろく》[一〇]のむかし〳〵、足利義輝《あしかゞよしてる》[一一]風流《ふうりうの》訊玉《しのびかよひ》[一二]。こゝは津の国神崎《かんざき》や、花街《さと》[一三]にまれなる舞妓《まひこ》の貞操《みさを》、またあふまでの姻盟《ちかひ》[一四]にと。脱《ぬい》ておくりし簪《かんざし》を、誰《たれ》[一五]がひらふて物《もの》思ひ、恋《こひ》の種《たね》まく小姐《むすめ》[一六]の顔《かほ》に、恰彷彿《さてもようにた》浮世《うきよ》[一七]が伝神《うつしゑ》[一八]、よしや三好《みよし》[一九]が企叛《むほん》の揚兵《はたあげ》、しばしは曇《くも》る松永《まつなが》[二〇]に、むかふ旭《あさひ》の晴元《はるもと》[二一]が、忠義《ちうぎ》[二二]話説《ばなし》に唐山《もろこし》の、伝奇《しばゐ》をうつす室町日記《むろまちにつき》、明良重見《そのじよびらきからかさねてみよ》[二三]。

一　底本「叙」に作る。意改。
二　玉搔頭も「西江月」詞で始まるが、ここは「喬太守乱点鴛鴦譜」(醒世恒言・八、小説精言・二)の冒頭の「西江月詞」の句を採る(中村幸彦『近世小説史』)。以下、歌曲名と役割・行動を枠組で囲う様式は、玉搔頭など中国戯曲のそれに倣う。
三　「古ヨリ姻縁天ヨリ定マル、人力ノ謀リ求ムルニ繇(よ)ラズ、縁有㆑バ千里モ相投ジ、面ヲ対スレドモ縁無ケレバ偶ハズ。仙境ノ桃花水ニ出デ、宮中ノ紅葉溝ニ伝フ、三生ノ簿上ニ風流ヲ注ス、何ゾ氷人ノ口ヲ開クヲ用ヒン」。
四　仙人が住んでいる山。「藐姑射之山、有㆓神人㆒居焉」(荘子・逍遥遊)。東漢の時、劉晨・阮肇が天台山の桃源に二人の仙女にあい、半年ほど留められた話(事文類聚・後集二十五「劉阮採桃」)を踏まえる。
五　唐の于祐が御溝で詩を題した紅葉を拾い、于祐も題してそれを御溝に流すと、宮女韓夫人がこれを拾い、それが縁で結婚した故事(書言故事大全・一「紅葉」など)を踏まえる。
六　唐の韋固が月下で書を検する老人にあい、何の書を読むかと問うと、「天下の婚牘」と答えた故事(書言故事大全・一「月下花」など)を踏まえる。
七　玉搔頭・第一齣の曲名「鳳凰台上憶吹簫」を採ったが、「上」字を脱する。この曲は全編の梗概を紹介するので、「花釵児」もそれに倣う。「簫」、底本

好事方施《これきやうげんのはじまり〳〵》。

附　二四看上君公要従良《みあぐればきみかほよきをおもふより》二五

桂妓女的眼睛識貨《かつらががんりきみしつた〳〵》二六二七

並　二八誤収窈窕入椒房《あやまちてむすめをねやにゐてくれば》

苗小姐的姻縁不錯《たまなへがえにしちがはぬ〳〵》

は「蕭」に作る。
八 中国と日本の戯曲の折衷。
九 玉播頭から借りた外題。拈要などをいう。
一〇 一五五八―一五六九年。
一一 室町幕府第十三代将軍。在職一五四六―一五六五年。原話の武宗に当る。　一二 玉播頭・第四齣の題目「訊玉」(女性を尋ねる)を採る。
一三 遊里。「柳巷花街。石点頭」(俗語解・娼妓名色)。
一四 「章台ノ少女ニ狎レ、簪モテ姻盟ヲ訂(だき)ム」(玉播頭・第一齣)。
一五 玉苗を指す。一三二頁注八参照。　一六 桂と玉苗の二人を指す。
一七 画師浮世又平(岩佐又平)を指す。
一八 「伝神　イキウツシ」(俗語解)。
一九 三好筑前守長慶。「彊藩ノ釁ヲ伺フニ遇ヒ、家国幾ンド傾ク」(玉播頭・第一齣)。
二〇 松永大膳久秀。　二一 細川晴元。
二二 「忠臣ノ効力ニ頼(よ)リテ、猙獰ヲ俘斬ス」(玉播頭・第一齣)。
二三 「明良重ネテ見(らあ)ハレ、好事方ニ施(し)ク」(玉播頭・第一齣)。粉本ではハッピイ・エンドの意。
二四 「看上皇帝要従良、劉妓女的眼睛識貨」(玉播頭・第一齣)を改めた。
二五 「従良　ウケダサルルコト」(俗語解)。　二六 「眼睛　メ」(俗語解)。
二七 品物の価値を知る。ここは、人を見る眼があるの意。
二八 「誤収窈窕入椒房、万小姐的姻縁不錆」(玉播頭・第一齣)を改めた。

○第一齣《だいいちだん》　浪遊看花《らうゆうしてはなをみる》　室町殿《むろまちどの》の風流《ふうりう》

[一]花信風《だいじよ》　衆上《大ぜいいづる》　[二]旭《あさひ》さす花《はな》の都《みやこ》の室町《むろまち》の、[三]室《むろ》に咲《さき》そふ[四]冬至梅《たうじばい》、[五]天津乙女《あまつをとめ》が折《をり》かざす、雲《くも》の鬢《びん》づら吹《ふき》とぢて、[六]奏《かなづ》る袖《そで》も羽衣《うい》の曲《きよく》、雲井《くもゐ》の調《しらべ》おもしろき。時《とき》の武将《ぶしやう》は足利《あしかゞ》十三代、従一位《じゆいちゐ》左大臣《さだいじん》義輝公《よしてるこう》、設《もうけ》の席《せき》に出《いで》給へば、御座《ぎよざ》の右《みぎ》は[七]三好筑前守長慶《みよしちくぜんのかみちやうけい》、執事《しつじ》[八]松永《まつなが》大膳久秀《だいぜんひさひで》、左リは[九]管領細川晴元《くわんれいほそかわはるもと》、[一〇]嫡子左京亮晴経《ちやくしさけうのすけはるつね》、芸州《げいしう》の刺史《しし》[一一]郡乙就《こふりおとつぐ》をはじめとして、譜代外様《ふだいとざま》の大小名《みやう》、程《ほど》につけつゝ居《ゐ》ながれて、けふの[一二]節会《せちゑ》を慶賀《けいが》ある。

舞楽《ぶがく》おはれば義輝公《よしてるこう》、　生《しわごと》　「曩祖尊氏《のうそたかうぢ》。天下一統《てんかいつたう》の功《こう》を立《たて》給ひしより、今《いま》に至《いたり》て二百余年《よねん》、国《くに》ゆたかに民安《たみやす》し。今日チはこれ冬至《とうじ》の佳節《かせつ》、[一三]漢土《もろこし》にはこの日雲気《うんき》を見《み》て、来年《らいねん》の豊凶《ほうけう》を卜《ぼく》すかや。銘〻《めいく》ぞんずる旨《むね》あらば、申べし」とぞ仰《あふせ》ける。　末《たちやく》　郡乙《こうりおと》就《つぐ》ゝしんで、「臣此《しんこの》たびの上洛《じやうらく》余《よ》の義《ぎ》にあらず。[一四]周防州山口《すはうのくにやまぐち》の城主《じやうしゆ》大内義隆《おほうちよしたか》、いまだ弱年《じやくねん》たるによりて、老臣陶晴賢《らうしんすゑはるかた》残暴《ざんぼう》を擅《ほしいまゝ》にし、将《まさ》に天下《てんか》を謀《はか》らんとする条事明白《でうことめいはく》たり。早《はや》く誅伐《ちうばつ》をくわへ給はずは一大事《いちだいじ》に及《およば》んか。御賢慮《ごけんりよ》のめぐらされ然《しか》るべくや」と言上《ごんじやう》す。

浄《たてがたき》　仰《あふせ》も待《また》ず三好長慶《よしちやうけい》、「事《こと》あたらしき乙就《おとつぐ》の注進《ちうしん》。[一五]大宰《だざい》の大弐《だいに》よし隆《たか》は、其身《そのみ》、従二位《じゆにゐ》の侍従《ぢじゆう》に任《にん》じ、富西《とみにし》の数州《すしう》を領《れう》す。何《なん》の不足《ふそく》があつて反逆《ほんぎやく》を企《くわだて》申そふ。讒者《ざんしや》の流言《りうげん》を信《しん》じてうらみを諸侯《しよこう》にむすぶ時《とき》は、これ[一六]毛《け》を吹《ふい》て疵《きず》をもとむる道理《だうり》、慮外《りよぐわい》ながら

一 歌曲の名。玉搔頭や「塡詞名解」(清、毛先舒撰)に見えず、本文を冬至に始めるのに合わせて馬琴が作ったもの。 二 「旭日曈曈トシテ尚方ヲ照ラス」(玉搔頭・第二齣)。 三 「蕾ある枝を切取て、一室の内に置て、炉火を儲て室内に入、或は土蔵の内に置て一夜煖レ之、則其火気に感じて忽発レ花、是を室咲と称す、多くは梅を以て第一とす」(滑稽雑談・二十二)。 四 「和産の冬至梅と称する者、早梅の一種にて、おほくは八重の薄紅侍る也。中花冬至より開く者侍る」(滑稽雑談・二十二)。 五 「天つ風雲のかよひぢ吹きとぢよ乙女の姿しばしとどめむ」(古今集・雑上・良岑宗貞)。 六 「祥雲五色垂裳ニ映リ、羽衣奏セズ人間ノ曲」(玉搔頭・第二齣)。 七 原話の司礼監太監劉瑾に当る。 八 原話の武宗義子、左軍都督朱彬に当る。 九 原話の兵部尚書許進に当る。 一〇 原話の吏部侍郎許讃に当る。 一一 「陰徳太平記」や「安西軍策」にも見えない人名。毛利元就を変えたものか。原話の王守仁に当る。底本は「つく」に作るが、「つぐ」に統一する。 一二 「この月朔日たまたま冬至にあたるときはこれを朔旦冬至といふ。内裏宜陽殿に平坐の節会あり。…民間も又餅を製して一陽来復を賀す」(馬琴編・享和三年刊、俳諧歳時記・十一月)。 一三 「左伝、僖公五年春、王正月、辛亥朔日、南至。公既視レ朔、遂登ニ観台一、以望而書、礼也。凡分

[一七]いたらぬいたらぬ。已後《いご》は急度《きつと》嗜《たしなみ》[一八]めされ」と、人を見《み》くだす我慢《がまん》[一九]の過言《くわごん》。【小生《すみかづら》】聞《き》かねて細川晴経《ほそかわはるつね》、「さなの給ひそ長慶老《ちやうけいらう》。義隆《よしたか》[二〇]淫酒《いんしゆ》に耽《ふけ》りて国政《こくせい》をおさめず。加之《しかのみならず》公家《こうけ》に好《よしみ》をむすび、或《あるひ》は城市《じやうし》[二一]を九条《じやう》にひらきて西《にし》の都《みやこ》と称《しやう》す。陶《すへ》が陰謀《いんぼう》ゆへなきにあらず。とくと評定《へうぢやう》あられよ」と、詞《ことば》にごらず角額《すみびたい》[二二]、細谷河《ほそたにがわ》[二三]の影清《かげきよ》き、実春元《げにはるもと》が児《こ》なりけり。

【生《わごとし》】義輝《よしてる》始終《しじう》聞《きこ》し召《めし》、「乙就《おとつぐ》が注進《ちうしん》三好《みよし》が異見《ゐけん》、みな私《わたくし》の議論《ぎろん》ならねど、今事《いまこと》なきに干戈《かんくわ》をうごかし、民《たみ》をくるしめん事もよしなし。再応事《さいをうこと》の虚実《きよじつ》を正《たゞ》し、これを伐《うつ》とも遅《おそ》きにあらず。われいやしくも父祖《ふそ》の箕裘《ききう》[二四]をうけつぎ、一天下《いつてんか》をしるといへども、一ッの[二五]不足《ふそく》は色《いろ》の道《みち》。脂《あぶら》くさい御所女房《ごしよにようぼう》、ひとりとしてこゝろに叶《かな》はず。往時《さいつころ》大明《だいみん》の宋素卿《そうそけい》[二六]、この国《くに》に来《きた》りし時《とき》、[二七]われを相《さう》して「庶人《しよにん》の相《さう》あり。常《つね》に一ッの不足《ふそく》あらん」といひしときく。おもへば毛嬙西施《もうせうせいし》[二八]がたぐひ、元《もと》は田舎《いなか》の麦搗女《むぎつきをんな》、野山《のやま》の花《はな》こそ風情《ふぜい》はあれ。[二九]われ今《いま》しのんで諸国《しよこく》を遊行《ゆぎやう》し、みづから世界《せかい》の美人《びじん》をたづねば、大内陶《すへ》が虚実《きよじつ》もしるべく、且《かつ》は庶人《しよにん》の相《さう》を滅《めつ》して、日ごろの望《のぞみ》も叶《かな》ふべし。松永旅行《りよこう》の用意《ようゐ》せよ」と、遠慮会釈《ゑんりよゑしやく》も[三〇]なまめきし、年《とし》[三一]もわか木《ぎ》[三二]の御ン大将《たいしやう》、「思《おも》ひがけなき御諚《ごぢやう》[三三]ぞ」と、人ゝおどろくばかり也。

【外《ぶどう》】細川晴元《ほそかわはるもと》すゝみ出《いで》、「コハ勿躰《もつたい》なしわが君《きみ》。まさしく天下[三四]の武将《ぶしやう》として、かる〴〵しく浪遊《らうゆう》し給ひ、万一不慮《まんいちふりよ》の事あらば、都《みやこ》は戎馬《じうば》の蹄《ひづめ》にかゝらん。君聡明《きみそうめい》にましませども、御ン年《とし》いまだわかければ、佞人《ねいじん》の雲霧《くもきり》に覆《おほは》れ、かゝるあさましき、御ン企《くわだて》、

至㆓啓閉㆒、必書㆓雲物㆒、為㆑備故也」(古今事文類聚・前集十二・冬至)。俳諧歳時記・十一月には前記の文章を訓み下した後に続けて「周礼、保章氏五雲の物を以吉凶水旱豊荒の祲を弁ず」と記す。 一四 以下の、周防国の情況は陰徳太平記・十八や安西軍策・二、足利季世記・五に記されている。粉本第三齣「江右ノ寧王、藩規ヲ定メズ、故無クシテ兵ヲ招キ餉ヲ歛ム。此ノ人必ズ異謀有ラン」を踏んだ設定。 一五「大内殿ハ…種々ノ宝貨ヲ公家ニ奉リ…位ハ従二位」(足利季世記・五「大内殿生害之事」)。 一六「求㆓多端㆒、曰㆓吹㆑毛求㆑疵㆒」(書言故事・十二)。ここは穿鑿だてして災いを引き起すの意。 一七 思慮が不十分だ。 一八 気をつけてつつしみなさい。 一九 高慢な。 二〇「義隆好色第一の人也ければ」(陰徳太平記・十八「陶隆房相良武任不和之事」)。 二一 大内氏が山口の城下を京風にしつらえたことは陰徳太平記・十九「山口興廃之事」に述べられる。 二二 前髪を立て額の角を剃りこんだ髪型。少年がする。「澄み」と掛ける。 二三 流れの細い谷川。「細川」と掛ける。「大君の三笠の山の帯にせる細谷川の音の清けさ」(万葉集・七)を踏まえて、「清き」を呼び起す。 二四「承㆓祖父所業㆒、謂㆓箕裘之業㆒。良冶之子、必学㆑為㆑裘。良弓之子、必学㆑為㆑箕」(書言故事大全・一)。 二五「寡人登極シテ以来、也(ま)タ曾

世《よ》の嘲《あざけり》もなげかはし」と、席《せき》をうつて諫《いさむ》れど、生《わごとし》不応介《こたへぬみぶり》何のいらへも[二]なか〳〵に、思ひ詰《つめ》たる御けしきに、松永がしたり顔《がほ》。丑《かたきやく》喜介《よろこぶみぶり》「コレサ晴元殿《はるもとどの》、むかし[三]周《しう》の穆王《ぼくわう》は、八駿《はつしゆん》に跪《またがつ》て宇宙《うちう》を巡狩《じゆんしう》し、王母《わうぼ》が仙家《せんか》に楽《たのしみ》をきはめ、わが[四]朝花山《てうくわざん》の上皇《くはう》は、禅衣《ぜんゑ》を穿《つけ》て霊場《れいぜう》を順礼《じゆんれい》す。[五]十善《ぜん》のたつときさへ、微行《しのびのみゆき》はまゝあること。況《いはんや》武《ぶ》将《しやう》の御ン身《み》として、これ式《しき》の事《こと》に何の遠慮《ゑんりよ》。お供《とも》にはこの久秀《ひさひで》が罷越《まかりこす》。ちつとも気《き》づかひめさるな」と、[六]己《おの》がすゝめた悪事《あくじ》をば、忠臣《ちうしん》らしく云《いひ》まはす。外《ぶどう》冷笑介《あざわらふみぶり》それとさとつて細川晴元、「ハヽヽ、さすがは久秀。おどろき入た和漢《わかん》の引言《ひきこと》さりながら、御辺《ごへん》その一チをしれどもその二をしらず。穆王《ぼくわう》、四海《しかい》を浪遊《らうゆう》して[七]山戎《ざんじう》の乱《らん》あり。[八]花山《くわざん》の法皇潜行《ほうわうせんとう》して夜《よる》その肘《ひぢ》を射《ゐ》られ給ふ。是《これ》みな[九]後車《こうしや》の戒《いましめ》ならずや。それをすゝむる松永氏底意《そこゐ》の程も[一〇]何とやら、御辺《(ごへん)》の批判《ひはん》覚《おぼ》つかなし」と、星をさゝれて大膽は頬《つら》ふくらかし[一一]閉《へい》口《かう》す。一チ座《ざ》しらけて義輝《てる》公《こう》[一二]良薬《りやうやく》口ににが〳〵しく、生《わごとし》「両人ともにあらそひ無用。この事かさねて評議せん。乙就《おとつぐ》は直《すぐ》さま本国に立かへり、軍馬を練《ねり》て大内が、非常《ひじやう》の備《そなへ》を設《もふく》べし。いづれもその旨《むね》こゝろえよ」と、御諚《ごぢやう》に合《みな〳〵》ハツトあらそひも、[一三]時《と》斗《けい》の音《おと》も[一四]九ツの、頭を下《さげ》て敬へば御ン大将はしづ〳〵と、[一五]簾中《れんちう》ふかく入《い》リ給ふ。生《わごとし》下《はいる》

帰国の用意と乙就《おとつぐ》は晴元親子《はるもとおや》うちつれて、宿所《しゆくしよ》宿所へ退去《たいきよ》ある。同下《はいる》三人ながら 浄《かたき》跡見おくつて三好長慶《ちやうけい》、「[一六]かねて貴殿と云合《いひあは》せしごとく、よし輝《てる》を馬鹿者《ばかもの》にしたて、

テ博ク嬪妃ヲ選ビテ、以テ下陳ニ充ツルモ、誰カ想ハン四海寛シト雖モ、西施少クシテ嫫母多ク、六宮虚ク設ケテ、粉黛有レドモ姿容無キヲ」(玉搔頭・第二齣)。

二六 繁野話・第六話「素卿官人二子を唐土に携る話」の主人公を用いた。

二七 天智天皇が即位以前に乞食の相があるといわれ、即位以前にその相を終らせようと西国修行に出た、という俗説(広益俗説弁・正編五「天智天皇、腹赤の御贄の説」。英草紙・第九話)を踏まえる。

二八 「毛嬙西施、天下之美人也」(管子・小称)。「国色寒門ニ出ヅ」(玉搔頭・第六齣)。

二九 「我想フニ天子ノ微行ハ、也タ曾テ人有リテ做シ過グス。寡人一向ニ私行シテ宮ヲ出デ、自ラ民間ニ往キテ選択セント要ス」(玉搔頭・第二齣)。

三〇 色気づいた。「無し」を掛ける。

三一 「主上冲齢ニシテ位ヲ嗣ギ、尚ホ血気未ダ定マラザルノ時ニ在リ」(玉搔頭・第三齣)。

三二 将軍を大樹という。木に「気」を掛ける。

三三 お言葉。

三四 王陽明が許進に「如今聖上政務ニ勤メズ、止ダ嬉遊ヲ習フ。総テ是レ劉瑾・朱彬ノ二賊、宸聡ヲ蒙蔽シテ、以テ此ノ如キヲ致ス。参劾ヲ加ヘザルベカラズ」(玉搔頭・第三齣)と勧める言葉を踏まえた諫言。

一 「身ぶりをするを介といふ」(唐土奇談・一)。 二 却って。「無し」を掛ける。 三 「穆王満…得ニ八駿馬ニ遊ニ

行天下一。将二皆有二車轍馬跡一。王西巡。世伝、王、以二此時一、觴二西王母瑶池上一、楽而忘レ帰。徐偃王作レ乱」(十八史略・一)。この後に、穆王が犬戎を征したことも見える。四 第六十五代天皇。女御藤原恒子の死を悲しみ、出家して醍醐の花山寺に入り、「廻国行脚の御志ありければ、五畿内の霊区悉く御遊行」する話が前太平記・十八に虚構をまじえて述べられる。五 天子の位。「いにしへ花山の、法皇の、后のわかれを、恋ひしたひ、十善の御身を捨て高野西国熊野へ三度」(けいせい反魂香・中)。六 劉瑾が皇位を奪うべく、朱彬を武宗に随伴させて、武宗を遊里に埋没させようとの計を立てる(玉掻頭・第五齣)設定を踏まえた謀計。七 注三の徐偃王や犬戎をいおう。「犬戎、西夷名」(十八史略・一)。元来は、春秋時代に河北省の北部に居た民族のこと。北戎ともいう(春秋左氏伝・荘公三十年、等)。八 一条太政大臣為光の四の君に通っていた花山院は、後朝に中納言隆家に袖を射抜かれて負傷する(前太平記・二十二「花山院四の君に通ひ給ふ事」)。九 「鑑二前代事一、曰二覆車之戒一。賈誼策。前車覆、後車戒」(書言故事大全・十二)。

一〇 「見える」「知られる」等の語が省略されている。一一 言葉が無い。

一二 「良薬苦レ口利二於病一」(説苑、等)。

一三 「解ける」を掛ける。一四 正午。

一五 底本「巻」に作る。意改。

この御所《ごしよ》を追出《おひいだ》せば、六十余州《よしう》天下のわけ取《どり》、うまい〳〵」と囁《さゝやけ》ば、丑《かたき》 松永も膝《ひざ》すりよせ、「サアうまうはいても[一]只心《たゞこゝろ》にくきは晴元乙就、夜《よ》のめ安《やす》うは寝《ね》られ申さぬ」。指胸中介《むねをたゝいてみせるみぶり》 浄《かたき》 「[二]そりや気《き》づかひめさるゝな。万事《ばんじ》は身共《みども》はこゝにござる」「それはともあれ今度《こんど》の供奉《ぐぶ》に、貴殿をすゝめて付添《つき(そは)》するも、われらがふかい謀《はかりこと》。貴殿ン[三]先年流浪《せんねんるらう》のうち、諸国《しよこく》の遊所《ゆうしよ》へ入《いり》こみめされたと聞及《きゝおよ》ぶ。すりや[四]究竟《くつきやう》の案内者《あんないじや》。ず[五]いぶん義輝《よしてる》を引《ひき》あるき、とかく都《みやこ》へかへらぬやうにはからひめされ。又この一ト腰《こし》は金《きん》[六]鶏丸《けいまる》の名剣《めいけん》。もし[七]抜《ぬく》ときは鶏《にわとり》の、音《ね》をはつするが一ッの奇特《きどく》。これを貴殿ンへわれらが餞《はなむけ》。折《おり》を伺《うかゞ》ひよし輝《てる》を、ナ合点《がてん》か」欲砍介《きるみぶり》 丑《かたき》 喜介《よろこぶみぶり》 「こゝろへ申シた。ねらひよつて只《たゞ》一トうち」。浄《かたき》 「コリヤ」浄丑《ふたりのかたきやく》 看四下介《しほうをみるふり》 [八]前腔《あひかた》 [九]尋《たづね》ばや去年《こぞ》の枝折《しをり》の道《みち》かへて、花《はな》はいづくに[一〇]有明《ありあけ》の、[一一]月毛《つきげ》の駒《こま》よわが心《こゝろ》、生《わごとし》 行装上《たびすがたにていづる》 義輝公《よしてるこう》は一向《ひたすら》に、恋《こひ》の奴《やつこ》と身《み》をなして、うかれ行《ゆか》んと仮初《かりそめ》に、やつす姿《すがた》の旅《たび》[一二]はゞき、奥《おく》より忍《しの》び出《いで》給ふ。浄丑驚介《かたきやくおどろくみぶり》 思《おも》ひよらねば二ダ人リは[一三]悯《びつく》り。「コハソモ[一四]けうがるお姿《すがた》」と、口《くち》にはいへどこゝろに笑《ゑみ》。生《わごとし》 よし[一五]輝寛爾《てるくわんじ》と見《み》やり給ひ、「[一六]晴元等《はるもとら》が諫言《かんげん》きくもうるさく、はやく営中《ゑいちう》をしのび出んと、姿《すがた》もけふより旅侍《たびざぶらひ》、供《とも》は愛臣松永大膳《あいしんまつながだいぜん》。[一七]わすれても武将《ぶしやう》とも、よし輝《てる》ともいふべからず。そちが仮《かり》名《な》は松岡丹蔵《まつおかたんぞう》。主従《しゆうじう》ならぬ同行《だうぎやう》二人ン。[一八]われ出京《しゆつきやう》のその間《あいだ》は、しばし病気《びやうき》と披露《ひろう》して、

一六 注六所記の設定を踏まえている。

一 同右所記の設定において、劉瑾が朱彬に「第三件、許進父子ハ十分ニ倔彊ナリ、我若シ疏シ来ツテ他ヲ参ゼバ(上疏して弾劾する)、你須ク皇上ニ重ク処スルヲ勧ムヲ要ス」と打合わせる設定を踏まえる。 二 前引劉瑾の提案に対して、朱彬が「這ノ三件ノ事、都テ朱彬ノ愚意ニ合着ス、命ヲ領スルコト就チ是ナリ」と承諾する設定を踏まえる。 三 朱彬の前身が「原ト是レ京師ノ一個ノ小小タル光棍」(玉播頭・第五齣)である設定を踏まえたろう。 四 誂えむきの。 五 劉瑾が朱彬に提案した三件の内、第一件の「皇上此ヨリ去ラバ、凡テ是レ女色ヲ出スノ地方(ところ)、都テ他ニ走リ到ルコトヲ勧ムルヲ要ス、切ニ他ヲシテ回リ来タラシムベカラズ」(玉播頭・第五齣)を踏まえる。 六 錦文流の棠大門屋敷(からなしだいもんやしき)・一「智は万代の宝蔵」に見える「宝物の大将、金鶏のかしは丸」から取った名か。該書は著作堂一夕話(享和三年自序)の「八文字舎自笑が伝」に引かれ、花釵児の次作の月氷奇縁(文化二年刊)にも粉本として使われた。 七 剣が音を発するという話型は、「未レ用時在二匣中一、嘗如二竜虎吟一。拾遺記」(古今事文類聚・二十七)等に見える。 八 中国の南方の戯曲で、一齣の中間に歌われる歌。「前腔 閑情偶奇曰、在二南曲一則曰二前腔一」(俗語

只何事《たゞなにごと》も隠便《おんびん》ぞ」と、命《めい》じ給へば三好《みよし》の長慶《ちやうけい》【浄《かた》き】「ハ、おどろき入ッたる君《きみ》の御賢《ごけん》慮《りよ》。シテ又万事《またばんじ》の成敗《せいばい》は」。【生《わごと》し】「ホ、[一九]汝《なんぢ》長慶にまかする間ダ、われにかわりて天下を治《おさめ》よ」。【浄《かた》き】「委細《ゐさい》かしこまり奉《たてまつ》る。さりながら、もし諸士《しよし》下知《げぢ》を用《もちひ》ずは」、【生《わご》と】〔し〕「誰《たれ》にてもあれ反逆同然《ほんぎやくどうぜん》[二〇]。刑罰汝《けいばつなんぢ》がこゝろに任《まか》せよ。時刻《じこく》うつりて人しらば、悔《くやむ》ともかひあらじ。[二一]いざふれ松岡《まつをか》」【丑《かた》き】「ござりませう」と、手《て》にもつ笠《かさ》も足元《あしもと》も、かるぐ〱しげに出給ふ。【浄《かた》き】「うま[二二]いわろじや」と長慶は、ひとり笑《ゑみ》して入にけり【同】

【下《みな》はいる】[二三]
【啄木児《かづ》うた】【外《ぶど》う】【小生《すみ》かづら】【上《いづ》る】[二四]国《くに》の為《ため》に奸《かん》を鋤《すき》、善《ぜん》を植《うゆ》るは忠臣《ちうしん》の、鏡《かゞみ》としれど[二五]影《かげ》くもる、君《きみ》のこゝろをあやぶみて、又も[二六]出仕《しゆつし》の晴元父子《はるもとおや》、御座《ぎよざ》の間《ま》ちかく入リ来《きた》れど、常《つね》にかわりて殿中《でんちう》も、寂寥《せきりやう》としてものさびし。親子《おやこ》はこなたに跪《ひざまづき》、【外《ぶど》う】「[二七]晴元火急《くわきう》の言上《ごんじやう》あつて出仕《しゆつし》せり。御取次《おとりつぎ》〱」と、声高《こゑたか》やかに呼《よば》はれば、【日上《おやま》いづる】当番《たうばん》の女《ぢよ》中立《ちうたち》いでゝ、「[二八]わが君様《きみさま》には俄《にはか》の御不例《ごふれい》。お目《め》みえは叶《かな》ひませぬ」と、いへば晴元眉《はるもとまゆ》を顰《ひそめ》、【外《ぶど》う】「ナニ君《きみ》には御不例《ごふれい》とな。シテ[二九]典薬頭《てんやくのかみ》はめされしか。御容躰《ごようだい》うけ給はらん」と、問《とひ》かけられてこなたはもぢ〱。【旦《おや》ま】【迷惑介《こまる》みぶり】「イヱ〱お薬《くすり》も召上《めしあが》られず。御容体《ごようだい》はどうじややら。わしや急《きう》な御用《ごよう》がある。ちよといてこふ」と立上《たちあが》る。【小生《すみ》かづ】
〔ら〕裳引《すそひ》キとむるわか気《ぎ》の晴経《はるつね》、「イヤしばらくまたれよ。合点《がてん》まいらぬ詞《ことば》のはし。御不《ごふ》

解)。「あひかた」は唄と唄との間をつなぐ三味線の合の手。九「よしの山こぞのしをりの道かへてまだ見ぬかたの花をたづねん」(新古今集・春下・西行法師)。一〇「在り」を掛ける。一一 有明の月の見える時に月毛色の馬に乗り、旅立つ折の心のはずみよ。「秋の夜の月毛の駒よ我恋ふる雲井をかけれ時のまも見む」(源氏物語・明石)。一二 旅行用のすねあて。一三「恟 びつくり ケウ」(大全早引節用集)。

一四 奇妙な。

一五 莞爾の誤り。一六「怎奈(いかん)センサ他(許進)父子両個、都テ是レ骨鯁ノ臣ナリ。若シ寡人ノ出デ去クヲ知道セバ、一定ニ苦諫シテ遮リ留メント要セン」(玉播頭・第六齣)。

一七「你今従リ以後、言語ノ間、須ク謹慎ヲ要スベシ。切ニ再ビ寡人ヲ万歳ト称スベカラズ。自己モ也タ臣ト称スルヲ得ズ」(玉播頭・第六齣)。

一八「寡人出デ去リシ後、文武ノ官員ヲ論ゼズ、朝見ヲ要スル的(もの)ニハ、只ダ御体安ヲ欠キ、宮中ニ在リテ静養スト説ケ」(玉播頭・第六齣)。

一九「内宮ノ事ハ、是レ你(劉瑾)執掌スト雖モ、那ノ外朝ノ事ハ、自ラ許進ノ主持スル有リ、你ノ去キテ攙越(さきがけ)スルヲ許サズ」(玉播頭・第六齣)という設定を改め、内宮外朝ともに三好長慶に任せるとした。

二〇 底本「前」に作る。意改。二一 さあ、行こう。二二 義輝を軽侮してい

例《れい》とは偽《いつわ》り、三好《みよし》松永等が讒言《ざんげん》にてわれ〳〵父子《ふし》を阻《はばむ》と見えたり。サア有様《ありやう》[一]に申されよ」と、刀《かたな》の柄《つか》に手《て》をかくれば、旦《おやま》慌忙介《あわてるみぶり》[二]「アヽモシ聊爾遊《りやうじあそば》すな。[三]何をかくさん、わが君さまには、この御所《ごしよ》には御座《ござ》なされぬはいな」。外《ぶどう》小生《すみかづら》驚介《おどろくみぶり》「ヤ、なんと。君《きみ》にははや御所を脱出《ぬけいで》給ひしとな。シテまた供奉《ぐぶ》は誰《たれ》〳〵ぞ。サ、はやく子細《しさい》をいはれよ」と、せきたつ父子《おやこ》。旦《おやま》 こなたはうろ〳〵、「サアお供《とも》は大膳殿只《だいぜんどのたゞ》一人リ。国《くに》の政道《せいだう》は長慶《ちやうけい》にまかすると、後門《うらもん》よりしのび出、いづくへ出御《しゆつぎよ》ありしやら、くはしい事は長慶様に、おとひなされ」といひすてゝ、奥《おく》の御殿《ごてん》へはしり行《ゆく》。旦下《おやまはいる》

外《ぶどう》小生《すみかづら》含憤介《はらたつみぶり》 跡《あと》には顔《かほ》を見合《みあは》せて、外《ぶどう》「聞《きけ》ばきく程君《ほどきみ》の放埒《ほうらつ》。[四]これまつたく佞人原《ねいじんばら》が、すゝめこんだることの結構《けつこう》」。小生《すみかづら》「聞ずてならぬ一チ大《だい》事《じ》」外《ぶどう》「御ン[五]跡《あと》したひ追付《おつつい》て、いさめ申さん。晴経来《はるつねきた》れ」。小生《すみかづら》「ハアハツ」ト[六]尾声《おくり》 親子《おやこ》が周章気《しうしやうき》は半乱《はんらん》。[七]小柄抜《こづかぬき》とり[八]長袴《ながばかま》の、裾切《すそきり》はらふさそくの[九]股立《もゝだち》。忠義《ちうぎ》もそろふ足《あし》なみや。[一〇]もみにもんでぞ 急下《まく》

○第《だい》二齣《だん》　嫖院締盟《ひやうゐんにちかひをむすぶ》　神崎《かんざき》の仮枕《かりまくら》

[一一]青楼曲《だし》 老旦《らうばがた》上《いづる》 老《おへ》ば又接穂《またつぎほ》[一二]の冬木《ふゆき》名《な》[一三]にかほる、こゝもながれの津《つ》[一四]の国《くに》や、梅《むめ》いちはやきかんざきに、[一五]母子《おやこ》ふたりの侘住居《わびずまゐ》、娘《むすめ》かつらが舞《まひ》の手《て》[一六]も、まはりかねたる

う語。やつ。二三 玉播頭・第十五齣で歌われる曲名。二四 許進の歌に「国ノ為ニ奸ヲ除キ殃ヲ避ケズ」という(玉播頭・第六齣)。二五 鏡の縁語。二六 玉播頭・第六齣、許進父子が上表文提出のために宮中に上る設定を踏まえる。二七「臣許進父子、緊要ノ事有リテ奏聞ス」(玉播頭・第六齣)。二八「〔内〕聖上御体安ヲ欠キ、宮中ニ在リテ静養ス。各官ノ文表ハ、倶ニ臨朝ノ日ヲ候チテ批宣ス」(玉播頭・第六齣)。二九 御殿医。


一 ありのままに。

二「慌忙 アハテル」(俗語解)。

三「〔副浄〕(劉瑾)老相公(許進)ヲ瞞カズニ説ク、聖上出デ去キテ私行セリ、咱家(我)ヲシテ別人ニ対シテ講ズベカラズ、単ニ賢喬梓(許進父子)ニ説キ知ラサシム」(玉播頭・第六齣)。

四「怎麼(いかん)ゾ這等ノ事有ル、哦、都テ是レ你們ノ奸計モテ、聖上ヲ打発シテ門ヲ出ダサシメン。想フニ是レ不軌ヲ図謀セント要スルヤ」(玉播頭・第六齣)。五「〔末〕(許讃)爹爹(父)ヨ、他(劉瑾)ト争鬧スルモ也タ益無シ。料リ想フニ聖駕ハ也還(ま)タ遠カラザラン、趕上前去(おいつき)シ攀留(とどむる)セバ便了セン」(玉播頭・第六齣)。六 中国の戯曲で、一齣の最後に歌われる歌。「おくり」は、歌舞伎で俳優が舞台から引っ込む際に歌われる下座唄。七 刀の鞘に添えて差しておく小刀。八 足先を掩い、な

内証《ないしやう》なり。雑《わかいしゆ》 上《いづる》 折からいきせき廻《まわ》[一七]しの喜助《きすけ》、包《つゝみ》かたげてずつと入リ、「桂様《かつら(さ)》ンゆふべはいかい[一八]御苦労《ごくらう》。舞《まひ》の衣裳《いしやう》もつて来《き》ましたぞや」と包《つゝみ》おろせば 老旦《らうぼがた》 「ヲヽ喜助殿おせわいの。茶《ちや》などのんでいかしやらぬか」 雑《わかいしゆ》 「イヤもうけふは朝《あさ》から閙《いそ》[一九]がしうごんす。桂様《かつら》ンはまだ寝《ね》てかいの。今に坐敷《ざしき》があらふもしれぬ。ちやつと[二〇]起《をこ》して身仕廻《みじまひ》させさんせ。アヽいそがしや」と走行《はしり》ク。急下《はいる》 跡《あと》に老母《らうぼ》は、老旦《らうぼがた》 「ホンニマア[二一]このごろの日の短《みぢか》さ。この桂《かつら》はまだ起《おきやら》ぬか。娘《むすめ》〳〵」とよぶ声《こゑ》に、旦《おやま》 上《いづる》 アイト[二二]返詞《へんじ》もしどけなき、寝《ね》巻《まき》のまゝの美人虹《びじんこう》[二三]、裳引《もすそひき》つゝ立出れば、老旦《らうぼがた》 「イヤノウ娘《むすめ》。夕《(ゆふべ)》ア夜明《よあかし》しやつたゆへ、けふは定《さだめ》て眠《ねむ》からふが、昼寝《ひるね》[二四]すぐすはきつい毒《どく》。手水《てうづ》の湯《ゆ》も沸《わい》てある。顔《かほ》なをして飯《まゝ》などたべや」 旦《おやま》 「アイ。したが母様《はゝ》ン。もふ何時《なんどき》でござんすぞへ」 老旦《らうぼ方》 「ハテ何時といふてモウ七ツ[二五]にはあるまいはいの」 旦《おやま》 「そんなら身じまひしやうかいな」 老旦《らうぼがた》 「ヲヽソレ〳〵。それがよかろ。ドリヤ湯《ゆ》をとつてやりましよ」と、盥《たらい》にうつす湯加減《ゆかげん》も、母子《おやこ》ふたりの水入[二六]らず、[二七]みがゝで清《きよ》き玉櫛笥《たまくしげ》[二八]、ふたへみへ四重《よえ》引[二九]キまはす、ひら[三〇]元結《もとゆひ》の投島田《なげしまだ》[三一]、合《あわ》[三二]せ鏡《かゞみ》に鬢水《びんみづ》[三三]も、[三四]こぼれかゝりし愛敬《あいけう》なり 旦《おやま》[三五] 梳粧介《かみゆふみぶり》 老旦《らうぼ方》 看介《みるみぶり》 母《はゝ》はにこ〳〵余念《よねん》なく、「ヲヽ髪《かみ》もようできました。イヤノウ桂《かつら》、今《いま》さらいふに及《およ》ばねど、そなたの父御《てゝご》は大館《おほだち》[三六]左衛門佐晴光《さへもんのすけはるみつ》様とて京家《けけ》の歴〻《れき〳〵》。前将軍義晴《ぜんしやうぐんよしはる》[三七]様薨御《こうぎよ》の砌《みぎり》追腹《おひばら》[三八]あそばし、奥《おく》様の御愁歎《ごしうたん》、

おも裾を長く引くように仕立てた袴。九 袴の左右の股立をつまみ上げて紐に挟み、走りやすくする。一〇 大急ぎで走るさま。一一 この曲名は、遊里の場面に適わしい名を付けたもの。玉掻頭や填詞名解には見えない。一二 接穂する。台になる木に若芽のついた枝木をつぐ。ここでは、親が老いれば娘が代りに育つことの比喩。一三「土も木も栄えさかふる津の国の、難波の梅の名にしおふ、匂も四方に普く」(謡曲「難波の梅」)。

一四 摂津の国。今の兵庫県東部と大阪府北部。一五 原話の周二娘と劉倩倩に当る。一六 上下に係る。手がまわりかねるは、経済的に不如意なこと。一七 客席に行く芸者に従って、箱などに入れたりした三味線を持ってゆく男。一八「大いなる事を五幾内近国共に○ゑらいといひ、又○いかいと云」(物類称呼・五)。以下の廓者の会話は上方弁を多く用いる。一九「閙 イソガハシ」(増続大広益会玉篇大全)。二〇 さっさと。二一「〔老旦〕」(周二娘)你看ヨ紗窓上ノ日影ハ那裡(かしこ)ニ到リ了レリ。還タ起来ヲ思量セザルヤ」(玉掻頭・第四齣)。二二「〔睡ヨリ起キ倦ム体ヲ作(な)シテ上ル〕」春眠シテ卯ヲ過グ。起キ来ル時衣裳顚倒ス」(玉掻頭・第四齣)。二三 虹は、帯をいう。「虹の帯・雲の上着を、ゆりかけて」(山崎与次兵衛寿の門松・上)。二四「如今、

[一]おもひ〳〵が病《やまひ》となり、これも程《ほど》なく世をさりたまひ、御男子《ごなんし》なければお家《いゑ》は断絶《だんぜつ》。わしはそなたのお乳《ち》の人。今はの際《きは》に奥《おく》様が、わしを枕《まくら》の辺《ほとり》にめされ、「姫《ひめ》が養育《やういく》たのむぞ」と、たつた一ト言《こと》はかない御最期《ごさいご》。おのれやれ姫君《ひめぎみ》を守育《もりそだて》、絶《たへ》たるお家《いゑ》をおこさんと、思《おも》ふにかひなき女《をんな》の身《み》、この神崎《かんざき》にながれ来《き》て、[二]娘《むすめ》よ母《はゝ》よと[三]曲《きよく》もなや、舞子《まひこ》とまでになりさげて、過《すご》す月日《つきひ》の[四]老鼠《おひねづみ》、いつかは[五]しげれ松山《まつやま》の、栄《さか》ゆくを見《み》て死《しに》たさ。いやしい世《よ》わたりさすかはり、ハテ[六]武士《ぶし》でさへあるならば、好《すい》た男《おとこ》をもたせてやりたい。かならず邪見《じやけん》な鬼婆《おにば》ゝじやと、恨《うら》んで[七]ばしたもんな」と、[八]跡《あと》いひさしてめにもるゝ、泪《なみだ》は老《おひ》のならひかや。歎介《なげくみぶり》 旦《おやま》 かつらもともに打《うち》しほれ、「アノ母様《はゝ》ンのもつたいない。此とし月の御養育《ごやういく》。生《うみ》の親《おや》にもまさつた恩《おん》は、この津《つ》の国《くに》の海《うみ》よりも、[九]ふかい親子《おやこ》の縁《ゑん》のいと、つながれて苦労《くらう》しやさんすが、[一〇]おいとしぼうござんする」。歎介《なげくみぶり》 老旦《らうば方》 「ヲイノ。ひよんなこといひ出《だし》てよしない歎《なげき》。モウいふまい〳〵。したが娘《むすめ》これこれを見《み》や。[一一]この簪《かんざし》は母御《はゝご》の紀念《かたみ》。いつぞはそなたにわたそふと、思《おも》ひながら折《おり》もなく、けふまではいはざりしが、この簪《かんざし》を母《はゝ》うへともおもふてさしたがよいわいの」と、わたせば桂《かつら》は手《て》にとり上ゲ、旦《おやま》 「フウコリヤ梅《うめ》の[一二]花《はな》かんざし。[一三]これが母様《はゝさま》のかたみかいのふ。おなつかしうござります」。歎介《なげくみぶり》 老旦《らうばがた》 「ヲ、かなしいは道理《だうり》〳〵。[一四]君《きみ》ならでたれにかみせん梅の

日巳ニ傍午ナリ。快些(はや)ニ頭ヲ梳リ起シ来レ」(玉搔頭・第四齣)。 二五 午後四時。 二六 上の「湯」を承けていう。湯は入れるが水は入れない。 二七 「你ハ容顔好シト雖モ、頭ヲ梳ルコトモ也(ま)タ少(か)キ難シ」(玉搔頭・第四齣)を逆にいったもの。 二八 元来は美しい箱の意。ここは「ふた」の枕詞。 二九 元結の紐を髻(もとどり)に引きまわす。「你自己ニ髮ヲ理(おさめ)シ、做娘的(はは)髻ヲ挽クヲ待タバ便了ナラン」(玉搔頭・第四齣)。 三〇 紙捻(こうひね)りを幅一寸ほどに切った、丈長の元結。 三一 島田まげの根を低く下げ、まげを後ろへそらして結んだ髪型。遊女が好んだ。 三二 二枚の鏡を頭部の前後に合わせて後ろ姿を見ること。 三三 髪の乱れをなおしたり、艶を出したりするために櫛をひたす水。 三四 「水」と「愛敬」の上下に係る。鬢を見るの意を掛ける。 三五 玉搔頭・第四齣でも、劉倩倩が自ら髪を梳る。 三六 この名は足利季世記・四「前将軍薨逝ノ事」等に見え、天文十九年(一五五〇)五月四日に足利義晴を江州穴太山中に葬った際に出家し、法名を常信と名のった、と記される。粉本では、劉倩倩は、劉都閫(都指揮使司)とその侍妾の間に生まれ、正妻の嫉妬を避けるために都閫と馴染であった妓女周二娘(現在は遣手婆)に預けられて養育された、と設定される。 三七 足利幕府第十二代将軍。 三八 出家したとの史実を改

花《はな》」、旦《おやま》「[一五]いろをもかをもしる人ぞしる」。老旦《らうばがた》「むすめ」旦《おやま》「はゝさん」合《ふたり》「おもへばはかない浮世《うきよ》じやなァ」

前腔《たう》 日は海《うみ》に入るや千鳥《ちどり》の声《こゑ》さむき、[一六]磯屋《いそや》の簷《のき》のたそがれ時《とき》。浄副浄上《かたきやくふたりいづる》 里《さと》に名だゝる[一七]鶴井《つるゐ》の左平吾《さへいご》。亀田《かめだ》の六次打《うち》つれ立チ、[一八]うそ〳〵来《(きた)》るとんきよ声《こゑ》、浄《かたきや》く」「[一九]おふくろうちにか。左平吾じや」と、ずつと通《とほ》れば 老旦《らうばがた》「[二〇]ヲ、さ平吾様ン。六次様ン。うちそろふてようこそ〳〵」。浄《きかた》「ヤさつそくいはふは。[二一]此間ダからいひこんだこゝの娘《むすめ》の縁談《ゑんだん》。婿殿《むこどの》は[二二]久《く》ゝ智《ち》の大尽《だいじん》。[二三]支度入用手支《したくいりようてづかい》なく、賄《まかなは》ふとあるけつこうな[二四]綸言《りんげん》。[二五]二ッ引ヶの勘定《かんぢやう》とつて、そろひの[二六]掛銀《かけぎん》[二七]はたられるから見ては、[二八]大まいな出世《しゆつせ》じやぞや」副浄《きかた》「ヲ、それ〳〵。それを四の五のと挨拶《あいさつ》せぬはわるい合点《がてん》。[二九]弁慶仲《べんけいなか》間《ま》じやちつくり名のうれたおいらが媒《なかうど》。否《いや》でもおうでも[三〇]とりくまにやおかぬ」浄 副 浄「きり〳〵返詞《へんじ》が聞《きゝ》たい」と、里《さと》になれても角《かど》[三一]のある、火《ひ》入レ引キよせすつぱ〳〵、煙輪《けぶりわ》にふくたばこさへ[三二]油《あぶら》ひかずのせりふなり。老旦《ろうば》「イヤモウ[三三]その様《(や)》ゥに世話《せわ》して下さる娘が身《み》のうへ。いやといふではなけれども、何をいふても子供《こども》も同前《どうぜん》。もう二三年ン過《すぐ》した上エでは」。浄《きかた》「ア、いはしやんないの〳〵。コレきかしやれや。近《ちか》ごろの[三四]前句《まへく》にも。[三五]親《おや》の恩《おん》十四でしつた娘あり。ナントよごんすか[三六]十三四から子《こ》をもつは今時《いまどき》の娘《むすめ》のならひ。こゝの桂《かつら》は十六じやないかへ。ソレ[三七]十三ばつかり。ナソレ。十六じや〳〵。

めた、虚構。

一 深く考えこむ。 二「老身(周二娘)留メテ己ガ女ト為シ、愛スルコト親シク生ミシモノノ若シ」(玉掻頭・第四齣)。 三 面白くもない。 四 老婆となった自分を、年をとった鼠に喩えた。 五 大館家が再興する喩え。 六 粉本第四齣では、「我、他ノ父親ノ孤ヲ託スルノ誼ヲ念(おも)ヒ、苦ダ凌逼ヲ加フルニ忍ビズ、只ダ好ク従容ト他ヲ勧諭ス」と、劉倩倩に客をとらせたいという。 七「恨む」を強調する副助詞。 八 いい残す。 九「海」と「親子の縁」の上下に係る。 一〇 いたわしいの大阪方言。いとしぼい(牧村史陽「大阪ことば事典」)。 一一「「老旦」(周二娘)這ハ別人家ノ物事ナラズ、乃チ是レ你ノ生身ノ父母、留メテ記念ト做スノ東西(もの)ナリ」(玉掻頭・第四齣)。 一二 粉本では玉掻頭である。 一三「「旦」(劉倩倩)呀(ああ)、原来是レ爹娘(ちちはは)ノ手沢ナルカ、這等ナラバ孩児ハ此ノ玉簪ヲ見ルコト、父母ヲ見ルガ如クセン」(玉掻頭・第四齣)。 一四「梅花を折りて、人に贈りける／きみならで誰にか見せむ梅花色をも香をもしる人ぞしる」(古今集・春上・紀友則)。桂のほかには誰に見せようか、この梅の花かんざしを。 一五 その姿の美しさをも香りのなつかしさをも私だけがわかるのです。 一六 磯辺にある漁師などの家。

何の嫁入《よめいり》がはやからふ。ノウ六次」副浄《きかた》「さうとも〳〵。そんなことじや咄《はなし》はわからぬ。いつそ桂《かつら》をつれていて、大尽《だいじん》に手わたししやらかい」浄《きかた》「それがよかろ」と立チあがれば　老旦《らうぼ方》「コレめつそうな」と母親《はゝおや》が、娘《むすめ》をかばふどつたばた、四人[一]立まふあらそひ半《なかば》。

生《しやつ》[二]　丑《かたきやく》　上《いづ》る　義輝公《よしてるこう》はこの里《さと》の桂《かつら》が名にし聞《きゝ》つたえ、松永が案内《あない》にて、はる〴〵見まくほし[三]月夜《づきよ》、門《かど》にたゝずみ給ひしが様子《やうす》聞《きゝ》かね松永大膳《だいぜん》、ずつと入ッて二人りが襟首《ゑりくび》、とる手も見せずゑのころ[四]投《なげ》。なげつけられて　浄　副浄疼痛介《いたがるみぶり》「アイタ、アイタ、おいらをゑらう投《なげ》たは誰《たれ》だ。イヤサ何やつだ」と、すかし眺《ながめ》て、浄《きかた》「ムウ思ひがけない旅侍《たびざぶらひ》」。副浄《きかた》「こなさん何で投《なげ》たのじや」と、左右《さゆう》にならぶ腕《うで》まくり。丑《きかた》「ざは〳〵とかしましい。最前《さいぜん》より表《おもて》にて、様子《やうす》を聞ヶば、女とあなどりあまりの法外《ほうぐわい》、見かねて身共《みども》がこの裁判《さいばん》[五]」浄副浄《ふたりのかたきやく》「ムウコリヤおもしろい聞《きゝ》どころ。さい[六]にんに出たこな様ンは」丑《きかた》「ホ、われば[七]都方《みやこがた》の侍《さぶらひ》松永《まつなが》、イヤ[八]松岡丹蔵《まつおかたんざう》といふ者《もの》。所用《しよよう》あつてこの家《や》へ来《きた》る。シテ[九]そちたちは何者《なにもの》じや」浄《きかた》「[一〇]なんじやそちたち。イヤそちたちとは[一一]ふさふさしい。忝《かたじけな》くもわれ〳〵は、鶴井《つるゐ》の左平吾《さへいご》」副浄《きかた》「亀田《かめだ》の六次といふ弁慶《けい》じや。ヲ、ずんと名のうれた牽頭《たいこもち》様じや」。浄《きかた》「[一二]鶴井亀田に松岡丹蔵。[一三]鶴亀松竹といや[一四]おいらが下席」浄副浄「そんならかう」と両方から、打ッてかゝる二

一七 粉本第七齣における太原の幇間の馬不進と牛何之に当る。 一八 きょろきょろ。あたりを見まわしたりする落ちつかない態度。 一九 「周二娘、家ニ在リシヤ」(玉搔頭・第七齣)。 二〇 「(周二娘)原来是レ二位(おふたりさん)、請フ進メ」(玉搔頭・第七齣)。 二一 「[浄](馬不進)我、幾箇カノ頂尖(もつともよい)ナル大老官(だんな)ヲ選ビ、你ガ令愛ノ替(ため)ニ伐(なかだち)ヲ作(な)サント要シ、前日ニ何之ヲシテ来リ説カシムルニ、你甚麼(なに)ノ為ニ允サザルヤ」(玉搔頭・第七齣)。 二二 「久久智は神崎の隣村なり」(羇旅漫録・九十「近松門左衛門が伝」、享和二年馬琴自跋)。 二三 一般には手順・手はずの意だが、ここは支障の意で用いていよう。さしさわりなく。 二四 元来は天子の言の意。ここは久々智の大尽をあがめて言っている。 二五 遊女が退廓する際に、身代金や付加借金の総額の八割の利息を請求されることをいうか。 二六 一定期間たった後に支払う代金。ここは、遊女が抱え主に返済すべき身代金のこと。 二七 取りたてられる。 二八 元来は、多くの金額をいう意。ここでは、大そうなの意。 二九 「おか場所の牽頭(たいこもち)を、弁慶といふ」(羇旅漫録・百十二「大坂妓院の方言」)。「我レ馬幾青ハ嘴ヲ誇リテ説クニアラズ、如今ノ幇客、我們ノ此ニ在ル有ラバ、料リ想フニ別人ハ也タ敢テ来リテ攙越(さきがけ)セザラ

ン」(玉播頭・第七齣)。三〇 組合わせる。三一 上下に係り、「けわしい」「かくばっている」の両意を持つ。三二 上等の刻み煙草。下等の煙草は刻み易くするために包丁や葉の面に引いた油の臭気が残っているが、上等の物にはそれがない。身分不相応な贅沢をして金廻りがよいことを示す。後に引かぬの意を掛ける。三三「只ダ是レ小女ニシテ、年紀還タ小シ。再(さら)ニ一年半載ヲ遅(ま)チテ教ヘラルルモ未ダ遅カラズ」(玉播頭・第七齣)。三四 雑俳で、七七の付句の前に置く句。三五 柳多留拾遺・三編(享和二年刊)に載る。十四歳で性の喜びを知り、子を生み、よくぞこの世に生んで下さったと親に感謝する娘。三六「門戸人家ノ女児、十四歳ノ上ニ至ラバ、就チ破瓜スベシ。你(周二娘)如今十六歳ニ到ルヲ等(ま)ツニ、還タ甚麼(なに)ノ年紀小シト説ク」(玉播頭・第七齣)。三七 俗諺。「毛十六」と続く。女の子は十三歳で初潮を見、十六歳で陰毛を生じる、の意。

一 粉本には四人が立ち争う設定はなく、朱彬が先ず偵察に周二娘の家に来て馬不進と牛何之に打たれかかることになっている。二 貴人が低い身分を装うこと。三「欲し」と「星」の掛詞。四 犬の子を投げるように軽々と投げ飛ばす。五 底本「截」に作る。意改。六 仲裁人。

人が腕首《うでくび》しつかと摑《つかめ》ば 浄副浄疼痛介《いたがるみぶり》 「アイタ、、、、」 丑《かたき》 「ムウ[一]おのれらぶちはなすやつなれど場所《ばしよ》[二]を思ふてゆるしてつかはす。已後《いご》はきつとつゝしめ」と懐《くわい》中さぐつて用意の小判《こばん》手の平に持《もち》そへさせ、その手を放《はな》せば二人リは怕《びつく》り 浄副浄驚介《おどろくみぶり》 「ヤ。コリヤどうじや。しかも小判で十両づゝ」 丑《かたき》 「軽《けい》少ながら膏薬代足元のあかるいうちとつとゝ立ッて行《ゆく》まいか」と、疾眼《にらみ》[三]つけられ、 浄副浄《ふたりのかたき》 「ア、まいりますともも〳〵。客人《きやくじん》の草履《ざうり》なをしても、壱分の金子は縁遠《えんどほ》いにちよつと投《なげ》られ賃《ちん》が舌[四]十枚《まい》。あんまりらますぎてきみがわるい」 浄《かたき》 「六次そんならい[五]のふかへ」 副浄《かたき》 「旦那《だんな》ゆるりとおはなしなされ。サア〳〵いかふ」と追従軽薄《ついしやうけいはく》、金入レおもき三[六]徳《とく》の、七[七]《なゝ》つ道具《だうぐ》も弁[八]慶《けい》どち、懐《ふところ》かゝへ出て行 同下《ふたりながらはいる》

おもひがけなき扱《あつか》ひに、親《おや》子はうれしくさし寄《よ》ッて 老旦《らうぼ》 「いかなるお方かしらねども、だ[九]ん〳〵のお情《なさけ》お礼申そふ様ゥもない。シテ又あ[一〇]なたの御用はな」 丑《かたき》 「身[一一]どもが主人《しゆじん》は都《みやこ》の歴〻《れき〳〵》、聞及《きゝおよ》びし桂《かつら》どの舞《まひ》の一ト手も所望《しよもう》したさはる〴〵とたづね参《まい》られた」 老旦《らうぼ方》 「是は〳〵見るかひもない娘かつら。都からお越《こし》下さるとは冥加《めうが》[一二]ない。ガその御《ご》主人《しゆじん》の姓《せい》名は」 丑《かたき》 「すなはち武将義輝公《せうよしてるこう》[一三]」 旦《おやま》 老旦《らうぼ》 驚介《おどろくみぶり》 「ヱ」 老旦 「フウ足利《あしかゞ》義輝《てる》公は一天下《か》の武将《ぶしやう》。かる〴〵しいお成《なり》[一四]とは。コリヤどうも合《が》点《てん》がまいりませぬ」と、いわれてぎつくり 丑《かたき》 汗顔介《せきめんするみぶり》 「アイヤサわるいのみ

七 底本のまま。 八 前に仮の名をかく定めた設定(一四〇頁)に応ずる。 九 「此ノ二位(ふたり)ハ是レ何人ゾ」(玉播頭・第七齣)。 一〇 目下者としての言い廻しに憤慨した言葉。 一一 図々しい。 一二 「〔浄・副浄〕(馬不進・牛何之)你ノ姓ハ猪(ちよ)、我們ノ姓ハ牛、姓ハ馬、牛馬ハ猪ヨリ大ナリ」(玉播頭・第七齣)。猪は朱彬の朱と同音で、猪(朱)よりも我ら馬・牛の方が上だ、とこじつけたもの。 一三 めでたいものを順に数えあげた俗諺。「鶴亀松竹」(諺苑・寛政九年成立)。 一四 松の方が鶴や亀より下位だ。

一 原話では朱彬が馬不進・牛何之に打たれる設定であるが、こちらは松永大膳が鶴井左平吾・亀田六次を捕まえ、その上に金銭で懐柔する、としている。 二 底本振仮名は「ばし」に作る。意改。 三 「疾視 ニラミツケル。孟子、撫レ剣疾視」(名物六帖・人事箋四)。 四 一両小判。形が舌に似ているところから言う。 五 「〇いにます〇いなう〇いなんか。何れも帰なり。往也」(浪花聞書)。 六 紙入れ。「其後三徳と云もの流行出て、はな紙袋の通り仕立、かたかたは脇入なしに口付て薄くして、書付、楊枝さしなんどを入、中に鼻がみをはさむ様にしたる物なり」(賤のをだ巻)。 七 祝儀を受取ることで生計を立てている幇間は紙入れが必需品であること、弁慶の七つ道具に等しい。

こみ。[一五]よしてるではないおしてる大尽《だいじん》。ナおしてるとは難波《なにわ》といはんまくら詞《ことば》、武将《ぶせう》と書《かい》てたけまさとよむ、難波《なには》文吾武将《たけまさ》といふ室町殿《むろまちどの》の近従《きんじゆ》の士《さぶらひ》。とくより門《かど》まで来臨《らいりん》」といひまぎらかす出放題《でほうだい》 旦老旦　しらぬこなたは気のどく顔《がほ》 老旦《らうぼがた》 「それはマア〳〵ぶしつけな。さぞお待遠《まちどふ》にござりましよ。サア〳〵こちへ」とはゝ親《おや》の[一六]案内《あない》うれしく義輝公笠《かさ》ぬぎすてゝ入リ給へば 旦《おやま》 桂《かつら》はやう〳〵心づき、「アノ母様《はゝ》ンとしたことが、日はくれたのは[一七]あかしも灯《とも》さず、お客《きやく》のてまへもきのどくな」と気をつけられて 老旦《うらぼがた》 「さればいの。最前《さいぜん》の[一八]もやくやで、あかしさへまだえつけぬ。サア〳〵あかるうしませう」と納戸探《さぐつ》て燭台《しよくだい》にうつす[一九]つけ木の火《ほ》かげにて 生《しわごと》 旦《まおや》 互《たがひ》に見合す顔とかほ 旦《まおや》 [二〇]テモうつくしいとの御じやとおもへばぞつと恋風にそよぎ初《(そめ)》たるしのす[二一]ゝき、[二二]ほの字ばかりをほのめかせば 生《しわごと》 御ン大将《たいしやう》はいとゞ[二三]猶聞《なをきゝ》しにまさる容色《ようしよく》と、見《み》て見ぬふりのながし目《め》に、[二四]ちゞの思《おも》ひやこもるらん 老旦《らうぼがた》 様子《やうす》見てとる[二五]それしやのはゝ親《おや》、「都《みやこ》からはる〴〵と、お出《いで》なされたお二人リ様。何はなくともさゝ[二六]一ツ。ソレ[二七]娘投節《むすめなげぶし》など唄《うた》ふたがよいはいの。ドリヤ間《かん》[二八]してこふか」と坐《ざ》を立テば、 丑《きかた》 [二九]松永も[三〇]手持《てもち》なく、「われらはこよひの料理番《りやうりばん》。祝義《しうぎ》を[三一]松の台《だい》[三二]の物《もの》、拵《こしら》へよう」と打連《うちつれ》ゆく 同 下《ふたりははいる》 旦　あとはなか〳〵[三三]はづかしの、森《もり》[三四]の下露《したつゆ》[三五]ぬれそめし、こんやのあふせうれしくて、互《たがひ》の思《おも》ひうすからぬ、恋《こひ》の[三六]しよわけもしら[三七]拍子《びやうし》、心の[三八]しらべ乱《みだれ》つゝ、やう〳〵

八 太鼓持ち同士。源義経の家臣の弁慶に掛ける。 九 あれやこれやの。 一〇「請フ問フ、官人ノ此ニ到ル、何ノ論セラルルカ有ル」(玉搔頭・第七齣)。 一一「個ノ姓万ナル舎親有リ、来リテ令愛ヲ拝訪セント要ス」(玉搔頭・第七齣)。万は、武宗の仮の名。 一二 冥加に余る。恐れ多い。 一三 征夷大将軍の意。 一四 貴人の訪れ。 一五 原話で、武宗の仮姓名を万遂とする設定(玉搔頭・第八齣)に相当するもの。 一六「案内 アンナイ アナイ」(書言字考・九)。手引き。 一七 底本のまま。「に」の誤りか。 一八 もやもや。もめ事。 一九 杉や檜などの薄い木片の一端に硫黄を塗りつけたもの。火を移し点じるに用いる。ここは歌舞伎によく用いられる、暗中に火で顔を見合わす趣向(苅萱桑門筑紫𨏍・四、八犬伝・第四十七回等に用いられる)に拠った。 二〇「〔旦…生ヲ見テ睇視シ、経退ノ介ヲ作ス〕呀、何ゾ曾経(かつ)テ這ノ容儀ヲ見ンヤ。人ヲシテ進マント欲シテ還タ驚キ退カシム。那(か)ノ夢裡ノ襄王ニ比着スルモ更ニ威有リ」(玉搔頭・第八齣)。 二一 篠と薄。上の「風」の縁語。且つ下の「ほ」を引き出す序詞。 二二「穂」と「惚」の掛詞。 二三「〔生背ク介〕真ニ是レ天姿国色、六宮裡面ニ、那ゾ這ノ一位ノ佳人有ラン。此ノ番ノ跋渉ヲ枉ゲズ」(玉搔頭・第八齣)。 二四 多くの恋慕の情。 二五 遊里に長年暮して色恋の道に通

と側《そば》へより 旦《おやま》 「アノおまへ様ンは此里《このさと》へ、何の御用《よう》でござんした。こゝらあたりが[一]奥《おく》様の、おさとゝいふでもあるまいし、いく日《か》も〳〵逗留《とうりう》してござんしてもよいのかへ」と、あじな謎《なぞ》〳〵[二]かけ橋《はし》や、さそふ[三]水《みづ》まつ風情《ふぜい》なり。生《わごとし》「イヤモ[四]われらは定《さだま》る妻《つま》もなく、聞《きゝ》およんだ桂《かつら》どの、一ト目見たいが身《み》のねがひ。[五]奉公《ほうこう》のひまぬすんで、尋来《き》たかひあつて、思ひとゞきし君《きみ》が顔《かほ》、[六]みをづくしてもあひたい」と、より添《そひ》給へば、旦《おやま》 [七]顔そむけ、「そのお詞《ことば》はうれしいけれど、難波《なには》文吾《ぶんご》武将《たけまさ》様とやら、都《みやこ》がたの殿《との》様ンの女房《にようぼ》にならるゝものかいな。及《およ》ばぬ恋《こひ》とあきらめても、おもひきられぬ心の羈《きづな》、わしやなぜ舞子《まひこ》になつたやら。[八]見ずは思ひもあるまい」と、詞《ことば》もしどけな[九]みだぐむ。生《わごとし》 「ハテ[一〇]わつけもない。[一一]かずならぬ[一二]武正《たけまさ》を、夫《おつと》とおもふて下さるなら、二世《せ》も三世も見捨《みすて》はせぬ。さりながら、おぼこに見えても[一三]里《さと》すゞめ、外《(ほか)》に男《おとこ》があらふがの」。旦《おやま》 「なん〳〵の[一四]誓文《せいもん》で何の男《おとこ》があろぞいの。[一五]仮令《たとひ》天子《てんし》将軍《しやうぐん》でも、おまへをのけてそもやそも、肌《はだ》ふる気《き》はないはいな」。生《わごとし》 「ムウそんなら[一六]武将《ぶしやう》の厳命《げんめい》でも」 旦《おやま》 「うたぐりぶかい。コレこう」と、[一七]じつど[一八]しむれば 生《わごとし》 しめかへし 合《ふたり》 [一九]抱《いだき》つく〴〵膝《ひざ》に膝。ともに[二〇]わりなき中の間《ま》より [二一]双青牛《うたい》 「[二二]あひに[二三]相生《あひおひ》の松こそめでたかりけれ」 旦《おやま》 「ヤアあの声《こゑ》は」。生《わごとし》 「そなたの母人《はゝびと》」 合《ふたり》 「今の様子《やうす》をしつてか」と、とびのく二人《り》。

じた者。 二六 酒をいう女房言葉。 二七 江戸前期に遊里で流行した歌。三味線に合わせて歌い、初めの頃は歌の終りを「やん」と投げるように歌ったので投節という。 二八 燗。「「老旦」我ガ児、你、相公（だんな）ニ陪シテ坐了セヨ、我去キテ茶ヲ料理シ来タラン」（玉搔頭・第八齣）。 二九 原話第八齣の、朱彬が気をきかして下る設定を踏まえる。 三〇 手持無沙汰。 三一 島台。料理の品々を松竹梅などのめでたい飾りつけに盛り合わせたもの。祝儀などに用いる。 三二 「待つ」と掛ける。 三三 山城国乙訓郡羽束師（はつかし）（京都市伏見区羽束師志水町）にある森。歌枕。「恥ずかし」に掛ける。 三四 歌語。森の草木においた露。 三五 初めて情交する。 三六 諸分。色恋の機微。 三七 「知ら」と「白」の掛詞。 三八 「拍子」の縁語。

一 独身者か妻帯者かを探る言葉。「請フ問ハン幾位ノ夫人カ有ル」（玉搔頭・第八齣）。 二 「謎」と「橋」の上下に係る。 三 「橋」の縁語。「わびぬれば身をうき草のねをたえてさそふ水あらばいなむとぞ思ふ」（古今集・雑下・小野小町）。 四 「「生」…目下正ニ配ヲ択バント要ス」（玉搔頭・第八齣）。 五 主君に仕えること。 六 「澪標」と「身を尽くし」の掛詞。「わびぬれば今はた同じ難波なる身をつくしても逢はんとぞ思ふ」（後撰集・恋五・元良親王）。 七 原話では、

隔《へだて》の乾紙《からかみ》[二四]、明《あけ》て[二五]しづ〳〵立出る 老旦《らうぼ方》 上《いづる》 母《はゝ》が手《て》にもつ嶋台《しまだい》も、心斗《こころばか》リの妹夫《いもせ》の結《むす》び、二人リが中になほし置《おき》、「母が日ごろの願叶《ねがひかな》ふて、壻殿《むとどの》は京家《け》[二六]の武士《ものゝふ》。人品骨《じんぴんこつ》柄《がら》こゝといふ、いひぶんのないよい男《おとこ》。母子《おやこ》が素生《すぜう》はともかくも、いやしい活業《よはたり》する娘《むすめ》を、女房に持ッて下さるとのこと。一ト間《ま》で聞ィたその嬉《うれ》しさ。善《ぜん》はいそげとこよひの祝言《しうげん》。婚礼《こんれい》[二七]の盃《さかづき》は、女からはじめる作法《さほう》。千代《ちよ》万代《(よろづよ)》[二八]の末《すへ》までも、かはらぬかため三ゝ九度《ど》。桂《かつら》はじめて上ゲましや」と 旦《おやま》 思ひがけなき母親《はゝおや》の、粋《すい》な詞《ことば》[二九]にはぢもみぢ、あからむ顔《かほ》のさゝごと[三〇]や、いつ〳〵までも土器《かはらけ》[三一]に、うけてさすさへ折目高《おりめだか》[三二] 生《わごとし》 よし輝公《てるこう》も一献《いっこん》うけ、飲《のみ》ほし給へば、松永[三三]が 丑《かたき》 上《いづる》 携《たづさ》へ出るたのみの印《しるし》。包《つゝみ》もちやうど三百両。「軽少《けいせう》ながら」とさし出す 老旦《らうぼ方》 「[三四]ツウたいまいな此結納《ゆひいれ》。これがどうして」 丑《かたき》 「アイヤ御老母辞退《ごらうぼぢたい》は無益《むやく》[三五]。旅中《りよちう》の音物《いんもつ》[三六]心にまかせず、主人《しゆじん》にかはつてわれらがはからひ。めでたう受納あられよ」と、いふにこなたも 老旦《らうぼ方》 「ウなるほど〳〵。金銀にめをくれて、悦《よろこ》ぶとにはあらねども、かへすといふ[三七]も此場《このば》の気がゝり」 生《わごとし》 「親子《おや》[三八]ともに都《みやこ》へ引キとり、不自由《じゆう》させぬ。それまでは」。 老旦《らうぼがた》 「直《すぐ》[三九]に壻《むこ》入姑入《いりしうといり》[四〇]。女夫《めをと》なかよくもふ子《ね》[四一]の刻。納戸《なんど》[四二]に床もとつてある」 旦《おやま》 そんなら寝《ね》ようじやあるまいか。こちの人ともいひかねて、いそ〳〵磯《いそ》[四三]の松永も 丑《かたき》 「仲人《なかうど》[四四]は宵《よひ》のうち。サア〳〵お入リ」と打《うち》つれて 斉下《みな〳〵はいる》 入る[四五]や空《そら》とぶ鴈《かり》[四六]が音《ね》も、寒《さむ》さはいとゞ更《ふけ》

威武大将軍をよそおった武宗が文官でないことを恥じる設定である。 八 会わなかったならば、つらい思いもすまい。「いそのかみふるのなかの道なかなかに見ずは恋しと思はましやは」(古今集・恋四・紀貫之)。 九 「無」と「涙」の掛詞。 一〇 たやすいことだ。 一一 「〔生〕既ニ小娘子ノ棄テザルヲ蒙ムラバ、今晩先ヅ百年ノ約ヲ訂サン」(玉搔頭・第八齣)。 一二 「武将」の誤り。 一三 遊里の若い女をいう。 一四 副詞的に用いて、神に誓っての意を表わす。 一五 後で将軍から迎えの使者が来ても拒否する話の伏線。「〔旦〕…若シ肯テ性命ヲ把リテ他ニ結識セバ、尋常ノ勢力アルモノハ説ク莫ク、就チ聖旨ノ前ニ在リ、軍力ノ後ニ在ル有ルトモ、他ハ其レ我ヲ奈何セン」(玉搔頭・第八齣)。 一六 →一四八頁注一三。 一七 じっと。 一八 強く抱く。 一九 「付く」を掛ける。 二〇 一通りでなく親しい。 二一 玉搔頭に見えぬ語。青牛は「長安大道連二狭斜一、青牛白馬七香車」(盧照隣・長安古意・唐詩選二)に見られる如く、遊里に縁のあるものであることに基き、馬琴の作った曲名か。 二二 謡曲「高砂」の内の一部分を引く。 二三 雄松と雌松の幹が途中で合わさったもの。夫婦の喩え。 二四 「からかみ」の「み」が誤脱。 二五 玉搔頭・第八齣でも、武宗と劉倩が夫婦約束をすると、周二娘が登場する。 二六 「〔旦背カニ老旦ニ対ス

まさり、遠《をち》の浪音《なみおと》松の声《こゑ》、只《たゞ》しん〳〵と冴《さへ》わたる。丑《かたき》上《いづる》 音《おと》しづまれば松永大膳《まつながだいぜん》。勝《かつ》[一]手口よりしのび出、朴刀腰《だんびらこし》[二]にさし足《あし》[三]ぬき足 老旦《らうぼ》上《いづる》 ねらひよれば主《あるじ》の老母、「コハこゝろへず」とぼんぼり[四]を、袖にかざして窺《うかゞ》ふとも 丑《かたき》 しらぬこなたはそろ〳〵と、襖《ふすま》引キ明ケ入らんとす。老旦《らうぼがた》 小尻《こじり》[五]ひかへて引キ戻《もど》す。丑《かたき》 驚《ぎよつ》としながら身をひねり、ふりむく顔へ 老旦《らうぼがた》 さし出す手燭《てしよく》[六]。丑《かたき》 刀《かたな》引キ抜《ぬき》切おとせば、ふしぎや発《はつ》する鶏《にはとり》の、声《こゑ》を友音《(ともね)》[七]と飼鶏《かひどり》の、まだ夜ぶかきに乱《みだ》れ啼《なく》。[八]函谷関《くわんこくくはん》のそれならで、と[九]ゞめかねたる関の戸も、闇《やみ》[一〇]はあやなし 下斉

○台在機関《ぶたいまはりどうぐ》 生《わごと》 旦《おやま》 上《いづる》 灯《ともし》火細き納戸《なんど》口。よし輝公《てるこう》[一一]は鶏の音《ね》に夢《ゆめ》驚《おどろ(か)》し起《おき》出給へば、つきぬ名残も桂《かつら》がうらみ 旦《おやま》 「せめて四五日逗留《とうりう》はなさらいで。おもへばあんまりはかないわかれ。のこり多《おゝ》や」とよりそへば 生《わごと》 「其《その》うらみはことはりながら、人目をしのぶ旅の宿《やどり》。[一二]なけばこそ別れをおしめ鶏《とり》の音と、よみしは河内《かはち》の土師《はじ》の里《さと》、こゝは津の国、神崎《かんざき》や、一ト夜仮《かり》寝の浪枕《なみまくら》[一三]。わかれといふもしばしのうち。[一四]頓《やが》て迎ひを越《こす》ほどに、サア〳〵機《き》げんなをしやいの」と、背撫《せななで》られて嬉《うれ》しげに、旦《おやま》 「そのお詞《ことば》に偽《いつわり》なくは、[一五]後の信《しるし》はこの簪《かんざし》。此かんざしはわけあつて、身にもかへぬ品なれど。おまへのつぶりに斯挿《かうさせ》ば、しばしもお側《そば》はなれぬこゝろ」。生《わごとし》 「[一六]そんなら是が迎の証拠《しやうこ》。これをもたせておこしたなら」。旦《おやま》 「おまへの迎《むかひ》と思ふてゆく。信《しるし》[一七]

ルノ介」母親、此ノ人姿容俊偉、器宇軒昂、畢竟是レ個ノ大富大貴ノ人ナリ。孩児ハ他ト、已ニ百年ノ約ヲ訂過ス。我ト你ト終身都テ靠(よた)ルコト有リ了ル」(玉搔頭・第八齣)。

二七「一番に引わたし出、よめのみはじむるなり。二度くはへべし。扨殿のかたへ行(おとなふ)」(元禄四年刊、霊宝聞書全抄「嫁取の次第聟入の事」)。

二八「千代万世の末かけて、流す田面の早苗とる」(謡曲「御裳濯(みもすそ)」)。

二九 恥ずかしさのために顔を紅葉のように赤くすること。 三〇 酒事。

三一 素焼きの杯。「変らぬ」を掛ける。

三二 態度が礼儀正しいこと。元来は武家の女であることを表わす。

三三 玉搔頭・第八齣でも、朱彬が結納として「黄金百両、錦幣十端、宝釵一対、明珠二十顆」をわたす。

三四 驚きの言葉。「〔老旦〕呀、就チ這ノ許多ノ聘礼ヲ賜フヤ」(玉搔頭・第八齣)。 三五「無益 ムヤク」(書言字考・八)。 三六 贈り物。

三七 結納の席で返すというのは不吉。

三八 玉搔頭・第八齣でも、周二娘の老後の生活を保証する設定がある。

三九「〔老旦〕既然(すで)ニ此ノ如クンバ、老身ノ去キテ洞房花燭ヲ辦ズルヲ待チテ、就チ是レ今晩ニ親ヲ成サバ便了ナリ」(玉搔頭・第八齣)。

四〇 婿入りの式の後で、舅姑が婿の家に行って行なう饗宴の式。ここは言葉のあやでいう。 四一 午前零時。

四二 屋内の物置部屋。

なければ天子《てんし》でも、足利《あしかゞ》様の御《ご》威光《ゐくはう》でも、外《ほか》へなびかぬこゝろの誓《ちか》ひ」。生《わごと》「ウ忝い アレ遠寺《あんじ》の鐘《かね》。ヤア〳〵松岡供《まつをかとも》せよ」と、の給ふ声《こゑ》に 丑老旦《かたきらうぼいづる》 松永《まつなが》も、母《はゝ》も共《とも》〴〵立出《たちいで》て 老旦《らうぼ方》「まだ夜《よ》ぶかいに早《はや》いお帰《かへ》り。娘おとめ申しやいの」 生《わごとし》「アイヤ鶏《とり》がうたへば[一八]夜《よ》明《あけ》に間《ま》はない。[一九]ノウ松岡」との給へど、丑不応介《かたききかぬみぶり》 空耳《そらみゝ》つぶすぶつてら顔《づら》。ふせう〴〵に立チあがれば。生《わごとし》 身ごしらへして義輝公《よしてるこう》立出給ふ袖《そで》ひかへ 旦《おやま》「ま一ト度ビお顔」といひたさも、母《はゝ》の手《て》まへをかね[二〇]言《ごと》も、いひのこしたるかず〳〵は、[二一]浜《はま》の真砂路《まさごぢ》尽《つき》せぬ名残《なごり》、[二二]やがて迎《むかひ》を[二三]松風《まつかぜ》に 尾声《おくり》 合《みな〳〵》「さらば〳〵」も遠《とふ》ざかり。わかれ〳〵て行空《ゆくそら》の 同下《まく》

○第三齣《だいさんだん》　拾愁讐玉《うれひをひらふてたまをあたとす》[二四]　稲荷山《いなりやま》の賽《かへりまうし》

[二五]青楓歌《しだ》 小旦《むすめがた》 末《たちやく》 捷義《はんどう》 上《いづる》 深草《ふかくさ》や[二六]稲荷《いなり》の山のもみぢ葉《ば》は、青《あを》かりしより色《いろ》づきて、ちるころまでも参詣《さんけい》は、絶《たへ》ぬ[二七]群衆《くんじゆ》のその中ヵに一ト際《きわ》めだつ大振袖《おほふりそで》、[二八]名波《なは》豊後介武政《ぶんごのすけたけまさ》が、ひとり娘《むすめ》の[二九]玉苗姫《たまなへひめ》。人めしのびの神参り。[三〇]姆《めのと》の道世《みちよ》、[三一]若党《わかたう》の、軍蔵《ぐんざう》つれて鳥居《とりゐ》先《さき》、茶屋《ちやや》が床几《せうぎ》に[三二]かけまくも[三三]かしこの往来《ゆきゝ》遠《とふ》よそに、しばしは見る[三四]が法楽《ほうらく》[三五]の、きねが鼓《つゝみ》もかまびすし

捷義《はんどう》「アレ玉苗《たまなへ》様。御《ご》らうじませ。あそこへゆく侍《さぶらひ》は、[三六]嵐吉《あらきち》に似《に》たじやござりま

四三「松」を呼び出す序詞。四四 諺。仲人は長居せず、早く引き上げるがよい。玉搔頭・第八齣では、朱彬も婢女と同食する設定になっているが、馬琴は以下の如く芝居仕立の場面に変えて、松永が三好長慶から義輝暗殺を命じられた場面と照応する場面とした。四五「射る矢」を掛け、その縁語で「雁」を呼び起す。四六「尾花ちるしづくの田ゐに雁がねも寒く来なきぬ」(万葉集・九)。

一 以下、松永大膳が義輝暗殺をはかる場面は粉本に無い。二 刀身の幅の広い刀。三「腰」と「足」の上下に係る。四 手燭で、紙または絹張りの掩いのあるもの。五 刀の鞘の末端の部分。六 歌舞伎の「だんまり」の演出法を導入した、芝居仕立の場面。暗闇の中で複数の人物が黙って探りあう。一四九頁注一九参照。七 大勢がつられて一斉に鳴くこと。八「鶏鳴度関 孟嘗君自レ秦逃帰、夜半至二函谷関一。追者将レ至。関法鶏鳴則開。孟嘗門下、客有下善為二鶏鳴一者上、試作二鶏鳴一。衆鶏聞レ之皆鳴。守吏開レ関得二逃帰一」(書言故事・十一)。九 鶏の鳴くのを止めかねる意と、男との逢瀬を止めかねる意とを掛ける。「あふさかや鳥の空ねの関の戸もあけぬと見えて澄める月かな」(続拾遺集・秋上・前大納言為家)。一〇 真暗闇で何もわからない。「春の夜の闇はあやなし梅花色こそ見えね香やは

せぬか」。末《たちやく》「ソレそこへ来《く》る黒羽二重《[一]くろはぶたえ》の羽織《はおり》を着《き》た男《おとこ》、日外上《[二]いつぞやのぼ》つた男女蔵《[三](をめざう)》に似《に》て居《お》ますぞへ」小旦《むすめがた》「ナンノイナ。あのやうな男はこちやすかぬ。色《いろ》が白《しろ》けりや見だて[四]がなし」捷義《はんどう》「目元《めもと》がよけりや鼻《はな》がちいさし。三拍子《さんびやうし》そろふた男はこれ程《ほど》の群集《くんじゆ》にも、ないものでござりますなア」末《たちやく》「さやう〳〵。おそらくこの軍蔵《ぐんざう》ぐらゐのいろ男は、ござりませぬ」とひやうきづく[五]、跡《あと》はわらひの仇口《[六]あだくち》も生《わごと》丑《かたき》上《いづ》るしばしは憂《うさ》をはる[七]〳〵と、立かへり給ふ義輝公《よしてるこう》こゝろは跡《あと》になを残《[八]のこ》る、妹《いも》が移香《うつりが》なつかしき、身《み》はうつせみ[九]のから衣《[一〇]ごろも》膝《[一一]ひざ》なでさすりて、「しんどや〳〵。ノウ松永。迎《むかひ》の信《しるし》におこせといふて、桂《かつら》がくれたこの簪《かんざし》。はやう[一二]都《みやこ》へ立チかへり、迎の輿《こし》をやろうとおもへば、一ト足もはやうかへりたい」丑《かたき》「いかさまはや、小幡《[一三]こばた》の里に馬はあれど、君を思へばかちはだし。さぞお草臥《くたびれ》でござりませう。こゝがかの百夜《[一四]もゝよ》かよひし少将《せうしやう》の古跡《こせき》。むかしから美人《びじん》を手に入れるといふは、なみたいていなことじやござりませぬ。ハ、、、」笑介《わらふみぶり》生《わごと》「されば〳〵。そなたがすゝめた色修行《いろしゆぎやう》。このやうなおもしろい事はない。かういふうちも心がせく。サア〳〵ゆかふ」と玉鉾《[一五]たまぼこ》の道をいそがせ給ひける小旦

[一七]看介《むすめがたみるみぶり》こなたの床几《せうぎ》に玉苗《[一六]たまなへ》が、じつと見とれて、「テモうつくしい殿《との》ではある。業平《なりひら》といはふか。光源氏《ひかるげんじ》といはふか。あんな殿御《とのご》とそふたなら、嬉《うれ》しからふ」と顔おほふ　捷義《はんどう》道世《みちよ》も共《とも》に投首《[一八]なげくび》し、「アいかさま、玉苗様《たまなへ》がお誉《ほめ》なさるもむりではない。

かくるる」(古今集・春上・躬恒)。一一「一声ノ帰リ去ラントイフヲ聴クヲ怕レ、也(ま)タ病ヲ惹キ愁ヲ生ズ」(玉掻頭・第十一齣)。一二 菅原伝授手習鑑・道明寺の段で、菅丞相が河内の土師の里で養女苅屋姫と別れを惜しむ場面の和歌。「鳴けばこそ別れをいそげ鶏の音の聞えぬ里の暁もがな」。一三 枕近くに川音を聞いて寝ること。「一夜仮寝の草莚、鐘を枕の上に聞く」(謡曲「鵜飼」)。一四「下官你ニ別レ回リ去ラント要ス、好ク車馬ヲシテ来リ相迎ヘセシメン」(玉掻頭・第十一齣)。一五「奴家(わらわ)玉掻頭一枝有リ、生身ノ父母ノ遺ス所ノ物ニ係ル、郎君ニ贈与シ帯ビ去ラシメン」(玉掻頭・第十一齣)。一六「若シ使者ヲシテ相迎ヘシムレバ、就チ此ヲ執リテ前ミ来リテ以テ信物ト為サバ便了セン」(同右)。一七 後に足利将軍の迎えの使者が来る場面の伏線。一六三頁注二七参照。一八 底本「が」に作る。意改。一九 松永大膳が鶏を鳴かせたことを知った上でのあてこすり。二〇 遠慮する意と約束の言葉の意とを掛ける。二一 尽きない喩え。「石川や浜のまさごはつくる共世にぬす人の種は絶へせじ」(浄瑠璃・石川五右衛門・四)。二二 早速の。二三「待つ」を掛ける。二四「仇(あた)人」(増字早引節用集・寛政十二年版)。二五 本文がもみじ葉の歌で始まるのに合わせて、馬琴が作った曲名。二六「稲荷の山の薄紅葉

の、青かりし葉の秋また花の春」(謡曲「熊野」)。二七「群集くんじう」(増字早引節用集)。二八 原話の緯武将軍范欽に当る。二九 原話の范淑芳に当る。三〇「姆メノト」(書言字考・四)。三一 原話の范欽の下僕に当る。三二「掛け」を掛ける。三三「畏し」と「彼処」の掛詞。三四 諺。見ることは楽しみである。三五 神仏に芸能を奉納すること。下の「きね」を起す。三六 嵐吉三郎。一七六九―一八二一。天明七年(一七八七)、二代目吉三郎を襲名。京阪で活躍する。

一 黒色の羽二重。優良な絹糸で緻密に織る。礼式に用いる。二「日外イツゾヤ」(雑字類編・明和元年序・増字百倍早引節用集)。　三 初代市川男女蔵。一七六一―一八三三。寛政元年(一七八九)、男女蔵を始め、十二年に上方に行く。四 見ばえがしない。五 剽軽。六 むだぐち。七「晴る」と「遥々」を掛ける。八「跡に」と「移香」の上下に係る。九 蟬のぬけがら。「唐衣」との掛詞。一〇「から衣着つつなれにしつましあればはるばるきぬる旅をしぞ思ふ」(伊勢物語・九段)。二 慣れぬ徒歩に疲れた様。三「寡人劉倩々ニ別レ了リ、急ギ起チテ朝ニ回リ、好ク人ヲシテ来リ迎ヘ接セシメン」(玉搔頭・第十二齣)。三 木幡。京都府宇治市の北部。「かモシあれがけふの大関《おほぜき》[一]でござりますぞへ。したが見物《けんぶつ》斗《ばか》リ声《こゑ》からしても、取組《とりくみ》のない角力《すもう》で、はり合抜《あひぬけ》がするはいな。アレ見《み》さしやれ軍蔵《ぐんざう》どの。簪《かんざし》[二]をさして居《ゐ》るぞへ」 末《たちやく》 「ドレ〳〵ほんに、男がかんざしをさしてゐる。アリヤなんといふ[三]判事物《はんじもの》であらふな」と、おだてかけられ玉苗《なへ》が、 小旦《むすめがた》 看介《みるかたち》 伸上《のびあが》リつゝ余念《よねん》なく、われを忘《わす》れて、「アレ〳〵何やらはなしてじやわいの。[四]エヽモつんと、こちらむいてくれたがよい。アレもう[五]いぬやら、菅笠《すげがさ》[六]をかぶるわいなア」 捷義《はんどう》 「なんまみだ仏《ぶつ》」 小生《むすめ》 「ヤア簪《かんざし》[七]がおちたぞや。やつぱりしらずに行《ゆく》わいの。軍蔵はやうとつてほしい。[八]ちやつとちやつと」ゝ気《き》をあせれば 末《たちやく》 心得《こゝろゑ》たちまち軍蔵が、逸足《いちあしだ》[九]出してはしり行《ゆく》。 生丑下《わごとしかたきやくはいる》 それともしらずよし輝主従《てるしゆうじう》、都《みやこ》のかたに心せき、行過給《ゆきすぎ》へば軍蔵が 末《たちやく》 拾簪介《かんざしをひらふみぶり》 何なく拾《ひら》ふ花《はな》[一〇]かんざし。笑《ゑみ》を含《ふく》んで走《はせ》かへり、そのまゝ姫《ひめ》に奉《たてまつ》れば、 小旦《むすめがた》 玉なへ嬉《うれ》しく手にとりあげ、「道世是《みちよこれ》を見《み》や。マアかはゆらしい[一一]花簪《はなかんざし》じやないかいの」 捷義《はんどう》 「ホンニ何やら短冊《たんざく》がついてござりますぞへ。モシそのたんざくにしるした歌《うた》は」 小旦《むすめがた》 「きみならで[一二]たれにか見せん梅のはな 末《たちやく》 いろをもかをもしる人ぞしる」 捷義《はんどう》 そんならてつきりかの[一三]人の。そのおもはく[一四]のきぬ〴〵[一五]に又あふまでの紀念《かたみ》にと」。 合《みな》〳〵 「おくつた物であろかいなア」 小旦《むすめ》 「よしさもあらばあれ恋人《こひびと》[一六]の、髪《かみ》に[一七]さいたる簪《かんざし》を拾《ひら》ふといふもふしぎなえにし。わしやもふ[一八]一ト目見

ちはだし」まで謡曲「通小町」の詞章。 一四 深草の少将が小野小町に会うために百夜木幡に通った話(通小町)をいう。 一五 道の枕詞。 一六 「〔小旦〕(范淑芳)果然トシテ好キ一位ノ郎君、是レ尋常ノ骨格ナラズ」(玉搔頭・第十二齣)。 一七 在原業平。美男の代表として受けとめられていた。 一八 首を長くして遠方を見やる様。「〔副浄(乳母)指ス介〕小姐、遠々ニ両箇ノ騎馬ノ的(もの)来ルヲ望見シ了ル。那ノ前面ノ一箇、好不(はなはだ)生レ得テ標致ナリ」(玉搔頭・第十二齣)。

一 一番の美男。 二 挿絵参照。武宗が頭に玉搔頭を挿している設定(第十二齣)を取り入れた。 三 「〔小旦〕這ハ分明ニ是レ婦人家ノ戴ク的(もの)ナリ、甚麼(なに)ノ為ニ去(おき)シテ男ノ頭上ニ在リヤ」(玉搔頭・第十二齣)。 四 感情を強めたいいかた。本当にもう。 五 行く。 六 挿絵でも、義輝は菅笠を手に持つ。 七 「〔小旦〕(范淑芳)我他ノ過グルニ臨ムヲ見ルノ時節、頭上ヨリ一件ノ物事ヲ掉下シ来ル。知ラズ是レ甚麼(かい)ナル東西(もの)ゾ。你下リ去キテ尋一尋シテ看ヨ」(玉搔頭・第十二齣)。 八 早く。 九 はや足で走る。 一〇 造花などで飾ったかんざし。挿絵参照。作品名の出処。 一一 「你看ヨ玉情・做手、両様都テ佳ナリ」(玉搔頭・第十二齣)。 一二 一四四頁注一四参照。

てゆきたい。あひたいはいの」としどけなく、[一九]ふりの袂《たもと》の身《み》にそへて、はなれ[二〇]がたみの花簪《はなかんざし》、色香《いろか》てります思ひなり。末捷義《たちやくはんどう》 注眼介《かほみあはするみぶり》 二人リは今さらもてあまし、「是《これ》[二一]はけうがる玉なへ様。何程《なにほど》お慕《した》ひ遊《あそ》ばしても、しよせん[二二]あはびの片《かた》思ひ。サア〳〵屋敷へおかへり」と、すゝめる人のうらめしく 小旦《むすめがた》 歎介《なくみぶり》 涙《なみだ》はらふて、「イヤ〳〵。わしや伏見《ふしみ》へはかへらりやせぬ。今《いま》[二三]のお方の跡《あと》おふて、都《みやこ》の方へ行《ゆき》たい」と、賢《かしこ》いやうでも[二四]ふところ子、わけもたはいも[二五]ないじやくり 末《たちやく》 軍蔵は声《こゑ》あらゝげ、「大殿《おほとの》のお耳《みゝ》に入らば、われ〳〵までが身《み》の越度《おちど》。いやでもおうでもおともいたす。サアおかへり」と 捷義末 二人リして、手《て》を引キ腰《こし》を[二六]おし鳥《どり》の、つがひはなれしごとくにて、たどる〳〵も 下全 台在機関《ひきだうぐ》[二七]

○[二八]通天橋《しだ》 衆上《大ぜいいづる》 [二九]東大寺《とうだいじ》の山門前《さんもんまへ》、路次《ろじ》の掃除《さうじ》、厳重《げんぢう》に、「けふわが君《きみ》の還御《くはんぎよ》ぞ」と出むかひの諸士《しよし》左右《さゆう》に列《れつ》し、砂《すな》に[三〇]蹲踞《つくばい》敬《うやま》へば 生引丑上《わごとしかたきやくをつれていづる》 よし輝《てる》公も今更《いまさら》に、おもひがけなき[三一]疑待《もてなし》と、人め[三二]いぶせく立チ給ふ 外《うぶど》 正生《じつごとし》 進班介《すゝみいづるみぶり》 細川晴元《ほそかははるもと》、[三三]岩浪主税《いわなみちから》、御ンまへちかくすゝみ出。「君《きみ》、臣等《しんら》が諫《いさめ》を用《もち》ひ給はず、御《ご》所《しよ》を脱出《ぬけいで》給ひしと聞《きく》より、御ン跡追《あとおひ》かけ奉りしが、あひ奉らでむなしくかへる。しろしめさずや[三四]九州《きうしう》には、[三五]陶晴賢《すへはるかた》企叛《むほん》[三六]のおこし、主人義隆《しゆじんよしたか》を害《がい》して、その国《くに》を押領《おうれう》し、[三七]郡乙就《こふりおとつぐ》と合戦最中《かつせんさいちう》、注進櫛《ちうしんくし》の歯《は》をひけど、君《きみ》には御所《ごしよ》にましまさず。臣等《しんら》今《いま》に寝食《しんしよく》を安《やす》んぜず。

一三「一定ニ是レ和好シテ、各ノ私情ヲ把リテ表スナラン」(玉掻頭・第十二齣)。一四 情人が。一五 男と別れる朝。即ち桂。一七 挿したる。一六 義輝の恋人。一八「且ク他ノ転ジ来ルカ転ジ来ラザルカヲ看ン」(玉掻頭・第十二齣)。一九「振る」と「ふり」の掛詞。ふりは、長い袖の八つ口。二〇「難し」と「形見」の掛詞。二一 異常である。二二 鮑は巻貝だが、一見、二枚貝の片側の殻だけのようであるから、片思いをいう。二三 巻頭の玉苗の口絵の題詞「過客無レ情似ニ水流一、空遺ニ玉佩一使ニ人愁一」を具体化した言葉。二四 箱入娘。二五「無い」と「泣き」の掛詞。二六「押し」と「鴛鴦」の掛詞。二七 舞台の背景などの大道具を引き動かして、場面を変える仕掛け。二八 京都市東山区本町の東福寺の橋廊の名を取る。紅葉の名所。二九 上の通天橋の縁で東福寺とすべきところ。東大寺は奈良に在るから、臣下が還御を迎えに出るのは不自然。三〇「蹲踞 ツクバフ」(書言字考・八)。三一「疑」は底本のまま。欵の誤り。三二 いとわしく。三三 原話の許進の第二子許諾に当る。三四「外(許進)目下宗藩跋扈シ、閹寺権ヲ弄ビ、指日ニ即チ蕭墻ノ変有ラン」(玉掻頭・第十三齣)。九州は山口の誤り。三五 一三六頁注一四参照。三六「を」と言うべきところだが、上の「ん」と連声で読まれると、「の」にされど神仏《しんぶつ》[一]の擁護《おうご》によつて、恙《つゝが》なき尊顔《そんがん》を拝《はい》し、恐悦至極《きやうゑつしごく》」と相述《あいのぶ》れば、［生《し》 わごと］大《たい》将《しやう》おどろく気色《けしき》もなく、「サア〱管領職《くはんれいしよく》[二]がかたう出たは〱。陶晴賢《すへはるかた》は大内《おほうち》の陪臣《ばいしん》。一ケ国《こく》や二ケ国伐《きり》とつたればとて、何ほどの事があらふぞ。まだ〱それよりいはねばならぬ事がある」。［外《う》 ぶど］正生《じつごとし》 驚介《おどろく》みぶり］「ヤヽシテ 一チ大事《だいじ》の御用はな」［生《し》 わごと］「サア短《みぢか》ういへばかういふわけじや。神崎《かんざき》の舞子《まひこ》桂《かつら》[三]といふぼつとりものを、むかへとる約束《やくそく》して戻《もど》つたじや。その舞子《まひこ》が迎《むかひ》の人の信《しるし》[四]にせよとてくれた簪《かんざし》、われらがつぶりに。ヤ、かんざしが見えぬぞや」［慌介《あはてる》 みぶり］「コリヤ〱大膳《だいぜん》。何《なに》をうつかりして居《お》るぞ。そちや簪《かんざし》をしらぬか」と、叛逆《ほんぎやく》の注進《ちうしん》より舞子《まひこ》のくれた簪《かんざし》を、おとしておどろく大将の、う[五]つゝ心のなげかはしく［外《う》 ぶど］晴元《はるもと》なをもすゝみより、「コハけしからぬ御《み》ありさま。舞子《まひこ》なんどが簪《かんざし》を、御ン手にふるゝもけがらはし。落《おと》し給ふは勿怪《もつけ》の幸《さいは》ひ。イザ〱お立チ」とすゝむれば［生《と》 わど 怒介《はらだつ》 みぶり］「ヤアいはれざる諫言《かんげん》だて。それをなんぢにならはふか。ノウ大膳。たとひ迎《むかひ》の来《く》ればとて、信《しるし》なければ勅諚《ちよくちやう》でも、又室町家《むろまちけ》の厳命《げんめい》でも、いつかな行《ゆか》ぬといふたのに、その[六]簪《かんざし》をうしなふて、コリヤどうしたらよからうぞ。智恵《ちゑ》はないか」との給へば、諸士《しよし》[七]の見るまへ松永が、［丑《きかた》］俄《にはか》に詞《ことば》あらためて、「申サば[八]わづか簪《かんざし》一本ン。とにも角《かく》にもわが君《きみ》の、尊意《そんゐ》にまかされしかるべし」と、はねつけられて猶当惑《なをたうはく》［生《し》 わごと 沈吟介《しあんする》 みぶり］「ヲ、それ〱思ひついたことがある。いつそ打[九]

聞える。三七 陰徳太平記などでは、陶晴賢と戦うのは毛利元就である。一三六頁注一一参照。

一 「外（許進）幸ヒニ皇天ノ黙佑ニ頼リテ、清吉ヲ以テ回鑾スルヲ得タリ」（玉搔頭・第十三齣）。
二 義輝が忠臣の諫言をよそに女に気を取られている設定は、原話第十三齣のそれをより徹底させたもの。
三 しとやかで可愛い女。
四 「信 シルシ」（増続大広益会玉篇大全）。
五 うつろな気持。
六 「〔生〕（武宗）這枝ノ玉搔頭、尋ネ得テ転ジ来ラバ便チ好シ。万一尋ネ着サズンバ、甚麼ヲ把リテ去キテ他ヲ接セシメン」（玉搔頭・第十三齣）。
七 細川晴元ら忠臣の前で、急に松永が忠臣ぶるさま。
八 「〔副浄〕（劉瑾）妓女ヲ做スノ人、表記(しるし)ヲ把リテ嫖客ニ送与スルハ、原ト是レ常事ナリ。失ヒ去ラバ就チ罷ミ了ラン。何ゾ須ク這等ニ認真(ほんき)ナルベキ」（玉搔頭・第十三齣）。
九 「〔生〕我モ也タ正ニ他ヲ試一試セント要ス。且ク那ノ皇帝ニ嫁ガザルノ話、真ナルト不真ナルトヲ看ン。若シ果然トシテ他ヲ接シ来ラザレバ、就チ是レ箇ノ奇女子ナリ」（同右）。

あけて迎《むかひ》をやり、誓《ちかひ》をまもりてかつらが来《こ》ぬか、又はその身の出世《しゆつせ》をよろこび、迎《むかひ》と共に来《く》ることか、虚《うそ》と実《まこと》を試《こゝろみ》る、その使《つかひ》には岩浪主税《いわなみちから》、是よりかしこに馳《はせ》むかひ、将軍《しやうぐん》よし輝《てる》の厳命《げんめい》と披露《ひろう》して、桂親子《かつらおやこ》を伴《ともな》ひ参《まい》れ」。【正生《じつごとし》】辞介《いなむみぶり》【生《わごとし》】「イヤサ何もおどろくことはない。但《たゞ》シわが命《めい》をそむくのか」【正生《じつごとし》】「アイヤまつたくもつて」【生《わごと》】「ヲヽよもやそむきはせまい。コレ[一〇]もしも桂《かつら》がいなといはゞ、そのまゝかへつて注進《ちうしん》せよ。必《かならず》[一一]権威《けんゐ》をふるま[一二]いぞ。又大膳《まただいぜん》は[一三]伏見《ふしみ》の辺《へん》まで引キかへし、かの簪《かんざし》を尋《たづ》ねて参《まい》れ。サヽはやう。〳〵」と途中《とちう》の厳命《げんめい》。[一四]ひよんな使《つかひ》にあてられて【正生《じつごとし》】流石《さすが》いなとも[一五]岩浪主税《いわなみちから》【丑《かたき》】[一六]較計《もくろみ》ちがふて松永も、また立戻《たちもど》る下部《しもべ》の手配《てくばり》、【外《ぶどう》】諫《いさ》めかねたる晴元《はるもと》が胸《むね》は[一七]板子《いたご》よ【生《わごとし》】[一八]君《きみ》は船《ふね》【尾声《おくり》外】臣《しん》は[一九]みづから供奉《ぐぶ》の役《やく》「大将《だいしやう》軍《ぐん》の御ン立《たち》」と同勢促《どうぜいうなが》す一ト声《こゑ》に【衆《大ぜい》】「ハッ」ト士卒《しそつ》が[二〇]驚蹕《けいひつ》の、道《みち》をはらふて【斉下】
〔くま〕

曲亭伝奇花釵児上巻　畢

一〇 「〔生〕他万一堅執（いじはる）シテ従ハズンバ、你便チ回リ来リテ覆命セヨ。勢ヲ用ヒテ強ヒテ逼ルベカラズ」（同右）。 一一 権勢ぶる。
一二 「まい」は禁止の助動詞「まじ」の口語形。「ぞ」は強めの終助詞。
一三 稲荷山のあたりをいう。一三一頁注一三参照。
一四 思いがけない。
一五 「言わない」を掛ける。
一六 「計較　モクロムコト」（俗語解）。
一七 船の底に敷くあげ板。下の「船」を引き出し、且つ「痛む」を掛ける。忠臣になりすますもくろみ。
一八 「君者舟也。庶人者水也。水則載レ舟、水則覆レ舟」（荀子・王制）。義輝将軍の地位が女色に迷ったために危うくなっていることを暗示する。
一九 「水」を掛ける。
二〇 正しくは警。「警蹕　王者出則警、入則蹕。所ニ以止レ人清ヒ道也」（書言字考・九）。

曲亭伝奇花釵児《きよくていでんきはなかんざし》 下巻

東都　曲亭馬琴編次

○第四齣《だいよだん》　戍節亡命《せつをまもりてばうめいす》　記念《かたみ》の写絵《うつしゑ》

想夫恋《だし》[一] 旦《おやま》[二] 老旦《らうぼ方》 上《いづる》 思[三]ひつゝぬればや人のみえつらん、ゆめとしりても覚《さめ》てなほ、[四]病《やまふ》の床《とこ》の[五]かげ曇《くも》る、[六]つきの桂《かつら》がいたつきを、[七]勤《いたは》る母《はゝ》が手《て》せんじの、薬《くすり》さし出シ 老旦《らうぼがた》 「ノウ桂《かつら》。[八]あい薬《ぐすり》の清心湯《せいしんとう》、さめぬ内《うち》に早《はや》ふ呑《のみ》や」 旦《むすめがた》 「アイわしやモウ薬《くすり》ものみたうない。若彼《もしかの》おかたの迎《むかひ》もこずは、こがれしぬでござんせう」 老旦《らうぼ》 「ハテ[九]わつけもないこと[一〇]いやひの。たけまさどのにわかれし日より、食《しよく》もすゝまずぶら〳〵病《やまひ》、ハテ三日や四日便《たより》がないとて、何《なん》の案《あん》じる事が有《あら》ふぞ。きのふ久《く》ゝ智《ち》の[一一]広済寺《くはうさいじ》へゐて、上人《しやうにん》様へ[一二]おかぢを願《ねが》ふたりや、[一三]娘《むすめ》が絵姿画《ゑすがたゑがい》ておこせ。それをもつて加持《かぢ》すれば、其願《そのねがひ》も叶ひ、病気《びやうき》も平愈《へいゆ》する。幸《さいわひ》こちの寺《てら》に、[一四]浮世《うきよ》又平といふ画師《ゑし》が逗留《とうりう》して居《ゐ》らるれば、あすの昼《ひる》ごろそちの内《うち》へやらふとあるゆゑ、かたう約束《やくそく》して戻《もどつ》たはいの。ハテどう

一 雅楽の曲名。桂の心情をも表わす。
二 底本「且」に作ること多し。意改。以下、同じ。
三 「思ひつつ寝ればや人の見えつらむ夢としりせば覚めざらましを」(古今集・恋二・小野小町)。
四 原話第十四齣で、劉倩倩が武宗恋しさに重く病みつく設定を踏襲。「やまふ」は動詞。
五 月光。「秋の色は残らぬ山の木がらしに月の桂のかげぞつれなき」(新勅撰集・冬・前大納言忠良)。
六 中国で、月の中に生えていると伝えられていた五百丈の桂の木。女主人公の名を掛ける。
七 「勤 イタハル」(書言字考・八)。
八 飲む人の体質病状などに適合して、よく利く薬。
九 理不尽なことを言う。
一〇 間投助詞「や」と終助詞「い」「の」とが重なり、念をおす言葉。上方の女性が文末に添えるもの。
一一 近松門左衛門の墓のある寺。現、尼崎市。「久々智の広済寺の過去帳に戒名あるよし」(羇旅漫録・九十「近松門左衛門が伝」)。
一二 加持。
一三 「〔老旦〕(母)女児恐怕ラクハ些ノ長短(ぬし)有ラバ、万家ノ人到ルモ、身子ノ他ニ嫁グ有ル没シ。只ダ好ク箇ノ影児ヲ把リテ相伴フノミ。此ノ故ニ我ヲシテ箇ノ画師ヲ請フテ、他ノ替(めた)ニ一幅ノ小像ヲ画キ、万家

がなしてそなたの望《のぞみ》、早《はや》ふ叶《かな》へてやりたい」と、咄《はな》し半《なかば》へ入来《いりきた》る　末《たちやく》上《いづ》る　[一五]世上丹《せじやうたん》青第一流《せいだいいちりう》、つねに美人《びじん》は写《うつ》しても、[一六]賄賂《わいろ》を貪《むさぼ》る漢人《からびと》の、[一七]むかしをはぢて画《ゑ》行脚《あんぎや》の、腰《こし》に付《つけ》たる筆《ふで》ぶくろ、[一八]名物裂《めいぶつぎれ》もやゝすれし。門《かど》さし覗《のぞい》て、

「たのみませう。まひ子《こ》の桂《かつら》どのとはこゝもとでござるかな」　老旦《らうぼ形》　「ハイ桂《かつら》は宿におりまする。ガあなたさまは」　末《たちやく》　「イヤ拙者《せつしや》は広済寺《くはうさいじ》に旅宿《りよしゆく》いたす、画工《ぐわこう》岩佐《いはさ》又平」と、聞《きく》より母《はゝ》ははしり出　老旦《らうぼがた》　「これは〳〵御苦労様《ごくらうさま》。マア〳〵こちへ」と煙草《たばこ》盆《ぼん》、[一九]急焼《きびしよ》の煎茶出《せんちやで》かげんも、[二〇]水に愛想《あいそ》の馳走《ちそう》なり　末《たちやく》喫茶介《ちやをのむみぶり》　「イヤ。おかまひなさるな〳〵。時《とき》に其肖像《そのにがほ》をうつして貰《もら》ひたいとある娘御《むすめご》は」　老旦《らうぼ》　「ハイこれでござります」　旦羞介《おやまはづかしがるみぶり》　末《たちやく》　「ホヽウ寝《ね》みだれたれど[二一]適美人顔《あつぱれびじんがほ》かくさずにゆつたりと、いつものやうにしてござれや。ドレ〳〵画《かい》て見せう」と筆《ふで》とり出《だせ》ば　老旦《らうぼ》　母親《はゝおや》が、うがひ茶碗《わん》に汲《くん》で出す、水も当坐の[二二]ふで澄《すま》し　末《たちやく》　工夫《くふう》の[二三]図取《づとり》やゝ暫《しば》し、[二四]膠《にかわ》[二五]とく〳〵墨画《すみがき》に、[二六]岩緑青《ろくせう》のつけたても、[二七]絵《ゑ》の具《ぐ》の[二八]皿《さら》のさら〳〵と、画上《かきあげ》てさし出せば　旦《おやま》　恥《はつ》かしながら手《て》にとり上ゲ、「テモ[二九]ようにたじやないかいな。母さまお礼申て下さんせ」と、言《いふ》に老母《らうぼ》もさしよつて　老旦《らうぼ》　「ヲヽにたとも〳〵。眉毛《まゆげ》口元生際《くちもとはへぎわ》まで、寸分たがはぬそなたの絵姿《ゑすがた》。モウシ又平さま。有がたうござります」　末《たちやく》　「何《なん》の〳〵、[三〇]ゆうれきの気散《きさん》じは、[三一]六枚屏風《まいびやうぶ》かゝすと思へば、役者《やくしや》の定紋画《ちやうもんかけ》といふ。それが

ノ人ニ交与セシム」(玉搔頭・第十四齣)を少しく改めた。

一四 原話第十四齣で画師が登場するので、「うき世絵は又平に始まり」(鶉衣・後編上「四芸賦」)と伝えられる岩佐又兵衛に仮託して出した。

一五 玉搔頭・第十四齣で画師がいう絶句の起句。世間の絵かき中で第一人者。

一六 右絶句の転句「貪心不レ似ニ毛延寿一」を踏まえる。毛延寿は王昭君伝説中、漢の元帝の後宮の女たちに賄賂をもらって美人に描いた画家。

一七 昔の悪例。

一八 古く中国などから伝来し、名物の袋や表装等に用いた織物。

一九 急須。上方の言葉。

二〇 茶の縁語。「見ず」を掛ける。

二一 「適 アッパレ〔本朝俗字〕音義未レ詳」(書言字考・九)。

二二 筆を洗い清める水。

二三 構図を定めること。

二四 染色に用いる。

二五 「解く」と「迅く」の掛詞。

二六 孔雀石から製する顔料。粒状をした緑青。

二七 好いの意の「ええ」を掛ける。

二八 「さらさら」を起す序詞。

二九 「[旦](劉倩倩)果然トシテ神肖ル。名手タルヲ枉ゲズ。母親、先生ニ謝シ了リ罷メヨ」(玉搔頭・第十四齣)。

三〇 遊歴。画行脚。

三一 行く先々でのいろいろな注文をいう。大きな物から小さな物まで。

やつぱり修行《しゆぎやう》の一ッ。そんならお暇《いとま》申ませう」 老旦《ぼらう》 「[一]これはあんまりお麁末《そまつ》な、こゝろばかりの絵《ゑ》の具料《ぐりやう》」。[二]のしとかいたる包銀《つゝみがね》。「おはづかしや」とさし出す 末《たちやく》 「これはいはれぬお心づかひ。ちかごろ痛入《いたみいり》[三]」口《くち》まで 老旦《ぼらう》 送《おく》る母親《はゝおや》 末《たちやく》 又平は、旅宿《りよしゆく》をさして立帰《たちかへ》る 下《はいる》 折《おり》から表《おもて》へ鉄棒《かなぼう》がら〳〵、 雑上《わかいしゆいづる》 [四]里《さと》の抱《かゝ》へが[五]胴調声《どつてうごゑ》、「おふくろ内《うち》にござるかいの。サア〳〵大事《おほごと》じや。都《みやこ》から俄《にはか》の[六]御上使《ごじやうし》。ソレモウそこへ」と言捨《いひすて》て、[七]とつかはいそぎ走《はし》り行《ゆく》 走介《はいる》 旦老旦驚介《おやまらうぼおどろくみぶり》 母子《おやこ》ははつとむねさはぎ、 旦《まおや》 「思ひもよらぬ上使《し》とは、何《なん》の御用《ごよう》であらふぞ」と 老旦《ぼらう》 案《あん》じる程気《ほどき》もあがり口[八]、とりかたづくるその所へ 正生《たちやく》 引衆上《大ぜいをつれていづる》 入リ来《く》る上使《し》は岩浪主税《いはなみちから》人数引つれ上坐《じやうざ》に直り[九]、

「[一〇]神崎《かんざき》の舞子《まひこ》桂《かつら》とはその方《はう》よな。足利殿《あしかゞどの》の厳命《げんめい》よく承《うけたまは》れ。よし輝公《てるこう》かつらが容色勝《ようしよくすぐれ》たるよし聞《きこ》し召《めさ》れ、御寝所《ごしんじよ》ちかく召仕《めしつかは》れんとあつて、岩浪主税罷《いはなみちからまかり》こした。[一一]すぢなき舞子《まひこ》の身分《みぶん》として、室町殿《むろまちどの》の御所《ごしよ》にみやづかへ致《いた》すこと、このうへもなきその身の幸《さいは》ひ。ありがたうお請《うけ》いたし、身《み》[一二]とともに上京の用意《ようゐ》いたしてよからふ」と、おもひがけなき厳命に 老旦《ぼらう》 はつとおどろく母《はゝ》よりも、 旦《まおや》 娘はいとゞ胸《むね》せまりさしうつむいて詞《ことば》なし 老旦《ぼらう》 母はやう〳〵頭《かしら》をあげ、「いやしい世業《わたり》するむすめ。ねがふてもない身の出世お請《うけ》いたすはづなれど、[一三]いひなづけの夫《おつと》もあれば、この義ばかりは」 正生《じつごとし》

一 「〔老旦〕些須ノ潤筆、軽キヲ嫌フヲ要セズ、請フ収了セヨ」(玉搔頭・第十四齣)。
二 熨斗。祝儀。
三 「痛入」「入口」と上下に係る。
四 遊里の使用人。
五 にごった高声。
六 足利将軍の御使者。原話第十四齣で、武宗の使者が来て、夫人に迎える意を伝える設定に対応する。
七 あわて急ぐさま。「かは」は接尾語。
八 「気も上り」「上り口」と上下に係る。
九 着座する。
一〇 「〔外小生〕那(いづれ)ノ一位カ是レ劉娘々ナルゾ。〔老旦〕這レ就チ是レ小女ナリ」(玉搔頭・第十四齣)。
一一 義輝の命令に背いて、権勢ずくの言い方をしている。
一二 自称。拙者。
一三 「〔旦〕(劉倩倩)列位ヨ、奴家ハ是レ丈夫(おつと)有ルノ人、烈女ハ二夫ヲ更エズ、就(たと)ヒ死ストモ也タ敢テ詔ヲ奉ゼザルヲ念ジヨ」(玉搔頭・第十四齣)。
一四 「〔外小生〕朝廷ニ旨有ラバ、誰カ敢テ抗違セン。若シ還タ迎接シ去ラ

[一四]「イヽヤそりやかなはぬ。いひなづけのおつとあるにもせよ、ソリヤ私の内証ごと。もしかれこれと[一五]御諚《ごぢやう》をもどかば、親子《おやこ》ともに命《いのち》がないぞよ」 老旦《ばらう》 旦《おやま》 [一六]「サアそれは」 正生《じつごとし》 「サア〳〵なんと」と詞《ことば》づめ 旦《おやま》 逃《のが》れ[一七]かたへの硯箱《すゞりばこ》、[一八]小刀とり出す桂《かつら》が覚期《かくご》 自刃介《じがいせんとするみぶり》 老旦《ばらう》 [一九]母は驚《おどろ》きその手に縋《すが》り、「コレ娘。もつともじや。道理《だうり》じやはいのゥ。さりながら、[二〇]事かなはねば是非《ぜひ》もなし。死《しな》ずに事の済《すむ》ならば外《ほか》に思案《しあん》もまたあらふ。短気《たんき》なことしてたもんな」と、とゞむるはゝもおろ〳〵涙《なみだ》 歎介《なくみぶり》 旦《おやま》 桂はわつと泣出《なきいだ》し、[二一]「女の上の戒《いましめ》は、貞《てい》女両夫《りやうふ》にまみえなと、いはしやんしたをわすれてか。仮令《たとひ》此身は玉の輿十二[二二]一重《(ひとへ)》を身《み》にまとひ、錦の衾綾《ふすまあや》の[二三]横《よぎ》、[二四]栄曜栄花《ゑいようゑいぐわ》にくらすとも、おもはぬ方に妻さだめ、なんと[二五]操《みさほ》が破《やぶ》られふ。わかるゝ時のかね[二六]言《ごと》にも、「[二七]信《しるし》の簪《かんざし》見ぬうちは、そりや天子の勅命《ちよくめい》でも、足利《あしかゞ》様の仰《おふせ》でも、外《(ほか)》に此身はまかせまじ」と、誓《ちか》ひし事を反古《ほぐ》にして横紙やぶる御威勢《ごゐせい》に、したがはれふか。コレ母様、止《とめ》ずにころして〳〵」と、[二八]里《さと》にまれなる舞子《まひこ》の節義《せつぎ》。心のうちを思ひやり、母もせきくる涙《なみだ》をとゞめ、 老旦《ばらう》 「ヲ、さうじや。さすがは[二九]父子《てゝご》の血筋《ちすぢ》じやな。それでこそこの母が、育上《そだてあげ》たかひもあれ。コレ[三〇]過報《くわほう》あまつて過報《くわほう》ない。娘《むすめ》をころしてそもやそも、どうながらへて居られふぞ。迚《とて》もかなはぬ事ならば、わしから先へ死《し》ぬわいのふ」 旦《おやま》 「イヽヤ[三一]なんぼでも母様をころしはせぬ」 老旦《ばらう》 「イヤこの母から死《し》ぬはいの」と、 合《ふたり》 [三二]義理《ぎり》と情《なさけ》

ザレバ、是レ娘々ヲ説クマデモ莫ク、就チ是レ奴輩們モ、都テ万死ス該(ベ)シ」(同右)。
一五 御命令に背くならば。
一六 歌舞伎の「くりあげ」といわれる詰め開きの型を導入した。
一七 「難い」と「片方」の掛詞。
一八 「〔旦〕剣ヲ取リテ自ラ刎ネン」(玉搔頭・第十四齣)。
一九 「〔衆慌介〕老太々、快(はや)ク扯キ住(とど)メヨ」(同右)と、使者たちが老女に勧める設定を、転じた。
二〇 お前の望みがかなえられないのだから、どうしようもない。
二一 一六二頁注一三参照。
二二 単。
二三 「横 コブスマ」(増続大広益会玉篇大全)。
二四 贅沢を尽すこと。
二五 「〔旦〕俺(わら)怎ンゾ肯テ自ラ倫理ヲ干シ綱常ニ叛センヤ」(玉搔頭・第十四齣)。
二六 誓いの言葉。
二七 一五二頁注一七参照。
二八 「〔外小生〕信ゼラレザリキ風塵ノ女、能ク鉄石ノ心ヲ堅クストハ」(玉搔頭・第十四齣)。
二九 一四三頁注三六参照。
三〇 養育が成功して却って災を受ける。
三一 いくら何でも。
三二 老女からすれば桂は亡き主君の令嬢、桂からすれば老女は育ての母に当る。

一 三好長慶と松永大膳への皮肉を込める。一六三頁注二八所引の句に続いて、「如何ゾ閫閣ノ内、反テ客ニ挑ムノ琴ヲ許スヤ」とあるのを、士大夫に転じたものか。

と恩愛《おんあい》の、羈《きづな》に狂《くる》ふ親子の争《あらそ》ひ　正生《じつごと》　主税《ちから》もこゝろに感激《かんげき》し、「アヽ実《げに》や生《しやう》あるものとして命を惜《をし》むは世のならひ。その一命をもかへり見ず、夫《おつと》の為《ため》に操《みさほ》を守《まも》る親子が切《せつ》なる此ありさま。[一]大禄《たいろく》を得《え》て不忠《ふちう》を抱《いだく》士《し》大夫《たいふ》にはまされるかな。[二]わが君《きみ》の御諚《(ごちやう)》にも、桂をめしつれ来れとはうけ給はりしが、殺《ころ》せとは宣《のたま》はず。汝《なんぢ》ら不慮《ふりよ》のことあらば、君を不《ふ》仁《じん》に陥《おとしい》れ、われも不忠の人とやならん。親子が歎《なげき》見るに忍《しのび》ず。[三]直《すぐ》さま都へはせ帰り、この趣言上《(ごんじやう)》せん。なをそのうちに了簡《りやうけん》し直し、かさねての御諚《ごちやう》をまて」　老旦旦《ふたり》　「ヤ、そんならあなたのお情にて」　正生《じつごとし》　「けふの入洛《じゆらく》[四]はゆるし遣《(つかは)》す。家来参れ」と岩浪主税《いわなみちから》、人数引連《つれ》ゆく跡は　衆下《大ぜいはいる》　老旦旦《ふたり》　夢見しこゝち親と子が、ほつと一ト息《いき》[五]つく〴〵と、顔見合《(あはせ)》て詞《ことば》なく積《しやく》[六]なでおろすばかりなり。　老旦《らうぼがた》　母《はゝ》は門ド口引キたてゝ、「思ひがけない今《いま》の御上使《ごじやうし》。都[七]ちからもあることか、この津《つ》の国《くに》の片辺《かたほとり》、[八]舞子《まひこ》のそなたを義輝公《よしてるこう》の、御ぞんじあらふ様《(や)》ウはない」　旦《おやま》　「サイナア　わしもそふはおもふけれど、アノ左平五[九]と六次づら、縁談《えんだん》の調《とゝの》はぬを腹立《はらたて》て、訴人《そにん》したではあるまいか」　老旦《らうぼ》　「[一〇]いやればそともあるはいの。[一一]疫病《やくびやう》の神《かみ》で敵《かたき》とやら。鶴井《つるゐ》亀田《かめだ》がわざであろ。したが此場《ば》の手詰《てづめ》[一二]はのがれても、かさねて上使《じやうし》の御越《おこし》あらば、もう言訳《いひわけ》もきくまいし」　旦《おやま》　「[一三]いつそこの家《や》を脱出《ぬけいで》て、武将様《たけまさ》の在所《ありか》をたづね、めぐりあふたそのうへで、サア、〳〵又了簡《りやうけん》もあろかいな」　老旦《らうぼ》　「ヲヽ、それ〳〵。かうしてゐる所でない。

二 「〔外小生〕万歳ノ分付セルノ話、忘レ了ルベカラズ、若シ還タ事ヲ逼リ出ダシ来ラバ、是レ咱們《(われら)》ノ干係ナリ。如今只ダ手ヲ放サント要スルヲ得タリ」(玉搔頭・第十四齣)。

三 「〔外小生〕我們転ジ去リテ、定メテ你ノ替《(めた)》ニ表揚スルコト一番ナラント要ス」(同右)。

四 京都に入ること。

五 「吐く」と「熟々」の掛詞。

六 積。胸部または腹部のけいれん痛。女性の病気。

七 都近くならば理解できるが、近いどころか、遠くの。

八 「〔老旦〕小女ノ姿容有ル没キハ説クマデモ莫ク、就ヒ姿容有ルトモ、聖上何ニ由リテ知道セン」(玉搔頭・第十四齣)。

九 「〔旦〕一定ニ是レ牛馬ノ二賊、我ノ他ガ媒ヲ做スヲ許サザルヲ怪ミテ、此ノ故ニ流言ヲ倡造シ、伝ヘテ京師裏ニ到リ去ラシムルモ、也タ未ダ知ルベカラズ」(同右)。

一〇 言ってみれば、そうともいえるね。

一一 諺。自分から手を下さなくても、代りの者がやって来て敵をやっつけてくれる意。鶴井・亀田が将軍の家来を使嗾した。

一二 窮迫。

一三 「〔旦〕此ノ時ヲ趁フテ行李ヲ収拾シ、快ク別処ヘ往キ逃生シテ、兼ネテ万郎ノ消息ヲ訪ハン」(玉搔頭・第十四齣)。

娘用意《むすめようい》しや」と【合《ふたり》】誓《ちか》ひし人の迎《むか》ひとも、知《し》らで物《もの》うき袖《そで》[一]の雨《あめ》、ふつて[二]わいたる[三][四]旅衣《たびごろも》上ヱを下タへと 急下【台在機関《まはりどうぐぶたいかはる》】

○【生上《わごとしいづる》】室町家《むろまちけ》の奥書院《おくじよゐん》[五]、よし輝公《てるこう》[六]はきのふけふ、主税《ちから》がおとづれ待詫《まちわび》て、追《おひ》〳〵迎《むか》ひをたて給ふ。【旦上《おやまいづる》】おりから女中立チ出て、「岩浪主税参上《いわなみちからさんじやう》」と、申上《(まうしあぐ)》れば義輝公、【生《わごとし》】「ソレ待《まち》かねしこれへよべ」。【旦《おやま》】「ハッ」トこたへて行跡《ゆくあと》へ【下《はいる》】【正生《じつごとしいづる》】神崎《かんざき》の浦回《うらは》[七]より、今立チかへる岩浪主税《いはなみちから》、はるかこなたに手《て》をつけば【生《わごとし》】「ホヽ待《まち》かねし。近《ちか》う〳〵」【正生《じつごとし》】「ハヽ」【進介《そばへよるみぶり》】【生《わごと》】「シテ桂はどうじやぞい」【正生《じつごと》】「ハ再応御諚《さいおうごぢやう》のおもむきを申聞《き》[八]ケ候へども、操《みさほ》[九]を守《まも》りてしたがはず。あまつさへ、自害《じがい》すべき躰《てい》なれば、馳《はせ》かへつて言上《ごんじやう》」と【生《わごと》】聞《きゝ》もおはらずよし輝公《てるこう》、「[一〇]さうであろ〳〵。[一一]標致《きりやう》といひ貞心《ていしん》といひ御台《みだい》[一二]にしても惜《おし》うないかつら。所《しよ》詮簪《せんかんざし》を失《うしな》ふたれば、コリヤ自身《じしん》[一三]に馬《むま》をのり出して、つれて来《く》るより外《ほか》はない。ヤア〳〵誰《たれ》かある。奥庭《おくには》へ馬《むま》を牽《ひけ》。はやく〳〵」とのたまへば、【衆《大ぜい》】何ンの御用《ごよう》かしら張《は》リ[一四]の、[一五]舎人《とねり》が牽出《ひきだ》す月毛《つきげ》[一六]の駒《こま》【生《わごとし》】そのまゝ閃《ひらり》[一七]と舞《のり》[一八]給ふ【正生《じつごと》】主税慌《ちからあはて》はせよつて、[一九]轡《くつわづら》をしつかととり、「[二〇]コハ情《なさけ》なし我君《わがきみ》。九州《きうしう》[二一]の賊軍《ぞくぐん》つよく、きのふ晴元《はるもと》[二二]は播州《ばんしう》[二三]まで出《しゆつ》陣《じん》とうけ給はる。かゝる時節《じせつ》に弁《わきま》へなく、遊女舞子《ゆうぢよまひと》の色《いろ》に耽《ふけ》り、かる〴〵しく御出馬《ごしゆつば》まし〳〵、その虚《きよ》を窺《うかゞ》ふ賊徒《ぞくと》あつて、都《みやこ》のうちに責《せめ》入らば、誰《たれ》かよく守《まも》り防《ふせが》ん。御出馬《ごしゆつば》の

一 涙を流す形容。 二 「袖」の縁語「振る」に「降る」を掛ける。 三 「雨降る」「降って湧く」と上下に係る。 四 「袖」の縁語。
五 儀式や客の応対に用いる座敷。
六 原話第十六齣、武宗が戻って来た使者と対面する場面を踏襲する。
七 「浦回 ウラワ」(書言字考・一)。
八 申し聞かせる。
九 「〔小生外〕(使者)他(かのじよ)只ダ是レ従ハズ、竟ニ刀ヲ抜キテ自ラ刎ント要ス」(玉播頭・第十六齣)。
一〇 「〔生〕果然トシテ此ノ如シ、寡人ノ料ル所ニ出デズ」(同右)。
一一 「標致 貌美」(俗語解)。
一二 「御台所 正曰㆓御台盤所㆒。大臣・大将妻」(書言字考・四)。
一三 「〔生〕只除非(ただ)旧ニ依リテ私行シ前ミ去リ、他(かのじよ)寡人ノ面ヲ見了リナバ、自然ニ相信ジテ疑ハザラン」(玉播頭・第十六齣)。
一四 白布の表裏に糊を強く引いて仕立てた狩衣。「知らず」を掛ける。
一五 馬の口取りなどする者。
一六 葦毛で、やや赤みを帯びて見える色の馬。
一七 「閃 ヒラリ」(書言字考・九)。
一八 「乗」の草書体を「舞」の草書体と誤って刻したか。以下も同じ。
一九 「轡 クツハ」(書言字考・七)。馬の口にはませる鉄具。この場面は一六四頁の挿絵の左部分に描かれている。 二〇 以下の諫言は、原話第十六齣には無い。

事危《あや》うし〳〵。おもひとゞまりくだされよ」と、馬《むま》[二四]の頭《かしら》を引戻《ひきもど》せば、生《たちやく》 焦燥介《いらだつみぶり》 「ヤア又しても〳〵、己《おのれ》までが諫言《かんげん》だて。はなせやつ[二五]」とふり上ゲし、鞭《むち》も折レよと打《うち》すえ〳〵、泥障《あをり》[二六]給へばたぢ〳〵〳〵、尻居《しりゐ》[二七]に礑《だう》[二八]と岩浪《いわなみ》が、正生《じつごとし》 倒介《まろぶみぶり》 諫《いさ》めの綱《つな》も切戸《きりど》[二九]口《ぐち》 生《わごと》 真《ま》一文字《いちもんじ》に急下 台在機関《ぶんまはしぶたいかはる》[三〇]

○脱貂蟬《しだ》[三一] 浄副浄上《かたきやくふたりいづる》 空蟬《うつせみ》[三二]の宿《やど》ともしらでたづね来《く》る、鶴井《つるゐ》[三三]の左平吾亀田《かめだ》の六次、門口《かどぐち》[三四]うそ〳〵さし覗《のぞ》き 浄《きかた》 「おふくろうちにか」 副浄《きかた》 「おむす[三五]はちつともようごんすか」と 合《ふたり》 ずか〳〵這入《はいっ》て、「コリヤどうじや。家《や》うちには人気《ひとけ》がない」とあたり見回《みまは》し 浄《きかた》 「ウ、どうでもあじィ[三六]な様子《やうす》じやぞや。まづ簞笥《たんす》が明《あけ》かけてありと、薬鍋《くすりなべ》[三七]がいりついて袋《ふくろ》が焦《こげ》ておはしますはへ」 副浄《きかた》 「コレ〳〵流《なが》し元《もと》には口鍋《くちなべ》が一ッよ。あはれなるかや煮《に》[三八]くたしが二タかさ程《ほど》するてござる。ハ、、、、。何ンでも欠落《かけおち》にちがひはない」 浄《きかた》 「まてよこゝ[三九]に絵絹《ゑぎぬ》が一枚《いちまい》ある。どりや開帳《かいちやう》」とおしひろげ、「ヤ。こりや桂《かつら》が似顔《にがほ》じやぞや」 副浄《きかた》 「ドレ〳〵」 合《ふたり》 「テモよう画《かき》おつた」と余念《よねん》なく、暫《しば》しながむるその所《ところ》へ 生《わごとし》上《いづる》 義輝公《よしてるこう》[四〇]は都より、いさめる駒《こま》に鞭《むち》を当《あて》、夜《よる》を昼《ひる》ともしら[四一]泡《あは》はませ、たゞ一《いっ》さんに舞付《のりつけ》給へば 衆上《大ぜいいづる》 追《おひ》〳〵馳来《はせく》るお供《とも》の面《めん》〻〳〵、母屋《おもや》のうちへこみ入ッたり 浄副浄《ふたりのかたき》 慌介《あはてるみぶり》 こなたは怕俄《びっくりにはか》に敗亡《はいぼう》[四二]、うろたへまはれば 衆《大ぜい》 近従《きんじゅ》の士《さむらひ》、「ヤアあやしい下郎《げらう》めうごくな」と、声《こゑ》か

二一 一五七頁注三四参照。
二二 陰徳太平記などには記されない。馬琴の虚構。 二三 播磨。現、兵庫県。
二四 「馬 むま」(増字百倍早引節用集)。
二五 強調の感動詞「や」に促音の「つ」が付いたもの。
二六 「障泥 アヲリ」(書言字考・七)。本来は下鞍の間に垂らす皮革のことであるが、動詞に転用した。
二七 尻もち。
二八 「礑 ハタト」(書言字考・八)。
二九 扉などを切りあけてつけた戸口。「切」は「綱」と「戸口」の上下に係る。
三〇 舞台を廻り仕掛で移動させること。
三一 脱は空に通じる。貂蟬は、貂尾と蟬羽を用いた冠だが、ここでは蟬に意があり、下の「空蟬」と照応する曲名。原話には無いもの。
三二 もぬけのから。
三三 原話第十八齣、牽頭の馬不進と牛何之が劉倩倩の留守宅を訪れる設定の踏襲。 三四 きょろきょろ。
三五 お嬢さん。「むす」は娘。
三六 奇怪な。 三七 煮つまっていて。
三八 煮た料理が古くなり腐ったもの。
三九 「(副浄)(牛何之)卓上ニ還タ一幅ノ画児有リ」(玉搔頭・第十八齣)。
四〇 原話第十八齣、武宗が劉倩倩の家に来臨、馬不進・牛何之と遭遇する設定を踏まえる。
四一 「知ら」と「白」の掛詞。
四二 意気阻喪する。「敗亡 ハイバウ」(書言字考・八)。

けられて 浄副浄《かたき》 猶《なほ》うろ〱。「ア、申シ、わたくしどもは、左平五六次と申シて、この神崎《かんざき》の牽頭《たいこもち》。桂《かつら》にちつくり用《よう》あつて、打《うち》つれて参《まい》りましたれば、親子《おやこ》はとうに[一]ずいとく寺《じ》。ハイ欠落《かけおち》してしまひました。直《すぐ》にかへらうとぞんじましたが、こゝに桂《かつら》が絵姿《ゑすがた》のあるを見つけ、あんまりよく似《に》ましたゆへ、思はず見とれて居《ゐ》たばかり。あやしいものではござりませぬ」 合《ふたり》 「おゆるされて下されませ」と 生《わごと》 聞《きい》ておどろく御ン大将《たいしやう》、

「[二]ナニかつらは此家《や》におらぬとな」。はつと思はず当惑《たうわく》の、しばし思案《しあん》にくれ給ふ。や[三]ゝあつてよし輝公《てるこう》、「絵姿是《ゑすがたこれ》へ」ととりよせ給ひ、「ア画《かい》たり〱。なつかしき妹《いも》[四]が紀念《かたみ》の姿絵《すがたゑ》を、残《のこ》し置《おき》しは仔細《しさい》ぞあらめ。[五]われ誤《あやま》つて武将《ぶしやう》たる事をあかさず、難波《なには》文吾《ぶんご》武将《たけまさ》と名告《なのり》しゆへ、室町《むろまち》の命《めい》にしたがひ、貞女《ていぢよ》の操《みさほ》をやぶらじと、親子《おやこ》この家《や》を立出て、われをたづぬるものならん。[六]是程までに思ふ事、ちがへば違《ちが》ふものなるか。いかに伊勢《いせ》の十郎。[七]汝《なんぢ》はこの絵《ゑ》を持《もち》かへり、画者《ぐわしや》に命《めい》じて時《とき》の間《ま》に、数《す》百枚《まい》写《うつ》し取《と》らせ、それをもつて桂《かつら》をたづねよ。はやゆけ〱」と仰《おふ》せの下《した》、 末《たちやく》 「かしこまる」と十郎は、絵《ゑ》すがた携《たづさ》へ立《たち》かへる 走介《はいる》 生《わごと》 大将なをも落《おち》つき給はず、「コリヤ左平吾、六次とやら。なんぢらは桂《かつら》が面躰《めんてい》、よく見しつておらふがの」 浄 副浄《かたきやく》 「イヤモウ見しつただんではござりませぬ。身《み》うちには灸《やいと》の跡がいくつあるといふことまで、ハ、よッ

一 跡をくらました。「ずいと」何々するの「ずいと」を、洒落て寺のようにいった。「〔浄〕(馬不進)劉倩倩旨ニ抗ヒテ従ハズ、家ヲ挐ヘテ逃走ス」(玉搔頭・第十八齣)。

二 「〔生背カニ驚ク介〕呀、劉倩倩走リ了レリ、這ハ怎麼(いかん)ゾ使(よく)シ得ン」(同右)。

三 「〔生〕画ヲ取リ来リテ看セヨ」(玉搔頭・第十八齣)。

四 「秋風の寒きこのごろ下にきむ妹がかたみとかつもしのばむ」(万葉集八・大伴家持)。

五 「又タ是レ別箇ノモノ他(かのじよ)ヲ将ツテ駆リ遣ラズ、分明ニ自ラ做シ、鷹鸛端無クモ人ニ驚キテ天ニ上ル」(玉搔頭・第十八齣)。

六 「かほど迄する事なす事、鵤(いすか)の觜(はし)程違ふといふも」(仮名手本忠臣蔵・六)。

七 「〔生〕這幅ノ小像ヲ把リテ宮中ニ帯ビ回リ、様ニ照ラシテ幾千幅カヲ画キ起シ来リ、府州県等ノ官ニ道ヒテ、這ノ画上ノ容顔ニ照ラシテ、我ガ替(ため)ニ家挨(ごと)ニ捜緝セシムベシ」(玉搔頭・第十八齣)。

くぞんじておりまする」【生《わごと》】「しからばかつら[八]が在所《ありか》をたづね親子ともに伴《ともな》ひ来れ。褒美《ほうび》は望《のぞみ》にまかすべし。心得たるか」とのたまへば【浄】【副浄】二人は俄《にはか》にいきり出《だ》し「サア金もふけにありついた。弐百[九]はづんで法印[一〇]《ほうゐん》に、まづ足[一一]どめのきとうをたのみ、こし弁当《たう》でたづねましよ」と、しやべりたてたる咽《のど》よりも、欲《よく》づらか[一二]はく左平吾六次、「はやお暇《いとま》」とはしり行ク【急下《ふたりはいる》】【生《わごと》】すこしは御こゝろやすまれど迷《まよ》ひははれぬよし輝《てる》公、「ア、何ンとせん。それとても、もし見当《みあた》らずはかくまでに、心つくせしかひもなし。[一三]われ此ところに滞留《とうりう》し、難波《なには》武将《たけまさ》と名告《なのり》なば、もしやかつらが聞つたへ、立もどる事もあらん。いづれも其旨心《そのむねこゝろ》えよ」と、命《めい》じ給へば下部《しもべ》[一四]まで、目を引キ袖を引キあふて嘲《あざけ》り笑《わら》ふその折から【醒大師《よせだいこ》】[一五]【衆上《大ぜいいづる》】俄《にはか》に聞ゆる貝鉦《かいがね》太鼓、耳をつらぬく鬨《とき》の声《こゑ》。「コハ何事」と人〳〵は、君を囲《かこ》ふて立チ上ガる。

[一六]程なく近づく寄手《よせて》の大軍《たいぐん》。【丑引衆上《かたきやく大ぜいヲつれ出る》】松永大膳真先《まつさき》にすゝみ出、「武将嫌《ぶしやうぎら》[一七]ひのよし輝《てる》を、天下《てんか》の主《あるじ》とするのも無益《むゑき》。主従《じう》の好身《よしみ》[一八]には、此大膳が首《くび》をとる。者ども進《すゝめ》」と下知《(げぢ)》すれば【生《わごとし》】よし輝《てる》大きに怒《いか》らせ給ひ、「ヤア人でなしの松永久秀《まつながひさひで》、飼犬《かひいぬ》に手《て》をかまるゝと。われなんじを忠臣《ちうしん》と思ひたがへし悔《くや》しさよ。アレ追《おひ》はらへ」と宣《のたま》へども、折《おり》ふし味方《みかた》は小勢《こぜい》にて、はか〴〵しき士卒《しそつ》もなく、只立騒《たゞたちさは》ぐよはみに附《つけ》こみ【浄副浄《ふたりのかたきやく》】陣笠《ちんがさ》かなぐりずつと出る。鶴井《つるゐ》[一九]の左平吾、亀田《かめだ》の六次、腕《うで》まくりして大音《だいおん》

八 原話第十八齣には、馬不進・牛何之に劉倩倩を捜索させる設定は無い。
九 二百文。
一〇 山伏。
一一 桂たちが遠方に進まないようにするための祈禱。
一二 好ましくない物事を行うことを、いやしめていう語。「ほえづらかく」等という。「乾く」を掛ける。
一三 「［生］我ヲ将ツテ姓ヲ改メテ万ト為シ、仮ニ威武大将軍ニ充テ、前ミテ南京ニ往キテ住紮セン。南京ハ天下ノ中ニ在リ。他《(かの)》《(じよ)》這箇ノ衙門有ルヲ見バ、…他自然ニ会《(かな)》《(ら)》ズ来リテ我ヲ尋ネン」（玉搔頭・第十八齣）。
一四 女色にうつつをぬかす君主を嘲笑する、作者の趣意を込める。
一五 将軍を覚醒させるの意を込めた曲名。馬琴が作ったもの。
一六 原話第二十一齣、江西の寧王が反乱する設定を取り入れた。
一七 征夷大将軍の任務を怠るの意。
一八 誼。「因身 ヨシミ 又作二好身一」（書言字考・八）。
一九 以下、賊軍の退散まで、原話に無い設定。

上ゲ、「馬鹿大将《ばかだいしやう》の足利義輝《あしかゞよしてる》。褒美《ほうび》の金もあてにならずと、道《みち》から俄《にはか》に切《きり》かへて、松永様の案内者《あんないじや》。手《て》がらはじめ」とすゝみより、御ン大将《たいしやう》に組《くま》んとす。〔生《わごと》〕「シャ[一]推参《すいさん》な」とよし輝公《てるこう》、御ン佩刀《はかせ》を抜《ぬく》よりはやく、右と左《ひだり》へ車切《くるまぎり》。二タ人はあへなく死ンでけり。されば乱《みだ》るゝ戦《たゝか》ひに敵《てき》は大勢《おほぜい》、味方《みかた》は小勢《こぜい》、残《のこ》り少《すくな》くうちなされ、大将危《あや》うく見えたまふ〔正生小生引衆上《じつごとし角かづら大ぜいひきつれいづる》〕時に鎧《よろい》し武《む》者百騎《しやひやくき》、横合《よこあひ》よりどつと欠出《かけいで》〔小生《すみかづら》〕[二]「細川晴経《ほそかわはるつね》」〔正生《じつごとし》〕「岩浪主税《いわなみちから》」〔合《ふたり》〕「こゝにあり」と呼《よば》はり〳〵、すゝむ賊徒《ぞくと》を薙伏《なぎふ》せ〳〵、人なき路《みち》をゆくごとく、なんなく血路《けつろ》を切リひらき、猶《なを》も勇《いさみ》の声高《こゑたか》く、「臣等《しんら》かくあらんとおもひしゆへ、御ン跡慕《あとした》[三]ひ馳《はせ》まいれり。いざゝ[四]せ給へ」と先《さき》にたつ〔尾声《おくり》〕〔衆《大ぜい》〕二人リの勇士《ゆうし》が太刀風《たちかぜ》に、たちまちなびく多勢《たせい》の賊軍《ぞくぐん》、礒《いそ》[五]にち[六]りしく木《こ》の葉《は》武《む》者《しや》、浪《なみ》の鼓《つゞみ》も音《おと》そへて、[七]うたれうたるゝ〔全下《まく》〕

○第五齣《だん》　認仮為真《かをしたゝめてしんとなす》　桂橋《かつらばし》の縁古《ゑんこ》

[八]〔病鶴裳《だし》〕〔小旦《むすめがた》〕〔捷義《はんどう》〕〔上《いづる》〕しら雪《ゆき》もから[九]紅《くれなゐ》に染《そめ》て行《ゆ》く、修羅《しゆら》[一〇]の街《ちまた》は日[一一]もわかず、としさへいつか[一二]くれ竹の、伏見《ふしみ》[一三]のわたり路《みち》あれし、汀《なぎさ》のかたの苫船《とまぶね》[一四]を、暫《しば》しのうちのかくれ家《が》と、姆《めのと》もろとも玉苗姫《たまなへひめ》、漂《たゞよ》ふ身《み》こそ便《びん》[一五]なけれ。人音《おと》たゆれば姆《めのと》の道世《みちよ》〔捷義《はんどう》〕[一六]苫《とま》おし上ゲて、「イヤノウ玉苗様《たまなへ》。京《けう》も難波《なには》も俄《にはか》の合戦《かつせん》。街《ちまた》には盗賊《とうぞく》はびこり、

一　無礼な。

二　以下、両人が反乱軍を退ける設定は、原話第二十二齣の許進父子が武宗を諫める話、第二十三齣の王守仁が寧王と戦う話を要約改変したものであろう。

三　追って。

四　尊敬の助動詞「さす」の連用形を動詞的に用いたのであろう。立たせ給へ。

五　神崎川の河口の磯。

六　「散りしく」と「武者」の上下に係る。

七　「鼓」と「武者」の双方を受け、「打つ」と「討つ」の掛詞。

八　恋にやつれる玉苗姫と下の「しら雪」とを象徴する曲名。原話には無い。

九　血で真赤に。

一〇　戦乱の市街。

一一　戦乱が毎日続いて。

一二　「暮」と「呉」の掛詞。

一三　竹の縁語の「節」を掛ける。

一四　原話第二十三齣、范淑芳と乳母が長江に逃れ来った設定を踏まえる。

一五　いたわしい。

一六　本来ならば、若党軍蔵の役。道世の役にしている。

一七 大殿様《おほとの》は在番《ざいばん》[18]のお留守《るす》。こは[19]れもの預《あづか》つて、もしお怪我《けが》でもさしましてはと、屋敷《やしき》[20]を脱《ぬけ》出船住居《いでふなずまゐ》。客《きやく》のない伽《とぎ》[21]やらう見る[22]やうに、お気《き》づまりでござりましよ」と、いはれて泪《なみだ》のたま苗姫《なへひめ》、【小旦《むすめがた》】「わが身の事はともかくも、案《あん》じらるゝは父上様《ちゝうへ》。「もし戦場《せんぜう》へおもむき給ひしか、容子《ようす》を聞《きい》て来《き》てたも」と、都《みやこ》へやつた軍蔵《ぐんざう》が、音信《おとづれ》もなくいとゞなを、みやこの空《そら》のなつかしく、忘《わす》[23]れやらぬはこの簪《かんざし》。いつぞや稲荷《いなり》やまの賽《かへりもふし》、見《み》そめた殿御《とのご》は名《な》もしらず。残《のこ》る紀念《かたみ》のかんざしを、かみへ誓《ちか》ひの縁定《ゑんさだ》め、結《むす》びもやらぬものおもひ。恋《こひ》しいはいの」と打《うち》しほれ、孝《こう》と恋《こひ》とを取更《とりまぜ》しうらみの数《かず》やまさるらん。

【歎介《なく、みぶり》】折からばた〳〵人音《おと》に、見つけられじと【合《ふたり》】主従《しゆうじう》が、苫《とま》うち覆《おほ》ふこなたの陸《くが》、【末《たちやく》 引衆上《大ぜいをつれて出る》】「室町家《むろまちけ》の昵近伊勢《ちつきんいせ》[24]の十郎」【衆《大ぜい》】跡《あと》にしたがふ百姓《ひやくせう》ども大に頭《かしら》[25]をぼつこめば、

【末《たちやく》】「ヤア〳〵百姓ども。よし輝公御《てるこうみ》[26]こゝろをかけられし神崎《かんざき》の舞子《まひこ》かつらといふ女、里《さと》をぬけ出ゆくゑしれず、もし此辺《このへん》へ来《こ》まいものでもない。見《み》つけ次第召連参《しだいめしつれまい》れ。すなはち彼《かの》かつらが絵姿《ゑすがた》一ヶ人ンに一チ枚《まい》ヅヽ、わたしおく。その絵姿に引キ合せ、ずいぶんぬからず穿鑿《せんさく》いたせ」と画幅《ゑがみ》わたして十郎は先《さき》の村《むら》へと急《いそ》ぎ行ク【下《はいる》】跡《あと》に庄屋《せうや》の与五右衛門【副浄《やすがたき》】[27]「ナント六次[28]けうとい事じやないかいの。都《みやこ》はもちろん、鳥羽竹田《とばたけだ》[29]辺《へん》まで軍の最中《さいちう》、切《き》ッたりはつたりのその中カへ、優長《ゆうちやう》らしい舞子《まひこ》の穿鑿《せんさく》。コリヤ何とい

一七 原話第十二齣、緯武将軍范欽が任地に赴いた設定を取る。
一八 警備の任に当ること。
一九 恋われ者。人に大事にされている人。
二〇 原話第十七齣では、范淑芳は任地に来るように父に命ぜられて、出発する。
二一 「大坂にて舟まんぢうを伽やらふといふ。…毎夜船を前だれ島、その外元船のかかり居るあたりにこぎありき、伽やらふとよぶなり」(羇旅漫録・一一二)。
二二 の如く。
二三 「這枝ノ簪子、既ニ奴家ノ頭上ニ在リテ頂戴スルコト多時、也タ就チ些ノ瓜葛有レリ。…且ク身傍ニ留在シテ、一件ノ相伴フ東西(もの)と做シ罷ラン」(玉播頭・第十七齣)。
二四 近侍の臣。
二五 頭を投ずる。土下座する。
二六 「[丑](饒州府役人)北京ノ皇帝老官、一箇ノ表子(しようふ)ニ結識スルモ、甚麼ナル縁故カヲ知ラズ、忽然走了ス。如今幾千幅ノ図形ヲ発シ下シ、人ヲシテ家挨ニ尋訪セシム」(玉播頭・第二十四齣)。
二七 重要でない敵役。端(は)敵。
二八 うっとうしい。
二九 現、京都市南区・伏見区の辺。

ふ事であらふ」衆《大ぜい》「[一]されば いの。したが命《いのち》がけの軍《いくさ》して知行《ちぎやう》とらふより、舞子《まひこ》をとらへて褒美《ほうび》の金もらふ方《ほう》が、よつぽどわりがよごんすぞへ」副浄《かたき》「なる程いへ[二]ばそこもある。[三]おりや晩《ばん》から鉦太鼓《かねたいこ》でたづねて出《で》ようかい」衆《大ぜい》「そりや又なぜ」副浄《かたき》「ハテ[四]舞子《まひこ》の〳〵の桂《かつら》やアい」衆《大ぜい》「イヤこりや[五]でけた」と大ぜいが、はなす耳元《みゝもと》鬨《(とき)》の声《こゑ》。「そりや軍《いくさ》じや」とみなちり〴〵。[六]狼狽《うろたえ》まはつて逃行跡《にげゆく》斉下《みな〳〵はいる》矢《や》叫《さけ》びの音、馬蹄《ばてい》のひゞき手にとるごとく聞《きこ》ゆれば、こなたの船にはなを仰天《げふてん》捷義《はんどう》[七]こは〴〵道世が顔《かほ》さし出し、「申シ〳〵玉苗様《なへ》こりやこゝにも居《ゐ》られませぬぞへ。もし流矢《ながれや》でも来《く》る程なら、この苫《とま》の一ト重《へ》や二タ重、射抜《ゐぬか》れるはしれたこと。サア〳〵はやうお上リ」と姫《ひめ》の手を引《(ひき)》、やう〳〵と陸《くが》へあがればなをうろ〳〵。しばし[八]躊躇《たゆたふ》あし元《もと》に、落《おち》ちる絵姿《ゑすがた》玉苗が小旦《むすめがた》手に取リ上ておしひらけば捷義《はんどう》[九]そばから道世《みちよ》もさし覗《のぞ》き、「こりや[一〇]あじイな女の姿絵《すがたゑ》。モシどうやら玉苗様《なへ》に、似て居るじやござりませぬか」と小旦《むすめがた》いはれて姫もこゝろづき、見れば見るほど我顔《わがかほ》に、似たは[一一]不思義《ふしぎ》と目もはなさず合《ふたり》見とれて立たる後《うしろ》より衆上《大ぜいいづる》「[一二]ソレ」ト声《こゑ》かけ大勢《おほぜい》が、ばら〳〵と取巻《とりまけ》ば小旦捷義「コハ何事」とおどろく主従《しゆうじう》、膝《ひざ》もわな〳〵ふるひ居る末《ちたくや》伊勢の十郎すゝみ出、「おどろかれな御老母《どらうぼ》、身どもは室町《むろまち》の昵近《ぢつきん》、伊勢の十郎と申ス者《もの》。義輝公《よしてるこう》の命《めい》をうけ、かつら殿《どの》を迎《むかひ》の役。イザ用意の轎《かご》に舞《の》られよ」と、姫の手を

一 さようさ。相手の言葉を承認する語。
二 それもそうだ。
三 俺は。
四 「迷子」を掛ける。江戸時代には、町内の月番が先に立ち、一団が鉦や太鼓などを打ち鳴らして、「迷子の迷子の何何やあい」などと呼んで、迷子を捜した。
五 よくできた地口だ。
六 「狼狽〔書言故事〕顚倒失レ措ニ手足ニ者、曰ニ狼狽ニ」(書言字考・八)。
七 原話第二十三齣、范淑芳と乳母が前面の賊兵の船を避けて上陸する設定を取る。
八 上陸した范淑芳は「行キ走リテ動カズ趺カント欲スル介」(玉搔頭・第二十四齣)をなす。
九 「〔副浄〕(乳母)小姐、你看ヨ那ノ告示ノ後面ニ、又タ一幅ノ美人ヲ掛着ス。這ノ美人ノ面貌、你ト一般一様ナリ」(玉搔頭・第二十四齣)。
一〇 魅力的な。
一一 「不思義 ○不思儀 ふしぎ」(増字百倍早引節用集)。
一二 原話第二十四齣、范淑芳と乳母が地方官に捕えられる設定に拠る。

とり引キ立れば 捷義《はんどう》 道世慌押《あはておし》とゞめ、「めつそうな事遊すな。我ゝ《われわれ》[一]は女主従《しゆうじゆう》。老母《らうぼ》とやら桂とやら、そのよなものではござりませぬ」と、 末《たちやく》 半分きかず伊勢の十郎、「イヤ陳《ちん》じても陳《(ちんじ)》させぬ。年《とし》[二]かつこうから二人リの様子《やうす》、この絵すがたに寸分たがはず。言訳《いひわけ》[三]あらばわが君《きみ》の御前にていたされよ。ソレ家来《けらい》ども轎《のりもの》はやく是へもて」。 衆大《ぜい》 「はつ」と下部が扛《かき》すえて 小旦《むすめがた》 いやがる姫をむり無躰《(むたい)》 捷義《はんどう》 姆《めのと》もろとも合輿《あひごし》[四]に、錠前《ぢやうまへ》ぴんと折《(をり)》[五]もよし 衆大《ぜい》 仕合《(しあはせ)》[六]よしと欠《かけ》[七]り行ク 衆急下《みな〳〵はいる》

前腔《だし》 旦《おやま》 老旦《ろうぼかた》 上《いづる》 きのふより弟《をと》[八]まつ雪《ゆき》のちら〳〵と、ふる[九]郷遠《さととふ》く迷《まよ》ひ来て人も哀《あはれ》[一〇]とゆふぐれに、あゆみ悩《なやみ》し舞子の桂《かつら》、手を引《(ひく)》母の手もひえて、あじき[一一]なき[一二]みの笠《かさ》に杖《つえ》、しばし木蔭《こかげ》にやすらひぬ 老旦《ぼらう》 「ノウかつら。道〳〵きけば恋聟《こひむこ》[一三]の、難波《なには》文吾武将《たけまさ》殿は、この伏見《ふしみ》にござるとの事。こゝがすなはち伏見の尾山《をやま》[一四]。心尽《つく》したかひあつて、こよひ聟殿《むこどの》にあふとおもや、母《はゝ》もとも〴〵うれしいはいの」 旦《おやま》 「さい[一五]なア。[一六]したがこゝもかしこも軍《いくさ》の中。もし戦場《せんじやう》へござんしたか、ひよつと怪我《けが》でもあらふかと、顔《かほ》見ぬうちはナ」 老旦《ぼらう》 「そうであろ〳〵。ハテ親子《おやこ》が信《まこと》を神仏《かみほとけ》の、わるふお守《まも》りなされふかいの。アレ〳〵見や。むかふに見ゆるは御香《ごかう》[一七]の宮《みや》。女体《によたい》にて運《うん》の神、序《ついで》ながら参《まい》りましよ。サア〳〵あゆみや」と立上る 丑副浄上《かたきやく二人いづる》 思[一八]ひがけなき両方より、眼《がん》[一九]どう頭巾《づきん》の大男、立ふさがつて 丑《かたき》 「コレおむす。日がくれかゝつて淋《さみ》しか

一 「〔小旦副浄驚ク介〕呀、我們ハ是レ好人家ノ児女ニシテ、又タ罪ヲ犯サズ、甚麼（なに）ノ為ニ我ヲ拿ヘ起シ来ル」（玉搔頭・第二十四齣）。
二 原話第二十四齣、地方官が美人画と范淑芳の酷似を指摘する設定に拠る。
三 「〔丑〕（地方官）話有ラバ官ニ到リ去キテ講ゼヨ。這ハ是レ折弁ノ所在（ところ）ナラズ」（玉搔頭・第二十四齣）。
四 四つ手駕籠に一緒に乗せること。
五 「下ろす」を掛ける。
六 事の経緯。
七 「駆」の宛字。
八 次の雪が降るまで消えないで残っている雪。友待つ雪。
九 「降る」と「故」の掛詞。
一〇 「言ふ」と「夕」の掛詞。
一一 やるせない。
一二 「身」と「簑」の掛詞。
一三 原話第二十五齣、劉倩倩と乳母が万威武将軍の府と勘違いして范緯武将軍のもとに投ずる設定に拠る。
一四 現、比定地不明という。
一五 そうですねえ。女性語。
一六 だが。
一七 現、京都市伏見区御香宮門前町に鎮座。「神功皇后の廟なり」（京童跡追・六）。「君はいつ御幸の宮の花車」（同）と、香を幸に通じさせるので、運の神というのであろう。
一八 二人が盗賊に襲われる芝居仕立の設定は、原話第二十五齣などに無い。

ろ。船場《ふなば》まで送《おく》ろかい。落武者《おちむしや》の鎧剝《よろひはが》ふと、網《あみ》をはつて居たところへ、へ、よいしろものがかゝつたなァ」 副浄《かたき》 「二〇撞木町《しゆもくまち》へ売てやつたも、二一一ト包《つゝみ》は丈夫《じやうぶ》な物」 合《ふたり》 「サア〳〵こい」と立チかゝる 老旦《らうば》 娘を後《うしろ》に母《はゝ》は身がまへ、「ムウ女とあなどり二二手《て》ごみなしかた。そなた衆はコリヤ盗賊《とうぞく》じやの」 丑《かたき》 「ヲ、盗人《ぬすびと》だ。二三鳥《と》羽《ば》田《たの》権太《(ごんた)》」 副浄《かたき》 「竹田の唐《から》九郎といふ」 合《ふたり》 「盗人様だ」 丑《かたき》 「おいらが見こんじやァもう叶はぬ。老ぼれめに用はない。行たいところへゆきおれ」と、胸《むな》ぐらとつて突《つき》とばせば 老旦《ろうば》 起《おき》上つてしがみつく 旦《おやま》 傍《そば》にむすめはただはあ〳〵 丑副浄 「ヱ、面倒《めんどう》な」と朴刀《だんびら》引キぬき、打《うち》かけんとせし所に、どつさりひゞく二四二ッ玉《だま》、胸板《むないた》うたれて二人リの盗賊《とうぞく》、象棋《しやうぎ》だふしにのたれ伏《ふ》ス 死介《しぬるみぶり》 二五不思儀《ふしぎ》に命《いのち》たすかつても、二六とゞのつまりを案《あん》じられ 旦老旦 母《はゝ》も娘《むすめ》もうろ〳〵と、二七立チはに迷《まよ》ふ向《むか》ふより 浄《かたきやく》上《いづる》 二八小具足《こぐそく》に二九腹巻《はらまき》し、五十有余《ごじうゆうよ》の武士《ものゝふ》が、たづさへ持《もち》し種《たね》が島《しま》、三〇しづ〳〵とあゆみ寄《より》、「きのふ屋敷《やしき》へかへり見れば、ゆくゑしれざる三一娘玉《むすめたま》苗《なへ》、ようまめでゐてくれたな」と 老旦旦 いへばこなたは不審顔《ふしんがほ》。 旦《おやま》 「三二むすめ〳〵とおつしやつても、こちにさら〳〵覚《おぼ》えはない。ノウ母様《(さ)》ン」 老旦《らうば》 「ヲ、それ〳〵、大かた人たがひでがなござりませう」。 浄《かたき》 「コレサ〳〵三三黄昏時《たそがれどき》とはいふものゝ、老眼《らうがん》ながら我娘《わがむすめ》、見ちがへてよいものか。たはぶれ事もことによる。たしなみめせ」と

一九 目だけ出して頭部を包みかくす頭巾。
二〇 近世、京都市伏見区恵美酒町にあった遊郭の俗称。「伏見撞木町の妓楼、今は大におとろえて、郭はむなしく菜園となれり」(羇旅漫録・八十七)。
二一 金百両。
二二 強奪的な。
二三 鳥羽・竹田の地名から取った姓。
二四 火縄筒に込められた、二つの十匁の弾丸。「どつさりとあばらへ抜ける二ツ玉」(仮名手本忠臣蔵・五)。
二五 一七二頁注一一参照。
二六 結果。
二七 立端。立ちあがる機会。
二八 鎧をつけずに、籠手・すねあて等の付属具だけを着用した姿。
二九 腹に巻いて背で引き合わせる、小型の鎧。
三〇 原話第二十五齣では、劉倩倩と乳母が誤って范将軍の府を訪れる設定である。
三一 「〔末〕(范将軍)我ガ児ヨ、你途中ニ在リテ苦ヲ受ケ了レリ」(玉搔頭・第二十五齣)。
三二 「〔旦〕(劉倩倩)細カニ看テ大イニ驚キ走リ避クル介」(同右)。
三三 「〔末〕我ガ児、你甚麼ノ為ニ肯テ身ニ近ヅカズシテ、倒《かえ》(つ)テ走リ開キ去ルヤ」(同右)。

いはるゝ程【老旦旦】やうすしらねばきみわるく【旦《おやま》】「わたしや神崎舞子《かんざきまひと》のかつら」。【老旦《ばらう》】「わたしは母《はゝ》でございます」と【浄《かたき》】いふにこなたも心づき、ためつすがめつ見て愕《びつく》り。「[一]扨《さて》も似《に》たは。[二]瓜《うり》を二ッにわらずにそのまゝ。[三]われも一人リのむすめを持《もち》しが、軍兵《ぐんぺう》の[四]乱妨《らんばう》をおそれしにや、屋敷《しき》を立退行《たちのきゆく》ゑしれず。[五]君《きみ》の為《ため》には家《いゑ》を忘《わす》れ、命《いのち》を惜《おし》まぬ武士《もの丶ふ》も、かはらぬものは親子《おやこ》の恩愛《おんあい》。そこかこゝかと尋《たづぬ》る娘、ソレその顔《かほ》に寸分違《すんぶんたが》はず。年《とし》よつて子をうしなひ、こゝろぼそき此折《おり》から娘《むすめ》に似《に》たるかつらとやら、なんと養《やしな》はれてはくれまいか」【旦《おやま》】「[六]よるべない母子《おやこ》が今《いま》の身《み》、いやといふではなけれども、わたしやたづぬる男《おとこ》がござんす」【浄《かたき》】「ム、その尋《たづぬ》る夫《おっと》の名《な》は」【旦《おやま》】「伏見《ふしみ》山の麓《ふもと》、難波文吾武将《なにはぶんごたけまさ》様」【浄《かたき》】「ヤ[七]豊後武政《ぶんごたけまさ》とは、すなはち身《み》どもがことじやはやい」【老旦】【旦驚介《おどろくみぶり》】「エヽ」【旦《おやま》】「イエ[八]〳〵わたしがたづぬる武将《たけまさ》様は、色《いろ》白《じろ》で男《おとこ》がようて、年《とし》のころは廿二三」【老旦《ばらう》】「あなたのお年《とし》は五十あまり、似《に》ても似つかぬ雪《ゆき》と墨《すみ》」【旦《おやま》】「母《はゝ》様ン」【老旦《ばらう》】「むすめ」【合《ふたり》】「コリヤマアどうした事じやいの」と、母子《おやこ》呆《あき》るゝばかり也【浄《かたき》】武政横手《たけまさよこで》をはたと打チ、「おもひ出せしことこそあれ。[九]わが名《な》はすなはち名波豊後《なはぶんご》。そちがたづぬる男《おとこ》の名《な》は難波文吾《なにはぶんご》であらふがな」【老旦】【旦《ふたり》】「そんなら難波氏《なにはうち》ではなく」【浄《かたき》】「名波《なは》と難波《なには》とにの字《じ》の間違《まちが》ひ。[一〇]さいつころよし輝公《てるこう》、津の国《くに》へ微行《しのびのおなり》。人のしらん事をおそれ、難波文吾武将《なにはぶんごたけまさ》と、名告《なのり》

一 「〔末〕呀、果然トシテ是レ我ガ女児ナラズ、甚麼ノ為ニ面龐這等ニ相似タルヤ」(玉搔頭・第二十五齣)。
二 瓜二つ以上にそっくりだ。
三 「〔末〕本府ハ老年ニシテ子無シ。止ダ一女ヲ得テ家ニ在リ、已ニ曾テ人ヲ差(はつか)シ去キテ接(かむ)ヘシム、久シカラズシテ就チ任上ニ到リ来ラン。你母女二人、既ニ去ル路無シ、若カズ住ミテ這辺ニ在ルニ。我你ノ女児ヲ把リテ、収メテ養女ト作サン」(同右)。
四 「乱妨 ランバウ」(書言字考・八)。
五 「事レ君以レ死、事レ主以レ勤」(国語・晋語八)。　六 「〔旦〕如今也タ奈何トモスル没シ、只ダ計ヲ将ツテ計ニ就キ、住ミテ他ノ衙中ニ在リテ、再ビ万郎ノ消息ヲ訪ルルヲ得レバ便了ナラン」(玉搔頭・第二十五齣)。
七 「〔末〕如今世上ニ只ダ我是レ緯武将軍有ルノミ。那裡(なんぞ)還タ第二箇有ラン」(同右)。　八 「〔旦〕他(万将軍)ハ是レ箇ノ青年ノ後生ナリ。怎麼ゾ幾時カ見ザルニ、就チ箇ノ白鬚老子ニ変ジ了ルヤ」(同上)。
九 以下の名波豊後武政と難波文吾武将の混同の解明は、原話第二十七齣「〔旦〕他ノ姓ハ万、爹爹(ちち)ノ姓ハ范。他ノ官行ハ、是レ威厳ノ威字ナリ、爹爹ノ官銜ハ、是レ経緯ノ緯字ナリ。音ハ同ジナルモ字ハ別ナリ」を翻案した。　一〇 先頃。
一一 「〔旦〕謂ハユル万郎ナル者ハ、就チ是レ当今ノ皇上ナラン」(玉搔頭・

給ひしと聞及《きゝおよ》ぶ。[一一]そちが夫《おっと》といふ人は、勿体《もったい》なくも天下《てんか》の武将《ぶしやう》、足利義輝公《あしかゞよしてるこう》じやはやい」旦 老旦「ヤ、」旦《おやま》「それは誠《まこと》か真実《しんじつ》か。そうとはしらず御上使《ごじやうし》につれない返詞《(へんし)》したうへで、住家《すみか》を脱出《ぬけいで》さぞやさぞ、[一二]聞《きこ》えぬ女子とおさげしみ、お腹立《はらだち》もあろけれど、ちかひを立テし簪《かんざし》の、[一三]かみならぬ身のうらめしや」と、合《ふたり》ふたゝび驚《おどろ》く母《はゝ》むすめ、夢《ゆめ》にゆめ見るごとくなり 浄《かたき》武政《たけまさ》ほく／＼打うなづき、「ホヽ驚《おどろ》きはもつとも／＼。これにはだん／＼[一四]様子《やうす》もあれど、こゝは[一五]途中身《とちう(み)》とともに、まづ／＼屋敷《やしき》へお[一六]きやれさ」旦 老旦《ふたり》「そんならあなたのお手引《てびき》で」浄《かたき》「[一七]御所《ごしよ》へ同道《どう／＼》致《いたす》であらふ」。旦《おやま》 老旦《らうば》「ヱかたじけない」下斉 台在機関《山まくおちてぶたいかはる》[一八]

○雪《ゆき》も[一九]おやみし切戸口《きりどぐち》。包背《つゝみせ》負《お》ふていきせきと、[二〇]たちかへる若党軍蔵《わかたうぐんざう》。浄《かたきやく》 上《いづる》

武政《たけまさ》見るより声《こゑ》をかけ、「[二一]遅《おそ》かりし軍蔵。娘《むすめ》が行衛《ゆくゑ》はしれたるか」と、問《と》へば軍蔵《ぐんざう》か[二二]つつくばい 末《たちやく》「ハおよろこび下さりませ。玉苗様《たまなへ》のおゆくゑがしれました」浄《かたき》「シテ同道《どう／＼》はなぜいたさぬ」。末《たちやく》「サアお供《とも》いたさぬその訳《わけ》は[二三]玉なへ様の面躰《めんてい》、舞《まひ》子《こ》かつらに似《に》たるゆへ、伊勢の十郎それと見たがへ、御所《ごしよ》へ伴《ともな》ひ参《まい》りし所、よし輝《てる》公の御ン目《め》にとまり、寵愛《てうあい》無二の妾《おもひもの》。やがて旦那《だんな》は武将《ぶしやう》の外戚《ぐわいせき》、[二四]摂河《せっか》泉《せん》三ヶ国《こく》の大守《たいしゆ》になされんとの取沙汰《とりざた》。[二五]お供はさてをきお顔《かほ》さへ、拝《はい》することも叶《かな》ひませぬ」と 浄《かたき》聞《きい》て武政高笑《たけまさたかわら》ひ 喜介《よろこぶみぶり》「ハヽヽヽ[二六]怪我《けが》の功名親子《こうみやうおやこ》が幸《さいは》ひ。さりながら、はじめ心

第二十七齣)。
一二 物がわからない。
一三 「神」に簪の縁語の「髪」を掛ける。
一四 事情。 一五 我。
一六 お来やれ。いらっしゃい。
一七 原話第二十七齣では、范淑芳が武宗の貴妃になったことが知らされ、范将軍は劉倩倩こそ妃になるべき者であることを武宗に知らせよう、と劉倩倩に約束する設定で終る。
一八 幾重にもかさなった山の姿が描かれてある幕。背景や、振落して場面転換するのに用いる。
一九 少しの間、降りやむ。
二〇 原話第二十七齣、范将軍の下僕が登場する設定を踏襲する。
二一 「遅かりし由良之助」(仮名手本忠臣蔵・四の「やれ由良の助待ち兼ねたはやい」が変化した俚諺)を踏まえる。
二二 「つくばう」を強めた言い方。
二三 「[外]」(下僕)只ダ皇帝ノ家裡ヨリ一箇ノ婦人走了スルニ因リテ、影ヲ画キ形ヲ図シ、地方官ヲシテ到ル処ニ捜緝セシム。那ノ地方官ハ小姐ノ面貌、画上ト相同ジト説キ、竟ニ人ヲ差シテ送リテ南京ニ到ラシム。…小姐ハ官ニ入ルノ後、已ニ貴妃ト做リ了ル。皇上十分ニ寵愛シ、…老爺(范将軍)ヲ封ジテ皇親国戚ト做シ了ル」(玉搔頭・第二十七齣)。
二四 摂津・河内・和泉。今の大阪府。
二五 お嬢様を旦那様の処にお連れするどころか。 二六 諺。玉苗姫が桂に間違われたことが却て良かった。

をかけられしその桂《かつら》。われはからずも伏見《ふしみ》山にてでつくはせ、すなはち屋敷《やしき》へ同道《どうく》せしが、もし此事沙汰《さた》[一]あつて、桂入洛《かつらじゆらく》する時《とき》は、元木《もとき》[二]に勝《まさ》るうら木なく、むすめが寵愛《てうあい》たちまち衰《おとろ》へ、世《よ》にもかひなき身《み》とならば、われも人にや笑《わらは》[三]れんてどうがな」と手《て》を組《くん》で、思案《しあん》の躰《てい》に軍蔵《ぐんざう》が、末《たちやく》 あたり見《み》まはし耳《みゝ》に口《くち》 私語介《さゝやくみぶり》 浄《かたき》 「ムゥすりやこよひのうちにかつらめを」 末《たちやく》 「人しれず只《たゞ》一トうち」 浄《かたき》 「シしのべ」[四] 末《たちやく》 「はつ」とこたへて軍蔵《ぐんざう》は、奥《おく》の一ト間《ま》へ 同下 台在機関《まはりどうぐ ぶたいかはる》

○[五] 末上《たちやく いづる》 行《（ゆき）》あひの、雲吹《くもふき》はれて薄月夜《うすづきよ》、ともし火《び》くらき奥坐敷《おくざしき》、かつらが首《くび》を引提《ひきさげ》て、しのびいでたる若党軍蔵《わかたうぐんざう》 浄《かたき》 上《いづる》 椽頬《ゑんがは》づたえに[六]武政《たけまさ》が、すかしながめて、「軍蔵首尾《ぐんざうしゆび》は」。 末《たちやく》 「何《なん》[七]の手《て》もなく此とほり」 浄《かたき》 「シテ老《おひ》ぼれめは何ンとした」 末《たちやく》 「イヤ婆《ばゝ》めはすや〳〵しら川よふね」 浄《かたき》 「ム、もし活《いけ》をかば後日《ごにち》の妨《さまたげ》。渠奴《きやつ》めはおれが手《て》にかける」と、いひつゝ障子《しやうじ》引キあくれば 旦《おやま》 老旦《らうぼ》 上《いづる》 おもひがけなき桂《かつら》が打扮《いでたち》[八]。母《はゝ》もとも〴〵玉だすき、薙刀《なぎなた》引キさげ立《たち》いでたり。 浄《かたき》 流石《さすが》の武政仰天《たけまさぎやうてん》し、思《おも》はず尻居《しりゐ》にどつかと坐《ざ》す。 末《たちやく》 「おどろき給ふな武政殿《たけまさどの》[九]。若党《わかたう》軍蔵となつて[一〇]入リこみし某《それがし》は、晴元《はるもと》が家来《けらい》江浪主馬之進行道《なみしゆめのしんゆきみち》といふ者《もの》。御辺《ごへん》[一一]三好松永《みよしまつなが》に一《いち》味《み》して、天下《てんか》をくつがへさんと謀《はか》ること、晴元《はるもと》とくに推察《すいさつ》し、某《それがし》を間者《かんじや》[一二]として、やうすくはしく伺《うかゞ》ひしる。コレ見られよ。桂《かつら》が首《くび》をうちしと見せた首《くび》は御辺《ごへん》のむすめ玉なへ。

一 足利将軍の命令。
二 男女関係において、幾度相手を取りかえてみても、最初に結ばれた者より良い者はない、との喩え。
三 「笑れてん。どうがな」の誤刻であろう。「どうがな」は、何とかして桂をかたづけたいの意。原話の范将軍は善人だが、こちらの武政は悪玉。
四 相手の声が大きいのを制止する声。
五 原話第三十齣では、范将軍が劉倩倩を武宗に会わせ、范淑芳は劉倩倩に遠慮して宮中から下ろうとするが、武宗は二人ともに貴妃として、ハッピィ・エンドに終る。が、玉播頭では以下の如く、芝居仕立のどんでん返しがあって、武政と玉苗姫は不幸な結末を迎える。
六 後期の江戸の街では「い」が「え」に訛っていた。 七 全く容易に。
八 「打扮 イデ立。役者ノソレゾレノ狂言ニ出立コト」(俗語解)。
九 底本「武正」に作る。意改。以下もこれに倣う。
一〇 武政の屋敷に召し抱えられた。
一一 貴殿。やや目上の者に対していう。 一二 スパイ。「間者。兵家所レ用」(書言字考・四)。
一三 一五四頁注二参照。
一四 原話第三十齣では、劉倩倩自身から武宗に「冶容モテ主ヲ惑」わしたことを詫び、「容ハ至美ニ非ザルモ、国ヲ悞リテ将ニ危クセントセシム。見ズヤ唐ノ帝王、貴妃ヲ縊リシヲ。…況ンヤ是レ中宮ノ位、定メテ移シ頭《かうべ》にさしたる簪《かんざし》は、よし輝《てる》公へ奉《たてま》つりし、桂《かつら》が誓《ちか》ひのその一ト品。[一三]日外玉苗《いつぞやたまなへ》、稲荷《いなり》山社《しや》参《さん》の折《おり》から、室町殿《むろまちどの》ともしらずして、恋《こひ》そめしそのときに、ふしぎに拾《ひろ》ひとりしより、肌身《はだみ》はなさず所持《しよぢ》せしを、伊勢の十郎かつらとこゝろえ、はやくも御所《ごしよ》へ将参《いてまい》る。そも〳〵[一四]此たび天下《てんか》の乱《みだ》れは、御ン大将かつらが色《いろ》に迷《まよ》ひ給ひしより事起《ことおこ》ると[一五]衆軍《しゆぐん》の風聞《ふうぶん》。忠臣《ちうしん》こゝに評議《ひやうぎ》あつて、[一六]馬塊《ばくはい》が原《はら》のむかしにならひ、はやく桂《かつら》が首《くび》うつて、諸軍勢《しよぐんぜい》を励《はげま》すべしと容子《ようす》を聞《き》けばかつらにあらず、御辺《ごへん》の[一七]娘《むすめ》を玉苗姫《たまなへひめ》。父《ちゝ》の悪事《あくじ》、桂《かつら》が貞心《ていしん》、[一八]聞《きく》にかなしく直《すぐ》さま自害《じがい》。義輝公不便《よしてるこうふびん》におぼしめし、彼《かれ》に犬死《いぬじに》させまじと、[一九]その首《くび》を切《きつ》て桂《かつら》が首《くび》とし、諸軍勢《しよぐんぜい》にしめせしかば、士卒《しそつ》たちまち勇《いさ》みたち、鋭気《ゑいき》日ごろに百倍《ひやくばい》して、なんなく三好《みよし》松永を追《おつ》ぱらひ、都《みやこ》はじめて無事《ぶじ》に帰《き》す。[二〇]まつたかつらは、先君《せんくん》の忠臣《ちうしん》たる、[二一]大館晴光《おほだちはるみつ》の女《むすめ》なるよし、しる人有《あつ》て言上《ごんじやう》せしかば、父《ちゝ》が[二二]忠心其身《ちうしんそのみ》の節義《せつぎ》を感《かん》ぜられ、すなはち玉苗御前《たまなへごぜん》と改名《かいめい》し、御台所《みだいどころ》と定《さだ》めらる。[二三]玉苗《たまなへし》死して御台《みだい》となり、かつらは活《いき》て首《かうべ》をさらす。[二四]天下《てんか》の法令私《ほうれいわたくし》なし。斯露顕《かくろけん》のうへからは、最早逃《もはやのが》れぬ名波武政、覚期《かくご》〳〵」

とつめよつたり。

〔浄《かたき》〕[二五]天魔《ま》にひとしき武政《たけまさ》も悪事《あくじ》の露顕《ろけん》、娘が最期《さいご》、聞《きい》て心も乱《みだ》れ[二六]焼《やき(ば)》刃引抜きわれとわが腹《はら》へぐつと突立《つきたつ》る

〔衆上《大ぜいいづる》〕折から来る許多《あまた》の士卒《しそつ》、夜道を照《てら》す[二七]箱挑灯、御台《みだい》所《どころ》のお迎《むかひ》と、はや扛居《かきすゆ》る[二八]鋲打乗物《べうちのりもの》

〔老旦《らうぼ》　旦《おやま》〕かつら親子はいまさらに〔旦《おやま》〕

難カラザルヲヤ。速カニ君ヲ迷ハス罪ヲ正サンコトヲ求ム」と自ら処罰を求める。
一五 軍兵が桂の首を斬ることを求めると設定したのは、玄宗の禁軍が馬塊で楊貴妃を討つことを求めた話(唐書・楊貴妃伝、長恨歌伝)に拠る。
一六 陝西省興平県の西に在る。
一七 「むすめの」が転訛して「むすめを」となった。 一八 主語は玉苗姫。
一九 一人の女性がおり、一方の首を斬って一方のそれの代りとする趣向には、浄瑠璃「玉藻前曦袂(たまものまえあさひのたもと)」二段目、右大臣通忠が拾い子の桂姫の身代りに実子の初花姫の首を斬ろうと考える、というものがある。
二〇 「また」を強めた言い方。
二一 一四三頁注三六参照。
二二 底本「ぢう」に作る。意改。
二三 実の玉苗姫は死んだが、玉苗御前と名のる桂が令夫人となり、実の桂は生きているが、桂とされた玉苗姫の首はさらされている。
二四 「法令行而私道廃矣」(韓非子・詭使)。 二五 欲界六天の頂上、第六天にいる魔王とその眷属。
二六 「焼」は上下に係る。「乱れ焼」は、刃の乱れうねった形状の文様。「焼刃」は、刀の刃に粘土をかぶせ、刃の部分の土を除去して火で熱し、ぬるま湯に入れて堅くしたもの。
二七 上下に円形の平たい蓋があり、畳めば全部蓋の中に納まって、箱のようになる大型の提灯。

二六 女駕籠の一。角の、当る部分に金具をつけて塗りがはげないようにした物。

一「かへらぬ世」「世がたり」と上下に係る。「世がたり」は、世間の語りぐさ。
二 死後の名声。
三「磨く」は「名」と「玉」の上下に係る。
四 挿絵の玉苗姫の首級には花簪が挿してある。
五 毎年または毎月の命日。「忌日。此日極㆔於念㆓亡人㆒、而不㆔敢尽㆓心於他事㆒、蓋忌㆓禁自己之事㆒之義也」(書言字考・二)。
六「名は」に掛け、上の「弥陀の」を承ける。
七 瞬間に発する光。同時に、武政の極めて短い生をも意味する。

「殿御《とのご》思《おも》ふは姫御前《ひめごぜ》の、相身互《みたがひ》といひながら、舞子《まひと》のわしが身《み》がはりに、ならしやんすとはさぞやさぞ、くやしくもあろ、はらもたと。いふてかへらぬ世[一]がたりに、[二]なき名を[三]磨《みが》く玉苗《なへ》様《(さ)》ン。[四]首級《しゆきう》に残る花簪《かんざし》も、ちりゆく跡《あと》は 老旦《らうば》 われ〳〵が、[五]忌日《(きにち)》〳〵のとひ吊《とぶら》ひ」 合《ふたり》 「なむあみだ仏南無阿弥陀」。唱《とな》ふる弥陀の 浄《かたき》 [六]名波武政《なはたけまさ》、知死《ちし》期《ご》と見えて四苦《く》八苦 末《たちやく》 「イデ介錯《かいしやく》」と行通《みち》が、閃《ひらめ》く刀の[七]電光石火《でんくはうせきくわ》 尾声《おくり》 [八]無常《むじやう》迅速有為転変《ぢんそくうゐてんぺん》。伏見《ふしみ》の里の桂橋《かつらばし》、又一チ名は[九]豊後橋《ぶんごばし》、[一〇]其名を流《なが》す[一一]姥《うば》が水、[一二]御香《ごかう》の宮《みや》の[一三]略《りやく》縁起《えんぎ》、いはれを筆《ふで》に伝《つた》へける 斉下《まく》

○大尾《きやうげんのおはり》は看官《けんぶつ》がめでたがる国風《につぽんふう》の千秋楽《せんしうらく》事

[一四]還城楽《だし》 衆上《大ぜいいづる》 [一五]陰徳《ゐんとく》は耳鳴《じめい》の如く、己《おのれ》ひとり知《しつ》て人これをしらず。隠匿《ゐんとく》は寱《げい》[一六]語《ご》に似《に》たり。己暁《おのれさと》らずして、人これをしるとかや。されば松永三好《みよし》が賊軍《ぞくぐん》、たちまち敗《やぶ》れて勝軍《かちいくさ》の、賀筵《がゑん》[一七]をひらき給ふべしと 生《たちやく》 武将足利《しやうあしかゞ》よし輝《てる》公、大書院《おほじよゐん》に御座《ぎよざ》なれば 小生《すみかづら》 細川晴経《はるつね》 正生《じつごとし》 岩浪主税《ちから》 衆《大ぜい》 その外功《ほかこう》ある大小名、御ン土《かは》[一八]器《らけ》を頂戴《てうだい》す 外《ぶだう》 末《たちやく》 上《いづる》 かゝる所に[一九]細川晴元《はるもと》、郡乙就九州《こほりおとつぐきうしう》より凱陣《がいぢん》と、御前《ごぜん》間《(ま)》ぢかく参上《さんじやう》し 合《ふたり》 「わが君《きみ》の御武徳《ごぶとく》によつて、数度《すど》の合戦勝利《かつせんしやうり》を得《ゑ》、陶晴賢《すへはるかた》を討《うち》亡《ほろぼ》し、三好松永等を追退《おひしりぞ》け、西国既《すで》に静謐《せいひつ》」と、申上れば 生《たちやく》 よし輝公《てるこう》、「ホ、早《さつ》

八 生命の短くはかなく、永遠不変ではないことをいう。ともに仏語。
九 一三一頁注一七参照。「豊後橋…この辺りにいにしへ大友豊後守のやしき有りしより名とすといふ」(宇治川両岸一覧・乾)。ここでは、橋名の由来を名波豊後武政に付会した。
一〇 名を後世に伝える。「流す」と「水」は「橋」の縁語。
一一 未詳。桂の乳母に名の由来を付会した。
一二 一七四頁注一七参照。祭神が女体なので、玉苗姫を祭った処と付会したのである。
一三 名所旧蹟の名の簡略な由来。
一四 雅楽の名。「還城楽 ゲンゼウラク」(名物六帖・人事箋五)。「行幸還御用レ之」(体源鈔・一)とあるが、ここは将軍方の凱旋の場に合わせて用いた。
一五 「夫言二陰徳一、其猶二耳鳴一。己独知レ之、人無二知者一」(北史・李士謙伝)。
一六 底本「寱(せん)」に作る。意改。書言字考・八が「寱語 ネゴト」と作っているので、それを更に書き誤ったのであろう。
一七 底本「莚」に作る。意改。
一八 一五一頁注三一参照。
一九 原話第三十齣、許進と王守仁が昇殿し、許進は太保兼太子太師、王守仁は新建伯に任ぜられる設定に基く。

速《そく》の凱陣重畳《がいぢん(ちようでふ)》〳〵。乙就《おとつぐ》には大内《おほうち》が領地《れうち》[一]悉《こと〴〵》く恩賞《おんしやう》す。又晴元《はるもと》は摂河《せつか》[二]両州《りやうしう》を領《れう》すべし。尾声《おくり》其外忠義の諸大名、功《こう》にしたがひ加恩《かおん》あらん。其むねこゝろえ候へ」と、御諚《ごぢやう》に衆《大ぜい》はつと勇《いさ》みたつ。怨敵退散《おんてきたいさん》国安全。民《たみ》もゆたけき秋津洲《あきつす》[三]の、上下の活計寛《くわつけいくはん》[四]楽《らく》も、尽《つき》せぬ御代《みよ》こそめでたけれ 全下《うちだし》[五]

花釵児下巻 畢

一 周防国山口。一三六頁注一四参照。
二 名波豊後武政の封ぜられるはずであった領地を賜ったことになる。一七七頁注二四参照。
三 日本国の古称。「秋津洲。蓋秋津者蜻蜓也。本朝地形、如三蜻蜓展二両翅一、故名」(書言字考・二)。
四 喜び楽しい生活。「活計歓楽の暮し」(好色一代男・七「口添て酒軽籠」)。
五 終演の太鼓を打ち出す。
六 明末清初の金聖嘆の「読第五才子書法」等に学んで、俗文学にも文学論を試みたもの。 八 一二九頁注八参照。 七 一二九頁注九参照。
九 中国演劇の脚本の様式に倣うこと。
一〇 一方では日本の平易卑俗な仮名俗語を用いているのに。 一一 俳優が舞台に登場し、また退場すること。
一二「腔調 フシ。猥談。…腔者、章句字数長短高下疾徐抑揚之節、各有二部位一。調者、旧八十四調、後七七調、今十一調」(名物六帖・人事箋五)。本作中にはこの文字は実際には用いられていない。
一三 抜き書きする。 一四 日本の大衆。
一五 義太夫本。浄瑠璃や歌舞伎の台本。 一六 演劇における舞台上の、歌曲の言葉を書いた脚本。
一七 中国の宋元以降によく用いられる白話。 一八「雑劇子 シバヰ」(名物六帖・人事箋五)。
一九「脚色 趣向」(俗語解)。
二〇 五雑組(一二九頁注二四参照)や

○評論《ひやうろん》[六]

或人《あるひと》難《なん》じて云《いはく》、「此書《このしよ》戯文《けぶん》[七]に擬《ぎ》するは可《か》なり。但《たゞし》強《しい》て、華人《くはじん》《から》の伝奇《でんき》《しばい》[八]に附会《ふくはい》[九]せんとするをもて、却《かへつ》て視者《みるもの》をして煩《わづら》はしむ。故《ゆゑ》いかにとなれば、[一〇]其文《そのぶん》は国字《こくじ》《ひらがな》訛言《くわげん》《かたこと》をつらね或《あるい》は生《せい》旦丑浄《たんちうじやう》、扮介《ふんかい》[一一]上下、[一二]腔調等《きやうてうとう》の文字《もんじ》を[一三]抄出《しやうしゆつ》す。是義《これぎ》におゐて然《しか》るべからず」と、予云《よいはく》。「凡伝奇小説《およそでんきせうせつ》は、[一四]我俗子《わがぞくし》の克解《よくげ》する処《ところ》にあらず。もし悉《こと〴〵く》漢字《かんじ》をもてこれを綴《つゞ》らば、華人《くはじん》《から》の小説《せうせつ》を読《よむ》にしかず。若悉《もしこと〴〵》く[一五]我戯文《わがけぶん》《ぎだゆうぼん》のごとくせば、還我戯文《またわがけぶん》の糟粕《さうはく》也。何を以《もつ》てか新研《しんけん》《あたらしいしゆこうをつくる》を発《はつす》といはん。此編原台上《このへんもとだいじやう》[一六]の曲《きよく》にあらず。文章国字《ぶんしやうひらがな》にあらざれば稚蒙《ちもう》《こども》に通《つう》じがたく、生旦云云《せいたんしか〴〵》の[一七]俗語《ぞくご》をまじへざれば、彼我《からやまと》の[一八]雑劇《しばい》、異《こと》ならざるをあかしがたし。是《これ》此書《このしよ》の[一九]脚色《きやくしき》《しくみ》にして、作者一番《さくしやいちばん》の趣意《しゆゐ》也。且《かつ》[二〇]戯作《けさく》に規矩《きく》なし。何《なん》の当《あた》らずといふことあらん。足下《そこ》の論《ろん》ずる所は[二一]金孤玉弦《きんこぎよくげん》、[二二]亦鶏《またにはとり》を割《さく》に牛刀《ぎうたう》を用《もちゆ》るにあらずや」。難《なん》ずるもの遂《つひ》に口《くち》を鉗《つぐみ》て退《しりぞ》く。[二三]蓋戯文《けだしけぶん》は誕忘錯誤《たんもうさくご》《らちもなくまちがひだらけ》。理《り》[二四]のなかるべき所《ところ》にして、事《こと》の有《ある》べき処《ところ》を述《の》ぶ。[二五]言実《ことじつ》に過《すぎ》たるは戯《け》文にあらず。[二六]言勧懲《ことくはんちやう》の意《ゐ》なきも、又戯文《けぶん》にあらず。其文俗《そのぶんぞく》にして其《その》意俚《ゐり》ならず。是《これ》を[二七]風流《ふうりう》の文采《ぶんさい》とはいふべし。[二八]作者《さくしや》の意思《ゐし》を用《もち》ふる所《ところ》は七分《ぶん》にして視《み》[二九]る者《もの》は僅《わづか》に三ン分ン。もし[三〇]書賈《しよこ》に於《おい》て利《り》なくんば、予《よ》が論《ろん》も亦何《またなん》の益《えき》かあらむ。

[三一]著作堂主人識

[三二]

後引注二三の黄鶴山農の語に胚胎した論か。　二一「金弧玉弦　弧、弓也。以レ金作レ弓、以レ玉為レ弦、喩ニ無用一也」(古今類書纂要・十二)。

二二 戯作を固苦しい規準で論ずる。「割レ鶏焉用ニ牛刀一」(論語・陽貨)。

二三「事不ニ誕妄一則不ニ幻境一、不ニ錯誤乖張一則不レ眩ニ惑人一」(黄鶴山農の玉播頭序)。　二四「其(武宗)徼倖不レ至レ失レ国、亦理之所レ当レ無、而事之所レ合レ有者也」(玉播頭総評)。

二五「事太実則近レ腐、可ヨ以悦ニ里巷小児一、而不レ足下為ニ士君子一道上也」(五雑組・十五)。

二六「昔人之作ニ伝奇一也、事取ニ凡近一、而義発ニ勧懲一」(玉播頭序)。

二七「作ニ是劇一者、原具ニ此一片深心一(勧誡)、非下漫然以ニ風流文采一見上長也」(玉播頭総評)。雅俗の折衷された文章。

二八 作者が盛り込みたい知識・思想という雅的内容は七分に押さえて。

二九 大衆読者が作意を理解できるのは、作者の意図の僅か三分である。

三〇 底本「しよか」に作る。意改。

三一 曲亭馬琴の号の一。

三二「馬琴」「曲亭」。

一 馬琴の最初の半紙本読本。文化二年(一八〇五)、大阪の文金堂河内屋太助刊。五巻五冊。
二 京阪旅行の見聞を記した、馬琴の

馬琴子新編	
[一]月《げつ》氷《ぴやう》奇《き》縁《えん》　絵入よみ本 全五冊	[二]蓑《さ》笠《りつ》雨《う》談《だん》　絵入よみ本 全三冊
[三]紫帽子女児用文《むらさきぼうしをんなようぶん》　袋入 全一冊	[四]小《せう》説《せつ》比《ひ》翼《よく》文《もん》　絵入中本 全二冊

[五]是書未嘗借[六]伶倫之唇歯。而播[七]管絃也。是以不[八]管文章盈縮。亦無[九]参列唱引。視者無為覆[一〇]醤之看。則幸甚。

[一一]享和四甲子年春正月発行

[一二]江戸通(とほりあぶら)油町
[一三]蔦屋重三郎(つたやぢゆうざぶらう)
同所[一四]義太夫抜本版元(ぬきほんはんもと)
浜松屋幸助(はままつやかうすけ)梓

随筆。文化元年、江戸の耕書堂蔦屋重三郎刊。三巻三冊。嘉永三年、「著作堂一夕話」と改題再板。
三 未刊。四 馬琴の中本型読本。文化元年、江戸の仙鶴堂鶴屋喜右衛門刊。二巻二冊。
五「是ノ書未ダ嘗テ伶倫ノ唇歯ヲ借リテ、而シテ管絃ニ播(ほどこ)サズ。是ヲ以テ文章ノ盈縮ニ管ラズ。亦タ参列シテ唱引スルコト無シ。視ル者覆醤ノ看ヲ為ス無クンバ、則チ幸甚ナリ」。レーゼドラマであることを断わった文。
六 俳優の口を借りる。「借二伶倫之唇歯一、醒二蒙昧之耳目一」(玉播頭序)。
七 音楽に載せて歌う。「二公之事、雖レ登二載籍一、未レ播二管絃一」(玉播頭総評)。底本「菅絃」に作る。意改。
八 音楽に合わせるために文句を伸縮することをしない。
九 役者が実際に舞台に上って歌曲を唱ったこともない。
一〇 反古紙として瓶の蓋にされるような著作(漢書・揚雄伝)。
一一 一八〇四年。馬琴三十八歳。
一二 現、中央区日本橋大伝馬町三丁目。一三 耕書堂二代目。初代蔦重は黄表紙・狂歌・浮世絵等を出版して繁栄し、馬琴も寛政三年(一七九一)から五年までその家僕となっていた。
一四 義太夫節の一曲の一部を抜粋した本の出版書肆。「義太夫抜本問屋／松茂堂 浜松屋幸助」(江戸買物独案内・文政七年刊)。

催《さい》馬《ば》楽《ら》奇《き》談《だん》

横山邦治　校注

文化八年(一八一一)正月、江戸書肆西宮弥兵衛(日本橋青物町)・伊勢屋忠右衛門(糀町平川町)・田辺屋太兵衛(新橋加賀町)合梓、半紙本、五巻六冊(巻五上・下)。作者は小枝繁、画者は蹄斎北馬である。

この読本の出板は、『享保以後江戸出版書目』に、「催馬楽奇談　全六冊／墨付百四十九丁／同(文化)八年正月／小枝繁作／北馬画／板元売出 西宮弥兵衛」とあるから、主たる出資者は北林堂西宮弥兵衛であろうが、作者小枝繁の自序に出てくる執筆依頼者たる雄飛閣主人は田辺屋太兵衛であるから、この読本をプロデュースしたのは田辺屋ということになろうか(見返しにも「雄飛閣梓」とある。下段の写真参照)。板下書きは、巻末刊記部分の記述から岡山鳥であることが判る。一時は馬琴門で『駅路春鈴菜物語』文化五年刊を節亭琴驢の名で出板、後に三馬門となって岡山鳥と改名、滑稽本・合巻を創った武家出自の人である。独特の筆癖のある字体で、読本の板下として時に見受ける。

書名は、内題に『馬夫与作乳人重井 催馬楽奇談』とあるが、初刷本の題簽あるものは未見で確定し得ない。現存最善本の八戸図書館本は合冊本で元表紙を欠き、初刷の原形を保持すると思われる中村幸彦蔵本はいたみがあって元題簽を全て欠いている。しかしその元表紙の題簽の剝落した跡から見て、それが表紙中央に大きく貼られていたことが判る。こうした題簽は、当代の読本に時に見受けるもので、左肩上にある題簽の場合書名巻数のみ書かれているものがほとんどであるに対して、絵入りであったり、目次入りであったりで、何かと工夫を凝らしているものが多い。

なお、詳しくは巻末の作品解説を参照されたい。

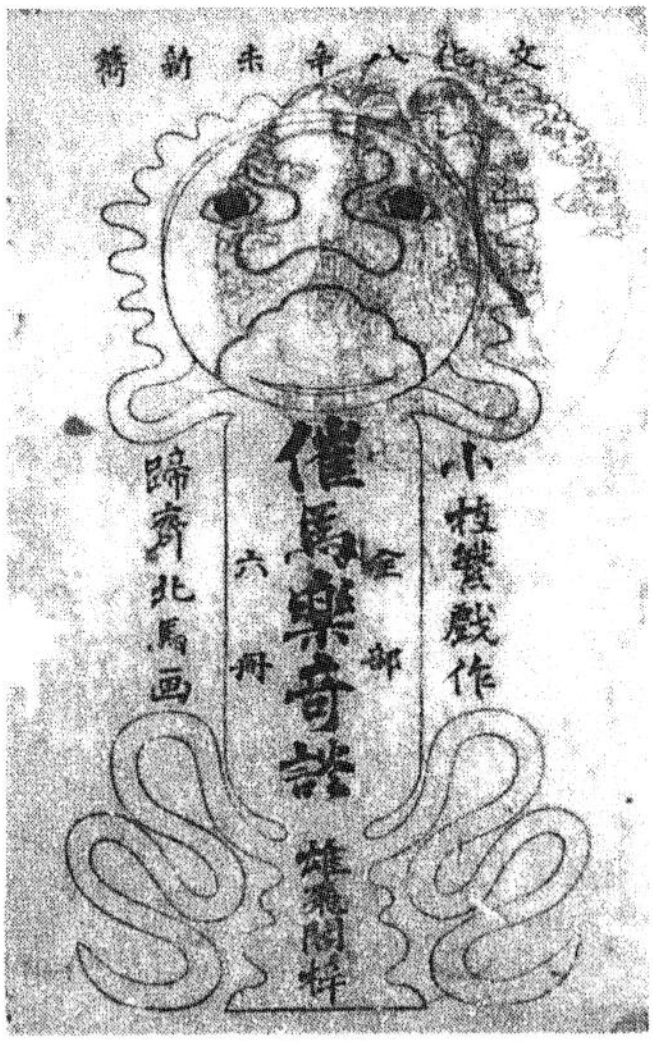

自序

漢[一]自置稗官[二]以降、小説行於世、歴代之編述、其数不遑枚挙。然或執左道[三]乱正史之書、紛然褋出乎其間、使人不得知正義。今也太平[四]之化周天下、国県富於聖経[五]、郡邑不乏正史。雖六尺之童知善悪邪正矣。文華之昌莫盛於今、其沢[六]波及稗史[七]。故文人才子年着作月編述以為誘導之資。余素有小説癖。今春、書肆[八]雄飛閣主人携来題恋女房[九]院本、請繙案之[一〇]。諾以蔵小匣。時方春半、懶性為睡魔所祟[一一]、臥閣月余、花飛鳥変至三伏[一二]之時書肆来促頻。乃倚案閲前演史、紀馬[一三]隷与作婬奔之事也。余熟思之、不義淫邪之行、豈可為衍説[一四]乎。於是閣筆数、而書肆之需如束湿薪[一五]。故姑借其名不拘其事、更編述一般稗説[一六]、以塞其責。此書[一七]二旬脱稿、未遑加校。観者勿以温媼[一八]魚魯之謬咎[一九]譏焉。

[二〇]文化庚午春歔醨閑士題於独醒書屋之小窓下

酔墨真逸録

（漢、稗官を置いてより以降、小説、世に行はれ、歴代の編述は、其の数、枚挙に遑《いとま》あらず。然るに或いは左道を執りて正史を乱すの書、紛然として其の間に褋《まじ》り出で、人をして正義を知るを得ざらしむ。今や太平の化は天下に周《あまね》く、国県は

一 古代中国の帝国名。漢書・芸文志に「小説家者流、蓋出㆓於稗官㆒。街談巷語、道聴塗説者之所㆑造也」とあるのを踏まえて以下の文章があるので、冒頭に出てくるのは国名となる。
二 政治の参考に供するために民間の巷説を集めることを司った役人。
三 邪道を行って。「析言破律、乱㆑名改作、執㆓左道㆒以乱㆑政、殺」（礼記・王制）。
四 徳川政権下の太平を指す。
五 聖人の著した経書。
六 恩沢。
七 当代の戯作、特に読本を指す。
八 江戸の書肆、田辺屋太兵衛（新橋加賀町）。
九 浄瑠璃「振替のお乳人留袖の招婦恋女房染分手綱」三好松洛・吉田冠子合作、寛延四年（一七五一）二月一日大坂竹本座初演。
一〇 浄瑠璃を種本として読本に仕立て直すことを乞う。
一一 底本「崇」。「祟」の俗用字として多出するが、全て「祟」に訂した。以下全て同じ。
一二 「夏至後第三庚為㆓初伏㆒、第四庚為㆓中伏㆒、立秋後初庚為㆓後伏㆒、謂㆓之三伏㆒」（太平御覧・時序・伏日注）。暑い時期。
一三 紀は記に通ず。
一四 余計な説。
一五 じわじわと。「為㆓人上㆒操㆑下、如㆑束㆓湿薪㆒」（史記・酷吏・寧成伝）。
一六 当代の読本を指す。

聖経に富み、郡邑は正史に乏しからず。六尺の童と雖も善悪邪正を知る。文華の昌今より盛んなるは莫く、其の沢波、稗史に及ぶ。故に文人才子、年ごとに着作《ちよさく》し月ごとに編述し以て誘導の資と為す。余、素より小説の癖あり。今春、書肆雄飛閣主人「恋女房」と題する院本を携へ来りて、之れを飜案せんことを請ふ。諾して以て小匣に蔵す。時方に春半ばにして、懶性、睡魔の祟る所と為りて、閣に臥すこと月余、花飛び鳥変じ三伏の時に至りて書肆来り促すこと頻りなり。乃ち案に倚り前の演史を閲するに、馬隷与作が婬奔の事を紀《しる》すなり。余、熟《つらつら》之を思ふに、不義淫邪の行ひ、豈に衍説を為す可けんや。是に於いて筆を閣《お》くこと数《しばしば》、而るに書肆の需、湿薪を束ぬるが如し。故に姑《しばら》く其の名を借りて其の事に拘わらず、更《あらた》めて一般の稗説を編述し、以て其の責めを塞ぐ。此の書二旬にして脱稿し、未だ校を加ふるに遑あらず。観る者、温媪魚魯の謬を以て咎譏すること勿れ。)

一七　二十日間。
一八　文字の写し誤りといった不注意。「頻分二温媪之疑一、仍懼二魯魚之謬一、久披二細帙一、粗定二鉛黄一」(事文類集)。温と媪、魯と魚の文字がよく似ていて誤り易いところから言われる。
一九　とがめそしる。
二〇　文化七年(一八一〇)。

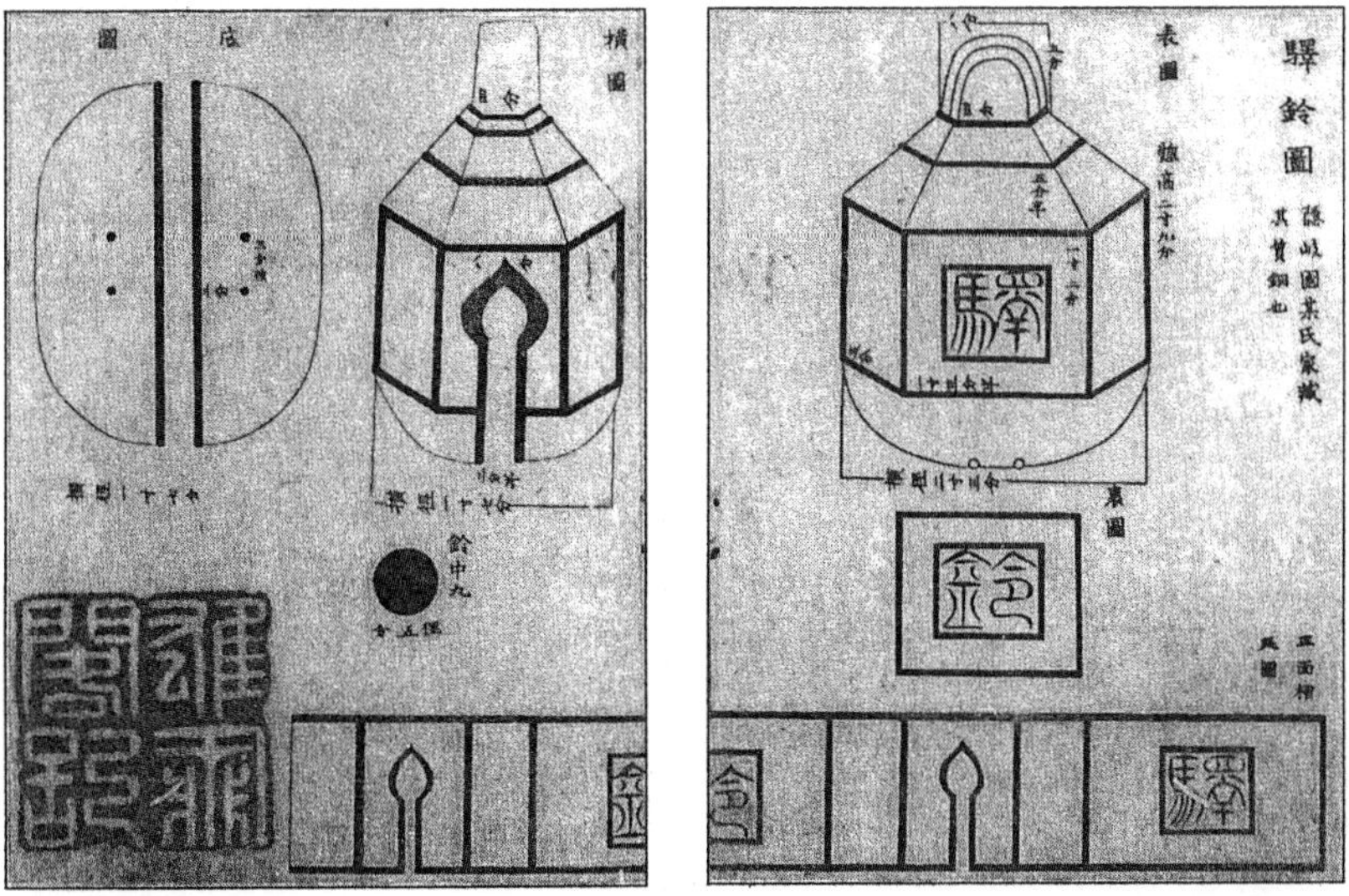

駅鈴図[一]
隠岐国某氏家蔵[二]
其質銅也

一 古代、令制により駅路を通行する便に官より与えられた鈴。隠岐島の玉若酢命神社宮司億岐家に唯一伝存し、寛政二年(一七九〇)上覧にも供され(甲子夜話・続編)、当代に著名なもの。この図は現存のものと一致する。「鈴は天子のみしるしにたまふものにぞありける、おほやけごとにて、ものへゆくに、此鈴をならしゆけば、うまや〳〵より馬をも人をも出すことゝおもはる、さるからに飛駅鈴とも、駅路鈴ともいへるにぞ」(松の落葉)。「隠岐国若玉酢神社伝ル所、八稜駅鈴一口、古製考フベシ、実ニ稀世ノ珍也」(好古小録)。集古十種にも図が見える。
ニ 某家とは億岐家を指す。

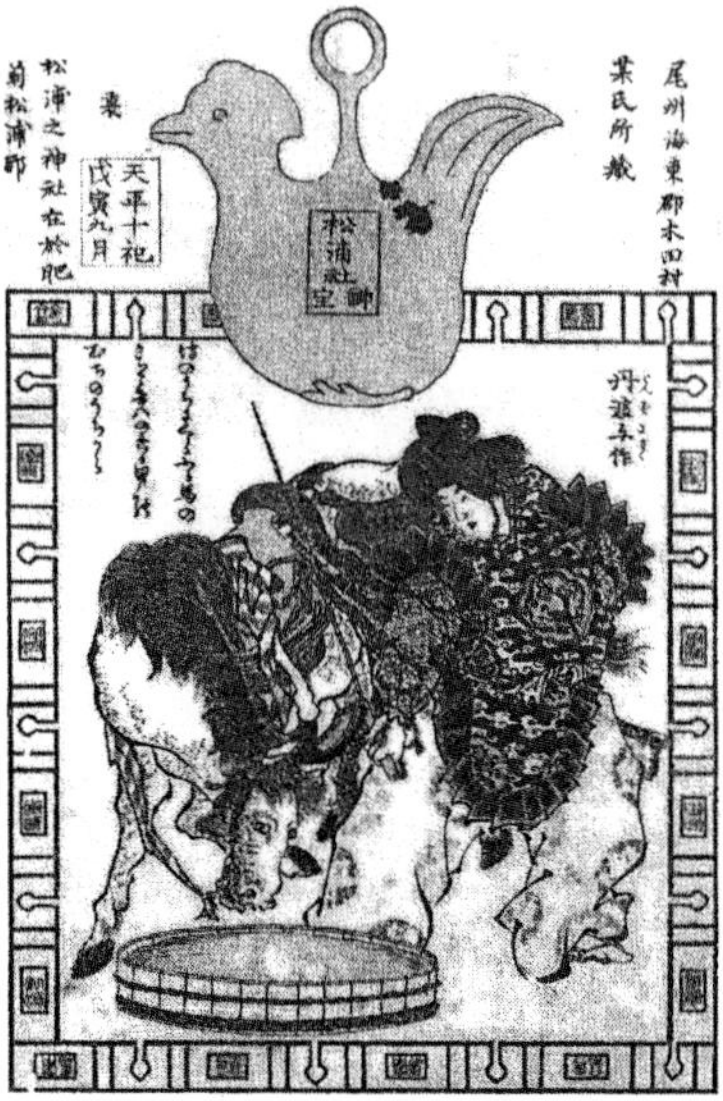

丹波与作《たんばよさく》

埒のうちにくらぶる馬の
かちまけはのれる男の
むちのうちから

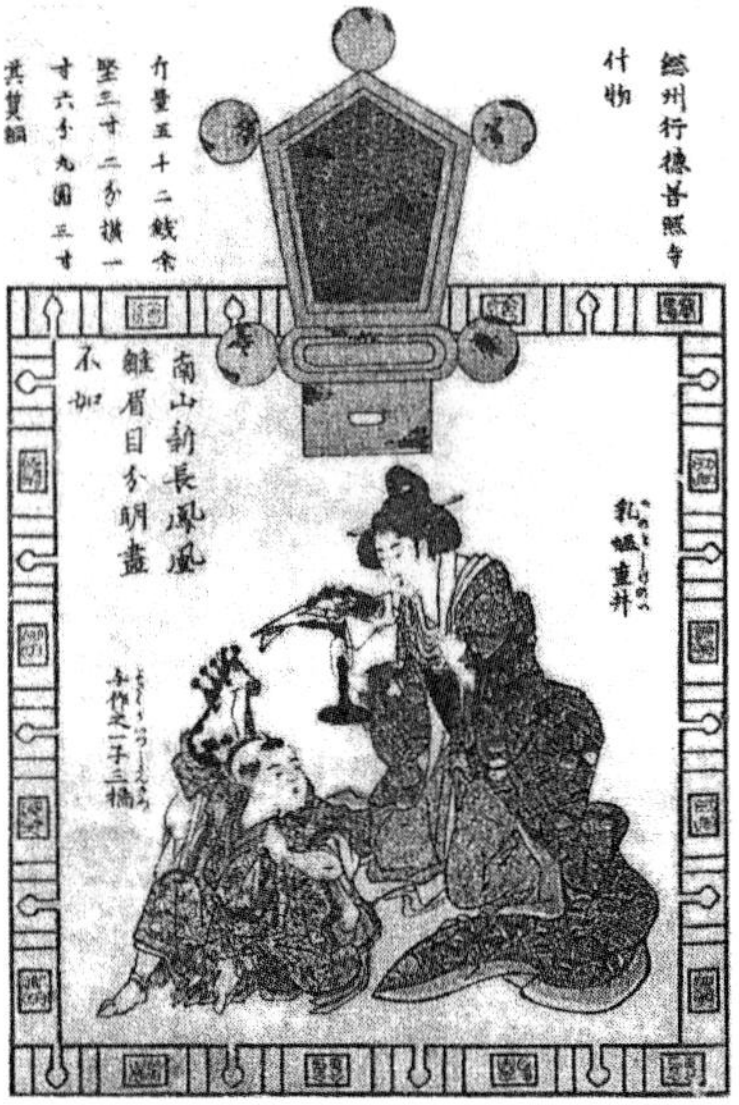

乳媼重井《めのとしげのい》
与作《よさくが》之一子《いっし》三橘《さんきつ》

南山新に長ず鳳凰が雛
眉目分明にして画くも如《し》かず

一悦目抄に「一、又初の一字と終の一字とをくつかうぶりによむ事あり。それもたゞの歌はやすけれども、らりるれろの五文字は大事なり。俳諧より外はよまれぬものなり」として「ら」の例として同じ歌が載る。ただし、「むち」が「ぶち」である。

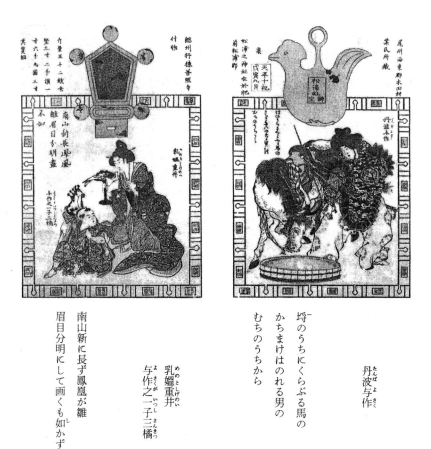

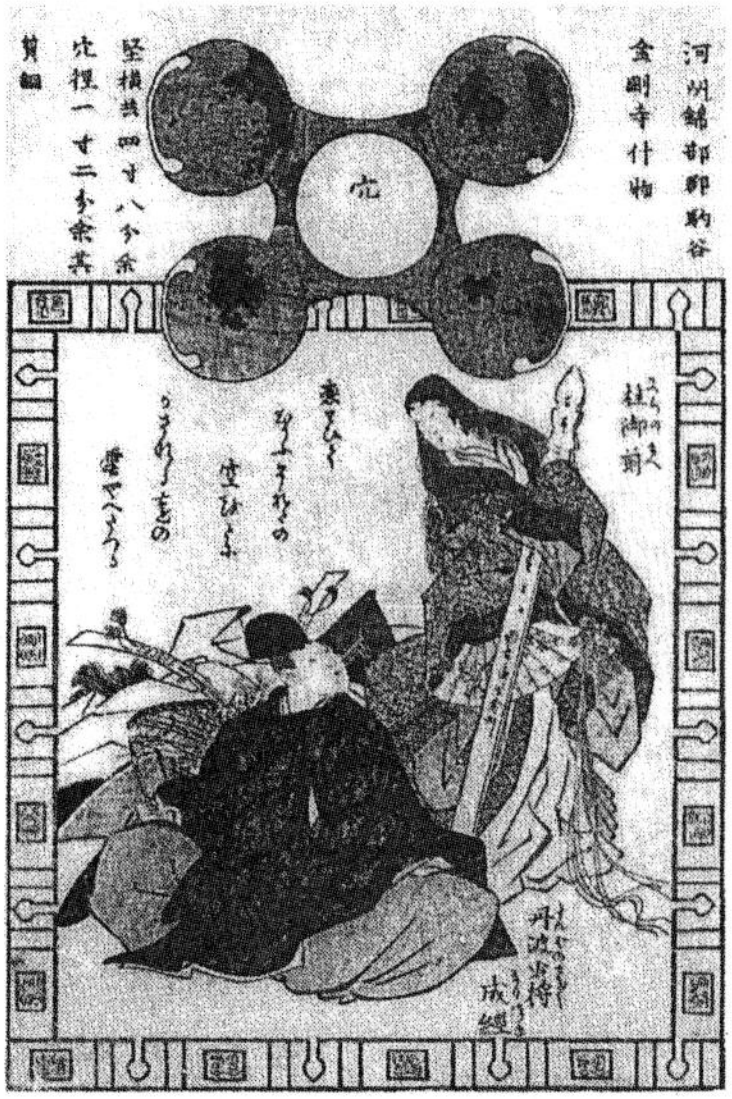

桂御前《かつらのまへ》
丹波少将成経《たんばのせう〳〵なりつね》

二 恋わびてむかふそなたの
空をだに
かさなる遠の
雲やへだつる

六波羅禿《ろくはらのかぶろ》
忠夫逸平《ちうふいつぺい》

挺身す艱難の際
三 張目して寇讐を視る

二 新続題林和歌集に「法皇(霊元院)」の作と載る。
三 目をむいて。
▽駅鈴説明文 注
○尾州某氏所蔵　集古十種に「尾張国海東郡木田村大館(　)蔵鈴図」として載る。現在の海部郡美和町木田にあたるところ。
○松浦之神社　「(肥前)松浦神社在二松浦郡一。社領二百石…神功皇后到二当国一、登二松浦山一、祈二天神地祇一、以レ鏡納二于地一。其鏡化成レ石。立レ祠為二鏡宮一」(和漢三才図会)。
○總州善照寺　集古十種に「下總国行徳善照寺蔵鈴図」として載る。行徳は、現在の市川市。善照寺については、「武州葛飾郡東葛西領小松川村に薬王院善照寺といふ寺有。此寺往古には尼寺にて、則下総国の国分尼寺也」(天野政徳随筆)とある。
○河州金剛寺　現在の河内長野市にある金剛輪寺をいうか。河内名所図会に「十六山金剛輪寺(駒ヶ谷山中にあり。安養院と号す。真言宗)」とあり、「十六山家蔵之品々」の「古鈴之図」四種のうち二種までが次丁にあるのを含め同一か。この丁の鈴は、集古十種に「或蔵鈴図五」として載るのと同一。
○出雲大社　島根県大社町にある出雲国一宮である出雲大社の駅路鈴については未調。

婬婦小満《いんぷこまん》
姦夫八平次《かんぷはつへいじ》

人間所謂《いはゆる》好男児
我見る婦女の鬚眉を留むるを
奴顔婢膝真乞丐《こつがい》
反《かへつ》て正直を以て狂癡と為す

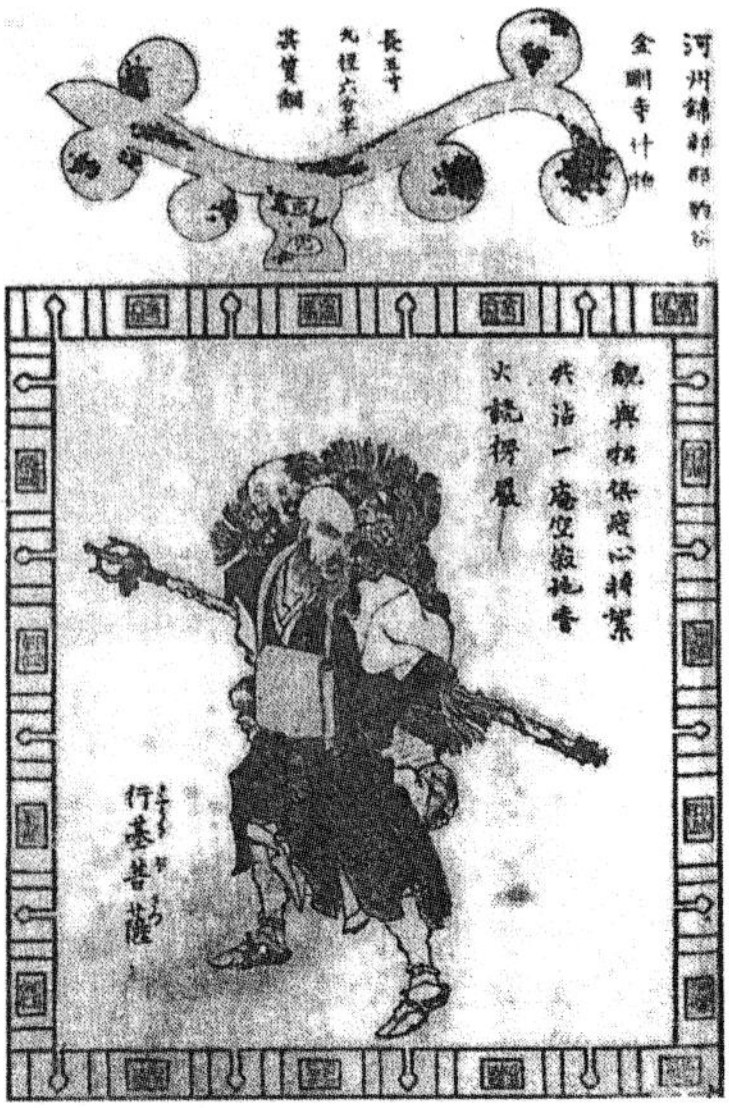

行基菩薩《ぎやうぎぼさつ》

貌[一]と松と倶に疲《や》せ
心、将に架《ふさ》がり共に沾《うるほ》はんとす
一庵、空寂の地
香火、楞厳を読む

一 金、李俊民「僧」詩。「貌与松倶痩、心将架共沾、一庵空寂地、香火読楞厳」（荘靖集・巻三）。

染絹寃鬼《そめぎぬのべんき》
四三平入道景政《よさうべいにうどうけいせい》

二 新鬼は煩寃、旧鬼は哭す
天陰《くも》り雨湿《うるほ》ふとき声啾啾たり

尾花幽魂《おばながゆうこん》

三 隠房、鬼火青く
壊道、哀湍瀉《そそ》ぐ

二 杜甫「兵車行」詩。「君不見青海頭、古来白骨無人收、新鬼煩寃旧鬼哭、天陰雨湿声啾啾」(杜甫詳註)。

三 杜甫「玉華宮」詩。「陰房鬼火青、壊道哀湍瀉、万籟真笙竽、秋色正蕭灑」(杜詩詳註)。

▽駅鈴説明文 注

○但州銀山　生野銀山、兵庫県朝来郡生野町にある古い銀山。集古十種に画く鈴と同一のもの。出自については未調。

○河州金剛寺　一九一頁駅鈴注参照。

○武州清水村　行田市下忍の小字として清水がある。近世では埼玉郡の枝郷、俗に清水村とも称した。

○總州貞元村　君津市の大字貞元。近世時は上総国周淮(すす)郡貞元村、清和天皇第三皇子貞元親王死去の地としてその名がある。集古十種に同じ鈴の図が「上総国周淮郡貞元村貞元親王墓傍掘地所得鈴図　蔵未詳」として載り、桂川中良の桂林漫録に「予家一古鈴を蔵す。其瑩(ヤツ)水磨の如く、褐色に黒を帯び、翠緑の雨雪点あり。蓋し芳野山中、後醍醐帝皇后の旧址にて、掘得たる物なりと云。…近来中村国香なる者の撰する房総志要なる書の中に、上総国周集(ズス)郡貞元村の神将寺と云浄刹(ラテ)に、清和天皇第三の皇子、貞元親王の宝玩、板鈴と云物有とて、図したるを見れば、我所蔵の物と、全然たる同物なり」とあって、同じ鈴の図が見られる。

昔与作《むかしよさく》といへる馬夫《うまおひ》ありけり。それがことを作《つくり》ものせし演史《じやうるりぼん》を恋女房染分手綱《こひにようぼうそめわけたづな》[一]といへり。そをまた翻案《ほんあん》しつる物語《ものがたり》なれば、馬夫《うまおひ》のことに因《より》て催馬楽奇談《さいばらきだん》とは題《だい》せり。されば催馬楽《さいばら》[二]の歌《うた》の題《だい》をもて編次《へんじ》[三]の号《ごう》とし、古《ふる》き駅鈴《えきれい》[四]の図《づ》を出《いだ》せり。彼与作《かのよさく》はいつの頃《ころ》の人といふをしらねど、駅路《えきろ》に名高《なだか》き戯男《たわれを》にやありけん、伊達《だて》の与作とは異名《いめう》[五]せり。其頃《そのころ》それがことを童幼《どうやう》の唄《うた》ひけるにや、優童《やくしや》[六]津打門三《うちもんざ》俳名瑞馬《はいみやうずいば》とかいふものゝ書《かき》けるよしにて、予《よ》が友某氏《ともなにがし》の蔵《ざう》する処《ところ》。歌《うた》あり、其真偽《そのしんぎ》はしらねど、いかにも古《ふる》き物《もの》とみゆれば左《さ》に摸出《もしゆつ》して一時《いちじ》の観《くわん》に備《そな》ふのみ

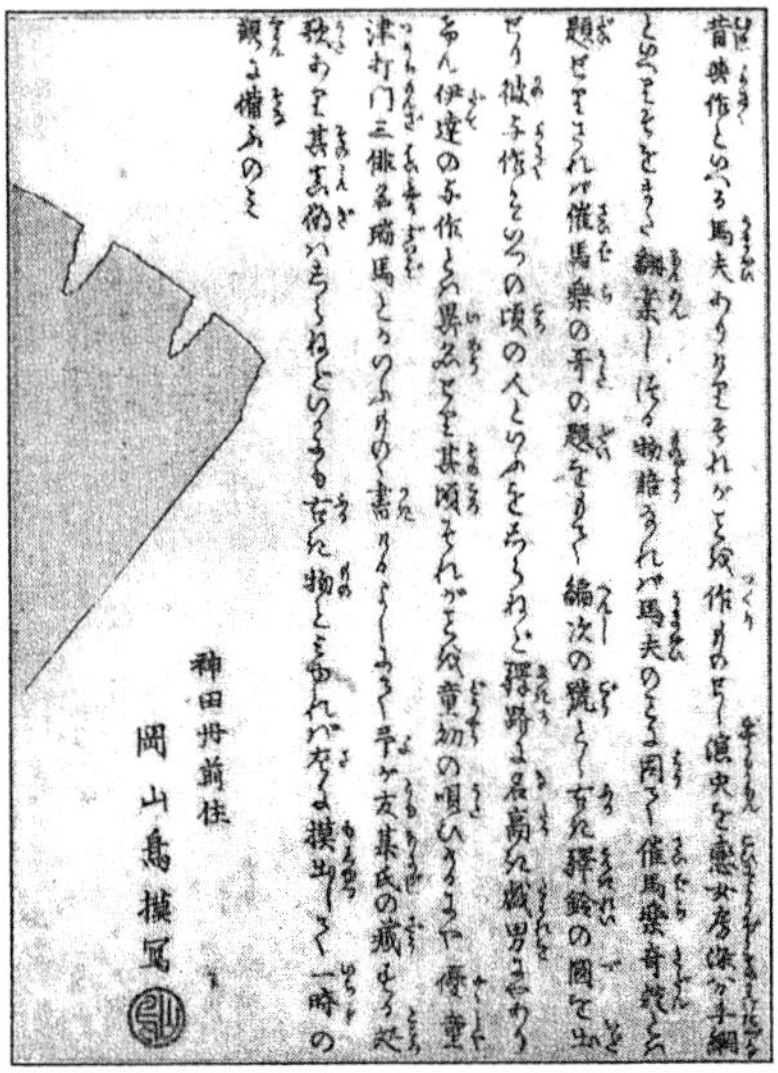

神田丹前住
岡山鳥[七]摸写

一 浄瑠璃の演題名。宝暦元年(一七五一)二月一日、大坂竹本座初演。吉田冠子・三好松洛合作。近松の「丹波与作待夜の小室節」をお家ものに増補改作したもので、重の井三吉の子別れの場は著名で、上演回数の多いものである。
二 上代の歌謡名、風俗歌を雅楽の曲調にあてはめたものだが、起原が馬子唄というので、馬方の丹波与作にかこつけて書名にもしている。
三 催馬楽の律二十五曲、呂三十六曲の曲名の中から選んで各章題としていることをいう。巻五の「閑野」については、この曲名に見当らない。
四 口絵の「隠岐国某氏蔵」という駅鈴図をいう。
五 あだ名。伊達は浄瑠璃では本来の姓である。
六 初代津打門三郎(一七二-五三)のことか。初代大谷広次の門弟、初名大谷六蔵、後名津山友蔵、俳名瑞馬また松香。
七 化政期の戯作者(-一八二八)。馬琴の門人として節亭琴驢と号し読本「駅路春鈴菜物語」(文化五年(一八〇八)刊)を著す。滑稽本作者として知られる。丹前舎・竹栖門とも号す。

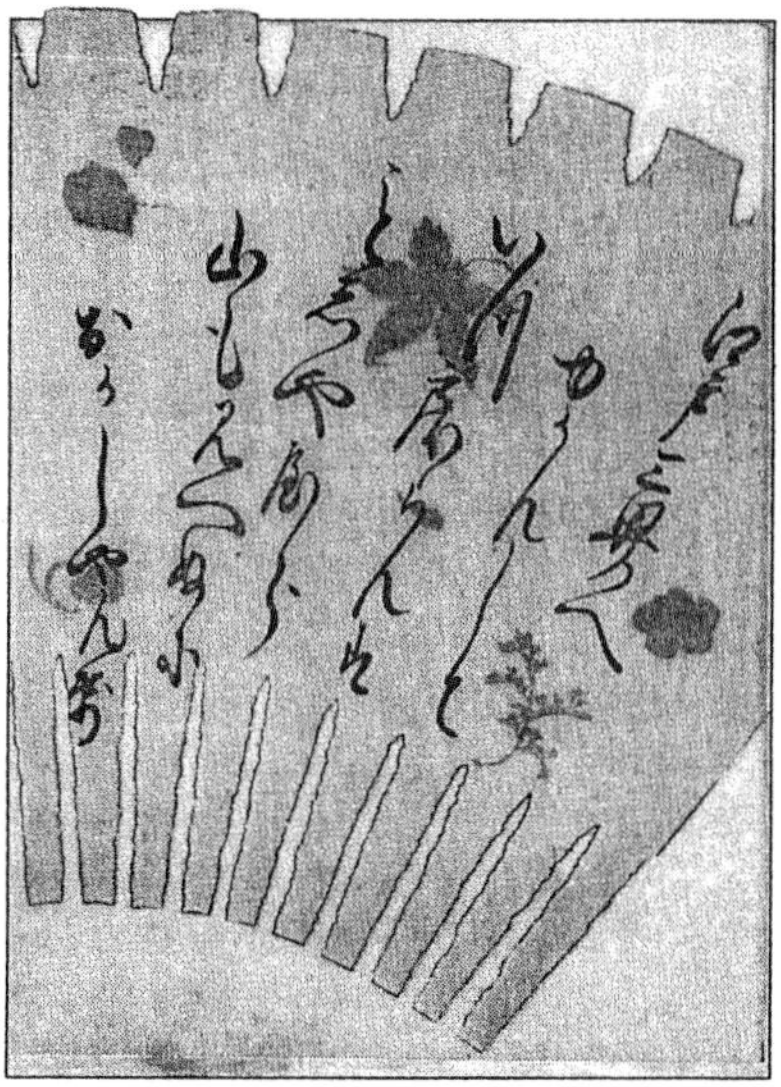

[八]江戸三界へゆかんして
いつ戻らんすことじややら
山も見へぬに出かしやんせ

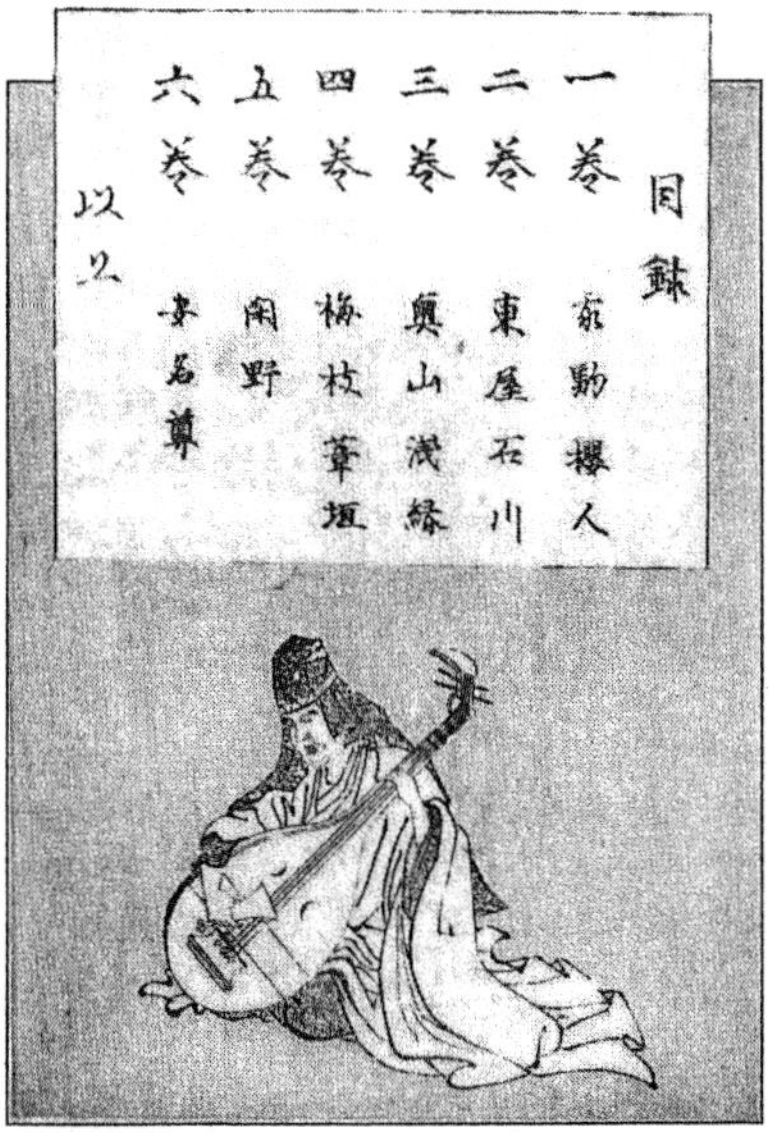

目録

一巻　我駒　桜人
二巻　東屋　石川
三巻　奥山　浅緑
四巻　梅枝　葦垣
五巻　閑野
六巻　安名尊
以上

八「松の落葉」巻第五の二十五「心中江戸三界」に「江戸へやりつゝ塩ふませたら…江戸三界へ行かんして、いつ戻らんす事ぢややら、山も見えざる仮初につい馴れなじみ…」とある。

[一]馬夫与作 乳人重井　催馬楽《さいばら》奇《き》談《だん》巻之一[二]

東都　歡醨陳人戯編

[三]我《わが》駒《こま》

[四]人皇《にんわう》八十代、高倉院《たかくらのいん》の御代《みよ》をしろしめす頃《ころ》ほひ、[五]藤原成親卿《ふぢはらのなりちかきやう》と聞《きこ》えしは、父《ちゝ》は[六]家成《いへなり》卿《きやう》と申《(まうし)》て、中納言《ちうなごん》までこそ至《いた》りしに、其末《そのすへ》の子《こ》にて、位《くらい》は正二位《しやうにい》、官《くわん》は大納言《だいなごん》に昇進《せうしん》し、齢《よはい》僅《わづか》に四十《よそじ》ばかりにて、大国《たいこく》数多《あまた》賜《たまは》り、家中《いへのうち》楽《たの》しく、[七]子息所従《しそくしよじう》に至《いたる》まで、飽《あく》まで朝《てう》恩《おん》を蒙《かうむ》り、甚愛《いとめで》たくぞ栄《さか》へけり。此卿《このきやう》の公達《きんだち》、[八]成経《なりつね》卿と申は、官少将《くわんせう〳〵》に進《すゝ》み、[九]丹波国《たんばのくに》を さへ賜《たまは》りつれば、[一〇]丹波少将《たんばのせう〳〵》とぞ称《せう》しける。

此卿《このきやう》の御内《おんうち》に、[一一]楯《たてよ》四三平利定《さうべいとしさだ》と言《いふ》ものありけり。[一二]素丹波人《もとたんばのひと》なり。其情忠信篤《そのさがちうしんあつく》、物《もの》に老錬《なれ》たるものなりしかば、成経《なりつね》卿丹波《たんば》を賜《たまは》りし頃《ころ》、人《ひと》の薦《すゝめ》によりて家人《けにん》とし、其《その》まゝ丹《たん》波《ば》に置《おき》、賦税《みつぎ》等《とう》のことを司《つかさど》らしつるに、[一三]些《ちと》の私《わたくし》なく、[一四]上《かみ》を敬《うやま》ひ下《しも》を恵《めぐみ》、よく己《おのれ》を謹《つゝしみ》しほどに、民《たみ》も伏《ふく》し無為《ぶい》にして治《おさま》れり。成経卿《なりつねきやう》は素《もと》より、[一五]明悟穎敏《めいごゑいびん》の[一六]君子《まめひと》におはしつれば、四《よ》三平《さうべい》が行状《ふるまひ》をふかく喜《よろこ》び、[一七]累世恩顧《ふだいおんこ》の家人《けにん》のごとく慈愛《いつくし》み給へば、四《よ》三平《さうべい》も[一八]三代相恩《さんだいさうおん》

一 角書により丹波与作と重井にまつわる話であることが判るようにしてある。序文などで浄瑠璃「恋女房染分手綱」が粉本と判る。二 古代歌謡の一種。馬子の連想から題名とし、章題に曲名利用。三 催馬楽の曲名。以下の章題同じ。四 神武天皇より八十代高倉天皇(一一六一—八一、在位一一六八—八〇)の治世。これで話の時代が特定されて、源平合戦前の世界であることが読者に理解される仕組み。五 中納言家成の三男(一一三八—七七)、後白河院の近臣として安元元年権大納言にまで至るが、鹿谷密謀の主謀者の一人として捕われ、備前に流され誅される。これで鹿谷密謀にまつわる話が主題となることが読者に予想される。六 以下「飽まで朝恩云々」まで源平盛衰記「左右大将事」の条の一文と酷似。七 源平盛衰記と同一表現であるが、近世時大名家の家臣と同義。八 権大納言成親の子(—一二〇三)、幼時より後白河院に近侍、嘉応・承安の頃、右近衛少将兼丹波守となり、丹波少将と称される。鹿谷密謀に連座するが、妻の父が平教盛であることから助命、鬼界ヶ島に流され、後赦免されて好遇を受く。九 兵庫県丹波地方を指す。一〇 成経の通称。丹波与作との連想で本作が構想されたか。一一 伊達を楯ともじる。四三平と重井が親子関係にあることは、浄瑠璃とは異なり、その逆転現象が趣向と

の主人《しゆじん》のごとく敬《うやま》ひ仕《つか》へける。

　然《しか》るに此《この》四《よ》三平《さうべい》齢《よはひ》六十《むそじ》に近《ちか》づけど、男子《おのこゞ》なく只一人《たゞひとり》の[一九]女児《むすめ》をもてり。名《な》を重井《しげのい》と呼《よび》て、今年《ことし》[二〇]二八《にはち》の春《はる》をむかへしに、天性《てんせい》の美質《びしつ》は玉《たま》を欺《あざむ》くばかりにて、[二一]沈魚落雁《ちんぎよらくがん》、羞花閉《しうくわへい》月姿貌《げつのよそほひ》あるのみか、心ざまさへ優《ゆう》に艶《やさ》しく、風流《みやび》たるの才《ざへ》ありて、[二二]女巧《じよこう》のことはさらなり、[二三]国歌《わか》糸竹《いとたけ》の道《みち》にもかしこくぞありける。母《はゝ》にははやく後《おく》れ、一人《ひとり》の父《ちゝ》に仕《つか》へて、よく孝《こう》の道《みち》を尽《つく》しつるにぞ、人《ひと》の親《おや》の心《こゝろ》は、不良子《よからぬこ》をだも憐《あはれ》むものなるを、まひて此重井《このしげのい》は、[二四]才貌《さいぼう》といひ、まれなる孝行《かうく》のものなれば、父《ちゝ》の慈愛《いつくしみ》ごとはいふも愚《おろか》なり、近《ちか》き辺《ほとり》の人《ひと》に至《いた》るまで、[二五]老《おひ》たるものはその孝順《かうじゆん》なるを憐《あはれ》み、若《わか》き人ゝはその姿貌《かたち》の美艶《うるはし》きを称《せう》しけり。四《よ》三平《さうべい》我子《わがこ》を愛《あひ》するのあまり、行末《ゆくすへ》の事を思惟《おもふ》に、齢《よはひ》はや二八にも及《およ》べば、然《しか》るべき婿《むこ》を撰《えら》び、娶《めやは》さばやと思ふにつけ、[二六]婦人《おゝな》は三従《さんじう》の道《みち》ありて、幼《いとけ》なきときは父母《ふぼ》に従《したが》ひ、嫁《かし》ては夫《おつと》に従《したが》ひ、老《おひ》ては子《こ》に従《したが》ふものなれば、生涯身《せうがいみ》を我《わが》ものとせず、それがなかにも人《ひと》の妻《め》となりては、わきて[二七]己《おのれ》を慎《つゝしむ》なれば、些《ちと》の[二八]嗜欲《きよく》も行《おこの》ふこと能《あとふ》まじ。我児《わがこ》[二九]此辺《このかた》鄙《いなか》に生立《おひたち》ぬれば、いまだ[三〇]都《みやび》たることをしらじ。あはれ親《おや》の慈悲《じひ》には、婿《むこ》をむかへざる前《さき》に[三一]京師《みやこ》に伴《ともな》ひ、[三二]あらゆる仏神《ぶつじん》の霊場《れいじやう》を順礼《じゆんれい》させ、其外[三三]都《そのほかみやこ》の手《て》ぶりをも見せばやと、[三四]起意《おもひたて》る折《おり》から四《よ》三平《さうべい》、若年時《わかきとき》、馬《うま》に乗太刀合《のりたちあはせ》などの、武芸《ぶげい》に身《み》を委《ゆだね》つれば、骨《ほね》を挫《くじ》き肉《にく》を打《うち》たる処《ところ》、此とき痛《いたみ》いでゝ、[三五]行歩《ぎやうほ》も自在《ぢざい》ならねば、医師《くすし》を招《まね》き治療《ぢりやう》を乞《こ》ふに、熟ゝ《つくづく》と病《やまひ》の

なっている。　一二 以下四三平の評は、四三平が善なる人であることを強調。　一三 少しの私心もなくて。　一四「用ㇾ下敬ㇾ上」（孟子・万章下）とか「敬ㇾ上畏ㇾ罪、則易ㇾ治也」（管子・治国）とかを参照した表現か。ほめ言葉の常套語。　一五 聡明で秀れた人の常套的評語。　一六 儒教の理想的人間像を「マメヒト」（実直な人）と訓ませて評語の均衡をはかるか。
一七 譜代。累世と譜代の合成、情けを受けて代々主家に仕える。
一八 代々御恩を受けている。
一九「女児 ムスメ」（唐話纂要）。
二〇 十六歳の青春をむかえる。以下美しい才媛重井のほめ言葉が続く。
二一 絶世の美女の形容として伝奇小説の類に多用される語句。　二二 女紅。女性が心得るべき基本的手仕事。裁縫など。　二三 和歌管弦の道。教養ある女性のたしなみにも通じている。
二四 才能も容貌も秀れていることはもちろん。　二五 近所に住む老若男女が「孝順」と「美艶」とをもって重井を称賛することをいう。
二六 七去三従。三従は、儀礼・喪服に「婦人有㆓三従之義㆒、無㆓専用之道㆒、故未ㇾ嫁従ㇾ父、既嫁従ㇾ夫、夫死従ㇾ子」とあり、日本でも古来から女性の徳目とされてきた。封建社会の近世時にはぴったりの徳目であった。
二七 女大学に「能堪て物をおそれ慎むべし」などあるように、有夫の婦人

やうを看《み》て云《（いふ）》やう、「こは[一]薬餌鍼灸《やくじしんきう》を用《もちひ》んより、[二]温泉《いでゆ》に湯治《とうぢ》せば其功遥《そのこうはるか》に増《まさ》らめ」とあるに、「そは何《いづ》れの湯《ゆ》か宜《よろしから》ん」と問《と》へば、[三]医師《くすし》の云《いふ》。「他国《よそくに》よりも[四]摂津国有馬《つのくにありま》の温泉《いでゆ》は、何病《なにやまひ》にも能験《よくしるし》あれば、彼所《かしこ》こそ然《しか》るべからん」とおしゆるに、「さらば有馬《ありま》に往《ゆか》ばや。」と既《すで》に[五]其准備《そのこゝろがまへ》を做《なし》つるが、予《かね》て娘《むすめ》を京《きやう》へ誘引《いざなはん》志《こころざし》あれば、これ幸《さいはひ》の時《とき》なり、彼《かれ》をも有《あり》馬《ま》へ伴《ともな》ひ往《ゆき》、湯治《とうぢ》の[六]帰《かへ》るさ京《きやう》を一見《いつけん》さすべしと想《おも》ひ、重井《しげのい》を近《ちか》づけて云《い》へりけるは、「我《われ》[七]おことに京《きやう》を看《み》さすべき志《こゝろざし》ありながら、公私《かうし》の事繁《ことしげ》きによりて、其事を果《はた》さゞりしが、今我有馬《いまわれありま》に湯治《とうぢ》せんとす。これ幸《さいはひ》の時《とき》なれば伴《ともな》ひ往《ゆき》て、彼所《かしこ》の帰《かへ》りに京《きやう》へ上《のぼ》り、[八]年頃《としごろ》の素懐《そくわい》を果《はたさ》んずるに、其心を得《え》よかし」とありしかば、重井《しげのい》ふかく父《ちゝ》の慈愛《じあい》を[九]感佩《かんばい》し、急《いそ》ぎ其准備《そのやうい》をなすに、日《ひ》あらずして旅装全《りよさうまつた》く整《とゝの》ひしかば、四三平《よさうべい》は[一〇]家《いへ》の子《こ》なる[一一]偖従《わかとう》に、逸平《いつぺい》と云《いふ》ものありけるをとゞめて家《いへ》を守《まも》らし、其身《そのみ》は僅《わづか》に三四人の奴婢《ぬひ》を将《い》て、有《あり》馬《ま》をさして[一二]旅発《かしまだち》せり。此逸平《このいつぺい》は家《いへ》の子《こ》といひ、殊《こと》に[一三]忠信《まめだち》たる心ありて万《よろづ》かしこきものなれば、斯家《かくいへ》に留《とゞめ》おゐて留守《るす》をまもらしけるとぞ。

[一四]放下一頭却説茲《それはさておきこゝ》に、丹波少将成経《たんばのせうくなりつね》卿の父《ちゝ》の卿《きやう》、新大納言成親卿《しんだいなごんなりちかきやう》の御内《おんうち》に、[一五]鷲塚官太夫《わしづかくわんだゆふ》貫喬《つらたか》、同《おなじく》八平次貫道《はつへいじつらみち》と[一六]云兄弟《いふはらから》のものありけり。其心直《そのこゝろすぐ》ならぬさへに、邪智《じやち》深《ふか》きものなれば、[一七]巧言令色《おもねりへつらひ》て主《しう》の意《こゝろ》に称《かな》ひ、[一八]出頭人《しゆつとうにん》とはなりぬ。実《まこと》に[一九]虎《とら》の威《い》をかる狐士《きつねさぶらひ》にて、成《なり》親卿《ちかきやう》の威権《ゐけん》をかさに着《き》て、[二〇]婬《いん》に虐《ぎやく》し、色《いろ》に耽《ふけ》り、驕奢《きやうしや》に長《ちやう》じ、不義《ふぎ》のふるまひぞ多《おほ》かり

の徳目である。 二八 自分の欲するままに物事を行うこと。
二九 辺鄙に「かたいなか」と振仮名。不便な田舎。丹波は当代京都からみて最も辺鄙な地方であった。
三〇 都に「みやび」(風流《みやび》=雅び)と振仮名する。都会風の意味である。
三一 京師に京都を意味する「みやこ」と振仮名する。京は大、師は衆を意味し、大衆の居る所、転じて天子の都。「京師商客 ミヤコノアキ人」(唐話纂要)。 三二 京都は、当代においても神社仏閣の多いことで著名。
三三 都の風俗。都は都会風の意が強い。 三四 思い立つ。
三五 歩くことも自由にできないので。

一 漢方薬と鍼術と灸術、ともに漢方の代表的治療法。 二 温泉による湯治療法。当代では米飯持ち込みの長期滞在でも行われていた民間療法。
三 底本は振仮名「くつし」。他例に「くすし」とあるので意により訂す。
四 現在の神戸市北区有馬町の有馬温泉。舒明・孝徳両天皇も行幸されたと伝誦されるほどに古くから湯治場として著名。 五 准は準の俗字。白話的用法。「准備 ト、ノヱソナユル」(唐話纂要)、「准備 用意シコシラユル」(水滸訳文)など。表現効果によって振仮名は多様である。 六 帰る折に。「さ」は古典的用法の助詞。
七 お前さん。相手に親しみをもっての表現だが、当代から言えば古典的

き。しかるに弟《おとゝ》八平次去頃《いぬるころ》、少将殿《せうくどの》の御使《おんつかひ》にて、四三平《よさうべい》がもとに行《ゆきし》ことあり。その折《をり》からいかにして垣間《かいま》見《み》けん、重井《しげのい》を見初《みそめ》たりしが、其姿色《そのししよく》の艶《あて》やかなるに深《ふか》く懸想《けさう》[二一]し、人《ひと》をもて艶簡《ふみ》を送《おく》りしに、手《て》にだに触《ふ》れず戻《もど》しつるにぞ、いとゞ思ひ弥増《いやま》して、胸苦《むねくる》しきまであこがれしかど、使《つかひ》の用《やう》も果《はて》ければ詮《せん》すべなく京師《みやこ》に帰《かへ》り上《のぼ》りしが、是《これ》より心鬱々《こゝろうつ〳〵》として楽《たのし》まねば、病《やまひ》と称《せう》し仕《つか》へもせず、引籠居《ひきこもりい》て只顧《ひたすら》[二二]重井《しげのい》がことをのみ思ひつゞけ、いと煩《わづらは》しき光景《ありさま》なり。

こゝに年頃召使《としごろめしつか》ふ下僕《しもべ》に団介《だんすけ》といふものありけり。彼《かれ》が性主《さがしゆう》に似《に》不直心《ゆがめる》なるに、しかも悪《わる》[二三]さかしき生《うまれ》なれば此程主《このほどしゆう》の恋故《こひゆへ》に悩《なや》むを猜《すい》[二四]し、一日人《あるひひと》なき時蜜《ときひそ》[二五]かに八平次に対《むか》ひ、「僕《やつがれ》[二六]近日《このほど》よりして殿《との》の御《み》光景《ありさま》を看《み》まゐらするに、正《まさ》しく恋《こひ》と云病《いふやまひ》にとりつかれ給ふとこそ覚《おぼ》ゆれ。つゝまず聞《きか》し給はゞ做《なす》べき術《よすが》[二七]なきにしも候はず」と、信《まめ》[二八]だちて云へりけるにぞ、予《かね》て意《こゝろ》に称《かな》ひたる団助《だんすけ》なれば、莞爾《にっこ》[二九]としつ「さればとよ、汝《なんぢ》が猜《すい》せしごとく、我《われ》前日重井《さきのひしげのい》を看《み》てしより、かくは想《おも》ひ悩《なやむ》ぞかし。あはれ此病《このやまひ》を治《いや》す良薬《りうやく》あらばとく教《おしへ》てよ」と、慇懃《ねんごろ》に頼《たの》み聞《きこ》ゆれば、団介鼻《だんすけはな》[三〇]の辺《ほとり》をひこつかし「某《やつがれ》が見脈露差《けんみやくつゆたが》[三一]はざるは、越《ゑつ》[三二]人《じん》だも及《およ》び候まじ。原《もと》此事は人伝《ひとづて》をもてなし給へば、事《こと》を誤《あやまり》て整《とゝの》はじ。そも彼重井《かのしげのい》は、丹波《たんば》の鄙育《いなかそだち》にて、常《つね》に木納《むくつけ》[三三]なる郷士《がうし》、農夫《のうふ》等《ら》をのみ見居《みお》れば、殿《との》の都《みやび》ておはすをばしらで、我国人《わがくにんど》のごときかと思ひ、難面《つれなく》は款待《あしらい》[三四]つらん。此事必《このことかなら》ず整《とゝのは》んとおぼさば、今又丹《いまゝたたん》

用法。八 年来抱いていた望みを果そうと思うので。九 身にしみて感得して。一〇 家来で、丹波少将とは関係なしである。一一 佶は若の俗字のつもりか。逸平は「恋女房染分手綱」の伊達の一平にあたる。一二 旅立つ。鹿島神宮に旅の安全を祈って出発する習俗から、旅立つことを「鹿島立ち」という、それを白話的用法かと思われる「旅発」に振仮名したもの。一三 忠は「まことを尽す」、信は「まこと」、これに「まめだつ」と振仮名する。実直な心がけ。一四 白話小説で話を転ずるのに常用する用語。「放下一頭(アチラヘヤメテ)却説」(小説精言・一)などとある。一五 「恋女房染分手綱」の敵役である鷲塚官太夫・八平次と同名である、粉本であることが明らかになる。一六 振仮名の「はらから」はいくらか古典的表現。以下兄弟の性悪を列挙する。一七 主に対して口先がうまくて愛想がよい。「巧言令色鮮矣仁」(論語・学而)による成語で、悪人の一典型を表現する語。誠実でないことを示す。一八 主君のおぼえめでたく、君側の寵臣となっている人物。一九 他の権威を笠に着て威張る人を言う諺。戦国策・楚策の故事から出たもので、「狐仮虎威」(書言字考)などがある。二〇 悪人を評する常套的表現が並ぶ。「婬に虐し」は「色に耽り」とほぼ同意。二一 恋慕の思い

波《ば》へ赴《おもむき》給ひ、便宜《びんぎ》[一]を索《もとめ》て重井《しげのい》に逢《あひ》、明白《あからさま》に御志《おんこゝろ》ばへのほどを聞《き》かし給んに、たとへ金《きん》[二]石《せき》の心《こゝろ》ありとも、婦人《おゝな》は素是水性《もとこれすいせう》[三]のものなるに、彼《かれ》もはや二八[四]の齢《よはひ》になれば、いかで春《しゆん》[五]情《じやう》のなかるべき。殿《との》の風流《みやび》たる容貌《かたち》を看《み》て又切《せつ》なる赤心《まごゝろ》[六]をしらば、などかなびかで候べき。尚夫《なをそれ》にても従《したが》はずは、存命《ながらへ》さして何《なに》かせん。僕《やつがれ》計《はかろ》ふ旨《むね》あれば、いざとく思立《おもひたち》給へ。御供仕《おんともつかまつ》らん。」と甚頼《いとたの》もしげにすゝむれば、八平次満面生春色《おもてにゑみをふくみ》[七]「汝《なんち》は我為《わがため》には薬師神農《やくししんのう》[八]ともおぼゆなり。さしも思ひ悩《なや》みつる胸《むね》の苦《くる》しきを、今の一言《ひとこと》によりて快気《こゝろよき》ことを得《え》たり。さらば諫《いさめ》にまかすべし。」と成親卿《なりちかきやう》へは、此程《このほど》の病着騒《いたつきさわ》がしきを厭《いと》へば、養生《やうぜう》のため、しばらく田舎《いなか》へ下《くだ》りはべりぬと聞《きこ》へあげ、団介一人《だんすけひとり》を召倶《めしぐ》して、俄《にはか》に丹波《たんば》へ下《くだ》りしに、四三平《よさうべい》は娘《むすめ》を将《い》て有馬《ありま》へ行《ゆき》し跡《あと》なれば、八平次大に望《のぞみ》を失《うし》なひ、こは奈何《いか》[九]にせんと惘然《ばうぜん》[一〇]たり。団介《だんすけ》これを笑《わらつ》て云《いふ》、「彼等親子《かれらおやこ》が有馬《ありま》に往《ゆき》しはなか〳〵に、重井《しげのい》に逢《あ》ふ便《たより》[一一]を得《え》たり。彼地《かしこ》は病《や》める人の会《つど》ふ処《ところ》なれば、保養第一《ほやうだいいち》とす。ゆへに搢紳《れき〳〵》[一二]だも厳《おごそか》なる礼《いや》はなく、男女混会《おとこおゝなうちまじはれ》ば人目《ひとめ》[一三]の関《せき》もゆるく、必《かなら》ず想ひを果《はた》し給はん。これより直《すぐ》に彼所《かしこ》に赴《おもむ》き、湯治《とうじ》にかこつけ、兼《かね》ての素懐《そくわい》を遂《とげ》給へ」とありつるにぞ、八平次大に喜《よろこ》び「又も汝に助《たす》けられつるよ。」と幾回《いくたび》か謝辞《しやじ》をのべ、有馬《ありま》をさして急《いそぎ》しに、ゆく〳〵丹波《たんば》と摂津《せつつ》[一四]との堺《さかい》なる、三国嶺《みくにとうげ》[一五]に径過《さしかゝり》ぬ。

此時天色既《このときてんしよくすで》[一六]に暮《くれ》んとして、日《ひ》は西《にし》に墜晩霧《おちばんむ》濃《こまやか》なり。遥《はるか》に聞《きけ》ば晩鐘暮雲《ばんしやうぼうん》に響《ひゞき》、近観《ちかくみれ》ば

を抱く。 三 一途に。「只顧読書 ヒタスラ書ヲヨム」(唐話纂要)など。 亖 悪がしこい。 二四 推。悪がしこいから推量することを得るの意で「猜」を当てたか。 二五 底本のまま。以下「蜜」「密」が混用される。 二六 自分の謙称。「僕 ヤツカレ〔文選註〕自称也」(書言字考)。いくらか古典的用法を意識的に使う。 二七 手掛りがないわけではありません。 二八 実意あるらしく。注一三と同義の振仮名だが、「忠」の字なし。 二九 我が意を得たりと笑う表現。 三〇 得意顔をする状態をいくらか悪意ある表現で示している。 三一 中国の戦国時代、鄭の名医。扁鵲、姓は秦、名は越人。印度の名医耆婆と並称される(史記・扁鵲伝)。 三二 脈を見る。漢方医の診察を示す語。 三三 「剛毅木訥、近レ仁」(論語・子路)。「木訥」とあるべきところ。無骨で無口な田舎侍。 三四 応対する。「款待 モテナシ」(唐話纂要)などあり、白話的用字の意識あるか。

一 手がかり。「便宜 ビンギ」(書言字考)。 二 金属と岩石、堅いものの喩え。浮いた誘いを受け付けない。 三 女性は元来浮気性なものであるとの人情本などによく見られる通言。「女は水性」(国字分類諺語)。 四 十六歳というのは、当代では結婚適齢期。 五 色気。 六 真実の心。「赤」はあるがままの意。 七 白話的表現。

八平次三国が山中に怪に遭《あ》ふ

宿烏《ねぐらのからす》松林《せうりん》に群《むらがる》。主従《しうく》これに驚《おどろ》き、はやく宿《やどり》を需《もとめ》ん、と路《みち》を急《いそぐ》こと一里《いちり》ならざるに、日全《ひまつた》く一七暮果《くれはて》つ。殊《こと》に上旬《つきのはじめ》の頃《ころ》なれば、天《そら》に月なく雨《あめ》さへいたく、ふり出て、一八ぬばたまの黒夜《やみ》となるにぞ、不知案内《ふちあんない》の処《ところ》といひ、殊《こと》に一九嶮岨《けんそ》の山路《やまみち》なれば、若一歩《もしひとあし》を失《あやま》つときは、忽《たちま》ち二〇百仞《ひやくじん》の谷《たに》に落《おち》、死生《しせい》の程も計《はか》られねば、八平次主従《しうく》は前《さき》へも進《すゝ》み得《え》ず、後《あと》へも退兼《しりぞきかね》、十分《じうぶん》の艱難《かんなん》に迫《せま》りいかにとも二一没理会《せんすべなく》、二二只有《とある》木下《このもと》に二三彳《たゝずみ》て四方《よも》を顧《かへりみれ》ば、一むら茂《しげり》し林《はやし》の裡《うち》より、二四一道《いちどう》の灯《ともしび》の光《ひか》り閃出《ひらめきいで》たり。二人は少《すこ》しく力《ちから》を得《え》、

満面春風、満面生春などいう表現と同意で、喜色満面の意を振仮名している。八 薬師如来か神農のごとき名医。薬師は薬師瑠璃光仏、古来医薬の仏として尊信されている。神農は中国古伝説上の帝王、漢方で医業の祖とされる。九「奈ニ何他一不レ得ヌ」(唐話纂要)などあり、白話でも彼ヲ、イカントモ、スルコトガナラヌ、用いる語法。一〇 失望して惘然自失の状をいう。一一 便宜。一二 上流階級の人たち。普通「歴々」。同意語の「搢紳」に振仮名する。一三 他人の監視する目も少なく。「人目の関」(国字分類諺語)。一四 畿内五国の一。今の大阪府の一部と兵庫県の一部を合せたもので、大阪市や神戸市はここに含まれる。一五 丹波と摂津の堺にある三国岳の西の峠を指すか。一六「天色云々」以下漢詩文に出典あるがごとくで未調。天色は空の様子、覩は睹の古字。夕景の常套的な叙景。一七「暮果たり」とでもあるところ。暮れ果ててしまう。一八 黒夜の枕詞。意図的に古典語を用いると同時に、闇を強調する。一九 けわしい。二〇 仞は八尺、百仞は八百尺。極めて深い。二一 どうしようもないという意の白話的表現(没理会処、没做理会処など)に、「せんすべなし」の振仮名をする。二二 名詞の前に置き、それが唯一の事物であることを示す白話的用法の語に、「とある」と振仮名している。二三 立ち止まる。「イ

「かゝる深山《みやま》にも人《ひと》は住《すみ》けれ。いざや彼所《かしこ》に行《ゆひ》て、今夜《こよひ》のやどりをからばや。」と主従《しう〴〵》手《て》に手《て》をとりかはし、一転《まろ》びなこけじと助《たす》けあひ、火《ひ》の光《ひかり》をしるべにし、たどり〳〵行《ゆく》ほどに、辛《かろう》じて漸《やう》やく彼家《かのいへ》に二到着《いたりつき》しかば、まづその光景《ありさま》を伺《うかゞ》ふに、此山中《このさんちう》にあるべうもおぼへぬ好家居《よきいへい》なれば、不審《あやし》みながらも喜《よろこ》び、まことに三雪中《せつちう》の炭《すみ》、旱天《かんてん》の雨《あめ》のごとき想《おも》ひをなし、団介急《だんすけいそ》ぎ其門《そのかど》を叩《たゝ》き案内《あんない》を乞《こ》へば、裡《うち》より六十《むそじ》ばかりなる翁立出《おきなたちいで》て、咳《しはぶき》しつゝ、「これは何方《いづち》より」とあるに、団介《だんすけ》「我ゝ《われ〳〵》は丹波《たんば》より、有馬《ありま》へまかるものなるが、夜道《よみち》といひ、不知《ふち》案内《あんない》の地方《ところ》なるに、雨《あめ》さへふりて、四道《みち》のあやも五弁《わき》はべらねば、一歩《ひとあし》だも進《すゝ》むこと能《あた》はで、ほと〳〵難義《なんぎ》に及《およ》び候。あはれ今宵《こよひ》の宿《やど》りを恵《めぐ》み給ひなんや。」翁《おきな》いふ。「そはさこそ悩《なや》み給ひつらん。誰《たれ》も憂《うき》には堪《たへ》ぬものなり。やすきほどのことぞかし。いぶせき家《いへ》にはあれど、一夜《いちや》を明《あか》すには足《たり》はべらん。いざ給へ」と二人《ふたり》を引《ひい》て裡《うち》に入《いれ》、湯《ゆ》を与《あた》へて足《あし》を洗《あら》はせ、火《ひ》を焚《たひ》て濡衣《ぬれぎぬ》を乾《かはか》さし、六窶《やつ〳〵》しくもあらぬ夕飯《ゆふげ》をすゝめ、万《よろづ》まめだちて七款待《もてなす》にぞ、八平次主従《しう〴〵》は、八甲夜《よひ》に道《みち》を失《あやま》ちしより、易《やす》きおもひもせざりしが、此時《このとき》はじめて九心安堵《こゝろおちい》、主翁《あるじのおきな》に篤《あつ》く謝《しや》し、一〇四方山《よもやま》の話説《ものがたり》する序《ついで》に、「そも此地方《このところ》は何《なに》と申地方《ところ》にや。」と尋《たづね》ければ翁云《おきないふ》。「此地《こゝ》は摂津国《つのくに》の内《うち》にて、三国嶺《みくにとうげ》の山つゞきなる一一駒形嶺《こまがたとうげ》と申所にて、丹波《たんば》の一二立杭村《たてくひむら》より、有馬《ありま》へ出《いづ》る一三間道《かんどう》也。」と語《かた》るに八平次、尚有馬《なをありま》への順路《じゆんろ》などきくうち、はや一四人定《さよふくる》の頃《ころ》ほひにもなりしかば、主《あるじ》の翁《おきな》がいふ。「旅《たび》の労《つか》れもおはさんに

丁タ、スム」(書言字考)。
二四 一筋の。

一 転ぶなよ、こけないぞ。窮地の主従が声をかけ合いながらこけつまろびつ急ぐ様。
二 底本は「倒着」、意により訂す。たどり着く。
三 「干天の慈雨」の喩えに類する表現。寒い中で炭にありつき、ひでりに雨が降るように、窮地に陥った時の救いの神という意のたとえ。
四 道のはっきりした筋目。
五 弁別できない。振仮名の「わき」はワケ(別)の古形か。他と明確に区別する意。
六 「窶 ヤツ〳〵シ〔僧央音釈〕貧シテ無礼也」(書言字考)。貧相な。
七 接待し馳走する。「款待 モテナシ」(唐話纂要)。
八 甲夜は初更、午後八時をいう。それに「よひ」と振仮名をする。午後八時は宵の内である。
九 気持が落着いて。
一〇 あれやこれやの話をする。
一一 未調。三国岳周辺に同名の峠は見当らない。三娘子説話の連想による峠の命名か。
一二 今の兵庫県多紀郡今田町に当る。江戸期には同名の村あり、今も立杭焼の産地として名が残る。三国岳の麓にあたる。
一三 抜け道。
一四 亥の時。今の午後十時。人の寝

はや寝給《いね》へ。」と一室《ひとま》なる処《ところ》にすゝめやれば、[一五]公《おゝやけ》ならぬ旅《たび》は上下《じやうげ》の隔《へだて》もなく、団介《だんすけ》も主《しう》の傍《かたはら》に臥《ふ》しつるが、此《この》ほどよりの旅《たび》の労《つか》れに、枕《まくら》をあつるやいな、高《たか》やかに鼾《いびき》して、前《ぜん》後《ご》もしらず熟睡《うまひね》せり。

八平次も同《おな》じき旅《たび》の労《つかれ》はあれど、重井《しげのい》がこと忘《わす》れやらねば、彼《かれ》に遭《あひな》ば兎《と》やいわん、角《かく》やせむと、只顧其術《ひたすらそのてだて》を思ひつゞくれば、[一六]夜更《かうたけ》ぬれど寐《ね》もやらでありけるに、壁《かべ》を隔《へだて》たる処《ところ》にて、何《なに》やらん蜜《ひそ》やかに物音《ものおと》しつれば、心驚《こゝろおどろ》き想ひけるは、かく人里《ひとざと》をはなれし一家《ひとつや》なれば、もし盗人《ぬすびと》などの棲《すみか》にかと甚疑《いとうたがは》しくて、ひそかに壁《かべ》の崩《くづ》れより覗《のぞ》き看《み》れば、あ[一七]るじの翁灯火《おきなともしび》を明《あき》らかにし、大きやかなる箱《はこ》をとり出《いだ》し、その蓋《ふた》を披《ひら》き、裏《うち》より一箇《ひとつ》の木偶《にんぎやう》と一箇《ひとつ》の木牛《きのうし》とをとりいだし、これを[一八]小庭《こには》に置《おき》、地上《ちしやう》に水《みづ》を灌《そゝぎ》、何やらん云《いひ》て手《て》を撲《う》てば、彼木偶人《かのにんぎやう》おのれと起《おき》て歩出《あゆみいで》、木牛《もくぎう》を牽耒耜《ひきすきくわ》をもて、水《みづ》を灌《そゝ》げる処《ところ》を耕《たがや》し、忽《たちま》ち水田《すいでん》となし、又前《またさき》の箱《はこ》の裏《うち》より、一包《ひとつゝみ》の米《こめ》をいだし、これを蒔《まけ》ば俄《にはか》に稲生茂《いねおひしげ》り花咲実《はなさきみ》熟《じゆく》しければ、やがて苅《かり》とりて米《こめ》にするに三四升《せう》ばかりもあり、又それをさゝやかなる臼《うす》にて挽粉《ひきこ》となしぬ。此時主《このときあるじ》の翁《おきな》又何《なに》ごとをか云《いひ》て手《て》を撲《う》てば、人《ひと》も牛《うし》も其《その》まゝ其処《そこ》に転《まろ》び仆《たを》れて、再《ふたゝ》び動《うご》かずなりしを、やがて故《もと》の箱《はこ》に納《おさ》め、それより彼米《かのこめ》の粉《こ》を舂《つひ》て、[一九]幾枚《いくつ》かの餅《もち》に製《つくり》ぬ。八平次此首尾《このしゞう》を見《み》るに、[二〇]一盞茶時《またゝくうち》の事《こと》にて、其怪《そのあや》しさ限《かぎ》りなく、常《つね》には胆太《きもふと》き男《おとこ》なれども、これをみて何《なに》となく[二一]物凄涼怯怖《ものすごくおそろし》かりしかば、まだ[二二]鶏鳴《けいめい》の頃《ころ》なれ

しずまる頃。「十二時異名…人定 ジンテイ亥」(易林本節用集)。夜更けるの意の「さよふくる」と振仮名する。

一五 公用の旅でないので。出頭人の弟の公用の旅とならば、江戸期の常識として相当な供揃えが必要であったはずである。

一六 夜がふけて。振仮名は「更闌け」の意による。

一七 以下の駒形嶺の怪奇譚は、怪談全書(林羅山著・元禄十一年刊・五巻五冊)の巻五にも訳されている「三娘子」(太平広記・幻術三に「板橋三娘子」の記事あり、怪談全書の注には「出河東記」とある)を原拠とする。

一八 縁先の小さな庭。挿絵参照。

一九 底本は「幾牧」。

二〇 お茶一杯を飲む程の僅かな時間の意の白話的用法に、「またたくうち」と振仮名する。通俗忠義水滸伝では「忽ち」などと訳している。

二一 ぞっとするほどすごい。

二二 夜明け。鶏が鳴くぐらいの早朝。

ど、此処《こゝ》に居《お》らば、奈何《いか》なる目《め》にか逢《あは》んずらめ、[一]とく逃《のが》れんにはと、蜜《ひそか》に団介《だんすけ》をゆり起《おこ》し、伴《ともな》ひ去《さら》んとしたりしに、いたく労《つかれ》つるにや、いかにすれども睡《ねむり》を醒《さま》さず。斯《かく》ては此《こ》処《ゝ》を逃《のが》れがたしと、[二]気《き》もくれ心《こゝろ》[三]慌忙《いそがはし》く、兎《と》やせまじ角《かく》やせまじと、去《さり》もやらでたゆとふ折《おり》から、主《あるじ》の翁立出《おきなたちいで》て、「いかに旅人《たびびと》いまだ[四]明旦《よあけ》には程《ほど》もはべるに何事《なにごと》をかし給ふ」と、云かけられて八平次、愕然《がくぜん》と驚《おどろ》き心《こゝろ》[五]周章《あはつ》るといへども、さあらぬさまして「我《われ》は主命《しうめい》を蒙《かうむ》り、昨日《きのふ》のうちに有馬《ありま》へ行《ゆく》べきを、[六]不図《ゆくりなく》も道《みち》を過失《あやまり》、其期《そのご》を過《すご》しつれば、今日《けふ》は些《ちと》もはやく行《ゆか》んため、[七]夜《よ》をこめてたち出《いづ》るなり。此事《このこと》甲夜《よひ》にも聞《きこ》へ置《おく》べきを、あまりに労《つか》れて忘《わす》れぬ」とあるに、主翁《あるじ》「さる[八]縁故《ことのもと》あらば急《いそ》ぎ給ふも[九]宜《むべ》也。昨夜《よべ》聞《きこ》へ[一〇]給らねば、飯《いひ》のもうけもなしはべらず。おかしきものにはあれど、飢《うへ》を凌《しの》ぐには足《た》りなん」と、つと立《たち》て[一一]厨《くりや》より彼餅《かのもち》と、茶《ちや》とを持来《もちき》て与《あた》ゆるに、八平次は其餅《そのもち》の怪《あや》しきを知れば、[一二]兎角《とかく》して食《くら》はず。

此時団介《このときだんすけ》やう〳〵睡《ねむり》を醒《さま》し、此光景《このありさま》を看《み》るより、其故《そのゆへ》をしらねばすゝみ出《いで》て、「などや殿《との》は此餅《このもち》を食《めし》給はざる。遥《はるか》なる山路《やまみち》を越《こへ》ゆくに、腹空《はらむなし》くては労《つか》れやすし。僕《やつがれ》も食《とうべ》はべらん。いざとくとく」と勧《すゝ》むるに、八平次はいかにもして、[一三]昨夜《よべ》の躰《てい》たらくをしらし、食《くは》さじとすれど、云聞《いひき》かすべきいとまなければ、今《いま》は何《なに》ともせんすべなく、此上《このうへ》は我身《わがみ》ひとりを逃《のが》れんと、俄《にはか》に腹痛《はらいた》むと偽《いつは》り、急《きう》に厠《かわや》へゆくまねをし、密《ひそか》に裏《うら》みちより忍《しの》び出《いで》

一 早く逃げる方がよい。「…しかじ」などが略されていると解す。
二 途方にくれる。
三 「慌忙」はあわてふためく様、「いそがはし」と振仮名する。「慌忙 アタフタトアハテル事」(忠義水滸伝解)。
四 夜明け。
五 「周章 アハテル」(唐話纂要)。
六 思いもかけず。
七 夜の明けないうちに。
八 理由。
九 まことにもっともなことだ。
一〇 「給はねば」とあるべきところ。昨夜おっしゃらなかったので。
一一 台所。
一二 ああしたりこうしたりして。
一三 昨夜の主翁が行った怪事を指す。「躰たらく」は有様の意。振仮名「よべ」は古典的用語。

しが、さるにても団介《だんすけ》いかになりゆくことやらんと、再《ふたゝ》び立戻《たちもど》り、ものゝひまより窺《うかゞ》ひ看《み》るに、団介《だんすけ》は怪《あや》しき餅《もち》とは夢《ゆめ》ばかりもしらず、主翁《あるじ》のすゝむるにまかせ、「主《しう》より前《さき》に食《くらふ》は礼《いや》一四なきことながら、急《いそ》ぐ旅路《たびぢ》に、彼是《かれこれ》を云《い》はんは易《あき》一五なし」と、飽《あく》までに彼餅《かのもち》をうち食《くら》へば、怪《あや》しむべし団介一声《だんすけひとこへ》「阿《あ》」と叫《さけび》て臥《たふ》れしが、忽《たちま》ち葦毛《あしげ》一六の馬《うま》と変《へん》じ、身《み》をふるはして立《たち》あがれば、主翁《あるじ》手《て》を撲《うち》て大に喜《よろこ》び、急《きう》に轡《くつは》一七をはめ、厩《むまや》とおぼしき処《ところ》へ牽入《ひきいれ》、「這奴《しやつ》一八が主人《しゆじん》は奈何《いか》にしつる」と呟《つぶやき》つゝ、厠《かわや》のかたへ行《ゆく》を看《み》て、八平次は戦《おのゝ》き恐《おそ》れ、身《み》を転《ひるがへ》して逃《のが》れ去《さら》んとするに、彼葦毛馬後《かのあしげのうまあと》を慕《した》ひて逐《お》ひ来《きた》り、只顧纏《ひたすらまつは》りつけば、「さては団介我《だんすけわれ》を慕《した》ふにこそ。不便《ふびん》一九のこと也。幸《さいわい》これに乗《のり》て走《はしら》んには、道《みち》を行《ゆく》ことはやかりなん。」と手《て》ばやくこれにうち跨《またがり》、一鞭《ひとむち》あてゝ一散《いつさん》に麓《ふもと》の方《かた》へ走《はせ》たりしに、後辺《あとべ》より翁《おきな》が声《こへ》として、「やよ旅人《たびゞと》よ其馬《そのうま》は、翁《おきな》が畜馬《かううま》なるを、二〇など擅《ほしいまゝ》に乗《のり》て走《はし》り給ふ。とく戻《もどし》給へ」と呼《よば》はるに、魂《たましひ》二一天外《てんぐわい》に飛《とび》、一言《ひとこと》の回応《いらへ》二二にも及《およ》ばず、馬《うま》を飛《とば》して逃去《のがれさ》りしが、山《やま》の半《はん》二三ぷくに至《いた》る頃《ころ》になりては、翁《おきな》が声《こへ》も聞《きこ》へずなりしかば、少心《すこしこゝろ》二四はおちいれど、尚緩《なをたゆ》みなく馬《うま》を走《はし》らすに、辛《かろう》じて麓《ふもと》に近《ちか》づきしがおのれも馬《うま》も労《つか》れ果《はて》て、進《すゝ》むこと能《あた》はねば、馬《うま》に水二五かひ休《いこは》ばやと想ふに、此時夜《このときよ》はほの〴〵と明《あけ》わたる、朝霧《あさぎり》の晴間《はれま》より、麓《ふもと》の方《かた》を眺《のぞ》み見《み》れば、茶店《さてん》めきたる家《いへ》のありしかば、心喜《こゝろよろこ》びいそぎその家《いへ》に行《ゆき》て看《み》るに、三十ばかりとおぼゆる女《おゝな》の、醜《みにく》からぬが、炉辺《くどのほとり》二六に火《ひ》を焼茶《たきちや》を煎《に》ておるにぞ、八平次裡《うち》につと入《いり》、

一四 礼儀知らず。振仮名「いや」は古典的用語。読本にはよく用いる。
一五 「益なし」とあるべきところ、当字か。
一六 白い毛に青・黒・濃褐色等の毛がだんだら模様にまじる馬を呼ぶ。
一七 馬を乗りこなすため口にはめる金具。
一八 「しゃつ」は第三者に対する罵言。あいつ。「這奴」は白話的用法。
一九 かわいそうなことである。「不便 フビン 悼(イタム)意」(伊京集)。
二〇 どうして自分勝手に。
二一 恐ろしくて訳もわからなくなる。自分の心が遠くへ飛んで行ってしまうの意。
二二 返答。「回応」は白話的用法か。
二三 半腹。山を下る中間ぐらい。
二四 「落ち居る」。気持が落ち着く。
二五 水飼う。水をのます。
二六 「炉辺」はいろりのほとりの意のようであるが、「くど」という振仮名はかまどのこと、茶店の先にある竈のそばの意か。挿絵参照。

[一]茶《ちゃ》を乞《こひ》これを喫《のみ》、又水《みづ》を乞《かふ》て馬《むま》に水《みづ》かひ、暫時休《しばしやす》らひて居《をり》けるを彼女《かのおゝな》熟〻《つくぐ》と看居《みい》たりしが、八平次に対《むか》ひ、「旅人《たびゞと》は昨夜《よべ》は何処《いづこ》に宿《やど》り給ふぞ。只今《たゞいま》こゝに来《きた》り給ふは、此山《このやま》中《なか》に野宿《のじゆく》やし給ひつらん。」八平次これを聞《きゝ》、[二]昨夜《よべ》の躰《てい》たらくを明白《あからさま》に云《いは》ば、侍《さむらい》に似《に》げなく[三]比興《ひきやう》のもの、と思はれんも恥《はづ》かしと思惟《しゆひ》し、「さればとよ某《それがし》は有馬《ありま》へ赴《おもむ》くものなるが、昨夜《よべ》此山《このやま》の嶺《とうげ》にて[四]日を暮《くら》し宿《やど》るべき方なく、ほと〳〵難義《なんぎ》に及びしに、幸《さいわい》好《よ》き屋《いへ》ありしほどにそこに宿《やど》を乞《こひ》て夜《よ》を明《あか》しぬ。」といへば女怪《あや》しみたるおもゝちし、「こは怪《あや》しきことを宣《のたま》ふものかな。[五]奴家《わらは》此地方《このところ》に旧《ひさ》しく住《すみ》はべれば、此山《このやま》には何〻《なに〳〵》のあると云《いふ》はよくしりぬ。そも此山《このやま》は[六]三国山《みくにやま》とよびて、[七]摂播丹《せつばんたん》の三国《さんごく》の堺《さかひ》なり。只《たゞ》今[八]足下《おんみ》の来給《きたり》へる方《かた》をば、駒形嶺《こまがたとうげ》といえり。其形《そのかたち》駒《こま》の臥《ふし》たるがごとき故《ゆへ》をもて名《な》とせり。丹波国立杭村《たんばのくにたてくいむら》へ出《いづ》る間道《かんどう》にして、[九]幽陰《ゆういん》の地《ち》なれば人家《じんか》のあるべうやうなし。むかしより云伝《いひつとふ》。彼所《かしこ》は魔所《ましよ》にて、[一〇]一ッの地獄《ぢごく》ありと。されば心《こゝろ》ざま曲《ゆが》める人などの、日暮《ひくれ》て彼所《かしこ》を過《すぐ》れば、欺《あざむか》れて[一一]畜生道《ちくせうどう》に堕落《だらく》して馬《うま》となり、悪業《あくごう》の軽重《けいぢう》により、それほどの苦《く》を稟《うくる》とぞ。昨夜《さくや》宿《やど》り給ふと宣《のたま》はす家《いへ》こそ怪《あや》しきに、また乗来《のりき》たまふ馬《うま》を看《み》るに、尋常《よのつね》の馬《むま》とは異《こと》にして、是《これ》や人の化《くわ》して馬《むま》となりたるやうにおぼゆ。かゝる怪《あや》しき馬《むま》に乗《のり》給はゞ、必《かならず》禍《わざはひ》に遭《あ》ふものなり。また有馬《ありま》へ行《ゆき》給ふと宣《のたま》ふなるが、彼処《かしこ》は[一二]葦毛《あしげ》の馬《むま》を忌《い》めり。此馬葦毛《このむまあしげ》なれば、[一三]かた〳〵もつて然《しか》るべからじ。はやく馬《むま》をばこれより、放《はな》ちやり給へ」とありけるに、

一 お茶を求めて。
二 嶺の家で看た怪事の様子。
三 卑劣な者。「卑怯　ヒケウ　儒弱之義。或用二比興字一謬甚」(書言字考)。
四 日が暮れて。
五 私。「わらは」は女性の卑称。「奴家　ワタシ」(支那小説字解)。
六 三国岳。今の篠山町・丹南町・三田市の堺に位置する山を指すか。
七 摂津・播磨・丹波の三国を指す。
八 お前様。「おんみ」は敬称、「足下」は「ソッカ」の外に「ソナタ　ソコ」(書言字考)などの読みあり、近世では自称の不佞と対に用いられるのが普通であるが、振仮名によって敬意にいくらかずれがある。
九 人里離れて奥深くかげりあるところ。
一〇 地獄は多種(三悪趣・五趣・六道・十界など)あるが、その地獄に類する魔所があるとする。
一一 六道(地獄・餓鬼・畜生・修羅・人・天)の一つで、前世の悪業の報いで動物に生れ変る境涯。
一二 この忌諱については、「摂州有馬湯山に、芦毛馬・重藤の弓白羽の矢、当山に入る時は、晴天俄に曇り、風山を動かし、雨車軸を流がし、雷電地を響かす事甚だ奇やし。むかし当主、爰に狩りしけるが、温泉守護の山神、仮りに美女と現じて埜に遊ぶ。領主これを怪しみ、弓矢を以つて山中に追けるが、眼くらみて落馬してけり。其の時乗りたる馬芦毛、持ち

団介《だんすけ》生《いき》ながら馬《うま》に変《へん》ず

山神

団介馬となる

八平次

たる弓矢重藤白羽の縁なり」（本朝俗諺志）などあり。

一三 いずれにしてもその馬で有馬に行くべきではない。

八平次馬《むま》のことを云《いひ》あてられ心裡《こゝろのうち》ふかく怪《あや》しみ、女《おゝな》の身《み》として斯物《かくもの》知りがほに云《いひ》て、兎《と》角《かく》に馬《むま》ほしげなるは、想ふに山上《さんじやう》の翁《おきな》と[一]一般《いちやう》の鬼魅《きみ》にて、われを欺《あざむ》き馬《むま》を奪《うば》はんと、今《いま》のごとくは云《いふ》ならめ。よし〳〵其《その》ことならば、彼《かれ》を一刀《いつとう》のしたに斬殺《きりころ》し、下僕《しもべ》の仇《あだ》を報《むくは》んと其云処《そのいふところ》に従《したが》ふさまにもてなして、欺《あざむ》き[二]近《ちか》より抜討《ぬきうち》に、[三]撲地《はた》と斬《き》ればこはいかに、怪《あやしい》哉彼女《かなかのおゝな》、灯火《ともしび》なんどの山風《やまかぜ》に、吹消《ふきけ》されたるがごとくにて、影《かげ》もとゞめず消失《きへうせ》ける。家《いへ》と看《み》へしは、古樹生茂《こじゆおひしげ》りたる下《もと》にして、松吹風《まつふくかぜ》の颯《さつ》〳〵と耳《みゝ》にのこりて、目《め》に遮《さへぎ》るものもなし。八平次は奇異《きい》の想《おもひ》をしつ、「これ我猜《わがはかり》しに差《たが》はじ。されば彼鬼魅《かのきみ》の云所《いふところ》一ッとして信用《しんやう》すべきにあらず。此馬《このむま》に乗何処《のりいづち》に行とも、何《なに》の夭祟《たゝり》をか稟《うけ》ん」と、又彼馬《かのむま》にうち跨《またが》り、有馬《ありま》のかたへと急《いそ》ぎけり。

そも〳〵八平次が昨夜宿《さくややど》りし家主《いへのあるじ》と、今此地《いまこのち》にありける茶店《さてん》の女《おゝな》は、渾是神人《みなこれしん〴〵》にして、八平次が日頃《ひごろ》の積悪《せきあく》を懲《こら》さん為《ため》、前《さき》には翁《おきな》と化《け》して、[四]心腹《しんぷく》の家僕《かぼく》を馬《むま》となし、[五]悪報《あくほう》のほどを知《し》らしめ、後《のち》また女《おゝな》に変《へん》じて、有馬《ありま》の[六]禁忌《きんき》を教示《おしへしめ》せど、[七]我意《がい》を逞《たくまし》ふしてなか〳〵に、神人《しん〴〵》を害《がい》せんとしてならず、これより此馬《このむま》に乗《のり》て有馬《ありま》に赴《おもむ》き、[八]山禁《さんきん》を侵《おか》すなど、人《ひと》のしのびざる悪行《あくぎやう》を做《なす》をもて、此馬《このうま》より事《こと》を惹《ひき》いだし、終《つい》に己《おのれ》が身《み》を亡《ほろぼ》すに及《およ》ぶ嗚呼《あゝ》愚《おろか》なることにあらずや。

一 同じような魔物。
二 底本の振仮名「か」を欠く。
三 「はたと」は激しく物のうち当る様を表現する語。「撲地」は白話的用法で擬音語。「撲地 ポント、云事。地ハ付字也。ヒヾキノ形容字ナリ…」(忠義水滸伝解)。
四 腹心の家来。
五 日頃の積悪の報い。
六 忌んで禁じている事柄。
七 手前勝手な意志を無理に通そうとする。「逞」は「逞」とあるべきか。
八 有馬山の禁忌事項。
九 話題を転ずる言葉。「且説」などと同意の白話的用法。
一〇 身体中。「身軀」は白話的用法。
一一 効き目。
一二 全身の血のめぐりを整える。以下の文章は、摂津名所図会にほぼ同一文が見られる。
一三 臍の下、膀胱の上口に当るところ。三焦の一。通じをよくすること。
一四 「気ハ…息也」(玉篇)で呼吸器関係がよくめぐるようになるの意。
一五 頑固に治らない持病。
一六 蘇我馬子(―六二六)。摂津風土記の中に土人の伝誦として伝えられたと釈日本紀に記す説。以下の文章は、

桜人《さくらひと》

[九]却説《さてもよ》四三平《さうべい》は、女児《むすめ》重井《しげのい》を倶《ぐ》して、有馬《ありま》の温泉《いでゆ》に湯治《とうぢ》すること、已《すで》に幾日《いくひ》を経《へ》てければ、[一〇]身軀《みうち》の痛《いたみ》自《おのづか》ら去《さ》り、今《いま》はほと〳〵全快《ぜんくわい》すべきになりけり。是此温泉《これこのおんせん》の[一一]功験《かうげん》によるものならし。そも〳〵此温泉《このいでゆ》は、[一二]能血脈《よくけちみやく》を調《とゝの》へ、[一三]下焦《げしよう》を煖《あたゝ》め、[一四]気《き》をめぐらし、[一五]痼冷《これい》を去《さり》、其余《そのよ》の病《やまひ》にも尚《なを》よく験《しるし》あり。曾聞往昔《かつてきくいにしへ》、[一六]嶋大臣《しまのおとゞ》始《はじめ》て此温泉《このいでゆ》を見《み》る。其后《そのゝち》[一七]舒明《じよめい》[一八]孝徳《かうとく》の両帝《りやうてい》、此温湯《このおんとう》に浴《よく》し給ふ。[一九]其行宮《そのあんきう》の古跡《こせき》を、[二〇]今杉谷《いますぎたに》といふとぞ。[二一]聖武帝《しやうむてい》の御時《おんとき》、[二二]僧正行基《さうじやうぎやうぎ》[二三]昆陽《こや》の池《いけ》の辺《ほとり》を過《すぎ》けるに、一人《ひとり》の乞丐《かたひ》、[二四]渾身《さうみ》に瘡《かさ》ありて甚苦《いとくる》しげなるが、僧正《さうじやう》を見《み》て、「我《われ》如此病《かくのごとくや》めり。予《かね》て有馬《ありま》の温泉《いでゆ》に浴《よく》して、此苦患《このくげん》を免《まぬかれ》んと思へど其便《そのたより》を得《え》ず。願《ねがはく》は誘引《いざなひ》給ひてんや。」行基《ぎやうぎ》これを憐《あはれ》み、乞丐《かたひ》を脊《せ》に負《おひ》て、こゝに湯治《とうぢ》さするに、乞丐又云《かたひまたいふ》「瘡《かさ》の裡虫《うちむし》を生《せう》じて痒《かゆ》きこと忍《しのび》がたし。上人此瘡《しやうにんこのかさ》の膿血《うみ》を歠《すゝり》て、虫《むし》を取《とり》給はれ」とあるに、行基《ぎやうぎ》これをも厭《いと》はず、其望《そののぞみ》に任《まかせ》給ふ。時《とき》に不思義《ふしぎ》や此乞丐《このかたひ》、忽《たちま》ち金色荘厳《こんじきさうごん》の仏《ほとけ》と現《げん》じ、「善哉《よひかな》〳〵、我《われ》は是《これ》、此有馬山《このありまさん》の[二五]瑠理光仏《るりかうぶつ》なり。汝《なんぢ》が[二六]精誠心《せうくしん》を試《こゝろみ》ん為《ため》、仮《かり》に病者《べうしや》となりし」と云已《いひやん》で[二七]紫雲《しうん》に乗《ぜう》じ、東方《ひがしのかた》に飛去《とびさり》給ふ。行基感激《ぎやうぎかんげき》に堪《たへ》ずして、即《すなはち》[二八]如法経《によほうきやう》を書写《しよしや》して、泉底《せんてい》に沈《しづ》め、又等身《またとうしん》の薬師仏《やくしぶつ》を刻《きざ》み、山《やま》の麓《ふもと》に一宇《いちう》を建《たて》てこれを安置《あんち》す。今《いま》の[二九]薬師《やくし》堂是《だうこれ》なり。かゝる霊験《れいげん》の湯《ゆ》なれば、奈何《いか》なる病《やまひ》にもあれ、[三〇]愈《いへ》じと云《いふ》ことなし。されば四《よ》

摂津名所図会などに見られるもののアレンジである。
一七 舒明天皇(—六四一、在位六二九—六四一)、舒明三年(六三一)に「秋九月丁巳朔乙亥、幸二于津国有間温湯一」(日本書紀・二十三)とある。
一八 孝徳天皇(—六五四、在位六四五—六五四)、大化三年(六四七)に「冬十月甲寅朔甲子、天皇幸二有間温湯一」(日本書紀・二十五)とある。
一九 天皇が行幸されたときの宿舎。
二〇 「湯山の東にあり。孝徳帝温泉行幸の時の行宮なり」(摂津名所図会)。
二一 聖武天皇(七〇一—七五六、在位七二四—七四九)。
二二 奈良時代の僧(六六八—七四九)。以下の説話は、古今著聞集二の三七に見られるものと同じである。
二三 伊丹市内にある池、行基造営の伝あり。今は埋立てにより上池のみ存し、小さくなっている。
二四 全身。「渾身麻木 惣身ガシビレル」(唐話纂要)。
二五 薬師如来。
二六 誠心誠意。
二七 紫色の雲。瑞相とされ、仏がこの雲に乗って来迎すると言う。
二八 慈覚大師の故事より天台宗で一定の規則によって法華経を書写することを言う。
二九 崑崙山昆陽寺の薬師堂を指すか。
行基創建である。三〇 治癒しないということはない。愈は癒に通ず。

三平《さうべい》が病《やまひ》も、今《いま》ははやおこたり果《はて》なんとすれば、近日《ちかきひ》のうち京《きやう》へ上《のぼ》らめと、其准備《そのこゝろがまへ》をなしにける。

茲《こゝ》に[一]京白河《きやうしらかは》の片山里《かたやまざと》に、[二]竹村貞晋《たけむらていしん》といふものあり。素《もと》は[三]院《いん》の北面《ほくめん》なりしが、[四]内《うち》の女房《にようばう》に通《つう》じ、人しれず通《かよ》ひけるに、[五]阿古貴《あこき》ヶ浦《うら》の網《あみ》ならねど、度重《たびかさな》るにしたがひ、終《つひ》には人も知《しり》てければ、今《いま》は身《み》の[六]料《とがめ》も恐《おそろ》しく、仕《つか》へを辞《ち》し、女房《にようばう》を倶《ぐ》して片山里《かたやまざと》に引籠《ひきこもり》、世《よ》の交《まじはり》を断《たち》、[七]情《こゝろ》を擅《ほしひまゝ》にし、[八]山水《さんすい》を楽《たのし》み、夫婦《ふうふ》諸《もろ》ともに潜居《ひそみい》けるに、妻《つま》は病《やまひ》の為《ため》に[九]没命《みまかり》て、一人の男子《おのこゞ》、与作《よさく》と云《いふ》を残《のこ》せり。貞晋《ていしん》は妻《つま》のかたみとこれを慈《いつく》しみ、育《そだて》けるに、今年《ことし》はや廿歳《はたち》にぞなりけり。生《うま》れ清《きよ》らかに、其気質《そのきしつ》曲《ゆが》めるを好《この》まず、よく孝悌《かうてい》の道《みち》を守《まも》り、[一〇]武《ぶん》文《ぶ》の芸《げい》にのみ身《み》を委《ゆだ》ねつれど、天性温良《てんせいおんりやう》なれば、何《なに》となく[一一]風流《みやび》たれば、これを識《しる》ほどの人は、親《したし》きも疎《うと》きも、「世《よ》にめづらかなる少年《わかうど》よ。其父《そのちゝ》こそ羨《うらや》まし」と、云《いひ》もて称《せう》しあひぬ。

然《しか》るに此与作《このよさく》この程《ほど》より心煩《わづらは》しくて、悩《なやみ》ければ、父貞晋《ちゝていしん》深《ふか》く患《うれ》ひ、多ゝ《さま〴〵》に医薬《いやく》を用《もち》ゆれど、其験《そのしるし》のはか〴〵しからねば、[一二]熟ゝ《つら〴〵》と想《(おもふ)》やう、「与作《よさく》が性《さが》万《よろづ》慎《つゝし》みふかければ、若《もし》くは[一三]鬱気《うつき》の凝《こり》てかゝる煩《わづら》ひをばなすらめ。[一四]聞道《きくならく》有馬《ありま》の温泉《いでゆ》は、血脈《けちみやく》を調《とゝの》へ、気《き》をめぐらすといへば、我子《わがこ》の病《やまひ》には[一五]的当《てきとう》の湯《ゆ》なり。彼処《かしこ》にやりて湯治《とうぢ》させば、病《やまひ》はおこたり果《はて》なん」と、このことをもて与作《よさく》に勧《すゝ》むれば素《もと》より親《おや》の命《おゝせ》は露《つゆ》ばかりも[一六]乖《もと》らぬ性《さが》なるに、ま

一 京都市左京区の地名。京都白河の片田舎。
二 「恋女房染分手綱」の竹村定之進に比定される。定之進は重井の父であるから、親子関係が与作と逆になっている趣向。 三 院護衛の武士。相当な身分であったことを示す。
四 院の御所に仕える女房。
五 勢州阿濃郡にある浦。伊勢供進のため禁漁となっていたのに度重なる密漁で露顕し刑せられた伝誦により、隠れて行うも度重なれば危ういの意に用いられる。ここは説明しながらの文飾である。
六 底本のまま。「科」とあるべきところ。密通に対する罰。
七 気持を自由に保ち。宮仕えしないので自由人である。「擅」は底本「檀」に作る。以下同じ。
八 自然に親しんで楽しみ。
九 死亡。「みまかり」は古典的用法。「物故 ミマカル 師古云謂レ死也」(書言字考)。 一〇 文事と武事の両道のみに専念する。遊びなどに全く見向きもしない生真面目さを強調する。
一一 遊びに見向きしないでも、優雅さを備えている人柄を説く。
一二 よくよく。「熟 ツラ〳〵」(書言字考)。 一三 気がつまること。「鬱気ウツキ」(書言字考)。
一四 聞くところでは。「きくならくは聞なる也、聞道をよめり」(倭訓栞)。漢文訓読体で使う語で古典的用法。
一五 治すのに最もふさわしい。「的当

ひて病《やまひ》を愈《いやさ》ん為《ため》の命《おゝせ》なれば、いかで諾《うべ》なはざるべき、ふかく[一七]鴻恩《かうおん》のほどを感謝《かんしや》しつ、俄《にはか》に旅装《たびよそほひ》をし、有馬《ありま》に至《いた》りて湯治《とうぢ》するに、日《ひ》あらずして八九分《はつくぶん》の快気《くわいき》に赴《おもむ》きけり。然《しか》るに四三平《よさうべい》と、与作《よさく》と、湯治《とうぢ》することおなじ時《とき》にして、しかも隣《となり》あはせの旅宿《たびやどり》なれば、いつとなく親《したし》み互《かたみ》に往来《ゆきゝ》しつれど、与作《よさく》は重井《しげのい》あるをもて、[一八]壮年《わかうど》の小女《おとめ》あるもとへ数《しば〳〵》行《ゆか》んは、世《よ》の聞《きこ》へも憚《はゞかり》ありと、それとはいはで行《ゆく》こと甚疎《いとうと》かりし。四三平はじめの程《ほど》は不審《いぶか》しみしが、よく〳〵其心《そのこゝろ》を知《し》りて深《ふか》く嘆賞《たんせう》し、「此有馬《このありま》には[一九]湯女《ゆな》といふて、遊女《あそび》に均《ひと》しきものあり。みな[二〇]色《いろ》を売《うり》て旅人《たびゞと》の徒然《つれ〴〵》を慰《なぐさ》めり。されば年長《としたけ》たる人《ひと》だも、湯女《ゆな》が為《ため》に財《ざい》を失《うしな》ひ、甚《はなはだ》しきに至《いた》りては[二一]悪瘡《あくさう》を稟《うけ》て、[二二]癈人《すたれひと》となる輩多《ともがらおほ》かるなかに、いかなれば与作露《よさくつゆ》ばかりも[二三]婬《あだ》めきたることなく、己《おのれ》を慎《つゝし》むこと老成人《ろうせいじん》も恥《はつ》べき行状《ふるまひ》也。そも何等《なにら》の人《ひと》の子《こ》なるにや。我女児《わがむすめ》に婿《むこ》をとらではかなはぬなるが、かゝる少年《わかうど》こそ願《ねが》ふ処《ところ》也」と、心裡《こゝろのうち》懇望《こんもう》すといへども、人《ひと》の身《み》には多方《さま〴〵》の縁故《ことのもと》あるものなれば、明白《あからさま》にも云出《いひいで》がたくて過《すぎ》けるが、頃《ころ》しも[二四]三春《やよひ》のはじめなれば、四方山《よもやま》の花盛《はなざかり》なるに、此地方《このところ》に居《お》ることそ幸《さいはい》なり。音《おと》に[二五]聞鼓《きくつゞみ》が滝《たき》や、[二六]有明桜《ありあけざくら》を見《み》て、旅中《りよちう》の鬱《うつ》を晴《はる》けばやと、[二七]小竹筒《さゝへ》[二八]樏子《わりこ》など用意《やうい》させ、重井《しげのい》を伴《ともな》ひ彼処《かしこ》に行《ゆき》て[二九]氈《せん》うち敷《しか》せ、四方《よも》の風色《ふうしよく》を眺《ながむ》るに、つゞみの滝《たき》は巨巌多《きよがんおほ》く、[三〇]崔嵬《さいくわい》たる中《うち》より落《おつ》るなれば、其音岩《そのおといは》の空虚《うつぼ》に籠《こも》り、山《やま》の谺皷《こだまつゞみ》を打《うつ》が如《ごと》し。有明桜《ありあけざくら》の花《はな》は爛漫《らんまん》と咲満《さきみだれ》たるに、梢《こずへ》をつとふ[三一]春禽《しゆんきん》の囀《さへづり》は楽《がく》を奏《そう》する[三二]に似て、[三三]幽艶譬《ゆうゑんたとへ》んかたなく、憐《あはれ》に愛《めで》た

テキタウ　合当義同」(書言字考)。
一六 逆らわない。
一七 大恩。
一八 「壮年」「少年」ともに「わかうど」と振仮名。意はともに若い人。
一九 温泉宿で客の世話をする女。遊女を兼ねるのが通例。
二〇 売色を業として。
二一 花柳病。梅毒などの病気を言う。
二二 梅毒による鼻欠けなどいう障害者が当代には見られた。
二三 浮気っぽい様子を見せることもなく。振仮名「あだ」は古典的用法。
二四 三春は孟春・仲春・季春。春三箇月の称。それに三月の「やよひ」を振仮名している。
二五 「湯本より八町ばかり南にあり。この辺巨巌多くして崖嵬たり。左右の岩はことに岨ってその中より落つる滝の音岩の空虚に籠りて、山間の谺鼓を打つがごとし」(摂津名所図会)。
二六 「滝の前にあり。弥生の花盛には入湯の旅客ここに遊んで幽艶を賞す」(摂津名所図会)。
二七 竹筒で製した携帯用酒入れ。
二八 薄い檜の白木を曲げて細工した食物の容器。
二九 毛氈。
三〇 岩石が高くけわしい様を形容する語。
三一 春の鳥。鶯などを言う。
三二 底本は「に」を欠く。
三三 奥ゆかしく美しい。

かりしかば、心《こゝろ》もそゞろに他念《たねん》なく賞観《せうくわん》し居《お》りぬ。

此日《このひ》竹村与作《たけむらよさく》も旅《たび》の徒然《つれぐ》を慰《なぐさ》めかね、おなじく此地方《このところ》に来《きた》り花見《はなみ》せしに、聞《きゝ》しに増《まさ》る景色《けいしよく》なれば、心楽《こゝろたの》しく忽《たちま》ち一首《いつしゆ》の歌《うた》を読出《よみいで》て、書写《かいつけ》ばやと懐紙《ふところがみ》を出《いだ》さんとして、あやまつてかねて読《よみ》おける、詠草《ゑいさう》をとり落《おと》せしを、折からおつる春風《はるかぜ》に、吹《ふき》もてゆかれしかば、こは口惜《くちおし》と、その行方《ゆくかた》を逐《を》ひ行《ゆ》くに、只《と》ある桜木《さくらぎ》にかゝりて、忽《たちま》ち地上《ちしやう》に撲《はた》とおちたり。是《これ》則《すなはち》四《よ》三平《さうべい》が花見《はなみ》する莚《むしろ》のうへにて、只今《たゞいま》の詠艸《ゑいさう》重井《しげのい》が膝《ひざ》の上《うへ》に止《とゞま》りぬ。重井《しげのい》「こは何やらん」と手《て》にとりて看《み》るに、いと愛《めで》たき手《て》して、詠艸《ゑいさう》と書写《かいつけ》たり。素《もと》より好《この》む道《みち》なれば、とりもあへず披《ひら》き見れば、巻《まき》の始《はじめ》に、[一]寄花恋《はなによるこひ》と云歌《いふうた》あり。よみて看《み》れば、

〽[二]哀《あは》れとも思へ深山《みやま》のおそ桜花咲《ざくらはなさけ》りとは人《ひと》のしらねば、

とあり。重井うちかへし吟《ぎん》ずる折《おり》しも与作《よさく》喘ゝ《あへぎ〳〵》走来《はせき》て、此光景《このありさま》を見《み》るより心 驚《おどろき》、「人《ひと》も多《おほ》きに、四三平《よさふべい》が娘《むすめ》に、ひらはれたるこそ[三]懶《ものう》けれ。巻《まき》の裏《うち》には、婬《あだ》めきたる歌《うた》もあるに、我彼《われかれ》に心《こゝろ》ありて、わざと送《おく》りたりなんど、思はれんは[四]無念《むねん》の事《わざ》なり。いかにもしてとり戻《もど》さばや」と、近《ちか》くすゝみ寄《よ》る足音《あしおと》に、重井 驚《しげのいおどろき》て顧《かへりみ》たり。与作《よさく》も重井《しげのい》も隣《とな》れる旅《たび》店《や》に宿《やどる》とはいへど、互《かたみ》に礼《いや》を厳《おごそか》にすれば、親《したし》くも看《み》たることなきに、[五]今間《いまはし》なく面《おもて》を逢《あは》せはじめてその容貌《かたち》を[六]看一看《とくとみる》に、男《おとこ》は[七]潘岳《はんがく》をも欺《あざむ》くべき美男子《びだんし》なるに、女《おゝな》は[八]西施《せいし》も恥《はづ》べき佳人《かじん》なれば、[九]羅漢《らかん》も心を蕩《とらか》し、[一〇]仙女《せんぢよ》も情《ぜう》を動《うご》かさでやあるべき。二人《ふたり》とも喜《よろこび》の色《いろ》を眼《まな》じ

一 底本「奇花恋」。意により訂す。
二 歌意「深山の桜がおそい花を咲かしているとは人は知らないのです、それを物あわれと思いやって下さい」。忍ぶ恋の歌である。
三 心残りなことである。
四 不本意なことである。下心あると推測されるのは男として不本意であるの意が「無念」の語で強調される。
五 何となく思いがけず。
六 よくよく見ると。「看一看」は白話的用法。「看一看 ヒトミミン 平話也」(水滸伝訳解)などある。
七 中国、晋の文人、字は安仁。美男子として著名で、美男の代名詞として使われる(二四七―三〇〇)。
八 中国春秋時代、越の国の美女。「西施の顰に倣う」などの諺があるほどに著名で、美女の代名詞のごとく使われる。
九 阿羅漢の略。小乗仏教の最高位の修行に達した聖者。そこから誘惑されない人とされる。
一〇 女の仙人。超人であるから人情に動かされない女性とされた。

行基菩薩《ぎやうぎぼさつ》
乞丐《かたひ》を脊《せ》負《おひ》て
有馬《ありま》の温泉《おんせん》に誘引《いざなふ》

薬師の化身

行基

りに顕《あらは》し心《こゝろ》も空《そら》になりしかど、与作《よさく》は素《もと》より正《たゞ》しき性《さが》なれば、はやくも放心《ほうしん》をおさめ、静《しづ》かに四三平《よさうべい》を呼《よび》かけ云《い》へりけるは、「足下《ごへん》もこゝに御わたり候や。某《それがし》も有明桜《ありあけざくら》の花《はな》を見《み》て一都《みやこ》の土産《つと》にせばやと、今朝《けさ》より宿《やどり》を出《いで》てこゝに来《きた》り、四方《よも》をさまよひ、はるの詠《ながめ》の二目《め》かれせぬまで心うかれ、三ふつゝなる四腰折歌《こしおれうた》を、読出《よみいで》はべりしまゝ、懐紙《ふところがみ》に書写《かいつけ》ばやとし、誤《あやまり》て五あやなきことを書《かひ》ちらしたる六反古《ほうご》を落《おと》し、風《かぜ》の為《ため》にこの御莚《おんむしろ》へ吹《ふき》とられはべりぬ。然《しか》るにその反古《ほうご》のなかには婬《あだ》めきたる腰折《こしをれ》もあり。さるものをもし七令愛《ごそくちよ》の手《て》などに触《ふれ》もし給はゞ、八然《しか》るべうもあらぬ事《わざ》なり。九李下《りか》には冠《くわんむり》を正《たゞ》さず、瓜田《くはでん》には履《くつ》を入ずと云《い》へば、人のしらざる前《さき》に返《かへ》し給はれ」とありけるに、四三平ふかく其志気《そのこゝろざし》の潔白《けつぱく》なるを感《かん》じ、「宣《のたま》ふ処《ところ》まことに道理《ことはり》にはべる也。」と娘《むすめ》が手《て》にある詠艸《えいさう》をとつて、与作《よさく》に還《かへ》し与《あた》へ、「足下《ごへん》若《わか》きに似《に》げなく、斯《かく》まで志気《こゝろざし》の正《たゞ》しくおはすこそ、一〇末頼母《すへたのも》しうおぼへ候。一一一樹《いちじゆ》の蔭《かげ》、一河《いちが》の流《ながれ》を汲《く》むもみな一二是多少《これたせう》の縁《ゑん》と聞《き》く。まひて足下《おんみ》とは、此日頃《このひごろ》したしみまゐらすれば此処《こゝ》に逢《あ》ふこそ幸《さいわい》なれ。御心《みこゝろ》には一三そみ給はずとも、しばらく此処《こゝ》に休《いこ》ひ給ひて、一杯《いつぱい》を傾《かたむけ》給へ」と、席《せき》を明《あけ》てすゝむれば、与作《よさく》もさすが老人《ろうじん》の言葉《ことば》一四乖《もだ》しがたく、請《こ》ふに任《まか》せて其席《そのせき》に列《つら》なり、幾杯《いくはい》かの酒《さけ》を酌《くみ》にけり。時《とき》に四三平云《(いふ)》「此席にて申出べきことにはあらねどそも足下《おんみ》は何人《なにびと》の御子《みこ》にておはすぞ苦《くる》しからずは聞《きか》し給へ」とあるに、与《よ》作少《さくすこし》く躊躇《たゆとふ》てありしが、やゝありて云《いふ》、「某《それがし》が父《ちゝ》は竹村貞晋《たけむらていしん》と申《(まうし)》て、京北白川《きやうきたしらかは》に住《すめ》る

一　都に帰るに有明名物である有明桜の景色を話題として土産にするという。
二　春の眺めから目が離せないまでに心が集中して。
三　不調法な。「ふつゝかなる」とするべきところ。
四　拙劣な和歌。三十一文字の第三句(腰の句)の詠み方が整わない歌を言う。腰折とも。
五　訳のわからないことを。
六　反古紙。「反古　ホンゴ　ホフグ　一名破故紙」(書言字考)。
七　娘の敬称。「令愛　ヲムスメサマ」(唐話纂要)。
八　娘さんにとって似つかわしいことではない。
九　疑われ易い行為をすべきではないという意の喩え。「瓜田不㆑納㆑履李下不㆑正㆑冠　文選」(文明本節用集)。
一〇　将来を頼もしく。
一一　知らぬ者同士の出会いも前生から因縁によるものだというたとえ。「宿㆓一樹下㆒、汲㆓一河流㆒、一夜同宿、一日夫妻…皆是先世結縁」(説法明眼論)より出て、「一樹の蔭にやどり、一河の流れを汲も、皆是他生の縁」(本朝世諺俗談)などとある。
一二　「他生」とあるべきところ。音通と少しばかりの意というので混用したか。
一三　お考えどおりではないにしても。
一四　黙って見送ることができなくて。「乖」は「もとる」とも訓ます。元来

[一五]隠士《いんし》にて候。昔《むかし》を申《(まうす)》はおこがましけれど、素《もと》は院《いん》の北面《ほくめん》にてはべりしかど、ゆゑありて[一六]致仕《つかへをかへし》、今《いま》は世《よ》の交《まぢはり》を避《さけ》、只山水《たゞさんすい》を友《とも》とし、老《おひ》を保《やすん》ずるの外他事《ほかたじ》なく候。さる心《こゝろ》にも子《こ》を想《おも》ふことはやるせなくてや、[一七]某《それがし》をば然《しか》るべき君《きみ》を索《もとめ》て仕《つか》へさすべし、と常《つね》に心《こゝろ》にかけ、物語《ものがたり》の序《ついで》には、云出《いひいで》はべりぬ。」とものがたるを、四三平つくづくとうち聞《きゝ》、「はじめよりたゞ人《びと》の子《こ》とは、見《み》まゐらせざりしが。思ふに差《たが》はず、さる[一八]搢紳《れき〳〵》家の果《はて》にておはしけるよ。某《それがし》がことは人《ひと》なみにしもあらぬ身《み》の、[一九]筋目《すじめ》を聞《きか》しまゐらすは恥《はつ》かしけれど、御身《おんみ》のうへを語《かた》らせ給ふに、云《い》はざるも礼《いや》なきに似《に》たれば聞《きこ》へまゐらす也。素《もと》は丹波国人《たんばのくにんど》にて、[二〇]土人《どにん》にひとしき身《み》なりしを、今成経殿《いまなりつねどの》に奉公《ほうこう》すれば、やうやく武士《ぶし》の数《かず》にはいれど、[二一]あるに甲斐《かひ》なき賤身《いやしきみ》也。然《しか》れども君恩《くんおん》の忝《かたじけな》さは、飢餲《きかつ》を免《まぬが》るほどの貯《たくはへ》はあり。しかるに看《み》給ふごとく、頭《かしら》には雪《ゆき》を頂《いたゞ》き、額《ひたい》には老《おひ》の波《なみ》をたゝみ、明日《あす》をもしらぬ身《み》となりても、子《こ》といふものは、只此一人《たゞこのひとり》の女児《むすめ》を持《もち》て候が、あはれ良婿《よきむこ》を[二二]索捜《もとめ》て、彼《かれ》と婚姻《こんいん》さし、世嗣《よつぎ》とせばやと思ふこと[二三]有年《としあれ》ど、丹波《たんば》に成人《ひとゝなり》し女児《むすめ》なれば、万鄙《よろづひなび》て[二四]不骨《ふつゝか》なれば、今《いま》に然《しか》るべき婿《むこ》もなし。斯申《かく(まうす)》は[二五]おしつけたることにて、心《こゝろ》なき鄙人《いなかうど》とおぼされんも[二六]畏《かしこ》けれど、いはで止《やま》んは胸苦《むねくる》しき事《わざ》なれば、明白《あからさま》に申なり。足下我家《おんみわがいへ》の筋目《すじめ》と、娘《むすめ》が不骨《ぶこつ》とを嫌忌《けんき》し給はずは、重井《しげのい》と夫婦《ふうふ》となり、わが家《いへ》を嗣《つぎ》て[二七]たびなんや。」とよぎもなく[二八]云聞《いひきこ》へければ、与作色《よさくいろ》を正《たゞ》し「[二九]こはそゞろの事《こと》を宣《のたま》ふものかな。[三〇]夫婚姻《それこんいん》は人《ひと》の大礼《たいれい》にして、媒妁《なかだち》な

「そむきもとる」意という。
一五 俗世との交わりを断って一人で暮す人。
一六 宮仕えを辞して。
一七 その心情(子を想ふこと)を晴らすすべがなくて。
一八 上流階級の血筋を伝える家系。
一九 家系。
二〇 土着の人。農民層出自を指すか。
二一 生きている甲斐もないほどに。
二二 探し求める。白話的用法か。
二三 …して年月が経ったが。
二四 不調法である。振仮名「ふつゝか」「ぶこつ」とも意同じ。
二五 おしつけがましい。
二六 危惧する。
二七 下さいませんか。「賜びなんや」。
二八 断ることができないように。「余儀もなく」。
二九 いいかげんのこと。
三〇 当代の結婚観から言えば、親の承諾は当然のこと、仲介人の必要であることも常識であり、士分であれば上司の許可も必要であった。

くては整《とゝの》ふべきことかは。且某《かつそれがし》をして、足下《そこ》の後《のち》たらしめんと宣《のたま》はす、是何《これなん》の道理《ことはり》ぞ。世嗣《よつぎ》を定《さだむ》るは、上天子《かみてんし》より下万民《しもばんみん》に至《いた》るまで、大かたならぬ大義《たいぎ》なるに、かゝる席《せき》にして、云《いひ》も出《いづ》べき事にあらず。曾聞親在《かつてきくおやいます》[一]ときは、友《とも》に許《ゆるす》に死《し》を以《も》てせず、と。某《それがし》に一人《ひとり》の親《おや》あり。外《ほか》に養《やしな》ふべきものもなし。さるをいま足下《そこ》の后《のち》とならば、楯《たて》の家《いへ》の事《こと》につき、命《いのち》を失《うしな》ふべきことなきにしもあらず。しかるときは誰《たれ》か、我父《わがちゝ》を養《やしな》ふべき。然《しか》らずとも人《ひと》の子《こ》となれば、実《まこと》の親《おや》は疎《うと》くなるならひなり。そはとまれかくまれ、親《おや》の命《おゝせ》[二]をまたずして、かゝる大義《たいぎ》を議《はか》[三]るべきにあらず。足下《そこ》の婿《むこ》となり、子《こ》となるを厭《いと》ふて云《いふ》にはあらねど、不孝無礼《ふこうぶれい》[四]にして、などて身《み》の栄利《えのり》[五]を貪《むさぼら》ん。」と言《いふ》に四三平ふかく恥《はぢ》らひ、「聞《きこ》へ給ふことは渾是道理《みなこれことはり》なり。老《おひ》の心《こゝろ》[六]のせはしければ、道《みち》なきことをも弁《わきま》へず、胸《むね》にうかめるまゝに、謾言《そゞろごと》[七]を云出《いひいで》て、今さら悔《くゆ》るに甲斐《かひ》なし。此事《このこと》心にかけ給はで、宥免《ゆるし》給れ」と只《ひた》顧詫《すらわぶ》れば、与作《よさく》も今《いま》はなか〳〵云過《いひすご》せしを悔《くひ》、「なでう爾宣《しかのたまは》すに及《およ》ぶべき。年若《としわか》き身《み》をもて、心《こゝろ》なく老《おひ》たる人《ひと》に対《むか》ひ、過言《くはごん》する事僻《ことくせ》[八]ごとなり。某《それがし》こそ詫《わび》はべるなり。」と互《かたみ》に謝《わび》つ謝《わび》られつ、果《はて》は盃《さかづき》とりかわし、いと睦《むつま》しく語《かた》らひけり。

斯《かゝ》る折《をり》から鷲塚《わしづか》八平次は、駒形山《こまがたやま》に多《さま》〴〵の奇怪《きくわい》を見《み》るといへども、なを変化《へんげ》の馬《むま》を捨《すて》もやらず、あまつさへそれにうち乗《のり》、有馬《ありま》をさして行道《ゆくみち》にて、今此辺《いまこのほとり》を過《すぐ》れば、音《おと》に聞《きく》鼓《つゞみ》が滝《たき》や有明桜《ありあけざくら》を見《み》てゆかんと、只今此処《たゞいまこゝ》に立寄折《たちよるおり》から、不図《ゆくりなく》も四三平娘《むすめ》と供《とも》[九]に、与作《よさく》

一「父母存不㆓許㆑友以㆒死、不㆑有㆓私財㆒」(礼記・曲礼上)。父母在生の時は孝を尽さなくてはならないので、死をちぎる友をつくってはならないの意。「曾聞」は、出典あるを示す。

二 お言いつけ。「おほせ …日本紀に命の字をよめり」(倭訓栞)。

三 相談する。「はかる 議。是は俗の相談スル意なり」(雅言集覧)。

四 (自分の親に対して)不孝であり礼を尽さない。

五 栄達の道。振仮名「えのり」は読本の慣用表現。「われを売りて栄利(えのり)に走る其愚者(そのしれもの)」(椿説弓張月・前編四)。

六 気が早い。

七 とりとめもないこと。

八 間違ったこと。

九 「共」とあるべきところ。

と酒酌《さけくみ》かはし居《お》るを看《み》て、こは奈何《いか》にと只有木陰《とあるこかげ》に站《たゝずみ》て、其躰《そのてい》たらくを窺《うかゞ》ふに、四三平与作《よさく》をもて、女婿《むこ》にせんと言出《いひいで》しを聞《きく》よりも、妬《ねた》さ限《かぎり》なく、「我《われ》はるぐ\と此地方《このところ》に来《き》つるは、ひとへに重井《しげのい》を妻《め》にせん為《ため》なるを、もし此壮年《このわかうど》と夫婦《ふうふ》にならば、我望《わがのぞみ》は叶《かな》ふまじ。こは奈何《いかに》せばや」と、暫時《しばし》[一〇]思案《あん》に沈《くれ》けるが、屹《きと》思ひ出たることありて、乗来《のりき》し馬《むま》にうち対《むか》ひ、「いかに団介《だんすけ》、今《いま》は畜生《ちくせう》の身《み》ながらも心《こゝろ》あらばよく聞《きゝ》ね。前《さき》に汝《なんぢ》がすゝめにまかせ此処《このところ》へ来《き》つるに、今見《いまみ》るごとき光景《ありさま》にては我望《わがのぞみ》は遂《とぐ》べうもあらじ。よりて汝《なんぢ》を此《この》花見《はなみ》の席《せき》に放《はな》ちやらんほどに、勉《つとめ》て彼等《かれら》を騒《さは》がせよ。我其《われその》まぎれに重井《しげのい》を奪《うば》ひ去《さら》んとすれば、必《かなら》ず懈《おこたり》そ」と、人《ひと》にさゝやくがごとく云含《いひふく》め、馬《むま》の鼻《はな》をとつて、四三平等《ら》がまど[一一]ひする方《かた》へおしむけつ。[一二]尾《お》づゝのほとりをしたゝかに打《うち》ければ、馬《むま》は大にたちあがり、一散《いつさん》に[一三]欠出《かけいだ》せば、四三平をはじめ一坐《いちざ》の人《ひとぐ\》ゝ愕然《がくぜん》と驚《おどろ》き、慌《あはてふためきうへ》忙上を下《した》へと立騒《たちさわ》ぐを、与作声《よさくこへ》を励《はげま》して、「やよ人《ひとぐ\》ゝいたくな騒《さはぎ》給ひそ」と、つと立あがり、[一四]鼻嵐《はなあらしふひ》吹て狂《くる》ひ来《く》る、馬《むま》の轡《くつは》づらを捉《とる》よと看《み》へし忽《たちまち》ひらりとうち跨《またがり》、一鞭《ひとむち》あてゝ走《はせ》たりしが、其孔《そのはやき》こと矢《や》のごとく、[一五]去向《ゆくへ》もしらずなりつるにぞ、人《ひとぐ\》ゝ是《これ》はと驚《おどろく》うち、程《ほど》もあらで馬《むま》を乗戻《のりもど》し、静《しづか》に輪《わ》[一六]をかけ、[一七]退口《しさりくち》を引居《ひきすへ》たる足並《あしなみ》、[一八]振相甚穏《ふりあひいとおだやか》に、[一九]駑駘《どだひ》の鞭《むち》を打《うつ》とも動《うご》かざるがごとし。人ゝ此躰《このてい》たらくを見《み》て感《かん》ぜぬ者《もの》なく、「[二〇]人間態《にんげんわざ》とは思はれじ」と、[二一]舌《した》をふるはし称《せう》しける。与作《よさく》は馬《むま》より下立《おりたち》、傍《かたへ》の桜木《さくらぎ》に繫《つなぎ》とめ、もとの席《せき》へ立戻《たちもど》れば、四三平慇懃《ねんごろ》に、馬術鍛錬《ばじゆつたんれん》

一〇 「沈思擬想 シアンヲコラス事」(小説字彙)。
一一 団欒。
一二 尾の付け根の丸くふくらんだ所。
一三 「駆出す」とあるべきところ。「欠」は当字。
一四 鼻息荒く。
一五 「去向」は白話的用法。
一六 円を描いて静かに馬をあゆませる。輪駆け。
一七 後に退かせるところ。
一八 (馬の足の揃え方を)具合のいいように。
一九 駄馬。
二〇 「早態 ハヤワザ」(易林本節用集)など。
二一 感嘆する様子の形容。

八平次
山禁《さんきん》を犯《おか》して
雷雨《らいう》をおこす

八平次

四三平

与作

重井

の程《ほど》を賞《せう》し、「足下《おんみこと》此処《こゝ》に在《いま》さずは、我《われ》〳〵いかなる怪我《けが》をかせんずらんに、幸《さいわい》を得《え》て免《まぬか》れしこそ、喜《よろこば》し」と、深《ふか》く感謝《かんしや》すれば、与作《よさく》「某《それがし》が未熟《みじゆく》[一]の業《わざ》をもて、乗静《のりしづ》むべきには侍《はべ》らねど、こは疎失功《まぐれさいはい》[二]にこそ」と、些《ちと》も誇《ほこり》たる色《いろ》もなきに、四三平ます〳〵おくゆかしく、「さるにても彼馬《かのむま》は、いかになるやらん」と、繋《つな》ぎし処《ところ》に近《ちか》づきて見《み》るに、休《いとふ》[三]かとおぼしく、牛《うし》なんどのごとく臥《ふし》て居《お》りぬ。其全躰《そのぜんたい》は蘆毛《あしげ》にて、蹄《ひづめ》は方《けた》[四]なり。只轡《たゞくつは》[五]のみをはめて、鞍《くら》はなく、胴《どう》の中《なか》ほどを縄《なは》にて結《ゆひ》たれば、こは怪《あや》しやと暫時《しばし》看《み》[六]とみて居《い》たりけり。

さてまた当時《このとき》八平次は、馬の騒《さはぎ》に乗《ぜう》じ重井《しげのい》を奪《うばゝ》んとせしを、与作《よさく》に馬《うま》を乗居《のりすへ》[七]られ、その謀 相違《はかりごとさうい》して、心楽《こゝろたのし》まず立去《たちさら》んとせしかど、斯《かく》て止《やま》んは我 志《わがこゝろざし》を遂《とげ》ざるのみか、辛《かろう》じて奪得《うばひえ》たる馬《むま》さへ失《うしな》ふべしと、暫時沈思惟《しばらくおもひめぐら》[八]して居《い》たりしが、忽《たちま》[九]ち忍居《しのびい》たる木陰《こかげ》を蜜《ひそか》に立《たち》出《いで》、足《あし》[一〇]を空《そら》にし四三平が花見《はなみ》る辺《ほとり》に走来《はせきたり》、前刻《さきにょ》与作《さく》が、桜木《さくらぎ》に繋置《つなぎおき》ける馬《むま》を看《み》て、甚《いと》喜《よろこ》べる色《いろ》を顕《あらは》し、俄《にはか》に四三平を見《み》つけたるおもゝちし、「其処《そこ》にわたらせ給ふは、四三平のぬしにおはさずや。」と云《いひ》かけられて四三平、熟《つく》〴〵とこの人を看《み》るに、成親卿《なりちかきやう》の御《み》内《うち》なる、八平次なれば、驚《おどろ》ひて俄《にはか》に礼《いや》をなし、「こは珍《めず》らし八平次主、何事《なにごと》ありてかく慌忙《いそがは》しく、此処《このところ》へは来《きた》り給ふ」と問《と》へば、八平次まがほになりて回応《いらへ》けるは、「さればとよ某此程《それがしこのほど》より、病《やまひ》の為《ため》に心《こゝ》ち快《よ》からねば、此有馬《このありま》の温泉《いでゆ》に湯治《とうぢ》せん為《ため》、来《き》つる道《みち》に

一 修練されていない馬術の技倆。謙退の辞である。
二 底本「踈」。意により訂す。「踈」は、「疏」に通ず。まぐれあたりの成功。白話的用法か。
三 身体を休める。普通は「憩」、同意語「休」に振仮名。馬は立ったままで休むに対し、牛は横になって休むので、「牛なんどのごとく」という。
四 方形である。馬の蹄は円形であるから、異常な形をしていることをいう。人間の履物の連想から方形が出たか。
五 口輪。胴中の縄は人の帯を連想しているかと思われるので、轡は盗人などの頬被りを連想しているか。
六 じっと見つめる。「看と見る」と見るを強調する。
七 乗り静められて。
八 あれこれ考えて。白話的用法か。
九 「沈思惟」を受けて、急に動作「立出」を起すに用いる表現。
一〇 「走来」の状態を形容する表現で、急ぐ様を示す。

して、一匹《いっぴき》の馬《むま》を買得《かいえ》たり。然《しか》るに只今不図走《たゞいまはからずはし》らしたれば、其後《そのあと》を慕《した》ひ来《き》て見《み》るに、此《この》桜木《さくらぎ》に繋留《つなぎとめ》たる馬《むま》こそ、某《それがし》が買得《かいえ》たる馬なり。誰《たれ》人かこの馬《むま》を繋《つなぎ》はべるにや。其人《そのひと》に逢《あふ》て取戻《とりもど》さんずるに、知《しり》給ば教《〔ゝ〕おし》へ給へ」。四三平「さてはこれは足下《そこ》の馬《むま》にてありけるよ。此処繋《こゝにつなぎ》しことはしか〳〵なり」と、馬の来《きた》れるはじめより、与作《よさく》が乗静《のりしづめ》たる体《てい》たらくを云《いふ》に、八平次与作《よさく》に[一]告名対面《なだいめんし》て、一礼《いちれい》を述《のべ》、「馬を戻《もど》し給れ」と乞《こへ》ば、「御馬《おんむま》に候をいかで辞《いな》み止《とゞ》むべき。御牽《おんひか》せ候へ」と、馬の轡《くつは》をとつて返《かへ》し与《あた》ふれば、八平次喜《よろこ》びてこれを請収《うけおさめ》んとす。此時《このとき》四三平すゝみ出《いで》て云《いへ》りけるは、「天晴《あつぱれ》これは良馬《りやうば》にははべれど、此有《このあり》[二]馬山《まさん》には蘆毛《あしげ》の馬《むま》を忌《い》めり。もしこれを犯《おか》すものあれば、忽《たちま》ち天《そら》かき曇霹靂雷電《くもりへきれきらいでん》して、其人崇《そのひとたゝり》を稟《うく》と。[三]其由緒《そのゆへ》を尋《たづぬ》るに昔《むかし》、当山《たうざん》の領主蘆毛《れうしゆあしげ》の馬《むま》に乗《のり》て、此地方《このところ》に田猟《かり》するに一人の美女《びぢよ》に逢《あ》ふ。領主怪《れうしゆあやし》んでこれを射《い》んとす。美女曰《びぢよのいはく》「我《われ》は此山神《このやまのかみ》なり。矢《や》を放《はな》つことなかれ」と、いひしを聴《きか》ず終《つい》にこれを射《い》ければ、忽《たちま》ち眼《め》闇《くら》み落馬《らくば》せしとぞ。こゝをもてふかく禁《きん》ずる所《ところ》なり。足下此処《ごへんこゝ》に湯治《とうじ》し給はんとならば、此馬《このむま》をばまづ何地《いづち》へも預置《あづけおき》給へかし。」とあれば八平次[四]心裡《こゝろのうち》に想《おもへ》らく、「こは[五]素虚言《もとねなしごと》なるべきを、[六]売僧《まいす》等に欺《あざむか》れ土民《どみん》の[七]言風俗《いひならは》せるなるべし。我一言《われひとこと》をもて此惑《このまどひ》を解《と》き、四三平を感服《かんぷく》させばや」と、[八]冷笑《あざわらひ》て云《いふ》、「[九]夫馬《それむま》は陽獣《ようじう》にして、武士《ぶし》の専要《せんよう》とするなり。されば馬《むま》と云文字《いふもじ》を、武《たけし》とも訓《くん》ぜり。漢《かん》に武事《ぶじ》を司《つかさど》る大官《たいくわん》を、[一〇]大司馬《たいしば》とは云《い》へるも、此道理《このことはり》をもて名付《なづけ》しとおぼゆ。昔周《むかししう》の[一一]穆《ぼく》

一 名対面は、大内裏もしくは戦場での儀式的名乗りをいうのが原義であり、それを「告名対面」という白話的に見える表現に振仮名し、与作と八平次という善悪の主人公が始めて名乗り合う場面に、意識的に用いたか。 二 有馬山の禁忌は、前出の本朝俗諺志に見えると同じで、その一部を詳細に述べている。 三 蘆毛の馬を忌むという一事に限定して由緒を尋ねると。 四「心裡安穏　心ノ内安ンシ穏カナリ」(唐話纂要)。 五 素は本の意で、本来。虚言を「根無し言」と訓じて、作り話の意とする。 六 有馬の古寺の僧侶に対しての罵言。くそ坊主ぐらいの意。 七 言い習わす。「風俗　ナラハシ」(書言字考)。 八「冷咲　アザワラフ」(唐話纂要)。 九「征伐自ニ天子一出、司馬主レ兵主レ馬者、馬陽物、乾之所レ為行レ兵用焉」(白虎通徳論・封公侯)。「説文、馬、怒也、武也」(箋注倭名類聚抄)などをアレンジした表現。 一〇「大司馬、古官也、掌ニ武事一、…漢初、不レ置、武帝元狩四年、初罷ニ太尉一、置ニ大司馬一、以冠ニ将軍号一」(通典・職官典、大司馬)とある。 一一 周の五代の王。「朕得ニ八駿神駒一、一息千里、朕欲レ週ニ遊天下一」(春秋列国志伝)。「王馭ニ八竜之駿一」(王子年拾遺記・三)。 一二 おっしゃることはその通りでしょうが、また一方的にそうとも言いにくいことです。 一三「おくのほそ

王《わう》は八匹《はちひき》の竜馬《りやうめ》を得《え》て、天下《てんか》を巡《めぐ》り給ふに、至《いた》らずと云所《ところ》なかりしかど、何《いつ》れの地《ち》に於《おい》て、何《なに》の祟《たゝり》ありしと云《いふ》を聞《きか》ず。なか〳〵に四海《しかい》能治《よくおさま》れり。我穆王《われぼくわう》に不及《およばざる》こと遠《とを》しといへども武士《ものゝふ》の数《かず》にいる身《み》なれば、奈何《いか》なる毛《け》の馬《むま》に乗《のり》、いかなる地方《ところ》に行とても、何《なん》の祟《たゝり》をか受《うく》べし」と、人もなげに云へりければ与作《よさく》これ聞《きく》にかたはらいたくや思ひけん、坐《ざ》をすゝめ、「仰《おゝせ》[一二]さることにははべれど、又一概《またいちがい》にも云難《いひがた》し。古《いにしへ》より和漢《わかん》とも、物忌嫌《ものをいみきら》ふ神《かみ》あり。唐国《もろこし》のことはしばらく置《おき》ぬ。聞道実方朝臣《きくならくさねかたあそん》[一三]は、歌枕《うたまくら》の為《ため》に陸奥《みちのく》に下《くだ》り、道祖神《どうそじん》[一四]の前《まへ》を、馬《むま》にて過《すぎ》けるに、土民《(ど)みん》これを諫《いさめ》て云《いふ》、「此神《このかみ》の前《まへ》を馬《むま》にて過《すぐ》るものは、必《かなら》ずあやまちすれば、下馬《げば》し給へ」とゞめしかど、承引《うけひか》で強《しい》て馬《むま》に乗《のり》て過《すぎ》けるが、忽《たちま》ち馬《むま》より堕《おち》しとぞ。今《いま》も其神《そのかみ》の前《まへ》をば、馬《むま》に乗《のり》て往来《ゆきゝ》せず。又伊勢《またいせ》[一五]の山田《やまだ》に浮屠《ふと》[一六]を制《せいし》、紀伊《きい》[一七]の高野には笛《ふへ》を禁《きん》ぜり。是等《これら》は能人《よくひと》の知《し》る処《ところ》なり。尚如此《なをかくのごとき》の類枚挙《るいまいきよ》[一八]するに遑《いとま》あらず。且《かつ》馬《むま》を相《さう》すること古《いにしへ》より其験《そのしるし》あり。邂逅劉先主《たま〳〵りうせんしゅ》[一九]、庾亮等《ゆりやうら》[二〇]が、的顱《てきろ》[二一]の祟《たゝり》を免《まぬか》れしごときは、其徳《そのとく》の勝《すぐ》れたればなり。某《それがし》馬の相《さう》をしらずといへども、曾《かつ》て聞《きく》ことあり。乾陽《けんやう》[二二]を馬《むま》とし坤陰《こんいん》[二三]を牛《うし》とす。故《ゆへ》に馬《むま》の蹄《ひづめ》は円《まどか》にして、牛《うし》の蹄《ひづめ》は角《けた》なり。馬《むま》は病《やん》で臥《ふし》、牛《うし》は病《やん》で立《たつ》、馬《むま》は前足《まへあし》を先《さき》にして起《おき》、牛《うし》は後足《あとあし》を先《さき》にして起《おく》と。これ陰陽《いんやう》に従《したがう》所以《ゆゑん》なり。然《しか》るに此《この》馬《むま》を看《み》るに、蹄角《ひづめけた》にして病《やま》ざるに臥《ふし》[二四]す。如斯怪《かくのごとくあやし》きは必《かならず》禍《わざはひ》を做《な》すべし。今此馬《いまこのむま》をもて易《あき》にとれば、蹄《ひづめ》の角《けた》なるは則牛《すなはちうし》なればこれを坤《こん》として、全躰馬《ぜんたいむま》なればこれを乾《けん》とす。

道」にも採り上げられた著名な伝誦。作者小枝繁が参照したことの確実な源平盛衰記にも「笠島道祖神事」の項にほぼ同文の記事が見られる。

一四 路傍に祭られて土俗の信仰に支えられた神、陰陽の自然石や石彫のものが多い。

一五 「館町の内に札の辻ありて、これ山田の真中にて、諸方への行程里数幾許有りといふ事ことを本とす。忌服者穢人の徘徊を禁ずる制札あり」(伊勢参宮名所図会)。

一六 僧侶をいう。

一七 「一禁㆓女人㆒、一禁㆓管絃㆒、一禁㆓鉦鼓㆒」(紀伊国名所図会・三)。文永八年(一二七一)の置文に明記されている。

一八 底本「牧挙」に作る。

一九 三国の英雄劉備。乗馬の名を的盧といい、祟りをなさんとしてまぬかれる故事あり(三国志・蜀志・先主伝)。

二〇 晋の人、明穆皇后の兄(晋書・庾亮伝)。的盧乗馬の故事あり、自分にくる災いを他人にこうむらせないという(世説新語・徳行第一)。

二一 額の白い斑点が流れて口に入っている馬をいう。

二二 「乾陽為㆑馬、坤陰為㆑牛。故馬蹄円、牛蹄坼。馬病則臥。陰勝也。牛病則立。陽勝也。馬起先㆓前足㆒、臥先㆓後足㆒。従㆑陽也。牛起先㆓後足㆒、臥先㆓前足㆒。従㆑陰也」(和漢三才図会)とある文を下敷とする。

二三 乾は陽の卦であるに対して、坤は陰の卦であることを示す。

二四 振仮名は底本のまま。「ふす」とあるべきか。

しかるときは[一]坤下乾上《こんかけんしやう》にして、[二]地天否《ちてんひ》の卦《け》になれり。否《ひ》とは塞《ふさがる》なり。天地《てんち》交《まじは》らずして陰《いん》陽閉塞《やうとぢふさ》がる。夫婦《ふうふ》和合《わがう》せず、南北《なんぼく》に離別《りべつ》す。君子《くんし》の道消《みちせう》し、小人《せうじん》の道長《みちてう》ず。人物《じんぶつ》乖《そむ》き違《たがひ》て、道《とを》らざるの象《しやう》なり。[三]此卦《このくは》は蘇秦家《そしんいへ》を出《いづ》るとき、筮《ぜい》し得《え》たる卦《くは》なり。[四]六国《りつこく》に横行《わうぎやう》して、一《ひと》たびは威勢《いせい》ありしかど、終《つい》に其死《そのし》[五]全《ぜん》を得ざりき。足下《ごへん》この馬《むま》を惜《おし》みて放《はな》ち給はずば、譬《たと》へ今禍来《いまわざはいきた》らずとも、いかで久《ひさ》しきを保《たもち》給ふべき。」と[六]弁説川《べんぜつかは》を懸《かけ》たるがごとく云《い》へりければ、聞《きく》ものこれに感伏《かんぷく》せり。ひとり八平次は己《おのれ》が言処《いふところ》の説《せつ》を砕《くち》かれ、心中十分《しんちうじうぶん》の怒《いかり》を生《せう》じ、面赤《おもてあか》くなり又青《またあを》くなり、いきまきて罵《のゝしり》けるは、「汝小年《なんぢせうねん》ながら、腰《こし》に両口《ふたこし》の刀《かたな》を帯《おび》たれば、武士《ものゝふ》のかたわれなるに、今説所《いまとくところ》のごときは、渾是《みなこれ》[七]売卜《ばいぼく》[八]巫説《かんなぎら》等の、人《ひと》を惑《まどは》すの[九]夭言《やうげん》なり。なでう士《さむらひ》におゐて、さる言語《ことば》を述《のぶ》るに忍《しのび》ん。臆病《おくびやう》ものに、言辞《ことば》をもて争《あらそ》はんは無易《むあき》なり。我今此馬《われいまこのむま》に[一〇]乗《のり》て、有馬《ありま》の神前《しんぜん》を乗《のり》うちせんに、何《なん》の崇《たゝり》あるか看《み》よや。」と云《いひ》つゝ馬《むま》にうち乗《のれ》ば、さしもの与作《よさく》も大《おゝい》に怒《いかり》、「臆病《おくびやう》ものと云《いふ》こそやすからね。豪《がう》か臆《おく》かを知《しら》すべし」と刀《かたな》の[一一]鐺《こじり》を天《そら》さまし、八平次を目《め》がけ飛《とび》かゝるを、四三平慌忙《いそがは》しくひきとゞめ、二人《ふたり》を制《せい》し、「こは[一二]謾《そゞろ》なり纔《わづか》の言葉争《ことばあらそひ》より、大事《だいじ》に及《およ》ばんとするでう何事《なにごと》ぞ。八平次主《ぬし》に君《きみ》あれば、与作主《よさくぬし》には親《おや》あり。私《わたくし》の怒《いかり》によりて[一三]身命《みめい》を果《はた》さば、何《なに》をもて忠孝《ちうこう》を全《まつた》ふせんとは思ひ給ふ。」と多ゝ《さまぐ》に諫《いさ》め[一四]媾和折《なだむるおり》しもあれ、不思義《ふしぎ》や天暴《てんにはか》にかき曇《くもり》、[一五]一《いち》陣《ちん》の風颯《かぜさ》と吹卸《ふきおろす》とひとしく、大雨《たいう》頻《しきり》に降下《ふりくだ》ること、只是《たゞこれ》[一六]盆《ぼん》を傾《かたむく》るがごとく、雷《かみ》さへおど

一 易経・否に「☷☰ 坤下乾上 否(天地否)。否之匪レ人。不レ利二君子貞一。大往小来。彖曰、…則是天地不レ交而万物不レ通也。…小人道長、君子道消也」などあり。周易釈故(真勢中州講述)に「これ否塞の義なり、故に此卦を否と名け玉へるなり…今此卦は夫妻和せず交はらざるが故に否と名けらる」ともあって、これらを下敷きにした記述。

二 天地否と同義。

三 戦国時代の策士、洛陽の人、合従策を唱えたが張儀の連衡策に破れ、斉で刺殺された(前三一七)。卦の話は未調。

四 秦に対抗した燕・趙・韓・魏・斉・楚の六ヶ国。

五 生を全うし得なかった。斉で刺殺されたことを言う。

六 「懸河弁舌 ケンガノベンゼツ」(書言字考)のように雄弁であることの形容。

七 易などで占いを業とする者、主として男性。

八 神おろしなどで神意を告げる人、主として女性。

九 不吉な言葉。

一〇 下馬しないで通ること、神に敬意を表さない行為。

一一 刀の鞘の端、抜刀する直前の形容。

一二 「謾」は「漫」に通ず。軽挙である。

一三 命を失えば。「しんめい」と振仮名すべきか。

ろ〳〵しく鳴出《なりいで》て、今《いま》にも落《おち》かゝりぬべき光景《ありさま》に、人〻《ひと〴〵》雨《あめ》を凌《しのが》ん為木《ためき》の下《した》岩かどに身を
よせんと、周章《あはて》まどふさま、一七鼎《かなへ》の沸《わく》がごとくなり。
此時《このとき》八平次が乗《のり》たる馬《むま》、雷公《いかづち》の音《おと》にや驚《おどろ》きけん、鞭《むち》を加《くわ》へざるに、俄《にはか》に躍揚《おどりあが》り、一散《いつさん》
に馳行《はせゆき》けるを、四三平これを見《み》ながら、あまりに雷雨《らいう》の烈《はげ》しくて、止《とゞ》むやうもなく過《すぎ》た
りしが、今《いま》ははや遠《とを》く走《はし》りたらんと思ふ頃《ころ》ほひ、漸《やう》やく天晴雷雨《そらはれらいう》歇《やみ》しかば、今日《けふ》此地方《このところ》
に花見《はなみ》せし人〻《ひと〴〵》、はじめて心《こゝろをおちい》安堵さし、時《とき》ならぬ俄《にはか》の雷雨《らいう》かなと、奇異《きい》の想《おもひ》に、日《ひ》も
やゝ西《にし》に傾《かたぶ》きて、一八入相鐘《いりあひのかね》に花《はな》も人も散〻《ちり〴〵》に、おのがさま〴〵還《かへら》んとすれば、四三平も前《さき》
に雨《あめ》やどりせし木《こ》陰《かげ》を立出《たちいで》、重井《しげのい》を伴《ともな》ひ還《かへら》んとするに、何地《いづち》へ行《ゆき》けん其影《そのかげ》を見《み》ず。与作《よさく》
は如何《いか》にと尋《たづぬ》るに、これさへ去向《ゆくへ》を知《し》らねば、こはいかにぞと奴婢《ぬひ》等《ら》とゝもに、声《こへ》の限《かぎ》
り呼索《よびもとむ》れど、谺《こだま》の外《ほか》さらに答《こたふ》るものもなく、今《いま》は何《なに》とも詮《せん》すべなく、只呆《たゞあき》れたるばかり
なり。今此《いまこのよ》与作重井《さくしげのい》一九奈何《いかん》なる地方《ところ》にか居《お》る、また八平次馬《むま》に乗《の》りて何《いづ》れの地方《ところ》にか行《ゆき》け
ん、そは次巻《つぎのまき》に分解《ときわくる》を読《よみ》て知《し》り給へかし。

馬夫与作
乳人重井　催馬楽奇談《さいばらきだん》巻之一終

一四 調停する。「媾」は「講」に通ず。
一五 底本は「一陳」、意により訂す。
一六 激しく雨の降る様の形容。「瓫を覆す」とも。
一七 人々の騒ぎたてて混乱する様の形容。鼎は、多く三脚両耳付きで、表面に虺竜・饕餮・雷文などを施した金属の器。本来は飲食物を煮るに用いたが、祭器に用いられることが多い。
一八 日没時に撞く寺の鐘。「山ざとのはるの夕暮きて見ればいりあひの鐘に花ぞ散りける」(新古今集・春下・能因法師)。
一九 ある事件を起こし、それがどうなるか疑問を提示して、次巻に興味をつなぎ、「分解」を読み進めることを誘うのは、読本の常套的手法であり、表現である。「奈何　いかん」は「其奈　如之何　何如　奈何　いかん」(節用集大全)などあり。

馬夫与作
乳人重井

催馬楽《さいばら》奇談《きだん》巻之二

東都　歡醨陳人戯編

東《あづま》屋《や》

且説《さても》其時《そのとき》与《よ》作《さく》は、あまり雷雨《らいう》の烈《はげ》しきに、暫時《しばし》の雨《あま》やどりせばやと、四方《よも》を瞻望《みめぐらす》[一]に、こゝに年旧松《としふるまつ》のありしが、いと大きやかなる窩《うろ》[二]あり。裡《うち》には三四人《さんよにん》もいらるべく見《み》へしかば、これくきやう[三]のものよと、急《いそ》ぎ其窩《そのうろ》の裡《うち》にいりて、雨《あめ》の晴《はる》るを待居《まちゐ》たるに、此時《このとき》心少《こゝろすこし》くおちゐにけるにや、前刻《さきに》飲《のみ》つる酒《さけ》の酔《ゑゝ》[四]漸《やうやく》発《はつ》し、頻《しきり》に睡《ねむり》を催《もようし》て、我《われ》にもあらで、そゞろに夢《ゆめ》を結《むす》びしに、程《ほど》なく雷《いかづち》も歇《やみ》、雨《あめ》も晴《はれ》にけれど、これをも知《し》らず、熟睡《うまいね》[五]してぞ居《い》たりける。さすがにながき春《はる》の日《ひ》も、やゝ時経《ときふ》るほどに、日《ひ》は西《にし》に没《おち》て、月天《つきそら》に明《あき》らかになりしかば、梟《ふくろう》のうかれて鳴声《なくこへ》のかしましきに、与《よ》作愕然《さくがくぜん》として睡《ねむり》を醒《さま》し、耳《みゝ》を傾《かたむ》けて聞《きく》に、雷雨《らいう》の音《おと》はなく、只鼓滝《たゞつゞみがたき》の激落《みなぎりおつ》[六]る響《ひゞき》のみ、寂《せき》としてものゝ声《こへ》なかりしかば、心驚《こゝろおどろき》慌忙《いそがはし》く、窩《うろ》の裡《うち》を立出《たちいで》て天色《てんしよく》を仰《あふ》ぎ見るに、星斗《せいと》[七]移転《うつりてん》じて、上弦《じやうげん》[八]の月西《つきにし》に傾《かたぶ》き、霞《かすみ》こめて朦朧《もうろう》たるに、遥《はるか》に音《おと》のふ遠寺《ゑんじ》の鐘《かね》、いと哀《あわれ》にぞ聞《きこ》へける。指《ゆび》を屈《かゞめ》て枚《かぞ》ふれば、

一 望み見るの意の「瞻望」(白話にも見られる)に「みめぐらす」と振仮名する。
二 「窩 ウロ」(書言字考)。洞穴の意。
三 究竟。最も適当である。
四 「ゑひ」とあるべきところ、音便的変化による表記。
五 ぐっすり寝る意の古典的表現である「うまいね」を振仮名。「うまいね 熟睡也」(倭訓栞)。
六 激は、元来「水礙衺疾波也…一曰、半遮也」(説文)の意。それを溢れんばかりに盛り上る意の「みなぎる」と訓じる。
七 星辰。
八 陰暦七日頃の月。薄暗い夕景の有様を示すに好適の月。

はや初更《しよや》[九]の時《ころ》なれば、心裡《こゝろのうち》ふかく後悔《かうくわい》し、「此人里遠《このひとざととを》き山中《やまなか》に、日《ひ》の暮《くる》るをも知《し》らで熟《うまひ》睡《ね》すること、ひとへに酒《さけ》のなすわざなり。斯《かく》ては身《み》を亡《うしなは》れんも知《し》るべからず。そも〳〵我此地方《わがこのところ》に来《き》て、湯治《とうぢ》することは、身《み》の病《やまひ》を瘳《いや》[一〇]せよと、親《おや》の命《おゝせ》によりてなり。さるを弁《わきま》へずして、擅《ほしひまゝ》に酒《さけ》を過《すご》し、草枕《くさまくら》して寐《いぬ》ること、治療《ちりやう》をなすにはあらずして、なか〳〵に病《やまひ》を醸《かもす》[一一]なり。こは人《ひと》の子《こ》たるの行状《ふるまひ》かは。昔楽正子春《むかしがくせいししゆん》[一二]、堂《どう》より下《くだら》んとて、其足《そのあし》を傷《そこ》ねつるをいたく患《うれ》ひ、瘳《いへ》にしかど尚外《なをと》にいでず居《お》るを、人不審《ひといぶかり》て問《とひ》しに、「父母《ふぼ》は全《まつた》き身《み》を生《うみ》給ふなれば、子《こ》は全《まつた》くして帰《かへ》すべし。其体《そのたい》を不虧《そこねず》、其身《そのみ》を不辱《はづかしめざる》を、全《まつとふ》すとは云《いふ》べけれ。されば君子《くんし》は、一足歩《ひとあしあゆむ》だも孝《かう》を忘《わす》れず。今我《いまわれ》これを忘《わすれ》、かゝる傷《きず》をかうむりたれば、深《ふか》く憂《うれ》ふ」と回応《いらへ》にき。斯《かゝ》ることをしもあるに、などや身《み》を慎《つゝしむ》ことの疎《うと》かりしぞ。」と自《みづか》らを戒《いまし》め、急《いそ》ぎ途《みち》を索《もと》めて還《かへら》んとするに、いかにしてか誤《あやま》りけん、行《ゆけ》ども〳〵我旅宿《わがりよしゆく》の辺《ほとり》に出《いで》ねば、「こは狐狸《こり》なんどに騙《たぶら》かされしか。斯《かゝ》る時《とき》には心《こゝろ》を治《おさめ》、気《き》を静《しづ》やかにす[一三]こそよけれ」と、只有辻堂《とあるつぢどう》の椽《えん》に腰《こし》をかけ、暫時休《しばしやす》らひてありけるに、堂《どう》の後《うしろ》に、馬《うま》の嘶《いなゝく》こゑするに、且堂裡《またどうのうち》には、女とおぼしくよゝと泣声《なくこへ》のしければ、こは不審《いぶか》しと堂《どう》を繞《めぐり》て見《み》るに、前剋《さき》に八平次が乗《のり》ける馬を、こゝに繫置《つなぎおひ》たり。ます〳〵怪《あや》しく堂《どう》の裡《うち》をさし覗見《のぞきみ》るに、朧夜《おぼろよ》なればさだかには看《み》へねど、若《わか》き女《おゝな》の綁《いまし》[一四]められ居《お》るにぞ、「憐《あはれ》むべしこの小女《おとめ》、盗賊《ぬすびと》などの為《ため》に勾引《かどわか》[一五]されしにぞあるらん。不便《ふびん》のことなり助《たす》けや

九 一夜を五等分した最初の時刻で、今の午後七時から九時頃を指し、初夜・甲夜・戌の刻とも。初夜を振仮名する。
一〇 「瘳、疾瘉也」(説文)とあり。
一一 底本のまま。徐々に病気の状態が重くなる。
一二 春秋、魯の人。曾子の弟子。「楽正子春下レ堂而傷二其足一、数月不レ出、猶有二憂色一。門弟子曰、夫子之足瘳矣。数月不レ出、猶有二憂色一、何也。楽正子春曰…吾聞二諸曾子一、曾子聞二諸夫子一曰…父母全而生之、子全而帰之、可レ謂レ孝矣。不レ虧二其体一、不レ辱二其身一、可レ謂レ全矣。故君子頃歩而弗二敢忘一レ孝也。今予忘二孝之道一、予是以有二憂色一也」(礼記・祭義)に依る。
一三 底本のまま。
一四 「綁、今作二綁縛字一」(正字通)。
一五 誘拐する。「勾引 カドハス」(書言字考)。

らばや」と、堂《どう》の裡《うち》につと入《いり》つ。泣転《なきまろ》び居《お》る小女《おとめ》が側近《そばちか》くより、「やよいかに小女《おとめ》。我《われ》は賊《ぬすびと》にあらず。今此前《いまこのまへ》を過《すぐ》るものなるが、そこの泣声《なくこへ》を聞《き》くに怪《あや》しければ外《そと》より窺《うかゞ》ふに、斯綁《かくいまし》[一]められおはすを見《み》て、甚哀《いとあはれ》に便《びん》なくおぼゆれば、助《たすけ》まゐらすべく思ふなり。つゝまず仔細《しさい》を物語《ものがたり》候へ。」と云《いひ》かけられて、小女《おとめ》は面《かほ》をふりあふむき、[二]とみつからみつしたりしが、いと驚《おどろ》きたるおもゝちにて、「爾宣《しかのたまは》すは与作君《よさくぎみ》にはおはさずや。斯申《かく(まうす)》は四三平が女児《むすめ》、重井《しげのい》にてはべるぞかし」と、言《いひ》さして、あとは涙《なみだ》に口《くち》ごもる。与作《よさく》これをうち聞《きゝ》て、驚《おどろ》きつゝ、月影《つきかげ》にすかしみるに、まがうべうもなき重井《しげのい》なれば、慌忙《いそがはしく》綁《いましめ》の縄《なは》を切解《きりほど》き、「こは想ひかけず候。おんみ何《なに》の故《ゆへ》をもて、此地方《このところ》に綁《いまし》められ給ひしぞ」と、不審《いぶか》れば、重井涙《しげのいなみだ》をうちはらひ、「さればとよ。昼《ひる》ほどの雷雨《らいう》の、甚《いと》おそろしくおぢまどひつるを、侍女等《こしもとら》に誘引《いざなわれ》、山の端《は》の巌陰《いはかげ》に身《み》をよせんとしつるに、忽《たちま》ち足《あし》の歩所《ふみど》[三]を誤《あやまつ》て、山をまろび落《おち》しとまではおぼへはべりしが、其後《そのゝち》は人《ひと》ごゝちもなければ知《し》る事《こと》なし。しかるに昼《ひる》ほど馬《うま》に乗《のり》て走《はし》りつる八平次とやらん、奴家《わらは》に水《みつ》を与《あた》へしにか、一滴《いってき》の水喉《みづのんど》を過《すぐ》るとおぼへて、夢《ゆめ》の醒《さめ》たるがごとく甦穌《よみがへり》[四]しを、八平次奴家《わらは》を犯《おか》し辱《はづかし》めんと、さまざまに綢繆《したゝるく》[五]かき口説《くどき》つれど、いかで婬男《たはれお》の為《ため》に、身《み》を汚《けが》して一生《いつしやう》を誤《あやま》るべき。強《つよ》く罵《のゝし》り辱《はづかしめ》しかば、彼云《かれいふ》やう「我汝《われなんぢ》に懸想《けさう》すること久し。今日《けふ》此地方《このところ》に遇《あふ》こそ、三千年《みちとせ》に一たび花咲《はなさく》といふ、優曇花《うどんげ》[六]を見るよりも尚得《なをえ》がたし。いかにいふともやは[七]か其《その》まゝに

一 底本「め」を欠く。
二 あれこれ熟視する様。
三 踏み処。
四 意識を取り戻す。「蘇息 ヨミガヘル〔匀会〕死而更生曰レ蘇又通作レ―」「甦 ヨミガヘル」（書言字考）。
五 甘ったるい言葉で。綢繆はまとわりつくの意であるから、その意にそって「したゝるし」の振仮名をしたか。
六 インド原産、クワ科イチジク属の一種。花は小形で壺状の花托に包まれ、外からは見えない。「優曇花者、此言二霊瑞一、三千年一現、現則金輪王出」（法華文句）。
七 どうして。元来、反語の意を表しているので、文末の「かは」は省略すべきところ、ここは強調の意が強いと解するか。

過《すご》すべきかは。伴《ともな》ひ行《ゆひ》て做《なす》べきやうあり」と、斯綁《かくいましめ》ておのれが乗《のつ》たる馬《うま》にうち乗《の》せ、いざ誘引《いざなはん》としたれど、奴家素《わらはもと》より馬《うま》に乗《の》ることをしらざるに、殊《こと》には鞍《くら》もなければ、いかで馬上堪《ばじやうた》ゆべきや。幾回《いくたび》か落《おち》はべりしほどに、「斯《かく》ては果《はて》じ此上《このうへ》は、いかなるあやしの[八]筍兜《かご》なりと[九]素来《もとめき》て、うち乗《の》せ行《ゆか》め」と、奴家《わらは》と馬《うま》とをば此処《こゝ》に繋《つな》ぎおき、何方《いづく》へか行《ゆき》はべりぬ」と物語《ものがた》れば、与作[一〇]勃然《よさくぼつぜん》として怒《いかり》を発《おこ》し、「さては爾《しか》ありつるか、彼奈何《かれいか》なれば斯《かく》まで毒悪《どくあく》なる。[一一]尋常《よのつね》の人《ひと》なりとも、かゝる非道《ひどう》を行《おこな》ふを、見てはゆるすに忍《しの》びね。まひて八平次は、前剋我《さきにわれ》を罵《のゝし》り辱《はづかし》めしものなり。其時討《そのときうち》も[一二]果《はて》ずべかりしを、おんみの父御《てゝご》のとゞめ給ふに、且雷雨《かつらいう》にまぎれて、其事《そのこと》なくて止《やみ》にしが、今此処《いまこのところ》に来《きた》ると言《いふ》ぞ幸《さいはい》なり。おんみはとく〳〵去行《いに》給へ。それがしひとりとゞまりて、八平次が筍兜《かご》を舁《かゝし》て、還《かへ》り来《こ》んとき、鼻《はな》をあかさし、前《さき》に悪口《あくこう》せし報《むくひ》のほどをしらすべし。」と雀躍《こおどり》して勢《いきほ》ひこみ、討《うち》も果《はた》さん光景《ありさま》を、重井熟《しげのいつく》〴〵うち見《み》つゝ、静《しづ》やかに云《い》へりけるは、「こは物《もの》に狂《くる》ひ給ふか。八平次が悪行《あくぎやう》を、悪《にく》しとおぼすは道理《ことわり》ながら、前《さき》にも奴家《わらは》が父《ちゝ》の申せしごとく、殿《との》には父君《ちゝぎみ》のいますなるに、今彼《いまかれ》を討果《うちはた》しもし給はゞ、御身安穏《おんみあんおん》にはおはすまじ。[一三]少事《せうじ》の怒《いかり》に、大事《だいじ》の孝《かう》を忘《わすれ》たまひな。[一四]千鈞《せんきん》の弩《ど》は鼷鼠《けいそ》の為《ため》に機《き》を発《はつ》せず。[一五]韓信《かんしん》が市《いち》に跨《また》をくゞり、[一六]范雎《はんしよ》が厠《かはや》に捨《すて》られつるも、よく忍《しの》ぶをもて大功《たいかう》は做《なし》にき。殿《との》は真《まこと》の丈夫《ますらを》と、常《つね》に父《ちゝ》は称《せう》しはべりぬ。これほどのこと忍給《しのび》ぬことかは」と、諫《いさ》めらるゝに与作《よさく》はこれをうち

八 「筍、斉魯以北、謂二竹輿一為レ筍」（集韻）とあり、「葦輦、兜籠、舁二人一」（唐書・車服志）とあってともに乗物を意味するので、それを合せて「かご」と訓じたか。

九 素は「もと」と訓じるので、当字としたか。

一〇 底本は「勃然」。むっくり身体を起して感情を表現するの語。

一一 「尋常 ヨノツネ 本朝俗謬用二来此字一旧矣」（書言字考）。

一二 底本のまま。「果す」とあるべきところ。

一三 「小事にかゝはって大事を忘るな」（諺苑）。

一四 廿日鼠（鼷鼠）を捕るために重い石弓（千鈞の弩）を用いることはない。大志を抱く者は小事にこだわらない喩で、魏志・杜襲伝に見えるが、天草版金句集、和漢古諺などにも見える。

一五 前漢の武将。高祖に従い大功を上げるも、呂后に誅さる。市井にあって無頼の徒に辱しられ股くぐりをさせられたが、よく忍んで後年大人物になった故事（史記・淮陰侯伝）から、大志ある者は目前の恥を耐え忍ぶべしという意としてよく用いる。

一六 戦国時代秦の宰相。昭襄王に遠交近攻の策を献じた。魏に仕えるも異心ありと疑われて「折レ脇摺レ歯」、「佯死即巻以レ簀、置二廁中一」。しかし逃れて秦に仕えた、という（史記・范雎伝）。

与作《よさく》不図《はからず》して
重井《しげのい》が危難《きなん》を救《すく》ふ

与作
重井

聞て、心裡《こゝろのうち》ふかく感《かん》じ、「想《おも》はざりき此小女《このおとめ》にして、如此《かくのごとく》道理《どうり》の明《あき》らかなるべしとは。前《さき》に四三平我《われ》をもて女婿《むこ》にせんといひつるが、かく才貌《ざへかたち》の備《そなはり》し女子《おゝなご》を、妻《め》としてこそ末頼《すへたの》みあれ。」と頻《しきり》に愛恋《あいれん》の情発動《こゝろうごき》しかど、素是謹心篤行《もとこれきんしんとつかう》[一]の小年《わかうど》なれば、忽《たちま》ち放心《ほうしん》[二]をおさめ、些《ちと》も婬《あだ》めきたるけはいもせず、言語《ことば》を正《たゞ》し、「おんみの教《おしへ》にあらずは、殆道理《ほとんどどうり》をあやまり、命《いのち》をも亡《うしな》ふべかりしに、今聞《いまきか》したまふ一言《ひとこと》に、痴情忽《ちじやうたちま》ちに失《うせ》たり。」と感謝《かんしや》すれば、重井《しげのゐ》ふかく恥《はぢ》らひて、「こは想《おも》ひもかけぬ仰《おゝせ》かな。女子《おゝなご》のいはれざる漫言《そゞろごと》にて、いかで丈夫《ますらを》の心《こゝろ》を感激《かんげき》さすに足《た》るべき。君《きみ》は素君子《もとくんし》の操《みさほ》あるのみか、さかしくおはせば、下愚《かぐ》[三]のものゝ言《いふ》ことも、とるべきことをば聞《きゝ》給ふらめ。などて奴家《わらは》が言葉《ことば》の、道理《どうり》に称《かな》ふ事やある。我身《わがみ》こそ君《きみ》に再生《さいせい》の恩《おん》を蒙《かうむ》りたり。今日《けふ》若援《もしすく》ひ給はずは、八平次が為《ため》に命《いのち》は失《うしな》はるべかりしに、此鴻恩《このかうおん》いつか忘《わす》れまゐらせん。尚此上《なをこのうへ》の御恩《ごおん》には、八平次が還《かへ》り来《こ》ぬ間《ま》に、とく誘引《いざなひ》て給れ」と、[四]よぎもなく頼《たの》み聞《きこ》ふれば、与作暫時言語《よさくしばしことば》なく、首《かうべ》を低《たれ》てありつるが、やゝありて云《いふ》。「おんみの綁《いましめ》られておはすを見《み》るに忍《しの》びず、解《とき》まゐらせしはこれ惻隠《そくいん》[五]の心《こゝろ》ぞかし。然《しか》るに今尚《いまなを》おんみを誘引《いざなひ》まゐらせなば、かならずなき名《な》を負《おふ》て、世《よ》の誹謗《あざけり》[六]や受《うけ》ぬべし。「[七]魯人《ろひと》の嫠婦《やもめ》を納《いれ》ざりしは、[八]柳下恵《りうかけい》に不如《しかざれ》ばなり。」と。[九]聖人《せいじん》はこれを不仁《ふじん》とは宣《のたま》はで、なか／＼其清廉《そのせいれん》を称《せう》し給ひき。われ又魯人《またろひと》にだも及《およ》ばずして、女子《おゝなご》を伴《とも》なはば、[一〇]穴隙《けつげき》を鑽《うが》ち、[一一]牆《かき》を踰《こゆる》の徒《と》に類《るい》せん。此《この》ことゆめ／＼叶《かなふ》まじ」と、承引《うけひく》

一 心正しく行いの篤い。
二 「愛恋の情」を発するうつけ心。
三 自己の謙称、非常に愚かな者。
四 余儀も無く。断ることもできないように。
五 ある対象に対してあわれみの心を抱くこと。「惻隠之心仁之端也」(孟子・公孫丑上)より出た言葉。
六 かげ口。「誹謗 ソシリソシル」(書言字考)を「あざける」という同意の振仮名で示す。
七 詩経・小雅・巷伯・毛伝を抄訳したような文章である。
八 春秋、魯の人。孔子に「聖之和」なる人と称された。
九 孔子。
一〇 戸牆に穴をあけて男女がうかがい見ること。「不レ待ニ父母之命一、媒約之言一、鑽ニ穴隙一相窺、踰レ牆相従、則父母国人皆賤レ之」(孟子・滕文公下)に拠る表現で、男女野合の様をいう。
一一 垣を越えて淫奔の行いをすること。前掲引用文に拠る。

べきけはいなし。重井《しげのい》は心裡《こゝろのうち》に、与作《よさく》が志気《こゝろざし》の潔白《けつぱく》なるを賞嘆《せうたん》し、「如此《かくのごとく》心《こゝろ》も容貌《かたち》も勝《すぐ》れて[一]端正男子《たゞしきおのこ》の、世《よ》にまたもあるべきかは。あはれ此人《このひと》の妻《つま》となりせば、女子《おゝなご》たる甲斐《かひ》はあれ」と、そゞろに心動《こゝろうごき》しかど、さすがに云出《いひいづ》べき言語《ことば》なく、只《たゞ》うつぶきて回応《いらへ》なし。

此時夜《このときよ》もはや[二]人定鐘頃《よつのころ》ほひなれば、月《つき》は西《にし》に落《おち》て、[三]烏羽玉《うばたま》の黒夜《やみ》となる、折《おり》しもこそあれ、鷲塚《わしづか》八平次は漸《やう》やく[四]一張《いつてう》の篭子《かご》を索《もとめ》、[五]尚逐人《なをおつて》のかゝらんことを懼《おそ》れ、其備《そのもうけ》にとて、[六]野臥《のぶせり》の乞丐《かたひら》等、六七人に、多《おゝ》く[七]辛苦銭《ほねおりしろ》をとらせ、巧《たくみ》のほどを告《つげ》て其意《そのい》を得《え》さし、此們《このともがら》を将《ひき》ひ、おのれ[八]まさきにすゝみ、松明《たいまつ》をふり照《てら》し、心慌忙《こゝろいそがはしく》立戻《たちもど》り、彼辻堂《かのつぢだう》の裡《うち》に走入《はせいり》て見るに、豈料《あにはから》んや重井《しげのい》が綁《いましめ》は解《とけ》て、側《かたはら》に一人の少年《わかうど》[九]並居《たゝずみお》るにぞ、八平次は案《あん》に相違《さうい》し、ふかく不審《あやしみ》、「こは何等《なにら》の人《ひと》なれば此処《こゝ》に居《お》るぞ」と、松明《まつ》ふり照《てら》しすゝみよるを、与作《よさく》ははやく面《おもて》をそむけものをもいはず抜打《ぬきうち》に、撲地《はつし》と切《きり》し太刀風《たちかぜ》に、松明《まつ》は[一〇]ふつと消《きへ》失《うせ》て、再《ふたゝ》びもとの闇《やみ》の夜《よ》と、なりにけれども八平次は、些《ちと》も周章《あはて》ず声《こへ》ふりたてゝ、「やをれものども、彼所《かしこ》に立《たて》るは盗賊《ぬすびと》なるぞ。星《ほし》の影《かげ》にすかし見て討取《うちとれ》よ。必《かならず》[一一]火急《せひ》て同士《どし》討《うち》すな。」と指揮《さしづ》に従《したが》ふ乞丐《かたい》ども、[一二]各手《てんで》に捧《ぼう》をうちふりつゝ、「逃《のが》しはやらじ」と討《うつ》てかゝれば、与作《よさく》は騒《さはが》ず冷笑《あざわら》ひ、「二なき命《いのち》を失《うしなひ》て後悔《かうくわい》せそ」と云《いふ》まゝに、左《ひだり》に払《はら》ひ右《みぎ》に斬《きり》、当《あた》るを幸《さいわい》切《きり》まくれば、或《あるひ》は[一三]照頂門枯竹破《まつかうからたけわり》、且《また》は[一四]腰骨《こしのつがひ》を切放《きりさげ》られ、渾《すべ》て三五人の乞丐《かたい》ど

一 心の正しさと容貌の美しさを「端正」という語で示し、「たゞしき」と振仮名する。
二 午後十時頃。「人定 ヰノトキ 亥剋之義」(書言字考)とあり、亥の刻は四つと言う。「人定鐘」は人が寝静まる頃に撞く鐘。
三 黒などの枕詞。暗くなったことを強調する意識あるか。
四 一つの駕籠。張は幕・蚊帳など張りめぐらすものを数えるに用いるところから駕籠にも用いる。篭は「箘」の古字、篠竹を意味するので「子」を伴って「かご」と訓じたか、未調。
五 追手。
六 野宿している乞食。
七 骨折り賃。苦労するの白話的表現である「辛苦」に銭を付して振仮名する。
八 真先に。
九 底本は「竝」、「たたずむ」と訓ずる例は未調。
一〇 「松明」の右下に小さく「ハ」とある、補刻か。同様の例、以下いちいち注記しない。
一一 急ぎいらだつ。「火急(ホウキウ) イコフイソグ」(唐話纂要)。
一二 それぞれ。「手々 テヾ テンデ」(書言字考)。
一三 真向唐竹割。「照頂門」は頭上、「枯」は当字か。
一四 腰の関節。これは横に真二つに切り離し、真向唐竹割は縦に真二つに切ることで、縦横に切りまくる常

も、一盞茶時《またゝくうち》に切伏《きりふせ》られ、鮮血流《なまちながれ》て路辺《みちのべ》の、草葉《くさば》も紅《あけ》に染《そめ》なせり。此光景《このありさま》に残《のこ》る乞丐《かたいら》等、胆消魂《きもきへこゝろ》も一五飛失《うせ》果《はて》て、仆《こけ》つ転《まろび》つ逃行《にげゆく》を、声《こへ》をしるべに逐行《おひゆけ》ば、やりすごして八平次、一六戦ゝ《おのゝき》居《お》る重井《しげのい》を、いそがはしく小脇《こわき》に抱《いだ》き、繫置《つなぎおひ》たる馬《うま》に跨《またが》り、道《みち》を違《ちが》へて走《はせ》たりける。折からむかふへ四三平《よさうべい》、女児《むすめ》が去向《ゆくへ》を捜索《もとめ》んと、人を語《かたら》ひ引《ひき》つれて、松明《まつ》に道《みち》を照《てら》さしつ、此地《このところ》をさして尋来《たづねきた》るに、八平次はこれを見《み》て、それとはしらねど、多勢《たぜい》の人の来《きた》るにおどろき、引《ひき》かへして走《はし》りつるが、這方《となた》よりは与作、乞丐《かたいら》等を追散《おひちら》し、再《ふたゝ》びこゝに立戻《たちもど》るに、一七間《はし》なく恰《てう》ど行遭《ゆきあふ》にぞ、八平次今は逃《のが》るゝに道《みち》なく、重井《しげのい》をば傍《かたはら》なる叢《くさむら》の裡《うち》にうち捨《すて》て、与作を目《め》がけ切《きつ》てかゝれば、心得《こゝろえ》たりと相迎《あひむか》へ、刀《かたな》を交《まち》へて闘《たゝかひ》しが、既《すで》に十余合《よがう》に及《およ》びて、八平次が剣法《けんぽう》やゝ乱《みだれ》て、一八請太刀《うけたち》にのみなりしかば、今ははや敵《てき》しがたくや想《おも》ひけめ、一九覰個空一鞭《すきをうかゞひひとむち》あてゝ一散《いつさん》に、去向《ゆくへ》もしらず逃去《にげさり》けり。与作《よさく》は尚其後《なをそのあと》を慕《した》ひ、追《おは》んとするとき、四三平漸《やう》やくこゝに走来《はせきた》り、想《おも》はず与作と面《おもて》を逢《あは》せ、互《かたみ》に是《これ》はと驚《おどろ》ひたり。

其時《そのとき》四三平「こは思ひもかけず候。そも何事《なにごと》のあれば、此地方《このところ》におゐて、此光景《このありさま》には及《およ》び給ひし」と、怪《あや》しみ問《と》へば、与作《よさく》、昼《ひる》ほどの二〇暴雨《にはかあめ》を凌《しのが》んとて、松《まつ》の竆《うろ》に立休《たちやすら》ひ、思はずねむりつることよりして、此処《こゝ》にさまよひ来《きた》り、重井《しげのい》が綁《いましめ》られしを二一解援《ときゆるせ》しこと、且《かつ》八平次を追《お》ひ、乞丐《かたい》を殺《ころ》すに至《いた》るまで、二二次第《しだい》を連《つらね》て委《くわ》しう語聞《かたりきか》しけり。此時《このとき》重井　叢《くさむらの》裡《うち》にて、父《ちゝ》と与作が物語《ものがたる》を聞《きゝ》、つと走出《はせいづ》れば、四三平我子《わがこ》の二三恙《つゝが》なきを看《み》て、死《しゝ》たるも

套表現。

一五 飛失という熟語は未調。語意により「うせ」と振仮名か。

一六 畏怖する様。戦々は白話的表現にも見え、同意の「おのゝく」と振仮名する。

一七 偶然に起る状況をいう、「端なく」とあるべきところ。「間(ま)なく」と混用して「はし」と振仮名したか。

一八 受太刀。「請合」の請を当字とする。

一九 底本は「覰」(覷の古字)。覰はうかがうの意。「個空」の熟語未調。

二〇 急に降り始めた大雨。「暴　ニハカニアメフル」(黒本本節用集)。

二一 底本のまま。「援、救助也」(字彙)。

二二 事件の起きた順序に従って。「昼ほどの」云々から「至るまで」事件を再述して説明するのは、読本の常套的手法。

二三 無事である。「無レ恙　ツツガナシ」〔書言故事〕「問二平安一曰レ―レ―」(書言字考)。

のゝ穌生《よみがへり》たるがごとく、喜《よろこ》ぶことかぎりなし。重井も欣《よろこ》びの涙《なみだ》に袂《たもと》を霑《うるほ》[一]さし、しばし言語《ことば》なくてありしが、やゝありて昼《ひる》ほどの雷《いかづち》に不意《ゆくりなく》[二]、山《やま》より転《まろ》び落《おち》つることを首《はじめ》とし、八平次が不義《ふぎ》の行状《ふるまひ》、与作が好意《かうい》のほどを、おちもなく詳《つまびらか》にものがたれば、四三平は、八平次を怒《いか》り、与作を賞《せう》し、深《ふか》く謝辞《しやじ》をのべ、感佩《かんばい》して喜《よろこび》けり。

さて斯《かく》てあるべきにあらねば、まづ旅宿《りよしゆく》に帰《かへ》り一紙《いちまい》の申状《もうしでう》[三]を写《したゝめ》、四三平与作の二人《ふたり》旅《りよ》宿《しゆく》の主《あるじ》に案内《あんない》せさし、有馬《ありま》の知県《あがたもり》[四]に訴《うつた》へしかば、二人を廨《やくしよ》にとゞめ置《おき》、下司《したつかさ》をして乞丐《かたい》等《ら》の、切《き》られつる躰《てい》たらくを見さし給ふに、切伏《きりふせ》られし乞丐《い》[五]のうち、一人いまだ死《し》にもやらで居《い》るものありしかば、召捕《めしとら》へて厳《きびし》く尋問《じんもん》ありし処《ところ》に、彼《かの》ものゝ云《いふ》、「何《なに》ともしらぬ武士《ぶし》、我們《わがともがら》に多《おゝ》くの銭《ぜに》を与《あたへ》、頼《たの》みつるは、「我《われ》は女《おんな》を奪走《うばひはし》るものなり。もし追人《おつて》などかゝらば、汝等我為《なんぢらわがため》に防《ふせぎ》くれよ。爾《しか》せば尚《なを》辛苦《ほねおり》銭《しろ》をとらすべし。」とありしにより、銭《ぜに》のほしさに、其人《そのひと》の意《こゝろ》に従《したが》ひはべりしなり。夢ゝ《ゆめ〳〵》我ゝ《われ〳〵》が心よりして做事《なすわざ》に候はず。」と白状《はくじやう》に及《およ》びしかば、知県《あがたもり》これを聞《きゝ》給ひ、「乞丐《かたい》の身《み》に応《おう》ぜざる銭《ぜに》を貪《むさぼら》んとて、さる邪《よこしま》の事に与《くみ》[六]するでう、是則《これすなはち》盗賊《とうぞく》にひとし。」と終《つい》にその乞丐《かたい》が首《かうべ》を刎《はね》、獄屋《ひとや》[七]の前《まへ》に梟首《きやうしゆ》し、罪科《ざいくわ》の次第《しだい》を木《き》牌《ふだ》に写《かひ》て、其傍《そのかたはら》に懸置《かけおき》、乞丐等《かたいち》が戒《いましめ》とはし給ひけり。又与《よ》作《さく》が事は、人《ひと》を援《すくひ》し奇特《きどく》[八]のほどを、賞《せう》せられしとぞ。

斯《かく》て后《のち》与作つら〳〵想《おも》ふに、「我病既《われやまひすで》におこたりながら、此地方《このところ》の風色《ふうしよく》[九]に愛《めで》、長居《ながい》し

一 涙で袖を濡らす。「霑、雨霑也」（説文）とあって、元来雨に関して用いる語であるが、涙に転じて用いている。
二 思いもかけず。「〔雄略紀七〕不意　ユクリナク」（雅言集覧）。
三 告発の上申書。
四 上代に朝廷から派遣された地方官の俗称。知県は唐代より一県の長を指す官名。当代の有馬に奉行所があったかどうか未調だが、殊更に古い官名を用いて時代色を示そうとしている。
五 「かたい」と振仮名あるべきところ、乞で行かえのため振仮名を落したか。
六 味方する。「与　クミスル」（易林本節用集）。
七 獄舎の前にさらし首にする。
八 賞賛に値する行為。
九 景色。

与作八平次を追ふて重井《しげのい》を救《すく》ふ

与作

八平次

重井

つればこそ、危《あやう》きことに逢《あひ》もすれ。今《いま》は一日《いちにち》もはやく故郷《こきやう》に帰《かへ》らばや」と、俄《にわか》に発足《うちたち》つるが、此日頃《このひごろ》四三平と[一]睨《むつ》み語《かたら》ひしことなれば、立《たち》よりて別《わかれ》を告《つぐ》るに、四三平は此頃《このごろ》の八平次が行状《ふるまひ》をふかく[二]恚《いきどを》り、急《いそ》ぎ少将殿《せう〳〵どの》へ聞《きこ》へ上《あげ》んと想ひしかど、又想ひかへすやう、「彼《かれ》は[三]大殿《おゝとの》成親卿《なりちかきやう》の寵臣《てうしん》なれば少将殿《せう〳〵どの》は其罪《そのつみ》を糺《たゞさ》んとし給ふとも、成親卿《なりちかきやう》はかばかりのことゝて、さまでの咎《とがめ》もし給ふまじ。然《しか》るときは我思《わがおもひ》は[四]はるけずして、なか〳〵に怨《うら》みられて仇《あた》を醸《かも》すなるべし」と、[五]思量《しりやう》しければ、其《その》ことは止《とゞま》りつれど、兼《かね》て京上《きやうのぼ》りの志《こゝろざし》あれば、与作が帰《かへ》り上《のぼら》んずる時《とき》は、ともなひ行《ゆき》て貞晋《ていしん》に対面《たいめん》し、与作と女児《むすめ》とが婚縁《こんえん》のことを、議《はか》らばやと思ひ居《おり》しに、今与作《いまよさく》が帰《かへ》ると告《つぐ》るに、あまり俄《にはか》のことなれば、倶《とも》に行《ゆか》んことも做《なし》がたく、酒宴《しゆえん》をもうけ、多〻《さま〴〵》に饗《もてなし》て云《いふ》やう、「某事《それがしこと》も近日《ちかきひ》には必《かならず》、京上《きやうのぼ》りすれば、足下《そこ》のもとを[六]吊《とむら》ひまゐらすべし。此《この》こと兼《かね》て父御《てゝご》にも聞《きこ》へ置《おき》給へ」と、あるに与作喜《よさくよろこ》び、これを謝《しや》し「必吊《かならずとむら》ひ給はれ」と約束《やくそく》をかたふしつ、終《つい》に袂《たもと》を別《わか》ちけり。

説話《さてもまたこゝ》茲に其頃《そのころ》、[七]妙音院入道師長卿《めうおんいんにうどうもろながきやう》と、聞《きこ》へさせたまふは、内大臣《ないだいじん》の左大将《さだいせう》にておはしけるが、大政大臣《だいじようだいじん》を申させ給はんが為《ため》に、大将《たいせう》を辞《じ》し申されけり。然《しか》るを新大納言成《しんだいなごんなり》親卿《ちかきやう》、大将《たいせう》を望《のぞみ》給ふこと頻《しきり》にて、蜜《ひそ》かに後白河院《ごしらかはのいん》の、[八]後宮《かうきう》に諂諛《こび》をいれ、多〻《さま〴〵》に望《のぞ》み申されしかば、院《いん》の御気色《おんけしき》もよかりし程《ほど》に、尚諸寺諸社《なをしよじしよしや》に[九]大願《たいぐわん》を立《たて》て、[一〇]只願祈《ひたすらいのり》申されけれど、さまでの験《しるし》もみへざれば、斯《かく》てはと[一一]上賀茂《かみかも》の社《やしろ》に貴僧《きそう》等をして、[一二]孔雀経《くじやくきやう》の法《ほう》、[一三]蔡《さい》

一 身内の者のように親しく。「睨 ムツブ」(易林本)。
二 憤怒する。「敦圄 イキマキ 俗云立腹」「恚 イキマキ」(書言字考)。
三 若殿の少将殿の父親である成親卿を大殿と呼ぶ。
四 (八平次の罪を糺そうとする思いを)晴らせない。「胸(ムネ)をハラスをいふ」(雅言集覧)。
五 十分に考えめぐらす。
六 「とぶらふ」の原義より訪・吊などが当字されるが、ここは訪が当てられるべきところ。
七 左大臣頼長の二男、琵琶の名手で後白河法皇の寵遇を得て治承元年太政大臣になるも、治承三年平清盛により追放。一一三七―九二。以下は源平盛衰記「成親大将を望む事」の文章を踏まえた記述、平家物語・鹿谷にほぼ同文が見られるが、取捨の状況から見て平家を参照していない。
八 院の后妃。当代では実質的権力を有するとされている。盛衰記には「院の御気色もよかりければ、内外に付きて、奏し申しける上に」とあるだけである。
九 春日大社への祈誓など盛衰記に見られるが省略。
一〇 石清水八幡で凶の告げあった件を省略、このように触れる。
一一 京都市北区上賀茂鴨山の麓にある賀茂別雷神社。
一二 孔雀経(仏母大孔雀明王経)などに則り修される密教の修法。平家に

吉尼《きちに》の法《ほう》など、あらゆる貴《たふと》き法《ほう》を修《しゆ》しけるに、七日に満《まん》ずる日晴《ひはれ》たる天俄《そらにわか》にかき曇《くもり》、雷《らい》電鳴《でんなり》はためき、風雨《ふうう》烈《はげ》しく、天地《てんち》を震動《しんどう》さすこと、一時《ひととき》ばかりにして、[一四]宝殿《ほうでん》の後《うしろ》なる松《まつ》に、雷《いかづち》落係《おちかゝ》りて燃《もへ》けり。雷火《らいくわ》他に移《うつ》らずと想《おも》ひしに、[一五]若宮《わかみや》に移《うつり》て社《やしろ》は焼《やけ》にけり。諺《ことはざ》に[一六]神《かみ》は非礼《ひれい》を稟《うけ》ずといへば、不義《ふぎ》の官位《くわんい》を望《のぞみ》て、祈《いのり》申されつれば、斯《かゝ》る不思義《ふしぎ》の、出来《いでく》るも道理《ことはり》なり。

されども大納言《だいなごん》どのは、これを猜《さとり》給はず、僧《さう》も法《ほう》も軽《かろ》く、信心浅《しんじんあさ》きが故《ゆへ》なりとて、今《こ》回《たび》は自《みづか》ら七日《なぬか》精進《せうじん》し給ひ、又[一七]下賀茂《またしもかも》の社《やしろ》に七日籠《こも》りて、「所願成就《しよぐわんじやうじゆ》なさしめ給へ」と、[一八]丹誠《たんせい》をこらして祈《いのり》けるに、七日《なぬか》に満《まん》ずる夜《よ》、誰《たれ》ともしらぬ官人《くわんにん》の、赤衣《あかきころも》着たるが、二人《ふたり》忽然《こつぜん》として出来《いできた》り、成親卿《なりちかきやう》の左右《さゆう》の手《て》をとり、社頭《しやとう》の白砂《しらす》に引落《ひきおと》す。「こはいかに」と言処《いふところ》に、明神御殿《みやうじんごてん》の戸《と》を推《おし》ひらかせ給ひて、

[一九]桜花賀茂《さくらばなかも》の川風恨《かはかぜうらむ》なよ散《ちる》をばたれもえこそとゞめね

と高《たか》やかに宣《のたま》ふ声《こへ》の、成親卿《なりちかきやう》の耳《みゝ》の底《そこ》に徹《とを》り、愕然《がくぜん》として睡《ねむり》は醒《さめ》にけり。これ賀茂《かも》の御《み》社《やしろ》の内《うち》にまどろみ給ふ夢《ゆめ》にぞありけり。大納言殿此霊夢《だいなごんどのこのれいむ》にて、「さては今回《こたび》のことは、明神《みやうじん》も納受《のうじゆ》ましまさじ」と、猜《さと》り給ひければ、さりともと思《おも》ひし大将《たいせう》の望《のぞみ》をば、やみ給ひけり。

其后[二〇]平相国入道清盛公《そのゝちへいせうこくにうどうきよもりかう》の嫡子《ちやくし》[二一]、[二二]小松大納言重盛卿《こまつのだいなごんしげもりきやうう》右大将《だいせう》にておはしけるが、左《ひだり》に遷《うつり》、

記述なし。

一三 源平盛衰記、平家物語には拏吉尼の法とあり、外法という。蔡吉尼の法は未調。

一四 神社の本殿。

一五 本宮の祭神の分霊を奉斎した分社。

一六 道理に外れた目的で祈願しても、神は納受なさらない。「苞氏曰、神不レ享ニ非礼ニ」(論語集解義疏・八佾)。

一七 京都市左京区下鴨泉川町にある賀茂御祖神社。

一八 真心をこめて一つことを行う。

一九 成親の野望が達せられないことを暗示する歌。「桜花賀茂の河風恨むなよ散るをばわれもえこそとゞめね」(原平盛衰記)。

二〇 源平合戦時代の平家の総大将。平忠盛の嫡子、武家として始めて太政大臣従一位の極官昇進、平家政権を現出。当代では敵役と扱われるのが一般で、この作品でも敵役的役割を果している。二一八‐八一。

二一 家督を継ぐべき男子。

二二 平清盛の嫡子。内大臣(従二位兼右大将)にまで昇進したが、清盛より早く死し平家政権没落を早める。当代では清盛と対照的に善玉として扱われる。六波羅小松第に住む。二三八‐七九。

成親卿《なりちかきやう》
加《か》茂の神《しん》の
霊夢《れいむ》を蒙《かう(む)》る

弟《おとゝ》の[一]宗盛卿《むねもりきやう》、中納言《ちうなごん》にておはしけるを、右大将《うだいせう》になり給ひ、兄弟《おとゝひき》左右《ゆう》にならびける。然《しか》るに[二]徳大寺大納言実定卿《とくだいじだいなごんじつていきやう》は、今回《こたび》の大将《たいせう》は我こそとおぼしけるに、平家《へいけ》の公達《きんだち》のなり給ひたれば、今《いま》ははやと望《のぞみ》を失《うしな》ひ、深《ふか》く想《おも》ひ屈《く》しておはしつるを、[三]其臣《そのしん》の諫《いさめ》により、[四]厳島《いつくしま》明神《みやうじん》を祈《いのり》給ひけるに、平相国入道《へいせうこくにうどう》これを聞《きゝ》、「世《よ》に神《かみ》も仏《ほとけ》も多《おゝ》きなかに、我信《われしん》ずる明神《みやうじん》を祈《いのる》こそ殊勝《しゆしやう》のことなり。」と其志《そのこゝろざ》しを憐《あはれ》み、重盛卿《しげもりきやう》の、左大将《さだいせう》におはしけるを、右大将《うだいせう》にうつし実定卿《じつていきやう》を左大将《さだいせう》に申挙《もうしあげ》給ひけり。成親卿《なりちかきやう》此光景《このありさま》をみて、「是や平家《へいけ》[五]朝憲《てうけん》を擅《ほしいまゝ》にし、天子《てんし》を蔑《ないがしろ》にするなり。斯《かく》ては我何時《われいづれのとき》か大将《たいせう》に進《すゝ》むことを得ん」と、おもはれければ、これよりして平家《へいけ》を亡《ほろぼさ》ばやと、謀反《むほん》の志《こゝろざ》しをぞおこし給ひける。かゝる企《くわだて》あることをばふかく心《こゝろ》に秘《ひ》めて、[六]公達少将殿《きんだちせう〳〵どの》にもしらし給はで、蜜《ひそか》に[七]老党鷲塚官《ろうどうわしづかくわん》太夫にのみ申あはされ、武勇《ぶゆう》のものを召抱《めしかゝへ》、又《また》は兵具《へうぐ》なんど、忍《しの》びやかに調《とゝの》へたまひ、「あはれ然《しか》るべき[八]方人《かたうど》を得ば、[九]不日《ふじつ》に軍《いくさ》を催《もよほ》し、平家《へいけ》をうち亡《ほろぼ》さん。」と内ゝ《ない〳〵》は院《いん》へも奏《そう》し給ひしとぞ。

此事《このこと》公達《きんだち》へしらし給はざるは、少将殿年若《せう〳〵どのとしわか》くおはせど、正《たゞ》しき操《みさほ》ましますに、且北《かつきたの》方《かた》と申《(まうす)》は、入道相国《にうどうせうこく》の弟《おとゝ》、[一〇]門脇宰相教盛卿《かどわきさいせうのりもりきやう》の女児《むすめ》にわたらせ給へば、漫此企《みだりにこのくわだて》の事《こと》を云《いひ》出《いださ》ば、少将《せう〳〵》諫争《いさめあらそは》んは必定《ひつじやう》也。然《しか》るときは平家《へいけ》へ漏《も》れんもしるべからず、折《おり》をもてしらすべしと、ふかく思量《しりやう》をめぐらされける故《ゆへ》とぞ。其慮処《そのおもんばかるところ》の智《ち》は、深《ふか》きに似《に》たれど、

一 平清盛の第三子、清盛正妻時子腹の第一子。重盛の死後家督相続するも、器量なく平家没落を早める。一一四七〜八五。ここの記述は、安元三年(八月四日、治承元年に改元)の史実であるが、源平盛衰記の「左右の大将の事」の記述と同じ。
二 平家滅亡後、頼朝の奏請で議奏公卿の一人となった。歌人としても著名。一一三九〜九一。
三 源平盛衰記によれば、佐藤兵衛尉近宗という近侍の臣。
四 安芸国佐伯郡に鎮座する厳島神社の祭神、「厳島大明神と申は、旅の神にまします。仏法興行の主、慈悲第一の明神也……」(長門本平家物語)。
五 朝廷の専権。
六 自分の息子である、公卿の息を指す尊称。
七 武士の間で相当の年配の者、家臣の称。郎党とも通じるか。
八 味方。
九 早いうちに。「不日 フジツ 不レ設二期日一也」(書言字考)。
一〇 清盛の異母弟。居館を門脇邸と呼んだので、門脇中納言と称された。一一二八〜八五。

これ桀紂《けつちう》[一]の才《ざへ》にして、聖智《せいち》[二]にあらざれば、いかで全《まつたき》ことを得《え》べし。終《つい》にその家《いへ》を失《うしな》ひ、其身《そのみ》を亡《ほろぼ》すに至《いた》る。鳴呼是愚《あゝこれおろか》ならずや。

石《いし》川《かは》

[三]粤《こゝ》に鷲塚《わしづか》八平次は、既《すで》に重井《しげのゐ》を奪《うば》ひ得《え》たりしかど、不意《ゆくりなく》も与作《よさく》に出会手《いであひて》いたく闘《たゝか》ひしに、叶《かな》はずして奪《うば》ひかへされ、[四]ほう〱の躰《てい》にて逃去《にげさり》けるが、再《ふたゝ》び做《なす》べきやうもなく、熟ゝ《つく〲》想《おも》ふに、「[五]我《われ》と闘《たゝかひ》しものは、月闇《つきくら》き夜《よ》なれば、誰《たれ》とはしらねど、重井《しげのい》は既《すで》に我《われ》を見しれば、父《ちゝ》に告《つげ》んは[六]必定《ひつじやう》なり。然《しか》るときは彼《かれ》もし、我《わが》ことを少将殿《せう〲どの》に訴《うつたへ》なば、身《み》の禍《わざはひ》なり。いかにもして四三平を、なきものにせばや」と想《おも》ひしかど、急《きう》にほどこすべき術《じゆつ》もなければ、心楽《こゝろたの》しまずして終《つい》に京《きやう》へは帰《かへ》りけるが、人《ひと》には実事《まこと》をいはで、此ほど病瘳《やまひいへ》たれば帰《かへ》り上《のぼり》ぬと披露《ひろう》せり。

此折《このをり》から兄官太夫《あにくわんだゆふ》は、成親卿《なりちかきやう》のおもひ立《たち》給ふ、謀叛《むほん》の内意《ないゐ》を蜜《ひそか》にかうむり、忍《しの》び〲に武勇《ぶゆう》のものをかたらひ、又《また》は兵具《へうぐ》なんど索《もと》めけるを、八平次不審《いぶかしみ》て其故《そのゆへ》を問《と》ふに、さすが兄弟《はらから》の親《したし》みふかければ、蜜《ひそか》に成親卿《なりちかきやう》の一大事《いちだいじ》のほどを語り聞《きか》すに、八平次大に喜《よろこ》び、「某《それがし》一匹《いつぴき》の良馬《りやうめ》を得《え》たれば、これを奉《たてまつ》りて御気色《おんきしよく》にあづかり、ともに君《きみ》の内意《ないゐ》を承《うけ玉は》り、兄弟力《はらからちから》を合《あは》すほどならば、武勇《ぶゆう》の人《ひと》も、兵具《へうぐ》をも集《あつ》めんに便《たより》あるべし。」と言《いふ》に官太夫

一　桀王（夏）と紂王（殷）のような悪虐の才。桀紂は暴君の代表。
二　正しい智恵。
三　発語の辞。「粤、曰也」（爾雅・釈詁）。
四　這う這うの体。散々な目に遭って。
五　丹波の与作を指す。
六　決まりきっている。「必定　ヒツジヤウ」（書言字考）。

「いかにも汝《なんじ》が言処《いふところ》然《しか》るべし。とく奉《たてまつ》れ我《われ》も又 蜜《ひそかに》申てみん」と、二人《ふたり》額《ひたい》をあつめて[七]商議《せうぎ》せり。今《いま》八平次が君《きみ》へ奉《たてまつら》んといひし馬《うま》は、彼団介《かのだんすけ》が変化《へんげ》したりし馬《うま》なり。

さて翌日《つぐのひ》になり八平次は、成親卿《なりちかきやう》の御前《おんまへ》に出《いで》て言《い》へりけるは、「某《それがし》此程《このほど》田舎《いなか》に侍《はべ》りつるうち、一匹《いつびき》の馬《うま》を得《え》て候が、道《みち》すがら乗《のり》て試《こゝろみ》るに、尋常《よのつね》の馬《うま》よりは駿足《しゆんそく》にして、何《なに》ざまものゝ用《やう》に立《たつ》べうおぼへはべれば、献《たてまつ》らばやと存《ぞんじ》候ひぬ。」と[八]舎人《とねり》に[九]下知《げぢ》して小庭《こには》に牽入《ひきいれ》さすに、成親《なりちか》の卿《きやう》これを御覧《ごらん》ずるに、葦毛《あしげ》なる馬《うま》の、[一〇]五臓太《ござうふと》なるが、[一一]丈《たけ》は七寸に余《あま》りつらんとみへ、まことに尋常《よのつね》ならぬさまなれば、ふかく喜《よろこ》び給ひ、「こは良《よ》き馬《うま》をまいらせたり。とく厩《うまや》に飼《かへ》よ」と宣《のたま》はす折《をり》から、少将成経卿《せうくなりつねきやう》こゝに[一二]もうき給ひければ、成親《なりちか》の卿《きやう》成経卿《なりつねきやう》に対《むか》はせ給ひ、「只今《たゞいま》八平次が駿足《しゆんそく》の馬《うま》を牽《ひき》たり。おんみはこの馬《うま》を善《よき》とおぼすか、悪《あし》きとおぼすか、よく御覧《ごらん》ぜよ」とあるに、少将殿《せうくどの》「畏《かしこまり》ぬ」と、椽端《えんつら》に出《いで》て、熟ゝ《つく〴〵》と御覧《ごらん》じ給ひて宣《のたま》ふやう、「あつぱれの[一三]逸物《いちもつ》には候へど、これは武家《ぶけ》にありて[一四]易《ゑき》あり。我家《わがいへ》などにて飼《かう》べき馬《うま》にあらず。そは奈何《いかに》と申に、[一五]今静謐《いませいしつ》の代《よ》なりといへども、若大逆謀《もしたいぎやくむ》反《ほん》の輩《ともがら》出来《いでく》るとき、討手《うつて》の命《めい》を蒙《かうむ》るものならでは、用《もちゆ》る処《ところ》なし。父君《ちゝぎみ》は[一六]亜相《あせう》の位《くらい》をふみ給へば、軍事《ぐんじ》など司《つかさど》り給ふべきいはれなし。よりて此馬《このうま》ありとも、何《なん》の用《よう》にかたゝん。其《その》うへ毛《け》色《いろ》に[一七]不詳《ふせう》の兆《てう》あり。[一八]白楽徐成《はくらくじよせい》等が[一九]相馬経《さうまきやう》に、ふかく忌嫌《いみきら》ふ所《ところ》あれば、呉ゝ《くれ〴〵》も此馬飼《このうまかい》給はんこと然《しか》るべからじ。」と諫《いさめ》給へど成親卿《なりちかきやう》は、かねて大志《たいし》の企《くはだて》

七 相談する。
八 貴人に仕える馬の口取り。殊更古典的用語を用いる。
九 「ゲヂ 命令」(日葡)。
一〇 身体強健なる様。五臓は漢方で内臓の心・肝・肺・腎・脾の臓器の総称。
一一 馬の蹄から肩までの高さ。七寸は四尺七寸で大きい馬、馬は四尺から五尺の間で大きさを判定する。
一二 底本のまま。「まうき」とあるべきところ。参来。
一三 馬の中でも特に秀れているもの。「逸物 イッブツ人也、イチモツ馬也」(色葉字類抄)。
一四 底本のまま。益とあるべきところ、音が通じているところから当字として用いたか。
一五 世上がおだやかに治まっていること。
一六 大納言の唐名。文官である。
一七 よくない。不祥。
一八 底本のまま。白楽は伯楽(周代の人、馬を善く見分ける人で相馬経の著者とされる)か。徐成は未調。
一九 書名。伯楽撰、一巻。馬を相する法を説く。

あれば、露《つゆ》ほども聴《きゝ》給はずして宣《のたま》ふやう、「おんみの聞《きこ》へ給ふ処《ところ》、道理《どうり》にもあるべけれど、相《さう》のことは一旦《いつたん》の兆《てう》にして、必定《ひつでう》すべきにあらず。馬《うま》の相《さう》のことはしばらく置《おき》、人《ひと》の相《さう》をもていはゞ、[一]舜重瞳《しゆんてうどう》あり。[二]項羽《かうう》又重瞳《てうどう》なり。然《しか》れども其善《そのぜん》と悪《あく》とは、天地懸隔《てんちけんかく》也。[三]周亜父《しふあふ》は[四]縦理《しうり》口《くち》に入《いり》て、終《つい》に餓死《がし》すれども、[五]褚蘿《ちよら》が縦理《しうり》も口《くち》に入《いり》ながら官祿《くわんろく》ともに高《たか》く、富貴《ふうき》にして[六]天年《てんねん》を終《おは》れり。如斯《かくのごとく》のことあれば、敢《あへ》て相《さう》のことをば、信《しん》ずべきにあらず。[七]怪神《くわいしん》のことは[八]孔門《かうもん》の徒《と》ハいはず。且我亜相《またわれあせう》の官《くわん》には居れど、今《いま》にも[九]朝家《てうか》に御大事《おんだいじ》あらば、戈《ほこ》をとり馬《うま》に跨《またが》らぬと云道理《いふどうり》はあらじ。近世《ちかきよ》こそ其例少《そのためしすくな》けれど、古《いにしへ》謀反《むほん》のものあるときは、公卿《かうきやう》のうちより、将帥《せうすい》の任《にん》に堪《た》ゆべき人《ひと》を撰《えら》み、[一〇]斧鉞《ふゑつ》を賜《たまは》りて、逆賊《ぎやくぞく》を伐《うた》し給ふ。おんみ年若《としわか》ければ、今《いま》のことに[一一]褻《なれ》て古《いにしへ》のことには疎《うと》く、此等《これら》のことよく心《こゝろ》を[一二]用《もち》ひ給ひ、武事《ぶじ》をば忘《わす》れ給ひな」とぞ宣《のたま》ひけり。これ大志《たいし》の企《くわだて》あることを知《し》られなば、成経卿《なりつねきやう》の必《かなら》ず、争《あらそ》ひ諫《いさ》めんことを思慮《おもんばか》り、[一三]戎器《ぶぐ》を集《あつむ》ることを怪《あやし》まれまじと、斯《かく》は聞《きこ》へ給ひける。

少将殿《せうくどの》は、父《ちゝ》の宣《のたま》はすこと心《こゝろ》を得《え》ねば、諫《いさめ》ばやとおぼせしかど、さしての害《がい》もなき事に、これを諫《いさ》めて、父《ちゝ》を怒《いか》らすことよしなしと、そのまゝにやみ給ひける。成親《なりちか》の卿《きやう》は、八平次が良馬《よきうま》まいらせたるをふかくよろこび給ひ、引出物《ひきでもの》など賜《たま》ひしうへにて、蜜《ひそか》に平家《へいけ》を亡《ほろぼ》す、企《くはだて》のほどを語《かた》り、「汝《なんぢ》今より尚我為《なをわがため》に力《ちから》を尽《つく》せ。事成得《ことなりえ》たらんには、賞《せう》は重《おも》かるべし」と聞《きこ》へ給ひしかば、八平次は我《わが》思ふ処《ところ》を謀得《はかりえ》て、喜《よろこ》ぶことかぎりなく、是《これ》より

一 聖帝舜の瞳が二重であったことをいう。「太史公曰、吾聞二之周生一曰、舜目蓋重瞳子、又聞項羽亦重瞳子、羽豈其苗裔乎」(史記・項羽紀賛)。舜は尭帝の譲りを受けた古代中国の聖天子である。
二 秦、下相の人。漢の高祖と天下を争い、四面楚歌の中で烏江に至り自刎して死す。ともに重瞳でありながら、舜と項羽の運命が「天地懸隔」の差があるとする。
三 漢、沛の人。景帝の時丞相となると讒により廷尉に下され、五日食せず吐血して死す。「周亜夫為二河内守一時、許負相レ之、…指二其口一曰、縦理入レ口、此餓死法也」(史記・周勃世家)。
四 鼻の下、口の傍の筋で、法令とも呼ぶ。
五 中国六朝時代の人。「時又有二水軍都督褚蘿一、面甚尖危、有二縦理入一レ口、竟保二衣食一而終」(南史・列伝第三十九・庾蓽伝)。
六 天寿を全うする。
七 「子不レ語二怪力乱神一」(論語・述而)。ここは観相のごときを迷信に近いという軽い意で「怪神」と用いている。
八 孔子の門弟たち。
九 朝廷。
一〇 古く中国で征伐の将に兵士を統率する証として与えたという。
一一 なれ親しんで。「褻、狎也」(広雅・釈言)。
一二 底本「ひ」を欠く。

兄弟《きやうだい》力を合《あは》せ、只顧《ひたすら》軍用《ぐんやう》にあつべきほどのものを索《もとめ》けり。

[一四]不在話下再説《これはさておきぬこなたには》、楯四三平与作《たてのよさうべいよさく》と別《わかれ》て后《のち》、不日《ふじつ》に有馬《ありま》を発足《ほつそくし》[一五]て京《きやう》に上《のぼ》り、あらゆる神社《じんじや》仏閣《ぶつかく》を順礼《じゆんれい》しけるが、此序《このついで》に女児《むすめ》を主君《しゆくん》の見参《げんざん》にいれ、上《かみ》つかたのさまをもみせ、且《かつ》は我世嗣《わがよつぎ》のことをも聞《きこ》へ上《あげ》ばや、と重井《しげのい》にも其心《そのこゝろ》を得《え》さし、やがて少将殿《せうくどの》の御館《みたち》に参《まい》りて申《まうす》やう、「僕《やつがれ》近頃《ちかごろ》病着《いたつき》によりて、起臥《おきふし》も心《こゝろ》に叶《かな》わず候ひつれば、有馬《ありま》の温泉《いでゆ》にまかり湯治《とうぢ》つかうまつりしに、相応《さうおう》しけるや病《やまひ》をこたりて、身《み》も健《すこやか》になりはべれば、君《きみ》に見《げん》参《ざん》し奉ん為《ため》にまかり上《のぼ》り候。且女児《かつむすめ》にて候重井《しげのい》、いまだ京《きやう》をみず候程《ほど》に召倶《めしぐ》して候なるが、此序《このついで》をもて、北方《きたのかた》の見参《げんざん》にいれまく、存願《ぞんじねが》ふ処《ところ》なり。あはれみゆるしあれがし」と聞《きこ》へ上《あげ》しかば、少将殿聞《きこ》し召《めし》、此事北方《このことときたのかた》にしらし給ふ。此北方《このきたのかた》と申は、門脇宰相教盛《かどわきさいせうのりもり》卿《きやう》の御女児《おんむすめ》にて、桂《かつら》の前《まへ》と申。[一六]玉貌《たまのかほばせ》 妖嬈《うるはしく》 芳容《かふばしきすがた》 窈窕《たをやか》に、心《こゝろ》ざまさへ優《ゆう》にやさしくおはしければ、女御更衣《にうごかうい》ともなり給ふべきを、過世《すくせ》[一七]の契《ちぎり》やふかゝりけん、成経卿《なりつねきやう》の北《きたの》方《かた》となり給ひしが、妹脊《いもせ》のなか睦《むつま》しく、少将殿を敬《うやまい》給ふこと天《てん》のごとく、仮初《かりそめ》の命《おゝせ》も、露脊《つゆそむ》き給はぬに、これは老黨《ろうどう》[一八]の女児《むすめ》が見参《げんざん》を乞《こ》ふなれば、いかで辞《いな》み給ふべき。やがて重井《しげのい》を簾中《れんちう》[一九]に入《いれ》てみそなはし給ふに、其貌《そのかたち》の艶《あて》やかなるは、都《みやこ》にも少《まれ》なる粧《よそほ》ひなれば、甚《はなはだ》 称歎《せうたん》し給ひ、懇《ねんごろ》にあしらい、さまぐ\のことをもて、其才《そのざへ》をはかり給ふに、鄙《ひな》に似《に》げなく、和歌《わか》[二〇]糸竹《いとたけ》の道《みち》よりして、絵《ゑ》[二一]がき花《はな》むすびの業《わざ》にさへ、かしこければ、ふか

一三 戎は武器の総称、武具の音を振仮名する。「戎器、軍器也」(礼記・王制注)。
一四 話題を転じる白話的用法。「不在話下 此ハナシハ先ヤメル」(爾言解)。
一五 底本のまま。「発足(ほつそく)して」とあるべきだが、こうした破格の例は数多いので、いちいち注記しない。
一六 「貌 カホ、カタチ」(倭玉編)、「容貌 カホハセ」(遊仙窟)。妖嬈は美しくなまめかしいという意。「芳 カウバシ」(倭玉編)、「容 カタチ スガタ」(倭玉編)、「窈窕 タヲヤカニシテ」(遊仙窟)。
一七 前世。「宿世(すくせ)」とあるべきを、意をもって「過世」と当字する例多し。
一八 「老党」と同意で用いるか。
一九 側近く召し寄せること。「簾中」は高貴な人が座す場を簾で隔てるところから、高貴な人の御座所をいう。
二〇 和歌管弦の道。
二一 絵が巧みで花形に紐を結ぶ技。「歌よみ、連歌し、絵書き、花結び、あくまで御心に情御座します人なり」(源平盛衰記・清盛息女の事)。六の姫の描写にある、この時代の高貴な女性の備えるべき基本的教養とされる。「花むすび、今いふ結びかたにて、花形をむすび、調度を飾り、衣服の付物に用ひて、女工の肝要のことなり。この故に、女の能を云ふには、画かき花結ぶと云へり」(嬉遊笑覧)。

く愛《めで》たがり給ひて、暫時《しばし》も側《かたはら》をさらしとむなくおぼせし程《ほど》に、とかくいひてとゞめ置《おき》給ひけり。

然《しか》るに此時方《このときまさ》に[一]麦秋《さつき》の天気《そら》にいたりしかば、[二]賀茂《かも》の競馬《けいば》行《おこの》ふべきときになりにき。成親卿は此御神《このおんかみ》を信仰《しんかう》給ふこと、大《おゝ》かたならずおはせしが、此折《このをり》から社人《しやにん》のもとへ云《いひ》やり給ひけるは、「我明神《われめうじん》を祈《いのり》申ことのあれば、[三]神慮《しんりよ》を[四]すゞしめ奉ん為《ため》、今年《ことし》の競馬《けいば》には、我《わが》もとよりも、[五]役人《やくにん》を出《いだ》して神事《じんじ》をつとめさすべし」と言《いひ》やり給ひ、さて八平次を召《め》して宣《のたま》ふやうは、「今年《ことし》の賀茂《かも》の競馬《けいば》には、汝《なんち》が与《あた》へし葦毛《あしげ》の馬《うま》に、汝《なんち》を乗《のせ》て神事《じんじ》を勤《つとめ》さすべしと思ふ也。いかなる人と[六]番《つがふ》とも、必負《かならずまけ》な、よく其心《そのこゝろ》を得《え》よがし」とあるに、主《しう》命《めい》いかで辞《いなむ》べき、八平次畏《かしこ》みて、其旨《そのむね》を[七]領掌《りやうぜう》すれば、大納言殿喜《よろこ》びたまひ、さらばとて花麗《はなやか》なる、鞍鐙《くらあぶみ》など用意《やうゐ》して、競馬《けいば》の日《ひ》をぞ待《また》れけり。成親卿《なりちかきやう》いかに明神《めうじん》を信《しん》じ給へばとて、前《さき》に大将に望《のぞみ》をかけられしとき、祈《いのり》しに験《しるし》なきを、尚懲《なをこり》もせず、今又何《いまゝたなに》事をか祈《いのる》ぞと思ふに、平家《へいけ》を亡《ほろぼさ》んとする為《ため》とぞ。このこと成親《なりちか》の卿《きやう》の心《こゝろ》には、「前《さき》には祈《いのり》て甲斐《かひ》なきは、我栄利《わがゑのり》を想《おも》へばなり。今回《こたび》のことは、世《よ》の為君《ためきみ》の為《ため》にする事《わざ》なれば、などか奇《き》特《どく》のなかるべし。」と思はれつるゆゑなりけり。

[八]話休絮煩《わづらはしくはしるさず》、且説《かくて》競馬《けいば》の日《ひ》にもなりしかば、成親《なりちか》卿は朝《あさ》まだきより、鷲塚兄弟《わしづかきやうだい》を召倶《めしぐ》して、賀茂《かも》の神廟《やしろ》に詣《もふ》で、神前《しんぜん》に[九]頓首《ぬかづき》しつ祈《いの》られけるは、「前《さき》に頼《たのみ》奉りたる大将《たいせう》のこと

一　五月。「バクシュウ(ムギアキ)すなわちゴグヮチノジブン」(日葡)。
二　上賀茂神社の年中行事の一つ、陰暦五月五日に行われる馬術競技。「賀茂のけいば、五月五日也」(誹諧初学抄)。
三　神のおぼしめし。
四　清めなぐさめる。
五　祭事たる競馬を執行する人。
六　組み合せになる。「番　ツガヒ　ツガフ」(書言字考)。
七　うけたまわる。
八　未調。白話的表現か。
九　額を地につけて礼拝する。「頓首　ヌカヅク　叩頭叩首」(書言字考)。

も叶《かな》ひはべらねど、今回思立一大事《こたびおもひたついちだいじ》は、公《おゝやけ》のことにして私《わたくし》にあらず。伏願《ふしてねがは》くは、神明《しんめい》[一〇]哀愍納受《あいみんのうじゆ》ましくて、此事成就《このことじやうじゆ》なさしめ給へ。宿願空《しゆくぐわんむな》しからずは、今日召倶《けふめしぐ》しつる八平次を、競馬《けいば》に勝《かた》し、其験《そのしるし》を示《しめ》し給へ」と、丹誠《たんぜい》[一一]をこらして祈誓《きせい》し終《おは》り、社檀《しやだん》をまかで、予《かね》てもうけ置《おひ》たる、桟敷《さんじき》に上《のぼ》り給へば、此時《このとき》少将殿も競馬見《けいばみ》給はんとて、楯四三平《たてのよさうべい》を召《めし》倶《ぐ》し、成親卿《なりちかきやう》の桟敷《さんじき》にもうき給ひ、父子諸《ふしもろ》ともに競馬《けいば》のはじまるを待居《まちゐ》給ふ。

こゝに竹村与作《たけむらよさく》は、有馬《ありま》より帰《かへ》りて后《のち》、身健《みすこ》やかになりしかば、尚文武《なをぶんぶ》の芸《げい》を怠《おこた》らず励《はげ》みける。なかにも馬《うま》をばわきてよく乗《のり》ければ、其術《そのじゆつ》に長《てう》たることは、人もしるほどにぞなりにけり。然《しか》るに賀茂《かも》にては、「今年成親《ことしなりちか》卿の御もとより、競馬《けいば》の乗人《のりて》を出《いだ》し給ふとあるに、これに番《つがは》すべきものゝ、むげに劣《おとり》て拙《つたな》きは口惜《くちおし》き事也。誰《たれ》か然《しか》るべからん」と商儀《せうぎ》する処《ところ》に、竹村貞晋《たけむらていしん》、「素《もと》より明神《めうじん》を信《しん》じ奉りつるが、男児与作《せがれよさく》が病《やまひ》の愈《いへ》たるは、湯治《とうぢ》故《ゆゑ》とは言《いひ》ながら、ひとつには年頃頼《としごろたの》み奉る、神力《しんりき》[一二]の冥助《みやうじよ》もあるらめ。其報恩謝徳《そのほうおんしやとく》の為《ため》、且《かつ》は此后尚覆庇《このゝちなをかご》[一三]を頼《たの》み奉れば、彼是《かれこれ》を思ひ、今年《ことし》の競馬《けいば》には、与作《よさく》を出《いだ》して乗《の》らせばや。」と此《この》よしを社司《しやし》のもとに聞《きこ》へしかば、社人等《しやにんら》は預《かね》て、与作《よさく》が馬乗《うまのる》やうは知《しり》つ、[一四]渉《わたり》に船《ふね》と喜《よろこび》、「彼《かれ》が術《じゆつ》をもてば何人《なにびと》にもあれ、容易《やうい》に負《ま》けじ」と頼《たの》みおもひて、大納言《だいなごん》殿《どの》の御もとより出《いづ》る人《ひと》と、与作《よさく》と番《つが》はすべきに定《さだ》めおきけり。

さても賀茂社《かもやしろ》には、「今日競馬《けふくらべうま》の神事《じんじ》よ」と、都鄙《とひ》の老若集《ろうにやくつど》ひ来《き》て、或《あるひ》は桟敷《さんじき》[一五]、又《また》は

一〇 神が我願いをあわれと思しめして祈りを聞き届けて下さる。「神明シンメイ 今世斥二天照太神一曰二神明一」(書言字考)。「哀愍納受 アイミンノウジユ」(書言字考)。
一一 真心をこめて。「丹誠 タンゼイ」(書言字考)。
一二 神の威力によるお助け。
一三 加護と同意。
一四 丁度都合よくとの意の諺。「わたりに船」(諺苑)。
一五 杜寺境内の芝生・平地で神事など見物する所。

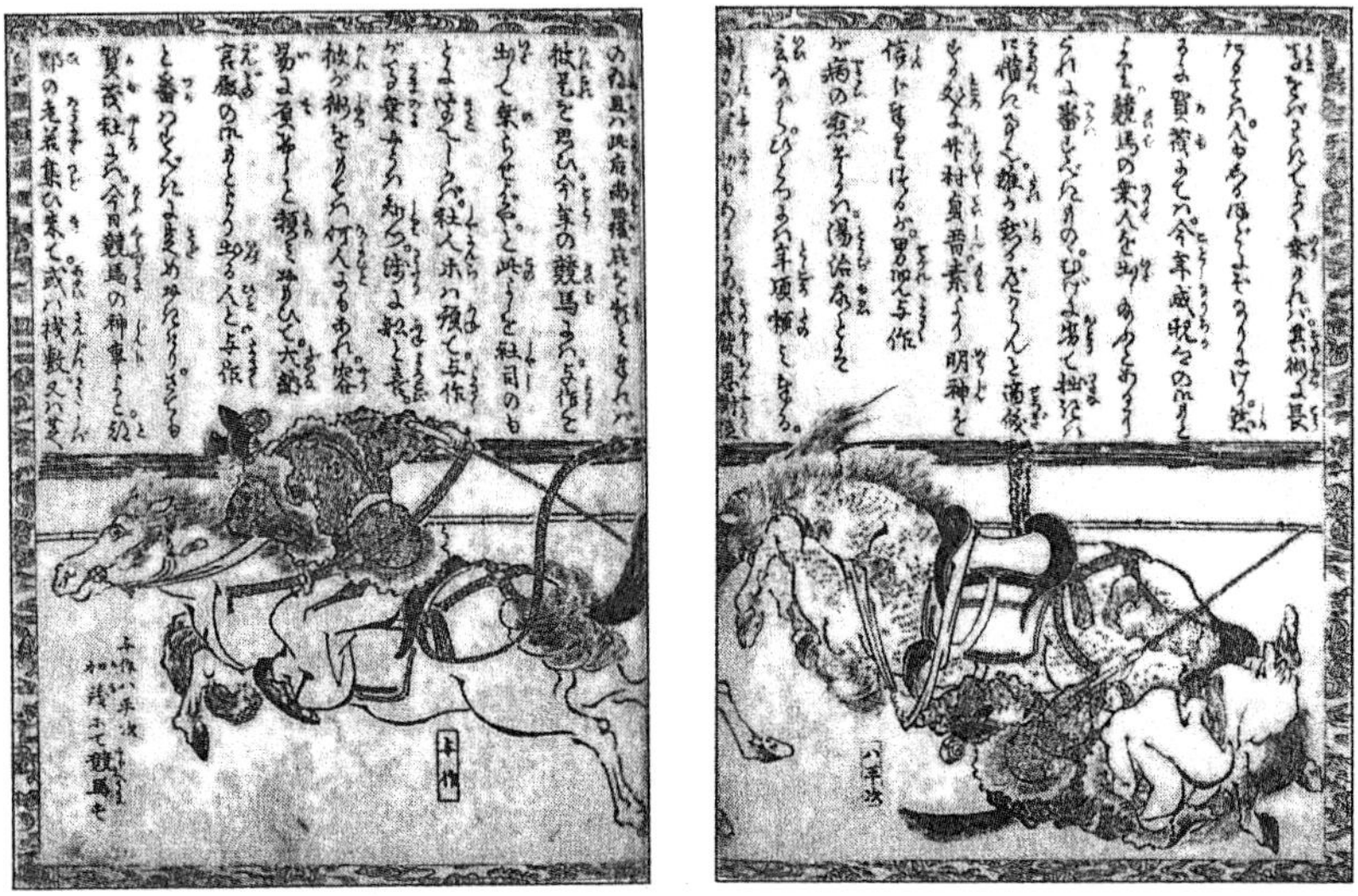

与作八平次
加茂《かも》にて競馬《くらべうま》す

八平次

与作

芝居《しばゐ》に群《むらがり》て、錐《きり》[一]の立処《たてど》もなきほどなり。程《ほど》なく其時剋《そのじこく》にも及び、一番二番《いちばんにばん》と、次第《しだい》をおふて済《すみ》けるに、第五番《だいごばん》といふに、成親卿《なりちか》の御内《みうち》なる、鷲塚《わしづか》八平次、彼葦毛《かのあしげ》の馬《うま》にうち乗《のり》て、埒《らち》[二]の裏《うら》に入来《いりきた》る。其躰《そのてい》たらく身丈六尺《みのたけろくしやく》にあまる大漢子《おゝおとこ》[三]の、肥《こへ》ふとりて色黒《いろくろ》く、頰髭《ほうひげ》あれて、年《とし》は三十《みそじ》に近《ちか》からんとおぼしく、いと逞《たくまし》[四]げなり。其次《そのつぎ》には竹村与作《たけむらよさく》、年《とし》は廿才《はたち》ばかりとみゆるが、身丈《みのたけ》は六尺に満《みた》ず、色《いろ》は薄紅梅《うすかうばい》の咲出《さきいで》たるがごとく、肥《こへ》たるにあらず、瘠《やせ》たるにあらず、女《おゝな》にしてみまほしき少年《わかうど》なれば、見物《けんぶつ》の人ゝ《ひとぐ》は、「こは疑《うたがひ》なく取《とり》て捨《すて》られんずるよ」と、かたずをのみてみとみ居《ゐ》たり。

八平次は与作《よさく》を看《みる》より、有馬《ありま》にてのことあれば、「こは幸《さいはい》なり。一掴《ひとつか》みに引落《ひきおと》し、辛《から》きめみせて恥《はぢ》かゝせ、前《さき》[五]の恨《うらみ》をはるけん」と思ひければ、あざみ[六]笑《わら》ひて人ゝに対《むか》ひ、「某《それがし》が小指《こゆび》と、彼《かれ》が腕《うで》とはいづれか太《ふと》やかなりや」と欺《あざむ》[七]きつゝ、やがて乗出《のりいだ》しつるが、打違《うちちが》[八]ひて八平次前《さき》に立《たち》たりけるを、与作《よさく》これを追《おふ》て馬《うま》より下《した》に引落《ひきおと》せば、八平次落《おち》さまに、与作が馬《うま》のみつゞき[九]を取《とつ》てひざまづき立けるを、与作取《とり》もあへず、己《おの》が馬《うま》の手綱《たづな》羈《おもがひ》[一〇]おしはづし、馬《うま》の平首《ひらくび》[一一]を打《うつ》て走行《はせゆけ》ば、八平次轡《くつは》を持《もち》ながら、尻居《しりい》[一二]にどうど転《まろ》びけり。与作は轡《くつは》もなき馬《うま》を走《はし》らせけるが、馬場《ばゞ》の末《すへ》に至《いた》りて馬《うま》をとゞめぬ。この時八平次は、空《むな》[一三]しき轡《くつは》を持《もち》ながら、顔《かほ》をしかめて、こなたの馬場《ばゞ》の末《すへ》に蹲《うづくまり》居けるを、与作下僕《しもべ》をやつて、「其轡《そのくつは》よも御用《やう》には候まじ。申給はらん」といはせければ、八平次不覚《ふかく》をとりし

一 細い錐を立てる余地もないほどに群衆している意の諺。「錐の立所（たてど）も無ひ」（譬喩尽）。
二 競馬が行われる馬場にめぐらされた柵。「埒　ラチ［字彙］戯馬ノ道也」（書言字考）。
三 「漢子」は男性をいう白話的用法。「漢子　ヲトコ」（支那小説字解）。
四 底本のまま、逞と誤るか。「逞　タクマシ［文選註］快也」（書言字考）。
五 以前に受けた恨みを晴らそう。以前の恨みというのは、有馬で与作にこらしめられたことを指す。
六 見下げた笑いをしながら。
七 相手を小馬鹿にして。
八 与作の馬と行き違いになって。
九 みづつき。「鞚　みつゝき　馬勒也」（武家節用集）。
一〇 銜を固定するために、馬の顔に付ける緒で、馬具の一つ。
一一 馬の首の左右の側面。
一二 後ざまに尻を地に打ちつけてどしんと転んだ。
一三 与作が馬具である轡を外してしまったので、八平次はその轡を手にしている状態。

こと甚無念《いとむねん》と思へど、今《いま》さら何とも詮《せん》すべなく、「そは」と言つゝ投出《なげいだ》しけり。与作は其轡《そのくつは》[一]をはげて、静《しづ》やかに乗《のり》おさめしかば、見物《けんぶつ》の貴賤《きせん》八平次を笑《わら》ひ、与作を賞《せう》する声《こへ》、しばしがほどはしづまらず。成親卿《なりちかきやう》は八平次が負《まけ》つるは、明神我宿願《めうじんわがしゆくぐわん》を、納受《のうじゆ》ましまさずやと心楽《こゝろたのし》まず、鬱々《うつ〳〵》としておはしける。

成経卿《なりつね》は、与作が馬術才覚《ばじゆつさいかく》のほどを賞《せう》し給ひ競馬《けいば》果《はて》て后《のち》、父《ちゝ》の卿《きやう》に対《むか》はせ給ひ、「小人《それがし》[二]かねて、馬《うま》に乗《のる》ことを好《この》みさふらへば、人の乗《のる》にも心を附《つけ》て見はべることなり。然《しか》るに今日《けふ》八平次に、勝《かち》たるものゝ乗《のり》やうを見るに、斯《かく》ばかりの乗人《のりて》は、世《よ》に多《おゝ》くあるべうもおぼへず候。彼奉公《かれほうこう》を望《のぞむ》ものにしもあらば、某《それがし》召抱《めしかゝへ》て、其指南《そのしなん》を受《うけ》候はゞや。」と宣《のたま》はすに、成親卿《なりちか》は、我《わが》かたざまの人を負《まか》しつれば、心よからずはあれど、成経卿《なりつね》のふかく愛《めで》たがり給ふに、且《また》与作が早業《はやわざ》の程《ほど》をおぼすに、何さま大事《だいじ》に望《のぞま》んときは、用立《やうたつ》べくおぼせしかば、「聞《きこ》へ給ふごとく彼《かれ》が如《ごと》きのものも、又少《まれ》なるべければ、兎《と》も角《かう》も心に任《まか》せ給へか[三]し。」と回答《いらへ》給へば、少将殿《せう〳〵どの》父のゆるし給ふを喜《よろこ》び、社人《しやにん》[四]を召《め》して宣《のたま》ふ[五]やう、「[六]今日《けふ》我家《わがいへ》より出せる、競馬《けいば》の乗人《のりて》に番《つがはし》たるは、いかなるものぞ。我彼《われかれ》が馬術早業《ばじゆつはやわざ》の、神妙《しんめう》なるを感《かん》ずれば、召抱《めしかゝへ》て其道《そのみち》を聞《きか》んと想《おも》へり。然《しか》れども彼《かれ》、他《た》に給事《みやづかへ》[七]するものなりや否《いな》、汝我為《なんぢわがため》に其詳《そのつまびらか》なるを語聞《かたりきか》してんや。」と[八]よぎもなく宣《のたま》へば、社人回応《しやにんいらへ》申スやう、「彼《かれ》は北白河《きたしらかは》の辺《ほとり》に住《すみ》はべる、竹村貞晋《たけむらていしん》が男児《せがれ》に、与作と申ものにて候。いまだ何方《いづかた》へ

一 再び轡を馬に付けて。
二 自己の謙称、小人は白話的用法。
三 底本「かじ」。
四 神官。
五 底本は「宣（のた た）ふ」。
六 底本は「今日（けふ や）」。
七 仕官する。
八 余儀も無く。

も給事《みやづかへ》することを聞《きか》ず。召抱《めしかゝへ》んとおぼさば、明日《あす》にも御使《おんつかひ》をもて招《まねき》たまへ。大かたは参《まい》り候はんずる。」とあるとき、傍《かたはら》に侍《はべ》りつる楯四三平《たてのよさうべいすゝ》進み出て申やう、「只今競馬《たゞいまくらべうま》つかうまつりしものは、与作にて候ひつるや。装束《せうぞく》のかはりはべれば見違《ちが》ひて候。彼《かれ》は僕《やつがれ》[九]前《さきの》日《ひ》、有馬《ありま》にてはじめて識《しる》人になりて候が、其為人《そのひとゝなり》はよく知《しり》て候。生得《うまれえ》て正《たゞ》しき操《みさほ》あれば、我女婿《わがむ》《こ》として、家《いへ》を嗣《つが》さすべくおもひ、とくにも彼《かれ》が家《いへ》に行《ゆき》、父の貞晋《ていしん》と議《はか》らばや、とぞんじながら彼是《かれこれ》にまぎれて、今日《けふ》まで過《すご》しはべりぬ。君彼《きみかれ》を召抱《めしかゝへ》んとおぼさば、願《ねがは》くは僕《やつがれ》が婿《むこ》とさして、給事《みやづかへ》させ給へかし」と、聞《きこ》へ上《あぐ》れば、少将殿こよなく喜《よろこ》び給ひ、「そは幸《さいはい》のことなり。汝《なんじ》が望《のぞみ》に任《まか》すべければ、明日《あす》はとく彼処《かしこ》に往《ゆき》て、我《わが》心ざまのほどをもしらし、よく議《はかり》てよ」と宣《のたまは》すに、四三平も喜《よろこ》びて、君命《くんめい》[一〇]を肯《うけが》ひ其日《そのひ》は館《やかた》に還《かへ》りけり。

斯《かく》て其翌日《そのつぐのひ》になりしかば、四三平はきらびやかに粧《よそほ》ひ、少将殿より、与作に賜《たまは》る幣物《へいもつ》を、三四人の従者《ずさ》に舁荷《かきにな》はし、白河《しらかは》さして急《いそ》ぎけるが、程《ほど》なく貞晋《ていしん》が家《いへ》に到着《いたりつき》[一一]しかば、まづ其光景《そのありさま》を見るに、門前《もんのまへ》には白河流《しらかはのながれな》斜《ゝめ》にして、屋後《いへのうしろ》には瓜生山《うりふやま》[一二]聳《そびへ》たり。喬松草廬《きやうせうさうろ》[一三]を覆《おゝふ》て日《ひ》影《かげ》闇《く》らく、荊棘荒垣《けいきよくかうゑん》[一四]を侵《おか》して白露《はくろ》濃《こまやか》なり。百里奚《ひやくりけい》[一五]が家《いへ》、孔明《かうめい》[一六]が廬《ろ》も、かくやありけめとおもはれて、貞晋《ていしん》が志気《こゝろざし》の程《ほど》も量《はか》られて、暫時《しばし》並《たゝずみ》てありしが、やをら柴《しば》の扉《とぼそ》を音《おと》づれて、案内《あんない》を乞《こ》へば、家裡《うち》[一七]より一人の童子《おのわらはたち》立出て、「誰人《たれひと》にわたらせ給ふぞ」と回答《いらへ》すれば、四三平言《(いふ)》、「某《それがし》は丹波少将殿《たんばのせうくどの》よりの御使《おんつかひ》にて、楯《たての》四三平と云ものなり。

九 「僕 ヤツカレ 〔文選註〕自称也」(書言字考)。
一〇 主君の命をうけたまわって。
一一 底本「倒着」。
一二 左京区北白川、比叡山の南西麓にある標高三〇一メートルの山。山頂に勝軍地蔵安置して勝軍地蔵山ともいう。
一三 丈の高い松。以下出典不詳。
一四 いばらが荒れ果てた垣にまといついて。
一五 中国春秋時代、秦の宰相。野にある時、秦の穆公その賢を聞き、五羖羊皮をもって買い宰相とし、七年にして穆公を春秋五覇の一人とした(史記・秦本紀五)。
一六 中国、三国時代の蜀漢の宰相。襄陽の隆平に隠れていたのを劉備に三顧の礼で迎えられ、戦略家として活躍、魏の司馬懿と五丈原に対陣中没す(三国志・三十五)。百里奚とともに野の遺賢として挙げられる。百里奚と孔明が野にあった時の「家」と「廬」を想定しての文。
一七 家の中から。「家裡」は白話的表現。

申《(まうし)》語《かた》らふべきことありてこゝにもうきぬ[一]。此よし主《あるじ》に告《つげ》候へ。」童子《おのわらは》「かしこまりぬ」と裡《うち》に入りしが、やがて年《とし》の頃六十《ころむそじ》ばかりと見ゆる翁《おきな》の、身《み》には一領《いちりやう》[二]の道服《どうぶく》[三]を穿《まとひ》、腰《こし》に一口《ひとこし》の短刀《たんとう》を帯《おび》たるが出来《いできたり》て、礼《いや》を恭《うや〳〵しう》して言《いふ》。「足下《おんみ》は少将殿の御使《おんつかい》、楯《たての》四三平主《ぬし》にましますや。某《それがし》は則《すなはち》竹村貞晋《たけむらていしん》にてはべるなり。そも何事《なにごと》ありて賤《いやし》き某《それがし》を問《と》はせ給ふぞ。まづ這裡《こなた》[四]に御入《おんいり》あつて、少将殿の御意《おんこゝろ》ばへを語《かた》り聞《きか》し給へ」と、裡《うち》に伴《ともな》ひ上座《かみくら》[五]にすゝめ居《お》らし、初対面《しよたいめん》の礼終《れいおはり》て后《のち》、貞晋云出《ていしんいひいで》けるは、「足下《どへん》のことをばさいつ頃[六]我子《ころわがこ》が、有馬《ありま》より還《かへ》りしとき、物語《ものがたり》にて存知《ぞんち》居《お》りぬ。今日《けふ》や来《き》給へる、明日《あす》や問《とはせ》給ふと、日毎《ひごと》に待《まち》しに、甲斐《かい》ありて、今日来《こんにちきた》り給ふこそ喜《よろこば》し。暫《しばら》くこゝに止《とゞま》りて、旅《たび》の労《つかれ》を歇《やめ》給へ」と、信《まめ》[七]だちて聞《きこ》ゆれば、四三平喜《よろこ》びて回応《いらへ》けるは、「命《おゝせ》のごとく賢息《けんそく》とは、有馬《ありま》にて親《した》しうなしまいらせたれば、京上《きやうのぼ》りする日《ひ》は必《かなら》ず吊《とむらひ》[八]申べきと約《やく》しつるに、十日《とをか》ばかりも前《さき》に京上《きやうのぼ》りはしつれど、多〻《さま〴〵》の事《こと》にさゝへられて[九]、今日《けふ》までうち過侍《すぎはべり》し也。さて今《いま》こゝに来《き》つることと、専《もつぱ》ら主命《しうめい》のみにもあらず、また私《わたくし》に願《ねぎ》申べきこともありてなり。まづ賢息《けんそく》は何方《いづく》におはすぞ。対面《たいめん》さしたまへ。」貞晋云《ていしんいふ》「劣息《せがれ》ことは、前剋程所用《さきのほどしよやう》ありて他《た》に出《いで》て候が、やがて還《かへ》り侍《はべ》らむ。」と言折《いふをり》から与作外《よさくほか》より還《かへ》り来《き》ければ、貞晋《ていしん》とりあへず、「成経《なりつね》卿の御使《おんつかひ》として、楯《たての》四三平来《きた》りぬ」と言聞《いひきか》すれば、与作心《こゝろ》を得《え》て威義《いぎ》[一〇]を整《とゝの》へ、四三平に対面《たいめん》し、互《かたみ》に一別後恙《いちべつごつゝが》なきことを寿《ことぶき》ける。

一「まゐきぬ」の転。参上して来た。
二 領は衣類を数える語、一そろい。
三 袖が広く裾にひだを設けた羽織様のもので、公家の堂上が家庭で着用した上衣。隠者の風態をいう。
四「這裡」は白話的表現。
五 振仮名「かみくら」は古典的表現。
六 先頃。古典的表現で読本では多用される。
七 真剣な態度で。
八「吊」は「訪」の当字。
九 支障があって。
一〇 服装をきちんととととのえて。礼儀正しいことを示す。

此時《このとき》四三平は、下僕《しもべ》に齎《もたら》し来《き》つる幣物《へいふつ》[一一]を、席上《せきじやう》に並《なら》べ置《おひ》て云出《いひいで》けるは、「我主《わがしう》成経卿《なりつねきやう》、昨日《きのふ》賀茂《かも》におゐて、足下《ごへん》が競馬《けいば》の躰《てい》たらくを見《み》給ひ、頻《しきり》に懇望《こんもう》して其道《そのみち》を聞《きか》んとし給ふ。よりて今日《こんにち》某《それがし》をして足下《おんみ》を迎《むか》へんとす。此幣物《このへいもつ》は些少《しやせう》なりといへども、其志《そのこゝろざし》を表《ひやう》するのみ。願《ねがは》くはこれを受納《うけおさ》めて招《まねき》に応《おう》じ、我主《わがしう》の志《こゝろざ》しを果《はた》さしたびね」[一二]とありけるに、与《よ》作《さく》は想《おもひ》かけざる事《こと》を聞《きゝ》、何《なに》を回答《いらへん》やうもなく、父《ちゝ》の方《かた》をうち見《み》やれば、貞晋進出《ていしんすゝみいで》て与作に対《むかひ》「予《かね》ても云聞《いひきか》すごとく、汝春秋《なんぢしゆんじう》[一三]に富《とみ》たる身《み》なれば、然《しか》るべき君《きみ》を索《もとめ》て給事《みやづかへ》さし、人らしくもなれかしと思ひつるに、其便《そのたより》を得《え》ずして過《すぎ》にしに、今日《けふ》不図《はからず》少将殿《せう〳〵どの》の御召《おんめし》にあづかること、日頃《ひごろ》の宿望《しゆくばう》を果《はた》す秋《とき》なり。さるを何《なん》の慮《おもんばかり》あれば、躊躇《たゆたひ》て御請《おんうけ》をば做《なさ》ざるぞ。とく〳〵」と催促《うながせ》ば、与作四三平に対《むか》ひ、「数《かず》ならぬ術《わざ》を御覧《みそなはし》、懇望《こんもう》し給ふこと、我身《わがみ》の幸此上《さちこのうへ》なし。父《ちゝ》が心《こゝろ》も只今《たゞいま》申つるごとくなれば、御召《おんめし》に応《おう》じ今日《けふ》より、少将殿《せう〳〵どの》の臣《しん》となり、犬馬《けんば》[一四]の労《ろう》を尽《つく》し奉らん。下し給ふ金帛《きんばく》[一五]をば、敬《うやまつ》て拝受《はいじゆ》し候」と、彼幣物《かのたまもの》をおし頂《いたゞ》き感佩《かんばい》すれば、四三平かぎりなく喜《よろこ》び、「斯《かく》すみやかに承引《うけひき》給ふこと、成経卿《なりつねきやう》の御《おん》喜《よろこ》びはいふもさらなり、某使《それがしつかい》の甲斐《かい》ありて、いかばかりか満足《まんぞく》せり。さてこれにつき某《それがし》ひとつの望《のぞみ》あり。親子御《おやこご》[一六]のうち、一人諾《ひとりうべな》[一七]ひ給はずは、整《とゝの》はざること也。」といふに親《おや》子《こ》は言語《ことば》をそろへ、「今日《けふ》より足下《そこ》と与作とは朋輩《ほうばい》[一八]となれば、わきて親《した》しみまゐらさでは、叶《かな》はぬことなり。さるからには何《なに》まれ、身《み》に応《おう》じたるほどのことは、いかで辞《いな》みは

一一　贈りもの。振仮名「へいふつ」「へいもつ」「たまもの」は同意。「へいふつ」は「へいぶつ」か。

一二　…していただきたい。

一三　将来のある身。

一四　人に対して犬や馬が忠実なように、主君に対して労をおしまず尽すことを言う。

一五　金と絹。幣物の内容をいう。挿絵でも相当量の贈り物という設定である。

一六　竹村貞晋・与作の親子を敬する表現。

一七　承諾する。「霊異記に諾字をよめり」(倭訓栞)。

一八　同じ主君に仕える同輩。

四三平主命《しうめい》を奉《ほう》じて
与作を幣《へい》す

四三平

べるべき。とく宣《のたま》はせよ」とありけるに、四三平喜《よろこ》びて云《いふ》。「某《それがし》が望《のぞ》み申こと、別《べつ》の事《こと》にも候はず。前《さき》に与作主《よさくぬし》へは聞《きこ》へ知《し》らしたり。我此年齢《われこのよわひ》に及《およ》びぬれど、男子《おのこゞ》なく只一人《たゞひとり》の[一]女児《むすめ》をもてり。今年既《ことしすで》に十六なり。鄙《ひな》に成人《ひとゝなれ》ば、[二]風流《みやび》たるをしらねど、又[三]婬風《たはれたる》を好《このま》ず。いと木納《ふつゝか》なる女児《むすめ》ながら、外《ほか》に子《こ》なければ、これに女婿《むこ》をとりて、家《いへ》を嗣《つが》さすべく思へど、心《こゝろ》に[四]称《かなひ》し人もなくてうち過《すぎ》けるが、去頃《いぬるころ》与作主を見るに、才貌世《さいぼうよ》に類《たぐひ》もなく、[五]心操《こゝろばへ》正《たゞ》しき少年《わかうど》なれば、いかにもして此人《このひと》を女婿《むこ》とし、家《いへ》をも世《よ》をも譲《ゆづり》、公私《かうし》のことにかゝずらはで、老《おひ》を保《やすん》じ、且《かつ》は又後世《またごせ》の営《いとなみ》をもせんと思ふ折《をり》から、主人成経卿《しゆじんなりつねきやう》、与作主の馬《ば》術《じゆつ》を見《み》給ひ、召抱《めしかゝへ》んと宣《のたま》ひつるほどに、よき幸《さいは》ひと、主人《しゆじん》に我宿志《わがしゆくし》を聞《きこ》へ上《あげ》しに、兎《と》も角《かう》もとある[六]御諚《ごでう》により、これへの使《つかい》を乞請《こひうけ》て来《きた》ること、主命《しうめい》をも果《はた》し、また我此志《わがこのこゝろざ》しを述《のべ》ん為《ため》也。此事諾《このことうべな》ひ給ふや否《いな》」と、聞《きこ》ふるに親子《おやこ》は顔《かほ》を見逢《みあは》せて、[七]とかふの回応《いらへ》もなかりしが、やゝありて貞晋云《ていしんい》へりけるは、「御物語《おんものがたり》を承《うけ玉は》るに、足下《そこ》も某《それがし》も子《こ》の縁《えん》に薄《うす》く、互《かたみ》に壱人《ひとり》の子《こ》ならでなし。さる子《こ》どもらを夫婦《ふうふ》とせば、両家《りやうけ》のうちいづれ一家《いつけ》は絶《たへ》はべらん。しかるに与作《よさく》を懇望《こんもう》し給ふこと、あまりに切《せつ》なり。人《ひと》なみにもあらぬ子《と》を、ふかく人《ひと》に想《おも》はるゝは親《おや》の身《み》にはいかばかりか喜《よろこば》し。いとなしがたき事《わざ》ながら、其志《そのこゝろざし》の嬉《うれ》しさに、与作を足下《おんみ》にまゐらす也。斯《かく》ては我後《わがのち》は絶果《たへはて》、先祖《せんぞ》への不孝此上《ふかうこのうへ》なし。こゝをもて我望《われのぞむ》ことあり。そは奈何《いかなる》ことゝなれば、与作《よさく》と重井《しげのい》が間《なか》に、出来《いでき》たらん子《こ》はたと

一 「女児 ムスメ」（唐話類纂）。
二 都会風である。
三 「婬風」は男女間のみだらな風習をいう。
四 「かなふ 称ノ字…などをよめり、兼合の義なるべし」（倭訓栞）。
五 心構え。
六 貴人の仰せをいう。ここは成経卿の意志を示す。
七 「とかく」の音便。あれかこれかというはっきりした。

へ一人《ひとり》なりとも、我《われ》に得《え》さして、竹村《たけむら》の家《いへ》を嗣《つが》さし給へ。是我意《これわがい》を擅《ほしいまゝに》するとばし思ひ給ひそ。素我《もとわれ》に禄《ろく》なければ、他人《あだびと》をして後《のち》たらしめんとすとも、誰人《たれひと》かよく竹村《たけむら》の家《いへ》の[一]鬼《き》を祭《まつ》るべき。よりて斯《かく》は云《い》へるなり。此事《このこと》をだに聞《きゝ》わき給はゞ、足下《そこ》の望《のぞみ》に任《まか》すべし。」四三平これを聞《きひ》て、こよなく喜《よろこ》び、「某《それがし》愚《おろか》にして道理《どうり》に疎《うと》く、義《ぎ》に差《たが》ひたることを聞《きこ》へしに、露《つゆ》ほどもはらあしくはおぼさで、かゝる[二]両全《りやうぜん》の謀《はかりごと》を[三]教示《さとし》給ふぞ嬉《うれ》しけれ。いかで宣《のたま》ふ処《ところ》の事《こと》を背《そむ》きはべらん。」と回応《いらへ》すれば、貞晋我子《ていしんわがこ》に対《むか》ひ、「今《いまよ》四三平主《さうべいぬし》に聞《きこ》えたることは、汝《なんぢ》よく心《こゝろ》を得《え》て、今《いま》より楯《たて》の家《いへ》を嗣《つぎ》、はやく子《こ》をもうけて、竹村《たけむら》の後《のち》をあらせよかし。」とありければ、与作《よさく》は父《ちゝ》がふかき慮《おもひ》をめぐらし、両家《りやうけ》を全《まつと》ふする事《こと》なれば、辞《いなむ》によしなく其旨《そのむね》に従《したが》ひしかば、四三平はさらなり、貞晋《ていしん》も喜《よろこ》びて、与作と重井《しげのい》が婚姻《こんいん》のこと、且《かつ》少将殿に[四]見参《げんざん》のことなど、細《こま》やかに[五]商議《せうぎ》し、さて四三平は今日《こんにち》の事《こと》、君《きみ》にも女児《むすめ》にも告知《つげし》らして、喜《よろこ》ばせんと、暇《いとま》を告《つげ》て別《わか》れけり。

馬夫与作
乳人重井　催馬楽奇談《さいばらきだん》巻之二終

一　先祖の霊位。
二　双方にとり万全な心配りのある計。
三　教えて納得させる。「教示」を「さとす」と訓ずる例未調。
四　高貴な人の前に参候してお目にかかる。
五　相談する。

馬夫与作 乳人重井 催馬楽奇談《さいばらきだん》巻之三

東都　歠醨陳人戯編

奥《おく》山《やま》

斯《かく》て四三平《よさうべい》は、貞晋親子《ていしんおやこ》に別《わか》れ、立帰《たちかへり》て成経卿《なりつね》に聞《きこ》へ上《あげ》けるは、「与作事御召《よさくことおんめし》に応《おう》じ、奉公《ほうこう》申《(まうす)》べき旨[一]領掌《むねりやうじやう》つかまつり、某日《それのひ》は必《かなら》ず見参《げんざん》にいるべきよし申はべりぬ。且其上《かつそのうへ》に僕《やつがれ》が望《のぞ》み申《(まうし)》つる、女婿《むこ》となることさへ[二]諾《うべな》ひ候。これひとへに君恩《くんおん》の做《なす》ところなり。」と感謝《かんしや》すれば、少将《せうしやう》どのこよなく喜《よろこ》び給ひ、「汝《なんぢ》よく使《つかい》せしをもて我望《わがのぞみ》を果《はた》せり。」と其《その》労《ろう》を[三]撈《ねぎら》ひ給ひ、さて宣《のたま》ふやう、「与作《よさく》には馬術《ばじゆつ》を聞《きか》んとすれば、隔《へだ》たりたる所《ところ》に居《お》らんは便《たより》あしゝ。汝今日使《なん(ぢ)こんにちつかい》せし賞《せう》に、我[四]今出川《わがいまでがは》の別荘《べつさう》をとらすべし。今《いま》より彼処《かしこ》に住《すみ》て、与作《よさく》を迎《むか》へよ」と宣《のたま》はすに、四三平は[五]冥加《めうが》ある君命《くんめい》を感佩《かんぱい》《アリガタガリ》して、其恩《そのおん》を拝謝《はいしや》し、君《きみ》の御《おん》前《まへ》を罷出《まかで》、女児重井《むすめしげ》にかくと告知《つげし》らし、俄《にはか》に今出川《いまでがは》の家《いへ》に移《うつ》り、同時《どうじ》に丹波《たんば》なる[六]家隷《いへのこ》、逸平《いつぺい》がもとへ、今回《こたび》の事《こと》を細《こま》やかに云《いひ》やり、「早《はや》く家《いへ》の調度《てうど》を[七]点検《とりしたゝ》め、これを[八]将《い》て都《みやこ》に登来《のぼりきたれ》よ。」と云やりしかば、逸平其意《いつぺいそのこゝろ》を得《え》て、主《しう》の云《いふ》にまかせ何《なに》くれのこと細《こま》やかにも

一 領承と同意。「承り侍りぬと領掌して立ちにけり」(源平盛衰記)。
二 承知する。「うべなひ 霊異記に諾ノ字をよめり」(倭訓栞)。
三 慰労する。「撈」は底本のまま。「労」と音通の借字か。
四 室町ごろまでは上京区一条東の洞院通りのあたりの川をいうが、江戸ごろは上京区の京都御所の北ぞいを東西に通ずる通りをいう。「在㆓一条北二町㆒、此街従㆓堀河東㆒称㆓今出河㆒」(山州名跡志)。
五 ありがたい(神仏の加護にもまして)。
六 家来。
七 (一つ一つ点検しながら)整理して。
八 「ゐる 将又帥をよめり。ひきゐる也」(倭訓栞)。

のし、やがて京《きやう》へ上《のぼ》りければ、四三平其速《そのすみやか》に来《きた》るを喜《よろこ》び、万《よろ》づこれと議吉日《はかりきちにち》[一]を卜《ゑらび》、与《よ》作《さく》と重井の婚姻《こんいん》を整《とゝの》へ、与作をして成経卿《なりつねきやう》の見参《げんざん》にいれしに、かねて懇望《こんもう》せさし給ふ人なれば、いと喜《よろこ》ばせ給ひ御盃下《おんさかづきをくだ》し給ふうへに、引出物《ひきでもの》数多賜《あまたたま》ひ、懇《ねんごろ》の仰《おゝせ》ごとありて、終《つゐ》に君臣《くんしん》の約《やく》を做《なし》給ふ。与作面目身《めんもくみ》にあまり、これより日毎《ひごと》に昵近《ちつきん》[二]し、他事《たじ》なく忠《まめ》やかに給事《みやづかへ》すれば、少将《せうく》どのは只馬術《たゞばじゆつ》のことのみかしこしとおぼせしに、何事《なにごと》を問《と》はせ給ふにもよく回応《いらへ》まゐらすれば、いと愛《めで》たがり給ひ、寵遇日《てうぐうひ》ゞ《ゞ》に厚《あつ》かりけり。

さて又与作と重井が夫婦《ふうふ》の間《あいだ》は、互《かたみ》に想《おも》ふどちなれば、鴛鴦《ゑんおう》[三]の契浅《ちぎりあさ》からねど、素《もと》より礼節《れいせつ》を守《まも》る人ゝ《ひとぐ》なれば、又婬《またあだ》めきたるに至《いた》らず、敬愛《けいあい》すること賓人《まろうど》[四]のごとくなりしが、幾程《いくほど》なくて一人《ひとり》の男子《おのこ》をもうけけり。父母《ちゝはゝ》に似《に》て清《きよ》らかなること、玉《たま》のごとくなれば、父母《ふぼ》は云《いふ》もさらなり、四《よ》三平貞晋《さうべいていしん》が喜《よろこ》び、譬《たと》ふるに物《もの》なく愛《め》で慈《いつくし》みけり。かゝれば兼《かね》て約《やく》せしことなれば、この子《こ》をもて竹村《たけむら》の家《いへ》の世嗣《よつぎ》と定《さだ》め、其名《そのな》を竹村三橘《たけむらさんきつ》[五]とぞ名乗《なのら》せけり。こは三《みつ》[六]の橘《たちばな》を懐《ふところ》にせし陸郎《りくらう》に、あやからす心にやありけめ。

これより三月《みつき》ばかり過《すぎ》て、少将殿《せうくどの》の北《きた》の方桂《かたかつら》の前《まへ》も御産《ごさん》あり。しかも公達《きんだち》[七]にてわたらせ給へば、御一門《ごいちもん》の御喜《おんよろこ》びもふすもおろかなり。「御乳人《おんめのと》には誰《たれ》をかつけ給ん」と評議《へうぎ》ありしに、「此ほど重井《しげのい》一子をもうけつれば、与作夫婦《よさくふうふ》に増《まさ》るものはあらじ」とて、与《よ》作《さく》を召《め》して此事《このこと》を命《おゝせ》給ひしかば、畏《かしこ》みて領掌《りやうぜう》しまゐらせ、家《いへ》に還《かへ》り四三平と妻《つま》とに云聞《いひき》

一 (婚儀を行うに)吉祥の日を選定して。

二 近くなれ親しむ。

三 鴛はおしどりの雄、鴦は雌。夫婦仲好きことの比喩。

四 客人。「賓客 マロウト」「客人 マロウト マレヒト」(書言字考)。

五 浄瑠璃の三吉にあやかる命名。

六 「陸郎」は呉の人陸績をいう。蒙求に見える「陸績懐橘」の故事により著名。陸績六歳の時、袁術に見(まみ)え、与えられた橘を三つ懐にする、母に与えると言う、奇なりと賞せられる。三橘の名は、陸績のごとく孝たることを願ったものである。

七 貴人の男の子をいう。

かすれば、みな喜《よろこ》びて云《いふ》、「[八]累世《ふだい》の老黨多《ろうどうおゝ》かるなかに、其撰《そのゑら》みに預《あづか》ること面目身《めんもくみ》にあまれり。」と終《つい》に重井《しげのい》を乳母《めのと》にぞまゐらせけり。此折《このをり》から四三平が老黨《ろうどう》、逸平《いつぺい》が妻小《つまこ》[九]桟《さん》と云ありけるが、去月一子《さるつきいつし》を産《もうけ》たりしに、生出《むまれいで》て幾日《いくひ》もなくて失《うせ》しかば、嘆《なげき》のなかの幸《さいわい》なりと、三橘《さんきつ》を小桟《こさん》に預《あづ》けて養《やしな》はしける。

こゝに四三平は、兼《かね》て世を遁《のが》れん志気《こゝろざし》ありながら、世嗣《よつぎ》なきに其事《そのこと》を果《はた》さで過《すごせ》しが、今《いま》与作を子《こ》とせしに、君《きみ》の御おぼへも他《た》に異《こと》にて、女児《むすめ》との間《あひだ》も睦《むつま》しければ、家《いへ》は[一〇]泰山《たいさん》の易《やすき》を得《え》たりとふかく喜《よろこ》び、斯《かく》ては世《よ》に思ひおくことなしと、一日《あるひ》成経卿《なりつねきやう》の御前《おんまへ》に出《いで》て申けるは、「僕《やつがれ》君恩《くんおん》を蒙《かうむ》ること、[一一]須弥《しゆみ》滄海《さうかい》も尚及《なをおよ》ばずとす。然《しか》るに年《とし》はや六十《むそじ》を過《すぎ》はべれば、報《むく》ひ奉るべき奉公《ほうこう》も做《なし》がたし。愚息《ぐそく》にて候与作は、[一二]春秋《しゆんじう》に富《とみ》て候へば、彼《かれ》をして御恩《ごおん》をば報《むく》はし奉るべし。あはれ此上《このうへ》の御恵《おんめぐみ》には、僕《やつがれ》が身《み》の暇《いとま》を下《くだ》し給へかし。早《はや》く世《よ》を遁《のが》れ[一三]容《さま》をかへ、諸国《しよこく》の霊場《れいじやう》を順礼《じゆんれい》し、ひとつには君《きみ》の御武運長久《ごぶうんてうきう》を祈《いのり》、ふたつには我[一四]後世《ごせ》の営《いとなみ》をなさばやと存じ候」と、想《おも》ひこみてのべければ、成経卿《なりつねきやう》これを聞《きこ》しめし、彼《かれ》が年老《としおひ》るまで恙《つゝが》なく、[一五]忠《まめ》やかに奉公《ほうこう》しけることの憐《あは》れなれば、今は[一六]心《こゝろ》のまに〳〵にさせばやとおぼし、乞《こふ》に任《まか》せ致仕《つかへをかへし》、別《べち》に幾許《いくそ》かの黄金《きがね》を賜《給は》り、「これもて老《おひ》を慰《なぐさめ》よ」とありければ、四三平は君恩《くんおん》の篤《あつ》きを感佩《かんぱい》し、深恩《ふかくおん》を謝《しや》してまかでけり。

斯《かく》て家《いへ》に帰《かへ》り、与作夫婦《よさくふうふ》に事《こと》のやうを告知《つげし》らすに、与作《よさく》は素《もと》より義理《ぎり》ある父《ちゝ》なり、さ

八 譜代。代々主家に仕える臣下。
九 浄瑠璃の奴の小万にあやかる命名か。
一〇 泰山のようにどっしりとしてゆるぎないものとなる。「置₌枕於泰山之安₋」(文明本節用集)。泰山は山東省奉安県にある名山、秦漢時代から皇帝が封禅の儀式を行った。「泰山 タイサン 東嶽岱宗也。…至ㇾ頂四十八里三百歩」(書言字考)。「易」は「安」の当字。
一一 須弥山と青海原。父母の深い恩の喩え。ここは君恩をいう。
一二 年若くして将来に永い年月を有する。
一三 様子を変えて(僧形になることをいう)。
一四 死後に生れ変わる世。
一五 忠実に。
一六 心に思うとおりに。底本のまま。「まに〳〵に」は「まに〳〵」とあるべきところ。

るを行衛《ゆくへ》さだめぬ行脚《あんぎや》させんは、世《よ》の聞《きこ》へも憚《はゞかり》あれば、然《しか》るべきことにあらずと諫《いさ》むるに、重井《しげのい》も老《おひ》くだちたる父《ちゝ》を、雲水《うんすい》にまかす旅路《たびぢ》に赴《おもむ》かすは、いと悲《かな》しくて止《とゞ》むれど、夢《ゆめ》いさゝかも肯《うべ》なはず、「我齢《わがよはひ》既《すで》に六十《むそじ》を過《すぎ》つれば、[一]露命《ろめい》幾程《いくほど》をか保《たも》つべき。たとへ汝《なんち》等我《らわれ》を養《やしな》ふに、金衣《きんい》玉食《ぎよくしよく》をもてすとも、[二]槿花《きんくわ》《アサガホ》一朝《いってう》の世《よ》の中《なか》に、何《なん》の楽《たのし》き事《こと》かある。ながき未来《みらい》の安楽《あんらく》を稟《うけ》さすこそ孝《かう》とはいへ。成経卿《なりつねきやう》はその事をおぼしわき給ひ、身《み》の暇《いとま》をば給りたり。君《きみ》と子《こ》と、我《われ》を愛《あい》することの斯《かく》も差《たが》ふものかな。」とうちかこつにぞ、夫《ふう》婦《ふ》のものは今《いま》さらに、何《なん》と止《とゞめ》ん言語《ことば》もなく、此《この》うへはとて其心《そのこゝろ》にまかせけり。四三平は今《いま》はゝや心《こゝろ》にかゝることもなし、とそれより[三]黒谷《くろだに》なる[四]法然上人《ほうねんしやうにん》の御坊《ごぼう》にまゐり、其徒弟《そのとてい》となり、[五]景政《けいせい》と[六]法諱《ほうみやう》し、諸国《しよこく》の霊場《れいぢやう》に詣《もう》で、念仏三昧《ねんぶつざんまい》の外他事《ほかたじ》なく行《おこな》ひすましけり。

不在話下再説《これはさておきこゝに》、新大納言成親卿《しんだいなごんなりちかきやう》、奈何《いか》なる謀《はかりごと》をもてこしらへ給ひけん、後白河《ごしらかは》の法《ほう》皇《おう》より、平家追討《へいけついとう》の蜜詔《みつせう》を稟《うけ》、摂津国源氏《つのくにのげんじ》、[七]多田蔵人行綱《たゞのくらんどゆきつな》をはじめ、[八]法性寺《ほうせうじ》の執行俊《しゆぎやうしゆん》寛《くわん》等を、[九]宗徒《むねと》の方人《かとうど》とし、[一〇]平判官康頼《へいはんぐわんやすより》、[一一]近江中将入道蓮海《あふみちうぜうにうどうれんかい》、[一二]西光法師《さいくわうほうし》、[一三]其外北面《そのほかほくめん》の下《げ》臈《ろう》ども多《おゝ》く語《かた》らひ得《え》しかば、[一四]不日《ふじつ》に軍《いくさ》を発《おこ》し、平家《へいけ》を討亡《うちほろぼさ》んと、只顧其准備《ひたすらそのやうい》をなしけるが、今《いま》は我子《わがこ》の少将《せうしやう》にも、告知《つげし》らさではあるべからず、と一日《あるひ》蜜《ひそか》なる所《ところ》へ、成経卿《なりつねきやう》を招《まね》き宣《のたま》ひけるは、「汝《なんち》も知《し》るごとく、近頃平家《ちかごろへいけ》の光景《ありさま》を看《み》るに、[一五]寒促《かんそく》[一六]王莽《わうもう》に均《ひと》しく、[一七]朝憲《てうけん》を弄《ろう》し、君《きみ》を蔑《ないがしろ》にすること法《ほう》に過《すぎ》たり。こゝをもて院深《いんふか》く憤《いきどを》らせ給ひ、平家《へいけ》を亡《ほろぼ》さん

一　露のようにはかない命。
二　槿花は一日の栄であるように栄華ははかない。
三　京都市左京区、比叡山西塔の北谷、法然上人修行の地。
四　浄土宗の開祖。平安末期の高僧で、源平合戦の時代に専修念仏の教えに帰依する者が多かった。一一三三―一二一二。
五　浄瑠璃の与作の腹違いの兄座頭慶政に比定した命名。
六　法名。出家受戒の時に俗名にかわって受ける名。「諱(いみな)」は当字。
七　生没年不詳。摂津の多田荘を本拠とする多田源氏の頼盛の子で、鹿谷事件の時に平家打倒の謀議に参画しながら、平家に密告し計画発覚の端緒を作る。
八　法勝寺。藤原氏の元別荘、白河天皇に献上後寺となり皇室に尊崇される。「執行」は寺務を統べる職。俊寛は真言の僧、鹿谷事件の主謀者として鬼界ヶ島に流刑、波乱の生涯は文芸化されて流布する。治承四年没。
九　主なる味方。「方人　カタフド」(書言字考)。
一〇　生没年不詳。宝物集の作者。阿波国住人から後白河院に仕え、鹿谷事件に連座して配流、平家滅亡後も活躍している。
一一　平家などには近江中将入道蓮浄、俗名成正とあって、伝未詳である。
一二　藤原師光。通憲の家従として平治の乱より知られ、後白河院に近侍して鹿谷に平家討伐を謀り、露顕後

四三平与作に
家《いへ》を譲《ゆづり》て世《よ》を逃《のが》る

四三平
与作
重井
逸平

殺され梟首される。
一三 院の御所の北面に詰める武士たち。
一四 多くの日を経ないで。
一五 夏の人、夏の帝位を奪うも、後に滅ぼされる(春秋左氏伝・襄公四年)。
一六 漢、東平陵の人、孝元皇后の甥。平帝を弑し、漢位を簒い、国名を新と号するも、光武に滅ぼされる(前漢書・王莽伝)。底本「王奔」に誤る。
一七 朝廷の定めた国を治める根元法規。

おぼしたちありて、蜜《ひそか》に我《われ》に、[一]其棟梁《そのとうりやう》となれよとの院宣《いんぜん》を給はり、尚多田蔵人行綱《なをたゞのくらんどゆきつな》、法《ほう》性寺《せうじ》の執行《しゆぎやう》俊 寛《しゆんくわん》僧都《そうづ》等《ら》を召《め》して、其事《そのこと》を命《おゝせ》あはされたり。[二]我浅猿《われはあさましき》ことにおもひ、諫奉《いさめ》んとすれども、はや事定《ことさだまり》たればいかにとも詮《せん》すべなく、心《こゝろ》ならずも勅答《ちよくとう》を申き。こは我家《わがいへ》の興廃《かうはい》の秋《とき》にて遁《のが》れがたし。此上《このうへ》は運《うん》を天《てん》に任《まか》せ、平家《へいけ》と戦《たゝか》はんと想《おも》ふなり。汝《おこと》も其心《そのこゝろ》を得《え》て忠《ちう》を尽《つく》し給へ。」と私《わたくし》の[三]偏執《へんしう》より起《おこり》しことをば云《い》はで、やむことなきさまに云聞《いひきこ》へけるに、成経卿《なりつねきやう》これを聞《きゝ》給ひ、いと驚《おどろ》ひたる色《いろ》みへて、暫時言語《しばしことば》なくておはせしが、やうやく云出《いひいで》給ふやう、「こは父上《ちゝうへ》には[四]天魔《てんま》や[五]鬼注《みいれ》はべるらん。命《おゝせ》給へるごとく、今浄海《いまじやうかい》が躰《てい》たらくを看《み》るに、[六]強僭彊梁《きやうさんきやうりやう》の甚《はなはだし》き、天下《てんか》の望《のぞみ》に背《そむ》くことのみ多《おゝ》し。そがなかにも、[七]妓女《ぎぢよ》（○マイコ）を蓄《たくはへ》て房《ねや》に満《みた》し婬《いん》を放《ほしいまゝ》にし、[八]禿童《かぶろ》を分《わか》ち市《いち》を行《ゆか》しめて[九]口《くち》を滅《げん》ず。[一〇]長秋《てうしう》の寵《てう》なきを妬《ねた》みて、髪《かみ》を髠《きり》て尼《あま》とし、[一一]平安《へいあん》の旧制《きうせい》あるを厭《いとふ》て、福原《ふくはら》に遷都《せんと》せんとす。是《これ》等《ら》は最《もつとも》世《よ》の悪《にく》む処《ところ》なり。尚此外《なをこのほか》に其暴逆《そのぼうぎやく》、枚挙《まいきよ》するに遑《いとま》あらず。まことに[一二]董卓《とうたく》[一三]桓温《くわんおん》に増《まさ》る行状《ふるまい》あれば、いかで久しく富貴《ふうき》を保《たもた》ん。其速《そのすみやか》に亡《ほろ》びざる所謂《ゆえん》のものは、独重盛《ひとりしげもり》の賢《けん》ありて、よく[一四]諫争《かんさう》するをもてなり。此人世《このひとよ》にあらんかぎりは、滅亡《めつぼう》すべしとも想《おも》ひはべらず。されば平治《へいぢ》には、鬼神《おにかみ》と呼《よば》れし[一五]義朝《よしとも》だも、只一戦《たゞいつせん》に討負《うちまけ》て、終《つい》に其身《そのみ》を亡《ほろぼ》せり。まひて今父上《いまちゝうへ》の頼《たの》みおぼすものとては、行綱《ゆきつな》、俊寛《しゆんくわん》等《ら》が類《たぐひ》にして、甲斐《かひ》ある人《ひと》ともおぼへねば、たとへ此 儕《このともがら》千百《せんひやく》を寄《よ》すとも、義朝《よしとも》に及《およ》ばざること甚遠《いとゝを》し。これをもて平家《へいけ》

一 指導者。
二 意外なことである。「猿」はマシラと訓ずることからの当字。
三 底本のまま。偏執。「犰」はキウだが、音通による当字か。
四 欲界の他化自在天の魔王波旬とその一族。人が善を行わんとすると邪魔する悪魔。
五 執り付く。「鬼注」は未調。
六 強く盛んで我まま一杯。
七 祇王・祇女と仏の説話などが背景にあるか（平家物語・一・祇王）。「房ネヤ」「放　ホシイマヽ」（倭玉篇）。
八 禿髪の間者を京に放ったことをいうか（平家物語・一・禿髪）。
九 平家に対する悪意ある噂を圧える。「滅」は底本のまま。
一〇 「長秋」は長秋宮、皇后の住む宮殿をいう。小督殿の説話が背景にあるか（平家物語・六・小督）。「髠」は髪を剃り落すをいう。
一一 京に公卿の旧勢力の強いことを厭うて福原遷都を強行しようとしたことをいう（平家物語・五・都遷）。
一二 後漢、臨洮の人。性、粗暴にして謀略あり、霊帝崩ずるや兵を率いて入朝、暴虐、司徒王允呂布を誘って殺害せしむ（後漢書・董卓伝）。
一三 晋、蘵亢の人。蜀などを征し、威権盛んとなり、燕を征して敗れるも、帝を廃し簡文帝を立て秘かに簒奪を謀るも事成らずして病死する（晋書・桓温伝）。
一四 強いて諫める。鹿谷事件の時、

を亡《ほろぼさ》んとするは、[一六]一杯《いっぱい》の水《みづ》をもて、一薪車《いっしんしゃ》《○ヒトツノタキヾクルマ》の火《ひ》を救《すく》はんとするに何《なん》ぞ異《こと》ならん。一旦討《いったんうち》負《まけ》給はゞ、御命《おんいのち》のほども危《あや》ふく、永《なが》く恥辱《ちじよく》を残《のこ》し給はん。此等《これら》のことを慮《おもんばか》らせ給ひて、今暫《いましばら》く時《とき》の至《いた》るを待《まち》給へ。君《きみ》にも此道理《このことはり》を奏《そう》し給はんに、[一七]よもうべなはし給はざることや候べき。小人君父《それがしくんぷ》の為《ため》なれば、夢《ゆめ》さら命《おゝせ》を背《そむく》とにはあらねど、[一八]前車《ぜんしゃ》の覆《くつがへる》は、後車《かうしゃ》の戒《いましめ》とすといへば、義朝《よしとも》がごとくならせ給はんこともかと、心《こゝろ》に存《ぞんず》るほどのことをば、幾度《いくたび》も諫《いさ》め申て、父《ちゝ》に罪《つみ》なからんことを欲《ほ(つ)》すればなり。」と諫《いさめ》給へば成親卿《なりちかきやう》、かねて斯《かく》諫《いさめ》んとおぼせしかば、少《すこし》く色《いろ》をかへて宣《のたま》ひけるは、「汝《おこと》が言処《いふところ》を思はざるにはあらねど、[一九]我平治《われへいぢ》の乱《みだれ》に、既《すで》に首《かうべ》を刎《はね》らるべかりしに、重盛《しげもり》のなさけによりて助《たす》けられたるのみか、平家《へいけ》に[二〇]因《ちなみ》あるをもて、官位《くわんい》ともに昇進《しやうしん》し、栄花《ゑいぐわ》身《み》にあまれり。このことは君《きみ》も知《しろし》めすなれ。如此縁故《かくのごとききことのもと》あれば、強《しい》て諫《いさめ》申ときは、さればこそ平家《へいけ》のことをば、[二一]君《きみ》にもみかへて方人《かとうど》するか、と[二二]聖慮《せいりよ》に疑《うたがひ》給はゞ、忽《たちま》ち朝敵《てうてき》の身《み》とならん悲《かな》しさに、心《こゝろ》ならずも院宣《いんぜん》を蒙《かうむり》たり。此事《このこと》はや一味《いちみ》の人ゝ《ひとゞ》にも申あはせつれば、今《いま》さら止《とゞめ》んとするに由《よし》なし。汝《おこと》は門脇宰相《かどわききいせう》の婿《むこ》にて、平家《へいけ》にはわきて親《した》しき間《あひだ》なり。[二三]彼一門《かのいちもん》のことにおゐては、君《きみ》にも父《ちゝ》にもみかゆる志気《こゝろざし》あらば、此成親《このなりちか》を縛《いましめ》て、六波羅《ろくはら》へ牽《ひき》給へ。他人《あだひと》の手《て》にかゝりて恥《はぢ》みんより、我子《わがこ》の為《ため》に擒《とらはれ》とならんは、家名《かめい》を残《のこ》すに便《たより》あらん。とくとく」といそがすれば、少将殿涙《せうくどのなみだ》をはらくと流《なが》し、「こはもつたいなきことを聞《きこ》へ給ふものかな。小人《それがし》が申《(まうす)》処

重盛が清盛を諫争したことなどをいう(平家物語・二・小教訓)。
一五 平治の乱の源氏の大将。
一六 俚諺。一杯の水では車一台分の薪の火を消すことはできないの意で、小さなもので大きなものにあたることはできないということ(譬喩尽)。
一七 まさかお受け入れなさらないということは。
一八 前人の失敗は後人の戒めになるという諺。「鄙諺曰、前車覆後車戒」(漢書・賈誼伝)。
一九 平治の乱で主謀者藤原信頼に従って敗れた成親は、成敗される運命にあったことをいう。軍記類で史実を把握して記述している。
二〇 縁戚関係あるをいう。成親の妹は重盛の北の方、二女は重盛の嫡子維盛の北の方、五女は三男清経の北の方という深い姻戚関係で、平治の乱でも重盛の助命嘆願で助かっている。
二一 主君である後白河院を裏切って味方する。
二二 天皇の御心。ここは後白河院の御心。
二三 平家一門。

は、必竟君《ひつきやうきみ》にも父《ちゝ》にも恙《つゝが》なからんことを思へばなり。いかで[一]証父攘羊《せうふじやうやう》《チヽノヒヲアラハス》の誹《そしり》をうけん。斯《かく》まで想《おも》ひ給ふからは、今《いま》は何《なに》とも諫《いさめ》候はじ。この後《のち》は只父上《たゞちゝうへ》のおぼす処に、従《したが》ひまいらせん」と申させ給へば、成親卿《なりちかきやう》かぎりなく喜《よろこ》び給ひ、「汝《おこと》がさる心《こゝろ》になるからは、[二]劇猛《げきもう》を得《え》たるより、尚心強《なをこゝろづよく》おぼゆ也。斯《かく》ては一味《いちみ》の人々《ひと〲》にも面会《めんくわい》して、熟々《よく〱》商議《せうぎ》し給へ」と、俄《にはか》に触書《ふれがき》をもて、某日集《それがしのひつどひ》給へと、同意《どうい》の人々《ひと〲》へ云知《いひしら》しけり。

抑《そも〱》其集所《そのつどふところ》と云は、[三]東山鹿谷《ひがしやましゝだに》と云処《いふところ》なり。こは法性寺《ほうせうじ》の執行俊寛僧都《しゆぎやうしゆんくわんさうづ》が領《りやう》なり。後《うしろ》は[四]三井寺《みいでら》に続《つゞい》て[五]如意《によい》山深《さんふか》く、前《まへ》は[六]洛陽遥《らくやうはるか》に見渡《みわた》して、しかも[七]在家《ざいか》を隔《へだて》たり。まことに[八]究《くつ》竟《きやう》の地《ち》なれば、こゝを根城《ねじろ》にすべく想《おも》ひ、常《つね》に一味《いちみ》の人々《ひと〲》を会《くわい》する処《ところ》とは定置《さだめおき》けり。

頃《ころ》は[九]承安《せうあん》四年の夏《なつ》の頃《ころ》、新大納言成親卿《しんだいなごんなりちかきやう》、日頃相語《ひごろあひかたら》ふ[一〇]人人《ひとびと》を鹿谷《しゝだに》に会集《くわいしう》して、軍《いくさ》の評《へう》定《ぢやう》あらんとす。此日《このひ》法皇《ほうおう》も忍《しの》びて御幸《みゆき》あるべかりしを、[一一]故少納言入道信西《こせうなごんにうどうしんさい》の子息《しそく》、[一二]静憲《じやうけん》法印此事《ほういんこのこと》を諫《いさ》め申やうは、「今日《けふ》の御幸然《みゆきしか》るべうも候はず。今平家《いまへいけ》暴逆《ぼうぎやく》なりといへども、その威盛《いさかん》なれば、成親《なりちか》がごときのよく征《せい》すべきにあらず。彼《かれ》が語《かたら》ふ処《ところ》の[一三]宗徒《むねと》のものとては、行綱俊寛等《ゆきつなしゆんくわんら》のみ。其余《そのよ》のものはみな殿上人北面《てんじやうびとほくめん》の儕《ともがら》にて、あるに甲斐《かい》なきものどもなり。いかで此人々《このひと〲》が力《ちから》をもて、平家《へいけ》を亡《ほろぼ》すことのあるべき。諺《ことはざ》に云《いふ》[一四]蟷螂《とうろう》が斧《おの》をもて、大車《たいしや》に対《むか》ふがごとし。事《こと》の成《な》らざるは必定《ひつちやう》なり。其敗《そのやぶ》れに及《およ》びては、[一五]入道君《にうどうきみ》を恨《うら》み奉り、いかなる珍事《ちんじ》を仕出《しいだ》さんもしるべからず。つら〱世《よ》の光景《ありさま》を看《み》るに、[一六]王莽権《わうもうけん》を擅《ほしひまゝ》に

一 親が羊を盗んだことを子が証言するのが是か非かという喩えとして論語、呂氏春秋などに引用される故事。「葉公語二孔子一曰、吾党有二直躬者一、其父攘レ羊、而子証レ之」(論語・子路)。父成親の罪を子である成経が訴えて世間の非難を受けるようなことができようか。 二 劇孟。漢代洛陽の仁侠者。周亜夫が河南に至り、孟を得て喜び一敵国のごとしと言った(史記・游侠・劇孟伝)。

三 東山は俗に東山三十六峰と称し、京都市東縁に連なる如意ヶ岳を主峰とする丘陵性の山々を指す。鹿谷はその麓で、俊寛の山荘は左京区鹿谷町東方約一キロメートルの山腹にあったという。 四 大津市にある三井寺。このあたり源平盛衰記の文章と酷似する。

五 如意ヶ岳、四七〇メートル。

六 京都市内。 七 一般の民家。

八 謀議の地として最適である。

九 西暦一一七四年。建春門院厳島御幸などある年時。 一〇 底本のまま。振仮名「ひと〲」とあるべきところ、改行のため。同種の例については以後いちいち断らない。

一一 後白河上皇の寵臣。平治の乱で首謀者信頼に殺された。

一二 静憲法印の院に対する諫言の条、源平盛衰記に見える。

一三 中心人物。

一四 カマキリが前足を振り上げて大きな車に立ち向うということで、身のほどをわきまえない行動をする喩

して、終《つい》に漢《かん》の社稷《しやしよく》[一七]を奪《うば》ひしも、洪武《かうむ》[一八]の為《ため》に亡《ほろ》び、梁冀《りやうき》[一九]侈暴《しやぼう》甚《はなはだし》く、質帝《しつてい》[二〇]を沈殺《ちんさつ》[二一]し、天《てん》下《か》を掌中《たなごゝろうち》にめぐらしつるも、終《つい》に棄市《いちにきら》[二二]れき。今浄海入道何《いまぜうかいにうどうなに》ほどに朝憲《てうけん》を掌《とり》、威《い》を逞《たくま》しうすとも、皇天《かうてん》いかで其暴逆《そのぼうぎやく》[二三]を罪《つみ》なひ給はざらん。時有《あつ》て亡《ほろ》び候はん。只君《たゞきみ》は御身《おんみ》を恭《つゝし》み、朝政《あさまつりごと》怠《おこた》らせ給はで、時《とき》の至《いた》るを待《また》せ給へ。積善《せきぜん》[二四]の家《いへ》には余慶《よけい》あり、積悪《せきあく》の家《いへ》には余殃《よわう》ありとは申さずや。」と理を尽《つく》して諫《いさ》め申せば、法皇《ほうおう》もげにやとおぼしけん、其《その》日《ひ》の御幸《みゆき》はなかりけり。

鹿谷《しゝだに》にては、法皇俄《ほうわうにはか》に御幸《みゆき》なきよし、仰出《おゝせいだ》さるゝといへども、既《すで》に日《ひ》を定《さだ》めたることなれば、歇《やむ》べきにあらずと、集《つど》ひ来《く》る人々《ひとぐ》には、まづ藤原成親卿《ふぢはらのなりちかきやう》、子息丹波少将成経卿《しそくたんばのせう〲なりつねきやう》、近江中将入道《あふみのちうぜうにうどう》、法性寺執行俊寛僧都《ほうせうじのしゆぎやうしゆんくわんそうづ》、平判官康頼《へいはんぐわんやすより》、多田蔵人行綱《たゞのくらんどゆきつな》、西光法師《さいくわうほうし》等《ら》、をはじめとし、北面《ほくめん》の下《げ》臈《らう》多《おほ》く集《つど》ひ来《き》て、終日《ひめもす》[二五]軍評定《いくさへうぢやう》ありて酒宴《しゆえん》をなすほどに、やゝ時《とき》移《うつり》て夕晩《たそがれ》に至《いた》りぬ。此時用意《このときやうい》に持《もち》たりける傘《からかさ》を、数多庭上《あまたていしやう》に張立《はりたて》たりしに、山《やま》おろしのさと吹落《ふきおち》て、傘《からかさ》とも吹《ふか》れて倒《たをれ》にければ、人々《ひとぐ》の引立置《おひ》たる馬《うま》ども驚《おどろい》て、散々《さんぐ》に跳踊食合《はねおどりくひあひ》[二六]しかば、舎人《とねり》[二七]雑色《ざつしき》[二八]等《ら》馬《うま》を慎《しづめ》んと、庭上《ていしやう》うへをしたへと混乱《こんらん》して、狼藉甚《らうぜきはなはだ》しかりき。此《この》日《ひ》成親卿《なりちかきやう》の召《めし》給ひたる馬《うま》は、八平次がまゐらせたる芦毛《あしげ》なりしが、是《これ》も同《おな》じく狂《くる》ひ出《いだ》し[二九]大床《おゝゆか》の上《うへ》へ駻上《はねあが》りしかば、人々驚《おどろ》きまどひけるを、舎人等大勢《とねりらおゝぜい》して、漸《やう》やく彼馬《かのうま》を、大《おゝ》[三〇]庭《には》へ引《ひき》おろして慎《しづ》めけり。此騒《このさわぎ》に瓶子《へいじ》[三一]の頭《かしら》を打《うち》をりけるを、成親卿見《なりちかきやうみ》給ひ、「いかに人

え。「欲下以二蟷螂之斧一禦中隆車之隧上」(陳琳・為袁紹檄予州)。
一五 清盛入道が後白河法皇を。
一六 前漢末期の政治家。政権を簒奪して新と称して帝位に即くも光武帝に亡ぼされる。
一七 古代中国で建国の時、君主が壇を築いて祭る神、転じて国家。
一八 光武帝。王莽を亡ぼして後漢を創始する。 一九 後漢の人。商の子、梁皇后の兄。質帝の時に暴恣、跋扈将軍と呼ぶ。質帝を毒殺して桓帝を立て専横、後に帝は単超らとともに誅す(後漢書・梁統伝)。
二〇 後漢第九代の帝。 二一 酖殺。酖毒をもって殺すことをいう。
二二 桓帝に誅されたことをいう。
二三 底本は振仮名「ぞう」。
二四 善行を積み重ねた家には必ずよいことが起り、悪事を積み重ねた家には必ず悪いことが起る。「積善之家必有二余慶一、積不善之家必有二余殃一」(易経・坤・文言)。
二五 以下の記述は、源平盛衰記の記述を下敷きとしている。
二六 源平盛衰記と同一用字。葦毛の馬の話が奇談の趣向。
二七 貴人の御厩の雑人。
二八 走り使いの下男。
二九 広廂のことで、庭前に面した広縁。 三〇 広い庭、座敷の前庭。
三一 酒を入れる器。以下の逸話は平家物語にも見えるが、記述は全て源平盛衰記による。

ゝ、事《こと》の始《はじめ》に平氏《へいじ》は倒《たをれ》はべりし」と申されたり。座中《ざちう》みな一般《いちやう》に、「あな目出《めで》た」とどよめきて笑壺《ゑつぼ》[一]にいれば、康頼《やすより》つと立《たつ》て、「大かた近代《きんだい》[二]あまりに平氏《へいじ》多《おゝく》して持酔《もちゑひ》たるに、既《すで》に倒《たを》れ亡《ほろ》びぬ。倒《たを》れたる平氏《へいじ》の頭《くび》をば、取《と》るに不如《しかじ》」とてさし上て、一時舞《いっときまふ》たり。「さて取《とり》たる頭《くび》をば懸《かく》べき也、と大路《おゝぢ》[三]を渡《わた》す」といひて、広椽《ひろゑん》を三回《みたび》めぐらし、獄門《ごくもん》[四]の樗《おゝち》[五]の木《き》に係《かく》と名付《なづけ》て、大床《おゝゆか》の柱《はしら》なる烏帽子《ゑぼし》[六]懸《かけ》に、つらぬきて結《むす》び付《つけ》たり。人ゝ《ひと〴〵》「是《これ》は」とうち興《きやう》じ、尚盃《なをさかづき》をめぐらしける。

此時成親卿《このときなりちかきやう》、行綱《ゆきつな》に対《むか》ひ給ひ、「今回《こたび》の大将軍《だいせうぐん》[七]はひとへに足下《そこ》を頼《たの》みまゐらすなり。」とありければ、行綱畏《ゆきつなかしこ》みて云《い》へりけるは、「某《それがし》不肖《ふせう》なりといへども、弓矢《ゆみや》の家《いへ》に生《うま》るれば、いかで辞《いなみ》申さん。御心易《おんこゝろやす》くおぼせよ[八]」と、こともなげに承引《うけひき》て、さて云《いふ》やう、「今日召《こんにちめ》させ給ふ御馬《おんうま》は、天晴《あつぱれ》[九]の逸物《いちもつ》とこそ見《み》まゐらすれ。あはれ此馬《このうま》に乗《のり》て、合戦《かつせん》つかうまつらば、平家《へいけ》の奴原一ゝ《やつばらいち〳〵》に蹴殺《ふみころ》して御覧《ごらん》にいるべきに。」といと好《この》もしげに聞《きこ》へけるに、成親卿何《なりちかきやうなに》とおぼしけん、「こはいと易《やす》き御所望《ごしよもう》にははべれど、此馬《このうま》のことはふかき縁故《ことのもと》あればまゐらせがたし」と、与《あた》へざりしかば、行綱不興《ゆきつなふきやう》なる顔《かほ》して、再《ふたゝ》び馬《うま》のことは云《いひ》も出さでやみけるが、心裡《こゝろのうち》には成親《なりちか》を恨《うら》み、「我《われ》に大将軍《だいせうぐん》のことを頼《たの》みながら、わづか一匹《ぴき》の馬を惜《おし》みて与《あた》へず。斯《かく》ては我《われ》大功《こう》を立《たつ》るとも、はか〴〵しき賞《せう》はあるまじ。よし〳〵このうへは做《な》すべきやうこそあるらめ。」と、これより背心《そむくこゝろ》の出来《いでき》にけり。是《これ》

一 計画が思い通りにいくというのでほくそ笑む。源平盛衰記では「笑壺の会」とある。
二 近頃。
三 都大路。罪を明らかにして天下に示すため。
四 獄舎の門。
五 獄舎の門脇にある栴檀の木。梟首するにはこの木の枝に懸ける。
六 烏帽子をかけるための釘。
七 軍事面の総大将。
八 お思いなさい。
九 大層立派な駿馬。

鹿谷《しゝだに》の会合《くわいがう》に
妖馬《ようば》放《はな》れて
人《ひと》を騒《さはが》す

蔵人
西光
俊寛
少将
成親卿
中将入道

此妖馬《このようば》、此時主《このときしう》に[一]殃《わざはい》するの端《はし》とは、後《のち》にぞ想《おも》ひ知《し》られけり。

これはさて置終日《おきひめもす》の酒宴《しゆえん》に、各《おの〳〵》酔《ゑひ》を尽《つく》しけるが、日《ひ》既《すで》に暮《くれ》なんとすれば、また重《かさ》ねて会合《くわいがふ》せめとみなおのがさま〴〵に還《かへ》りけり。少将《せう〳〵》どのは、此日[二]首終一言《しじうひとこと》をも宣はず、人〻の光景《ありさま》を看《み》ておはしつるが、肝要《かんやう》とする軍《いくさ》のことをば、はか〴〵しくも議《ぎ》せず、徒《いたづら》に酒宴《しゆえん》をなし、[三]狂言《きやうげん》を云《いひ》てうち興《きやう》ずるのみなれば、ひとり嘆息《たんそく》し給ひ、「かくては事のならざるのみか、禍《わざはい》の来《きた》らんこと遠《とを》からじ。嗚呼《あゝ》浅猿《あさまし》の人〻《ひと〴〵》かな。」と深《ふか》く愁《うれ》ひを懐《いだ》き、心鬱〻《こゝろうつ〳〵》として還《かへ》り給ふ。

こゝに鷲塚《わしづか》八平次は、前《さき》に重井《しげのい》に懸想《けさう》すること大《おほ》かたならず、多〻《さま〴〵》と心《こゝろ》を砕《くだき》しかど其《その》甲斐《かい》なく、去頃《いぬるころ》与作《よさく》が妻《め》となり、一子《いつし》をさへ産《うみ》たれば、其妬《そのねた》き事限《かぎり》なく、[四]時〻《より〳〵》成親卿《なりちかきやう》へ、四三平親子《おやこ》がこと[五]讒《さかしら》しつれど、彼《かれ》は少将《せう〳〵》どのゝ御人《おんひと》なれば、其[六]謀《そのはかりごと》行《おこなは》れず、空《むな》しく日月を過《すご》しつるが、今《いま》は想《おも》ひ忍《しの》ぶやうもなく、あはれ与作《よさく》を討《うつ》て、恋《こひ》の仇《あた》を報《むく》ゆべしと思へど、彼《かれ》は早業《はやわざ》の手利《てきゝ》なれば、容易《やうい》に討取《うちと》ることも做《なし》がたく、兎《と》やせまじ角《かく》やせまじと、其隙《そのひま》を窺《うかゞ》ふ処《ところ》に、今日《けふ》与作《よさく》は少将《せう〳〵》どのゝ御供《おんとも》して、鹿谷《しゝだに》に赴《おもむき》しかば、今日《けふ》失《うしな》ふにはよき便《たより》ありと、俄《にはか》に病《びやう》気と称《せう》し成親卿《なりちかきやう》の御供《おんとも》にはゆかで、蜜《ひそか》に鹿谷《しゝだに》の道《みち》、嶮岨《けんそ》の所《ところ》に[七]埋伏《まいふく》し、与作《よさく》が過《すぐ》るを俟《まつ》て、一矢《ひとや》に射殺《いころ》さんと、弓矢《ゆみや》携《たづさへ》、朝《あさ》より彼所《かしこ》に赴《おもむ》きけり。

当時法然上人《このころほうねんしやうにん》は、[八]如意嶺《によいがだけ》の麓《ふもと》、鹿谷《しゝだに》の片《かた》ほとりに、草庵《さうあん》を営《いとな》みおはし給ふ。此地方《このところ》は、

一 災難。「禍」と同じ。「殃 ワザワヒ」(倭玉篇)。

二 始めから終りまで。「始終」とあるべきところ。

三 戯れ言。瓶子の話などを指す。

四 折にふれて。「時々 ヨリ〳〵」(書言字考)。

五 讒言する。「讒言 ザンゲン サカシラ」(書言字考)。

六 計略。「謀 ハカリコト」(易林本節用集)。

七 かくれて待伏すること。「埋伏 ふせぜいをおく」(名物六帖)。

八 浄土宗弘通のため比叡山を下った法然上人が草庵を結んだ黒谷を指す。左京区黒谷町、吉田山の南で鹿谷の近くである。

[九]松風蕭然《まつかぜせうぜん》として、猿声幽谷《ゑんせいゆうこく》に谺《こだま》し、まことに清浄無塵《せいじやうむじん》の地《ち》なり。四三平入道《にうどう》は、諸国行《しよこくあん》脚《ぎや》に出《いで》しが近頃《ちかごろ》は又都《みやこ》に来り、師《し》の坊《ばう》のもとに居りぬ。されば与作はおり〳〵吊《とぶら》ひけれど、此ほどは給事《みやづかへ》にいとまなく、うち絶《たへ》て音問《おとづれ》なくてありしが、今日しも主《しう》の供《とも》して、此処まで来《き》つれば、よき幸《さいはい》なり、と少将殿《せう〳〵どの》へ暫時《しばし》の暇《いとま》を申《(まうし)》給はり、法然上人《ほうねんしやうにん》の草庵《さうあん》に詣《も》ふでしに、竹村貞晋《たけむらていしん》も四三平入道《にうどう》を吊《とぶらは》んとて来りつるにぞ、不意《ゆくりなく》して[一〇]親属集《うからつどい》て、四方《よも》山《やま》の物語《ものがたり》するに、想はず時剋《とき》を過《すご》し、暮近《くれちか》くならんとするに、与作は少将殿《せう〳〵どの》帰《かへり》給はんに、程もあるべからずと、暇《いとま》を告《つげ》て還《かへら》んとすれば、貞晋《ていしん》も明日《あす》は所用《しよやう》ありて、他《た》に出行《いでゆく》ことあれば、倶《とも》に還《かへら》んと、二人うちつれだちて庵《いほり》を立出麓《たちいでふもと》をさして急《いそ》ぎけり。

此日八平次は、朝《あさ》まだきより此地方《このところ》に来《きた》り、嶮岨《けんそ》なる木立茂《こだちしげり》たる処に忍《しの》びて、与作が来るを待処《まつところ》に、前《さき》には少将殿《せう〳〵どの》の御供《おんとも》にて、大勢《おほぜい》うち混《こん》じて過《すぎ》つれば、もし射損《いそん》ずることもやと空《むな》しう過《すご》し、遠《とを》く其跡《そのあと》を慕《した》ひ行《ゆひ》て窺《うかゞ》ふに、人〻《ひと〴〵》俊寛《しゆんくわん》の別荘《べつさう》に入りしが、与作《よさく》は父《ちゝ》を吊《とぶらは》んが為《ため》、法然上人《ほうねんしやうにん》の草庵《さうあん》に赴《おもむか》んと、ひとり谷間《たにま》を行《ゆく》を、遥《はるか》に見《み》て、今《いま》こそと喜《よろこ》び兼《かね》て準備《こゝろがまへ》の弓《ゆみ》に矢《や》をつがひ、[一一]便《たより》よき処にて射留《いとめ》んと、岨《そば》づたひにその後《あと》を慕《した》ひ行しが、只有大木《とあるたいぼく》のありければ、こは[一二]窟竟《くきやう》の処《ところ》よと、其木《そのき》の陰《かげ》に身《み》をかくし、[一三]よつぴきひやうど放《はな》せしが、何《なに》とかしけん弓弦《ゆみつる》ふつと切《きれ》しかば、こは口惜《くちお》しきことかなと、再《ふたゝ》び弓《ゆみ》に弦《つる》するうち、与作は遠《とを》く行去《ゆきさり》しかば、心焦燥足《こゝろいらちあし》をはやめて逐《おひ》しかど、[一四]盤曲高低《ばんきよくかうてい》《〇マガリタルタカヒク》の岨路《そばみち》なれば

九 松風がひっそりと吹き渡り、猿の鳴声が深い谷にこだまするような。出典あるか、未調。

一〇 親族。

一一 丁度都合のよいところで。

一二 絶好の場所。

一三 矢を放つ時、十分引きしぼって勢いよく放つ表現。

一四 くねくねと曲り高低がある山路。

終《つい》に及《およば》ず。あまりの本意《ほんゐ》なさに、企踵《あしをつまだて》[一]て望《のぞ》み見《み》れば、法然上人《ほうねんしやうにん》の草庵《さうあん》の裡《うち》にぞ入《いり》にけり。八平次は射損《いそん》じたるを、無念《むねん》のことに思ひしが、この光景《ありさま》を看《み》て、再《ふたゝ》び心《こゝろ》をとり直《なを》し、彼今《かれいま》に還《かへ》り来《こ》んは必定《ひつでう》なり。其時《そのとき》こそ逃《のが》すまじと便《たより》よき処《ところ》に身《み》を潜《ひそめ》て待居《まちお》りぬ。

程《ほど》なく申《さる》[二]のさがりにもならんとする折から、庵《いほり》の裡《うち》より笠被《かさき》たる二人《ふたり》の漢子《おのこ》出来《いできた》るあり。八平次は心喜《こゝろよろこ》び、「こは与作《よさく》ならめ」と遠目《とをめ》にすかし、とみつからみつすれど、原《もと》来此地方《よりこのところ》は、叡山《ゑさん》[三]の南《みなみ》に隣《となつ》て白雲嶺《はくうんみね》を埋《うづ》み、谷深《たにふかう》して万仞《ばんじん》[四]の青巌路《せいがんみち》を遮《さへぎ》れり。昔《むかし》より斧《ふ》[五]鉞入《ゑつい》らざる山《やま》なれば、喬木生茂《きやうぼくおひしげ》[六]りたるに、殊《こと》に晩夏《みなつき》[七]のはじめなれば、万木《ばんぼく》の枝葉濃《しやうこまやか》[八]にして、白昼《ひる》といへども朦朧《もうろう》たる月夜《つきよ》のごとくなり。まひて今夕晩《いまたそがれ》の時《とき》なれば、ます〳〵淡暗《うすぐら》くて、ものゝあやめもさだかならねば、日頃《ひごろ》見なれし与作《よさく》ながら、彷彿《ほうほつ》[九]としてその人としもわきがたく、兎《と》やせまじ角《かく》やせまじと躊躇《たゆたひ》てありしが、熟ゝ《よく〳〵》想《おも》へばたとへ与作《よさく》を射損《いそ》んずとも、うち連《つれ》だちたる人の殺《ころされ》んには、いかで禍《わざはい》のかゝらであるべき、と心《こゝろ》にうなづき待処《まつところ》に、程なく間近《まちか》う歩《あゆ》み来《きた》れり。前《さき》にすゝみし漢子《おとこ》の射《い》よげにみゆれば、ねらいすましてひやうど射《い》るに、思ふ矢壺《やつぼ》[一〇]を少《すこし》も差《たが》へず、胸《むな》[一一]さかを射貫《いつらぬ》き背《そびら》に鏃《やじり》みへければ、なじかは少《すこし》もこらゆべき、「阿《あ》」と云《いひ》て仰《のけ》さまにぞ倒《たを》れけり。

是何人《これなんびと》ぞとなれば、則《すなはち》竹村貞晋《たけむらていしん》なり。親子《おやこ》とは云ながら、其容貌《そのかたち》与作《よさく》とよく似《に》たれば、八平次の看差《みたが》ふも、げに理《ことはり》なることにあらずや。与作は是《これ》を看《み》て愕然《がくぜん》と驚《おどろ》き、慌忙《いそがはし》

一 「延レ頸企レ踵」などいう熟語で用いられる。遠くを見るための姿勢を示す。
二 申の刻(午後三時ころより午後五時ごろまで)の終り、夕刻。
三 「そもそもこの嶺は叡嶽の南に隣りて、白雲嶺を埋み、谷深うして、万仞の青巌路を遮れり」(都名所図会・鹿ヶ谷の項)に拠る。比叡山。
四 多くのけわしい堅い巌。
五 おのやまさかりが入っていない山、原始林の茂る山。
六 丈の高い大木、松・杉・檜などをいう。
七 水無月。陰暦六月。
八 底本の振仮名は「しやうやう」。
九 底本のまま。「ハウホツ かすかに」(日葡)。
一〇 矢のねらい所。
一一 胸坂。胸の高くなっているところ。

く抱《いだ》き起《おこ》して介抱《かいはう》すれど、大事《だいじ》の傷手《いたで》なればもの言《いふ》ことも叶《かな》はず、纔《わづか》の間眼《あひだめ》[一二]をくるめかしてありけるが、霜《しも》の朝日《あさひ》に遭《あふ》ごとく、兎《と》角《かく》するまにはやこと[一三]きれて失《うせ》にけり。与《よ》作《さく》は心狂気《こゝろきやうき》のごとく、「かばかりの傷《きづ》に斯《かく》はかなくも失《うせ》給ふか」と、声《こへ》のかぎり呼活《よびいか》せど、其甲《そのか》斐《い》もなくなりぬれば、今《いま》は何とも詮《せん》すべなく、泣《なく》より外《ほか》のことぞなき。かゝる処へまたも弦音高《つるおとたか》く聞《きこ》へて、一筋《ひとすじ》の矢《や》飛来《とびきた》るに、与《よ》作《さく》はやく身《み》を屈《かゞ》めこれを避《さく》れば、矢《や》は頂《いたゞき》の上《うへ》を過行《すぎゆき》て傍《かたへ》の松《まつ》に立《たつ》たりけり。与《よ》作《さく》はこれを見《み》るよりも、大に怒《いか》り矢《や》の来《き》し方をにらまへて、罵《のゝしり》て云《い》へりけるは、「前《さき》に父貞晋《ちゝていしん》に中《あた》[一四]りたる矢は猟夫等《さつをら》が鹿《しか》を射《い》る矢《や》の、それたるかと思ひしに、またも矢《や》を射《い》かくるは、山賊《さんぞく》などの財《ざい》を奪《うばゝ》んとて做事《なすこと》か、さらずは我《われ》に遺恨《いこん》を含《ふくむ》ものゝ所為《しよい》なるか。何《なに》まれ飛道具《とびどうぐ》をもて殺《ころ》さんとは、臆病未練《おくびやうみれん》の行状《ふるまひ》なり。いかで此報《このむくひ》をせでや歇《や》む」と、矢《や》の来《き》し方《かた》に走行《はせゆか》んとす。

此当時少将殿《このおりからせう〳〵どの》、俊寛《しゆんくわん》が別荘《べつそう》を出《いで》て、此処《このところ》まで帰《かへ》り給ひしが、此光景《このありさま》を御覧《ごらん》じて、急《きう》に与作をひきとゞめ、縁故《ことのもと》を問《とひ》給ふ。与作はありし躰《てい》たらくを回応《いらへ》申せば、少将殿《せう〳〵どの》ふかく憐《あはれ》ませ給ひて、「こは盗賊《とうぞく》の所為《しよい》に必《ひつ》せり。汝当《なんちとう》の敵《かたき》をとらんとするは道理《ことはり》ながら、其《その》人《ひと》をしらず。ことに夜《よる》の山道《やまみち》なれば、仇《あた》を討《うつ》ことをば得《え》ずして、なか〳〵身《み》に過《あやま》ちあらば、悔《くゆ》とも甲《か》斐《い》なし。我明日《われあす》[一五]撿非違使《けんびいし》に訴《うつた》へ、公《おゝやけ》の勢《いきほひ》をもて捜索《さがす》に、なでう知《し》れざることのあるべき。必平《かならずせ》[一六]火性《い》てあやまちせそ。まづ其屍《そのなきがら》をば汝《なんち》が家《いへ》に誘《いざな》へ。」と諫《いさめ》たまへ

一二 目をくるくる廻す。断末魔の様子を形容する。
一三 絶命する。
一四 命中する。「中　アタル〔白虎通〕射者執レ弓堅固心平躰正、然後—(アタル)也」(書言字考)。
一五 「けびゐし」。訴訟・裁判を扱う役所。
一六 「火性」は白話で激し易い性質をいう。

ば、与作漸《やう》やく心をおさめ、主《しう》の諌《いさめ》に従《したが》ひて、俄《にはか》に一張《ひとはり》の轎子《かご》を雇《やと》ひ、貞晋《ていしん》が屍《なきがら》をかき荷《にな》はし泣々《なく〳〵》家《いへ》に帰来《かへりき》つ。妻《つま》に斯《かく》と告《つげ》ければ、重井《しげのい》は舅《しうと》が非[一]命《ひめい》の死《し》を驚《おどろ》き、倶《とも》に嘆《なげ》き沈《しづ》みしが、斯《かく》てもあるべきにあらねば、幸《さいはい》四三平入道《にうどう》の鹿谷《しゝだに》に居《お》れば、此《この》よし斯《かく》と告知《つげし》らし、[二]追福《ついふく》のことを頼《たの》み聞《きこ》えしかば、四三平入道貞晋《にうどうていしん》が死《し》を聞《きい》て驚《おどろ》き来《きた》り、夫婦《ふうふ》のものを諌《いさ》め、[三]野辺送《のべおくり》のことなど細《こま》やかに沙汰《さた》し、懇《ねんごろ》に回向《ゑかう》[四]をなしにけり。

浅《あさ》[五]緑《みどり》

且説与作《さてもよさく》は、貞晋《ていしん》に後《おく》れ、悲《かな》しみの涙《なみだ》かはく隙《ひま》なく嘆《なげき》けるにぞ、少将《せう〳〵》どの其孝心《そのこうしん》のふかきを憐《あはれ》ませ給ひ、速《すみやか》に撿非違使《けんびいし》に訴《うつたへ》給ひ、貞晋《ていしん》を殺《ころ》せるものを索《もとめ》給へど、露《つゆ》ほどの手《て》がゝりなければ、一日《ひとひ》〳〵と過去《すぎさ》りけり。与作は熟々《つく〴〵》と思惟《おもふ》[六]に、「君父《くんぷ》[七]の讐《あた》には天《てん》を共《とも》にせずとあれば、我斯《われかく》て居《お》るべきにあらねど、今楯《いまたて》の性《せい》[八]を犯《おか》し、四三平入道《にうどう》の子《こ》となれば、実父《じつぷ》の仇《あた》を報《むくは》ん為《ため》、身《み》の暇《いとま》を乞《こは》んことも倣《なし》がたく、よしや君《きみ》に嘆《なげ》き仇《あた》を尋《たづ》ねに出《いづ》るとも、敵《かたき》は誰《たれ》とも知《しれ》ざれば、速《すみやか》に仇《あた》を報《むく》ゆることも難《かた》かるべし。爾《しか》はあれこの事《こと》たゞにやむべきにあらず。我子《わがこ》三橘《さんきつ》は、竹村《たけむら》の家《いへ》を嗣《つが》すべきものなり。今《いま》より三四年《さんよねん》を経《へ》ば、少《すこし》く物《もの》の道理《どうり》を弁《わきもふ》[九]べし。其間《そのあひだ》に敵《かたき》を捜索《さがし》、三橘《さんきつ》に介太刀《すけだち》して、仇《あた》を報《むく》はん」と心《こゝろ》を定《さだ》め、目前《めのまへ》にある八平次《はつへいじ》が討《うち》たりとは、神《かみ》ならぬ身《み》の露《つゆ》しらで、これよりして只顧仏神《ひたすらぶつしん》を念《ねん》じ、

一 天命ならざる死。横死。
二 死者の冥福を祈って法事などを行うこと。
三 葬式。
四 死者の霊を慰める読経などの行事。
五 催馬楽の曲名。
六 考える。「念惟　オモヘバ」(書言字考)。
七 主君や父の仇は命を捨てても報復しないではおれない。礼記・曲礼には「父之讐弗三与共戴二天」とある。君父とあるのは日本の近世的思惟の表現。
八 底本のまま。姓とあるべきところ。音通による。
九 分別する。「弁　ワキマフ」(書言字考)。

与作鹿谷《しいだに》に父をうしなふ

与作

貞晋

八平次

仇《あた》を知《し》らし給へと祈《いのり》ける、心《こゝろ》の裡《うち》ぞ哀《あはれ》なり。

この后話《のちはなし》なしこゝに、多田蔵人行綱《たゞのくらんどゆきつな》は、去頃鹿谷会集《いぬるころしゝだにくわいしう》の折《をり》から、成親卿《なりちかきやう》の馬《うま》を所望《しよもう》せしに、与《あた》へざりしをふかく憤《いきどほ》り、「我《われ》に大将《たいせう》のことを託《たく》しながら、纔一匹《わづかいつぴき》の馬《うま》を惜《おしみ》て与《あた》へざるこそ易《やす》[一]からね。かゝる人《ひと》は必《かなら》ず大事《だいじ》を誤《あやま》るものなり。此人《このひと》に与《くみ》[二]するは、薪《たきぎ》[三]を負《おふ》て火《ひ》を救《すく》ふにひとし。今回《こたび》の企外《くわだてほか》より漏《もる》るほどならば、我《われ》も重《おも》き罪《つみ》に所《しよ》[四]せらるべし。[五]不如我此事《しかじわれこのこと》を、相国入道《しやうこくにうどう》に告知《つげし》らすべし。爾《しか》るときはひとつには身《み》の咎《とがめ》を免《まぬか》れ、ふたつには平家《へいけ》に好身《よしみ》[六]を得《え》て、吹挙《すいきよ》[七]にも預《あづか》らば、官禄《くわんろく》ともにすゝみなん」と、想《おも》ひたつこそ方見《うたて》けれ。

頃《ころ》は安元《あんげん》[八]三年の、五月廿日、多田蔵人行綱西八条《たゞのくらんどゆきつなにしはちじやう》[九]へ推参《すいさん》して、相国入道《しやうこくにうどう》へ見参《げんざん》のことを云入《いひいれ》けるに、此時入道《このときにうどう》どのは、福原《ふくはら》へ下向《げかう》し給ひぬとあるに、さらばとてそれより福《ふく》原《はら》へ下《くだ》り、浄海入道《じやうかいにうどう》の見参《げんざん》に入《いり》て、成親卿《なりちかきやう》の企《くわだて》の程《ほど》を詳《つまびらか》に訴《うつたへ》しかば、浄海入道《じやうかいにうどう》大きに驚《おどろ》き、且怒《かついか》り俄《にわか》に上洛《じやうらく》ありて、成親卿已下《なりちかきやういげ》、一味《いちみ》の人《ひと》〲残《のこり》なく召捕《めしとらへ》けり。

此時丹波《このときたんば》少将《せうく》は、院《いん》の御所《ごしよ》に上臥《うはぶし》[一〇]して、いまだ罷出《まかで》給はざるに、楯与作慌忙《たてのよさくあはたゞし》く、院《いん》の御所《ごしよ》へ走参《はせまいり》、成経卿《なりつね》にまみへ、「大殿《おゝとの》は今朝《けさ》西八条《にしはちじやう》へ召捕《めしとら》へられ給ふ。人《ひと》の風声《うはさ》[一一]に聞《きけ》ば、公達《きんだち》をも捕《とら》へまゐらせ、御父子諸共《おんふしもろとも》に、此夕失《このゆふべうしな》ひまゐらすなど沙汰《さた》し候。早《はや》く何方《いづち》へも立退《たちのき》たまへ。御供仕《おんともつかふまつら》ん」と申ける。成経卿《なりつね》これを聞《きゝ》給ひ「さては大事《だいじ》漏《もれ》にけるよ。

一　容易なことではない。行綱が馬のことで変心するのは、「催馬楽奇談」創始の趣向である。
二　一味する。
三　害を除こうとして却って助長するという意の譬え。「如㆓負㆑薪救㆒火」（貞観政要）などとある。
四　処罰される。
五　倒置法的表現。
六　親交。「好身」の表記未調。
七　官途に就くように推薦すること。「吹嘘　或作㆓吹挙㆒、又作㆓推挙㆒」（文明本節用集）、「吹嘘〔書言故事〕求㆓薦挙㆒、謂㆘尚仮㆓――之力㆒㆖」（書言字考）。
八　一一七七年。以下の記述は、諸臣逮捕に至るまで、与作登場などの場を除いて、源平盛衰記の抄録的文章である。「頃は」という表現は、読本の講釈的表現。
九　平清盛の邸宅のあったところ。屋舎五十あまりの広大な敷地であったと伝える。
一〇　院中に宿直すること。
一一　「噂をよめり…又風声とも訳せり」（倭訓栞）。

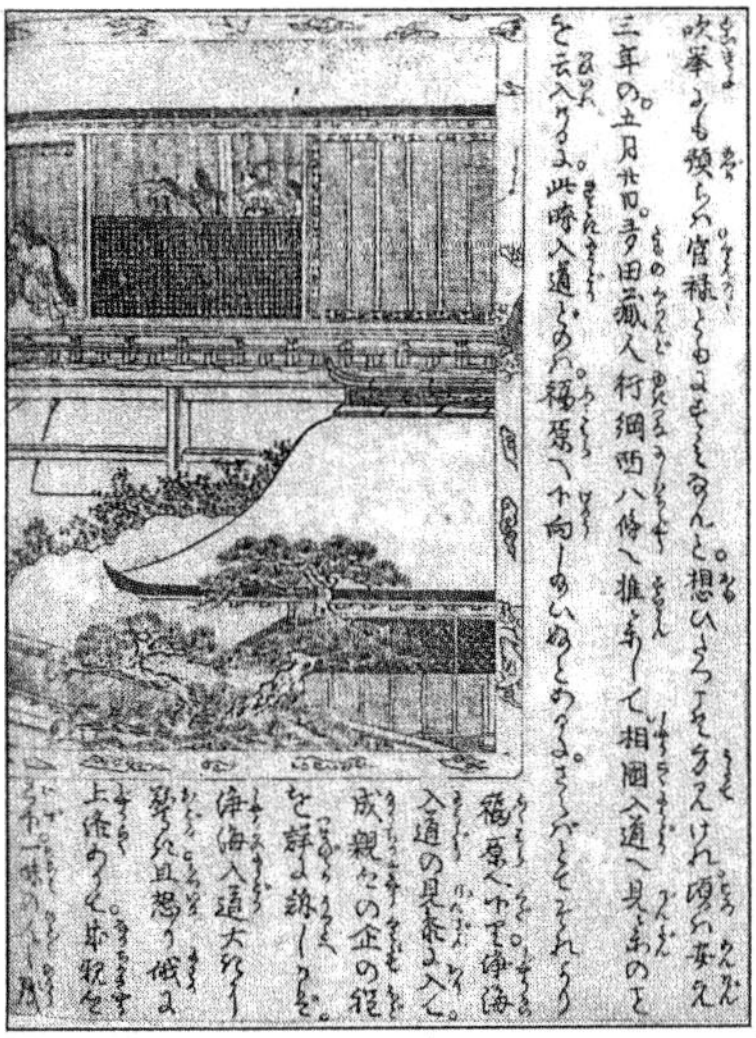

法皇《ほうわう》
少将の罪《つみ》せらる
を憐《あわれ》み給ふ

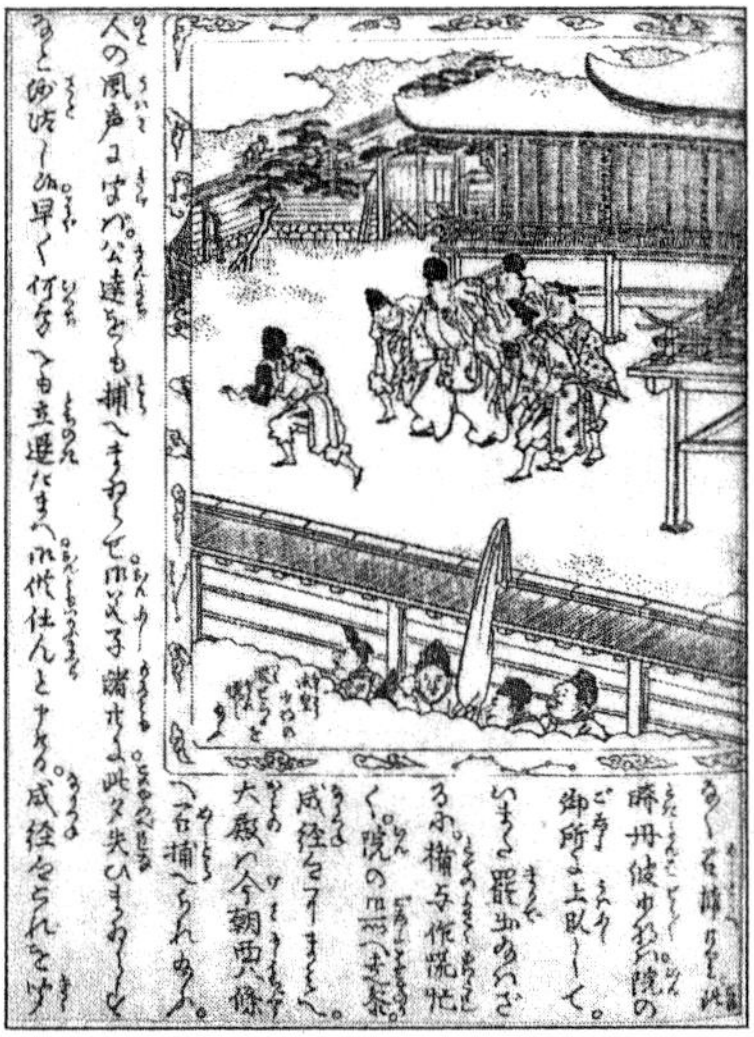

予《かね》て斯《かく》あるべくは思ひしかど、今日《こんにち》などゝは想ひかけず、父《ちゝ》の命《いのち》いかにあらん。あな心《こゝろ》憂《う》や。」と頻《しきり》に涙《なみだ》を流《なが》し給へば、与作《よさく》これを諫《いさめ》て云《いふ》「こは一雌ゝ《めゝ》しき仰《おゝせ》を承《うけ給は》るものかな。小松《こまつ》どの門脇《かどわき》どのもおはすれば、よも御命《おんいのち》には及び候まじ。そは兎《と》まれ角《かく》まれ、父子《ふし》手《て》二を束《つかね》て三擒《とりこ》となり給はんは拙《つたな》き事《こと》なり。一《ひと》まづ四いづちにも立忍《たちしの》ばせ給ひ、謀《はかりごと》をもて大殿《おゝとの》を救《すくひ》給ん、御心《おんこゝろ》はおはさずや」とありけるに、少将《せう〳〵》どの涙《なみだ》をはらひ給ひ、「相国入道《せうこくにうどう》は大かたならぬ腹《はら》あしき人なり。我走《われはし》りたりと聞《きか》ば、父《ちゝ》の罪《つみ》の増《ます》ことはあれ免《ゆる》さることはあるまじ。たゞ此《この》うへは運《うん》を天《てん》に任《まか》せ、死生《しせい》は父子《ふし》共にするこそ我心《わがこゝろ》也。再此《ふたゝびこの》ことな諫《いさめ》そ。我又汝《われまたなんぢ》が忠《ちう》なることを知《し》れば、頼置《たのみおく》ことあり。我身《わがみ》捉《とらはれ》となりせば、たとへ死罪《しざい》は免《まぬか》るとも、五流《る》刑《けい》はいかで逃《のが》るべき。爾《しか》なりたらんには、あとに残《のこ》せし母《はゝ》や子《こ》のこと、いとおぼつかなく心苦《こゝろぐる》し。汝此人ゝ《なんぢこのひと〳〵》を、いかならん処《ところ》へも忍《しの》ばしおき、時《とき》を待《まつ》て門脇《かどわき》どの、小松《こまつ》どのに嘆《なげ》き申て、然《しか》るべくはからいてよ」とわりなくも聞《きこ》へ給ふに、与作涙《よさくなみだ》をはら〳〵と流《なが》し、「こは命《おゝせ》までも候はず。そのこと些《ちと》も御心《おんこゝろ》を煩《わづらは》し給ひそ。僕生《やつがれいき》て居《おら》んかぎりは、いかでみすてまいらすべき」と、いと頼《たの》もしく聞《きこ》へけり。

かゝる折《おり》から門脇《かどわき》どのよりとて御使《おんつかひ》ありけるは、「西八条殿《にしはちでうどの》より、少将《せう〳〵》どの六相具《あひぐ》し参《まいり》候へとあり。いかなることか、七あさましきことのやうに承《うけ給は》れど、我《われ》かくて居《お》れば、御身《おんみ》の為悪《ためあし》きやうは計《はから》ひ候はじ。八他人《あだひと》の手《て》より参《まいり》給んは然《しか》るべうもおぼへね。とく九此方《このかた》に御

一 女のように心弱い。
二 対策も考えないで。
三 底本「擒(とりこと)なり」。
四 どこかに。「何地 イヅチ」(書言字考)。
五 死罪について重い刑で、辺境の地に送り囚える刑。
六 一緒に連れだって。
七 驚くべき事態のように。
八 親しみのない他人。
九 私の家の方へ。

わたり候へ」とありけるに、成経卿《なりつねきやう》与作《よさく》に対《むか》はせ給ひ、「今《いま》ははや奈何《いか》にするとも力及《ちからおよ》ばじ。これより我《われ》は西八条《にしはちでう》へ赴《おもむ》くなり。汝《なんぢ》は早《はや》く家《いへ》に還《かへ》り、人々《ひとびと》のまどひて[一〇]不覚《ふかく》せざるやうに計《はから》ひ候へ。とく〳〵」とおひ出《いだ》しやりてやがて兵衛佐《へうえのすけ》といふ女房《にようばう》を尋出《たづねいだ》し申されけるは、「夜《よ》べより世間物騒《よのなかものさわがし》きやうに聞《き》こゆれば、例《れい》の[一一]山法師《やまぼうし》の下《くだ》るやらんと存《ぞん》じ候ひしに、僕《やつがれ》が身《み》にかゝることにて候ひぬ。御前《おんまへ》に参《まいり》て今一回《いまひとたび》、君《きみ》をも見《み》まいらせたくはべれど、憚《はゞかり》ある身《み》となれば思ひながら空《むなし》く罷出《まかで》候ひぬと、御披露《ごひろう》給はれかし」と云《いひ》も果《はて》ぬに、涙《なみだ》をはら〳〵と流《なが》し、[一二]狩衣《かりぎぬ》の袖《そで》を絞《しぼり》けり。日頃年来馴戯《ひごろとしごろなれたはぶれ》たりし女房達《にようぼうたち》、このことを伝聞《つたへきゝ》て出合《いであひ》つゝ、「何《なに》ごとにか浅猿《あさまし》や。いかになりゆき給ふぞ。」と各《おの〳〵》別《わかれ》を悲《かなし》みけり。

[一三]佐兵衛佐《さへうへのすけ》の局《つぼね》は、少将《せう〳〵》の聞《きこ》へ給ふことを、院《いん》に奏《さう》しければ、法皇大《ほうわうおゝひ》に驚《おどろ》かせ給ひ、「さては此人々《このひと〴〵》が内々計《ない〳〵はから》ひし事の、漏《もれ》にけるよ」とおぼし召《め》されて、「成経是《なりつねこれ》へ」と[一四]御《おん》気色《けしき》ありしかば、少将泣々《せう〳〵なく〳〵》御前《おんまへ》へ参《まいり》たれど、涙《なみだ》に咽《むせ》びてものも申されず。法皇《ほうわう》も御涙《おんなみだ》を押《おさ》へおはして[一五]御言語《おんことば》もなし。兎角《とかく》するうち、門脇《かどわき》どのよりの使《つかい》「はや時剋《じこく》も移《うつり》候に、とく〳〵」といそがしたつれば、少将《せう〳〵》は君《きみ》に名残《なごり》は惜《お》しけれど、また父《ちゝ》の身《み》のうへも気《き》づかはしく、泣々《なく〳〵》御前《おんまへ》を罷出《まかで》しかば、法皇《ほうわう》は又[一六]御覧《またごらん》ぜぬ事《こと》もやと、[一七]御簾《ごれん》近《ちか》く御幸《みゆき》ありて、御涙《おんなみだ》を拭《ぬぐは》せ給ふぞ辱《かたじけな》き。成経卿《なりつね》は使《つかひ》と倶《とも》に、門脇宰相《かどわきさいせう》の御もとへまいられけり。此時《このとき》しも北方桂《きたのかたかつら》の前《まへ》は、たゞならぬ身《み》にて近《ちか》きには産《さん》し給ふべきほどなれば、心《こゝ》ちも悩《なやま》しく

一〇 失態しないように。

一一 叡山の僧兵。三井寺の寺法師、興福寺などの奈良法師に対しての称。

一二 公卿殿上人の略服。参内は不可だが院参は許された。

一三 底本のまま。源平盛衰記にも「左兵衛佐」の名前なし。

一四 御意向。

一五 源平盛衰記では「御詞」。

一六 再び会うことはないかも知れない。

一七 院の御座所のすだれ。

おはす故《ゆゑ》、養生《やうぜう》の為《ため》とて亀寿丸《かめじゆまる》を倶《ぐ》し給ひて、御父門脇《おんちゝかどわき》どのゝ御許《おんもと》におはしけるが、少《せう》将《〱》どのゝこと聞《きゝ》給ひて、絶《たへ》[一]も入《いく》べきほどに嘆《なげ》かせ給ひしが、たゞいま少将《せう〱》のわたらせ給へば、走出《はしりいで》てとりすがり狂気《きやうき》のごとく泣《なき》給ふを、父《ちゝ》の宰相《さいせう》どのこれを諫《いさ》め、「我《われ》に思ふむねあればひとまづ、少将《せう〱》どのを西八条《にしはちでう》へ参《まい》らすべし。若遅《もしち》ゝせば、入道《にうどう》どのゝ怒《いかり》つよくなりて、命《いのち》のほども危《あや》ふきに、只我《たゞわれ》に任《まか》せ給へ」とこしらへ[二]て、成経《なりつね》卿を将《い》て、相国《せうこく》入道《にうどう》の御許《おんもと》へまゐられけり。

かゝる処《ところ》へ楯与作《たてのよさく》走来《はせきた》り、大庭《おゝには》に畏《かしこま》りて云《い》へりけるは、「さても今朝大殿《こんてうおゝとの》、西八条《にしはちでう》に召籠《めしこめ》られ給ひしことを、公達《きんだち》に告《つげ》まいらせんと、院《いん》へまゐり事《こと》の体《てい》たらくを聞《きこ》へ上《あげ》しに、母《はゝ》うへ、北方亀寿君《きたのかたかめじゆぎみ》の、御身《おんみ》のうへいとおぼつかなければ、「汝《なんぢ》よきに計《はから》ひてよ」との命《おゝせ》を稟《うけ》、急《いそ》ぎ御館《みたち》に還見《かへりみ》てあれば、門《もん》は披《ひら》き見苦《みぐる》しき雑具《ざうぐ》など、所《ところ》[三]せきまでとりちらしあれど、一人《ひとり》の人《ひと》をも看《み》ず。厩《うまや》の辺《ほとり》を見《み》るに、馬《うま》ども鼻《はな》をならべてたつたりけれども、[四]草飼舎人《くさかいとねり》もなし。あまりに浅猿《あさま》[五]しく、そゞろ涙《なみだ》にかきくれつゝ、おもひまはせば昨日《きのふ》まで、車馬門《しやばもん》に立並《たちなら》び、賓客坐《ひんかくざ》に列居《つらなりゐ》て、酒《さけ》[六]の池肉《いけにく》の林《はやし》に酔《ゑ(ひ)》を尽《つく》し、謡《うたい》つ舞《まひ》つ、世《よ》の楽《たのしみ》を極《きはめ》給ひて、栄花此上《ゑいぐわこのうへ》なし。近《ちか》き辺《ほとり》の人ゝ《ひと〲》は、物《もの》をだに高《たか》くは得《え》いはず、門辺《かどべ》を過《すぐ》るものも、自《おのづか》ら腰《こし》を屈《かゞめ》ぬ。かばかりの威《い》[七]福《ふく》またあるべしともおぼへざるに、忽《たちま》ち今日《こんにち》に至《いた》りては、寂寥《せきりやう》として人影《ひとかげ》をだに見《み》ず。得失栄枯《とくしつゑいこ》[八]は世間《よのなか》の常《つね》とは云《いひ》ながら、わづか一夜《いちや》

一 底本のまま。「絶も入(ゐ)べき」の誤刻か。気を失うばかりに。

二 言いつくろって。

三 部屋一杯に。

四 馬飼いの下男。

五 「深き慮りなくして、浅はかなるをいふなり…浅猿と昔字にかくは、猿は浅智の物なれば、意をとりて書けるのみ」(倭訓栞)。

六 酒池肉林。豪華な酒宴をいう。

七 人を思うがままに従わせること。「惟辟作㆑福惟辟作㆑威」(書経・周書・洪範)とあるによる。

八 得したり損したり、栄えたり衰えたり。

のうちに、斯《かく》も替《かは》ればかはるものかはと、涙《なみだ》ながらに、大殿《おゝとの》の北方《きたのかた》は何方《いづく》におはすやらんと、おくまりたる処《ところ》に入《いり》て見《み》るに、年来召使《としごろめしつか》はれし老嫗《うば》の、朱《あけ》に染《そ》みて叫《うめ》き居《お》るに、こはいかにと立《たち》よりて、縁故《ことのもと》を問《と》へば、老嫗《うば》いと苦《くる》しげなる息《いき》を衝《つき》て云《い》へりけるは、「北方《きたのかた》は大殿《おゝとの》の西八条《にしはちでう》に召籠《めしこめ》られ給ひ、此夕《このゆふ》べには失《うしなは》[九]れもし給ひなんと、聞《きゝ》給ふよりうちふして嘆《なげ》き給ひしが、公達《きんだち》も西八条《にしはちでう》へ、擒《とらは》れ給ひぬとあるに、ふたゝび絶入《たへいる》ばかりに泣《なき》給ひ、『夫子《つまこ》の身《み》にもしものこともありては、甲斐《かひ》なき命《いのち》ながらへて何《なに》かせん。同《おな》じ草葉《くさば》の露《つゆ》と消《きへ》んこそ本意〔ほひ〕なれ。今朝《けさ》を限《かぎり》の別《わかれ》とは、想《おも》はざりける悲《かな》しさよ。』とふしまろびてかきくどき給ふを、『斯《かく》ておはさばもし西八条《にしはちでう》より、討手《うつて》向《むかは》ば憂恥《うきはぢ》をみ給はん。ひとまづ何方《いづく》へも立忍《たちしの》ばせ給へ』と、諫《いさ》めこしらへ、北山雲林院《きたやまうんりんゐん》[一〇]の辺《ほとり》に、日頃頼《ひごろたの》み給へる僧坊《さうばう》のありけるに、出〔いだ〕しやりまゐらせ、我身《わがみ》も倶《とも》に従《したが》ひまゐらせしが、しばし忍《しの》びておはすとも、少《すこ》しき貯《たくはへ》なくてはと、中途《ちうと》より立戻《たちもど》り、常《つね》に手《て》[一一]褻《なれ》給ふ御調度《おんてうど》と、御扶手匣《おんてばこ》の裡《うち》なる、少《すこ》しばかりの黄金《きがね》とを探《さぐ》り出《いだ》し、北方《きたのかた》の御跡《おんあと》をしたひ行《ゆか》んとする折《をり》から、一の老儻《おとな》鷲塚官太夫《わしづかくわんだゆふ》、同八平次《はつへいじ》の兄弟《おとゝい》[一二]、御館《みたち》の騒《さはぎ》に乗《ぜう》じ、貯《たくはへ》給ふ金銀財宝《きん〳〵ざいほう》を奪《うばゝ》んとて来《きた》るに出会《いであひ》、奴家《わらは》が持《も》てる調度《てうど》をも、奪《うば》ひ去《さら》んとするを『そはさせじ。』と争《あらそ》ふて斯《かく》は斬《きら》れはべりぬ。宝《たから》をば奪《うばゝ》れ此重傷《このおもで》をば負《おひ》ぬ。兎《と》ても角《かく》ても生《いく》べきにあらず。」と傍《かたはら》なる井《ゐ》に転《まろ》び入《い》りて、あへなく亡《ほろ》び候ひぬ。此物語《このものがたり》に鷲塚兄弟《わしづかきやうだい》が、不義非道《ふぎひどう》の行状《ふるまひ》を聞《きく》に堪《たへ》が

九 討たれて命を落す。

一〇 京都の北方の山、船岡山・衣笠山などを指し、その近辺の称とする。雲林院は大徳寺の南、船岡山の東にあったと推定される寺院。当時は雲林院菩提講寺と称していたという。

一一 常時使用している手廻りの品。

一二「兄弟 ヲトトイ アニヲト、」(文明本節用集)。

たく、討《うち》も果《はた》さばやと思ひしかど、其去向《そのゆくへ》を知《しら》ざるに、北方《きたのかた》の御身《おんみ》のうへいと気《き》づかわしく、雲林院《うんりんゐん》に走行《はせゆき》て見《み》るに、恙《つゝが》なくおはすに、少《すこ》しは心《こゝろ》おちい、某《それがし》が下僕《しもべ》逸平《いつぺい》をつけ置《おき》、これらの事《こと》を聞《きこ》へ上《あげ》、亀寿君《かめじゆぎみ》御母子《ごぼし》を、雲林院《うんりんゐん》へ忍《しの》ばし奉《たてまつ》らんと、此所《このところ》に馳参《はせまいり》候ひぬ。とく〳〵彼処《かしこ》に御入《おんいり》あれ。」といそがし申せば桂前《かつらのまへ》も、重井《しげのい》も、大殿《おゝとの》の北方《きたのかた》恙《つゝが》な

鷲塚兄弟《わしづかきやうだい》
主家の財《たから》を奪《うば》ふ

八平次

官太夫

くおはすると聞《きゝ》、悲《かな》しきなかにも少《すこ》しは心《こゝろ》をとり直《なを》し、「さらば彼処《かしこ》に赴《おもむか》ばや」と、既《すで》に立出《たちいで》給はんとし給ふ処《ところ》へ、「宰相《さいせう》どの還《かへ》らせ給ふ」とさゝめくに、「あなこゝろ憂《う》や。少将《せうく》どのはいかにならせ給ふぞや。」と嘆《なげ》かせ給ふに、「成経卿《なりつね》も帰入《かへり》らせ給ふ」とあり

しかば、死《しゝ》たる人《ひと》の穌生《よみがへり》たるがごとく喜《よろこ》び給ひ、あまりの嬉《うれ》しさにまたさめ〴〵と泣《なき》給ふ。宰相《さいせう》は少将《せう〳〵》を伴《ともな》ひ、裡《うち》にいらせ給ひて宣《のたま》ふやう、「入道《にうどう》どのゝ憤《いきどほり》斜《なゝめ》ならず、対面《たいめん》もし給はぬを多ゝ《さま〴〵》に嘆《なげき》て、少将《せう〳〵》をば申預《あづか》りたり。成親《なりちか》卿は小松《こまつ》どのゝ小舅《こじうと》なれば、内大臣ふかく嘆《なげ》き給ひしほどに、失《うし》なわるべきをば、免《まぬか》れ給ひたり」と聞《きこ》へ給ふに、桂《かつら》の前《まへ》をはじめ人ゝの喜《よろこ》び大かたならず。なかにも与作は此事はやく、大殿《おゝとの》の北方《きたのかた》に知らしまゐらせんと、雲林院《うんりんいん》に走行《はせゆき》て斯《かく》と告聞《つげき(こ)》へしかば、北《きた》の方《かた》の御喜《おんよろこ》びたとふるに物《もの》なく、「こは夢《ゆめ》にてはあらざるか。夢ならばいつまでも醒《さめ》な〳〵」と宣《のたま》ひつゝ、左右《さゆう》の袂《たもと》を霑《うるほ》し給ふ嬉《うれ》しさも又涙《なみだ》なり。

[一]そも〳〵此北方《このきたのかた》と申は[二]山城守敏賢《としかた》と云《(いふ)》人の女児《むすめ》なりしが、[三]建春門院《けんしゆんもんいん》に給事《みやづかへ》せしを、法《ほう》皇御覧《わうごらん》じて喜《よろこ》び給ひ御いとをしみ深《ふか》かりしが、[四]二条院御位《にでうのゐんみくらい》のとき御覧《みそなはし》給ひ、忍《しの》び〳〵に御書《おんふみ》を賜《たまは》り、内《うち》へ参《まゐ》れとの仰繁《おゝせしげ》かりしかば、終《つい》に内《うち》へ参《まいり》給ひしに、君恩日ゝ《くんおんひゞ》に厚《あつ》かりしが、二条院崩御《ほうぎよ》の后《のち》は、[五]雲井《くもゐ》の月《つき》の忘《わすれ》かね、[六]大炊御門《おゝいみかど》、[七]高倉《たかくら》の[八]雨織戸《あまをりど》の内《うち》に籠居《こもりい》給ひしを、成親《なりちか》卿見《み》そめ給ひ多ゝ《さま〴〵》と[九]云より、相《あひ》なれて北方《きたのかた》とはなり給ひたり。されば少将成経《せう〳〵なりつね》卿の為《ため》には継母《まゝはゝ》にてぞおはしける。此後成親《このゝちなりちか》卿配所《はいしよ》におゐて、失《うせ》給ひぬと聞《きこ》へければ嘆《なげ》きのあまり髪《かみ》をおろし、出家《しゆつけ》して戒《かい》を持《たも》ち、如形《かたのごとく》追善《ついぜん》他事《たじ》なく、念仏三昧《ねんぶつざんまい》に、多《おゝ》くの月日《つきひ》を過《すご》し、終《つい》に[一〇]正念《しやうねん》の大往生《だいわうぜう》を遂《とげ》給ひけり。在俗《ざいぞく》の時《とき》は、逸平陪従《いつぺいつきそひ》居たりしが、出家《しゆつけ》

一 以下の記述は源平盛衰記による。「そも〳〵」という発語は読本的表現。
二 不詳。
三 平滋子(一一四二―七六)。後白河天皇の女御、高倉天皇の生母。安元二年七月八日法住寺殿に崩御であるから、この時は没後。
四 二条天皇(一一四三―六五)。後白河天皇の第一子、在位は一一五八―六五。後白河院政を認めず、政事には叶うが孝道には背くとした。
五 宮中の華やかな生活。
六 後白河院領となった大炊御門殿のことか。
七 二条天皇の里内裏であった高倉殿のこと。
八 家の外回りにめぐらす、雨を防ぎ夜の警備する折り戸。邸内に籠って菩提をとむらっている様。
九 言い寄り。
一〇 悟り切った心で往生の素懐をとげる。

の后《のち》はたゞひとりおはしけるとぞ。此北方《このきたのかた》出家《しゆつけ》[一]し給ひて后話《のちはなし》なし。看《み》ん人《ひと》巻末《くわんまつ》に至《いた》り北方《きたのかた》のことを云《い》はざるを、怪《あや》しみ給ふことなかれ。

却説《さても》[二]安元《あんげん》三年六月二日、平相国入道《へいせうこくにうどう》、難波次郎《なんばのじ》[三]経遠《ろうつねとを》をして成親《なりちか》卿を、備前国児嶋《びぜんのくにこじま》[四]に流《なが》し、其外一味《そのほかいちみ》の人々《ひと〴〵》、或《あるひ》は死刑《しけい》又《また》は流罪《るざい》に所《しよ》せられける。成経《なりつね》卿のことは何《なに》とも沙汰《さた》し給はねば、こは奈何《いかに》と人々《ひと〴〵》不審《あやしみ》想《おも》ふ処《ところ》に、同き廿日、丹波少将成経《たんばのせう〳〵なりつね》卿をば、康頼《やすより》、俊《しゆん》寛等《くわんら》とゝもに薩摩国鬼界島《さつまのくにきかいがしま》[五]へ流《なが》し給ふべきよし、入道相国《にうどうせうこく》より、妹尾《せのふ》[六]太郎して、「少将《せうせう》を此方《こなた》へ御わたしあれ」と、宰相《さいせう》どのへ申されけるにぞ、宰相《さいせう》どの聞《きゝ》給ひ「こはいかに日《ひ》数経《かずふり》ぬれば、今《いま》は異《こと》なることもあらじとこそ思ひつるに、またも悲《かなし》きことを聞《きく》ものかな。今《いま》は詮方《せんかた》[七]なし」と宣《のたま》へば、成経《なりつね》卿は「今日《けふ》迄延《までのび》たるは有《あり》がたき御恩《ごおん》なり。今《いま》ははやまかりなん。」と立出《たちいづ》るを桂前《かつらのまへ》も、重井《しげのい》も今更《いまさら》に絶焦《たへこがれ》[八]てひきとゞめ「今一回入道《いまひとたびにうどう》どのへ申させたべ」と、嘆《なげ》き給へば宰相《さいせう》どのは、「前《さき》に想ふほどのことは云《いひ》ぬ。此《この》うへは何《なに》とも力なし。さりながら我斯《われかく》て居《お》れば、いかなる地方《ところ》へながされ給ふとも、やがて都《みやこ》へ還《かへ》り給ん。しばしの別《わか》れと思ひてよ」と宣《のたま》へば、少将《せう〳〵》は「我身《わがみ》はいかになるとても、此上《このうへ》の御恩《ごおん》には、亀寿《かめじゆ》がことを」といひさして、跡《あと》は涙《なみだ》にくれながら、乳母《めのと》が膝《ひざ》にいだかれし、亀寿丸《かめじゆまる》の髪《かみ》かき撫《なで》て宣《のたま》ふやう、「おんみ七才《なゝつ》にもならば元服《げんぷく》[九]せさし、御所《ごしよ》[一〇]へ参《まゐ》らせんとこそ思ひしに、今我《いまわれ》は罪《つみ》ありて、遠《とを》き配所《はいしよ》に赴《おもむ》けばそは甲斐《かい》なし。[一一]ちゐ君《きみ》の介抱《かいほう》に

一　読本の作法として、登場人物の総ざらいを巻末で示すのが常套だが、北方についてそれをしないことをここに断っている。
二　「却説（さても）」は白話援用の読本的表現。安元三年以下の文章は、源平盛衰記の抄録である。
三　備前の国の住人と源平盛衰記にある。
四　源平盛衰記によると、六月二日に都を追放され、難波次郎に警備されて舟で備前国児島に着く。備中国朝原寺で出家受戒、次郎吉備の中山山上より突き落して殺害、有木の別所に葬る。
五　鹿児島県の大隅諸島にある硫黄島か、古代の流刑島の一つ。
六　源平盛衰記では妹尾太郎兼康とあるが、平家物語では瀬尾。
七　なすすべもない。
八　こがれ死にせんばかりに。源平盛衰記の相当部分は「今更悶（もだえ）焦れ給ひければ」とある。
九　男子が成人したことを示す儀式で、一般に十一歳から十五歳ぐらいまでが多いが、七歳というのは源平盛衰記の記述による。
一〇　院の御所。後白河院に出仕させようと考えていたというのである。
一一　乳母をいうか。

て成人《おとなしう》もなりたらんには、あひかまへて法師《ほうし》となり、[一二]父《ちゝ》が後世《ごせ》を弔《とぶら》へよ」と涙《なみだ》も[一三]かきあへず聞へ給へば、亀寿《かめじゆ》丸今年《ことし》四才《さい》になり給へば、何《なに》とは弁《わきま》へ給はざりけめ、たゞ父《ちゝ》の顔《かほ》をうちまもりうなづき給ふにいとゞ嘆《なげ》きぞ増《まし》にけり。桂《かつら》の前《まへ》も重井《しげのい》も此光景《このありさま》を見聞《（きく）》より倒《たを》れ臥《ふ》して泣《なき》まどふ、道理《ことはり》せめて哀《あはれ》なり。

宰相《さいせう》どの宣《のたま》ひけるは「桂《かつら》の前《まへ》と亀寿《かめじゆ》とは入道《にうどう》どのへ申、我《われ》預《あづかり》置《おけ》ば必ず心を悩《なやま》し給ひそ。やがて免《ゆる》しを請《うけ》て還《かへり》給はん其時《そのとき》は、今日の憂《うき》をば昔語《むかしがたり》になるぞかし」と慰《なぐさめ》給へば少将《せう〳〵》は、舅《しうと》の慈愛《じあひ》を感佩《かんばい》しつゝ、心つよくも人々に名残《なごり》をおしみ立出給へば妹尾《せのを》太郎兼康《かねやす》車《くるま》さしよしてこれにかきのせ、軍兵《ぐんびやう》どもにうち囲《かこま》せ、西《にし》をさしてぞ[一四]きしらしけり。

可憐《あわれむべし》成経《なりつね》卿、住《すみ》なれ給ひし都《みやこ》をはなれ故郷《こきやう》の雲《くも》を背後《しりへ》に顧《かへりみ》、[一五]客路《かくろ》の霧《きり》を眼前《まのまへ》に望《のぞみ》思ひもかけぬ旅衣《たびごろも》きくさへいとも恐《おそろ》しき鬼《おに》や住《すむ》らん薩摩潟《さつまがた》鬼界《かい》が島《しま》の[一六]島守《しまもり》と、なるをば人《ひと》の上《うへ》にだも、見聞《みきか》ぬものをあさましや、今《いま》は我身《わがみ》にかくばかり、悲《かな》しきものはあらじなと、嘆《なげ》き給ふぞ哀《あは》れなり。

やう〳〵[一七]鳥羽殿《とばどの》を過《すぎ》ける時《とき》、一人の侍《さぶらひ》つと走来《はせきた》るあり。兼康《かねやす》「誰《た》そ」と看《み》るに此人兼《かね》康《やす》の側近《そばちか》ふなれば、腰《こし》を屈《かゞ》めて申やう、「某《それがし》事《こと》は丹波少将《たんばのせう〳〵》成経《なりつね》のうちに楯与作《たてのよさく》と申ものにてはべりぬ。主人成経罪《しゆじんなりつねつみ》ありて薩摩国《さつまのくに》に流《なが》さると聞《きく》に悲《かなし》さ堪《たへ》がたく、某《それがし》をも彼国《かのくに》に流《なが》し給ひ、主《しう》の[一八]介抱《かいほう》をなさし給へ。是一生深《これいつせうふか》き御恩《ごおん》に被《き》はべりぬ」と、思ひこみて願《ねが》ふ

一二　父である私の死後の冥福を弔ってくれよ。ここらあたりは、源平盛衰記とほぼ同一の文章である。
一三　かきはらうこともしえず。
一四　車輪の音を立てながら進む。
一五　旅路。
一六　島の番人。
一七　京都市伏見区竹田・中島あたりに造営された離宮。城南離宮とも。白河・鳥羽・後白河院の御所として使用され、院政の舞台となったところ。
一八　身辺の世話。源平盛衰記に与作のことなし。成親の流刑地を訪れた源左衛門尉信俊の面影あるか。

にぞ、こは不思議《ふしぎ》[一]の事を云《いふ》ものかなとは思ひながら、もしこのものを難面《つれなく》[二]あしらはゞ、門脇《かどわき》どのゝ漏聞《もれきゝ》給はんときは悪《あし》かりなんと、欺《あざむい》て言《い》へりけるは「嗚呼《あゝ》世《よ》の忠臣《ちうしん》たらんものは誰《たれ》も斯《かく》はあるぞかし。聞《きこ》へ給ふこと道理《ことはり》にはあれど、今足下《いまそこ》の望《のぞみ》を称《かなは》しまゐらせんとすれば、我任《われにん》を懈《おこた》るの不忠《ふちう》あり。渾今回《すべてこたび》のことは是公《これおゝやけ》のことにして、私《わたくし》のはからひをもて做《なし》がたし。そも／＼流刑《るけい》せらるゝ人の老儻《ろうどう》[三]を倶《ぐ》したる例《ためし》を聞《き》かず。たとへこの事入《にう》道《どう》どのへ申給ふとも、よも免《ゆる》し給ふべうもおぼへねば、ふつに思ひとゞまり給へ。かく申を疑《うたがひ》給はゞ、西八条《にしはちでう》に赴《おもむ》きて願《ねぎ》給へ。某《それがし》はたゞ官《くわん》の命《めい》のまゝなり。敢《あへ》て私意《わたくしのこゝろ》を加《くは》へはべらじ」とあるに、其言処皆道理《そのいふところみなことはり》あれば、再《ふたゝび》言出《いひいだ》すべき詞《ことば》もなく、暫時《しばし》沈思《しあん》[四]してありつるが、やゝありて云出けるは、「仰《おふせ》まことに爾《しか》り。故《ゆゑ》に島《しま》へ行《ゆか》んことを思ひ止《とゞま》りはべるなり。さりながらあまり名残《なごり》の惜《をし》ければ、此処にて一目の見参《げんざん》をば免《ゆる》し給ひてんや」と、余儀《〔よぎ〕》もなく頼《たの》み聞《きこ》ゆれば、兼康《かねやす》これを聞、心のうちに「よしや此壮年《このわかうど》一人の力《ちから》をもて、何事《なにごと》をか仕出《しいだ》さん。今彼《いまかれ》が云処を叶《かな》へさすときは、門脇《かどわき》どのへ聞《きこ》へもよし」と思ひしかば、「それほどの事《こと》をば、某《それがし》が計《はから》ひ申べし。さはあれ世《よ》の聞へも憚《はゞかり》あれば、うち解《とけ》ての対面《たいめん》はさしがたし。」と言つゝ車《くるま》の前《まへ》に行対《ゆきむか》ひ、「御《み》うちの人楯《たての》与作とやらん云ものが、見参《げんざん》のことを願《ねがひ》はべりぬ。その志気《こゝろざし》の忠信《まめだち》[五]て憐《あはれ》なれば、某《それがし》が計《はか》らひをもて、只今見参《たゞいまげんざん》を免《ゆる》しまゐらすなり。云《いひ》も残《のこ》し給はんことあらば、よく云置《いひおき》給へ」と、前《まへ》[六]の障《せう》

一　あるべきでないこと。
二　無情に。「難面　ツレナシ」（書言字考）。
三　古くからの家来。
四　「沈思擬想　シアンヲコラスコト」（小説字彙）。
五　真剣な態度で。
六　護送用の車の前方の扉。

子《じ》をおしひらけば、与作は車《くるま》の前《まへ》に畏《かしこま》り、仰《あをい》で主《しう》の光景《ありさま》を見るに、常《つね》には錦《にしき》の衣玉《ころもたま》の冠《かんむり》をし給ふ身の、あさましき布《ぬの》の衣《ころも》に、冠《かむり》さへなくおはしつれば、あまりのことに呆《あきれ》つゝ、涙《なみだ》のみさきだつを、やをらおしとゞめて言へりけるは、「僕《やつがれ》ことは年来御《としごろおん》いとおしみ召仕《めしつか》はれし身《み》に候へば、今は限《かぎり》の御供《とも》をも申さめと、これまで参《まゐり》て候に、公《おゝやけ》の制《おきて》厳《おごそか》にして、其《その》ことの叶ひはべらねば、せめて今一回《いまひとたび》の見参《げんざん》を願《ねがひ》候へば、やうやく叶ひて見《まみ》へ奉れば、いと浅猿《あさまし》き御姿《みすがた》にわたらせたまふ。此御光景《みありさま》を北方なんどの、見もし聞もし給ひなば、絶《たへ》も入給ひつらんと、不覚涙《ふかく(の)なみだ》に咽《むせび》候。前《さき》に門脇《かどわき》どのを出給ふ時は、人も多《おゝ》く御心もせかれて、言残《いひのこ》し給ひつることも候はんと、存《ぞんじ》候へば、御書《ふみ》など送《おく》らせ給はゞ承《うけ給》り候はん」と申せば、成経卿《なりつね》涙《なみだ》をはら〳〵と流《なが》し給ひ、「我世《わがよ》にありし程は、家《いへ》の子老黨《ろうどう》をはじめ、[七]外様《とざま》の侍《さぶらひ》も其数《そのかず》多《おゝ》くありしかど、斯《かく》なりては世《よ》を恐《おそ》れ、人目《ひとめ》をつゝむほどに、たゞ一人《ひとり》訪《と》ひ来《く》るものもなし。汝《なんぢ》は[八]累世《ふだい》の家隷《いへのこ》といふにもあらぬに、西《にし》八条《はちでう》へ捉《とら》へられし初《はじめ》より、今《いま》に至《いた》るまで、忠信《まめやか》に心《こゝろ》を尽《つく》しつることの嬉《うれ》しさよ。人の信《まこと》は斯時《かゝるとき》こそ知《し》るぞかし。[九]天翁《てんをう》もし我《われ》を捨《すて》給はず、再《ふたゝ》び都《みやこ》に帰《かへり》なば、今《いま》の報《むくひ》はなすべきなり。妻子《つまこ》のもとへ云やることあらば、聞《きこ》へ知《しら》さんとはいと嬉《うれ》しけれど、桂《かつら》の前《まへ》も亀寿《かめじゅ》も、門脇《かどわき》どのの養《やしな》ひ給へば、心《こゝろ》にかゝることもなし。只母人《たゞはゝびと》の御身《おんみ》のうへこそおぼつかなく思ひしに、汝《なんぢ》が家隷《いへのこ》の養《やしな》ひぬとあれば、是《これ》さへ心《こゝろ》にかゝることなし。我汝《われなんぢ》にとくよ

七 譜代でない家臣。

八 譜代。代々続いて主家に仕える家臣。

九 唐代の物語上の天の神。「天翁、姓張、名堅、字刺渴、漁陽人」(酉陽雑俎・諾皐記上)。

りも、告知《つげし》らすべく思ひしことのありしかど、人《ひと》の漏聞《もれきか》んことを恐《おそ》れて、云《いひ》も出《いだ》さでありつるを、いと心苦《こゝろぐる》しく思ひしに、斯遭《かくあひ》しこそ幸《さいわい》なれ。預《かね》[一]て写《かき》おひたる一通《いつつう》の書《ふみ》あり。今これを与《あた》ゆるほどに、蜜《ひそか》に読《よみ》て我《わ》が汝《なんぢ》を愛《めづ》る信《まこと》を知《し》れ」と、袖《そで》の裡《うち》より一封《いつぷう》の書《ふみ》を出《いだ》して与《あた》へ給へば、与作《よさく》これを稟納《うけおさ》め、「何事《なにごと》かは知《し》らず候へど、斯《かく》なり給ふ果《はて》までも、僕《やつがれ》がことをおぼし給へる御慈愛《おんいつくしみ》は、いつの世《よ》にかは忘《わす》れまゐらせん。」と深《ふか》く感佩《かんばい》して、坐涙《そゞろなみだ》[二]にくれ居《い》たる。

此時兼康《このときかねやす》すゝみ出《いで》、「はや日《ひ》も傾《かたむ》きなんとす。公事《おゝやけのこと》ゆるかせにすべきにあらず。はやとく〳〵」とすゝむれば、主従《しう〴〵》別《わか》れを悲《かな》しめど、情《こゝろ》をしらぬ雑兵等《ざうひやうら》、車《くるま》の障子《しやうじ》を撲地《はた》[三]とたて、いそがしたてゝきしらす[四]に、今《いま》は何《なに》とも詮《せん》すべなく、泣ゝ《なく〳〵》袂《たもと》を別《わか》ちけり。与作《よさく》は主《しう》の車《くるま》のみゆる限《かぎ》りは、舒《のび》[五]あがりて見送《みおく》りしが、遠《とを》くなるまゝに、晩霧《ゆふぎり》に隔《へだて》られてみへずなりしかば、心《こゝろ》は残《のこ》れど力《ちから》なく、門脇《かどわき》どのへや行《ゆか》ん、雲林院《うんりんいん》へや行《ゆか》ん、と胸中《こゝろのうち》躊躇《たゆたひ》て歩《あゆ》みけるが、三四町も来《き》ぬらんと思ふ時背後方《ときうしろのかた》より鷲塚兄弟《わしづかきやうだい》、三五人の手《て》のものを引《ひき》倶《ぐ》し来《きた》り、「やよいかに与作《よさく》たしかに聞《きけ》。成親卿《なりちか》私《わたくし》[六]の宿意《しゆくい》をもて、及《およ》びなき企《くわだて》をし給ひつれば、忽《たちま》ち発覚《あらはれ》[七]て其罪《そのつみ》に伏《ふく》しぬ。我ゝ《われ〳〵》兄弟《きやうだい》は家《いへ》に旧《ひさ》[八]しきものなれば、倶《とも》に罪《つみ》に所《しよ》せらるべきを、難波次郎《なんばの》経遠《つねとを》どの、妹尾《せのを》太郎兼康《かねやす》どのは、少しき由緒《ゆかり》ある人なるが、兄弟《きやうだい》の罪《つみ》なくて、刑《けい》せられんを憐《あはれ》み給ひ、「ひとつの功《かう》をだに立ば、罪《つみ》を贖《あがな》[九]ふべし」と宣《のたまは》すに

一　「預」を「かねて」と訓ずるは未調。

二　ただ一途に。「坐　ソゾロ」（倭玉篇）。

三　「ボント音ノスルナリ」（怯里馬赤）。

四　前に進めるために車の輪が音を立てる。

五　「舒　ノブル」（倭玉篇）。

六　我意による宿望。

七　「発覚　ハツカク　又云露顕」（書言字考）。

八　「旧　ヒサシ」（倭玉篇）。

九　代償とする。「贖　アガナフ」（書言字考）。

与作
鳥羽《とば》において
鷲塚兄弟《わしづかきやうだい》と戦《たゝか》ふ

与作
官太夫
八平次

より、熟〻《つくぐ》思ふに我〻《われく》もしらざる、一味《いちみ》の人も多《おゝ》くあらんにそれを訴《うつた》へばやとおもふ処《ところ》に、前剋少将《さきほどせうく》どのより、汝《なんぢ》へ与《あた》へ給ふ書《ふみ》は、「[一]漏《もれ》たる一味の人へ、何かは蜜事《みつじ》を言送《いひおく》るか」と、兼康《かねやす》どのゝ宣《のたま》へば、こゝに来て其書《そのふみ》を得《え》んとす。ことなく与《あた》へば其賞《そのせう》として汝《なんぢ》が身恙《みつゝが》なし。もしあらがふほどならば、縛《いまし》めて辛《から》きめみすべきぞ。回答《いらへ》せよ」とぞひしめきけり。与作これを聞よりも、色青《いろあを》くなり、赤《あか》くなりいきまきて罵《のゝし》りけるは、「[二]人非人《にんぴにん》の汝等《なんぢら》に、云んは[三]無易《むへき》のことながら、[四]主辱《しうはづか》しめらるときは臣死《しんし》すと、いふ本文《ほんもん》あるに、主家凶変《しゆかきやうへん》の折《をり》から、其騒《そのさわぎ》に乗《ぜう》じ、金銀《きんぐ》を奪《うば》ひ立退《たちのき》しすら、不忠不義《ふちうふぎ》の悪逆《あくぎやく》なるに、今また主《しう》を売《うつ》て、身の幸《さいわい》を索《もと》めんとする[五]でう、言語《どんご》に堪《たへ》たり。今日此地《こゝ》に出遭《いであふ》は、天正《まさ》しく我手《わがて》をかつて、不義《ぎ》の悪《あく》人を罰《ばつ》し給ふならめ。いで不忠《ふちう》の罪《つみ》をしらすべし」と、腰刀《こしかたな》を抜放討《ぬきはなちうつ》てかゝれば、兄弟左右《きやうだいさゆふ》に立別《わか》れ、[六]手のものどもに[七]下知《げち》をしつ。取囲《とりかこま》して討《うた》んとすれど、与作は名におふ早業《はやわざ》の[八]手練《てたれ》なれば、只蝶鳥《たゞてうとり》なんどのごとく、前後左右《ぜんごさゆう》を飛《とび》めぐり、切てまわれば、さしもの大勢《おゝぜい》たまりかね、みな散〻《ちりぐ》に逃去《にげさり》ける。さすが官太夫《くわんだいふ》は、口惜《くちをし》とやおもひけん、踏止《ふみとゞまり》て戦《たゝかひ》しが、何とかしけん勢《いきほ》ひこんで打太刀《うつたち》を、傍《かた》への松《まつ》に切こむだり。「こは仕損《しそんじ》ぬ」と抜《ぬか》んとするを、与作ははやく身を起《おこ》し、明晃〻《めいかうく》たる朴刀《おゝたち》を、ふり上るよと看《み》へたりしが、憐《あわれ》むべし官太夫、[九]肩《かた》のとがりより脇腹《わきばら》かけて、はらりと斬《きら》れ[一〇]二段《きだ》となつて失《うせ》にけり。是や不忠《ふちう》の罪免《つみまぬか》れざる所にして、天罰《ばつ》を蒙《かうむ》るにぞありけ

一 謀議に参加しながら逮捕をまぬがれた。
二 返り忠の不義もの。
三 無駄なこと。「無益 ムヤク」(書言字考)とあるが通例。
四 主君が他から辱められたら、家臣は命を投げ出して主君の恥辱をすすがなくてはならない。「范蠡曰、為二人臣一者、君憂臣労、君辱臣死」(国語・越語下)。
五 条。…することは。
六 手下の者。
七 命令する。「下知 ゲヂ」(易林本節用集)。
八 技に秀でた者。「テタレ」(日葡)。
九 肩先。
一〇 真二つになって。「きだ、神代紀に段ノ字分ノ字を訓ぜり」(倭訓栞)。

め。与作は完爾《にっこ》[二一]とうち笑《わら》ひ、官太夫をば討《うち》ぬ。尚《なを》八平次が跡《あと》を慕《したは》んとしつるに、日はや暮《くれ》にければ、こは逐《あふ》[二二]とも甲斐《かい》あるまじと、心をしづめまづ此地方《このところ》をば立退《のき》ける。前《さき》に成《なり》経卿《つね》より、賜《たま》ひたる書《ふみ》は何事《なにごと》をか写《しる》しけん、且《かつ》八平次等《ら》が行衛《ゆくへ》いかになりつるや、そは次《つぎ》の巻《まき》を読《よみ》て知《し》り給へかし。

馬夫与作
乳人重井　催馬楽奇談巻之三終

二一 会心の笑いの形容。「莞爾 ニッコ」(書言字考)。
二二 「逐 ヲウ」(倭玉篇)。振仮名は「おふ」とでもあるべきところ。

馬夫与作 乳人重井 催馬楽奇談《さいばらきだん》巻之四

東都　歡醨陳人戯編

梅《うめが》枝《へ》

[一]且説《さても》与作は、官太夫《くわんだゆふ》を討《うち》、八平次を追失《おひうしな》ひしが、「また来《く》ることもあらんか」と、只《と》[二]有古神廟《あるふるやしろ》のありけるに忍《しのび》て窺《うかゞ》ふに、時《とき》を経《ふ》れども来《きた》るものなかりしかば、「今《いま》ははや還《かへ》らばや」と、既《すで》に神廟《やしろ》を立出《たちいで》んとしたりしが、「さるにても前剋《さきに》、少将殿《せう〱どの》の賜《たま》ひたる書《ふみ》には、何事《なにごと》を記《しる》し給ひけん」と、封《ふう》を抜《ひら》き、[三]神燈《みあかし》をかゝげて閲《み》るに、其略《そのりやく》に云《いふ》、「汝《なんぢ》が実《まこと》の父貞晋《ちゝていしん》が[四]横死《わうし》は、何者《なにもの》の[五]所為《しよい》とも知《し》れずありしが、我《われ》これを想《おも》ふに、貞晋横死《ていしんわうし》の日《ひ》は、鹿谷会集《しゝだにくわいしう》の日《ひ》なり。そのおりは八平次病《やまひ》と称《せう》して父の御供《おんとも》をせざりしに、其後聞《そのゝちきけ》ば、八平次、其日《そのひ》忍《しの》びやかに弓矢《ゆみや》を携《たづさ》へ、鹿谷《しゝだに》の辺《ほとり》を[六]徘徊《はいくわい》したりしを、たしかに看《み》たりと言《いふ》ものあり。是彼《これかれ》を想ひあはすれば八平次が所為《しよい》と想《おも》はるなり。そは奈何《いかに》となれば、預《かね》て聞《きく》八平次は、汝《なんぢ》が妻重井《つましげのい》に、深《ふか》く懸想《けさう》しつるよし、思ふに汝《なんぢ》を害《がい》し、妻《つま》を奪《うば》ゝんとはかりしに、人差《ひとたがひ》して貞晋《ていしん》を殺《ころ》せるかと心《こゝろ》つきたれば、よくその実事《じつじ》を問明《とひあき》らめ、汝《なんぢ》に仇《あだ》を報《むく》

一　「且説」は現代中国語でも発語もしくは話題を転ずる語で、白話的用法。「さても」は物語などで話を転ずるに用い、それを振仮名とする。「且説　サテモ」(水滸伝字彙外集)。

二　「只有」は名詞の前においてそれが唯一つのものであることを示す白話的表現。「とある」は連体詞で、そこにある位の意。

三　神前の灯明。御灯とあるところ、神灯とすることで神前であることを示す。

四　非業の死。「横死　ワウシ」(書言字考)。

五　仕業。「所為　シヨヰ」(書言字考)。

六　うろつく。「徘徊　ハイクハイ〔匀会〕不レ進皃。〔文選註〕心不二安定一也」(書言字考)。

はすべく想《おも》ふうち、斯《かく》なりつれば、奈何《いかに》とも詮《せん》すべなし。大かたはこの推量《すいりやう》に差《たが》ふまじ。是我今端《これわがいまは》[七]に望《のぞみ》て、汝《なんぢ》への寸志《すんし》[八]なり。此事《このこと》よく心《こゝろ》を得《ゑ》て計《はから》ひ候へ。相《あひ》かまへて心《こゝろ》を火性《せか》して誤《あやま》りせそ」と、書給《かき》ひけり。与作《よさく》これを読果《よみはて》て、感佩《かんぱい》の涙《なみだ》に袂《たもと》を霑《うるを》し、「我主我《わがしゆわれ》を愛《あい》し給ふは兼《かね》て知《し》れ共、思《おも》ひきや斯《かく》までにおはすべしとは。さしも知れかねたる仇《あた》を、此《この》書《ふみ》によりて其手《そのて》がゝりを得《え》たり。さらば是《これ》より八平次が去向《ゆくへ》を尋《たづ》ね、我素懐《わがそくわい》[九]を果《はた》すべし」と、それより六波羅《ろくはら》なる、門脇《かどわき》どのへまいり、桂前《かつらのまへ》と、妻《つま》の重井《しげのい》とに逢《あふ》て少将《せう〳〵》殿《どの》の宣《のたま》ひしことどもを、細《こま》やかに語知《かたりし》らしさて言《いふ》やう「うへには此門脇《このかどわき》どのにわたらせ給へば、聊《いさゝか》も心《こゝろ》にかゝることなし。大殿《おゝとの》の北方《きたのかた》は、逸平《いつぺい》が陪従《つきそひ》[一〇]まゐらすれば、是《これ》さへ心《こゝろ》を煩《わづらは》すに及《およ》ばず。これにつひて僕《やつがれ》にひとつの願《ねが》ひこそ候なり。預《かね》て知《し》ろしめすごとく貞《てい》晋《しん》が横死《わうし》は、何《なに》ものゝ所為《わざ》共知《しら》で候ひしを、今日《けふ》我君《わがきみ》如此《かくのごとく》の御書《おんふみ》を賜《給はり》たり」と、少将《せう〳〵》殿《どの》の御書《おんふみ》を読《よみ》「斯《かく》て候へば、是《これ》より八平次が去向《ゆくへ》を尋《たづね》て仇《あた》を報《むく》ひ、后《のち》に鬼界《きかい》が島《しま》におしわたり、我君《わがきみ》に給事《みやづかへ》し、配所《はいしよ》の憂《うき》を慰《なぐさ》めまゐらせん。」と言果《いひはて》て又重井《またしげのい》に対《むか》ひ、「四三平《よさうべい》入道《にうどう》どの、近頃《ちかごろ》は何国《いづち》へ行《ゆき》給ひけん、其処《そのところ》をしらざれど、這回《とたび》[一一]の凶変《きやうへん》を聞《きゝ》もし給はゞ、十に八九は還《かへ》り給はん。其時《そのとき》おんみは、此回《こたび》の一件《ひとふし》をよく聞《きこ》へてよ」と云《いひ》さとせば、桂前《かつらのまへ》も重井《しげのい》も、このことを聞今《きゝいま》さら与作に別《わかれ》んことの心細《こゝろぼそ》さに、何《なに》と云出《いひい》づべきこともなくてありける。わきて重井《しげのい》は、此程《このほど》の物《もの》おもひに、心煩《こゝろわづら》はしきを今《いま》また夫《おつと》にさへ別《わか》

七 最期の時に臨んで。「望」は底本のまま。同訓による当字か。
八 誠意あることば。
九 もとからの願い。
一〇 「陪従」は貴人につき従う意。
一一 白話的表現。「這」は「此」と同義。

るゝ悲《かな》しさたとへんかたなし。これを止《とゞめ》んとすれば、[一]孝子《こうし》の志気《こゝろざし》をやぶり、伴《ともなは》れ行《ゆか》んとすれば幼主《やうしゆ》をすつれば、兎《と》やせん角《かく》やせんと、世《よ》の悲《かな》しさは、我身《わがみ》ひとつのごとく嘆《なげ》けるは、道理《ことはり》せめて哀《あは》れなり。桂前《かつらのまへ》は、夫婦《ふうふ》の躰《てい》たらくを御覧《みそなは》するに、御身《おんみ》のうへに、つまされて、倶《とも》に嘆《なげ》かせ給ひしが、少将殿宣《せう〳〵どのの給》はすこともあるさへに、「与作《よさく》が子《こ》たるの道《みち》を、失《うし》なはすまじ」とおぼしければ、重井《しげのい》をさま〴〵に、諫《いさ》め慰《なぐさ》め給ひつゝ、[二]幾許《いくそ》かの金銀《きん〴〵》を餞《はなむけ》し給ひ身《み》のいとまをぞ給ひけり。与作ふかく恩《おん》を謝《しや》し、「斯《かく》ては[三]不日《ふじつ》に素懐《そくわい》を遂《とげ》、やがて君《きみ》の御供《おんとも》し、目出度返参《めでたくかへりまゐ》らんに、しばしのうちの別《わか》れぞと、おぼし給へやおもひね」と、主《しう》と妻《つま》とに別《わか》れを告《つげ》、心細《こゝろぼそ》くもたゞ単身《ひとり》、六波羅《ろくはら》をこそまかでけり。

さてそれより雲林院《うんりんいん》に赴《おもむ》き、逸平夫婦《いつぺいふうふ》に遭《あふ》て少将殿《せう〳〵どの》の給ひたる御書《おんふみ》を示《しめ》し、「斯《かく》あれば我《われ》は仇討《あだうち》の為《ため》に、八平次が去向《ゆくへ》を[四]捜索《もとめん》とす。大殿《おゝとの》の北方《きたのかた》のこと、ならびに我子《わがこ》三橘《さんきつ》がことは、ひとへに汝等夫婦《なんぢらふうふ》の介抱《かいほう》を頼《たのむ》ぞかし。桂前《かつらのまへ》、公達重井《きんだちしげのい》、がことはしか〴〵なり」と、六波羅《ろくはら》の光景《ありさま》を、委《くわ》しう語《かたり》しらすれば、逸平《いつぺい》熟〻《つく〴〵》とうち聞《きゝ》て、「命《おゝせ》道理《ことはり》にははべれど、僕《やつがれ》が申ことをもまた聴《きゝ》わき給へ。そも〳〵僕《やつがれ》[五]倍臣《ばいしん》の身《み》をもて、大殿《おゝとの》の北方《きたのかた》に、給事《みやづかへ》すべきにあらねど、こは主命《しゆうめい》[六]乖《のもだし》がたきが故《ゆへ》なり。然《しか》るに今主人《いましゆじん》は、仇《あた》を討《うた》んが為《ため》に、憂《うき》旅路《たびぢ》に赴《おもむき》給ふを、いかに主命《しうめい》なればとて、[七]安閑《あんかん》と都《みやこ》に止《とゞま》り居《おら》んこと、人《ひと》のことはいさしらず、我《われ》においてはいかで忍《しのび》ん。願《ねがは》くは君《きみ》こゝに止《とゞま》り給ひ、北方《きたのかた》と三橘君《さんきつぎみ》とを養《やしな》ひ

一　親の仇を討つという与作の志。
二　いくらかの。「幾許　イクソバク　幾多、許多、並同」(書言字考)。
三　早い日のうちに。「不日　フジツ〔代酔〕不㆑設㆓期日㆒也。出〔毛詩〕」(書言字考)。
四　底本「捜素」。
五　臣下の家来。倍は陪と音通の当字。「陪臣　バイシン　マタモノ」(書言字考)。
六　捨てて置くことができない。
七　のんびりとして。

給へ。僕《やつがれ》[八]粉骨砕身《ふんこつさいしん》し、八平次を索出《さがしいだ》し、縛《いましめ》てまゐらん、[九]におもふまゝに讐《あた》を報《むく》ひ給ひね」と、赤心《まごゝろ》を尽《つく》し云《い》へりける。与作《よさく》はこれを聞《きゝ》て其志気《そのこゝろざし》を賞《せう》し、「汝言処《なんぢいふところ》[一〇]宜《むべ》なり。さりながら貞晋《ていしん》が仇《あた》を報《むくは》んとて、養父《やしなひおや》の家《いへ》の子《こ》を、煩《わづらは》したりなんど言《い》はれんは、いかで心苦《こゝろぐる》しきにあらずや。此事《このこと》をよく聴弁《きゝわき》て、汝心《なんぢこゝろ》に[一一]称《かなは》ずとも、是《これ》までのごとく北方《きたのかた》と、三《さん》橘《きつ》とが養育《やういく》を頼《たのむ》ぞかし。もし此言《このこと》を承引《うけひか》ずは、仇討《あだうち》のことを思ひ止《とゞま》るべし。回応《いらへ》いかに」とありければ、逸平道理迫《いつぺいどうりにせま》り、何《なに》と返答《かへす》べき詞《ことば》なく、「此上《このうへ》は力《ちから》なし[一二]おぼしたゝせ給ふこと果《はた》し給へ。僕《やつがれ》は仰《おゝせ》にまかせ、此地方《このところ》に止居《とゞまりゐ》、両方《ふたかた》を介抱《かいほう》しまゐらすれば、おん心《こゝろ》を残《のこ》し給はで、本望《ほんもう》を遂《とげ》給へよ」と、回応《いらへ》すれば、与作《よさく》斜《なゝめ》ならず喜《よろこび》て、「汝爾[一三]肯《なんぢしかうべなふ》は、[一四]季布《きふ》が諾《だく》するよりも[一五]増《まさ》れり」と、尚何《なをなに》くれのことゞも、夫婦《ふうふ》のものに聞《きこ》へおき、何方《いづく》をそれと定《さだ》めねど、立別《たちわか》れてぞ出行《いでゆき》けり。

斯《かく》て后逸平《のちいつぺい》は、主《しう》の命《めい》をまもり成親卿《なりちか》の北方《きたのかた》と、三橘《さんきつ》とを、[一六]忠《まめ》やかに養《やしな》ひてありつれど、人目《ひとめ》を忍《しの》ぶわび住居《ずまひ》なれば、[一七]世《よ》に在《あり》し時《とき》には似《に》るべくもなく、万《よろづ》[一八]わびしらに日月《じつげつ》を送《おく》りしに、夏《なつ》も過初秋《すぎはつあき》の頃《ころ》にもなりしかば、世間《よは》[一九]魂祭《たままつり》すとて、老《おひ》たるも若《わか》きも、其事《そのこと》に[二〇]奔走《ほんそう》するにぞ、北方《きたのかた》はこれを御《ご》らんじ給ふにも、成親卿《なりちかきやう》や、公達《きんだち》の御身《おんみ》のうへおぼしいで「あないとをしやなか〳〵に、亡魂《なきたま》ならば今夕《このゆふ》べ、還来《かへりき》ましてもしやそも、夢《ゆめ》か幻《うつゝ》か夫《つま》と子《こ》に、見《まみ》へんことのありもせめ、それさへなくてはてしなき、[二一]心築紫《こゝろつくし》の浦島《うらしま》に、[二二]左遷《さすらへの》

八 献身的に尽すことの形容。「粉骨フンコツ 俗ニ云骨折」(書言字考)。
九 句読底本のまま。「まゐらんに」とあるべきか。
一〇 もっともである。「宜 ウベナル カナ」(倭玉篇)。
一一 意向に一致する。「称 カナフ」(倭玉篇)。
一二 思い立っていらっしゃること、つまり仇討。
一三 承服する。肯を訓ずるは未調。
一四 漢、楚の人。任侠の名あり、一度承諾すれば必ずそれを守ったという。楚の諺に「季布一諾」とあるという(史記・季布伝)。
一五 底本「憎」。意により訂す。
一六 まめまめしく。「忠 マメ」(書言字考)。
一七 成親卿が全盛の時。
一八 わびしい状態で。
一九 盂蘭盆会。祖先の霊を祭る行事、旧暦の七月。
二〇 走り廻る。節季の忙がしさをもいうか。近世時の感覚。
二一 底本のまま。「築紫 ツクシ」(明応五年本節用集、易林本節用集)。「心付」と「筑紫」の懸詞である。筑紫の浦島は、成経流刑の地を指す。
二二 流刑をいう。「さすらふ 左遷をよめるも通ぜり」(倭訓栞)。

与作《よさく》山神《さんしん》の廟《びやう》に遺書《いしよ》を閲《みる》

与作

身《み》は奈何《いか》ならん。嗚呼《あゝ》なつかしの我夫《わがつま》や、恋《こい》しの我子《わがこ》」とかき口説《くどき》、ふし転《まろび》て泣給《なき》へば、逸平夫婦《いつぺいふうふ》[一]介起《たすけおこ》して、さま〴〵に諌慰《いさめなぐさめ》申折《をり》から、桂前《かつらのまへ》の御もとより、忍《しの》びやかに御文《おんふみ》あり。急《いそ》ぎ披《ひ》らき閲《み》給ふに、「「成親卿《なりちか》此月《このつき》のはじめより、[二]病着《いたつき》にかゝり給ひしが、去《いぬ》る日終《ひつひ》にはかなくなり給ひぬ。」と昨日《きのふ》[三]難波《なんば》がもとより、相国入道《せうこくにうどう》どのゝ御もとへ申《(まうし)》こしはべりしを、父《ちゝ》の聞《きゝ》給ひて告知《つげし》らし給へり。嘆《なげ》きのなかの悲《かな》しみは、此《この》うへもなく臥沈《ふししづ》みて泣《なげ》き候へど、此《この》こと奴家《わらは》より告《つげ》まゐらさずは、知《しろ》しめし給ふまじと、斯《かく》は申まゐらすなり。筆《ふで》をとるだに懶《ものう》ければ、[四]文字《もじ》のあやもさだかならぬをば、さつし給へ」と書写《かいつけ》給ひしかば、北方《きたのかた》はこれを読《よみ》も果《はて》給はぬに、書《ふみ》を顔《かほ》におしあてゝ絶入《たえいる》ばかりに嘆《なげき》給ひ、「今日《けふ》までも[五]相見《あひみ》ることはなけれども、露《つゆ》の命《いのち》いまだ消《きへ》もし給はずと聞《きゝ》つるほどは、心《こゝろ》苦《ぐる》しながらも末頼《すへたのも》しく、[六]見参《げんざん》の期《ご》もあらんかと、慰《なぐさむ》かたもありし故《ゆへ》に、髪《かみ》をも[七]剃《そら》でありつるが、失《うせ》給ひにきと聞《きく》からわ[八]」と、衣《きぬ》ひき被《かつぎ》て嘆《なげ》かせ給ひ、[九]夕飯《ゆふげ》をだにきこしめし給はざりしが、其夜《そのよ》蜜《ひそか》に雲林院《うんりんいん》の[一〇]菩提講《ぼだいかう》に忍《しの》び参《まい》り給ひ、[一一]出家《しゆつけ》して戒《かい》を保《たも》ち、世《よ》の交《まじはり》を断《たち》、逸平夫婦《いつぺいふうふ》のものにだも見へ給はねば、夫婦《ふうふ》は驚《おどろ》き「斯《かく》ては、主《しう》に分疏《いひわけ》なし」と、多ゝ《さま〴〵》に申せども、露《つゆ》ばかりも聴《きゝ》給はねば、六波羅《ろくはら》の門脇《かどわき》どのへ参《まい》り、桂前《かつらのまへ》と重井《しげのい》とに、事《こと》のやうを明白《あからさま》に告知《つげし》らしければ、人ゝ《ひと〴〵》はおどろきまどひ、両人《りやうにん》うち連《つれ》て、蜜《ひそか》に雲林院《うんりんいん》にもうき給ひ、強《しい》て北方《きたのかた》の見参《げんざん》にいり、「[一二]容貌《さま》をかへ給ふは[一三]賢《かしこ》き事《わざ》にはべれど、[一四]尚素《なをもと》のごとく

一 助け起こす。「介 タスク」(倭玉篇)。
二 病気。「いたづき 煩労の義也。痛竭の訓意なるべし」(倭訓栞)。
三 成親卿を警護した難波次郎経遠。
四 文字の様子も乱れてはっきりしない。
五 源平盛衰記の北方が嘆く文章を模している。
六 お目にかかる時。
七 底本「剃」。意により訂す。
八 底本のまま。「は」とあるべきか。
九 「夕飯 ユフケ ユフハン 又作㆓哺飯㆒」(書言字考)。
一〇 極楽往生を求めて法華経を講説する法会。平安末期に盛行する。
一一 出家して尼僧としての戒律を守る。底本「戎」。
一二 断髪して出家する。
一三 恐れおおい。「かしこし 日本紀に賢ノ字…などをよめり…可㆑畏の義」(倭訓栞)。
一四 以前の。「素 モト」(倭玉篇)。

逸平《いつぺい》を、召使《めしつか》はれ給へかし」と申給ふに、北方宣《きたのかたのたま》ふやう、「[一]出家《しゆつけ》すれば三界《さんがい》に家《いへ》なし。家なければ召仕《めしつか》ふものもなし。さればこれより、何方《いづち》とも定《さだ》めず行脚《あんぎや》して、亡人《なきひと》の後世《ごせ》をも吊《とぶら》ひはべらんは我心《わがこゝろ》なり。[二]相構《あひかまへ》て奴家《わらは》がことをばうち捨《すて》給へ」と、おもひこみたる光景《ありさま》なれば、とゞめんによしなくて、桂前《かつらのまへ》も重井《しげのい》も空《むな》しく雲林院《うんりんいん》をぞまかでけり前巻《まへのまき》に云《い》へるがごとく成親卿《なりちかきやう》の北方《きたのかた》の行状《ぎやうぜう》こゝにとゞまる此后《このゝち》更に説話《はなし》なし

斯《かく》て后逸平夫婦《のちいつぺいふうふ》は、三橘《さんきつ》を[三]優恤養育《いたはりやういく》しけるが、[四]光陰《くわういん》の過易《すぎやす》きは隙行駒《ひまゆくこま》のごとく、その年《とし》も暮《くれ》て、明《あく》れば治承《ちせう》二年の春《はる》にこそなりにけり。逸平《いつぺい》は去年《こぞ》より[五]浪〻《らう〱》の身《み》となりて、既《すで》に二年《ふたとせ》に及《およ》びて、いかにとも詮《せん》すべなく、ほと〱[六]飢餲《きかつ》に及ぶべうぞみへにける。道理《ことはり》なるかな巨万《きよまん》の富《とみ》を保《たも》つとも、[七]居《い》ながら食《くろ》ふときは尽《つく》るなるに、此逸平故武士《このいつぺいもとものゝふ》の事《こと》なれば[八]生産《なりはひ》の業《たつき》をしらず。[九]主従《しうぐ》[一〇]手《て》を動《うご》かさずして、口《くち》を糊《こ》すれば、纔《わづか》なる衣服《いふく》ありしを[一一]売《うり》代《しろ》かへて、其日《そのひ》の糧《かて》の料《りやう》にしつれど、今日近頃《けふこのごろ》に至《いた》りては、夫《それ》さへなくなり果《はて》しかば、今《いま》は乞食《こつじき》せんよりはと、逸平《いつぺい》は人《ひと》に雇《やとは》れ、小桟《こさん》は糸《いと》とり機織《はたおり》などし、[一二]かすけき価《あたい》に細《ほそ》き煙《けぶり》をたてにける。然《しか》るに今程小桟《このほどこさん》、偶《ふ》と[一三]風《かぜ》のこゝちせしを、たゞ仮初《かりそめ》のことゝ思《おも》ひて過《すぎ》つるに、漸〻《しだい〱》に病重《やまひおも》やかになりしかど、一日《ひとひ》を送《おく》るだも容易《たやす》からぬ貧《まづ》しき身《み》には、薬《くすり》を服《ふく》さすべきこともかなはぬを、辛《かろう》じて索来《もとめき》て与《あた》へけれど、去年《こぞ》よりの物思《もの》ひといひ、且《かつ》は[一四]今飢餲《いまきかつ》にさへ苦《くる》しめられ、憂悶《うれいもだゆ》るあまりにや、薬《くすり》の[一五]験《しるし》もなくて、終《つい》にはかなくなりし

一 一般には「女は三界に無レ家」(譬喩尽)という。「三界をいづるをもって出家と名を得たり」(万民徳用)ともある。「三界」は仏語で欲界・色界・無色界の三種の迷いの世界をいう。
二 必ず。「相構 アヒカマヘテ」(書言字考)。
三 心をこめて手厚く養い育てる。
四 月日の経過の早いことをいう。「一寸光陰不レ可レ軽」(偶成詩・朱熹)、「若ニ白駒過レ郤」(荘子・知北遊)。
五 浪人となる。
六 飲食の欠乏。「飢渇 キカツ」(書言字考)。
七 「居食ば山も空しじや」(世間学者気質)。
八 生計をたてる方法。
九 主人と従者。三橘と逸平夫婦をいう。
一〇 働かないで生活することをいう。
一一 金子に代えて。
一二 少しばかりの代金。
一三 風邪。
一四 貧のため飲食にも欠乏すること。「餲」は底本のまま。
一五 効き目。

かば、逸平《いつぺい》が悔嘆《くひなげく》ことは云《いふ》もさらなり、三橘《さんきつ》は此五年《このいつとせ》が間《あいだ》懐《ふところ》にかき抱《いだ》かれ、養育《やういく》せられしほどに、其恩愛《そのおんあい》ふかく昼夜《ちうや》嘆《なげ》き悲《かなし》みて、恋慕《こひした》ふを、逸平多々《いつぺいさま〴〵》に慰《なぐさ》めこしらへ、妻《つま》が屍《なきがら》をば野辺《のべ》おくりして、[一六]荼毘《だび》の烟《けむり》となしにける。

此后逸平《このゝちいつぺい》、三橘《さんきつ》を養育《やういく》するに、はや五才《ごさい》といふなれば、[一七]乳汁《にうじう》なくても生立《おひたち》ぬれど、[一八]昨《きの》ふまでも小桟《こさん》ありて介抱《かいほう》すれば、心《こゝろ》のまゝに人《ひと》に雇《やとは》れ遠《とを》くも行《ゆき》たれど、今妻《いまつま》なくなりつれば、他《た》に雇《やとは》れて行《ゆく》ことも能《あた》はねば、自《おのづか》ら価《あたひ》をとることも少《すくな》く、二人《ふたり》が[一九]口腹《かうふく》を肥《こや》すに足《た》らず。「こは奈何《いかに》せん」と患悩《うれいなやみ》しに、世《よ》の諺《ことはざ》に「[二〇]人鬼《ひとおに》なし」と宜《むべ》なるかな、其邑人等《そのさとびとら》これを憐《あはれ》み、「斯《かく》ては飢《うへ》て死《し》を待《まつ》の外《ほか》なし。昼《ひる》の程《ほど》は三橘《さんきつ》をば、我々《われ〳〵》よきに[二一]優恤得《いたはりえ》させすべきに、故《もと》のごとき[二二]生営《なりはい》をなしてよ」とすゝむるに、逸平《いつぺい》これに力《ちから》を得《え》て、前《さき》のごとく人《ひと》に雇《やと》われ、遠《とを》く出行《いでゆく》ときは、近《ちか》き辺《ほとり》の人《ひと》に三橘《さんきつ》を預置《あづけおき》、其日《そのひ》の[二三]生業《なりはい》をなしぬ。其[二四]苦艱《そのくかん》まことに、[二五]程嬰《ていえい》も及《およ》ぶまじとぞ思《おも》はれけり。

一日《あるひ》いつものごとく、逸平《いつぺい》は人《ひと》に雇《やと》はれ、遠《とほ》き所《ところ》に行《ゆき》たりしに、三橘《さんきつ》は辺近《ほとりちか》き童子《わらはべ》と、戯《たわぶ》れ遊《あそ》びて居《い》たるに、近頃《ちかごろ》[二六]平相国入道《へいせうこくにうどう》、十四五才ばかりなる男童《おのわらは》の、髪《かみ》を頭《くび》の回《まはり》に切《きり》、[二七]直垂《ひたゝれ》に袴着《はかまぎ》さし、[二八]梅《うめ》の楉《ずはへ》の三尺計《ばかり》なるを、手《て》もと白《しろ》くし、これを右《みぎ》の手《て》に持《もた》し、鳥《とり》を一《いち》羽《は》づゝ、鈴付《すゞつけ》の羽《は》に、赤符《あかきふだ》を付《つけ》て、左《ひだり》の手《て》にすへさすこと、[二九]渾一般《みないちやう》なり。如此もの凡《およそ》三百人、明《あけ》ても暮《くれ》ても京中《けうちう》を徘徊《はいくわい》させ、平家《へいけ》を[三〇]誹謗《ひぼう》するものあれば、忽《たちま》ち相国入道《せうこくにうどう》に聞《きこ》へ

一六 死体を火葬する。梵語の音写。「荼毘 ダビ」(書言字考)。
一七 乳。「ニュウジュウ 乳。文章語」(日葡)。
一八 昨日。
一九 「口腹」は飲食をいう。腹一杯に食べる。
二〇 世間には鬼のように無慈悲な人間はいないもので、誰でも思いやりの心を持っている。「人に鬼はない」(口学諺種)。
二一 手厚く介護する。
二二 生計。
二三 生営と同義。
二四 難儀。
二五 春秋、晋の人。程嬰杵臼の故事で有名(史記・趙世家)。
二六 以下は源平盛衰記の表現を下敷きにして記述する。
二七 「一色に長絹の直垂を著る時は、褐の布袴をきせ、一色に繍物の直垂を著時は、赤袴をきせ」(源平盛衰記)。
二八 梅の若枝のまっすぐなもの。「梅の楉の三尺計りなるを、手もと白くそろへて右に持、鳥を一羽づつ鈴付の羽は赤符を付て、左の手にするさせて、面々にもたせて明ても暮ても遊行せしむ」(源平盛衰記)。
二九 一様。「通家一般 一家ドウゼン」(唐話纂要)。
三〇 悪口を言う。「誹謗 ソシル」(唐話纂要)。

申ければ、貴賤《きせん》に限《かぎ》らず其咎《そのとがめ》を稟《うけ》て、多〻《さま〴〵》の煩《わづらは》しきことあり。されば[一]入道《にうどう》どのゝ禿《かむろ》といへば、京中《けうちう》におゐては、途《みち》に行遭《ゆきあ》ふものは去退《はせのき》てこれを通《とを》し、家《いへ》にあるものは、平家《へいけ》のことを云《いふ》はさらなり、声《こへ》をだに高《たか》くせずして恐惧《おそれ》けり。然《しか》るに此日《このひ》彼禿《かのかむろ》うちつれて、逸《いつ》平《ぺい》が門辺《かどべ》を過《すぎ》けるに、手《て》に居《すへ》たる鳥《とり》のいとしほらしく、赤符《あかきふだ》の風《かぜ》にひら〳〵と、うち靡《なびく》さまのうつくしかりしかば、三橘《さんきつ》をはじめ集《つど》ひ居《い》たる童子等《わらはべら》、「あな見事《みごと》や」とどよめく声《こへ》に、一人の禿《かむろ》が居《すへ》たりし鳥《とり》の驚《おどろき》て[二]颺《そ》去《れ》たり。禿等《かむろら》は大《おゝひ》に怒《いか》り、梅《うめ》の楉《ずはへ》をもて、童子《わらはべ》等《ら》を[三]さん〴〵に撃《うち》けるほどに、みなちり〴〵に逃去《にげさ》りぬ。三橘《さんきつ》は年幼《としいとけ》なければ、よくも走《はし》り得《え》ず後《おく》れて逃行《にげゆく》を、禿《かむろ》の[四]們《ともがら》これを追詰《おひつめ》、ひき捕《とら》へて撃《うち》けるにぞ、ほと〳〵息《いき》も絶《た》へぬべう見《み》へたる処《ところ》へ、逸平《いつぺい》は雇《やとは》れしさきの所用《しよやう》を果《はた》し、「さぞ三橘君《さんきつぎみ》の待《まち》わび給はん」と、途《みち》を急《いそ》ひで還来《かへりき》けるが、此光景《このありさま》を見《み》るよりも、大《おゝひ》に驚《おどろ》き且怒《かついか》り、慌忙《いそがは》しく三橘《さんきつ》を抱《いだき》とり、禿《かむろ》が持《も》てる楉《ずはへ》を奪《うば》ひ、怒《いかり》にまかせて撃《うち》ける程に、禿《かむろ》は三人なりといへども、年《とし》[五]成童《じうど》にも足《た》らはぬに、盛《さか》んなる勇夫《ゆうふ》の、怒《いかり》にまかせうつことなれば、いかで[六]敵対《てきとふ》ことの能《あとふ》べき、或《あるひ》は面《おもて》を撃裂《うちさか》れ、或《あるひ》は手足《てあし》を[七]打挫閃《うちくぢかれ》ほう〳〵の躰《てい》にて逃去《にげさり》けり。逸平《いつぺい》は遠《とを》くも追《お》はず、三橘《さんきつ》を抱《いだき》て家《いへ》に還《かへ》り、其傷所《そのきづしよ》を見《み》るに、[八]渾身所《さうみところ》せきまで腫起《はれあがり》しかば、驚《おどろ》きまどひ薬《くすり》など与《あた》へて、多〻《さま〴〵》に介抱《かいほう》するに、やう〳〵[九]初更《しよや》の頃《ころ》ほひに至《いた》り、撃《うた》れたる苦痛少《くつうすこ》しくゆりて、まどろみたるに、逸平《いつぺい》はじめて心安堵《こゝろおちい》、前剋《さき》よりの躰《てい》たらくを想《おも》ひ回《まは》せば、打《うち》

一 清盛をいう。

二 鳥が飛び去る。「不㆔急折㆓其翮㆒、後必颺去」(宋史・曹瑋伝)。

三 散々に。ひどく。

四 連中。「他們（トモガラ） 他ノトモガラト云事」(語録訳義)。

五 十五歳で元服をすませた人。「成童 セイドウ 十五歳曰㆓成童㆒又曰㆑兒也」(易林本節用集)。

六 敵対する。対等に渡りあう。

七 「閃挫 フミクジル事」(小説字彙)。

八 全身。

九 午後七時から九時頃。初夜は六時の一で、初更と初夜はほぼ重なる。甲夜とも。

散《ちら》しつる禿《かむろ》は、近頃世《ちかごろよ》におぢ恐《おそ》るゝ、六波羅《ろくはら》の禿《かむろ》なるを知《しり》、「斯《かく》ては奈何《いか》なる咎《とがめ》をか稟《うけ》んづらん」と、易《やす》き心《こゝろ》もなく、今《いま》は没理会《せんすべなし》[一〇]天明《よあけ》に至《いた》らば、暫時此地方《しばらくこのところ》を立退《たちのか》ばやと[一一]思量《しあん》するに、折《おり》から外方《とのかた》いと慌忙《さはがしく》多《おゝ》くの人音《ひとをと》して、高《たか》やかに呼《よば》はるやうは、「いかに逸平《いつぺい》たしかに聞《きけ》。昼《ひる》ほど六波羅《ろくはら》より出《いだ》し給ふ禿《かむろ》を、汝故《なんぢゆへ》なくしていたく[一二]打擲《てうちやく》し、既《すで》に傷《きづ》つくるでう[一三]曲事《くせごと》なり。「急《いそ》ぎ召捕《めしとら》へ参《まい》れよ」と、入道《にうどう》どのゝ、仰《おゝせ》を蒙《かふむ》りむかふたり。とく[一四]尋常《じんじやう》に縛《いましめ》を受《うけ》よ」と云《いふ》よりも、門《かど》の扉《とぼそ》を踏破《ふみやぶ》り、多勢《たせい》の捕手《とりて》こみいる躰《てい》に逸平《いつぺい》[一五]咳然《がひぜん》と驚《おどろ》き、「事危急《ことききう》に及《およ》べり。逃《のが》るゝとも叶《かな》ふまじ。今《いま》は戦《たゝか》ひ死《し》なばや」と覚悟《かくご》を極《きは》め、既《すで》に立出《たちいで》んとしたりしが、又思ひかへすやう、「今日《こんにち》の事我《ことわが》[一六]火性短気《くわせひたんき》より、惹出《ひきいだ》したる禍《わざはひ》を、主《しう》に及《およ》ぼすことやある。及《およ》ばぬまでもひとまづは、此地方《このところ》を逃《のが》れて見《み》ばや」と、急《きう》に三橘《さんきつ》を脊《そびら》に負《おひ》、かねておぼへの一刀《ひとこし》を、腰《こし》にしつかとたばさみつ、行灯《あんどう》の火《ひ》をうち消《けし》て、脊《せ》戸《ど》の方《かた》より逃《のが》れ出《いで》けり。

　頃《ころ》は二月末《きさらぎすへ》つかたまだ月《つき》も出《いで》ぬ[一七]甲夜《よひ》黒夜《やみ》なれど、日頃《ひごろ》なれたる我家《わがや》なれば、[一八]かゝぐりつゝも垣《かき》を越へ、逃《のが》れ出《いで》たる其処《そのところ》へ、かねて忍《しの》びし二人の[一九]収兵《とりて》、「逃《のが》しはやらじ」と双《さう》方《ほう》より、しつかと組《く》めば逸平《いつぺい》は、「心得《こゝろえ》たり」と云《いふ》まゝに、左《ひだり》に組《くみ》たる収兵《とりて》の襟《ゑり》を、むづと摑《つかみ》ておしつくれば、喉締《のんどしまり》て苦《くる》しむを、其《その》まゝ[二〇]撲地《はた》と投仆《なげたふ》し、[二一]鳩尾《きうび》の辺《ほとり》を蹴《け》たりしかば、「呵《あ》」と叫《さけん》で息絶《いきたへ》たり。右《みぎ》なる収兵《とりて》は左《ひだり》の手《て》に、[二二]髻《もとゞり》とりて引仰《ひきあをの》かし、右手《めて》の拳《こぶし》を握《にぎり》

一〇 夜明け。
一一 思案する。「思按と書り、倭語也」(倭訓栞)。
一二 打ちたたく。
一三 けしからないこと。「くせ事くせものなどに曲をよめり」(倭訓栞)。
一四 おとなしく。「尋常の音あるべき様にといふ意也といへり」(倭訓栞)。
一五 驚く様の形容。愕然。
一六 気短か。
一七 日が暮れて間もなくで、殊更に暗く感じる闇夜。
一八 こっそり移動する。
一九 捕手。底本は「仅兵」、意により訂す。「収兵　トリテノモノ」(徒杠字彙)。
二〇 大地にばったりと投げ倒す。
二一 みぞおち。胸と腹の間の凹んだところ、急所の一つ。
二二 髻。丁髷で髪を頭の上で集めて束ねたところ。

堅《かた》めて、自鼻《めはな》の間《はし》をはつしと撃《うて》ば、急所《きうしよ》の当身《あてみ》[一]にたまり得《え》ず、是《これ》も同じく息絶《いきたへ》たり。「いざ此間《このま》に」と足《あし》ばやに、何方《いづく》ともなく逃去《のがれさり》けり。這裡《こなた》[二]には表《おもて》の方《かた》より入たる収兵《とりて》、家裡《いへのうち》を隈《くま》なく捜索《さがしもとむ》るに、一人の人影《ひとかげ》だも見《み》ず。「さては裏道《うらみち》より逃《のが》れつらん」と、脊戸《せど》の方《かた》を巡《めぐ》りて見《み》るに、廿日過《はつかすぎ》の甲夜《よひ》闇《やみ》に、其人《そのひと》としも弁《わかた》[三]ねど、二人《ふたり》仆《たお》れ居《お》るものあり。「こは不審《いぶか》[四]し」と、松明《まつ》[五]ふり照《てら》しすかしみるに、是渾同僚《これみなどうりやう》のものにして、既《すで》に息絶《いきたへ》てあるにぞ、人々《ひとびと》「是《これ》は」と驚《おどろ》き、俄《にはか》に薬《くすり》など含《ふく》まし、水《みづ》を灌《そゝぎ》つ、さまぐに介抱《かいほう》して呼穌《よびいか》すに、漸《やう》やくにして心《こゝ》ちつきしかば、まづ其事《そのこと》の躰《てい》たらくを聞《きけ》ば、彼二人《かのふたり》が言《いふ》、「逸平《いつぺい》もし裏道《うらみち》より逃《のが》れ去《さる》こともやと、我々両人《われくりやうにん》いひあはしこゝに待《まち》しに、果《はた》して垣《かき》を越《こ》へて出《いづ》るものあり。「これなん逸平《いつぺい》よ」と、二人《ふたりひと》均しく捉《とらへ》んとしたりしに、何《なん》ぞ料《はか》[六]るべき彼《かれ》不通《ふつう》[七]の勇力《ゆうりき》あつて如此《かくのごとく》に及《およ》べり」と、其始終《そのしじう》を細《こま》やかに説話《ものがたれ》ば、「さては逸平早《いつぺいはや》くも逃《のが》れ出《いで》けるよ。今《いま》は程《ほど》も経《ふ》れば遠《とを》く走《はし》りつらんに、逐《お》[八]ふとも甲斐《かい》はなからん」と、夫《それ》より収兵《とりて》の人々《ひとびと》は、彼二人《かのふたり》を助《たす》け誘引《いざなひ》、西八条《にしはちでう》に還《かへ》りて「斯《かく》」と聞《きこ》へあげしに、相国入道《せうこくにうどう》どのいたく恚《いきどほり》給ひ、「彼《かれ》をとり逃《にが》しつるこそ易《やす》からね」と、俄《にはか》に触命《ふれおゝせ》て、逸平《いつぺい》を捉《とら》へんとぞし給ひけり。這裡《こなた》には逸平危《いつぺいあや》ふきを免《まぬか》れ、しばし都《みやこ》の裡《うち》に躲《かく》[九]れ居《い》たれど、平家《へいけ》よりの穿鑿《せんさく》[一〇]厳《おごそか》なりしかば、今《いま》は忍《しの》び居難《いがた》く、生国《せうこく》なれば、丹波国《たんばのくに》へ逃下《のがれくだ》りぬ。こゝは平家《へいけ》の領国《りやうこく》にあらねば、捜索《さがさ》るゝことも疎《うと》くて住《すみ》よかりける。

一　拳などで相手の急所を襲う武術の技。
二　「こなた」は話者に近い方角を示す代名詞。「這裡」は白話的用法で、水滸などに多出する。
三　弁別できない。
四　様子が変なので見てみたい。「不審　イブカシ」(書言字考)。
五　たいまつ。
六　一体どうしたことであろうか。「料　ハカル」(倭玉篇)。
七　大変な。
八　「追　ヲフ　逐　同」(書言字考)。
九　身をかくす。
一〇　探索する。

こゝに[一一]此国笹山《このくにさゝやま》の辺《ほとり》に、鷺坂左《さぎさかさ》内《ない》と云《いふ》ものありけり。故《もと》は楯《たての》四三平が家子《いへのこ》にて年老《としおひ》るまで忠《まめ》やかに仕《つか》へたりしが、四《よ》三平《さうべい》都《みやこ》に登《のぼり》しときより、天下《てんか》の[一二]大都会《たいとくわい》する、[一三]王城《わうじやう》の地《ち》は物騒《ものさはが》しく、殊《こと》に礼節《れいせつ》などの煩《わづらは》しきあれば、「老《おひ》たるものゝ住《すむ》べき所《ところ》にあらず」と、身《み》の暇《いとま》を乞《こひ》て、此笹山《このさゝやま》に居《きよ》を[一四]卜《しめ》し、多《おゝ》くの馬《うま》を畜《かひ》てこれを人《ひと》に貸《か》し、其価《そのあたひ》をとりて生営《なりはひ》とはなしにけり。然《しか》るに逸平当国《いつぺいとうごく》に下《くだ》りては平家《へいけ》より捜索《さがさるゝ》の愁《うれひ》は免《まぬか》れつれど、[一五]「前門狼《ぜんもんおゝかみ》を拒《こば》みて、後門虎進《かうもんとらすゝむ》」と[一六]常言《ことはざ》のごとく、素《もと》より貧《まづ》しき身《み》なるを、此国《このくに》に来《き》て些《ちと》の[一七]生業《なりはひ》もせざれば、忽《たちま》ち飢《き》竭《かつ》に及《およ》び、都《みやこ》に在《あり》し時《とき》よりも甚《はなはだ》しく、殆《ほとん》ど[一八]苦艱《くかん》に迫《せま》りけり。此逸平《このいつぺい》は、左《さ》内《ない》が為《ため》には甥《おひ》なれど、前年左《さきのとしさ》内主《ないしう》の[一九]発達《なりいづる》を見《み》ながら、己《おのれ》が身《み》を[二〇]易《やす》からせんと暇《いとま》を乞《こひ》しを、人《ひと》の臣《しん》たる道《みち》にあらずと、左《さ》内笹山《ないさゝやま》へ引籠《ひきこもり》し后《のち》は、[二一]音信《おとづれ》もせでいと疎《うとく》てありしが今当国《いまとうごく》に下《くだ》り、身《み》のよるべなきまゝに、[二二]遠近《おちこち》をさまよひ、往ゝ《ゆく〳〵》笹山《さゝやま》の辺《ほとり》を過《すぎ》けるに、不意《ゆくりなくさ》左内《ない》に行遭《ゆきあひ》ぬ。さすが叔姪《しゆくてつ》の間《あひだ》なれば、互《かたみ》に[二三]其恙《そのつゝが》なきを喜《よろこ》びける。時《とき》に左《さ》内問《ないとひ》けるは、「嚮《さき》に少将《せうく》どの左遷《さすらへ》給ふと聞《きゝ》、主人《しゆじん》のうへ[二四]覚束《おぼつか》なく、京《きやう》に上《のぼ》りて其行衛《そのゆくゑ》を捜《たづね》しに、世《よ》にはゞかる身《み》におはせば、終《つい》に尋《たづね》あはで、いとほひなくも帰《かへ》りにき。そもいかになりゆき給ふぞ」とあるに、逸平《いつぺい》これを聞《きく》に、其云処《そのいふところ》[二五]赤心《まこと》みへしかば、些《ちと》もつゝまず、首尾《はじめをはり》のことども細《こま》やかに聞《きこ》へしかば、左《さ》内聞度《ないきくたび》ごとに袂《たもと》を霑《うるほ》し、「さらばまづ我家《わがや》に忍《しの》びて時《とき》の至《いた》るを待《まつ》べし」と、三橘主従《さんきつしゆうじう》を誘《いざな》ひ還《かへ》り、甲斐《かい》ゝゝしくかくまひしかば、逸平《いつぺい》は伯父《おぢ》が[二六]信《まこと》

一一 丹波の篠山の近く。「辺 ホトリ〔匀会〕畔也、近也」(書言字考)。
一二 大きな都がそこで一緒になるような。
一三 天皇の住む都。
一四 住居を定める。「占 シムル ーレ居。卜 同」(書言字考)。
一五 一難去って又一難という意の喩え。「禍去禍又至曰二前門拒レ虎、後門進レ狼」(故事成語考・下)。
一六 諺。
一七 生活のための仕事。「生業…謀生的方法」(醒世恒言)。
一八 難儀。
一九 出世する。
二〇 安楽に暮そうと。
二一 たより。「音信 ヲトヅレ」(書言字考)。
二二 あちらこちら。「遠近 ヲチコチ」「遠近 アチコチ。彼地此地 同」(書言字考)。
二三 「無恙 ツ、ガナシ〔書言故事〕問二平安一曰レーレー」(書言字考)。
二四 「無二覚束一 オボツカナシ 俗字」(書言字考)。
二五 誠意。「赤心」の意をくんで、「まごゝろ」とも「まこと」とも場に応じた仮名を振っている。
二六 「信 マコト」(倭玉篇)。「赤心」と同じ。

ある志気《こゝろざし》の程《ほど》を感《かん》じ、前《さき》に疎《うと》かりしことを[一]慚愧《ざんぎ》し、これより左内《さない》に仕《つか》ゆること、父《ちゝ》のごとくなしければ、左内逸平《いつぺい》を見《み》ること子《こ》のごとくぞなしにける。

然《しか》るに左内《さない》に故一人《もとひとり》の男児《せがれ》あり。これに同邑《おなじさと》なる農家《のうか》の[二]女児《むすめ》小満《こまん》といへるを、新婦《よめ》に[三]親迎《むかへ》さし、家《いへ》を譲《ゆづ》らんとせしに、不幸《さちなく》病にかゝりて辞世《みまかり》けり。左内《さない》は老《おひ》て一人《ひとり》、子《こ》に後《おく》れ、[四]盲《めしい》の杖《つへ》に離《はな》れしごとく、頼《たのむ》かたなき悲《かな》しさに、せめては新婦《よめ》を女児《むすめ》とし、似合《にあは》しき[五]贅壻《いりむこ》をとらば、亡子《なきこ》の遺物《かたみ》とも見《み》て慰《なぐさま》んと、其《その》ことをもて[六]血属《うから》の儕《ともがら》に議《はかり》しに、[七]然《しか》るべき計《はから》ひなりとありしかば、心を定《さだ》め[八]只顧《ひたすら》贅壻《いりむこ》となるべき人《ひと》を索《もとめ》けれど、是《これ》ぞと想《おも》ふものもなくうち過《すぎ》けるに、此頃甥《このごろおひ》の逸平来《いつぺいきた》り居《い》て、忠《まめ》やかに仕《つか》ゆるを見《み》、これぞ似《に》あはしきものと喜《よろこ》び、折《をり》をうかゞひ小満《こまん》と、婚姻《こんいん》のことを言出《いゝいだ》さばやとぞ想《おも》ひけり。

此小満《このこまん》といふは、年齢三十《よはいみそじ》にや近《ちか》づきぬらん、其姿色《そのすがたかたち》は醜《みにく》からねど、心ざま直《すぐ》ならで、殊《こと》に好色《かうしよく》の婬婦《いんぷ》なり。前年夫《さきのとしおつと》におくれてより、独寝《ひとりね》の淋《さび》しきを、[九]うちかこちける折《おり》から、鷲塚《わしづか》八平次、与作《よさく》を討得《うちえ》ざるをもて、平家《へいけ》への聞《きこ》へあしく、都《みやこ》の住居《すまゐ》も懶《ものう》ければ、纔《わつか》の[一〇]知音《しるべ》を便《たよ》り、此国《このくに》へ下《くだ》りけるが、去頃主家《いぬるころしゆか》の財宝《ざいほう》を奪《うば》ひけるとき、おのれがまゐらせたる、芦毛《あしげ》の馬《うま》をも奪《うば》ひ立退《たちのき》しかど、都《みやこ》にて売《うら》ば、見知《みしり》たる人もあらんと、此丹波《このたんば》へ牽《ひい》て下《くだ》り、よき価《あたひ》に[一一]売《うら》んと、其主《そのぬし》を索《もとむ》るうち、路費《ろやう》に尽《つき》しかば、今日《けふ》の[一二]活計《たつき》に迫《つま》り、左《さ》内《ない》がもとへ、二十貫文《くわんもん》の銭《ぜに》にて売《うり》わたせり。このとき小満《こまん》が、[一三]鄙《ひな》に目《め》なれぬ都《みやび》たるを見《み》、

一 恥じ入る。「慚愧　ハヅカシヒ」(唐話纂要)。「慙愧　ザンギ」(書言字考)。
二 娘。「女児　ムスメ」(唐話纂要)。
三 「親迎」は結婚の六礼の一。
四 頼りとするもののないことの喩え。「盲者失レ杖」(書言字考)。
五 聟養子。「贅壻　イリムコ　男附ニ女家一曰ニ贅壻一。出[史記・漢書]」(書言字考)。「入贅女婿　イリムコ」(唐話纂要)。
六 親族。
七 嫁小満に聟養子をとるという計画。
八 「只顧　ヒタスラ」(怯里馬赤)。
九 嘆いている。
一〇 「知音」は、伯牙が鐘子期の弾ずる琴の音をよく理解した故事より転じて、親友を指す語、それに知人の意の「しるべ」を振仮名している。
一一 底本「買」。
一二 生計。
一三 丹波の片田舎にはあまり見られない都会風。

逸平《いつぺい》
幼主《やうしゆ》を救《すく》ふて
六波羅《ろくはら》の禿《かぶろ》を逐《お》ふ

逸平

心を動《うごか》しおり〱来《きた》りて、都《みやこ》の話《はなし》などするに、小満《こまん》は鄙人《いなかうど》の、木納《むくつけ》[一]なるをのみ見居《みい》れば、八平次が顔形《かほかたち》こそ醜《みにく》けれ、都育《みやこそだち》の軽狂児《たはれを》[二]なれば、いつしかこれを愛《めで》けるほどに、忽《たちま》ち桑《さう》[三]中《ちう》の契《ちぎり》を結《むす》び、此人《このひと》を贅壻《いりむこ》にせばやと想《おも》へど、さすが左内《さない》に明白《あからさま》に云《いは》んこともなりがたく、一日《ひとひ》〱とうち過《すぎ》ける。

然るに去頃《いぬるころ》逸平《いっぺい》、此家《このや》に来《きた》りしを、八平次はやくもこれを窺《うかゞ》ひ知《し》り、此《この》ものに出会《いであふ》ては大事《だひじ》[四]なりと、蜜《ひそか》に小満《こまん》に言《い》へりけるは、「此程《このほど》おんみがもとに来《きた》れる客人《まろうど》は、我《われ》と深《ふか》き仇《あた》あれば、彼人《かのひと》の居《お》らん限《かぎ》りは来《きた》るまじ。おんみ我《われ》に志《こゝろざし》ふかくば、謀計《たばかり》[五]をもて彼《かれ》を追出《おひいだ》し給へ」と、聞《きこ》へて其后《そののち》は絶《たえ》て来《きた》らず、折〻《をり〱》書簡《ふみ》もて音問《おとづるゝ》[六]ばかりなり。小満《こまん》は八平次にふかく心《こゝろ》をよすれば、奈何《いかに》もして逸平《いっぺい》を追出《おひいだ》さんと、其術《そのてだて》をのみ思ひける。逸平《いっぺい》は左内《さない》がもとに来《きた》るときより、彼芦毛《かのあしげ》の馬《うま》の居《お》るを見《み》て、其売《そのうり》たる人《ひと》を問《と》ふに、「都《みやこ》より来《きた》れる人にて、此頃《このごろ》まで親《した》しく来《き》つるが、いかにせしや、今《いま》は絶《たへ》て音問《おとづれ》だもせず」とあるに、逸平甚不審《いっぺいいといぶかり》、其人《そのひと》の容貌《かたち》を問《とふ》に、「しか〴〵の人《ひと》なり」と、左内《さない》が語《かた》るを聞《きけ》ば、よく八平次に似《に》たりしほどに、さてはと思ひ、いかにもして在家《ありか》を知《しら》んとおもふ処《ところ》に、一日家裡《あるひいへのうち》にて一封《いっぷう》の艶簡《ふみ》を拾《ひろ》えり。披《ひら》き閲《み》るに、八平次より小満《こまん》がもとへ送《おく》りし書《ふみ》にて、其略《そのりやく》に云《いふ》、「我《われ》おんみと別《わか》れて后《のち》、束剋《つかのま》も忘《わす》るゝことなし。早《はや》く逸平《いっぺい》を追出《おひいだ》して、再《ふたゝ》び遭《あふ》ことをはかり給へ」とぞ書《かい》たりしかば、既《すで》に八平次と、小満《こまん》と、奸通《かんつう》[七]しつることをし

一　底本のまま。無骨で野暮。
二　好色な男。軽佻浮薄という悪意ある表現。「狂夫　タハレヲ。遊士　同」（書言字考）。
三　男女不義の契りをいう。詩経・鄘風の篇名に「桑中」とあり、周の宣恵の世、衛の公室淫乱で、世族・在位者まで妻妾をぬすんで桑中に密会したというに基く。
四　大変なことになる。
五　謀りごと。「謀　タバカル」（書言字考）。
六　便り。「声問　ヲトヅレ。音信　同」（書言字考）。
七　姦通。「奸」は「姦」に通ずる。

れば、これによりて八平次が、去向《ゆくへ》の知《し》れざることはあるまじと、多《さま》ゝ《ぐ》に心《こゝろ》を砕《くだ》きて窺《うかゞひ》けるに、一日《あるひ》左内《さない》、逸平《いつぺい》と小満《こまん》とを近付《ちかづけ》て云《い》へりけるは、「去《いぬ》る頃《ころ》、我児《わがこ》世《よ》を去《さり》つれば、後《のち》なきことをふかく愁《うれ》ひ思ふ処に、不図《はからず》も此程《このほど》より、逸平《いつぺい》我家《わがや》にきたれり。おんみは甥《おひ》のことなれば、我子《わがこ》に異《こと》なることなし。あはれ小満《こまん》と夫婦《ふうふ》となり、この家《いへ》を嗣《つひ》でた[八]べかし」とあるに、逸平《いつぺい》は伯父《おぢ》の命《おゝせ》と言《いひ》、ことに八平次が、去向《ゆくへ》を捜索《もとむ》るに便《たより》あれば、子細《しさい》なく諾《うべな》ひつれど、小満《こまん》は心裡《こゝろのうち》、八平次が云《いひ》[九]こしつることなど、思ひつゞくれば、此《この》ことを聞《きひ》て甚驚《はなはだおどろ》くといへども、素《もと》より[一〇]伶俐女《かしこきおゝな》なれば、そのことをば色《いろ》にも出《いだ》さず云《い》へりけるは、「女《おんな》の身《み》にして、二人《ふたり》の夫《つま》に更《ふ》るゝをば、深《ふか》く恥《はつ》ることとなるに、夫《おつと》におくれ、いまだ幾年《いくとせ》をも経《へ》ざるに、いかで異夫《ことつま》をばむかへはべらん。舅君《しうときみ》の命《おゝせ》にはあれど、此ことのみをばみ[一一]ゆるし給へ」と、言《ことば》すゞしくいひはなち、承引《うけひく》べきけはひなきに、左内《さない》も理《り》の当然《とうぜん》なるにまたも云出《いひい》づべき言語《ことば》なく、其日《そのひ》はさて歇《やみ》[一二]にけり。

これよりして小満《こまん》は、病《やまひ》と称《せう》し、一間《ひとま》なる処《ところ》に閉籠《とぢこも》りて、外《と》に出《いづ》ることなく、只顧《ひたすら》逸《いつ》平《ぺい》を追出《おひいだ》すべき、術《てだて》を沈思《しあん》せしが、屹《き》[一三]と一ッの計《はかりごと》をもうけ出《いだ》し、心裡《こゝろのうち》深《ふか》く喜《よろこ》び、謀《はかりごと》を施《ほどこ》すべき時《とき》をぞ、待居《まちゐ》たり。

その折《おり》しも左内《さない》、所用《しよやう》ありて、京《きやう》のぼりするよし、聞《きこ》へて出行《いでゆき》ければ、家《いへ》には小満《こまん》と、逸平《いつぺい》、三橘《さんきつ》のみなりしに、小満此日《こまんこのひ》は少《すこし》く、[一四]気色《きしよく》よきとて、一間《ひとま》を立出《たちいで》けるに、折《おり》ふし

八 …していただきたい。「たべ」は「賜へ」の転。

九 言ってよこす。

一〇 「伶俐　カシコヒ」(唐話纂要)。

一一 お許し下さい。

一二 「歇　ヤム」(倭玉篇)。

一三 はっきりと。「屹(ツキ)」(倭玉篇)。音通。

一四 気分がいい。

三橋は、里《さと》の童子《わらべ》に誘《いざな》はれ、行方《いづち》へか行《ゆき》て家《いへ》に居《お》らねば、小満《こまん》はこれよき時《とき》と、逸平《いつぺい》が側《そば》近《ちか》く居寄《いより》、声《こへ》を低《ひくう》して言《い》へりけるは、「前日舅君《さきのひしうとぎみ》のおんみと、奴家《わらは》と夫婦《ふうふ》になれよと宣《のたまは》すを、[一]難面《つれなく》いひて肯《うけがは》ざるをば、悪《にく》しとばしおぼしつらんが、是《これ》には深《ふか》き[二]縁故《ことのもと》あれば、前《さきの》日《ひ》のごとくは申《(まうし)》つるなり。[三]相構《あいかま》へて奴家《わらは》を恨《うら》み給ひな。」と聞《き》こゆるに、逸平心裡《いつぺいこゝろのうち》には、此婬婦《このいんぷ》何事《なにごと》をか謀《はかる》、云《い》はして聞《きか》んと、甚不審《いといぶかり》たるおももちし、「こは不思議《ふしぎ》のことを聞《きく》ものかな。そは何故《なにゆへ》ぞ。苦《くる》しからずば聞《きか》し給へ。」小満《こまん》は涙《なみだ》をはら〳〵と流《なが》し、「あな[四]浅《あさ》猿《まし》。舅左《しうとさ》内《ない》どのには、[五]天魔《てんま》やみいれはべるやらん。近頃《ちかごろ》は心頑《こゝろかたくな》になり給ひ、たゞ利欲《りよく》にのみはしり給へり。奴家《わらは》折ゝ《おり〳〵》いさめまゐらすれど、露《つゆ》ほども聴《きゝ》わき給はず。そはさゝやかなることなれば、強《つよ》くも諫《いさめ》で過《すぎ》つるが、此《この》ほどおんみ、此家《このや》に来《きた》り給ひて后《のち》、蜜《ひそか》に奴家《わらは》に宣《のたま》ふやうは、「逸平《いつぺい》ことは我甥《わがおひ》ながら、平家《へいけ》の悪《に》くみをうけたるものなり。しかるを[六]占恪置《かくまひおか》ば、奈何《いか》なる[七]祟《たゝり》を受《うけ》んも知《し》れず。されど厭《いと》ふ色《いろ》を顕《あらは》すべからず。彼《かれ》は知勇深《ちゆふふか》きものなれば、奈何《いかなる》ことをかなさんずらん。よりて汝《なんち》と夫婦《ふうふ》にさすと欺《あざむ》き、彼《かれ》が心《こゝろ》をゆるさせ、蜜《ひそか》に平家《へいけ》へ訴《うつた》へ、大勢《おゝぜい》の収兵《とりて》を呼下《よびくだ》して生捕《いけどら》さば、一ッには[八]信賞銭《そくたくせん》を賜《給は》り、二ッには[九]よしなき食客《しよくかく》を労《ろう》せずして除《のぞく》なれば、自《みづか》ら[一〇]米櫃《こめびつ》に、蜘網《くものす》をもうくるの愁《うれひ》なし。三ッには平家《へいけ》の御おぼへよくなれば、奈何《いか》なる福《ふく》の来《きた》らんもはかられず。かゝる[一一]大吉利市《よきしあはせ》の、目前《もくぜん》にあれば、汝《なんち》まづ我命《わがめい》にしたがひ、彼《か》れと夫婦《ふうふ》になることを諾《うべな》へよ。もし心《こゝろ》に

一 すげなく。「難面　ツレナシ」(書言字考)。
二 理由。「ことのもと　神武紀に縁の字をよめり」(倭訓栞)。
三 決して。
四 情ない。「浅猿　アサマシ」(運歩色葉)。
五 天魔がとりつく。天魔は、仏語で正法を害し仏道を障害する悪魔。
六 底本「悋」(「恪」の俗字)。「占恪」を「カクマフ」と訓ずるは未調。
七 底本のまま。
八 報酬。
九 縁もない居候。
一〇 食うに困る意。底本「米樞」。
一一 「利市　シアハセヨシ」(唐話纂要)。

そまずば、病《やまひ》と称《せう》して婚姻《こんいん》をのべよ。其間《そのうち》には謀《はかりごと》をなすべし。一二穴賢《あなかしこ》此こと人にな漏《もら》しそ」と、宣《のたま》ひつれど、いかにせん一三三代相恩《さんだいさうおん》の主《しう》、四《よ》三平君《さうへいぎみ》の御孫《おんまご》、三橘君《さんきつぎみ》の御身《おんみ》のうへ、いかになり給ふかと、いと一四泣《かな》しく、「よしやその命《めい》に逆《さか》ふとも、大逆《たいぎやく》の罪《つみ》をば稟《うけ》さじ」と、多〻《さま〴〵》に諫《いさめ》申せど、夢《ゆめ》いさゝかも聴《きゝ》給はで、既《すで》に今日《けふ》は六波羅《ろくはら》へ訴《うつたへ》給んと、京上《きやうのぼ》りし給へり。此事告《このことつげ》申ば方見《うたて》けれど、舅《しうと》が罪《つみ》を免《まぬか》らせたきまゝぞかし。是彼《これかれ》のことを想《おも》ひ弁《わき》給ひて、何方《いづち》へも逃《のが》れ給へ」と、一五信《まこと》しやかに聞《きこへ》けるを、逸平熟〻《いつぺいつく〴〵》とうち聞《きゝ》、「さては此姪婦《このいんぷ》、我《われ》を追出《おひいだ》し、八平次を引入《いきいれ》ん術《てだて》をなすにこそ。我又此一六謀《われまたこのはかりごと》につひて謀《はかりごと》をなさばや」と、暫時沈思《しばししあん》したりしが、屹《き》と一個《ひとつ》の謀《はかりごと》を設《もう》け出《いだ》し、涙《なみだ》をはら〳〵と流《なが》し、「今《いま》おんみの宣《の給は》すによりて、想《おも》ひ知《し》られしことこそはべれ。はじめ此家《このや》に来《きたり》しとき、伯父《おぢ》の気色《けしき》よからねば、一七身《み》を寄《よ》す木陰《こかげ》に雨漏《あめも》る想《おも》ひをしつれど、さして行《ゆく》べき処《ところ》もなければ、身《み》のほどを包《つゝ》まず語《かた》り、只顧嘆《ひたすらなげ》きけるに、俄《にはか》に心かはりてよく款待《もてなす》はさすがは一八血属《うから》の甲《か》斐《ひ》はありけりと、心安堵《こゝろおちい》てはべりしがさてはさる悪謀《わるだくみ》すとて、我《われ》に心《こゝろ》を免《ゆる》さし、三代相《さんだいさう》恩《おん》の主《しう》と、現在《げんざい》の一九姪男《おい》とを売《うり》て、身《み》の栄利《ゑのり》を受《うけ》ん所為《しよい》にや。斯《かゝ》る人非人《にんぴにん》のものは、伯父《おぢ》にもあれ、主《しう》の為《ため》に一太刀《ひとたち》怨《うら》み、天罰《てんばつ》のほどを知《し》らすべし。」といきまきて云《い》へりける。小満《こまん》はたゞ逸平《いつぺい》をのみ、逐《おは》んと計《はか》りしに、懶《ものうく》思ふ舅《しうと》の左内《さない》を、逸平討果《いつぺいうちはたさ》んと言《いふ》に、「こは労《ろう》せずして、一時《いつとき》に二人を除《のぞく》に至《いた》る。実《まこと》に二〇草《くさ》を撲《うつ》て蛇《じや》を驚《おどろ》かすにあらずして、二一根《ね》を断《たつ》

一二 絶対に。穴賢は当字。「穴賢 アナカシコ」(書言字考)。
一三 代々御恩になっている。
一四 悲しい。「泣 カナシ」(倭玉篇)。
一五 いかにも本当らしく。
一六 計略。「謀 ハカリコト」(倭玉篇)。
一七 頼りにして身を寄せたが、思いに反して頼りにならないの意。
一八 親族。
一九 「姪男 ヲヒ」(類聚名義抄)。
二〇 何気なくしたことが意外な結果をもたらす意の諺(俗諺集成)であるが、ここでは不徹底であることをいう。「魯即判曰、汝雖レ打レ草、吾已驚驚」(開元天宝遺事)。
二一 根本的に災いを除く意の諺(世俗俚諺集)。

て葉《は》を枯《から》すなり」と、心裡《こゝろのうち》深《ふか》く喜《よろこ》ぶといへども、うはべにはわざと愁《うれい》たる色《いろ》を顕《あらは》し、「あな[一]方見《うたて》の世《よ》の間《なか》や。左内《さない》どのは利《り》の為《ため》に、おんみを訴《うつた》へ[二]罪《つみ》なはせんとし、おんみは忠《ちう》の為《ため》に左内《さない》どのを害《がい》せんとす。一人《ひとり》は舅《しうと》なり。一人は夫《おつと》ともなすべき人なり。[三]こはいかにしてよかんなん。寧《むしろ》命《いのち》の消《け》なましかば」と、さめざめとぞ泣《なき》にける。逸平《いつぺい》声《こへ》をあらゝげて、「嗚呼《あゝ》愚《おろか》なり小満《こまん》。これには似《に》るべきにあらねど、[四]昔《むかし》雍糾《やうきう》君命《くんめい》を稟《うけ》て、舅《しうと》の[五]祭仲《さいちう》を殺《ころさ》んとせしを、妻《つま》の雍姫《やうき》これを知《しり》、父《ちゝ》に告《つげ》て、夫《おつと》を殺《ころ》さしたるをば、識者《しきしや》は[六]非《そし》りき。汝《なんぢ》我《われ》をもて夫《つま》ともみんといへば、則《すなはち》夫《つま》なり。左内《さない》は舅《しうと》にして、父《ちゝ》にあらず。そは兎《と》まれ角《かく》まれ不義《ふぎ》に[七]与《くみ》すとも、忠《ちう》に与《くみ》すとも、心のまゝになさばなせ。我心《わがこゝろ》既《すで》に決《けつ》せり」と[八]焦燥《いらだち》云《い》へば、小満《こまん》は謀《はかりごと》得《ゑ》たりと喜《よろこ》び、尚《なを》熟《うまく》欺《あざむか》ばやと、泣目《なくめ》をはらひ、「おん身《み》の教《おしへ》によりて心の惑《まど》ひを散《はら》せり。此上《このうへ》は主《しう》を売《うり》不義《ふぎ》の舅《しうと》を捨《すて》、義《ぎ》を守《まも》る忠《ちう》ある夫《おつと》に就《つか》ん。今日《こんにち》のこと他《た》に知《し》る人《ひと》なし。おんみ忠《ちう》の為《ため》に、不臣《ふしん》の伯父公《おぢぎみ》を謀《はか》り給へ。奴家《わらは》今《いま》より心を決《けつ》し、おんみの妻《つま》となるからは、三橘君《きつぎみ》は主人《しゆじん》なり。赤心《まごゝろ》を尽《つく》し[九]傅育《もりそだて》なば、成人《せいじん》し給ふのち〳〵は、世《よ》に秀《ひいで》たる大夫《ますらを》となり給はんは必定《ひつぢやう》なり」と、[一〇]言《ことば》は巧《たくみ》にいひなすを、逸平心には欺《あざむ》き笑《わら》へど、いと喜《よろこ》べる面色《おもゝち》し、「おんみさる心《こゝろ》あらば、我喜《わがよろこ》び此《この》うへなし。常言《ことわざ》にも「[一一]善《ぜん》は急《いそ》げ」とやらん。明日《あす》とは延《のば》さじ今宵《こよひ》のうちに、[一二]京海道《きやうかいどう》を追《お》ひ上《のぼ》り、六波羅《ろくはら》へ訴出《うつたへいで》ぬその前《さき》に、人《ひと》しれず討《うた》んずるに、其心《そのこゝろ》を得《ゑ》よかし」と、慌忙《いそがはし》く[一三]身粧《みづくろい》

一 情ない。「方見 ウタテシ。薄情同」(書言字考)。
二 罰をあたえる。
三 これはどうしたらよいのでしょうか。「よかんなん」は「よかりなむ」の音便。
四 中国春秋時代、鄭の人。祭仲の婿。
五 鄭の人、字仲足。鄭伯に従う。鄭伯が祭仲を患えて婿の雍糾に殺させようとしたが、雍糾が妻にそれを洩らしたので、祭仲は雍糾を殺した(春秋左氏伝・桓公十五年)。
六 非難する。「非 ソシル」(倭玉篇)。
七 協力する。「与 クミスル」(書言字考)。
八 気持がたかぶって。「焦燥 イラツ」(怯里馬赤)。
九 子供を大切に育てる。「傅 モリ」(書言字考)。
一〇 底本「言巧(ことばはたくみ)に」とある。
一一 善事は直ちに実行せよとの慣用句。「ぜんはいそげ、あくはのべよ」(毛吹草)。
一二 大阪城の西北口の京橋から伏見を経て京の四条縄手に至る街道を指すのが一般であるが、丹波篠山と亀岡を結ぶ篠山街道を京街道と呼んでもいる。
一三 身じたくする。「みづくろひ 字書に僐は作レ姿とみえたり」(倭訓栞)。

し、やがて家《いへ》をぞ立出《たちいで》けり

葦《あし》垣《がき》

斯《かく》て小《こ》満《まん》は逸平《いつぺい》を出《いだ》しやり、心《こゝろ》いそ〳〵として思《おもふ》やう、「逸平左内《いつぺいさない》を殺《ころ》し、還《かへ》らば、その証《しるし》をもて知県《あがたもり》に訴《うつた》へ出《いで》、公《おゝやけ》の手《て》をかつて、彼《かれ》を罪《つみ》なひ殺《ころ》す時《とき》は誰《たれ》ありて奴家《わらは》が殺《ころ》せりとは知《し》るものなからん。其時《そのとき》こそ八平次《はつへいじ》と、夫婦《ふうふ》となり、日《ひ》頃《ごろ》の思ひをはるけん」と、かぎりなく喜《よろこ》びてぞ待居《まちい》たるに、程《ほど》なく其《その》日もすぎ、[一四]翌日《つぐのひ》の、午《うま》のさがりともおぼしきころほひ、逸平還来《いつぺいかへりき》て云《い》へりけるは「さても議《はか》りしごとく、昨《きの》ふ逐行《おひゆき》つるに、年寄《としより》の道《みち》はかゆかねば、[一五]雀色過《たそがれ》のころ[一六]京《きやう》の大枝《おゝえ》坂《さか》のほとりにて逐着《おひつき》しに、折節往還《おりふしゆきゝ》の人もと絶《だへ》たれば、よき間《ひま》なりとものをも云《い》はず、只一刀《たゞひとかたな》に斬殺《きりころ》し、屍《かばね》をば側《そば》なる、草叢《くさむら》の裡《うち》へ蹴《け》こみつれば、人《ひと》さらに知《し》ることとなし。是看《これみ》給へ此裡《このうち》には、些《ちと》の金《かね》などあらんかと、是《これ》のみとりて来《きた》れり」と、ほこりかに投出《なげいだ》すをみれば、昨《きの》ふ左《さ》内《ない》が携行《たづさへゆき》し[一七]搭膊《さいふ》の、血《ち》にまみれたるなり。小《こ》満《まん》は些《ちと》も疑《うたがは》ず、彼左《かれさ》内《ない》を殺《ころ》せるに疑《うたがひ》なしと心喜《こゝろよろこ》び、尚欺《なをあざむ》かばやと、「こはよくも計らはせ給ふものかな。さこそ労《つかれ》給んに、まづ一盃《いつぱい》を[一八]酌《くみ》て[一九]歇《いこひ》給へ」と、酒《さけ》と肴《さかな》を出《いだ》し、多ゝ《さま〴〵》にすゝめけるにぞ、逸平些《いつぺいちと》も辞《いな》まずして、数盃《すはい》を傾《かたむ》けるほどに、酔《ゑひ》たるにや、其《その》まゝ其処《そこ》にうち伏《ふし》て、鼾高《いびきたか》やかにかきて熟睡《うまひね》せり。小《こ》満《まん》は[二〇]しすましたりと、蜜《ひそか》に

一四 あくる日の午後。「翌日 ツギノ日」(唐話纂要)。午(午前十一時から午後一時まで)のさがり。

一五 夕刻の薄暗い時。「たそがれ」に「雀色過」を当てるのは、雀色が茶褐色であることからの連想か。

一六 桑田乙訓(山城の国)両郡の堺嶺の大枝山の坂、丹波の道の口にある大枝の駅に至る坂。

一七 財布。「搭膊 サイフ」(水滸伝字彙外集)。

一八 底本は「酌」。「酌 シヤク 酌也」(同文通考)。

一九 ゆっくり休む。「歇 イコフ」(倭玉篇)。

二〇 首尾よく成功した。

逸平《いつぺい》が刀《かたな》を抜て伺《うかゞ》ふに鮮血《なまち》おびたゞしくまみれつひてありしかば、「これよき証《しるし》なり」と、此刀《このかたな》と前《さき》の搭膊《さいふ》を携《たづさ》へ、急《いそ》ぎ其所《そのところ》の知県《あがたもり》の館《やかた》に赴《おもむ》き訴《うつた》へけるは、「奴家《わらは》が舅《しうと》左内《さない》なるもの、昨日京《きのふきやう》に所用《しよやう》ありて参《まい》りしを、舅《しうと》の姪男《おひ》なる、逸平《いつぺい》と申もの、近頃我家《ちかごろわがや》に居《おり》はべりつるが、舅《しうと》の跡《あと》を慕《した》ひ上《のぼ》り候が、只今還来《たゞいまかへりきたる》を見《み》るに、其躰《そのてい》たらく不審《いぶかし》く、心《こゝろ》を得《え》ぬこと多《おゝ》く候ほどに、酒《さけ》をすゝめて寝《ね》さし置蜜《おきひそか》に刀《かたな》をとりて看《み》るに、如斯鮮血《かくのごとくなまち》つきてはべるさへに、また舅《しうと》が携行《たづさへゆき》し、搭膊《さいふ》を懐《ふところ》にいれおき候ひぬ。是彼《これかれ》を思ひあわすれば、正《まさ》しく舅《しうと》を害《がい》しつると、こそぞんじ候。あはれ逸平《いつぺい》を召捕《めしとら》へられて、尋問《ちんもん》せさし給ひ、舅左内《しうとさない》が讐《あた》をとりて給はれかし。」と涙《なみだ》とゝもに聞《きこ》へ上《あげ》しかば、[一]知県相公《あがたもりのせうこう》これを聞《きこ》しめし、まづ小満《こまん》をばとゞめ置《おき》給ひ、俄《にわか》に収兵《とりて》を左内《さない》が家《いへ》に遣《やり》て、逸平《いつぺい》を召捕《めしと》らし、其《その》まゝ[二]庁前《てうぜん》に牽出《ひきいだ》し、やがて相公立出《せうこうたちいで》給ひ、前《さき》に小満《こまん》が持出《もちいで》たる刀《かたな》と、財布《さいふ》とを示《しめ》して宣《の給ひ》けるは、「汝此二品《なんぢこのふたしな》をば知らずや」とあるに、逸平首《いつぺいかうべ》を上《あげ》て[三]看一看《とくとみ》て云《いふ》、「その刀《かたな》は某《それがし》が[四]佩刀《はかせ》なり。又其財布《そのさいふ》は、伯父左内《おぢさない》が、昨《きの》ふ京《きやう》へ持行《もちゆき》はべりしなり」と、回応《いらへ》すれば、知県《あがたもり》「汝《なんぢ》が刀《かたな》、何《なん》の故《ゆへ》をもて血《ち》にまみれつるぞ。又左内《さない》が持行《もちゆき》し財布《さいふ》の、其主《そのぬし》の還《かへ》らざる前《さき》に、何《なに》として汝《なんぢ》が手にはありけるぞ。詳《つまびらか》に[五]云解聞《いひとけきか》ん」と宣《の給は》すに、逸平畏《いつぺいかしこ》みて云《いふ》、「相公《せうこう》の不審《いぶかり》給ふは[六]宜《むべ》なり。某今明白《それがしいまあからさま》に聞《きこ》へ上《あ》ぐべきに、よく〳〵聞し召《め》しわきたまひね。そも某《それがし》が伯父左内《おぢさない》、前《さき》に一男児《ひとりのせがれ》の候ひしに、[七]新婦《よめ》を迎《むか》へはべりしが、幾程《いくほど》もなく

一 地方官庁の長。平家時代に擬して殊更にこうした称を用う。
二 お白洲。
三 じっくり見る。「看一看」は白話的用法。
四 帯刀。「帯刀　ハカセ」(書言字考)。
五 弁明せよ、聞きたいものだ。
六 もっともである。「宜　ムベ」(書言字考)。
七 嫁。「新婦　ヨメ」(書言字考)。

男児《せがれ》は辞世《みまかり》候つれど、尚其新婦《なをそのよめ》をば出《いだ》しやらで、家《いへ》に居《お》らしぬ。然《しか》るに某此程《それがしこのほど》左内が許《もと》に八寄食《きしよく》してはべりしを、左内老《さないおひ》を養《やしな》ふべきものなきほどに、某《それがし》を子《こ》とし小満《こまん》と娶《めあは》し、家《いへ》を嗣《つが》さすべく思ひ、既《すで》に其《その》ことを申出しつるに、小満甚《こまんはなはだ》の婬婦《いんぷ》にして、予《かね》て蜜夫《みそかを》の候へば某《それがし》を厭《いと》ひ奈何《いかに》もして追出《おひいだ》し、蜜夫《みそかを》をひきいれん心《こゝろ》あれば、某《それがし》に左内《さない》がことを多ゝ《さま〴〵》に九讒言《さかしらごと》して、殺《ころ》さすべくはからひ候を、兼《かね》て其毒悪《そのどくあく》の心《こゝろ》を知《し》れば、伯父《おぢ》が身のうへ危《あや》ふく思ひ、其云処《そのいふところ》を諾《うべな》ひたるさまにもてなし、蜜《ひそか》に左内と示《しめ》し合《あは》せ某《それがし》が股《もゝ》を刺《さし》、其血《そのち》をもて刀《かたな》に灌《そゝ》ぎ、左内《さない》を殺《ころ》せりと偽《いつは》り、尚其心《なをそのこゝろ》を疑《うたがは》すまじきが為《ため》に財布《さいふ》を持帰《もちかへ》り候。是渾《これみな》彼《かれ》が一〇荼毒《とどく》を避《さけ》、伯父《おぢ》が命《いのち》を全《まつた》からせん術《てだて》に候。其事疑《そのことうたがは》しくおぼさば、左内を一一初井《はつい》に忍《しの》ばし置《おき》はべれば、召《め》して問《と》はせ給へ。且小満《またこまん》が不義《ふぎ》は此一封《このいつぷう》をもて察《さつ》し給へ」と、八平次より小満《こまん》へ一二送《おくり》し、艶簡《ふみ》を出し奉れば、知県《あがたもり》その艶簡《あんしよ》を披《ひら》き看《み》給ふに、小満《こまん》が不義明白《ふぎめいはく》なれば、驚《おどろ》きおぼし、急《いそ》ぎ人を初井《はつい》にやつて、左内を召寄《めしよ》し給ひ、逸平《いつぺい》が云処《いふところ》をもて問《とは》せ給ふに、些《ちと》も一三差《たが》ふことなかりしかば、小満《こまん》を厳《きび》しく一四鞫問《きくもん》ありしに、其苦痛《そのくつう》に堪《たへ》ずして、たくみしことども明白《あからさま》に一五首身《はくでう》に及びければ、「さらば八平次を召捕《めしとる》べし」と、其一六躱家《そのかくれか》に収兵《とりて》をさしむけ給ひしに、八平次はやくも事の発覚《あらはれ》たるを聞《きゝ》、其所《そのところ》を逃退《のがれ》、去向《ゆくへ》知《し》れずとあるに、尚国中《なをこくちう》を一七索《もとむ》れど捕《とら》へ得《え》ねば、そは捉《とら》へたる時罪《ときつみ》を糺《たゞ》すべしと、先小満《まづこまん》が罪《つみ》を糺《たゞ》すに、舅《しうと》を殺《ころ》さんとするでう、父《ちゝ》を一八殺《しいする》に均《ひと》し、と重《おも》き刑《けい》に所《しよ》せられぬ。左内《さない》と逸平《いつぺい》は、

八 底本のまま。「寄食」とあるべきところ。居候。
九 悪しざまに告げ口をする。「讒言　ザンゲン　サカシラ」(書言字考)。
一〇 害心。
一一 地名。未詳。籾井「笹山　東至二江戸一百三十七里、寅方至二籾井一三里半」(和漢三才図会)のことか。
一二 底本は「逆」、意により訂す。
一三 違う。「たがふ　神代紀に…差ノ字をよめり。違も同じ」(倭訓栞)。
一四 罪状を取り調べる。
一五 白状。「首状人　外ヨリ白状シテ出ル人」(小説字彙)。
一六 身をかくす所。「躱、避也」(字彙)。
一七 探索する。「索　モトムル」(書言字考)。
一八 底本のまま。「弑」とあるべきところ。「弑」は臣子が君父を殺すに用いるが、結果は同じこととて殺を訓じたか。

其罪科《そのつみとが》なきこと分明《ぶんめう》なれば、免《ゆる》されて家《いへ》に皈《かへり》[一]けり。

斯《かく》て后《のち》左内逸平は、淫婦《いんぷ》が毒計《どくけい》を免《まぬか》れつるのみか、なかなかに彼《かれ》を除《のぞ》き、今《いま》は心《こゝろ》にかゝることなしといへども、かたき八平次が去向《ゆくへ》を知《し》らざるのみ、本意《ほい》なきことに思ひ、逸平日《いつぺいひ》毎《ごと》に、馬を牽《ひい》て外《と》に出《いで》、旅人《りよじん》を乗《の》しながら、讐敵《かたき》の去向《ゆくへ》を索《もとむ》れば、左内は家《いへ》に在《あり》て三橘《さんきつ》を養《やしな》ひけり。

[二]不在話下再説《これはさておき》、楯与作《たてのよさく》は去頃《いぬるころ》、京師《みやこ》を出て、八平次が行衛《ゆくへ》を捜索《もとめ》んと、まづ東国《とうごく》に赴《おもむ》きけれど、それぞと思ふ人にだに遭《あは》ざれば、再《ふたゝ》び都《みやこ》の方に上《のぼ》り、[三]這回《こたび》は西国《さいごく》方を尋《たづね》んと、国ゝ《くに〲》をさまよひつ、[四]播磨国《はりまのくに》、餝磨里《しかまのさと》に至《いた》りけり。こゝに餝磨《しかま》の紀介《きすけ》と言《いふ》ものあり。此家《このいへ》代ゝ《よゝ》[五]造染《かうかき》を生営《なりはい》とす。されば此国《このくに》に名《な》だゝる[六]褐色染《かちんぞめ》も、多《おゝ》く此家《このいへ》にて、染《そめ》出せば、餝磨《しかま》染《ぞめ》とも云《いひ》ならはせり。されば自《おのづか》ら家富豊《いへとみゆたか》なりといへども、此紀介《このきすけ》きはめて貪欲《とんよく》なるものにて、只己《たゞおのれ》を利《り》することのみはかりける。然《しか》るに紀介四十《きすけよそじ》に及《およぶ》まで、一人《ひとり》の子だにあらねば、夫婦《ふうふ》常《つね》に此ことを嘆《なげ》き、「斯《かく》ては此富《このとみ》をもて、他人《あだひと》に譲《ゆづ》るより外《ほか》なし。しかするは本意《ほんゐ》にあらじ。あはれ女子《おゝなご》なりとも、あらまほし」と思ふにつけ、当国[七]書写山《とうごくしよしやさん》の観音《くわんおん》は、大悲大慈《だいひだいじ》の御恵《おんめぐ》み、他《た》に異《こと》にましませば、祈《いのり》申さんになどか験《しるし》のなかるべきと夫婦《ふうふ》諸共《もろとも》に、書写《しよしや》の観音《くわんおん》に詣《も》ふで、「一子《いつし》を授《さづけ》給へ」と祈誓《きせい》をかけしに、[八]満《まんず》る夜《よ》一人の老僧《ひぢり》の、[九]香染《かうぞめ》の浄衣《ころも》を穿《き》、[一〇]黎杖《あかざのつへ》を曳《ひき》、水晶《すいしやう》の数珠《じゆず》をつまぐり、夫婦《ふうふ》が[一一]枕上《まくらがみ》に進《すゝ》み寄《より》給ひ、

一 底本は「的」。意により訂す。

二 「不在話下 ハナシコノ下ニナシコレハサテヲキ」「再説 爰ニ又 サテモ」(水滸伝字彙外集)。

三 「這回 コノタビ」(怯里馬赤)。

四 兵庫県姫路市。播磨国は兵庫県西南部、飾磨は夢前川河口右岸一帯。

五 紺の染物。「紺播 コウガキ」(書言字考)。「造染 ソメヤ」(南山考講記)。

六 底本のまま。飾磨地方特産の染物名。「茶褐色 カチンイロ 陸佃カ云黄黒色」(書言字考)。

七 書写山円教寺。姫路市書写字書写山にある天台宗の寺。書写山の山頂に多くの堂塔あり、西国三十三所二十七番札所、平安中期性空の開創。

八 満願の夜。

九 丁字を濃く煎じて染めた、黄地に赤みを帯びたもの。袈裟などの染色に用いる。

一〇 アカザ科の一年草の藜の茎を干して杖としたもの。軽くて老人が用いるに便。

一一 枕もと。

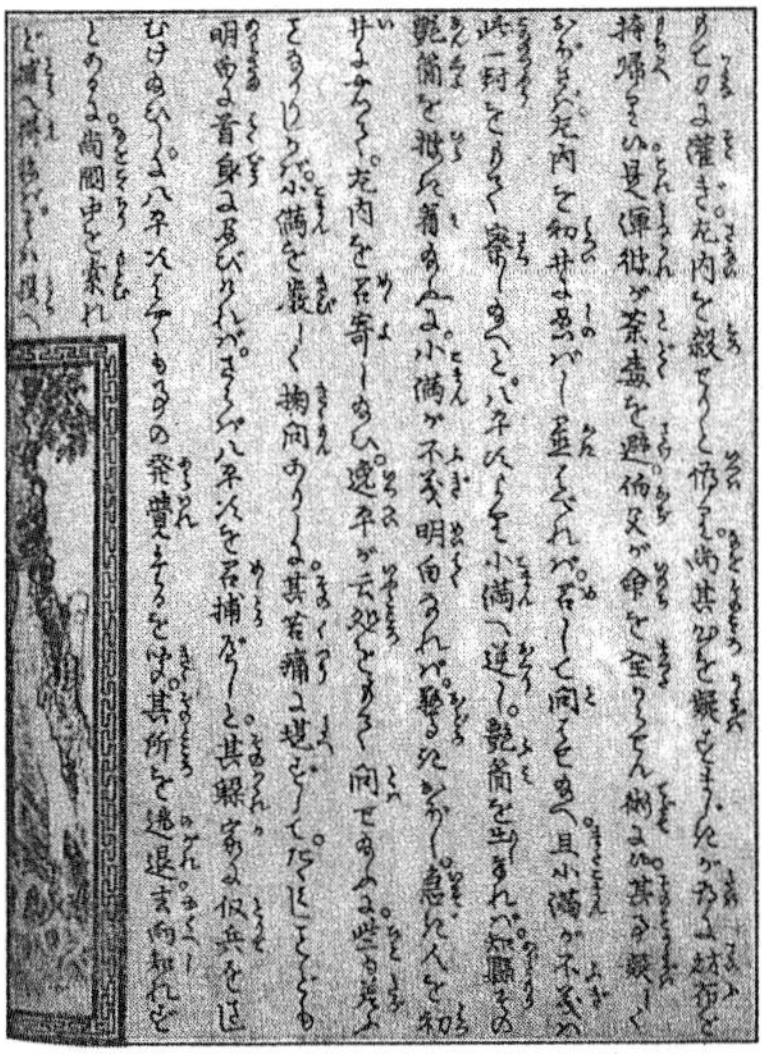

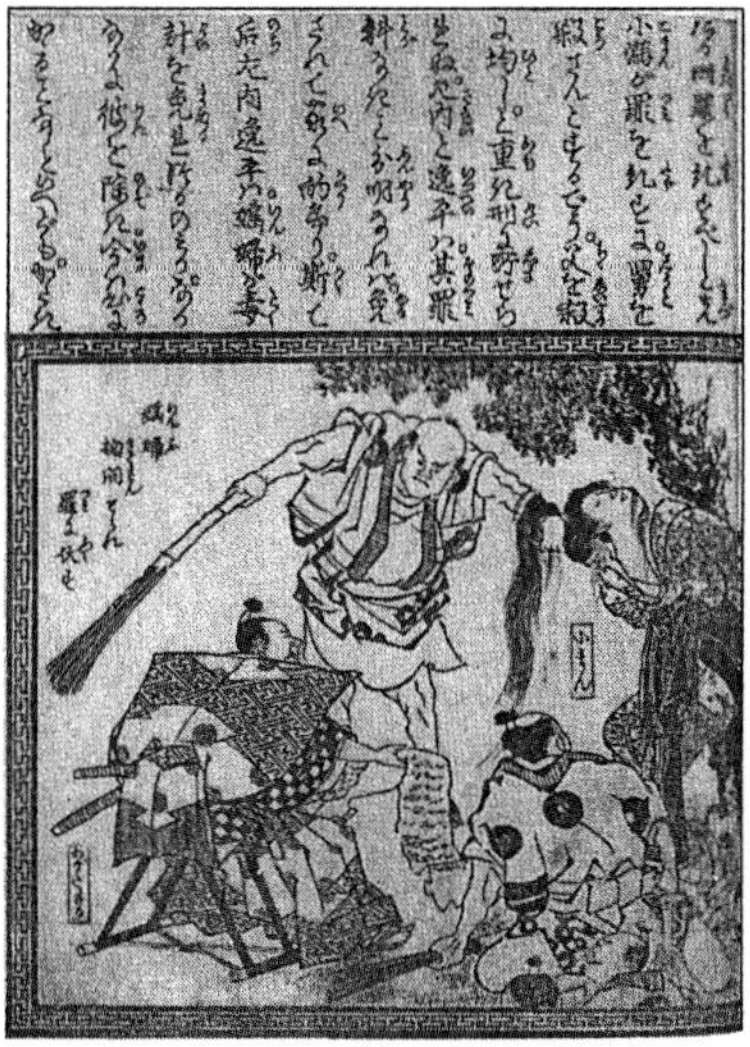

婬婦《いんぷ》鞫問《きくもん》せられ罪《つみ》に伏《ふく》す

小まん

あがたもり

「汝等夫婦《なんぢらふうふ》一子を設《もうけ》んことを祈《いの》れ共絶《たえ》[一]て叶《かな》ふべうもおぼへず。そは奈何《いかに》となれば、汝《なんぢ》多《おゝ》くの財宝《ざいほう》を持《もち》ながら、貧《まづ》しき人に金銭《きんせん》を借与《かしあたへ》、多《おゝ》くの息銀《そくぎん》を貪《むさぼ》るのみか、返《かへ》す期《ご》に後《おく》るゝときは、是非《ぜひ》を聴《きか》ず、強《あながち》に催促《しへた》[二]ぐれば、貧《まづ》しきものゝ、外《ほか》に做《なす》べき術《てだて》もなくて、先《せん》祖《ぞ》より稟伝《うけつた》へたる田園或《でんゑんある》は家財《かざい》など売代《うりしろ》かへて、其負責《そのおひめ》[三]を価《あがな》[四]へり。此時《このとき》に至《いた》りては前《さき》に借《かり》うけたる心はあらで、怨《うらむ》こと甚深《はなはだふか》し。此思ひみな汝《なんぢ》か身《み》にかゝれば其罪重《そのつみおも》く、いかで子孫《しそん》あるの道理《ことわり》あらん。さるを強《あながち》[五]に一子《いつし》を設《もうけ》んとすれば、必《かなら》ず不肖《ふせう》の子《こ》を産《うま》ん。不如《しかじ》子《こ》をもちて憂目《うきめ》見んよりも、はやく菩提《ぼだい》の道《みち》に入り、今迄作《いまゝでつく》りし罪《つみ》を滅《ほろぼ》[六]し、永《なが》き未来《みらい》を易《やす》ふせよ」と、宣《のたま》[七]し去《さ》らんとし給ふを、紀介衣《きすけころも》の袖《そで》にとりすがり、「命《おゝせ》さることながら[八]必竟子《ひつきやうこ》を持《もた》ねばこそ、物《もの》の憐《あはれ》をしらずして、今日《けふ》まで想《おも》はぬ罪《つみ》をば作《つく》れ。もし一子《いつし》を授《さづけ》給ひなば、残忍《ざんにん》の心《こゝろ》も飜《ひるがへり》自《おのづか》ら菩提《ぼだい》の道《みち》にも入《いり》ぬべし。いかなる不肖《ふせう》の子にもあれ授《さづ》けてたびね」と願《ねが》ふにぞ、老僧《ろうそう》これをうち聞《きゝ》給ひ、「汝其心《なんぢそのこゝろ》ならば、今得《いまえ》がたきの子を授《さづけ》ん。あひかまへていさゝかも、不慈悲義《ふじひぎ》[九]の心を発《おこ》[一〇]しそ。さる心あらば其子《そのこ》よりして、禍《わざわひ》をひき出し、憂目《うきめ》[一一]を見《み》んずるに、よく心を得《え》よかし」と、宣《の給》はすかと思へば、愕然《がくぜん》として睡《ねむり》は醒《さめ》たり。紀介《きすけ》は奇異《きい》の想ひをなし、観世音《くわんぜをん》の空《むな》しからぬ、御誓《おんちかひ》のほどを感激《かんげき》し、霊夢《れいむ》の光景《ありさま》を、妻《つま》に語《かた》れば、妻《つま》さへ同じ夢《ゆめ》を見《み》たりしといふに、ます／＼冥助《めうじよ》[一二]の新《あらた》[一三]なるを、尊《と》ふとみ、仏《ほとけ》の御前《みまへ》に香《かう》を焼《たき》、頓首《ぬかづき》[一四]して仏恩《ぶつおん》を拝謝《はいしや》し、夫婦《ふうふ》うち連《つれ》て、家《いへ》に帰《かへ》

一　決して。
二　厳しく督促する。
三　負債。「債　ヲヒメ」（書言字考）。
四　つぐなう。
五　強いて。「あながち　強ノ字をよめり痛勝の義なり」（倭訓栞）。
六　底本「減」に誤る。
七　「宣はし」とあるべきところ。
八　仏語、結局。「究竟　クキヤウ　必竟義」（古本下学集）。
九　非道。
一〇　…をおこしてはならない。
一一　つらい目。「うきめ　厭目の義也」（倭訓栞）。
一二　神仏のたすけ。「冥助　ミヤウジヨ」（書言字考）。
一三　神仏の霊験がはっきり示される様。「あらた　新をよめり。生来（アレキタ）るの義なるべし…俗に神仏の奇験なとを称するにあらたな事といふはあらたふとを略せる詞なるべし」（倭訓栞）。
一四　額を地に当てて礼拝する。「稽首　ヌカヅク　周礼九拝之初拝也。謂屈レ首至レ地也。頓首　同」（書言字考）。

りけるが、これよりして慈悲《じひ》の心《こゝろ》を発《おこ》し、[一五]善根《ぜんごん》をのみいとなみしに、幾程《いくほど》なく、妻《つま》はたゞならぬ身《み》とはなりけり。夫婦《ふうふ》ます〱、書写《しよしや》の御仏《みほとけ》を祈奉《いのりたてまつ》り、安産《あんざん》あらんことを願《ねが》ひしに、月満《つきみち》ていと易《やす》らけく、一個《ひとり》の女子《によし》を産《うめ》りしかば、夫《おつと》も妻《つま》も其喜《そのよろこ》びたとふるに物《もの》なく、[一六]優曇華《うどんげ》の春《はる》に遭《あ》ひたるこゝちして、其名《そのな》を何《なに》とか付《つけ》んと商議《せうぎ》するに、おのれ造《かう》染《かき》たるをもて、「染絹《そめぎぬ》」と名付《なづけ》たり。只是《たゞこれ》[一七]掌《たなひら》の玉《たま》、挿《かざし》の花《はな》と慈愛育《いつくしみそだて》つるに、染絹《そめぎぬ》四ッになりける夏《なつ》の頃《ころ》より、妻《つま》は仮初《かりそめ》の病着《いたつき》にかゝりしが、漸〻《しだい》に病重《やまひおも》やかになりゆきて、終《つひ》には[一八]秋《あき》の白露《しらつゆ》と、消《きえ》てはかなくなりしかば、紀介《きすけ》が嘆《なげ》き染絹《そめぎぬ》が悲《かな》しみ、いふべくもあらぬを、親属《うから》の人〻《ひと〴〵》諌《いさ》め慰《なぐさ》め、妻《つま》の屍《なきがら》をば[一九]茶毗《だび》の烟《けぶり》となしにけり。

此后《このゝち》親《した》しき人〻《ひと〴〵》、紀介《きすけ》に「後妻親迎《のちつまむかへ》よ」と薦《すゝめ》けれど、「年《とし》はや四十《よそじ》にもあまるに、ことには染絹《そめぎぬ》を、継母《まゝはゝ》の手《て》にかくるは、心憂《こゝろう》き事なり。」と固《かた》く辞《いなみ》て諾《うべな》はず、只顧《ひたすら》染絹《そめぎぬ》が、成人《おとなしう》なるを楽《たのし》み育《そだて》つるに、[二〇]光陰《かういん》に関守《せきもり》なく、染絹《そめぎぬ》今年《ことし》二八の齢《よはひ》になりけるが、実《げに》や[二一]大士《だいじ》の授給《きづけ》ふ験《しるし》とて、天性《てんせい》の艶色《えんしよく》は、花《はな》も羞《はぢ》ろふ粧《よそほひ》ありて、[二二]彼通衣姫《かのそとをりひめ》、西施《せいし》なんどもかくやありけめと、おもほゆれば、父《ちゝ》の心《こゝろ》は云《いふ》もさらなり、近辺《ちかきほとり》の人〻《ひと〴〵》も、其《その》[二三]国色《こくしよく》を賞愛《せうあひ》せざるはなし。紀介《きすけ》は我子《わがこ》を愛《あひ》するのあまり、熟〻《つく〴〵》と想《おも》ふやう、「斯《かく》ばかりの美人《びじん》を、むげに鄙人《いなかうど》の妻《め》となすは、たとへば玉《たま》をもて、泥中《でいちう》に転《まろ》ばし置《おく》にひとし。あはれ我人並《われひとなみ》にあらば、公卿殿上人《くぎやうてんじやうびと》をも壻《むこ》にとるべきに、世《よ》にも甲斐《かい》なき造染《かうかき》なれば、心《こゝろ》を費《ついや》すのみにし

一五 善なる行い。「善根　ゼンゴン」（書言字考）。
一六 三千年に一度咲くといわれる花で、稀有なことの譬喩に用いられる。
一七 「掌の玉」も「挿の花」も、最愛の子の譬喩。
一八 はかないことの喩。
一九 →二九三頁注一六。
二〇 年月の経過は止められない。
二一 菩薩の異称。「大士　ダイジ」（書言字考）。
二二 允恭天皇の妃、衣を通して美色が照りかがやいたので衣通郎姫という。西施は中国春秋時代の越の美女、日本と中国の代表的美女である。
二三 国内随一の容色。

て做《なし》がたし。さはあれ[一]才貌双全《さいぼうさうぜん》たる人《ひと》を壻《むこ》とし、宮方《みやがた》の御内《おんうち》か、さらずは勢《いきほ》ひある大臣《だいじん》家《け》に給事《みやづかへ》さし、金銀《きん〴〵》の厭《いとひ》なく、其道《そのみち》によつて索《もと》めば、[二]下《げ》国《こく》の受領《じゆりやう》なんどするほどには至《いた》るべし」と、これより仏《ほとけ》の戒《いまし》め給ふことを忘却《うちわすれ》、また原《もと》のごとく、財《ざい》を集《あつむ》る志気《こゝろざし》甚《はなはだ》しく、不《ふ》慈《じ》非《ひ》道《どう》のことのみ多《おゝ》かりしは、方見《うたて》かりけることゞもなり。

斯《かく》て后《のち》不《ふ》思義《しぎ》なるは染絹《そめぎぬ》なり。近頃《ちかごろ》までは心《こゝろ》ばへやさしくありしに、いつとなく頑《かたくな》になり、万荒《よろづあらく》ゝしくもの妬《ねたみ》することおゝかたならず。[三]給事《みやづかへ》する侍女《こしもと》など、少《すこし》く心《こゝろ》に差《たが》ふことあれば、はしたなく言罵《いひのゝしり》、又は自《みづか》ら鞭撻《むちうつ》など、すべて女子《おゝなご》の[四]業作《ぎやうさ》なく、一家《いつけ》の男女《なんによ》たゞ是《これ》を患《うれひ》となしけれど、紀介《きすけ》は辛《かろう》じてもうけたる一人子《ひとりご》の事《こと》なれば、云懲《いひこら》すこともせでうち過《すぎ》けり。

此当時楯与作《このおりからたてのよさく》は、此国《このくに》へさまよひ来《きた》りしに、ひさしき旅《たび》の労《つかれ》にや足《あし》を悩《なや》み出《いだ》して、歩《あゆ》むことの能《あた》はねば、此餝磨里《このしかまのさと》に滞留《とうりう》して、治療《ぢりやう》を加《くわ》へける。其旅宿《そのたびやどり》は、造染匠《かうかき》紀介《すけ》が家《いへ》と、隣《とな》れる家《いへ》なり。与《よ》作《さく》は秋《あき》のはじめにこゝに来《きた》りしに足《あし》の悩《なやみ》に思はず日《ひ》を過《すご》し、漸《やう》やく秋《あき》の中旬《なかば》に至《いた》りて、少《すこし》くおこたりつれば、斯《かく》ては近日《ちかきひ》のうちには、此地方《このところ》を旅発《たびだち》せんと、思ふうち、はや[五]八月望《はづきもち》の夜《よ》にぞなりにけり。此夜《このよ》天《そら》に一点《いつてん》の雲《くも》なく、月《つき》いとうさへわたり、常《つね》にも月《つき》は愛《めづ》るなるに、今夜《こよひ》はわきて世《よ》の人《ひと》のもて賞《せう》する[六]習俗《ならはし》なれど、与《よ》作《さく》は[七]笘《とま》に寝《いね》、[八]戈《ほこ》を枕《まくら》とする身《み》にしあれば、月《つき》を賞《せう》すべき心《こゝろ》はあらねど、隈《くま》なき影《かげ》の旅宿《りよしゆく》の

一 才能も容貌もともに揃った人。
二 「下国」（律令制で国を大・上・中・下の四つに分けた最下級のもの、和泉・伊賀など九ヶ国）も「受領」（任国で仕事をする国司）も、時代小説としての表現。「僅かに下国の受領をこそ拝仕せしに」（源平盛衰記・重盛宗盛左右大将事）。
三 奉公する女中。時代めいた表現。「侍女 コシモト」（書言字考）。
四 ふるまい。底本「業作」（仕事の意）は「行作」（振舞いの意）の誤りか。
五 八月十五日の夜。望の日は陰暦の十五日。
六 習慣。「習俗 ナラハシ」（書言字考）。
七 底本のまま。「笘 トマ」（運歩色葉集）。「とま 神代紀倭名鈔に苫をよめり。船にふきて宿る物なれば名くるなるべし」（倭訓栞）。旅寝をいう。
八 仇討の身であることをいう。

[九]楼《たかどの》にさしいれたれば、索《もとめ》ずして、独月《ひとりつき》に対《むか》ひて居《い》るほどに、そゞろ物哀《ものがな》しく、過越方《すぎこしかた》の事《こと》など思ひつゞくるに、「少将殿《せう〳〵どの》の御身《おんみ》のうへ、いとおぼつかなくて、今夜《こよひ》の月《つき》はいかに[一〇]覹《みそなは》し給ふらん。むかし世《よ》に在《いませ》しときは、富貴《ふうき》威権《いけん》、倶《とも》に保《たもた》せ給へば、人《ひと》も羨《うらや》む栄花《ゑいぐわ》にて、良夜《りやうや》などの光景《ありさま》などは、[一一]酒池《しゆち》肉林《にくりん》を設《もう》け給ひ、月下《げつか》に詩《し》を賦《ふ》し歌《うた》を詠《ゑい》じ、我們《わがともがら》まで[一二]清光《せいかう》を賞《せう》し、[一三]今様《いまやう》など歌《うた》ひて、其興《そのきやう》を介《たすけ》まゐらしたるに、今ははかなき島守《しまもり》となりくだり給ひては、誰《たれ》かは慰《なぐさめ》まゐらせん」と、頻《しきり》に涙《なみだ》にくれけるが、前年《さきのとし》少将《せう〳〵》どのより賜《たま》ひたりし、夏山《なつやま》と云笛《いふふへ》のありしを、こは主《しう》の遺物《かたみ》ぞと、身《み》を放《はな》さで持《も》てりしを、あまりに主《しう》の恋《こひ》しきに、せめては手馴《てなれ》給ひたる、笛《ふへ》を調《しらべ》てやるせなき、心《こゝろ》の愁《うれい》を晴《はる》けんと、[一四]行李《たびに》の裡《うち》よりとり出《いだ》し、いと静《しづ》やかに調《しら》べける。与作は素《もと》より此道《このみち》に[一五]堪能《かんのう》のことなれば、其音《そのね》色《いろ》[一六]微妙《みみやう》にして、心なき人をも感動《かんどう》さすなるに、此時《このとき》紀介《きすけ》が女児《むすめ》染絹《そめぎぬ》は、月《つき》にうかれて、[一七]築紫琴《つくしごと》を調《しらべ》てありけるが、此笛《このふへ》の音《ね》の微妙《みめう》なるに心驚《こゝろおどろ》き、忽《たちま》ち琴《こと》をひきさして、耳《みゝ》をすましてこれを聞《きく》に、[一八]呂律調和《りよりつてうくは》し、一声《いつせい》は高《たか》く、一声《いつせい》は[一九]低《ひき》く、[二〇]断ゝ続ゝ《だん〳〵ぞく〳〵》として、世《よ》にも少《まれ》なる妙音《めうおん》なれば、「こはそも奈何《いか》なる人ぞや。みぬ唐土《もろこし》の[二一]桓伊《くわんい》が再来《さいらい》にか」と、其《その》人《ひと》のゆかしくて、そゞろ心《こゝろ》に聞《きく》ともしらず、与作《よさく》は思ふほど笛《ふへ》を調《しらべ》て、少《すこ》しく心《こゝろ》を慰《なぐさめ》つ。夜《よ》もいとう更《ふけ》たれば、[二二]蒸襖《むしふすま》引閉《ひきたて》て、静《しづ》やかにこそ睡《ねむ》りける。

染絹《そめぎぬ》は其人《そのひと》をば見《み》ざれど、笛《ふへ》の音《ね》の妙《たへ》なるに、心《こゝろ》を迷《まよ》はし、「こは正《まさ》しく男子《おのこ》にこそ

九 二階。「楼　タカドノ」(書言字考)。
一〇 ごらん遊ばす。「覹　ミソナハス」(書言字考)。
一一 豪華な酒宴。
一二 清らかな月の光。
一三 はやり歌。「いまやううたをはぶきていへるなり」(倭訓栞)。
一四 旅行用荷物入れ。「行李　タビニモツ」(怯里馬赤)。
一五 練達。「堪能　カンノウ」(書言字考)。
一六 美しさが細やかで奥深い。「微妙　ミメウ」(書言字考)。
一七 箏曲の一流派である筑紫流で用いる十三弦の箏。
一八 音楽の旋律(呂の音と律の音)が調和して美しく。
一九 底本のまま。古典的用法。「高低　タカシヒキシ」(書言字考)。
二〇 笛の音が美しく絶えたり続いたりする様子の表現。
二一 晋、譙国銍の人、宣の族子、字は叔夏、小字は野王。諡は烈。音楽を善くし江左第一と称せらる。桓伊三寿の故事で著名。
二二 「むしふすま」は元来夜具をいうが、読本などでは襖を指す。

あらんずらん。かばかりの名人《めいじん》と、世《よ》をおなじうしながら、知《し》らで過《すぎ》んはほひなけれ[一]」と、心苦《こゝろぐる》しきまで、思ひつゞけつれば、其夜《そのよ》の月《つき》をば見果《みはで》ずして、ひきこもりてうち臥《ふし》ぬ。この夜《よ》をはじめとし、昼夜《ちうや》想ひこがれて、朝夕《あさゆふ》の飯《いひ》だにすゝまねば、父《ちゝ》の紀介《きすけ》はこよなく驚《おどろ》き「針《はり》よ薬《くすり》よ」とさわぎまどへど、[二]例《れい》の心《こゝろ》まゝをいひて、医師《くすし》を辞[三]閨房《いなみねや》にいれねば、「こはいかに」と心《こゝろ》をのみ[四]悩《なやま》しけり。

こゝに染絹《そめぎぬ》が乳人《めのと》を、尾花《おばな》といひて、今年四十《ことしよそじ》になりぬ。染絹生《そめぎぬうま》れてより、此乳人《このめのと》が懐《ふところ》に[五]成人《ひとゝ》なりぬれば、其親《そのした》しみ親子《おやこ》の間《あいだ》にもたち増《まさ》れば、尾花《おばな》は染絹《そめぎぬ》が労《いたは》りをいときづかはしく思ひ、[六]一日《あるひ》人なき時《とき》を窺《うかゞ》ひ、蜜《ひそか》に云《い》へりけるは、「おんみの此《この》ほどの躰《てい》たらくを見《み》まゐらするに、何《なに》とも心《こゝろ》を得《え》ぬ御病着《おんいたつき》なり。もしや心《こゝろ》に想ひ給ふこともはべらば、つゝまず聞《きこ》へ給へかし」とあるに、染絹《そめぎぬ》はさすがに言出《いひいづ》ることを恥《はぢ》らひて、面赤《おもてあか》ふして居《い》たりしを、尾花《おばな》せちに問《とひ》けるに、いまは包《つゝ》むに包《つゝ》まれず、「去《さ》りし[七]望夜《もちのよ》、隣《となり》の楼上《たかどの》に て、笛《ふへ》を調《しらべ》つる人《ひと》の見《み》まほしく、斯《かく》は[八]心煩《こゝろわづら》はし」と云聞《いひき》こゆるに、尾花《おばな》は呆《あき》れ、しばし言語《ことば》なくてありしが、やをら言出《いひいで》けるやうは、「昔《むかし》より絵《ゑ》に画《ゑがけ》る人《ひと》に懸想《けさう》し、[九]揮毫《みづぐき》のあとを看《み》て、心を動《うどか》すなどは、其類多《そのたぐひおゝ》けれど、笛《ふへ》を聞《きい》て心《こゝろ》を迷《まよは》すといふは、[一〇]彼文君《かのぶんくん》が、相《せう》如《じよ》の琴《こと》を聞《きい》て、走《はし》りしにひとしく、いと[一一]少《まれ》なることにて、[一二]正《まさ》なき所為《わざ》にはあれど、斯《かく》まで悩《なや》み給ふから、其人《そのひと》を蜜《ひそか》にみさしまゐらせんずるに、それにてこゝろを飽《あき》たらし、ふ

一 本意でない。「ほいなし」とあるべきところ、殊更古典めかした表現にしようとした結果か。
二 底本「側(いれ)の」。
三 寝室。「閨間 ネヤ」(いろは字)。「臥房 ネヤ …云寝室」(書言字考)。
四 底本「悩(やな)し」。
五 成長する。「ひとゝなり …日と共に成の義。…神武紀に見ゆ。成レ人の義也」(倭訓栞)。
六 「一日 アルヒ」(いろは字)。
七 十五日の夜。「望日 モチ 十五日也」(書言字考)。
八 恋わづらいとなる。「わづらふ 神代紀に煩字をよめり。吾つらしの義にや」(倭訓栞)。
九 筆跡。
一〇 卓文君のこと。漢の卓王孫の女で、司馬相如が臨邛の卓氏に飲み、心を琴に寄せて文君に挑み、夜、共に馳せて成都に帰った故事あり、そのことをいう(史記司馬相如伝、前漢書司馬相如伝下)。
一一 稀な。「希 マレナリ。少 同」(書言字考)。
一二 正しくない行為であるが。「まさなき 无レ正の義也。物語に多し」(倭訓栞)。

染絹《そめぎぬ》
月下《げつか》に笛《ふへ》を聞《きひ》て
春情《しゆんぜう》を発《おこ》す

染絹

つに思ひとゞまりね。此事《このこと》[一]老爺《てゝご》の耳《みゝ》にいらば、いかなる目にかあひたまはん」と、云論《いひさと》すに、染絹《そめぎぬ》は、たゞ肯頭《うなづく》のみにて回応《いらへ》なし。尾花《をばな》はこの光景《ありさま》を看《み》、[二]「しかし給ふは奴家言《わらはいふ》ことを聴《きゝ》わき給ふにこそ。さらば其人《そのひと》を看《み》さしまいらせんことをはからふべし」と、やがて隣《となり》の家《いへ》に赴《おもむ》き、[三]婢女《はしため》の心利《こゝろきゝ》たるもの〻ありしを、蜜《ひそか》に呼出《よびいだ》して言《い》へりけるは、「去《いぬ》る望夜《もちのよ》そこの許《もと》にて笛《ふへ》を吹《ふき》給ひしは、奈何人《いかなるひと》にておはすぞ。奴家《わらは》が守《も》り養《やしなひ》し主《しう》の女児《むすめ》の、笛《ふへ》の音《ね》を感《かん》じ給ひ、其人《そのひと》のゆかしく、ひと目見《めみ》まほしとてふかく想ひこみ給ふに、そこのはからいをもて、此《この》こと[四]称《かなは》し給ひなんや。爾《しか》し給ひなば、辛苦銭《ほねおりしろ》をばまゐらすべきに」と、よぎもなく聞《きこ》ゆるに、この婢女《はしため》もとより[五]利《り》に敏《さとき》ものなれば、辛苦銭《ほねおりしろ》を与《あたへ》んといふにほゝ笑《ゑみ》て云《いふ》、「そはいとより易《やす》きことにはべりぬ。前夜《さきのよ》楼《たかどの》にて、笛《ふへ》を吹《ふき》給ひしは都《みやこ》かたの人《ひと》にて去頃《さいつころ》より奴家許《わらはがもと》におはしつるが、足《あし》の悩《なやみ》にて久しく滞留《とうりう》し給ふ也。年《とし》の頃《ころ》は三十《みそじ》には、まだ二ッか三ッも足《た》らはぬかとみへ、脊《せ》は高《たか》くもあらず、又低《ひき》くはあらず、目《め》は秀《すゞし》く、鼻《はな》のかゝりより口《くち》もとのさま、何ひとつ非《ひ》を云《いふ》べうなく、顔《かほ》の色《いろ》は桜《さくら》の花《はな》にひとしく、見《み》ぬ[六]古《いにしへ》の在五中将《ざいごちうぜう》も、やはか此人《このひと》には増《まさ》らじとこそおぼへ候。奴家《わらは》が目《め》にのみ斯《かく》みゆるかとおもへば、何某《なにがし》の女児《むすめ》、[七]くれがしの妾《そばめ》などは、一目見《ひとめみ》てより、「此人《このひと》の為《ため》には命《いのち》も何《なに》か惜《おし》からん」とあこがれて、奴家《わらは》に「[八]艶簡《ゑんしよ》の氷人《なかうど》してよ」と、さまぐ〵の物《もの》を贈《おく》りて、頼《たの》み聞《きこ》へしかど、さるまさなごとせんは、奴家《わらは》が心《こゝろ》にあらねば[九]固辞《いなみ》て承引《うけひか》

一 父上。「てゝ　父の俗語也。…俗にてゝごともいふ」(倭訓栞)。「老爺　ダンナサマ」(小説字彙)。
二 そのようになさるのは。
三 女中。「はした　召仕のものをいふも上臈ならず下臈ならぬ意にていへる也。はしたものともいへり」(倭訓栞)。
四 成就する。「称　カナウ」(倭玉篇)。
五 利益に敏感である。「さときは今すゝどきをいふ也」(倭訓栞)。「目敏　メサトシ」(書言字考)。
六 伊勢の業平をいう。日本を代表する風流才子。
七 「なにがし」と並べて用いる。あの妾。「そばめ　妾をいふは傍妻の義也」(倭訓栞)。
八 艶書の仲介。「氷人　ナカダチノ事」(語録訳義)。
九 ことわる。「固辞　イナム　又云推辞」(書言字考)。

ざれど、おんみが主《しう》を想《おも》ひ給ふ心《こゝろ》のいとをしさに、垣間見《かいまみ》給ふほどのことをば、なさしまゐらせん。笛《ふへ》の音《ね》だに愛《めで》たがり給ふに、彼客人《かのまろうど》を見《み》もし給はゞ、必《かなら》ず[一〇]愛恋《あこがれ》給ふらめ。只《たゞ》そのことの気毒《きのどく》さよ」と、無事《なきこと》をも有《あり》とし、口《くち》にまかせて云《いふ》ほどに、尾花《をばな》も「さこそ」と想《おも》ひつゝ、尚《なを》よく頼《たの》み聞《きこ》へけるは、「さて[一一]奈何《いかに》してか見《み》さし給ふぞ。」婢女《はしため》のいふ「我家《わがいへ》の湯殿《ゆどの》は染絹君《そめぎぬぎみ》の、常《つね》に在処《いますところ》と、纔《わづか》に垣一重《かきひとへ》を隔《へだて》たれば、今日《けふ》の夕暮《ゆふべ》、客人《まろうど》に[一二]湯《ゆ》を溧浴《ひか》せんずるに、その時礫《つぶて》をもて[一三]号《あひづ》とすれば、よく心《こゝろ》を得《え》て見《み》給へ」と、いと賢《かし》こがほに云《いひ》聞《き》こゆれば、尾花《おばな》は喜《よろこ》び、「此事必《このことかなら》ず約《やく》な差《たが》ひそ」と、熟々《よく〳〵》聞《きこ》へ置《おひ》て別《わか》れしが、家《いへ》に帰《かへ》りて、染絹《そめぎぬ》に爾々《しか〴〵》の旨《むね》を告《つげ》しらすれば、かぎりなく喜《よろこ》び、俄《にはか》に紅粉《かうふん》を粧《よそをは》し、色《いろ》よき衣《きぬ》をうち着《き》つ其夕暮《そのゆふぐれ》を待《まつ》こと、[一四]一仏出世《いちぶつしゆつせ》、二仏上天《にぶつじやうてん》の想《おも》ひをなすに、其日《そのひ》も[一五]夕陽西《せきやうにし》に傾《かたむ》きける頃《ころ》、隣《となり》なる湯殿《ゆどの》の辺《ほとり》より、煙《けぶり》たちのぼりたりしかば、「さては今に号《あひづ》あるらん」と、其方《そのかた》をのみ眺居《ながめい》たるに、忽《たちま》ち三ッ四ッの小石《こいし》を投《なげ》こしけるにぞ尾花《おばな》は染絹《そめぎぬ》を誘《いざな》ひ、垣《かき》の下《もと》に走寄《はせより》て窺《うかゞ》ふに、与作《よさく》は只今《たゞいま》、湯《ゆ》よりあがりたるとみへて身《み》に浴衣《ゆかた》をうち着《き》、手《て》に扇《あふぎ》をもち、[一六]庭面《にはも》せをうち詠《なが》めて涼居《すゞみい》たり。

其時彼婢女《そのときかのはしため》、一碗《いちわん》の茶《ちや》を持来《もちき》て与作《よさく》に与《あた》へ、紀介《きすけ》が家《いへ》の方《かた》を顧《かへりみ》て、[一七]目禁《めくばせ》すれば、尾花《おばな》は其心《そのこゝろ》を得《え》て、染絹《そめぎぬ》にむかひ、「彼所《かしこ》に涼居《すゞみい》る男《おのこ》こそ、前夜《ききのよふへ》笛を吹《ふき》つる人《ひと》なり。熟看《よくみ》給ひて、此《この》ほどの思《おも》ひを晴《はる》け給へ」とさゝやけば、染絹《そめぎぬ》は恥《はづ》かしげに、垣《かき》の隙《ひま》より覗《のぞ》きみ

一〇 恋い慕う。
一一 「奈何　イカン」(書言字考)。
一二 入浴させる。「湯をひくといふ辞も落くぼ物語に見えたり」(倭訓栞)。
一三 合図する。
一四 待ち遠しい思い。「一仏出レ世二仏涅槃（小説語)ひまの入ることを云」(俚言集覧)。
一五 夕日。
一六 庭先。「庭迫　ニハモセ」(書言字考)。「庭園、あるいは、敷地の表面」(日葡)。
一七 目の表情で知らせる。

るに、其清《そのきよ》らかなるは、玉《たま》をも欺《あざむ》くばかりなれば、心驚《こゝろおどろ》き、「斯《かゝ》る人の、今《いま》の世《よ》にまたあるべうも思はれず。」と[一]目《め》かれせず見《み》とみ居《お》りぬ。道理《ことはり》なるかな、前《さき》に笛《ふへ》を聞《きひ》てだにあこがれつるに、今目前《いまのあたり》、其人《そのひと》を見《み》るに、世《よ》に類《たぐひ》なき[二]艶男《みやびを》なれば、いかで心《こゝろ》を動《うご》かさゞらん。[三]魂魄《こんぱく》忽《たちま》ち天外《てんぐわい》に飛《とび》、我《われ》にもあらで、[四]蕩ゝ《うか〱》として[五]春心《あだごゝろ》いやまして、[六]出乖露醜厭《ひとめもはぢもいと》はゞこそ、垣《かき》にひたと取《とり》つひて、放《はな》るべうはみへざりけり。

此当時主《このおりからあるじ》の紀介《きすけ》は、庭《には》に咲《さき》たる、萩《はぎ》や桔梗《きゝやう》を見《み》ばやとて、其処《そこ》よ此処《こゝ》よと[七]消遥《たちもとをり》、終《つい》に此処《こゝ》に来《きた》りしが、染絹《そめぎぬ》と、尾花《おばな》が、垣《かき》にそひて彳居《たゝずみお》るを看《み》、いと不審《いぶかり》つ、「やよいかに染絹《そめぎぬ》よ。まだ病着《いたつき》も怠《おこた》らぬに、夕《ゆふ》つかたの[八]濃《こま》やかなる露《つゆ》を犯《おか》し、此叢《このくさむら》の裡《うち》にはなどて居《い》けるぞ。身《み》を冷《ひや》して病《やまひ》なましそ。又尾花《おばな》もいかで心《こゝろ》をつけざるぞ。いと[九]漫《そゞろ》なり」と云《いふ》に、二人は愕然《がくぜん》と驚《おどろ》き、垣《かき》のもとを立退《たちのか》んとする時《とき》、染絹過失《そめぎぬあやまつ》て、[一〇]前栽《せんざい》の池《いけ》に転《まろ》び落《おち》しかば、紀介《きすけ》も尾花《おばな》も驚《おどろ》きまどひ、[一一]渾家《かない》の男女《なんによ》を呼来《よびきた》し、辛《かろう》じて助《たす》け揚《あ》げ、閨房《ねや》に誘《いざな》ひ介《かい》抱《ほう》するに頓《とみ》に人心《ひとごゝ》ちつき、常《つね》に替《かは》ることなくなりけれど、此日《このひ》思ふ人《ひと》を看《み》たりしに、世《よ》に類《たぐ》ひなき艶男《みやびを》なれば、見《み》ぬ前《さき》よりも[一二]弥増《いやまし》に、恋慕胸《あこがるゝむね》の苦《くる》しくて、いとゞ病《やまひ》ぞ重《おも》りける。

紀介《きすけ》は此光景《このありさま》を看《み》て、愁《うれ》ひ思ふやう、「こは前日《さきのひ》の夕暮《ゆふべ》、前栽《せんざい》の池《いけ》に落《おち》たるゆへ、斯《かく》は病《やまひ》の重《おも》りけめ。[一三]せんずる処《ところ》、乳人《めのと》が心の漫《そゞろ》より起《おこ》れり」と、其怠《そのおこたり》を責《せめ》しかば、尾花《おばな》は身《み》の[一四]科《とが》の[一五]分疏《いひわけ》なさに、染絹《そめぎぬ》が与作《よさく》を懸想《けさう》せし[一六]有枝有葉《いちぶしじう》を[一七]説話《ものがたれ》ば、紀介《きすけ》これを聞《きひ》て甚呆《いとあき》

一 目も離さず見つめている。「めかれぬ 目不レ離と書り。俗に目もはなさぬといふ是也」(倭訓栞)。
二 美男子。「艶 ミヤビヤカ 文選註美色曰レ艶」(書言字考)。
三 心身。
四 仇心を動かす状を表現する語。
五 浮気心。
六 人目を恥じることもなく。「出レ乖露レ醜 外聞ノワルキ也」(小説字彙)。
七 歩き廻る。「たちもとほる 盤桓、躊躇、徘徊などをよめり。立旋ほるの義也」(倭訓栞)。
八 露の多さの表現。「濃 コマヤカ…露多也」(書言字考)。
九 いいかげんである。「漫 ソヾロ」(書言字考)。
一〇 底本「前裁」。「真名伊勢物語に前栽と書り。庭前のうゑ木をいふ。後園にむかへたる名なり」(倭訓栞)。
一一 家の内。白話では「女房」(小説字彙)、「老婆」(水滸伝訳解)など解す。
一二 一層。「弥増 イヤマシ」(書言字考)。
一三 結局。「所レ詮 センズルトコロ」(文明本節用集)。
一四 底本のまま。「過 トガ。科 同」(書言字考)。
一五 弁明。「分疏 一々細ニ云ワケル事」(語録訳義)。
一六 初めから終りまで。「有枝有葉的細説事 イチブ始終クワシクハナス事」(怯里馬赤)。
一七 「説話 ハナシ」(怯里馬赤)。

れたれど、与作《よさく》が芸能《げいのふ》といひ、容色《かたち》さへ勝《すぐ》れたるとあるに熟ゞ《つくぐ》と想《おも》へば、「此人《このひと》きはめて、由《よし》あるものゝ、零落《おちぶれ》たるにぞあらんずらん。我素《われもと》より斯《かゝ》る人《ひと》を、女婿《むこ》にせん望《のぞみ》あれば、其人《そのひと》の才《ざへ》の程《ほど》を試《こゝろ》み、我心《わがこゝろ》に称《かな》はゞ、女児《むすめ》が恋《こ》ふることそ幸《さいはい》なり。これを女婿《むこ》とし、[一八]年来《としごろ》の宿志《しゆくし》を果《はた》すべし」と、なか〳〵に喜《よろこ》びまづ、彼人《かのひと》に近寄《ちかよら》んは、奈何術《いかなるてだて》をか做《なす》べき、と[一九]多ゝ《さまぐ》沈思《しあん》したりしが、屹《き》とひとつの謀《はかりごと》をもうけ出《いだ》し、日頃《ひごろ》親《した》しうなしつる医師《くすし》の、舫磨《しかま》より遥《はるか》に隔《へだて》たるに住《すみ》けるが、素《もと》より[二〇]一知半解《なまものしり》にて、平日《つね》にものに誇《ほこり》人を蔑《ないがしろに》する[二一]嗚《お》呼《こ》のものなるを蜜《ひそか》に招《まね》き、何事《なにごと》やらん私語《さゝやき》我家《わがや》に留置《とゞめおき》、其翌日《そのよくのひ》与作《よさく》が宿《やど》れる家《いへ》に行《ゆき》むかひ、主《あるじ》に逢《あふ》て云《い》へりけるは、「某《それがし》が今日《こんにち》こゝに来《きた》れるは、主《あるじ》を煩《わづらは》し申べきことありてなり。あはれ此事諾《うべな》ひたまえかし」とありけるに主不審《あるじいぶかり》て、「そも何事《なにごと》にて侍《はべ》るやらん。我力《わがちから》に称《かな》ふほどのことは何まれ辞《いなみ》申べき」と回応《いらへ》すれば、紀《き》介《すけ》嬉《うれ》しげなるおもゝちし、「某が願《ねぎ》[二二]まゐらすは別事《べつじ》にあらず。足下《そこ》もかねて知《しり》給へるごとく、女児《むすめ》染絹《そめぎぬ》此《この》ほどより病《やまひ》にかゝり、いたく悩《なや》みはべりしに、我等《われら》が知識《しれる》ものゝもとより、一個《ひとり》の名医《めいゝ》を送《おく》り来《き》たせり。此医師《このくすし》の療《りやう》ずるに、女児《むすめ》が病頓《やまひとみ》に快《こゝろよき》に赴《おもむ》きけり。かゝれば其報《そのむくい》をせんとするに、金銀《きんぐ》はさらなり、些《ちと》の物《もの》をも受《うけ》ず、固辞《かたくいなみ》て言《いふ》、「我少《われすこ》しき貯《たくはへ》あれば、人《ひと》の謝《しや》を受《うけ》ずとも、[二三]飢《き》餲《かつ》の愁《うれい》はなし。只《たゞ》ひとつの宿願《しゆくぐわん》あるのみ。そは何《なに》となれば、世《よ》に[二四]鰥寡孤独《くわんくわこどく》の病《やむ》と、旅中《りよちう》にある人《ひと》の病《やめ》るとは、薬《くすり》を用《もちい》んとすれど、[二五]介保《かいほう》すべき人《ひと》もなし。よしやありと

一八 多年いだいていた望み。「年来 トシゴロ」「宿意 又云—志」(書言字考)。
一九 あれこれと沢山。「多多 —ト畳ミテ平話ニテ多クト云辞」(水滸伝釈解)。
二〇 知ったかぶり。「半面学 ナマモノジリ」(書言字考)。
二一 愚かな人間。
二二 お願いする。「ねぎごとゝいふも願言也」(倭訓栞)。
二三 食うに困る。
二四 天涯孤独の者。
二五 看病する。「介保 カイホウ 又作二介抱一」(書言字考)。

もはかゞしからねば、終《つい》に[一]天命《てんめい》にあらずして、死《し》を遂《とぐ》るもの少《すく》なからず。これ我深《わがふか》く憐《あはれ》むところなり。よりて我《われ》に報《むく》いせんと云人《いふひと》には、さる儕《ともがら》の病《やめる》を介保《かいほう》さすことなり。然《しか》るに足下《そこ》の隣《となり》に、病《や》める旅人《たびゞと》あるよしを聞《きけ》り。足下我《おんみわれ》に報《むくい》せんとする心の信《まこと》あらば、隣《となり》の[二]客人《たびゞと》の、介保《かいほう》をなせよ」といへり。よりてこゝに来《きた》りて、其[三]客人《そのまろうど》を、某《それがし》が許《もと》に誘引《いざなひ》ゆき、病《やまひ》のおこたるまで、介保《かいほう》せでは、彼医師《かのくすし》に云《いひ》わくかたなし。足下此道理《どへんこのことはり》を弁《わきま》へて、彼客人《かのまろうど》の、我家《わがいへ》に来《きた》り給ふやうに、はからひてたべかし」と頼《たの》み聞《きこ》へしかば、主《あるじ》うち聞《きゝ》、かぎりなく感《かん》じて云《いふ》、「嗚呼世《あゝよ》にありがたき医師《くすし》にておはすれ。此事明白《このことあからさま》に聞《きこ》へんに、誰《たれ》かは喜《よろこ》び諾《うべな》はざるべき。暫時待《しばしまた》せ給へ」と云《いひ》つゝ、主《あるじ》はつ[四]ひたちて、与作《よさく》が処《ところ》に至《いた》り、紀介《きすけ》が云《い》へることを、詳《つばら》に語《かた》り聞《きか》しければ、与作熟ゝ《つくゞ》とうち聞《きゝ》、「こはまことに感謝《かんしや》すべきことにはあれど、某《それがし》も丈夫《ますらを》の身《み》なり。故《ゆへ》なき人に恵《めぐみ》を受《うく》べきいはれなし。此一事《このいちじ》においては諾《うべな》ひがたし。足下我為《どへんわがため》によく辞《ぢ》し給れ」と回応《いらへ》すれば、主《あるじ》は案《あん》に相違《さうい》しつれど、其道理《そのことはり》に再《ふたゝ》び云《いひ》すゝむべき言語《ことば》もなく、与作《よさく》が回応《いらへ》たることをもて、紀介《きすけ》に「斯《かく》」と云《いひ》聞《きか》すれば、紀介《きすけ》はさりともと、思ふ謀《はかりごと》の[五]齟齬《さうい》しつるに、[六]只惘然《たゞぼうぜん》として首《くび》を傾《かたむ》け、一言《ひとこと》の回答《いらへ》だになくありけるが、やゝありて云出《いひいで》けるは、「旅客《たびゞと》の宣《のたま》ふ所《ところ》も[七]宜《うべ》なれど、前《まへ》にも云《いふ》ごとき縁故《ことのもと》なれば、[八]旅客我家《たびゞとわがや》におはさねば、医師《くすし》に対《たい》し言語《ことば》なし。この上《うへ》は我等《われら》が、介抱《かいほう》なしまゐらせんことをば申まじ。心《こゝろ》にはそまずとも、一回我家《ひとたびわがや》に来《き》給ひて、彼医師《かのくすし》

一 寿命。「天命　テンメイ〔玉露〕貧福、貴賤、天寿、賢愚、稟性ノ賦分各自有レ定、謂二之――一」(書言字考)。

二 旅人。「客人　タビ人」(小説字彙)。

三 お客。「賓客をいふ。希人の義なり」(倭訓栞)。

四 一寸。

五 くい違う。「齟齬　クイチガウ事」(水滸伝字彙外集)。

六 あきれて。呆然に同じ。「惘然　ボウゼン　字彙失レ志皃」(書言字考)。

七 道理である。「うべ　万葉集に宜をよめり。常にむべといへり。諾の義に同じ」(倭訓栞)。

八 旅人。「旅客　タビビト」(書言字考)。

に対面《たいめん》し、[九]志気《こゝろざし》のほどを述《のべ》給はゞ、我願《わがねがひ》は足《た》りなんに、由緒《ゆかり》なき我《われ》ながら、斯《かく》まで思ふ心《こゝろ》ねを、今一回旅客《いまひとたびたびゞと》に、聞《きこ》へ告《つげ》給はれ」と、思ひこふで頼《たの》むにぞ、主其意《あるじそのこゝろ》ばへを憐《あはれ》みて、再《ふたゝ》び与作《よさく》に告知《つげし》らし、尚《なを》さま〴〵に説《とき》すゝむるに、与作《よさく》も[一〇]岩木《いはき》にあらざれば、心にはあらざれど、終《つい》に其望《そののぞみ》にまかせ、「明日《あす》はこれより参《まい》り、紀介主《きすけぬし》にも、医師《くすし》にも見参《げんざん》し、自《みづか》ら我志気《わがこゝろざし》のほどを述《のべ》はべらん」と回応《いらへ》すれば、主喜《あるじよろこ》び「爾做《しかなし》て給はらば、紀介《きすけ》はさらなり、我等迄《われらまで》も喜《よろこば》し」と、急《いそ》ぎ紀介《きすけ》に知《しら》すれば歓《よろこ》び、「偏《ひとへ》に足下《そこ》の賜物《たまもの》なり」と、主《あるじ》に深《ふか》く感謝《かんしや》をのべ、[一一]雀躍《こをどり》してぞ還《かへ》りけり。

斯《かく》て紀介《きすけ》は、家《いへ》に還《かへり》て彼医師《かのくすし》に対《むか》ひ、「明日《あす》は彼旅人《かのたびゞと》の来《きた》るなれば、予《かね》て示《しめ》し合《あは》すごとく、足下《そこ》まづ治療《ぢりやう》せんことを云《いひ》給へ。彼必《かれかなら》ず辞《いなま》ん。それより[一二]説話《ものがたり》のついでをもて、何《なに》事《ごと》にても問《とひ》かけ給へ。其答《そのこたへ》る言語《ことば》をもて、才《ざへ》のほどを知《し》らん。日頃[一三]通儒《ひごろものしり》と宣《のたま》ふを尊《うやま》ひつるは、かゝるときの用《やう》に立《たて》ん為《ため》ぞかし。相《あい》かまへてよくなし給へ。報《むく》ひをば厚《あつ》くなしまゐらせん」と、云《い》へりける。医師《くすし》は素《もと》より、[一四]利《り》の為《ため》には、命《いのち》を失《うしな》ふも知《し》らぬ徒《やから》なれば、些《ちと》の沈思《しあん》にも及《およ》ばず、「宣《のたま》ふにや及《およ》ぶ。我予《われかね》て心得《こゝろえ》はべれば、まづ明日のもうけし給へ」と、こともなげに回応《いらへ》するに、紀介《きすけ》は喜《よろこ》び、下僕等《しもべら》をよびて、「明日《あす》は客人《まろうど》の来《き》ませば、彼《かれ》をば兎《と》せよ、是《これ》をば角《かく》せよ」と、細《こま》やかに[一五]分附《いひつけ》、其准備《そのもうけ》をぞなしにける。

染絹《そめぎぬ》はこの光景《ありさま》を見《み》て、「こは何人《なにびと》の来《く》るとて斯《かく》はなすらん」と、蜜《ひそか》に乳人《めのと》に聞《きけ》ば、

九 気持。「恢二弘志気一 コヽロザシヲヒロクスル」(雅俗語類)。

一〇 岩や木と違い心を持っている。「菖蒲刀さすか岩木にあらみ哉」(牛飼集)。

一一 大喜びの表現。「雀躍 コヲドリ」(水滸伝字彙外集)。

一二 話し。「説話 モノガタリ」(書言字考)。

一三 物知り。「ものしり 日本紀に博物をよめり。…通儒をいふ也」(倭訓栞)。

一四 利益のためには生命も惜しくない欲張り。

一五 指示する。「分付 云ツケ」(唐話纂要)。

尾花《おばな》が云《いふ》、「此程《このほど》老爺《てゝご》の奴家《わらは》[一]に宣《のたま》ふは、「女児《むすめ》染絹《そめぎぬ》、隣《となり》なる旅客《たびゞと》を恋《こ》ひて病《やめ》るよし、いづれにも贅婿《いりむこ》をせではかなはぬなるが、さばかり慕《した》ふ人にしあらば、其才《そのざへ》を試人《こゝろみひと》に増《まさ》りしものならば、迎《むかへ》とりて婿《むこ》となすべし。さはあれ其才《そのざへ》鈍《にぶ》ければ、たとへ女児《むすめ》は恋死《こひし》ぬとも、堅難《あはせがた》し。我心《わがこゝろ》斯《かく》あれば、此事《このこと》女児《むすめ》には漏《もら》しそ」と、聞《きこ》へ給ひしが、明日《あす》は彼人《かのひと》を呼《よび》て、此《この》ほど来《きた》り居《お》る医師《くすし》と、才《ざへ》を闘《たゝかは》し給ふなり。凡人《およそひと》は見《み》たる処《ところ》にて、大かたは其才《そのざへ》の程《ほど》を知《し》るものなり。彼旅人《かのたびゞと》は、おんみもしろしめすごとく、眼《まなこ》ざしの只《たゞ》ならねば、尋常《よのつね》[二]ならぬ人とは知《し》りぬ。医師《くすし》と競《くらぶ》れば、富士《ふじ》と浅間《あさま》とのごとく旅客《たびゞと》の勝《かた》んは必定《ひつじやう》[三]なり。さすればおんみの望《のぞみ》は足《た》りなんに、喜《よろこ》び給へ」と聞《きこ》へけるにぞ、染絹《そめぎぬ》これを聞《きゝ》て、あまりの嬉《うれ》しさに、何《なに》とも回応《いらへ》をばせで、嬉《うれ》し涙《なみだ》に咽《むせ》びしかば、尾花《おばな》は呆《あき》れ、「こは奈何喜《いかによろこ》びはし給はで、歎《なげ》かせ給ふは心得《こゝろえ》ね。そも何《なに》の泣《かな》しきことかはべるぞ」と、不審《あやしめ》[四]られて染《そめ》絹《ぎぬ》は、やをら涙《なみだ》をおしとゞめ、[五]「いやとよ何の泣《かな》しきことやある。奴家《わらは》が望《のぞみ》のかなはんとする喜《よろこば》しさに、不図《ゆくりなく》[六]嬉《うれ》し涙《なみだ》の出《いで》しぞや。這回《こたび》のことは父上《ちゝうへ》の、御慈悲《おんいつくしみ》とは云ながら、ひとつはおんみが、よく計《はか》らひたればなり。此恩《このおん》のほどいつの世《よ》にかは忘《わす》られん。尚此《なをこの》上《うへ》を頼《たの》むぞ」と、斜《なゝめ》ならず喜《よろこ》びて明日《あくるひ》[七]をこそ待居《まちゐ》たり。

馬夫与作
乳人重井　催馬楽奇談巻之四終

一 私。「奴家　ワラハ」（水滸伝字彙外集）。
二 世間一般。「尋常　ヨノツネ」（唐話纂要）。
三 決っている。
四 いぶかる。
五 いやいや。
六 思いもかけず。「日本紀に不意之間をよめり。心のゆく事もなくての義にや」（倭訓栞）。
七 底本「明（あくる）く日」。

乳人重井
馬夫与作

催馬楽奇談《さいばらきだん》巻之五上

東都　歡醻陳人戯編

閑《しづや》野《の》

[一]且説《さて》も其翌日《そのつぐのひ》になりしかば、与作《よさく》衣服《いふく》を改《あらた》め、旅宿《りよしゆく》の主《あるじ》と諸《もろ》ともに、紀介《きすけ》が許《もと》に至《いた》り、斯《かく》と案内《あない》したりしに、予《かね》て待設《まちもう》けたることなれば、主《あるじ》紀介《すけ》立出《たちいで》て請《せう》じ入《(いれ)》、初対面《しよたいめん》の礼《れい》も畢《おは》りて、与作云出《いひいづ》るやうは、「昨日《きのふ》旅宿《りよしゆく》の主《あるじ》をもて[二]命聞《おゝせきこへ》つること、委《つぶ》さに承候《うけ給り》ひぬ。御《ご》好意《かうい》のほど謝《しや》するに処《ところ》なし。さはあれ好身《よしみ》なき人《ひと》の恵《めぐみ》を受《うけ》んこと、何《なに》とやらん心《こゝろ》に[三]安堵《おちい》ざれば、理《(こと)はり》なくも辞《いな》みまゐらせたり。今日《けふ》は[四]其無礼《そのいやなき》を謝《しや》せん為《ため》、是《これ》まで参《まい》りて候なり」と、慇懃《いんぎん》に述《のべ》しかば、紀介《きすけ》斜《なゝめ》ならず喜《よろこ》び、「いまだ御悩《おんなやみ》も怠《おこた》らせ給はぬに、よくも御わたり候ものかな。何《なに》はなくとも一杯《いつぱい》を[五]酌《くみ》て旅《たび》の鬱《うつ》を晴《はる》け給へ」と、酒肴《しゆかう》を出《いだ》し多《さま》〴〵に[六]饗応《もてな》し、さて言《(いふ)》やう「某《それがし》が申《(まうし)》つることをば、昨日御宿《きのふおやど》の主《あるじ》が聞《きこ》へまゐらせたるにて、知《し》ろしめし給ひつらん。女児《むすめ》にて候もの丶病《やまひ》を[七]愈《いや》しつる医師《くすし》に、見参《げんざん》なして給ひなんや」とありけるにぞ、「そは昨《きの》ふ回応《いらへ》申つるごとく何《なに》かは苦《くる》しく候べきとく〳〵対面《たいめん》な

一「且説　サテモ　カクテ」(水滸伝字彙外集)。
二 おっしゃる。「命　ヲウ　セ」(倭玉篇)。
三 納得しない。「おちゐ…心の落着をいふ也」(倭訓栞)。
四 無礼である。
五 底本は「酌」。意により訂す。
六 接待する。「饗応　モテナス」(書言字考)。
七 底本のまま。「愈　イユ　イユル」(易林本節用集、他)。

しまいらせん」とあるに、紀介《きすけ》喜《よろこ》び「いざゝらば」とて、彼医師《かのくすし》を呼出《よびいだ》して[一]交会《ひきあは》すに、互《かたみ》に[二]名告対面《なだいめん》し果《はて》て后《のち》、医師《くすし》の云出《いひいで》けるは、「某《それがし》此業《このぎやう》をはじめてより、多《おほ》くの人《ひと》を治《ち》療《りやう》して、世《よ》の光景《ありさま》を窺《うかゞ》ふに、富貴《ふうき》の人《ひと》は財足《ざいたつ》て、名医《めいい》を来《きた》し高価《かうか》の薬《くすり》を用《もちゆ》るに愁《うれひ》なし。貧賤《ひんせん》の人は財乏《ざいとぼ》しく、良医《りやうい》を請《せう》じ薬剤《やくざい》を用《もちゆ》るに力足《ちからたら》ねば天命《てんめい》に非《あら》ずして死《し》に至《いた》るもあり。是憐《これあはれ》むべきことにあらずや。[三]夫医《それい》は仁術《じんじゆつ》にして、[四]古《いにしへ》の帝王医師《ていわうくすし》の官《くわん》を置《おい》て、民《たみ》の病苦《へいく》を救《すく》へり。某《それがし》苟《いやしく》も此道《このみち》に志《こゝろざ》せば、世《よ》に甲斐《かい》なき人《ひと》の病苦《びやうく》を救《すくは》んとす。凡旅中《およそりよちう》にあるもの、たとへ富貴《ふうき》の身《み》といへども、病《やまひ》にかゝりてはことに苦《くる》しきものと聞《きく》。今足下旅中《いまおんみりよちう》におゐて病《やみ》給ふよし。我《われ》に治療《ぢりやう》さし給ひなんや。斯《かく》申せば[五]業《ぎやう》に誇《ほこる》に似《に》たれど、夢《ゆめ》ゝ《〴〵》さることに候はず。たゞ[六]宿志《しゆくし》を致《いた》さんとするのみ。」与作言語《ことば》を正《たゞ》し、「先生《せんせい》の高手《かうしゆ》は兼《かね》て承及《うけ給はりおよ》びぬ。願《ねが》ふても服薬《ふくやく》すべきにはあれど、[七]嚮《さき》に病甚《やまひはなはだ》しく、立居《たちい》もなりがたかりしを、斯歩《かくあゆ》むほどになりつるは、前《さき》の医師《くすし》の功《かう》なり。然《しか》るを今先生《いませんせい》の治療《ぢりやう》を乞《こ》ふは、前医師《さきのくすし》が功《かう》を無《む》にするに均《ひと》しければ、こは好意《かうい》を[八]乖《もどき》まゐらす也」と、さりげなく辞《いなみ》けるに、再《ふたゝ》び強《しゆ》べき言語《ことば》なく此《この》ことはさて止《やみ》ぬ。夫《それ》より杯《さかづき》を回《めぐ》らして、多ゝ《さま〴〵》の説話《ものがたり》を做《なし》けるに、偶音楽《ふとおんがく》の談《だん》に及《およ》びたり。此時医師与作《このときくすしよさく》に対《むか》ひ、「まことや足下《おんみ》は笛《ふへ》の妙手《みやうしゆ》におはすよし、人《ひと》の語《かた》るに承《うけ給は》り及《およ》びぬ。某其道《それがしそのみち》に疎《うと》く、何事《なにごと》をも弁《わきまへ》はべらねど、「[九]古《いにしへ》の楽《がく》は情性《ぜうせい》を養《やしな》ひ、人《じん》材《ざい》を育《いくし》、神祇《じんぎ》に事《つか》へ、[一〇]上下《しやうか》を和《やわ》らぎたりしに、[一一]戦国《せんごく》より後《のち》、其楽《そのがく》の正《たゞ》しきをうしなへ

一 引きあわす。 二 名乗り合う。「北山抄に名対面と書り…一書に主上の御前に出て直に諱を称する事也といへり」(倭訓栞)。 三 「医は仁術なり。仁愛の心を本とし」(養生訓)など慣用句。 四 「医師、相当従七位下ナリ、文武帝ノ時、医師十人ヲ置キテ、…異朝ノ例ハ、周礼ニ医師ノ職アリ、唐ノ高祖ノ時、医師十人ヲ置ク」(官職備考)。 五 腕前(医師としての)。 六 年来抱いている願い。 七 先般。「向をよめり、郷も通ず、嚮にも作る、向者も同じ」(倭訓栞)。 八 そむく。「乖 ソムク　モトル」(倭玉篇)。 九 古の音楽は、人間本来の情性を養い。「楽者為レ同、礼者為レ異、…合レ情飾レ貌者、礼楽之事也。…楽文同、則上下和矣。…楽者敦レ和、率レ神而従レ天。…故聖人作レ楽以応レ天」(史記・楽書)、「さらば古の時、楽をもて神人を和げ給ひし義」(楽対)その他和漢ともに楽の徳を説くもの多し。こと全く同文のものは未調。情性は「詩は以て情性を道ふ」(童子問)のごとし。 一〇 楽の効用によって上下の和をはかる。 一一 中国の戦国以降、楽が乱れたという。未調。 一二 「本朝上世ヨリ音楽ノ道アルコト、ソノ来ル久シ、ソノ後隋唐並ニ三韓ヨリ来ル楽アリテ、コレヲ朝廷ニ奏セラル」(聖徳太子伝暦備講)など論多し。 一三 ここと同一文は未調。 一四 神をいう。「諧ニ神明一而和ニ人」

り」と、まひて今我国《いまわがくに》[一二]にある楽《がく》は、唐《とう》の楽《がく》を伝《つた》ふ。唐《とう》[一三]の楽《がく》は隋《ずい》の楽《がく》に倣《なら》へりと聞《きく》。今《いま》の楽《がく》もいにしへのごとく、神明《しんめい》[一四]を感《かん》ずる程《ほど》のことありや、否《いな》。願《ねがは》くは其説《そのせつ》を聞《きか》し給へ。」与作莞爾《よさくにつこ》[一五]とし、「某《それがし》が笛《ふへ》を調《しらぶ》るごときは、草苅童子《くさかるわらは》にも不如《しかざれ》[一六]ば、いかで楽《がく》のことを知《し》るべき。しかれども我聞《われきく》ところをもていはゞ、李舟村舎《りしうそんしや》[一七]より烟竹《ゑんちく》[一八]を得《え》て笛《ふへ》に作《つく》る其堅《そのかた》きこと鉄石《てつせき》のごとし。これを李牟《りほう》[一九]に遺《おく》れり。李牟《りほう》これを吹《ふく》に其声《そのこへ》天下第一《てんかだいいち》也。ある月《つき》の夜舟《よふね》を泛《うかべ》[二〇]て彼笛《かのふへ》を調《しらぶ》るに、忽《たちま》ち岸《きし》に人《ひと》あり、呼《よび》かけて便船《びんせん》[二一]し、李牟《りほう》が笛《ふへ》を乞《こ》ふて吹《ふく》に、其声《そのこへ》精壮《せいさう》にして山石《さんせき》も裂《さく》べく、一声高《いつせいたか》く吹《ふく》とき声《こへ》に応《おう》じて、其笛粉砕《そのふへくだけ》たるに、彼人《かのひと》も忽然《こつぜん》として倶《とも》に消失《きへうせ》ぬ。「疑《うたがふ》らくは此人《このひと》は蛟竜《かうりやう》[二二]ならん」と、国史補《こくしほ》[二三]に載《のせ》たり。又近《ちか》くは永万《えいまん》[二四]元年の春《はる》、法皇鳥羽殿《ほうわうとばどの》に御幸《みゆき》ありて終日御遊《ひめもすぎよゆう》[二五]ありしに、盤渉調万寿楽《ばんしきてうまんじゆらく》[二六]の秘曲《ひきよく》を奏《そう》せられしに、天井《てんじやう》に琵琶《びは》の音聞《こへきこ》へしかば、着坐《ちやくざ》の公卿怪《くぎやうあやし》みをなす。法皇成親卿《ほうわうなりちかきやう》をして「何人《なにびと》ぞ」と問《と》はし給ふに、「我《われ》は摂津国住吉《つのくにすみよし》の辺《ほとり》に住《すめ》る、小椽《せうぐ》[二七]と申すものなり。御管弦《ごくわんげん》の目出《めで》たきに参《まい》りぬ」と回答《いらへ》て忽《たちま》ち失《うせ》て其影《そのかげ》を看《み》ず。是則住吉《これすなはちすみよし》の御神《おんかみ》、楽《がく》に感《かん》じて影向《ようがう》[二八]し給へりとぞ。是等《これら》は是神《しん》を感動《かんどう》さすにはべらずや。素楽《もとがく》は人の心を和《やはら》げんが為《ため》に聖人製作《せいじんせいさく》し給ふなれば、古《いにしへ》の楽《がく》は古の人の心に称《かな》ひ、今《いま》の楽《がく》は今の人の心に称《かな》ふこそ、天理《り》の自然《しぜん》なるべし。敢《あへ》て今の楽《がく》の古《いにしへ》に及ばずとは云がたし。さて又笛《ふへ》[二九]のことたる、滌《てき》なり。邪穢《じやゑ》を滌《あらふ》[三〇]て雅正《がせい》を納《いる》る所以《ゆえん》なり。長《なが》さ一尺四寸七孔《ひちかう》《○ナヽツノアナ》にして、其声鳳鳴《こへほうめい》[三一]をなす。其興起所《おこる》は、

声こ」(和漢三才図会)。一五 会心の表情をいう。「莞爾 ニコ〳〵 ニツコ〔文選註〕小笑皃」(書言字考)。一六 及ばない。「不如、不若、不似をよめり。二義あり、如くならずといふ意と及ばずといふ意となり」(倭訓栞)。一七 「李舟好レ事、嘗得二村舎煙竹一、截以為レ笛、鑑如二鉄石一、以遺二李牟一。牟吹レ笛天下第一。月夜泛レ江、維レ舟吹レ之。寥亮逸発、上徹二雲表一。俄有レ客独立二于岸一。呼レ船請レ載。既至。請レ笛而吹、甚為二精壮一、山河可レ裂、牟平生未二嘗見一。及レ入レ破、呼吸盤擗、其笛応レ声粉砕。客散不レ知レ所レ之。舟著記、疑其蛟竜也」(国史補)。一八 煙で十分いぶされた竹。加工用として貴重。一九 李舟とともに「国史補」の逸話に出てくる人物。伝未調。二〇 浮べる。「泛 ウカブ」(倭玉篇)。二一 船に乗る。「便船 ビンセン」(書言字考)。二二 代表的竜の呼名。「蛟竜 みつち 本綱蛟乃竜属、其眉交生故謂二之蛟一長丈余、似レ蛇而有レ鱗、四足形広如レ楯」(和漢三才図会)。二三 唐の李肇撰、三巻。開元の頃の雑事を記す。二四 一一六五年。六条天皇の時代。この話の出所未調。二五 一日中。「終日 ヒネモス ヒメモス 又云尽日」(書言字考)。「終日 ヒメモス」(唐話為文箋)。二六 雅楽、唐楽の六調子の一つ。万寿楽は同音である万秋楽のこと、盤渉調の大曲。「盤渉調曲 万秋楽」(和名鈔)。二七 官名。未調。二八 神が

黄帝《くわうてい》[一]、伶倫《れいりん》[二]をして、竹《たけ》を昆谿《こんけい》[三]に伐《きつ》て作《つく》らしむとなり。夫楽《それがく》は礼楽《れいがく》[四]と並《なら》べ言へば、国家《こくか》を治《おさむ》る要務《やうむ》にして、容易《やうい》に知るべきことにあらず。まひて我如《わがごと》き不知《ふち》短才《たんさい》の、いかで其意《い》味《み》の深長《しんてう》なるを解《かい》すべき。今申つる説《せつ》は、我師《わがし》の云へりし言《こと》の耳底《みゝそこ》に残《のこ》りしを述《のぶ》るのみ。委《くは》しきをば、其道《みち》の賢《かしこ》きに問《と》はせ給へ」と、己《おの》れを卑下《ひげ》して言処、皆明《みなあき》らかなる道理《ことはり》なれば、一坐《ざ》の人ゝ感服《かんぷく》してぞ賞《せう》しけり。紀介《きすけ》はわきて其才《さい》を喜《よろこ》び、「此人こそ我望《わがのぞ》む所の女壻《むこ》なり。いかにもして女児《むすめ》と娶《めやは》[五]さん」と思ひけり。此時染絹《このときそめぎぬ》は、恋《こひ》人の我家《わがや》に来《きた》るを喜《よろこ》び、蜜《ひそか》に紙門《ふすま》[六]の隙《ひま》より窺《うかゞ》ひみるに、前日《さきのひ》見たりし時《とき》よりは、好《よ》き衣裳《いせう》を着《き》て威儀《いぎ》[七]を整《とゝの》へたれば、幾分《いくぶん》かの風流《みやび》を増《まし》たるさへに、今楽《いまがく》の説《せつ》を述《のぶ》る処の才《さい》、世《よ》に秀《ひいで》て聞ゆれば、いとゞ想《おも》ひぞ増《まさ》りける。

さて其日も暮《くれ》なんとするに、与作は紀介《きすけ》に対《むか》ひ、「今日《けふ》は不意《ゆくりなく》[八]御饗応《おんもてなし》に預《あづか》り、此程《ほど》の鬱《うつ》を晴《はら》し、こよなき慶《よろこび》を得て候ひぬ」と、懇《ねんごろ》に謝《しや》を述《のべ》て旅宿《りよしゆく》に帰《かへ》れば、紀介は只顧嘆賞《ひたすらたんせう》し、医師《くすし》に対《むか》ひ、「今日《けふ》与作が云つること、其実否《じつぷ》いかに」とあるに、医師《くすし》の云、「彼人《かのひと》の云処まことに然《しか》り。其学才《がくさい》の程《ほど》、我們《わがともがら》の及《(およぶ)》べきにあらず」と、賞《せう》すれば、紀介《きすけ》「我《われ》もさこそ思ひぬ」と、医師《くすし》には物《もの》とらせて帰《かへ》しけり。

斯《かく》て紀介は隣《となり》の主《あるじ》を招《まね》き、与作を女壻《むこ》にせんと思ふ事《こと》の発端《おこり》[九]を説話《ものがたり》、「足下《おんみ》媒妁《なかだち》して給はれ」と、只顧頼《ひたすらたの》み聞ゆるに、素《もと》此旅宿《りよしゆく》の主《あるじ》は、忠《まめ》だちて憐《あはれ》みふかき漢子《おのこ》[一〇]なれば、紀《き》

仮の姿で現われることをいう。「やうがう 影向の音なり」(倭訓栞)。
二九「謹按楽記、武帝時、丘仲之所レ作也。笛者滌也。所下以蕩二滌邪穢一納中之於雅正上也。長一尺四寸七孔…羌人伐レ竹未レ及レ已、竜鳴二水中一不レ見後、截レ竹吹レ之音相似」(風俗通義)とあるによる。
三〇「滌 アラフ」(倭玉篇)。
三一 十八史略の黄帝の条に「伶倫取二解谷之竹一、制二十二律筩一、以聴二鳳鳴一」とあるをうけた表現。

一 中国古代の伝説上の皇帝。
二 楽人。「〔千字文註〕伶倫伐レ竹造レ管吹レ之。因号二楽人一云レ爾」(書言字考)。
三 未調。解谷は「崐崘山の北谷解谷」(懐竹抄)とあるので、崐崘山中の谷か。
四「礼楽政刑四達而不レ誖、則王道備矣」(漢書・礼楽志)。
五 結婚させる。「めあはす 和名抄に妻をよみ常に娶の字女の字をよめり 妻配(アハス)の義也」(倭訓栞)。
六 襖。「紙門 フスマ」(唐話為文箋)。「唐詩纂要に紙門とも見えたり」(倭訓栞)。
七 作法にかなった所作をする。
八 思いもかけず。「日本紀に不意之間をよめり、心のゆく事もなくての義にや。神代紀の不意の字ゆくりなくとよむべし」(倭訓栞)。
九 始まり。

介親子《すけおやこ》が心根《こゝろね》を憐《あはれ》み、「心得《こゝろへ》ぬ」とて家《いへ》に還《かへ》り、与作《よさく》に如此〻〻《しか〳〵》[一一]の旨《むね》を言聞《いひきこ》へしかば、与作驚《よさくおどろ》き、「こは想《おも》ひもかけぬことを承《うけ給は》るものかな。某《それがし》既《すで》に妻子《つまこ》あれば、御志気《おんこゝろざし》のほどは辱《かたじけな》[一二]けれど、此《この》ことはたゞ宜《よ》きに辞《ち》して給はれ」と、回応《いらへ》しけるに、何《なに》と勧《すゝ》めん言語《ことば》なく、再《ふたゝ》び紀介《きすけ》が許《もと》に行《ゆき》むかひ、与作が云処《いふところ》をもて聞《きこ》へ知《し》らすに、紀介《きすけ》はさりともと想ふ人の、妻子《つまこ》ありと聞《きゝ》て力《ちから》を失《うしな》ひ、今さらなにとも詮《せん》すべなく、心楽《こゝろたの》しまずして思ひ止《やみ》しが、染絹《そめぎぬ》このことを伝《つた》へ聞《きゝ》、彼深草《かのふかくさ》[一三]の少将《せうく》が百夜《もゝよ》行《かよ》ひを一夜《いちや》にして、思ひを果《はたさ》[一四]ぬ思ひをし、天《てん》に悲《かな》しみ地《ち》に嘆《なげ》き、飲食《いんしよく》だにうち忘《わす》れ、只顧《ひたすら》思ひにあこがれて、重《おも》き病《やまひ》となりにけり。紀介《きすけ》はこれを見《み》て心悲《こゝろかな》しく、蜜《ひそか》に乳人尾花《めのとおばな》に云《い》へりけるは、「女児《むすめ》が病根《びやうこん》は大《おゝ》かたはしりぬ。此《この》こと我力《わがちから》をもては做《なし》がたし。汝《なんぢ》いかにもして女児《むすめ》が思ひの晴《はる》けなん、計《はか》らひをこそ頼《たの》むなり」と、理《わり》[一五]なくも頼《たの》み聞《き》こゆるに、尾花忠《おばなまめ》だちて回答《いらへ》けるは、「さる御心《おんこゝろ》ましまさば、奴家《わらは》にはかろふ旨《むね》もはべれば、いたくおぼし煩《わづら》はせ給ひな」と諾《うべな》ひしかば、紀介斜《きすけなゝめ》ならず喜《よろこ》び、「ひとへに汝《なんぢ》が才覚《さいかく》にあらずは、一人《ひとり》の女児《むすめ》を救《すく》ひがたし。あひかまへて好議《よくはかり》候へ」と、常《つね》の吝嗇《やぶさか》には似《に》げなく、多〻《さま〴〵》の物《もの》あたへて其心《そのこゝろ》を励《はげま》しけり。

尾花熟〻《おばなつく〴〵》と想ふに、「なべての男子《おのこ》の心《こゝろ》は、うつろひやすきものなれば、与作主《よさくぬし》に妻《つま》子《こ》ありとも、染絹主《そめぎぬぬし》の艶簡《ふみ》を贈《おく》り、我《われ》又言語《ことば》を尽《つく》して説《とか》んに、たとへ羅漢《らかん》[一六]にもあれ、な

一〇 男子。「漢子 ヲトコ」(支那小説字解)。

一一 染絹との縁談。「通鑑ノ注に爾爾ハ如ㇾ此如ㇾ此也と見ゆ。物にしか〳〵の事などいふも是なり」(倭訓栞)。

一二 ありがたい。「常に忝辱をよめり。難んずるの気なきをいふ也」(倭訓栞)。

一三 伝説上の人物。小野小町のもとに九十九夜通って、もう一夜というところで想いを果せなかった悲恋の人。謡曲「通小町」など参照。

一四 底本「果(たは)ぬ」。

一五 余儀なく。「又ことわりなしの上略、無ㇾ理の義なり」(倭訓栞)。

一六 悟達した人。色情に迷わない人をここではいう。

説文[一]に云ふ。笛は七孔也。羌笛は三孔。風俗通[二]に云ふ。笛は滌也。邪穢を滌ひ之を雅正に納むる所以也。長きこと尺四寸にして七孔。三礼図[三]に曰く。篴は音笛。周礼は笙師篴を吹くことを掌る。杜子春[四]に云ふ。今時吹く所は五孔の竹篴。又、漢の丘仲[五]笛を作る。長きこと二尺四寸にして六孔。笛は滌也。邪穢を滌蕩する所以也。

李《り》牟月夜《ぼうげつや》に
舟《ふね》を泛《うかべ》て笛《ふへ》を吹《ふく》

一「説文解字」。漢の許慎の著した字書、三十巻。「笛 七孔筩也。从竹由声。羌笛三孔」。

二「風俗通義」。後漢の応劭の撰述した書、十巻、附録一巻。本文は三二五頁注二九参照。

三「三礼図」で現存するのは、宋の聶崇義撰「三礼図集注」と明の劉績撰「三礼図」である。「三礼図集注」巻五に「篴(音笛)」の図あり、「周礼笙師掌吹篴杜子春云今時所吹五孔竹篴又漢丘仲作笛長二尺四寸六孔笛者滌也所以滌蕩邪穢也」と注す。

四「杜子春伝」(唐、鄭還古撰)の主人公の名。

五 漢代の笛作りの名手。「風俗通」は「七孔」とある。

どかなびかであるべき」と、蜜《ひそか》に染絹《そめぎぬ》に対《むか》ひ、「おんみの病《やまひ》は彼人《かのひと》を恋《こ》はせ給ふによりてなり。斯《かく》て恋死《こひしに》給はんよりは、せめては想《おも》ひのほどを言知《いひし》らし給へ。事《こと》なりたらんには、本意《ほゐ》をとげ給へば子細《しさい》なし。よしや事《こと》ならずとも、かばかりの思ひを言《いは》で止《やま》んは、[六]なんぼう胸苦《むなぐる》しきことにはべらずや」と、言《い》ふに染絹完爾《そめぎぬにつこ》とし、「よくも聞《きこ》へつるものかな。さらば奴家《わらは》が想《おも》ひのほどを、一封《いつぷう》の艶簡《ふみ》に書写《かいつけん》に彼人《かのひと》に送《おく》りてよ」と硯《すゞり》[七]ひきよし想《おも》ひ初《そ》めたるはじめより、恋病《こひやみ》に臥沈《ふししづ》みたる今のことなど、細《こま》やかに書記《かきしる》して尾花《おばな》にわたせば、尾花《おばな》はこれを懐《ふところ》にし、隣《となり》の家《いへ》に行《ゆき》むかひ、前日《さき》に頼《たのみ》し婢女《はしため》を[八]媒《なかだち》にし与作に逢《あ》ふて、染絹《そめぎぬ》があこがれ思《おも》ふ志《こゝろざし》のほどを、細《こま》やかに語《かた》りしらし、彼艶簡《かのふみ》を出し、「[九]一回《いちど》の逢《あふ》瀬《せ》を諾《うべな》し給ひね」と、多〻《さま〴〵》にかき口説《くどけ》ば、与作はこれを聞ながら[一〇]兎角回応《とかういらへ》の言語《ことば》なく、さし俯《うつぶひ》て居たりしが、やゝありて云へりけるは、「我《われ》も岩木《いはき》にあらぬ身《み》なれば、斯《かく》まで想《おも》ひ給ふ御志気《おんこゝろざし》の程《ほど》は、浅《あさ》からず辱《かたじけな》くははべれど、いかにせん前《さき》に紀介主《きすけぬし》まで、聞へ知《し》らしつるごとく、妻《つま》もあり子もあれど、そは兎《と》まれ角《かく》まれ、深《ふか》き願《ねが》ひのあることなれば、其ことを果《はた》さゞるうちは、男女《なんによ》の交《まじわり》を断《たて》れば、此こと夢〻《ゆめ〴〵》承引《うけひき》がたし。おんみが主《しう》年《とし》いまだ[一一]幼《いとけ》なければ、ものゝ道理《どうり》を弁《わきま》へでこそおはすらめ。昔《むかし》より一時《じ》の[一二]春情《しゆんぜう》に心を迷《まよは》し、一生《いつせう》を誤《あやま》るのみか、父母《ふぼ》を恥《はつ》かしめ、不孝不義《ふこうふぎ》の名を負《お》ふもの少《すく》なからず。人の色《いろ》あるは、[一三]臭皮袋《しうふたい》の少《すこ》しく麗《うるは》しきのみ。[一四]一朝呼《ちやうこ》吸絶《きうたへ》て、屍《かばね》を[一五]郊原《かうげん》に捨《すつ》るときは、美女《びじよ》も

六 どんなにか。

七 底本のまま。「ひきよせ」とあるべきところ。

八 仲介。「日本紀に内応又媒人をよめり。中に立の義也。新撰字鏡に媒をなかだつとよめり」(倭訓栞)。

九 一度。「一回、一度ト云義、一次ト云モオナジ」(俗語解)。

一〇 あれこれの。「今とかうともいへり。亀毛兎角の字は空海の書に出れど、そは比喩也」(倭訓栞)。

一一 おさない。「幼　イトケナシ〔曲礼〕人生十年曰レ―」(書言字考)。

一二 浮気心。

一三 人間の身体(体内に涕・痰・糞・尿など不潔なものを有するところから言う)。

一四 ある時、突然。

一五 野原。

醜女《しこめ》も、只是《たゞこれ》[一]一具《ぐ》の白骨《はつこつ》なれば、何の愛《あい》する処かあらん。おんみこれらのことをもて、熟〻《よく〳〵》教諭《きやうゆ》し給はゞ、などか想ひ断《たち》給はざらん」と、艶簡《ふみ》の封《ふう》だにひらかずしてさし戻《もど》せば、尾花《おばな》は説《とか》んとして、なか〳〵に説諭《ときさと》されて艶簡《ふみ》を戻《もど》され、再《ふたゝ》び云出すべき言語《ことば》なく、空《むな》しく我家《わがや》に還来《かへりきた》れば、染絹待《そめぎぬまち》わび端近《はしちか》ふ立出て、「回応《いらへ》いかに」といそがし問《と》ふに、尾花《おばな》は面目《めんぼく》なく、「何とかいはん」と躊躇《たゆとふ》を、「いかに〳〵」とありけるに、詮《せん》すべなくて有《あり》しことを聞へしらせば、染絹《そめぎぬ》これを聞よりも、只《たゞ》うち臥《ふし》て[二]泣《なげき》しが、やゝありてなく〳〵聞へけるやうは、「[三]昔《むかし》叡山《あいさん》に、道徳《どうとく》いやたかき老僧《ろうさう》のおはしつるが、齢《よはひ》七十に過《すぎ》て、一人の小女《おとめ》に懸想《けさう》し、大道心《たいどうしん》を失《うしな》ひ、恋病《こひやみ》にふし沈《しづ》み、殆《ほとんど》死《しな》んと見へしかど、執着《しうちやく》の念《ねん》によりて、往生《おうぜう》の素懐《そくわい》を遂《とげ》ず、いと悩《なや》ましかりしを、人ありてこれを憐《あはれ》み、彼小女《かのをとめ》を枕《まくら》の辺《ほとり》に呼《よび》来し、終《つい》に往生《わうぜう》を遂《とげ》さしたりと。これは年老《としおひ》たる僧《さう》の、しかも[四]道心堅固《どうしんけんご》なるさへ、恋《こひ》の為《ため》には迷《まよ》ふなるに、まひて奴家《わらは》がごとき愚《おろか》なる、いかで臭皮袋《しうふたい》と悟《さと》るべき。彼人《かのひと》の外男《ほかおのこ》を見るの心《こゝろ》なし。かゝる浮世《うきよ》に[五]存命《ながらへ》て、何《なに》を楽《たの》しみ存命《ながらへ》ん。はやく[六]泉下《よみち》の鬼《おに》となりて、難面男《つれなきおのこ》に[七]酷虐《つら》かりし、恨《うらみ》のほどを晴《はる》けん」と、云果《いひはて》て後《のち》再《ふたゝ》び一言《ひとこと》をも云《いは》ず、断食《しよくをたち》て[八]速《すみやか》に死《しな》んとこそなしにける。父《ちゝ》も乳人《めのと》もこれに驚《おどろ》き、尾花《おばな》は只顧《ひたすら》、与作がもとに行通《ゆきかよ》ひて、多〻《さま〴〵》と嘆《なげ》き口説《くどき》けれど、与作は前《さき》に云《いひ》つるごとく回応《いらへ》し、「はや足《あし》の悩《なやみ》も愈《いへ》たれば、明日《あす》は[九]此地方《このところ》を旅発《たびだつ》」など聞《きこ》ゆるに、尾花《おばな》もいまはすべきやうなく、只《たゞ》胸《むね》を

一　一そろい。

二　泣をナゲクと訓むは未調。

三　この話の出拠未調。

四　底本の振仮名は「とうし」。訂す。

五　長生きする。「存命　ナガラエ」(文明本節用集)。

六　冥途。

七　甚だ冷酷である。酷虐をツラシと訓むは未調。

八　早く。「神代紀に急ノ字速ノ字、霊異記に遄ノ字をよめり」(倭訓栞)。

九　場所。「地方　ソノトコロ」(小説字彙)。

のみ痛《いた》めけり。染絹《そめぎぬ》この光景《ありさま》を窺《うかゞ》ひ知《し》り、深《ふか》く与作を怨《うら》み、其夜《そのよ》人《ひと》の寝静《ねしづまり》たるを伺《うかゞ》ひ、蜜《ひそか》に閨《ねや》を忍《しの》び出《いで》、[一〇]前栽《せんざい》の古井《ふるい》に身《み》を投《なげ》て失《うせ》にける。

程経《ほどへ》て尾花《おばな》睡《ねむり》を醒《さま》し、染絹《そめぎぬ》が[一一]臥所《ふしど》に居《お》らぬに、驚《おどろ》きまどひ嘆《なげ》き叫《さけ》べば、紀介《きすけ》をはじめ[一二]渾家《やうち》の男女《なんによ》、[一三]周章《あはて》ふためき集来《つどひき》つ。「其所《そこ》よ此処《こゝ》よ」と尋《たづぬ》るに、古井《ふるい》のもとに、染絹《そめぎぬ》が上着《うはぎ》の小袖《こそで》ありしかば、「こは此処《こゝ》にこそ」と人《ひと》を入《いれ》て、捜索《さがす》に果《はた》して、染絹《そめぎぬ》が屍《なきがら》を引《ひき》あげたり。「さればこそ」と多《さま》ゞ《〴〵》に[一四]介保《かいほう》すれど、はや程過《ほどすぎ》つれば其甲斐《そのかい》なし。紀介《きすけ》は狂《きやう》人《じん》のごとくなりて、与作《よさく》が難面《つれなき》を恨《うら》むは言《いふ》も愚《おろか》なり、尾花附添《おばなつきそ》ひ居《い》ながら、女児《むすめ》を井《い》に入《い》らしつる怠《おこた》りを、いたく責《せめ》つるほどに、尾花我失《おばなわがあやま》ちの分疏《いひわけ》なさに、染絹《そめぎぬ》が死《しゝ》たりし井《い》に入《いり》て、終《つい》にはかなくなりにける。こゝにおゐて紀介《きすけ》はじめて、書写《しよしや》の御仏《みほとけ》の告《つげ》を想ひ出《いだ》し、「我子《わがこ》の愛《あひ》に迷《まよ》ひ、仏 戒《ほとけのいましめ》を忘《わす》れ、不義《ふぎ》の利《り》を貪《むさぼ》り、かゝる憂目《うきめ》に逢《あひ》つらめ」と、是《これ》よりたゞ仏事《ぶつじ》を営《いとな》み、二人が後世《ごせ》をぞ吊《とぶら》ひけり。

これはさておきこゝに不思議《ふしぎ》なるは、丹波与作《たんばよさく》が身《み》のうへなり。此《この》ほど染絹《そめぎぬ》より屢《しば〴〵》艶簡《ふみ》を送《おく》りつるを、いと[一五]懶《ものうき》ことに思ひ、いまだ足《あし》の悩《なや》みは怠《おこた》らねど、俄《にはか》にこゝを旅発《たびだち》せんとしたりし折《をり》から、染絹[一六]憤死《そめぎぬふんし》せりと聞《きゝ》しに、其夜《そのよ》よりして暴《にはか》に発熱《ほつねつ》し、再《ふたゝ》び足《あし》の痛《いたみ》甚《はなはだ》しくなりしかば、「こは口惜《くちおし》」と自《みづか》ら心を励《はげま》せど、すべきやうなく三四日を過《すごし》つるに、少《すこ》しく痛怠《いたみおこ》たりぬれば、「斯《かく》てはおしても明日《あす》は旅発《たびだち》せん」と、[一七]椽頬《ゑんづら》に出て[一八]天色《しよく》を窺《うかゞ》ひ

一〇 底本の漢字は「前載」。意により訂す。以下同じ。

一一 寝所。

一二 屋内。「渾家」は白話では一般に妻を指す。

一三 「周章 あはてる」(蘭例節用集、他)。「文選に周章をよみあわたゝしともいへば、洓立の意を転用せる成べし」(倭訓栞)。

一四 蘇生させるために看護する。「介保 カイホウ 又作二—抱一」(書言字考)。

一五 気の重い。「懶 モノウシ」(倭玉篇)。

一六 憤慨して死する。

一七 縁側。「縁頬 エンガワ」(書言字考)。

一八 空模様。

みるに、ころは九月十日《ながつき》ばかりなれば、月いとうさへて冷《ひやゝ》かなるに、庭《には》の松風《まつかぜ》さと吹落《ふきおち》て、[一]身柱《ちりけ》の辺《ほと》り[二]粟ゝ《ぞくぐ》とすると均《ひと》しく、紀介《きすけ》が許《もと》にて、しめやかに琴《こと》をかきならす爪音《つまおと》しければ、与作深《ふか》く怪《あや》しみ、「彼家女児《かのいへむすめ》を失《うしな》ひて后《のち》は、[三]読経鉦鼓《どきやうせうこ》の音《おと》のみして、かゝることをば聞ぬものを」と、熟ゝ《つくぐ》と[四]唱歌《せうか》を聞《きく》に、「[五]あさましや我身《わがみ》は、雲井《くもゐ》の雁《かり》の夕霧《ゆふぎり》に、おとしめられし思ひをば、いつの世にかはわすれん」と、其声《そのこへ》怨《うら》み哀《かなし》めるがごとく、五音委く《いんとぐ〳〵》乱《みだ》るゝなかにも、[六]角《かく》と[七]徴《てう》との音《いん》、ことに乱《みだ》れたり。与作独《ひとり》呟《つぶやき》けるは、「[八]角《かく》の乱《みだ》るゝは是怨《これうら》めるなり。[九]徴《てう》の乱《みだ》るゝは是哀《これかなし》むなり。五音正《いんたゞ》しからず、[一〇]彷彿《ほうほつ》と聞ゆるは、正《まさ》しく人の調《しら》ぶるともおぼへず。そも奈何《いか》なるものゝ弾《だん》ずるや。嗚呼《あゝ》奇怪《あやし》のことよ」と、其方《そのかた》をうちみやれば、紀介《きすけ》が前栽《せんざい》の井《ゐ》の裡《うち》より、[一一]鬼火《きくわ》陰ゝ《いん〳〵》燃《ともへ》あがりしが、頻《しきり》に此方に[一二]靡《なびく》よと見へし。忽然《こつぜん》として我前《わがまへ》に人の来《きた》るあり。「何ものぞ」と[一三]瞳《しとみ》を定《さだ》め看一看《とくとみ》れば、齢《よはひ》二八ばかりとおぼしき、甚艶《いとあて》やかなる小女《おとめ》の、尾花《おばな》に一面《いちめん》の[一四]琴《こと》を持《もた》し、静ゝ《しづぐ》と椽《えん》の前《まへ》に進《すゝ》み来る。与作言語《ことば》を正《たゞ》し、「おんみ何等《なにら》の人におはせば、此処へはわたらせ給ふ。」小女《おとめ》うち恨《うら》みたる光景《ありさま》にて、「奴家《わらは》は紀介が女児染絹《むすめそめぎぬ》と申ものなり。前《さき》に[一五]書《ふみ》にて知《し》らしたることをば、奈何《いかに》なしてたまふぞや。御回応《おんいらへ》を承《うけ給は》らん為《ため》、こゝにはもう[一六]来《き》はべるなり。」与作[一七]眉《まゆ》をしはめ「さてはおん身は、染絹主《そめぎぬぬし》にわたらせ給ふか。そは去《いぬ》る日《ひ》既《すで》に世を去《さり》しと聞く。」其時尾花《そのときおばな》すゝみ近《ちか》づき、「よしや世を去《さる》にもせよ、奴家《わらは》が使《つかい》に参《まい》りた

一 ぼんのくぼ。「身柱 チリケ 第二ノ椎ノ下灸穴」（書言字考）。
二 底本の漢字は「栗ゝ」。誤刻とみて訂す。
三 仏事にともなう音。
四 琴歌をいう。
五 琴歌。「あさましやわが身は、雲井の雁にゆふぎりの、おとしめられしおもひをば、いつの世にかはわすれん…唱歌の心は、あさましやわが身は、かの夕霧の雲井ノ雁におとしめられしごとく、このうらみいつの世にかはわすれんと、是女にいとはれし男の情をのべたる唱歌なり」（箏曲考・天明六年）。
六 五音（宮・商・角・徴・羽）の一つ。めでたい調子。
七 五音の一つ。羽に次ぐ清澄な音。
八 未調。
九 未調。
一〇 おどろおどろしく。
一一 暗夜湿地などで燃える青白い火。「陰ゝ」はその状の形容。
一二 底本は「魔（なびく）」。意により訂す。
一三 「しとみ」の訓みは江戸語か。
一四 底本の漢字は「槑」。意により訂す。
一五 艶書。「書 フミ」（書言字考）。
一六 参上いたしました。
一七 不快の意を表する。

る、一八回答《いらへ》を聞したまわれ」と、いふに与作は尾花《おばな》に対《むか》ひ、「そこも世になき人と聞《（きく）》に、奈何《いか》なれば、前《さき》の一九婬《たはれ》たる答《いらへ》を求《もと》むぞ。予《かね》ても云ごとく身に深《ふか》き願《ねがひ》あれば、いかでさる正《まさ》二〇なきことをばすべき。二一幾回云《いくたびいふ》とも同《おな》じこと也。あな心なの人かな」と、云《いひ》つゝ立て入んとするを、尾花慌忙《おばないそがは》二二しく衣裾《もすそ》を捉《とら》へ、「いかに難面殿《つれなきとの》にこそ、さる御《み》心より一人ならず二人まで、非業《ひごう》に死《し》なしめ給ふなり。主《しう》は恋慕《れんぼ》の暗《やみ》に迷《まよ》ひ、奴家《わらは》もともに二三ひかされて、二四うかみもやらぬ恨《うらみ》のほどを想《おも》ひ知《し》らさん其為《そのため》に、これまで現《あらは》れ参《まゐ》りしぞや。おんみもおなじ道《みち》に伴《ともな》ひ、倶《とも》に苦艱《くげん》を受《うけ》させん。いざ給へや」と引立《ひきたつ》るを、与作声《こへ》を荒《あら》らかにし「愚《おろか》也二五女原《おんなばら》。おのれらが婬《たはれ》たる心より、其身《そのみ》を亡《ほろぼ》し、其怨《そのうらみ》を我《われ》になすとは、二六いでものみせん」と云まゝに、腰《こし》の刀《かたな》を抜《ぬき》はなち、切払《きりはら》ふとおもひしが、愕然《がくぜん》として睡《ねむり》は醒《さめ》たり。これ二七仮寝《うたゝね》の夢《ゆめ》にして、琴《こと》の音《ね》と聞へしは、庭面《にはもせ》の松風《まつかぜ》にて唱歌《せうか》とおもひしは、千草《ちぐさ》にすだく虫《むし》の声《こへ》なり。折《おり》から雲井《くもゐ》を二八度《わた》る雁《かり》の声《こへ》も、二九更闌《かうたけ》て聞へしかば、急《いそ》ぎ閨房《ねや》に入て、睡《ねむり》に就《つか》んとすれば、染絹《そめぎぬ》と尾花《おばな》が形幻《かたちまぼろし》のごとく目《め》に遮《さへぎ》りて寝不寝《ねもねられず》。

兎角《とかく》するうち天明《よあけ》にも及《およ》びしかば、今日《けふ》はおしても此処《ところ》を、旅発《たびだゝん》としたりしかど、三〇昨夜《よべ》の仮寝《うたゝね》に引風《ひきかぜ》やしたりけん、発熱《ほつねつ》して立こと能《あた》はねば、心ならずもとゞまりしに、これよりして夜毎《よごと》、三一丑満《うしみつ》とおぼしき頃《ころ》には紀介《きすけ》が庭《には》の古井《ふるい》より、琴《こと》の音《ね》聞へ三二陰火燃上《いんくわもへ》りては、染絹《そめぎぬ》と尾花《おばな》が形現《かたちあらは》れ出、与作が閨《ねや》に来《きた》ること夜毎替《よごとかは》ることなし。初《はじめ》の程《ほど》は与作が

一八 返答。「回答　ヘンジ」（小説字彙）。
一九 不倫にあたる。「淫　タワレ」（倭玉篇）。
二〇 正しくない。「无レ正の義也」（倭訓栞）。
二一 何度も。「幾回　イクタビ　俗作二幾度一」（書言字考）。
二二 あわてて。「一生慌忙而弗　一生イソガシキハカリニ」（唐音雅俗語類）。
二三 引き付けられる。
二四 成仏できないでいる。「うかぶ…又仏家に、死人の転廻を脱れて、往生するをいふ」（倭訓栞）。
二五 女ども。
二六 さあ、思いしらせてやる。「いで…発語也」（倭訓栞）。
二七 「仮寝　ウタヽネ」（書言字考）。
二八 渡る。「度　ワタル」（倭玉篇）。
二九 夜おそく。
三〇 昨日の夜。「宿　ヨベ　昨夜也」（書言字考）。
三一 真夜中。丑刻の第三刻。「丑三　ウシミツ」（書言字考）。三は満に通ず。
三二 鬼火に同じ。

目にのみ見へけるが、後《のち》には人も見けるとぞ。かゝりし后《のち》は此家《いへ》には「妖怪《ようくわい》出る」と、邑人等《さとびとら》[一]の口順《いひもてはやす》[二]ほどに、自《おのづか》ら旅客《たびゞと》も少《まれ》になりしかば、主易《あるじやす》からぬことに思ひつれど、さすがに病臥《やみふし》たるものを追《お》ひやらんも便《びん》[三]なく、されども斯《かく》て過《すぎ》なば生営《なりはひ》の妨《さまたげ》となれば、兎《と》やせん角《かく》やせんと思ひ悩《なやみ》し折《おり》から、此頃《ころ》行脚《あんぎや》の僧《さう》の此地方《ところ》に来るありしが、よく妖邪《やうじや》を除《のぞ》き疾病《しつぺい》を治《ぢ》するの加持《かぢ》すれば、邑《さと》人等これを尊《とふと》み呪《しゆ》[四]を請符《うけふ》[五]を乞《こ》ふもの多《おゝ》かりき。宿《やど》の主《あるじ》これを聞て大に喜《よろこ》び、一日《あるひ》与作にむかひて云へりけるは、「此ほどの光景《ありさま》を見まゐらすに、前《さき》に某《それがし》が申つること聴《きゝ》給はざるによりて、此悩《このなやみ》を受《うけ》給ふなり。足下此祟《おんみこのたゝり》を受《うけ》てより、「此家には妖怪《やうくわい》出る」と云て、宿《やど》る人も少《まれ》なれば、殆《ほと〳〵》[六]生営《なりわい》の妨《さまたげ》となれど、宿縁《しゆくゑん》ありて斯宿《かくやど》しまいらせたるに、今悩《いまなや》み給ふを見《み》ながら、他《た》に送《おく》りやらんは不仁《ふじん》[七]なり。然《しか》はあれ斯《かく》て過《すぎ》ば、足下《おんみ》も我《われ》も倶《とも》[八]に斃《たをれ》んと、深《ふか》く愁《うれひ》はべりしに、近頃此邑外《ちかごろこのむらはづれ》の草庵《さうあん》に、行脚《あんぎや》の僧《さう》の来《きた》りおはすあり。よく妖邪《やうじや》を伏《ふく》し、病苦《びやうく》を除《のぞく》の神術《しんじゆつ》あり。邑人等《さとびとら》其道徳《そのどうとく》を慕《した》ひ、他《た》に行《ゆく》べきを止《とゞ》め置《おけ》り。今日は彼草菴《かのさうあん》に赴《おもむ》き頼《たのみ》給はゞ、自《おのづか》ら妖祟《やうすい》[九]を免《まぬか》れ給ふべし」と、忠《まめ》[一〇]だちて聞《きこ》へしかば、与作主《あるじ》が志《こゝろざし》の程を喜《よろこ》びて回答《いらへ》けるは、「聞《きこ》へ給ふこと忝《かたじけな》くこそ承《うけ給》れ。好身《よしみ》なき我《われ》なれど、かばかり御芳志《ごはうし》に預《あづか》ること、いかばかりか喜《よろこば》しくはべるなり。教《おしへ》にまかせとく〳〵其草庵《そのさうあん》に行《ゆき》むかひ、加持《かぢ》を頼《たの》み申さんづるに、誘《いざなひ》て給へかし」と申ける。主諾《あるじうべな》ひ「爾《しか》[一一]おもひ給はゞ、明日《あす》ともいはじ、今よりおはせ誘《いざな》ひ申さん」と、一張《ひとはり》[一二]

一 村人。「邑人　サトノヒト」（書言字考）。
二 評判する。「口順　クチニマカセテ」（水滸伝訳解）。
三 ふびんである。
四 呪文。「呪文　シユモン　陀羅尼、神咒、真言、並同」（書言字考）。
五 護符。
六 大体。「ほとんど　幾又殆又危をよめり…殆は訓レ近也と注し…旧はほと〳〵といふ」（倭訓栞）。
七 人の道でない。「不仁　フジン」（書言字考）。
八 共倒れとなる。
九 妖しいたたり。
一〇 誠実に。「まめは誠実の意也」（倭訓栞）。「忠　マメ」（書言字考）。
一一 そのように。
一二 一つの駕籠。「張」は「丁」に通じて用いたか。「一張　ヒトハリ　挑灯、傘」「一丁　イッテウ　駕輿」（書言字考）。

の兜轎《かご》に与作を助《たす》け載《の》さし、草菴《さうあん》に誘《いざな》ひたるに、折《をり》ふし行脚《あんぎや》の僧《さう》は庵《いほり》に居《お》らず。其近辺《そのちかきほとり》のものに問《と》へば、「僧《さう》は今朝《けさ》ほど、何某《なにがし》が請《こふ》によりて、彼処《かしこ》におはせり。やがて還《かへ》りたまふべし」とあるに、旅宿《りよしゆく》の主《あるじ》与作に対《むか》ひ、「今聞《いまきか》し給ふごとくなれば、少刻此《しばしこ》処《ゝ》に待《まち》ておはせ。某《それがし》は做《なす》[一三]べき所用《しよやう》あれば、今は帰《かへり》て夕晩御迎《ゆふかたおんむかひ》にまいらん」と、云《いひ》つゝ主《あるじ》は立戻《たちもど》りぬ。与作《よさく》はひとり庵《いほり》に居《い》て、僧《さう》のかへるをまつ処《ところ》に、程《ほど》なく壱人《ひとり》の老僧《ろうさう》、此《この》庵《いほり》をさして来《きた》るあり。与作は「此僧《このさう》にこそ」と、容《かたち》を改《あらた》め望《のぞ》み見《み》るに、何《なん》[一四]ぞ料《はから》ん養父《やしなひおや》[一五]の四三平入道《にうどう》なれば、「こはそも奈何《いかに》」と呆《あきれ》て少刻言葉《しばしことば》なし。入道も与作《よさく》を見《み》るより、「こは想ひかけず」とばかりにて、是《これ》も同《おな》じく言語《ことば》なし。やゝありて、互《かたみ》[一六]に其恙《そのつゝが》なきを喜《よろこ》べり。

其時《そのとき》入道の云へりけるは、「おこといかにして、此地《このところ》にさすらへ来《き》つるぞ。我東国《われとうごく》に行脚《あんぎや》せし折から、成親卿御父子《なりちかきやうおんふし》、罪《つみ》せられ、西国《さいごく》に流《なが》され給ふときくよりも、世《よ》を遁《のが》れたる身《み》にしあれど、主君《しゆくん》のことは忘《わす》れがたく、急《きう》に都《みやこ》へ上《のぼ》りしに、はや大殿《おゝとの》は、配処《はいしよ》におひて失《うせ》給ひぬ。若殿《わかとの》は、鬼界島《きかいがしま》[一七]に流《なが》され給ひしとのみ聞《きく》。奈何《いか》にならせ給ふや、其《その》詳《つまびらか》なるを知《し》ることなし。また桂前公達《かつらのまへきんだち》は、重井《しげのい》かしづきまゐらせて、門脇殿《かどわきどの》におはすとのこと、されど旧臣《きうしん》など尋《たづね》まゐらすことは、相国《せうこく》入道どのへ憚《はゞ》からせ給ふよしを聞《きゝ》およべば、問《とひ》まゐらせねど、こは門脇《かどわき》どのゝおはせば、心憂《こゝろうく》おもふことなし。たゞ少将《せうく》

一三 「做　作ノ字ナリ」(俗語解)。

一四 思いもかけず。

一五 「養父　ヤシナヒノチヽ」(書言字考)、「父　ヲヤ」(下学集)。

一六 双方ともに。「互にといふを歌にかたみといふは偏身の義、各自の意也」(倭訓栞)。

一七 「鬼界島　在二硫黄島之巽一其艮有二永良部島一巽有二新島一」(和漢三才図会)。三才図会には硫黄島に俊寛は流されたとし、有王丸の伝説を伝える。

染絹《そめぎぬ》尾花《おばな》が霊《れい》
与作《よさく》を怨《うら》む

与作

尾花

殿《どの》と、おんみや孫《まご》が身《み》のうへの覚束《おぼつか》[一]なければ、まづ少将《せうしやう》どのゝおはす、鬼界《きかい》が島《しま》にわたり、御安否《ごあんぴ》を問《と》ひ奉《たてまつ》り、且《かつ》はおんみらの行衛《ゆくへ》を尋《たづ》ねんと、西《にし》へ赴《おもむ》く序《ついで》をもて、故郷《ふるさと》なれば丹波《たんば》に立越《たちこ》へ、故《もと》の老黨《ろうどう》左内《さない》が許《もと》へ行《ゆき》つるに、不料《はからず》も三橘《さんきつ》と逸平《いつぺい》に遭《あへ》り。逸平《いつぺい》が云《い》へりしは、初《はじめ》逸平《いつぺい》三橘《さんきつ》を伴《ともな》ひ、都《みやこ》の片辺《かたほとり》に忍居《しのびお》りしうち、大殿《おゝとの》の北方《きたのかた》は成親卿《なりちかきやう》失《うせ》給ひぬと聞《きこ》へしかば、忽《たちま》ち容《さま》[二]をかへて行脚《あんぎや》に出《いで》給ひ、其《その》のち妻《つま》の小桟《こさん》に後《おく》れて艱難《かんなん》のなかにも、三橘《さんきつ》を優恤《いたはる》[三]ことむかしにかわらず養育《やういく》しつるに、一日《あるひ》逸平《いつぺい》他《た》に出《いで》たりし留守《るす》の間《はし》[四]に、六波羅《はら》の禿《かぶろ》と三橘《さんきつ》と、争《あらそひ》を仕出《しいだ》したり。其時《そのとき》逸平《いつぺい》帰《かへ》り来《き》かゝり、これを見《み》るより是非《ぜひ》を言《いは》ず、禿等《かぶろら》を散〻《さんぐ》に打擲《てうちやく》せしほどに、彼《かれ》憤《いきどほ》りて平相国《へいせうこく》へ告《つげ》たりしかば、六波羅《ろくはら》より逸平《いつぺい》を擒《とら》へんと、攸兵《とりて》をさしむけたりしを、辛《かろう》じて其場《そのば》をば切《きり》ぬけしかど、尚其行衛《なほそのゆくえ》を捜索《さがす》こと厳《きびし》く、都《みやこ》の住居《すまい》なりがたくて、丹波《たんば》に下《くだ》り左内《さない》が許《もと》にしのび居《お》るうち、左内《さない》が子婦《よめ》[五]の小満《こまん》と云もの、八平次と奸婬《かんいん》し、左内《さない》を殺《ころ》さんとせしに、終発《ついあらはれ》[六]て小満《こまん》は罪《つみ》に伏《ふく》して失《うせ》たり。八平次は去向《ゆくへ》も知《し》らず逃去《にげさ》りぬ。然《しか》れども、尚丹波《なをたんば》近《ちか》くに忍《しの》び居《お》るよし云《いふ》ものあれば、逸平《いつぺい》は馬夫《うまおひ》[七]となりて、其行衛《そのゆくへ》を捜索《さがす》とぞ。またおことが貞晋《ていしん》の仇討《あだうち》せんため、国〻《くにぐ》を尋《たづぬ》るよしをも語《かた》り聞《きか》したり。されば我此処《わがこのところ》へ来《く》る道《みち》すがら、おんみに会《あふ》て逸平《いつぺい》が、八平次を尋《たづぬ》ることを告《つげ》ばやと心《こゝろ》にはあらねども、師《し》[八]の房《ばう》より受伝《うけつた》へたる、修験《しゆげん》[九]の法《ほう》を施《ほどこ》し、病苦《びやうく》などに悩《なや》める人《ひと》に加持《かぢ》をなし、多《おゝ》くの人《ひと》を集《つどは》して、おことが行衛《ゆくへ》をよそながら、

一 気がかりになる。「無㆓覚束㆒ ヲボツカナシ 俗字」(書言字考)。
二 様子を変えて。尼僧姿となって。
三 やさしく世話をする。
四 「はし 間也、あひだと同じ」(倭訓栞)。
五 嫁。「又俗謂㆓子婦㆒為㆑娘と見ゆ」(倭訓栞)。
六 とうとう露顕して。「終 ツイニ」(倭玉篇)、「発 アラハル」(倭玉篇)。
七 馬子。「馬夫 マゴ」(俗語解)。
八 僧侶としての師(法然を指す)。
九 法然の教理は専修念仏で、修験の法も加持祈禱もないが、ここは話の筋として出てくる。

聞《きけ》どもさらに知《し》るものなく、終《つい》に此国《このくに》まで下《くだ》り来《き》て、今日《けふ》不意《ゆくりなく》対面《たいめん》するは、ひとへに親子《おやこ》の縁《えん》の尽《つき》ぬ[一]験《しるし》」と喜《よろこ》べば、与作《よさく》は父《ちゝ》の[二]志気《こゝろざし》のほどを感《かん》じ、涙《なみだ》を浮《うか》べて聞居《きゝい》しが、聞《きゝ》果《はて》て后《のち》、鼻《はな》うちかみて、云《い》へりけるは、

「某《それがし》主家《しゆか》の凶変《きやうへん》の后《のち》、少将殿《せう〳〵どの》鬼界《きかい》が島《しま》に赴《おもむ》かせ給ふと聞《きゝ》、御跡《おんあと》を慕《した》ひ御供《おんとも》のことを願《ねがひ》申つれど、「そは叶《かな》ふまじ」と難波《なんば》が支《さゝ》へ申を、多ゝ《さま〴〵》と嘆《なげ》きつれば、[三]纔《わづか》に見参《げんざん》することを得《え》たりしに、別《わかれ》に及《およ》び少将《せう〳〵》どの、[四]今《いま》はの遺物《かたみ》と一封《いつぷう》の書《ふみ》を給はりしを、何《なに》とも心得《こゝろえ》ず懐《ふところ》にしつ。帰《かへ》らんとする折《おり》から、鷲塚兄弟平家《わしづかきやうだいへいけ》の方人《かたうど》し、某《それがし》を討取《うちと》めんとしたりしを、官太夫《くわんだゆふ》を討留《うちとめ》、八平次を追《お》ひ失《うしな》ひ、其後《そのゝち》賜《たま》ひたる書《ふみ》を閲《み》[五]るに「貞晋《ていしん》を討《うち》たるものは八平次なり。急《いそ》ぎ彼《かれ》を討取《うちとれ》よ」と、細《こま》やかに書《かき》給へり。よく〳〵想《おも》へば、八平次は、主《しう》を売《うつ》て栄利《ゑのり》を索《もとめ》んとすれば、某《それがし》が為《ため》には[六]君父《くんぷ》の仇《あた》なり。よりて其行衛《そのゆくへ》を索《もとめ》、討果《うちはた》さんと此国《このくに》まで尋来《たづねきた》りしに、不料《はからず》も俄《にはか》に足《あし》の痛《いたみ》を煩出《わづらひいだ》し、心《こゝろ》ならず此地方《このところ》に居《お》るうち、旅宿《りよしゆく》の隣《となり》なる、紀介《きすけ》と云《いふ》ものゝ女児《むすめ》に[七]懸想《けさう》されしを、正《まさ》なき[八]所為《わざ》なれば、難面《つれなく》恥《はづか》しめつるを、女児《むすめ》憤恨《いきどほりうら》みて死《し》したりしに、[九]其執念又某《そのしうねきまたそれがし》を悩《なやま》し、殆《ほと〳〵》死《しな》んとす。「こは口惜《くちおし》。丈夫《ますらを》の身《み》にありながら、雌ゝ《めゝ》しくも斯《かゝ》る甲《か》斐《い》なき[一〇]鬼病《きびやう》を受《うく》ること、武運《ぶうん》にも尽《つき》つるにか。斯《かく》ては本《ほ》意《い》を遂《とぐ》べうとも想《おも》はれねば、潔《いさぎ》よく自害《ちがい》せばや」と、既《すで》に心《こゝろ》を定《さだめ》しかど、爾《しか》せば「物《もの》に狂《くる》ひてぞ死《しに》つらん」と、人の想《おもは》んことも心苦《こゝろぐる》しく、兎角《とかく》するうち、父《ちゝ》ともしらず「加持《かぢ》

一 証拠。「験　シルシ」(倭玉篇)。
二 厚い気持。「有志気　コヽロザシノアル」(南山考講記)。
三 辛じて。「纔、裁、才、財、僅、劣などをよめり…俚語のやう〳〵にやといへり」(倭訓栞)。
四 「今はとおもひ立ぬること也。今はの心、今はの空、いまはの比などいへり」(倭訓栞)。
五 見る。「閲　ミル」(書言字考)。
六 主君と父の仇(与作にとっては)。
七 恋慕する。
八 行為。「所為　シワザ」(唐話纂要)。
九 執念深い。「しふねし　執念の音也といへり。源氏にしふねき人と見えたり」(倭訓栞)。
一〇 鬼神に執りつかれたような恐ろしい病。
一一 相応の供物をして神仏に祈り、罪や穢れを除く行い。「祓除身滌の法として人の世にも行へり」(倭訓栞)。
一二 底本のまま。

し給ふ僧《さう》の来《きた》りおはせば、秡《はらい》[一一]して妖祟《たゝり》を免《まぬか》れよ」と、旅宿《りよしゆく》の主《あるじ》の勧《すゝ》めにまかせ、こゝにもう来《き》はべりしに、不意《ゆくりなく》御見参《ごげんざん》にいりしこと、喜《よろこば》しくも又面目《めぼく》[一二]なし」と、さし俯《うつぶひ》て居《い》たりしを、景政法師《けいせいほうし》慰《なぐさめて》云へりけるは、「古《いにしへ》[一三]より忠臣孝子《ちうしんかうし》と賞《せう》しつるは、苦艱《くかん》[一四]に会《あふ》て節《せつ》を変《へん》ぜざるをもてなり。おことがごとき艱難《かんなん》に遭《あふ》て操守《みさほまも》りしこと、実《じつ》に古《いにしへ》の人《ひと》にもたち勝《まさ》れり。又妖祟《やうすい》に悩《なや》めるを、深《ふか》く恥《はづ》べき事《こと》にあらず。伝聞《つたへきく》[一五]源頼光《みなもとのらいかう》は、土蜘《つちぐも》のために犯《おか》され平維茂《たいらのこれもち》は、山鬼《さんき》[一六]の為《ため》に諞《たぶらか》[一七]されき。是渾世《これみなよ》に冠《くわん》たる英雄《ゑいゆう》の武将《ぶせう》なり。尚《なを》その外《ほか》にもかゝる例少《ためしすく》なからず。「大功《たいかう》[一八]は細僅《さいきん》を不顧《かへりみず》」と、斯《かく》さゝやかなることに思[一九]ひ屈《く》すべきかは。「邪《じや》[二〇]は正《せい》に勝《かた》ず」という常言《ことわざ》もあるに、此事《このこと》を仏神《ぶつしん》に訢奉《いのりたてまつ》[二一]らんに、いかで納受《のうじゆ》のなかるべき。我《われ》に做《な》すべき法《ほう》あり。明夜《あすのよ》これを行《おこな》はんずるに、必《かなら》ず其験《そのしるし》あるべし。身健《みすこやか》にもなりなば、とく〳〵丹波《たんば》に立越《たちこへ》逸平左《いつぺいさ》内等《ないら》と議《はかり》、八平次を討《うち》給へ。我《われ》は是《これ》より鬼界島《きかいがしま》に渡《わた》り、少将《せうく》どのに見参《げんざん》し、都《みやこ》の光景《ありさま》をも聞《きこ》へまゐらせん」と云諭《いひさと》すに、与作心《こゝろ》をとり直《なを》し、「某《それがし》病《やまひ》の為《ため》に心漫《こゝろそゞろに》[二二]なりつるを、父《ちゝ》の教《おしへ》によりて覚得《さとりえ》たり。まづ奈何《いか》なる法《ほう》を、修《しゆ》し給ひてか除《のぞき》給へる。」入道のいふ「ふかき執念《しうねき》を除《のぞ》かんには、一まづ死《し》して又蘇生《よみがへる》[二三]にあらざれば、全《まつた》く去《さ》ること做《な》しがたし。今一杯《いまいつぱい》の加持水《かぢすい》[二四]を与《あたへ》んずるに、これを服《ふく》すときは必《かなら》ず一夜《いちや》人事《じんじ》[二五]を知《し》らざるべし。其時《そのとき》又法《ほう》を修《しゆ》して生《いか》しめば、妖祟頓《やうすいとみ》[二六]にやみて病《やまひ》も愈《いゆ》べし」と、諭《さと》し教《おし》ゆるに、与作斜《なゝめ》ならず喜《よろこ》び、「いざとく

一三 底本は「古(いにしへ)くより」とあり、訓みを生かして訂す。
一四 困難な目にあっても自分の志を変えない。
一五 伝誦(頼光と維茂)を聞くところでは。頼光(平安中期の武将、満仲の子、酒呑童子退治の伝誦で著名。九四八―一〇二一)の土蜘退治の話は、平家物語・剱の巻に出て、謡曲「土蜘蛛」で流布する。維茂(平安中期の武将、貞盛の養子、鎮守府将軍で余五将軍と称された。生没年未詳)の山鬼の話は、謡曲「紅葉狩」に初出である。
一六 山中に棲む精霊、鬼神。
一七 女人に変じた山鬼に維茂がだまされたことをいう。
一八 大事をなさんとする者は小事にこだわらない。「樊噲曰大行不レ顧二細謹一」(史記・項羽本紀)。
一九 思い悩むことがあろうか。
二〇 不正は正に勝つことが出来ない。「邪は正に不レ克」(譬喩尽)。
二一 底本のまま。「訢 ツツシムサマ」(大広益会玉篇大成、他)。
二二 気持が浮わついている。「そゞろ…遊仙窟には漫もよめり」(倭訓栞)。
二三 生き返る。「よみがえる 蘇生、黄泉路より還れるの意なり」(倭訓栞)。
二四 加持香水。
二五 人事不省の状態になる。
二六 ぱったりと。「とみに 頓にといふ義をもて訓とする也といへり…又速疾の義も侍るべし」(倭訓栞)。

〳〵」とある折《おり》から、旅宿《りよしゆく》の主《あるじ》は与作《よさく》奈何《いかに》なりしと、只今《たゞいま》此庵《このいほり》に来《きたり》しかば、景政法師《けいせいほうし》主《あるじ》に対《むか》ひ、与作が妖祟《やうすい》を除《のぞ》くの術《じゆつ》を云聞《いひきこ》へ、「速《すみやか》に紀介《きすけ》を呼来《よびきた》すべし」とあるに、主《あるじ》心《こゝろ》を得《え》て、急《きう》に紀介《きすけ》を誘引来《いざなひきた》りしかば、景政法師《けいせいほうし》これに対《むかい》て云《いへ》りけるは、「足下《そこ》の令愛《れいあひ》《〇ムスメ》[一]、これなる与作に懸想《けさう》し志《こゝろざし》を果《はた》さゞるを恨《うら》み憤死《ふんし》して、其怨魂《そのゑんこん》与作に妖祟《たゝり》て、彼《かれ》を苦《くる》しまし、いまだ成仏《ぜうぶつ》[二]を遂《とげ》ず。然《しか》るに与作妖祟《たゝり》に苦《くる》しめられ、奈何《いかに》とも没理会《せんすべなく》[三]、我《われ》に法《ほう》を乞《こふ》て、冤鬼《べんき》[四]を去除《さら》んとす。我《われ》は薄徳《はくとく》にして其任《そのにん》に堪《た》へねど、衆生《しゆぜう》を救《すく》ふは僧《さう》の道《みち》なり。かなわぬまでも染絹《そめぎぬ》を成仏《ぜうぶつ》さし、与作が病苦《べうく》を救《すくは》んと想《おも》ふ。足下《ごへん》の心《こゝろ》は奈何此事做《いかにこのことなす》べきや否《いな》。」紀介《きすけ》涙《なみだ》をはら〳〵と流《なが》し、「某《それがし》はじめは与作が難面心《つれなきこゝろ》を恨《うらみ》しかど、熟〻《つく〴〵》思案《しあん》をめぐらすに、女児《むすめ》は素書写《もとしよしや》の観音《くわんをん》に祈《いのり》て設《もう》けたり。其時《そのとき》の霊夢《れいむ》の告《つげ》に、「悪《あし》き心持《こゝろもち》たらんには、女児《むすめ》より事《こと》を惹出《ひきいだ》し、一件《ひとふし》の禍《わざはひ》に遭《あ》ふべし」とありしを、子《こ》をおもふ愛《あい》に溺《おぼ》れ、才貌揃《さいぼうそろ》ひたる壻《むこ》をとり、黄金《きがね》[五]をもて発達《なりいで》させ、後《のち》の栄利《ゑのり》をみんものと、利《り》を貪《むさぼ》る心《こゝろ》甚《はなはだ》しく、非道《ひどう》のことをもなしつれば、忽《たちま》ち冥罰《めうばつ》[六]を蒙《かふむ》り、女児《むすめ》を非業《ひがう》に死《し》なすのみか、其霊《そのれい》人《ひと》を悩《なや》ますなど、例少《ためしまれ》なる恥《はぢ》を見《み》ること、我《われ》ながら浅猿《あさま》しく、今《いま》さら後悔《かうくわい》するに甲斐《かい》なし。哀《あは》れ御僧《ごさう》の法力《ほうりき》をもて、女児《むすめ》を成仏《ぜうぶつ》さし、与作《よさく》が病苦《へいく》を免《まぬ》からし給はゞ、是《これ》に過《すぎ》たる喜《よろこ》ばしきことは候はじ」と、赤心《まごゝろ》みへて云《い》へりけるに、景政法師《けいせいほうし》其心根《そのこゝろね》を憐《あはれ》み、「足下《ごへん》さる志気《こゝろざし》におはさば、貧道《われ》[七]も与作も本望《ほんもう》なり。いざゝらば一箇《ひとつ》の柩《ひつぎ》を造《つく》り、明日《あす》

一 「令愛 ヲムスメサマ」(唐話纂要)。「令愛 ゴソク女」(南山考講記)。
二 往生の素懐を達しない。
三 他に方法がなく。「正没理会 マサニセン方ナク」(忠義水滸伝)。没は下の語を否定する白話的用法。
四 怨みを抱いた霊鬼。
五 お金の力で立身出世させ。「黄金 キガネ」(書言字考)。
六 天罰。
七 僧侶の自称。「貧道 ヒンダウ 支那僧自称」(書言字考)。「貧道 ソレガシ 道士自称」(支那小説字解)。

この菴《いほり》へ送《おく》り給へ」とありしに、紀《き》介《すけ》[八]諾《うべな》ひて家《いへ》に還《かへ》り、俄《にはか》に工《たくみ》をして[九]一箇《ひとつ》の柩《ひつぎ》を作《つく》らし、翌日《つぐのひ》これを掆荷《かきにな》はし、庵《いほり》に至《いた》りしかば、景政法師《けいせいほうし》其まゝ庵《いほり》に居置《すへおき》、さて与作《よさく》に沐浴《もくよく》さし、白《しろ》き[一〇]浄衣《ぜうえ》に、「南無阿弥陀仏《なむあみだぶつ》」の、六字《ろくじ》の名号《めうがう》を書写《かいつけ》たるを着《き》さし、柩《ひつぎ》の裡《うち》に入《い》れ呪文《じゆもん》読経《どきやう》し、又一杯《いつぱい》の清水《せいすい》を汲《くみ》て、[一一]印《いん》をむすびかけ呪《しゆ》を唱《とな》へ、その水《みづ》を与作に呑《のま》さすに、忽《たちま》ち一声《ひとこへ》「阿《あ》」と叫《さけ》びしが、其《その》まゝ息《いき》は絶《たへ》たり。其時《そのとき》柩《ひつぎ》の蓋《ふた》をし人《ひと》に掆荷《かきにな》はし、染絹《そめぎぬ》を埋《うづ》めたる[一二]墓《つか》の前《まへ》に居置《すへおき》、人ゝをば還《かへ》らし、景政法師《けいせいほうし》ひとり、其傍《そのかたはら》に[一三]端座《たんざ》し、読経《どきやう》[一四]称念《せうねん》してぞありけり。

既《すで》に其夜《そのよ》も更闌《かうたけ》て、四更《うしみつ》ともおぼしき頃《ころ》ほひ、暴《にはか》に天《てん》かき曇風雨《くもりふうう》一《ひと》しきりして、染絹《そめぎぬ》が墓頻《はかしきり》に鳴動《めいどう》し、一団《いちだん》の鬼《き》火《くは》陰ゝ《いん〱》と燃上《もへあが》れば、尾花《おばな》を埋《うづめ》し墓《つか》よりも、同《おな》じく陰火燃上《いんくわもへあが》りしが、やがて染絹《そめぎぬ》が墓《はか》の前《まへ》に飛来《とびきた》り、此方《こなた》の陰火《いんくわ》と[一五]一般《いちやう》になるよとみへし、怪哉其裡《あやしひかなそのうち》より、いと艶《あて》やかなる小女《おとめ》と、三十《みそぢ》ばかりなる女《おゝな》と二人《ふたり》、忽然《こつぜん》と現《あらは》れ出《いで》、うち連《つれ》だちて柩《ひつぎ》を巡《めぐ》りしが、小女《おとめ》の言《い》へりけるは、「今宵《こよひ》は此人《このひと》を伴《ともな》はんとしつるに、今斯《いまかく》なりてこゝに来《き》つるぞ[一六]心《こゝろ》を得《え》ね。」三十ばかりなる女《おんな》「さん候。あまりに怪《あや》しく候に、柩《ひつぎ》の蓋《ふた》を披《ひら》きて見《み》給へよ」と、二人《ふたり》ひとしく蓋《ふた》をとりて与作《よさく》を引出《ひきいだ》し、渾身《さうみ》を[一七]摩《さぐ》り見《み》て、染絹《そめぎぬ》[一八]かや〱とうち笑《わら》ひ、「あな[一九]燥脾胃《こゝちよや》のふ。今宵ぞ怨《うらみ》ある人を失《うしな》ひたれば、此日頃《このひごろ》苦《くる》しき胸《むね》の[二〇]煩熱《ほむら》ゆりにき」といと喜《よろこ》ばしき光景《ありさま》して、吻《ほ》と衝息《つくいき》の忽《たちま》ち火となり、焔ゝ《ゑん〱》として天に燃《もへ》

八 承諾する。「霊異記に諾ノ字をよめり」(倭訓栞)。
九 「一箇 ヒトツ」(書言字考)。
一〇 汚点一つない衣服。「浄衣 ジヤウエ」(書言字考)。
一一 指を組んで祈り陀羅尼を唱える。
一二 「墓 ツカ」(易林本)。
一三 正座する。
一四 念仏を唱える。
一五 「一般 イッハン 一様 義同」(書言字考)。
一六 納得できない。
一七 「摩、撫也」(広韻)。
一八 声高に笑う様を示す。
一九 「燥脾胃 コヽロヨキ」(小説字彙)。
二〇 怨念。「煩熱 ホトヲル ホメク」(書言字考)。

上《あが》ると見へし其火凝《こつ》て一箇《ひとつ》の火車《ひのくるま》となり、[一]牛頭馬頭《ごづめづ》の悪鬼《あつき》彼《かの》火の車《くるま》を牽《ひい》て二人の女をひき捉《とら》へ、車にうちのし、牽去《ひきさら》んとするを、景政《けいせい》法師念珠《ねんじゅ》おしもみ、声《こへ》の限《かぎ》り高《たか》やかに読《ど》経《きゃう》し、二人の女が袂《たもと》をとらへ、遣《や》らじとするを[二]獄卒等《ごくそつら》、怒《いかり》をなして引立行《ひきたてゆく》にぞ、終《つい》に二人が袂《たもと》は[三]契《ちぎ》れて、景政《けいせい》法師の手に留《とゞま》れば、二人の女は火《ひ》の車《くるま》にうち乗《のせ》られ、行衛《ゆくへ》もしらずなりにけり。

斯《かく》て后風雨《のちふうう》も漸《やう》やく収《おさま》りて夜《よ》も既《すで》に明《あけ》なんとし、鶏《くたかけ》の声遥《はるか》に聞《きこ》へしかば、景政法師《けいせいほうし》は二人の女が袖《そで》を手にもて、呟《つぶやき》けるは、「彼等《かれら》を助《たすけ》んとしつるに捉《とら》れたるは、甲斐《かい》なき所為《わざ》にはあれど、又做《なす》べき[四]方便《ほうべん》あれば、深《ふか》く悔《くゆ》べきにあらず。まづ〳〵与作に恙《つゝが》なきこそ喜《よろこ》ばし」と、人心《こゝ》ちなき与作を正《たゞ》しく居置《すへおき》、何やらん呪《しゅ》を唱《とな》ゆれば不思議《ふしぎ》や死《し》したる与作、一声《ひとこへ》[五]叫《うめ》くと均《ひと》しく忽《たちま》ち息出《いきいで》しかば、水《みづ》など与《あた》へ介抱《かいほう》するに、程《ほど》なく[六]正気《まごゝろ》つきぬ。此時《このおり》から紀介《きすけ》も宿《やど》の主《あるじ》も、昨夜《よべ》の光景《ありさま》いかにありしとうち連《つれ》てこゝに来《きた》り与作が穌生《そせい》しつるを看《み》て、いと[七]不審《あやしみ》つ「こはいかに」と問へば、景政法師《けいせいほうし》昨夜《よべ》の躰《てい》たらくを、細《こま》やかに語《かた》り聞《きか》して、二《ふた》つの袖《そで》を見《み》するに、紀介《きすけ》一目《ひとめ》みるより頻《しきり》に涙《なみだ》をはふり落《おと》して、「この袖《そで》こそ女児《むすめ》染絹《そめぎぬ》と、乳人《めのと》尾花《おばな》が辞世《みまかり》しとき、着《き》たりし小袖《こそで》にて候なり。御物語《がたり》のごとくにては、二人とも[八]捺落《ならく》にや沈《しづみ》つらん。かばかりの法力《ほうりき》おはせばいかにもして二人を成仏《ぜうぶつ》さし給へ」と泣〻《なく〳〵》頼《たの》み聞《き》こゆれば、景政法師《けいせいほうし》「そは貧道《われ》も同《おな》じ心《こゝろ》なり。然《しか》れどもこは容《やう》

一 頭が牛と馬の形をした地獄の鬼。「牛頭馬頭　ウシヲニムマヲニ」(唐音世語)。
二 牛頭馬頭らをいう。
三 底本のまま。「千切」とでもあるところ、音通による用法か。
四 救済する便法。
五 呻き声を出す。「叫」を「うめく」と訓ずるは未詳。
六 正気づく。
七 不思議に思う。「あやしき　怪異又非常又不審」(倭訓栞)。
八 底本のまま。「奈落は地獄の梵語也」(倭訓栞)。

景政法師《けいせいほうし》法《ほう》を修《しゅ》して染絹尾花《そめぎぬおばな》が妖祟《たゝり》を払《はら》ふ

染絹

尾花

与作

景政法師

易《い》の事《こと》にあらず。まづ千部《せんぶ》の法華経《ほけきやう》を転読《てんどく》し、また多《おゝ》くの米銭《べいせん》を僧尼《さうに》をはじめ、乞丐《かたいら》等に施行《せぎやう》[一]せば必《かなら》ず成仏せんこと疑《うたがひ》なし」と教《おし》へ示《しめ》せば、紀介喜《よろこ》び此年頃《としごろ》貯《たくはへ》たりし、財宝《ざいほう》をいだし僧尼乞丐《かたいら》等に施《ほどこ》し与《あた》へ四方より多《おゝ》くの僧《さう》を請《せう》じ、景政法師《けいせいほうし》を導師《どうし》とし、千部《せんぶ》の法華経《ほけきやう》を転読《てんどく》さし、大《おゝい》に仏事《ぶつじ》を執行《しゆぎやう》し、二人が追福《ついぜん》[二]を営《いとなみ》けるに、其満《そのまん》ずる夜《よ》紀介《きすけ》が夢《ゆめ》に、女児《むすめ》染絹《そめぎぬ》と乳人《めのと》尾花《おばな》、世《よ》にありしときの光景《ありさま》にて、忽然《こつぜん》として紀介《きすけ》が前《まへ》に進《すゝ》み近《ちか》づき、「此程《このほど》の御《ご》追薦《ついぜん》[三]にて、捺落《ならく》の苦艱《くげん》を免《まぬか》れ、今日《けふ》天上《てんじやう》[四]に生《せう》を変《かへ》はべるなり」と云《いふ》かとおもへば虚空《こくう》[五]に雨華《はなふり》音楽《おんがく》聞《きこ》へ、三尊《さんぞん》[六]の御仏《みほとけ》来降《らいかう》し給ひ、左右《さゆう》には歌舞《かぶ》[七]の菩薩《ぼさつ》たち、囲繞《いきやう》[八]し給へるが、不思議《ふしぎ》や染絹《そめぎぬ》尾花《おばな》が足《あし》の下《もと》より、蓮花《れんげ》自《おのづか》ら生《せう》じ、漸〻《ぜんぐ》と昇天《しやうてん》するにしたがひ、二人が貌《かたち》忽《たちま》ち菩薩《ぼさつ》に変《へん》じ、紫雲《しうん》遥《はる》かにたち隔《へだ》たると想へば、咳然《がいぜん》[九]として睡《ねむり》は醒《さめ》たり。紀《き》介歓喜《すけくわんき》の涙《なみだ》をとゞめかね、ふかく景政法師《けいせいほうし》の道徳《どうとく》を感《かん》じ、終《つい》に其徒弟《そのとてい》となり菩提《ぼだい》[一〇]の道《みち》に入て、染絹《そめぎぬ》と尾花《おばな》が追善《ついぜん》と、且《かつ》は我身《わがみ》の後世《ごせ》安楽《あんらく》を祈《いのる》の外他事《ほかたじ》なし。また書写《しよしや》の御山《みやま》に詣《もう》で、先《さき》の仏勅《ぶつちよく》に乖《そむ》きたる罪《つみ》を謝《しや》しけり。是《これ》より遥《はるか》に年《とし》を経《へ》て、七十余《よ》にして、正念《せうねん》[一一]の大往生《だいわうぜう》を遂《とげ》しとぞ。

不在話下再説与作《これはさておきこゝに》は、父《ちゝ》の法力《ほうりき》によりて、さしもおそろしかりし、怨霊《おんれう》忽《たちま》ちに退散《たいさん》するのみか、病《やまひ》さへ愈《いへ》て、身健《みすごやか》[一二]になりしかば、深《ふか》く喜《よろこ》び父《ちゝ》の命《めい》にまかせ、丹波国《たんばのくに》にたち越《こへ》、逸平《いつぺい》と力《ちから》を合《あは》し、八平次を討《うた》んと、父《ちゝ》に事《こと》のよしを聞《きこ》へけるに、景政法師《けいせいほうし》も与作が

一 目的をもって施しものをする。「今貧道乞士或は災禍飢困の徒に物を与ふるを専らいふ」(倭訓栞)。
二 死者の冥福を祈って遺族が法事などを行うこと。
三 「追薦 ツイゼン 又作二追善一」(書言字考)。
四 天上界。
五 法華経の文言による場景。「仏説是諸菩薩摩訶薩得二大法利一時、於二虚空中一雨二曼陀羅華一」(分別功徳品)。「雨 アメフル、フラス」(倭玉篇)。
六 如来を中央とし左右に脇侍の菩薩があるを三尊という。釈迦三尊、薬師三尊、阿弥陀三尊などある。
七 極楽で歌い舞う菩薩。「則為見仏、常在耆闍崛山、共大菩薩、諸声聞衆、囲遶説法」(分別功徳品)。
八 取り囲む。「囲繞 ヰネウ」(書言字考)。
九 驚く様を示す。「駭然」と用いるのが一般。
一〇 悟りを得るための仏の道。菩提は梵語の音訳。
一一 称念に通ず。口に仏の名号を称えることで大往生をとげる。
一二 振仮名は底本のまま。

健《すこ》やかになりしを喜《よろこ》び、「汝《なんぢ》速《すみやか》に其事《そのこと》を果《はた》すべし。我近頃世《われちかごろよ》の光景《ありさま》を観《み》るに、平相国《へいせうこく》の女児《むすめ》[一三]徳子《とくこ》、[一四]当今《とうぎん》の中宮《ちうぐう》に立《たゝ》せ給ふなるが、[一五]今年御懐妊《ことしごくわいにん》ましますよし、入道《にうどう》どのいかに腹悪《はらあ》しき人にもあれ、孫《まご》の出来《いでき》んは、いかばかりか喜《よろこ》ばしかるべし。まひて王子《わうじ》降誕《かうたん》ましまさば、平家《へいけ》いよ〱繁昌《はんじやう》の基《もとい》なれば、[一六]御産平安王子《ごさんへいあんわうじ》降誕《かうたん》の祈《いのり》の為《ため》、[一七]必定天下《ひつぢやうてんか》に[一八]大赦《たいしや》行《おこなは》れつらん。さすれば我主少将殿《わがしうせう〱どの》は、門脇宰相《かどわきさいせう》どのゝ壻君《むこぎみ》にわたらせたまへば、其数《そのかず》にいり給ひ、大かたは明年《めうねん》の春《はる》の頃《ころ》、都《みやこ》に還《かへ》り給ふべし。おこと其時道《そのときみち》まで、御迎《おんむかひ》に参《まゐ》るべし」とあるに与作喜《よさくよろこ》び、「命《おゝせ》を承《うけ給は》りては君《きみ》の[一九]帰洛近《きらくちか》きにあり。されども平相国《へいせうこく》の心にては、少将どのを免《ゆる》し給はんこと覚束《おぼつか》なく候。奈何《いか》なる見る処《ところ》か[二〇]おはしてさは宣《のたま》ふ。」景政法師《けいせいほうし》「さればとよ宰相教盛卿《さいせうのりもりのきやう》は、相国入道《せうこくにうどう》どのゝ弟《おとゝ》なり。兄弟《はらから》多《おゝ》くおはすなかに、殊《こと》に此人《このひと》をば優恤《いとおしく》おぼして、一日も見給はねば、恋《こひ》しく覚束《おぼつか》なしとて、六波羅《ろくはら》の惣門《さうもん》の脇《わき》に家《いへ》を造《つくり》て居置《すへおき》給ひたれば、門脇《かどわき》どのとは異名《いみやう》せり。かゝる中《なか》におはせば、前年少《さきのとしせう》将《〱》どのをもふし預《あづかり》給ひたり。今回《こたび》も強《しい》て嘆《なげ》き給はんに、などか入道《にうどふ》どのゝ聴《きゝ》給はぬことやある」と云《いふ》に与作「実《げ》にも」と伏《ふく》しけり。景政法師《けいせいほうし》、「我《われ》は是《これ》より彼島《かのしま》におし渡《わた》り少将どのゝ見参《げんざん》にいり、都《みやこ》にまします北《きた》の方《かた》や公達《きんだち》の御光景《みありさま》、且《かつ》は中宮御懐妊《ちうぐうごくわいにん》の御事《おんこと》など、語《かた》り知《し》らしまゐらせん。いざさらば」とて親子袂《おやこたもと》を別《わか》ちける。紀介入道《きすけにうどう》をはじめ邑《さと》人等は、景政法師《ほうし》の道徳《どうとく》を慕《した》ひ名残《なごり》を惜《おし》みて[二一]とをく送《おく》りて別《わか》れけり。与作は旅宿《たびやどり》の主《あるじ》に、

一三 建礼門院平徳子。清盛の長女、高倉天皇の中宮、安徳天皇の母。平家滅亡後出家して大原寂光院に住む。一一五五—一二一三。
一四 時の天皇。「当今　タウギン　時之天子」(易林本)。
一五 治承二年十一月十二日、安徳天皇誕生。
一六 安産と男子出生の祈禱。
一七 きっと。
一八 天皇が天下の重罪人まで刑を免ずること。
一九 配流先から京に帰ること。
二〇 底本「おはしつ」。
二一 遠くまで。

此程《このほど》の優恤《いたわり》を篤《あつ》く謝《しや》し、其外《そのほか》紀介《きすけ》入道《にうどう》などに別《わか》れをなして、丹波《たんば》の国《くに》へぞ赴《おもむ》きけり。

こゝに説話《ものがたり》する処《ところ》の紀介《きすけ》と旅宿《りよしゆく》の主《あるじ》がことは、此后《このゝち》曾《かつ》て話《はなし》なし。与作丹波《たんば》に赴《おもむ》き何《なに》事《ごと》をかす。そは下回《げくわい》に分解《ときわくる》を読《よみ》て知《しり》給へ

馬夫与作
乳人重井　催馬楽奇談巻之五上終

一　振仮名「わ」は、「は」と字体が近似しており、誤刻か。

馬夫与作
乳人重井

催馬楽奇談《さいばらきだん》巻之五下

安名尊《あなとふと》

東都　歠醨陳人戯編

斯《かく》て与作《よさく》はさしも恐《おそろ》しかりし妖祟《たゝり》頓《とみ》に除《のぞ》くのみか病《やまひ》さへ愈《いへ》て、身健《みすこやか》になりつるにぞ、是《これ》ひとへに父入道《ちゝにうどう》の[一]法力《ほうりき》によれりと、深《ふか》く喜《よろこ》び夫《それ》より父《ちゝ》と別《わか》れ、丹波《たんば》に[二]赴《おもむ》き笹山《さゝやま》なる左《さ》内《ない》が家《いへ》に至《いた》り、三橘《さんきつ》をはじめ左内逸平《さないいつぺい》等に対面《たいめん》し、父《ちゝ》の言聞《いひきこ》へしことを詳《つまびらか》に説話《ものがたれ》ば、人ゝ《ひと〴〵》喜《よろこ》び「さらば今《いま》より御身《おんみ》を馬夫《うまおひ》に[三]賽逸平《やつしいつぺい》と共に[四]羇路《うまやぢ》に出《いで》て、八平次が去向《ゆくへ》を捜《さがし》給へ」と[五]商議《せうぎ》を定《さだ》め日毎《ひごと》に馬《うま》を牽《ひい》て[六]街《ちまた》に出仇《いであた》の行衛《ゆくへ》を索《もと》めける。

一日《あるひ》与作《よさく》彼葦毛《かのあしげ》の馬を牽《ひい》て、[七]摂津国街道《つのくにかいどう》に出《いで》て旅人《たびゞと》を待処《まつところ》に、[八]未《ひつじ》の下剋《さがり》ともおぼしきころほひ、一人《ひとり》の老翁来《らうおうきた》るあり。与作《よさく》が馬《うま》を牽《ひい》て居《お》るを見《み》て翁《おきな》「我《われ》は[九]三国嶺《みくにとうげ》へ行《ゆ》くものなり。いたく足《あし》の労《つか》れつれば其馬借《そのうまかし》てよ」とあるに、与作《よさく》「今より三国嶺《みくにとうげ》までは、[一〇]夜《よ》をこめねば行難《ゆきがた》けれど、今日《けふ》は旅人《たびゞと》も少《まれ》なるに何方《いづく》までもめし給へ牽《ひき》まゐらせん」と、馬《うま》の口《くち》をとつて「いさ」とすゝむれば、翁嬉《おきなうれ》しげにうち乗行ゝ《のりゆく〳〵》言《い》へりけるは、「我今日《われけふ》は

一 仏法修行で得た力。
二 底本は「起」、意により訂す。
三 姿を変える。「賽」をヤツスと訓ずるは未調。
四 宿場。「羇、旅也、寄止也」(玉篇)。
五 相談。
六 街道。「街 チマタ」(倭玉篇)。
七 笹山から摂津への街道。
八 午後三時頃。
九 丹波と摂津と山城の三国の境にある峠という意の命名。
一〇 夜おそくならなくては。

不料《はからず》も道《みち》に隙《ひま》とり、行《ゆく》べき期《き》に後《おく》れたれば、馬《うま》を早《はや》めて追《おひ》ね。多《おゝ》くの酒銭《さかて》をとらすべきに」と聞《きこ》ゆるに、与作《よさく》「心得候《こゝろへ》」と早《はや》めて牽《ひけ》ば、此馬《このうま》[一]平生《つね》より足《あし》はやく[二]追《おひ》ぬかれぬべうおぼへしかば、轡《くつは》つらを捉《とら》へ、「やよいかに旅人《たびびと》よ、あまりにつよく追《おひ》給へば足《あし》も続《つゞ》き候はぬに、今少《いますこ》し寛《ゆる》やかに追《おひ》給へ」と云《い》へば、老人《おきな》「前《さき》にも云《いひ》つるごとく、今日《けふ》の中《うち》に三国嶺《みくにとうげ》まで行《ゆけ》ば斯《かく》は進《すゝ》むなり。そこが足《あし》つゞかずは跡《あと》より来《きた》るべし」と言《いひ》さして、一鞭《ひとむち》あてゝ馳出《はせいだ》したりしが、[三]其迅《そのはやき》こと矢《や》を射《いる》がごとく、[四]一盞茶時《めたゝくうち》に遥《はるか》に走《はし》り過《すぎ》たり。「こは馬盗人《むまぬすびと》にか」と不審《いぶかしみ》つゝ跡辺《あとべ》を慕《した》ひ追行《おひゆき》しが、三国嶺《みくにとうげ》に至《いた》りし頃《ころ》は其影《そのかげ》を看失《みうしな》ひぬ。此《この》時日《ときひ》既《すで》に暮《くれ》て[五]物《もの》の文《あや》も定《さだ》かに看《み》へねば、行衛《ゆくへ》を捜《もとめ》んに便《たより》あしく、素《もと》より今夜《こよひ》は此辺《このほとり》に宿《やどる》べく想ひ設《もう》けしことなれば、「いかなる処《ところ》にても夜《よ》を明《あか》し、明日《あす》ゆるやかに尋《たづね》んものを」と、宿《やど》るべき方《かた》を索《もとめ》けれど、只一軒《たゞいつけん》の草屋《くさや》だになし。「こは奈何《いかに》せん」と、尚其《なをその》ほとりを[六]徘徊《たちもとをり》しが、[七]只《と》看《み》れば山神《さんじん》の廟《やしろ》かとおぼしきを見出《みいだ》し、心喜《こゝろよろこ》び「今夜《こよひ》はこゝに宿《やど》らばや」と、廟《やしろ》の裡《うち》に入てありつるが、夜《よ》もいたく[八]闌《たけ》たれば頻《しきり》に睡《ねむり》を催《もよほ》しけり。

折《おり》から忽《たちま》ち人《ひと》の来《きた》る[九]光景《けはい》しければ、頭《かしら》をもたげて窺《うかゞ》ひ看《み》るに、三十《みそじ》ばかりとおぼゆる女只一人《おゝなたゞひとり》、廟《やしろ》の前《まへ》に[一〇]並《たゝずみ》て、「有馬《ありま》の[一一]嫗《うば》にてはべりぬ。加茂《かも》の君《きみ》は今日《けふ》良馬《よきうま》得《え》給ふと承《うけ給は》り、御歓《おんよろこび》申さん為《ため》に参《まゐ》り候」といふ。[一二]社檀《しゃだん》の裏《うち》より一人《ひとり》の老翁《おきなたち》立出《いで》たり。これを看《み》るに前《さき》に馬《うま》に乗《のり》て走《はしり》たりし翁《おきな》なれば、「甚怪《いとあや》し」とは思ひながら、「何事をかする」と窺《うかゞ》ふに、

一 いつもより。白話的な訓みか、「新編水滸画伝」に見える。
二 与作が馬について行けないほどに。
三 早い。「迅 ハヤシ」(倭玉篇)。「矢を射るごとし」は、スピードのあることの形容。
四 瞬時に。
五 事物のはっきりした様子。
六 歩き廻る。
七 ふと見ると。
八 ふけて。「更闌 カウタクル」(書言字考)。
九 気配。「光景」をケハイと訓ずるは未調。
一〇 底本は「竝」。「たたずむ」と訓ずる例は未調。
一一 有馬の山神のこと。「姥 ウバ 老女称、嫗 同上」(書言字考)。
一二 神殿の中。「〔俗語録〕復禱于社壇」(俚言集覧)。「裏 ウチ」(倭玉篇)。

翁《おきな》云へりけるは、「よくも御わたり候ものかな。[一三]命聞《おゝせきこ》へ給ふごとく今日《けふ》馬《うま》を得《え》て候が、あまりに[一四]邪《じや》智《ち》深《ふかき》が悪《にく》さに、我術《わがじゆつ》をもて馬《うま》としけれど、今《いま》は懲《こり》もしつらんと存《ぞん》ずれば、免《ゆる》しとらすべく今日《けふ》牽来《ひききた》りぬ」と、云《いひ》つゝ馬《うま》を牽出《ひきいだ》すをみれば、我失《わがうしな》ひつる馬《うま》なり。こゝにおゐて「こは神《かみ》の物語《ものがたり》し給ふにこそ」と、畏《かしこ》みながら尚其語《なをそのかた》るを聞《きけ》ば、女馬《おんなうま》をうち見《み》て云《いふ》。「[一五]這奴悪報《こやつあくほう》によりて、生《いき》ながら畜生《ちくせう》となり其業《そのがう》を果《はた》せど、性質悪心《せいしつあくしん》あれば馬《うま》になりても、多《おゝ》くの人《ひと》に妖祟《たゝり》しつれば、其罪重《そのつみおも》く命縮《いのちちゞ》まり、すでに今日《けふ》死《し》すべき相《さう》を現《あら》はせり。」翁《おきな》云《(いふ)》「そは奈何《いか》なることをかなしつるぞ。」「さればとよ、此馬我有馬《このうまわがありま》[一六]山《やま》の制禁《せいきん》を犯《おか》し、それより成親《なりちか》の馬《うま》となり、おんみの本社京《ほんしやきやう》の賀茂《かも》におゐて、八平次に後《おく》れをとらし、鹿谷《しゝだに》におゐて宴席《えんせき》を犯《おか》し、蔵人行綱《くらんどゆきつな》の目《め》にとまり、所望《しよもう》せられけるを、成親《なりちか》これを惜《おし》みて与《あた》へざるを、蔵人《くらんど》ふかく憤《いきどほ》り、遂《つひ》にこの故《ゆへ》をもて、成親《なりちか》の蜜事《みつじ》を平家《へいけ》へ漏《もら》し、[一七]其一家《そのいつけ》を亡《ほろぼ》し、其後《そのゝち》八平次此馬《このうま》を左内《さない》に[一八]售《うり》たるが媒《なかだち》となり、小《こ》満《まん》と奸婬《かんいん》し、二人《ふたり》が悪《あく》を募《つの》らし、小満《まん》は刑《けい》せられ、八平次は此山《このやま》に[一九]躲住《かくれすみ》て山賊《さんぞく》となれり。是渾此馬《これみなこのうま》の妖《たゝり》をなすにあらずや。此《かく》のごとき深《ふか》き罪《つみ》あり。いかで免《まぬか》ることを得《う》べき。」翁《おきな》手を拍《うつ》て「まことにしかありしものを、我《われ》[二〇]はたと忘《わす》れたり。[二一]さるものを助《たす》けんは翁《おきな》が罪作《つみつく》るなり。よくも教《おし》へ給ふものかな。さらばこの馬《うま》を[二二]素《もと》の人《ひと》とし、命《いのち》を縮《ちゞ》まして我罪《わがつみ》を免《まぬか》るべし」と、何《なに》やらん呪文《じゆもん》を

一三 おっしゃる。「命 ヲウセ」(倭玉篇)。
一四 悪智恵。
一五 罵言。「古事記に是奴と書り」(倭訓栞)、「這廝 コイツメ」(小説字彙)。
一六 有馬山の制禁については二〇六頁注一二参照。
一七 平家一門。
一八 売る。「售 アキナフ ウル」(倭玉篇)。
一九 身をかくして住む。「躲出 カクル、コト」(小説字彙)。
二〇 全く。
二一 そのように罪深い者。
二二 本来の。「素は俚語のしたち也」(倭訓栞)。

唱《とな》へけるに、怪哉彼馬一声《あやしいかなかのうまひとこへ》高《たか》く嘶《いなゝき》て、三回四回《さんしへん》くる〳〵と巡《めぐ》ると見《み》へしが、そのまゝ其処《そこ》に転《まろ》び臥《ふし》たり。翁立《おきなたち》より口《くち》の辺《ほとり》を引裂《ひきさけ》ば、裡《うち》より一人《ひとり》の男現《おのこあらは》れ出《いで》ぬ。翁捷《おきなしもと》[一]を上《あ》げて撲《はた》地と撃《う》てば大地《たいち》にどうと倒《たを》れて死失《しにうせ》たり。女手《おゝなて》を拍笑《うつてわらつ》て云。「這奴《とやつ》いはれざる邪智《じやち》あるをもて、かゝる不思儀《ふしぎ》の悪業《あくごう》をうけて、命《いのち》を縮《ちゞ》めたり。是《これ》や天に向《むか》ひて唾吐《つばきはく》がごとく、我心《わがこゝろ》より我身《わがみ》を苦《くる》しましむなり」と、云かとおもへば一陣《いつぢん》の風《かぜ》、颯吹《さとふき》[二]おつるよと想へば、愕然《がくぜん》として夢《ゆめ》は醒《さめ》にけり。

与作奇異《よさくきい》の思ひをし傍《かたはら》を看《み》るに、一人《ひとり》の大漢《おゝおとこ》仆《たを》[三]れ居《い》たり。看一看《とくとみる》[四]に八平次が下僕団介《しもべだんすけ》[五]なれば、ます〳〵怪《あや》しみ「そも此神《このかみ》、奈何《いか》なる御神《おんかみ》にや」と仰《あふ》ぎ見《み》るに、加茂社《かものやしろ》といふ三字《さんじ》を写《かひ》[六]たる額《がく》あり。「さては此御廟《このみやしろ》は加茂《かも》の神《かみ》を崇《あがめ》けるにぞ。夢中《むちう》に女神《おゝなかみ》の「加茂君《かもぎみ》」と宣《のたま》ひしも、これにて悟《さと》れり。此御神《このおんかみ》は父貞晋《ちゝていしん》より我《われ》に至《いた》るまで、深《ふか》く頼《たの》みまゐらせしなれば、神翁《かみおきな》となり某《それがし》をこの地方《ところ》に惹《ひき》よし、讐敵《しうてき》の在家《ありか》と、且妖馬《かつようば》の縁故《わけ》とを知《し》らし給ふならめ。あな忝《かたじけ》な」と社檀《しやだん》に対《むか》ひ、幾回《いくたび》か拝首《ぬかづき》[七]して神恩《しんおん》を謝《しや》しけり。

其后《そののち》思ふに「彼女神《かのめかみ》の、「我有馬山《わがありまやま》を犯《おか》せり」とありしが、大かたは有馬《ありま》の山神《さんじん》にてこそおはすらめ」と、また有馬《ありま》の方《かた》を伏拝《ふしおが》み、「さて八平次、此山中《このさんちう》に躲《かく》れ住《すむ》との、神《かみ》の教《おしへ》なれば急《いそ》ぎ其在家《そのありか》を捜索《さがさん》」と、既《すで》に社《やしろ》を退出《まかでん》[八]とする処《ところ》へ、逸平《いつぺい》は主《しう》の還《かへ》らざるを不審《あやしみ》、四方《おちこち》を尋《たづね》るが、終《つい》に此地方《このところ》へ捜索来《さがしきた》るに、不意《ゆくりなく》も行遭《ゆきあひ》たりしかば、互《かたみ》に驚《おどろ》き且《かつ》

一 底本のまま。「撻 ムチウツ」(倭玉篇)か。「しもと 若木の茂く生(ヒオ)しける事を云。それを折もてうちたゝきもする故笞をシモトと云とぞ」(俚言集覧)。

二 さっと。「颯 ザット〔字彙〕風ノ声」(書言字考)。

三 「たふる 倒をよめり。仆も僵も同じ」(倭訓栞)。

四 じっと見つめる。「看一看 トクトミル」(水滸伝字彙外集)。

五 家来。「しもべ 俗に下部と云、僕をなじ」(物類称呼)。

六 書した。「かく 書をいへり、全漸兵制に写字を訳せり」(倭訓栞)。

七 礼拝して。

八 去る。「まかる 退く也」(倭訓栞)。

喜《よろこ》び、逸平《いつぺい》は此所《このところ》に尋来《たづねき》たることをいへば、与作《よさく》は「神人《しんじん》に導《みちび》かれ此廟《このやしろ》に来《きた》り、不思議《ふしぎ》の夢《ゆめ》を看《み》たり」と、其首尾《そのはじめおはり》を説話《ものがたり》、団介《だんすけ》が屍《なきがら》を指《ゆび》さして示《しめし》けるに、逸平《いつぺい》これを看《み》て奇異《きい》の想《おも》ひをし、八平次《はつへいじ》が行衛《ゆくえ》の知《し》れしを喜《よろこ》び、「いざさらば尋給《たづね》へ」とすゝむるに、「云《いふ》にやおよぶ」と与作前《よさくさき》に立出《たちいづ》れば、逸平跡辺《いつぺいあとべ》にひきそひて此廟《このやしろ》をば退出《まかで》しかど、只此山中《たゞこのやまなか》と聞《きく》のみにて、何方《いづく》をそれと知《し》らざれば、免《と》やせん角《かく》やと[九]躊躇《たゆとふ》うち、夜はほの〴〵と明《あけ》んとするにぞ、朝霧《あさきり》の晴間《はれま》より、麓《ふもと》の方《かた》をうちみやれば、大勢《おゝぜい》の人《ひと》の上《のぼ》り来《く》るあり。

「こは何等《なにら》の人ぞ」と木陰《こかげ》に潜《ひそ》み窺《うかゞ》ひみるに、山賊《さんぞく》とおぼしき[一〇]大漢《おゝおとこら》等六七人、衣類《いるい》[一一]行李《にもつ》などを脊負来《せおひきた》れり。それが中《なか》に頭《かしら》めきたる[一二]漢子前《おとこさき》に進《すゝ》み来《きた》りしが、近《ちか》くなるまゝに看一看《とくとみれ》ば、形《かたち》こそ変《かわ》れまがふべうもなき八平次なれば、「こは神《かみ》の与《あた》へ」と喜《よろこ》びて、木《こ》陰《かげ》を走出声《はせいでこへ》を荒《あら》らげ、「やよいかに八平次我言《わがいふ》をよく聞《きゝ》ね。汝《なんぢ》は主《しう》を售《うり》て栄利《ゑのり》を貪《むさぼら》んとする、不忠《ふちう》を行《おこの》ふのみか、朋友《ほうゆう》たる我実父貞晋《わがじつぷていしん》を討《うち》たること、おぼへあるべし。如此《かくのごとき》の隠悪《いんあく》を做《なし》て天《てん》いかでか誅《ちう》し給はざらん。今日《けふ》こゝにおゐて我《われ》に遭《あ》ひたるこそ、天我手《てんわがて》をもて汝《なんぢ》を罰《ばつ》し給ふなり。[一三]君父《くんぶ》の仇今《あたいま》ぞ思ひ知《し》らすべし」と、腰刀《こしがたな》の[一四]鐺《こじり》を天《そら》ざまにして詰《つめ》寄《よす》れば、八平次[一五]呵々《かや〳〵》とうち笑《わら》ひ、「愚《おろか》なり与作。汝《なんぢ》が云《いふ》ごとく貞晋《ていしん》を討《うち》しは我《われ》なれど、そは[一六]人差《ひとたが》ひによりてなり。主《しう》を售《うり》て栄利《ゑのり》を索《もとめ》んとするのおぼへなし。主《しう》こそ心不覚《ふかく》にして刑《けい》せられ、其臣《そのしん》に憂目《うきめ》をみさすこと、君《きみ》たるの道《みち》かは。汝其道理《なんぢそのことはり》を悟《さと》らず、漫《みだり》に我《われ》を仇《あた》

九 ためらっている。「躊躇 タチモトフル」「文選註」行テ止ル也」「浮漂 タユタフ」(書言字考)。

一〇 大男。

一一 荷物。「行李 行李ハ旅荷物也」(忠義水滸伝解)。

一二 「漢子 ヲトコ」(支那小説字解)。

一三 主君(成親・成経父子)と父(貞晋)の仇。

一四 刀の鞘の端。「璫 コジリ 刀ノ鞘所レ言」(書言字考)。

一五 声高く笑う様。「呵々 カラ〳〵」(書言字考)。八犬伝など同音例多し。

一六 人違い。

三国嶺《みくにとうげ》に
与《よ》作神《さくしん》の
話説《ものがたる》を聞《きく》

与作

山神

妖馬

と云《いふ》こそおかしけれ。さはあれふかく惑《まど》ふ[一]痴人《しれもの》に、いかに云《いふ》とも甲斐《かい》なし。汝《なんぢ》が望《のぞみ》のごとく勝負《せうぶ》してとらすべし。嗚呼《あゝ》憐《あは》れなるは、こゝに命《いのち》を没《おとさ》んに。いざや今世《このよ》のいとまをとらすべし」と、腰《こし》の刀《かたな》を抜《ぬき》そばめ、手下《てした》の[二]山賊《やまだち》に[三]下知《げぢ》をなし、与作主従《よさくしう〲》を[四]おつとり囲《こめ》遁《のが》すまじとぞひしめきたり。主従《しう〲》左右《さゆう》に立《たち》わかれ、「こざかしきものどもかな。手《て》なみのほどは兼《かね》てぞ知《し》らん」と、[五]明晃ゝ《めいかう〲》たる[六]朴刀《おゝだち》をぬきはなち、進《すゝ》み近《ちか》づく山賊等《やまだちら》を右《みぎ》に斬《きり》付左《つけひだり》に払《はら》ひ、勢《いきほ》ひこんで戦《たゝか》ふに、素《もと》より武芸《ぶげい》に勝《すぐ》れたる、与作主従《よさくしうじう》なるに、君父《くんぷ》の仇討《あたうち》なれば、[七]仏神三宝《ぶつじんさんぽう》の冥助加《めうじよくわゝ》り、刃《は》向《むか》ひ戦《たゝか》ふ賊等《ぬすびとら》みな委《こと〲》く討取《うちと》られ、今は八平次単身《ひとりみ》となり、二人を相手《あひて》に戦《たゝかひ》しかど、[八]なじかはよく敵《てき》することを得《う》べけん、忽《たちま》ち刀法乱《とうほうみだ》れ、いと危《あや》ふく見へけるが、今《いま》はかふとや思《おも》ひけん、身《み》を転《ひるがへ》して逃《にげ》んとするを、与作焦燥《よさくいらち》て討《うつ》太刀《たち》に、肩《かた》の[九]尖《とがり》を切付《きりつけ》られ、仰《のけ》さまに撲地《はた》と倒《たを》るゝを、起《おこ》しもたてず足下《そつか》に踏《ふみ》つけ、成《なり》経卿《つねきやう》のおはす鬼界島《きかいがしま》の方《かた》を伏拝《ふしおが》み、「君《きみ》の教《おしへ》によりて、天《てん》を共《とも》にせざる仇《あた》を只今討取《たゞいまうちとり》候。」と恩《おん》を謝《しや》しつゝ八平次が、首《かうべ》を刎《はね》て懐《ふところ》より、貞晋《ていしん》が[一〇]神主《いはい》をとり出《いだ》し、これを小高《こだか》き所《ところ》に居置《すへおき》恭《うや〲》しく八平次が首《かうべ》を手向《たむけ》、[一一]「南無父尊霊今日只今《なむちゝそんれいこんにちたゞいま》、仇《あた》八平次を討《うち》候へば、はやく修羅《しゆら》の無念《むねん》を晴《はる》け、[一二]成仏得脱《じやうぶつとくだつ》なし給へ」と、念頃《ねんごろ》に[一三]回向《ゑかう》しつゝ、懐旧《くわいきう》の涙《なみだ》に暮《くれ》にけり。逸平《いつぺい》も貞晋《ていしん》が神主《しんしゆ》を伏拝《ふしおが》み、同《おな》じ涙《なみだ》に暮《くれ》けるが、やゝありて与作《よさく》に向《むか》ひ、「斯目出《かくめで》たく本意《ほんい》を遂《とげ》給ふに、雌ゝ《め〱》しくも嘆《なげ》かせ給ふはいまはし。はやく成経卿《なりつねきやう》の御迎《おんむか》ひにおはすこ

一 馬鹿者。「癡人をしれものと訓れは、おろかなる意有り」(倭訓栞)。
二 「山賊、都土産、はるかなる道にやまだちなどいひて、人をあやめまつたぐひ」(倭訓栞)。
三 命令する。
四 多人数で取り囲み。
五 きらきら光る。
六 大刀。「朴刀 ハヾヒロキ刀也。此邦ノ山カタナノ類」(水滸伝訳解)。
七 もろもろの神や仏。「仏神三宝 ブツジンサンボウ」(書言字考)。
八 どうしてか。
九 肩先。
一〇 位牌。「神主」を「いはい」と訓むは未調。
一一 仏を念ずる時に発する語。「南無仏語、帰命の義なり」(俚言集覧)。
一二 死後の世界で菩提を得る。「成仏得脱 ジヤウブツトクダツ」(書言字考)。
一三 仏事を修する。

そ然《しか》るべからん」と諫《いさ》むれば、与作《よさく》「実《げに》も」と心をおさめ、八平次をはじめ山賊《やまだち》等が屍《なきから》をば、傍《かたはら》の谷《たに》に打捨《うちすて》つ、主従《しうゞ》打連《うちつれ》家《いへ》に還《かへり》て、左内《さない》に「斯《かく》」と説話《ものがたれ》ば、左内《さない》かぎりなく喜《よろこ》び、「讐敵《しうてき》亡《ほろ》びたるうへは、預《かね》て議《はかり》しごとく筑紫《つくし》に赴《おもむ》かせ給ふべし。いざさらば其《その》準備《こころがまへ》し給へ」と、貯《たくはへ》持てる財《ざい》を出《いだ》し旅荘《たびよそほひ》[一]を整《とゝの》へける。

[二]放下一頭却説《これはさておき》、京師《みやこ》には治承《ぢせう》二年の春《はる》の頃《ころ》より、中宮御悩《ちうぐうおんなやみ》によりて貢御《くご》[三]もつや〳〵進《すゝ》み給はず、うちとけて御寝《ぎよしん》もならずと聞《きこ》へしかば、人々《ひと〴〵》「奈何《いか》なる御事《おんこと》やらん。御物気《おんもののけ》などにやおはすらん」と、驚《おどろ》き怪《あや》しみまゐらせけり。此中宮《このちうぐう》と申《(まうし)》奉るは、相国入道清盛卿《せうこくにうどうきよもり》の御女児《おんむすめ》にてわたらせ給へば、平家《へいけ》の一門殊《いちもんこと》に驚《おどろ》き危《あや》ぶみて、[四]陰陽《おんやう》の博士《はかせ》[五]典薬頭《てんやくのかみ》なんど召《め》して、御容躰《ごやうだい》を伺《うかゞ》はすに、こは御物気《おんもののけ》などにははべらず、正《まさ》しく御懐妊《ごくわいにん》にましますよし申にぞはじめの驚《おどろ》きに引替《ひきかへ》て悦《よろこび》あふことかぎりなし。「主上今年《しゆしやうこんとし》十八。いまだ皇子《わうじ》もおはしまさねば、若皇子《もしわうじ》にて渡《わた》らせ給はゞ、いかに目出《めで》たからん」とて、平家の人々《ひと〴〵》は、たゞ[六]今皇子《いまわうじ》御降誕《ごかうたん》などあるやうにぞ喜《よろこ》びあへり。

五月《いつゝき》にて[七]御帯賜《ごたいし》おはして六月廿八日は吉日《きちにち》とて[八]御着帯《おんちやくたい》あり。既《すで》に御懐妊《ごくわいにん》の事定《ことさだま》らせ給ひければ御産平安皇子御降誕《ごさんへいあんわうじごかうたん》の御祈《おんいの》り、内外《うちと》につけて頻《しきり》なり。門脇宰相此光景《かどわきさいせうこのありさま》を伺《うかゞ》ひ「今《いま》は折《おり》よし」と、小松殿《こまつどの》に参《まい》り申されけるは、「中宮御産《ちうぐうごさん》の御祈《おんいのり》さぞ多々《さま〴〵》の[九]攘災《じやうさい》せさし給ひつべし。[一〇]大赦《たいしや》など行《おこ》なはし給ふ程《ほど》にはべらば、成経《なりつね》が事申《こと(まうし)》宥《なだめ》られなんや」と嘆《なげき》

一 旅支度。「粧 ヨソヲウ」(倭玉篇)。
二 「放下一頭却説 コノカタ〳〵ノ話ハサテヲキ○カクテ○ソレハサテヲキコ丶ニ又」(水滸伝字彙外集)。
三 貴人の食事。このあたり源平盛衰記の記述に倣う。
四 陰陽寮に属する博士。
五 典薬寮の長官。
六 今にも。
七 「御帯賜(オンオビタマハセ)」(源平盛衰記)。
八 平家物語には「六月一日、中宮御着帯ありけり」とある。「着帯 チヤクタイ 妊婦到二五月一在二此式一本朝流例也」(書言字考)。
九 災厄をはらう行事。
一〇 「非常(ヒジヤウ)の大赦(タイシヤ)」(源平盛衰記)とある、天皇の令により天下の罪囚の刑を免ずること。

給へば、小松殿《こまつどの》「誰《たれ》も子《こ》を想《おも》ふはおなじことに候なり。御心《おんこゝろ》の裡《うち》思ひやられて憐《あはれ》に存《ぞん》ずれば、心の及《およ》ばん程《ほど》は申て見《(みる)》べし」と、やがて入道《にうどう》どのゝ御許《もと》に参《まゐ》り給ひて宣《のたま》ふやう、「此頃中宮《このごろちうぐう》の御《み》光景《ありさま》を伺《うかゞい》まゐらすに、いと面瘦《おもやせ》させ給ひて御悩《おんなや》ましく見《み》まゐらすれば、御祈《おんいのり》の師《し》に承《うけ給は》り候に、さま〴〵の生霊死霊《せうりやうしりやう》[一一]の障怪《せうげ》[一二]をなすよし申候。あはれ天下《てんか》に大赦《たいしや》を行《おこな》ひ遠流《ゑんる》に刑《けい》せられし儕《ともがら》を召返《めしかへ》され、又諸寺《またしよじ》に命《おゝせ》て仏事《ぶつじ》を執行《しゆぎやう》し、死刑《しけい》に失《うしな》われたる人《ひと》〴〵の追福《ついふく》せさし給はゞ、上《うへ》なき功徳《くどく》[一三]となり、怨霊《おんりやう》忽《たちま》ち退散《たいさん》し、御産《ごさん》平《たいらか》に皇子《わうじ》御誕生《ごたんぜう》疑《うたがひ》なし」と申たまへば入道殿《にうどうどの》熟ゝ《つく〴〵》と聞《きゝ》給ひ、「聞《きこ》へ給ふごとく中宮《ちうぐう》の御悩《おんなやみ》を祈《いの》らん為《ため》、とくより大赦《たいしや》を行《おこな》はん志気《こゝろざし》あり。不日《ふじつ》[一四]に奏問《さうもん》[一五]を遂《とげ》て、其事《そのこと》を行《おこな》ふべく想《おも》ふ也」とあるに、小松殿重《こまつどのかさね》て宣《のたま》ふやう、「門脇《かどわき》どのゝ女児《むすめ》は丹波少将《たんばのせう〴〵》の妻《つま》なり。彼人流《かのひとなが》されて后《のち》は明暮嘆《あけくれなげ》き泣《かな》しみはべるよし。人の親《おや》として子《こ》の愁嘆《うれいなげ》くを見聞《みきか》んは、なんぼう[一六]心苦《こゝろぐる》しきことに候へば、いたく少将《せう〴〵》のことを嘆《なげき》申はべるに、大赦行《たいしやおこなは》れんほどならば、成経《なりつね》をも其数《そのかず》にいらし給へ。凡善《およそぜん》[一七]をなすものは、天必貞祥《てんかならずていしやう》を降《くだ》し、悪《あく》を為《な》すものは天必《てんかなら》ず災害《さいがい》を降《くだ》すと聞《きく》。たとへ他門《たもん》[一八]の人《ひと》といふとも、かゝる時《とき》に至《いた》りては広大《くわうだい》の慈悲《じひ》を施《ほどこ》し給へ。況《まひて》や御一門《ごいちもん》[一九]のか程《ほど》に嘆《なげ》き申を、いかで御憐《おんあはれ》みなかるべき。よきに計《はから》ひ給へや」と、多ゝ《さま〴〵》に諫《いさ》めまゐらすれば、入道《にうどう》どの何とも言語《もの》は宣《のたま》はねど、頻《しきり》に点頭《うなづき》[二〇]おはしければ、小松殿《こまつどの》「嬉《うれ》し」とおぼして還《かへ》らせ給へば門脇《かどわき》どの待《まち》うけて「いかに」と問《とひ》給へば、小松殿《こまつどの》、入道《にうどう》どのゝ

一一 平家一門を呪う生霊死霊。平家や盛衰記に例示してある。
一二 さまたげ。仏語。「障礙 シヤウゲ」(書言字考)。
一三 善行がもたらす善果。
一四 日を重ねないで早く。「不日 フジツ〔代酔〕不㆑設㆓期日㆒也」(書言字考)。
一五 天皇に奏上すること。
一六 「なんぼ」と同じ。「なんぼ〔夏山雑談〕ナンボは何程也」(俚言集覧)。
一七 「善を為す者には、天報ずるに福を以し、非を為す者には、天報ずるに殃を以てすと承る」(源平盛衰記)。
一八 平家以外の門閥の人。
一九 平家の一族。
二〇 承諾の意で首をたてに動かす。「うなづく 点頭をいふ。項築の義也。首肯も訓ずべし」(倭訓栞)。

躰《てい》たらくを語《かた》り知《し》らし給ふにぞ、教盛卿《のりもりきやう》斜《なゝめ》ならず喜《よろこ》び、急《いそ》ぎ館《たち》に還《かへ》り、桂前《かつらのまへ》に「斯《かく》」と告《つげ》給へば、かぎりなく喜びながら宣《のたま》ふやう、「入道殿《にうどうどの》は大かたならぬ腹《はら》あしき人におはせば、旧《ふる》きことをもおぼし出《いで》られ、心の替《かわ》らせ給ふこともあらばいかにせん。此上《このうへ》は神仏《かみほとけ》の覆庇《かご》[一]によらではかなひがたし。そもいづれの神《かみ》か験《しるし》あらん」と、想《おも》ひ煩《わづら》ひ給へば、重井《しげのいい》云へりけるは、「兼《かね》て聞《きく》。去《いぬ》る年実定卿《としじつていきやう》[二]大将《たいせう》を望《のぞ》み給ふとき、厳島《いつくしま》の明神《めうじん》に祈誓《きせい》し給ひしに、入道《にうどう》どの其心《そのこゝろ》を憐《あはれ》み給ひ、執奏《しつそう》[三]して大将《たいせう》とはなし給ひき。斯《かゝ》る例《ためし》もはべるなるに、他《た》の神仏《かみほとけ》を祈《いのり》給はんより、厳島《いつくしま》に詣《もう》で祈《いのり》給はゞ、などか納受《のうじゆ》のなかるべき」と、諫《いさ》め申せば桂《かつら》の前《まへ》、「げにさることのありしものを。よくも知《し》らしつるものかな。」とやがて御父宰相《おんちゝさいせう》に厳島詣《いつくしまもうで》のことを聞《きこ》へ給へば、「そはよくも心付《こゝろづき》たり。我《われ》も倶《とも》に詣《も》ふでん」と此《この》こと世《よ》に披露《ひろう》ありしかば、相国入道《せうこくにうどう》伝聞《つたへ》て喜《よろこ》び給ひ、「厳島明神《めうじん》は我信仰《わがしんかう》し奉る御《おん》神《かみ》なれば、一門《いちもん》の人《ひと》ゝ《〴〵》多《おゝ》く参詣《さんけい》すれど、女《おゝな》の詣《も》ふずることは少《まれ》なるに、桂前《かつらのまへ》夫《おつと》のことを祈《いのら》ん為女《ためおゝな》の身《み》をもて遥《はるか》なる、安芸国《あきのくに》まで下《くだ》らんと云《いふ》こそ殊勝《しゆせう》なれ。這回《こたび》の大赦《たいしや》には、成経《なりつね》がことをばいかにもして勅免《しやめん》あらすべし」とぞ申されけるが、あまりの喜《よろこ》びに途中《とちう》の衛《まもり》として、難波《なんばの》次郎をさしそへ給ひける。桂前《かつらのまへ》は少将流《せう〳〵なが》されの時《とき》、孕《みごもり》ておはしつるが、そののち公達《きんだち》を産《うみ》給ひぬ。夫《おつと》の帰《かへ》り給んとき、見参《げんざん》にいれんと、殊《こと》に優恤《いたはり》給へば、這回《こたび》の厳島詣《いつくしまもうで》にも、亀寿丸《かめじゆまる》とゝもに誘引《いざなひ》[四]て、安芸国《あきのくに》へぞ下《くだ》り給ひぬ。此《この》とき与作《よさく》は桂前《かつらのまへ》厳《いつく》

一 加護。「かご 神仏の守護をうくること」（倭訓栞）。「覆庇」をカゴと訓むは未調、白話か。
二 徳大寺実定。一一三九—九一。厳島詣でのこと源平盛衰記「左右の大将の事」にあり。
三 取り次ぎ天皇に奏上すること。
四 連れて行く。「誘引 イザナフ」（書言字考）。

島《しま》へ詣《も》ふで給ふよしを伝《つた》へ聞《きゝ》、「こはよき時《とき》なり。[五]其驛路《そのうまやぢ》におゐて[六]便《たより》を索《もと》め、桂前《かつらのまへ》に見《げん》参《ざん》し、少将君《せう〱ぎみ》に聞《きこ》へ給ふべき御書《おんふみ》など賜《たまは》り、鬼界《きかい》への[七]土産《つと》にせばや」と、左内逸平《さないつぺい》に想《おも》ふほどを語聞《かたりきか》すに、二人《ふたりひと》均しく云《い》へりけるは、「そはよきおぼしつきなり。さゐはひ三《さん》橘君《きつぎみ》の斯健《かくすこ》やかに生立《おひたち》給ふを、[八]内君《うちぎみ》の見参《げんざん》にいれまゐらさば、さぞな嬉《うれ》しとおぼすらめ。[九]わこ君《ぎみ》もこの程《ほど》はおとなしうなり給ひ、此逸平《このいつぺい》に宣《のたま》ふは、「よその童子《わらべ》には父母《ちゝはゝ》のおはすに我《われ》は父《ちゝ》のみおはして、母《はゝ》うへのましませぬは」とむづかり給ふ程《ほど》に、「おんみの母《はゝ》君《ぎみ》は都《みやこ》におはせば、やがて見参《げんざん》さしまゐらせん」と慰《なぐさ》め申せば、「やがてとは待遠《まちどほ》し。おとなしう歩《あゆま》んに、何方《いづく》までも誘引《いざなひ》てよ」と、宣《のたま》はすを聞《きく》につけ、実道理《げにことはり》なり妻《つま》の小《こ》桟《さん》に別《わか》れ給ひて、僕《やつがれ》が手《て》に生立《おひたち》給へば、万荒《よろづあら》〳〵しきことのみにて、よその童子《わらべ》の、はゝの手しほにやさ〳〵しきを見給ば、さぞ[一〇]浦山《うらやま》しくもおぼすらめ。這回《こたび》僕《やつがれ》倶《ぐ》しまゐらせ、其便《そのたより》よき時《とき》に、母子《ぼし》の御対面《ごたいめん》をなさしまゐらすべし。爾《しか》はあれど某《それがし》六波羅《ろくはら》の禿《かぶろ》を打擲《てうちやく》してより、入道《にうどう》どの捜索《さがし》給ふよし、平家《へいけ》への憚《はゞかり》あれば、若子君《わこぎみ》も僕《やつがれ》も身《み》を[一一]馬夫《うまおひ》に粧《やつす》べし。とのも同《おな》じ[一二]打扮《いでたち》になし給へ」とすゝむるに、「そはよきはからひにこそ」と、主従《しう〱》三人馬夫《うまおひ》に似《に》せ、京《きやう》より安芸《あき》へ下《くだ》る街道《かいどう》に出《いで》て待処《まつところ》に、桂前《かつらのまへ》は父君《ちゝぎみ》に伴《ともなは》れ、厳島《いつくしま》詣《もふで》し給ふに、主従《しう〱》三人正《まさ》しく行遭《ゆきあひ》しかど、平家《へいけ》の一門門脇殿《いちもんかどわきどの》のことなれば、[一三]其勢《そのいきほ》ひ厳《おごそか》なるに、且瀬尾《またせのをの》太郎附《つき》従居《そひお》れば、みだりに其辺《そのほとり》にだも寄《より》がたし。与作《よさく》「斯《かく》ては桂前《かつらのまへ》への見参《げんざん》はかり難《がた》し」と、

五 宿駅。
六 手づる。「便、二の意あり、人との間の音信をもたよりといふ、便宜と音語にいふが如し」(倭訓栞)。
七 みやげ。「道ゆきづと、ゐ中づとなどはそこの土産をいひ…」(倭訓栞)。
八 重井を指す。
九 三橘を指す。注八・九ともに主従関係を示す表現。
一〇 羨む。浦山は音による当字。
一一 馬子。
一二 身ごしらえ。「いでたち 人物戯曲などにいふは打扮を訳す」(倭訓栞)。
一三 平家一門の威勢をいう。

逸平《いつぺい》と議《はか》り是《これ》より鬼界島《きかいがしま》へと赴《おもむ》きけり。逸平《いつぺい》は重井《しげのい》に逢《あ》ふて、三橘《さんきつ》が生立《おひたち》しをみさすべく、門脇殿《かどわきどの》の[一]先辺《さきべ》後辺《あとべ》を徘徊《はひくわい》しつれど、其便《そのたより》を得《え》ず厳島《いつくしま》まで下《くだ》りける。

且説《さて》門脇宰相《かどわきさいせう》どのは、桂前《かつらのまへ》と二人の公達《きんだち》を誘引《いざなひ》て、厳島《いつくしま》に下《くだ》り着《つき》給ひしかば、神前《しんぜん》に参《まい》りて[二]社頭《しやとう》の光景《ありさま》を看《み》給ふに、後《うしろ》は[三]翠嶺《すいれい》高《たか》く聳《そび》へ前《まへ》は巨海《きよかい》水《みづ》深《ふか》し。潮満《しほみつ》るときは[四]社壇《しやだん》を漫《ひた》せり。其山水《そのさんすい》の絶《たへ》なる、其廟《そのやしろ》の美《び》なる、筆《ふで》に書言語《かきことば》に述《のぶ》るとも及《およ》びがたく、いと尊《と》とく畏《かしこ》ければ、人ゝ合掌《がつせう》してふしおがみけり。そが中《なか》にも桂前《かつらのまへ》は殊《こと》さらに、心中《しんちう》に祈念《きねん》し給ふは、「[五]帰命《きめう》頂礼《てうらい》願《ねがは》くは、我夫《わがつま》成経《なりつね》再《ふたゝび》故郷《こきやう》に帰《かへ》り入《い》らしめ給へ。此事《このこと》納受《のうじゆ》ましまさば、只今《たゞいま》其験《そのしるし》を看《み》さし給へ」と、[六]丹誠《たんぜい》を抽《ぬきん》で念誦《ねんせう》し給ひける。折《おり》から其日《そのひ》も暮《くれ》んとする頃《ころ》ほひなりしかば、月《つき》の出《で》しほの満来《みちく》るに、そこはかとなく浪《なみ》に流《なが》さるゝ藻《も》くずの中《なか》に、[七]卒都婆《そとば》一本《ひともと》見《み》へたり。宰相《さいせう》どのをはじめ人ゝこれを看《み》て、「怪《あや》しや奈何《いか》なる事《こと》にか。」と取上見《とりあげみ》るに一首《いつしゆ》の歌《うた》あり。

[八]流《なが》れよる硫黄《いわう》が島《しま》のもしほくさいつか熊野《くまの》にめぐり出《い》づべき。

としるして其下《そのした》に「成経《なりつね》」とぞ書写《かいつけ》たり。人ゝこれを[九]とりわたし、歌《うた》を吟《ぎん》じ「こはまがふべうもあらね。少将《せう〱》どのゝ書《か》ゝせ給ふなるに、はる〴〵と薩摩《さつま》がたより、これまで流《なが》れ来《く》ることの不思議《ふしぎ》さよ。あな哀《あは》れの御事《おんこと》なり」とおの〳〵袂《たもと》を霑《うるほ》しけり。

今此地方《いまこのところ》に流《なが》れ来《きた》る卒都婆《そとば》のことは、去《いぬ》る安元《あんげん》三年、成経《なりつね》、康頼《やすより》、俊寛《しゆんくわん》を薩摩方《さつまがた》

一　先になったり後になったり。
二　神前。
三　緑におおわれた峻しい山。このあたりは、源平盛衰記の表現を模している。
四　満潮時に社殿が水につかる。「漫ヒタス」(倭玉篇)。
五　仏語。神仏に対する唱え文句。
六　誠心誠意。「丹誠 タンゼイ」(書言字考)。「抽 ヌキンヅ」(倭玉篇)。
七　源平盛衰記などに、卒都婆が厳島に流れ付いたことが見える。平判官康頼の書いたものとされている。
八　源平盛衰記巻九に少将の歌として見える。
九　互いに手渡しして。

鬼界《きかい》の島《しま》に流《なが》すと。[一〇]薩摩方《さつまがた》とは[一一]惣名《さうみやう》にして、鬼界《きかい》とは十二の島《しま》なり。五島七島《ごとうひちとう》とあり。康頼《やすより》をば五島《ごとう》のうち、[一二]との島《しま》と云《いふ》におき俊寛《しゆんくわん》をば同《おな》じく、[一三]白石《しらいし》の島《しま》と云《いふ》に置《おき》けり。成経《なりつね》をば七島《ひちとう》のうちなる、[一四]硫黄《いわう》が島《しま》にぞ置《おき》たりけるが、後《のち》に康頼《やすより》俊寛《しゆんくわん》の二人《ふたり》ともに、硫黄《いわう》が島《しま》に移《うつ》りて、三人一所《いつしよ》にありけるに、成経康頼《なりつねやすより》は只顧帰京《ひたすらききやう》のことを思ひ、卒都婆《そとば》を作《つく》り海《うみ》へ流《なが》し仏神《ぶつじん》を祈《いのり》しに、其卒都婆《そのそとば》、安芸厳島《あきのいつくしま》に流《なが》れ着《つき》しこと、[一五]盛衰記《せいすいき》に見《み》ゆ。

桂前《かつらのまへ》はさしもなつかしと想《おも》ふ夫《おつと》の筆跡《みづくき》を見《み》給へば、恋《こひ》しさゆかしさやるかたなく、何《なに》とものは宣《の給》はで、そゞろ涙《なみだ》にかきくれ給ふ。重井《しげのい》もともに涙《なみだ》にくれながら、諫《いさ》めけるやうは、「今君《いまきみ》の御帰洛《ごきらく》を祈《いのり》給ふ折《おり》から、不意《ゆくりなく》も少将君《せうしやうぎみ》の書《か》ゝせ給ふ御歌《おんうた》のこゝに流寄《ながれよ》ること、正《まさ》しく此御神《このおんかみ》の納受《のうじゆ》ましましく、御夫婦御再会《ごふうふごさいくわい》あるべき験《しるし》を、見《み》さし給ふとこそおぼゆれ。御嘆《おんなげ》きあらんこと然《しか》るべからず」と、慰《なぐさ》め申せば、桂前《かつらのまへ》「実《げ》にもさることにや」とおぼしければ、社司《しやし》神女《しんによら》等をして神楽《かぐら》を奏《そう》し、神《かみ》をすゞ[一六]しめ、七日まで此島《このしま》におはして祈《いのり》給ひぬ。

公達亀寿丸《きんだちかめじゆまる》はいまだ幼《おさなく》おはしつれば、逗留《とうりう》の徒然《つれづれ》を慰《なぐさめ》かね、島中《しまぢう》を[一七]徘徊《はいくわいし》給ひしに、こゝにさゝやかなる駒《こま》を、十ばかりなる童子《わらは》の牽来《ひきく》るありしに、いとめづらかなることにおぼし、「あれは奈何這方《いかにこなた》に牽《ひけ》」と宣《のたま》はすほどに、[一八]近習《きんじう》の士声《さむらひこへ》ぐに、「やよその馬《うま》こ

一〇 源平盛衰記巻七には「薩摩潟とは総名（ソウミヤウ）なり、鬼界（キカイ）は十二の島（シマ）なれや、五島（タウ）七島と名付けたり、端（ハシ）五島は日本に従（シタガ）へり、康頼（ヤスヨリ）法師をば、五島の内ちとの島に捨（ス）て、俊寛（シユンクワン）をば白石（シライシ）の島に棄（ス）てけり、彼の島には白鷺（シラサギ）多くして石白し、故に白石の島と云ふ、丹波ノ少将をば奥（オク）七島が内、三の迫（ハサマ）の北、硫黄島（イワウガシマ）にぞ捨てたりける」と見える。以下の記述は、盛衰記の要約。

一一 まとめて名付ける名称。「総名 ソウミヤウ 通称」（書言字考）。

一二 今の吐噶喇列島の一か、特定するに至らない。

一三 現在「白石」と呼ぶ島はない。

一四 大隅諸島の硫黄島。

一五 源平盛衰記のこと。

一六 清めしずめる。

一七 あちこち歩き廻る。「たちもとほる 盤桓、躊躇、徘徊などをよめり。立旋ほるの義也」（倭訓栞）。音読みして「はいくわい」。

一八 主君の側近に仕える武士。

れへひき候へ。公達《きんだち》の「御覧《ごらん》[一]ぜん」と宣《のたま》ふに」と呼《よば》はれば、彼童子心《かのわらべこゝろ》を得《え》、やがて御前《ごぜん》に牽来《ひききた》れば、亀寿丸熟〻《かめじゆまるつく〴〵》と御覧《みそなは》し、「乗《のり》て見ばや」と、俄《にはか》に鞍《くら》など置直《おきなを》さして、うち乗《のり》給ふに此馬《このうま》いと穏《おだ》やかにして、公達《きんだち》の心《こゝろ》のまゝに歩《あゆみ》しかば、斜《なゝめ》ならず喜《よろこ》び給ひ、これより日《ひ》毎此馬《ごとこのうま》にうち乗旅行《のりりよちう》の鬱《うつ》を慰《なぐさ》め給ふ。

一日亀寿丸馬《あるひかめじゆまるうま》にうち乗浜辺《のりはまべ》に出給へば、宰相《さいせう》どのと桂前《かつらのまへ》は、神前《しんぜん》に出《いで》おはしける程《ほど》に、旅宿《りよしゆく》には人なく、重井《しげのい》ひとりとゞまり居《い》たる処《ところ》へ、此程公達《[二]このほどきんだち》の召《め》し給ふ、馬主《うまぬし》の童子旅《わらはりよ》宿《しゆく》の庭面《にはのおも》を徘徊《たちもとをり》つるを、重井《しげのい》「誰《た》そ」と窺《うかゞ》ひみるに、此《この》三年絶《みとせた》へて相見《あひみ》ざりし、我子《わがこ》の三橋《さんきつ》によく似《に》たりしかば、甚不審《いといぶかしみ》て蜜《ひそか》にさしまねきて云《い》へりけるは、「そこは何方《いづく》の人にて名《な》は何《なに》と申ぞ」と問《と》へば、童子《わらは》は重井《しげのい》の顔《かを》をうちまもり、何《なに》とも回答《いらへ》はせずして、そゞろに涙《なみだ》さしくまし、「門脇《かどわき》どのゝ御《み》うち、亀寿君《かめじゆぎみ》の御乳人重井主《おんちのひとしげのいぬし》とみまいらせたり。我《われ》は三橋《さんきつ》にてさふらふぞや。嗚呼《あゝ》なつかしの母上《はゝうへ》や」と、裳尾《[三]もすそ》にとりつき嘆《なげ》きけるにぞ、重井《しげのい》「さては我子《わがこ》にありけるか」と、抱《いだ》きよせんとしたりしが、「まてしばし逸平都《いつぺいみやこ》にありしとき、此子《このこ》が故《ゆへ》をもて六波羅《ろくはら》の禿《かぶろ》に傷付《きずつけ》たれば、入道《にうどう》どのゝ怒《いかり》つよく、四方《おちこち》を索《さがし》給ふと聞《きく》に、今我子《いまわがこ》なりと名乗《なのる》ときは、此処《こゝ》に難波《なんば》も来《き》て居《お》れば、漏聞《もれきこ》へては悪《あ》しかりなん」と、思ひかへして云《い》へりけるは、「こは漫《[四]そゞろ》なり。奴家《わらは》は重井《しげのい》にてはあらぬものを、あな笑止《[五]せうし》さりながら、門脇殿《かどわきどの》の御《み》うちに重井《しげのい》といふ御乳人《おんちのひと》もあれど、そは都《みやこ》にとゞまり

一　見るの敬語「御覧」の音読み。訓読みして「みそなはす」。

二　ここの枠外に「うへした〳〵とよみ給ふべし」とある(挿絵参照)。このあたり重井子別れの場を模す。

三　裳裾。

四　とんでもない。「そゞろ　遊仙窟には漫もよめり」(倭訓栞)。

五　笑うべきこと。「笑止　セウシ」(書言字考)。

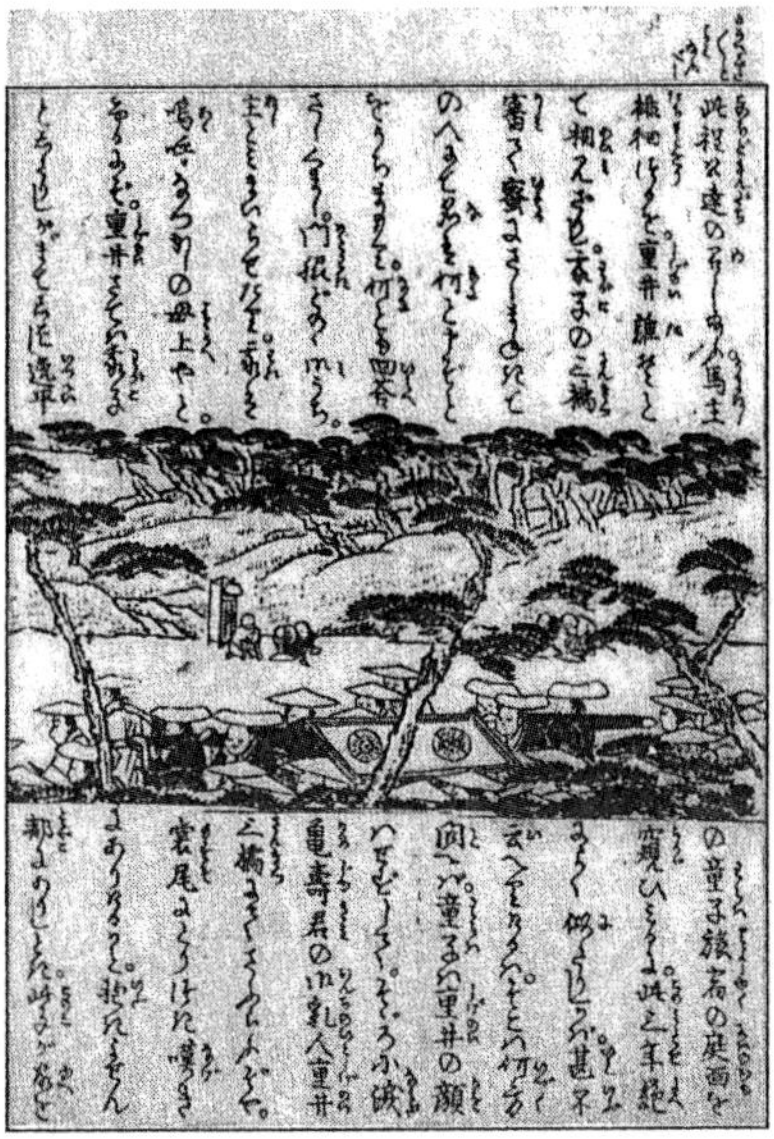

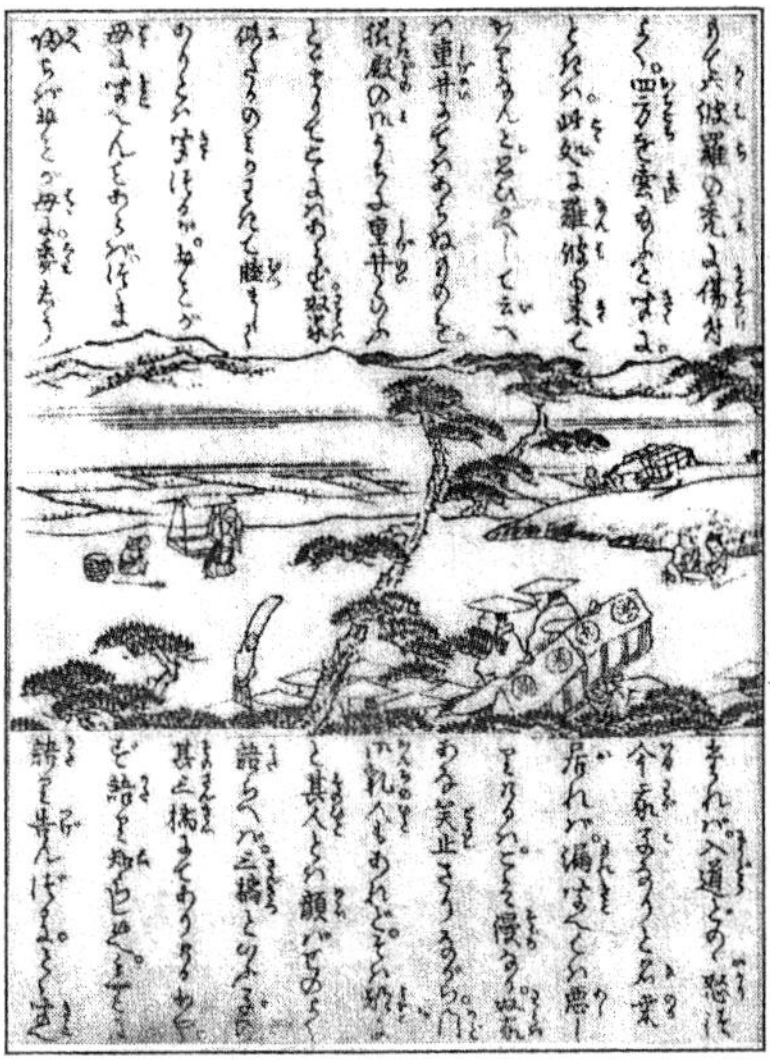

てこゝにはあらず。奴家《わらは》と其人《そのひと》とは顔《かほ》ばせのよく似《に》たるのみか、わきて睦《むつ》ましく語《かた》らへば、三橘《さんきつ》といふ子《こ》のありとは聞《きゝ》つるが、おこと[一]が其三橘《そのさんきつ》にてありけるかや。母《はゝ》に聞《きこ》へんことあらば、つゝまず語《かた》り知《し》らし候へ。みやこに帰《かへ》らばおことが母《はゝ》に、委《くわ》しう語《かた》り告《つげ》んづるに、とく聞《きこ》へね」とありしかば、三橘声《さんきつこへ》をくもらしつ、「こは情《なさけ》なの母《はゝ》うへや。我《われ》はこれほど慕《した》ふものなどて[二]さは宣《の給》ふぞ。五歳《いつゝ》のときに父母《ちゝはゝ》に別《わか》れまゐらせそれよりして、逸平夫婦《いつぺいふうふ》に養《やしな》はれ、都《みやこ》のうちにありけるに、幾程《いくほど》もなく乳人小《めのとこ》桟《さん》に後《おく》れ、其后故《そのゝちゆへ》ありて都《みやこ》の住居《すまい》なりがたく、丹波《たんば》に下《くだ》りてありけるに、近頃父上来《ちかごろちゝうへきた》り給ひたれば、「こは嬉《うれ》し」と思ふに程《ほど》なく、少将君《せうくぎみ》のおはします、鬼界《きかい》とやらいふ島《しま》へおはすとある、父《ち》[三]に別れの哀《かな》しさに我《われ》をも倶《ぐ》して給はれと、嘆《なげ》きたりしに、逸平聞《いつぺいきこ》へ申には、「近日《ちかきひ》のうち母上門《はゝうへかど》脇《わき》どのゝ御供《おんとも》して、厳島《いつくしま》へ下《くだ》り給へば、其道《そのみち》におゐて見参《げんざん》しまゐらせんに、父上《ちゝうへ》をば彼処《かしこ》に去《いな》さしまゐらせよ。」とあるに母上《はゝうへ》のことなつかしく、其諫《そのいさめ》にまかし逸平《いつぺい》に伴《ともな》はれたれど、世《よ》[四]の聞《きこ》へを憚《はゞか》りて馬夫《うまおひ》に身《み》をやつし、丹波国《たんばくに》を立出《たちいで》て難波《なには》まで参《まゐ》りしに門脇《かどわき》どのゝ厳島詣《いつくしまもうで》に行遭《ゆきあひ》たれば、心嬉《こゝろうれ》しく其前辺後辺《そのさきべあとべ》を徘徊《たちもとをり》、母上《はゝうへ》を見《み》まゐらせんと心《こゝろ》を尽《つく》しはべりしかど、其便宜《そのびんぎ》[五]を得《え》ずして、此島《このしま》まで慕《した》ひまいらせたる甲斐《かい》ありて、今日《けふ》よき時《とき》を得《え》て見《み》まゐらすれど、親《おや》ならずと難面《つれなく》[六]も宣《のたま》はすこそ哀《かな》しけれ。我身《わがみ》に何《なに》の科《とが》ありて、親子《おやこ》でなひとは聞《きこ》へ給ふぞ。恨《うら》めしの御心《おこゝろ》や」と声《こへ》ふりたてゝ嘆《なげ》くにぞ、重井気《しげのいき》[七]もくれ

一 お前さん。親愛の情をこめた呼称。

二 どうして。

三 底本のまま。「父（ちゝ）」とあるべきところ、誤刻か。

四 世間の評判を気にして（禿打ちの罪があるので）。

五 手がかり。「便宜　ビンギ」（書言字考）。

六 無情に。「難面　ツレナシ　又作二長面一」（書言字考）。

七 理性を失い。

心《こゝろ》も乱《みだ》れ、見《み》れば見《み》るほどいぢらしく、はじめの心《こゝろ》ひきかへて、世《よ》を忍《しの》ぶをもうち忘《わす》れ、泣居《なきお》る我子《わがこ》を抱《いだ》きしめ、声《こへ》くもらして云《い》へりけるは、「嗚呼《あゝ》いとをしの我子《わがこ》やな。何《なに》をかつゝまん汝《おこと》が母《はゝ》は奴家《わらは》なり。今難面云《いまつれなくいひ》つるを情《なさけ》なしとも恨《うら》みつらんが、賢《かしこ》きものぞ、母《はゝ》が云《いふ》をよく聞《きゝ》ね。おことが都《みやこ》にありしとき、六波羅《ろくはら》の禿《かぶろ》に怪我《けが》さしたるをもて、入道《にうどう》どのゝ[八]恚甚《いかりはなはだ》しく、逸平《いつぺい》もおことをも捜索出《さがしいだ》して罪《つみ》せんとし給ふよし。今此地方《いまこのところ》には、入道《にうどう》の頭人《とうにん》、難波《なんば》次郎経遠来居《つねとをきたりお》れば、明白《あからさま》に親子《おやこ》の[九]名告《なのり》せば漏聞《もれきこ》へんもはかられず。爾《しか》るときは奈何《いか》なる憂目《うきめ》を見《み》んも泣《かな》しく、且《かつ》は与作《よさく》が子《こ》が馬夫《うまおひ》となりしなどゝ、世《よ》に聞《きこ》へんは[一〇]父御《てゝご》の恥《はぢ》なり。是彼《これかれ》を思ひあはして、前《さき》のごとくは云《いひ》つるぞ。たゞ一人《ひとり》の愛子《まなご》を見《み》ながら親子《おやこ》でないと云《いゝ》たりし母《はゝ》が心《こゝろ》を想《おも》ひやれ。今《いま》かく名乗《なのり》はしつれども、必《かなら》ず与作《よさく》が子《こ》なりとは露人《つゆひと》に[一一]ばしさとられな。現在我子《げんざいわがこ》に馬夫《うまおひ》させ、夫《おつと》の行衛《ゆくへ》も知《し》らぬ身《み》が、錦《にしき》の衣玉《ころもたま》の輿《こし》に、乗《のつ》て人目《ひとめ》は豊《ゆたか》に見《み》ゆれど、心《こゝろ》の裡《うち》はいかばかり何《なに》の楽《たのし》きことやある。」とまた臥沈《ふししづ》みて嘆《なげ》きけり。

三橋《さんきつ》はほひなげに、「あなむつかしの世《よ》の間《なか》や。母上《はゝうへ》にあひまゐらせばいかにもし、我馬《わがうま》にかきのしまゐらせ、丹波《たんば》に伴《ともな》ひ、やがて父上帰《ちゝうへかへり》給はゞ、親子《おやこ》三人一所《いつしよ》に居《い》んと、それを楽《たの》しみ来《きた》りたる、其甲斐《そのかひ》もなく母上《はゝうへ》に、逢《あ》ふよりはやく別《わか》るゝは、[一二]寧逢《いつそあは》ぬがましぞかし。そも小桟《こさん》に別《わかれ》てより、逸平忠《いつぺいまめ》やかに養《やしな》ひつれど、生業《なりわひ》せざれば其日《そのひ》の糧《かて》はなき

八　怒り。「恚　イカル」(倭玉篇)。
九　名を告げる。「名告の字古事記に見ゆ。なのるを体にいふ也」(倭訓栞)。
一〇　父親。「〔諺草〕テ、ゴ、父をテ、ゴと云。大鏡に此詞あり。テはチと通ずゴは御也」(俚言集覧)。
一一　強意の助詞「ばし」。
一二　かえって。「いつそ　寧(ムシ)といふ意にて此様ならばイツソサウシタガヨイなどいふ」(俚言集覧)。

と云《いひ》て、日毎他《ひごとた》にのみ出行《いでゆけ》ば、家《いへ》にはおのれたゞひとり、物《もの》ほしうなるとても、誰《たれ》ありて飯《いゝ》をすゝむる人《ひと》もなし。また外《と》に出《いで》て遊戯《あそぶ》ときは、邑《さと》の童子《わらは》の口《くち》〻《ぐ》に、「親《おや》なき子《こ》よ」となぶらるゝ、その無念《むねん》さはいかならん。「せめて一人親《ひとりおや》あらば、かゝる憂《うき》にはあふまじ」と、泣《なひ》てばかりはべりしぞや。逸平《いつぺい》が母上《はゝうへ》に逢《あは》せんといふ嬉《うれ》しさに、海山越《うみやまこえ》てはる〴〵と、此地方《このところ》まで来《きた》る道《みち》すがら、逸平附従居《いつぺいつきそひい》たれども、世《よ》をはゞかりて馬夫《うまおひ》と、身《み》をやつしつることなれば、雨《あめ》のふる日《ひ》も、晴《はれ》し日《ひ》も、朝《あさ》まだきより日暮《ひぐれ》まで、馬《うま》を牽《ひき》つゝ山阪《やまさか》を、たどれば足《あし》も労《つか》れはて、後《おく》るゝ時《とき》は旅人《たびゞと》に罵《のゝし》られつ擲《たゝか》れつ、憂艱難《うきかんなん》の甲斐《かひ》ありて、母上《はゝうへ》に環会《めぐりあひ》[一]ながら、せめて一時半日《いつときはんにち》も御側《おそば》に居《お》ること叶《かな》はぬとは、想へば薄命《さちなきみ》[二]身のうへや」と、しやくりあげてぞ嘆《なげ》きける。重井《しげのい》これを聞《きく》うちより正躰《せうたい》[三]もなく泣《なげき》しが、やゝありて言《い》へりけるは、「さては我夫《わがつま》は本意《ほんい》を遂《とげ》、御主《おしう》の御先途《ごせんど》を見《み》給はんと、鬼界《きかい》が島《しま》におはしつるにか。そは喜《よろこ》ばしくぞおはしつらん。それにひきかへ三橘《さんきつ》は、たま〳〵父御《てゝご》に逢《あひ》ながら、幾程《いくほど》もなく別《わか》るゝとは、さぞや哀《かな》しくありつらん。世《よ》が世《よ》の時《とき》にあるならば、少将殿《せうくどの》の一《いち》[四]の人丹波《ひとたんば》与作《よさく》が初児《うひご》なり。まだ十歳《とを》にだも足《た》らはねば、乳人《めのと》[五]よ傅《もり》とかしづきて、荒《あら》き風《かぜ》にもあてまじきを、両親《ふたおや》には生別《いきわか》れ、世《よ》にも鄙《いや》しき馬夫《うまおひ》となりさがりつる浅猿《あさまし》や。さはいへ今回《こたび》の大赦《たいしや》には、少将君《せうくぎみ》も其数《そのかず》に、入《い》らし給ん祈《いのり》の為《ため》、宰相《さいせう》どのをはじめ、桂前《かつらのまへ》も此島《このしま》の、神《かみ》に詣《もう》でたまへば、帰洛《きらく》し給はんこと末頼《すへたの》みあり。し

一 「環　メグル」(倭玉篇)。
二 運の悪い。
三 取り乱して。
四 筆頭人。
五 お乳の人よ、お守りよと。「乳母　めのと(俗にうばといふ)」(物類称呼)。

かなりたらんには、我夫《わがつま》も世《よ》[六]をひろふし、親子《おやこ》三人集会《よりつどひ》、今《いま》の憂《うき》をば昔語《むかしがたり》になすべきに、それを楽《たの》しみ名《な》を陰《かく》[七]し、時節《じせつ》を待《まち》ね」と諫《いさ》むれど、心裡《こゝろのうち》には今逢《いまあふ》て、いつまた逢《あは》んと泣《かな》[八]しくて、親子《おやこ》手《て》に手《て》をとりかはし、哽咽《むせびいり》[九]てぞ嘆《なげ》きける。斯《かゝ》る折《おり》から外方騒《とのかたさは》がしく、「宰《さい》相《せう》どのをはじめ、人《ひと》ゞ還《かへ》り給へり」と、さゞめきわたれば、重井驚《おどろ》き三橘《さんきつ》にうち対《むか》ひ、「人目《ひとめ》にかゝらば悪《あ》しかりなん。彼所《かしこ》に忍《しの》び候へ」と、木陰《こかげ》におひやり、わが身《み》は奥《おく》へ入にける。

程《ほど》もあらで宰相教盛卿《さいせうのりもりきやう》、平家《へいけ》累世《ふだい》の侍《さぶらひ》、丹左衛門尉基安《たんざへもんのぜうもとやす》を誘《いざな》ひて坐《ざ》に着《つき》給へば、基安《もとやす》言語《ことば》を正《たゞ》して言出《いひいで》けるは、「這回中宮御産《こたびちうぐうごさん》につき、非常《ひぜう》の大赦行《たいしやおこな》はし給ふに、小松殿《こまつどの》のすゝめにより、鬼界《きかい》が島《しま》の流人《るにん》、成経卿《なりつねきやう》と、康頼《やすより》とを免《ゆる》し給ふ。則《すなはち》此基安其命《このもとやすそのおゝせ》を承《うけ給は》り、去《いぬ》る頃彼島《ころかのしま》に渡《わた》りつるに、折《をり》ふし風《かぜ》[一〇]の便《たより》よく、不《ふ》日《じつ》[一一]に二人を倶《ぐ》して此地方《このところ》まで来《きた》る処《ところ》に、又六波羅《またろくはら》より御使《おんつかひ》あり、「門脇《かどわき》どの桂前《かつらのまへ》を将《い》て、当社《たうしや》に詣《もうで》んとて下《くだ》り給へば、はやく彼所《かしこ》へ立《たち》より門脇《かどわき》どのへ、成経卿《なりつねきやう》を渡《わた》しまゐらせ、其心《そのこゝろ》を安堵《おちゐ》[一二]さすべし」との御事なれば、只今《たゞいま》こゝに誘引《いざなひ》[一三]まゐらせたり。それそれ」とあるに、外《と》の方《かた》より成経卿《なりつねきやう》、景政法師《けいせいほうし》と、与作《よさく》とを従《したが》へ入来《いりきた》り給へば、宰相《さいせう》どのこれを御覧《ごらん》じ、「いかに」とばかり宣《のたま》ひて喜《よろこ》び涙《なみだ》をさしぐみ給へば、成経《なりつね》[一四]卿もおなじく涙《なみだ》にくれ給ふ。桂前《かつらのまへ》はこのよしを聞《きゝ》給ふより、二人《ふたり》の公達《きんだち》を誘《いざな》ひ、重井《しげのい》とゝもに転《まろ》び出《いで》、「あななつかしの我夫《わがつま》や」と、少将《せうく》の膝《ひざ》にすが

六　世の中に出る。
七　隠す。「陰　カクス」（倭玉篇）。
八　悲しい。「泣　カナシ」（倭玉篇）。
九　息をつまらせて泣く状況。「哽　ムセブ」（倭玉篇）。「むせぶ　日本紀に喉咽をよめり、哽咽と通じ書るにや」（倭訓栞）。
一〇　風向きがよく（帆船が航海するに）。
一一　日ならずして。
一二　安堵させる。「おちゐぬ　落居、今思ふにこの詞、音訓によて、今の世にはことたがひ有…まづ訓にていふは、騒動して事のしづまりしを云」（倭訓栞）。
一三　連れてくる。
一四　底本は「成経（なりちか）」、誤刻か。訂す。

りて泣給《なげき》へば、亀寿丸《かめじゆまる》は父《ちゝ》の流《なが》されのときは、四歳《しさい》にておはしつるが、今年《ことし》七《ひち》歳《さい》一になり給ひぬ、見《み》忘《わす》れ給はざりけるにや、成経卿《なりつね》の手《て》にすがり、「恋《こひ》しの父上《ちゝうへ》よ」とこれさへ涙《なみだ》に咽《むせ》び給ひぬ。二 三成経卿《なりつね》は妻子《つまこ》の脊《せな》を按《な》でさすり、「恙《つゝが》なくおはしつることの喜《よろこ》ばし」といひさして、四跡《あと》は涙《なみだ》にかきくれて、互《かたみ》に言語《ことば》なかりしが、少将《せう〳〵》側《かたはら》を見《み》給ふに、重井《しげのい》が膝《ひざ》に三《み》ッか四《よ》ッかとおぼしき幼児《おさなご》をかき抱《いだ》き居《お》るを、「あれは誰《た》そ」と問《とひ》たまへば、北方《きたのかた》「あれこそ」とばかりにて、又物《またもの》も宣《のたまは》ず泣給《なげき》ふ。重井《しげのい》前剋《さき》より物《もの》をも云《い》はず泣居《なきい》たりしが、此時涙《このときなみだ》をはらひ、「この公達《きんだち》は君流《きみなが》され給ひし御時《おんとき》は、北方《きたのかた》の御腹《おんはら》にまし〳〵けるが、斯健《かくすこ》やかに生立《おひたち》給ひぬ」と聞《きこ》ゆるに、「げにさることのありしに」と、懐《くわい》旧《きう》に胸《むね》ふたがりて言語《ことば》なし。彼《かれ》を見《み》これを聞《きく》もみな涙《なみだ》の種《たね》なりけり。

やゝありて教盛卿《のりもりきやう》の宣《のたも》ふやう、「足下鬼界島《おんみきかいがしま》におはすうちの憂《うき》をば、想ひやられて心苦《こゝろぐる》しく候なり。此方《こなた》にては誰《たれ》〳〵も、足下《そこ》のことを思ひつゞけて、五袖《そで》の乾《かわ》ける隙《ひま》もなし。わきて桂前《かつらのまへ》が物《もの》思ひは言語《ことば》にも述《のべ》がたし。あまりの詮《せん》すべなさに、此御神《このおんかみ》に詣《も》ふで、足下《そこ》の帰洛《きらく》を祈《いの》らんと聞《きこ》へしほどに、倶《ぐ》して下《くだ》り我《われ》も倶《とも》に祈誓《きせい》をかけはべりしに、神明納受《しんめいのうじゆ》まし〳〵て、不思議《ふしぎ》にも、足下《そこ》が書《かき》給へる卒都婆《そとば》の、神前《しんぜん》に流《なが》れ寄《よ》したり。霊験《れいけん》空《むな》しからずと尊《と》ふとく思ふ処《ところ》に、幾日《いくひ》もあらずして、今日《けふ》目出《めで》たき対面《たいめん》を遂《とぐ》ること、仏神三宝《ぶつじんさんぼう》の冥助《みやうじよ》のほどいと忝《かたじ》けなく末頼《すへたのも》しきことにあらずや」と、前日《さきのひ》流《なが》れ寄《よ》したりし卒都婆《そとば》を

一「ひち」は江戸方言の表記か。
二 底本は行変えのせいもあるのか「給ひ。ぬ。」とある。
三 底本は「成経(なりちか)」、訂す。
四「跡」とあるべきところ。底本のまま。
五 涙で。

出《いだ》し示《しめ》したまへば成経卿《なりつねきやう》これを見《み》給ひ、奇異《きい》の思ひをして宣《のたま》ひけるは、「こは某《それがし》が彼島《かのしま》にて流《なが》せし卒都婆《そとば》也。そも〳〵此卒都婆のことは、はじめ鬼界《きかい》に流《なが》されてより、故郷《ふるさと》のこと一日《ひとひ》も忘《わす》るゝことなし。あまりに故郷《こきやう》の恋《こひ》しさに、はやく帰洛《きらく》あるやうにと、康頼《やすより》と二人大願《たいぐわん》[六]を発《おこ》し、百本《ひやくほん》の卒都婆《そとば》を作《つく》り、これを海《うみ》に流《なが》し、あるとある仏神《ぶつしん》を祈《いの》りしに、其心《そのこゝろ》を憐《あはれ》とやおぼしけめ、彼卒都婆《かのそとば》を流《なが》し果《はて》たる日《ひ》に、四三平入道島《よさうへいにうどうしま》に渡《わた》り、都《みやこ》の躰《てい》たらく親戚光景《うからのありさま》を語《かた》り、近日《ちかきひ》には必《かなら》ず大赦《たいしや》に逢《あひ》給んと聞《きこ》へしに、程《ほど》なく丹《たん》左衛門尉基安《のぜうもとやす》、六波羅殿《ろくはらどの》より赦免《しやめん》の御教書《みきやうしよ》[七]を待渡《もちわた》り遂《つい》に誘引《いざなわ》れて九州《きうしう》の地《ち》まで来《きた》りしに、与作某《よさくそれがし》が安《あん》否《び》を問《とは》んと来《きた》るに行遭《ゆきあひ》たれば、其《その》まゝ倶《ぐ》して参《まゐ》りしに、泰山君《しうとぎみ》[八]をはじめ妻子《つまこ》この地方《ところ》に下《くだ》りしよし、丹《たん》左衛門が申によりこゝに来《きた》りて、見参《げんざん》することいかばかりか喜《よろこ》ばしう候。是渾仏神三宝《これみなぶつじんさんぽう》の冥助《めうちよ》によれり。いざゝらばまづ当社《たうしや》に詣《まう》で神恩《しんおん》を謝《しや》すべし」とあるに、其所《そこ》に集会《つどひ》し人〻《ひと〴〵》みな感佩《かんばい》の涙《なみだ》を浮《うか》めけり。

かゝる処《ところ》へ逸平難波次郎《いつぺいなんばの》を縛《いましめ》て大庭《おゝには》にひきすへ、丹《たん》左衛門に対《むかひ》て云《い》へりけるは、「命《おゝせ》によつて此《この》ものを擒参《いましめまいり》[九]ぬ」とあるに、基安難波《もとやすなんば》に対《むか》ひ、「汝前年《なんぢさきのとし》成親《なりちか》卿流《なが》されのとき小松殿《こまつどの》、「呉〻《くれ〴〵》もよく優恤《いたはり》まゐらせよ」と命含《おゝせふくめ》給ひしを、入道《にうどう》どのへ媚《こび》ん為《ため》、人知《ひとし》れず失《うしな》ひ申つるよし、其時事《そのときこと》に与《あづか》りし汝《なんぢ》が家隷《けらい》訴《うつたへ》出《いで》たり。しかのみかは此年頃《このとしごろ》入道《にうどう》どのをすゝめまゐらせ、多〻《さま〴〵》の悪事《あくじ》をなさし申こと、是亦分明《これまたぶんめい》に顕《あらは》れたれば「急《いそ》ぎ召捕《めしとつ》て誅《ちう》せ

六 源平盛衰記、平家物語ともに卒都婆流しの大願のことあり、百本とあるのは千本とある。これらは宝物集の作者とされる平判官康頼が主体的に描かれている。

七 清盛入道の意を承けた奉書。

八 山東省奉安県の北にある山名。故事により妻の父を呼ぶに用いる。「唐開元時、封禅泰山、張説為封禅使。説女婿鄭鎰本九品官、因説驟遷五品。黄旛綽曰…「此泰山之力也」後人因以妻父為「泰山」」(釈常談)。

九 捕えて縛って。「擒　トリコニス」(倭玉篇)。「縛をいましむといふは禁戒の意なり」(倭訓栞)。

与作

禍兮福之所
倚福兮禍之
所伏孰知其
極
重井
三橘

禍なるかな福の倚る所
福なるかな禍の伏す所
孰かその極まるところを知らん

与作

三橘

重井

よ」と、小松殿《こまつどの》の命《おゝせ》を承《うけ給は》りたれば、逸平《いつぺい》をして捕《とら》へしめたり」と、云《いひ》つゝ逸平《いつぺい》を顧《かへり》み、「汝《なんぢ》都《みやこ》にありしとき、六波羅《ろくはら》の禿《かぶろ》に傷付《きづつけ》たることよく〳〵糺《たゞ》[一]し給ふに、幼主《やうしゆ》を助《たすけ》んが為《ため》に做《なす》わざなれば、是《これ》忠のいたすところなり。されば其罪《そのつみ》を免《ゆる》し給はんとあれど、善悪《ぜんあく》は兎《と》まれ角《かく》まれ、平家《へいけ》に対《たい》して不敬《ふけい》[二]なれば、ひとつの功《こう》を立《たて》さして、其罪《そのつみ》を償《あがな》わせよ」と、入道《にうどふ》どのゝ命《おゝせ》なれば、「汝《なんぢ》を捜索《もとめ》て此事《このこと》を云論《いひさと》さんと思ふ折《をり》から恰好《をりよく》[三]行遭《ゆきあひ》たれば、さてこそ汝《なんぢ》をして経遠《つねとを》をば生捕《いけどら》したり。是《これ》にて罪《つみ》を償得《あがなひえ》たれば、今《いま》より世《よ》をひろふなすべし」と云聞《いゝき》こゆるに、逸平《いつぺい》はさらなり人ゝかぎりなく喜《よろこ》びけり。基安成経卿《もとやすなりつねきやう》に対《むか》ひ、「難波《なんば》は公《きみ》の為《ため》には天《てん》を共《とも》にせざるの讐《あた》なり。誅《ちう》し給ひて御父《おんちゝ》の修羅《しゆら》[四]を易《やす》んじ給へ」と、すゝめ申せば、成経卿《なりつねきやう》これを聞《きゝ》て、基安《もとやす》が好意《かうい》を謝《しや》し、大庭《おゝには》に下《お》りたち御佩刀《おんはかせ》を抜《ぬき》給ひ、難波《なんば》が首《かうべ》[五]を討落《うちおと》し、父《ちゝ》の霊《れい》を祭《まつり》給へり。

其後《そのゝち》成経卿《なりつねきやう》与《よ》作夫婦《さくふうふ》にうち対《むか》ひ、「思ひきや今日《けふ》は奈何《いか》なる吉日《きちにち》ぞ。思ひもかけぬ父《ちゝ》の讐《あた》を討《うち》、妻子《つまこ》家《いへ》の子等《こら》を倶《ともな》ひ、都《みやこ》の天《そら》に赴《おもむく》べしとは、これに過《すぎ》たる喜《よろこ》ばしきことはあらず。さりながら汝等《なんぢら》が一子三橋《さんきつ》と言《いふ》ありしを、此処《こゝ》に見《み》ざるこそ怨《うら》みとする処《ところ》なり。今《いま》は何方《いづく》に居《お》るや」と問《とは》せ給へば、与作夫婦《よさくふうふ》は君寵《くんてう》[六]の忝《かたじけな》きに、感涙《かんるい》をとゞめかね、暫時言葉《しばしことば》なくてありけるが、やゝありて重井回応《しげのいいらへ》けるは「三橋《さんきつ》をば前刻《さき》より彼所《かしこ》に忍《しの》ばし置《おき》候ひつれど、世《よ》をはゞかる身《み》に候に、且《かつ》は上ゝ《うへ〳〵》の御前《おんまへ》を畏《かしこ》みはべれば」と言《(いひ)》さして

一 真相を究明する。「たゞす 糺をよめり令ㇾ正の義也」（倭訓栞）。
二 ないがしろにした行為。
三 都合よく。「恰好 チヤウド」（小説字彙）。
四 修羅の妄執。
五 首級。「かうべ 日本紀、倭名抄に首をよめり」（倭訓栞）。
六 主君の寵愛。

よゝと嘆《なげ》けば、桂前《かつらのまへ》「今迄《いままで》こそ世をも憚《はゞか》れ、斯《かく》みゆるしありては、何《なに》か苦しかるべき。とくこゝに誘引《いざなひ》てよ」と宣《のたま》はすにこそ、重井《しげのい》喜《よろこ》び、いそぎ三橘《さんきつ》を忍《しの》ばせ置《おき》ける処《ところ》より伴《ともな》ひ出《い》づれば、成経《なりつね》卿これを御覧《ごらん》じ、その健《すこ》やかに生立《おひたち》しを喜《よろこ》び給ひ、「我都《われみやこ》に帰《かへ》らば三橘《さんきつ》をば、亀寿《かめじゆ》が近臣《きんしん》とし、竹村《たけむら》が家《いへ》を嗣《つが》さすべし。また逸平《いつぺい》ことは[一]下郎《げらう》に少《まれ》なる忠臣《ちうしん》なれば、我《われ》に得《え》させよ。楯家《たてけ》の次《つぎ》に列《つら》ならし、我臣《わがしん》とすべし」と、命《おゝせ》するに、与作夫婦《よさくふうふ》、景政法師《けいせいほうし》、逸平等《いつぺいら》、其賞《そのせう》の[二]周《あまね》きを感佩《かんばい》して、[三]君命《くんめい》を畏《かしと》み肯《うべなひ》けり。

かくて人々《ひと〴〵》は当社《たうしや》に詣神恩《もうでしんおん》を謝《しや》し、うち連《つれ》て都《みやこ》に帰《かへり》給ひしに、入道《にうどう》どのゝ御気色《おんきしよく》よく、成経卿《なりつねきやう》忽《たちま》ち[四]本位《ほんい》に復《ふく》し、幾程《いくほど》なく[五]夕郎《せきろう》の官首《くわんしゆ》へ経て、父《ちゝ》の跡《あと》を逐《お》ひ大納言《だいなごん》に至《いた》り給ふ。亀寿丸《かめじゆまる》に昵近《ちつきん》し、寵偶篤《てうぐうあつ》かりき。さてまた与作夫婦《よさくふうふ》の間睦《あひだむつま》しく、数多《あまた》の子《こ》ども出来《いでき》けり。景政法師《けいせいほうし》は道徳日《どうとくひ》ゞに尊《と》ふ与作《よさく》は故《もと》のごとく一《いち》の人《ひと》となり、三橘《さんきつ》をば竹村《たけむら》を名乗《なのら》し、とくなりし程《ほど》に、僧官《さうくわん》にも進《すゝ》むべきを、[六]名聞苦《みやうもんくる》しきことを厭《いと》ひ、黒谷《くろだに》に引籠《ひきこもり》念仏三昧《ねんぶつざんまい》の外他事《ほかたじ》なかりける。逸平《いつぺい》は成経卿《なりつねきやう》の臣《しん》となり、丹波《たんば》の伯父左内《おぢさない》を呼上《よびのぼ》し父《ちゝ》のごとく、養《やしな》ひ再《ふたゝ》び妻《つま》を迎《むか》へ、男女《なんによ》の子《こ》ども出来家豊《いできいへゆたか》なりといへども、古《いにしへ》を忘《わす》れずして、楯《たて》の家《いへ》を敬《けい》することいよいよ篤《あつ》かりしかば、与作夫婦《よさくふうふ》もこれに対《たい》すること甚信《いとまめ》やかなれば、両家《りやうけ》睦《むつま》しくぞ栄《さか》へけるとなん。

馬夫与作
乳人重井　催馬楽奇談巻之五下　大尾

一　しもべ。「下﨟と書り、﨟の上下よりいふ語也」(倭訓栞)。
二　全てにゆきわたっている。「周ノ字、普ノ字、遍ノ字などをよめり。天並(ナベ)しの義にや」(倭訓栞)。
三　主君の命令。
四　元の官職。
五　五位の蔵人の筆頭。
六　名声にしばられる苦しさ。

作者　小枝繁
画人　蹄斎北馬

催馬楽奇談全部六巻不顧拙筆清書之畢
神田丹前住　岡山鳥印印

文化八
辛未歳
孟春
発行

東都
書林

日本橋青物町
西宮弥兵衛
糀町平川町
伊勢屋忠右衛門
新橋加賀町
田辺屋太兵衛　梓

鳥《とり》辺《べ》山《やま》調綫《しらべのいとみち》

横山邦治　校注

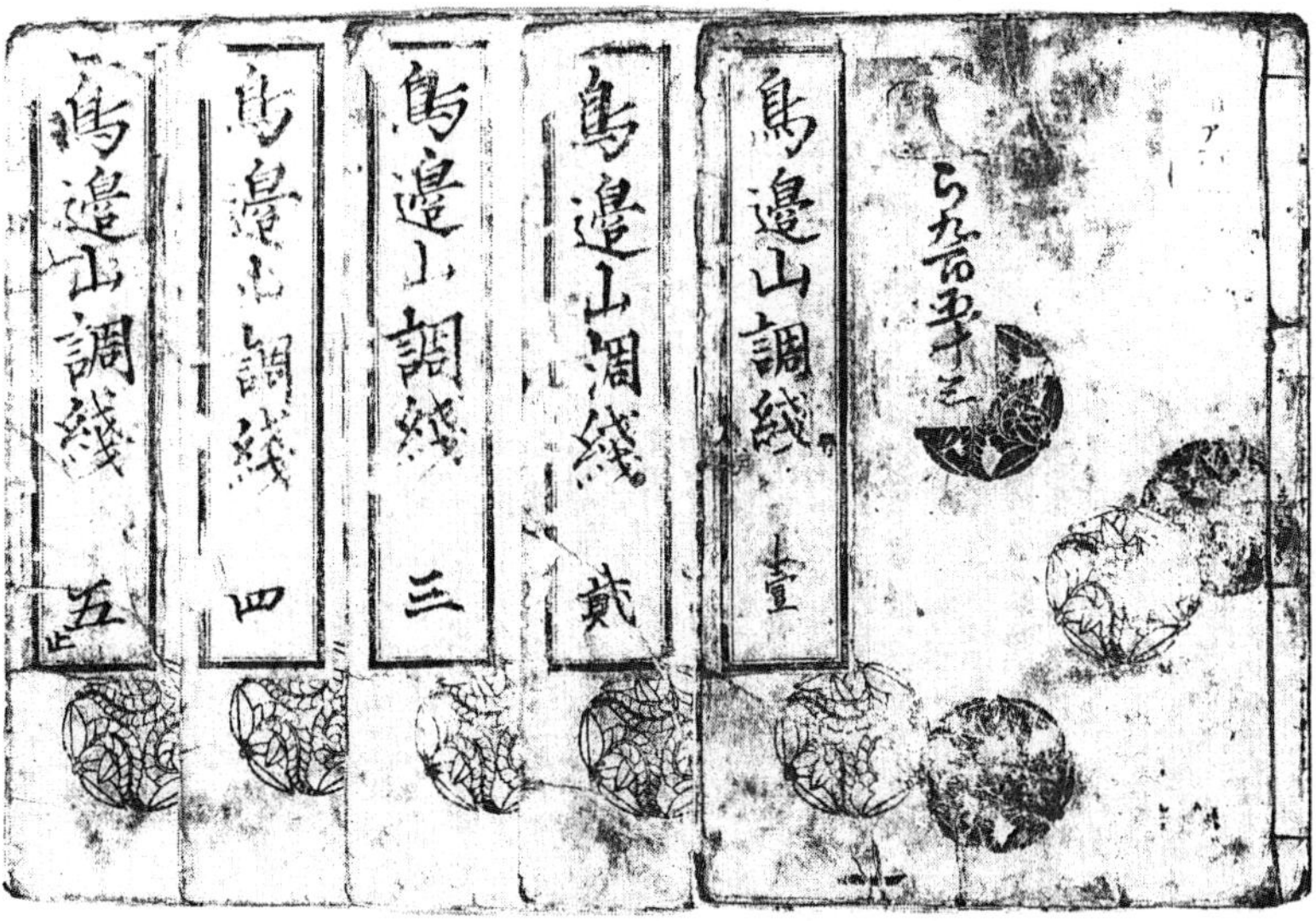

文政八年(一八二五)正月、三都書肆三木太郎左衛門(京都寺町通御池下ル)・吉野屋仁兵衛(京都三条通麩屋町)・大坂屋茂吉(江戸日本橋砥石店)・河内屋儀助(大阪心斎橋通北久太良町)合梓。半紙本、五巻五冊。作者は鶴鳴堂主人、画者は一楊斎正信。鶴鳴堂主人も一楊斎正信も詳伝未調であるが、同一作画者による読本に『絵本三山草紙』文政九年刊があり、『享保以後大阪出版書籍目録』に、「絵本三山草紙　五冊／墨付一百六丁／作者　一柳嘉言(北久宝寺町三丁目)／板元　河内屋義助(北久太郎町五丁目)／出願　文政六年正月／許可　文政六年四月」とあって、鶴鳴堂主人は一柳嘉言(村田嘉言とも、村田春門息)と呼ぶ大阪の人、正信も『浮世絵類考』の記述順から言って上方の人と思われる。

本書は、三都の割印帳に見当らないので確言は出来ないが、京都大学付属図書館蔵本の初刷本見返しに「浪花書林　種玉堂梓」とあり、序文に見える「書肆岡田氏」というのは、河内屋儀助即ち種玉堂のことなので、内容から見ても上方出来の読本で、大坂屋茂吉は江戸での売り出しを扱った書肆であろう。

文政八年の割切帳にこの読本が載っていない理由については巻末の作品解説に譲る。

この読本は、同じく種玉堂の手によって、初刷本刊行直後の文政十年、当時上方の有力読本作者栗杖亭鬼卵の作として序文まで改刻されて再板されている。鶴鳴堂主人名では売れなかったのか、書肆の策略を感じる。

鳥辺山調綫叙

昔者《シハ》孔夫子《ノ》刪《ルニ》レ詩《ヲ》不レ捨二鄭衛《ヲ》[三]一者《ハ》意在《ルナリ》二勧善懲悪《ニ》一也矣。所以《ヘニ》三百篇列《シテ》二之《ヲ》経《ニ》[四]一不二朽《タリ》於万世之《ノ》下《ニ》一。今時著《ス》二小説稗史《ヲ》一者《モ》意亦在《ルナリ》レ此《ニ》也。而世覧《ル》レ之《ヲ》者不レ覚《ラ》二此意《ヲ》一不四但《ザルノミナラ》〈不三以《テ》レ此《ヲ》為《サ》二教戒《ト》一或《ハ》傚《フテ》レ之《ニ》淫乱放蕩可《ケンヤ》二勝《テ》嘆《ズ》一哉。浪華鶴鳴堂主新《タニ》有《リ》レ所レ著《ス》。名《ケテ》曰二鳥辺山調綫《ト》一。鳥辺山《ハ》俗間所レ伝《フル》歌曲《ノ》名《ナリ》也。堂主偶〈思《フテ》二此曲《ヲ》一遂説《キ》二出《ス》此一場《ノ》奇譚《ヲ》一。調綫弾《ジ》レ絃《ヲ》教《ユルノ》レ曲《ヲ》之言《ヒ》也。以《テ》二教《ユルノ》レ曲《ヲ》之言《ヲ》一為《ル》レ名《ト》者《ハ》意欲下教二導《シテ》世《ノ》覧《ル》レ之《ヲ》者《ヲ》一使上レ有《ラ》レ覚《ルコト》二於勧善懲悪《ニ》一。善《イ》哉《カナ》。堂主以《テ》レ此《ヲ》命《ズルヤ》[五]也書肆岡田氏持《シテ》索《ム》二之《ガ》序《ヲ》一。余生平不レ喜《バ》二小説稗史《ヲ》一独喜《ブ》二此書《ノ》命《ズルノ》レ名《ヲ》之善《キヲ》一。卒《ニ》採《ッテ》レ筆《ヲ》応《ズト》二其索《ニ》一云レ爾

[六]文政甲申十一月上澣[七]

[八]金竜道人撰

（昔は孔夫子の詩を刪るに鄭衛を捨てざるは、意勧善懲悪に在るなり。ゆゑに三百篇これを経に列して万世の下に不朽たり。今時小説稗史を著はす者、意も亦た此れに在るなり。而るに世のこれを覧る者、此の意を覚《さと》らず、但だ此れを以て教戒と為さざるのみならず、或いはこれに倣ふて淫乱放蕩すること勝《あ》げて嘆ず可け

一 孔子。
二 古に三千余篇あった詩を孔子が刪って三百余篇としたという。「古者詩三千余篇、及レ至二孔子一、去二其重一、取レ可レ施二於礼義一…三百五篇、孔子皆絃二歌之一」（史記・孔子世家）。
三 春秋二国の名、その楽は淫猥亡国の音であるという。「鄭衛之音、乱世之音也、比二於慢一矣、桑間濮上之音、亡国之音也」（礼記・楽記）。
四 詩経。
五 刊記に見える河内屋儀助、種玉堂、大阪心斎橋筋安土町角。
六 文政七年（一八二四）。
七 上旬。「上澣 ジヤウクハン〔事文〕澣音緩。猶旬也」（書言字考）。
八 江戸中期の漢詩人、金竜道人の没年は天明二年（一七八二）なので、この序は擬撰ということになる。他に金竜道人と号した著名人があったか、未詳。

んや。浪華の鶴鳴堂主、新たに著はす所あり。名づけて『鳥辺山調綫』と曰ふ。鳥辺山は俗間に伝ふる所の歌曲の名なり。堂主、偶々此の曲を思ふて、遂に此の一場の奇譚を説き出だす。調綫は絃を弾じ曲を教ゆるの言ひなり。曲を教ゆるの言を以て名とするは、意、世の之れを覧る者を教導して勧善懲悪に覚ること有らしめんと欲するなり。善いかな。堂主の此れを以て命ずるや、書肆岡田氏、持して此れが序を索《もと》む。余、生平、小説稗史を喜ばず、独り此の書の名を命ずるの善きを喜ぶ。卒《つひ》に筆を採つて其の索めに応ずと云爾《しかいふ》。)

鶴鳴堂主人前《さき》に[一]三山双紙てふ物を書れしを書肆の[二]上梓せしが、殆流行なすからに、こたびはた[三]鳥部山の唱歌を種として一小説を書てよと請《こふ》を、[四]不獲翁直《ただち》に此双紙を著作せらる。実《まこと》や[五]古語に[六]平なる時は思なし、たゞ事に臨み性の動にしたがひて自《おのづから》思精発志を述るに至ると。宜なり。此《この》書におけるも、主人始《はじめ》より著述せんと思ふ心なけれど書舎の請ふによりて、趣向も浮み出つゝ此一部の美譚とはなるにぞ有ける。こを傍よりおかしと見て、寸なき筆を執《とり》漫《みだり》に端書をなすものは、[七]河東田家の耕夫鶴歳なりけり。

一 絵本三山草紙(五鶴鳴堂主人作・一楊斎正信画、文政九年刊)。
二 出板する。
三 薗八節の「鳥辺山」で、お染半九郎の心中を唱ったもの。
四 未調。鶴鳴堂主人の別号か。
五 古い言葉。
六 出典未調。
七 京都鴨川の東側、祇園あたりを指すか。「田家の耕夫」と自称する鶴歳が未調で、同じく河東と呼ぶ江戸の深川かどうか、不明。

鳥辺山調綫総目録

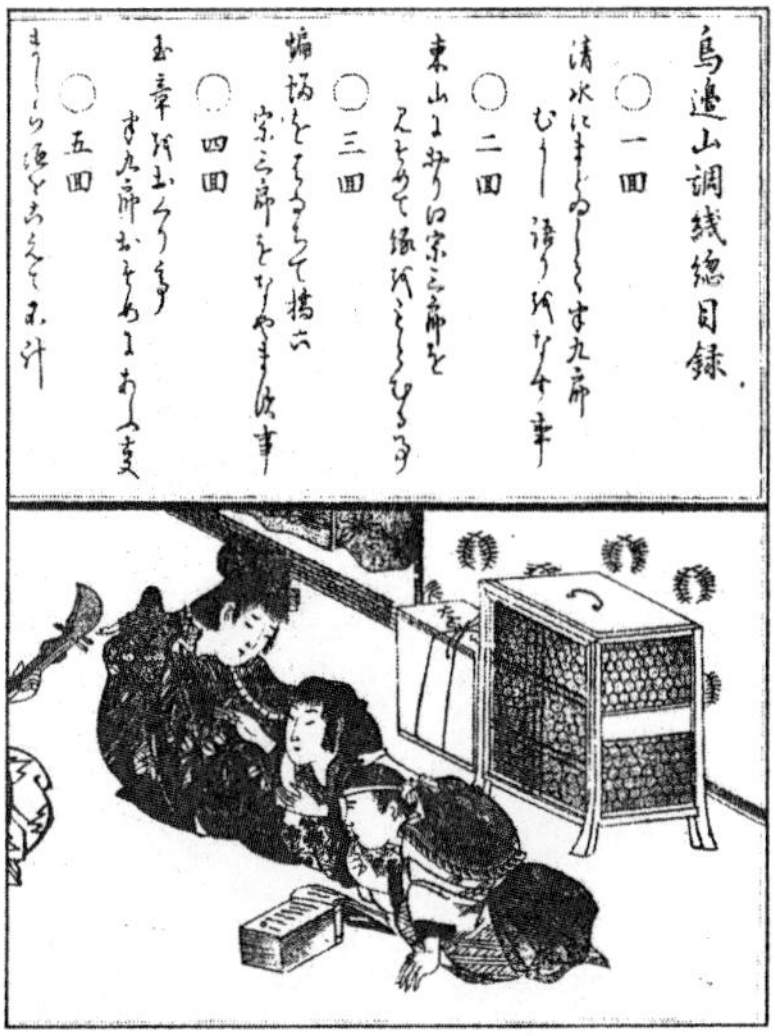

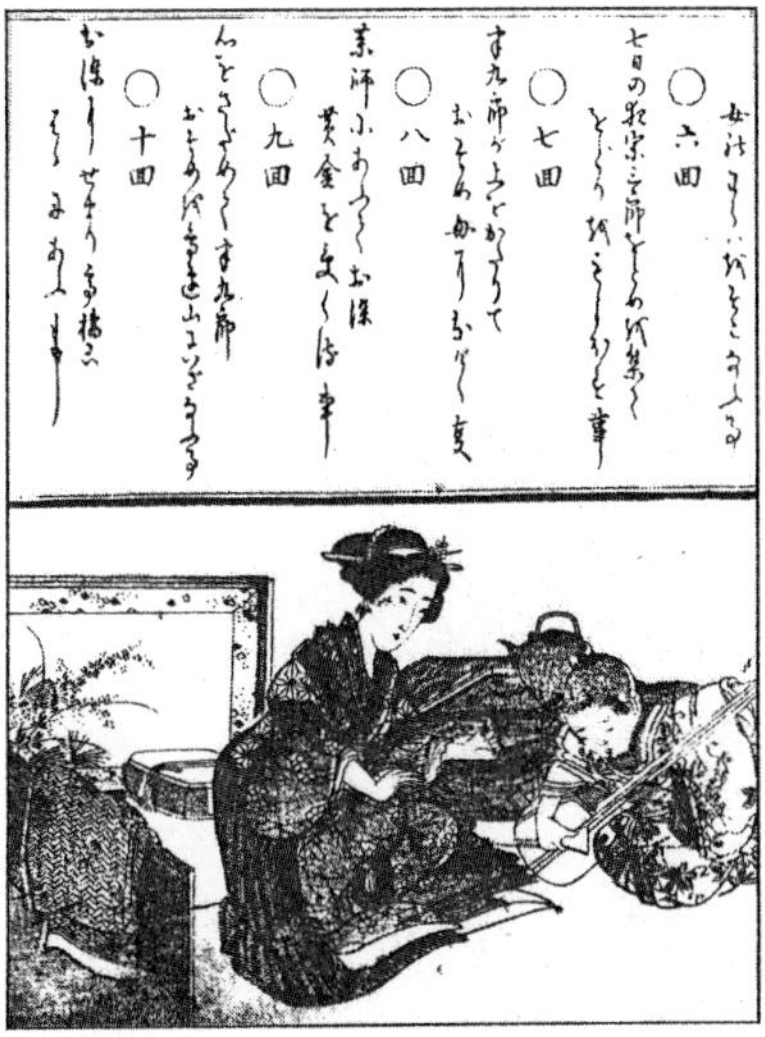

○八回
薬師にあふてお染　黄金を受
くる事
○九回
心をさだめて半九郎　おそめ
を鳥辺山にいざなふ事
○十回
お染にせまりて橋六　はゝに
あふ事

(一)

(二)

(三)

(四)

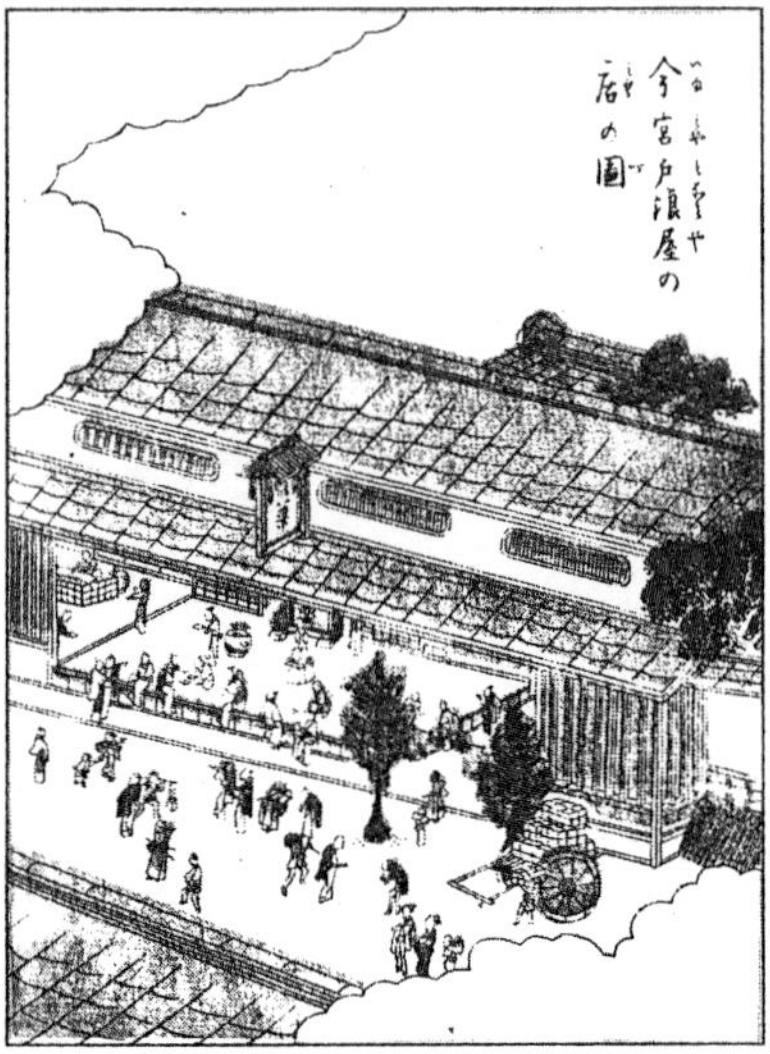

（五）

（一）戸浪屋《となみや》半九郎《はんくらう》　舞子《まひこ》於曾女《おそめ》

（二）呉服屋《ごふくや》宗三郎《そうざぶらう》　山賀屋《やまがや》橘六《きつろく》

さまぐ\に生《う》まれきにける

夜《よ》ゝもみな

おなじ月こそ胸にすみけれ

（三）葛城娘《かつらきがむすめ》織江《おりえ》　葛城丹司《かつらきたんじ》

半九良《はんくらう》手代《がて》与四郎《だいよしらう》

さもこそはみなとは袖《そで》の上《うへ》な

らめ

君にこゝろのまづ騒《さわ》ぐらん

よるのまのうちも寝《ね》られぬ奥

山に

心しらるゝさるのみ叫《さけ》び

（四）戸浪屋《となみや》手代《のて》蟹七《だいかにひち》

丈八《じやうはち》　妹荻《がいもうとをぎ》

浪立しこゝろのみちのするゑは

またくるしき海の底にすむ哉

（五）今宮戸浪屋《いまみやとなみや》の店《みせ》の図《づ》

鳥部《とりべ》山《やま》調《しらべ》綫《のいとみち》　巻之一

○[一]清水《きよみず》の[二]まとゐに半《はん》九郎荻《をぎ》がむかし語《がたり》をなす事

昔《むかし》京《みやこ》[三]西堀川《にしほりかは》に住者《すむもの》ありけり。六月《みなづき》のいとた[四]へがたき比《ころ》、[五]音羽《おとは》の滝《たき》の辺《ほと》りなる寺《てら》に往《ゆき》て、一日《ひとひ》涼《すゞみ》せんと、兼《かね》てより[六]友《とも》どち打語《うちかたろ》ふに、行《ゆか》んといへる者二人有《ものふたりあり》けるが、いづれも[七]五条《ごぜう》の者《もの》也けり。かくて定《さだめ》たる日《ひ》には道《みち》の程《ほど》の暑《あつ》からぬ先《さき》にと、[八]辰《たつ》の時《とき》ばかりに立出《たちいで》けり。しかるに此堀川《このほりかは》の男《をとこ》の許《もと》に、[九]夜前《よべ》[一〇]浪華《なには》より同じ年比《としごろ》なる若人《わかうど》、十波屋半九郎《となみやはんくらう》といへるが登《のぼ》りて有《ある》を、「けふはかゝる遊《あそ》びするに行玉《ゆきたま》へ」とて、誘引行《いざなひゆく》。道《みち》の程《ほど》も遠《とほ》ければ、[一一]巳《み》の時計《ときばかり》に漸〻《やう〳〵》参《まゐ》り着《つき》けるに、早《はや》くも語《かた》らひ置《おき》し五条《ごでう》の友《とも》どちは、爰《こゝ》に待《まち》つけ居《ゐ》たれば、まづ浪花《なには》より登《のぼ》れる、半九郎《はんくらう》を引合《ひきあは》せて、「同《おな》じ心《こゝろ》なる人《ひと》なれば、ゐて参《まゐ》りつる」といふに、五条《ごでう》の友《とも》どちも[一二]能《よく》こそとて、即盃《やがてさかづき》を揚《あげ》て申《まうし》けるは、「今日《けふ》斯《かく》まで設《もふけ》つる円居《まとゐ》なれば、[一三]色《いろ》よき少女《をとめ》のなからんは[一四]はえあらじと思《おも》ひ、先《さき》に一人二人言遣《ひとりふたりいひつかは》し置《おき》ぬれば、只今《たゞいま》にも参《まゐ》りなん」と聞ゆるに、堀川《ほりかは》なる男聞《をとこきゝ》て「そは[一五]賢《かしこ》くも計《はか》らひ玉《たま》へり。己《おのれ》も道《みち》にて知《し》れる方《かた》に立寄《たちより》て申置侍《おきはんべ》るに、浪花《なには》の御方《おんかた》はいかに」と聞《きこ》ゆるを、半九郎《はんくらう》は打笑《うちゑみ》つゝ、「かゝる円居《まとゐ》に参《まゐ》る事《こと》は[一六]稀〻《まれ〳〵》なれば、京《みやこ》に知《し》れる人も侍《はんべ》らず」といふ。

一 京都東山にある清水寺。「此寺は、祇園より十町ばかり南東なり本堂は南向なり」(洛陽名所集)。
二 団欒の会合。「神楽歌に見ゆ円居と書り。梁塵鈔に遊事也といへり。俗に車座に居といふ意也」(倭訓栞)。
三 堀川の西側の地域を示す汎称。二条城の北あたり。
四 酷暑に堪えがたい。
五 清水寺境内にある滝。「音羽滝は奥之院之下にあり、滝口三すぢ、西のかたへ落ち四季増減なし」(都名所図会)。
六 友だち。「ともだち 伊勢物語にみゆ。友共(チ/ド)の転ぜる也」(倭訓栞)。
七 五条通。
八 午前七時ごろ。
九 昨夜。「宿 ヨベ〈昨夜也〉。昨夕同。夜辺 同」(書言字考)。「夜前」をヨベと訓ずる例未調。
一〇 大阪。
一一 午前九時ごろ。
一二 よくお出でなさいましたと。
一三 容色のよい。
一四 ぱっとしない。「歌に、はえあるはえなきといふ。映字の義也」(倭訓栞)。
一五 思い付きよく。
一六 大変珍らしい。

[一]折柄《をりから》花《はな》やかに出立《いでたち》たる妓子《あそび》二人《ふたり》参《まゐり》[二]ければ、「いかで斯《かく》は遅《おそ》かりつるぞ」など、[三]かやかく言《いひ》さわぎつゝ、[四]即《やがて》三絃《いと》抔《など》調《しらべ》てかきならす程《ほど》に、堀川《ほりかは》の男《をとこ》の言置《いひおき》たる[五]芸子《げいこ》も来《きたり》て申けるは、「妾《わらは》が同じ店《みせ》に居《ゐ》玉《たま》ひし、荻《をぎ》と申つる君《きみ》に、今《いま》の先出合《さきいであひ》侍《はんべ》りしに、彼人《かのひと》申けるは、「計《はか》らず物《もの》申たき御人《おんひと》をみうけて侍《はんべ》れば、[六]わなみも御身《おんみ》がゆかせ給ふ方《かた》に誘引《いざなひ》玉へ」と聞《きこ》ゆる儘《まゝ》に、伴《ともな》ひ参《まゐ》りつる」と言《いふ》を、「そは大かた浪花人《なにはびと》の事《こと》ならめ。扨《さて》いつの間《ま》に、[七]さるしるべはし置《おき》玉ひける」[八]抔《など》、そゝのかしたてゝ、「何処《いづこ》にぞ」と問《と》ふに、「彼君《かのきみ》は「けふしも志《こゝろざ》す日《ひ》に当《あた》りて侍《はんべ》れば、先《まづ》観世音《くはんぜおん》に詣《もふで》て、跡《あと》より参《まゐり》なん」と宣《のたま》ふまゝ、送《おく》り来《きたれ》る女《め》の童《わらは》を付《つけ》て、自《みづから》は別《わか》れ参《まゐ》れり。されど女童《めのわらは》には能ゝ《よく〳〵》爰元《こゝもと》をしらせ置《おき》たれば、程《ほど》なく参《まゐ》りなん」といふを、皆ゝ《みな〳〵》聞《きゝ》て、「そは克《よく》したまひつれど、猶心元《なほこゝろもと》なければ」とて、女《をなご》ども二人《ふた》りよびて、[九]「疾観世音《とくくはんぜおん》に詣《まふで》おはさんを、むかへ来《き》たまへ」といふに、彼女共《かのをんなども》、「そは誰《たれ》にておはす」と問《と》へば、「されば昔《むかし》の名《な》は、荻《をぎ》と覚《おぼえ》つるを、[一〇]ゆゑありて浪花《なには》のかたへときゝつるのちは、絶《たえ》ておはする方《かた》も知《し》りまゐらせざりしが、先《さき》にいとやつれたる顔色《おもゝち》にて、[一一]「はしなく道《みち》にて行合参《ゆきあひまゐ》らせしに、今日《けふ》しも御身《おんみ》の行《ゆか》せ玉ふ方《かた》に、心《こゝろ》しれる御方《おんかた》のおはすに物《もの》申たき事《こと》のあれば、誘引《いざなひ》玉へ」と聞《きこ》え玉ふ儘《まゝ》、何《なに》の心《こゝろ》もつかで打連《うちつれ》つゝ、道《みち》すがら[一二]かたみに物語《ものがたり》もして侍《はんべ》りしが、何《なに》をいひつるか聞《きゝ》つるか心《こゝろ》も、とめ侍らず、猶今《なほいま》の御名《おんな》も聞《きか》ずはべりき。されど丈高《たけたか》く細《ほそ》やぎて、髪《かみ》のいとめでたく、年《とし》の程《ほど》は

一　程よい時に。
二　遊女。「あそび　倭名抄に遊女をよめり」(倭訓栞)。
三　あれこれ。
四　三味線。「三線　さみせん　三絃〈按其絃(トイ)三故名三線〉」(和漢三才図会)。
五　芸者。「「大坂新町細見澪標」にたいこ女郎と云は、あげや茶やへよばれ座しきの興を催すものなり。音曲はいふもさらなり、昔は舞などもつとめしなり。享保中より芸子といへるもの出来り。これは昔のたいこ女郎とは訳ちがひ、三みせんを表に立てうらは色をもととするなり」(嬉遊笑覧)。
六　私。「吾儕　ワナミ〔孔子家語・好生第一〕嘻吾儕小人也、注、儕ハ等」(俚言集覧)。
七　そのような知りあい。「しるべ　識方の義なるべし」(倭訓栞)。
八　「語末にいふ等ノ字の義也。抔は字書の本義にあらず。こは後世の辞なるべし」(倭訓栞)。
九　もうとつくに。「とく　疾をよめり。はやく及ぶの義也。趣も説文に疾也とみゆ」(倭訓栞)。
一〇　わけがあって。
一一　たまたま。
一二　たがいに。

廿《はたち》ばかりならん」といふ。「扨《さて》いかなる色《いろ》の衣着《きぬめし》つる。帯《おび》は何《なに》にて侍《はんべ》る」と問《と》へば、「夫《それ》は不覚《おぼえず》」とうち笑《わら》ふ。「こはう[一三]きたる事かな。[一四]伴人《つれだち》玉へる人《ひと》の、何着《なにき》給へるとも覚《おぼえ》玉はずとは、余《あま》りにうかれて来《き》給ふ[一五]気《け》ならん」とて、女共打笑《をなどもうちわら》ひつゝ、「なにゝまれ[一六]程《ほど》の侍《はんべ》るを、参《まゐり》てこん」と行《ゆき》けるが、半九郎《はんくらう》は斯《かく》いふをいと心得《こゝろえ》ぬ顔《かほ》して、かたへに聞居《きゝゐたり》しが、やがて彼芸子《かのげいこ》に向《むか》ひて、「そは己《おのれ》に逢《あひ》て物《もの》いはんとて来《き》つるにか」と問《と》へば、「大《おほ》かた君《きみ》の御事成《おんことなる》べし。[一七]此席《このむしろ》に浪花《なには》の御方《おんかた》とて外《ほか》にもおはさぬものを」といふを、[一八]「しかなりいともあやしきかな」と、尚落居《なほおちい》ぬを、友《とも》どちは「御故《おんゆゑ》こそあらめ。聞《きか》まほし」などいふを、半《はん》九郎は「己浪華《おのれなには》に侍《はんべ》れど、そは[一九]一《ひと》ふしもなきよしなし事也」と、言紛《いひまぎら》して有程《あるほど》に、女共《をなども》帰《かへ》りきて、「扨《さて》もいかなる事にか、さる御方は何処《いづこ》にもおはさず。もしや[二〇]千手《せんじゆ》の御手術《おんてだて》にて、隠《かく》しおき玉へるならん」と云《いふ》に、彼付《かのつけ》てやりし女童《めのわらは》も帰《かへ》りきて申けるは、「御仏《みほとけ》の御前《みまへ》にて、倶《とも》に拝《をが》み奉《たてまつ》りしうち、露《つゆ》の間《ま》にいづこへかおはしたるまゝ、此所《このところ》はいまだ聞知《きゝし》り玉はじを、何所《いづこ》にか[二一]まどひ行《ゆき》玉はんと、彼方此方幾渡《かなたこなたいくわた》りも、尋《たづね》て候へども、余《あま》りに間《ま》もなき事なれば奇怪《あやし》く、人気《ひとげ》もすくなかりしかば、[二二]御堂守《みどうもり》などに問《とひ》ても、さる人伴《ひとともな》ひつるとは覚《おぼへ》ず、御身《おんみ》一人《ひとり》こそ見《み》つれ、抔《など》いふに、物《もの》の[二三]恐《かし》こく成《なり》つれば、先告参《まづつげまい》らする也」とかたる。おもゝち無双《になく》うつくしくみゆるに、皆只《みなたゞ》「あやし」といふ。

[一三] 心残りな。
[一四] 一緒に行く。「つれだつは列立也。摂ノ字の意」(倭訓栞)。
[一五] …のためだろう。「気をけとよむは訓也。…音にあらず」(倭訓栞)。
[一六] 時間。経過。
[一七] 会席。「又篤也。又転じて席会席などを云」(俚言集覧)。
[一八] そのとおり。
[一九] 少しも。
[二〇] 千手観音のような超人的な方法。「便点《テダ》」「遊仙」。術 同」(書言字考)。
[二一] 迷い行く。
[二二] お寺の堂守。
[二三] おそろしく。「かしこ 畏懼惶恐を訓り」(俚言集覧)。

友《とも》に誘引《いざなは》れて、半《はん》九郎清水《きよみづ》に遊《あそ》ぶ所

此時半九郎《このときはんくらう》はおもひ合《あは》する事も有《ある》にや、外《と》の方《かた》にむかひて、仏《ほとけ》[一]の御名《みな》を唱《とな》へて、泪《なみだ》の[二]頻流《ひたなが》るゝに、故《ゆゑ》こそあらめと、皆声《みなこへ》をひそめて、何《なに》事とはしらねど、仏《ほとけ》の、み名を唱《とな》ふるも有《あり》、女共《をなごども》はひとつにこぞりて袖引合《そでひきあひ》、抔《など》して息《いき》もせで暫《しば》し有に、半九郎《はんくろう》は頻《しき》りに[三]空《そら》詠《なが》めして打歎《うちなげ》くさまなれば、友《とも》どちは是《これ》を慰《なぐさ》めつゝ、「扨何事《さてなにごと》にか侍《はんべ》りつる。顔色《おもゝち》も悪《あし》うおはすを、いかで隠《かく》し玉《たま》ふ事かたりて、心《こゝろ》を晴《はら》し玉へ。一人《ひとり》思《おも》ひ鎮《しづむ》ことは宜《よろし》からぬわざ也。元来[四]心《もとよりこゝろ》の罪《つみ》は口《くち》にいひて亡《ほろぼ》すとなん聞《きゝ》つれば、承《うけたまは》りし上《うへ》にては、予〻《われ〳〵》いか計《ばかり》の事もなし侍《はんべ》らん」と、[五]わりなく聞《きこ》ゆるに、半九郎も泪打払《なみだうちはらひ》て、「今日《けふ》しも初《はじめ》て謁奉《あひたてまつ》りて侍《はんべ》れど、此堀川《このほりかは》なる人《ひと》は、己《おのれ》が従弟《いとこ》にて侍《はんべ》る。ちなみに是《これ》が友《とも》がきと侍《はんべ》れば、何事《なにごと》も隔《へだて》参《まい》らする心《こゝろ》もなく、尚《なほ》それに妓子《げいこ》達《たち》の多《おほ》くおはすれど、同じ[六]流《ながれ》の業《わざ》にて、誰上《たがうへ》にも侍《はんべ》らん筋《すぢ》なれば、かゝる事《こと》の始終《はじめをはり》を聞《きこ》え参《まゐ》らせんに、苦《くる》しくは思《おも》ひ侍《はんべ》らねど、是《これ》申ては、[七]ふりはへ催《もよふ》し玉へる、今日《けふ》の興《けう》はなくなりて、哀《あはれ》なる昔物語聞《むかしものがたりきゝ》玉ふさまにも侍《はんべら》んに、えこそ聞《きこ》えまゐらせじ。是《これ》より志《こゝろざ》す[八]とひ事《ごと》も侍《はんべ》れば、暇《いとま》玉はらん」といふを、「[九]ひたすら語《かたり》玉へ。大《おほ》かたは侍《はんべ》る事《こと》にもと、[一〇]計《はかり》て侍《はんべ》れば、譬《たとへ》隠《かく》し玉ふとも、けふの遊《あそ》びは、とゞめて、我々《われ〳〵》も倶《とも》にまかでなん。さるよりは語《かたり》玉へ。承《うけたま》はりし上《うへ》にて、幸《さいはひ》御寺《みてら》にも侍《はんべ》れば、いか計《ばかり》の[一一]ことひごとも仕《つかま》つらん」と、わりなく責《せめ》ければ、「さらば聞《きこ》え参《まゐ》らすべきまゝ、其上《そのうへ》は御志《おんこゝろ》ざしの、とひ事《ごと》も頼参《たのみまゐ》らす」とて、漸〻《やう〳〵》涙《なみだ》をとゞめ、「思《おも》ひ出侍《いではべ》るに、

一 南無阿弥陀仏という名号。
二 しきりに。「ひた〔文選〕固護 ヒタオモムキ、注、精心専一貌とあり。又一向をよめり」(俚言集覧)。
三 空を見つめて(うわの空になる様子)。
四 「思いを包むは罪深し」(毛吹草)と同意か、同一の諺未調。
五 余儀なく。
六 遊女の業。「流の女、流れの身は遊女をいへり」(倭訓栞)。
七 わざわざ。「ふりおこしてわざ〳〵といふに同じ意也」(倭訓栞)。
八 訪問するところ。
九 ただただ。「常尚(ヒタスラ)の義也。俗にひたものともいへり」(倭訓栞)。
一〇 推量する。
一一 仏事をいうか。

月日《つきひ》も忘《わす》れず、今《いま》より四《よ》年《とせ》先《さき》、己《おのれ》いと若《わか》くて[一]母刀自《はゝとじ》と倶《とも》に、京《みやこ》に登《のぼ》り、遠近《をちこち》見《み》歩行《あるき》侍《はんべ》りし時《とき》、此観世音《このくはんぜおん》に詣《もふで》て侍《はんべ》るは、[二]卯月中《うづきのなか》の八日《やうか》也。然《しか》るに此山《このやま》の梺《ふもと》の家《いへ》に、いと貧《まづ》しくすめる男有《をとこあり》けり。其《それ》が妻《つま》は若《わか》かりし時《とき》、母刀自《はゝとじ》の傍《かたはら》に召遣《めしつか》ひて、侍《はべ》る者《もの》にて、今《いま》はそこの妻《つま》となりて侍《はべ》るが、「都《みやこ》へ詣《もふ》でたらば、必《かな》らず寄《より》て」と、折ゝ言《をり〳〵いひ》おこしつれば、幸《さいわひ》の序《ついで》なれば、立寄《たちより》けるに、いと嬉《うれ》しがりて、主《あるじ》の翁《をきな》も出《いで》て、[三]饗《あるじ》ぶり二《に》なくするほどに、時《とき》も往《うつり》て、雨《あめ》のいたう降出《ふりいで》ければ、「いかで今夜《こよひ》は[四]いぶせくとも、爰《こゝ》にて明《あか》させ玉へ」と、[五]せちに聞《きこ》ゆるに、外《よそ》のさまにもおもはで、母《はゝ》と己《おのれ》と召連《めしつれ》たる者一人《ものひとり》とゞめ、男共《をとこども》は宿《やど》りに帰《かへ》し、「明日《あす》は[六]未明《つとめて》むかひに来《こ》よ」と申て有間《あるま》に、雨《あめ》も、[七]をやみて月《つき》のさし登《のぼ》るけしき、いと面白《おもしろ》かりしかば、「若葉《わかば》にうつろふ月影《つきかげ》に、御寺《みてら》のさま殊《こと》にしめやかならんを、一人参《ひとりまゐ》りて拝《をが》まん」といふに、いかでさはとて、外《ほか》に人《ひと》もあらねば、娘《むすめ》のいと[八]童風《わらはだち》たるが侍《はべ》るを、付《つけ》てしるべさせたり。何《なに》の心《こゝろ》もなくて、手携《てたづさは》りて、御山《みやま》に登《のぼ》り、後《うしろ》の御寺《みてら》など拝《をが》み廻《めぐ》るに、かたへに清《きよら》なる簾《すだれ》かけわたして、見《み》はらし克方《よきかた》に、床置居《ゆかおきすゑ》てありければ、立寄《たちより》て暫《しば》し、雨《あめ》の名残《などり》の露《つゆ》、青葉《あをば》の桜《さくら》が枝《えだ》よりふり落《おつ》るなど、いと面白《おもしろ》く思《おも》ひて、詠居《ながめをる》に、此娘《このむすめ》がとかくに[九]恋慕《けさう》めきて侍《はんべ》るを、「年《とし》はいくつにか」といへば、「十六也」といふ。丈《たけ》は細《ほそ》やぎたれば、高《たか》くも見《み》ゆれど、いと童敷覚《わらはしくおぼえ》て侍《はべ》るに、こは所《ところ》がらにや、早《はや》く[一〇]よづきて侍《はべ》るなど、心《こゝろ》に思《おも》ひて、いと清《きよ》らなるにおもはず成事《なること》も、[一一]言《いひ》ひゞかしなどし、[一二]今《こ》宵《よひ》

一 女性に対する敬称。「刀自(ジト)は戸主の約といふ説あり。刀自は一家の家事を主る主婦をいふ」(俚言集覧)。
二 十八日(旧暦四月の)。
三 接待を大そうする。「あるじ　物語に饗をあるじといふも意通へり。伊勢物語にあるじまふけなどいへり」(倭訓栞)。
四 気鬱である。
五 心から。「せち　切、これは切の音語にて、古へはなきを、物語などには多く用ゐたり」(倭訓栞)。
六 朝早く。
七 少しの間降り止む。
八 子供っぽい。「風」をダチと訓ずる例未調。
九 恋慕の情を示す。懸想。
一〇 男女の情を解する。
一一 (今まで思いもかけなかった恋情を)言外にふくませて。
一二 今夜こそ密かに人目をぬすんでと。

ぞ物《もの》の隙《まぎれ》にと、道《みち》すがら言契《いひちぎ》りけるに、いとあらはなる一三住居《すまゐ》也しかば、何事《なにごと》も語《かた》らはで、心《こゝろ》ならずも「重《かさね》て」とばかりにいひて、明日《あす》はとく帰《かへ》りにけるが、母刀自《はゝとじ》一四ゐて参《まゐ》りつれば、一五おのがまに〳〵出歩行《いであるき》も叶《かな》はず、をしき事したりと思ふ折節《をりふし》、浪花《なには》より迎来《むかひきた》りて、不意《ゆくりなく》かへりき。

扨《さて》のちも若葉《わかば》の月《つき》みし夜《よ》の事《こと》、心《こゝろ》に懸《かゝ》りしが、其年《そのとし》の一六文月《ふみづき》京《みやこ》の便《たより》に聞《きけ》ば、彼《かれ》が父母《ちゝはゝ》俄《にはか》に病付《やみつき》て、死《しゝ》ければ、娘《むすめ》は従弟《いとこ》の方《かた》へ遣《つかは》して、我家《わがいへ》も人《ひと》に譲《ゆづ》りてなど、聞《きこ》ゆるに、重《かさね》てとはん一七便宜《たつき》もなければ、いと憂事《うきこと》に思《おも》ひ居《をり》しに、一八葉月《はづき》になりて、業《なりはひ》の事出来《ことでき》て、京《みやこ》に登《のぼ》りしに、先此御山《まづこのみやま》に詣《まふで》て、さる家《いへ》の隣《となり》にて問《とひ》しかども、娘《むすめ》の行《ゆき》たる方《かた》は知《し》れる人《ひと》もなく、とひ寄《よる》べきしるべもなければ、今《いま》は一九歩行人《かちひと》の渡《わた》れどぬれぬ、えにしあればと、心《こゝろ》ならずも過《すぎ》けるが、或日《あるひ》友達《ともだち》に誘引《いざなはれ》て、遊《あそ》び求《もと》めに往《ゆき》ける時《とき》、近《ちか》き比《ころ》より出《いで》て侍《はべ》る、荻《をぎ》となん聞《きこ》ゆるが在《あり》とて、我《われ》に招《まね》けとすゝむるに、「二〇荻《をぎ》ならば、伊勢人《いせびと》にこそよからめ。浪花人《なにはびと》にはあしかるべし」といへば、「あしともよしとも、二一一夜《ひとよ》のゆかりにをり伏《ふせ》給へ」といひて、ゐて来《き》たるを見れば、彼少女《かのをとめ》なりけるが、いと恥《はづ》かしげにて、顔《かほ》もえ上《あげ》ず。己《おのれ》は観世音《くわんぜおん》のし給ふ也と、嬉《うれ》しく、「早《はや》く寐《ね》て語《かた》らはん」と言《いふ》を、友《とも》どちは二二あざみにくむ。さるにても時移《ときうつ》りぬとて、やがて人気《ひとげ》も遠《とほ》ぞきたるに、二三彼《かの》よるの雫《しづく》にそぼち初《そめ》たりしより、久敷逢《ひさしくあひ》見ざりし、月頃《つきごろ》の事など語《かた》りて、猶行末《なほゆくすゑ》の事さへいひ出《いづ》るに、鶏《とり》の啼《なけ》ば、

一三 人目に付く住居。
一四 連れ立って来る。
一五 自分勝手に。
一六 七月(旧暦)。
一七 手がかり。「〔万葉集十二〕跡状不知タツキモシラヌ常に便宜を読」(俚言集覧)。
一八 八月(旧暦)。
一九 浅くとも縁さえあれば。「取りて見れば かち人の渡れど濡れぬえにしあれば とかきて、末はなし。…又あふ坂の関はこえなん とて、明ればおはりの国へ越えにけり」(伊勢物語六十九段)。
二〇 「草の名も所によりてかはるなり難波の芦は伊勢の浜荻」(菟玖波集・救済法師)。
二一 一夜だけの縁。伊勢物語六十九段の説話が「一夜のゆかり」の背景にあるか。「葦も葮も浪華の事も言はぬぞよし」(譬喩尽)。
二二 嘲笑する。
二三 以前の「今宵ぞ物の隙」に「言契り」しことを指す。

力《ちから》なく立別《たちわか》れけるが、夫《それ》より京《みやこ》にとゞまりて有内《あるうち》は、[一]一日《ひとひ》一夜《ひとよ》もおちず、相見《あひみ》つゝ、さて業《なりはひ》の事も果《はて》たるに、詮《せん》かたなく、別《わかれ》て帰《かへ》りしに、漸《やが》て[二]玉章《たまづさ》の便《たより》も茂《しげ》く、いきかひて、弥甚忘難《いよゝわすれがた》かりしに、[三]長月計《ながつきばかり》に終《つひ》に、浪花《なには》に下《くだ》り来《き》にければ、いと嬉《うれ》しく、少《すこ》しの黄金《こがね》をつぐのひて、彼《かれ》が[四]身《み》を贖《あがな》ひ、我近《わがちか》き辺《ほとり》に住《すま》せおきて、行通《ゆきかよひ》けるが、凡二《およそふた》とせ計《ばかり》は夢《ゆめ》のさまにて、逢《あひ》みしを、終《つひ》に己《おのれ》も親《おや》にいたく懲《こらさ》れて、一年《ひとゝせ》計り東《あづま》の方《かた》へ追遣《おひやら》れて侍《はべ》りける間《ま》に、彼荻《かのをぎ》も寄所《よりどころ》なき身《み》と成《なり》て、こと人《びと》の[五]傍女《そばめ》となり侍《はべ》ると聞《きゝ》て、今《いま》は憎《にく》くさへなり、自《おのづか》らかの夢《ゆめ》も覚果《さめはて》けるが、今年《ことし》の春《はる》[六]とみの病《やまひ》にて、父《ちゝ》なる人《ひと》のはかなく成《なり》玉ひぬとて、俄《にはか》に迎来《むかひきたり》ければ、いと悲《かな》しくて周章《あはて》て、此程浪華《このほどなには》に帰《かへ》り侍《はべ》りて、去知《さるし》るべより聞《きけ》ばかの荻《をぎ》が身《み》のよるべなく成《なり》つるを、きゝて、又も従弟《いとこ》なる者浪花《ものなには》に来《きた》り、荻《をぎ》を[七]たばかりて、人妻《ひとづま》になし、数多《おほく》の身代《みのしろ》を取《とり》て帰《かへ》りけるが、荻《をぎ》は一向《ひたすら》、謀《はか》られしを悲《かな》しみて、其人《そのひと》にも従《したが》はず、其日《そのひ》より物《もの》も食《く》はで、たゞ物病《ものやみ》にやみて侍《はんべ》るよし也。扨《さて》しのびておこせし文《ふみ》どもゝ、[八]数多《あまた》侍《はんべ》るを見るに、只哀《たゞあはれ》なる事のみ聞《きこ》えて、「いかで今一度逢参《いまひとたびあひまゐ》らせて、心の程《ほど》を聞《きこ》えまほし」とのみ、聞《きこえ》しが、「此頃京《このごろみやこ》へ登《のぼ》る事《こと》あれば、やがて帰《かへ》りてあらば兎《と》も角《かく》もせん」と申遣《つかは》しけるに、その返《へん》じはいとよはりて侍《はべ》るにや、「筆《ふで》も取難《とりがた》く侍《はべ》るに」とて、人《ひと》を頼《たのみ》て心弱《こゝろよわ》き言伝《ことづて》しておこせけれども、とみの事なれば、詮方《せんかた》なく、其夜《そのよ》舟《ふね》にて登《のぼ》り侍《はんべ》るが、[九]夜《よ》すがら、見る夢《ゆめ》もたゞ傍《かたはら》に荻《をぎ》の、付添《つきそひ》ゐる様《やう》になんおぼえけるが、去《さる》

一 毎日毎夜。

二 手紙。「玉章 タマヅサ」(易林本)。

三 九月(旧暦)。

四 身請けする。底本は「贖」、訂す。

五 側妾。「傍婦 ソバメ」(書言字考)。

六 急な。「とみに 頓にといふ義をもて訓とする也といへり。物語に多し」(倭訓栞)。

七 だます。

八 数多く。「あたま 真ノ字伊勢物語に多をよみ、霊異記に数をよみ、万葉集に数多をよめり」(倭訓栞)。

九 夜中。

心懸《こゝろがゝ》りの侍《はんべ》るに、人〻《ひとぐ》と交《まじは》り、遊《あそ》びせん心もあらねど、此処《このところ》へと承《うけたまは》りしかば、昔思《むかしおも》ひ出《いで》て、少《すこ》し心《こゝろ》をも[一〇]はるかさんと、思《おも》ふ計《ばかり》にて参《まゐ》りしに、不覚人〻《おぼえずひとぐ》の斯宣《かくのたま》ふを聞《きゝ》て、扨《さて》は彼《かれ》[一一]無墓《はかなく》なれど、一度逢《ひとたびあひ》みてといひし、心残《こゝろのこ》りて、慕《した》ひこしかとおもふに、胸《むね》もふたがりて、人〻《ひとぐ》の宣《のたま》ふ事さへ耳《みゝ》にも入《いら》ず、御寺《みてら》の方《かた》を見《み》て侍《はんべ》りしに、只烟《たゞけぶり》などの立登《たちのぼ》るごとくにて、[一二]面影《おもかげ》にみえしかば、悲《かな》しさ遣方《やるかた》なく、仏《ほとけ》の御名《みな》唱《となへ》て侍《はべ》るまに、消失《きえうせ》ぬ」と、今《いま》は絶兼《たへかね》て、声《こゑ》を放《はな》ちて泣《なき》ぬるに、友《とも》だちも頭《かしら》を垂《たれ》て、「扨《さて》はしか有《あり》しか。さりともしらで、己等《おのれら》が立騒《たちさわ》ぐにぞ、言《こと》も通《かよひ》がたくや、おはしけん」とて、なげば、「彼伴《かのともな》ひしと思ひし妓子《げいこ》は、妾《わらは》を元知《もとしれ》る人と覚《おぼ》し。しかは頼《たの》み聞《きこ》えて、爰迄《こゝまで》おはしたる、御心《みこゝろ》のいかにも〳〵、いとをしく侍《はべ》る」とて、[一三]真袖《まそで》を皃《かほ》にあてゝ泣《なけ》ば、「実《げに》も誰《たれ》も〳〵、[一四]身《み》の上《うへ》也けり、[一五]いはれあいなき縁《え》にしかな。悲《かな》しの御人《おんひと》の行衛哉《ゆくへかな》」とて、言出《いひいで》〳〵はてしなきに、「女《をなご》共《ども》がかく承《うけたまは》りては、暫《しば》しも、[一六]もださじ」と、「皆〻仏《みなくほとけ》の御名《みな》を唱《とな》へさせてよ。又上《またうへ》の山《やま》に人遣《ひとや》りて、[一七]跡《あと》とふ業《わざ》も念比《ねんごろ》にせさせ玉へ」など、立騒《たちさわ》ぐほどに、おかしからん、面白《おもしろ》からんと、思《おも》ひつゝ、集《つど》ひよりしは、皆法《みなのり》の友達《ともだち》となりて、[一八]終日《ひねもす》なき暮《くら》しつゝ、各〻目《おのくめ》をすり赤《あか》めて夜《よ》に紛《まぎ》れて立帰《たちかへ》りぬ。

一〇 晴れやかにしよう。
一一 死去をいう。「无レ墓 ハカナシ」(易林本)。
一二 似姿。「おもかげ …常に面影と書り。…髣髴と其物を見る意也」(倭訓栞)。
一三 両袖。
一四 我が身の上にもあることである。
一五 ゆかりのあまりない。「俗にいふいはれ因縁のいはれに同し」(雅言集覧)。
一六 黙っておれない。
一七 死者の冥福を祈る仏事。
一八 一日中。「ひねもす 終日又尽日をよめり」(倭訓栞)。

半《はん》九郎
よる清水《きよみづ》に
詣《まう》でしところ

○東山《ひがしやま》におり江宗《えそう》三郎をみそめて縁《えん》をもとむる事

実《げに》[一]わりなきは、世《よ》の中《なか》のさらぬ別《はか》[二]れになん。されば半九郎《はんくらう》ははからず、清水《きよみづ》の円居《まとゐ》に、荻《をぎ》がなき魂《たま》の迷《まよ》ひ来《き》て、はかなき姿《すがた》を顕《あら》はしぬる、心《こゝろ》の内《うち》、[三]さしぐまれていとをしく、跡吊業念《あととふわざねん》ごろに仕拵《しこしらへ》つゝ、夫《それ》より五日ばかり経《へ》て、業《なりはひ》の事もはてければ、とみに浪花《なには》へ帰《かへ》りて、荻《をぎ》が上《うへ》を問《と》ふに、悲《かな》しき事の数《かず》〳〵、言残《いひのこ》して、無墓《はかなく》なりけるよし、聞毎《きくごと》に堪《たへ》がたう、[四]七日〳〵の仏事《ぶつじ》は去事《さること》にて、仏《ほとけ》の御名《みな》唱《とな》ふるを専《こと》として、[五]明《あけ》ぬ暮《くれ》ぬと歎《なげ》きくらしぬ。

爰《こゝ》にいと不思議《ふしぎ》なりしは、先《さき》に荻《をぎ》にともなひて、観世音《くはんぜおん》に詣《もふ》でける女《め》の童《わらは》の、「[六]頓首《ぬかづき》居《を》る間《ま》に荻《をぎ》がすがた見うしなひぬ」とて、馳《はせ》かへりて物《もの》がたる折《をり》ふし、烟《けぶり》の如《ごと》く其姿《そのすがた》のあらはれつゝ、彼女《かのめ》の童《わらは》に立添《たちそふ》やうにて消失《きへうせ》ぬれば、いとあやしく目《め》をとゞめて見るに、[七]艶《あて》にうつくしかりければ、何《なに》となく身《み》にしみておぼえけるが、爾来《それより》は忘《わす》れがたう、悲《かな》しみの内《うち》にも、さすがに恋《こひ》しく、つら〳〵思《おも》ひめぐらすに此月頃《このつきごろ》思《おも》ひ誤《あやまり》て、荻《をぎ》につれなかりしを、うきことに思ひて、彼《かれ》が亡魂《なきたま》、女《め》の童《わらは》に副《そひ》て、わがこゝろをまどはすにかあらん抔《など》、[八]とざまかうざまに、思《おも》ひ乱《みだ》るゝもわりなき心《こゝろ》ぐせなり。

抑《そも〳〵》此半九郎《このはんくらう》といへるは、[九]津《つ》の国今宮《くにいまみや》に住《すみ》て、家居《いへゐ》もいと豊《ゆたか》なるに、父《ちゝ》は春《はる》の比身《ころみ》ま

一 どうにもならない。
二 振仮名は底本のまま。「わかれ」とあるべきところ。
三 涙の出るほどに。
四 初七日から四十九日に至る七日目毎の追福の仏事。
五 明けても暮れても。
六 観世音の前で深い礼拝をする様。「頓首　ヌカヅク　叩頭、叩首、並仝」(書言字考)。
七 「あて」は「貴」の訓みが普通。「艶」の例未調。艶冶な美を表現するために用いたか。
八 あれやこれや。
九 摂津の国今宮、今の大阪市浪速区恵美須町にある今宮戎神社の在所、今宮村と称した。

かりて、今《いま》は母《はゝ》のみなれば、万業《よろづなりはひ》のことは[一]、半九郎《はんくらう》が物《もの》すべきを、さる筋《すじ》は手《て》にも不付《つかず》、月日を経《ふ》れ共《ども》、荻《をぎ》がこと忘《わす》れ難《がた》く、悲《かな》しみの数積《かずつもり》けるにや、心地煩《こゝちわづら》はしく、日益《ひまし》に形衰《かたちおとろ》へ行《ゆく》にぞ、母《はゝ》は兎角《とかく》に[二]案《あん》じわびて、手代《てだい》の蟹七《かにひち》を呼《よび》て申けるは、「此程《このほど》より半九郎《はんくらう》が様《やう》を見《み》るに、日毎《ひごと》に[三]羸行《やつれゆく》は、世《よ》にいふ[四]労咳《らうがい》などいふ病《やまひ》にやと、心元《こゝろもと》のう侘《わび》しければ、疾都《とくみやこ》に往《ゆか》しめて、賢《かしこ》き医《くすし》を求《もと》め、療治《りやうち》なさしめんと思《おも》へば、[五]和主《わぬし》よきに計《はか》らひ玉へ」と有《ある》に、蟹《かに》七心得《こゝろえ》て、夫《それ》より半九郎《はんくらう》に其由《そのよし》を勧《すゝ》むるにぞ、兼《かね》て其心有《そのこゝろある》ことなれば、とみに[六]諾《うべなひ》て、予《あらかじめ》客路粧《たびよそ》ひなし、心利《こゝろき》ゝたる僕一人《ずさひとり》を連《つれ》て、其夜《そのよ》俄《には》かに舟《ふね》に取乗《とりのり》て、都《みやこ》に登《のぼ》り、直《すぐ》さま知方《しるべ》にたよりて、[七]四条川《しでうのかは》ぞひの、見晴《みはら》し能処《よきところ》に、小《さゞやか》なる家《いへ》をかり求《もと》て、住付《すみつき》けるが、斯所《かくところ》かはりては、自《おのづか》ら[八]散憂《まぎ》るゝふしもありて、日を経《ふる》に従《したが》ひ、漸《やう〱》心《こゝ》ちの爽《さはやぎ》たるを覚ぬれば、或日《あるひ》清水《きよみづ》に詣《もふで》んとて立出《たちいで》しが、またも過《すぎ》こしかたを思《おも》ひ出《いで》て、かわかぬ袖《そで》をしぼりつゝ、帰《かへ》るさ風《ふ》[九]と、彼女童《かのめのわらは》の事《こと》を思《おも》ひ出《いで》ていとゆかしく、[一〇]いかで見《み》ばやの心《こゝろ》つきければ、兼《かね》て是迄行通《これまでゆきかよ》ひたる、[一一]祇園町《ぎをんまち》の茶屋《ちやや》に入《いり》て、「過《すぎ》し夏《なつ》かゝりける女童《めのわらは》の、清水《きよみづ》に来《き》けるが、今《いま》はいかに成《なり》つらん」と問《とふ》に、家刀自《いへとじ》打笑《うちゑみ》て、「そは我娘《わがむすめ》にて名《な》は染《そめ》と申侍《はんべ》るが、此程店《このほどみせ》に出《いだ》しつる所幸《ところさいはひ》に[一二]時《とき》をえ侍《はんべ》りて、客人《まろうど》の絶《たゆ》る隙《ひま》なく、もてはやされぬるまゝに、[一三]とばかりの暇《いとま》もあらねど、今日《けふ》は心地悪《こゝちあ》しとて、今朝《けさ》より家《いへ》にあれば、おして[一四]御興《おんけう》を添奉《そへまゐ》らすべし。先此方《まづこなた》に入《い》らせ玉へ」とて、奥《おく》に伴《ともな》ひ扨《さて》、盃《さかづき》など出《いだ》して何《なに》くれ

一 底本は丁の末尾と次丁の冒頭に「は」を重出。
二 心配して。
三 やせおとろえる。「やつるゝ 憔悴をいふ又羸ノ字をよめり。痩疲の義成べし」(倭訓栞)。
四 肺結核。「労瘵病の肉のおちるやう」(俚言集覧)。
五 お前さん。「わぬし 東鑑に和主と見えたれど、我主の義成べし。野槌に汝也と見えたり」(倭訓栞)。
六 承知する。「うべなひ 霊異記に諾ノ字をよめり」(倭訓栞)。
七 四条通の鴨川沿い、東、西岸は不明。
八 気が晴れる。同例未調。
九 ふっと。「不図」とあるべきところ。同例未調。
一〇 何とかして再会したいものだ。
一一 現在の京都市東山区の祇園で、当代も遊所である。
一二 丁度美しい盛りの時で。
一三 少しばかりの。「とばかり 詞にいふはそれとばかりの義也」(倭訓栞)。
一四 遊びの興。

東山《ひがしやま》の花見《はなみ》に
おり江宗《えそう》三郎を
みそむるところ

と興《けう》を添《そふ》るほど、外《と》の方《かた》に身《み》じろく音《おと》して、隔《へだて》を押開《おしひら》きて出《いづ》るをみれば、彼女童《かのめのわらは》也けり。実言《げにいひ》つるに違《たが》はず、時《とき》を得《え》つるもしるく[一]、髪《かみ》などのいとめでたく、愛敬《あいきやう》こぼるゝ計匂《ばかりにほ》ひ細《こま》やかなるが、思ひなしにや、克荻《よくをぎ》に似《に》かよひたり。去年《こぞ》の夏清水《なつきよみづ》にて見《み》し時《とき》に、まさりて年《とし》さへ一つそはりたれば、やゝ世《よ》づける[二]さまなるに、心ときめき、辺《ほと》り近《ちか》く招《まね》くに、よく物馴《ものなれ》て、なれ〳〵しげなるも、いとゞ亡婦《なきひと》のけはひ副《そひ》て、わりなく身にしむ心地《こゝち》す。されど乍併《さすが》に、まだ童《わらは》しければ、然《さる》[三]あだ〳〵しき事を言出《いひいだ》すべくもあらねど、お染《そめ》が何《なに》となく色《いろ》めくさまにみゆるは、例《れい》[四]のこゝろまどひならんと、ねんじて、小《さ》夜更《よふく》るまで興《けう》じ居《ゐ》つゝ、暁《あかつき》ちかき鐘《かね》の音《おと》に驚《おどろ》きて、立帰《たちかへ》りけるが、夫《それ》よりしてはいとゞ、お染《そめ》が面影《おもかげみ》身にそふ心《こゝ》ちして、日毎《ひごと》にかしこへ行《ゆく》といへ共《ども》、其後《そののち》は、お染を揚詰《あげづめ》[五]の客有《きやくあり》とて、絶《たえ》て逢《あひ》みる事をえねば、またも憂事《うきこと》の数添《かずそひ》て、鬱《うつ》〳〵として暮《くら》しけり。

爰《こゝ》に六角《ろくかく》[六]の辺《ほとり》に、呉服屋《ごふくや》宗三《そうざ》といへる者有《ものあり》けり。極《きはめ》て家豊《いへゆた》かに富栄《とみさかえ》けるが、其子《そのこ》宗三郎今年《ことし》、二十《はたち》になりて、父母《ちゝはゝ》に仕《つか》ふる事切《まめやか》なれば、世《よ》の人《ひと》こぞりて誉物《ほめもの》としけるが、さらぬだに子《こ》を思《おも》ふ、親心《おやごゝろ》にはいかばかりならん、早《はや》く世《よ》[七]を譲《ゆづ》りて、其身《そのみ》を安《やす》くせんと、宗三《そうざ》は頻《しき》りに、相応嫁《にやはしきよめ》を求《もと》むる折《をり》しも、出入《でいり》の者来《ものきた》りて申《(まうし)》けるは、「此比我方《このごろわがかた》に、淀《よど》[八]なる所縁《しよえん》[九]の者来《ものきた》りて、同里《おなじさと》なる葛城丹司《かつらきたんじ》とて、いと富《と》める人《ひと》の娘《むすめ》、織江《おりえ》といへるは、京《みやこ》にも稀《まれ》なる美顔少女《かほよきをとめ》なるが、過し比《ころ》[一〇]東山花見《ひがしやまはなみ》の折《をり》から、はからず宗三郎君《ぎみ》を見初参《みそめまゐ》らせ、

一（時を得つるも）当然と思えるほどに。

二（男女の情を知って）世慣れた。

三（男女の情にかかわった）いたずらごと。

四（いつも自分自身に起ってくる）例の。

五　連日娼妓を揚げ続けること。

六　京都市中京区にある紫雲山頂法寺の通称。

七　家業を譲り渡す。

八　京都市伏見区の地名。「淀　ヨド　城州東久世郡」（書言字考）。

九　縁のある。

一〇　東山山麓、清水寺から八坂神社にかけての遊興地。「此清水の風光…ことに春も三月の頃なればにや、猶しも、桜木のほとりせばしとうちかこみ、花さき一入にかはりて」（洛陽名所集）。

明暮《あけくれ》おもひこがれおはすにより、「[一一]いかで宗三君《そうざぎみ》に此《この》よしを語《かた》りて、能《よき》に媒《なかだち》なし呉《くれ》よ」と頼《たの》まれつれば態〻《わざ》爰《こゝ》に来《きたり》て頼《たの》みまゐらす也」と申き。げに葛城丹司《かつらきたんじ》といへる人《ひと》の、富《とみ》栄《さかへ》ぬるは人の知《し》るところにて、御家柄《おんいへがら》に於《おい》ては、増《まさ》り[一二]衰《おと》りも侍《はべ》らず。殊《こと》に娘織江《むすめおりえ》主《ぬし》の美《あて》なるは、所《ところ》の若者《わかもの》、口《くち》くせのごとく申《（まうす）》にて[一三]しるく、いと似合《にあは》しき事《こと》なれば、「願《ねがはく》は〱は聞済玉《きゝすみ》へ」と勧《すゝ》むるにぞ、宗三《そうざ》も葛城《かつらき》がことは兼《かね》て知処《しるところ》なれば、とみに受引《うけひき》て、やがて宗三郎《そうざぶらう》にも聞《きこ》えしらしけるに、程《ほど》よく返事《いらへ》なしければ、縁談速《えんだんすみやか》に調《とゝの》ひ、日《ひ》ならず吉《きち》日《にち》を定《さだ》めて、[一四]印《しるし》をなん取《とり》かはしける。されば織江が悦《よろこ》びいふも更《さら》にて、婚姻《こんゐん》の日を、待《まち》遠《どほ》にのみ指《ゆび》を折《をり》てかぞへゐたり。然《しか》るに宗三郎此ほど、友達《ともだち》に誘引《いざなは》れて、祇園町《ぎおんまち》なる三《み》[一五]国屋《くにや》といへるに遊《あそ》びけるが、[一六]仲居《なかゐ》共《ども》の勧《すゝむる》に任《まか》せ、風《ふ》とお染を呼《よび》て見るに、其艶《そのあて》なる事似《に》る者《もの》もあらねば、思《おも》はずこゝろときめきて、酒《さけ》さへ殊《こと》にすゝみ、興《けう》じあへりけるが、是《これ》より家《いへ》にかへる事《こと》もなく、片側《かたはら》さらず愛《めで》いつくしみぬ。

爰《こゝ》に又山家屋橘六《またやまがやきつろく》といへる者《もの》あり。こも又聞《またきこ》ゆる富家《ふうか》なりけるが、彼宗三郎《かのそう》に先達《さきだつ》て、お染《そめ》を思《おも》ひ初《そめ》ぬるを、此比《このごろ》しばしさりがたき事《こと》ありて、とだえなしける内《うち》、宗三《そう》郎が揚《あげ》詰《づめ》にして、傍《かたはら》さらせねば、夜毎《よごと》に通《かよ》ひ来《く》るといへども、[一七]払《ふつ》に逢《あひ》みる事《こと》をえざれば、いと堪《たへ》がたう苦《くる》しとおもへど、更《さら》に詮方《せんかた》なく、今《いま》は宗《そう》三郎さへ憎《にく》う成《なり》て、いかにもしてお染《そめ》をこなたへ招寄《まねきよせ》んと、さま〲思《おも》ひ廻《めぐ》らすほど、漸〻《やうく》ひとつの謀計《はかりごと》をえて、日比恩《ひごろおん》みせ

一一 どうかして。
一二 底本のまま。「劣り」とあるべきか。
一三 明らかである。
一四 結納。「しるし　印也験也」（俚言集覧）。
一五 祇園の料理屋名。未調。
一六 料理屋などで客の接待や世話をする女中。「〔古写本節用集人倫〕中居者（ナカヰ）女〇今大名の奥にも又上方の遊女屋にもある名目也」（俚言集覧）。
一七 ぷっつりと。「払」は音による当字。

たる者《もの》を、呼集《よびあつ》め、今宵《こよひ》かう〳〵なして然〻《しかぐ》せんと思《おも》へば、「軒《のき》の隈〻《くまぐ》をあさりて、蝙蝠《こをもり》五六《いつゝむつ》とり来《きた》るべし」といふに、彼者共《かのものども》一かしらを叩《たゝ》きて、「此謀《このはかりごと》誠《まこと》によし」と、あざみ二誉《ほめ》つゝ出去《いでさ》りぬ。

鳥辺山調綫巻之一終

一 興に乗じて頭を軽くたたく様子。
二 驚いて誉める。

鳥部《とりべ》山《やま》調《しらべの》綫《いとみち》　巻之二

○[一]蝙蝠《かはほり》を放《はなち》て橘六宗《きつろくそう》三郎をなやます事

爰《こゝ》に呉服《ごふく》や宗三郎《そうざぶらう》は、日頃《ひごろ》へても家《いへ》に帰《かへ》ることなければ、父宗三《ちゝそうざ》大《おほい》に怒《いか》りて、度〻迎《たびたびむか》ひの者《もの》を差越《さしこす》といへども、更《さら》に現心《うつゝごゝろ》もなく用《もち》ひざれば、由縁《ゆかり》の人〻《ひとびと》は、かはる〴〵に出《いで》来《きた》りて、[二]諫《いさめ》こしらゆる物《もの》から、猶取《なほとり》あへねば、今《いま》はいかにとも詮方《せんかた》なく、皆〻《みなみな》眉《まゆ》をひそめゐたり。

されば橘六《きつろく》は兼《かね》て[三]設《もふけ》し事《こと》なれば、其夕暮宗三郎《そのゆふぐれそうざぶらう》が遊居《あそびゐ》たる、隣《となり》の扇屋《あふぎや》といへる家《いへ》に行《ゆき》て、遊《あそ》びども多《おほ》く集《つど》へて、酒汲《さけくみ》かはし居《ゐ》たり。程《ほど》なく夕月《ゆふづき》さしのぼりてそよ吹風涼《ふくかぜすゞ》しくなり行比《ゆくころ》、隣《となり》には宗三郎《そうざぶらう》はしちかく出《いで》、しをれかへりたる[四]前栽《せんざい》の草《くさ》どもに水《みづ》かはしつゝ、即《やが》て大《おほい》なる床《ゆか》、いくつともなく置並《おきなら》べさせ、お染《そめ》を始《はじ》め多《おほ》くの者《もの》、其上《そのうへ》に居並《ゐなら》びて、[五]おのがじゝ、さま〴〵にさゞめき遊《あそ》ぶを、橘六《きつろく》は早《はや》くも聞知《きゝしり》て、[六]「すは時来《ときき》たりぬ」と、密《ひそか》に[七]おばしまに出《いで》て差覗《さしのぞ》くに、宗三郎《そうざぶらう》は心《こゝろ》よげに扇打《あふぎうち》ならして、お染《そめ》に寄添《よりそひ》ゐたりければ、いとゞ胸《むね》わるく腹立《はらだゝ》しけれど、念《ねん》じて尚伺《なほうかゞ》ひ居《を》るほど、女《め》の童《わらは》ひとりいで来《きたり》て、お染《そめ》に

一　こうもり。「伏翼　カフモリ　カハボリ。蝙蝠　同」（書言字考）。

二　あれこれ手を尽して諫言する。

三　用意する。「まうけ　万葉集に見ゆ。設儲等をよめり。まちうける義なるべし」（倭訓栞）。

四　座敷前の植え込みのある庭。

五　それぞれ勝手に。

六　さあ。

七　欄干。「欄　ヲバシマ〔字彙〕階除、木勾―也」（書言字考）。

向《むか》ひ申けるは、「今《いま》のほど宗三郎君《そうざぶらうぎみ》の湯《ゆ》あみせさせ玉ひつるを、君《きみ》にも物《もの》したまはんや。今日《けふ》は[一]わきて暑《あつ》かりしを、疾ゝ《とく〱》」といふに、うちうなづきて、誘引《いざなは》れ行《ゆき》ぬ。

[二]引違《ひきちがへ》て、大《おほき》なる器《うつは》に、うづ高《たか》く水瓜《すいくは》めくものを手《て》も[三]たゆげに持出《もちいで》たり。橘六是《きつろくこれ》をみて、心《こゝろ》に喜《よろこ》び、蜜《ひそか》に語《かた》らひ置《おけ》る者《もの》を呼《よ》び、兼《かね》て取《とら》しめ置《おき》たる、蝙蝠《かうもり》の足《あし》に、何《なに》にかあらん、少《ちいさ》き切《きれ》に包《つゝみ》たる物《もの》を結付《ゆひつけ》、隣《となり》の方《かた》に向《むかひ》て五六羽《ごろくは》放《はな》ちければ、蝙蝠《かうもり》はいと嬉《うれ》しげに、[四]打羽《うちは》ぶきつゝ、宗三郎《そうざぶらう》が遊《あそ》び居《ゐ》たる床《ゆか》の辺《あた》りを、いく返《かへ》りとなく飛廻《とびめぐ》り、終《つひ》には行衛《ゆくへ》なくなりぬ。仲居《なかゐ》どもはさりともしらで、今持出《いまもちいで》たる[五]西瓜《すいくは》を、それ〱に取分《とりわけ》てすゝむるにぞ、皆ゝ《みな〱》頭《かしら》うちたゝき、「夏《なつ》は夜《よる》こそ」など、いひ〱是《これ》を食《くら》ひ、「あはれかしこくもはからひたり。さてもよくひへたり」など、あざみ悦《よろこ》びて、大かたに[六]尽《つく》しけるが、とばかりして宗三郎《そうざぶらう》は、俄《にはか》に腹《はら》をかゝへて、「こは怪《け》しからず腹《はら》のいためるぞ。あな[七]絶《たえ》がたし」と、もだえくるしむに、各ゝ《おの〱》驚《おどろ》きて、「そはいかなる事《こと》ぞ」など、いひ〱いたはるほど、亦《また》ひとりが、「あな痛ゝ《いたく〱》。己《おのれ》もいたう腹《はら》のいためるぞや」と、こなたにいへば、彼方《かなた》にも、「我《われ》も」「おのれも」と、面《つら》をしかめ、[八]要《こし》をかゞめて、尻《しり》を抱《かゝ》へ、表《おもて》の厠奥《かはやおく》の厠《かは》やと、透《すき》もあらせず、戸口《とぐち》にたゝずみ、いり替《かは》り〱、行《ゆき》つ戻《もどり》つ、[九]四度路《しどろ》もどろに成《なり》て、上《うへ》を下《した》へと、騒《さわ》ぎまどふ。しかるに宗三郎《そうざぶらう》は、弥《いよ〱》痛《いた》み募《つのり》て、たゆべくもあらねば、詮方《せんかた》なく[一〇]竹駕《かご》に乗《のり》て、からうじて家《いへ》に立帰《たちかへ》りけり。橘六《きつろく》は此有様《このありさま》を、欄《おばしま》に寄居《よりゐ》て打詠《うちなが》め、をか

一 特に。
二 行き違いに。
三 重くてだるそうに。
四 羽ばたきながら。「はぶき 古今集に山ほとゞきすうちはぶきといへり。羽振の義也。ふるをふきといふは古語也」(倭訓栞)。
五 「西瓜 すいくは 寒瓜 俗云須以久波。唐音之訛也」(和漢三才図会)。
六 食い尽す。
七 我慢できない(堪へ難し)。
八 底本のまま。腰の略字。
九 収拾のつかない様子で。
一〇 竹製の駕籠。「世事談曰、竹駕かごと訓ず。傒輿より出る也。…竹を以て籠に編み竹を曲て蔓とし丸竹を以て担レ之也」(守貞漫稿)。

しさを忍《しの》び居《ゐ》たりけるが、ほどなく宗三郎《そうざぶらう》が家《いへ》にかへりたる由《よし》を聞《きゝ》て、大《おほい》によろこび、直《すぐ》に人《ひと》を遣《や》りて、お染《そめ》を我方《わがかた》に引寄《ひきよせ》ぬ。此時《このとき》お染《そめ》は[11]湯《ゆ》ひきゐたる間《ま》の事《こと》なれば、幸《さいはひ》にさる事《こと》もなかりけるとぞ。

されば橘六《きつろく》は、宗三郎《そうざぶらう》が方《かた》に、お染《そめ》を遣《や》らじとて、爰《こゝ》に居《ゐ》あかして、家《いへ》にかへることなく、夜昼《よるひる》のわかちなく、遊《あそ》び暮《くら》しけるが、宗三郎《そうざぶらう》も思《おも》ひの外《ほか》に、心《こゝ》ちとみにさはやぎぬれば、又《また》も三国《みくに》やに行《ゆき》て、お染《そめ》を招《まね》くといへども、今《いま》は橘六《きつろく》が揚詰《あげづめ》なるよしにて、更《さら》に他《た》に出《いだ》すことなければ、いとほいなく、いたづらに[12]空詠《そらながめ》のみしてゐたり。

爰《こゝ》に誰《たれ》いふとなく、橘六《きつろく》が[13]巴豆《はづ》といふ薬《くすり》を[14]細末《さいまつ》にして、夫《それ》を少《ちさ》き衣《きれ》に包《つゝ》み、口《くち》をゆるく結《むす》びて、蝙蝠《かうもり》の足《あし》に結付《ゆひつけ》、酒《さけ》のみ居《ゐ》たる方《かた》に向《むかひ》て、放《はな》ちければ、自《おのづか》ら口《くち》とけて、彼巴豆《かのはづ》、とりちらしたる、肴《さかな》の上《うへ》に散《ちり》かゝりけるをしらずして、喰《くひ》つれば、皆〻《みな〳〵》その毒《どく》にふれて、辛《から》き目《め》みたる也。こはお染《そめ》を我方《わがかた》に引《ひき》よせんために、斯《かく》のごとくなして、宗三郎《そうざぶらう》を家《いへ》に帰《かへ》らしめたるよし[15]取《とり》さたなしけるが、いつしか宗三郎《そうざぶらう》も聞《きゝ》しりて、「いとゞさへ橘六《きつろく》とは、[16]いどみあふ中《なか》なれば、斯《かゝ》ること聞《きゝ》ては、いかで堪《たゆ》べき、今《いま》は彼処《かしこ》におし入《いり》て、此恨《このうら》み晴《はら》さんと思《おも》ふ物《もの》から、いまだ何《なに》の証拠《しやうこ》とても得《え》ねば、[17]乱《みだ》りに、言《こと》を出《いだ》さば、[18]中〻《なか〳〵》に言《いひ》こらさるゝ事《こと》あるべし」と、兎角《とかく》に思《おも》ひめぐらし居《ゐ》たり。

かくて日《ひ》ごろ経《へ》て、[19]鎌倉風《かまくらふう》の武士《ものゝふ》三人、橘六《きつろく》が遊《あそ》び居《ゐ》たる、扇屋《あふぎや》に入来《いりきた》り、「我〻《われ〳〵》は

一一 入浴する。

一二 物思いに沈む。

一三 東南アジア原産、トウダイグサ科の常緑小低木。種子は巴豆油の原料で下剤。劇毒もある。「巴豆 ハヅ ―〔本草〕木ノ高サ一二丈。葉桜桃ニ似テ厚ク大」(書言字考)。

一四 粉末。巴豆を薬研で粉にしたもの。

一五 噂。

一六 張り合う。

一七 むやみに。「乱」は当字。「みたり に 妄叨謾漫猥濫謬をよめり。…皆滅多の意也」(倭訓栞)。

一八 かえって。「なかなか 万葉集に中〳〵と書り。却てといふにかよへは、喩へば東へゆかんとて道に出たるが、立かへりて西へ行べきになりたらんやうの意也といへり」(倭訓栞)。

一九 上方風、都風に対する語。江戸風というをはばかった語と思われる。蔑視を含んだ用い方か。

床《ゆか》をならべて
宗《そう》三郎前栽《せんざい》に
すゞみするところ

都始《みやこはじめ》ての者《もの》なれば、さして知《し》れる方《かた》もなし。願《ねが》はくは爰《こゝ》に遊《あそ》ばんと思《おも》へば、能《よき》にある[一]じし玉《たま》へ」といふに、亭主《あるじ》はこゝろえて、直《すぐ》に高楼《たかどの》にいざなひ、橘六《きつろく》と座《ざ》敷《しき》を隔《へだて》て居《をら》しめ、さて酒《さけ》よ肴《さかな》よと設《もふ》けいづるほど、遊女《あそび》どもゝいで来《きた》りければ、いとゞ興《けう》にいり、酒《さけ》たけなはなる時《とき》、一人《ひとり》の武士《ものゝふ》亭主《あるじ》を呼《よびて》申けるは、「己《おのれ》いとけなき比《ころ》より、いも[二]汁《じる》を、殊《こと》に好《この》みて、酒《さけ》のむときは必《かな》らず、なくて叶《かな》はねば、わきて大《おほき》なる鉢《はち》に摺溜《すりたゝへ》、いだすべし」と申けるにぞ、亭主畏《あるじかしこ》みて直様《すぐさま》、芋汁《いもじる》をあふるゝばかり、大《おほい》なる器《うつは》にもりて出しければ、彼武士大《かのものゝふおほい》によろこび、頻《しき》りにすゝりて盃《さかづき》を傾《かたむ》けけるにぞ、次第《しだい》に酔《ゑい》そはりて、目《め》を細《ほそ》やかになし、よだれをすゝりて、だみ[三]声《どへ》よぢりあげ、可笑《をかしげ》なること、ざ[四]ればみ唱《うた》ひなどして、ふとかたはらを見《み》かへるに盃《さかづき》そゝぐとて出《いだし》たる水鉢《みづばち》[五]に、己《おのれ》が頬《つら》のうつるを、見てしばし、目《め》[六]をしぼりて守居《まもりゐ》けるが、人《ひと》の覗《のぞく》とや思《おも》ひけん、「誰《た》そ我頬《わがつら》をさしのぞきてあるは。さてはから酔《ゑひ》しれたるを笑止《をかし》とて打守《うちまも》[七]りをるにか。此奴《こやつ》いとも無礼《むらい》なり。引《ひき》出《いだ》して辛《から》き目《め》みせてん」と、立揚《たちあが》らんとしてよろめき倒《たを》れ、あるは憤《いきどほ》り、または尻《しり》にあやしき音《おと》を鳴《なら》して、「何《なに》にかあらん。己《おの》れ物落《ものおと》したり」と、あたりまさぐりて、「こはいと臭《くさ》し」と、鼻《はな》かひつまみて、大声《おおごへ》に笑《わら》ひ、現心《うつゝごゝろ》もなく、なへ〳〵[八]と成《なり》て、ひがことのみ言騒《いひさわ》ぎつゝ、はては是《これ》が友《とも》と争《あらそ》ひ合《あひ》、互《かたみ》に刀《かたな》[九]のしりを空様《そらさま》にして、立上《たちあが》りければ、みな〳〵驚《おどろ》き、押治《おししづめ》んとする者《もの》もなく、「[一〇]すは事《こと》こそ」と、我先《われさき》にと逃《にげ》だすを、よそにみ

一 饗応して下さい。
二 山芋をすった汁。
三 酔って訛った声(阪東弁を蔑視していうか)。
四 戯れながら。
五 盃洗のこと。
六 一点を見つめる様子。
七 見守る。
八 酔って正体のない有様。「へなへな」の逆表現か。
九 刀の鞘の端、鐺。
一〇 さあ、大変なことになったぞ。「すは 今昔物語に すはされぱとみゆ。驚く意にいへり」(倭訓栞)。

なして、彼武士《かのもののふ》は四度路《しどろ》もどろに成《なり》て、刀《かたな》をぬき持《もち》、「己鎌倉《おのれかまくら》におひては、さる者《もの》ありとしられたる[一]弓取成《ゆみとりなる》ぞ。誰《た》そ出合《いであは》ざるや」と、よろめき〳〵、橘六《きつろく》が遊《あそ》び居《ゐ》たる、奥座《おくざ》敷《しき》に入来《いりきた》りければ、橘六《きつろく》を始《はじ》め爰《こゝ》に有合者《ありあふもの》、[二]ひとちゞみと成《なり》て、互《かたみ》に押合《おしあひ》つゝ、周章《あはて》ふためき逃《にげ》いづるに、かの武士《もののふ》の伴《ともな》ひ人《びと》、いつの隙《ひま》にか、先《さき》の芋汁《いもじる》を、楼《たかどの》の上《あが》り口《くち》、凡二《およそふた》間《ま》ばかりの板間《いたま》なる所《ところ》に、打流《うちなが》しおきて、己《おのれ》は下《した》に逃下《にげくだ》りけるを、橘六《きつろく》が輩《ともがら》はこれを不知《しらず》、ひたすら驚《おどろ》き、周章《あはて》て、押合辺《おしあいへ》し合《あひ》、逃《にげ》きたりける事《こと》なれば、彼芋汁《かのいもじる》の流《なが》し有《あり》とも不知《しらず》、我先《われさき》にと飛入《とびいり》てあるはこけ、又《また》は転《まろ》び、頭《かしら》をうち要《こし》をくぢき、[三]身《み》はいも汁《じる》の、しとゞにながれて、物《もの》むつかしけれど、尚恐《なほおそ》ろしさにたへず、階子《はしご》をつたひ下《お》りんとして、思《おも》はず足《あし》ぬめりて、逆《さか》しまに落《おち》重り上《うへ》を下《した》へと立騒《たちさわ》ぎて、橘六《きつろく》もいたく、腰頭《こしかしら》をうちて、立事叶《たつことかな》はず、漸〻《やう〳〵》人《ひと》に助《たす》けられはひ出《いで》けるが、それより心地《こゝち》頻《しき》りに労《わづら》はしう成《なり》ければ、其夜《そのよ》俄《には》かに、家《いへ》にかへりけるとぞ。

斯《かゝ》る隙《ひま》にお染《そめ》は今一人《いまひとり》の武士《もののふ》に助《たす》けられ、辛《から》うじて屋根《やね》にいで、軒伝《のきづた》ひにわなゝきわなゝき、三国屋《みくにや》の方《かた》に来《く》るをみて、宗三郎《そうざぶらう》はみづから手《て》をとりて、内《うち》にいらしめ、兎角《とかく》して労《いたは》り慰《なぐさ》むる程《ほど》、かの鎌倉風《かまくらふう》に出立《いでたち》たる武士《もののふ》、またも爰《こゝ》に入来《いりきた》りければ、お染《そめ》は再《ふたゝ》びおどろきて、生《いき》たる心地《こゝち》もせざりしに、彼者《かのもの》ども各〻《おの〳〵》ひざまづきて宗三郎《そうざぶらう》に申けるは、「おぼしはかり給ふごとく成《なり》て、かやう〳〵にて、しか〴〵なりつ」と、腹《はら》をかゝへて

一　武士。「弓取と云事能き武士の事を云也」(倭訓栞)。
二　小さくなって(恐ろしいので)。
三　身体中。語調を整える文体。

打笑《うちわら》へば、宗三郎《そうざぶらう》はいとゞ興《けう》に入《いり》て「夫《それ》にて少《すこ》しは、此程《このほど》よりの恨《うら》みをはらしぬ」と悦《よろこ》びあへり。此者《このもの》どもは日頃《ひごろ》、宗三郎《そうざぶらう》が[四]恩《おん》みせたる者《もの》にて、[五]克鎌倉詞《よくかまくらことば》をまねびいへるをもてかくは取《とり》こしらへて橘六《きつろく》をはかりつる也

○玉章《たまづさ》をおくりて半九郎お染《そめ》に逢《あふ》事

爰《こゝ》に又戸《またと》波屋《なみや》半九郎《はんくらう》は、いぬる日《ひ》はからず、お染《そめ》を見初《みそめ》しより、[六]玉《たま》の緒《を》も絶《たゆ》ばかりおもひて、日毎《ひごと》に行通《ゆきかよ》ふといへども、橘六宗三郎《きつろくそうざぶらう》が、かたみに[七]いどみて他《た》へ出《いだ》すことなければ、とばかりの暇《いとま》もあらねば、つひに影《かげ》だに見《み》ることなくて今《いま》は忍《しの》ぶにしのびがたく、又《また》も心《こゝ》ち労《わづら》はしくなりて、枕《まくら》につき、熟《つら〱》こしかた行末《すゑ》をおもふに、去年《こぞ》の夏《なつ》はからず、我《わが》身《み》にかゝりて、荻《をぎ》がはかなくなるも、今又《いままた》お染《そめ》にこがれて、恋病《こひやみ》にやめるも、宿世《しゆくせ》いかなる約束《やくそく》にや。斯《かく》ていつまでもあらんには、終《つひ》に己《おのれ》もこがれ死《し》ぬべく。さてはかゝる事《こと》にて、墓《はか》なくなりつとも、[八]彼人《かのひと》のしらんには、せめての思《おも》ひ出《いで》ならましと、枕辺《まくらべ》の硯引《すゞりひき》よせて、わなゝく筆《ふで》のはこびも遅《おそ》く、やう〱書下《かきくだ》しけるは、「過《すぎ》しころ、はかなく逢《あひ》見《み》たてまつりしより、日毎《ひごと》に参《まゐ》り《問》、[九]とふといへども、折悪《をりあ》しくて相見《あひみ》まゐらす事《こと》かたく、今《いま》はいたづらに枕《まくら》に付《つき》て、心地《こゝち》死《しぬ》べくなれば、せめては我無跡《わがなきあと》にて、おもひ出《いで》給はるふしもあらなんと、病《やまひ》をあんじて、思《おも》ひあまれる千《ち》ゞがひとつを、聞《きこ》え奉《たてまつ》る也」と、漸漸《やうやう》

四　恩を着せている。
五　江戸詞のことを言うか。
六　命。
七　張り合う。
八　お染をいう。
九　訪問する。「問」の字を傍字としている。

に書終《かきをは》りて、やがて手伝《つて》をもとめて、お染《そめ》に送《おく》りけるに、従来《もとより》お染《そめ》も、此君《このきみ》にと思《おも》ひおきぬれど、さすがに年行《としゆか》ねば、万《よろづ》うひ〳〵しく、殊《こと》には馴染《なじみ》も薄《うす》き事《こと》なれば、心《こゝろ》に念《ねん》じ居《ゐ》たるを、今斯《いまかく》はかなく哀《あはれ》なる、玉章《たまづさ》をみては、弥《いよ〳〵》心《こゝろ》ぐるしう、いかで逢見《あひみ》まほしく、おもふといへども、橘六宗三郎《きつろくそうざぶらう》がいどみ合中《あふなか》なれば、[一]時《と》ばかりの隙《ひま》もあらず。漸〻《やう〳〵》おもひ廻《めぐ》らして、人目《ひとめ》をしのびて、筆《ふで》を取《とり》て、「誠《まこと》に愚《おろか》なる身《み》を、かくまでおぼし給はること、いかばかりか嬉《うれ》しとも、辱《かたじけ》なしともおもひ侍《はんべ》れど、かく[二]処《ところ》せき身《み》は、とひ奉《たてまつ》ることも叶《かな》わず。いとも〳〵かなしき限《かぎ》りに侍《はんべ》り。さればいかにもして、あすの夜《よ》は逢見参《あひみまゐ》らせたく思《おも》ひ侍《はんべ》れば、爰《こゝ》もとまで、しのびて来《き》まさん事《こと》を願奉《ねがひたてまつ》る」と、書《かき》て送《おく》りけるにぞ、半九郎《はんくらう》は此《この》かへりごとをみて、喜《よろこ》び勇《いさ》み、明日《あす》の夜《よ》おそしと待居《まちゐ》たり。然《しか》るにお染《そめ》は、此程《このほど》より宗三郎《そうざぶらう》が方《かた》にありて、兎角《とかく》におもひめぐらしつゝ、此三国屋《このみくにや》にみさきといへる、仲居《なかゐ》の心《こゝろ》ざま[三]賢《さと》き者《もの》ありければ、是《これ》にかたらひて、其夜《そのよ》の事を頼《たの》みけるに、心よく受引《うけひき》て後《のち》申けるは、「宗三郎君《そうざぶらうぎみ》はいと[四]こゝろ早《はや》くおはせば、[五]等閑《なほざり》に事《こと》をはからば、御《おん》身《み》の為《ため》は従来《もとより》にて、此家主《このいへあるじ》の為《ため》もあしからんとおもへば、[六]かまへて人《ひと》にさとられ玉《たま》ひそ。猶半九郎主《なほはんくらうぬし》の来《き》まさば、かう〳〵し玉へ」と、あらかじめ、言教《いひをし》へければ、お染《そめ》は[七]そゞろに悦《よろこ》び、[八]心《こゝろ》も空《そら》に待居《まちゐ》たり。

斯《かく》て半九郎は、其日《そのひ》は[九]早朝《つとめて》おき出《いで》、「[一〇]曇《くも》るさへこそ」といひつゝ、暮《くる》るを待居《まちゐ》たるに、

一 ほんの少しの。「とばかり 詞にいふはそれとばかりの義也。…細流に時はかりの義とも見ゆ」(倭訓栞)。

二 自分の思うようにならない。「ところせき 源氏物語に見ゆ。所の狭き也」(倭訓栞)。

三 気の利く。

四 短気である。

五 いいかげんに。「等閑 ナヲザリ」(書言字考)。

六 決して。「かまへて何々といふ詞は後を鑒みていふ詞也」(倭訓栞)。

七 そわそわと。

八 上の空になって。

九 朝早く。「晨 ツト 早朝也」(書言字考)。

一〇「題しらず/いつしかと暮を待つ間の大空は曇るさへこそ嬉しかりけれ」(拾遺和歌集・恋二・よみ人しらず)。恋人に会える夕暮を待つ心には曇り空でもうれしい、というのである。

剣《つるぎ》をふりて
酔人《ゑひひと》橘六《きつろく》を
おふところ

漸《やうやく》夕日《ゆふひ》の傾《かたぶ》くに、まづ嬉《うれ》しくて、立出《たちいで》れど、久《ひさ》しく病臥《やみふし》たることなれば、足《あし》わなゝきてよろめくを、[一]せめて念《ねん》じて、杖《つへ》にすがり、一足《ひとあし》あゆみて胸《むね》かひなで、二足行《ふたあしゆき》ては咳入《せきいり》つゝ、爰《こゝ》にやすみ、彼所《かしこ》にいこひて、辛《からう》じて三国屋《みくにや》の表《おもて》に、来《きた》りけれども、元《もと》より忍《しの》ぶ身《み》なれば、あらはにも言告《いひしら》し難《がた》く、「いかゞはせん」と打侘《うちわび》て、[二]たゞすめるを、仲居《なかゐ》のみさきは斯《かく》とみるより、表《おもて》に出《いで》て密《ひそか》に申けるは、「御身《おんみ》は半九郎君《はんくらうぎみ》にておはすや」と問《とふ》に、「しかり」と答《こた》へければ、「さらば暫《しば》しがほど爰《こゝ》にひそみ居《ゐ》給ふべし」とて、[三]用水《ようすい》と書《かき》たる大《おほき》なる、水溜《みづため》の桶《をけ》の影《かげ》におきて、亦《また》申けるは、「[四]かならず人《ひと》にな見咎《みとが》められ給ひそ。[五]もしかゝりと洩《もれ》なば、お染君《そめぎみ》の御為《おんため》あしければ、よく〳〵御心《おんこゝろ》し玉へ」と、言捨《いひすて》て内《うち》に入《いり》、高楼《たかどの》にのぼりて、お染《そめ》にそと[六]目《め》合《くば》せするに、お染《そめ》は昼《ひる》より空病《そらやま》ひつくりて、いと労《わづらは》しげにもてなし居《ゐ》けるが、此時《このときには》俄かに左右《さゆう》の手《て》にて胸《むね》を押《おさ》へ、「あな絶《たえ》がたし」といひて、うつ臥《ぶし》けるにぞ、宗三郎《そうざぶらう》はおどろき愁《うれ》ひ、「いかに御心地《みこゝち》あしきにや」と、[七]背《そびら》をかいなづるに、お染《そめ》はいとたゆげなるこゑして、「今朝《けさ》のほどより、持病《ぢびやう》おこりて胸《むね》いたう侍《はんべ》りつるが、先《さき》よりいたく[八]さし込《こ》みていと苦《くる》しければ、しばしの御《おん》いとま給へ。下《した》におりて[九]休《いこ》はまし」といふを、「いかで下《した》におり給ふ事《こと》やある。己爰《おのれこゝ》にてみとり奉《たてまつ》らんを」と、いふを、「いな君《きみ》の傍《そば》にては中〻《なか〳〵》に心《こゝろ》おかれ侍《はんべ》れば、まげてゆるし玉へ」といふに、みさきは引《ひき》とりて、「実《げ》に宣《のたま》ふごとく[一〇]我引《わがひく》かたには、万《よろ》づこゝろおかるゝ物《もの》に

一 せめて一目でも会いたいと念じて。

二「イタヾスム」(四声伊呂波韻大成、大益字林節用不求人大成)。

三 挿絵の格子越しに見える防火用の水桶に書かれたもの。

四 決して。次の「な…そ」の表現は当代の口頭語では使用なし。

五 半九郎であるということ。「かくあり」の約。

六 目で合図する。「めくはす 古事記に目合(スク゛)と書り。目撃も意同じ。目と目を見合す意なれば目をくひあはす也」(倭訓栞)。

七 背中。「そびら 神代紀に背をよめり。背平の義也」(倭訓栞)。

八 内臓の病いによる激痛をいう。

九 身体を楽にしたい。「休 イコウ」(倭玉篇)。

一〇 自分が心をひきつけられている方。

侍《はんべ》れば、宗三郎君《そうざぶらうぎみ》には、淋《さび》しくとも外ゝ《ほか〳〵》の君達《きみたち》に、[一一]まひ唱歌《うた》はせ玉ひて、しばしがほど待《また》せ給へ。お染君《そめぎみ》は妾《わらは》よきにみとり奉《たてまつ》るべければ、御心《おんこゝろ》やすく覚《おぼ》し給へ」と、やがて助《たす》けおこして、[一二]階《はしご》を下《をり》ければ、宗三郎《そうざぶらう》もいまはいふ由《よし》なく、後見《あとみ》おくり居《ゐ》たり。

されば半九郎《はんくらう》は久《ひさ》しく飯《いゝ》もすゝまず、衰《おとろ》へにおとろへたれば、斯《かく》たゞすみ居るが、たゆく苦《くる》しけれど、君《きみ》によりてと、杖《つゑ》を力《ちから》に念《ねん》じ居《を》るほどに、やがて表《おもて》の[一三]格子《かうし》をほと〳〵と、内《うち》より叩《たゝ》く者《もの》あるに、まづ胸《むね》をどりて嬉《うれ》しく、心《こゝろ》せかれてよろめき〳〵、[一四]歩行《あゆみ》よりて見れば、灯火《ともしび》はわざと[一五]遠《とほ》ぞけて、ほの闇《ぐら》ければ、よくも見《み》えねど、[一六]匂《にほ》ひ香《が》しるく、見《み》えければ、声《こゑ》をひそめて「お染《そめ》ぬしにや」といへば、「半九郎君《はんくらうぎみ》にこそ」と、かたみに格子《かうし》の隙《ひま》より手《て》を取《とり》かはしなく。折柄後《をりからうしろ》の方《かた》に身《み》じろく音《おと》しければ、おどろき周章《あはて》て、立《たち》のけば、門《かど》もる犬《いぬ》の何《なに》にか、あさり求《もと》むる也けり。半九郎《はんくらう》漸ゝ《やう〳〵》胸《むね》かひなでゝ申けるは、「誠《まこと》にいかなる宿世《すくせ》にや。先《さき》に見始《みそ》め参《まゐ》らせしより、わするゝ間《ま》なく、いと[一七]労《わづら》はしけれど、さらに相見《あひみ》まゐらす[一八]よすがなく、終《つひ》にはこがれ死《じに》もやせんと、いとゞわりなう、床《ゆか》しくて、いと[一九]なめしき事《こと》の限《かぎ》りを、はかなき筆《ふで》もていはしつるを、[二〇]傍痛《かたはらいたし》とも覚《おぼ》さで、かく逢見給《あひみたま》へるうれしさは、今《いま》はの際《きは》までも、忘《わす》れ侍《はべ》らじ」と、泪《なみだ》ながらにかき口説《くど》けば、お染《そめ》もこゑくもらし、「いかでさるおんこゝろ弱《よわ》き事宣《ことのたま》へるにや。妾《わらは》とても和君《わぎみ》と同《おな》じ心《こゝろ》なりつれど、斯《かゝ》るところせき身《み》は、我《われ》ながら[二一]我儘《わがまゝ》にもなり侍《はんべ》らねば、いたづらに

一一 歌舞音曲(三味線による)。「うたふ…賦は唱歌をとなへることを云」(俚言集覧)。
一二 階段。「はしご」は一般に梯子をいう。
一三 窓や出入口に細い角材を一定の間隔をあけて縦横に組んではめ込んだもの。挿絵参照。
一四 「あゆむ 歩行をいふ足緩の義成べし」(倭訓栞)。
一五 遠退く。
一六 ほのかな香り。
一七 気疲れする。「労 ワヅラウ」(黒本)。
一八 手がかり。
一九 礼を失した。「なめし 無礼、軽、滑、なめ気などいふも、無礼の意にて、俗に云心やすだての過たるなど云が如し」(倭訓栞)。
二〇 馬鹿馬鹿しい。「かたはらいたき 傍痛…源氏物語の抄物に、おかしき事にも、笑止なる事にもいふ詞なり」(倭訓栞)。
二一 自分の思うように。

思《おも》ひ過《すご》しつるを、この程玉章《ほどたまづさ》たまはりてよりは、更《さら》に堪《たゆ》べうもなく、やう〳〵みさき主《ぬし》といへる、仲居《なかゐ》に語《かた》らひて、かゝる逢瀬《あふせ》は得《え》つれど、時《と》ばかりの間《ま》も、宗三郎君《そうざぶらうぎみ》の放《はな》ち玉はねば、今《いま》にもさる妨《さまた》げあらんかと、こゝろも更《さら》に落居《おちゐ》侍《はんべ》らず」と、言《い》ひも果《はて》ざるに、うしろより「誰《た》そ。其処《そこ》におはすは、お染君《そめぎみ》にや」といひつゝ、来《き》たるにおどろき、半《はん》九郎《くらう》はそと立退《たちの》くを、彼者《かのもの》はこれを知《し》らず、お染《そめ》が手《て》をとらへて、「斯《かゝ》る端《はし》[一]ちかき所《ところ》に、何《なに》しておはすぞ。幸《さいはひ》あたりに人《ひと》も居《を》らねば、この間《ほど》より聞《きこ》[二]えまゐらす事《こと》、叶《かな》へたまへ。如何《いか》に〳〵」といと無礼《なめ》[三]げに寄添《よりそふ》にぞ、お染《そめ》は興《けう》さめふり放《はな》ち、「誰《た》そとおもへば手代《てだい》の丈八《じやうはち》ぬし。又《また》してもさるたはれ事《ごと》のたまふものかな。若重《もしかさ》ねて言《い》ひ出《いで》給はゞ、宗三郎《そうざぶらう》君《ぎみ》に告《つげ》たてまつらんを」といへば、丈八《じやうはち》なほも取《とり》すがりて、「こは情《なさけ》なき事《こと》をのたまふ物《もの》かな、おのれ此《この》ほどより、君《きみ》のしらし給ふごとく、芋《いも》[四]よ南京《なんきん》[五]よと、立物《たちもの》[六]して、神《かみ》に願《ねぎ》事《こと》し奉《たてまつ》るを、誰《たれ》ゆへとかおぼし給ふ。[七]よしや君《きみ》が為《ため》には、橋《はし》[八]のうへに菰引《こもひき》かづく身《み》となり侍《はんべ》るとも、いとはじ」などいひ〳〵、強《しひ》ていだき揚《あげ》、押《おし》こかさんとする時《とき》、みさきのこゑして、「丈八君丈八君《じやうはちぎみじやうはちぎみ》」と、頻《しき》りによび立《たつ》るにおどろきつゝ、「おゝ」と答《こた》へてしはぶきしつゝ、さあらぬ面色《おもゝち》して奥《おく》に入《いり》ぬ。

半九郎《はんくらう》はおもてに有《あり》て、一人《ひとり》こゝろをあせりて居《ゐ》たりけるが、此時漸漸汗《このときやうやうあせ》おしぬぐひて、亦《また》も立寄《たちよ》らんとする折柄《をりから》、奥《おく》まりたる方《かた》に、宗三郎《そうざぶらう》の声《こゑ》して、「お染《そめ》は何所《いづく》に臥《ふし》た

一　片隅。
二　口説いている事。
三　なれなれしく。「なめげ　物語にいへり。続日本紀に無礼をよみ…俗になめすぎるなどいふめり」（倭訓栞）。
四　山芋。
五　かぼちゃ。「南京瓜（なんきん）…俗称」（和漢三才図会）。
六　願かけのため特定の食物を食することを禁ずる。芋や南京を対象とするのは滑稽表現か。
七　たとい。
八　乞食となる。

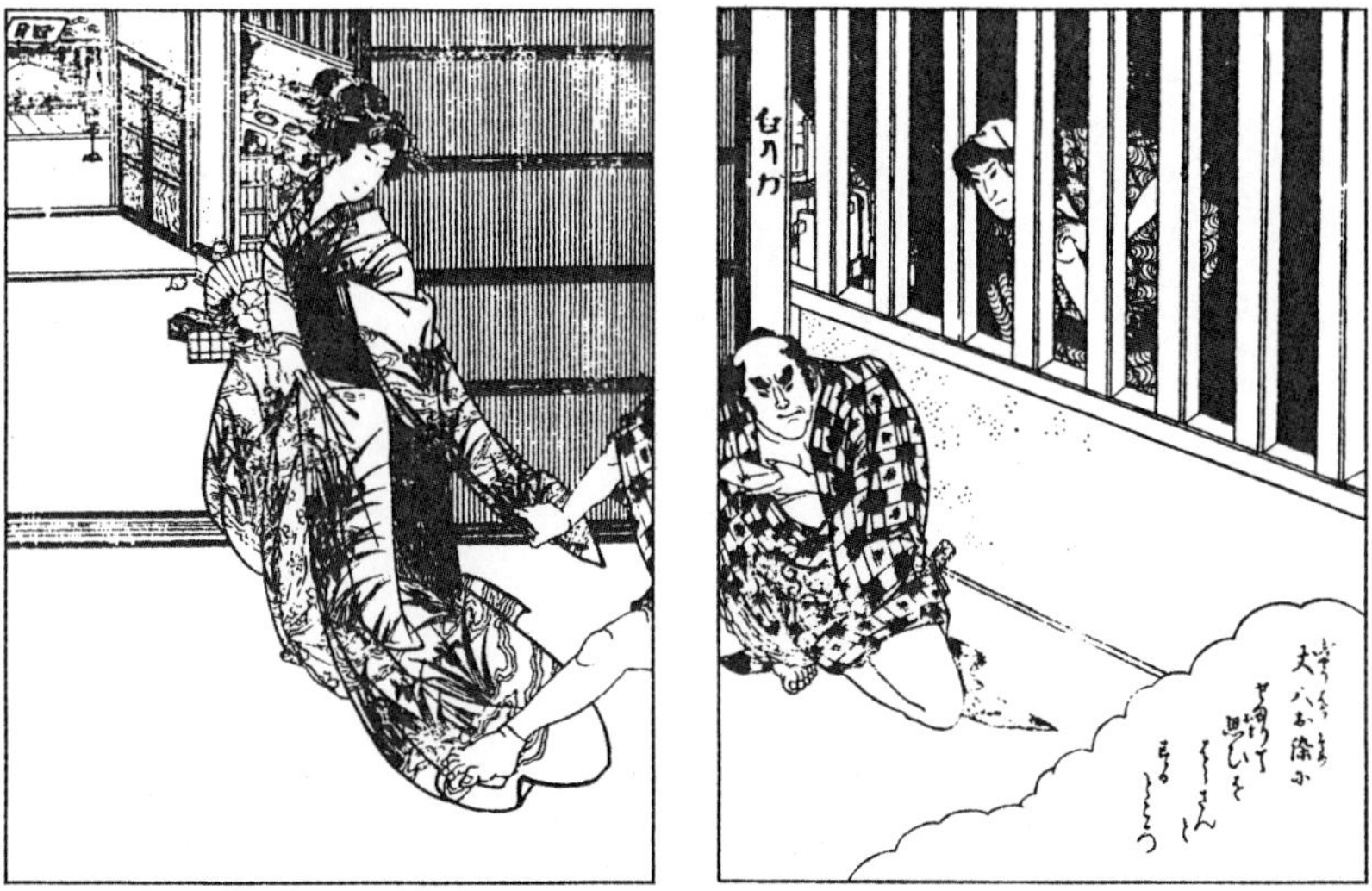

丈八《じやうはち》お染《そめ》に
せまりて思《おも》ひを
はらさんと
するところ

まふぞ。爰所《こゝ》にも見えず。いと心元《こゝろもと》なし」と、いひ〳〵此所《こゝ》に来《きた》り。「みさきはいかにしつるぞ。お染《そめ》が只《たゞ》ひとり、かゝる端《はし》ぢかなるところに居《ゐ》るを、など付添居《つきそひゐ》給はぬぞ」と、いと[一]不興気《ふけうげ》におそめが手《て》を取《とり》て伴《ともな》ひ[二]入ければ、半九郎《はんくらう》はいと本意《ほい》なく、悲《かな》しとおもへど、今《いま》はちからなく、張《はり》つめし気《き》も、なえ〳〵[三]くだ〳〵に成《なり》て、一足《ひとあし》も引《ひか》れざれば、詮方《せんかた》なさに、傍《かたはら》の石《いし》に腰《こし》を懸《かけ》て、つきぬ泪《なみだ》にくれゐたり。

暫《しば》ししてみさき出来《いでき》たりて、「今宵《こよひ》はいと折悪《をりあし》ければ、最早《もはや》逢《あひ》み参《まゐ》らすること叶《かな》ふまじ。

「いかにもして、明日《あす》の夜《よ》、此所《こゝ》に来《き》まさん事《こと》を、はかり参《まゐ》らせよ」と、お染君《そめぎみ》の申給ひき。はた此薬《このくすり》は能《よく》、内《うち》[四]のかひなきを補《おぎな》ふと聞《きゝ》て、取《とり》よせおきつれば、たてまつる也」とて、[五]白湯《さゆ》を汲《くみ》て持来《もちきた》りければ、押載《おしいたゞき》[六]て、此《この》くすりを腹《ふく》[七]しつ。さて白湯《さゆ》にて呑門《のど》を霑《うるほ》すにぞ、少《すこ》しはこゝちもさはやぎぬるまゝ、即《やが》て懐《ふところ》より[八]白銀《しろかね》を出《いだ》し、紙《かみ》につゝみてみさきに与《あた》へ、尚明日《なほあす》の夜《よ》の事《こと》を頼《たの》みおきて、漸〻《やう〳〵》此所《こゝ》を立出《たちいで》けるが、来《きた》りし時《とき》は、逢見《あひみ》んのこゝろ急《せ》かれて、然《さ》のみくるしともおもはざりしが、今《いま》は息《いき》きれ胸裡《むね》せまり、ひたすら咳入《せきいり》て、歩行難《あゆみかね》しが、漸〻《やう〳〵》念《ねん》じて、たどる〳〵も我屋《わがや》に立《たち》かへりぬ。

爰《こゝ》に摂津《つ》の国今宮《くにいまみや》なる、半九郎《はんくらう》が手代蟹七《てだいかにひち》なる者《もの》、半九郎《はんくらう》にかはりて、家業《なりはひ》の事《こと》は元《もと》より、家内《かない》の事何《ことなに》によらず、取扱《とりあつか》ひ居《ゐ》たりけるが、[九]生質《うまれつき》こゝろ正《たゞ》しからず、[一〇]佞曲《ねぢけ》ひがみたりければ、今半九郎《いまはんくらう》が家《いへ》にあらざるを、さいはひにし、万物《よろづ》己《おの》れがこゝろの儘《まゝ》にして、

一 不気嫌で。
二 底本の振仮名、「な」を欠く。
三 気力が失せて全身から力が抜けた状態を表現した擬態語。

四 内臓の悪いところ。
五 水を沸かした湯。「白湯 サユ。素湯 同」(書言字考)。
六 底本のまま。「戴」とあるべきところ。
七 服用する。
八 銀貨。上方では銀貨が多く通用したという。

九 生来。「うまれつき 生得の意也。源氏に見えたり。或は質をよむ」(倭訓栞)。
一〇 心の曲った。

日毎《ひごと》に家産《なりはひ》[一一]に出《いづ》る風《さま》にて、青楼《くるは》[一二]に通《かよ》ひけるが、いつしか楽《たの》しみの数《かず》つもりて、夥敷《おびたゞしく》借金《おいめ》[一三]出来《いでき》ければ、今《いま》にも主人半九郎《しゆじんはんくらう》たちかへらば、如何《いか》にともなし難《がた》しと、色ゝ《さまぐ》にこゝろを痛《いた》めけるが兎《と》[一四]ても角《かく》ても、斯《かく》なる上《うへ》はこの所《ところ》に長居《ながゐ》もならじと、思案《しあん》して、それより諸《しよ》方《はう》の取引先《とりひきさき》に行《ゆき》て、手《て》の及《およ》ぶだけ取《とり》[一五]こみ、其代物《そのしろもの》をことぐく黄金《こがね》にかへて、何処《いづこ》ともなく出去《いでさり》けり。

かくて半九郎《はんくらう》が母《はゝ》は斯《かゝ》る由《よし》を聞《きゝ》て、大《おほ》きにおどろき半九郎《はんくらう》が方《かた》に告《つげ》て、早速《すみやか》にかへるべきよし言《い》ひ遣《や》るといへども、此頃半九郎《このごろはんくらう》はひたすら、お染《そめ》が事をおもひ居《を》れば、一向《ふつ》[一六]にかへり来《き》たらず。詮《せん》かたなく親《した》しき限《かぎ》りを、あつめて、うち談合《かたらふ》[一七]といへども、今《いま》はいかにともすべき手便《てだて》[一八]なく、皆ゝ《みなく》頭《かしら》をなやまし居《を》るを、売《うり》[一九]こみたる方《かた》よりは、頻《しき》りに其金《そのかね》の遅《おく》るゝを、事《こと》むつかしく責譴《せめはた》[二〇]りて、やまざれば、終《つひ》には田地《でんち》蔵屋《くらや》敷《しき》を買先《かひさき》[二一]に渡《わた》して、その借金《おいめ》をつぐのひぬるにより、今《いま》は膝《ひざ》を入《い》るべきところなく、いと便《たつ》[二二]きなき身《み》となりぬ。

かゝれば是迄召遣《これまでめし》ひし者《もの》は、皆《みな》それぐに暇取《いとまとら》しけるうちに、童立《わらはだち》[二三]よりめしつかひし、与四郎《よしらう》といへる若者《わかもの》ありけり。心廉直《こゝろすなほ》に誠《まめ》[二四]忠なる者《もの》なりけるが、「今蟹七《いまかにひち》が為《ため》にかゝる、主家《しゆうか》の難義《なんぎ》となれるを、いかばかりか憂《う》しとおぼさんと、悲《かな》しく、こと更半九郎《さらはんくらう》ぎみは、長ゝ《ながく》病患《やみわづ》らひたまひて、とみに平愈《いゆ》[二五]べくもみえねば、誰有《たれあり》て養《やしな》ふべき人《ひと》もあらぬを、見《み》

一一 業務。「なりはひ 万葉集源氏に見ゆ。日本紀に生業又農をよめり。遊仙窟に家業をよみ、霊異記に産業をよめり」(倭訓栞)。
一二 遊廓。「又青楼の茶屋呼屋に町表に住すあり」(守貞漫稿)。
一三 「おひめ 今いふかけの事。借金也」(俚言集覧)。
一四 とにかく。「とてもかくてもといふ詞によりて俗に辿ノ字を造れり。…とかくといふに同じ」(倭訓栞)。
一五 取り込み詐欺と今いう商行為。
一六 全く。
一七 相談する。「かたらふ 語り合ふ也カケ合フ」(俚言集覧)。
一八 方法。「てだて 方便を訓せり。太平記に手段をよめり」(倭訓栞)。
一九 品物を納入した側。
二〇 催促する。
二一 買手。
二二 頼るところのない身。「方便 タツギ〔万葉〕」(書言字考)。
二三 幼い時。
二四 誠実。「まめ 神代紀に忠誠をよめり。真実の義なりといへり」(倭訓栞)。「忠 マメ」(書言字考)。
二五 底本のまま。「いゆ 愈をよめり痛止(イトヤム)の義」(倭訓栞)とある。

黄金《こがね》をあつめて
蟹七戸《かにひちと》波《なみ》やを
はしる処《ところ》

捨奉《すてたてまつ》らんは本意《ほい》[一]ならず。譬《たと》へ己《おの》れは、貧《まづし》きめ見《み》るとも、[二]みとり奉《たてまつ》らん」と、強《しひ》てとゞまりぬる物《もの》から、「かく定《さだま》りたる家居《いへゐ》もなくなりつれば、いかゞはせん」と、行衛《ゆくすへ》の事《こと》ども、思《おも》ひ廻《めぐ》らすに、今斯落《いまかくおち》ぶれて見苦《みぐる》しき、住居《すまゐ》をなさば、「あれこそ戸波屋《となみや》の果《はて》なるぞ」と、[三]人の後指《うしろゆび》さゝんも口惜《くちをし》く、かつは半九郎《はんくらう》がいかにしても、京《みやこ》より帰《かへ》ることなければ、兎角《とかく》家刀自《いへとじ》をすゝめて、一先都《ひとまづみやこ》に至《いた》らんと思《おも》ひ、其由《そのよし》を語《かた》るに、家刀自《いへとじ》も同《おな》じ心《こゝろ》なりつと、夫《それ》より[四]そこ〳〵に、身拵《みごしらへ》なし、尚残《なほのこ》りある家財《かざい》も皆売代《みなうりしろ》[五]なして、金《かね》にかへ、終《つひ》に京《みやこ》をさして登《のぼ》りけるが、此家刀自《このいへとじ》は、生《うま》れつきて、船《ふね》を嫌《きら》へば、[六]岡《をか》を廻《めぐ》りて、行《ゆく》に夏《なつ》の日《ひ》朝早《あさと》くいでたる事《こと》なれば、[七]未時《やつ》過《すぐ》るころ、淀《よど》の町口《まちぐち》に差《さし》かゝりぬるに、余《あま》りに暑《あつ》さ絶《たへ》がたければ、「しばし此所《このところ》に休《やす》らひて、風《かぜ》を入《いれ》ばや」とて、かたはらの茶店《さてん》に入《いり》て、家刀自《いへとじ》をいたはりつゝ、あふぎながらにわが汗《あせ》を押《おし》ぬぐひ居《ゐ》たり

一 自分の本来の意志にそむく。「ほい 源氏に見えたるは本意の義也。本意の字漢ノ献帝紀に見ゆ」(倭訓栞)。
二 世話をする。
三 人々が陰であざ笑って指さす。
四 そそくさと急いで。
五 売りはらう。「売代なす 変売を云」(俚言集覧)。
六 陸上を歩いて行くことをいう。
七 今の午後二時過ぎ。

鳥部山調綫　巻之三

○猿垣《ましらかき》をこえて不計女童《はからずめのわらは》をそこなふ事

爰《こゝ》に淀《よど》なる葛城丹司《かつらきたんじ》が娘織江《むすめおりえ》は、此春不計宗《このはるはからずそう》三郎を思《おも》ひ初《そめ》つるを、父母早《ちゝはゝはや》く知《しり》て、宗《そう》三《ざ》が方《かた》に[一]媒《なかだち》もて言入《いひいれ》しに、思《おも》ひしよりは安《やす》く、[二]とみに事調《ことゝの》ひしかば、織江《おりえ》が喜《よろこ》び増者《ますもの》なく、楽《たのし》み有《あり》けるに、[三]先頃《さいつころ》より宗《さう》三郎風《ふ》と、お染《そめ》にかゝりて家《いへ》にも帰《かへ》らず、三《み》国屋《くにや》にのみ居《ゐ》明《あか》しければ、父《ちゝ》は深《ふか》く憤《いきどほ》りて、度度云懲《たびたびいひこら》すといへども、少《すこ》しも用《もち》ふる事《こと》なければ、「今《いま》は家《いへ》を追出《おひいだ》して、[四]辛《から》き目《め》みせん」などいふを、人〻《ひとぐ》の言慰《いひなぐさ》むるに、心《こゝろ》ならずも黙止《もだ》し居《ゐ》たりけるを、葛城丹司《かつらきたんじ》が方《かた》よりは、かゝりとも不知娘《しらずむすめ》を送《おく》るべき吉日《きちにち》を撰《えらみ》て[五]催《もよふ》し立《たつ》る事《こと》、しば〱なれども、兎角《とかく》に延〻《のびぐ》に成行《なりゆく》まゝ、織江《おりえ》はいとゞもどかしく、「いかなる故《ゆゑ》にか」と、打侘《うちわび》て居《ゐ》たるに、風《ふ》とお染《そめ》が事《こと》をいふ者有《ものあり》て、あらかじめ其由《そのよし》を聞知《きゝしり》ければ、又《また》も[六]思草《おもひぐさ》の茂《しげ》く生《おひ》そふ種《たね》と成《なり》て、[七]ひまなき露《つゆ》に袖《そで》をしぼりけるとぞ。

爰《こゝ》にまた其隣《そのとなり》の家《いへ》に、鳥羽屋伊蔵《とばやいざう》といへる者有《ものあり》けり。夫婦子《ふうふこ》なくして、淋《さび》しき儘《まゝ》、小《こ》猿《ざる》を養《やしな》ひ初《そめ》しに、此猿《このさる》いと賢《かしこ》く、克主《よくあるじ》を知《しり》て、教《をし》ゆるまに〱[八]物真似《ものまねび》しければ、夫婦《ふうふ》は

一　仲介人。「媒も妁も謀も介もなかだち也。媒は両方の間へ入て言を通する也」(俚言集覧)。
二　早速に。
三　先ほど。「さいつごろ　前頃の義。つは休め字也」(倭訓栞)。
四　こらしめる。
五　せきたてる。
六　物思いの意を草名に託す。「おもひぐさ　歌林良材には一草に限らざるよし也」(倭訓栞)。
七　悲しみで涙がとめどなく流れて。
八　物真似に物学びの振仮名。「ものまねび　礼記に学をよめり。今略してまなぶとよめり」(倭訓栞)。

いど興有事《けうあること》に覚《おぼえ》て、子《こ》のごとく飼育《かひそだて》けるが、[九]けうしもいかなる故《ゆへ》にか、垣《かき》を越《こえ》て、隣《となり》なる葛城丹司《かつらきたんじ》が[一〇]前栽《せんざい》に至《いた》りて、そこ爰《こゝ》とあさり歩行《あるき》ける折節《をりふし》、織江《おりえ》は余《あま》りに宗《そう》三郎がことを[一一]おもひわび、女《め》の童《わらは》を[一二]ゐて端《はし》ちかく出《いで》て、空詠《そらながめ》して居《ゐ》たりけるが、女童《めのわらは》は目《め》早《ばや》く猿《さる》の爰《こゝ》に来《きた》れるを見て、大《おほ》ひによろこび、恐《おそろ》しながらも近付《ちかづき》ける時《とき》、軒端《のきば》の松《まつ》に風過《かぜすぎ》て、蟬《せみ》のもぬけのから、足《あし》の元《もと》に落《おち》ぬるを、小猿《こざる》は[一三]喜《よろご》ひ取《とら》んとして、尻《しり》を空様《そらさま》に走《はし》り来《きた》るに、女《め》の童《わらは》はいたく驚《おどろ》き、後《うしろ》さまに逃《にげ》んとして飛石《とびいし》に[一四]爪衝《つまづき》、よろめくはしに猿《さる》の足《あし》を、庭下《にはげ》駄《た》にて強《つよ》く踏《ふみ》しければ、猿《さる》は「きゝ」と鳴《なき》て、女《め》の童《わらは》の足《あし》をしたゝかに喰付《くひつき》たり。

[一五]「あなや」と叫《さけ》びて声《こへ》の限《かぎ》り泣《なき》わめきけるにぞ、織江《おりえ》はおどろき手《て》打叩《うちたゝ》きて、人《ひと》を呼《よぶ》に、折悪《をりあ》しく傍《あたり》に人気《ひとげ》なく、漸《やう》〳〵[一六]庭回《にはまは》りの男《をとこ》走《はし》り来《きたり》ける儘《まゝ》、猿《さる》は手近《てちか》き梢《こずへ》ににげ登《のぼ》りたり。

女童《めのわらは》は紅《あけ》に染《そみ》て仰向《あふむけ》に倒《たを》れ、息《いき》も絶《たえ》〴〵なれば、やをら椽《えん》の上《うへ》にかきいだき揚《あげ》て、「薬《くすり》よ水《みづ》よ」といたはる程《ほど》に[一七]追《おひ》〳〵此由《このよし》を聞《きゝ》て、人《ひと》〳〵馳集《はせあつま》り、女童《めのわらは》を奥様《おくざま》にかき入置《いれおき》、「去《さる》にても今《いま》の小猿《こざる》め[一八]いみじきことしたり。此奴《こやつ》叩《たゝ》き殺《ころ》して呉《くれ》ん」と、男《をとこ》ども四五人手《て》に〳〵長《なが》き棹《さほ》を取《とり》て、かの松《まつ》の梢《こずへ》を目《め》がけ打落《うちおと》さんとなすほどに、猿《さる》は[一九]恐《おどろ》き周章《あはて》て、此方《こなた》の枝《えだ》、かなたの梢《こずへ》と、つたひつゝ終《つひ》に表《おもて》に逃出《にげいで》けるを、跡目《あとめ》に付《つき》て追回《おひまは》し、[二〇]とゞ引《ひき》とらへて、既《すで》に打殺《うちころ》さんとする時《とき》、伊蔵夫婦《いぞうふうふ》此由《このよし》を告《つぐ》る者《もの》ありければ、周章《あはて》ふためき走《はし》り来《きたり》て、泪《なみだ》ながらに手《て》を[二一]摺《すり》て、「此小猿《このこざる》いみじき業《わざ》なしつる事《こと》、わびなんやうも侍《はんべ》らねど、申さば

九　今日しも。
一〇　底本は「前載」。訂す。
一一　底本は「おもひわひ」。訂す。
一二　「率て」。連れて。
一三　底本のまま。「喜(よろ)び」とあるべきところ。
一四　「つまつく 爪衝也」(倭訓栞)。
一五　きゃあ。驚きの叫び声。
一六　下男。
一七　だんだん。
一八　大変なこと。「いみじき 善美の意にも又厳忌の意にもいへり。又慎ましき意にもすさまじき意にもいふめり」(倭訓栞)。
一九　「恐」を「おどろく」と訓ずる例未調。
二〇　結局は。「下濁○止の義にて終りを云。トヾの所トヾノツマリなど云」(俚言集覧)。
二一　両手をあわせて許しを乞う様。

心《こゝろ》なき物《もの》にて、[一]あながち求《もとめ》てなせし事《こと》にも侍《はんべ》らねば、[二]哀御徳《あはれおんとく》をもて、命《いのち》ばかりは助《たす》け給へ」と、掌《たなぞこ》を合《あは》して伏拝《ふしおが》むといへども、哀《あはれ》をしらぬ男共《をとこども》なれば、耳《みゝ》にもかけず、「[三]なでうかゝる小猿《こざる》めが、命取《いのちと》らんとて、歎《なげ》くべき事《こと》かは」と、[四]ほと〱打殺《うちころ》すべくみえたる折《をり》しも、「しばし〱」と押留《おしとめ》て、立並《たちなら》びたる人《ひと》を押分《おしわけ》〱、一人《ひとり》の若人《わかうど》走《はし》り来《きた》りて申けるは、「先程《さきほど》よりの荒増《あらまし》を是《これ》にて承《うけたま》はり侍《はんべ》るに、和主達《わぬしたち》の申給ふこと、誠《まこと》にことわりに侍《はんべ》れど、かゝる心《こゝろ》なき者《もの》を、打殺《うちころ》し給ふとも、疵付《きずつけ》られし、幼《おさな》き人《ひと》の御為《おんため》にも成《なり》申まじ。幸《さいはひ》己《おのれ》は津《つ》の国今宮《くにいまみや》の辺《ほとり》に住《すめ》る、薬商人《くすりあきびと》の手代《てだい》、与四郎《よしろう》といへる者《もの》にて候《さうろう》が、疵付《きずつき》たるには[五]早速《たちどころ》に、功有薬《こうあるくすり》を持合《もちあはせ》つれば、奉《たてまつ》る也。あはれその功《こう》に、此猿《このさる》の罪《つみ》は御赦《みゆる》し給へ」と、ひたすら侘《わぶ》るに、力《ちから》を得《え》て、伊蔵夫婦《いざうふうふ》も倶《とも》に侘《わび》ぬるにぞ、漸《やう》〱男共《をとこども》は気色《けしき》を和《やわら》げ、「然《しか》らば御身《おんみ》の持《もち》給へる薬《くすり》を与《あた》へ玉《たま》へ。其功《そのこう》に小猿《こざる》めが、命全《いのちまつ》たからしめん。去《さり》ながらかゝる曲者《くせもの》を飼者《かふもの》あればこそ、誤《あやま》ちも出来《いでく》る也。今《いま》より夫婦《ふうふ》の人《ひと》も、何処《いづこ》になりと此猿《このさる》を打捨《うちすて》たまはゞ、主《あるじ》の君《きみ》に聞《きこ》えて、其罪《そのつみ》ゆるしなん。さなくば今目《いまめ》の前《まへ》にて打殺《うちころ》してん」といふに、伊蔵夫婦《いざうふうふ》も此答《このこた》へに困《こう》じはて、口《くち》つぐみ有《ある》をみて、与四郎《よじらう》心《こゝろ》におもひけるは、「己今《おのれいま》より京《みやこ》に登《のぼ》るとても、はか〲しくなす業《わざ》もなければ、此猿《このさる》を彼等《かれら》がいふまゝにこひ得《え》て、[六]猿引《さるひき》とならんには」と、心《こゝろ》にうなづき、「[七]然《しか》らば宣《のたま》ふごとく、己《おのれ》申受《うけ》て、是《これ》より京《みやこ》に連行《つれゆく》べし」と言《いひ》て、伊蔵夫婦《いざうふうふ》に向《むか》ひ、「今《いま》は思《おも》ひ絶《たえ》て、我《われ》に与《あた》へ玉《たま》

一　決して。
二　哀願の情を示す語。
三　どうして。
四　すんでのことで。
五　即座に。「たちどころ 常に立字をよめり…助詞にて立を速なりと注せり即時の意」（倭訓栞）。
六　猿回し。「さる引道具と云ことは「訓蒙図彙」に中国の猿はさま〲芸をさする故に猿引が腰に道具を多く付るなり、此故に腰に物多くつけたるをば猿牽といふなり、といへり」（嬉遊笑覧）。
七　断念して。

へ」といふに、夫婦《ふうふ》はいと喜《よろこ》びて申けるは、「己子《おのれこ》なきまゝに、殊《こと》にいつくしみかひ育《そだて》ぬれば、彼又能其恵《かれまたよくそのめぐみ》を知《しり》て、ひとつとして言含《いひふくむ》る事を、背事《そむくこと》なかりしを、いかなる故《ゆへ》にか、斯《かゝ》る誤《あやま》ちを引《ひき》出《いだ》し侍《はんべ》ること、[八]わりなき事《こと》になん。誠《まこと》に御身《おんみ》は彼《かれ》が為《ため》には命《いのち》の親《おや》にわたらせ給へり。哀此上《あはれこのうへ》ながら宜《よろ》しく恵《めぐ》みを垂玉《たれたま》へ」と、泣《なく》〳〵いふを、与四郎《よしらう》も程克答《ほどよくこた》へて、扨彼薬《さてかのくすり》を男共《をとこども》に渡《わた》し、「疾《とく》[九]用《もち》ひて試《こゝろ》み給へ。痛《いた》み立所《たちどころ》に去《さ》りて、日《ひ》ならず愈《いゆ》べし」と申ければ、「さらば給《たま》はるべし」と請取《うけとり》て、伊蔵夫婦《いざうふうふ》を尻目《しりめ》[一〇]にかけ

八　何とも仕様のないことである。

九　早く。「とく　疾をよめり。はやく及ぶの義也」(倭訓栞)。

一〇　無視して。

て立帰《たちかへ》りぬ。与四郎《よしらう》も其猿《そのさる》を背《せ》に負《おひ》て、元《もと》の茶屋《さてん》に帰《かへ》り、家刀自《いへとじ》にむかひて、「さこそ待《まち》わび玉ひけめ」とて、「今己《いまおのれ》が猿引《さるひき》せばや」と心付《こゝろづき》し事《こと》より、有《あり》し事《こと》どもを語《かた》れば、「そは能事《よきこと》をなしつ」とて、夫《それ》より爰《こゝ》を立出《たちいで》て、[一]七時下《なゝつさが》るころ[二]伏見《ふしみ》につきぬれば、[三]竹駕《たけかご》をかりて、家刀自《いへとじ》を乗《のら》しめ、夜更《よふけ》ぬうち都《みやこ》に至《いた》らん事《こと》を、心《こゝろ》にかけて急《いそ》ぎける。

然《しか》るに半九郎《はんくらう》は、[四]夜方《よべ》お染《そめ》に逢《あひ》て其志《そのこゝろざし》の深《ふか》きを聞知《きゝしり》ては、[五]中ゝ《なか〳〵》に思《おも》ひ慰《なぐさ》むとはなく、[六]弥《いよゝ》わりなきほだしとなりて、「家《いへ》をも身《み》をも、君《きみ》が為《ため》には、何《なに》ならじ」と、ひたすら暮《くる》るを待《まち》て、例《れい》のごとく杖《つへ》にすがりて、漸ゝ《やう〳〵》彼所《かしこ》に至《いた》りて立《たゞ》すみ居《ゐる》を、見るよりみさきは走《はし》り来《き》て、「扨《さて》も[七]あいなき事こそ出来《いでき》侍《はんべ》り。今日《けふ》何方《いづく》の人《ひと》とも知侍《しりはんべ》らねど、いといかめしき武士《ものゝふ》爰《こゝ》に来《き》給ひて、いつの隙《ひま》にかお染《そめ》主の身《み》の価《しろ》を[八]膳《つくの》ひぬとて、[九]宗三郎君《さうざらうぎみ》の兎角《とかく》に言《いひ》こばみ玉《たま》ふをいとはず、強《あなが》ちに伴《ともな》ひ行《ゆき》玉へり。然《しか》るにお染君《そめぎみ》は斯《かゝ》る[一〇]いとなき間《ま》にも、御身《おんみ》のことのみ口《くち》ぐせにいひて、「もし今宵君《こよひきみ》が来《き》まさば、[一一]不計《はからず》かゝる人に誘引《いざなは》れて、行《ゆく》べきかたも定《さだ》かならねば、とても[一二]生経居《ながらへをる》べしとも思《おも》ひ侍《はべ》らねど、兎《と》に角《かく》、心《こゝろ》にかかるは、半九郎主《はんくらうぬし》の御病《おんいたつき》なれば、いかにも[一三]養生《いとゐ》玉ひて、早《はや》くさはやぎなんやう聞《きこ》え玉へ。哀息有内《あはれいきあるうち》に、今一度《いまひとたび》見参《みまゐ》らせたく」抔《など》、悲《かな》しき限《かぎ》りいひ並《なら》べて、泣ゝ《なく〳〵》誘引《いざなはれ》行《ゆき》玉へり」と聞《きく》に、半九郎《はんくらう》は心消絶入《こゝろきえたえいる》ばかりなりけるが、泣《なく》にも声《こゑ》の立《たて》がたき、忍《しの》ぶうき身《み》の苦《くる》しさは、亦《また》たぐひこそなかりけれ。漸ゝ心《やう〳〵こゝろ》を押鎮《おししづめ》て、おもふに「斯《かう》つらき限《かぎ》りをみるも、

一 夕方、午後四時過ぎ。
二 京都の南、現在の伏見区。大阪から京に向う時、京の入口に当る。
三 主として竹製の宿駕籠。守貞漫稿第二十九編参照。
四 昨夜。「よべ 夜方の義なるべし」(倭訓栞)。
五 かえって。
六 一層どうにもならない結び付き。「いよ〳〵 愈又弥ノ字をよみ…万葉集にいよゝともいへり」(倭訓栞)。
七 不本意である。
八 底本のまま。「繕 ツクロフ「説文」補フ也」(書言字考)と同義で用いたか。「ツクノウ」(日葡)。
九 振仮名は底本のまま。「ぶ」の脱落か。
一〇 「いとなし 無レ暇の義也。源氏にもならひたまふいとなしと見え」(倭訓栞)。
一一 思いもかけず。
一二 生きながらえる。「ながらへる 存命をも長生をもいふ。長く世を経るの義也」(倭訓栞)。
一三 養生する。「養生」を「いとゐ」と訓ずるは未詳。

偏《ひとへ》に荻《をぎ》に憂目《うきめ》をみせし報《むくひ》ならん」と、中〻《なか〱》に死《し》[一四]に臆《おくれ》たる事《こと》さえ口惜《くちをし》く、泪《なみだ》ながらに、此《この》程《ほど》の心遣《こゝろづか》ひをねぎらひ、たどる〱も帰《かへ》り来《き》て見れば、戸口《とぐち》にたゝずむ人有《ひとあり》。

「誰《たそ》」と問《と》へば、「いな旅人《たびのもの》にてさぶらふ」と、近《ちか》く寄来《よりき》て、「こは半九郎君《はんくらうぎみ》にておはすや。与四郎《よしろう》にて侍《はべ》り」といふに、驚《おどろ》きてみれば、母刀自《はゝとじ》さへおはしければ、怪《あや》しみながらも、案内《あない》して、家《いへ》に入《いり》、「かく夜《よ》[一五]をこめて来《き》給へるは、いかなる故《ゆへ》にか。いと心元《こゝろもと》なし」と問《とへ》ば、母《はゝ》は泪《なみだ》を押祓《おしぬぐ》ひ[一六]、「先《さき》に御身《おんみ》にも申越《こせ》しごとく、蟹《かに》七が悪《あし》き心有《こゝろあり》て、か[一七]う〱なし、亡命《いへで》[一八]しつれば、家庫田地《いへくらでんち》をはじめ有《あり》とある物《もの》をもて、其借金《そのおいめ》を償《つくの》ひぬれば、今《いま》は住《すむ》べき処《ところ》もなく成《なり》つる儘《まゝ》、与四郎《よしろう》と計《はかり》て、一先爰《ひとまづこゝ》に来《き》て、和主《わぬし》[一九]と共《とも》に兎《と》も角《かう》もならんと、遥〻爰《はる〲こゝ》に参《まゐり》たる也」と、与四郎《よしろう》が、誠忠《まめやか》なるより、猿《さる》をさへいざなひつるまで、落《おち》もなく語《かた》りてなく。半九郎《はんくらう》も「今更我身《いまさらわがみ》の云甲斐《いひがひ》なさに、かゝる憂目《うきめ》を、母《はゝ》にみせ奉《たてまつ》りけるよ」と、打侘《うちわび》ながらも、猶忘《なほわす》れがたく恋《こひ》しきは、お染《そめ》が上《うへ》なれど、念《ねん》じて母《はゝ》を慰《なぐさ》めつゝ、「今《いま》はいかばかり悔恨《くいうら》み給ふとも甲斐《かひ》なければ、母子諸共《おやこもろとも》爰《こゝ》に住《すみ》てあらんには、中〻心安《なか〱こゝろやす》かるべし」といふに、与四郎《よしらう》も倶〻慰《とも〲なぐさ》めて、「実宣《げにのたまは》すごとく、今《いま》は何《なに》をも、御心《おんこゝろ》にかけさせ玉はずして、よろづ安居《やすう》[二〇]に暮《くら》し給へ。僕《おのれ》いか計《ばかり》の事《こと》をなしても、養《やしな》ひ奉《たてまつ》るべし」と、夫《それ》より与四郎《よしらう》万《よろづ》の事《こと》を取《とり》しまりて、是迄半九郎《これまではんくらう》に付置《つけおき》し者《もの》にも暇《いとま》とらせ兎角《とかく》に事少《ことずくな》[二一]になして、家内三人《かないみたり》いとかすかに暮《くら》しける。

一四 死に後れ。「臆」は意を含む当字か。

一五 夜おそくに。

一六 底本のまま。「拭」とあるべきところ。

一七 このようにと、これまでの経過を説明したことを示す。

一八 家出。「家出 此は出家の事也。鄙語は出家奔亡命の事を云。されども、イヘデの語は古くより言つぎしなるべし」(俚言集覧)。

一九 お前さん。「わぬし …東鑑に和主と見えたれど、我主の義成べし。野槌に汝也と見えたり」(倭訓栞)。「吾主 ワヌシ」(書言字考)。

二〇 安楽に。「安居」をヤスシと訓ずるは未調。意による当字か。

二一 出費を少くする。

扨又宗三郎《さてまたそうざぶらう》は、お染《そめ》を人手《ひとで》に渡《わた》しぬる事《こと》、いと口惜《くちをし》く恨憤《うらみいきどほる》といへどもいかんともなしがたく、「もしかゝりとも知《しる》ならば、[一]よしや黄金《こがね》の山《やま》をつみても、此方《こなた》に身請《みうけ》なすべきを」と、かひなき操事言歎《くりごといひなげ》きて、鬱〻《うつく》として有《あり》けるが、或日日頃恩《あるひひごろおん》みせたる、友達問《ともだちとひ》来《き》て申けるは、「此程《このほど》はいたう御気色悪気《みけしきあしげ》なるは、大《おほ》かたに推量《おしはか》りまゐらせたり。されどかくて引籠《ひきこも》りのみおはさんは、悪敷《あしき》わざ也。己幸《おのれさいは》ひ和君《わぎみ》の御心《みこゝろ》に叶《かな》ふべき人見置《ひとみおき》たれば、御供《おんとも》なし侍《はんべ》らん。いざ早早《とくとく》」と催《もよふ》し立《たつ》るを、心《こゝろ》にはすゝまねど、誘引《いざなは》れて出《いで》ぬ。

さて行〻《ゆくゆく》に[二]五条辺《ごでうあたり》に来《きた》り、爰《こゝ》にいと清《きよ》らに[三]小柴垣《こしばがき》したる家有《いへあり》。宗《そう》三郎是《これ》をみて「[四]ほのぐ見えしといへるは、かゝる渡《わた》りならん」といふを、友《とも》どち聞《きゝ》て「さこそ」と、打笑《うちわら》ひつゝ彼家《かのいへ》に入《いる》。宗《さう》三郎も跡目《あとめ》に付《つき》て柴《しば》の折戸《をりど》をいりて見《み》るに、家居《いへゐ》はさのみ広《ひろ》からねども、[五]万物好《よろづものずき》て、[六]出居《いでゐ》のかたに[七]「所レ楽在二人和一《たのしむところひとのくはにあり》」と言五文字《いふいつもじ》の額《がく》を掛《かけ》たるぞ、心有《こゝろあり》げなる。奥《おく》まりたる方《かた》より、年《とし》ごろ六十《むそじ》ばかりの、女出来《をんないでき》て、宗《そう》三郎をみて、[八]懇《ねんごろ》に恵釈《ゑしやく》なし、「先此方《まづこなた》に」と請《せう》じ入《いれ》、やがて盃《さかづき》を持出《もちいで》て、酒《さけ》などすゝむる程《ほど》、いと珍《めづ》らかなる肴《さかな》どもを居並《すゑなら》べたり。宗《そう》三郎心《こゝろ》あやしみ、「さても何人《なにびと》なればかく心憎《こゝろにく》く住《すみ》なしたるぞ」と思《おも》ひ、彼老女《かのらうぢょ》の立《たち》たる隙《ひま》にとへば、友達打笑《ともだちうちゑみ》て、「そは程《ほど》なく知侍《しれはんべ》るべし。先御心静《まづみこゝろしづ》かに[九]きこしめし給へ」と、尚盃《なほさかづき》をすゝむるに、やゝ酔《ゑひ》そはりて、「此程《このほど》の物思《ものおも》ひも少《すこ》しは晴《はれ》ぬ」とおもへり。

一 たとい。

二 京の五条通り。
三 高さの低い柴垣。洒落た家の様。
四 「夕顔をよめる／白露のなさけおきける言の葉やほのぐ見えし夕顔の花」（新古今集・夏・前太政大臣）。
五 いろんなところまで趣味深く。
六 座敷。「出居 イデヰ …出居とは表向の一間をいふといへり。俗にデヰと云」（俚言集覧）。
七 「湛露浮二尭酒一、薫風起二舜歌一。願同二尭舜意一、所レ楽在二人和一」（白楽天・太平楽詞二首）。
八 丁寧にあいさつして。一般に「会釈 エシヤク」（書言字考）と表記。
九 お酒を召し上がりなさい。

友《とも》に催《もよほ》されて
宗《そう》三郎はからず
五《ご》条《でう》の家《いへ》をとふところ

折柄老女《をりからろうぢよ》出来《いでき》て、「さて何哉御肴奉《なにをがなみさかなたてまつ》りて興《けう》を添《そへ》んと思《おも》へど、過《すぐ》[一]れたる物《もの》[二]みならし玉《たま》ふ、御方《おんかた》ざまには、奉《たてまつ》るべき物《もの》も侍《はんべ》らず。いと拙《つた》なけれども、妾《わらは》が娘少《むすめすと》し舞《まひ》を覚《おぼ》えて侍《はんべ》れば、一《ひと》かなで仕《つかまつ》らせなん」とて、さし招《まね》けば、奥《おく》まりたる方《かた》に身《み》じろく音《おと》して、出来《いでく》るを見《み》れば、こはいかにお染《そめ》也ければ、宗三郎《そうざぶらう》は更《さら》に現《うつゝ》ともなく、「若夢《もしゆめ》にやあらん」と、た[三]どる計嬉《ばかりうれ》しく、喜《よろこ》ぶこと限《かぎ》りなし。其時友達《そのときともだち》申けるは、「いかで此御肴《このみさかな》にて、今一《いまひと》[四]つぎ過《すご》し玉《たま》へ。さこそ其故《そのゆゑ》をしらし玉《たま》はねば、「怪《あや》し」とおぼし玉《たま》はん。今《いま》はかたりて聞《きか》し参《まゐ》らすべし。抑《そも〳〵》昨日夕《きのふゆふ》つかた、是《これ》なる伯母刀自《をばとじ》の、我方《わがかた》に来《き》まして申給ふは、「妾《わらは》はお染《そめ》が母《はゝ》にて侍《はべ》るが、今度不計淀《このたびはからずよど》の町《まち》におはす、葛城丹司君《かつらきたんじぎみ》、彼《かれ》が身受《みうけ》なし玉《たま》はるさへ有《ある》に、妾《わらは》もいと念頃《ねんごろ》[五]に申玉《もふしたま》はり、重《かさ》ね〴〵の御恵《おんめぐみ》を蒙《かふむ》り奉《たてまつ》りて、かゝる清《きよ》らなる家《いへ》、取《とり》繕《つくろ》ひて、住《すま》せ玉はるなり。しかるに娘《むすめ》お染宗三郎君《そめそうざぶらうぎみ》の御覚深《おんおぼえふか》しといへども、いか成故《なるゆゑ》にか従《したが》ひ奉《たてまつ》らねば、何《なに》とぞ彼《かれ》に勧《すゝ》めて、媒《なかだち》をなし奉《たてまつ》るべし」と宣《のたまは》[六]せつれば、寄ゝ其事《より〳〵そのこと》[七]を申進《すゝ》め侍《はんべ》るといへども、「何《なに》にかあらん神《かみ》にちかひ奉《たてまつ》ることあれば、今《いま》しばしかほど待《また》せ玉はらば、いかにも御心《おんこゝろ》に従《したが》ひ奉《たてまつ》らん」と申せば、「其由《そのよし》[八]を御聞《おんきゝ》に入《いる》べし」と、葛《かつら》城殿《きどの》の宣《のたま》はす儘《まゝ》、「己《おのれ》は和君《わぎみ》[九]とうらなき中《なか》なれば、能《よき》にはからひ呉《くれ》よ」との事故《ことゆゑ》、さてこそ伴《ともな》ひ奉《たてまつ》る也」と語《かた》る。

折《をり》しも「所レ楽在ニ人和一《たのしむところひとのくはにあり》」といひつゝ、丹司《たんじ》も出来《いでき》て「いまだ是迄見《これまでみ》参《まゐ》らせし事も

一　おいしい物。「すぐる　過ノ字をよめり…神代紀に傑又超又絶をすぐれたるとよむも過るの義也」(倭訓栞)。
二　慣れていらっしゃる。
三　闇中に明りを見出したように。
四　一杯。
五　丁重に。
六　底本は「宣(のたまへ)」と読める。訂す。
七　時により。
八　そのことをお耳に入れましょう。
九　お互いよく判り合っている。

侍《はんべ》らねど、子《こ》をおもふ心《こゝろ》のやみに引《ひか》されて、其荒増《そのあらまし》を申侍《はんべ》らん。いはれは和主《わぬし》、お染《そめ》が色香《いろか》をめでゝ、更《さら》に家《いへ》に帰《かへ》り玉ふことなければ、父君憤《ちゝぎみいきどほ》り強《つよ》く、既《すで》に家《いへ》をも追出《おひいだ》さんとなし給ふ由《よし》を聞《きゝ》て、娘織江《むすめおりえ》がなげき、いかばかりならん。「若《もし》さる事《こと》にもならば是迄《これまで》楽《たの》しみ暮《くら》せし事《こと》もはかなく成《なり》て、再《ふたゝ》び逢《あひ》まゐらせん事《こと》も叶《かな》ふまじ」と、いかに諫《いさ》めすかすといへども、其事《そのこと》のみを心《こゝろ》に懸《かけ》て、衣引《きぬひき》かづき打伏《うちふし》をれば、母《はゝ》は殊更《ことさら》に打侘《うちわび》て、彼《かれ》が枕上《まくらべ》に寄居《よりゐ》て、「左《さ》程《ほど》に宗三郎主《そうざぶらうぬし》を思《おも》はゞいかにもして、彼所《かしこ》に送《おく》り遣《つか》はすべければ、心安《こゝろやす》くおもひ玉へ」と申つるを、織江《おりえ》はいとよろこばしげに伏拝《ふしをがみ》て申けるは、「御言葉《おんことば》にあまへ奉《たてまつ》りて、一《ひと》ツの願侍《ねがひはべ》り。其故《そのよし》は此《この》ほど宗三郎君《そうざぶらうぎみ》の、家《いへ》に帰《かへ》らせ玉はぬ事《こと》、山賀屋《やまが》屋橘六《きつ》とかいへる人《ひと》と、一〇立引《たてひき》となりての事《こと》なるよし。さすれば其《その》お染主《そめぬし》といへるを、身《み》受《うけ》なし宗三郎君《そうざぶらうぎみ》の御心《みこゝろ》の儘《まゝ》にせば、一一自《おのづか》ら家《いへ》にかへらせ玉ふ事有《ある》べし。其時妾《そのときわらは》がことを言《いひ》歎《なげ》きて、迎《むか》へ玉はるやう、幾重《いくへ》にもねがひ奉《たてまつ》る」と、申により、扨《さて》こそかくは取計《とりはか》らへる也。哀《あはれ》織江がかゝる一二心《こゝろ》しらひを哀《あは》れとも思《おぼ》して、遠《とほ》からず迎取《むかへとり》給へ」と云《いふ》に、宗三郎《そうざぶらう》も織江《おりえ》がさる一三念頃《ねもごろ》なる志《こゝろざし》を、いとをしと思《おも》ひ、「誠《まこと》にさることゝも思《おも》はで、いたづらに一四過《すご》せし事《こと》を、つれなき者《もの》と思《おぼ》しけん。いかにも織江主《おりえぬし》をちかき内《うち》にむかへ侍《はんべ》らん」と、答《こたへ》なすにぞ、丹司《たんじ》は殊《こと》に喜《よろこ》び、かたみに盃《さかづき》とりかはして、夜更《よふけ》て後旅宿《のちりよしゆく》にこそ帰《かへ》りけれ。

されども宗三郎《さうざぶらう》はいまだ、お染《そめ》が心解《こゝろとけ》ざるを憂事《うきこと》に思《おも》ひ、「もし一五外心有《ほかこゝろあり》て、斯《かく》つれな

一〇 意地の張り合い。

一一 自然と。

一二 心くばり。

一三 細やかに情の深い。

一四 底本は「過（すご）せし」と読める。訂す。

一五 浮気心。

き事《こと》ならば、大《おほい》なる恥《はぢ》[一]かゝやかしならん」とおもひ、夫《それ》より我方《わがかた》に、日頃出入《ひごろいでいり》なす者《もの》を、附置《つけおき》つゝ乱《みだ》りに外《ほか》に、出《いだ》すこともなかりけるとぞ

○七夕《なぬかのよ》宗《そう》三郎処女《をとめ》をあつめてをどりを催《もよほ》す事

然《さ》ればお染《そめ》は、内外《うちと》の出入厳《いでいりきび》しければ、今《いま》かゝる所《ところ》に有《あり》ともしらすべきよすがもなく、「さぞ半九郎君《はんくらうぎみ》は、「何方《いづく》のはてに行《ゆき》たりけん」など、いよゝ打悩《うちなや》みおはすめり」など、いたづらに思《おも》ひつゞけて、いとゞ泪《なみだ》[二]にしほれ居《ゐ》たり。夫《それ》よりやゝ日《ひ》を経《へ》て宗三郎来《そうざぶらふきた》りて、酒《さけ》くみかはし居《ゐ》たる折節《をりしも》、女童《めのわらは》あはたゞしく走来《はしりき》て申けるは、「只今《たゞいま》いとおかしき男《をとこ》の、[三]ざればみたる歌唱《うたうた》ひて、小猿《こざる》に舞《まひ》まはし候が、いみじく面白《おもしろ》く侍《はんべ》り。こは大《おほ》かた此程《このほど》、人《ひと》の噂《うはさ》し侍《はんべ》る、与四郎《よしらう》とかいへる、猿《さる》まはしにこそ、呼入《よびいれ》て御覧《ごらん》ぜさせ給へ」といふを、宗三郎《そうざぶらう》は「そはよからん」と、漸《やが》て人《ひと》を遣《や》りて招入《まねきいれ》てみれば、若《わか》き男《をとこ》の頭《かしら》に水色《みづいろ》の頭巾《づきん》めくものをいたゞき、包《つゝみ》につゝみたるものを背《せ》に負《おひ》て、其上《そのうへ》に猿《さる》を居《をら》しめつゝ、椽《えん》[四]の端《はし》にかき下《おろ》せば、猿《さる》はいとをとなしやかに、[五]すのこに手《て》をつかへて、[六]頓首《ぬかづき》ぬ。頓《やが》て与四郎《よしらう》がおかしげなる声上《こゑあげ》て、唱《うた》ふまに〱、舞狂《まひくる》ふさま[七]怜悧《あはれ》也。かくて扇《あふぎ》の舞《まひ》とか名号《なづけ》て、頭《かしら》に[八]花笠《はながさ》をいたゞき、左右《さゆう》の手《て》に扇《あふぎ》もちてまふさま、勝《すぐ》れて興有《けうあり》ければ、お染《そめ》は其扇《そのあふぎ》の[九]やつれたるをいとをしく思《おも》ひ、我持《わがもち》ならした

一　恥の上ぬりをする。

二　しょんぼりしている。「しをる　新撰万葉集に芝折と書り。しはつけ字、折そこなはるゝ義成へし…しほるにあらず」（倭訓栞）。

三　気の利いた。「さればみたるも　小櫛五に見ゆ、信云、俗にしやれたるといふ事なり」（倭訓栞）。

四　縁側。

五　縁側の様式の一つ。板の間を透かせて打ちつけ、雨露のたまらないようにしたもの。

六　頭を地面にあて礼拝する。「頓首　ヌカヅク」（書言字考）。

七　愛らしい。「怜　アハレム。悧旧　アハレム」（書言字考）。

八　造花でかざった笠。

九　古びて粗末になっている。

猿《ましら》をひきて
与《よ》四郎
ちまたを
行《ゆく》処

る扇《あふぎ》を、小猿《こざる》にあたへ、尚数《なほかず》〻物《もの》とらして帰《かへ》しやりぬ。

与四郎《よしらう》は尚《なほ》それより、所〻《ところ〴〵》うち廻《めぐ》りて、暮過《くれすぐ》る比家《ころいへ》にかへれば、家刀自《いへとじ》は待付《まちつけ》て、「さこそつかれやしぬらん。疾〻《とく〳〵》足洗《あしそゝ》ぎて休《いこ》ひね」[一〇]といふ。半九郎《はんくらう》もかしら重《おも》げに枕《まくら》を放《はな》れて、「今日《けふ》はいと遅《おそ》かりし故《ゆゑ》、母人《はゝびと》も待兼《まちかね》おはしつ」と、灯火《ともしび》[一一]かゞけて与四郎《よじらう》が方《かた》をみれば、与四郎《よしらう》は今日《けふ》貰《もら》ひつる物引《ものひき》ちらして見するに、小猿《こざる》はお染《そめ》があたへつる、扇《あふぎ》を嬉《うれ》しとやおもひけん、それ持《もち》て半九郎《はんくらう》に見《み》よといふさまなるを、「こは汝《なんぢ》が貰《もら》ひたるにか。いとよき物《もの》えつる。あしく[一二]なせそ」と言《いひ》つゝ、取《とり》てみれば、

一〇 休みなさい。「いこふ　新撰字鏡に憩をよめり…休息も同じ」(倭訓栞)。
一一 底本のまま。「かゝげて」とあるべきところ。
一二 粗末にしてはいけないよ。

[一]恋《こひ》しきに命《いのち》をかふる物《もの》ならば死《しに》はやすくぞ有《ある》べかりける

とかけるが、何《なに》とやらん見《み》覚《おぼ》えたる心《こゝ》ちするに、怪《あや》しく[二]克《よく》みれば、お染《そめ》が筆《ふで》の跡《あと》なれば、大《おほい》に驚《おどろ》き[三]ゐざり出《いで》て、「此扇《このあふぎ》何方《いづく》にて貰《もら》ひつるぞ」と問《と》へば、与四郎《よじらう》は有《あり》し由《よし》を物語《ものがた》るに、よく其《その》さまお染《そめ》に似《に》たるにぞ、なほ委細《くはしく》尋《たづね》とふに、ちがふ事《こと》なければ、余《あま》りの嬉《うれ》しさに、手《て》の舞足《まひあし》の踏処《ふみどころ》をしらず、喜《よろこ》ぶを見て、与四郎《よしらう》申けるは、「今日《けふ》は[四]御病《おんなやみ》も少《すこ》し、[五]さはやぎ給ふにや。御気色《みけしき》もいつに替《かは》りてよくみえ給ふぞ悦《よろこ》ばしう侍《はんべ》り」といひつゝ、後《うし》ろを見《み》かへるに、家刀自《いへとじ》は此程《このほど》の暑《あつ》さに堪兼《たへかね》て、戸口《とぐち》に涼《すゞ》み居《ゐ》たりければ、与四郎声《よしらうこへ》を[六]ひそめて、「誠《まこと》に過《すぎ》し比《ころ》の御物語《おんものがたり》に、お染主《そめぬし》とかいへるに、深《ふか》くいひかはし玉ひし事《こと》有《あり》けるを、いづくの人《ひと》ともしらず、身受《みうけ》せしよしにて、夫《それ》より君《きみ》はいとゞ労《わづらは》しくならせ給ひ、此程《このほど》はいと[七]絶《たゆ》げに見《み》えさせ給ふを、母君《はゝぎみ》うきことに覚《おぼ》し侘《わび》おはすをみるに堪《たへ》ず、祈奉《いのりたてまつ》らぬ御神《おんかみ》〳〵とてもなく、何卒少《なにとぞすこ》しもはやく、さはやぎ玉ひなんと、猿歌唱《さるうたうた》ふ口《くち》の隙《ひま》には、只《たゞ》それをのみ願《ねが》ひゐたりつる、印《しるし》ありて、今日《けふ》は殊《こと》に心《こゝろ》よげにみえ給へり」と、嬉《うれ》し泪《なみだ》をこぶしもて払《はら》へば、半九郎《はんくらう》はその誠心《まごゝろ》なるをねぎらひて、「誠《まこと》に御身《おんみ》が念頃《ねもころ》なるは、更《さら》に報《むく》ゆる詞《ことば》もなし。過頃《すぎしころ》より我《われ》〳〵を養《やしな》はんと、賤《いやし》き猿引《さるひき》を[八]業《なりはい》として、朝《あさ》は早《と》く、夜《よる》は遅《おそ》く、[九]ぬるにも起《おき》るにも、母人《はゝびと》をいたはり慰《なぐさ》め玉ふ事、口《くち》には言《いは》ねど心《こゝろ》には伏拝《ふしをが》み居《おり》ぬ。されば御身《おんみ》の思《おも》ひ玉はん事も恥《はづ》かしく、いひがたけれど、日頃病《ひごろやまひ》の種《たね》と申つる、

一 古今集・恋歌一に所載。
二 つくづく。「よく 能克善字などをよめり」(倭訓栞)。
三 はい出る。「ゐざる 膝行をいふ。坐ながら行の義也」(倭訓栞)。
四 病気。
五 気分がよくなる。
六 小さくして。
七 だるそうに。「弛(ゆた)げ」とあるべきところ。「絶」は当字。
八 底本の振仮名「なりい」。
九 寝る。

お染《そめ》が一〇有家《ありか》知《し》れつれば、いかで我命助《わがいのちたす》くるかと覚《おぼ》して、此使《このつかひ》をなし給はらば、いか計《ばかり》か、喜《うれ》しからん」といふに一一与四郎《よじらう》うち一二黙頭《うなづき》、「いと安《やす》き事《こと》に侍《はんべ》り。さて其有家《そのありか》は一三何国《いづく》に侍《はんべ》る」と、とへば、「そは其猿《そのさる》に扇《あふぎ》あたへたる処女《をとめ》こそお染《そめ》なれ」といへば、「しか也けるか」と、手《て》を打《うち》て喜《よろこ》び、「さらば今宵《こよひ》のうちに、一筆書《ひとふでかゝ》せ給へ。明日《あす》は早《はや》く参《まゐ》りて、渡《わた》しまゐらすべし」といへば、半九郎《はんくらう》ひたすら喜《よろこ》び、やがてさら〳〵と書終《かきをは》りて渡《わた》しぬ。

かくて与四郎《よしらう》は例《れい》のごとく、夜明《よあく》るころ、起出《おきいで》て、一四水汲米《みづくみこめ》かしきて、家刀自《いへとじ》の世話《せは》なからん様《やう》に仕置《しおき》て、彼玉章《かのたまづさ》を懐《ふところ》になし、お染《そめ》が家《いへ》に至《いた》りて見《み》るに、宗三郎《そうざぶらう》ははや帰《かへ》りしとみえて、家《いへ》にあらざれば、「こは幸《さいはひ》」と心《こゝろ》に悦《よろこ》び、「けふも又猿《またさる》ひきて参《まゐ》りつ。いかで一さし舞《まは》し侍《はんべ》らん」といふを聞《きゝ》て、お染《そめ》は女童《めのわらは》と共《とも》にはし近《ちか》く出来《いできたり》ければ、そと物《もの》まぎれに彼文《かのふみ》を渡《わた》せば、お染《そめ》は余《あま》りに思《おも》はずなる事故《ことゆへ》、手わなゝき胸《むね》も一五轟《とゞろ》ぎて嬉《うれ》しけれど、人目《ひとめ》あれば、あらはにも返《かへ》りごとなしがたく、打侘居《うちわびゐ》たりしが、風《ふ》とおもひ出《いだ》せる事有《ことあり》て軒《のき》にかけたる、一六風輪《ふうりん》といふものに、つけたる一七短冊《たんざく》を取《とり》て、「是《これ》を其猿《そのさる》にえさし給へ」と、与四郎《よしらう》に渡《わた》して申しけるは、「明日《あす》は一八七夕《たなばた》なればとて、宗三郎君《そうざぶらうぎみ》の踊《をど》りを催《もよふ》し給へば、此猿《このさる》をも連《つれ》て来《き》給へ。さらばいと興有《けうある》べし。一九かまへておこたり玉ひそ」と、二〇目《め》ぐはせして内《うち》に入ければ、与四郎《よしらう》も大《おほ》かたに其心《そのこゝろ》を悟《さと》り、夫《それ》より外《ほか》にも行《ゆ》かですぐさま家《いへ》にかへり、半九郎《はんくらう》に「斯《かく》」と告《つげ》て、彼短冊《かのたんざく》を出《いだ》すを取《とり》てみれば

一〇 居場所。「在家 アリカ」(書言字考)。「有か アリカは在所也。所をカと訓り」(倭訓栞)。
一一 底本のまま。「よしらう」とあるべきところ。
一二 「點頭」の誤りか。「點頭 侯鯖録。ウナヅク」(徒杠字彙)。
一三 どんなところ。「何国 イヅク」(書言字考)。
一四 家事万端をすることをいう。「カシク(炊)」(日葡、和英語林集成)。
一五 底本のまま。「轟(とゞろ)きて」とあるべきところ。
一六 風鈴。「風鈴 懸二閨檐一為レ風鳴。閑居草庵設レ之」(和漢三才図会)。
一七 和歌などを書く細長い料紙。風鈴に付けて風に吹かれて音を出す。
一八 陰暦七月七日の夜に行われる星祭。
一九 決して。
二〇 目つきで合図する。「眴 メグハセ」(饅頭屋本)。

[一]人しらず我近江路《わがあふみち》の関守《せきもり》はよひ〳〵ごとにうちもねなゝんと伊勢物語《いせものがたり》の歌《うた》を書《かき》たるなりければ、「扨《さて》は忍《しの》[二]びこよといふ事《こと》ならん」と、限《かぎ》りなく喜《よろこ》ぶものから、又我身《またわがみ》を顧《かへり》みて、且《かつ》かなしみ「たま〳〵かゝる伝人《つて》を得《え》ても、いかにせんかく甲斐《かひ》なく病《やみ》さらばいて、起居《おきゐ》さへ心《こゝろ》の儘《まゝ》ならぬを」と、泪《なみだ》さしぐむを、与四郎《よじらう》いとをしく哀《あはれ》に思《おも》ひて、しばし思《おも》ひ廻《めぐ》らして申けるは、「暑《あつ》き折《をり》からなれば、いと労《わづら》はしかるべけれど、彼所《かしこ》に有《ある》つゞらに、君《きみ》を入奉《いれたてまつ》り、其上《そのうへ》に此猿《さる》を居《を》らしめて、内《うち》にいらばよも咎《とが》むる人《ひと》も侍《はんべ》るまじ。咎《とが》むるものありとも此猿《このさる》が舞《まひ》[三]の具《ぐ》なりと答《こたへ》申べし」といへば、半九郎《はんくらう》は打笑《うちゑみ》て、頻《しき》りに与四郎《よしらう》を伏拝《ふしをが》みて、「いかにもよきに計《はか》らひ玉へ」と、喜《よろこ》びあへり。

かくて其日《そのひも》[四]くれて、明《あく》れば、宗三郎《そうざぶらう》が方《かた》には、けふ七夕《たなばた》なれば、十五六才《さい》の処女《をとめ》を限《かぎ》りとし、坐敷踊《ざしきをどり》をなさしめんとて、多《おほ》くの女童《めのわらは》を集《あつ》め、軒《のき》にあかき燈灯《ちやうちん》、或《ある》は色取錺《いろどりかざ》れる灯籠《とうらう》など、かずを尽《つく》してかけ並《なら》べたれば、辺《あた》りまばゆきまでみえて花《はな》やか也。折《をり》から与四郎《よしらう》は半九郎《はんくらう》を、つゞらに入《いれ》て背《せ》に負《お》ひ、其上《そのうへ》に猿《さる》を居《をら》しめ出来《いできた》り、「今宵《こよひ》は七夕祭《たなばたまつり》により、此猿《このさる》をも其中《そのなか》にまじへて、踊《をど》りを催《もよふ》し給ふよし宣《のたま》はせしまゝ、召連《めしつれ》ぬ」と、側《かたはら》におろして頓首《ぬかづけ》ば、お染《そめ》は宗三郎《そうざぶらう》にむかひて、「此猿《このさる》いとよく踊《をどり》[五]まねび侍《はんべ》れば、こよひの御催《おんもよふ》しの内《うち》に交《まじ》へなば、いと興《けう》あらんとおもひて、然《しか》申置《おき》ぬ」といへば、

一「人知れぬわが通ひ路の関守はよひ〳〵ごとにうちも寝ななん」(伊勢物語第五段、古今集・恋歌三)。この歌の「通ひ路」を「近江路」に誤る。

二 伊勢物語第五段の「東の五条わたりにいと忍びていきけり」という設定をふまえる。

三 猿舞いの道具。

四 底本のまま。

五 踊を真似する。

与《よ》四郎にはかりて
お染《そめ》半《はん》九郎に
あふところ

其一

宗三郎《そうざぶらう》「そはよからん。とく〲」と六催《もよふ》すにぞ、やがて猿《さる》に長《なが》き袂《たもと》の衣打着《きぬうちきせ》、花笠《はながさ》を左《さ》右《う》の手《て》に持《もた》しめ、同《おな》じ七列《つら》にぞ居並《ゐなら》ばせける。時《とき》に家《いへ》の真中《まんなか》に床《ゆか》を置《すゑ》て、柏子取者《ひやうしとるもの》ども、物音花〻敷打《ものゝねはなぐ〲しくうち》ならすほどに、お染《そめ》を始《はじ》め所《ところ》せきまで居並《ゐなら》びたる処女《をとめ》どもの、等《ひと》しうをどり狂《くる》ふさま、花《はな》に戯《たは》るゝ小蝶《こてふ》のごとく、或《ある》は八尾花《をばな》に萩《はぎ》をこきまぜたらんやうに、九おのがじゝさま〲に此方《こなた》になびき、彼方《かなた》になびきて、彼床《かのゆか》の辺《ほと》りを廻《めぐ》るに、与四郎《よしらう》は「折《をり》よし」と、をぐらき方《かた》に引下《ひきさが》り、壁《かべ》の一〇隈《くま》にそひて、半九郎《はんくらう》を葛籠《つゞら》の内《うち》より出《いだ》して、待《まつ》ほどにお染《そめ》は半九郎《はんくらう》が事心《ことこゝろ》にかゝり、隙《ひま》を伺《うかゞ》ひ与四郎《よしらう》が傍《そば》に来《きた》るに、半九郎は待《まち》とりて、お

六 催促する。
七 列。「つら 列、般〔白氏〕、山つらあづらなどいふは、面といふに同じ…同じつらに思はるゝなどは同列の意也」(倭訓栞)。
八 すすきの花穂。
九 それぞれが。
一〇 隅の方。

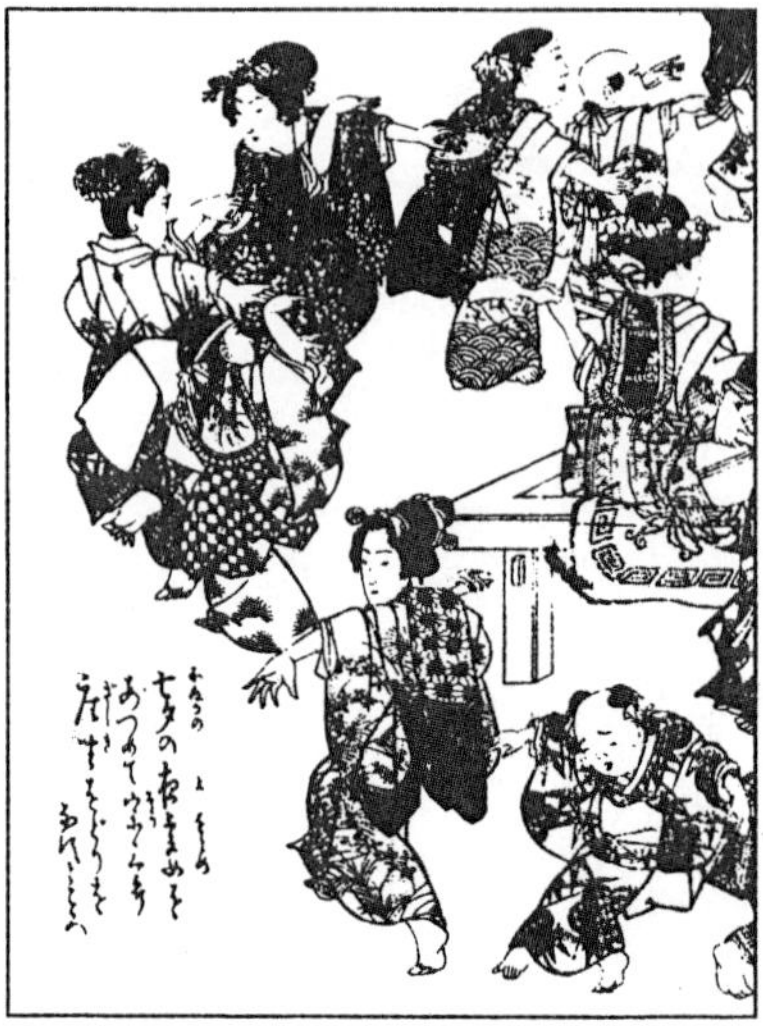

七夕《なぬか》の夜《よ》処女《をとめ》を
あつめて
宗《そう》三郎座坐《ざしき》をどりを
なすところ

染《そめ》にひしと取付泣《とりつきなく》。

もとより此月頃病《このつきごろやみ》さらばひて、衰《おとろ》へにおとろへたれば、余《あま》りのうれしさに胸《むね》せまり、物《もの》いはんとすれど、声《こゑ》もいでず、泪《なみだ》と共《とも》に咳入《せきい》るに、お染《そめ》は[一]いとことわりといたはりつゝ、言《いふ》も語《かた》るもいたづらに、物《もの》の音人声《ねひとごゑ》かしましく、更《さら》に聞《きゝ》わくべきもあらず。「[二]且《かつ》は人《ひと》の見咎《みとがめ》やせんと、足《あし》のみ打《うち》わなゝかれて、恐《おそ》ろしく。」とばかり語《かた》りては、踊《おど》り廻《めぐ》り、をどりめぐりては、又《また》かたらひ、幾廻《いくめぐ》りともなく、かたらふといへども、乱《みだ》りがはしき中《なか》なれば、[三]取《とり》しめしかたらひもなさで、事果《ことはて》ぬれば、与四郎《よしらう》は「見咎《みとがめ》られじ」と、すぐに半九郎《はんくらう》を葛籠《つゞら》に入《いれ》て、[四]さらぬ面色《おもゝち》してゐたり。

お染《そめ》は猿《さる》を[五]ねぎらひて、数ゝ《かず〳〵》物《もの》とらせ、且与四郎《かつよしらう》に蜜《ひそか》に黄金《こがね》を贈《おく》りて、「半九郎君《はんくらうぎみ》の御《おん》いたつき、疾《とく》さはやぎぬべく、[六]見《み》とり奉《たてまつ》り玉へ」と、たのみ聞《きこ》ゆるに、与四郎《よしらう》は打《うち》黙頭《うなづき》つゝ、やがて[七]諸人《もろびと》の帰《かへ》るにまぎれて、立《たち》さりぬ。

それよりお染《そめ》は此猿《このさる》を殊《こと》に、愛《めづる》さまにて、より〳〵与四郎《よしらう》を呼《よび》て、蜜《ひそか》に半九郎《はんくらう》が音信《おとづれ》を問《とひ》きくにぞ、少《すこ》しは胸《むね》はるゝ[八]よすがを得《え》たり

鳥部山調綫《とりべやましらべのいとみち》巻之三終

一 本当にそのとおりと。

二 一方では。「かつ…且字をよめり…もの一ッ有て、それを又かねていふ詞なり」(倭訓栞)。

三 まとまった。

四 何でもない。

五 底本は「ねざらひて」と読める。訂す。

六 看病する。

七 多くの人。

八 拠りどころ。

鳥部《とりべ》山《やま》調綫《しらべのいとみち》　巻之四

○半《はん》九郎が上《うへ》をかたりてお染母《そめはゝ》になげく事

抑《そも〳〵》お染《そめ》が父《ちゝ》といへるは、元津《もとつ》の国今宮《くにいまみや》の辺《ほとり》に、いとかすかに[一]暮《くら》せし者《もの》なりけり。故《ゆゑ》ありて廿年前《はたとせまへ》、京《みやこ》にきたりて、[二]西京《にしのきやう》に住《すみ》けるが、不計《はからず》永《なが》き病《やまひ》にかゝり、いと貧敷《まづしく》なりて、終《つひ》に[三]朝夕《あさゆふ》の煙《けぶり》も立《たて》がたく成《なり》ぬれば、今《いま》は薬求《くすりもと》めんよすがもなく、斯《かく》ては手《て》を束《つか》ねて見殺《みごろ》しにすべしと、お染《そめ》は幼心《をさなごゝろ》にも是《これ》を悲《かな》しくおもひ、その身《み》を廓《くるは》に売《うら》んことを願《ねが》ふに、母《はゝ》も理《ことわ》りとはおもひながらも、余《あま》りにいとをしく、兎角《とかく》に思《おも》ひめぐらして、終《つひ》に[四]祇園町《ぎおんまち》なる、何某《なにがし》といへるに、媒人《なかだち》する者有《ものあり》ければ、[五]父子不通《おやこふつう》の証文《しやうもん》をなし、黄金七両計《こがねなゝひらばかり》をえて娘《むすめ》に遣《つかは》しけるが、[六]従来《もとより》お染《そめ》が美敷事《うるはしきことに》似る者《もの》なければ、何某《なにがし》は大《おほき》に喜《よろこ》び、頓《やが》て舞《まひ》を教《をし》へて店《みせ》に出《いだ》しけるを、不計葛城丹司《はからずかつらきたんじ》に身受《みうけ》せられたる也。されども父《ちゝ》は其折柄《そのをりから》、お染《そめ》が[七]心《こゝろ》しらひなしつる甲斐《かひ》なく、[八]空敷成《むなしくなり》けるとぞ。[九]此物語《このものがたり》は過《すぎ》来つる事《こと》にて、用《よう》なければさし置《おく》。

斯《かく》て宗三郎《そうざぶらう》は秋《あき》も大《おほ》かた移行《うつろひ》て、長月末《ながづきすへ》つかたに成《なり》ぬれど、尚《なほ》お染《そめ》が心《こゝろ》に従《したが》ふとも見えねば、[一〇]心苦《こゝろぐる》しくて、織江《おりえ》が事《こと》は[一一]いと惜《をし》と思《おも》ひながらも、徒《いたづら》に今日《けふ》あすとのみ[一二]黙止《もだ》し居《ゐ》

一　ひっそりと。
二　都を東西に分けた西の区域で右京とも。「一、西京　東ハ七本松通を限、西は土手を限、北は中立売を限、南は下立売より二町程南迄有　町数拾七町」(元禄覚書)。
三　生活することができなくて。
四　京都東山祇園社付近の町名。寛政二年(一七九〇)公許され、京都の代表的遊所となる。
五　親子の縁を切るという身売りの証文。
六　「もとより　日本紀に従来又由来をよみ又本自と見ゆ。自来もよめり。俗語に元来といふ是也」(倭訓栞)。
七　心遣い。
八　死亡する。
九　お染親子の過去の話。
一〇　狂いそうに心が痛む。
一一　いじらしい。「いとほし　労はしと通す。俗に略していとしともいへり…真名伊勢物語に最惜と書るは謬れり」(倭訓栞)。
一二　黙る。「黙止　モダシ」(書言字考)。

たりしが、或日《あるひ》お染《そめ》を近《ちか》く招《まね》きて申けるは、「我《われ》拙《ふつゝか》[一三]なれば、さこそは嫌《きらひ》玉はめ。去《さり》ながら御身《おんみ》も知《しら》し給ふごとく、此春《このはる》ふと見《み》初参《そめまゐ》らせしより、無道事《みちなきこと》と思ひながらも、父母《ちゝはゝ》の御心《みこゝろ》に背《そむ》き、言号《いひなづけ》[一四]の織江《おりえ》が深《ふか》き心《こゝろ》にもたがひ親《した》しき限《かぎ》りの人《ひと》には、後指《うしろゆび》さゝるゝまで思《おもひ》慕《こがれ》ぬる、我心《わがこゝろ》を少《すこ》しは哀《あはれ》ともみそなはし給はるべきに、斯標《かくしめ》[一五]の内《うち》の花《はな》となりても、なびき玉ふいろなきは、余《あま》りに御心強《みこゝろづよ》し。先《さき》に「暫《しば》しがほど神《かみ》に誓《ちかひ》つる事《こと》あれば、枕《まくら》を同《おな》じうせん事《こと》を、待《まつ》べし」と宣《のたま》ひければ、今日《けふ》迄《まで》は然《さ》りともいはで過《すぎ》ぬれど今《いま》は忍《しの》ぶにしのび難《がた》し。何《いか》で我《わが》申事《こと》を聞入《きゝいれ》玉ふべくや。若否《もしいな》とならば、此方《こなた》にも思《おも》ふ節《ふし》あれば、心《こゝろ》を定《さだめ》て答《いらへ》なし給へ」と、さも思《おも》ひ入《いり》て申しけるにぞ、お染《そめ》は、「斯母子《かくおやこ》安《やす》らかに日《ひ》を送《おく》るも、みなこれ宗三郎君《そうざぶらうぎみ》の恵《めぐ》みなるを、今《いま》は否《いな》とも云難《いひがた》く、然《さ》りとて是《これ》を諾《うべな》[一六]ふ時《とき》は半九郎主《はんくらうぬし》への操《みさを》もやぶれん」と、心《こゝろ》ひとつを二方《ふたかた》に、思《おも》ひなやみて差《さし》うつむき居《ゐ》たり。母《はゝ》はお染《そめ》の袖《そで》を扣《ひか》へ、「何《いか》に童《わらは》[一七]しければとて、斯《かく》は思《おも》ひまどひ玉ふぞ。実《げ》に宗三郎君《そうざぶらうぎみ》の申給ふ事《こと》、一《ひと》つとして道理《どうり》ならぬ事《こと》もなし。殊《こと》にはから母子《おやこ》が深《ふか》き恵《めぐみ》を蒙《かうぶ》り奉《たてまつ》るを、御身《おんみ》は何《なに》とか思し玉ふぞ。いと聞分《きゝわけ》なし」と、言懲《いひこら》せば、お染《そめ》は泣〻《なく〱》、「実拙《げにつたな》き身《み》をかくまでおぼし玉はること、いつの世《よ》にかは報《むく》ひ奉《たてまつ》らんと、思《おも》ふもの[一八]から、何《いか》にせん妾《わらは》には深《ふか》く言契《いひちぎ》りつる人《ひと》の侍《はべ》りて今更君《いまさらきみ》の御心《みこゝろ》に従《したが》ひ奉《たてまつ》らんこと、死《し》にまさりていと苦《くる》し。然《さり》とて嫌《きらひ》奉《たてまつ》るにはあらねど、あやにく[一九]なる浮身《うきみ》のほだし[二〇]と、貴《かしこ》き御心《みこゝろ》に思《おも》ひ絶《たえ》させ玉はゞ、此《この》

一三　野暮である。振仮名の濁点は底本のまま。「フツヅカ　不束」(和英語林集成)。
一四　許婚。「言号」は訓みによる当字か。
一五　注連縄。「しめ　日本紀倭名抄に標をよめり」(倭訓栞)。身請して自分が囲った女性をいう。
一六　承諾する。「うべなひ　霊異記に諾ノ字をよめり」(倭訓栞)。
一七　子供っぽい。
一八　…のではあるが。
一九　大変不都合な辛い我が身。
二〇　束縛のある身。

上《うへ》の御恵有《おんめぐみある》べからず」と、汗《あせ》もしどゞにかき口説《くどく》を、宗三郎《そうざぶらう》はいと恨《うらめ》しげに、打見《うちみ》やり「よし〳〵斯《かく》まで事《こと》を分《わけ》て、聞《きこ》ゆるを、猶《なほ》も否《いな》み玉ふは、我賤《わがいやし》きをいとひ給へるならん」と、打《うち》しほれつゝ、跡方《あとべ》に有《あり》し脇差《わきざし》をとりて、既《すで》に自害《じがひ》せん有《あり》さまなれば、老母《はゝ》もお染《そめ》も大《おほい》に驚《おどろ》き、等《ひと》しく取《とり》すがり、とゞむるといへども、聞《きく》べくもあらざればお染《そめ》も今《いま》は[一]詮方《せんかた》なく、「いかにも従《したが》ひ奉《たてまつ》るべし。先ゝ《まづ〳〵》待《また》せ給へ」といふに、宗三郎《そうざぶらう》漸《やうや》くけしきを替《かへ》て、「何《なに》とか諾《うべな》ひ玉はんとや。然《しか》らば思《おも》ひ留《とま》るべし」と、抜放《ぬきはな》ちたる脇差《わきざし》をさやに納《をさ》むるにぞ、お染《そめ》は泪《なみだ》うち払《はら》ひ、「いかでか背《そむ》き奉《たてまつ》るべき去《さり》ながら、あまりに事《こと》のすみやかなれば、せめて明日《あす》の夜《よ》まで待《また》せ給へ。構《かま》へて違《たが》ふこと侍《はんべ》らじ」と、誓《ちか》へば、宗三郎《そうざぶらう》は[二]打点《うちうなづ》き、「さらば明日《あす》の夜《よ》こそ参《まゐ》るべけれ」と堅《かた》く言契《いひちぎ》りて、其夜《そのよ》は我家《わがいへ》に立帰《たちかへ》りぬ。

斯《かく》てお染《そめ》は[三]ひがことならぬ、宗三郎《そうざぶらう》が詞《ことば》に背《そむ》き難《がた》く、明日《あす》のよと誓《ちかひ》ぬる物《もの》から、さては半九郎《はんくらう》に道立《みちたゝ》ずと、兼《かね》て覚悟《かくご》は極《きはめ》しかども、「斯《かく》て[四]墓《はか》なくなりもせば、さこそ半九《はんく》郎君《らうぎみ》の難《なげ》き玉はめ」と、夜《よ》すがら目《め》も合《あは》ず、枕《まくら》もうく計泣《ばかりなき》しづみ居《ゐた》りしが、ほどなく夜《よ》も明《あけ》て、其日《そのひ》も暮行頃《くれゆくころ》、宗三郎来《そうざぶらうきた》りければ、頓《やが》て酒《さけ》などとうで[五]ゝ、進《すゝ》むるほどに、夜《よ》もやゝ[六]亥《ゐ》の時近《ときちか》く成《なり》ければ、「さらば枕《まくら》に付《つか》ん」と、お染《そめ》が手《て》を取《とり》て寝《ね》やに入《いる》。時《とき》に、お染《そめ》申けるは、「斯《かく》申さば君《きみ》が笑《わら》はし玉はんと、いと恥《はづ》かしく侍れど、[七]恋《こひ》の山口《やまぐち》たどりしらぬ身《み》は、万《よろづ》うひ〳〵しくつゝましければ、此灯火《このともしび》を遠《とほ》ざけ給へ」といふに、宗三郎聞《そうざぶらうきゝ》

一 仕様もなく。
二 少し頭を縦に振って承諾の意を示す。「点頭　ウナヅク」(書言字考)。
三 道理でない。
四 うやむやになる。字遣い底本のまま。「墓なく」とあるべきか。「定なく常なき事に転じいへり。寝覚記に無ㇾ墓の義といへるは心得がたし」(倭訓栞)。
五 取り出して。
六 午後十時頃。
七 恋の手口をまだ知らない。出典あるか、未調。

ことはりを述《のべ》て
宗《そう》三郎
お染《そめ》にせまる処

て「[一]など、己《おのれ》にさのみ御心《みこゝろ》は置《おき》給ふぞ」と、打笑《うちわら》ふを「否余《いなあま》りに[二]あらはなるはあいなし」と、差《さし》うつむきたるさま[三]二《に》なくめでたく、いとゞ身《み》にしむ心《こゝ》ちして、「さらば[四]克《よき》に物《もの》し給へ」といへば、お染《そめ》は静《しづ》かに立《たち》て、次《つぎ》の間《ま》に灯火《ともしび》をさし置《おき》つゝわなゝき〳〵、いと恥《はつ》かしげに入来《いりきた》るを、宗三郎《そうざぶらう》は引入《ひきいれ》て、「いかでさは物恥《ものはぢ》し給ふらん。いとをさなし」といへど、[五]息《いき》も引入《ひきいる》ばかりにて、答《こたへ》も得《え》なさで打臥《うちふし》ければ、終《つひ》に衣引《きぬひき》かづきて、[六]わりなき夢《ゆめ》をぞ結《むす》びける。

斯《かく》て夜《よ》も明《あけ》なんとする比誰《ころたれ》にかあらん、次《つぎ》の間《ま》の灯火《ともしび》を近《ちか》く持来《もちきた》る者《もの》あるに、宗三郎《そうざぶらう》は枕《まくら》を上《あげ》て見《み》るに、お染《そめ》なりければ、大《おほい》に驚《おどろ》き、「まさしく宵《よひ》の程《ほど》より[七]玉手《たまて》さしかはして、爰《こゝ》に寝《ね》つるを」と、怪《あや》しみながら、つく〴〵みれば、年《とし》のほども姿《すがた》のなよびかなるもいづれおとるべくもあらぬ、光《ひか》るばかりの処女《をとめ》、さも[八]面隠《はづかし》げにわなゝき居《ゐ》たりければ、宗三郎《そうざぶらう》はさらに[九]手《て》まどひして、いふべき事《こと》もしらず。其時《そのとき》お染《そめ》申けるは「驚《おどろ》き給ふも理《ことわり》に侍《はんべ》り。抑《そも〳〵》昨日《きのふ》申聞《きこ》え給ふ、わりなき仰《おふせ》の背《そむ》き難《がた》く、覚悟《かくご》を究《きはめ》て受引奉《うけひきたてまつ》るといへども、猶《なほ》よき思案《しあん》のあらんかと思《おも》ひめぐらせしに、風《ふ》と存付《ぞんじつき》しことありて、母《はゝ》に云々語《しかくかた》りつれば、「そはよからん」とて、今朝《けさ》しも夜《よ》をこめて、母刀自《はゝとじ》淀《よど》に往《ゆき》て、葛城君《かつらきぎみ》にその由《よし》を申すゝめたてまつりつるに、一度《ひとたび》はあやぶみ、ひと度《たび》は[一〇]押立《おしたち》たる事《こと》なりとて、否《いな》み玉へるを、強《あなが》ちに勤《すゝ》め参《まゐ》らせて、斯《かく》は計《はか》らひ奉《たてまつ》りし也。然《しかり》といへども、斯《かく》のごとく君《きみ》

一 どうして。
二 露骨なのは。
三 この上なく。「になく 無似、無二、になう」(倭訓栞)。
四 適当に。「吉 ヨシ、克 同」(書言字考)。
五 息も止まるように。
六 男女同衾の様をいう。
七 手の美称。
八 意による当字か、例未調。
九 物に手がつかないほどあわてて。
一〇 無理おし。

を偽奉《はかりたてまつ》るの罪《つみ》は、兼《かね》て命《いのち》をなき物《もの》と極《きはめ》たれば、いかにも御心《みこゝろ》の儘《まゝ》になし玉はり、何《なに》とぞから残《のこ》りなく御祝《おんいはひ》も済侍《すみはんべ》るうへは、織江君《おりえぎみ》と幾久敷《いくひさしく》、目出度《めでた》[一一]さかえを見給《みたま》はんこと、願《ねが》はしくさむらふ」と、其荒増《そのあらまし》[一二]を物語《ものがた》るにぞ、宗三郎《そうざぶらう》は思《おも》ひの外《ほか》なることに、胸《むね》つぶれ居《ゐ》たりしが、「いま織江《おりえ》が艶《あて》なる事《こと》、更《さら》に似《に》る者《もの》なく、亦《また》かばかり我《われ》を慕心《したふこゝろ》の念頃《ねんごろ》なるは、お染《そめ》に[一三]こと替《かは》りて、いと惜《をし》く、是《これ》まで徒《いたづら》に過《すご》せしさへ、思《おも》へば口惜《くちをし》く、実《げ》に誤《あやま》てり誤《あやま》てり」と、さもつゝましげに差《さし》うつむき居《を》る、織江《おりえ》が手《て》をとり背《そびら》をかい撫《なで》、「さぞな是《これ》までは、予《われ》をつれなき者《もの》とおぼし玉ひけんと、押計《おしはか》られて、千度百度《ちたびもゝたび》悔侍《くいはんべ》り。いかで過《あやま》ちをあらためて今《いま》より、千代《ちよ》[一四]かけ替《かは》らぬ中《なか》らひと覚《おぼ》し給へ」と、言慰《いひなぐさ》むるにぞ、織江《おりえ》はいと嬉《うれ》しげに伏拝《ふしをが》み、「実《げ》にかゝる嬉《うれ》しき、御気色《みけしき》を蒙《かうぶ》ること、偏《ひとへ》にお染主《そめぬし》の情《なさけ》によりてこそ」と悦《よろこ》ぶ。宗三郎《そうざぶらう》も「今《いま》はお染《そめ》が事《こと》ふつに思《おも》ひ絶《たえ》ぬれば、少《すこ》しも此事《このこと》によりては、心《こゝろ》にかけ玉ひそ」と、布《かへつ》[一五]て打解《うちとけ》てみえける折《をり》から、隔《へだて》の襖押開《ふすまおしひら》き「千秋万歳《せんしうばんぜへ》[一六]」と唱《うた》ひ、酒盃《さかづき》をさゝげ上《あげ》て、出来者《いできたるもの》をみれば、媒人《なかだち》なしたる出入《いでいり》の丈右衛門《ちやうゑもん》也、けり。即《やが》て傍近《そばちか》く坐《ざ》に着《つき》て、「先《まづ》はめでたし」と、ことほぎしつゝ、「僕《おのれ》は夜前《よべ》葛城君《かつらきぎみ》の御方《おんかた》より、云ゝ《しかじか》としらし玉ひしかば、取《とり》あへず爰《こゝ》に来《きたり》て、吉左右《きつさう》を待居《まちゐ》たりしに、思《おも》ひしよりは生《うむ》がやすく、是《これ》に勝《まし》たる悦《よろこ》びも侍《はんべ》らず。先此盃《まづこのさかづき》を織江君《おりえぎみ》とり上《あげ》させ給ひて、祝言《しうげん》[一七]のまねびあらまほし」と、斯《かく》のごとく取行《とりおこな》ひ、万残方《よろづのこるかた》なく事果《ことはて》ければ、夫《それ》より織江《おりえ》は、淀《よど》に帰《かへ》りし

一一 底本のまま。「めでたき」と振仮名があるべきところ。

一二 大よその筋道。「有増 アラマシ 又作二荒猿一並俗字」(書言字考)。

一三 様子がかわって。

一四 いついつまでも。

一五 底本のまま。「却て」とあるべきところ。「却 カヘツテ」(書言字考)。「却」のくずし方が極端で「布」と見えるか。

一六 祝言の言葉。「千秋万歳の、歓の舞なれば、一舞まはう万歳楽」(謡曲「翁」)。

一七 婚姻の儀式。

が、日《ひ》ならず吉日《きちにち》を撰《えら》び、合卺《がっきん》[一]の礼《れい》を行《おこな》ひ、幾末永《ゆくすへなが》く睦語《むつびかた》らひけるとぞ。

斯《かく》て宗三郎《そうざぶらう》は、お染《そめ》がこと今《いま》は思《おも》ひ絶《たえ》ぬれば、織江《おりえ》がはからひとして、母子安《おやこやす》らかに其日《そのひ》を送《おく》るべく、黄金《こがね》数多《あまた》遣《や》りて、暇《いとま》をとらせければ、お染《そめ》は思《おも》ひの外《ほか》に事能調《ことよくとゝの》ひければ、今《いま》はいと心易《こゝろやす》しと喜《よろこ》び、或日《あるひ》母《はゝ》のけしきを見《み》て半九郎《はんくらう》と深《ふか》く言契《いひちぎ》りつる事《こと》を語《かた》るに、母《はゝ》は喜《よろこ》べるさまして、「左程《さほど》まで和主《わぬし》[二]が深《ふか》く思《おも》ひ玉ふ事ならば、いかにもなし玉ふべし。去《さり》ながら、其御人《そのおひと》は何国《いづく》の誰《たれ》にて、何《なに》といへるぞ」と問《とふ》にお染《そめ》は嬉《うれ》しく「津《つ》の国今宮《くにいまみや》の里《さと》にて、戸波屋《となみや》半兵衛主《はんべうゑぬし》の和子《わくご》[三]、半九郎主《はんくらうぬし》」といふに、母《はゝ》はいと驚《おどろ》きて、しばし答兼《こたへかね》て有《あり》けるが、「扨《さて》〳〵おもひも寄《よら》ぬ事《こと》也。其半九郎《そのはんくらう》といへる人《ひと》に付《つき》て、おもふよしあれば、此事《このこと》のみは受引難《うけひきがた》し。斯《かく》いはゞいとつれなしとおもふべけれど、誠《まこと》に去難訳有《さりがたきわけあれ》ばこそ、斯《かく》は申なれ。ゆめ〳〵[四]悪《あ》しとなおもひそ」と、あひなき[五]答《こたへ》に詮《せん》かたなく、「然宣《しかのたま》ふを悪《あし》[六]しとはおもひ侍《はんべ》らねど、斯《かく》つゝましさもわすれて、聞《きこ》え奉《たてまつ》るを、捨処《さりどころ》なき縁《えん》と思《おぼ》しあきらめ給ひ、御《み》こゝろにそまぬ所《ところ》は、以何《いか》にも言懲《いひこら》し玉はりて、此願事《このねぎこと》を叶《かな》えさせ給へ。従来是《もとよりこれ》まで私《わたくし》[七]ならぬ所《ところ》せき身《み》に侍《はんべ》れば、半九郎君《はんくらうぎみ》とは時《と》ばかりの間《ま》も、ゆるやかに語《かた》らひ奉《たてまつ》ることもなかりしにより、彼君《かのきみ》はそれを憂事《うきこと》にして、思《おも》ひ病《やみ》にやみて打臥《うちふし》おはすを、斯《かく》て徒《いたづら》になさば、終《つひ》には御命《おんいのち》のほどもいかゞあらんと、安《やす》き心《こゝろ》も侍《はんべ》らず。哀《あはれ》[八]これらの事《こと》を能《よき》に押《おし》はからせ給ひ、御《おん》ゆるし玉はりなば、いかばかりか嬉《うれ》しからん」と、泪《なみだ》ながら

一 盃を合せること。結婚の儀式をいう。
二 お前さん。「わぬし 東鑑に和主と見えたれど我主の義成べし。野槌に汝也と見えたり」(倭訓栞)。
三 お子さん。「わくご 若子也」(倭訓栞)。
四 決して。
五 素気ない。
六 底本のまま。「悪(あ)し」とあっても可なるところ。
七 自分の思うようにならない。
八 是非とも。

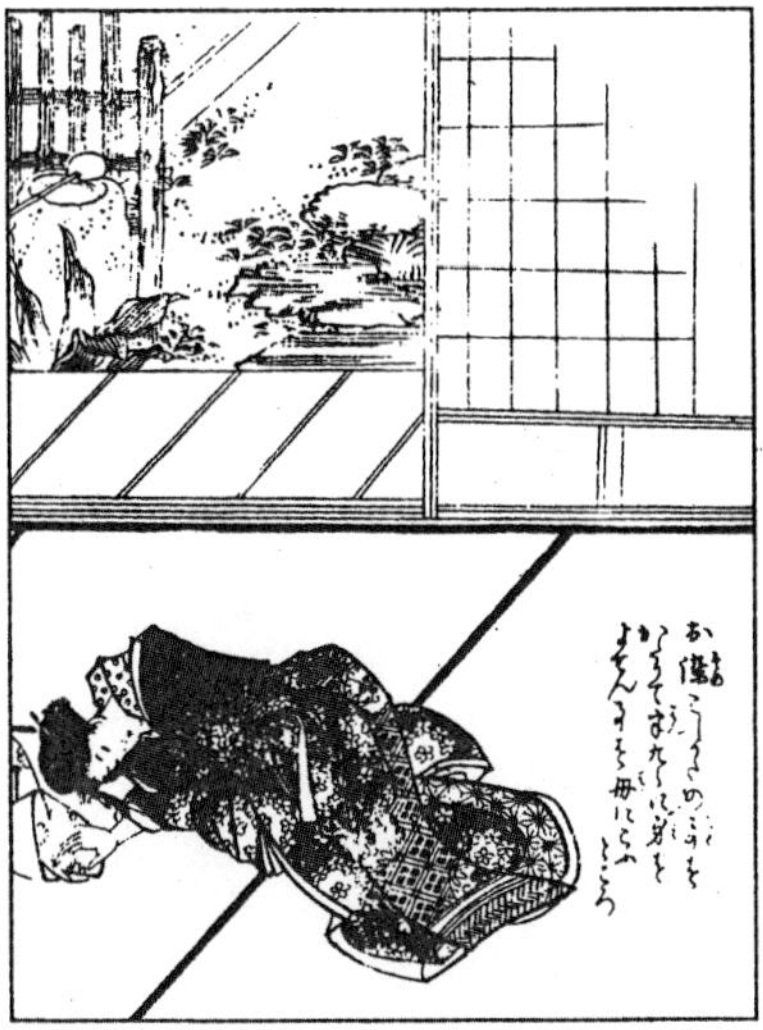

お染《そめ》こしかたの事《こと》を
かたりて
半《はん》九郎に身《み》を
よせん事を
母《はゝ》にこふところ

にかき口説《くどく》といへども、何成故《いかなるゆゑ》にか母《はゝ》はゆるさず。「然《さり》とは聞分《きゝわけ》なき事宣《ことのたま》ふ物《もの》かな。先《まづ》[一]悪《あし》しといはゞ悪敷《あしき》になして置給《おき》へ」と、詞残《ことばのこ》して奥《おく》に入《いり》ければ、お染《そめ》はひたと胸《むね》せまり、「斯《かく》ては半九郎君《はんくらうぎみ》に誓《ちか》ひし事空敷《ことむなしく》ならば、いたづらに[二]存命《ながらへ》たりとも、かひなからん」抔《など》思《おも》ひ乱《みだ》れ、「責《せめ》て今一度逢見《いまひとたびあひみ》まゐらせて、心《こゝろ》の限《かぎ》り暇乞《いとまごひ》なさばや」と、隙《ひま》を伺《うかゞ》ひ一筆《ひとふで》さら〳〵と書終《かきをは》り、与四郎《よじらう》が来《きた》るを待《ま》つに、一日《ひとひ》経《へ》て[三]去事《さること》ともしらず与四郎《よじらう》はいつものごとく来《きた》りければ、[四]頓《とみ》に呼入《よびいれ》て余所《よそ》ながら、此《この》ほど宗三郎《そうざぶらう》が暇《いとま》を得《え》しことを語《かた》りて、密《ひそか》に彼玉章《かのたまづさ》をわたすに、与四郎心得《よじらうこゝろえ》て懐《ふところ》にして立帰《たちかへ》りぬ

○薬師《くすし》にあふてお染黄金《そめこがね》をうくる事

斯《かく》て与四郎《よじらう》は、半九郎《はんくらう》に其荒増《そのあらまし》を語《かたり》て、彼玉章《かのたまづさ》を渡《わた》せば、半九郎《はんくらう》は床《とこ》より転《まろ》び出《いで》て、取《とる》や遅《おそ》しと開《ひら》きみれば、「此程母刀自《このほどはゝとじ》に和君《わぎみ》の事《こと》を申て侍《はんべ》るに、如何《いか》なる[五]故《こと》にか、ふつに受引《うけひき》給はず、返《かへ》りて御気色《みけしき》さへ悪敷《あしく》おはせば、此後《このゝち》とても云出《いひいづ》る[六]手便《てだて》もなく、さては行末永《ゆくすへなが》く[七]添《そひ》ぶしも、叶《かな》ふまじくおもへば、存命居心《ながらへをるこゝろ》も侍《はんべ》らねど、せめて今一目逢見《いまひとめあひみ》まゐらせてこそと、惜《をし》からぬ命《いのち》もながらへ侍る」など、悲《かな》しき事共書続《ことどもかきつゞ》けたれば、半九郎《はんくらう》は弥頭《いよゝかしら》なやましつゝ、「いかゞはせん」と与四郎《よしらう》に語《かた》れば、「そはいと安《やす》き事なり。其故《そのゆへ》は是《これ》まで宗三郎《そうざぶらう》といへる、主《ぬし》あればむつかしかりけれども、今《いま》は何《なに》をか忍《しの》び侍《はんべ》らん。よ

一 底本のまま。
二「ながらへる 存命をも長生をもいふ。長く世を経るの義也」(倭訓栞)。
三 そのようなこと。「さる 去をよめり。然る意成べし。しかるといふ辞に過去の義を存せり」(倭訓栞)。
四 急いで。「頓事 トミノコト。急事同」(書言字考)。
五「こと 故をよむは縁故世事故也」(倭訓栞)。
六 方法。「てだて 方便を訓ぜり。太平記に手段をよめり」(倭訓栞)。
七 添い寝。結婚して共寝するをいう。

しや家刀自《いへとじ》は斯拒《かくとば》み給ふことも、子《こ》を思《おも》ふ親心《おやごゝろ》はまた異《こと》なれば、折《をり》を見合《みあはせ》て計《はか》らひ侍《はんべ》らん、儘《まゝ》、必《かなら》ず御心《みこゝろ》を労《なやま》し給ひそ。尚又《なほまた》お染主《そめぬし》に逢《あは》せまゐらせんまゝ、云ゝ《しか〴〵》書《かき》て送《おくり》給へといふに、半九郎《はんくらう》は渡《わた》りに舟得《ふねえ》し心《こゝ》ちして、頓《とみ》に書《かき》て渡《わた》せば、与四郎《よしらう》は又《また》も懐《ふところ》にして、お染《そめ》が方《かた》に至《いた》りて見《み》るに、折節《をりふし》お染《そめ》は端近《はしちか》う出《いで》て有《あり》ければ、天《てん》の与《あた》へと彼文《かのふみ》をわたせば、いと歓《よろこ》ばしき様《さま》して奥《おく》に入《いり》、彼文《かのふみ》を見《み》るに「明日《あす》は昼過《ひるすぐ》る比《ころ》より与四郎《よじらう》が計《はか》らひにて、母刀自《はゝとじ》を清水《きよみづ》に誘引奉《いざなひたてまつ》れば、跡《あと》は己《おのれ》のみ打伏《うちふし》をれば、何《いか》にもして、我方《わがかた》に来《き》まさんことを待奉《まちたてまつ》る」と、有《ある》により、お染《そめ》は心《こゝろ》に点《うなづ》き、頓《やが》て母《はゝ》の前《まへ》に出《いで》て申けるは、「妾《わらは》は此程《このほど》より八加茂《かも》の御社《みやしろ》に九三《み》七日《なぬか》が間《あひだ》、日参《につさん》なし奉《たてまつ》るべく、祈誓《きせひ》なし侍《はんべ》れば、いかで御《おん》ゆるしを得《え》て、明日《あす》より歩行《あゆみ》をはこばまほし」といふに、「若《わか》き者《もの》の一人《ひとり》、遠所《とほきところ》に行《ゆか》んはよき事ならねど、立願《りうぐはん》とあれば詮《せん》かたなし。早《はや》く行《ゆき》て帰《かへ》り玉へ」と赦《ゆる》しければ、お染《そめ》はいと嬉《うれ》しく、明《あけ》の日《ひ》午過《ひるすぐ》る頃《ころ》より家《いへ》を出《いで》、半九郎《はんくらう》が方《かた》へ心《こゝろ》ざし、一〇急《いそ》ぎに〳〵、漸ゝ《やう〳〵》たどり着《つき》て、一一外《と》の方《かた》よりさし覗《のぞ》くに、外《ほか》に人《ひと》もあらねば、まづ心落《こゝろおち》ゐて、内《うち》に入《いれ》ば、半九郎はいと嬉《うれ》しみて転《まろ》び出《いづ》るにぞ、お染《そめ》も心《こゝろ》せかれて詞《ことば》も出《いで》ず、互《かたみ》に泣《なき》て居《ゐ》たりけるが、漸〳〵《やう〳〵》お染《そめ》心を鎮《しづ》め、過《すぎ》し七夕《たなばた》の夜逢《よあひ》みしより、此方《こなた》の事《こと》を語《かたり》て、ゆるされぬ縁《えん》をかこちて泣《な》けば、半《はん》九郎《くらう》も咳入《せきいり》て、一二泣《なき》そぼちけるが、漸ゝ《やう〳〵》頭《かしら》を揚《あげ》て申けるは、「実ゝ《げに〳〵》御身《おんみ》の宣《のたま》ふこと、理《ことわり》には一三侍《はべ》れど、命《いのち》あればこそかゝる逢瀬《あふせ》も侍《はんべ》らずや。己《おのれ》とても斯病《かくやみ》さらばひて、今《いま》は生《いく》べく

八 五条あたりから近い下鴨神社をいうか。「賀茂社 カモノヤシロ 城州愛宕郡。所レ祭別雷神○今按、本朝諸州必置二当社一」(書言字考)。賀茂街道を少し北上すれば上賀茂神社に行けるので、両社を含めているか。

九 二十一日間。

一〇 「急ぎに急ぎ」と読む。

一一 「と 外は内に対しいふ。そとの略」(倭訓栞)。

一二 泣いて涙にしずむ。

一三 底本の振仮名は「は　べ」と見え、「侍(はん べ)れ」とあったものの誤刻か。

も侍《はんべ》らねど、責《せめ》ては神仏《かみほとけ》の恵《めぐみ》もて、一日《ひとひ》なりとも夫《おつと》よ妻《つま》よと、言《いひ》もしいはれもせば、嬉《うれ》しからん」と、「兎角《とかく》に命《いのち》を惜しく、御身《おんみ》の事《こと》のみ恋《こひ》しく侍《はんべ》り」と、息《いき》も絶《たゆ》一げに泣入《なきいる》を、お染《そめ》はいとゞいとをしく、「道理《どうり》に侍《はべ》り」と、背《そびら》をかい撫《なで》て介抱慰《いたはりなぐさ》め、「幸《さいはひ》 今日《けふ》よりかもの社《やしろ》に、三七日間日参《みなぬかのあひだにつさん》なし奉《たてまつ》るよし、母《はゝ》に申乞《こひ》つれば、いづれにも廿一日が間《あひだ》、日《ひ》毎《ごと》に尋《たづね》たてまつるべければ、母君《はゝぎみ》の御前《おまへ》よきに計《はか》らひ給へ」など、語《かた》らふ内《うち》、早《はや》くも時《とき》移《うつ》りて、与四郎《よしろう》は母《はゝ》より先《さき》に立帰《たちかへ》り、「只今御帰《たゞいまおんかへり》にて候《そふら》へば、疾《とく》く二」といふに、お染《そめ》は驚《おどろ》きそこ〱に暇《いとま》を告《つげ》、明日《あす》を契《ちぎ》りて立別《たちわか》れぬ。それより半九郎《はんくらう》は、与四郎《よしらう》にお染がいひつる由《よし》かたれば、与四郎《よしらう》も心《こゝろ》えて母刀自《はゝとじ》に向《むか》ひ、「兎角《とかく》に半九郎君《はんくらうぎみ》の、病《いたつき》三さはやぎ給ふともなければ、今日《けふ》より三七日《みなぬか》が間清水《きよみづ》の観世音《くはんぜおん》に立願《りうぐはん》して、歩行《あゆみ》を運《はこば》んことをおもへば、君《きみ》にも渡《わた》四らせ給へ」と、勧《すゝ》むるに、母《はゝ》も大《おほ》かた其事《そのこと》を推《すい》して、日毎《ひごと》に怠《おこた》ることなく詣《も》ふでぬ。かゝりければ今《いま》は、後《うしろ》五やすくお染《そめ》に逢《あひ》みる儘《まゝ》に、やゝ労《いたつき》六もおこたり果《はて》て、終《つひ》にはかなき夢《ゆめ》を結《むす》びけるが、限有事《かぎりあること》なれば、程《ほど》なく三七日も過《すぎ》ぬれば、亦《また》も物遠《ものとほ》くなりぬる物から、さすがにをりにふれての逢瀬《あふせ》は有《あり》けるとぞ。

然《しか》るに或夜《あるよ》雨《あめ》そぼふりて風《かぜ》はげしう吹《ふき》けるに、出居《いでゐ》七の壁打《かべうち》こぼちて、盗賊打入矢場《とうぞくうちいりやには》八に、お染母子《そめおやこ》を禁《いま》九しめ、玉《たま》ちるごとき刀《かたな》を抜《ぬき》て、母《はゝ》が心元《こゝろもと》に押当《おしあて》つゝ、「いかに貯《たくわ》へ置《おき》つる、黄金《こがね》を出《いだ》すべくや。さなくば命《いのち》を取《とる》べし」と、強《あなが》ちに責《せむ》るにぞ、母《はゝ》はおそれわな一〇ゝぎな

一 絶えんばかりに。

二 早く早く。「とく〱 疾々の義もあり俗にとうともいへり」(倭訓栞)。

三 気分がよくなる。

四 一緒に参りましょう。

五 安心して。「うしろやすきうしろがろきなども物に見えたり。うしろめたきに対へたる詞也」(倭訓栞)。

六 病気。「病(いたつき)」に同じ。「煩・労イタヅキ」「煩 ワヅラフ 労也」(書言字考)。

七 外に面して出張った部屋。

八 即座に。「やには 今俗急遽を謂て矢場とす。保元物語にみゆ」(倭訓栞)。

九 縛る。

一〇 ふるえて。

半《はん》九郎をとひて
お染《そめ》
身《み》のうへを
かたるところ

がらも、「いかでさる黄金《こがね》めくものゝ侍《はんべ》るべき。見《み》そなはすごとく、かゝる小女《をとめ》と只《たゞ》二人《ふたり》すめる寡婦《やもめ》[一]なれば、そは申さずとも知《し》らし給へ。」と云《い》ふを打消《うちけ》し、盗賊《とうぞく》は、赤蛇《あかゞち》[二]のごとき眼《め》をいからし、「譬《たとへ》いかほど言拒《いひこば》むとも、宗三郎《そうざぶらう》より汝等《なんぢら》が、金《かね》を得《え》つる事《こと》は疾《とく》よりしれり。尚《なほ》これにても争《あらそ》ふや」と、既《すで》に切《きら》んず勢《いきほ》ひに、母《はゝ》もお染《そめ》も肝消《きもきえ》て、今《いま》は堪《こら》へず泣《なく》〳〵、隠《かく》しおける金《かね》を出《いだ》しつれど、夫《それ》にもあき足《たら》ずや、ぬり籠《ごめ》[三]に入《いり》て、色《いろ》よき衣《きぬ》ども数《かず》を尽《つく》して、包《つゝ》みにつゝみて、背《せ》に負《おひ》て出去《いでさり》けるが、夜明《よあく》るまで、母子《おやこ》はいましめられし儘《まゝ》に、打わなゝぎ居《ゐ》たるを、近《ちか》き渡《わた》りの者共入来《ものどもいりき》て、やう〳〵いましめを解《とき》て、いたわり物《もの》しけるに、心《こゝろ》ゆるびけるにや、母親《はゝおや》は此時俄《このときにはか》[四]につかへ強《つよ》くおこりて、「うゝ」といひて仰様《あをのけ》[五]に倒《たほ》るゝにぞ、お染《そめ》は周章驚《あはておどろ》きつゝ、薬《くすり》よ水《みづ》よと立騒《たちさわ》ぐに、漸《やう》〳〵こゝろ着《つき》たるさまながら、いとたゆげにて起《おき》もえあがらず。夫《それ》より枕《まくら》に付《つき》て日増《ひまし》に病重《やまひおも》りかに成《なり》ける故《ゆへ》、爰《こゝ》の薬師彼所《くすしかしこ》の針医《しんい》[六]と、兎角《とかく》にいたはるといへども、更《さら》にその印《しるし》なく殊《こと》には前夜盗賊《さきのよとうぞく》の為《ため》に、貯置《たくわへおき》し黄金衣類《こがねいるい》まで残《のこ》りなく奪取《うばひと》られし事《こと》なれば、取残《とりのこ》されたる、数ならぬ品《しな》どもを売代《うりしろ》[七]なして是迄《これまで》は、取続来《とりつゞききた》れど、今《いま》は大《おほ》かたにつきて、其方便《そのてだて》を失《うしな》ひ、終《つひ》には朝夕《あさゆふ》の烟《けぶり》も立《たて》がたく成《なり》ければ、薬《くすり》を求《もとむ》べき事《こと》も叶《かな》はず、徒《たゞ》に母《はゝ》の苦敷成《くるしげなる》を打守《うちまも》り居《ゐる》のみにて、如何《いか》にとも詮方《せんかた》なく、ひたすら神仏《かみほとけ》に誓《ちか》ひ、「有《ある》に甲斐《かひ》なき我身《わがみ》にかはりて、母《はゝ》の病《やまひ》を怠《おこた》らせ給へ」と、祈《いの》るより外《ほか》なかりしが、しばしこそ斯《かく》ても有《あり》し

一　独り身の女。「寡　やもめ(俗に後家又後室ともいふ)」(物類称呼)。

二　「あかかがち」に同じ。「あかゝかち　赤酸醬(ホウヅキ)也。日神代、檣」(倭訓栞)。大蛇の目の形容として古事記から用いている。赤蛇を「アカヾチ」と訓ずるは未調。

三　四面壁で妻戸から出入りする、調度品を入れておく小部屋。「塗籠といふは寝殿にても対にても、二間ばかりを、四めんをかべにて、戸は妻戸のごとひらき戸付きたるものなり」(後松日記)。

四　癪。

五　上向き。

六　針医者。「鍼醫　はりたて　晋皇甫謐著ニ甲乙経及針経一以針法大行焉」(和漢三才図会)。

七　物品を売って生活の資とする。

が、[八]日頃《ひごろ》に成《なり》ては、今《いま》は其日《そのひ》を送《おく》るべき[九]粮《かて》も尽《つき》ぬれど、「若然《もししか》りとも母刀自《はゝとじ》のしらし給はゞ、弥御心《いよゝみこゝろ》の悩《なやみ》とならん」と、心《こゝろ》を苦《くる》しめ、さあらぬ躰《てい》にもてなすといへども、既《すで》に五日《いつか》ばかりも箸《はし》を取《とる》事なければ、やゝ面瘦《おもやせ》てたゆげなるを、母《はゝ》は見兼《みかね》て重《おも》き目《め》を開《ひら》き、お染《そめ》に向《むか》ひ、「此程《このほど》よりの物思《ものおも》ひに、御身《おんみ》もいたくやつれ給へり。今斯母《いまかくはゝ》が病《やみ》さらばひたるに、御身《おんみ》さへ打臥《うちふし》給はゞ、いかにともなしがたし。兎《と》にも角《かく》にも生《いく》べくもあらぬ、我身《わがみ》ながら、未此世《いまだこのよ》の業《ごう》つきず、死《しに》だにやらで中〻《なかく》に、限《かぎり》なき憂目《うきめ》を見《み》する、心苦《こゝろぐる》しさよ」と、[一〇]むせ[一一]帰《かへ》るを、お染は目《め》に余《あま》る泪《なみだ》を隠《かく》し、「など[一二]て去御心弱《さるみこゝろよわ》き事聞《こときこ》え給ふにや。我身《わがみ》不便《ふびん》と覚《おぼ》し給はらば、いかにも御心《みこゝろ》を慰《なぐさ》めて、すこしも早《はや》くさはやぎ給へ」と、背《そびら》をかい撫居《なでゐ》たりしに、母《はゝ》は泣〻《なくく》衣引《きぬひき》かづきて、打眠《うちねぶ》りければ、少《すこ》し心落居《こゝろおちゐ》て、今迄念《いまゝでねん》じ居《ゐ》たるなみだ頻《しき》りには[一三]ぶり落《おち》て堪《たへ》ざりしかば、そと抜出《ぬけいで》て門辺《かどべ》に出《いで》て、泣居《なきゐ》たる折柄《をりから》、さもゆ[一四]へ〳〵しき薬師《くすし》の、僕二人《ずきふたり》を率《ゐ》て、爰《とゝ》を通《とほ》りかゝりけるに、春《はる》[一五]の物《もの》とて此程《このほど》よりの長雨《ながめ》に、道《みち》いと悪敷《あしく》、彼薬師《かのくすし》ははき物《もの》の緒《を》ふみ切《きり》て、仰《のけ》ざまに打《うち》こけたるにぞ、僕《ずさ》は周章《あはて》て抱起《いだきおこ》すに、いたく[一六]埿《とろ》にまみれて、いかんともなしがたく、困《こう》じ果《はて》たるさまを、お染《そめ》は見るに忍《しの》びず「此方《こなた》へ」と言《いひ》て、水《みづ》など汲《くみ》て与《あた》ふれば、薬師《くすし》はいと喜《よろこ》び、頓《やが》て手足《てあし》をすゝぎ、一人《ひとり》の僕《ずさ》を家《いへ》に走《はし》らし、衣類《いるい》を取《とり》に遣《つかは》しつ。扨《さて》[一七]すのこの端《はし》に尻《しり》かけて、今《いま》の悦《よろこ》びを聞《きこ》ゆるほど、お染《そめ》は母《はゝ》の枕辺《まくらべ》に懸《かけ》おきたる、[一八]白湯《さゆ》を汲《くみ》て出《いだ》せば、薬師《くすし》は其志《そのこゝろざし》の

八　近頃。
九　食糧。
一〇　涙でのどがふさがって息もつまるような状態。
一一　底本の振仮名、「かへり」。
一二　そのような。「さる　去をよめり然る意成べし。しかるといふ辞に過去の義を存せり」(倭訓栞)。
一三　底本のまま。「はふり」とあるべきか。「はふり　又溢の意をはふりといふ。日崇神、斬〈レ〉首過半屍骨多溢。故号〈二〉其処〈一〉曰〈二〉波振苑〈一〉」(倭訓栞)。
一四　品格のある。底本のまま。「ゆゑ〳〵しき」とあるべきか。
一五　菜種梅雨のこと。三月下旬から四月にかけて降る暖かい長雨。
一六　振仮名、底本のまま。埿は泥の俗字。
一七　「簀子、廂の外にあり、簀子縁ともいふ、こは小板敷なれども、竹簀の如く、間を聊かづゝすかして打ちつくる故、此の名あり、さて間をすかし、面をとるは、雨露などのたまらぬ為なりといふ」(家屋雑考)。
一八　真水をわかした湯。「さゆ　白湯をいふはさはすといふに同じ」(倭訓栞)。

壁《かべ》をこぼちて
盗賊《とうぞく》お染《そめ》が家《いへ》
に入て家財《かざい》を
うばひて立《たち》さるところ

厚《あつ》きを悦《よろこ》びつゝ辺《あた》りを見《み》廻《めぐ》らして申けるは、「奥《おく》に打臥《うちふし》給へるは、母君《はゝぎみ》におはすにや」と問《と》へば、お染《そめ》はさしぐみて「[一]さん候。母《はゝ》なる者《もの》にて候が、去年《こぞ》の冬《ふゆ》よりかゝる事《こと》にて、夫《それ》より打臥侍《うちふしはんべ》りて、今《いま》はいと頼《たの》みのう見《み》えつる物《もの》から、斯貧《かくまづ》しくなりては、よき薬師《くすし》をむかへ奉《たてまつ》るべき手便《てだて》もなく、徒《いたづら》に歎《なげ》きあかすのみにて侍《はんべ》り」といへば、彼薬師《かのくすし》はしば〱夫《それ》をいたみて、お染《そめ》を哀《あはれ》み、「実《げに》や[二]一樹《いちじゅ》の陰《かげ》の雨《あま》やどりも他生《たしやう》の縁《えん》と申ぬれば、今《いま》は御心安《みこゝろやす》くおぼすべし。今日《けふ》の報《むく》ひに己《おのれ》が、心《こゝろ》の及限《およぶかぎ》り[三]あつかひ物《もの》すべし」とて、夫《それ》より奥《おく》に入《いり》て母《はゝ》が[四]病性《びやうしやう》を[五]心察《しんさつ》して申けるは、「此病《このやまひ》甚重《いとおも》し。今五日《いまいつか》ばかりも経《へ》ば、譬《たとへ》いかなる名医《めいゐ》たりとも救《すく》ひ得《え》がたからんを、幸《さいわひ》 今日《けふ》見受《みうけ》しは、御身《おんみ》の[六]貞実《ていせつ》を天《てん》の憐《あはれ》み給ふ所《ところ》也。無程調済《ほどなくてうざい》してまゐらすべし」など語《かた》る内《うち》、僕《ずさ》もかへり来《きた》りければ、薬師《くすし》は直様《すぐさま》衣類《いるい》ぬぎ替《かへ》て、いとまを告《つげ》て立帰《たちかへ》りぬ。

斯《かく》て其夕《そのゆふ》かた、先《さき》の僕入来《ずさいりき》て申けるは、「我主人《わがたのめるひと》申候には、「先此薬《まづこのくすり》五ふくを今宵《こよひ》の中《うち》に用《もち》ひ給へ。明日《あす》は疾見《とくみ》まひ申べし」と申き。尚此黄金《なほこのこがね》は聊《いさゝか》ながら参《まゐ》らする儘《まゝ》、是《これ》もて母刀自《はゝとじ》を心《こゝろ》のまゝに介抱《みとり》給へ」とて、凡《およそ》三十両ばかり送《おくり》ければ、お染《そめ》はまづ其薬《そのくすり》を戴《いたゞ》き納《いれ》て、「誠《まこと》に重〻《かさね〲》の御恵《おんめぐみ》、詞《ことば》に言尽《いひつく》すべくもあらねど、何《なに》の故《ゆへ》なくかゝる黄金《こがね》を申受《うけ》ん事《こと》、理《ことわ》りなく侍《はんべ》れば其儘返《そのまゝかへ》し奉《たてまつ》る也。去《され》ど御志《おんこゝろざ》しのほどは返《かへ》す〲、忝なく悦《よろこ》び侍る」といへば、彼僕押返《かのずさおしかへ》して、「己《おのれ》は使《つかひ》のことにて、[七]さる故《ゆへ》よしは知侍《しりはんべ》らねど今更御身《いまさらおんみ》が

一 さようでございます。
二 仏教のたとえで、他人同士でも現世での縁があること。「一樹のかげ一河のながれも他生の縁」(漢語大和故事)。
三 面倒を見る。
四 病状。
五 診察。「心察」の例未調。
六 母に対する孝をいう。
七 そのような因縁。「ゆゑよし 故実由縁ありて事をなすをいふ」(倭訓栞)。

受《うけ》給はじとて、其儘《そのまゝ》にも持帰《もちかへ》りがたし。元《もと》より志《こゝろざ》しなくて送《おく》り参《まゐ》らする物《もの》にもあらねば、強《しひ》て[一]治《をさ》め給へ」と、様〻《さまぐ》[二]言拵《いひこしらへ》つゝ終《つひ》にさし置《おき》て出去《いでさり》ければ、お染《そめ》はそなたを伏拝《ふしをが》みて、悦《よろこ》びいさみ、母《はゝ》にも其由《そのよし》かたりて、薬《くすり》を進《すゝ》め猶《なほ》めぐまれたる黄金《かね》もて心《こゝろ》に叶《かな》ふべき物《もの》をあがなひ求《もとめ》て、進《すゝ》むる程《ほど》、[三]日増《ひまし》に心《こゝ》ち克方《よきかた》に趣《おもむ》きければ、悦《よろこ》ぶ事限《かぎ》りなし。「偏《ひとへ》に彼薬《かのくす》師《し》の恵《めぐ》みによれり」と、母子《おやこ》生《いき》たる仏《ほとけ》のごとく尊《たふと》みおもへり。斯《かく》て彼薬師《かのくすし》は日毎《ひごと》に[四]舞猶《なほ》足《たら》はぬ物《もの》を拵《こしら》へ送《おく》りけるほどに、今《いま》はいと豊《ゆた》かに成《なり》て、心地《こゝち》おのづからさはやぎぬれば、お染《そめ》は更《さら》也母《はゝ》が悦《よろこ》び譬《たと》ふるに物《もの》なし。

或日《あるひ》彼薬師《かのくすし》に向《むか》ひて申けるは、「誠《まこと》にいかなる[五]御宿世《おんすくせ》侍《はんべ》るにや。既《すで》に死《しぬ》べかりし命《いのち》を助《たす》かり奉《たてまつ》るのみか、数多《あまた》の黄金《こがね》をさへ賜《たまひ》て、貧敷愁《まづしきうれひ》をも打忘《うちわす》れぬる事《こと》、偏《ひとへ》に御恵《おんめぐみ》に寄《よれ》り。[六]怜今《あはれいま》より君《きみ》が[七]門《かど》もる犬に成《なり》ても、此報《このむくひ》をなし奉《たてまつ》らんと思《おも》へど、甲斐《かひ》なき女《をんな》の身《み》は、更《さら》に詮《せん》すべも侍《はんべ》らず。いかで身《み》に叶《かな》ひし事《こと》も侍《はんべ》らば申付《つけ》給へ」と、詞《ことば》に信《まこと》を含《ふく》みて、母子諸《もろ》とも喜《よろこ》ぶを聞《きゝ》て薬師《くすし》申けるは、「誠《まこと》や御身等《おんみら》が今《いま》申給ふごとくならば、[八]わりなく頼《たの》み奉《たてまつ》る事あり。いかに受引《うけひき》給ふべきや」といへば、詞《ことば》をそろへて「いかでか背《そむ》き奉《たてまつ》るべき」といふに、薬師《し》は喜《よろこ》び、「然《しか》らば頼《たの》み[九]まゐらん。其故《そのゆへ》はお染《そめ》ぬしの知《しろ》し給ふ、山賀《が》や橘六主《きつろくぬし》の事《こと》に侍《はんべ》り。嚮《さき》に橘六《きつろく》ぬし宗三郎《そうざぶらう》と御身《おんみ》を争合《あらそひ》給ひつる内《うち》、不計葛城丹司《はからずかつらきたんじ》に身《み》請《うけ》せられて、いと本意《ほい》なくおもひ労《わづら》ひ給ひしが、去年《こぞ》の秋《あき》ふと宗三郎《そうざぶらう》が手《て》を放《はなれ》玉へるよ

一 受け取る。「をさむ 神代紀に…治もよめり。修の字領の字收の字納の字なども義同じ」（倭訓栞）。
二 言葉巧みにその場をつくろう。
三 日ごとに。「日増 菜菓などの日を経たるを云。又日増に寒くなるなど云」（俚言集覧）。
四 底本のまま。見舞う。
五 ご因縁。
六 感銘する語。「怜 アハレム」（書言字考）。
七 忠実であることをいう。
八 折り入って。
九 底本のまま。「まゐらせん」とあるべきところ。

し、聞知《きゝしり》玉ひぬる物《もの》から、是迄《これまで》兎《と》角《かく》に彼主《かのぬし》に従《したが》ひ玉はざりしかば、所詮《しよせん》一向《ひとむき》[一〇]の事《こと》にては叶《かなふ》まじと、思《おも》ひ廻《めぐ》らして、折《をり》を待《まち》ておはすに、母刀自《はゝとじ》の病《やまひ》に悩《なや》み玉へるより、盗賊《とうぞく》の為《ため》[一一]にたつきなくなり給へるまで、委細《いさい》聞知《きゝしり》玉ひ、時《とき》こそよけれと、己《おのれ》に云ゝ《しかぐ》計《はから》ふべく語《かたら》ひ給へるまゝ、斯《かく》は計《はか》らひし也。是皆《これみな》橘《きつ》六主《ぬし》の深《ふか》き心《こゝろ》より出《いで》て、我知所《わがしるところ》にあらず。そをいとをしとも思《おぼ》して、橘《きつ》六主《ぬし》にお染君《そめぎみ》を送《おくり》給はらば、己《おのれ》が功《いさを》[一二]も空《むなし》からず。且《かつ》は是迄《これまで》の恵《めぐみ》を報《むく》ひ給ふ便《よすが》[一三]とも成《なり》なん」と、理《ことわり》せめて申ければ、母《はゝ》は頻《しき》りに悦《よろこ》びて、「誠《まこと》にお染《そめ》はこよなき果報《くはほう》を得《え》て候へ。御志《おんこゝろざし》の深《ふか》[一四]き御方《おんかた》に思《おも》はれぬるのみか、栄《さかえ》いみじくわたらせ給へば、いかで娘《むすめ》も此度《このたび》の報《むく》ひを思《おも》ひ、願《ねがひ》ても参《まい》り仕《つかへ》なんと思《おも》へば、其由能《そのよしよき》に申取《とり》給へ」といふに、お染《そめ》はまた更《さら》に心《こゝろ》を労《なやま》[一五]し、差《さし》うつむきて居《ゐ》たるを、薬師《くすし》は早《と》く其心《そのこゝろ》を悟《さと》り、「実ゝ《げにく》年若《としわか》き時《とき》は男女《をとこをみな》に限《かぎ》らず、誰《たれ》しも覚《おぼえ》ある事《こと》ながら、とゞまる時《とき》にとゞまらざれば、後《のち》かならず悔事有《くゆることある》べし。まして橘六主《きつろくぬし》は家殊《いへこと》に豊《ゆた》かに、心《こゝろ》ばへ姿《すがた》まで人《ひと》に勝《すぐ》れておはしぬれば、誠《まこと》に御身《おんみ》とは一対《いつつい》の夫婦《ふうふ》ならんを。必《かなら》ず徒《いたづら》なる心《こゝろ》を出《いだ》し給はず、母君大事《はゝぎみだいじ》と思《おぼさ》ば、とく受引《うけひき》給へ。さらば母君《はゝぎみ》は山賀屋《やまがや》の後室《こうしつ》[一六]と仰《あふ》がれて、誰落《たれおと》しむる者《もの》もなく栄花《えいぐは》を極《きはめ》給はん事《こと》、偏《ひとへ》に御身《おんみ》の孝養《こうやう》にこそ」と、しば〳〵諫《いさめ》、頭掻撫《かしらかきなで》「いかに母御《はゝご》よ、然《しか》ならずや」といへば、母《はゝ》はかたほに笑《ゑみ》をつくりて、「実宣《げにのたま》はすごとく、能《よき》も悪《あ》しきもお染《そめ》が心《こゝろ》ひとつに侍《はんべ》り。兎《と》に角御志《かくみこゝろざし》の程《ほど》は、空《むな》しくなし侍《はんべ》らじ」と、受《うけ》[一七]がへば、薬師《くすし》は点《うなづ》

一〇 一とおり。

一一 生計の方法。

一二 手柄。

一三 よりどころ。「よすが 或は便をよめり」(倭訓栞)。

一四 底本の振仮名、「か」を欠く。

一五 心を苦しめる。「労」を「なやむ」と訓ずる例は未調。

一六 身分ある人の未亡人。

一七 承諾する。「うけがふ 俗語也。肯の字の意」(倭訓栞)。「受(けう)」は当字。

薬師《くすし》をいた
はりて
お染《そめ》幸《さいは》ひを
うる所

き「然《しか》る時《とき》は、己《おの》が是《これ》まで心尽《こゝろづく》しつる、甲斐《かひ》も侍《はんべ》り」と、頓《やが》て暇《いとま》を告《つげ》て立帰《たちかへ》りぬ

鳥部《とりべ》山《やま》調綫《しらべのいとみち》　巻之五

○心《こゝろ》を定《さだめ》て半《はん》九郎お染《そめ》を鳥辺山《とりべやま》にともなふ事

爰《こゝ》にまた半九郎《はんくらう》は、今《いま》はいと健《すこやか》に成《なり》て、折〻《をりく》の逢瀬《あふせ》を楽《たのし》み居《ゐ》たりけるに、過《すぎ》し冬《ふゆ》よりして、お染《そめ》が身《み》によからぬ事《こと》のみ打続《うちつゞ》き、母刀自《はゝとじ》の命《いのち》も危《あやふ》きよしにて、お染《そめ》は是《これ》を介抱《かいほう》の暇《いとま》なければ、心《こゝろ》ならずも遠《とほ》ざかり居《ゐ》る内《うち》、また一《ひと》つの災《わざは》ひ出来《いでき》たれり。其故《そのゆへ》は半九郎《はんくらう》が父《ちゝ》[一]半兵衛《はんへうゑ》世《よ》に有《あり》し頃《ころ》、[二]裏松経宗卿《うらまつつねむねけう》[三]住吉奉幣使《すみよしはうへいし》を[四]蒙《かうぶ》らせ玉《たま》ひて、難浪《なには》に下《くだ》らせ玉ひける時《とき》、半兵衛《はんべうゑ》が家《いへ》に御宿《おんやど》なし奉《たてまつ》りけるが、[五]御設《おんもふけ》の為《ため》に家《いへ》に伝《つたは》りたる[六]小《を》倉《ぐら》の色紙《しきし》を掛置《かけおき》たるに、経宗卿《つねむねけう》みそなはして御懇望《ごこんもうしき》頻りなれ共《ども》、[七]秘蔵《びさう》の品《しな》なれば、他《た》に出《いだ》す事《こと》を侘《わび》て、みゆるしを願《ねが》ふにより、経宗卿《つねむねけう》も[八]無拠《よんどころなく》覚《おぼ》して、「さあらば予《わ》が館《やかた》につたへたる[九]世《せ》尊寺《そんじ》行成卿《かうぜいきやう》の書《か》ゝせられたる、伊勢物語《いせものがたり》あれば、しばしがほど是《これ》と引《ひき》かへて、借受《かりうけ》ん」と宣《のたま》ふにより、今《いま》は辞《いなみ》がたくて、終《つひ》に彼色紙《かのしきし》を取替《とりかへ》て、預奉《あづかりたてまつ》りけり。

然《しか》るに此卿《このけう》はわきて能書《のうしよ》におはしましければ、殊更喜《ことさらよろこ》び玉《たま》ひて、此小《このを》倉《ぐら》の色紙《しきし》を明昏《あけくれ》御傍《おんそば》を放《はなち》玉ふ事《こと》なく、其儘《そのまゝ》に年《とし》を経《ふ》るほどに、終《つひ》に半兵衛《はんべうゑ》も、死《しゝ》て程《ほど》なく蟹七《かにひち》が為《ため》に、

一 振仮名、底本のまま。「はんべうゑ」とあるべきか。
二 堂上家の家名。「経宗卿」は未詳。「裏松殿　内椹木町寺町一町半西入北側南面に在り。権中納言烏丸光賢の二男、参議資清を家祖とす」(京都坊目誌)。
三 摂津の住吉神社に勅命により幣を奉る使者。「享和三癸亥年正月廿一日、摂州住吉社回禄に付、奉幣使御参向有ㇾ之、飛鳥井少将雅光朝臣、建久六年、住吉回禄之時、飛鳥井家奉幣使に立玉ふ先例なるよし、因ㇾ茲、同十七日、右御仰渡し有ㇾ之…」(近来見聞噺の苗)。
四 拝命する。
五 特別の設営。
六 定家卿が小倉山麓の厭離庵で百人一首の和歌を一首ずつ書いたと伝えられる百枚の色紙。
七 振仮名、底本のまま。「ひさう」とあるべきところ。
八 止むを得ない。
九 平安京一条の北、大宮の西にあった桃園第。藤原行成が伝領して、第内に寺を建てた。行成をいう。

家蔵《いへくら》を失《うしな》ひつるといへども、此一品《このひとしな》のみは大切《たいせつ》になして、京《みやこ》にまで与四郎《よしらう》が背《せ》に懸《かけ》て持《もち》来《きたり》けるが、或夜《あるよ》何物《なにもの》とも不知押入《しれずおしいり》て、盗去《ぬすみさり》ければ、「若《もし》かゝるよし裏松家《うらまつけ》に聞《きこ》えなば、いかなる御咎《おんとがめ》かあらん」と安《やす》き心《こゝろ》もなく頭《かしら》をなやましゐたり。

然《しか》るにその比裏松家《ころうらまつけ》の御館《おんやかた》に勅使立《ちよくしたち》て、「彼伊勢物語叡覧有《かのいせものがたりえいらんある》べし」との事《こと》により経宗《つねむね》卿畏《けうかしこ》み恐《おそ》れ玉《たま》ひ直様《すぐさま》浪花《なには》に人《ひと》を立《たて》られけるに、彼御使《かのおんつかひ》津の国今宮《くにいまみや》に至《いた》りて見れば、戸《と》波《なみ》屋半兵衛《はんべゑ》が家《いへ》は跡《あと》方もなく、剰《あまつさ》へ家族《うから》の行衛《ゆくへ》慥《たし》かならねば、大《おほい》に驚《おどろ》き其儘京《まゝみやこ》に立帰《たちかへ》り、然〻成《しか〴〵なる》よしを聞《きこ》へ奉《たてまつ》るにぞ、経宗卿殊更《つねむねけうことさら》御《み》心を苦《くる》しめ給ひ、兎角《とかく》に一〇大内《おほうち》に洩《もれ》ざるやう、密《ひそか》に彼《かの》半兵衛が行方《ゆくへ》を尋《たづ》ね求《もと》めさせ給ひける。

爰《こゝ》にまた蟹《かに》七は、嚮《さき》に半九郎が家を一一出奔《ちくてん》せしが、程《ほど》なく身《み》に付《つけ》し黄金《かね》は、一二掛物廓通《かけものくるはがよ》ひに、遣《つか》ひはたし、既《すで》に身《み》を寄《よす》べき方《かた》もなくなりて、そこよ爰《こゝ》よとさまよひけるが、次第《しだひ》に一三身《み》つまりていかんとも詮《せん》かたなく、終《つひ》には盗賊《とうぞく》と成《なり》て、月日《つきひ》を送《おくり》ける内《うち》、先《さき》にお染《そめ》が家《いへ》に押入《おしいり》て多《おほ》くの徳《とく》付ぬるにより、いよゝ奢《おごり》を恣《ほしひまゝ》に日《ひ》をおくりける折節《をりふし》、ふと裏松家《うらまつけ》に伝《つた》はりたる、行成《かうぜい》卿の伊勢物語叡覧《いせものがたりえいらん》有べき由《よし》、仰出《おほせいだ》されけれども、半九郎《はんくらう》が行方《ゆくへ》しれざれば、殆《ほとんど》困《かう》じ果《はて》給ひ、もし彼伊勢物語所持《かのいせものがたりしよぢ》なす者《もの》あらば、多《おほ》くの黄金《かね》に替《かへ》て給はらんまゝ持《もち》出べき一四由取沙汰《よしとりさた》ありければ、早我手《はやわがて》に入し心地《こゝち》して、一五蜜《ひそか》に悦《よろこ》び、夫《それ》より兎角《とかく》して半九郎《はんくらう》が有家《あるいへ》を聞出《きゝいだ》し、夜《よ》に紛《まぎ》れて盗出《ぬすみいだ》したる也けり。されば蟹《かに》七は、「おそなはら

一〇 宮中をいう。
一一 逃亡。逐電の音を意により「出奔」にあてる。
一二 賭博。
一三 生活に困る。
一四 評判。
一五 底本のまま。「密」の俗用。

ば妨《さまた》げあらん」と、其翌日身《そのよくじつみ》の廻《まは》り[一]由有気《よしありげ》にとり繕《つくろ》ひ、裏松《うらまつ》の御館《みやかた》に至《いた》りて、「己《おのれ》は浪花《なには》の者《もの》にて候が、此程御館《このほどみやかた》に行成卿《かうぜい》の伊勢物語《いせものがたり》召《め》し給ふよし、幽《ほの》かに聞知侍《きゝしりはべ》りて、態《わざ》〳〵持参《もちまゐ》りて奉《たてまつ》る也」と申入るゝを「克《よく》も携《たづさ》へ来《きた》れり」とて、大《おほき》に喜《よろこ》ばせ給ひ、ほどなく蟹七《かにひち》を役所《やくしよ》に召《めさ》れ、[二]雑所何某立出《ざつしやうなにがしたちいで》て懇《ねんごろ》に、是迄来《これまできた》りたる労《らう》をねぎらひて後《のち》、其所持《そのしよぢ》なせる謂《いはれ》を問《とふ》に、蟹《かに》七さし心得《こゝろえ》て申けるは、「此伊勢物語《このいせものがたり》は戸《と》波屋《なみや》半兵衛《はんべうゑ》と申者《もの》、所持《しよぢ》仕候所《ところ》、彼次第《かのしだひ》に衰《おとろ》へ行《ゆく》に詮《せん》かたなく、僕《おのれ》が方《かた》に質物《しちもつ》に入《いれ》、黄金千両借遣《こがねせんりやうかし》しけるに、終《つひ》に其利《そのり》重《かさな》り、返済成《へんさいなり》がたくなりぬれば、止事《やむこと》を得《え》ず、我物《わがもの》と成《なり》侍れど、斯《かゝ》る品《しな》は[三]我《われ》ゝしきの所持《しよぢ》せんは、ふさはしからずと、常ゝ《つね〴〵》おもひ有《あり》しに、幸《さいはひ》此程《このほど》承《うけたまは》り候へば、御館《みやかた》にめさし給ふ由《よし》なれば、とり敢《あへ》ず持参《ちさん》なし侍《はべ》るにて候」[四]ど、鼻《はな》うごめかしてほこらしう申ほど、次《つぎ》の間《ま》より取次《とりつぎ》の侍出《さぶらひいで》て、[五]雑所《ざつじよ》に訴状《そじやう》めく物《もの》を渡《わた》しけるにぞ、即《やが》て開見《ひらきみ》て何《なに》か、彼者《かのもの》に囁《さゝや》きぬれば、心得《こゝろえ》て次《つぎ》に立《たち》ぬ。

斯《かく》て何某《なにがし》は今蟹七《いまかにひち》が申つる始終《しじう》をとくと聞《きゝ》て、彼伊勢物語《かのいせものがたり》をうけ取《とり》て、「遥ゝ《はる〴〵》の所能《ところよく》こそ持参《ちさん》なしたれ。今《いま》は用《よう》なしとく立帰《たちかへ》るべし」とあるを、蟹七聞《かにひちきゝ》て興覚顔《けうさめがほ》に申けるは、「仰畏《おふせかしこまり》て候へども、仮初《かりそめ》にも数《かず》の黄金《こがね》に替侍《かへはべ》るものなれば、仰《おふせ》られしごとく其報《そのむく》ひを下《くだ》し給はらなん」と、いふに[六]雑所《ざつしよ》うち笑《ゑみ》て、「実其報《げにそのむくひ》を忘《わす》れたり。者《もの》ども彼《かれ》を、捕《いましめ》よ」といへば、「をう」と答《こたへ》て、[七]下司《しもづかさ》ばら〳〵と出来《いでき》て、[八]踏付縄《ふみつけなは》を掛《かけ》たりけり。蟹《かに》七は余《あま》り

一 由緒ありげに。
二 雑掌。雑務を扱う下級役人。
三 私どものように卑しい者。
四 底本のまま。清音であるべきところ。
五 底本のまま。「ざつしやう」と振仮名すべきか。
六 底本のまま。
七 下仕え。
八 踏付けて縄をかけることか。

お染《そめ》橘《きつ》六《ろく》が情《なさけ》に
せまりて
死《し》をきはむるところ

の事《こと》にあきれ果《はて》、「何《なに》の罪《つみ》もて斯《かく》はなし給ふぞ」といへば、何某《なにがし》はたと白眼《にらみ》[一]つゝ、「己《おのれ》是式《これしき》の事《こと》を知《しる》まじとおもふが[二]必定盗取《ひつじやうぬすみとり》たるに疑《うたが》ひなし。つゝまず白状《はくじやう》いたすべし」と、いへど[三]不当《ふたう》の蟹七《かにひち》なれば、猶《なほ》も陳《ちん》じてあらがふほどに、何某大《なにがしおほい》に怒《いか》りて[四]拷杖《がうじやう》もてしたゝかに打置《うちすへ》させつ、傍《あたり》を見返《みかへり》て、「只今訴《たゞいまうつた》へ出《いで》たる者是《ものこれ》へ」といふ声《こえ》に随《したが》ひ、与四《よし》郎は恐《おそ》る〳〵はひ出《いで》てうづくまるにぞ、さすがの蟹七《かにひち》も面土《おもてつち》のごとく成《なり》てわな〳〵ふるひいだすを見て、何某与四《なにがしよし》郎にむかひ、「汝彼《なんぢかれ》を見知《みし》らずや」といふに、そと頭《かしら》を上《あげ》てみれば蟹《かに》七なるに、驚《おどろ》き周章《あはて》、飛《とび》かゝらんとせしが心《こゝろ》をしづめ、「仰《おふせ》のごとく彼《かれ》は半九郎が手《て》代《だい》にて侍《はべ》りし蟹《かに》七と申者《もの》にて候が、過《すぎ》し頃能《ころよ》からぬ事《こと》の限《かぎ》りをして、家出《いへで》なしける故其《ゆへその》難義跡《なんぎあと》にかゝりて、主人《しゆじん》半九郎は家蔵《いへくら》まで彼《かれ》が為《ため》に売代《うりしろ》なし、今《いま》は有甲斐《あるかひ》もなく漸〻《やう〳〵》其《その》日《ひ》を送《おく》るといへども、只今奉《たゞいまたてまつ》りつる訴状《そぢやう》のごとく預《あづか》り奉《たてまつ》りし品《しな》は、肌身《はだみ》につけて守護《しゆご》なしつる所《ところ》、夜前何者《よべなにもの》とも不知押入《しらずおしいり》て、奪去《うばひさり》ぬるにより、主人母子《しゆじんおやこ》は更《さら》に生《いき》たる心地《こゝち》もなく、いたづらに泣臥居《なきふしをる》のみ、如何《いかん》とも[五]詮《せん》すべなさに、僕《やつがれ》主人《しゆじん》に代《かは》りて其罪《そのつみ》を得《え》ん為《ため》、かく訴《うつた》へ出づる所《ところ》、はからず其品持《そのしなぢ》参《さん》なしつるものある由《よし》をうけたまはりぬるまゝ、「扨《さて》は此奴《こやつ》こそ夜前《よべ》の盗賊《とうぞく》ならん」と存《ぞんじ》つるは、是《これ》なる蟹《かに》七にて侍《はべ》り」といへば、雑所《ざつしよ》何某《なにがし》も彼《かれ》が罪《つみ》を憎《にく》んで、[六]検非違使《けんびゐし》の聴《ちやう》に引渡《ひきわた》されけるにぞ、程《ほど》なく[七]拷木《がうき》にかゝりて、お染《そめ》が家《いへ》に押入《おしいり》しを、初《はじめ》として是迄作《これまでつく》りし罪落《つみおち》もなく白状《はくじやう》なしければ、頓《やが》て[八]大地《おほぢ》に引《ひき》わた

一 きびしい目つきで見つめる。「白眼 ニラム」(書言字考)。
二 きっと。
三 無法者の。
四 拷問用の棒。
五 仕様がないので。
六 奉行所。平安朝的用語をあえて用いている。聴は、廳の俗字として通用。「撿非違使廳は淳和天皇天長年中に始めてこれを置かる、その職、衛府の追捕と、弾正糺断と、刑部判断と、京職の訴訟を、すべて使廳に兼行ふが故に、国家の枢機として歴代もつて重職とすと職原抄に見えたり」(玉石雑誌)。
七 拷問にかけられる。
八 公道で引き廻されたことをいう。

されて、後死刑《のちしけい》に行《おこなは》れけるとぞ。

扨又与四郎《さてまたよしらう》は伊《い》せ物語御館《ものがたりみやかた》に納《をさま》る上《うへ》は、「汝《なんぢ》に罪《つみ》なければ立《たち》かへるべし。猶又《なほまた》かさねて宜敷沙汰有《よろしくさたある》べし」と、暇《いとま》給はりければ、いと嬉《うれ》しく「早帰《とくかへ》りて、半九郎母子《おやこ》に語聞《かたりきか》せて悦《よろこ》ばさん」と、あへぎ〳〵立帰《たちかへ》るに、家刀自《いへとじ》は「様子《やうす》いかゞ」と、うち案《あん》じ、門《かど》に立《たち》て居《ゐ》たりけるが、今与四郎《いまよしらう》が恙《つゝが》なきをみて、心落《こゝろおち》ゐ、内《うち》に入《いり》て様子《やうす》を尋問《たづねとふ》に、ありし事どもを語《かた》りて、一度《ひとたび》は喜《よろこ》び一度《ひとたび》は憤《いきどほ》るに、家刀自《いへとじ》も驚《おどろ》き、又喜《またよろこ》び、与四郎《よしらう》が誠忠《せいちう》なるをねぎらひぬ。

斯《かく》て半九郎があらざるを怪《あや》しみて「いかにせさせ給ふ」といへば、「余《あま》りに和主《わぬし》の帰《かへ》りの遅《おそ》きを案《あん》じ侘《わび》て、「いかなる様子《やうす》にや。そとみて参《まゐ》らん」と今《いま》の程立出《ほどたちいで》しが、最早《もはや》かへり来《きた》るべし。まづ和主《わぬし》はしばし休《いこひ》[九]ね」といふに、与四郎《よしらう》は「否思《いなおも》ひしよりは、事《こと》速《すみや》かに済《すみ》つれば、いさゝか労《つか》れも侍《はべ》らず」とて門《かど》に立《たち》、内《うち》に入《いり》て、兎角《とかく》して半九郎を待《ま》てども帰《かへ》り来《きた》らず、程《ほど》なく戌《いぬ》[一〇]の刻《とき》ちかくなれども影《かげ》だにみえねば、今《いま》は家刀自《いへとじ》も打案《うちあん》[一一]じて、落居《おちゐ》ねば、与四郎も心《こゝろ》ならず尻引《しりひき》からげて、「いで一返《ひとかへ》[一二]り見《み》て参《まゐ》らん」と、また裏《うら》松《まつ》の御館《みやかた》ちかく迄行《までゆき》てみれども知《し》れざれば、「扨《さて》は道《みち》などの引違《ひきたがひ》[一三]て逢《あは》ざるにか」と、帰《かへり》てみれば家刀自《いへとじ》は「いまだ帰《かへ》らず」とて、[一四]すゞろに成《なり》て居《ゐ》たり。与四郎《よしらう》も「折悪《をりあし》ければもしも徒《いたづら》なる心《こゝろ》いだし給《たま》ひやせん」など、[一五]外様斯《とざまかう》ざま案《あん》じ居《ゐ》る内《うち》、早亥《はやゐ》[一六]の刻《とき》も過《すぎ》ぬれば、

九 休息しなさい。「休 イコウ」(倭玉篇)。

一〇 午後七時ごろから後。

一一 心配して。

一二 もう一度くり返して。

一三 行き違って。

一四 心落ち着かない様子。「すゞろ 源氏伊勢物語に多き詞也…そゞろと同義なるべし」(倭訓栞)。

一五 あれやこれや。「外様斯」は当字。

一六 午後九時ごろから後。

「扨《さて》はお染《そめ》が方《かた》に行給《ゆき》ひけんも、不知《しれず》」と思《おも》ひ、家刀自《いへとじ》に向《むか》ひ「己《おのれ》少《すこ》し心当《こゝろあた》り侍《はべ》れば今一返《いまひとかへ》り見て参《まゐ》らん」と、今度《このたび》は東《ひんがし》をさして走《はし》り行《ゆき》ぬ。

爰《こゝ》にお染《そめ》は橘六《きつ》が義理《ぎり》にせまりて、[一]わりなく彼薬師《かのくすし》を以《もつ》て度《たび》〻《〳〵》かき口説《くどく》に、いなみがたく終《つひ》に覚悟《かくご》をきわめて受《うけ》ひきぬるを、母《はゝ》は[二]さりともしらず、喜《よろこ》ぶ事限《かぎ》りなく、「然《しから》ば其由《そのよし》を早《はや》く橘《きつ》六主《ぬし》に聞《きこ》へ奉《たてまつ》らん」とて、其夕暮《そのゆふぐれ》母《はゝ》は薬師《くすし》の許《もと》へ出行《いでゆき》ければ、お染《そめ》は母《はゝ》の後影《うしろかげ》をみおくり〳〵伏拝《ふしをが》み、心《こゝろ》にいとま乞《どひ》なし、暫《しば》し泪《なみだ》にくれ居《ゐ》たりしが、「去《さる》にても半九郎君《はんくらうぎみ》はかゝりとも知《し》らし給はず我身《わがみ》[三]墓《はか》なく成《なり》ぬるよし、跡《あと》にて聞《きか》し給ふならば、歎《なげき》の余《あま》り又労《またいたつき》の起《おこ》りやせん」と、兎角《とかく》に思《おも》ひ乱《みだ》れつゝ、「責《せめ》てひと筆書残《ふでかきのこ》さばや」と硯引《すゞりひき》よせ打向《うちむか》ふ、夕暮時《ゆふぐれどき》のあかり先《さき》、ひさしの窓《まど》に蔭《かげ》うつるは、楫二夫と押明れば、おもふに違《たが》はず半九郎《はんくらう》なるに、飛《とび》たつばかり嬉《うれ》しく、漸《やう》〻《〳〵》伴《ともな》ひ入《いり》て、此程《このほど》よりの事《こと》を語《かた》り、今《いま》は覚悟《かくご》を極《きはめ》つる由《よし》を云《いひ》てなく。半九郎も思《おも》はずなる事にて、「夜前《よべ》裏松《うらまつ》の御館《みやかた》より預《あづか》り奉《たてまつ》る品《しな》を盗取《ぬすみと》られつる、罪《つみ》の[四]等閑《なほざり》ならねば、母子与四郎《おやこよしらう》に向《むか》ひ、「いかゞはせん」と打《うち》語《かた》らふに、与四郎申けるは「誠《まこと》に此伊勢物語《このいせものがたり》は一方《ひとかた》ならぬ御館《みやかた》の御宝《おんたから》なれば、隠《つゝ》みだてなさば、却《かへり》て詮義《せんぎ》の手《て》おくれと成《なり》て、弥《いよ〳〵》罪《つみ》を重《かさぬ》る道理《ことわり》なれば、己今《おのれいま》より御館《みやかた》に出《いで》て、[五]其支儀《そのしぎ》により君《きみ》の御名《おんな》を[六]語《かた》りてなりとも、此身《このみ》に咎《とが》を引受侍《ひきうけはべ》らん儘《まゝ》、御心安《みこゝろやす》くおぼすべし」と云《いひ》ける故《ゆゑ》、「そはいと有《ある》まじき事也。譬《たと》へ此身《このみ》八裂《やつざき》の刑《けい》に行《おこ》なはるゝとも、和主《わぬし》

一 断わることができないように。
二 お染の気持がそうでないことも知らないで。
三 死んでしまう。「はかなし …定なく常なき事に転じいへり。寝覚記に無レ墓の義といへるは心得かたし」(倭訓栞)。
四 無視する。「なほざり　等閑をよめり」(倭訓栞)。
五 なりゆき。
六 騙り。「語」は訓みの当字。

に此咎《このとが》を負《おふ》すべきか」と、頻《しき》りに争《いど》[七]みとゞむれども終《つひ》に聞入《きゝいれ》ずして、御館《みたち》に走《はし》り行《ゆき》ぬれば、今《いま》は詮《せん》かたなく、泣《なく》〳〵おもひ廻《めぐ》らすに、彼《かれ》が是迄《これまで》の苦心《くしん》により、母子《おやこ》漸《やう》〳〵其日《そのひ》を送《おく》りける報《むくひ》[八]はなさで、却《かへつ》て我罪《わがつみ》を負《おふ》する時《とき》は、天《てん》の咎《とがめ》もおそろしく思《おも》ひぬれば、やがて筆《ふで》をとりて、「此度不計御館《このたびはからずみやかた》より預《あづかり》奉《たてまつ》れる、品《しな》を盗賊《とうぞく》のために奪《うば》ひとられぬる、申分《わけ》なし難《がた》く、刃《やいば》にふして其罪《そのつみ》をあがなふ」と書《かき》て、外《ほか》に別紙《べつし》を添《そへ》て「何とぞ、我死後《わがしご》に此書付《このかきつけ》を御館《みやかた》にさゝげて、与四郎を恙《つゝが》なく家《いへ》に帰《かへ》らしめ給へ」と、書納《かきをさめ》てそと硯箱《すゞりばこ》に入置《いれおき》、既《すで》に覚悟《かくご》は極《きはめ》つれども、さすがに御身《おんみ》がことの心《こゝろ》に掛《かゝ》りて、たゆたひ[九]つゝ責《せめ》て今端《いまは》[一〇]のおもひ出《で》に余所《よそ》ながらなりとも見《み》まほしく、母《はゝ》には「与四郎が帰《かへ》りの遅《おそ》ければ、見《み》て参《まゐ》らん」と云《いひ》つゝ、心《こゝろ》に暇乞《いとまごひ》して、漸《やう》〳〵是迄来《こゝまできた》れるなり」と、夫《それ》より互《たがひ》に身《み》の上《うへ》を泣《なき》つなかれつ語《かた》るほど、いつしか日《ひ》も暮果《くれはて》ぬれば、二人《ふたり》は心《こゝろ》を定《さだめ》つゝ、「所詮生《しよせんいく》べき命《いのち》ならねばいざ諸共《もろとも》に」と、うなづきつゝ、鳥部野《とりべの》[一一]さして立出《たちいづ》る。

「死出《しで》[一二]の旅路《たびぢ》はつひに行《ゆく》、みちとはきけど、親《おや》〳〵に先立《さきだつ》うき[一三]みの不孝《ふかう》のつみ、ゆるさせたまへ」と漸《やう》〳〵に、泪《なみだ》うち払《はら》ひお染《そめ》申けるは、「誠《まこと》にいかなる宿業《すくがう》[一四]にか、斯《かく》まで思《おも》ひ合《あひ》ながら、たゞの一日《ひとひ》もゆるやかに、語《かた》らひ参《まゐ》らせし事《こと》もなく、恋《こひ》し床《ゆか》しと思《おも》ひこがれて、死出《しで》の旅路《たびぢ》に思《おも》ひ立侍《たちはべ》るはいともわりなき宿世《すくせ》に侍《はべ》り。哀《あはれ》[一五]しらぬ先《さき》の世《よ》の契《ちぎり》なりとも違《たがへ》給ふな」と、打歎《うちなげ》けば、半九郎も目《め》をしばたゝき、「実《げに》わりなきは世《よ》の習《なら》ひとは思へど

七 挑む。「争」は意による当字。

八 報恩。

九 あれやこれや心が動揺して。

一〇 最期の。「今般時 イマハノトキ 本朝俗斥二終焉之期一云レ爾」(書言字考)。

一一 京都東山にあった火葬場。「鳥辺野 トリベノ 〔順和名〕作二一戸一。城州愛宕郡」(書言字考)。

一二 死んで冥土へ行く旅路。

一三 憂き身。

一四 前世からの業因。

一五 ああ。「アワレ なにとぞ、願わくは」(日葡)。

半《はん》九郎
鳥部《とりべ》山《やま》に
お染《そめ》と情死《ぜうし》せんと
するところ

も、かくまで墓《はか》なき身《み》の上《うへ》も、責《せめ》て二人《ふたり》がなき跡《あと》の、しるしの石《いし》を世《よ》にある内《うち》に、あつらへおかんはいかゞあらん」と、いへば、「そはよからん」といふに任《まか》せ、兼《かね》て見置《みおき》たる石屋《いしや》に入て、半《はん》九郎申けるは、「己《おの》が知《し》れる若《わか》き夫婦《ふうふ》、ちかき頃身《ころみ》まかりぬれば、今《いま》より十日《とをか》ばかりの内《うち》に、石塔《せきとう》[一]を拵上《こしらへあげ》て、鳥部野《とりべの》のかゝる所《ところ》へ立《たて》給へ。則《すなはち》黄金三両《わうごんさんりやう》其価《あたひ》に参《まゐ》らすなり。尤其石塔《もつともそのせきとう》の表《おもて》に、お染《そめ》半九郎が墓《つか》と、彫付《ほりつけ》てたび給へ。呉〻《くれ〴〵》頼《たのみ》まゐらす」と云置《いひおき》て、立出《たちいで》しが、「今《いま》は何《なに》をか思《おも》ひ残《のこ》さん。いざ来《き》給へ」と手を取《とり》て、急《いそ》ぐ程《ほど》なく鳥部野《とりべの》に来《きた》る折《をり》から、二月《きさらぎ》の春《はる》まだ寒《さむ》き、夜嵐《よあらし》の雲《くも》の返《かへ》しに、さそはれて時《とき》ともわかず、はら〳〵と降《ふり》くる雪《ゆき》も身《み》の上《うへ》と、消《き》ゆるをいそぐ若草《わかくさ》の、上《うへ》に坐《ざ》をしめ手を合《あは》せば、半九郎は後《うしろ》に廻《まは》りて、仏《ほとけ》の御名《みな》と諸共《もろとも》に、振《ふり》あぐる刃《やひば》ひらめきて、既《すで》[二]にかうよとみえたりけり。

○お染にせまりて橘六母にあふ事

斯《かゝ》る処《ところ》に傍《あたり》の稲村《いなむら》、さや〳〵と鳴《なり》て、一人《ひとり》の曲者踊出《くせものおどりいで》、半九郎が右腕《きゝうで》つかんで後様《うしろさま》[三]に打倒《うちたを》したり。半九郎《はんくらう》はあまりニ[四]おもはずなることに驚《おどろ》き、辺《あた》りの木《き》の根《ね》にて強《つよ》く、脇腹《わきばら》を打《うち》て、「うゝ」と計《ばかり》に絶入《たえいり》ければ、お染《そめ》は「あなや」と立《たち》よる所《ところ》を矢庭《やには》[五]に口《くち》に手ぬぐひはませ、肩《かた》に引懸曲者《ひきかけくせもの》は、足《あし》にまかせて逃行《にげゆき》ぬ。

一　墓石をいう。

二　もうすぐ命が絶たれようとする時の常套句。

三　後向けに。底本の振仮名は「しろさま」。訂す。

四　「ニ」の字、後より補刻か。

五　「やには …今俗急遽を謂て矢場とす。保元物語にみゆ。康富記に矢庭と書り」(倭訓栞)。

しばし有《あり》て梢《こずへ》に解《とく》る淡雪《あわゆき》の雫打《しづくうち》ちりて、半九郎が咽《のんど》に入《いり》て心付《こゝろづき》、傍《あたり》をみれば、お染《そめ》があらざる故驚《ゆへおどろ》き周章《あはて》て、「遠《とほ》くは、行《ゆか》じ」と、遠近《をちこち》[一]を尋廻《たづねめぐ》るといへども、更《さら》に行方知《ゆくへしら》ざれば、今《いま》は力尽《ちからつき》て詮方《せんかた》なく、つく〴〵思《おも》ひ廻《めぐ》らすに、「所詮生《しよせんいく》べうもあらぬ身《み》の、斯《かく》うか〳〵とたゆたひあらば、終《つひ》に人《ひと》に見咎《みとがめ》られて、死《し》にましたる恥《はづ》かしめを請《うく》るのみか、与《よ》四郎さへ救《すく》ふ事叶《かな》はずは、思《おも》ひし事《こと》も甲斐《かひ》なからん」と、既《すで》に覚悟《かくご》を極《きは》め、「自害《じがい》せん」と刀逆手《かたなさかて》に持直《もちなほ》し、あはや腹《はら》に突立《つきたて》んとなす処《ところ》に、「はやまり給ひそ。半九郎主《はんくらうぬし》」と、声〻《こゑ〴〵》に呼立《よびたて》〳〵、灯燈《ちやうちん》を捧《さゝ》げ、与四郎を始《はじめ》、数多《あまた》のひと〴〵怪敷曲者《あやしきくせもの》をさへ引立《ひきたて》つゝ、あへぎ〳〵爰《こゝ》に来《きた》り、先《まづ》与四郎申けるは、「喜《よろこ》び給へ半九郎君《ぎみ》、云〻《しか〴〵》なる事《こと》にて、伊勢物語《いせものがたり》は御館《みやかた》にをさまり、盗人蟹七《ぬすびとかにひち》は検非違使《けんびゐし》の聴《ちやう》[二]に引渡《ひきわた》されぬれば、今《いま》は此身《このみ》に罪《つみ》なしと御《み》ゆるしを得《え》て、家《いへ》に帰《かへ》りつるに、和君《わぎみ》の居《ゐ》給はざりしかば、そこよ爰《こゝ》よと尋《たづ》ぬるうち、母君《はゝぎみ》ふと御書置《おんかきおき》の、硯箱《すゞりばこ》の中《うち》にありしを見給ひ、歎《なげ》きかなしみ給ふ事大《おほ》かたならず、殊《こと》には己《おのれ》を救《すく》はん為御身《ためおんみ》を捨《すて》んと思《おも》ひ給はるは、余《あま》りといへば勿体《もつたい》なく、心《こゝろ》も空《そら》に走《はし》り廻《まは》りしに、天道《てんとう》[三]いまだ見捨《みすて》給はず、此六原《このろくはら》[四]に来《きたり》ける折節《をりふし》、これなる曲者《くせもの》を相手《あひて》に争合人有《あらそふひとある》を、近寄《ちかより》みれば爰《こゝ》にいます御方《おんかた》の下奴《しもべ》の人〻《ひと〴〵》、お染君《そめぎみ》の捕《とらへ》られたるを、「遣《や》らじ」と争《あらそ》ふなりければ、「様《やう》こそあらめ」と、己《おのれ》も倶《とも》に力《ちから》を添《そ》へ、終《つひ》に曲者《くせもの》を捕《から》[五]め揚《あげ》、叩《たゝ》きつ踏《ふみ》つ其故《そのゆへ》をとふに、苦敷《くるしく》やありけん、「我元《われもと》は呉《ご》服屋《ふくや》宗三郎《そうざぶらう》が手代《てだい》、丈八《ちやうはち》といへ

一 あちらこちら。「真名伊勢物語に遠近ををちこちとよめり」(倭訓栞)。

二 →四五八頁注六。

三 天の神仏。「俗に天日を天道といひ伊勢の外日ノ神を祭るを天道といふは浮屠氏の天道大日の称によれる也」(倭訓栞)。

四 六波羅のこと、鳥部野に近い。

五 捕えて縛る。

る者《もの》なるが、いかなる事《こと》にか、お染主《そめぬし》を思《おも》ひ初《そめ》てよりわすれがたく、是迄度〻《これまでたびたび》云寄《いひよる》といへどもつれなかりし故《ゆゑ》、所詮尋常《しよせんよのつね》の事《こと》にては我手《わがて》に入《い》らじと、其折《そのをり》を伺《うかゞ》ひ居《ゐ》たりしに、今宵《こよひ》はからず半九郎主《はんくらうぬし》と、手《て》引合《ひきあひ》て、行《ゆき》給ふを見付《みつけ》、時《とき》こそ得《え》つれと、跡目《あとめ》に付《つき》て此鳥《このとり》部野《べの》に来《きた》りしが、幸《さいはひ》傍《あたり》に人《ひと》もなく、終《つひ》にお染主《そめぬし》を奪去《うばひさり》て、是《これ》まで来《きた》る折《をり》ふし、是《これ》なる人〻《ひとぐ》に見咎《みとが》められて、斯《かゝ》る憂身《うきめ》を見たる也。哀今《あわれいま》より心《こゝろ》を改《あらた》め、情欲《じやうよく》を六立侍《たちはんべ》るまゝ、命《いのち》ばかりは助《たすけ》させ給へ」と、侘《わぶ》るにより、「扨《さて》は君《きみ》のおはせし所《ところ》も、汝《なんぢ》よく知《しり》つらん。案《あん》内致《ないいた》さば命助《いのちたす》けん」と、夫《それ》よりお染《そめ》ぬしを労《いたは》り慰《なぐさめ》て、爰《こゝ》に来《きた》れるなり」といへば、お染《そめ》は半九郎《はんくらう》が恙《つゝが》なかりしを悦《よろこび》て、嬉《うれ》し泣《なき》になく。母《はゝ》は傍《そば》にちかく寄《より》て、「何《いか》に半九郎君《ぎみ》よ。お染が母《はゝ》にて候へ。未《いま》だ逢参《あひまゐ》らせし事は侍《はんべ》らねど、謂《いはれ》を申さでは事《こと》わかるまじ。長物語《ながものがたり》なれど聞《きゝ》てたべ。抑《そもそも》先《さき》にお染和君《そめわぎみ》と夫婦《ふうふ》に成《なら》しめ玉《たま》へと、かき口説侍《くどきはんべ》れど、「戸波屋《となみや》の七若子《わくご》」といへるまゝ、心におどろき、其事《そのこと》を受引《うけひか》ざりし、謂《いは》れはもと、我〻《われわれ》も今宮《いまみや》の者《もの》にて、昔《むかし》は少《すこ》しの八田地《でんち》も持《も》てりしが、次第《しだい》に悪事《あしきこと》つゞきて貧《まづ》しきにせまる折《をり》から、妾《わらは》懐妊《くはいにん》して男子《なんし》を生《うめ》りしが、既《すで》に養《やしな》ひ育《そだつ》べき事《こと》も叶《かな》はず詮方《せんかた》なさに、其頃戸《そのころと》波屋《なみや》半《はん》兵衛君《ぎみ》の、家豊《いへゆた》かなるを見込《みこみ》て、九彼稚子《かのをさなご》を門《かど》に打捨置《うちすておき》、心《こゝろ》ならずも其夜《そのよ》一〇叶《かな》はぬ事有《あり》て、夫婦《ふうふ》京《みやこ》にのぼり、一一西京《にしぎやう》に家《いへ》かり求《もとめ》て住侍《すみはんべ》りしが、今宮《いまみや》に有《あり》し時《とき》には聊《いさゝ》か増《まさ》りて、其日《そのひ》を送《おく》る丈《だ》けはやすらかに成《なる》に付《つけ》、兎《と》角《かく》に親《おや》子の一二愛別《あひべつ》忘《わす》れがたく、浪花《なには》の人《ひと》としいへば、今宮《いまみや》な

六 断つ。「立」は当字。
七 若さま。「わくご 若子也」(倭訓栞)。
八 農地。地主で資産家であることをいう。
九 幼児。
一〇 (夜逃げするほどに)生活が不如意である。
一一 (京の片田舎である)西の京。
一二 「愛別離苦」という意。八苦の一で、愛する肉親に生別・死別する苦しみ。

る戸《と》波屋《なみや》半兵衛主を知《しり》給はずやと尋《たづね》しに、夫《それ》より五《いつ》とせへて、或人《あるひと》「しれり」といへりければ、先嬉《まづうれ》しくてよ所ながら、其児《そのこ》の事《こと》をとふに、彼人《かのひと》申けるは「去《さ》[一]やうなる事《こと》は聞《きゝ》侍《はんべ》らねど、今《いま》より五年《いつとせ》ばかり先《さき》の秋《あき》より、かゝる稚児《をさなご》こそ出来《でき》たれ」と申に、年頃恰好《としごろかつこう》まで能我子《よくわがこ》に似《に》たりしかば、半《はん》兵衛君《ぎみ》いまだ和子《わくご》[二]おはさずと聞《きゝ》しが、我子《わがこ》を拾《ひろ》ひ上《あげ》給ひ、和子《わくご》となし給へるに疑《うたが》ひなしと思《おも》ひ、漸《やう》〱心落居《こゝろおちゐ》ぬるが、其明《そのあけ》の年《とし》これなるお染《そめ》を出《しゆつ》産《さん》せしより、忘《わす》るゝとにはあらねども、自然物紛《しぜんものまぎれ》して、夢《ゆめ》のごとく経《へ》たりしに夫《おつと》なる者《もの》重病《おもきやまひ》にかゝりて、又《また》も家貧《いへまづ》しくなりて、余儀《よぎ》なくお染《そめ》を祇《ぎ》[三]園町《おんまち》なる何某《なにがし》に娘《むすめ》に遣《つかは》して少《すこし》の黄金《かね》をえて、夫《おつと》の介抱《くわいほう》[四]なすといへども、終《つひ》に其印《そのしるし》なくみまかり侍《はんべ》れば、弥《いよ》〱[五]たづきを失《うしな》ひて、朝夕《あさゆふ》の烟《けぶり》も細《ほそ》く、六年《むとせ》ばかり経《へ》しに、不計葛城丹司君《はからずかづらきたんじぎみ》、娘《むすめ》が身受《みうけ》なし給はり、己《おのれ》をさへ呼取《よびとり》て、何不足《なにふそく》なくなし給はり、夫《それ》より云ゝ《しか〱》の事《こと》にて、宗三郎君《ぎみ》より暇《いとま》を得《え》つる時《とき》、和君《わぎみ》の事を云出《いひいで》しかば、或《あるひ》はおどろき又《また》はかなしみ、現在《げんざい》の兄弟《おとゞい》とも不知《しらず》、悪《あ》しきことしたりと、思《おも》ひ侘《わび》ゐたる内《うち》、盗人《ぬすびと》の為《ため》に、身《み》を悩《なや》まされ、重《おも》き病《やまひ》となりしを、橘《きつ》六君《ろくぎみ》の情《なさけ》により、辛《からう》じて助《たす》かりしに、彼人其報《かのひとそのむく》ひに、「お染《そめ》を得《え》させよ」と宣《のたま》ふ儘《まゝ》、いと嬉《うれ》しくて、兎角《とかく》にお染《そめ》を云進《いひすゝ》め、和君《わぎみ》の事《こと》を思《おも》ひ絶《たえ》させんと、いふにいはれぬわりな[六]さを、心《こゝろ》に包《つゝ》み、漸《やう》ゝ〱、彼《かれ》[七]に受引《うけひか》して、橘《きつ》六主《ぬし》の方《かた》に至《いた》り、「娘《むすめ》の程《ほど》よく受引《うけひき》て侍《はんべ》るまゝ、ちかき内《うち》に送《おく》り奉《たてまつ》らん」と申入《いれ》しかば、彼君深《かのきみふか》く喜《よろこ》び、「能《よく》こそ計《はか》らひ給ひつれ」

一 底本のまま。「去」は「然」とあるべきところ、音による当字か。
二 若さま。「わくご 古語拾遺云、…今俗号二稚子一、謂二和可古一、是其転語」(倭訓栞)。
三 京の遊所。芸妓として売られた。「祇園町は祇園の西門より四条橋東の大路を云。此所を京師非官許遊女の魁とす」(守貞漫稿)。
四 病いの看護をする。
五 生活の手段。
六 割り切れなさ。
七 お染をいう。お染に承諾させて。

お染鳥部山《そめとりべやま》に
危難《きなん》にあふ処

とて、妾《わらは》を奥《おく》に呼入《よびいれ》させ給ひしかば、何《いか》なる御人《おんひと》にかと始《はじめ》てみえ参《まゐ》らすに、其面《そのおも》ざしいと能我子《よくわがこ》に似《に》たりしかば、心《こゝろ》に驚《おどろ》き怪《あやし》みながらも、早夫《はやそれ》よりは廿年計《はたとせばかり》も経《へ》し事《こと》なれば、今《いま》は形《やう》[一]こそかはりてあらめ、似《に》る者《もの》は世《よ》に有習《あるなら》ひと、心《こゝろ》に押込居《おしこめゐ》る物《もの》から、かぞへて見れば年比《としごろ》といひ、慥《たしか》に見覚《みおぼえ》ある、額《ひたひ》のほくろまで違《たが》はねば、そもいかにして京《みやこ》にさへ、ならびなき此山賀屋《このやまがや》に我子《わがこ》の来《きた》れるにやと、兎《と》ざま斯《かう》ざま思《おも》ひ廻《めぐ》らす内《うち》、年寄《としより》ては心《こゝろ》[二]さがなく、終《つひ》に打出《うちいで》[三]て、うら問《とふ》[四]に、橘《きつ》六主《ぬし》申給ふは、「己《おのれ》はもと津《つ》の国今宮《くにいまみや》にて、貰受《もらひうけ》しとは聞《きゝ》つる物《もの》から、粮親《やしなひおや》の殊《こと》に愛《いつく》しみ育《そだて》給へば、其心《そのこゝろ》に憚《はゞか》りて、え問《とひ》も奉《たてまつ》らざりしが、己《おのれ》十八のとし、父《ちゝ》なる人の病《やまひ》にかゝらせ給ひし時、枕辺《まくらべ》に呼《よび》て申給《たま》ふは、『今《いま》は我身《わがみ》も[五]黄泉路《よみぢ》に趣《おもむ》くと思《おも》へば、一通《ひととほ》り和主《わぬし》の素姓《すじやう》を申聞《きか》すべし』とて、傍《あたり》に有《あり》ける箱《はこ》の内《うち》より、我臍《わがほぞ》の緒《を》を出《いだ》して与《あたへ》給ひ、『其書《そのかき》つけ見《み》よ』と有《あり》しかば、よみて見《み》るに、津《つ》の国今宮《くにいまみや》の里《さと》、下瀬《しもぜ》長《ちやう》八とあり。その時父《ときちゝ》申給ふは、『その長《てう》八といへるこそ、汝《なんち》の生《うみ》の親《おや》なれ。謂《いはれ》は己《おの》れ十八年前《まへ》、[六]紀《き》の国《くに》に業《なりはひ》の事有《あり》て行《ゆき》しが、程《ほど》なく事果《ことはて》てかへるさ、[七]住吉《すみよし》に詣《まうで》てそこよ爰《こゝ》よと拝《をが》み廻《めぐ》りつるに、思《おも》ひしよりは隙取《ひまどり》て、既《すで》に日のくれなんとするにおどろき、たどる〳〵今宮《いまみや》まで来《きた》りし時《とき》、戸波屋《となみや》とかいへる門《かど》に、捨子《すてご》ありとて立騒《たちさわ》ぐを、何心《なにごゝろ》なく寄《よ》りてみれば、其愛《そのうつく》しさたとふるに物《もの》なく、頻《しきり》にいとをしくなりければ、幸《さいはひ》己《おの》れに子《こ》とてもなければ、日比《ひごろ》念《ねん》じ奉《たてまつ》る、住吉《すみよし》の御神《おんがみ》の与《あたへ》給ふならんと心《こゝろ》におもひ、漸《やが》て戸波《となみ》

一 顔かたち。「形」は意による当字か。「やうす …今案に様子の子は意義なし。只様の一字、今世にいふが如し。かくの如きさま、さうあるさまといふに同じ」(倭訓栞)。
二 意地悪くなって。
三 出しゃばって。
四 人の心の奥を探る。
五 冥途。
六 紀州。現在の和歌山県。
七 住吉大社。「住吉大明神 在二住吉一。社領二千百十六石。祭神四座、底筒男、中筒男、表筒男、神功皇后。摂社四十四社」(和漢三才図会)。

屋《や》に入《いり》て、其子《そのこ》を乞受《こひうけ》、夫《それ》より[八]八軒屋《はちけんや》の旅宿《りよすく》に入《いり》て、俄《にはか》に乳母《うば》を求《もと》め、其明《そのあけ》の日《ひ》[九]今居舟《いまゐせん》に乗《のり》て都《みやこ》にかへり、妻《つま》に有由《ありしよし》を語《かた》りて、其子《そのこ》をみするに、いと喜《よろこ》びて[一〇]養育《やういくせ》しは汝《なんぢ》也』と、語《かた》り給へるにぞ、漸《やう》やく我素性《わがすじやう》を知《しり》ぬれど、是迄《これまで》父母《ふぼ》の厚《あつ》き恵《めぐ》みは、生《うみ》の親《おや》にまさりて、深《ふか》かりけりと思《おも》ふに、弥《いよ〳〵》[一一]心《こゝろ》を懲《こら》して、介抱《みとり》奉《たてまつ》るといへども、終《つひ》に其年《そのとし》墓《はか》なく也《なり》給ひ、続《つゞ》きて母君《はゝぎみ》も無人《なきひと》と成《なり》給ひしかば、いとゞ力《ちから》なく責《せめ》て産《うみ》の父母《ちゝはゝ》の、御行衛《おんゆくへ》知《しら》まほしく、一昨年《をとゝし》の春今宮《はるいまみや》に至《いた》り、尋問《たづねとふ》といへども、今《いま》は戸《と》波屋《なみや》の家《いへ》さへ跡方《あとかた》もなくなりて、下瀬《しもぜ》長《てう》八といふ人《ひと》を、知《し》りつといふ人はあれども、其行衛《そのゆくへ》を知者《しるもの》なければ、泣《なく》〳〵都《みやこ》にかへりても、尚《なほ》なつかしく心苦《こゝろぐる》し」と語《かた》るにぞ、扨《さて》は我子《わがこ》と知《しり》ぬれば、「若其時《もしそのとき》に御身《おんみ》が産衣《うぶぎぬ》はかゝる色《いろ》にや。さる下着《したぎ》ならずや」といへば、「然《しか》り」と答《こたへ》て打驚《うちおどろ》き、「いかゞして御《おん》身《み》斯《かく》まで、委《くは》しきこと知《しろ》し召《めす》にや」と、問《とは》れてさすが恥《はづ》かしく、「いと[一二]面《おも》なけれど、御《おん》身《み》が母《はゝ》にて候へ」と、互《たがひ》に尽《つき》ぬ泪《なみだ》をしぼりしが、其時橘六《そのときき つろく》申しけるは、「知《し》らぬ事とて、お染《そめ》を我妹《わがいもうと》ともしらず、恋慕《こひしたひ》ぬる事《こと》の面《おも》なさよ。去《され》ど幸《さいはひ》にして枕《まくら》をかはさで、有《あり》しぞうれしき。いかで是《これ》より己《おのれ》が後見《うしろみ》なし奉《たてまつ》り、お染《そめ》も彼《かれ》が思《おも》ひの儘《まゝ》になし得《え》さし侍《はんべ》らん」と、語《かた》り出《いで》たる嬉《うれ》しさは、申迄《もうすまで》も侍《はんべ》らず。思《おも》ひもかけぬ物語《ものがたり》にて時刻《じこく》も移《うつ》りければ、さぞなお染《そめ》が待侘居《まちわびゐ》んと心付《こゝろづき》て、暇《いとま》を告《つげ》しに、「斯夜《かくよ》更《ふけ》て独帰《ひとりかへ》り玉《たま》はんは心元《こゝろもと》なし」とて、僕《しもべ》に灯燈《ちやうちん》もたして、自《みづか》ら送《おく》り[一三]給はりければ、道《みち》すがらも[一四]兎有《とあり》かゝりと昔語《むかしがたり》しつゝ、帰《かへ》り

八 浪速の天満橋と天神橋間の南岸をいう。淀川航漕の泊所。
九 一般に今井船という。今井道伴の創始した大阪・伏見間を往復した早船。
一〇 振仮名は底本のまま。
一一 心をこめて。「懲」は訓みによる当字か。
一二 面目ない。「おもなくて 無面目の義也。日本紀に慚愧安措をはづかしくおもないことゝよめり」(倭訓栞)。
一三 底本「り」を欠く。
一四 あのようなことがあった、このようなことがあったと。

てみればお染《そめ》はあらず。扨《さて》は橘《きつ》六主《ぬし》の義理《ぎり》にせまりて、家出《いへで》しつるにかと、心《こゝろ》ならず傍《あたり》をみれば、燈火《ともしび》のもとに書置《かきおき》あり。[一]こはしなしたりと、俄《にはか》に騒立《さわぎたち》て、己《おのれ》も橘《きつ》六主《ぬし》に誘引《いざなは》れて、有《ある》にもあられず尋廻《たづねめぐ》りしに、[二]端《はし》なく六原《ろくはら》にてとらはれ行《ゆく》にゆき合《あひ》て、与四郎主諸《よしらうぬしもろ》共《とも》、御身《おんみ》が上心元《うへこゝろもと》なく、斯《かく》は急《いそ》ぎ参《まゐ》れるなり」と、胸《むね》かき撫《なで》て語《かた》るにぞ、橘《きつ》六もにぢり出て、「只今母刀自《たゞいまはゝとじ》の申給ふごとくに侍《はんべ》れば、今《いま》は御身《おんみ》も余所人《よそびと》とは思《おも》ひ奉《たてまつ》らず。いかにも御身《おんみ》の上《うへ》の事《こと》は、己《おの》が心《こゝろ》の限《かぎ》り取扱《とりあつか》ひ申べければ、御心《みこゝろ》やすく思《おぼ》し給へ」と、兎角《とかく》に云慰《いひなぐさむ》れば、半九郎《はんくらう》は只夢《たゞゆめ》の心地《こゝち》して、喜《よろこ》ぶ事限《かぎ》りなく、「さては己《おのれ》も死《しぬる》に及《およ》び侍《はんべ》らず。今宵斯思《こよひかくおも》ひ立《たち》しも、与四郎《よしらう》が上《うへ》に事《こと》なからん為《ため》なれば、此上《このうへ》は橘《きつ》六ぬし、能《よき》に物《もの》し給へ」と、云折《いふをり》しも、明《あけ》ぬと告《つぐ》る村鳥《むらとり》[三]の、三《み》つ四《よ》つふたつ啼《なき》わたるに、「こはおもはずなる長物語《ながものがたり》に、早夜《はやよ》も明《あく》るに近付《ちかづき》ぬれば、いざ〳〵帰《かへ》らせ給ふべし」といふに、彼丈《かのじやう》八は先程《さきほど》よりの物語《ものがたり》を傍《かたはら》に聞居《きゝゐ》たりしが、頻《しきり》に後悔《かうかい》[四]せるさまにて泪《なみだ》をながし、南無阿弥《なむあみ》陀《だ》仏《ぶつ》と称名《しやうめう》をとなへつゝ、いと面《おも》なげに申けるは、「いかに半九郎君《はんくらうぎみ》よ。今更《いまさら》申も恥《はぢ》[五]かゝやかしなれど、己《おのれ》こそ荻《をぎ》が従弟《いとこ》のなれる果《はて》にて候。さんげの為罪亡《ためつみほろぼ》しと聞《きか》し給へ」と、目《め》をしばたゝきて、「君《きみ》も知《しろ》し給ふごとく先《さき》に荻《をぎ》を祇園町《ぎおんまち》に売《うり》しより、又〻《また〳〵》浪花《なには》にくだり、和君《わぎみ》が東《あづま》のかたへ行《ゆか》せ給ひし跡《あと》にて、荻《をぎ》を無躰《むたい》に、人の隠妻《そばめ》[六]となして、黄金《こがね》得つるが、荻《をぎ》はさる身《み》をかなしみ歎《なげ》き、終《つひ》に喰《くいもの》を立《たち》て、物病《ものやみ》のごとくなり、墓《はか》なくなりけ

一 これは大変なことになってしまった。
二 偶然に。
三 群鳥。「むらとり 万葉集に村鳥と書り。群鳥の義なり」（倭訓栞）。
四 振仮名が「ほうかい」と読める。訂す。
五 恥の上ぬり。
六 妾。

ると聞《きゝ》し時《とき》は、さすがにいとほしと思《おも》へど、猶心《なほこゝろ》の悪性《さがなさ》[七]やまず、其金《そのかね》をも夢《ゆめ》の間《ま》に遣《つか》ひはたして、身《み》の置所《おきどころ》なくさまよふうち、世話《せは》なす者《もの》ありて、呉服屋宗三郎主《ごふくやさうざぶろうぬし》の方《かた》に、奉公《はうこう》せし折《をり》から、風《ふ》とお染《そめ》ぬしをみ初参《そめまゐ》らせしが迷《まよ》ひとなりて、爰《こゝ》をも無程追出《ほどなくおひいだ》され、後《のち》は弥《いよ〳〵》よからぬ事のみして、其日《そのひ》をおくるうちにも、忘《わすれ》がたきはお染主《そめぬし》にて、いかで一度《ひとたび》は思《おも》ひを晴《はら》さんと伺《うかゞ》ふうち、はからず今宵《こよひ》の首尾《しゆび》を得《え》て、心《こゝろ》に悦《よろこ》び引《ひき》かたげて、逃走《にげはし》りしを、見咎《みとがめ》られて、是等《これら》の時宜《しぎ》[八]に及《および》たるなり。思《おも》ひ廻《まは》せば恐《おそろ》しく、かゝる業《わざ》して世《よ》をふるならば、終《つひ》に公聴《おほやけ》[九]に洩聞《もれきこ》え、二《ふた》つなき命《いのち》を失《うしな》ふべきに、幸《さいはひ》人〻《ひと〴〵》の御目《おんめ》にかゝりて、危《あやふ》き命《いのち》を拾《ひろ》ひつる。折《をり》も折《をり》とて和君《わぎみ》に見《み》え奉《たてまつ》り、はからず荻《をぎ》が上《うへ》をおもひ出て、かなしみに堪《た》へず、心爰《こゝろこゝ》にひるがへりて、頻《しきり》に仏心生《ぶつしんしやう》じぬれば、是《これ》より己《おのれ》は姿《すがた》を替《かへ》て、荻《をぎ》が菩提《ぼだい》の為《ため》、抖擻行脚《とそうあんぎや》[一〇]の身《み》と成《なり》て、来世《らいせ》の苦患《くげん》[一一]助《たす》からん」と、我髪《わがもとゞり》をふつと切《きり》、皆〻《みな〳〵》ニ暇《いとま》を告《つげ》て、立去《たちさり》ければ、与四郎は半九郎をすゝめて、「家刀自《いへとじ》[一二]の嘸《さぞ》かし案《あん》じおはすらん。いざ諸共《もろとも》に」と、漸《やが》て打連立《うちつれだち》て帰《かへ》[一三]るに母《はゝ》は寝《ね》もやらず、楚山《そざん》[一四]の猿《ましら》の腸《はらはた》を絶《たつ》思ひにて門《かど》に立明《たちあか》しける事《こと》なれば、半九郎《はんくらう》が恙《つゝが》なきをみて、喜《よろこ》ぶ事大《おほ》かたならず、斯《かく》て与四郎有《あり》し事共《ことども》を告《つぐ》れば、橘六《きつ》も云〻《しか〴〵》なる由《よし》をいひて、此序《このついで》にお染《そめ》が縁談《えんだん》の事もゝふ[一五]に、母《はゝ》は大に悦《よろこ》び、頓《とみ》に事調《とゝのひ》ければ、皆〻《みな〳〵》ことほぎつゝ別《わかれ》を告《つげ》て立帰《たちかへ》りぬ。

かゝる所《ところ》に裏松《うらまつ》の御館《みやかた》より、御使者《おんししや》きたりて、「先達《さきだつて》而経宗卿《つねむねきやう》、御懇望《ごこんもう》に依《より》て、汝《なんち》が

七 意地悪さ。「さがなし 神代紀に悪ノ字不祥ノ字不良ノ字などよめり。無レ善の義也」(倭訓栞)。

八 「時宜」は訓みの当字か。「仕儀」の意。

九 お上。

一〇 僧体となって行脚すること。底本は「脚」の字が「胇」と見える、「却」の草体を誤るか。

一一 地獄の苦しみ。

一二 底本は「家刀自(いへとじのⅹ)嘸(ぞき)」。訂す。

一三 「家に帰(か)(へ)る」とでもあるべきところ、「に」の前後が広くあいていて誤刻かと思われる。

一四 中国楚の地方の山。猿が腸を絶つというのは悲しみの情を表す。「江従ニ巴峡一始成レ字、猿過ニ巫陽一始断レ腸」(白居易・送ニ蕭処士遊ニ黔南一詩)。

一五 底本のまま。「もふ」は「まう」の読みか。申す。

半《はん》九郎再《ふたゝ》び
家栄《いへさか》えて
浦松家《うらまつけ》より
黄金《こがね》をたまふ処

家《いへ》に伝《つた》はる、小《を》倉《ぐら》の色紙《しきし》と、行成卿《かうぜいきやう》の書《か》ゝせ給へる伊勢物語《いせものがたり》と、引《ひき》かへて借受《かりうけ》給ひしが、此度叡覧有《このたびえいらんある》により御館《おんやかた》に取《とり》かへし給ひしかば、彼色紙《かのしきし》返済有《へんせいある》べきなれども、兎《と》角《かく》に惜《を》しみ覚《おぼ》し給ふにより、其代《そのかは》りとして黄金千両《こがねせんりやう》を下《くだ》し賜《たま》はるまゝ、忝《かたじけな》ふ御受《おんうけ》いたさるべし」と有《あり》ければ、皆《みな》〳〵大《おほい》に[一]喜《よろこ》びて辱《かたじけ》なき由御請《よしおんうけ》なして、御使《おんし》者《しや》を返《かへ》し奉《たてまつ》りぬ。

斯《かく》て日《ひ》ならず橘《きつ》六が方《かた》より、お染《そめ》が[二]拵《こしら》へ残《のこ》るかたなく[三]取繕《とりつくろ》ひて、おくりければ、やがて彼千両《かのせんりやう》の金《かね》を《以》もて新《あらた》に、家屋《いへや》敷《しき》を買調《かいとゝの》へ、是迄《これまで》のごとく薬商《くすりあきな》ひを始《はじめ》けるに、橘《きつ》六が方《かた》よりは、猶其足《なほそのたら》はぬ所《ところ》を助《たす》け、つくのふ程《ほど》に、日《ひ》増《まし》に家富栄《いへとみさかえ》ていと豊《ゆたか》に也けるが、或夜《あるよ》の夢《ゆめ》に荻《をぎ》が無魂出《なきたまいで》て、さも喜《よろこ》べる様《さま》して申けるは、「わなみ世《よ》に有《あり》し時《とき》は、先《さき》の世《よ》の宿《すく》縁《えん》あしく、君《きみ》にはかなく別参《わかれまゐ》らせしかども、いかで今一度逢《いまひとたびあひ》み奉《たてまつ》らんと思《おも》ひし心《こゝろ》のお染《そめ》君《ぎみ》に付添《つきそひ》、終《つひ》に其念《そのねん》[四]はれて、今《いま》は仏果《ぶつくは》[五]を得《え》侍《はんべ》れば、乍此上《このうえなが》らお染君《そめぎみ》と行《ゆく》する長《なが》く、添《そひ》とげ給へ」と、云《いふ》かとおもへば夢覚《ゆめさめ》ぬ。かゝればお染《そめ》も一《ひと》かたならず、荻《をぎ》が跡弔《あととぶ》らひ物《もの》するにぞ、次第《しだい》に克事続《よきことつゞ》きて、目出度栄《めでたきさかえ》をなんなしけるとぞ。

斯《かく》て与四郎は、半九郎が弟《をとうと》となして分家《ぶんけ》なさしめけるに、彼《かれ》が誠心天理《せいしんてんり》に叶《かな》ひけるにや、さきに淀《よど》にて葛城《かづらき》が下男《しもをとこ》に、猿《さる》を救《すく》はん為薬《ためくすり》を与《あた》へつる処《ところ》、其《その》くすり功能速《こうのうすみやか》なりけるにより、猶残《なほのこり》あるを大切《たいせつ》になし置《おき》けるが、近《ちか》き比宗三郎《ころそふざぶらう》大《おほい》に誤《あやま》ちして、悩《なや》みけるを、丹司彼薬《たんじかのくすり》を思《おも》ひ出《いで》て用《もちふ》るに、早功《そくこう》[六]ありければ、大《おほい》に喜《よろこ》び、「誠《まこと》にかゝる妙薬《めうやく》は貯置《たくはへおく》にし

一 底本、「喜(ろ)ひて」。
二 嫁入り用の諸道具。
三 取り揃える。
四 執念。
五 成仏の証。
六 即効。

かじ」と、与四郎が行方《ゆくへ》を尋《たづ》ね買求《かひもとめ》けるが、夫《それ》よりして其薬《そのくすり》の徳高《とくたか》[一]く成《なり》て、未《いま》だ与四郎が分家《ぶんけ》なしてより、三年立《みとせたゝ》ざるに、其薬《そのくすり》を争《あらそ》ひ求来《もとめく》るもの、門《かど》の外《と》に市《いち》をなしければ、次第《しだい》に家栄《いへさか》へて、世《よ》に与四郎薬《ぐすり》と賞《しやう》しあへり。

扨《さて》また橘《きつ》六は、母《はゝ》を我方《わがかた》に引取《ひきとり》て、いとまめやかに仕《つか》へけるが、其後浪花《そののちなには》の方《かた》より、よき嫁《よめ》を得《え》て、弥《いよ〳〵》半九郎が家《いへ》と親《した》しく交《まじ》はりけるとぞ。然《しか》るに前《さき》の夜《よ》、お染《そめ》半九郎があつらへ置《おき》し、石碑《せきひ》夫《それ》の日《ひ》に出来《いでき》て、彼《かの》さし図《づ》なし置《おけ》る、鳥部山《とりべやま》に斯《かく》のごとく建《たて》たるを見《み》て、世《よ》に情死《じやうし》せりと思《おも》ひ、二人《ふたり》が上《うへ》を専《もつぱ》ら取沙汰《とりざた》せしを、後《のち》おもひあやまりて、鳥部《とりべ》[二]山《やま》といへる謡曲《ようきよく》を作《つく》り著《あらは》せる也と、語《かた》る人《ひと》あるを聞《きく》まゝに斯《かく》はしるす

鳥辺山調綫《とりべやましらべのいとみち》巻之五大尾

一　名声。

二　お染半九郎の鳥辺山心中を題材とした上方唄「鳥辺山」(「糸のしらべ」〈寛延四年正月刊行〉などに所収)を指す。「謡曲」というのは能楽を指すのではなく、近世の俗曲を指すか。

編述　鶴鳴堂主人
出像　一楊斎正信

文政八年乙酉春正月吉旦発兌

刊行
京都寺町通御池下ル　三木太郎左衛門
同　三条通麩屋町　吉野屋仁兵衛

書肆
江戸日本橋砥石店　大坂屋茂吉
大阪心斎橋通北久太良町　河内屋儀助

解説

読本大概

横山邦治

一 大概

ここに説く読本は、もう半世紀近く昔のことになるが、戦前の小学校国語の国定教科書を呼ぶ「とくほん」ではなく、「よみほん」と訓む。この「よみほん」と訓む読本の大概は、読本の興亡の歴史と生涯を共にしたと言える曲亭馬琴の稿本『近世物之本江戸作者部類』に尽されていると言ってよい。「江戸」と言い、「作者部類」と言うのであるから、都賀庭鐘以来の上方の読本も作者も無視されているし、作者そのものに即き過ぎて自己を語るに偏する傾向があるけれども、読本創りの当事者たる馬琴の実体験に即した記述だけに、迫真性に富んで多くの情報を伝えてくれるのである。

読本の名義について「今より百年あまり已前世俗なべて冊子物語を物之本といひけり」と説き始めて(以下断りなしの「　」引用は、木村三四吾編『近世物之本江戸作者部類』からのものである)「又近来は読本といふ」と短絡し、「文を旨として一巻にさし画一二張する冊子は必読むへき物なれは画本に対《むか》へてよみ本といひならはしたり」と説く。

絵本に対しての読本という理解は正しいようで、中村幸彦先生が八文字屋本を「よみ本」と呼んだ具体例として指摘された『自笑楽日記』(自笑・其笑、延享四年刊)の巻一巻末広告では、祐信筆の『絵本花の鏡』(多田義俊、延享五年刊)を「絵本」と呼び、浮世草子の『彩色歌相撲』(其笑・瑞笑、延享四年刊)を「読本《よみ》」と呼んでいることでも明らかである。この「読本」の称は、今言う八文字屋本の浮世草子を呼んだのであるが、現今我々が読本と呼ぶ作品群を「よみほん」と呼ぶに至るには、それなりの歴史が必要であった。

現今の読本が、自らを「よみほん」と呼んだ所見初出例は、『燈下戯墨玉之枝』(森羅子、享和二年刊)の見返しに見られる「此小説《このよみほん》は少壮年《わかざかり》の人情《にんじやう》に…」なのであるが、漢臭ある「小説」という語に「よみほん」と振仮名しているのであって、素直に読本と表記してはいない。これは、読本の発生——それは『古今奇談英草紙』(近路行者、寛延二年刊)としても、『本朝水滸伝』(建部綾足、安永二年刊)としても同じことである——の当初から色濃い中国尊しとする風が、ここに反映していると言えるのである。「小説」のみではない、「綺談」「稗史」「稗説」「戯墨」など多彩な用語を「よみほん」と訓ませているのである。こうした出自にかかわるこだわりを捨象して、今の読本の名称が定着するためには、読本が歴史の証人になりおおせる明治という時代まで待たねばならなかった。明治二十三年(一八九〇)四月刊の関根正直の『小説史稿』の中に、「読本は遠く演義の史より伝統せる…」と説いてから、「読本」の用語は寛延二年(一七四九)以降幕末に至る約百二十年の間に出板し続けられた一群の読物を呼ぶに定まったのである。

蜀山人の『一話一言』で指摘されて以来、読本の始祖とされる都賀庭鐘の『古今奇談英草紙』は半紙本五冊である。読本の代表作とされる曲亭馬琴の長編続きもの読本である『南総里見八犬伝』も初輯は半紙本五冊である。物之本と呼ばれる近世の主立つ書物の多くが大本であるに対して、読本の過半は半紙本型の体裁で五冊本が基本であった。「読む」の便を優先した本の型であったろうが、読本と呼ばれる戯作全てが半紙本というのでもなかった。大本もあれば中本もあったし、冊数も五冊一定というのでもなかった。

読本は一般に、『忠臣水滸伝』(山東京伝、前編・寛政十一年刊)の出板を期として、前期(初期・上方・発生期などとも呼ぶ)読本と後期(江戸・展開期などとも呼ぶ)読本に大別して論じられる。この前期読本と後期読本の弁別する外形的特長は、京伝の『忠臣水滸伝』の創始による巻頭の口絵の有無に求められる。これは天才的趣向家京伝の創意であるべく(前期読本に入るかどうか、片仮名交り文の仮作軍記『小栗実記』〈畠山泰全、享保二十年刊〉などにその先蹤らしきはある)、これ以後出板された読本は、それぞれその本並みの趣向を凝らした口絵が必ず巻頭を飾っていたのである。前期にはそうした外形的デザインに意を用いている様子が見られず、一般に紺表紙五冊の質朴な感じのものが基本的である。

ところで中本型の読本は、前期の末年である天明元年(一七八一)に刊行された『敵討連理橘』(容楊黛)から幕末の切附本に至るまで断続的に出板されている(高木元「中本型読本書目年表稿—天保期まで—」〈『近世文芸』44　昭和61年6月〉、「末期中本型読本書目年表稿—弘化期以降—」〈『近世文芸』46　昭和62年6月〉参照)が、前期には数部を見るに過ぎず、寛政十一年(一七九九)をもって前期と後期の境界とするのは適切でないかも知れない。中本の前期と後期と言えば、むしろ文化末年(—一八一八)の空白期を境界とすべきであったろう。そして冊数も一部一冊から五冊まで多様で、むしろ五冊以下の少冊数が当然で、それが中本の特性——書肆にとって小資本で簡便に出板できるという——を反映しているようであった。

中本に対して大本と半紙本とは、寛政十一年を境界とする前期と後期の弁別が可能であり、その弁別は同時に読本の性格の違いをも際立たせるもののようでもある。

大本型の読本の前期と後期の弁別で言えば、前期読本の大本は、勧化もの（『刈萱道心行状記』〈含蓮舎門誉、寛延二年刊〉のような片仮名交り書きの五冊本で長編仏教説話と呼ばれているもの）と史伝的読本（読本に類別するには論あるところながら『通俗酔菩提全伝』〈三宅嘯山、宝暦九年刊〉のような中国種の翻訳・翻案で片仮名交り書きの五冊もしくはその倍数の十冊本で通俗ものとでも称するものから、『坂東忠義伝』〈三木成久、安永七年刊〉のような十冊本が基本の戦記ものなど）であり、後期読本の大本は、図会もの（『源平盛衰記図会』〈秋里籬島、寛政十二年刊〉から始まって幕末まで断続的に出板された五冊本が基本である「…図会」と題名にあるもの）とそれに類する史伝的読本（『絵本玉藻譚』〈岡田玉山、文化二年刊〉のような五冊本が基本のもの、前期読本の史伝的読本と性格は一にすると言えようか）に限定される。

これら大本と中本を除いた読本は、それが読本の過半を占めるのであるが、半紙本である。半紙本型の読本の前期と後期の弁別で言えば、前期読本の半紙本は、奇談もの（『古今奇談英草紙』のような奇談・怪談の短篇小説の集成で、多く紺表紙の五冊本で、これが前期読本の過半を占める）と俗な史伝的読本（『和州非人敵討実録』〈多田一芳、宝暦四年刊〉のような実録種の五冊本と『湘中八雄伝』〈聚水庵壺遊、明和五年刊〉のような主として水滸伝など中国種の翻案である五冊本、ともに長編小説の形式である）であり、後期読本の半紙本は、稗史もの（『忠臣水滸伝』〈山東京伝、前編・寛政十一年刊、後編・享和元年刊〉を始めとする多くの読本で、長編小説の形式の五冊本である）と絵本もの（『絵本忠臣蔵』〈速水春暁斎、前編・享和元年刊、後編・文化五年刊〉のような題名に多く「絵本…」とあるもので、長編小説の形式で五冊の倍数の十冊本であることが多い）とである。

読本の冊数から見ると、冊数の少い中本は別として、五冊本が基本で、史伝的なものや実録的なものに五冊の倍数の十冊本があるというのが一般である。この規範は、当代人にとっては相当に意識的強制力があったようで、六冊分の内容がある時には巻五を上下に分冊している例を散見するし、冊数の少い中本を半紙本にして再板する時には無理に五冊に分冊して出板している例も多い。当代の戯作者にとって、読本を執筆するに際して、五冊分だけのものを創ればいいという目途のごときがあったであろう。

このような読本の分類の在り様をかつて提示したことがある(拙著『読本の研究』〈昭和49年4月〉序章第三節参照)。次に再提示する。

発生期読本(前期読本)

一、奇談もの　二、勧化もの　三、実録もの　四、水滸伝もの

展開期読本(後期読本)

一、稗史もの(イ、仇討もの　ロ、お家騒動もの　ハ、巷談もの　ニ、伝説もの　ホ、史伝もの)　二、中本もの

三、絵本もの　四、図会もの

稗史ものというのは、京伝・馬琴の競合によって成立していった本格的な読本を当代の代表的用語で示したものであるが、その下位分類として六つの分類項目が提示してある。数的にも圧倒的に多い稗史ものを分析的に把握するために、従来の研究成果を踏まえながらその素材の内容によって分類してみたものである。『忠臣水滸伝』もそうであったように、享和年間(一八〇一—四)から文化初年(一八〇四—)にかけて仇討話が流行する、その仇討話がお家騒動話や巷説・伝説を取り込みながら解体し、やがて長大な史伝の中に集大成されていくというのが、稗史ものの流れのようで

ある。とすれば、この下位分類も有効ということになろうか。この下位分類は絵本ものなどにも適用でき、絵本もので言えば、イ、仇討もの　ロ、お家騒動もの　ハ、史伝もの、とあり得るが、量的にさほどのこともないので、そこまでの下位分類には至らない。

これらの読本の出板は、前期読本について見れば多く上方書肆の手にかかっている。後期読本について見れば、稗史もの・中本ものは多く江戸書肆が主導権を握って出板しているようであるし、絵本もの・図会ものは過半上方書肆によって出板されていると言っていい。刊記を見ても三都書肆の名前が連記してあるのが多いのであるから、一概にこれは上方書肆でこれは江戸書肆だと決めつけるわけにはいかないのであるが、上方読本・江戸読本という大分類をした例もあることとて、一応の傾向としては認識しておいてよいであろう。

二　前期読本

寛延二年(一七四九)に『古今奇談英草紙』が出板されてから寛政十一年(一七九九)の『忠臣水滸伝』が出板されるまで、約五十年間が前期読本の時代である。

『近世物之本江戸作者部類』で馬琴は、建部綾足の『本朝水滸伝』を「実に今のよみ本の嚆矢也」と賞揚する。出板書肆が「京の書肆」(刊記には三都九書肆の連名であるが、見返しに「京都　書林　発行」とあって、京都の書肆板行であることは確かである)であることを承知の上で、「綾足か京に在りし日に作りたるとは定めかたかり」と説き、「もし又京師に在りし折件の冊子を綴るとも綾足は京の人にあらす故郷は奥の南部にて江戸に流寓しぬる日も一朝の事ならねはこを江戸作者の部類に収めて巻頭に録するとも甃とすへからす」と強弁するのである。『本朝水滸伝』こそ、馬琴にとって「水滸伝を剽竊模擬して天朝の古言をもて綴りたりこれらをこそ国字の稗説といふへけれ」と称すべきもので、馬琴の理想する読本の「嚆矢」であったし、そうであればこそ強弁を重ねてまで、江戸の読本作者部の筆頭に持ち出したかったのであろう。

上田秋成も椿園主人(『坂東忠義伝』を椿園主人作と誤っている)も、更には都賀庭鐘も「大約この二三の才子は竊に唐山の俗語小説を我大皇国《オホミクニ》の故事に撮合して綴りたるその着筆浅井了意か剪燈新話を翻案して御伽母子の一書となしたるにおなししかれとも件の作者等は江戸人にあらされは敢この部類に収めすさはれ此彼比校の為に只崖略を録するのみ」と記すのみで終る。馬琴にとって彼らは、中国白話小説の翻案者としては印象されるのであるが、それは「国字の稗説」でも「今のよみ本の嚆矢」でもなかったのである。確かに椿園主人の『西剣奇遇』(安永八年刊)と『女水滸伝』(天明四年刊)の両作を除いて、馬琴の言う二三の才子の戯作は短篇小説の集成であって、馬琴の説く「国字の稗説」とは異なっている。これは同じように中国白話小説を種としながら、前期読本と後期読本との翻案姿勢の違いでもある。

しかし一応馬琴の読本という視野の中に、この「二三の才子」の戯作は入っているのであるが、馬琴が十分認識していながらその視野から欠落しているのが、現在の読本の年表の中に多く集載されている、勧化ものであり、実録ものであり、そして通俗ものである。前期読本の読本像というのは、一つの像に収斂しにくいほどに多様なのである。談義本とか、洒落本とか、黄表紙とか、新しい意匠を凝らした戯作が姿を現したと同じように、後に読本と呼ばれる戯百科全書的と評される享保の改革以降の時世相を背景にして、戯作界でも多種多様な試みが活発に行なわれた。談作が多様な姿を現したのである。その実態は、中村幸彦「読本発生に関する諸問題」(『国語国文』昭和23年9月、『近世小説史の研究』『中村幸彦著述集第五巻』所収)に即けばよい。ここでは、従前の小説年表類に載っていない沢山な読物(例えば写本で読まれていた多様な事件の記録という実録とか、片仮名交り文という点では勧化ものと共通する『大友真鳥実記』〈畠山竹隠斎、元文二年刊〉のような仮作軍記とかなどなど数多い)が、読本の発生に関しては複雑に関与していたことを再認識しなくてはならないと指摘するに止める。山口剛「読本の発生」(『文学思想研究』大正15年11月)以来説かれる、読本の発生と成長は中国白話小説に影響されたものであるとの論は、それなりに尊重し続けなくてはならないが、それだけではないことも常に念頭にしておかなくてはならないのである。

寛政の改革という歴史的な政治変動が、この前期読本の末期に起きている、この寛政の改革が戯作界に与えた影響について、洒落本や黄表紙の流れの中では大きく論じられるのが常である。松平定信の老中就任が天明七年(一七八七)、将軍補佐となるのが翌八年、寛政異学の禁が発布されて聖堂で朱子学以外の異学を講ずるを禁じられると同時に、風俗のために宜しからざる出板物取締令が発せられるのが寛政と改元して翌年の寛政二年(一七九〇)の五月、更に重ねて十月その取締りは厳しさを増すのである。寛政三年には、再犯(石部琴好作『黒白水鏡』寛政元年刊の画工として寛政二年に科料)ということもあってか、山東京伝は洒落本執筆が忌諱に触れて手鎖五十日という厳刑に処せられる。そして寛政五年七月、定信は老中の職を解かれて、寛政の改革は一応終熄するのである。この間数年、読本の世界では少くも表面的に何の異変をも感じ取れないのが実態である。中国臭あって勧懲の意なきにしもあらずという前期読本であってみれば、官憲取締りの目も厳しくないのが当然であったろうか。山東京伝の読本初作とされる『通俗大聖伝』(寛政元年刊)とて、時期的に見て迎合出板というのでもなかったようである。『近世物之本江戸作者部類』の評に

「当時洒落本を綴りて名たゝる戯作者に孔子の一代記を誂へしはふさはしからぬに時好にかなふへきものならねはいかはかりも売れさりけり」とあるが、京伝がここで読本らしきを執筆していたことは、「天明の季の比麹町善国寺谷なる書賈の需に応し」という他動的なものであったにしても、新しい読本展開の予兆として賀すべきことであったかも知れないのである。

三　後期読本

寛政十一年に『忠臣水滸伝』が出板されてから幕末に至る、約七十年間が後期読本の時代である。

京伝の『忠臣水滸伝』が後期読本の魁であり画期的存在であることは諸家の認めるところ、忠臣蔵の世界に水滸伝を趣向して長編仕立てにするという手法の確立、勧懲の理念の意識的導入、中国白話の影響も受け入れた和漢混交の唱するに足る文体の創造、書肆・絵師の協力あって斬新なデザイン感覚を生かした装丁や口絵・挿絵などいう外装の目新しさ、これらは前期読本の長を採り短を捨てて新しい時代を画するにふさわしい作柄のものであった。このような勧懲の意を示す読本を創ったのは、手鎖五十日の刑に恐懼した京伝の反省の姿勢を示すのかどうかは別として、洒落本や黄表紙でその才気縦横の筆を発揮するのを阻まれた京伝が、新しい活路として求めたのだとしたら、寛政の改革も読本界にとっては効用があったと皮肉でなしに言えるのである。『通俗大聖伝』で小手調べをしている（馬琴によれば「弟京山か相四郎と呼れし比手伝して孔子家語及《また》礼記なとより孔子の事実を抄録しやりて和文もて綴りたるに…」というのであるから、洒落本や黄表紙作りの余業として弟京山の手伝いで作ったもので、「いかはかりも売れさりけり」であっても左程気にはしていなかったろう)ことであれば、戯作者としての命運をこの読本にかける思いであったかも知れなかった。書肆側としても例えば馬琴のようないまだ山のものとも海のものとも判らない戯作者に、『高尾船字文』(寛政八年刊)のような中本なら依頼しても、資本のかかる半紙本型の読本作りは依頼し得なかったのではないか、それより京伝の可能性にかけるのが危険性が少いと計算したのではなかったか。それかあらぬか「かゝれは綾足か本朝水滸伝有りてより以来かゝる新奇の物を見すといふ世評特に高かりしかは多く売れたり」ということとなり、これ以後江戸も上方も翕然として『忠臣水滸伝』風の読本作りにはげむこととなるのである。

中村幸彦「読本展回史の一齣」(『国語国文』昭和33年10月)に、この間の江戸と上方の書肆の動静について詳細な追跡分析があるのでそれに譲るとして、ここでは『忠臣水滸伝』の出板に触発されて企画されたらしい『絵本忠臣蔵』前編十冊の出板状況については触れなくてはなるまい。『享保以後大阪出版書籍目録』によると、

絵本忠臣蔵　五冊／画工　荒田屋栄二郎(北鍋屋町)／板元　扇屋利助(百貫町)／出願　寛政十一年十一月／許可
寛政十一年十二月二十七日

とある、画作者は速水春暁斎であることは初刷本刊記でも明らかであるが、ここに見られる荒田屋栄二郎については未調、ここで注目したいのは願出の日付である。寛政十一年十一月の願出と言えば稿本を付してのこと、『忠臣水滸伝』が出板された寛政十一年初春から即日刊行準備にかからなくてはならなかったであろう。ここには五冊とあるが実際は十冊本、いかに実録という既成の写本があったとしても、出板願出の稿本を作成するまでには、当代のお触れに抵触しないように少くも人名・地名・年次などには手を加えないといけないし、口絵や挿絵も、序文も恐らく書き加えなくてはならず、相当にきびしい日程をこなしたはずである。さらに寛政十一年の末に許可になって、「寛政十

二年庚申初夏刻成」(『絵本忠臣蔵』前編初刷本刊記)という時点で出板するには、これまたきびしい日程をこなさなくてはならなかったであろう。願出書肆は扇屋利助であるが、刊記を見ると江戸の書肆名は全く見られず、浪速書肆五軒、京都書肆八軒の連名となっており、上方書肆の大同団結という感すらあって、江戸書肆の『忠臣水滸伝』出板という挙に対する危機意識が感得できるのである。それまでの江戸書肆は、洒落本とか黄表紙とかで大活躍ではあったけれど、これらは物之本と言えるものではなく、上方書肆の縄張りを荒すものではなかった。そこに堂々たる半紙本の読本出現で、しかも「売れたり」というのであってみれば、上方の書肆として対抗策を講じなくてはならなかったのであろう。とは言っても専属雇傭制という体制で作者養成を怠っていた上方書肆のこととて、自由契約制で戯作者続出の江戸書肆の在り様に即応することは不可能で、少し筆まめな絵師に依頼して短兵急に同題材の実録の焼直しをしなくてはならなかったのである。速水春暁斎だけではなく、岡田玉山などいう絵師もこの時期に動員されている(稿本は武内確斎という三島門の奇人が書いたのもあると伝える。『京摂戯作者考』)。上方における絵本もの多出の始まりである。

こうした流れの上に、図会ものと呼ぶ一群の大本型の読本が出板されている。それは秋里籬島の名所図会の盛行にあやかろうという、上方書肆の窮余の一策であった。大本で相当に部厚いものばかりであるから、資金投入に対する回収率が果してどうであったろうか。実録種の絵本ものは、お家騒動などは身分高き人々の秘事を知るとの下司の興もあって相当にさばけたかと思われるが、図会ものが名所図会ほどに歓迎されたということは記録されていない。ともあれ『聖徳太子伝図会』(西村中和、文化元年刊)で一応図会ものは出板されなくなっているのである。

上方と江戸の書肆の間に見られる対抗意識の例を見てきたが、中村幸彦先生はまだまだ多くの例を指摘しておられる。ここでは更に『絵本忠臣蔵』後編十冊の出板の様子を見てみよう。例によって『享保以後大阪出版書籍目録』を検するに後編を検出し得ない。『享保以後江戸出版書目』を検するに、「文化五年十一月八日不時」の「春掛り行事」に、

絵本忠臣蔵前編全十冊／墨付二百五十七丁／寛政十二申年五月／速水春暁斎画／板元　京蓍屋儀助／売出　西村源六／鶴屋喜右衛門

同（絵本忠臣蔵）後編全十冊／墨付二百六十六丁／文化五年辰正月／同人／同　長村太助／同　西村源六／同　鶴屋喜右衛門

とある。前編も後編も文化五年（一八〇八）に同時に売り出すに必要な手続きとして記録したようであるが、この時点での前編の刊記は未見、後編の刊記は東都二書肆、京都五書肆、大坂四書肆の連名である。これで見る限り、文化五年の時点では、上方書肆と江戸書肆の対立があるようにはうかがえない。この間に十年ばかりの時間が流れている。この間に江戸書肆の読本出板に対する主導権が確立されてきて、上方書肆としても江戸書肆の販売能力を活用した方がよいとなってきたのではあるまいか。

ところでこの時期に読本出板の取締り手続きに変動が起っている。かつて拙編『読本の世界―江戸と上方―』（昭和60年7月）の中で説いたことであるが、ここに要説する。『徳川禁令考』によれば、文化四年の九月十八日に「絵入読本改掛起立」という項があり、「近来流行絵入読本同小冊類」は「行事共立合相改」めてみて「禁忌無之候得」ば、「伺之上」で「出板致し候仕来」りであったけれど、今後は「入念禁忌相改、差合無之分」は「伺に不及」出板してよろしいというのである。「新板書物奈良屋市右衛門方江相伺」の分は今まで通りというのであるから、「絵入読本同小冊類」は特例を認めるというのである。『大坂本屋仲間記録』を見ると文化五年の三月五日の寄合で、「外題替幷に

かなもの絵本よみ本類」は「御公儀に差支不申品」であれば、「板行司にて相改候上」で「聞届遣し候やう仕度旨」を「願出」たという。上方では江戸より少し後れて改めの簡略化が通達されたのであろう。「伺之上」というのが具体的にどんな仕来りであったか不分明であるが、『大坂本屋仲間記録』を検する限り、これ以後文化年中江戸読本に関する「廻り書」とか「添章」の語が見られないので、読本の一部には三都読み回しということがあって、それが急速な出板願出増加もあって事務停滞を招来していく、その改善処置としての「伺之上」停止ではなかったろうか。

その効果は顕著である。『日本小説書目年表』で単純計算して、文化元年が十一部、文化二年が十三部、文化三年が二十九部、文化四年が三十一部、文化五年が六十九部くらい、文化六年が三十部ということとなり、以下漸減して十部強がコンスタントに出板されている。文化五年は正に滞貨一掃だったのであるが、それだけに読本が流行したのである。この読本興隆現象の中で、山東京伝と曲亭馬琴の競合によって「江戸読本の成型」（重友毅『近世文学の位相』）がなされ、結局は中国白話小説の積極的摂取に努め、「国字の稗説」の完成を目指した馬琴が、『椿説弓張月』（二十九冊、文化四年―八年刊）の完成を経て、やがて『南総里見八犬伝』（一〇六冊、文化十一年―天保十二年刊）に到達、読本界の覇者となること諸家の説に詳しい（中村幸彦「椿説弓張月の史的位置」、水野稔「馬琴文学の形成」など）。近時、大高洋司氏の「『優曇華物語』と『月氷奇縁』――江戸読本形成期における京伝・馬琴」（『読本研究』初輯、昭和62年4月）から「文化五・六年の馬琴読本」（『読本研究』第五輯上套、平成3年9月）に至る諸論文で通説に対する再検討を求めておられるが、両者による江戸読本の型の形成があったということでは意見の一致するところである。

江戸読本の型というのは、『忠臣水滸伝』で既に形成されていたものを、理念・素材・構成・文体・外装のそれぞれについて、「国字の稗説」として一層華麗に精密に発展させたもので、ここに再説の要はない。ここでは、この江戸読本と言われるものが、京伝と馬琴の二人の戯作者だけで形成されたものでもなく、江戸だけで作り売り出されたのでもないことを指摘しておかなくてはならない。これら同伴者的戯作者たちは、京伝・馬琴を一層光輝あらしめるだけの存在であったかも知れないけれども、それらの存在があって始めて当代の読本界が成立していたのである。江戸で言えば、過渡期的作風の森羅子、特異な作風と生涯の振鷺亭、多才で狂歌にも名ある六樹園、後に合巻作者として名を成す柳亭種彦、馬琴・京伝を模して多作の小枝繁などが稗史もので活躍し、更に絵本もの風の読本造りをした高井蘭山などなど、まことに多士済済である。上方で言えば、図会もの造りの秋里籬島、絵本もの造りの岡田玉山・速水春暁斎、過渡期的作風を示す手塚兎月、江戸前の作風を志して一歩及ばない栗杖亭鬼卵などが見られる。こうしてみると、江戸の戯作者の多彩なのに対して、上方の戯作者不足は明白で、資本力のある上方書肆は馬琴などの江戸の戯作者に執筆依頼をしていくのである。

ともあれ文化五、六年の読本の出板状況は異常現象と言えたが、時移って文化末年までは年間十部あまりの読本が順調に出板されていくのである。ところが文政(一八一八—)の初年になって急激に出板件数が減じて、年間十部を切ってしまう現象が生じている、文政七年ごろから旧に復するけれど。文化十一年(一八一四)に江戸書肆が八犬伝、文化十二年に上方書肆が巡島記と馬琴の続きもの読本が出板され始めて評判となり、上方では浜松歌国(文化十年刊の『忠孝貞婦伝』が読本の最初の出板)、好華堂野亭(恐らく文政元年刊の『新編女水滸伝』が読本の最初の出板)などいう戯作者を発掘しており、読本に対する読者の需要が急減したと言うことではなさそうである。

以下の論も拙編『読本の世界』に説いたところ、要を再説する。『大阪市史』(第四上)所収の御触及口達を見るに、文政二年十一月二十八日付で「新作之書物猥に致板行候儀、又は有来り候板行物にても、其筋へ無断、再板・彫刻・売買等致間敷候事」とあって、「右之趣」を「遂吟味商売可致候」と命じ、「若右定に背候もの有之は」奉行所へ「可訴出候」と大仰である。そしてこのことを「急度可申付候」なので「仲間吟味」して「違犯無之様」にせよと江戸から「被仰下候」と高圧的である。そしてこの御触を出した理由を「享保八卯年(一七二三)三月三郷町中触渡」した御触(これは享保の改革で町奉行大岡越前守が申し渡した、幕末に至るまで徳川幕府が金科玉条とした統制令である)に従って、「尚又同午十二月」に「新作書物板行」の時には「本屋行事へ下書差出候様相触置候処」が、「年久敷相成」ったので「忘却之趣相聞へ」という状況なので、今後は「触渡之通」りに「無忘却急度相守」るようにすべきだと注意しているのである。『大坂本屋仲間記録』にもほぼ同様の記録があって、本屋仲間で誓紙を提出させられている。要は享保の改革の御触の再触で、出板統制の再認識をうながしたものなのである。

この再触の具体的処置がどのようなものであったか今少し不分明であるが、「下書差出」のところに衣の下がちらりと見える。『大坂本屋仲間記録』を検するに、文政三年十月頃から「三都取締改正」の語が見え、文政五年には「読本取締」の語が見られる。この読本取締りの内容は、文政五年三月十五日の記録で、読本出板に当って旧例のごとく下書を三都書肆回しにせよという命に反対陳情することになっているので、自ずから明らかとなる。そして結局十一月になると、「古規定通」即ち文化四年九月の出板手続き簡略化の線まで行政側が譲歩している記録が見られる。

寛政の遺老として幕閣で重きをなしていた松平伊豆守信明《のぶあきら》が卒したのが文化十四年八月二十八日、政権は水野出羽守忠成《ただあきら》の手中に入る。十二代将軍家斉親政のもとで、忠成は文政元年二月勝手掛、同八月老中昇任、忠成は側用人土方縫之助を重用する。そしてここに「請託の政治」(三上参次『江戸時代史』)が始まったのである。名目は立派に立つ取締り強化で恫喝し、請託を受けてもっともらしく緩和する、これは何時の時代にもある政治の一つの在り様であるが、それがこの享保の改革で実施された出板統制の御触の再触という文政初年の行政の実態ではなかったろうか。結果は何ということもなかったのである、諸費用が何かと多く入用であっただけのことではある。しかし相手の姿勢がよく判らない時点での恫喝は、極めて効果的である。恫喝効果は何かあったのか。

享保の改革の出板統制は、三都の本屋仲間を結成させるという行政指導が伴っており、書肆の板権保護という側面があって、実際に統制違反で処罰されたという著名な事犯もないようで、八代将軍吉宗の開明政策もあってか、出板事業は隆昌に向っているのが実情であろう。しかし文政の時点で恫喝を受けた書肆側が想起したのは、享保の時点での実情というのではなくて、寛政の改革の時の厳しい処置とか、文化元年の『絵本太閤記』絶板の処置(中村幸彦「絵本太閤記について」参照)などであったのではないか。恫喝に対しては悪い方を考えるのが当然である、自粛の姿勢を示すのもこういう時には自然の反応である。

文政初年の読本出板件数減少の現象は、読本そのものに問題があったという内発的要因から起きたものではなく、享保の御触の再触による取締りという外発的要因から起きたものと考える。この外圧から起きた諸現象については、前掲編著で七項目にわたって述べたところ、詳細はそれに即かれたい。今は文化の中ごろから姿を見せなくなっていた、江戸では中本ものが、上方では図会ものが、この時期に再び出板され始めたことを指摘しておこう。江戸における中本ものの再現は、人情本の発生と連動しているに違いなく、いかほどか短絡気味ながら、文政の取締りと人情本の発生とを結び付けることも可能かと思うことである。そして江戸読本の焦点は、馬琴の『南総里見八犬伝』の完成へと収斂されていく感がある。馬琴が「人情物滑稽作者の開祖第一家為永春水」を貶して「春水が誨淫猥褻の中本よく売るゝをもて、外題鑑の板元殊に親愛のあまり、をり〳〵予に向て、中本物は春水当今第一也、種彦といへども及ばず、大凡春水が中本を綴るに毎編聊も構思せず、只筆に任すれども看官愛玩拱璧の如し、春水もみづから一奇に思へりといへり」(「稗史外題鑑批評」、『曲亭遺稿』所収)と言う、正に読本とは異質の人情本が江戸庶民の心を捉えたのである。そして享和から文化初年にかけて半紙本型読本の伴走者に過ぎなかった中本が、文政から天保(一八三〇―)にかけて人情本として再生してその全盛を迎えるのである。江戸において一度失速状態に陥った読本は、再び文化の盛時を招来することは出来なかったのである。

上方ではまず図会ものが再現した。江戸から上方に移住したという好華堂野亭(『復仇武蔵鐙』序)が、『楠正行戦功図会』(前編・文政四年刊、後編・文政七年刊)以下の図会ものを多作する、『秋葉霊験金石譚』(前編・後編、文政六年以前刊か、初刷本未見)などいう稗史ものも創る。江戸からの移住者と言えば、楠里亭其楽も岳亭丘山もそうであり、「東武」の人であることを誇示しながら、それがこの時点では販売政策上有利であったのであろう、上方書肆から多くの読本を出板している。京都の人東籬亭菊人、大阪の人暁鐘成、武庫郡今津の人柳園種春など、絵本もの・稗史ものそれぞれの分野ながら上方書肆と結んで読本作りに励んでいる。人情本がないだけに、読本出板の中心は再び上方に移るの観がある。そうした中に、江戸の人情本の代替えのごとき情緒の読本も見られる。『鳥辺山調綫』(鶴鳴堂主人、文政八年刊)などがそれである。しかし所詮馬琴を超える読本は見当らないのが実態である。

『南総里見八犬伝』の完結は天保十三年(一八四二)のこと、失明した馬琴は息宗伯の寡婦路女の手助けを得て鏤骨正に二十八年、馬琴もまた努めたりと称すべきであるが、時あたかも天保の改革の真最中である。「予寛政三年より戯墨を以て渡世に做す事こゝに五十三年也、然れ共御咎を蒙りし事なく、絶板せられし物なきは大幸といふべし、然るに今茲より新板の草紙類御改正、前条の如く厳重に被仰出候上は、恐れ慎て戯墨の筆を絶て余命を送る外なし、さらでも四ヶ年以前より老眼衰耄して、執筆によしなくなりしかば、一昨年子の冬より、愚媳に代筆させて僅に事を便ずるのみ、然れば此絶筆は吾最も願なれども、是より旦暮足らざるを憂とする者は家内婦女子の常懐也、吾後孫此記閲する事あらば当時を思ふべし」(「著作堂雑記抄」天保十三年寅六月の条、『曲亭遺稿』所収)と馬琴は嘆ずる。この恐慌の天保の改革も、老中水野忠邦が天保十四年十二月に失脚して台風一過、すぐに改元して弘化、そして嘉永から慶応まで目まぐるしく変転して明治維新を迎えるが、その間二十数年、世の激動をよそに読本は絶えることなく、再刷を含めると大量に出板され続けていた(浜田啓介「近世後期に於ける大阪書林の趨向—書林河内屋をめぐって—」〈『近世文芸』昭和31年5月〉参照)。そこにはそれぞれの文学的営為が存在していたであろうが、それは落日の残照とも称すべき存在であり、残照こそ美しいとの見解もあり得るが、今ここに説くには及ばない。

四　稗史七則

「彼の曲亭の傑作なりける『八犬伝』中の八士《はつし》の如きは、仁義八行《はつかう》の化物にて、決して人間とはいひ難かり」と説き、「小説の主脳は人情なり」の主意のもとに非難したのは、近代日本で最初の小説論とされる『小説神髄』を著した坪内逍遥であることは有名である。ところが「小説脚色の法則」においては、『南総里見八犬伝』第九輯中帙附言の中に見える稗史七法則全文を引用して、逍遥の小説脚色論の叩き台としていることもまた著名な事実である。唐土の稗史論に立脚した馬琴の小説論は、近代の小説理論に連動し得るものであったのである。

馬琴の小説論については、既に中村幸彦先生の「滝沢馬琴の小説観」(『国文学論叢』昭和38年10月)が備わり、稗史七法則については浜田啓介氏に「馬琴の所謂稗史七法則について」(『国語国文』昭和34年8月)があって、徳田武氏の「馬琴の稗史七法則と毛声山の「読三国志法」―『俠客伝』に即して「隠微」を論ず―」(『文学』昭和55年6・7月)あり、馬琴の依拠するところが毛声山の『読三国志法』であることを明示されるに至った。その七法則の内、主客・伏線・襯染・照応・反対・省筆の六法則は小説技法論、隠微については馬琴自身、「又隠微は、作者の文外に深意あり。百年の知音を俟て、是を悟らしめんとす」と説くのみ。その「文外の深意」を求めて重友毅博士に「馬琴の隠微」(『近世国文学考説』所収)あり、中村先生も浜田・徳田両氏も前掲論文で触れられるところ、服部仁氏に「馬琴の〈隠微〉という理念」(『近世文芸』昭和51年8月)あり、更に徳田氏は「『八犬伝』と家斉時代―「隠微」再論―」(『文学』昭和56年7・8月)で隠微の具体を論じて明解である。私に「『南総里見八犬伝』における三大隠微―八百比丘尼説話の場合―」(『読本研究』初輯、昭和62年4月)あり、その驥尾に付したが、ここは諸家に論あるところ、高田衛氏の『八犬伝の世界』は画証による立論で対極の論と言えようか。重友博士は勧懲思想が隠微なりとして「作品の主題が勧懲思想にあることは、作者の常に明言」していることなので、「百年の知音を俟」つ必要はないとまで言われたが、今や馬琴没後百五十年を超えて百家争鳴であるべきところ、隠微論の中に馬琴のいう読本の秘鑰があるかも知れないのである。

逍遥の言う「仁義八行の化物」論も、近世的「性格描写」(『中村幸彦著述集』第二巻「近世的表現」第九章「類型と個性」参照)と解するならば、そして春水の人情本に対する馬琴の貶辞「毎編聊も構思せず、只筆に任す」も、「只ありの儘に写してこそ初めて小説ともいはるゝなれ」(『小説神髄』)ど代置するならば、その合成レンズの向う側に、近代の小説の諸相が彷彿として浮かび上ってくるのである。馬琴に伴走した凡百の戯作者たちの意識が、馬琴の高みに至っていたかどうかは自ら別の問題である。

読本と中国小説

徳田武

一　序

近世三百年を前後期に分てば、読本は、後期の多種多様な小説群の内でも最も小説らしい小説であった。小説らしい小説とは、近代小説に近づいた小説という意味である。如何なる点をもって近代小説に近づいた小説かといえば、一にストーリーが建築的に整然と仕組まれている点、二に人情が近世的にではあるが詳細に描かれている点、三に知的な議論や知識をふんだんに盛り込んでいる点、四に従って明確な主題や思想をストーリーの裏に通底させている点、五に和漢混淆体の文体を確立させている点、等々である。これらの諸性格は、日本の古典文学や近世の軍記・実録などの、他の小説分野の作品に学んで形成されたことも勿論あったであろうが、それ以上に、否、大半の程度において中国小説から学び取られ、日本的に改良発展させられたものであった。すなわち我が近世で最も本格的な小説である読本の特性は、実に中国小説の刺激と影響のもとに生成し発展したものであった。以下にそうした諸相を四期に分ってごく簡単に展望することにしよう。

二　読本前史

読本は、普通には寛延二年(一七四九)に刊行された『英《はなぶさ》草紙』(都賀庭鐘作)をもってその嚆矢とする、といわれているが、それ以前の元禄から享保に及ぶ時期に、中国小説と密接な関係を持ち、読本と性格が近似し、読本に種々影響を与えて、その発生を助けている小説分野があった。いわゆる通俗軍談である。この通俗軍談は、読本と兄弟関係にありながらも、しかも版本の様式・題材・文体において読本とは相違するものがあるので、私は通俗軍談の盛行を読本前史に当るものとして位置づけている。そしてそれらの大方は、中国講史小説の翻訳ないしは翻案であった。

その最初の作品は『通俗三国志』(五十巻五十一冊。元禄二―五年刊)である。異版の多い『三国志演義』の内でも、『李卓吾先生批評三国志』全百二十回(羅貫中編、明建陽呉観明刊本、蓬左文庫蔵)と題する版本を翻訳の底本にしたもので、訳者の湖南文山は天竜寺の僧義轍・月堂兄弟のことだといわれる(田中大観『大観随筆』)。この義轍・月堂兄弟は、次に述べる『通俗漢楚軍談』の訳者夢梅軒章峯・称好軒徽庵兄弟と訳風が同じである点から推して同一人物である、と考えている。その翻訳ぶりは、毛宗崗批評本など幾つかの異版も参照したふしがあるが、概ね底本に忠実でよくこなれたものである。この書が一たび出づるや、通俗軍談刊行のブームを招来し、さらに近世小説に多大の影響を与え、延いては現代に至るまで断え間なく続く『三国志演義』流行の源泉となった。

次に『通俗漢楚軍談』十五巻二十冊が元禄八年(一六九五)に刊行される。その原作底本は『重刻西漢通俗演義』百一則(甄偉編、明万暦壬子金陵周氏大業堂刊。宮内庁書陵部蔵)。全十五巻の内、巻七までを章峯が訳し、その死後、徽庵が継いで完成させた。この原作は、ほぼ文語体ともいうべき『三国志演義』に比べると相当に白話を多く用いているが、まだ唐話学(中国語学)が開始されていない時期であるのにも拘らず、白話をも要領よく平明に翻訳している。本書も劇的な話が多く、読物として面白いので、『通俗三国志』と並んで近世小説への影響が多い。

以下、刊行された通俗軍談の作品名とその原作兼底本等のみを記す。

第三作、『通俗唐太宗軍鑑』二十巻二十冊(章峯訳・元禄九年刊)。原作兼底本、『新刻按鑑演義全像唐国志伝』八十九則(明、熊鍾谷編・潭陽書林三台館刊。宮内庁書陵部蔵)。参照、『新刊参采史鑑唐書志伝通俗演義』(底本の異版)。

第四作、『通俗両漢紀事』二十巻二十冊(称好軒徽庵訳・元禄十二年序)。底本、『京本通俗演義按鑑全漢志伝』(熊鍾谷編・万暦十六年秋・余世騰克勤斎刊。蓬左文庫蔵)。参照、『京板全像按鑑音釈両漢開国中興伝誌』(黄化宇校正・万暦乙巳冬月・鹵清堂詹秀閩刊。蓬左文庫蔵)。途中から、底本『資治通鑑』。部分的利用、『重刻京本増評東漢十二帝通俗演義』。

第五作、『通俗列国史』十八巻十八冊(別題「通俗呉越軍談」、清地以立訳、後編・元禄十六年刊、前編・宝永二年刊)。原作兼底本、『新鐫陳眉公先生批評春秋列国志伝』二二三則(余邵魚編・明万暦乙卯序・姑蘇龔紹山刊。内閣文庫蔵)。『史記』『左伝』等により補正。

第六作、『通俗続三国志』三十七巻三十八冊(中村昂然草書・尾田玄古校定・宝永元年刊)。続編『通俗続後三国志』五十七巻五十八冊(尾田玄古〔馬場信武〕述・正徳二年・享保三年刊)。原作兼底本、『新刻続編三国志後伝』(酉陽野史編次・万暦己酉序)。

宝永期(一七〇四—一一)に入ると唐通事(長崎の中国語通訳)が小説界に関るようになり、宝永二年に刊行された以下の三作は、いずれも唐通事の手になるものである。

第七作、『通俗元明軍談』二十巻二十冊(岡嶋冠山訳)。原作兼底本、『新鐫竜興名世録皇明開運英武伝』六十則(明万暦十九年・楊明峯刊。内閣文庫蔵)。

第八・九作、『通俗南北朝軍談』十五巻十五冊・『通俗北魏南梁軍談』二十三巻二十三冊(ともに長崎居士一鶚訳)。底本、『精繍通俗全像梁武帝西来演義』四十回(天花蔵主人・康熙癸丑花朝序・永慶堂余郁生刊)。訳者の一鶚は「…長崎君舒ナド、華音ノ処ハヨケレドモ、不学ユヘニ無理多シ」(『忠義水滸伝解』第一回)と言われる君舒と多分同一人で、通事出身の人かと思う。長崎君舒は『古今文評』(享保十三年刊。『和刻本漢籍随筆集』第十七集所収)に漢文序を書いている。

第十作、『通俗列国志十二朝軍談』十四巻十四冊(李下散人訳・正徳二年刊)。原作兼底本、『刻按鑑通俗演義列国前編十二朝』五十四則(余象斗編・双峰堂三台館刊。神宮文庫蔵。稀観書)。

第十一作、『通俗宋史軍談』二十巻二十冊(瑞亭堂松下氏訳・享保四年刊)。底本、『全像按鑑演義南宋志伝』五十回(熊鍾谷・潭陽書林三台館刊。内閣文庫蔵)。

第十二作、『通俗両国志』二十六巻(入江若水撰〔和漢軍書要覧による〕・享保六年刊)。原作兼底本、『新刊大宋中興通俗演義』八十則(熊大木〔鍾谷〕編・双峰堂刊。内閣文庫蔵)。

第十三作、『通俗隋煬帝外史』八巻八冊(贅世子〔西田維則〕訳・宝暦十年刊)。底本、『隋煬帝艶史』四十回(斉東野人編演・崇禎年間成)。

これら通俗軍談の原作及び底本となった版本は、その当時から稀観書であって、現在は中国でも佚書となっているものが少くない。そのように貴重な作品の内容を、多くの日本人の読者に容易に伝えてくれる役割を果している点で、通俗軍談は極めて重要な資料的価値がある。また、その内容は、歴史事実に制肘される性格があるので、作品によっては虚構の面白味に欠ける恨みも存するが、『通俗三国志』『通俗漢楚軍談』は興趣に富む挿話が多く、結構も雄大で統一されており、しかも歴史知識をも授けてくれるので、面白い長編小説が無かった近世前期の読書界の渇を愈やし、同時に、史実と虚構を綯交ぜにして構成するという歴史小説の方法をも日本の作者に教えたのであった。康熙六十年に台湾に起った朱一貴の乱を、『靖台実録』を利用して小説化した『通俗台湾軍談』(上坂《こうさか》勘兵衛兼勝作、享保八年刊)、『明朝紀事本末』『読史綱』等を利用して国姓爺鄭成功の一代を綴った『明清軍談国姓爺忠義伝』(作者未詳。享保十年刊)、『仏説柰女耆婆経』を粉本として名医耆婆の一代を小説化した『通俗医王耆婆伝』(都賀庭鐘作、宝暦十三年刊)、源義経の蝦夷渡海伝説を題材とした『通俗義経蝦夷軍談』(滕英勝秀山編、明和五年刊)などは、いずれもこの通俗軍談の方法に学んで、我が国の歴史小説を創作する、という試みであり、この流れを継承し発展させたものが馬琴の『椿説弓張月』『朝夷巡嶋記《あさひなしまめぐりのき》』の如き史伝小説であった。

そのように後の読本作家に歴史小説の方法を教えている点で、通俗軍談は読本前史に位置づけられる。しかし、一方では、通俗軍談の題材は当然のことながら中国の歴史であって、読本の題材が概ねは日本の歴史であるのとは異なる。また、通俗軍談の文体は概ね漢文訓読に近い直訳体であり、表記も漢字・片仮名まじりであるが、読本の文体は和文脈をも大幅に導入した和漢混淆体であり、表記も漢字・平仮名まじりである。版本の様式について見ても、通俗軍談は大本《おおほん》型であり、読本は半紙本型である。かような点が読本とは一線を画していることにおいて、通俗軍談はやはり読本前史なのである。

三　前期読本

中国講史小説は文言体を基調とする文体の作品が多かったから、まだ唐話学が興らなかった近世前期においても訓読の力で何とか翻訳できたのであったが、『水滸伝』や三言二拍（『喩世明言』『警世通言』『醒世恒言』および『初刻拍案驚奇』『二刻拍案驚奇』）のような本格的な白話小説になると、その翻訳は中期の享保年間における唐話学の興隆を待たねばならなかった。伊藤東涯が現代でも有益な中国近世語の字書『名物六帖』（享保十年刊）の編纂に備えて、宝永年間から『水滸伝』や『拍案驚奇』の語彙を集め、蓮華軒主空也が宝永・正徳の交に黄檗の唐僧に『水滸伝』の知識を得、唐話を研究していた（聴雪紀譚・上巻「花鳥使」。正徳二年序。『影印 日本随筆集成』1）ことがあったにもせよである。かくて、享保十三年（一七二八）に『忠義水滸伝』（第十回まで・伝冠山施訓。宝暦九年には第二十回までの施訓も刊行）、寛保三年（一七四三）に『小説精言』（岡白駒訳。宝暦三年には『小説奇言』も刊行。『水滸伝』の講義録『水滸伝訳解』（『唐話辞書類集』十三）もある）と、水滸・三言の施訓本が出でて後、寛延二年（一七四九）にようやく三言を翻案した『英草紙』（都賀庭鐘作）が刊行され、ここに本格的な読本が初めて出現した。この江戸中期の代表的な中国小説通である都賀庭鐘の第二作が本書に収めた『繁野話』である。庭鐘は三言などの小説方法に学んで、冒頭に挙げた如き読本の性格を造りあげたのである。

なお庭鐘の第三作『莠句冊《ひつじぐさ》』（天明六年刊）については、次の点が注目される。まず、彼は第三話に『西湖佳話』「西冷韵迹」と『聊斎志異』中のユニークな一編「恒娘」を翻案しているが、これは『聊斎』の青柯亭刻本が刊行されて僅か二十年後の翻案であり、日本における清朝筆記小説の極初の受容を語る例である。また、第六話には明の徐文長の戯曲『四声猿』中の「狂鼓史漁陽三弄」が翻案されているが、難解な中国戯曲を翻案できるのは、『四鳴蟬』(明和八年刊)において日本の能や浄瑠璃を明曲の形体に漢訳した庭鐘ならではのことであった。この二例や『過目抄』(天理大学図書館蔵)を見ても、庭鐘が中国の新奇な文芸思潮と作品とに常に注意を怠らなかった人物であることが窺えるのである。

この頃にはこうした中国白話小説通が輩出した。庭鐘に中国小説の手ほどきを受けて、同様に明代短編白話小説や文言体の『剪灯新話』を翻案した上田秋成。秋成の知友で西宮の儒医であった勝部青魚(彼の随筆『剪灯随筆』にはその方面の蘊蓄が傾けられているが、『金瓶梅』『肉蒲団』『平山冷燕』『玉喬梨』等の軟文学にも眼を曝していた)。京都の書肆風月堂荘左衛門こと沢田一斎(『小説粋言』『演義俠妓伝』。早稲田大学図書館には一斎の愛蔵した『画図縁小伝』が所蔵されている)等々である。清田儋叟《せいだ》は、れっきとした福井藩儒であるが、俗文学の価値をもよく認めた通儒であって、早く唐土には逸した『照世盃』になかなか上手な訓を施し(明和二年刊)、『水滸伝』の講義を行って『水滸伝批評解』(『唐話辞書類集』三)を残し、貫華堂刊の初刻『水滸伝』に綿密に評語を書き入れる(東京大学東洋文化研究所蔵)ほどで、白話をも十分に読解できる人なのであるが、自らが翻案した『中世二伝奇』(安永二年刊)は、白話小説全盛の風潮に背いて、唐の李朝威の『柳毅伝』、『太平広記』四〇五「王清」、三七八「李主簿妻」という簡潔な文言体小説を粉本としていた。伊丹椿園は、伊丹の剣菱の醸造元の主人津国屋善五郎の筆名である。四十回本『平妖伝』を愛好し(『椿園雑話』)、その悪漢小説の構成を借りて『両剣奇遇』(安永七年刊)を物したが、その『女水滸伝』(天明三年刊)とともに、いずれも趣味的な翻案というほかはない。『宣室志』以下十五作品の翻訳であると自注する『怪異談叢』(安永十年刊)にしても、その殆んどは『太平広記』からの訳出と考えられる。

森羅子こと森島中良は多才の人で、読本も『月下清談』(寛政十年刊。『醒世恒言』「銭秀才錯占鳳凰儔」の翻案)、『灯下戯墨玉之枝』(享和二年刊。『照世盃』「七松園弄仮成真」の翻案)等を著わしているが、次の二点は注目されるべき仕事である。一は、その最初の読本『凩《こがらし》草紙』(寛政四年刊)は、全九話の内七話が『聊斎志異』の七つの話の翻案である、ということである。庭鐘に次ぐ『聊斎』の翻案であるが、この話数の多さは、中良がいかに『聊斎』を愛好したかということと、寛政初頭より清朝筆記小説が我が国でも盛んに読まれるようになったことを語るものである。もう一つは、文化六年(一八〇九)に『警世通言』を読んで、全三十六編中、四編の本事(原話)を発見し指摘していることである。三言の本事を探索する作業は、中国では三言が禁書になって読み難かった故に、遅れて近代になってから開始されたのであるが、中良はそれに先んじていち早く本事考証に着眼し実践したのであった。中良のそうした作業は、彼の手沢本(東京大学東洋文化研究所蔵、三桂堂玉振華本『警世通言』)に残されている。

四　後期読本

『英草紙』より寛政(一七八九—一八〇一)頃までの読本は、上方で刊行されたものが多く、水滸物を除けば殆どが短編集であり、従って三言二拍や唐・明の文言小説など比較的短い作品が翻案されたのであったが、寛政・享和の交より長編読本が擡頭し、江戸における出版が盛んになり、読者も前期読本のそれよりも増加し大衆化していった。自ら読本の内容も大衆化し、作者も山東京伝や曲亭馬琴のように職業的な戯作者が登場してきた。京伝の『忠臣水滸伝』(寛政十一・享和元年刊)は、世界を『仮名手本忠臣蔵』に採り、『通俗忠義水滸伝』を粉本として翻案し、江戸の長編読本の魁となったものであるが、京伝の資質は場面々々の機智諧謔に意匠を凝らすことに在って、全編を首尾一貫した構成で統合することは不得意としたため、読本では本領を発揮し得なかった。また彼が粉本として使用する中国小説は、『通俗孝粛伝』(明和七年刊。紀滝淵による『竜図公案』の翻訳。『復讐奇談安積沼』『優曇華物語』に用いる)、『通俗酔菩提全伝』(宝暦九年刊。三宅嘯山による『済顚大師酔菩提全伝』の翻訳。『本朝酔菩提全伝』に用いる)など既に公刊されている通俗物の範囲を出なかったので、多少なりとも中国小説に関心を持つような読者を驚かすほどの翻案ができなかった。これに対して、最初は京伝の門人格として出発した馬琴は、滑稽諧謔の才は不得意であったが、努力家であり明敏な頭脳と強靭な体力の持ち主でもあったから、多くの中国小説を読破して、それを我が国の大衆読者の嗜好に適うように翻案することに腐心し、やがて読本界の第一人者となった。

馬琴は初め黄表紙作家として出発したのであり、滑稽諧謔と穿ちを旨とする黄表紙は翻案には適さない分野なのであるが、寛政中期には中国小説の勉強に入っていたようで、同十一年の『戯聞《おとしばなし》塩梅《あんばい》余史《よし》』は噺《はなし》本(笑話)に分類されるべきものだが、清の沈起鳳の筆記小説『諧鐸』の「鮫奴」「鬼婦持家」を翻案している。このように翻案には適さない分野においてさえも、清朝筆記小説の幻想的なストーリーの面白さを導入する点に、馬琴の資質が早くから読本に向くものであったことが看取できる。また、かように寛政期に文言体の小説を粉本に用いたのは、まだ白話がよく読めなかった事情にも拠る。その他、寛政末年には『通俗漢楚軍談』の絵本版を作る仕事をしているが、たとえ書肆から要請された儲け仕事であるとはいえ、こうした仕事を通じて『西漢演義』の小説方法を勉強したことであろう。

享和期(一八〇一—〇四)に入ると、馬琴は白話の作品をも使用するようになる。その中でも李漁の戯曲『玉搔頭伝奇』は歌詞が難解で、相当に白話と古典に通じなければ読みこなせないものであるが、馬琴はとにかく全編の梗概を誤つことなく把握して、『曲亭伝奇花釵児』(享和四年刊)に翻案した(作品解説)。文化期(一八〇四—一八)に至ると、馬琴は半紙本型の本格的な読本に着手する。その第三作『復讐奇譚稚枝鳩《わかえのはと》』(文化二年刊)には『石点頭』(明、天然痴叟編)中の「江都市孝婦屠身」と「侯官県烈女殲仇」がそれぞれ別の系の話の粉本として使用され、エロ・グロの猟奇性と復讐譚の鮮烈性とを打ち出し、時代の嗜好に適うものになっている。このことが示す如く文化の初頭には復讐を題材とすることが流行し、従って作中に悪人が跳梁することが多く、それらの悪人は様々の巧妙な騙術(詐術)を用いて善人を苦しめるのであるが、馬琴はこの様々な騙術を『江湖歴覧杜騙新書』(清、張応俞編)に求めて、『四天王剿盗異録』(文化二年刊)、『三国一夜物語』(文化三年刊)、『雲妙間雨夜月《くものたえまあまよのつき》』(文化五年刊)、『三七全伝南柯夢』(同年刊)等の内に導入した。『杜騙新書』は早く幕初に輸入され、林羅山が筆写し(国立公文書館内閣文庫蔵)、膳所《ぜぜ》藩儒五瀬亀貞(石川金谷。名は貞、字は太一)が抄録し施訓した和刻本も刊行されている(明和七年序)が、馬琴は唐本の写本を利用したのである(『烹《に》雑《まぜ》の記』)。なお文化四年刊の『標注園の雪』巻二には『通俗金翹伝』の発端が襯染として用いられている。

文化四年(一八〇七)から刊行され始めた、馬琴初の本格的史伝小説『鎮西八郎為朝外伝椿説弓張月』は、大島で死んだはずの為朝が琉球に渡って王国を再興する構想が、『水滸後伝』(明、雁宕山樵)の梁山泊の残党がシャムに渡る構想に基く、といわれたりするが、それよりも確実に利用したことが判明している中国小説は、『照世盃』巻三「走安南玉馬換猩絨」の海外奇譚である。『弓張月』前編第六回の筋は、まったくこれを襲うものである。また『弓張月』では、読者の主人公に寄せる同情を喚起すべく、源為朝を不遇な敗者弱者に造形してゆく筆法が顕著なのであるが、そうした筆法は『五虎平西前伝』(『狄青演義』)の主人公狄青を造形する筆法に学ぶことがあった。『水滸後伝』に関しては、馬琴は後の文政十三年(一八三〇)に明の万暦三十六年版(殿村篠斎蔵)と清の乾隆三十五年版とを対校しつつ、その批評を筆写して

いる（『早稲田大学蔵 資料影印叢書 馬琴評答集(五)』）。

翌文化五年が読本の最盛期で、馬琴も獅子奮迅の活躍をして実に十一部もの読本を刊行したが、その内『三七全伝南柯夢』は『弓張月』『八犬伝』と並称される傑作であった。この作品は、ヒーローとヒロインの数奇な離合が、出会い―仮祝言―別離―ヒーローの節操―再会―団円という構成をとって叙せられるが、こうした型は従来の日本の小説には見出されず、中国の才子佳人小説『二度梅全伝』（清、惜陰堂主人）のそれと同じゅうするから、この小説に借り来ったのであろう。この時点に到って馬琴は、筋や措辞を借用する次元から脱して、粉本の構成の型を取って自作の枠組にする、といった高度な翻案方法を確立したのである。『南柯夢』はこの他に、ヒロインの辛苦する姿を『琵琶記』（元末明初の高明作）の趙五娘から取って描き、清の李漁がそれを改めた「琵琶記尋夫改本」（『閑情偶奇』二詞曲部下演習部変調第二「変旧成新」）をも参照している。さらに巻之三の赤根半六・半七父子の争論は、『琵琶記』第四齣「蔡公逼試」の有名な父子の争論の趣旨と措辞とを参照して、立身出世主義への不信を説いたものであった。

『南柯夢』で駆使された高次の翻案方法は、同年刊の『旬殿実実記』にも見出される。それは、同じく『金石縁全伝』（清、静恬主人序）の筋と措辞をそのまま取り入れた『絵本璧落穂《たまのおちぼ》』（文化三・四年刊。小枝繁作）と比較すると、明瞭になる。

同年刊行の『松浦《まつら》佐用《さよ》媛《ひめ》石魂録《せきこんろく》』では、粉本である『平山冷燕』における男女の離合の構成がやや平板で、筋の面白さよりもむしろ応酬される詩文の美しさに重点が置かれているのに対して、馬琴は筋を複雑化し、悪人を活躍させ、歌舞伎の型を導入して、より大衆読者が好む性質の作品に造形した。『平山冷燕』が文人による雅の小説とすれば、『石魂録』は戯作者による雅俗折衷の小説であった。馬琴のこうした小説造りの方法は、三宅匡敬の『絵本沈香亭』

（文化三年刊）が『錦香亭』（清、無名氏撰）の筋そのままの踏襲であるのと比較すると分明である。なお三宅匡敬の父三宅嘯山も白話小説通である。

馬琴は文化十一年（一八一四）より『南総里見八犬伝』、同十二年から『朝夷巡嶋記《あさひなしまめぐりのき》』（清の天花才子の『快心編』を粉本とする）、文政十二年（一八二九）から『近世《きんせ》説美少年録《せつびしようねんろく》』、天保三年（一八三二）から『開巻驚奇俠客伝』（『女仙外史』の思想を参考にする）という雄編を、長期にわたって続刊することになる。長編小説というものは首尾一貫した筋を備える必要があるところから、話の前部と後部の照応に顧慮せねばならぬ。また、雄編なればこそ、『三国志演義』や『水滸伝』と同様に全編に通底する中心思想を持たなければならぬ。いわば、長編小説は特に主題と構成方法を確立させることが要請される。この点に思いを馳せた馬琴は、『八犬伝』九輯中帙付言（天保六年八月執筆）において、いわゆる「稗史七法則」という小説論を唱えた。それは簡単にいえば、小説には大きな中心思想を通底さすべきこと、構成を前後照応さすべきことを論じたものである。これにも金聖歎の水滸評や張竹坡の金瓶梅評、毛声山の琵琶記評など様々な中国小説の批評が参考材料としてあったが、馬琴が直接の拠り所とした小説論は、清の毛声山・宗崗父子の「読三国志法」であった。それは、『三国志演義』の中心思想を、三国の内では蜀を正統に置く正統論だと指摘し、筋の前後照応の型を細かに分析している。馬琴はこれを整理して七法則にまとめたのであったが、この七法則は先に挙げた四大雄編のいずれにも適用されて、その構成を整然たるものにし、また史論に託して馬琴の当代の政治状況を諷刺するという形で思想が導入されている。なお、『近世説美少年録』は、第三十九回までは清の『檮杌閑評全伝』の筋を主筋として採用するが、ただにそれのみならず、その間に脇筋として清の無名氏撰『緑牡丹全伝』の第二回から第十一回までの姦通譚が挿入され、また冒頭には『通俗続三国志』十八「韓檝建金竜城」の蛇の縄張り説話が導入されている。

後期読本の時期における、中国小説と縁の深い作家は、なお少くない。『物草太郎』(文化五年刊)など数部の読本を著わした西洲散人は、『通俗漢楚軍談』のダイジェスト版たる『絵本漢楚軍談』十冊(文化四年刊・北尾政美画)を物したが、それは『新刻剣嘯閣批評西漢演義伝』に当り直しての良心的な仕事であった。後の本草学者阿部櫟斎の『訂正補刻絵本漢楚軍談』(初・二輯があり、二輯は弘化二年刊)も同じ原作に就き、更には『史記評林』に照らして史実に基く改訂を施した良心的な作である。大田南畝や馬琴と親交を持った馬田《うまだ》柳浪(久留米藩儒広津藍渓の二男)は、長崎の医家馬田氏を相続した縁でか、唐話を善くしたようであって、『朧月夜恋香繡史《おぼろづきよれんこうしゅうし》』(文化七年刊)巻之三「白鼠」では「呉衙内隣舟赴約」(『醒世恒言』二十八)の滑稽を翻案し、翌八年の『朝顔日記』では清朝戯曲の傑作『桃花扇』(孔尚任作)のメロドラマとしての構成を取り入れて、典型的なすれ違い劇を創造した。文体も白話を多く用い、他に『通俗金翹伝』の女性悲劇をも摂取する。

清朝筆記小説の流行については既に述べたが、『今古奇談』(煙波山人序・文化二年刊)巻五「除夜の談」には清の楽鈞の『耳食録』一「西村顔常」が翻案されている。また石川雅望は『醒世恒言』を好んで、その内の四話を『通俗醒世恒言』(寛政二年南畝序)に訳したり、『近江県《おうみあがた》物語』(文化五年刊)に『巧団円伝奇』(李漁『笠翁十種曲』)を翻案したりして、この方面にも通じていることを現わしているが、『通俗排悶録』(文政十一・十二年刊)は、写本で伝わる清の孫洙の『排悶録』を流暢な雅文で訳したものである。『排悶録』(宮内庁書陵部に鈴木白藤による写本あり)は、『虞初新志』『虞初続志』『聊斎志異』『池北偶談』『香祖筆記』などの清朝筆記小説から集めた百三十二話を部門に別ったものであり、その内には『客窓渉筆』『闡義』の如く現在では佚書になっているものもあって、貴重な資料でもある。これを訳したことは、清朝筆記小説を多量に我が国に導入したことを語るものであって、この時期の文芸思潮を集約的に体現した著書といってよい。

この期には、なお『通俗西湖佳話』(文化二年刊)の十《と》時《とき》梅屋、『通俗古今奇観』(文化十一年刊)の淡斎主人、『通俗好逑伝』の蒜園《さんえん》主人(荻原広道)もいるのであるが、江戸中期の白話小説全盛期に比べれば、その数が少なくなるのは否めない。その中にあって最も唐話学に気を吐いた者は、馬琴を除けば、遠山荷塘であったろう。荷塘は僧一圭とも称し、文化十四年(一八一七)には広瀬淡窓に入門し、長崎で唐話を学び、文政七年(一八二四)には亀井昭陽の塾に滞在して昭陽から大いに推重され、江戸に来って白話小説通として盛名を得た。すなわち、大窪詩仏の家では荷塘を招いて『西廂記』『水滸伝』を読み、その会には朝川善庵・菊地五山・館柳湾・大沼竹渓などの名家も来集した(清水礫洲『ありやなしや』)。また、『福恵全書』『金瓶梅』も講じ、鹿児島大学玉里文庫には荷塘の『金瓶梅』の講義の内容を伝える張竹坡批評本『金瓶梅』全百回の写本も存する。が、荷塘は天保二年(一八三一)七月一日に三十七歳で夭折したため、刊行された業績は『訳解笑林広記』(文政十二年刊)のみに終った。しかし、和泉屋金右衛門の「玉巌堂発兌目録」には彼の『諺解校注古本北西廂記』『覚世名言』『諺解注釈琵琶記』の予告が載るから、荷塘はこれらの仕事にかかっていたのである。現に、唐話辞書類集別巻『校注西廂記付訳琵琶記』にはその礎稿に当るものが収められている。また、彼の中国俗語の抄録『胡言漢語』(『唐話辞書類集』一)も、闕本があるが、優れた内容を備えており、識者の評価は高い。

他に幕府儒官であった鈴木桃野も小説愛好家であって、その随筆『反古のうらがき』四「やもめを立てし人の事」に『諧鐸』の「節母死時箴」を訳出し、近代に近づいた小説観と人間観を理解できる人であることを示している。

五　読本と近代小説

坪内逍遥の『小説神髄』(明治十八年)は『八犬伝』の人間描写を前近代的だと批判したが、それは考えてみれば近代小説の仮想敵国となるほどに『八犬伝』が旧小説としては完成していたからであった。逍遥も馬琴の稗史七法則の構成論に関してはこれを承認している(下巻「小説脚色の法則」)。また、幸田露伴は「其俤《そのおもかげ》今様《いまよう》八犬伝」(明治三十九年)を著わして、『八犬伝』の話が明治時代の社会にも適用されるものであることを示した。逍遥も露伴も否定と肯定とのニュアンスの相違はあるが、『八犬伝』が近代小説に近づいていることは認めているのである。読本の最高峰『八犬伝』がそのように近代小説の成立に投影しているのは、江戸幕府開府以来三百年間の中国小説、特に白話小説の受容の積み重ねに負っている。この点において、中国白話小説と読本との交渉は、現代の小説のなりたちに決して無縁ではないのである。

参考文献

徳田　武　『日本近世小説と中国小説』(一九八七年・青裳堂)
徳田　武　『江戸漢学の世界』(一九九〇年・ぺりかん社)

なお、石崎又造『近世日本に於ける支那俗語文学史』、麻生磯次『江戸文学と中国文学』、中村幸彦『中村幸彦著述集』第七巻等の先人の業績に記されていることは、なるたけそれらに譲って、述べなかった。

作品解説

『繁野話』（徳田　武）

本書の序に述べる如く、庭鐘は三十年前（享保二十年に当る）に「国字小説数十種を戯作し」、その内の九種を『古今奇談英草紙』と題して寛延二年（一七四九）に大阪の柏原清右衛門・菊屋惣兵衛の二書肆から刊行した。また、本書に続く、第三作『古今奇談莠句冊《ひつじぐさ》』は天明六年（一七八六）に刊行されたのであったが、その序に「古今奇談三十種は、近路翁、延享の初に稿成したるを」という。とすると、『繁野話』の巻一表紙見返しに「古今奇談後編」とあり、刊記に「古今奇談英草紙前編全部五冊先達而出来」とあることは、本書が、三十年前の草稿の中、『英草紙』に収めたものを除いた二十種の内から摘録し、勿論推敲を施した上で、『英草紙』の続編として刊行したものであることを語っている。

だが、『英草紙』と『繁野話』との間には十七年の隔りがあり、庭鐘の筆法は第二作ではおのずから変ってきていた。それは、「英草紙には諢詞小説をそのまま翻案したものが多かつた。繁野話では直接支那小説によつたものが尠」（宇佐美喜三八「垣根草と支那小説」・『国語と国文学』十巻五号）いという相違である。換言すれば、中国白話小説に依拠する度合が減少して、和漢の諸典拠を利用して、彼自身が創造する比率が増加してきたのである。これはすなわち、国字小説をいよいよ国字小説らしくするための庭鐘の努力の反映である。そして、それにつれて歴史論などの議論が導入されることが多くなり、筋の変化を意図する、いわゆるストーリー性が減じている。第一・二・四篇にそうした傾向が顕著である。また、小説造りの方法が多様になって、同じく翻案ではあっても、その方法が三種類に分化されている。一は「繫ぎ」と称するもので、第三篇に用いられ、一は「旧趣を仮りる」というもので、第五篇に実施され、一は「翻する」と呼ばれるもので、第八篇に使われている。かく、翻案方法を多様化することは、中国小説の筋立てにそのまま依存する姿勢を変えて、自己の創造力に基いて粉本を改変する志向が強まっていることを意味している。このことはまた、庭鐘が自己の方法を確立したことを意味しているが、この方法の確立を自覚した言葉が序文に述べられた「其首なる雲のたちゐる談は、是をこそ一方の雲の賦と号べきか」以下の記述であって、第四篇を除く各話の方法と趣意や主題を明かしたこれらの言葉は、庭鐘が明瞭に自己の作意を自覚した人であることを示すものである。

もう一つの作意の自覚を示す言葉が、同じ序の、

　卑説臆談、名区山川、古老の伝聞、土人の口碑、此に述ずんば世に聞ゆまじきを、是が演義して、長き日の興にも備ふべし。

である。これは、各土地の埋もれた口承譚を発掘し再構成した、という意味である。しかし、本書の物語は実際に各土地の口碑に取材したものではなく、本来は全く無縁の中国小説や和漢の諸典拠に基いて造りあげた話であり、そのようにして造りあげた話を各土地の地名などの起原に結びつけ、地名縁起説話の形式に仕立てたものであることは明かであって、従って、庭鐘のこの発言をまじめに受けとめることは避けなければならない。が、庭鐘としては話と地名との結びつけの巧妙さを読者に理解してもらいたいのであり、それは一つの知的な遊戯であった。だが、この知的

遊戯は、歴史時代の話と現に存在する土地との連関を読者に実感させ、話に親近感を持って参入させる効果をもたらしている。特に、庭鐘と刊行書肆との地元である大阪周辺を舞台とする話が多い(第一・二・四・八篇)ことは、大阪の読者を喜ばせたことであろう。

第一篇　雲魂雲情を語つて久しきを誓ふ話

廻国の僧が物の精霊と通夜問答する話型は、中世の説話や能に頻繁に見うけられるが、雲を相手として、その景状や属性を聞き出す、という着想は、序にもいう如く、『荀子』賦篇の「雲賦」から得たのであろう。大阪の諸方の上空に集まる種々の雲のうち、丹波太郎のみは『好色一代男』四・七に見えるが、奈良次郎・泉の小次郎・摩耶九郎・有馬三郎はこれ以前の他の文献に名が見えず、近いものでは僅かに中西敬房の天文書『民用晴雨便覧』(明和四年叙)に出づるのみである。ただし、この書も刊行が『繁野話』より僅かに後であることを思うと、『繁野話』からその名を取った可能性が高く、当時の大阪の一般の知識に基いたものであったかは未詳である。注に指摘した如く、これらの雲の景状と属性の記載も、『民用晴雨便覧』と一致しているのだが、後者が前者を採り入れた可能性が大きい。また『博物筌』(明和四年版)「雲見二日和一法」が泉の小次郎などの名を引くが、これも『繁野話』から取ったと見るべきであろう。雲の言葉には、和歌和文、漢詩漢文の知識が踏まえられており、美文でもって多方面から雲に関する多くの知見を敷き陳ねる筆法は、まさしく漢土の賦の方法に通うものである。「靄」と「霞」は字義が誤解されることが多いのであるが、そうした漢字の誤用を『操觚字訣』によって正し、珍しい漢語には、『名物六帖』によって字訓を施している処には、古義学の流れを汲み、『康熙字典』を補正刊刻(安永九年刊)した小学学者としての面目も窺える。雲が徳川氏の治世を予言して姿を消すという結末の型は、『雨月物語』の「貧福論」の結末に取られているが、それのみならず、同書の「白峯」に対しては、通夜問答の構成や議論開陳の様式など様々の小説作法において影響を与えた。

第二篇　守屋の臣残生を草莽に引話

上古の物部守屋と蘇我馬子の排仏をめぐる争闘は、庭鐘が利用している如く、『日本書紀』十九に記されていたが、近世になると双方の正当性と誤謬性とを論諍する風潮が生じた。それは、簡略なものながら、熊沢蕃山の『集義外書』(寛永六年刊)巻二に始まり(同情論)、伊蒿子滕蔵季廉の『国朝諫諍録』上・五(貞享五年刊。同情論)、安積澹泊の『大日本史賛藪』(享保初年執筆)三・上「葛城円—物部弓削守屋」を経て、洛北鷹峰の沙門釈日達の『神仏冥応論』(享保五年刊)三「穴穂守屋国之奸賊」に至ると、かなり長い漢文でもって守屋の失を指弾している。一方、佚斎樗山の『英雄軍談』(享保二十年刊)四「仏法渡始幷聖徳太子守屋之評」は守屋を忠臣として弁護し、子孫が滅亡した聖徳太子と馬子とを応報の結果として非難している。物部氏を家祖とすると称する荻生徂徠が堂々たる漢文ではあるが、いささか戯文の感がしないでもない「擬二家大連檄一」(徂徠集十八、元文二年刊)において、守屋が馬子・太子と戦う際の檄文を擬作しているのは、勿論、守屋に同情する立場から物しているのであり、またかかる風潮の内に在ってのものであった。

守屋に荻生翁を名のらせる庭鐘のこの作品は、いささか戯れの気はあるが、徂徠の守屋同情論を継承する立場を明らかにした作品であり、且つ太子と馬子の子孫の滅亡を特記し、対蹠的に守屋の長寿を虚構する点において佚斎樗山の立場を継承発展させるものであった。儒者であった庭鐘は、林羅山などと同じく、排仏論者であった守屋に好意を抱いていたのであって、作品の処々に守屋の性格を理解力の柔軟な寛容なものに造形する行文が見出される。また、上古の質朴を賛美し、異国の文物を受容する場合には我が国への適応性を考慮すべし、という守屋の論、及び日本を漢土と並べて世界の中国とする太子の論には、山崎闇斎学派の儒者や賀茂真淵のそれにも通ずる国体思想が盛り込まれており、太子と守屋の問答は一箇の思想闘諍として読むことができる。

守屋が馬子・太子の連合軍に敗れるところまでは史実に沿って書いてあるが、死亡せずに生き長らえるという設定は虚構である。この虚構のもとを浮世草子『物部守屋錦輦《にしきのてぐるま》』(八文字屋其笑・瑞笑作、延享四年刊)に求める説があるが、現実世界では敗者であった守屋が長寿を得、勝利者であった馬子と太子の子孫の滅亡を見とどけることによって、寿命の点では勝利者に転ずる、という筋は、清の呂熊の長編歴史小説『女仙外史』に得たものであろう。燕王に帝位を奪われた建文帝が、史実とは異って、僧侶に扮して宮中を脱出し、燕王よりも長寿を保つ、という『女仙外史』の筋は、歴史上の敗者に同情し、歴史の欠陥を虚構に託して補正する、という精神に支えられている。片岡の飢人の話も庭鐘がこの精神に基いて、推古紀や『本朝神社考』の話を守屋延命譚に撮合したものであるが、さらにその話と相似た『礼記』檀弓・下の餓者の話を巧妙に融合させる、という知的遊戯も施されている。かように潜かに和漢駢事を仕掛けて喜ぶ点に庭鐘の特色がある。

第三篇　紀の関守が霊弓一旦白鳥に化する話

この作品も一種の和漢駢事であって、唐代の文言小説『任氏伝』と『今昔物語集』三十「人の妻化して弓となり、後に鳥となりて飛び失せし語」の撮合である。舞台を雄の山の関に定めたのは「人の妻」に付会する準備としてであり、前半の山口庄司・橘雪名・小蝶の三角関係は『任氏伝』に基いて叙述する。とりわけ小蝶のいわゆる〝可愛い女〟ぶりや、山口庄司の暴行を防ぐ場面を生き生きと描き得たのは、『任氏伝』の人物造形と情景描写とを摂取した成果である。中段の登美夏人と弓にまつわる話が「人の妻」に基く箇所であり、後段はまた『任氏伝』の奇異譚に基いて狐に化現した小蝶の逃走を描き、末尾において、本来は何の関係も交渉もなかった中国種『任氏伝』と日本種「人の妻」の二話を有機的に因果づけ統合させる。そして、三人の男がすべて小蝶に操られていたことを明かして、「邪色の人を蕩す」(繁野話序)を戒むという教訓を一話の内に通した。かように、本来没交渉な二話を撮合させて、その間に教訓や思想を通すという方法を、庭鐘自身は序で「繋ぎ」と称している。この「繋ぎ」による和漢駢事の方法をもって、中国種のみに拠って小説を作ることを庭鐘は避けている。

また、「手束弓」「朝もよひ」の歌語は、その語源や意味に関して諸説が存する厄介な語であるが、そうした語に対して庭鐘は一見識を持っている人であって、作中に自己の考えを披瀝している。とりわけ「朝もよひ」については、登美夏人に「早膳」を用意させるという設定をわざわざ施しておいた上で、末尾に「朝もよひ跡ふみ認て」の歌を詠じさせることによって、「朝もよひ」が早膳を食するの意であることを、読者が理解するように求めている。これも一種の知的遊戯であろう。最後を地名縁起説話の形で終らせるのも、その一である。

第四篇　中津川入道山伏塚を築しむる話

この話は、未だ原拠が特定されていない。しかしまた、強いて特定する必要のない作品であるかも知れぬ。筋らしい筋があるというのではなくて、ほぼ全編が議論で満たされており、その議論は庭鐘の持論であろう、と思われるからである。

楠正成が生きのびて桜崎左兵衛を名のるという俗説は、写本で伝えられる『兵家茶話』(日夏繁高編輯)八「頼政墳墓」(仮題)に基くが、それ以上の記述は、この書にはなく、庭鐘は貞治・応安(一三六二―一三七五)の交の南朝方の動静を

『太平記』に基いて叙している。但し、『太平記』では貞治・応安以降の事として記されている事柄も混入している。後醍醐帝及び楠正成や新田義貞らの批評は、『太平記評判秘伝理尽鈔』を参照したというよりも、庭鐘自身の見識を基に行っていると思しい。桜崎左兵衛と赤松則佑が矢田十郎の北朝討伐の勧めを断る言葉の中には、「時運」「天命」「造化の自然」などいう語が何度も見えて、大勢の赴く所、人力をもってしては如何ともし難い、という時運論が、一編の中心思想になろう。他に、則佑の言葉の内に見られる、無用の戦さを起して犠牲者を増やすな、という考え方もまた庭鐘の思想を込めたもの。第九話や『莠句冊』第六・七話に顕著に見られる如く、庭鐘は南朝贔屓の人であるが、しかしそうした感情に乱されることなく、当時の北朝と南朝の勢力の強弱や、大勢と個人の力量の相関関係などを冷静に認識できる人であった。そうした冷徹な歴史洞察力に基く自己の史論を展開することが本話の意図であった。舞台となった菟餓野は庭鐘の地元であって、そのあたりの塚の地名縁起説話の形式に仕立てたことは、当時の大阪人に遠い歴史時代の話を身近なものに思わせる効果があったことであろう。

第五篇　白菊の方猿掛の岸に怪骨を射る話

入話に当る鬼神山魅の論は、明の呉廷翰の『甕記』(宝暦十二年和刻本あり)と新井白石の『鬼神論』などを融合して成した。本話は、唐代小説『白猿伝』と明代白話小説『陳従善梅嶺失渾家』(喩世明言・巻二十)が粉本。ただし、序に「旧趣を仮り」という如く、全体の構成を『陳従善』のそれに依拠し、細部のみを『白猿伝』から取っている。隠れ神の岩窟の描写は、四十回本『平妖伝』第二回の白雲洞のそれを参照していよう。

粉本とこの作品との大きな相違は、粉本では道教の一派たる全真教の威力によって妖怪が捕えられるのに対して、翻案では隠れ神と女性の納音《なつちん》が相剋すべき因縁があることによって隠れ神が滅亡することである。いわば、前数(あらかじめ定められた運命)によって隠れ神は滅亡するのであるが、この前数が占卜に示現することを示すために、作者は新たに三依道人の占卜の一段を設ける。そこで道人が述べる占卜の言葉は、漢の揚雄の『太玄経』から取り来ったものであり、人の意表を突く、こうした僻典を用いる点に庭鐘のひそやかな自負と知的遊戯が存していた。かくて、「占卜の前数に因る」(序)という思想を貫通させるのである。一方、末尾に女性が隠れ神に心を動かしたことを恥じて、その首を射る趣向を設けることによって、「女教の名実全からんこと」(序)をも説いた。そのように、粉本では全く述べられていない思想を説くために、その基本的な構成は踏襲しながらも、部分部分に粉本の持たない話や場面を挿入する、というのが「旧趣を仮り」るという翻案法であった。

そのようにして挿入された話が、白菊が夢中に夫に逢う場面や、三須守廉が木曾山中に妻を捜索して、雌狒狒を退治する一段である。後者は、陳従善が妻を捜索しないままに任地に赴き、そこで賊人楊広を討伐する、という粉本の話を改変することによって、守廉を武者魂を備えた男として造形する部分であり、これによって原話の陳従善に感じられる優柔不断さが払拭されるのである。その外、他編と同様に、行文の裏にさりげなく古歌や詩文を踏まえている重層的表現法、及びその措辞や趣向が秋成・馬琴らに影響を与えたことは、これを注に譲ろう。

第六篇　素卿官人二子を唐土に携る話

明の弘治・正徳(一四八八―一五二一)の交、日本と中国の間を往来し、寧波で騒動を起した宋素卿一件に関しては、松下見林の『異称日本伝』(元禄六年刊)中之一・五に収められている『韓林胡蘆集』『武備志』『図書編』によって、その概要を知ることができる。また、この宋素卿が我が謡曲「唐船」の祖慶官人の名と事跡に通いあうことを発見し、祖慶官人のモデルが宋素卿なるべきことを指摘したのは、伊藤東涯の『蓋簪録』巻四「葉台山蒼霞草云」の一条であった。

古義学の流れを汲む庭鐘は、たぶんこの記事に着目し、宋素卿一件の資料と「唐船」の内容を、得意の「繫ぎ」の方法を用いて撮合したのであった。

素卿が日本で立身する一段は、我が景徐周麟の『韓林葫蘆集』四の詩引に拠って記し、唐土に日本子を同行し、彼の土において唐子に対面し悲嘆する一段は、「唐船」の筋を逆設定した。その後の、寧波にて紛争を起す話は、『図書編』と『武備志』を相互に参照し、両者を対校して新たに一箇の寧波事件を再構成する貌で叙したのであった。かかる構成によって、宋素卿一件と「唐船」という、日本と唐土に亘る、和漢両様の文体の資料と作品とを巧妙に撮合したのである。ただし、文学作品としては記録資料を越えて人間性と人生とを具象化しなければならぬので、才人無行の悲劇と仕立てるべく、入話に才人論を設け、また日本子・唐子との別離の場面を導入したのであった。日中交渉史上の珍らしい事例を文芸化した作品である。

第七篇　望月三郎兼舎竜屈を脱て家を続し話

甲賀三郎伝説を伝えているものには、庭鐘も利用している『諏訪の本地』に多くの異本が存し、近世に入って竹田出雲の浄瑠璃にも『甲賀三郎窟物語』(享保二十年初演)があったが、庭鐘が依拠したものは『広益俗説弁』遺編(井沢蟠竜著・享保二年刊)二に引かれる「甲賀家伝」である。『諏訪の本地』は、大別すると甲賀三郎の諱を兼家とする兼家系写本と諏方とする諏方系写本が存するが、庭鐘が参照したのは兼家系の初期の写本であった。兼舎が賊塞を奪取する内応の作戦は、『通俗漢楚軍談』六「周勃陳武取二散関一」等によく見受けられるものであり、眉鱗王が僭偽の竜衣を僧衣に替えての脱走は、第二話にも用いた『女仙外史』第十八回、建文帝の脱出譚を取り入れたろう、と思われる。兼舎が穴に落ちてからの話は、『諏訪の本地』を参照しているふしもあるが、難しい典拠を用いることの好きな庭鐘は、それとよく似ていてしかも神竜と一緒に穴を出る設定が存する『輟畊録』(承応元年刊和刻本あり)第二十四巻「誤堕竜窟」を用いたのである。兼舎と竜の問答は難しいものであるが、唐の薛瑩撰『竜女伝』の内の「洛神伝」のそれを踏まえ、雷説は、漢の『論衡』以来和漢で展開されているが、管見の範囲では『英雄軍談』五「風雷雲雨之談」の文辞と近い、と思う。このようにして、和漢の、特に漢土の典籍を多用して、従来の甲賀三郎伝説を新たに再構成することが庭鐘の意図であった。この他にも『水滸伝』の投影が散見する山塞の場面や、庭鐘が備えている滑稽性が発揮されている眉鱗王脱出の場面は、構成にふくらみを持たせるために多くの典拠を駆使して創出されたもので、今後もそれらの調査を続ける必要がある。

第八篇　江口の遊女薄情を恨て珠玉を沈る話

粉本は、現代中国においても有名な「杜十娘怒沈百宝箱」(警世通言・第三十二巻)。序に「杜十娘を飜して」と述べる如く、粉本のストーリーをほぼそのまま日本の話として置き変え、前半は、美男小太郎と名妓白妙の交情を甘美にまた写実的に描く。鴇母の打算的な態度、小太郎の優柔不断な人柄、白妙の優婉な内にも侠気を帯びた性格、岸成双の誠実な友情などが鮮明に描き分けられる。文体は、甘美な場面には優美な和文を用いるが、その他は粉本の白話語彙をそのまま多く使用する、新奇な異国情緒を醸し出す直訳的なものである。

後半に至っても、かような翻訳に近い叙述が続くのであるが、一箇所だけ粉本と異なる設定がある。粉本では、孫富は李甲から杜十娘を横取りしようと、李甲に妓女を家に連れ帰ることの危険さを勧告するが、翻案では、孫富に当る海賊柴江酒部輔のほかに、小太郎の親族で「堅固の田舎人」である和多然重を別に登場させ、原話には該当する人物のない、この和多然重が、柴江に欺かれて、小太郎に妓女を伴い帰る危険性を忠告するのである。その忠告は、堅固実直な和多然重が真剣に説くものであるだけに、堕弱な小太郎を翻然と悔い改めさせる力を備えていた。こうして、原話のお為ごかしの勧告が、翻案では真剣な忠告に反転させられており、家門の継承を妓女への愛情よりも重要視するという、儒者庭鐘の「子弟の戒」(序)として意味づけられたものになっている。原話では、妓女を裏切った李甲が終身癒えぬ狂疾となる、と設定されることによって、不実な男が指弾されるのであるが、翻案では、妓女の地位を「浮花の身のうへ」として軽視し、家門の継承を重視する儒家的価値観によって、小太郎の帰国行為が許容されているのである。このようにして、一方では、ひたすら男に献身し、男に裏切られれば死をも辞さない「俠妓の偏性をかた」(序)ると同時に、一方では、小太郎の帰国を述べることによって「子弟の戒」を貫こうとした。ただ和多然重一人のみを新たに設けることで、俠妓の偏性と不実な男への指弾という原話の主題を、俠妓の偏性と家門の継承の重要性という異なる主題に転じさせたのであり、その点に原話をできるだけ忠実に踏襲しつつも僅かな改変によって主題を翻転させるという知的工夫が仕掛けられていた。ただし、下層階級の者や弱者に同情の眼を向けて知識人を揶揄嘲笑する傾向を備えた中国白話小説の方が主題が一貫的に描かれており、それに対して、原話の庶民性を儒家流の道義を導入することで変質させた翻案の方は主題が分裂している、との批評も呈示されるのであろう。しかし、原話の忠実な翻案では庭鐘の創造性が発揮できなくなってしまう、という事情も考慮に入れる必要があろう。その他、例によって、行文の裏に典拠を潜めおくことによってイメージを重層化させるという技法が冴えていて、小太郎の煩悶を聞き知ろうとする白妙の言葉に『万葉集』の安倍女郎の歌を重ね合わせ、一首が語っている男を励ます気持を重層的に表現する処は見どころである。また、末尾に「痴ならざれば情にあらず、死せざれば俠にあらず」を置くことによって、杜十娘の話が『警世通言』のみならず『情史』巻十四「杜十娘」にも文言体で収まっていることを、それとなく知らせている技法も、その一である。

第九篇　宇佐美宇津宮遊船を飾て敵を討話

『英草紙』『莠句冊』にも必ず収められている、南朝方の活躍を叙した軍談の一つである。南朝といっても、この場合は、南北朝が合一した後も南朝の残党が皇胤を立てて持明院統と足利幕府に対して抵抗運動を行った、後南朝のことである。後醍醐天皇の曾孫良王を、宇佐美・宇津宮らが下野から甲斐・信濃を経て尾州津島へ護送することは、『並合記』『信濃宮伝』に記されている（浅野三平「「繁野話」の周辺」・『国語と国文学』昭和四十九年十月）。『並合記』は長享二年（一四八八）に成ったと記されているが、実は近世前期の尾張の学者天野信景《さだかげ》の偽作であろうと現今の学界は考えており、同内容の『信濃宮伝』もそれに類する偽書であろう。史料というよりも近世軍記とでも称すべき本なのであるが、庭鐘としてはこれを歴史を記録した史料と見なしており、史料の記載に拠りつつ、その間の情勢を諸典拠を利用して虚構したのである。いわば、歴史記録に忠実に依拠しつつ、その間隙を虚構で埋めた歴史小説なのであり、その虚構は南朝方の誠忠と軍略及び勇壮を賞讃する意図の下に施されている。ただし、庭鐘が実際に依拠したのは、『並合記』ではなくて、それを異本として参勘している『兵家茶話』巻三「中務卿宗良」「桃井新田之事」「信濃宮略系」「尾州津島四家」（仮題）の本文である。そのことは、両書を対校してみると、『兵家茶話』の本文と一致し、『並合記』の本文とは差異があることによって明確に判明する。

虚構を設けるために用いた諸典拠は、『通俗三国志』巻十九「孔明計伏周瑜」・同十七「張飛拠水断橋」・同十六「孔明博望坡焼屯」及び馮夢竜の『増広智嚢補』を和訳した『知恵鑑』（万治三年刊、辻原元甫）巻八・兵智に収められる符彦卿や銭傳瓘の話であって、いずれも機略や勇壮によって敵を退ける趣向を備えている。そうした各話を宇佐美・宇都宮の戦略として統合することで、両者の後南朝への忠誠と活躍とを表わしたのであった。良王が津島へ移って以降の話も『通俗三国志』等を利用して同様な方法で叙してゆき、最後を津島神社で行われる檀尻囃子の縁起譚の形式としてまとめた。『繁野話』の掉尾を飾る作品として、歴史上の話を庭鐘の在世する当代の祭礼と連ね、明るいハッピイ・エンドの結末としたのである。

『曲亭伝奇花釵児』（徳田　武）

自叙に「湖上の覚世翁」こと清の戯曲作者李漁、字は笠翁を挙げるが、それをヒントとして粉本を『笠翁十種曲』中の『玉搔頭伝奇』に確定することができる。馬琴自身も、「このはなかんさしは笠翁十種曲中の紫釵記を訳せしものにて、書さまこの書によれば伝奇のよみやうを会得せられん為にあらはし候キ」（文政十二年三月二十六日付、殿村篠斎宛書簡）と、粉本を明かすのに吝かではなかった。ただし、紫釵記は玉搔頭の記憶違い。また、「曲亭伝奇花釵児　戯伶扮名目次」の様式は、中国演劇の手引書『唐土《もろこし》奇《き》談《だん》』（寛政二年刊、太平館主人銅脈作）の一の「千字文西湖柳戯伶扮名目次」に倣っている。

馬琴が『玉搔頭』を知ったのは、享和初頭の頃と思われる。そう考える理由は次の如くである。享和二年刊行の『潮来絶句』（曲亭馬琴・藤堂梅花共著）に馬琴は「潮来曲後集」を書いているが、その署名「享和壬戌（二年）春帝端月之夜侍㆓著作堂窓下㆒而採㆓筆於梅柳深処㆒」の最後の四文字は、『玉搔頭』序の署名「戊戌（一六五八）仲春黄鶴山農題於緑梅深処」の最後の四文字と酷似する。この『潮来絶句』には馬琴の知友の儒者伊藤蘭洲（蘭洲逸士兆熊）が跋を書いているが、その漢文は多く『玉搔頭』序の措辞を踏まえている。蘭洲はまた『花釵児』より一年後に刊行された馬琴の読本『月氷奇縁』に漢文跋を書いているが、それにも『玉搔頭』序の措辞が踏まえられている。かかる事情を総合すると、馬琴は儒者で中国俗文学通である知友の蘭洲から享和初頭には『玉搔頭』の存在と読法とを教示されていた、と考えられる。

馬琴は芝居を軽侮していたようだが、実は若年時には相当の芝居好きで、『花釵児』執筆の前年の享和二年に京阪に旅行した折も、しばしば芝居を見物していたことは『羇旅漫録』に記されている(ちなみに、『羇旅漫録』に記されている京阪の名所旧蹟は、『花釵児』に利用されている)。また、馬琴は同一の題材に対する関心を長く持続させる作家であって、晩年に『近世説美少年録』で扱うことになる陶晴賢の叛乱一件に就いての関心を、本作に読み取れる如く、この時に早くも抱いていた。かくて、以上の三要素などが統合されて、中国演劇から得た筋と様式とを日本の歌舞伎の様式に撮合し、世界を足利義輝と三好長慶・松永大膳の葛藤に定め、背景に陶晴賢の叛乱を置いた『花釵児』が成立するのである。『花釵児』の版本は中本と呼ばれる、美濃紙を半分折りにしたサイズ(縦十七・九糎×横十二・七糎)で、半紙本型の読本に比して気楽で自由な実験を行うことができるものである。それまでは殆ど黄表紙ばかりを書いていて、読本といえば中本型の『高尾船字文』(寛政八年刊)しか創作していなかった馬琴が、三十七歳になってようやく中国俗文学を粉本として真向からその翻案に取り組んだものが『花釵児』であったが、その場合、本格的な半紙本読本として翻案する自信はまだ彼には無かったものと見えて、かかる気楽な判型に拠ることとなったのである。

『玉搔頭』の梗概は、次のようなものである。

明の正徳年間、第十一代皇帝武宗は理想の女性を求めて、地方を巡行することとし、「敢言直諫」の許進に後事を託するが、同時に佞臣劉瑾にも宮中の事をまかせ、劉瑾と結託する朱彬を随伴者とする。一方、許進・許讃父子と王守仁は協議して、許進父子は内部の劉瑾・朱彬を監視し、王守仁は江右の寧王の不穏な動静を警戒する。(第一―三齣)

太原の周二娘は都院の名妓であったが、十六年前になじみ客の劉都閫の妾の娘劉倩倩をあずかって養育し、劉都閫の死後には自分の娘とした。周二娘は倩倩に実父母のかたみである玉搔頭《かんざし》を与え、客をとれと勧めるが、倩倩はめったな男には許さないと明言する。(第四齣)

朱彬はもと京師のごろつきだったが、皇帝にとり入ってその義子の資格と姓を得、さらに帝位を狙う。劉瑾は朱彬に三つの事を託す。一は武宗を帰京させないこと。二は劉瑾を非難する者がいたら弁護すること。三は許進父子を陥れるのに協力することである。朱彬は、劉瑾が皇帝となった時には自分を東宮にする約束をさせる。武宗は劉瑾に、許進以外の者には病気静養中と伝えておくよう命じ、出発する。許進は武宗を引き留めるべく跡を追うが、武宗から朝廷を保てという密詔を受け、引き返す。(第五・六齣)

太原の馬不進と牛何之は、周二娘に倩倩の婿をあっせんするが、すべて拒否されたところへ朱彬が現われ、一悶着起る。朱彬の手引で会った武宗と倩倩は夫婦の約束を固める。ただし武宗は、姓を万、身分を威武大将軍といつわる。倩倩は、万に操を立てることを誓う。(第七・八齣)

寧藩の王朱宸濠は反乱を計画し、水陸の演習をする。王守仁はその計画を予知して、軍の訓練をする。(第九・十齣)

武宗が別れる際、倩倩は玉搔頭を与え、後の証拠品にせよと頼む。（第十一齣）

許進から緯武将軍に任ぜられた范欽は任地に出発する。范欽の娘淑芳は折からやって来た武宗の落した玉搔頭を拾う。宮廷に帰った武宗は玉搔頭を落したことに狼狽するが、倩倩の操をためすべく、玉搔頭を持たない迎えの使臣を遣わす。（第十二・十三齣）

倩倩は病み、万一に備えて画師をよんで肖像を描かせる。そこへ使臣が来、皇帝の望みを伝えるが、倩倩は拒み通す。倩倩と周二娘は、皇帝の譴責を恐れ、また万郎をたずねて逃げ出す。（第十四齣）

朱宸濠は、劉瑾・朱彬を討つを大義名分として、反乱を興す。（第十五齣）

武宗は倩倩の節義の固さを聞いて、ただちに船で倩倩を迎えに行く。范淑芳は玉搔頭を落して行った人を恋い慕うが、玉搔頭を持ったまま父の任地へ旅立つ。（第十六・十七齣）

朱彬は玉搔頭を求めて倩倩の家に来るが、そこで馬不進・牛何之とかちあい、簒奪の志を二人に話すが、武宗はひそかにそれを聞く。倩倩が肖像画を残して立ち去ったことを知った武宗は、肖像画の写しを千幅作らせて各地にまわし、自ら威武将軍万遂になって、倩倩らが尋ねて来るのを待とうとする。倩倩と周二娘は黄河の東岸で、駅夫が「范緯武将軍」の来るのを待っていると聞き、「万威武将軍」と誤解して、確かめようと待つ。父の任地へ向かう范淑芳を万将軍の妻と誤解した倩倩は入水しようとするが、思い直して、淑芳よりも早く到着すべく陸路をとる。（第十八・十九齣）

武宗が自分の本心を知ったことに気づかされた朱彬は、劉瑾と反乱の計画をたてる。（第二十齣）

武宗は、倩倩の肖像画の複製を天下に配布せしめ、寧王の反乱を知り、劉瑾・朱彬を捕えることを決意して、

みずからを威武大将軍に任じようとする。（第二十一齣）

許進のもとに自分を威武将軍に命ずる勅書を書くようにとの使者を再三送るが、許進は承諾せず、かえって諫章を作って、決死の覚悟で宮中に行く。武宗は許進父子の忠孝をめでて、許進を威武副将軍に任じて、自分に随行させる。（第二十二齣）

王守仁と朱宸濠は、それぞれ防衛攻略の指令を発する。范淑芳は、賊軍を避け、船を棄てて逃げ出す。饒州府の役人は、肖像画と酷似する范淑芳を連行し、さらに范緯《い》武将軍の娘だと淑芳が弁解するのを、万威《い》武将軍の娘と誤解し、威武将軍のもとへやる。淑芳もそれとも知らず、感謝する。緯武将軍范欽のもとに倩倩と周二娘がやって来る。互いに人違いと知って、范欽は倩倩を自分の養女とする。南京に滞在する武宗の許へ范淑芳がつれて来られる。淑芳は自分の正体を明かすが、武宗は彼女を貴妃とする。淑芳は、玉搔頭を武宗に戻す。（第二十三―二十六齣）

倩倩は范将軍の書記役をしている内、皇帝の配布した文書の中から万威武将軍の名を見出し、更に自分の肖像画をも見出して、万将軍と皇帝とどちらが自分の求めている人であるかに迷う。すると范将軍のもとに淑芳が貴妃になったとの報知があり、倩倩は自分の地位を淑芳に与えようと考える。が、范将軍は、倩倩こそ妃になるべき者であることを、武宗に知らせようと思う。（第二十七齣）

王守仁は、許進の援助の申し出をことわって、自力で朱宸濠を捕える。（第二十八・二十九齣）

范欽は倩倩を武宗にあわせ、二人のすれちがいが解決される。淑芳は、自分を帰してくれと申し出るが、武宗は二人ともに貴妃とする。許進と王守仁も来合わせるが、武宗は許進を太保兼太子太師、王守仁を新建伯に封じ

て、二人に感謝し、さらにみずからを反省する詔書を書かせることにする。（第三十齣）

『花釵児』の梗概も概ねはこれを踏襲するので、以下に両者の該当する人名の対照表を掲げる。

武　宗	足利義輝（難波文吾武将）	馬不進	鶴井左平吾
許　進	細川晴元	牛何之	亀田六次
許　讃	細川晴経	范　欽	名波豊後武政
劉　瑾	三好長慶	范淑芳	玉苗姫
朱　彬	松永大膳	画　師	岩佐又平
王守仁	郡乙就・細川晴元	皇帝使臣	岩浪主税
朱宸濠	陶晴賢	范淑芳乳母	乳母道世
周二娘	桂の母（実は乳母）	范淑芳下僕	若党軍蔵（江浪主馬之進行道）
劉都閫	大館左衛門佐晴光	饒州府役人	伊勢十郎
劉倩倩	桂		

『花釵児』は僅かに中本二冊の分量であって、全三十齣にも亘る長編戯曲『玉搔頭』の内容をすべて取り込むことはできない。そこで、粉本の第九・十・十五・二十・二十二・二十七・二十八・三十齣の内容は、全く除かれているか、ないしはごく簡略に圧縮されている。その中でも大きな改変は、范欽と范淑芳に相当する名波武政と玉苗姫の処遇である。粉本では見られる如く范欽は善意の人であり、娘のライバルとなる恐れがある劉倩倩を庇護し、貴妃となるのに協力する。また范淑芳もめでたく貴妃となる。が、『花釵児』では名波武政は善玉と見えて実は悪玉であり、

娘の玉苗姫の邪魔になる桂を殺すことを図る。が、桂は若党軍蔵実は江浪行道に助けられ、逆に玉苗姫は父の悪事を悲しんで自害してしまう。浪岡橘平らの浄瑠璃「玉藻前曦袂」(寛延四年初演)二段目の趣向を融合した、こうしたどんでん返しの多い改変の結果、『花釵児』の結末は、読者の意表を突いた、波瀾の多い、しかも悪と血の臭いとが濃厚な、刺激的なものに変容している。それは化政度の鶴屋南北の作品にも共通する頽廃美を備えているものになった。その理由は何か。後年の馬琴の中国演劇批評に、「西廂記ハ巧なる趣向にあらず、尤あはあはしきものなれど、妙文なるにより、から国にてとりはやし申候」(前掲殿村篠斎宛書簡)という言葉があって、詞采を重視して結構を第二にする中国演劇の特徴を指摘し得ているが、そうした考えが享和年間(一八〇一—〇四)につとに抱かれていて、粉本のやや平板な結末を南北流の刺激に満ちたものに変質させるべく、かような改変を施したのであった。この芝居仕立の改変は、『花釵児』第二齣の、歌舞伎の「暗闘《だんまり》」の演出法を取り入れた場面、また第五齣、名波武政が二人の盗賊を倒して桂母子を救済すると見える場面にも見出すことができるのである。

もう一つだけ重要な改変を挙げておく。粉本では、ヒロイン劉倩倩の出自は、劉都閫(都指揮使司)の侍妾の娘であり、都閫が夫人の嫉妬を恐れて、なじみの名妓周二娘に託し、彼の死後は周二娘が自分の娘にした、というものである。従って、周二娘は劉倩倩に劉家を再興させるという望みを持たない。それに対して、『花釵児』の桂は足利義晴の忠臣大館左衛門佐晴光の遺児であり、母は元来は乳母であったが生母の死後に母分となった者であって、二人は「絶たるお家をおこさん」という抱負を持っている。後年の馬琴の読本には、典拠とした演劇・巷説では主人公の身分が町人であったものを武家階級に改め、断えた家を武士として再興する、という設定を盛り込むものが多いのであり、それはまた武家の滝沢家を再興せんという馬琴自身の志向が作品に反映したものであったが、この作品においても早くもそうした志向に基く改変が施されているのである。

馬琴が粉本として『玉搔頭』を採択したのは、それが君主の失政と二美女との色模様という二つの題材を併有していたからであろう。武宗の微服巡行の話は、政治を放棄して女の尻を追いかける君主の腑抜けさを批判し、劉瑾・朱彬の奸臣を筆誅し、許進・王守仁の忠臣を嘉賞する。一方、劉倩倩・范淑芳との色模様は、恋の経緯の面白さを堪能させる。硬い政治的題材と柔かい官能的題材との程のよい融合。そこが馬琴にとって大いに魅力であったのであろう。そして、この歴史劇の魅力を日本史の上に移すならば、日本の歴史上の君主の失政を、虚構によってではあるが、批判することができるし、李漁流の複雑に錯綜した恋愛譚の面白さを日本の読者に堪能させることもできる訳である。

しかも、馬琴と同時代の心ある読者が更に進んで、これは足利義輝に託して実は現今の君主の失政を批判したのだ、と心の中で解読することは、誰にも妨げられないことであるし、馬琴自身も読者がそこまで深く読み込んでくれることを期待する面はあったろう。どのような点が馬琴の当代の君主の失政と重ね合わせられる可能性を持つのか。それはまさに、女色に耽溺するが故に国政をなおざりにする、という一点においてである。（一六六―七頁参照）

馬琴の当代の君主といえば、第十一代将軍徳川家斉であるが、彼は寛政元年(一七八九)から享和三年(一八〇三)までに、多くの妻妾に二十一人もの子供を死産・夭折とりまぜて儲けさせている。それらの妻妾と子供のために幕府の財政は疲弊したし、後になるとそれらの子供が成人して嫁娶するので、嫁娶先の大名が物心両面に亘って多大な犠牲を強いられたのは、有名な話柄である(三田村鳶魚「大御所様」。『三田村鳶魚全集』第一巻)。家斉にも女色に耽って国政を荒ませる面が存した。そのように、当代の君主の失政と重ね合わされて読まれる話を書きながらも、しかも馬琴は、もし当代の君主を当てこすったという官憲の疑惑が向けられたとしても、いや、足利時代の事を書いたのだ、と逃道を残しておく、婉曲な筆法を用いたのである。『玉掻頭』には、そのような翻案法を実験できる政治性が、官能性と並んで備わっていたのである。

勿論、馬琴の翻案の意図は他にも存している。最初に引いた篠斎宛書簡にいう「この書によれば伝奇のよみやうを会得せられん為にあらはし候キ」も、その一つであった。中国戯曲の、歌曲と台詞の結合という様式と、役柄・演出を表わす用語とは、日本の読者には珍らしく、それだけに解しにくい。そこで、日本の歌舞伎と撮合して、理解しやすい形を取ることによって、中国戯曲の面影を窺わせたのである。中国戯曲の脚本の、役柄とその動作とを枠で囲むという様式を、日本の版本に取り込むという実験は、都賀庭鐘の知識人向けの『四鳴蟬』を除いては、誰も着手していなかった。この新奇な実験を馬琴は大衆読者を対象として行ったのであり、そのことを、彼は上巻見返しで「彼我合奏曲」と称している。唐土と日本の戯曲の様式の折衷という意味である。この中国戯曲の脚本の様式を取り入れる方法は、山東京伝の合巻『女俠三日月於仙』(文化五年刊)や柳亭種彦の合巻『国字小説三蟲拇戦』(文政二年刊)に襲われたというが(高木元「『曲亭伝奇花釵児』―解題と翻刻」・『研究実践紀要』一九八三年六月)、それはそれだけ馬琴の開発した様式がもの珍らしくて、読者を魅きつける力があったのだ、ということを語るものであろう。また、挿絵の足利義輝の顔は沢村源之助の似顔である、とのことである(向井信夫氏。右解題の内)が、このことも、中国戯曲の脚本の様式に日本の歌舞伎の雰囲気を融合させるための一つの仕組であったろう。

文体に就いていえば、地の文では七五調を基調とし、縁語・掛詞を多用し、台詞では実際に役者が舞台でしゃべる台詞の調子を導入したと覚しき大衆向けのものであり、『玉掻頭』を直訳したような硬質な漢語や訓読体は用いていない(漢語の使用及び漢字の表記は、主として『書言字考節用集』(槙島昭武編・享保二年刊)に基いている)。その点では粉本の内容を平易にくだいた文体といってもよい。会話においては、舞台が上方であることに拠ろうが、江戸言葉よりも京阪の上方言葉を意識的に多用している点が注目される。『羇旅漫録』の中で、馬琴は言葉に敏感なところを示して、名古屋・京都・大阪などの方言を、そのつど採集し書き留めているが、この時の京阪旅行で身をもって知った上方弁の響きを導入することに、せいぜい努めたのである。

古井戸秀夫氏に演劇関係の御教示を得た。記して感謝いたします。

『催馬楽奇談』（横山邦治）

一　書　誌

底本　八戸市立図書館蔵本　半紙本合冊

表紙　薄茶色の改装表紙。一二・五×一五・六センチメートル

保存良好の原装表紙未見。中村幸彦蔵本が初刷本で原の表紙をさぐる手がかりを与えるが、破損状況が激しく元の色は判らない。現状は薄い灰白色を想わせる色、裏表紙は花紋模様入りであるが後補のものであろう。家蔵本も初刷本とは思われるが、顕簽はもちろん刊記・見返しを欠いており、紺表紙であるが、原装でなく改装したものであろう。

題簽　左肩に白地の題簽に、筆で「催馬楽奇談　全」とある。改装後の筆跡である。

原題簽の状況は、天保十二年(一八四一)の刊記のある向井信夫蔵本の後刷本で想定し得る。中村幸彦蔵本の表紙中央に大よそ一七・四×十一・三センチメートルの題簽剝落の痕跡があり、向井本の表紙には一七・八×一一・二センチメートル枠の題簽が、上辺約九ミリメートル、下辺約二・二センチメートルを残して中央に貼ってある。その大きさにいくらか齟齬はあるけれども、大よそ同じ様態のものと考えてよいであろう。向井本の題簽は、欠落部分もあったりで不鮮明であるが、巻一・巻五之下のごとく右肩隅に小さく「催馬楽奇談」とあり(巻二は上方中央左寄りに「さいはらきたむ」と見える)、原題としてよいであろう。それぞれ題簽ごとに異なった美しい彩色入りの絵が画かれている。原題簽もかくのごときか。

見返し　彩色絵入りで左記の文字あり。

文化八辛未新鐫

小枝繁戯作

全部

催馬楽奇談　雄飛閣梓

六冊

蹄斎北馬画

構成　序(一丁半)、口絵(五丁)、次序(一丁)、目録(半丁)、巻一本文(二十二丁、内挿絵四丁)、巻二本文(二十三丁、内挿絵五丁ただし二丁は本文入り)、巻三本文(二十六丁半、内挿絵六丁ただし二丁は本文入り)、巻四本文(二十八丁半、内挿絵四丁ただし二丁は本文入り)、巻五上本文(十九丁ただし挿絵三丁)、巻五下本文(十九丁、内挿絵三丁ただし一丁本文入り半丁巻末広告)。

自序末「文化庚午春歡醻閑士題於独醒書屋之小窓下㊞㊞　酔墨真逸録㊞㊞」
内題「馬夫与作乳人重井 催馬《さいば》楽《ら》奇《き》談《だん》巻之一（一五下）」「東都　歡醻陳人戯編」
柱記「さいばらまきの一（一五下）（丁付）」
匡郭　一八・二×一三・六センチメートル
刊記「文化八辛未歳孟春発行／東都書林／日本橋青物町　西宮弥兵衛／糀町平川町　伊勢屋忠右衛門／新橋加賀町　田辺屋太兵衛梓」

二　諸本

(一)文化八年（一八一一）刊本

所見三本、底本とした八戸市立図書館蔵本は合冊本であり、中村幸彦蔵本・家蔵本ともに欠陥を有する本で、恐らく存在したであろう袋とともに原姿を有する善本は未見。八戸本と中村本とを見合せることによって原姿を想定しうるのみである。文化八年初春の店頭に飾ったこの本は、読本愛好者の購買欲を充分刺戟する華麗さがあったであろう。

(二)天保十二年（一八四一）刊本

所見一本、表紙の題簽（写真参照）は原姿を想定し得るものを存する向井信夫蔵本、見返しを欠き、序の後半と口絵の前半にあたる一丁分を欠き、薄墨その他で趣向を凝らした口絵・挿絵が多く単一摺りになっていて手が抜いてあ

『催馬楽奇談』巻五下・表紙（向井信夫氏蔵）

る。巻五下の巻末広告は初刷本と同一であるが、巻之二巻末裏表紙裏には「浄瑠璃早合点　懐中小本全一冊　價四匁三分」とあって内容解題入りの広告あり、巻末裏表紙裏の刊記部分には、

「梅川夜《かいせんや》話《わ》仙家月《せんかのつき》　全十冊四刻／天保十二丑年初春発販／書林／江戸小伝馬町三丁目　丁字屋平兵衛／同京橋弥左ヱ門町　大嶌屋伝右ヱ門／尾州名古屋樽屋町巾下　玉野屋新右ヱ門／江戸馬喰町四丁目　菊屋幸二郎／京都二条通寺町西　丸屋善兵衛／大阪心斎橋通南久太郎町　秋田屋市兵衛」

とある。他の読本の後刷本でも同様な刊記を見た記憶があるので、あるいは大阪書肆秋田屋市兵衛が天保末年に購入した板木再摺の時に同一の刊記を付して刊行したものの一類かも知れない。

㈢幕末期刊本

所見一本、国会図書館蔵本である。題簽は左肩上に子持枠内一六・一×二・九センチメートルに「絵本催馬楽奇談」とある。序から巻末広告に至るまで、初刷本と全く同一であるが、口絵や挿絵の薄墨などは欠落している。刊記は、

和漢西洋 書籍売捌処

群玉堂河内屋　大阪心斎橋博労町角　岡田茂兵衛

とあって、同種の岡茂の刊記と同一であり、幕末期に岡田茂兵衛が板木を大量購入販売した読本の一つであろう。

三　作　者

作者は小枝繁、一般に「さえだしげる」と呼ぶが、戯号故に「こえだ(が)しげる」と称したかも知れない、未調である。読本作者としての別号に歔醻陳人・歔醻間士・絳山・絳山樵夫などあり、通称露木七郎次と言い、水戸家御主殿付として録仕、始め江戸青山焰硝蔵辺に住し、後に四谷忍原横町に移る(『戯作者考補遺』)。撃剣に長じ、卜筮に精しい小禄の武人であったようであるが、詳細な事績は未調。文政九年(一八二六)没、享年六十八歳と『名人忌辰録』にあるが、水谷不倒は天保三年(一八三二)四月十九日没、享年未詳とし、江戸市ヶ谷薬王寺前町真宗白雲山浄栄寺埋葬、法名は道元院釈直信居士と伝える(『草双紙と読本の研究』)。最後の読本『蓮生法師行脚日記 璧廼露』(渓斎英泉画)が文政十一年で続刊を予告して未刊、稿本の『九猫士伝』序には天保七年の年時があるという(鈴木敏也著『秋成と馬琴』所収「『南枝梅薫九猫士伝』解説」参照)。要は没年享年の特定が出来ないが、天保七年頃までは生存していた可能性があるということになろうか。

この小枝繁は、合巻『十人揃皿之訳続』(葛飾北岱画、文化九年刊)以外には大半読本だけを執筆した人で、艸草紙を始め多方面に手を出す傾向の強い当代の戯作者としては珍しい人、武人としての矜持がこのような姿勢をとらしめたのであろうか。俗な文学と規定されてはいても、艸草紙などとは違って一応表芸として恥ずかしくないだけの存在感が、当代の読本にはあった可能性がある。少し時期はずれるけれど、文政から天保にかけて主として上方に移って活躍した岳亭丘山、狂歌と読本に執した戯作者丘山、この人も誇り高き武家出自であるが、そこに同じ志向を感得するのは僻目であろうか。

読本作者としての小枝繁については、かつて説いたところ（拙著『読本の研究』第二章第三節その二、第四節その二、第五節その一など参照）、要は山東京伝の顰みにならって創った『絵本東嫩錦』（葛飾北斎画、文化二年刊、板元売出・角丸屋甚助）を出発点として、山東京伝と曲亭馬琴の競合によって醸成されていく江戸読本の模型を巧みに倣いながら、江戸読本の多作者として書肆と読者の要求に応じ続けたというにある。そして遂には稿本に終って今も陽の目を見ない『南枝梅薫九猫士伝』によって、馬琴の『南総里見八犬伝』という読本の極北とでも言えるを模そうとしているのである。亜流作者という非難は避けがたいところであろうが、華麗な化政の読本界を豊かに賑わした作者として再認識してよいように思われる。

四　作品

読本作りの基本的手法として、歌舞伎の用語を借りれば、世界の設定と趣向の活用ということが、後期読本の濫觴である山東京伝の『忠臣水滸伝』以来定着していると言ってよい。『忠臣水滸伝』で申せば、忠臣蔵の世界を設定して、水滸伝を多様に趣向しているのである。

小枝繁の『催馬楽奇談』は、源平盛衰記の鹿谷密謀の世界を設定して、浄瑠璃『恋女房染分手綱』三好松洛・吉田冠子合作、寛延四年（一七五一）二月竹本座の重の井子別れなどいう著名な場面を趣向しながら両者を撮合し、巧みに時代小説として構成している。浄瑠璃を読本の材とするのは、『忠臣水滸伝』を挙げるまでもなく早くから行なわれていたところだが、巷説種を素材とするのが常道の中本ものは別として、半紙本型の読本の中に巷説種を採り入れたのは、曲亭馬琴の『三七全伝南柯夢』(葛飾北斎画、文化五年刊)が極初期と言えようか。そこで身替り心中という奇想天外の趣向を展開し、馬琴自身も後に代表作と自認するほどの天下の喝采を得たことにより、いくらか読本に馴染みにくい感のある巷説種も解禁という状況となる。その時流を察知した小枝繁は、早速に『梅川忠兵衛赤縄奇縁伝木之花双紙』(盈斎北岱画、文化六年刊、板元売出・竹川藤兵衛)を創り、続いてこの『催馬楽奇談』を執筆したのである。

『催馬楽奇談』の脇役で大活躍するのは、敵役官太夫の弟八平次の僕団助が変身させられた葦毛の馬である。この変身の場面は、中国種の「三娘子」(『怪談全書』林羅山、元禄十一年刊所収)を利用したもの、その換骨奪胎の妙は、泉鏡花の『高野聖』を彷彿させることをかつて説いたことがある(「『高野聖』〈泉鏡花作〉の「三娘子」原拠説につきての雑説」〈『近世文芸稿』昭和51年5月〉)。ここに素材からも構成手法からも、馬琴の塁を摩すとまでは評し得なくとも、当代において十全に読本として可也と評し得る作品が存在するのである。

『鳥辺山調綫』(横山邦治)

一　書誌

底本　京都大学付属図書館蔵本　半紙本　五冊

表紙　薄い青味がかった灰色の地色に銀が散らしてあり、灰色がかった紺色の手毬様の模様入りの原装表紙。二二・六×一五・八センチメートル

題簽　左肩上辺に白地子持枠の題簽に「鳥辺山調綫　壱(―五)」とあるが、後に墨筆で書き込んだもののように見える。原の刷りによる字は摺り切れて消えているようである。とすれば原題簽の題字未見となる。

見返し　鮮かな彩色絵入りで左記の文字がある。

鶴鳴堂主人編述

一楊斎正信画図

鳥辺山調綫《とりべやましらべのいとみち》　全五冊

浪華書林　種玉堂

構成　叙(二丁半)、目録(一丁)、口絵(四丁半)、巻一本文(十四丁、内挿絵三丁)、巻二本文(十六丁、内挿絵四丁)、巻三本文(十七丁、内挿絵四丁)、巻四本文(十八丁、内挿絵五丁)、巻五本文(十九丁、内挿絵四丁)。

叙末　「文政甲申十一月上澣　金竜道人撰㊞」(和文序半丁あって「河東田家の耕夫鶴歳」とある)

内題　「鳥部山調綫《とりべやましらべのいとみち》巻之一(―五)」

柱記　「鳥辺山調綫　序(巻之一―五)、口ノ一(―六)、一(―丁付)、種玉堂蔵」

匡郭　一七・五×一三・七センチメートル(巻一の挿絵一丁分だけ一九×一三・七センチメートル)

刊記　「編述　鶴鳴堂主人㊞／出像　一楊斎正信㊞／文政八年乙酉春正月吉旦発兌／刊行書肆／京都寺町通御池下ル三木太郎左衛門／同三条通麩屋町　吉野屋仁兵衛／江戸日本橋砥石店　大坂屋茂吉／大阪心斎橋通北久太良町　河内

屋儀助」

二　諸本

㈠文政八年(一八二五)刊本

所見二本、底本とした京都大学付属図書館蔵本が最善本か。ただし題簽の題字が墨筆による後補かと思われる。

㈡文政十年(一八二七)刊本

家蔵二本のみ所見。冒頭の漢文序が改刻されている。冒頭「昔者《シハ》…可ニ勝嘆《ケンヤ》一哉《テ》」までは同一文で、以下は、

「余偶剪《シテ》ニ寒燈《ヲ》一著述《ス》ニ一小冊子《ヲ》一名曰《テフ》ニ鳥辺山調綫《ト》一鳥辺山《ハ》俗間《ニ》所レ伝哥曲《ノ》名也以《テ》ニ歌曲《ヲ》一教ニ戒《スル》児女《ヲ》一者欲《ハス》丁令丙読《ム》レ之
者《ヲ》一有《ラ》レ覚《コト》乙於勧善懲悪《ニ》甲也不《ル》レ見《セ》レ罪固可《ナリ》　見《ル、》レ罪《セ》亦可《ナリ》

文政丁亥新春栗杖亭主人撰㊞

東都玉岡道人書於翠竹書斎雨窓下㊞㊞」

と改刻されているのである。

そして一本は巻五巻末刊記部分が「栗杖亭鬼卵著／鳥辺山調綫　全五冊／一楊斎正信画」とあるだけで、半分破損している。また一本は巻四巻末に前記一本の書名・著者名・画者名と同一の記あって「文政十丁亥年正月発兌／浪華東都書林／心斎橋通博労丁　河内屋茂兵衛／日本橋通一丁目　大坂屋茂吉／木挽丁五(墨付で不鮮明)丁目　伊勢屋忠右衛門」とあって、種玉堂河内屋儀助の手を離れていることを示している。板権が移動したのであろう。その

上に作者名が鶴鳴堂主人から栗杖亭鬼卵に変っており、鬼卵作であることを証するために序文の後半を改竄するため一丁分全部を改刻しているのであるから、この文政十年刊本は作者が栗杖亭鬼卵であることを印象付けるだけに神経を使った再板と言ってよい。その理由は判らないが、読本作者としては無名の鶴鳴堂主人よりは、東海道日坂宿の住とは言え、当代では上方読本の代表的読本作者として名高かった栗杖亭鬼卵の作とした方が売れ行きがよいと、書肆の商策としての思惑がここに働いたのではなかったか。この作品の内容から言えば、鬼卵の作風とは大分色あいが異なるので、強引な作者名変更との印象であり、書肆のさかしらの感が強いのである。

三　作者

和文序は文政十年刊本でも改刻されていず、鶴鳴堂主人が三山草紙という読本を書いたことがあると明記されている。『享保以後大阪出版書籍目録』を検すると、「絵本三山草紙　五冊／墨付一百六丁／作者　一柳嘉言(北久宝寺町三丁目)／板元　河内屋義助(北久太郎町五丁目)／出願　文政六年正月／許可　文政六年四月」とある。『日本小説書目年表』に「絵本三山《みつやま》草紙　五　鶴鳴堂主人　一楊斎正信画　文政九年」とある本である。鶴鳴堂主人というのは、一柳嘉言という、大阪の人ということになる。

『新刻浪華人物志』には「一柳嘉言　号吉葛廬又太岳／春門之男　一柳七郎」とあって、村田春門の息ということが判る。

『浪華当時人名録』には、歌学の項に「一柳七郎　生玉神主屋鋪／名嘉言号吉葛廬　春門ノ男　著述　新紅塵集」

とあり、画家の項に「村田嘉言　号太岳／歌学ニ出」とあって、画家としても名のある人であることが判る。村田嘉言で見ると、『享保以後大阪出版書籍目録』に作者としての『新紅塵和歌集類題』(文政十三年刊)以外にも、校合者・画者として七部ばかりの本を作っていることが判る。

村田春門(一七五五―一八三六)は、伊勢白子の人で本居宣長に学び、白子の三樹(初名は文哉・並樹)と称された人、大坂城代時代の水野忠邦に信任され、古学の師として重んじられたという。息に嘉言・春野あり、『国学者伝記集成』には嘉言について、「嘉言は、通称を七郎といひ、吉葛蘆と号す。後、父の旧名を襲ふて、村田並樹と改む。大阪の人にして、村田春門の長子なり。性画をよくす」とあり、春門の項に「嘉言は春門の子にして、嘉永二年六月五日に、没りしものなり。その墓は、父のと相並べり(大阪茶臼山南、邦福禅寺門内西側)」と見える。

父春門、盛名あって世に通じ、画をよくするという長所をもって校合者として重宝されたのが、村田嘉言という人であったのであろう。家学としての国学に通じているのは勿論、歌も詠めるし筆も立つ、戯れ心もありそうだというので、読本作者払底の上方のこととて、種玉堂河内屋儀助が『絵本三山草紙』を書かせ、更にお染半九郎の鳥辺山心中を種として、何か今風の読本を書いてもらえないかと持ちかけたのではなかったか。そこに『鳥辺山調綫』が出来上ることとなる。

ここに良家の令息である村田嘉言、ついその気になって読本作者たる鶴鳴堂主人の誕生となったのである。

四　作　品

艶冶な趣きで上方人を魅きつけた宮園節、その代表曲である「鳥辺山」は人口に膾炙していた。鳥辺山心中の主人公は、歌舞伎浄瑠璃の世界ではおまん源五兵衛であったりお俊伝兵衛であったり、薗八では塩谷縫之助と浮橋になっていたりで、それぞれ論はあることながら、『新大成糸のしらべ』(享和元年刊)などで定着している、鳥辺山心中と言えばお染半九郎ということに当代人の頭の中では定まっていたろう。その鳥辺山心中には、『近頃河原達引』(為川宗輔・筒井半二・奈河七五三合作。天明二年春江戸外記座初演か)以来、猿廻しの与次郎が付きものであることも周知のことであったろう。

河内屋儀助から鳥辺山心中を素材とする読本の執筆を求められた村田嘉言は、馬琴の『三七全伝南柯夢』を中心に成立している江戸読本における巷説ものの伝流を想起したに違いない。同時に、文政初年の読本取締りを機に復活した中本もの、流行の萌しの見え始めた人情本、それはともに巷説を材とした人情話が過半なのであるが、こうした江戸の戯作界の動向が儀助との間でも話し合われたのではないか。上方書肆の老舗としての面子もあってか、二流意識のある中本を出板するには至らないけれど、人情本的情調を有する読本が求められたのではなかったか。事実、天保期(一八三〇—)に入ってからのことであるが、好華堂野亭の『部領使世継草紙』(天保九年刊)に見られるように対話表現の中まで人情本の影響が現れているのである。この『鳥辺山調綫』は、そういう傾向の読本のはしりと言えよう。国学者嘉言の誇りは、古典的用語と表現を用いるということに向けられたけれど。

読本では、心中話を素材とする時に大切なことは、その結末をどうするかである。読本の主人公は一般に善男善女である。善男善女が心中という悲惨な結末を招来したのでは、勧懲正しからずということになってしまうからである。その解決策の一つとして考え出されたのが、身替り心中なのである。この身替り心中には極悪の敵役を創り出すという伝奇的構成力が要求されるが、男女間の交渉にのみ重点を置いて想を練っていた嘉言には、その用意がなかったのではないか。しかしお染半九郎を心中させるわけにもいかない。そこで心中を決心する両者に死後の石塔を注文させる。そして一気に問題を解決してハピイエンドに導く、石塔のみは建てられて心中の評判のみ残るということになる。

かくして人情本的風情を見せながら、何とか読本らしさもうかがえる『鳥辺山調綫』が世に出たのである。

ところで『絵本三山草紙』は文政六年の大阪の割印帳に載せられているが、この『鳥辺山調綫』は割印帳に見受けられない。江戸の割印帳はこの期のものが伝存しないので不明としても（上方出来の読本だから載ってもいなかったであろうが）、大阪・京都の割印帳に載っていないのである。京都のものに載っていないのは判るとして、大阪のそれに載っていないのは不審である。『享保以後大阪出版書籍目録』を検するに、『絵本三山草紙』の記載あって以後天保の改革までの期間、半紙本の読本は『武蔵坊弁慶異伝』（白頭子柳魚作で文政十一年刊とある〈『日本小説書月年表』による〉が、割印帳には五冊で天保二年四月二十四日許可となっていて、所見本の範囲では前編五冊が天保三年刊、後編五冊が天保十三年刊であるから、割印帳記載分は前編五冊天保三年刊のものを指すのであろう）と『屏風怨霊四谷怪談』（山月庵主人作で天保六年刊とある〈『日本小説書目年表』による〉が、割印帳には後編五冊で天保五年十一月五日申出となっている、所見の範囲では初編五冊天保四年刊、後編五冊天保六年刊であるから、割印帳記載分は後編五冊天保六年刊のものを指すのであろう）の二本のみが著録されており、その他は『楠正行戦功図会』などのような大本型の読本ばかり著録されているのである。基本的には、半紙本型読本は割印帳に記載されていないのである。文政五年十一月の読本取締り再緩和の影響が、こんなところにも見られるのではなかろうか。『鳥辺山調綫』のような単発の半紙本型読本については、割印帳に記載するほどの面倒な手続きをしなくてもよいという、官民馴れ合いの空気の醸成がそこにはうかがえるのである。その空気が、文化初年におけるような読本の隆昌を招来しなかったのは、文政期の読本が人情本の活力と対抗しうるだけの新しさを創成し得なかったからであろう。

本書の『催馬楽奇談』『鳥辺山調綫』の礎稿は、広島文教女子大学大学院の演習で作成してもらったものである。多くの院生が参加して下さったが、その内近世文学専攻の人は馬山展子、小谷律子、橋口純子の諸嬢である。また漢籍については、西村秀人(京都女子大学助教授)、根ヶ山徹(広島文教女子大学講師)両氏の御教示を得た。『鳥辺山調綫』の書誌については、田中則雄氏(京都大学大学院)の御協力を得た。記して謝意を表する。

新 日本古典文学大系 80
繁野話 曲亭伝奇花釵児 催馬楽奇談 鳥辺山調綫

1992年 2月20日 第1刷発行
1998年 9月10日 第2刷発行
2024年11月8日 オンデマンド版発行

校注者 徳《とく》田《だ》 武《たけし》 横山邦治《よこやまくにはる》

発行者 坂本政謙

発行所 株式会社 岩波書店
〒101-8002 東京都千代田区一ツ橋 2-5-5
電話案内 03-5210-4000
https://www.iwanami.co.jp/

印刷／製本・法令印刷

ISBN 978-4-00-731496-4 Printed in Japan